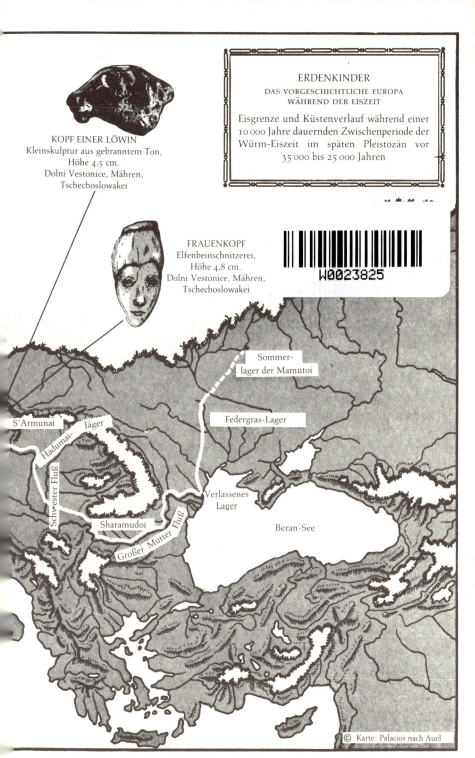

ERDENKINDER

Ayla
und das Tal der Großen Mutter

Von derselben Autorin

Ayla und der Clan des Bären

Das Tal der Pferde

Mammutjäger

Jean M. Auel

AYLA
UND DAS TAL DER GROSSEN MUTTER

Roman

Aus dem Amerikanischen
von Christel Wiemken,
Hans-Heinrich Wellmann
und Elke Hosfeld

Hoffmann und Campe

Die amerikanische Originalausgabe erschien 1990
unter dem Titel The Plains of Passage
im Verlag Crown Publishers, Inc., New York

Copyright © 1990 by Jean M. Auel

CIP-Titelaufnahme der Deutschen Bibliothek

Auel, Jean M.:
Ayla und das Tal der Großen Mutter: Roman / Jean M. Auel.
[Aus dem Amerikan. von Elke Hosfeld...].
– 1. Aufl. – Hamburg: Hoffmann und Campe, 1991
Einheitssacht.: The Plains of Passage <dt.>
ISBN 3-455-00206-4

Copyright © 1991 by Hoffmann und Campe Verlag, Hamburg
Schutzumschlaggestaltung Jens Schlockermann
unter Verwendung eines Originals von Hiroko
Gesetzt aus der Aldus-Antiqua
Satzherstellung Utesch Satztechnik GmbH, Hamburg
Druck und Bindearbeiten Mohndruck, Gütersloh
Printed in Germany

Für *LENORE,*
die als letzte nach Hause kam
und in diesem Buch vorkommt,
und für *MICHAEL,*
der mit ihr in die Zukunft blickt,
und für *DUSTIN JOYCE* und *WENDY*
in Liebe.

ERSTES KAPITEL

Ayla erhaschte durch den Dunstschleier hindurch die Spur einer Bewegung und fragte sich, ob es der Wolf war. Vor einer Weile hatte sie gesehen, daß er vor ihnen hertrottete.
Sie warf einen etwas beunruhigten Blick auf ihren Begleiter, dann versuchte sie abermals, in dem aufgewirbelten Staub den Wolf zu entdecken.
»Jondalar! Sieh doch!« sagte sie und deutete nach vorn.
Zu ihrer Linken waren in der trockenen, staubgefüllten Luft undeutlich die Umrisse mehrerer kegelförmiger Zelte zu erkennen.
Der Wolf hatte sich an einige zweibeinige Geschöpfe herangepirscht, die aus dem Dunst heraus aufgetaucht waren, mit Speeren bewaffnet, die direkt auf sie gerichtet waren.
»Ich glaube, wir haben den Fluß erreicht, aber mir scheint, wir sind nicht die einzigen, die hier kampieren wollen«, sagte der Mann und zog den Zügel an, um sein Pferd zum Stehen zu bringen.
Die Frau bedeutete ihrem Pferd, daß es stehenbleiben sollte, indem sie einen Beinmuskel anspannte und damit einen leichten Druck ausübte, eine Bewegung, die so sehr einem Reflex entsprang, daß sie sie überhaupt nicht als Lenken des Tieres empfand.
Ayla hörte ein drohendes Knurren, das tief aus der Kehle des Wolfes kam, und sah, daß er jetzt keine abwehrende Haltung mehr einnahm, sondern zum Angriff bereit war. Sie pfiff. Es war ein scharfer, unverwechselbarer Laut, der dem Ruf eines Vogels ähnelte, eines Vogels allerdings, den noch nie jemand gehört hatte. Der Wolf gab das verstohlene Anschleichen sofort auf und lief zu der auf dem Pferd sitzenden Frau.
»Bleib hier, Wolf!« sagte sie und unterstrich den Befehl mit einer Handbewegung. Der Wolf trottete neben der falben Stute her, während sich die Frau und der Mann zu Pferde langsam den Leuten näherten, die zwischen ihnen und den Zelten standen.
Ein böiger Wind, der den feinen Lößstaub in der Schwebe hielt, wirbelte um sie herum und verhinderte, daß sie die Speerträger deutlich sehen konnten. Ayla glitt von ihrem Pferd herab. Sie kniete neben dem Wolf nieder, legte einen Arm um seinen Hals und den anderen vor seine Brust, um ihn zu beruhigen und notfalls zurückzuhalten. Sie spürte das Grollen in seiner Kehle und die sprungbereit angespannten Muskeln.
Sie schaute zu Jondalar hinauf. Ein leichter Film aus feinem Staub lag auf

den Schultern und dem langen, flachsblonden Haar des hochgewachsenen Mannes und hatte dem Fell seines dunkelbraunen Pferdes die bei dieser ausdauernden Rasse üblichere gelblichbraune Färbung verliehen. Sie und Winnie sahen kaum anders aus. Obwohl es noch Frühsommer war, trockneten starke, von der dicken Eisdecke im Norden kommende Winde bereits jetzt die in einem breiten Gürtel südlich des Eises liegende Steppe aus.

Sie spürte, wie sich der Wolf anspannte und gegen ihren Arm drängte, dann sah sie, wie hinter den Speerträgern noch jemand auftauchte, gekleidet, wie sich ein Mamut für eine wichtige Zeremonie hätte kleiden können, angetan mit einer Maske mit den Hörnern des Auerochsen und einem mit rätselhaften Symbolen bemalten und geschmückten Gewand.

Der Mamut schwenkte wütend einen Stab vor ihnen und rief: »Verschwindet, böse Geister! Verlaßt diesen Ort!«

Ayla hatte den Eindruck, daß es eine Frauenstimme war, die durch die Maske sprach, aber sie war nicht sicher; doch die Worte waren in Mamutoi gesprochen worden. Der Mamut stürzte auf sie zu und schwenkte abermals den Stab, während Ayla den Wolf zurückhielt. Dann begann die kostümierte Gestalt zu singen und zu tanzen, hüpfte stabschwenkend auf sie zu und wich dann wieder zurück, fast so, als versuchte sie ihnen Angst einzujagen und sie zu vertreiben. Auf jeden Fall schaffte sie es, die Pferde zu ängstigen.

Sie war überrascht, daß Wolf so aggressiv war; Wölfe bedrohten nur selten Menschen. Doch als sie sich an Verhaltensweisen erinnerte, die sie beobachtet hatte, glaubte sie zu verstehen. Als Ayla sich das Jagen beibrachte, hatte sie häufig Wölfe beobachtet, und sie wußte, daß sie innerhalb ihres eigenen Rudels treu und fürsorglich waren, aber immer bereit, Eindringlinge aus ihrem Revier zu jagen, und daß sie auch nicht davor zurückscheuten, andere Wölfe zu töten, um das zu schützen, was sie für ihr Eigentum hielten.

Für den winzigen Welpen, den sie gefunden und in die Erdhütte der Mamutoi gebracht hatte, war das Löwen-Lager das Rudel; andere Menschen waren für ihn so etwas wie fremde Wölfe. Er hatte ihm unbekannte Menschen, die zu Besuch gekommen waren, bereits angeknurrt, als er noch nicht einmal halb ausgewachsen war. Jetzt, in einer unbekannten Umgebung, die vielleicht das Revier eines anderen Rudels war, mußte es für ihn ganz natürlich sein, daß er sie verteidigen wollte, sobald er Fremde zu Gesicht bekam, insbesondere feindselige Fremde mit Speeren. Warum hatten die Bewohner dieses Lagers ihre Speere gezückt?

Ayla hatte den Eindruck, daß etwas an dem Gesang ihr vertraut war; dann wurde ihr klar, was es war. Die Worte entstammten der geheiligten archaischen Sprache, die nur die Mamuti beherrschen. Ayla verstand nicht alles – der Mamut des Löwen-Lagers hatte erst kurz vor ihrer Abreise begonnen, sie die Sprache zu lehren –, aber sie begriff trotzdem, daß der laute Gesang im Grunde die gleiche Bedeutung hatte wie die Worte, die er ihnen vorher zugerufen hatte, obwohl er jetzt eher schmeichelnde Ausdrücke gebrauchte. Er flehte die Geister des fremden Wolfes und der Pferdemenschen an, zu verschwinden und sie in Ruhe zu lassen, zurückzukehren in die Welt der Geister, der sie angehörten.

In Zelandonii sprechend, damit die anderen Leute sie nicht verstehen konnten, erklärte Ayla Jondalar, was der Mamut sagte.

»Sie halten uns für Geister? Natürlich!« sagte er. »Ich hätte es wissen müssen. Sie haben Angst vor uns. Deshalb bedrohen sie uns mit ihren Speeren. Ayla, es ist durchaus möglich, daß es uns jedesmal so ergeht, wenn wir unterwegs auf Leute stoßen. Wir haben uns inzwischen an die Tiere gewöhnt, aber die meisten Leute denken im Zusammenhang mit Pferden oder Wölfen an nichts anderes als an Fleisch oder Felle.«

»Beim Sommertreffen waren auch die Mamutoi zu Anfang sehr aufgeregt. Es dauerte eine Weile, bis sie sich an den Gedanken gewöhnt hatte, daß die Pferde und Wolf bei uns lebten, aber schließlich haben sie sie akzeptiert«, sagte Ayla.

»Als ich in der Höhle in deinem Tal zum ersten Mal die Augen aufschlug und sah, wie du Winnie geholfen hast, Renner zur Welt zu bringen, da dachte ich, der Löwe hätte mich getötet, und ich wäre in der Welt der Geister aufgewacht«, sagte Jondalar. »Vielleicht sollte ich auch absteigen und ihnen zeigen, daß ich ein Mann bin und nicht mit Renner verbunden wie eine Art Mann-Pferd-Geist.«

Jondalar saß ab, behielt jedoch den Zügel in der Hand, der an einem selbstgefertigten Halfter befestigt war. Renner warf den Kopf hoch und versuchte, vor dem Mamut zurückzuweichen, der nach wie vor seinen Stab schwenkte und laut sang. Winnie stand mit gesenktem Kopf; Ayla benutzte weder Zügel noch Halfter, sie lenkte ihr Pferd ausschließlich durch Andrücken der Beine und Bewegungen ihres Körpers.

Als der Schamane ein paar Worte der fremden Sprache aufschnappte, die die Geister sprachen, und sah, wie Jondalar absaß, sang er noch lauter, flehte die Geister an, sie zu verlassen, versprach ihnen Zeremonien, versuchte, sie mit dem Angebot von Geschenken zu besänftigen.

»Ich glaube, du solltest ihnen sagen, wer wir sind«, sagte Ayla. »Der Mamut regt sich immer mehr auf.«

Jondalar hielt das Seil kurz am Kopf des Hengstes. Renner war offensichtlich im Begriff zu steigen – der Mamut mit seinem Stab und seinem Geschrei machte ihn unruhig. Sogar Winnie sah aus, als wollte sie gleich scheuen, und sie war im allgemeinen wesentlich ausgeglichener als ihr leicht erregbarer Sohn.

»Wir sind keine Geister«, rief Jondalar, als der Mamut einen Augenblick innehielt, um Luft zu holen. »Ich bin ein Besucher, unterwegs auf einer Reise, und sie« – er deutete auf Ayla – »ist eine Mamutoi vom Herdfeuer des Mammut.«

Die Leute warfen einander zweifelnde Blicke zu. Der Mamut hörte auf, zu singen und zu tanzen, schwenkte aber immer noch hin und wieder seinen Stab, während er sie musterte. Vielleicht waren sie Geister, die ihnen einen Streich spielten, aber immerhin hatte er sie dazu gebracht, in einer Sprache zu sprechen, die jeder verstehen konnte. Schließlich sprach der Mamut.

»Warum sollten wir euch glauben? Woher sollen wir wissen, daß ihr nicht versucht, uns zu überlisten? Du sagst, sie gehört zum Herdfeuer des Mamut, aber wo ist ihr Zeichen? Auf ihrem Gesicht ist keine Tätowierung.«

Ayla meldete sich zu Wort. »Er hat nicht gesagt, daß ich ein Mamut bin. Er hat gesagt, daß ich zum Herdfeuer des Mamut gehöre. Der alte Mamut vom Löwen-Lager hat mich unterwiesen, bevor ich abreiste, aber meine Unterweisung ist noch nicht abgeschlossen.«

Der Mamut beriet sich mit einem Mann und einer Frau, dann drehte er sich wieder um. »Dieser hier« – er deutete mit einem Kopfnicken auf Jondalar – »ist, wie er sagt, ein Besucher. Er spricht zwar recht gut, aber er tut es mit dem Klang einer fremden Zunge. Du behauptest, du wärest eine Mamutoi, aber etwas an der Art, wie du sprichst, ist nicht Mamutoi.«

Jondalar hielt den Atem an und wartete. Ayla hatte eine ungewöhnliche Art zu sprechen. Es gab Laute, die sie nicht ganz richtig hervorbrachte, und auch die Art, wie sie sie aussprach, war ganz und gar einzigartig. Es war völlig eindeutig, was sie meinte, und nicht abstoßend – ihm gefiel es sogar –, aber es war auffällig. Es war nicht ganz dasselbe wie der Akzent einer anderen Sprache; es war mehr als das und zugleich etwas anderes. Dennoch war es genau das – ein Akzent, aber der einer Sprache, die die meisten Leute nie gehört hatten und die sie nicht einmal als Sprache erkennen würden. Ayla sprach mit dem Akzent der gutturalen, nur über einen beschränkten Lautschatz verfügenden Sprache des Volkes, das sie als junge Waise aufgenommen und großgezogen hatte.

»Ich bin nicht bei den Mamutoi geboren«, sagte Ayla. Sie hielt Wolf noch immer zurück, obwohl er jetzt nicht mehr knurrte. »Ich bin vom Herdfeuer des Mamut adoptiert worden, und zwar vom Mamut selbst.«

Es gab einen kurzen Wortwechsel zwischen den Leuten und eine weitere Beratung zwischen dem Mamut und der Frau und dem Mann.

»Wenn ihr nicht zur Welt der Geister gehört, wie habt ihr dann Gewalt über den Wolf und bringt Pferde dazu, euch auf ihrem Rücken zu tragen?« fragte der Mamut, entschlossen, direkt zur Sache zu kommen.

»Es ist nicht schwer, wenn man sie findet, wenn sie noch ganz jung sind«, sagte Ayla.

»Du sagst das, als ob es ganz einfach wäre. Da muß mehr dahinterstecken.« Die Frau würde keinen Mamut zum Narren halten, der gleichfalls zum Herdfeuer des Mamut gehörte.

»Ich war dabei, als sie das Wolfsjunge in die Hütte brachte«, versuchte Jondalar zu erklären. »Es war so jung, daß es noch saugte, und ich war sicher, daß es sterben würde. Aber sie fütterte es mit kleingeschnittenem Fleisch und Brühe und stand dazu sogar mitten in der Nacht auf, wie man es bei einem Kleinkind tut. Als der Wolf am Leben blieb und zu wachsen begann, waren alle überrascht, aber das war nur der Anfang. Später brachte sie ihm bei, genau das zu tun, was sie wollte – daß er nicht im Innern der Hütte sein Wasser ließ oder sie beschmutzte, daß er nicht nach Kindern schnappte, selbst wenn sie ihm weh taten. Wenn ich nicht dabeigewesen wäre, hätte ich nie geglaubt, daß man einen Wolf soviel lehren kann oder daß er soviel versteht. Es stimmt, man muß mehr tun, als sie nur jung finden. Sie sorgte für ihn wie für ein Kind. Sie ist dem Tier eine Mutter, deshalb tut es, was sie will.«

»Und was ist mit den Pferden?« fragte der Mann, der neben dem Schamanen stand. Er hatte den temperamentvollen Hengst gemustert und den hochgewachsenen Mann, der ihn hielt.

»Mit den Pferden ist es nicht anders. Man kann ihnen vieles beibringen, wenn man sie jung findet und für sie sorgt. Es braucht Zeit und Geduld, aber sie lernen.«

Die Leute hatten ihre Speere gesenkt und hörten sehr interessiert zu. Von Geistern war nicht bekannt, daß sie eine ganz normale Sprache benutzten, obwohl all dieses Gerede über das Bemuttern von Tieren genau der merkwürdigen Ausdrucksweise entsprach, für die die Geister bekannt waren – Worte, die nicht ganz das waren, was sie zu sein schienen.

Dann ergriff die Frau das Wort. »Ich weiß nichts darüber, wie man die Mutter von Tieren sein kann, aber ich weiß, daß das Herdfeuer des Mammut keine Fremden adoptiert und sie zu Mamutoi macht. Es ist kein gewöhnliches Herdfeuer. Es ist Denen gewidmet, Die Der Mutter Dienen. Die Leute wählen das Herdfeuer des Mammut oder werden von ihm erwählt. Ich habe Verwandte im Löwen-Lager. Der Mamut ist sehr alt, vielleicht der älteste lebende Mann. Weshalb hätte er jemanden adoptieren sollen? Und ich glaube nicht, daß Lutie es zugelassen hätte. Was ihr sagt, ist sehr schwer zu glauben, und ich sehe nicht ein, weshalb wir es glauben sollten.«

Ayla spürte etwas Zweideutiges in der Art der Frau, zu sprechen, oder vielmehr in den Gesten, die ihre Worte begleiteten: die Versteifung des Rückens, die Anspannung der Schulter, das nervöse Stirnrunzeln. Sie schien auf irgend etwas Unerfreuliches gefaßt zu sein. Dann wurde Ayla klar, daß die Frau sich nicht einfach versprochen hatte – sie hatte absichtlich eine Lüge in ihre Rede eingeflochten, einen subtilen Trick. Aber für Ayla mit ihrer einzigartigen Lebensgeschichte lag der Trick offen zutage.

Die Leute, die Ayla aufgezogen hatten und als Flachschädel bezeichnet wurden, sich selbst aber Clan nannten, verständigen sich mit Tiefe und Präzision, wenn auch nicht in erster Linie mit Worten. Nur wenige Leute wußten, daß sie überhaupt eine Sprache besaßen. Ihre Fähigkeit, sich zu artikulieren, war beschränkt, und häufig wurden sie als Wesen geschmäht, die weniger waren als Menschen, als Tiere, die nicht reden konnten. Sie bedienten sich einer Sprache aus Gesten und Zeichen, die jedoch äußerst vielfältig war.

Die verhältnismäßig wenigen Worte, die der Clan sprach – Jondalar vermochte sie kaum wiederzugeben, ebenso wie Ayla es nicht recht fertigbrachte, bestimmte Laute in Zelandonii oder Mamutoi zu artikulieren –, wurden auf eine ganz eigentümliche Weise ausgesprochen und gewöhnlich benutzt, um etwas Nachdruck zu verleihen, oder für die Namen von Leuten oder Gegenständen. Nuancen wurden mit Hilfe von Gesten, Haltung und Gesichtsausdruck angezeigt, die der Sprache dieselbe Tiefe und Vielfalt verliehen wie Tonfall und Modulation einer gesprochenen Sprache. Aber bei einer derart offenkundigen Form der Kommunikation war es fast unmöglich, einer Unwahrheit Ausdruck zu geben, ohne die Tatsache zu signalisieren; sie konnten nicht lügen.

Als Ayla lernte, mit Zeichen zu sprechen, hatte sie auch gelernt, die subtilen Signale von Körperbewegungen und Gesichtsausdruck wahrzunehmen und zu deuten; das war für ein vollständiges Begreifen unerläßlich. Später, als sie dann von Jondalar erneut lernte, sich mit Worten auszudrücken, und schließlich fließend Mamutoi sprechen konnte, stellte Ayla fest, daß sie selbst bei Leuten, die sich mit Worten ausdrückten, die unwillkürlichen Signale registrierte, die in Form von Gesichtsausdruck und Haltung gegeben wurden, obwohl diese Signale nicht zu ihrer Sprache gehörten.

Sie stellte fest, daß sie mehr verstand als nur die Worte. Anfangs löste das bei ihr einige Verwirrung aus, weil sich die gesprochenen Worte nicht immer mit den Signalen der Körpersprache vereinbaren ließen und Lügen ihr unbekannt waren. Einer Unwahrheit konnte sie sich nur so weit nähern, indem sie etwas ungesagt ließ.

Im Laufe der Zeit lernte sie, daß bestimmte kleine Lügen häufig als Höflichkeit gedacht waren. Doch erst als sie begriffen hatte, was Humor war – der in der Regel darauf beruhte, daß man etwas sagte und etwas anderes meinte –, wurde ihr plötzlich das Wesen der gesprochenen Sprache klar und auch der Charakter der Leute, die sich ihrer bedienten. Von da an verlieh ihre Fähigkeit, unbewußte Signale zu deuten, ihrer sich entwickelnden Sprachkenntnis eine völlig unvermutete Dimension, eine fast unheimliche Einsicht in das, was die Leute wirklich meinten. Damit befand sie sich in einem ungewöhnlichen Vorteil. Obwohl selbst nicht zum Lügen imstande, es sei denn durch Schweigen, wußte sie im allgemeinen sehr genau, ob jemand die Wahrheit sprach oder nicht.

»Als ich im Löwen-Lager war, gab es dort niemanden, der Lutie heißt.« Ayla hatte sich zur Direktheit entschlossen. »Tulie ist die Anführerin und ihr Bruder Talut der Anführer.«

Die Frau nickte kaum wahrnehmbar, und Ayla fuhr fort.

»Ich weiß, es ist üblich, daß sich jemand für das Herdfeuer des Mammut entscheidet und nicht adoptiert wird. Es waren Talut und Nezzie, die mich zu sich nahmen. Talut vergrößerte sogar die Erdhütte, um eine Winterunterkunft für die Pferde zu schaffen. Aber der alte Mamut überraschte jedermann. Während der Zeremonie adoptierte er mich. Er sagte, ich gehörte zum Herdfeuer des Mammut, ich wäre dafür geboren.«

»Wenn du mit den Pferden ins Löwen-Lager gekommen bist, kann ich verstehen, wie der alte Mamut dazu kam, so etwas zu sagen«, erklärte der Mann.

Die Frau warf ihm einen verdrossenen Blick zu und murmelte ein paar Worte. Dann konferierten die drei abermals miteinander. Der Mann war zu dem Schluß gekommen, daß die Fremden allem Anschein nach Menschen waren und keine Geister, die ihnen einen Streich spielten – oder falls doch, jedenfalls keine übelwollenden Geister. Aber er glaubte nicht, daß sie genau das waren, was zu sein sie behaupteten. Die Erklärung, die der hochgewachsene Mann für das Verhalten der Tiere geliefert hatte, war zu einfach; aber er war interessiert. Die Pferde und der Wolf faszinierten ihn. Die Frau dagegen fand, sie sprächen zu eilfertig, wären zu entgegenkommend, und sie war sicher, daß hinter dem, was die beiden gesagt hatten, noch mehr stecken mußte. Sie traute ihnen nicht und wollte mit ihnen nichts zu schaffen haben.

Daß der Mamut sie als Menschen akzeptierte, geschah erst, nachdem ihm ein anderer Gedanke gekommen war, der für jemanden, der sich auf solche Dinge verstand, das ungewöhnliche Verhalten der Tiere viel einleuchtender erscheinen ließ. Er war sicher, daß die blonde Frau eine mächtige Ruferin war und daß der alte Mamut gewußt haben mußte, daß ihr eine außergewöhnliche Gewalt über Tiere angeboren war. Vielleicht war auch der Mann ein Rufer. Später, wenn ihr Lager beim Sommertreffen angelangt war, würde er sich mit den Leuten vom Löwen-Lager unterhalten; bestimmt hatten sich die Mamuti über diese beiden ihre eigenen Gedanken gemacht. Es war leichter, an Magie zu glauben als an die absurde Behauptung, man könne Tiere zähmen.

Die drei Personen, die miteinander konferierten, waren uneins. Die Frau fühlte sich unbehaglich, die Fremden beunruhigten sie. Wenn sie darüber nachgedacht hätte, hätte sie vielleicht zugegeben, daß sie Angst hatte. Es gefiel ihr ganz und gar nicht, mit einer derart offensichtlichen Demonstration unerklärlicher Kräfte konfrontiert zu werden, aber sie wurde überstimmt. Der Mann ergriff das Wort.

»Diese Stelle, wo die beiden Flüsse zusammenfließen, ist ein guter Ort für ein Lager. Die Jagd war gut, und eine Herde Riesenhirsche wandert auf uns zu. Sie müßte in ein paar Tagen hier sein. Wir haben nichts dagegen, wenn ihr euer Lager in der Nähe aufschlagt und euch der Jagd anschließt.«

»Wir danken euch für das Angebot«, sagte Jondalar. »Wir werden vielleicht unser Lager für eine Nacht in der Nähe aufschlagen, aber morgen früh müssen wir weiter.«

Es war ein vorsichtiges Angebot, weit entfernt von der Art, auf die er und sein Bruder während ihrer Fußwanderung von Fremden willkommen geheißen worden waren. Die formelle, im Namen der Mutter geäußerte Begrüßung bot mehr als nur Gastfreundschaft. Sie galt als Einladung, sich ihnen anzuschließen, bei ihnen zu bleiben und eine Zeitlang mit ihnen zusammenzuleben. Die wesentlich eingeschränktere Einladung verriet ihre Unsicherheit, aber wenigstens wurden sie jetzt nicht mehr mit Speeren bedroht.

»Dann teilt, im Namen von Mut, zumindest die Abendmahlzeit mit uns und eßt auch am Morgen mit uns zusammen.« So weit konnte der Anführer gehen, und Jondalar hatte den Eindruck, daß er ihnen gern ein weitergehendes Angebot gemacht hätte.

»Im Namen der Großen Erdmutter, wir werden heute abend gern mit euch essen, nachdem wir unser Lager aufgeschlagen haben«, erklärte Jondalar, »aber morgen früh müssen wir zeitig aufbrechen.«

»Wohin wollt ihr denn so eilig?«

Die Unverblümtheit, die typisch war für die Mamutoi, verblüffte Jondalar noch immer, selbst nachdem er so lange bei ihnen gelebt hatte. Die Frage des Anführers wäre von Jondalars Leuten als unhöflich empfunden worden; nicht als grober Verstoß, lediglich als ein Zeichen mangelnder Reife oder fehlenden Verständnisses für die subtilere und indirektere Ausdrucksweise erfahrener Erwachsener.

Aber Jondalar hatte begriffen, daß Direktheit und Unverblümtheit bei den Mamutoi als schicklich galten und mangelnde Offenheit Argwohn erregte, obwohl sie keineswegs immer so offen waren, wie es schien. Es gab auch Spitzfindigkeiten. Es kam darauf an, wie man Direktheit formulierte, wie sie aufgenommen wurde und was ungesagt blieb. Aber gegen die offen eingestandene Neugier des Anführers dieses Lagers war, nach den Maßstäben der Mamutoi, nicht das geringste einzuwenden.

»Ich kehre nach Hause zurück«, sagte Jondalar, »und nehme diese Frau mit.«

»Weshalb sollten da ein oder zwei Tage einen Unterschied machen?«

»Meine Heimat liegt weit von hier entfernt im Westen. Ich habe sie vor« – Jondalar hielt einen Moment inne, um zu überlegen – »vier Jahren verlassen, und wir werden ein weiteres Jahr brauchen, um sie zu erreichen – wenn wir Glück haben. Es gibt ein paar gefährliche Stellen, die wir unterwegs überqueren müssen – Flüsse und Eis –, und ich möchte nicht in der falschen Jahreszeit dort ankommen.«

»Im Westen? Ihr reist doch offenbar nach Süden.«

»Ja. Wir sind unterwegs zum Beran-See und zum Großen Mutter Fluß, dem wir dann stromaufwärts folgen wollen.«

»Vor einigen Jahren ist ein Vetter von mir nach Westen gereist, um Handel zu treiben. Er hat gesagt, daß dort Leute in der Nähe eines Flusses leben, den sie auch Große Mutter nennen«, sagte der Mann. »Er war sicher, daß es derselbe ist. Sie sind von hier aus nach Westen gegangen. Es kommt natürlich darauf an, wie weit stromaufwärts ihr gehen wollt, aber es gibt eine Route südlich des Großen Eises, aber nördlich der Gebirge im Westen. Ihr könntet eure Reise erheblich verkürzen, wenn ihr diesen Weg nehmen würdet.«

»Talut hat mir von der nördlichen Route erzählt, aber niemand scheint ganz sicher zu sein, daß es derselbe Fluß ist. Wenn er es nicht ist, könnte es viel mehr Zeit kosten, den richtigen zu finden. Ich bin auf der südlichen Route gekommen, und die kenne ich. Außerdem habe ich Verwandte unter den Fluß-Leuten. Mein Bruder hatte eine Sharamudoi zur Frau genommen, und ich habe eine Zeitlang bei ihnen gelebt. Ich würde sie gern wiedersehen, denn es ist unwahrscheinlich, daß ich ihnen jemals wieder begegnen werde.«

»Wir handeln mit den Fluß-Leuten. Mir ist, als hätte ich von Fremden gehört, vor ein oder zwei Jahren, die bei einer Gruppe lebten, der sich eine Mamutoi-Frau angeschlossen hatte. Ich glaube, es waren zwei Brüder. Die Sharamudoi haben andere Bräuche als wir, aber soweit ich mich entsinne, wollten sie und ihr Gefährte sich mit einem anderen Paar zusammentun – eine Art Adoption, nehme ich an. Sie schickten einen Boten und luden alle Mamutoi ein, die kommen wollten. Mehrere sind hingereist, und ein oder zwei waren später noch einmal dort.«

»Das war mein Bruder Thonolan«, sagte Jondalar, froh darüber, daß der Bericht seine Geschichte bestätigte, obwohl er den Namen seines toten Bruders noch immer nicht aussprechen konnte, ohne Schmerz zu empfinden. »Er tat sich mit Jetamio zusammen; Markeno und Tholie waren ihr Partnerpaar. Es war Tholie, die mich als erste die Sprache der Mamutoi lehrte.«

»Tholie ist eine entfernte Base von mir, und du bist der Bruder von einem ihrer Gefährten?« Der Mann wendete sich an seine Schwester. »Thurie, dieser Mann gehört zur Verwandtschaft. Ich finde, wir müssen ihn willkommen heißen.« Ohne ihre Antwort abzuwarten, sagte er: »Ich bin Rutan, der Anführer des Falken-Lagers. Im Namen von Mut, der Großen Mutter, ihr seid willkommen.«

Die Frau hatte keine andere Wahl. Sie konnte ihren Bruder nicht in Verlegenheit bringen, indem sie sich weigerte, gleichfalls die Willkommensworte zu sprechen, aber sie hatte vor, ihm später unter vier Augen gründlich die Meinung zu sagen. »Ich bin Thurie, Anführerin des Falken-Lagers. Im Namen der Mutter, ihr seid hier willkommen. Im Sommer sind wir das Federgras-Lager.«

Jondalar war andernorts schon herzlicher willkommen geheißen worden. Er registrierte eine offensichtliche Einschränkung. Sie hieß ihn »hier« willkommen, das heißt an diesem speziellen Ort, an dem sie sich jedoch nur vorübergehend aufhielten. Er wußte, daß »Federgras-Lager« die Bezeichnung für alle Orte war, von denen aus die Mamutoi im Sommer jagten. Im Winter waren sie seßhaft, und diese Gruppe lebte, wie die anderen auch, in einer dauerhaften Siedlung oder Gemeinschaft, die aus ein oder zwei großen oder mehreren kleineren halb unterirdischen Erdhütten bestand und die sie Falken-Lager nannten. Das hatte sie in ihren Willkommensgruß nicht eingeschlossen.

»Ich bin Jondalar von den Zelandonii. Ich grüße euch im Namen der Großen Erdmutter, die wir Doni nennen.«

»Wir haben noch Schlafplätze im Zelt des Mamuts«, fuhr Thurie fort, »aber was die Tiere angeht . . .«

»Wenn ihr nichts dagegen habt«, sagte Jondalar, wenn auch nur aus Höflichkeit, »es wäre für uns bequemer, wenn wir unser eigenes Zelt aufschlagen würden, anstatt in eurem Lager zu schlafen. Wir wissen eure Gastfreundschaft zu würdigen, aber die Pferde müssen fressen, und sie kennen unser Zelt und werden dorthin zurückkehren. In eurem Lager würden sie sich vielleicht nicht recht wohl fühlen.«

»Natürlich«, sagte Thurie erleichtert. Auch sie würde sich nicht recht wohl fühlen, wenn die Pferde im Lager waren.

Ayla war klar, daß auch sie einen Willkommensgruß aussprechen mußte. Wolf schien nicht mehr so aggressiv zu sein, und sie lockerte versuchsweise den Griff, mit dem sie ihn hielt. Ich kann nicht die ganze Zeit hier hocken und Wolf festhalten, dachte sie. Als sie sich erhob, wollte er an ihr hochspringen, aber sie bedeutete ihm, unten zu bleiben.

Ohne ihr die Hände entgegenzustrecken oder sie zum Näherkommen aufzufordern, hieß Rutan sie in seinem Lager willkommen. Sie erwiderte den Gruß auf dieselbe zurückhaltende Art. »Ich bin Ayla von den Mamutoi«, sagte sie, dann setzte sie hinzu, »vom Herdfeuer des Mammut. Ich grüße euch im Namen von Mut.«

Auch Thurie gab ihrem Willkommen Ausdruck, jedoch ohne es auf dieses Lager zu beschränken, wie sie es bei Jondalar getan hatte. Ayla erwiderte es formell. Sie hätte sich mehr Herzlichkeit gewünscht, aber wahrscheinlich konnte man ihnen ihre Zurückhaltung nicht verübeln. Die Idee, daß Tiere bereitwillig mit Menschen umherreisten, konnte beängstigend sein. Ayla begriff, daß nicht jedermann diese unwahrscheinliche Tatsache so bereitwillig akzeptieren würde, wie Talut es getan hatte, und die Erinnerung an die Leute im Löwen-Lager, die sie geliebt und nun verlassen hatte, versetzte ihr einen schmerzlichen Stich.

Ayla wendete sich an Jondalar. »Wolf scheint nicht mehr das Gefühl zu haben, uns beschützen zu müssen. Ich denke, er wird mir jetzt gehorchen, aber ich müßte trotzdem etwas haben, womit ich ihn zurückhalten kann, solange er hier im Lager ist, und auch später, falls wir anderen Leuten begegnen sollten«, sagte sie auf Zelandonii, weil sie das Gefühl hatte, in diesem Mamutoi-Lager nicht offen sprechen zu können, obwohl sie es gern getan hätte. »Vielleicht so etwas wie dieses Halfter, das du für Renner gemacht hast. In einem meiner Packkörbe gibt es eine Menge Seile und Riemen. Ich muß ihm unbedingt beibringen, daß er nicht so wie eben auf Fremde reagieren darf; er muß lernen, da zu bleiben, wo ich ihn haben will.«

Wolf hatte offensichtlich begriffen, daß das Zücken der Speere eine Drohgeste war, und sie konnte ihm kaum einen Vorwurf daraus machen, daß er bereit und willens gewesen war, die Menschen und die Pferde, die sein merkwürdiges Rudel bildeten, zu verteidigen. Von seinem Standpunkt aus war das durchaus verständlich; dennoch durfte sie es nicht zulassen. Er konnte nicht auf alle Leute, denen sie auf ihrer Reise vielleicht begegneten, losgehen, als wären sie fremde Wölfe. Sie würde ihn lehren müssen, sein Verhalten zu ändern, Unbekannten mit mehr Zurückhaltung zu begegnen. Noch während sie darüber nachdachte, fragte sie sich, ob es überhaupt andere Leute gab, die begreifen konnten, daß ein Wolf so handelte, wie eine Frau es wünschte, oder daß ein Pferd einen Menschen auf seinem Rücken reiten ließ.

»Bleib hier bei ihm. Ich hole ein Seil«, sagte Jondalar. Obwohl sich der junge Hengst inzwischen beruhigt hatte, ließ er den Führzügel nicht los, während er in Winnies Packkorb nach einem Seil suchte. Die Feindseligkeit im Lager schien sich weitgehend gelegt zu haben, und die Menschen waren kaum mehr auf der Hut, als sie es normalerweise Fremden genüber sein würden. Danach zu urteilen, wie sie sie beobachteten, war Neugier an die Stelle der Angst getreten.

Auch Winnie hatte sich beruhigt. Jondalar kraulte und beklopfte sie und redete liebevoll auf sie ein. Er hatte die stämmige Stute sehr gern, und obwohl er Renners feuriges Temperament genoß, bewunderte er Winnies unerschütterliche Gelassenheit. Sie wirkte immer beruhigend auf den jungen Hengst. Er band Renners Führleine an den Riemen, der die Packkörbe auf dem Rücken der Stute hielt. Jondalar wünschte sich oft, Renner so lenken zu können, wie Ayla Winnie lenkte, ohne Halfter oder Führleine. Beim Reiten hatte er die verblüffende Empfindsamkeit der Haut eines Pferdes entdeckt. Er hatte einen guten Sitz entwickelt und begonnen, Renner mit Hilfe von Druck und Haltung zu lenken.

Ayla kam mit Wolf an die andere Seite der Stute. Als Jondalar ihr das Seil reichte, sagte er leise: »Wir brauchen nicht hier zu bleiben, Ayla. Es ist noch früh. Wir können einen anderen Platz finden, an diesem Fluß oder an einem anderen.«

»Ich glaube, es wäre nicht schlecht, wenn Wolf Gelegenheit hätte, sich an Leute zu gewöhnen, selbst wenn sie Fremde sind und nicht übermäßig freundlich. Ich hätte nichts dagegen, bei ihnen zu Gast zu sein. Es sind Mamutoi, Jondalar, Leute von meinem Volk. Vielleicht sind es die letzten Mamutoi, die ich zu Gesicht bekomme. Ich frage mich, ob sie zum Sommertreffen ziehen werden. Vielleicht könnten wir ihnen eine Botschaft für das Löwen-Lager mitgeben.«

Ayla und Jondalar schlugen ihr Zelt in geringer Entfernung vom Federgras-Lager und etwas weiter stromauf an dem großen Nebenfluß auf. Sie befreiten die Pferde von ihrer Traglast und ließen sie grasen. Ayla verspürte eine leichte Unruhe, als sie fortwanderten und in dem aufgewirbelten Staubdunst verschwanden.

Die Frau und der Mann waren am rechten Ufer des großen Flusses entlanggezogen, aber in einiger Entfernung von ihm. Obwohl sein Lauf nach Süden führte, zog er sich in vielen Biegungen und Wendungen durch die flache Ebene, in die er einen tiefen Graben eingeschnitten hatte. Indem die Wanderer auf der Steppe oberhalb des Flußtals blieben, konnten sie einen direkteren Weg nehmen, waren auf diese Weise aber dem unablässig wehenden Wind und den auf offenem Gelände deutlicher spürbaren Kräften von Sonne und Regen ausgesetzt.

»Ist dies der Fluß, von dem Talut gesprochen hat?« fragte Ayla, während sie ihr Schlaffell ausrollte.

Jondalar holte aus einem der Packkörbe ein ziemlich großes, flaches Stück Mammutzahn mit eingeritzten Markierungen heraus, das ihm als Landkarte diente. Er blickte auf zu dem Abschnitt des dunstigen Himmels, der in einem unerträglich hellen, aber diffusen Licht erglühte, und ließ den Blick dann über die Landschaft wandern. Es war Spätnachmittag, das konnte er erkennen, viel mehr aber nicht.

»Ich weiß es nicht, Ayla«, sagte Jondalar und steckte die Karte wieder in den Korb. »Ich sehe keinerlei Landmarken, und ich bin es nur gewohnt, die Entfernungen abzuschätzen, die ich zu Fuß zurückgelegt habe. Renner bewegt sich in einem anderen Tempo.«

»Wird es wirklich ein volles Jahr dauern, bis wir deine Heimat erreicht haben?« fragte die Frau.

»Das ist schwer zu sagen. Es hängt davon ab, auf was wir unterwegs stoßen, wie viele Schwierigkeiten wir bewältigen müssen, wie oft wir haltmachen. Wir können uns glücklich schätzen, wenn wir nächstes Jahr um diese Zeit bei den Zelandonii angekommen sind. Bis jetzt haben wir noch nicht einmal den Beran-See erreicht, in den der Fluß der Großen Mutter mündet, und wir müssen dem Fluß auf ganzer Länge folgen, bis zu dem Gletscher an seiner Quelle und noch ein Stück darüber hinaus«, sagte Jondalar. Seine Augen, von einem ungewöhnlich intensiven und reinen Blau, blickten bekümmert drein, und auf seiner Stirn standen die gewohnten Sorgenfalten.

»Wir müssen einige große Flüsse überqueren, aber was mir am meisten Sorgen macht, ist der Gletscher. Wir müssen ihn überqueren, wenn das Eis fest gefroren ist, was bedeutet, daß wir ihn vor dem Frühjahr erreichen müssen, und selbst dann ist er unberechenbar. In dieser Gegend weht ein starker Südwind, der auch bei stärkster Kälte Wärme bringen und bewirken kann, daß die oberen Eis- und Schneeschichten schmelzen und aufbrechen wie verrottendes Holz. Dabei bilden sich breite Spalten, und die Schneebrücken über ihnen stürzen ein; Bäche und sogar Flüsse aus Schmelzwasser ergießen sich über das Eis und verschwinden manchmal in tiefen Löchern. Dann ist der Gletscher äußerst gefährlich, und das alles kann sehr plötzlich passieren. Jetzt haben wir Sommer, und der Winter scheint noch in großer Ferne zu liegen, aber wir haben eine viel längere Reise vor uns, als du dir vorstellen kannst.«

Die Frau nickte. Es hatte wenig Sinn, auch nur darüber nachzudenken, wie lange die Reise dauern würde, oder darüber, was passieren würde, wenn sie angekommen waren. Es war besser, jeden Tag so zu nehmen, wie er kam, und Pläne nur für die nächsten ein oder zwei Tage zu machen. Es war besser, sich keine Gedanken zu machen über Jondalars Leute, anstatt sich zu fragen, ob sie sie als eine der Ihren akzeptieren würden, wie die Mamutoi es getan hatten.

»Ich wünschte, der Wind hörte auf zu wehen«, bemerkte sie.

»Ich habe es auch satt, ständig den Mund voll Sand zu haben«, sagte Jondalar. »Warum gehen wir nicht zu unseren Nachbarn hinüber und sehen zu, ob wir etwas zu essen bekommen?«

Sie nahmen Wolf mit, als sie ins Federgras-Lager zurückkehrten, aber Ayla behielt ihn nahe bei sich. Sie schlossen sich einer Gruppe an, die sich an einem Feuer versammelt hatte, über dem an einem Spieß eine große Keule briet. Eine Unterhaltung kam nur langsam in Gang, aber es dauerte nicht lange, bevor aus Neugierde aufrichtiges Interesse wurde und die ängstliche Zurückhaltung einem lebhaften Gespräch Platz machte. Die wenigen Menschen, die auf diesen Steppen lebten, hatten nur selten Gelegenheit, neue Gesichter zu sehen, und die Aufregung über diese Zufallsbegegnung würde im Falken-Lager noch lange Diskussionen anheizen und Stoff für Geschichten liefern. Ayla kam mit mehreren Leuten ins Gespräch, insbesondere mit einer jungen Frau, deren Tochter gerade so alt war, daß sie allein sitzen konnte, und die so hellauf lachte, daß sie sie alle bezauberte, vor allem jedoch Wolf.

Anfangs war die junge Mutter sehr nervös, als das Tier sich für seine freundschaftlichen Aufmerksamkeiten gerade ihr Kind aussuchte; doch als die Kleine bei seinem eifrigen Lecken vor Begeisterung kicherte und Wolf selbst dann ganz sanft blieb, wenn sie mit den Händen in sein Fell griff und daran zog, waren alle überrascht.

Die anderen Kinder drängten herbei, um ihn anzufassen, und es dauerte nicht lange, bis Wolf mit ihnen spielte. Ayla erklärte, daß der Wolf mit den Kindern des Löwen-Lagers zusammen aufgewachsen war und sie vermutlich vermißte. Mit ganz jungen oder schwachen Menschen war er schon immer sehr sanft umgegangen; er schien den Unterschied zu kennen zwischen dem absichtslosen, übereifrigen Kneifen eines Kleinkindes und dem bewußten Zerren eines Größeren an seinem Schwanz oder einem Ohr. Auf ersteres reagierte er mit geduldiger Nachsicht, auf letzteres mit einem warnenden

Knurren oder einem sanften Zuschnappen, das die Haut nicht verletzte, aber deutlich machte, daß er auch anders konnte.

Jondalar erwähnte, daß sie kürzlich das Sommertreffen verlassen hatten, und Rutan erzählte ihnen, daß sie gleichfalls dort gewesen wären, wenn notwendige Reparaturen an ihrer Erdhütte sie nicht aufgehalten hätten. Er erkundigte sich bei Jondalar nach seinen Reisen und nach Renner, und viele Leute hörten zu. Ayla gegenüber schienen sie wesentlich zurückhaltender zu sein, und von sich aus ergriff sie nur selten das Wort, obwohl der Mamut sie gern zu einem Gespräch über eher esoterische Themen beiseitegenommen hätte; sie zog es vor, bei den anderen zu bleiben. Als die Zeit zur Rückkehr in ihr eigenes Lager gekommen war, gab sich selbst die Anführerin gelöster und freundlicher, und Ayla bat sie, das Löwen-Lager von ihr zu grüßen, wenn sie beim Sommertreffen angekommen waren.

In dieser Nacht lag Ayla wach und dachte nach. Sie war froh darüber, daß sie sich von ihrem natürlichen Widerstreben, dem Lager, das ihnen keinen sonderlich herzlichen Empfang bereitet hatte, einen Besuch abzustatten, nicht hatte zurückhalten lassen. Nachdem die Leute Gelegenheit gehabt hatten, ihre Angst vor dem Fremden oder Unbekannten zu überwinden, waren sie interessiert und lernbegierig gewesen. Und auch sie hatte etwas gelernt: daß das Reisen mit so ungewöhnlichen Gefährten dazu angetan war, bei allen Menschen, denen sie unterwegs vielleicht begegnen würden, heftige Reaktionen auszulösen. Sie hatte keine Ahnung, was ihr bevorstand, aber es konnte kaum ein Zweifel daran bestehen, daß diese Reise eine weitaus größere Herausforderung sein würde, als sie sich vorgestellt hatte.

ZWEITES KAPITEL

Am nächsten Morgen drängte Jondalar auf zeitigen Aufbruch, aber Ayla wollte noch einmal ins Federgras-Lager zurückkehren und die Leute besuchen, die sie dort kennengelernt hatte. Während Jondalar ungeduldig wartete, verbrachte Ayla geraume Zeit mit Abschiednehmen. Es war fast Mittag, als sie schließlich aufbrachen.

Das offene Grasland mit sanft rollenden Hügeln und weitem Ausblick, über das sie gereist waren, seit sie das Sommertreffen verlassen hatten, gewann allmählich an Höhe. Die Strömung des in höherem Gelände entsprungenen Nebenflusses war wesentlich stärker als die des vielfach gewundenen Hauptflusses, und das Gewässer hatte in den vom Wind herbeigetragenen Lößboden eine tiefe Rinne mit steilen Ufern gegraben. Obwohl Jondalar nach Süden wollte, waren sie gezwungen, auf der Suche nach einer zum Überqueren geeigneten Stelle erst nach Westen und dann nach Nordwesten zu ziehen.

Je weiter sie von ihrem eigentlichen Kurs abkamen, desto reizbarer und ungeduldiger wurde Jondalar. Er bezweifelte die Richtigkeit seiner Entscheidung, die längere südliche Route zu nehmen anstelle der nordwestlichen, die man ihm – mehr als einmal – nahegelegt hatte; auch schien der Fluß entschlossen, sie dorthin zu dirigieren. Sie war ihm zwar unbekannt, aber wenn sie soviel kürzer war, sollten sie vielleicht doch auf ihr reisen. Wenn er nur sicher sein konnte, daß sie das Gletscherplateau weiter im Westen, wo der Große Mutter Fluß entsprang, vor dem Frühjahr erreichten, dann würde er diese Route wählen.

Das aber hieß, daß er damit auf die letzte Gelegenheit verzichtete, die Sharamudoi wiederzusehen. Aber war das so wichtig? Er mußte zugeben, daß ihm viel daran lag; er hatte sich darauf gefreut. Jondalar war sich nicht sicher, ob der Grund für seinen Entschluß, die südliche Route zu nehmen, auf dem Wunsch beruhte, mit Ayla auf dem vertrauten und damit sichereren Weg heimzukehren, oder auf dem, Menschen wiederzubegegnen, mit denen er verwandt war. Er machte sich Sorgen über die Konsequenzen einer falschen Entscheidung.

Ayla brach in seine Gedanken ein. »Jondalar, ich glaube, hier können wir den Fluß durchqueren«, sagte sie. »Es sieht so aus, als könnte man drüben leicht ans Ufer.«

Sie hatten eine Biegung des Flusses erreicht und hielten an, um die Gegebenheiten genau zu betrachten. An der Stelle, an der das rasch fließende Wasser um die Biegung strömte, hatte es die Außenkante, an der sie standen, tief eingeschnitten, und es war ein hohes, steiles Ufer entstanden. Die innere Seite der Biegung dagegen, das jenseitige Ufer, erhob sich allmählich aus dem Wasser und bildete einen schmalen, von Gestrüpp gesäumten Strand aus fester, graubrauner Erde.

»Was meinst du – ob die Pferde dieses Ufer schaffen?«

»Ich denke schon. Der tiefste Teil des Flusses muß in der Nähe dieser Seite sein. Wie tief er ist und ob die Pferde schwimmen müssen, läßt sich kaum sagen. Vielleicht wäre es besser, wenn wir absteigen und gleichfalls schwimmen würden«, sagte Ayla. Dann bemerkte sie, daß dieser Gedanke Jondalar zu widerstreben schien. »Aber wenn es nicht zu tief ist, können wir hinüberreiten. Ich hasse es, wenn meine Kleider naß werden, aber ich habe auch keine Lust, sie zum Hinüberschwimmen auszuziehen.«

Sie drängten die Pferde über den Steilhang. Hufe rutschten aus, glitten über die feinkörnige Erde der Uferböschung und landeten im Wasser. Dann wurden die Tiere von der starken Strömung erfaßt und flußabwärts getrieben. Das Wasser war tiefer, als Ayla erwartet hatte. Die Pferde waren einen Augenblick lang in Panik, bis sie sich an das neue Element gewöhnt hatten und gegen den Strom auf das jenseitige Ufer zuschwammen. Als sie die flache Böschung an der Innenkante der Biegung hinaufritten, schaute sich Ayla nach Wolf um und sah, daß er sich immer noch auf der anderen Seite befand und jaulend und winselnd hin und her lief.

»Er hat Angst davor, hineinzuspringen«, sagte Jondalar.

»Komm, Wolf, komm«, rief Ayla. »Du kannst doch schwimmen.« Doch der junge Wolf winselte jämmerlich und klemmte den Schwanz zwischen die Beine.

Sie waren viel zu spät aufgebrochen, waren gezwungen gewesen, einen Umweg nach Norden und Westen zu machen, in eine Richtung, in die sie nicht wollten, und nun wollte Wolf den Fluß nicht überqueren. Jondalar wußte, daß sie eigentlich anhalten und nach dem Eintauchen ins Wasser den Inhalt ihrer Packkörbe überprüfen mußten, auch wenn sie eng geflochten und praktisch wasserdicht waren. Er spürte, wie der Wind kühlte, und wußte, daß sie die Kleidung, die sie trugen, trocknen lassen mußten. Die Sommertage waren warm genug, aber der heulende Nachtwind trug noch immer den kalten Atem des Eises herbei. Die Kälte des riesigen Gletschers, der das Land im Norden unter Eisdecken begraben hatte, die so hoch waren wie Berge, war auf der ganzen Erde zu spüren, aber nirgends stärker als auf den Steppen in der Nähe seiner Ränder.

Wenn es noch früher am Tage gewesen wäre, hätten sie in nassen Kleidern weiterziehen können; Wind und Sonne würden sie beim Reiten trocknen. Jondalar wollte wieder nach Süden, wollte vorankommen – wenn sie nur endlich weiterziehen konnten.

»Dieser Fluß hat eine stärkere Strömung, als er gewohnt ist, und er kann nicht hineinlaufen. Er muß hineinspringen, und das hat er noch nie getan«, sagte Ayla.

»Was willst du tun?«

»Wenn ich ihn nicht dazu bringen kann, daß er springt, muß ich ihn holen«, erwiderte sie.

»Ayla, ich bin ganz sicher, wenn wir einfach weiterreiten, dann springt er und folgt dir. Wenn wir heute überhaupt noch ein Stück hinter uns bringen wollen, müssen wir weiter.«

Der fassungslose Ausdruck von Unglauben und Zorn, der auf ihrem Gesicht erschien, ließ Jondalar wünschen, er könnte seine Worte zurücknehmen. »Wie würde es dir gefallen, wenn man dich zurückließe, nur weil du Angst hast? Er getraut sich nicht, in den Fluß zu springen, weil er so etwas noch nie getan hat. Hast du etwas anderes erwartet?«

»Ich meinte nur – er ist doch nur ein Wolf, Ayla. Wölfe durchschwimmen ständig Flüsse. Wenn er uns nicht nachkommt, können wir immer noch umkehren und ihn holen. Ich meinte nicht, daß wir ihn hier zurücklassen sollen.«

»Du brauchst dir keine Sorgen darüber zu machen, daß wir vielleicht umkehren müssen. Ich hole ihn jetzt gleich«, sagte Ayla, drehte ihm den Rücken zu und lenkte Winnie ins Wasser.

Der junge Wolf jaulte nach wie vor, beschnüffelte den von den Pferdehufen aufgewühlten Boden und schaute hinüber zu den Menschen und Pferden jenseits der Wasserfläche. Als sich ihr Pferd in der Strömung befand, rief Ayla ihn abermals. Ungefähr in der Mitte des Flusses spürte Winnie, daß der Grund unter ihr nachgab. Sie wieherte erschrocken, versuchte, festeren Halt zu finden.

»Wolf? Komm, Wolf! Es ist doch nur Wasser. Komm, spring hinein!« Ayla redete dem ängstlichen jungen Tier gut zu, versuchte, es zum Sprung in die wirbelnde Flut zu bewegen. Dann glitt sie von Winnies Rücken – sie war entschlossen, zum Steilufer hinüberzuschwimmen. Endlich nahm Wolf seinen ganzen Mut zusammen und sprang. Er landete im Wasser und schwamm sofort auf sie zu. »Gut gemacht, Wolf!«

Winnie bemühte sich noch immer, festen Boden unter die Hufe zu bekommen, und Ayla, die einen Arm um Wolf gelegt hatte, versuchte sie zu erreichen. Jondalar war bereits bei ihr, stand bis zur Brust im Wasser, half der Stute und schwamm dann Ayla entgegen. Gemeinsam erreichten sie das jenseitige Ufer.

»Wir sollten uns beeilen, wenn wir heute noch ein Stück vorankommen wollen«, sagte Ayla. Ihre Augen verrieten, daß sie immer noch wütend war. Sie wollte sich auf die Stute schwingen, aber Jondalar hielt sie zurück.

»Nein«, sagte er. »Wir reiten nicht weiter, bevor du trockene Kleider angezogen hast. Und ich glaube, wir sollten die Pferde trockenreiben und vielleicht auch Wolf. Für heute reicht es. Wir können hier lagern. Für die Herreise habe ich vier Jahre gebraucht. Und es macht mir nichts aus, wenn ich auch für die Rückreise vier Jahre brauchen sollte. Die Hauptsache ist, daß du heil und gesund ankommst.«

Sie blickte zu ihm auf, und der Ausdruck von Liebe und Fürsorge in seinen blauen Augen ließ den letzten Rest ihres Zornes dahinschmelzen. Sie schlang die Arme um ihn, als er seinen Kopf zu ihr herabneigte, und spürte dieselbe unglaubliche Beglückung, die sie empfunden hatte, als er zum erstenmal seine Lippen auf die ihren gelegt und ihr gezeigt hatte, was ein Kuß war, und eine unvergleichliche Freude darüber, daß sie mit ihm unterwegs war, mit ihm in seine Heimat reiste.

Er hatte Angst um sie gehabt, als sie in den Fluß zurückgekehrt war, und jetzt drückte er sie an sich, hielt sie fest umschlungen. Bevor er Ayla kennengelernt hatte, hatte er es nicht für möglich gehalten, daß er einen Menschen so sehr würde lieben können. Einmal hatte er sie fast verloren. Er war sicher gewesen, daß sie bei dem dunklen Mann mit den lachenden Augen bleiben würde, und der Gedanke, sie vielleicht wieder zu verlieren, war ihm unerträglich.

Mit zwei Pferden und einem Wolf als Gefährten stand ein Mann mit der Frau, die er liebte, inmitten einer riesigen, kalten Steppe, auf der zahlreiche Tiere lebten, aber nur sehr wenige Menschen, und plante eine Wanderung quer durch einen Kontinent. Dennoch gab es Momente, in denen schon der Gedanke, daß ihr irgendein Leid zustoßen könnte, ihn mit einer derartigen Angst erfüllte, daß es ihm den Atem verschlug. In solchen Momenten wünschte er sich, sie für immer und ewig festhalten zu können.

Jondalar spürte die Wärme ihres Körpers und ihren Mund auf dem seinen, und das Verlangen überkam ihn. Aber das konnte warten. Sie war naß und kalt; sie brauchte trockene Kleidung und ein Feuer. Sie konnten ebensogut am Ufer dieses Flusses kampieren wie anderswo. Es war zwar für einen Halt noch ein wenig zu früh, aber auf diese Weise hatten sie genügend Zeit, die Kleider trocknen zu lassen, die sie trugen; und sie konnten am Morgen zeitig aufbrechen.

»Wolf! Laß das los!« rief Ayla und eilte zu dem jungen Tier, um ihm das lederumhüllte Bündel zu entreißen. »Ich dachte, du hättest inzwischen gelernt, Leder in Ruhe zu lassen.« Als sie versuchte, es ihm wegzunehmen, hielt er es verspielt mit den Zähnen fest, ruckte mit dem Kopf und knurrte. »Loslassen!« sagte sie scharf. Sie ließ die Hand niederfahren, als wollte sie ihn auf die Nase schlagen, hielt aber kurz über ihr inne. Auf den Befehl und diese Geste hin klemmte Wolf den Schwanz zwischen die Beine, schlich unterwürfig auf sie zu und legte ihr, um Vergebung winselnd, das Bündel vor die Füße.

Jondalar kam, um ihr zu helfen. »Ich weiß nicht, was ich dazu sagen soll.

Er läßt es fallen, wenn du es ihm befiehlst, aber du kannst ihn schließlich nicht ständig bewachen... Was ist das? Ich wüßte nicht, daß ich es schon einmal gesehen hätte«, sagte er mit einem fragenden Blick auf ein Bündel, das sorgsam in weiches Leder eingeschlagen und fest verschnürt war.

Mit leichtem Erröten nahm ihm Ayla das Bündel schnell aus der Hand. »Das ist nur – etwas, das ich mitgebracht habe – etwas aus dem Löwen-Lager«, sagte sie und verstaute das Bündel in einem ihrer Packkörbe.

Jondalar wußte nicht, was er davon halten sollte. Sie hatten beide ihre Habseligkeiten und ihre Reiseausrüstung auf ein Minimum beschränkt und kaum etwas mitgenommen, das nicht lebensnotwendig war. Das Bündel war nicht groß, aber es war auch nicht gerade klein. Was konnte es sein, das sie unbedingt mitnehmen wollte?

»Wolf! Laß das!«

Jondalar sah, wie Ayla abermals hinter Wolf hereilte, und mußte lächeln. Fast schien es so, als stellte Wolf absichtlich Unfug an, als reizte er Ayla, ihm nachzulaufen, mit ihm zu spielen. Er hatte einen ihrer Lagerfußlinge gefunden, eine weiche, mokassinähnliche Fußbekleidung, die sie manchmal trug, wenn sie ihr Lager aufgeschlagen hatten.

»Ich weiß wirklich nicht, was ich mit ihm machen soll!« sagte Ayla verärgert, als sie zu Jondalar zurückkehrte. Sie hielt das Objekt seiner neuesten Schandtat in der Hand und blickte streng auf den Missetäter herab. Wolf kroch auf sie zu, offenbar reumütig, und winselte erbärmlich, weil sie böse auf ihn war; aber hinter seiner Unterwürfigkeit lauerte der Übermut. Er wußte, daß sie ihn liebte, und in dem Augenblick, in dem sie sich erweichen ließ, würde er vor Vergnügen herumtoben und kläffen, bereit, das Spiel wieder aufzunehmen.

Obwohl er fast die Größe eines Erwachsenen hatte, war Wolf doch kaum mehr als ein Welpe. Er war im Winter, außerhalb der Saison, von einer Einzelgängerin geboren worden, deren Gefährte gestorben war. Wolfs Fell hatte die übliche gelblichgraue Färbung, aber seine Mutter war schwarz gewesen.

Ihre ungewöhnliche Farbe hatte die Leitwölfin und die anderen Weibchen des Rudels veranlaßt, ihr erbarmungslos zuzusetzen, ihr den niedrigsten Rang zuzuweisen und sie schließlich davonzujagen. Sie streifte allein umher, schaffte es, ein paar Monate zwischen den Revieren von Rudeln zu überleben, bis sie schließlich einen anderen Einzelgänger fand, einen alten Rüden, der sein Rudel verlassen hatte, weil er nicht mehr mit ihm Schritt halten konnte. Eine Zeitlang erging es ihnen recht gut. Sie war die kraftvollere Jägerin, aber er hatte mehr Erfahrung, und sie hatten sogar begonnen, ein eigenes kleines Revier abzugrenzen und zu verteidigen. Vielleicht war es die bessere Ernährung, die sich die beiden, gemeinsam arbeitend, beschaffen konnten, vielleicht auch die Gesellschaft und Nähe eines ihr freundlich gesonnenen Rüden, was bewirkte, daß sie zur Unzeit läufig wurde, aber ihr alter Gefährte war darüber nicht unglücklich und, da er keinen Nebenbuhler hatte, willens und auch fähig, zu reagieren.

Leider waren seine steifen alten Knochen nicht imstande, den Unbilden eines weiteren Winters auf der Steppe zu widerstehen. Er starb zu Beginn der kalten Jahreszeit, und sein Tod war ein verheerender Verlust für die schwarze Wölfin, die nun allein ihre Jungen zur Welt bringen mußte – mitten im Winter. Tiere, die beträchtlich von der Norm abweichen, haben in ihrer natürlichen Umwelt ein schweres Los. In einer Landschaft aus bräunlichem Gras, gelblicher Erde und vom Wind verwehtem Schnee fällt es umsichtigen Beutetieren nur allzu leicht, eine schwarze Jägerin zu entdecken. Da weder ein Gefährte da war noch Tanten, Onkel, Vettern oder ältere Geschwister, die mithelfen konnten, die säugende Mutter und ihre Jungen zu ernähren, wurde die schwarze Wölfin immer schwächer, und eines ihrer Jungen nach dem anderen starb, bis nur noch eines übrig war.

Ayla kannte sich mit Wölfen aus. Sie hatte sie beobachtet, seit sie zum ersten Mal auf die Jagd gegangen war, aber sie konnte nicht wissen, daß der schwarze Wolf, der versuchte, den Hermelin zu stehlen, den sie mit ihrer Schleuder erlegt hatte, ein halbverhungertes, nährendes Weibchen war; es war nicht die übliche Zeit für Junge. Als sie versuchte, sich das Fell zurückzuholen, und der Wolf sie angriff, tötete sie ihn in Notwehr. Dann sah sie, in welchem Zustand sich das Tier befand, und begriff, daß es ein Einzelgänger gewesen sein mußte. Sie empfand eine seltsame Verwandtschaft mit einem Wolf, der aus seinem Rudel ausgestoßen worden war, und war entschlossen, die mutterlosen Welpen zu finden, die keine Familie hatten, die sie adoptieren konnte. Sie folgte der Fährte des Wolfes, entdeckte die Höhle, kroch hinein und fand das letzte Junge, noch nicht entwöhnt und mit noch kaum geöffneten Augen. Sie nahm es mit ins Löwen-Lager.

Alle waren überrascht gewesen, als Ayla ihnen das winzige Wolfsjunge zeigte; aber sie war mit Pferden gekommen, die auf sie hörten. Sie hatten sich an sie gewöhnt und an die Frau, die so gut mit Tieren umgehen konnte, und sie waren neugierig, was aus dem Wolf werden und was sie mit ihm machen würde. Daß sie imstande war, ihn aufzuziehen und zu zähmen, kam vielen wie ein Wunder vor, und die Intelligenz, die das Tier an den Tag legte, verblüffte Jondalar noch immer – eine Intelligenz, die fast mit der eines Menschen zu vergleichen war.

»Ich glaube, er spielt mit dir, Ayla«, sagte der Mann.

Sie blickte auf Wolf herab und konnte ein Lächeln nicht unterdrücken, das ihn veranlaßte, den Kopf zu heben und erwartungsvoll mit dem Schwanz auf den Boden zu klopfen. »Du hast vermutlich recht, aber das ändert nichts daran, daß ich ihn daran hindern muß, auf allen möglichen Dingen herumzukauen«, sagte sie und betrachtete den zerfetzten Lagerschuh. »Aber den kann ich ihm ebensogut lassen. Er ist ohnehin nicht mehr zu retten, und vielleicht ist er dann eine Zeitlang nicht so sehr an unseren anderen Sachen interessiert.« Sie warf ihm den Fußling zu, und er sprang hoch und schnappte ihn im Flug; Jondalar hatte das Gefühl, daß er dabei wölfisch grinste.

»Wir sollten zusehen, daß wir mit dem Packen fertig werden«, sagte er, als ihm wieder einfiel, daß sie am Vortag nicht weit nach Süden vorangekommen waren.

Ayla sah sich um und schirmte ihre Augen gegen die helle Sonne ab, die gerade am Himmel emporstieg. Sie entdeckte Winnie und Renner auf der Wiese, die an das mit Gestrüpp bewachsene Landstück in der Biegung des Flusses angrenzte, und rief sie mit einem Pfiff, der dem ähnelte, mit dem sie Wolf zu rufen pflegte. Die falbe Stute hob den Kopf, wieherte und galoppierte dann auf die Frau zu. Der junge Hengst folgte ihr.

Sie brachen ihr Lager ab, bepackten die Pferde und waren fast zum Aufbruch bereit, als Jondalar beschloß, die Zeltstäbe in den einen Korb und seine Speere in den anderen umzupacken, um die Last gleichmäßiger zu verteilen. Während Ayla wartete, lehnte sie sich an Winnie. Das war eine Position, die beiden vertraut und bequem war, eine Art des Kontaktes, die sich herausgebildet hatte, als in dem üppigen, aber einsamen Tal das junge Fohlen ihr einziger Gefährte war.

Sie hatte Winnies Mutter getötet. Damals hatte sie bereits seit Jahren gejagt, aber nur mit ihrer Schleuder. Ayla hatte sich den Umgang mit der leicht zu verbergenden Waffe selbst beigebracht und sich mit der Tatsache, daß sie gegen Tabus des Clans verstieß, ausgesöhnt, indem sie fast ausschließlich Jagd auf Raubtiere machte, die mit den Menschen um Nahrung konkurrierten und manchmal sogar Fleisch von ihnen stahlen. Aber das Pferd war das erste große, fleischliefernde Tier gewesen, das sie getötet hatte, und zum erstenmal hatte sie sich dazu eines Speers bedient.

Beim Clan hätte dies als ihre erste Tötung gegolten, wenn sie ein Junge gewesen wäre und mit einem Speer hätte jagen dürfen; als Frau hätte man sie, wenn sie mit einem Speer jagte, nicht am Leben gelassen. Das Töten des Pferdes war für ihr Überleben notwendig gewesen. Aber sie hatte nicht erwartet, daß ausgerechnet ein nährendes Muttertier in ihre Fallgrube stürzen würde. Als sie das Fohlen bemerkte, tat es ihr leid, weil sie wußte, daß es ohne seine Mutter sterben würde, aber der Gedanke, es selbst aufzuziehen, kam ihr überhaupt nicht. Es gab keinerlei Grund, an etwas derartiges zu denken; schließlich hatte noch nie jemand so etwas getan.

Doch als Hyänen sich an das verängstigte Fohlen heranschlichen, fiel ihr die Hyäne ein, die versucht hatte, Ogas kleinen Sohn wegzuschleppen. Ayla haßte Hyänen, vielleicht wegen der Qualen, die sie hatte ausstehen müssen, als sie diese Hyäne getötet und damit ihr Geheimnis verraten hatte. Sie waren nicht schlechter als andere Raubtiere und Aasfresser auch, aber für Ayla verkörperten sie alles, was grausam, bösartig und falsch war. Sie hatte eine Hyäne getötet, die anderen verscheucht und das hilflose Fohlen gerettet, aber diesmal brachte ihr Handeln ihr keine Qualen, sondern Gesellschaft, die ihr die Einsamkeit erleichterte, und Beglückung über das einzigartige Verhältnis, das sich zwischen ihnen entwickelte.

Ayla liebte den jungen Wolf, wie sie ein intelligentes Kind geliebt hätte; aber ihre Gefühle für das Pferd waren anders. Winnie hatte ihre Einsamkeit geteilt; sie waren einander so nahe gekommen, wie das bei so verschiedenartigen Geschöpfen überhaupt möglich ist. Sie kannten einander, verstanden einander, vertrauten einander. Die falbe Stute war für sie mehr als eine hilfreiche Gefährtin oder sogar ein geliebtes Kind. Winnie war eine Freundin, mehrere Jahre lang das einzige Wesen, das ihr Gesellschaft leistete.

Doch als sich Ayla zum erstenmal auf ihren Rücken schwang und ritt wie der Wind, war das ein spontaner, sogar irrationaler Akt gewesen. Anfangs hatte sie gar nicht versucht, das Pferd zu lenken, aber sie waren so vertraut miteinander, daß das gegenseitige Verstehen von Ritt zu Ritt wuchs.

Während Ayla darauf wartete, daß Jondalar fertig wurde, beobachtete sie Wolf, der verspielt auf ihrem Lagerfußling herumkaute, und wünschte sich, ihr würde etwas einfallen, womit sie ihm diese zerstörerische Gewohnheit austreiben konnte. Ihr Auge schweifte über die Vegetation der Landzunge, auf der sie übernachtet hatten. Das flache Land auf dieser Seite des Flusses, umrundet vom Steilufer an der anderen Seite der scharfen Biegung, wurde alljährlich überschwemmt und war deshalb mit einer fruchtbaren Lehmerde bedeckt, auf der eine Vielzahl von Pflanzen, Sträuchern und sogar kleinen Bäumen wuchs; dahinter hatte sich üppiges Weideland gebildet. Ayla war es zur zweiten Natur geworden, alles zu registrieren, was um sie herum wuchs, und es mit einem schon fast instinktmäßigen Wissen zu katalogisieren und einzuordnen.

Sie sah eine Bärentraube, einen heidekrautähnlichen, immergrünen Zwergstrauch mit ledrigen, dunkelgrünen Blättern und einer Fülle von kleinen, runden, rosa überhauchten weißen Blüten, die eine reiche Ernte an roten Beeren versprachen. Sie waren zwar sauer und sehr herb, schmeckten aber gut, wenn man sie mit anderem Essen zusammen kochte; doch Ayla wußte, daß sie nicht nur Nahrung boten, sondern auch gegen das Brennen halfen, das beim Wasserlassen auftreten konnte, zumal dann, wenn Blut das Wasser rötlich färbte.

Dicht daneben wuchs eine Meerrettichstaude mit kleinen weißen Blüten, die in Büscheln an Stengeln mit schmalen Blättern saßen, während weiter unten lange, zugespitzte, glänzend dunkelgrüne Blätter aus dem Boden herauswuchsen. Die Wurzel war dick und ziemlich lang, verströmte einen durchdringenden Geruch und schmeckte sehr scharf. In kleinen Mengen gab sie Fleisch ein würziges Aroma, aber Ayla war mehr an ihrer medizinischen Verwendbarkeit interessiert – sie wirkte förderlich auf den Magen und heilsam auf verletzte und geschwollene Gelenke. Sie überlegte, ob sie ein paar Wurzeln ausgraben sollte, und kam dann zu dem Schluß, daß sie jetzt keine Zeit dazu hatte.

Aber sie griff sofort nach ihrem Grabstock, als sie Antilopensalbei entdeckte. Seine Wurzel war einer der Bestandteile des besonderen Tees, den sie morgens trank, wenn sie während ihrer Mondzeit blutete. Zu anderen Zeiten benutzte sie andere Zutaten, insbesondere den Goldzwirn, der auf anderen Pflanzen wuchs und sie oft erstickte. Vor langer Zeit hatte Iza ihr von den magischen Pflanzen erzählt, die imstande waren, den Geist ihres Totems so stark zu machen, daß er den Geist des Totems jedes Mannes besiegte, und zu verhindern, daß in ihr ein Kind heranwuchs. Iza hatte ihr immer eingeschärft, es niemandem zu verraten, insbesondere keinem Mann.

Ayla war nicht sicher, ob es die Geister waren, die Kinder hervorbrachten. Sie glaubte, daß ein Mann mehr damit zu tun hatte, aber die geheimen Pflanzen taten auf jeden Fall ihre Wirkung. Kein neues Leben war in ihr entstanden, seit sie ihre Kräuteraufgüsse trank, ob sie nun mit einem Mann zusammen war oder nicht. Nicht, daß sie etwas dagegen gehabt hätte, sobald sie sich irgendwo niedergelassen hatten. Aber Jondalar hatte ihr klargemacht, daß es ein großes Risiko wäre, wenn sie während der langen Reise, die vor ihnen lag, schwanger würde.

Als sie die Wurzel des Antilopensalbeis herauszog und die daran haftende Erde abschüttelte, sah sie die herzförmigen Blätter und die langen, gelben, röhrenförmigen Blüten der Schlangenwurz, die half, eine Fehlgeburt zu verhindern. Mit einem Anflug von Trauer erinnerte sie sich, wie Iza losgezogen war, um diese Pflanze für sie zu beschaffen. Als sie sich erhob und die Wurzeln, die sie ausgegraben hatte, in einen Extrakorb packte, sah sie, daß Winnie die Ähren vom Wildhafer abbiß. Auch sie mochte die Körner, wenn sie gekocht waren, und ihr Verstand sagte ihr, daß Blüten und Stengel verdauungsfördernd wirkten.

Das Pferd hatte Kot abgesetzt, und sie bemerkte die Fliegen, die ihn umschwirrten. In manchen Jahreszeiten konnten Insekten eine fürchterliche Plage sein, dachte sie und beschloß, nach Pflanzen Ausschau zu halten, die Insekten verscheuten. Wer wußte schon, durch welche Landschaften ihre Wanderung sie noch führen würde?

Bei ihrer eher beiläufigen Betrachtung der Vegetation hatte sie eine stachelige Staude entdeckt, die, wie sie wußte, eine Beifußart war, die bitter schmeckte und einen starken, kampferartigen Geruch verströmte. Dicht daneben wuchs Reiherschnabel, ein Verwandter des Storchschnabels mit eng gezähnten Blättern und fünfblättrigen, rötlichen Blüten, aus denen sich Früchte entwickelten, die dem Schnabel eines Reihers ähnelten. Die Blätter dienten, getrocknet und pulverisiert, zur Blutstillung und halfen bei der Wundheilung; als Tee aufgegossen, heilten sie Geschwüre im Mund und Hautausschläge; und die Wurzeln taten gut bei Durchfall und anderen Verdauungsstörungen. Sie schmeckten scharf und bitter, wurden aber auch von Kindern und alten Leuten vertragen.

Sie schaute wieder zu Jondalar hinüber und stellte dabei fest, daß Wolf noch immer auf dem Fußling herumkaute. Plötzlich hörte sie auf, ihre Gedanken schweifen zu lassen, und konzentrierte sich auf die Pflanzen, die sie als letzte registriert hatte. Weshalb hatten sie ihre Aufmerksamkeit erregt? Irgend etwas hatte sie für wichtig gehalten. Dann fiel ihr ein, was es war. Schnell griff sie nach ihrem Grabstock und begann, den Boden um den bitteren Beifuß mit dem starken Kampfergeruch herum aufzubrechen; dann tat sie dasselbe mit dem scharfen, herben, aber eher harmlosen Reiherschnabel.

Jondalar war bereits aufgesessen und bereit zum Aufbruch. Er drehte sich zu ihr um. »Ayla, weshalb sammelst du noch Pflanzen? Wir müssen weiter. Brauchst du dieses Zeug unbedingt jetzt?«

»Ja«, sagte sie. »Es dauert nicht lange.« Als nächstes grub sie die Meerrettichwurzel mit dem scharfen Geschmack aus. »Ich glaube, ich habe einen Weg gefunden, ihn von unseren Sachen fernzuhalten«, sagte Ayla und deutete dabei auf den jungen Wolf, der verspielt auf dem herumkaute, was von ihrem Lagerschuh noch übrig war. »Ich mache ein ›Wolf-Abschreckmittel‹.«

Von ihrem Lagerplatz aus ritten sie nach Südosten, um wieder zu dem Fluß zurückzugelangen, dem sie bisher gefolgt waren. Der vom Wind verwehte Staub hatte sich über Nacht gelegt, und in der klaren Luft unter dem grenzenlosen Himmel war der ferne Horizont zu erkennen, der bisher ihren Blicken verborgen gewesen war. Von einem Ende der Erde zum anderen, von Norden nach Süden, von Osten nach Westen, war alles, was sie sahen, Gras – schwankend, wogend, unablässig in Bewegung, eine riesige, alles umfassende Grassteppe. Die wenigen Bäume, die in der Nähe von Wasserläufen wuchsen, unterstrichen nur die vorherrschende Vegetation. Aber die Ausdehnung der grasbewachsenen Ebenen war noch viel größer, als sie ahnen konnten.

Ungeheure Eisdecken, zwei, drei, bis zu fünf Meilen dick, hatten die Pole der Erde unter sich begraben und breiteten sich über die nördlichen Lande, zermalmten die steinerne Kruste des Kontinents und drückten mit ihrem unvorstellbaren Gewicht sogar das Muttergestein herab. Südlich des Eises begannen die Steppen – kaltes, trockenes Grasland, das sich über die ganze Breite des Kontinents hinzog und vom westlichen Ozean bis zum östlichen Meer reichte. Alles an das Eis angrenzende Land war eine riesige, grasbewachsene Steppe. Gras war überall, in tiefgelegenen Tälern ebenso wie auf windgepeitschten Hängen.

Ayla und Jondalar stellten fest, daß das ebene Gelände allmählich zum Tal des größeren Flusses hin abfiel, obwohl sie noch ein ganzes Stück von ihm entfernt waren. Wenig später fanden sie sich von Hochgras umgeben. Selbst von Winnies Rücken aus konnte Ayla, wenn sie sich hochreckte, in der acht Fuß hohen Vegetation von Jondalar nicht viel mehr sehen als Kopf und Schultern zwischen den federartigen Grannen und den nickenden Stengeln der winzigen, golden und rötlich überhauchten Blütenstände, die auf dünnen, blaugrünen Halmen saßen. Hin und wieder erhaschte sie einen Blick auf sein dunkelbraunes Reittier, erkannte Renner aber nur, weil sie wußte, daß er da war. Sie war froh über den Vorteil, den die Größe der Pferde ihnen verschaffte. Ihr war klar, daß sie, wenn sie zu Fuß gegangen wären, das Gefühl gehabt hätten, als wanderten sie durch einen dichten Wald aus hohem, grünem, im Wind schwankendem Gras.

Das Hochgras war kein Hindernis, es teilte sich widerstandslos vor ihnen, wenn sie hindurchritten, aber sie konnten nur ein kurzes Stück über die nächsten Halme hinausblicken, und hinter ihnen richtete sich das Gras wieder auf, so daß kaum eine Spur von ihnen zurückblieb. Wenn nicht die strahlende Sonne an dem klaren, blauen Himmel über ihnen gewesen wäre und die Halme, die sich in die Richtung des vorherrschenden Windes bogen, wäre es ihnen recht schwer gefallen, ihren Weg zu finden und sich nicht aus den Augen zu verlieren.

Sie hörte den sausenden Wind und das schrille Sirren der Stechmücken. Es war heiß und stickig inmitten der dichten Vegetation. Sie konnte zwar sehen, wie das Hochgras schwankte, spürte aber kaum einen Windhauch. Das Schwirren von Fliegen und der Geruch nach frischem Kot verrieten ihr, daß Renner sich gerade erleichtert hatte. Selbst wenn er nicht wenige Schritte vor ihr gewesen wäre, hätte sie gewußt, daß es der junge Hengst gewesen sein mußte, der hier vorübergekommen war. Seine Gerüche waren ihr so vertraut wie die der Stute, die sie ritt – und ihre eigenen. Sie unterschied nicht zwischen guten und schlechten Gerüchen; sie benutzte ihre Nase ebenso, wie sie ihre Augen und Ohren benutzte, mit kenntnisreichem Urteilsvermögen, das ihr half, die wahrnehmbare Welt zu erforschen und zu deuten.

Nach einiger Zeit bewirkten die immer gleichbleibende Szenerie, in der ständig ein langer grüner Halm auf einen anderen langen grünen Halm folgte, die rhythmischen Schritte des Pferdes und die fast genau über ihnen stehende, heiße Sonne in Ayla eine Art Lethargie; sie war zwar wach, aber nicht bei vollem Bewußtsein. Die Vielzahl der hohen, dünnen, knotigen Halme vereinigte sich zu einem verschwommenen Bild, das sie nicht mehr sah. Statt dessen begann sie, die übrige Vegetation wahrzunehmen. Hier wuchs viel mehr als nur Gras, und wie gewöhnlich registrierte sie alles, ohne bewußt darüber nachzudenken.

Dort, auf der kleinen Lichtung – irgendein Tier mußte sie geschaffen haben, indem es sich wälzte –, das ist Hahnenfuß. Ich könnte etwas davon abpflücken, dachte sie, unternahm aber keinen Versuch, es zu tun. Diese Pflanze mit den gelben Blüten und den um den Stengel herum wachsenden Blättern ist Kohl. Auch er würde gut schmecken zum Abendessen. Sie ritt auch an ihm vorüber. Die bläulich-purpurnen Blüten dort mit den kleinen Blättern, das ist Tragant, und er hat eine Menge Schoten. Ob sie wohl schon reif sind? Wahrscheinlich nicht. Weiter vorn, die großen Dolden aus weißen, in der Mitte rosafarbenen Blüten, das ist Wilde Möhre. Es sieht so aus, als wäre Renner auf einige ihrer Blätter getreten. Ich sollte meinen Grabstock hervorholen, aber da drüben ist noch mehr davon. Scheint hier reichlich zu wachsen. Es hat Zeit, und es ist so heiß. Sie versuchte, ein paar Fliegen zu verscheuchen, die um ihren schweißnassen Kopf herumschwirrten. Ich habe Wolf schon eine ganze Weile nicht mehr gesehen. Wo mag er stecken?

Sie drehte sich um und sah, daß er dicht hinter der Stute folgte und den Boden beschnüffelte. Er blieb stehen, hob den Kopf, um einen anderen Geruch einzufangen, dann verschwand er in dem Gras zu ihrer Linken. Sie sah eine große blaue Libelle mit gefleckten Flügeln, die, von Wolf aufgescheucht, über der Stelle schwebte, an der er kurz zuvor gewesen war, als wollte sie sie markieren. Wenig später gingen ein Kreischen und heftiges Flügelschlagen dem Auftauchen einer großen Trappe voraus, die sich in die Luft schwang. Ayla griff nach ihrer Schleuder, die sie wie ein Stirnband um den Kopf geschlungen hatte. Auf diese Weise war sie immer griffbereit, und außerdem hielt sie ihr das Haar aus dem Gesicht.

Aber die riesige Trappe – mit einem Gewicht von fünfundzwanzig Pfund der schwerste Vogel der Steppe – flog trotz ihrer Größe sehr schnell und war außer Reichweite, bevor sie einen Stein aus ihrem Beutel holen konnte. Sie beobachtete, wie der gescheckte Vogel mit den weißen, schwarz gesäumten Flügeln an Geschwindigkeit gewann und mit gestrecktem Kopf und nach hinten gestreckten Beinen davonflog, und wünschte sich, gewußt zu haben, was Wolf aufgespürt hatte. Die Trappe hätte für sie alle drei eine herrliche Mahlzeit geliefert, und es wäre trotzdem noch eine Menge übriggeblieben.

»Schade, daß wir nicht schneller waren«, sagte Jondalar.

Ayla sah, daß er einen leichten Speer und seine Speerschleuder wieder in seinem Packkorb verstaute. Sie nickte und band sich ihre Schleuder wieder um den Kopf. »Ich wollte, ich hätte den Umgang mit Brecies Wurfstecken gelernt. Als wir auf unserem Weg zur Mammutjagd bei dem Sumpf haltmachten, in dem all diese Vögel nisteten, konnte ich kaum glauben, wie schnell sie damit war. Und sie konnte mit einem Wurf mehr als nur einen Vogel erlegen.«

»Sie war wirklich gut. Aber wahrscheinlich hat sie mit ihrem Stecken ebenso lange geübt wie du mit deiner Schleuder. Ich glaube nicht, daß das eine Fertigkeit ist, die man sich in einem Sommer aneignet.«

»Aber wenn dieses Gras nicht so hoch wäre, hätte ich das, was Wolf aufgestört hat, so rechtzeitig gesehen, daß ich meine Schleuder und ein paar Steine bereit gehabt hätte. Ich dachte, es wäre vielleicht eine Wühlmaus.«

»Wir sollten die Augen offenhalten für den Fall, daß Wolf noch etwas aufscheucht«, sagte Jondalar.

»Meine Augen waren offen. Aber ich kann einfach nichts sehen!« sagte

Ayla. Sie schaute zum Himmel empor, um den Sonnenstand festzustellen, dann reckte sie sich in dem Versuch, über das Gras hinwegzublicken. »Aber du hast recht. Es kann nicht schaden, wenn wir uns Gedanken darüber machen, wo wir frisches Fleisch für heute abend herbekommen. Ich habe eine Menge Pflanzen entdeckt, die gut schmecken. Ich wollte eigentlich anhalten und ein paar ernten, aber sie scheinen hier überall zu wachsen, und ich tue es lieber später und habe sie frisch; unter dieser heißen Sonne würden sie nur verwelken. Wir haben noch etwas von dem gebratenen Wisent vom Federgras-Lager übrig, aber es reicht nur noch für eine Mahlzeit, und es wäre Unsinn, um diese Jahreszeit, in der es so viel frische Nahrung gibt, unseren getrockneten Reiseproviant anzugreifen. Wie lange dauert es noch, bis wir haltmachen?«

»Ich glaube nicht, daß es noch weit ist bis zum Fluß – es wird kühler, und dieses Hochgras wächst gewöhnlich in Wassernähe. Sobald wir den Fluß erreicht haben, können wir ihm folgen und dabei nach einem guten Lagerplatz Ausschau halten«, sagte Jondalar. Dann ritten sie weiter.

Das Hochgras erstreckte sich bis dicht an den Fluß heran; in der Nähe des feuchten Ufergeländes war es mit Bäumen durchsetzt. Sie hielten an und ließen die Pferde trinken, dann saßen sie ab und löschten ihren eigenen Durst, wobei sie einen kleinen, dicht geflochtenen Korb als Schöpfkelle und Becher benutzten. Wenig später tauchte Wolf aus dem Gras auf und schlürfte geräuschvoll gleichfalls Wasser in sich hinein. Dann legte er sich mit heraushängender Zunge und heftig hechelnd flach auf den Boden und blickte zu Ayla auf.

Ayla lächelte: »Wolf ist es auch heiß. Wahrscheinlich hat er herumgestöbert«, sagte sie. »Ich wüßte zu gern, was er alles entdeckt hat. In diesem hohen Gras sieht er wesentlich mehr als wir.«

»Ich möchte wieder heraus sein, bevor wir unser Lager aufschlagen. Ich bin es gewöhnt, weiteren Ausblick zu haben, und in diesem Hochgras komme ich mir eingeschlossen vor. Ich weiß gern, was um mich herum vorgeht«, sagte Jondalar. Er griff nach seinem Pferd, schwang sich mit einem kraftvollen Sprung auf Renners Rücken und landete leicht auf dem braunen Hengst. Er lenkte das Pferd von dem aufgeweichten Flußufer auf festeren Boden; dann ritten sie flußabwärts.

Die großen Steppen waren alles andere als eine riesige, einheitliche Landschaft aus anmutig wogenden Halmen. Hochgras wuchs in Gegenden, in denen reichlich Feuchtigkeit vorhanden war, zusammen mit einer Fülle von anderen Pflanzen. Obwohl Gräser dominierten, die mehr als fünf Fuß hoch waren, aber auch Höhen bis zu zwölf Fuß erreichen konnten – dicke Blaue Quecke, Federgras und Riesenschwingel –, gab es doch auch bunte Kräuterwiesen mit einer Fülle von Blütengewächsen: Astern und Huflattich wuchsen dort; gelber, dicht gefüllter Alant und die langen weißen Schläuche des Stechapfels; Erdkastanien und Wilde Möhren, Rüben und Kohl; Meerrettich, Senf und kleine Zwiebeln; Iris, Lilien und Butterblumen; Johannisbeeren und Erdbeeren; rote Himbeeren und schwarze Brombeeren.

In den halbtrockenen Regionen, in denen nur wenig Regen fiel, hatten sich Niedergräser von weniger als anderthalb Fuß Höhe entwickelt. Sie hielten sich dicht am Boden und brachten, besonders in Dürrezeiten, immer neue Triebe hervor. Sie teilten das Land mit niederen Sträuchern, insbesondere Beifuß und Salbei.

Zwischen diesen beiden Extremen standen die Mittelgräser; sie füllten die Nischen, in denen es für Niedergräser zu kalt und für Hochgräser zu trocken war. Auch diese Regionen mit mittlerem Feuchtigkeitsgehalt konnten farbenprächtig sein; zahlreiche Blütenpflanzen wuchsen in dem grasigen Bodenbedecker aus Wildhafer, Mäusegerste und, vor allem an Abhängen und in höheren Lagen, kleineren Queckearten. Spartgras wuchs dort, wo das Land feuchter war, Nadelgras in kühleren Gegenden mit magerem, kiesigem Boden. Außerdem gab es zahlreiche Riedgräser, darunter Wollgras, das in erster Linie auf der Tundra und nasserem Boden wuchs. In Sümpfen gediehen hohes Schilfrohr, Rohrkolben und Binsen.

Am Fluß war es kühler, und als der Nachmittag in den Abend überging, fühlte Ayla sich hin- und hergerissen. Sie wollte so schnell wie möglich aus dem stickigen Hochgras herauskommen, aber gleichzeitig wollte sie anhalten und ein paar von den Pflanzen, die sie um sich herum entdeckte, als Gemüse für ihre Abendmahlzeit ernten. Eine Art Rhythmus baute sich aus ihrer Anspannung auf: ja, sie würde anhalten, nein, sie würde es nicht tun – zwei Gedanken, die sich ständig wiederholten.

Es dauerte nicht lange, bis der Rhythmus den Worten jede Bedeutung nahm, und ein leises Hämmern, das sich anfühlte, als müßte es eigentlich laut sein, erfüllte sie mit unguten Ahnungen. Sie war beunruhigend, diese Ahnung eines lauten Geräuschs, das sie nicht richtig hören konnte. Ihr Unbehagen wurde noch verstärkt durch das Hochgras, das sie von allen Seiten umgab; sie konnte zwar sehen, aber nicht weit genug. Sie war daran gewöhnt, größere Entfernungen zu überblicken, auf jeden Fall aber über unmittelbar vor ihr wogende Grashalme hinaus. Je weiter sie ritten, desto eindringlicher wurde das Gefühl, fast so, als käme dieses kaum hörbare Geräusch näher oder als bewegten sie sich auf seinen Ursprung zu.

Ayla fiel auf, daß an manchen Stellen der Boden frisch aufgewühlt zu sein schien; sie rümpfte die Nase, als sie einen starken und durchdringenden Moschusgeruch wahrnahm und nicht recht wußte, woher er stammte. Dann hörte sie ein dumpfes Knurren aus Wolfs Kehle.

»Jondalar!« rief sie und sah, daß er angehalten hatte und ihr mit erhobener Hand bedeutete, gleichfalls stehenzubleiben. Es war ganz offensichtlich etwas vor ihnen. Plötzlich zerriß ein lautes, dröhnendes Trompeten die Luft.

DRITTES KAPITEL

»Wolf! Bleib hier!« befahl Ayla dem jungen Tier, das voller Neugier vorwärtsschlich. Sie glitt von Winnies Rücken herunter und eilte zu Jondalar, der gleichfalls abgesessen war und sich vorsichtig durch das lichter gewordene Gras auf das durchdringende Trompeten und das laute Dröhnen zubewegte. Als sie bei ihm ankam, blieb er stehen; beide bogen die letzten Halme des Hochgrases auseinander, um sehen zu können. Ayla ließ sich auf ein Knie nieder, um Wolf festzuhalten, konnte aber den Blick nicht von der Szene auf der Lichtung abwenden.

Eine Herde von Wollmammuten stapfte aufgeregt herum – sie waren es gewesen, die die Lichtung am Rand der mit Hochgras bewachsenen Fläche geschaffen hatten. Ein großes Mammut brauchte täglich mehr als sechshundert Pfund Nahrung, und eine ganze Herde konnte ein beträchtliches Gebiet sehr schnell kahlfressen. Es waren Tiere jeder Größe und jeden Alters, darunter auch einige, die höchstens ein paar Wochen alt waren. Das bedeutete, daß es eine Herde war, der fast ausschließlich miteinander verwandte Kühe angehörten – Mütter, Töchter, Schwestern, Tanten und ihre Nachkommen, eine Großfamilie, die angeführt wurde von einer erfahrenen und umsichtigen alten Matriarchin, die eindeutig größer war als alle anderen.

Auf den ersten Blick schienen alle Wollmammute ein rötlichbraunes Fell zu haben, doch bei genauerem Hinsehen erkannte man zahlreiche Variationen der Grundfarbe. Manche waren stärker rot oder stärker braun, einige tendierten zu Gelb oder Goldfarben, und wieder andere wirkten aus einiger Entfernung fast schwarz. Der dichte, zweischichtige Pelz bedeckte den ganzen Körper, von dem breiten Rüssel und den überaus kleinen Ohren bis zu dem in einer dunklen Quaste endenden kurzen Schwanz, den stämmigen Beinen und breiten Füßen, und aus den beiden Fellschichten ergeben sich die verschiedenen Farben.

Obwohl ein großer Teil der warmen, dichten und verblüffend seidenweichen Unterwolle zu Beginn des Sommers ausgefallen war, hatte das nächstjährige Wachstum bereits eingesetzt. Die neue Unterwolle war heller als das gleichfalls flauschige, aber gröbere, den Wind abhaltende Deckhaar und setzte ihm Lichter auf. Die dunkleren Deckhaare, verschieden lang, einige davon bis zu drei Fuß, hingen von den Flanken herab wie ein Rock; am Bauch und an der Wamme waren sie besonders dicht und ergaben, wenn sich die Tiere auf gefrorenem Boden niederlegten, ein weiches Polster.

Ayla war entzückt von zwei jungen Kälbern mit rötlichgoldenem, mit stachelähnlichen schwarzen Deckhaaren durchsetztem Fell, die hinter den riesigen Beinen und der langen ockergelben Schürze ihrer sie hoch überragenden Mutter hervorlugten. Das dunkelbraune Haar der alten Matriarchin war mit Grau durchsetzt. Ayla bemerkte auch die weißen Vögel, die die Mammute ständig begleiteten und von ihnen geduldet oder ignoriert wurden, ob sie nun auf einem der zottigen Köpfe saßen oder geschickt einem massigen Fuß auswichen und über die Insekten herfielen, die die großen Tiere aufgescheucht hatten.

Wolf winselte vor Begierde, die interessanten Geschöpfe näher zu betrachten, aber Ayla hielt ihn zurück, während Jondalar aus Winnies Korb seine Leine holte. Die ergraute Matriarchin drehte sich um und schaute einen langen Augenblick in ihre Richtung – sie bemerkten, daß einer ihrer langen Stoßzähne abgebrochen war –, dann wendete sie ihre Aufmerksamkeit wieder wichtigeren Vorgängen zu.

Nur ganz junge Bullen blieben bei den Kühen; in der Regel verließen sie die Herde, in die sie hineingeboren waren, kurz nach dem Erreichen der Geschlechtsreife im Alter von etwa zwölf Jahren; aber zu dieser Gruppe gehörten auch einige Jungbullen und sogar einige ältere. Eine Kuh mit dunkelrotem Fell hatte sie angezogen. Sie war brünstig, und das war der Grund für den Tumult, den Ayla und Jondalar gehört hatten. Eine brünstige Kuh übte auf alle Bullen eine besondere Anziehungskraft aus, manchmal stärker, als ihr lieb war.

Die dunkelrote Kuh hatte sich gerade wieder ihrer Herde angeschlossen, nachdem es ihr gelungen war, drei jungen Bullen in den Zwanzigern, die sie gejagt hatten, zu entkommen. Die Bullen, die, wenn auch nur vorübergehend, aufgegeben hatten, ruhten sich ein Stück von der dicht gedrängten Herde entfernt aus, während die Kuh versuchte, sich nach ihrer Anstrengung inmitten der aufgeregten weiblichen Tiere eine Atempause zu verschaffen. Ein zweijähriges Kalb drängte sich an sie heran, wurde mit einer sanften Rüsselberührung begrüßt, fand eines der beiden Euter zwischen den Vorderbeinen und begann zu saugen, während die Kuh einen Rüssel voll Gras abriß. Sie war schon den ganzen Tag über von den Bullen gejagt und bedrängt worden und hatte kaum Gelegenheit gehabt, ihr Kalb saugen zu lassen oder selbst zu fressen oder zu trinken. Auch jetzt blieb ihr dazu nicht viel Zeit.

Ein mittelgroßer Bulle näherte sich der Herde und berührte die anderen Kühe zwischen den Hinterbeinen unterhalb des Schwanzes mit dem Rüssel, riechend und schmeckend, um ihre Bereitschaft zu erkunden. Da Mammute ihr ganzes Leben lang weiterwuchsen, ließ seine Größe erkennen, daß er älter war als die drei, die die Kuh zuvor gejagt hatten – wahrscheinlich in den Dreißigern. Als er sich der dunkelroten Kuh näherte, bewegte sie sich in raschem Trab davon. Sofort verließ der Bulle die anderen Kühe und nahm die Verfolgung auf. Ayla keuchte, als er sein riesiges Organ ausstülpte und es zu einer langen, gebogenen Form anschwoll.

Der junge Mann neben ihr hatte gehört, wie sie plötzlich den Atem einzog, und warf ihr einen Blick zu. Sie drehte sich zu ihm um, und einen Moment lang schauten sie sich in die Augen. Zwar hatten sie beide schon Mammute gejagt, aber keiner von ihnen hatte die großen, wolligen Tiere öfter aus derartiger Nähe gesehen, und keiner von ihnen hatte je eine Paarung beobachtet. Jondalar spürte ein Prickeln in den Lenden, während er Ayla betrachtete. Sie war erregt, ihr Gesicht war gerötet, ihr Mund stand leicht offen, sie atmete hastig, und in ihren weit aufgerissenen Augen funkelte Neugierde. Fasziniert von dem ehrfurchtgebietenden Anblick der beiden Tiere, die im Begriff waren, der Großen Erdmutter die Ehre zu erweisen, die sie von all ihren Kindern verlangte, drehten sie sich schnell wieder zu ihnen um.

Die Kuh rannte, einen großen Bogen beschreibend, vor dem Bullen her, bis sie wieder bei ihrer Familie angelangt war, aber es nützte nicht viel. Wenig später wurde sie abermals gejagt. Ein Bulle holte sie ein und schaffte es, sie zu besteigen, aber sie entzog sich ihm wieder. Manchmal versuchte das Kalb der dunkelroten Kuh zu folgen, die noch etliche Male vor den jungen Bullen die Flucht ergriff, bis sie sich schließlich entschloß, bei den anderen Kühen zu bleiben. Jondalar fragte sich, warum sie sich so anstrengte, den interessierten Bullen zu entgehen. Erwartete die Mutter denn nicht auch von den weiblichen Mammuten, daß sie sie ehrten?

Als ob sie gemeinsam den Entschluß gefaßt hätten, auszuruhen und zu fressen, herrschte eine Zeitlang Ruhe. Alle Mammute wanderten langsam durch das Hochgras südwärts und rissen in stetigem Rhythmus einen Rüsselvoll nach dem anderen aus. In den kurzen Zeiten, in denen die Bullen sie in Ruhe ließen, stand die dunkelrote Kuh mit gesenktem Kopf da; sie versuchte zu fressen, schien aber sehr erschöpft zu sein.

Mammute verbrachten den größten Teil des Tages und der Nacht mit Fressen. Sie brauchten riesige Mengen Nahrung, die allerdings auch von allerschlechtester Qualität sein konnte – sie konnten sogar Rindenfetzen fressen, die sie mit ihren Rüsseln von Bäumen abgerissen hatten, obwohl sie darauf gewöhnlich nur im Winter angewiesen waren. Neben den mehreren hundert Pfund Rauhfutter, die sie täglich vertilgten und die ihren Körper im Laufe von zwölf Stunden passierten, fraßen sie auch eine kleine, aber überaus wichtige Menge von saftigen, nährstoffreicheren krautigen Pflanzen und gelegentlich auch ein paar Blätter von Weiden, Birken und Erlen, die gleichfalls mehr Nährstoffe enthielten als das grobe Hochgras, und Riedgräser, die in größeren Mengen aber für sie giftig waren.

Als sich die großen Tiere ein Stück weit entfernt hatten, befestigte Ayla die Halteleine an dem jungen Wolf, dessen Interesse an ihnen sogar noch größer war als das ihre. Er wollte näher an sie heran, aber Ayla wollte nicht, daß er die Herde aufstöberte oder belästigte. Ayla war überzeugt, daß die Leitkuh ihnen gestattet hatte, zu bleiben – aber nur, wenn sie Abstand hielten. Sie führten die Pferde, die gleichfalls nervös und aufgeregt zu sein schienen, und folgten der Herde. Obwohl Ayla und Jondalar die Tiere bereits eine ganze Weile beobachtet hatten, wollten sie beide noch nicht weiterreiten, denn nach wie vor lag etwas wie angespannte Erwartung in der Luft. Irgend etwas stand bevor. Vielleicht war es nur die Tatsache, daß die Paarung, die zu beobachten sie sich privilegiert, fast eingeladen fühlten, noch nicht stattgefunden hatte, aber irgendwie kam es ihnen so vor, als wäre es mehr als nur das.

Während sie langsam der Herde folgten, betrachteten sie beide die gewaltigen Tiere genauer, aber unter unterschiedlichem Blickpunkt. Ayla war seit ihrer Kindheit eine Jägerin gewesen und hatte schon häufig Tiere beobachtet, aber ihre Beute war in der Regel viel kleiner. Mammute wurden normalerweise nicht von Einzelpersonen gejagt, sondern von großen, organisierten und eng zusammenarbeitenden Gruppen. Sie war den großen Tieren früher sogar schon näher gewesen als jetzt – sie hatte mit den Mamutoi Jagd auf sie gemacht. Aber bei einer Jagd blieb nur wenig Zeit, zu beobachten und zu lernen, und sie wußte nicht, ob sie jemals wieder Gelegenheit haben würde, sie so eingehend zu studieren.

Obwohl sie mit dem unverwechselbaren Profil der Tiere vertraut war, nahm sie jetzt jede Einzelheit in sich auf. Der Kopf eines Mammuts war massig und turmförmig – mit großen Nebenhöhlen, in denen im Winter die eisige Atemluft angewärmt wurde, einem Fetthöcker und einem großen Büschel aus steifen, dunklen Haaren. Unmittelbar hinter dem hohen Kopf lag eine tiefe Einbuchtung, das Genick des kurzen Halses, gefolgt von einem zweiten Fetthöcker auf dem Widerrist oberhalb der Schultern. Von ihm aus fiel der Rücken steil ab zu dem schmalen Becken und den fast zierlichen Hüften. Da sie schon Mammutfleisch zerlegt und gegessen hatte, wußte sie aus Erfahrung, daß das Fett des zweiten Höckers anders beschaffen war als das der drei Zoll dicken Fettschicht, die unter der zähen Außenhaut lag. Es war zarter und schmackhafter.

Im Verhältnis zu ihrer Größe hatten die Wollmammute kurze Beine, was ihnen die Nahrungsaufnahme erleichterte, da sie sich im Gegensatz zu ihren in wärmerem Klima lebenden Verwandten nicht von den hochsitzenden Blättern der Bäume ernährten, sondern fast ausschließlich von Gras. Aber auch bei ihnen befand sich der Kopf hoch über dem Boden und war, zumal in Anbetracht der riesigen Stoßzähne, zu groß und zu schwer für einen langen Hals, der ihnen erlaubt hätte, auf die Weise zu fressen und zu trinken, wie Pferde und Hirsche es taten. Sie hatten das Problem, Nahrung und Wasser ins Maul zu befördern, gelöst, indem sie sich einen Rüssel zulegten.

Der bepelzte, biegsame Rüssel eines Wollmammuts war so kräftig, daß es damit einen Baum ausreißen oder einen schweren Eisbrocken aufheben und auf den Boden schleudern konnte, so daß er in kleinere, handlichere Stücke zerbrach, die ihm im Winter Trinkwasser lieferten; gleichzeitig war er so gewandt, daß es mit ihm ein einzelnes Blatt abpflücken konnte. Außerdem war er dem Abreißen von Gras hervorragend angepaßt: an seinem Ende saßen zwei Fortsätze – oben ein fingerartiger, den das Tier ganz gezielt bewegen konnte, und unten ein breiteres, abgeflachtes, sehr flexibles Gebilde, das fast einer Hand glich, aber einer ohne Knochen oder einzelne Finger.

Jondalar bewunderte die Kraft und Geschicklichkeit des Rüssels, als er beobachtete, wie ein Mammut den muskulösen unteren Fortsatz um ein Büschel dicht beieinander stehender Hochgrashalme schlang und sie zusammenhielt; mit dem fingerähnlichen oberen Auswuchs holte es weitere Halme heran, bis es eine gute Portion beisammen hatte. Es hielt das Bündel fest, indem es den oberen Finger wie einen Daumen darumlegte, und dann riß der bepelzte Rüssel das ganze Büschel mitsamt den Wurzeln aus dem Boden. Nachdem das Mammut einen Teil der anhaftenden Erde abgeschüttelt hatte, beförderte es das Büschel in sein Maul und griff, noch während es kaute, nach der nächsten Portion.

Die Verheerung, die eine Mammutherde bei ihrer langen Wanderung durch die Steppe zurückließ, war beträchtlich, jedenfalls dem Anschein nach. Aber obwohl sie das Gras mit den Wurzeln ausrissen und die Rinde von den Bäumen schälten, erwiesen sie der Steppe und anderen Tieren zugleich eine Wohltat. Indem sie das Hochgras mit seinen holzigen Halmen und kleine Bäume beseitigten, schufen sie Platz für Kräuter und frische Gräser – Pflanzen, die für etliche andere Bewohner der Steppe lebensnotwendig waren.

Ayla zitterte plötzlich und spürte tief in ihren Knochen eine seltsame Erregung. Dann fiel ihr auf, daß die Mammute aufgehört hatten zu fressen. Mehrere von ihnen hoben den Kopf, bewegten ihn vor und zurück und blickten mit aufgestellten Ohren nach Süden. Jondalar fiel auf, daß mit der dunkelroten Kuh, die alle Bullen verfolgt hatten, eine Veränderung vorgegangen war. Sie wirkte nicht mehr erschöpft, sondern schien auf irgend etwas zu warten. Plötzlich gab sie ein tiefes, vibrierendes, rumpelndes Geräusch von sich. Ayla spürte, wie eine Gänsehaut sie überlief, als aus Südwesten eine Antwort kam, die sich anhörte wie fernes Donnergrollen.

»Jondalar!« sagte sie. »Sieh nur – dort!«

Er schaute in die Richtung, in die sie gewiesen hatte. Auf sie zu stürmte in einer wie von einem Wirbelwind hochgejagten Staubwolke ein riesiges, hell rostfarbenes Mammut mit gewaltigen, nach oben gebogenen Stoßzähnen. An der Stelle, an der sie nebeneinander aus dem Oberkiefer hervorkamen, hatten sie einen unvorstellbaren Umfang. Sie wichen auseinander, wuchsen abwärts, bogen sich dann aufwärts und spiralig nach innen und verjüngten sich immer weiter, bis sie schließlich in abgenutzten Spitzen endeten.

Die dick bepelzten Eiszeitelefanten waren ziemlich kompakt gebaut und erreichten nur selten eine Schulterhöhe von über elf Fuß; aber ihre Stoßzähne hatten Ausmaße, die die jeder anderen Art ihrer Verwandtschaft weit übertrafen. Am Ende der etwa siebzigjährigen Lebenszeit konnte jeder der gewaltigen Elfenbeinschäfte eines Mammutbullen eine Länge von sechzehn Fuß und ein Gewicht von zweihundertsechzig Pfund haben.

Ein starker, scharfer, moschusähnlicher Geruch ging dem Bullen voraus und löste bei den Kühen heftige Erregung aus. Als er die Lichtung erreicht hatte, rannten sie alle auf ihn zu, setzten mit pladderndem Urin ihre Duftmarken, quiekten, trompeteten und rumpelten ihren Gruß. Sie umringten ihn, drehten sich und wendeten ihm das Hinterteil zu oder versuchten, ihn mit dem Rüssel zu berühren. Sie fühlten sich von ihm angezogen und gleichzeitig überwältigt. Die Bullen dagegen wichen an den Rand der Gruppe zurück.

Als er so nahe herangekommen war, daß auch Ayla und Jondalar ihn genau sehen konnten, waren sie gleichfalls tief beeindruckt. Er hielt den großen Kopf sehr hoch und stellte seinen stolzen Kopfschmuck zur Schau. Seine prachtvollen Stoßzähne, die an Länge und Umfang die kleineren und gestreckteren der Kühe bei weitem übertrafen, ließen selbst das beachtliche Elfenbein der größeren Bullen ganz bescheiden wirken. Die kleinen, dick bepelzten und aufgestellten Ohren, das dunkle, steife Haarbüschel auf dem Kopf und das hell rostfarbene Fell mit seinen langen, im Wind flatternden Deckhaaren gaben seiner ohnehin schon gewaltigen Gestalt Fülle. Er überragte selbst die größten Bullen der Herde um zwei Fuß und war fast doppelt so schwer wie die Kühe – bei weitem das größte Tier, das Ayla und Jondalar je gesehen hatten. Nachdem er mehr als fünfundvierzig Jahre lang schwere und gute Zeiten überstanden hatte, war er jetzt auf dem Höhepunkt seines Lebens angelangt, ein dominierender Mammutbulle in den besten Mannesjahren, und er war grandios.

Aber es war mehr als nur die natürliche, auf seiner Größe beruhende Dominanz, was die anderen Bullen veranlaßt hatte, sich zurückzuziehen. Ayla bemerkte, daß seine Schläfen stark angeschwollen waren, und das rostfarbene Fell zwischen den Augen und den Ohren war von schwarzen Streifen durchzogen, die von einer schleimigen, ständig aussickernden Flüssigkeit stammten. Außerdem speichelte er unablässig und setzte von Zeit zu Zeit einen scharf riechenden Urin ab, der auf dem Fell an seinen Beinen und auf der Scheide, in der sein Glied steckte, einen grünlichen Belag bildete. Sie fragte sich, ob er vielleicht krank war.

Aber die geschwollenen Schläfendrüsen und die anderen Symptome waren nicht die Anzeichen einer Krankheit. Bei den Wollmammuten wurden nicht nur die Kühe brünstig, auch bei den voll ausgewachsenen Bullen gab es alljährlich eine Zeit erhöhter Paarungsbereitschaft, die man Musth nannte. Obwohl ein Mammutbulle mit etwa zwölf Jahren geschlechtsreif wurde, setzte die Musth erst ein, wenn er fast dreißig Jahre alt war, und dauerte dann im allgemeinen nur etwa eine Woche. Aber wenn er Ende Vierzig, auf dem Höhepunkt seiner Kraft und in bester körperlicher Verfassung war, dann konnte er alljährlich drei bis vier Monate in Musth sein. Obwohl sich jeder geschlechtsreife Bulle mit einer brünstigen Kuh paaren konnte, wenn sie es zuließ, hatten die Bullen bei den Kühen wesentlich mehr Erfolg, wenn sie in Musth waren.

Der große rostfarbene Bulle war nicht nur ein dominierendes Tier, er war auch in Musth, und er war auf den Ruf der brünstigen Kuh hin gekommen, um sich mit ihr zu paaren.

Aus geringer Entfernung erkannten Mammutbullen, genau wie die meisten anderen Säugetiere auch, am Geruch der Kühe, ob sie empfängnisbereit waren. Aber Mammute durchstreiften derart große Gebiete, daß sie noch eine weitere Methode entwickelt hatten, einander mitzuteilen, daß sie bereit waren, sich zu paaren. Wenn eine Kuh brünstig oder eine Bulle in Musth war, änderte sich ihre Stimmlage. Sehr tiefe Töne verhallten über größere Entfernungen hinweg nicht so wie höhere, und die tiefen, grollenden Rufe, die nur zu dieser Zeit ausgestoßen wurden, waren auf den endlosen Ebenen meilenweit zu hören.

Das dumpfe Grollen der brünstigen Kuh konnten Ayla und Jondalar ganz deutlich hören, aber bei dem Bullen in Musth waren die Laute so tief, daß sie sie kaum wahrnahmen. Auch unter normalen Umständen hielten Mammute oft über große Entfernungen hinweg mit dumpf grollenden Lauten Verbindung, die die meisten Menschen nicht hörten. Die Bullen in Musth dagegen gaben ein überaus lautes, tiefes Brüllen von sich, und die brünstigen Kühe brüllten sogar noch lauter. Obwohl einige Leute imstande waren, die Schwingungen der tiefen Töne wahrzunehmen, lagen die meisten Elemente der Laute doch in einem Bereich außerhalb des menschlichen Hörvermögens.

Die dunkelrote Kuh hatte sich den jüngeren Bullen verweigert, die ihr Geruch und ihre tiefen, grollenden Rufe angezogen hatten. Sie hatte einen älteren, dominierenden Bullen gewollt als Erzeuger ihres Jungen, einen, der durch ein langes Leben bereits seine Gesundheit und seine Überlebensinstinkte unter Beweis gestellt hatte, und zudem einen, dessen Manneskraft Zeugungsfähigkeit versprach; mit anderen Worten, einen in Musth. Natürlich stellte sie keine derartigen Überlegungen an – es waren einfach Dinge, die ihr Körper wußte.

Nun, da er hier war, war sie bereit. Die dunkelrote Kuh rannte mit schwingendem Haarkleid auf den großen Bullen zu, stieß ihre tiefen, grollenden Rufe aus und zuckte mit den kleinen, bepelzten Ohren. Sie ließ Wasser, das laut auf den Boden klatschte, dann näherte sie ihren Rüssel seinem langen, gebogenen Glied und erschnupperte und kostete seinen Urin. Laut stöhnend drehte sie sich um und stieß dabei mit hoch erhobenem Kopf sein Hinterteil an.

Der große Bulle legte ihr den Rüssel auf den Rücken und liebkoste und beruhigte sie; sein riesiges Glied berührte fast den Boden. Dann stieg er, ritt auf und legte die Vorderbeine weit vorn auf ihren Rücken. Er war um so vieles größer als sie, fast doppelt so groß, daß es fast aussah, als würde er sie erdrücken, aber er trug den größten Teil seines Gewichts mit den Hinterbeinen. Mit dem hakenförmigen Ende seines doppelt geschwungenen, unwahrscheinlich beweglichen Gliedes fand er ihre Leibesöffnung und drang tief in sie ein. Er öffnete das Maul und brüllte auf.

Das dumpfe Grollen, das Jondalar vernahm, klang gedämpft und hörte sich an, als käme es aus großer Entfernung; dennoch erregte es ihn. Ayla hörte das Brüllen nur wenig lauter, aber sie zitterte heftig, und ein Beben durchfuhr sie. Die dunkelrote Kuh und der rostfarbene Bulle behielten ihre Position einen langen Moment bei. Obwohl die Bewegung des Bullen nur schwach war, wogten die langen, rötlichen Haare seines dichten Fells am ganzen Körper vor Intensität und Anstrengung. Dann zog er sein Glied heraus und stieg ab. Die Kuh bewegte sich vorwärts und gab ein tiefes, anhaltendes Gebrüll von sich, das Ayla einen Schauder über den Rücken jagte.

Die ganze Herde rannte auf die dunkelrote Kuh zu, trompetend und grollend. Die Tiere berührten mit dem Rüssel ihr Maul und ihre nasse Leibesöffnung und setzten vor Erregung Kot und Wasser ab. Der rostfarbene Bulle schien das Durcheinander um ihn herum überhaupt nicht zur Kenntnis zu nehmen, sondern stand mit gesenktem Kopf ruhend da. Schließlich beruhigten sich die anderen Mammute und wanderten davon, um zu fressen. Nur das Kalb blieb in der Nähe der dunkelroten Kuh, die abermals ein tiefes Grollen von sich gab und dann ihren Kopf an der Schulter des rostfarbenen Bullen rieb.

Obwohl die dunkelrote Kuh sie nicht weniger reizte als zuvor, wagte sich keines der anderen männlichen Tiere in ihre Nähe, so lange der große Bulle da war. Musth bewirkte nicht nur, daß ein Bulle auf Kühe einen unwiderstehlichen Anreiz ausübte, sondern ließ ihn auch über andere Bullen dominieren und machte ihn sehr aggressiv, sogar größeren Tieren gegenüber, sofern sie sich nicht gleichfalls in diesem Zustand der Erregung befanden. Die anderen Bullen hielten Abstand, weil sie wußten, daß der Rostfarbene sehr reizbar war. Nur ein anderer Bulle in Musth würde es wagen, ihm gegenüberzutreten, und das auch nur, wenn er annähernd dieselbe Größe hatte. Dann würde es, wenn sie sich beide zu derselben Kuh hingezogen fühlten, unweigerlich zu einem Kampf kommen, der mit schweren Verletzungen oder sogar dem Tod enden konnte.

Fast schien es, als wären ihnen die Konsequenzen bekannt: im allgemeinen gingen sie einander aus dem Wege und vermieden Kämpfe. Die tiefen Rufe und die durchdringende Urinfährte eines Bullen in Musth wiesen nicht nur brünstige Kühe auf seine Anwesenheit hin, sondern verrieten auch anderen Bullen, wo er sich aufhielt. Während der sechs oder sieben Monate, in der die Kühe brünstig werden konnten, waren jeweils nur drei oder vier weitere Bullen in Musth, aber es war unwahrscheinlich, daß einer von ihnen es wagen würde, dem großen Rostfarbenen die brünstige Kuh streitig zu machen. Er war in der Herde der dominierende Bulle, ob in Musth oder nicht, und das wußte er auch.

Während sie weiterhin die Mammute beobachteten, fiel Ayla auf, daß die dunkelrote Kuh und der hellere, rostfarbene Bulle auch dann nahe beieinander blieben, als sie zu fressen begannen. Einmal entfernte sich die Kuh ein paar Schritte weit von ihm, um sich einen Rüssel voll besonders saftiger Kräuter zu holen. Ein junger Bulle, gerade erst geschlechtsreif geworden, versuchte sich ihr zu nähern; doch als die Kuh zu ihrem Gefährten zurücklief, stürzte der rostfarbene Bulle sich dumpf grollend auf ihn. Der scharfe, durchdringende Geruch und das tiefe Grollen taten ihre Wirkung. Der junge Bulle lief rasch davon, dann senkte er demütig den Kopf und hielt Abstand. Endlich, solange sie in der Nähe des großen Bullen in Musth blieb, konnte die dunkelrote Kuh sich ausruhen und fressen, ohne gejagt zu werden.

Obwohl der Mann und die Frau wußten, daß es vorbei war, und es Jondalar wie üblich drängte, sich auf den Weg zu machen, konnten sie sich doch nicht zum sofortigen Weiterreiten entschließen. Sie waren tief beeindruckt und empfanden es als Ehre, daß sie der Paarung der Mammute hatten zusehen dürfen. Sie hatten das Gefühl, nicht nur Beobachter gewesen zu sein, sondern daran teilgehabt zu haben wie an einer bewegenden und bedeutenden Zeremonie. Ayla verspürte den Wunsch, zu ihnen hinzulaufen und sie gleichfalls zu berühren, um ihrem Verständnis Ausdruck zu geben und ihr Glück zu teilen.

Bevor sie aufbrachen, stellte Ayla fest, daß viele der eßbaren Pflanzen, die sie unterwegs bemerkt hatten, ganz in der Nähe wuchsen; sie beschluß, einige davon zu sammeln. Sie benutzte ihren Grabstock für Wurzeln und ein spezielles, ziemlich dickes und kräftiges Feuersteinmesser zum Abschneiden von Stengeln und Blättern. Jondalar beugte sich neben ihr nieder, um zu helfen; allerdings mußte sie ihm sagen, was sie haben wollte.

Es verblüffte sie noch immer. In der Zeit, in der sie im Löwen-Lager gelebt hatte, waren ihr die Bräuche und Arbeitsmuster der Mamutoi vertraut geworden, die sich von denen des Clans erheblich unterschieden. Aber selbst dort hatte sie zumeist mit Deegie oder Nezzie zusammengearbeitet; viele Leute arbeiteten gemeinsam, und sie hatte vergessen, wie bereitwillig er auch Tätigkeiten ausübte, die bei den Männern des Clans als Frauenarbeit gegolten hatten. Doch seit sie einander im Tal der Pferde begegnet waren, hatte Jondalar nie gezögert, alles zu tun, was sie tat; er war überrascht gewesen, daß sie nicht von ihm erwartet hatte, daß er bei der Arbeit mithalf, die getan werden mußte. Jetzt, wo sie beide miteinander allein waren, wurde sie sich dieser Seite seines Wesens von neuem bewußt.

Als sie dann endlich aufgebrochen waren, ritten sie eine Zeitlang schweigend nebeneinander her. Ayla weilte in Gedanken noch immer bei den Mammuten. Außerdem dachte sie an die Mamutoi, die sie aufgenommen und ihr ein Heim gegeben hatten, als sie keines gehabt hatte. Sie nannten sich Mammutjäger, obwohl sie auch viele andere Tiere jagten, und die großen, wollhaarigen Geschöpfe nahmen bei ihnen einen einzigartigen Ehrenplatz ein, obwohl sie Jagd auf sie machten. Sie lieferten ihnen nicht nur einen Großteil dessen, was sie zum Leben brauchten – Fleisch, Fett, Häute, Wolle für Schnüre und Seile, Elfenbein für Werkzeuge und Schnitzarbeiten, Knochen als Baumaterial und sogar Brennstoff –, die Jagd auf Mammute hatte für sie auch eine tiefgründige spirituelle Bedeutung.

Sie empfand sich jetzt mehr als je zuvor als Mamutoi, obwohl sie fortreiste. Sie hatte das Gefühl, als wäre ihre Begegnung mit der Herde kein Zufall gewesen. Sie war ganz sicher, daß es einen Grund dafür geben mußte, und fragte sich, ob Mut, die Erdmutter, oder vielleicht ihr Totem versuchte, ihr etwas mitzuteilen. In letzter Zeit hatte sie oft an den Geist des Großen Höhlenlöwen denken müssen, das Totem, das Creb ihr verliehen hatte, und sich gefragt, ob es sie noch immer beschützte, obwohl sie nicht mehr zum Clan gehörte, und ob in ihrem neuen Leben mit Jondalar überhaupt Raum war für einen Totemgeist des Clans.

Endlich wurde der Bewuchs mit Hochgras dünner, und sie ritten auf der Suche nach einem Lagerplatz näher an den Fluß heran. Jondalar warf einen Blick auf die im Westen untergehende Sonne und entschied, daß es zu spät war, um noch auf die Jagd zu gehen. Er bedauerte es nicht, daß sie haltgemacht hatten, um die Mammute zu beobachten, aber er hatte gehofft, noch auf die Jagd nach Fleisch gehen zu können, das nicht nur für ihr Abendessen reichte, sondern auch noch für die nächsten Tage. Er wollte den getrockneten Reiseproviant, den sie mit sich führten, nicht angreifen, wenn es nicht unbedingt nötig war. Wie die Dinge lagen, mußten sie sich am Morgen Zeit für die Jagd nehmen.

Das Tal mit seinem fruchtbaren Schwemmland hatte sich verändert und mit ihm die Vegetation. Als die Ufer des schnell fließenden Flusses anstiegen, wurde zu Jondalars Erleichterung das Gras kürzer. Es reichte kaum noch bis an die Bäuche der Pferde heran. Er zog es vor, zu sehen, wo er hinritt. Als dann das Gelände am oberen Ende eines Abhangs ebener zu werden begann, nahm die Landschaft ein vertrautes Aussehen an. Nicht, daß sie schon jemals zuvor an diesem besonderen Ort gewesen wären, aber mit den hohen Ufern und den tief ausgewaschenen, zum Fluß hinunterführenden Rinnen sah diese Gegend der Umgebung des Löwen-Lagers sehr ähnlich.

Sie ritten eine sanfte Anhöhe hinauf, und Jondalar stellte fest, daß der Fluß eine Biegung nach links, nach Osten machte. Es war an der Zeit, die lebensspendende Wasserader zu verlassen, die sich in zahllosen Windungen ihren Weg nach Süden bahnte, und nach Westen abzubiegen. Er hielt einen Moment an, um einen Blick auf die Karte zu werfen, die Talut für ihn in ein Stück Elfenbein geritzt hatte. Als er aufschaute, sah er, daß Ayla abgesessen war, am Rand der Uferböschung stand und über den Fluß blickte. Irgend etwas an ihrer Haltung deutete darauf hin, daß sie erregt oder unglücklich war.

Er schwang sein Bein herum, glitt vom Pferd herunter und trat neben sie. Am anderen Ufer sah er, was ihre Aufmerksamkeit erregt hatte. Auf einer Terrasse auf halber Höhe der jenseitigen Uferböschung erhob sich ein großer, länglicher, mit Grasbüscheln bewachsener Hügel. Er schien ein Teil der Landschaft zu sein, aber der mit einer dicken Mammuthaut verschlossene bogenförmige Eingang verriet seinen wahren Charakter. Es war eine Erdhütte wie diejenigen, die das Löwen-Lager bewohnte, bei dem sie den voraufgegangenen Winter verbracht hatten.

Während Ayla das vertraut aussehende Gebilde betrachtete, erinnerte sie sich ganz deutlich an das Innere der Erdhütte des Löwen-Lagers. Die geräumige, zur Hälfte unter der Erde liegende Behausung war so gebaut, daß sie viele Jahre überdauern konnte. Für den Fußboden, der sich unter der Erdoberfläche befand, war der feine Löß des Flußufers ausgeschachtet worden. Den Wänden und dem runden, mit Lehm aus dem Fluß abgedeckten Dach aus Grassoden gab ein Gerüst festen Halt, das aus mehr als einer Tonne großer Mammutknochen bestand; an der Decke waren Hirschgeweihe ineinander verflochten und zusammengeschnürt worden, und zwischen den Knochen und den Soden befand sich eine dicke Gras- und Schilfschicht. Erdbänke an den Seiten waren zu warmen Betten geworden, und tiefe Vorratsgruben reichten bis in die kalte Permafrostschicht hinab. Der Eingang bestand aus zwei großen, gebogenen Mammutzähnen, deren stumpfe Enden im Boden steckten, während die Spitzen aufeinander zuführten und zusammentrafen. Es war durchaus kein provisorisches Bauwerk, sondern eine dauerhafte Ansiedlung unter einem Dach, die mehreren Familien Platz bot. Sie war ganz sicher, daß auch die Bewohner dieser Erdhütte die Absicht hatten, dorthin zurückzukehren, wie die Leute vom Löwen-Lager es jeden Winter taten.

»Sie müssen beim Sommertreffen sein«, sagte Ayla. »Ich wüßte zu gern, welchem Lager dieses Haus gehört.«

»Vielleicht gehört es dem Federgras-Lager«, meinte Jondalar.

»Vielleicht«, sagte Ayla, dann starrte sie schweigend über den Fluß auf die Hütte. »Es sieht so leer aus«, erklärte sie schließlich. »Als wir abreisten, ist mir der Gedanke, daß wir das Löwen-Lager nie wiedersehen würden, überhaupt nicht gekommen. Ich weiß noch – als ich von meinen Sachen das aussortierte, was ich zum Sommertreffen mitnehmen wollte, ließ ich etliches zurück. Wenn ich gewußt hätte, daß wir nicht zurückkehren würden, hätte ich vielleicht alles mitgenommen.«

»Tut es dir leid, daß du fortgegangen bist, Ayla?« Jondalars Anteilnahme zeigte sich, wie immer, in den Sorgenfalten auf seiner Stirn. »Ich habe dir gesagt, wenn du es wolltest, würde ich bleiben und auch ein Mamutoi werden. Ich weiß, daß du bei ihnen ein Heim gefunden hattest und glücklich warst. Es ist noch nicht zu spät. Noch können wir umkehren.«

»Nein. Ich bin traurig, weil ich sie verloren habe, aber es tut mir nicht leid. Ich möchte mit dir zusammensein. Das ist, was ich mir von Anfang an gewünscht habe. Und ich weiß, daß du nach Hause zurückkehren möchtest. Das wolltest du, seit wir einander kennenlernten. Du würdest dich vielleicht daran gewöhnen, hier zu leben, aber wirklich glücklich würdest du dabei nie sein. Du würdest immer deine Leute vermissen, deine Familie, die Menschen, bei denen du geboren wurdest. Ich werde nie wissen, bei wem ich geboren wurde. Meine Leute waren der Clan.«

Aylas Gedanken kehrten sich nach innen, und Jondalar sah, wie ein sanftes Lächeln auf ihrem Gesicht erschien. »Iza wäre sehr glücklich gewesen, wenn sie hätte wissen können, daß ich mit dir gehe. Du hättest ihr auch gefallen. Schon lange bevor ich fortging, sagte sie mir, daß ich nicht zum Clan gehörte, obwohl ich mich an nichts und niemanden erinnern konnte außer daran, daß ich bei ihnen gelebt hatte. Iza war meine Mutter, die einzige, die ich je gekannt habe, aber sie wollte, daß ich den Clan verließ. Sie hatte Angst um mich. Bevor sie starb, sagte sie zu mir: ›Suche deine eigenen Leute, suche dir einen eigenen Gefährten.‹ Keinen Mann aus dem Clan, einen Mann, der so ist wie ich; jemanden, den ich lieben kann, der für mich sorgt. Aber in dem Tal war ich so lange allein, daß ich schon nicht mehr glaubte, daß ich ihn jemals finden würde. Und dann bist du gekommen. Iza hat recht gehabt. So schwer mir der Abschied auch gefallen ist – ich mußte meine eigenen Leute finden. Wenn da nicht mein Sohn Durc gewesen wäre, könnte ich Broud fast dankbar sein, daß er mich zum Fortgehen gezwungen hat. Wenn ich beim Clan geblieben wäre, hätte ich niemals einen Mann gefunden, der mich liebt, oder einen, der mir so viel bedeutet.«

»Wir sind gar nicht so verschieden voneinander, Ayla. Auch ich habe nicht geglaubt, daß ich jemanden finden würde, den ich lieben kann, obwohl ich bei den Zelandonii viele Frauen kannte und wir auf unserer Reise noch viele weitere getroffen haben. Thonolan gewann rasch Freunde, selbst unter Fremden, und er hat mir vieles erleichtert.« Er schloß für einen Moment gequält die Augen; die Erinnerung schmerzte, und der Kummer spiegelte sich auf seinem Gesicht. So oft Jondalar seinen Bruder erwähnte, konnte Ayla erkennen, daß er seinen Tod noch nicht verwunden hatte.

Sie betrachtete Jondalar, seinen hochgewachsenen, muskulösen Körper, sein langes, schlichtes, flachsblondes Haar, das er mit einem Riemen im Nacken zusammengebunden hatte, sein attraktives, gut geschnittenes Gesicht. Nachdem sie ihn beim Sommertreffen beobachtet hatte, bezweifelte sie, daß er seines Bruders Hilfe brauchte, um Freunde zu gewinnen; vor allem bei den Frauen hatte er leichtes Spiel, und sie wußte, warum. Mehr noch als sein Körperbau und sein hübsches Gesicht waren es seine Augen, seine lebensvollen, leuchtend blauen Augen, die ihm eine magnetische Anziehungskraft verliehen und eine Persönlichkeit, die so zwingend war, daß man sich ihr kaum entziehen konnte.

So war es auch jetzt, als er sie ansah. Aus seinen Augen sprachen Wärme und Verlangen. Sie spürte, wie ihr Körper schon auf die bloße Berührung dieser Augen reagierte. Sie dachte an die dunkelrote Mammutkuh, die sich all den anderen Bullen verweigert und darauf gewartet hatte, daß der große rostfarbene Bulle kam, und dann keine Minute mehr warten wollte; aber auch im Hinauszögern, in der Erwartung lag Genuß.

Sie liebte es, ihn anzusehen, ihn in sich aufzunehmen. Sie hatte gedacht, daß er schön war, als sie ihn das erste Mal zu Gesicht bekam, obwohl sie niemanden kannte, mit dem sie ihn hätte vergleichen können. Seither hatte sie begriffen, daß auch andere Frauen es liebten, ihn anzusehen, daß sie ihn für bemerkenswert attraktiv hielten, und daß es ihn verlegen machte, wenn man es ihm sagte. Sein gutes Aussehen hatte ihm mindestens ebenso viel Kummer wie Vergnügen bereitet, und daß er sich durch Eigenschaften auszeichnete, für die er nichts konnte, verschaffte ihm keinerlei Befriedigung. Sie waren Gaben der Großen Mutter, nicht das Ergebnis eigener Bemühung.

Aber die Große Erdmutter hatte es nicht bei seiner äußeren Erscheinung bewenden lassen. Sie hatte ihn mit einem scharfen und lebhaften Verstand ausgestattet, der sich in erster Linie auf das Erfühlen und Begreifen seiner Welt richtete, und mit einer natürlichen Geschicklichkeit. Ausgebildet von dem Mann, der zur Zeit seiner Geburt der Gefährte seiner Mutter gewesen war und als einer der Besten auf seinem Gebiet galt, war Jondalar zu einem tüchtigen Werkzeugmacher geworden, der auf seiner Reise sein handwerkliches Können durch das Lernen von anderen Steinschlägern noch gesteigert hatte.

Für Ayla jedoch war er nicht nur deshalb ein schöner Mann, weil er nach den Maßstäben seines Volkes überaus attraktiv war, sondern weil er, so weit ihre Erinnerung reichte, der erste Mensch gewesen war, der ihr ähnelte. Er war einer der *Anderen*, kein Mann des Clans. Als er in ihr Tal kam, hatte sie, wenn auch unauffällig, sein Gesicht eingehend betrachtet, sogar wenn er schlief. Es war ihr wie ein Wunder vorgekommen, nach so vielen Jahren, in denen sie die einzige gewesen war, die anders aussah, ein Gesicht zu sehen, das ebenso gebildet war wie das ihre, das keine dicken Brauenwülste hatte und keine fliehende Stirn und keine große, hochrückige Nase, ein Gesicht, das nicht vorsprang und kinnlos war.

Wie bei ihr war auch bei Jondalar die Stirn hoch und glatt und ohne dicke Brauenwülste. Seine Nase und sogar seine Zähne waren verhältnismäßig klein, und sein Unterkiefer endete, genau wie bei ihr, in einem knöchernen Kinn. Nachdem sie ihn gesehen hatte, konnte sie begreifen, weshalb die

Leute vom Clan gemeint hatten, sie hätte ein flaches Gesicht und eine gewölbte Stirn. Sie hatte oft genug ihr Spiegelbild in stehendem Wasser betrachtet und geglaubt, was man über sie gesagt hatte. Ungeachtet der Tatsache, daß Jondalar sie ebenso überragte, wie sie die Leute vom Clan überragt hatte, und daß ihr seither schon mehr als ein Mann erklärt hatte, sie wäre schön, hielt sie sich im Innersten ihres Wesens nach wie vor für zu groß und häßlich.

Aber weil Jondalar ein Mann war, mit kraftvolleren Zügen und härteren Konturen, wies er mehr Ähnlichkeit mit den Clan-Leuten auf als sie. Bei ihnen war sie aufgewachsen, sie lieferten ihr die Maßstäbe, und im Gegensatz zu allen anderen Menschen ihrer Art hielt sie sie nicht für häßlich. Jondalar dagegen, mit einem Gesicht, das so war wie das ihre und dennoch mehr als das ihre ein Clan-Gesicht, war schön.

Jondalars hohe Stirn glättete sich, als er lächelte. »Ich bin froh, daß du glaubst, ich hätte ihr gefallen. Ich hätte deine Iza gern kennengelernt«, sagte er, »und die anderen von deinem Clan. Aber ich mußte zuerst dir begegnen, sonst hätte ich nie eingesehen, daß auch sie Menschen sind und daß ich sie hätte kennenlernen *können*. Wenn man dich über den Clan reden hört, muß man glauben, daß sie gute Menschen sind. Ich würde gern einmal einem von ihnen begegnen.«

»Viele Leute sind gute Menschen. Nach dem Erdbeben nahm der Clan mich auf. Ich war damals noch ein kleines Mädchen. Nachdem Broud mich aus dem Clan vertrieb, hatte ich niemanden. Ich war Ayla von den Nicht-Leuten, bis das Löwen-Lager mich akzeptierte, mir einen Ort gab, an den ich hingehörte, und mich zu Ayla von den Mamutoi machte.«

»Die Mamutoi und die Zelandonii sind gar nicht so verschieden voneinander. Ich glaube, meine Leute werden dir gefallen, und du wirst ihnen gefallen.«

»Dessen bist du dir nicht immer so sicher gewesen«, sagte Ayla. »Ich erinnere mich, daß du Angst hattest, sie würden nichts von mir wissen wollen, weil ich beim Clan aufgewachsen bin, und wegen Durc.«

Jondalar errötete vor Verlegenheit.

»Sie würden meinen Sohn für ein Monstrum halten, einen Wechselbalg gemischter Geister, halb Mensch, halb Tier – so hast du selbst ihn einmal genannt –, und weil ich ihn geboren habe, würden sie von mir noch schlechter denken.«

»Ayla, bevor wir das Sommertreffen verließen, mußte ich dir versprechen, immer die Wahrheit zu sagen und nichts für mich zu behalten. Die Wahrheit ist, daß ich mir anfangs Sorgen gemacht habe. Ich wollte, daß du mitkommst, aber ich wollte nicht, daß du anderen von dir erzählst. Ich wollte, daß du deine Kindheit geheimhältst, über sie lügst, obwohl ich Lügen hasse – und du das Lügen nie gelernt hast. Ich hatte Angst, sie würden dich ablehnen. Ich weiß, was das bedeutet, und ich wollte nicht, daß man dir auf diese Weise wehtut. Aber ich hatte auch meinetwegen Angst. Ich fürchtete, sie würden auch mich ablehnen, weil ich dich mitgebracht hatte, und das wollte ich nicht noch einmal durchmachen. Dennoch konnte ich den Gedanken nicht ertragen, ohne dich weiterleben zu müssen. Ich wußte nicht, was ich tun sollte.«

Ayla erinnerte sich nur zu gut an ihre Verwirrung und Verzweiflung angesichts der Qualen der Unentschlossenheit, die er durchlebt hatte. Sie war glücklich gewesen bei den Mamutoi und gleichzeitig Jondalars wegen tief unglücklich.

»Jetzt weiß ich es, obwohl ich dich zuerst fast verlieren mußte, bis es mir klar geworden war«, fuhr Jondalar fort. »Niemand bedeutet mir mehr als du, Ayla. Ich möchte, daß du du selbst bist und immer das sagst und tust, was du für richtig hältst, denn das ist es, was ich an dir liebe. Und jetzt bin ich überzeugt, daß die meisten Menschen dich willkommen heißen werden. Ich habe erlebt, wie es passierte, und ich habe vom Löwen-Lager und den Mamutoi etwas Wichtiges gelernt. Nicht alle Menschen denken gleich, und Ansichten können sich ändern. Manche Leute werden zu dir halten, manchmal diejenigen, von denen du es am wenigsten erwartest, und manche Leute bringen genügend Mitgefühl auf, um ein Kind zu lieben und aufzuziehen, das andere ein Monstrum nennen.«

»Mir hat es nicht gefallen, wie sie Rydag beim Sommertreffen behandelt haben«, sagte Ayla. »Einige von ihnen wollten ihm nicht einmal ein richtiges Begräbnis zukommen lassen.« Jondalar hörte den Zorn in ihrer Stimme, aber er sah auch die Tränen hinter dem Zorn.

»Mir hat es auch nicht gefallen. Manche Leute wollen sich nicht ändern. Sie wollen die Augen nicht aufmachen und das Offensichtliche nicht wahrnehmen. Auch bei mir hat es lange gedauert. Ich kann dir nicht versprechen, daß die Zelandonii dich aufnehmen werden, Ayla, aber wenn sie es nicht tun, dann suchen wir uns ein anderes Zuhause. Ja, ich möchte heimkehren zu meinen Leuten. Ich möchte meine Familie wiedersehen, meine Freunde. Ich möchte meiner Mutter von Thonolan berichten und Zelandoni bitten, nach seinem Geist Ausschau zu halten für den Fall, daß er noch nicht seinen Weg in die nächste Welt gefunden hat. Ich hoffe, daß wir bei ihnen ein Zuhause finden werden. Aber wenn nicht, dann ist das jetzt für mich nicht mehr so wichtig. Das ist die andere Sache, die ich gelernt habe. Und es ist der Grund dafür, daß ich erklärt habe, ich würde zusammen mit dir hier bleiben, wenn du es willst. Es war mein voller Ernst.«

Er hatte ihr beide Hände auf die Schultern gelegt und blickte ihr mit grimmiger Entschlossenheit in die Augen. Er wollte ganz sicher sein, daß sie ihn verstand. Sie sah seine Überzeugung, seine Liebe, und dennoch fragte sie sich, ob es richtig gewesen war, die Mamutoi zu verlassen.

»Und wenn deine Leute uns nicht wollen – wohin gehen wir dann?«

Er lächelte sie an. »Wir werden einen anderen Ort finden, Ayla, wenn es sein muß, aber ich glaube nicht, daß wir dazu gezwungen sein werden. Ich sagte es bereits – die Zelandonii sind gar nicht so verschieden von den Mamutoi. Sie werden dich lieben, genau wie ich dich liebe. Ich mache mir deshalb keine Sorgen mehr, und ich weiß nicht, warum ich es jemals getan habe.«

Ayla erwiderte sein Lächeln. Sie freute sich, daß er so sicher war, daß seine Leute sie aufnehmen würden. Sie wünschte sich nur, seine Zuversicht teilen zu können. Vielleicht hatte er vergessen oder gar nicht recht begriffen, welch tiefen und nachhaltigen Eindruck seine Reaktion auf sie gemacht hatte, als sie ihm zum erstenmal von ihrem Sohn und ihrer Vergangenheit erzählt hatte. Er war zurückgefahren und hatte sie mit einem derartigen Abscheu angesehen, daß sie es nie vergessen würde. Es war fast so gewesen, als hätte er in ihr eine widerliche, schmutzige Hyäne gesehen.

Als sie sich wieder auf den Weg gemacht hatten, mußte Ayla immer wieder daran denken, was sie am Ende ihrer Reise erwarten mochte. Es stimmte, Leute konnten sich ändern. Jondalar hatte sich von Grund auf geändert. Sie wußte, daß jetzt keine Spur jenes Widerwillens mehr in ihm steckte, aber wie stand es mit den Leuten, von denen er ihn hatte? Wenn seine Reaktion so unwillkürlich, so heftig gewesen war, dann mußten seine Angehörigen sie ihm eingepflanzt haben, als er heranwuchs. Warum sollten sie anders auf sie reagieren, als er es getan hatte? So sehr es sie danach verlangte, mit Jondalar zusammenzusein, und so glücklich sie darüber war, daß er sie mit nach Hause nehmen wollte – die Begegnung mit den Zelandonii war etwas, das sie nicht unbedingt herbeisehnte.

VIERTES KAPITEL

Sie hielten sich weiterhin dicht am Fluß. Jondalar war fast sicher, daß er nach Osten verlief, befürchtete aber, daß es nur eine der vielen Windungen war, die er in seinem Lauf beschrieb. Wenn der Fluß die Richtung änderte, dann war hier die Stelle, an der sie ihn – und die Sicherheit einer unverfehlbaren Route – verlassen und einen Weg quer durchs Land einschlagen mußten, und er wollte sicher sein, daß dies tatsächlich die richtige Stelle war.

Sie hatten mehrere Plätze gefunden, die sich für ein Nachtlager geeignet hätten, aber Jondalar suchte, nachdem er seine Karte konsultiert hatte, einen Lagerplatz, den Talut eingezeichnet hatte. Dieser Platz war die Landmarke, die er brauchte, um ihren Standort zu bestimmen. Der Platz wurde regelmäßig benutzt, und er hoffte, daß seine Vermutung, daß er sich ganz in der Nähe befand, richtig war. Doch die Karte gab nur ungefähre Richtungen und Landmarken an und war bestenfalls ungenau. Talut hatte sie hastig auf ein Stück Elfenbein geritzt, um die mündlichen Anweisungen, die er gegeben hatte, zu verdeutlichen und eine Gedächtnisstütze zu liefern; sie war nicht als exakte Darstellung der Route gedacht.

Als das Ufer auch weiterhin anstieg und vom Fluß zurückwich, blieben sie auf dem höher liegenden Gelände, um einen weiteren Ausblick zu haben, obwohl sie sich auf diese Weise weiter vom Fluß entfernten. Unten, näher am fließenden Wasser, trocknete ein See zu einem Sumpf aus. Er hatte als U-förmige Ausbuchtung des Flusses begonnen, der wie alle fließenden Gewässer auf ihrem Weg durch flaches Land zahlreiche Schlingen beschrieb. Schließlich hatte sich die Ausbuchtung geschlossen und war, als der Fluß seine Richtung änderte, zu einem isolierten kleinen See geworden. Da keine Wasserquelle mehr vorhanden war, begann er auszutrocknen. Jetzt war das tiefliegende Gelände eine Feuchtwiese, auf der Schilf und Rohrkolben wuchsen; das tieferliegende Ende war von wasserliebenden Sumpfpflanzen überwuchert. Im Laufe der Zeit würde aus der grünen Senke ein Stück Grasland mit einem durch dieses Feuchtstadium angereicherten Boden werden.

Jondalar hätte fast nach seinem Speer gegriffen, als er sah, wie ein Elch aus der Deckung des Waldes am Rande des Sumpfes hervorbrach und ins Wasser stapfte, aber er war außer Wurfweite; außerdem wäre es schwierig gewesen, ihn aus dem Sumpf herauszuholen. Ayla beobachtete, wie das scheinbar unbeholfene Tier mit der überhängenden Nase und dem großen, schaufelförmigen, noch mit Bast überzogenen Geweih in den Sumpf hineinwanderte. Es hob die langen Beine hoch an und ließ die großen Füße, die ein Einsinken in den schlammigen Grund verhinderten, niederplumpsen, bis das Wasser seine Flanken erreichte. Dann tauchte es den Kopf ein und zog ihn mit einem Maulvoll tropfnasser Entengrütze und Wasserknöterich wieder heraus. Schwimmvögel, die im Schilf nisteten, ließen sich durch seine Anwesenheit nicht stören.

Hinter dem Sumpf boten gut dränierte Abhänge geschützte Nischen für Pflanzen wie Gänsefuß, Nesseln und Matten aus Hornkraut mit behaarten Blättern und kleinen weißen Blüten. Ayla nahm ihre Schleuder zur Hand und holte ein paar runde Steine aus ihrem Beutel. Am äußeren Ende ihres Tals hatte es eine ähnliche Stelle gegeben, und dort hatte sie oft die großen Erdhörnchen der Steppe beobachtet und gejagt. Eines oder zwei von ihnen würden eine ausreichende Mahlzeit ergeben.

Die Erdhörnchen hielten sich am liebsten an Orten auf, an denen zerklüftetes Terrain in offenes Grasland überging. Die im Grasland reichlich vorhandenen Samen, während der Winterruhe der Hörnchen an sicheren Sammelplätzen gelagert, boten ihnen im Frühjahr genügend Nahrung und erlaubten die Paarung, so daß die Jungen genau zu der Zeit geboren wurden, in denen das junge Grün erschien. Die Jungen waren auf die eiweißreichen Kräuter angewiesen; sie ermöglichten es ihnen, vor Einbruch des Winters erwachsen zu werden. Aber kein Erdhörnchen zeigte sich den vorbeireitenden Menschen, und Wolf schien nicht in der Lage oder nicht willens, eines aufzuscheuchen.

Sie ritten nun südwärts, und die große granitene Plattform unter der Ebene, die sich weit nach Osten erstreckte, warf sich zu rollenden Hügeln auf. Früher einmal, vor sehr langer Zeit, hatte es in dem Land, durch das sie reisten, hohe Berge gegeben; doch die waren längst abgetragen. Ihre Reste waren ein harter Felsschild, der dem ungeheuren Druck widerstand, der Land zu neuen Bergen auffaltete, und auch den feurigen inneren Gewalten, die eine weniger stabile Erde erbeben lassen konnten. Neueres Gestein hatte sich auf dem alten Massiv gebildet, aber stellenweise durchdrangen Teile der ursprünglichen Berge die Kruste des Sedimentfelsens.

Zu der Zeit, als die Mammute auf den Steppen grasten, waren die Gräser und krautigen Pflanzen, wie die Tiere, nicht nur in großer Zahl vorhanden, sondern auch in überraschender Artenvielfalt und in unvermutetem Miteinander. Im Gegensatz zu späterem Grasland bildeten diese Steppen keine breiten Gürtel mit einer bestimmten, auf sie beschränkten und von Temperatur und Klima abhängigen Vegetation. Sie boten vielmehr ein buntes Mosaik mit weitaus größerer Pflanzenvielfalt, zu der zahlreiche Grasarten ebenso gehörten wie Kräuter und Sträucher.

Ein gut bewässertes Tal, eine hochgelegene Wiese, eine Hügelkuppe oder eine leichte Senke in einer Anhöhe – jede Landschaftsform begünstigte ihre eigene Pflanzengesellschaft, die oft dicht neben Arealen mit völlig anders gearteter Vegetation gedieh. An einem Südhang konnten Gewächse warmer Klimazonen wachsen, die sich erheblich von den der Kälte angepaßten Pflanzen am Nordhang desselben Berges unterschieden.

Der Boden des hochgelegenen, zerklüfteten Terrains, das Ayla und Jondalar durchquerten, war mager und die Grasdecke dünn und kurz. Der Wind hatte tiefe Rinnen ausgeweht, und im Oberlauf eines einstigen Nebenflusses, der nur im Frühjahr Wasser geführt hatte, war das Flußbett völlig ausgetrocknet und hatte sich mangels Vegetation in eine Dünenlandschaft verwandelt.

Obwohl sie später nur noch im Hochgebirge anzutreffen sein sollten, waren auf diesem rauhen, nicht weit vom Tiefland der Flüsse entfernten Terrain Waldlemminge und Pfeifhasen damit beschäftigt, Gras als Wintervorrat zu sammeln. Sie hielten keinen Winterschlaf, sondern gruben unter den Schneewehen, die sich in Mulden und Senken und im Windschatten von Felsen bildeten, Röhren und Kammern und ernährten sich von dem angesammelten Heu. Wolf entdeckte einige der kleinen Nager und jagte auf sie zu, aber Ayla ließ ihre Schleuder beiseite. Sie waren zu klein, um für Menschen eine Mahlzeit zu ergeben, außer in großer Menge.

Arktische Kräuter, die in den weiter nördlich gelegenen, feuchteren Sumpf- und Moorlandschaften gut gediehen, machten sich im Frühjahr das Schmelzwasser der Schneewehen zu nutze und wuchsen, in ungewöhnlichen Gesellschaften, auf windgepeitschten Hügeln neben widerstandsfähigen kleinen Sträuchern. Gelb blühendes Fingerkraut fand Schutz vor dem Wind in denselben geschützten Nischen, die auch die Pfeifhasen bevorzugten. An exponierten Stellen boten Kissen aus Stengellosem Leimkraut mit purpurnen oder rosa Blüten den kalten, austrocknenden Winden keine Angriffsfläche. Neben ihnen klammerte sich Silberwurz an das zu Tage liegende Gestein – nicht anders als im Hochgebirge, wo ihre niederliegenden Zweige mit winzigen, immergrünen Blättern und gelben Einzelblüten im Laufe der Jahre dichte Matten bilden.

Ayla roch den Duft der Nachtlichtnelken, deren Blüten sich gerade zu öffnen begannen. Sie hatten kaum einen medizinischen Wert und waren auch als Nahrung nicht zu gebrauchen, aber Ayla mochte den angenehmen Duft der Blüten und dachte flüchtig daran, abzusteigen und ein paar zu pflücken. Doch es war schon spät, und sie wollte nicht anhalten. Sie mußten bald ihr Lager aufschlagen, zumal wenn sie die Mahlzeit, an die sie dachte, noch vor Einbruch der Dunkelheit zubereiten wollte.

Jondalar begann sich Sorgen zu machen, ob sie den aufgezeichneten Lagerplatz verfehlt hatten oder noch weiter von ihm entfernt waren, als er angenommen hatte. Er faßte widerstrebend den Entschluß, bald haltzumachen und am Morgen nach dem Lager Ausschau zu halten, das seine Landmarke war. Da sie außerdem jagen mußten, würde das vermutlich bedeuten, daß sie abermals einen Tag verloren, und sie konnten es sich seiner Meinung nach nicht leisten, allzuviele Tage zu verlieren. Er war tief in Gedanken versunken, immer noch im Zweifel, ob er recht daran getan hatte, weiter nach Süden zu ziehen. Deshalb achtete er kaum auf den Tumult auf einem Hügel zu ihrer Rechten, sondern registrierte lediglich, daß anscheinend ein Rudel Hyänen irgendein Tier erbeutet hatte.

Obwohl sie häufig Aas fraßen und sich, wenn sie hungrig waren, auch mit halbverfaulten Kadavern begnügten, waren die großen Hyänen mit ihren kraftvollen Kiefern auch tüchtige Jäger. Sie hatten ein Wisentkalb gerissen, einen Jährling, fast ausgewachsen. Sein Mangel an Erfahrung mit den Jagdmethoden der Raubtiere war ihm zum Verhängnis geworden. Ein paar weitere Wisente standen in der Nähe; nachdem ein Tier aus ihrer Herde gerissen worden war, schienen sie sich sicher zu fühlen.

Im Gegensatz zu den für ihre Art nicht übermäßig großen Mammuten und Steppenpferden waren die Wisente Riesen. Das Tier, das ihnen am nächsten stand, hatte eine Widerristhöhe von fast sieben Fuß; seine Brust und seine Schultern waren massig gebaut, die Flanken dagegen fast zierlich. Die Hufe waren klein, dem schnellen Laufen über festen, trockenen Boden angepaßt; sie mieden Sümpfe, in denen sie eingesunken wären. Den großen Kopf schützten massive, lange, schwarze Hörner mit einer Spannweite von sechs Fuß, die nach außen und dann aufwärts gebogen waren. Das dunkelbraune Fell war schwer und dicht, vor allem im Bereich von Brust und Schultern. Wisente neigten dazu, den eisigen Winden die Stirn zu bieten, und waren deshalb vorn besonders gut geschützt; doch selbst der kurze Schwanz war mit Fell bedeckt.

Obwohl die verschiedenen Weidetiere sämtlich Grasfresser waren, fraßen sie doch nicht alle genau dasselbe. Die faserreichen Halme, von denen sich Pferde und Mammute ernährten, reichten den Wisenten und anderen Wiederkäuern nicht aus. Sie brauchten Blattscheiden und Blätter, die mehr Eiweiß enthielten, und die Wisente bevorzugten das nährstoffreichere Niedergras der trockeneren Regionen. In die mit Mittel- und Hochgras bewachsenen Gebiete der Steppe drangen sie nur auf der Suche nach jungem Grün vor, vor allem im Frühjahr, wenn überall frische Gräser und Kräuter wuchsen; das war zugleich die einzige Zeit des Jahres, in der ihre Knochen und Hörner wuchsen. Das lange, nasse, grüne Frühjahr der Steppe ließ dem Wisent und mehreren anderen Tieren viel Zeit zum Wachsen, und die Folge davon waren ihre gigantischen Ausmaße.

In der düsteren Gedankenversunkenheit, in der Jondalar sich befand, dauerte es einige Augenblicke, bevor er die Möglichkeiten erkannte, die die Szene auf dem Hügel barg. Er dachte daran, dem Beispiel der Hyänen zu folgen und gleichfalls einen Wisent zu erlegen, und griff nach seiner Speerschleuder und einem Speer. Ayla hatte die Lage bereits beurteilt, sich aber für ein ganz anderes Vorgehen entschieden.

»Hei! Hei! Verschwindet! Weg da, ihr widerlichen Biester! Verschwindet!« schrie sie, galoppierte mit Winnie auf sie zu und schleuderte gleichzeitig ein paar Steine ab. Wolf war neben ihr; er schien mit sich zufrieden zu sein, als er das zurückweichende Rudel anknurrte und verbellte.

Ein mehrfaches Aufjaulen bewies, daß Aylas Steine ihr Ziel nicht verfehlt hatten, obwohl sie die Steine nicht mit voller Kraft geschleudert und nicht auf lebenswichtige Körperteile gezielt hatte. Wenn sie es gewollt hätte, wären ihre Steine tödlich gewesen; es wäre nicht das erstemal gewesen, daß sie eine Hyäne tötete, aber diesmal hatte sie nicht die Absicht gehabt.

»Was tust du, Ayla?« fragte Jondalar, der herangekommen war, während sie sich dem Wisent näherte, den die Hyänen gerissen hatten.

»Ich jage diese widerlichen, schmutzigen Hyänen fort«, sagte sie, obwohl das auf der Hand zu liegen schien.

»Aber warum?«

»Weil sie diesen Wisent mit uns teilen werden«, erwiderte sie.

»Ich hatte vor, einen von denen zu erlegen, die da herumstehen«, sagte Jondalar.

»Wir brauchen keinen ganzen Wisent, wenn wir das Fleisch nicht trocknen wollen, und dieser hier ist jung und zart. Die anderen sind fast alle alte, zähe Bullen«, sagte sie und glitt von Winnie herunter, um Wolf von dem gestürzten Tier fortzuscheuchen.

Jondalar betrachtete die riesigen Bullen, die gleichfalls zurückgewichen waren, als Ayla heranpreschte, und dann den jungen, der am Boden lag. »Du hast recht. Das ist eine Bullenherde, und der hier hat wahrscheinlich die Herde seiner Mutter erst vor kurzem verlassen. Er hatte noch eine Menge zu lernen.«

»Er ist ganz frisch«, sagte Ayla, nachdem sie den Kadaver untersucht hatte. »Sie haben nur die Kehle und das Gedärm herausgerissen und ein Stück aus der Flanke. Wir können nehmen, was wir brauchen, und ihnen den Rest überlassen. Dann verschwenden wir nicht die Zeit damit, Jagd auf eines der anderen Tiere zu machen. Sie können schnell laufen, und womöglich entkommen sie uns. Ich glaube, ich habe unten am Fluß eine Stelle gesehen, die ein Lager gewesen sein könnte. Wenn es das ist, nach dem wir suchen, bleibt mir noch genügend Zeit, aus dem Fleisch und den Pflanzen, die wir gesammelt haben, etwas Gutes zu essen zu machen.«

Bevor Jondalar begriffen hatte, was sie sagte, war sie bereits dabei, die Haut vom Bauch zur Flanke aufzuschlitzen. Es war alles so schnell gegangen, aber plötzlich war er die Sorge los, daß sie mit dem Jagen und der Suche nach dem Lager einen Tag verlieren würden.

»Ayla, du bist wunderbar«, sagte er lächelnd und glitt von dem jungen Hengst herunter. Er zog ein scharfes Flintmesser mit einem Elfenbeingriff aus einer Scheide aus ungegerbtem Leder, die an seinem Gürtel hing, und half ihr, die Teile auszulösen, die sie haben wollten. »Das ist es, was ich an dir so liebe. Du steckst immer voller Überraschungen, die sich als gute Ideen erweisen. Wir wollen auch die Zunge herausschneiden. Schade, daß sie die Leber schon gefressen haben, aber schließlich waren sie es, die den Wisent erbeutet haben.«

»Wer es getan hat, ist mir völlig gleich«, sagte Ayla, »Hauptsache, das Fleisch ist frisch. Sie haben mir schon genug weggenommen; was also sollte mich daran hindern, mir von diesen widerlichen Biestern etwas zurückzuholen? Ich hasse Hyänen!«

»Das scheint mir auch so. Ich habe dich nie auf diese Art von anderen Tieren reden hören, nicht einmal von Vielfraßen, obwohl auch sie Aas fressen und außerdem bösartiger sind und noch übler riechen.«

Das Rudel Hyänen hatte sich wieder dem Wisent genähert, von dem es hatte fressen wollen. Die Tiere fauchten wütend, und Ayla schoß noch ein paar Steine ab, um sie wieder zurückzuscheuchen. Eine der Hyänen heulte auf, dann stießen etliche von ihnen ein lautes, kicherndes Gelächter aus, bei dem es Ayla kalt überlief. Als die Hyänen beschlossen hatten, ihre Schleuder noch einmal zu riskieren, hatten Ayla und Jondalar bereits herausgeschnitten, was sie haben wollten.

Sie brachen auf und ritten unter Aylas Führung eine zum Fluß hinabführende Rinne hinunter. Den Rest des Kadavers überließen sie den fauchenden und knurrenden Hyänen, die unverzüglich zurückgekehrt waren und ihn jetzt auseinanderrissen.

Was sie entdeckt hatte, war nicht das eigentliche Lager gewesen, sondern ein Steinhaufen, der als Wegweiser diente. Innerhalb des Steinhaufens lagen getrocknete Notrationen, ein paar Werkzeuge und andere Gerätschaften, ein Feuerbohrer mit einem Häufchen trockenem Zunder und ein ziemlich steifes Fell, dem stellenweise die Haare ausgefallen waren. Es würde nach wie vor einigen Schutz vor der Kälte bieten, aber es mußte gegen ein neues ausgetauscht werden. Nahe der Spitze des Haufens, fest in den schweren Steinen verankert, steckte das abgebrochene Ende eines Mammutzahns, dessen Spitze auf einen großen, in der Mitte des Flusses liegenden Felsbrocken zeigte. Auf dem Zahn war in Rot eine waagerechte, liegende Raute aufgemalt, deren spitzer Winkel an der rechten Seite dreimal ausgeführt worden war, so daß ein Pfeil entstanden war, der flußabwärts deutete.

Nachdem sie alles so wieder hingelegt hatten, wie sie es vorgefunden hatten, folgten sie dem Fluß, bis sie einen zweiten Steinhaufen mit einem kleinen Stoßzahn erreichten, der landeinwärts auf eine Lichtung wies, die ein Stück vom Fluß entfernt lag, von Birken, Erlen und ein paar Kiefern umgeben. Dort entdeckten sie einen dritten Steinhaufen, und als sie ihn erreicht hatten, fanden sie neben ihm eine kleine Quelle, aus der frisches, sauberes Wasser sprudelte. Auch in diesem Steinhaufen befanden sich Notrationen und Werkzeuge sowie eine große Lederplane, die zwar gleichfalls steif war, aber als Zelt oder Schutzdach benutzt werden konnte. Hinter dem Steinhau-

fen, nicht weit von einem Steinkreis, der eine flache, von Holzkohle geschwärzte Grube umgab, lag ein Stapel gesammeltes Bruch- und Treibholz.
»Es ist gut, wenn man diese Stelle kennt«, sagte Jondalar. »Ich bin froh, daß wir die Vorräte nicht anzugreifen brauchen, aber wenn ich in dieser Gegend leben würde, wäre es gut zu wissen, daß sie da sind.«
»Es ist eine gute Idee«, sagte Ayla, voller Bewunderung über die Voraussicht derjenigen, die dieses Lager geplant und ausgerüstet hatten.
Rasch befreiten sie die Pferde von ihren Packkörben und Halftern, rollten die Riemen und dicken Schnüre, die sie gehalten hatten, zusammen und ließen die Tiere frei, damit sie grasen und ausruhen konnten. Lächelnd beobachtete sie, wie Renner sich sofort ins Gras legte und sich auf den Rücken wälzte, als juckte ihn sein Fell so heftig, daß er nicht warten konnte.
»Mich juckt es auch überall, und außerdem ist mir heiß«, sagte Ayla. Sie löste die Riemen, die die Oberkante ihrer weichen Fußlinge zusammenhielten, und streifte sie ab. Dann löste sie ihren Gürtel, an dem eine Messerscheide und etliche Beutel hingen, nahm eine Kette aus Elfenbeinperlen ab, an der ein verzierter Beutel hing, und entledigte sich ihres Obergewands und ihrer Beinlinge. Dann lief sie aufs Wasser zu; Wolf sprang neben ihr her. »Kommst du mit?«
»Später«, sagte Jondalar. »Ich warte lieber, bis ich Holz geholt habe, damit ich mich nicht schmutzig und voller Rindenstaub schlafen legen muß.«
Ayla kehrte bald zurück, schlüpfte in ein anderes Obergewand und legte den Gürtel und die Kette wieder um. Jondalar hatte inzwischen ausgepackt, und sie half ihm beim Aufschlagen des Lagers. Sie stellten das Zelt auf und breiteten ein ovales Bodentuch aus. Dann steckten sie schlanke Holzstangen in die Erde, die einer aus mehreren Häuten zusammengenähten Lederplane Halt gaben. Das kegelförmige Zelt hatte am oberen Ende eine Öffnung, durch die der Rauch abziehen konnte, wenn sie drinnen – was nur selten vorkam – ein Feuer anzünden mußten, und an der Innenseite eine Lasche, mit der sie bei schlechtem Wetter den Rauchabzug verschließen konnten.
An der Unterkante des Zeltes waren Schnüre angebracht. Sie dienten dazu, das Zelt an in den Boden geschlagenen Pflöcken zu verankern. Bei Sturm konnten Bodentuch und Zeltplane mit weiteren Schnüren zusammengebunden und die Einstiegklappe fest verschlossen werden. Sie führten noch eine zweite Plane mit sich, mit deren Hilfe sie ein besser isoliertes, doppelwandiges Zelt errichten konnten, aber bisher hatten sie dazu noch keine Veranlassung gehabt.
Sie entrollten ihre Schlaffelle und legten sie in der Länge des Ovals aus. An den Seiten blieb genügend Raum für ihre Packkörbe und anderen Habseligkeiten und zu ihren Füßen für Wolf, wenn das Wetter schlecht war. Anfangs hatten sie zwei einzelne Schlafrollen benutzt, aber es war ihnen bald gelungen, die Felle so anzuordnen, daß sie zusammen schlafen konnten. Sobald das Zelt stand, zog Jondalar los, um Brennholz zu sammeln, damit er

ersetzen konnte, was sie verbrauchten; Ayla machte sich an die Zubereitung des Essens.

Ayla wußte zwar, wie man mit den im Steinhaufen vorgefundenen Gerätschaften Feuer machte. Man wirbelte den langen Stock zwischen den Handflächen so lange auf einem flachen Holzstück, bis eine Glut entstanden war, die man zu einer Flamme anblasen konnte. Doch Ayla kannte eine ganz andere Art des Feuermachens. Als sie allein in ihrem Tal lebte, hatte sie eine Entdeckung gemacht. Anstelle des Hammersteins, den sie benutzt hatte, um aus Feuerstein Werkzeuge herauszuschlagen, hatte sie unter den am Flußufer verstreuten Steinen zufällig ein Stück Eisenpyrit gefunden. Sie hatte schon oft Feuer gemacht und begriff rasch, was es bedeutete, als sie beim Aufeinanderschlagen von Eisenpyrit und Feuerstein einen langlebigen Funken erzeugte, der ihr das Bein verbrannte.

Es hatte sie eine ganze Reihe von Versuchen gekostet, aber jetzt konnte sie wesentlich schneller Feuer machen als jemand, der nur den Feuerbohrer und die mit seiner Handhabung verbundene Anstrengung kannte, sich vorstellen konnte. Als Jondalar es zum ersten Mal gesehen hatte, konnte er es einfach nicht glauben, und die grenzenlose Verblüffung über ihr Können hatte mit dazu beigetragen, daß sie von den Leuten im Löwen-Lager akzeptiert wurde. Sie glaubten, es müßte Magie im Spiele sein.

Auch Ayla glaubte, daß Magie im Spiele war, aber sie war überzeugt, daß die Magie in dem Eisenpyrit steckte und nicht in ihr. Bevor sie ihr Tal zum letzten Mal verließen, hatten sie und Jondalar so viele von den gelblichgrauen Pyritbrocken eingesammelt, wie sie nur finden konnten; schließlich wußten sie nicht, ob sie auch andernorts welche finden würden. Einige davon hatten sie dem Löwen-Lager und anderen Mamutoi geschenkt, hatten aber immer noch viele übrig; Jondalar wollte sie seinen Leuten mitbringen.

Innerhalb des Steinrings schichtete die Frau ein Häufchen von sehr trockenen Rindenstücken und dem Flaum von Afterkreuzkraut als Zunder auf und legte ein weiteres Häufchen von Zweigen und Kleinholz als Anzündmaterial daneben. Ein wenig totes Bruchholz von dem Holzstapel lag in Griffweite. Ayla hielt ein Stück Eisenpyrit in einem Winkel, von dem sie aus Erfahrung wußte, daß es der beste war, ganz dicht neben den Zunder und schlug dann den magischen gelblichen Stein entlang einer Furche, die sich im Laufe der Benutzung gebildet hatte, auf ein Stück Flint. Ein großer, heller, langlebiger Funke löste sich von dem Stein und landete auf dem Zunder, aus dem ein Rauchfähnchen emporstieg. Schnell legte sie die Hand darum und blies sanft. Der Zunder erglühte und versprühte winzige, sonnengelbe Funken. Ein zweites Blasen erzeugte eine kleine Flamme. Sie legte Zweige und Kleinholz darauf und, sobald es richtig brannte, ein Stück Bruchholz.

Als Jondalar zurückkehrte, lagen bereits mehrere rundliche Steine, die Ayla am Flußufer gesammelt hatte, im Feuer und wurden zum Kochen erhitzt, und über den Flammen steckte an einem Spieß ein schönes Stück Wisentfleisch mit brutzelnder Fettschicht. Sie hatte die Wurzeln von Rohrkolben gewaschen und kleingeschnitten und andere weiße, stärkehaltige Wurzeln mit dunkelbrauner Haut, sogenannte Erdkastanien, die sie in einen dicht geflochtenen und halb mit Wasser gefüllten Korb geben wollte, in dem bereits die fettreiche Zunge lag. Daneben lag ein Häufchen unzerteilter wilder Möhren. Jondalar setzte seine Holzlast ab.

»Es riecht schon jetzt sehr gut«, sagte er. »Was machst du?«

»Ich brate das Wisentfleisch, aber das ist vor allem für unterwegs. Kalter Braten läßt sich gut essen. Für heute abend und morgen früh koche ich eine Suppe aus der Zunge und Gemüse und dem bißchen, das wir aus dem Federgras-Lager noch übrig haben«, sagte sie.

Mit einem Stock schob sie einen heißen Stein aus dem Feuer und bürstete mit einem Zweig die Asche davon ab. Dann griff sie nach einem zweiten Stock, hob den Stein hoch und ließ ihn in den Korb mit dem Wasser und der Zunge fallen. Er zischte und dampfte, als er seine Wärme an das Wasser abgab. Rasch ließ sie noch mehrere weitere Steine in den Korbtopf fallen, tat etwas von dem Gemüse hinein, das sie kleingeschnitten hatte, und legte einen Deckel auf.

»Was willst du in die Suppe hineintun?«

Ayla lächelte. Er wollte immer Einzelheiten ihrer Kochkunst wissen, sogar welche Kräuter sie für ihren Morgentee benutzt hatte. Auch das gehörte zu den Eigenheiten, die sie überrascht hatten, denn keinem Mann des Clans wäre es, selbst wenn er neugierig gewesen wäre, auch nur im Traum eingefallen, an etwas Interesse zu bekunden, das zu den Aufgaben der Frauen gehörte.

»Außer diesen Wurzeln werde ich noch die grünen Spitzen der Rohrkolben hineingeben, die Knollen, Blätter und Blüten dieser grünen Zwiebeln, Scheibchen von geschälten Distelstengeln, die Erbsen aus den Tragantschoten und noch ein wenig Salbei und Thymianblätter zum Würzen. Vielleicht auch noch etwas Huflattich, damit es ein bißchen salzig schmeckt. Wenn wir in die Nähe des Beran-Sees kommen, können wir uns vielleicht etwas Salz beschaffen. Als ich beim Clan lebte, hatten wir immer Salz. Ich denke, ich werde auch etwas von dem Meerrettich zerstampfen, den ich heute morgen gefunden habe. Daß er gut zu Braten schmeckt, habe ich erst beim Sommertreffen gelernt. Er ist scharf, und man braucht nicht viel, aber er gibt dem Fleisch einen besonderen Geschmack. Ich könnte mir denken, daß du ihn magst.«

»Und wozu sind diese Blätter da?« fragte er und deutete auf ein Bündel, das sie gepflückt, aber bisher noch nicht erwähnt hatte. Ihn interessierte immer, was sie verwendete und wie sie über Eßbares dachte. Er genoß ihre Kochkunst, aber sie war ungewöhnlich. Sie hatte einzigartige Methoden, Speisen einen Geschmack und ein Aroma zu geben, und was sie kochte, schmeckte ganz anders als das, was er von früher gewohnt war.

»Das ist Gänsefuß. Den wickle ich um den Braten, wenn ich ihn abgenommen habe.« Sie hielt inne und schaute nachdenklich drein. »Vielleicht streue ich auch noch etwas Holzasche auf den Braten; die schmeckt auch ein bißchen salzig. Und vielleicht gebe ich von dem Braten, wenn er gebräunt ist, etwas in die Suppe; das gibt ihr Farbe und Geschmack. Mit der Zunge und dem Braten sollte es eine gute, nahrhafte Brühe werden, und für morgen früh könnte ich noch etwas von dem Getreide kochen, das wir mitgebracht haben. Von der Zunge müßte auch etwas übrigbleiben, aber das wickele ich in getrocknetes Gras und packe es für später in meinen Fleischbehälter. Da ist noch Platz genug, neben dem rohen Fleisch, das wir für Wolf mitgenommen haben. So lange es nachts kalt bleibt, sollte es sich eine ganze Weile halten.«

»Klingt köstlich. Ich kann es kaum abwarten«, sagte Jondalar. »Übrigens, hast du einen Korb, den ich benutzen kann?«

»Ja, aber wozu?«

»Das verrate ich dir, wenn ich zurück bin«, sagte er.

Ayla wendete den Braten, dann holte sie die Steine aus der Suppe und legte weitere heiße hinein. Während das Essen kochte, sortierte sie die Pflanzen aus, die sie als »Wolf-Abschreckmittel« vorgesehen hatte; die Pflanzen, die sie für den eigenen Gebrauch gesammelt hatte, legte sie beiseite. Sie zerstieß ein Stück Meerrettichwurzel für ihre Mahlzeit in ein bißchen Suppenbrühe. Dann machte sie sich daran, den Rest der scharfen Wurzel und die anderen bittern, stark riechenden Pflanzen zu zermalmen, die sie am Morgen gesammelt hatte. Sie versuchte, aus den Pflanzen die widerwärtigste Kombination zu erzeugen, die sie sich vorstellen konnte. Der scharfe Meerrettich würde wahrscheinlich der wirksamste Bestandteil sein, aber auch der starke Kampfergeruch des Beifußes würde das seinige beitragen.

Aber die Pflanze, die sie beiseite gelegt hatte, beschäftigte ihre Gedanken. Ich bin froh, daß ich sie gefunden habe, dachte sie. Ich weiß nicht, ob ich von den Kräutern, die ich für meinen Morgentee brauche, so viel habe, daß es für die ganze Reise reicht. Ich muß unterwegs noch mehr davon finden, um sicherzugehen, daß ich kein Kind bekomme, zumal ich so oft mit Jondalar zusammen bin.

Ich bin ganz sicher, daß es dadurch geschieht, daß Kinder entstehen, ganz gleich, was die Leute auch über Geister sagen. Ich glaube, das ist der Grund dafür, daß Männer ihr Glied dahin stecken wollen, wo Kinder herauskommen, und dafür, daß es den Frauen gefällt. Und daß die Große Mutter das zu ihrem Geschenk der Wonnen gemacht hat. Auch das Geschenk des Lebens stammt von ihr, und sie will, daß ihre Kinder das Erschaffen neuen Lebens genießen, zumal das Gebären nicht einfach ist. Frauen würden vielleicht nicht gebären wollen, wenn es ihr Geschenk der Wonnen nicht gäbe. Kinder sind wunderbar, aber das weiß man erst, wenn man eines bekommen hat.

Ayla hatte ihre ungewöhnlichen Ideen über die Entstehung neuen Lebens in dem Winter entwickelt, in dem sie von Mamut, dem alten Weisen des Löwen-Lagers, vieles über Mut, die Große Erdmutter, erfahren hatte; aber im Grunde war ihr der Gedanke schon viel früher gekommen.

Broud hat mir keine Wonnen bereitet, dachte sie. Es war mir zuwider, als er mich zwang, aber jetzt bin ich ganz sicher, daß Durc dadurch entstanden ist. Niemand glaubte, daß ich je ein Kind haben würde. Sie dachten, mein Höhlenlöwen-Totem wäre viel zu stark, als daß der Geist eines Mannes es überwinden könnte. Sie waren alle überrascht. Aber es ist erst passiert, nachdem Broud angefangen hatte, mich zu zwingen, und mein Baby sah ihm irgendwie ähnlich. Er muß es gewesen sein, der bewirkt hat, daß das Kind in mir zu wachsen begann. Mein Totem wußte, wie sehr ich mir ein eigenes Kind wünschte – vielleicht hat die Mutter es auch gewußt. Mamut hat gesagt, daß die Wonnen ein Geschenk der Mutter sind, erkennen wir daran, daß sie so machtvoll sind. Es fällt sehr schwer, ihnen zu widerstehen. Er hat gesagt, für Männer wäre es noch schwerer als für Frauen.

So war es auch bei der dunkelroten Mammutkuh. Alle Bullen wollten sie, aber sie wollte sie nicht. Sie wollte auf ihren großen Bullen warten. Ist das der Grund dafür, daß Broud mich nicht in Ruhe ließ? War, obwohl er mich haßte, das Geschenk der Wonnen von der Mutter stärker als sein Haß?

Vielleicht, aber ich glaube nicht, daß er es nur der Wonnen wegen getan hat. Die hätte er auch von seiner Gefährtin bekommen und von jeder anderen Frau, die er haben wollte. Broud mag bewirkt haben, daß in mir ein Baby wuchs – oder vielleicht ließ sich mein Höhlenlöwe besiegen, weil er wußte, wie sehr ich mir eines wünschte –, aber Broud konnte mir nur sein Glied geben. Das Geschenk der Wonnen konnte er mir nicht geben. Das hat nur Jondalar getan.

Aber es muß noch mehr daran sein am Geschenk der Wonnen. Wenn die Mutter ihren Kindern lediglich ein Geschenk machen wollte, warum wählte sie dazu die Stelle, durch die Kinder geboren werden? Stellen der Wonne könnten überall sein. Meine sind nicht genau dort, wo sie bei Jondalar sind. Seine Wonne kommt, wenn er in mir ist, aber meine ist an dieser anderen Stelle. Wenn er mir dort Wonne bereitet, fühlt sich alles wundervoll an, innen und überall. Dann möchte ich ihn in mir spüren. Ich hätte meine Stelle der Wonne nicht gern innen. Wenn ich empfindlich bin, muß Jondalar sehr sanft sein, sonst tut es weh, und Gebären ist nicht sanft. Wenn sich die Stelle der Wonne bei einer Frau innen befände, wäre das Gebären noch viel schwerer, und es ist ohnehin schwer genug.

Woher weiß Jondalar immer so genau, was er tun muß? Er wußte, wie er mir Wonnen bereiten konnte, als ich noch gar nicht wußte, daß es so etwas gibt. Ich glaube, auch dieser große Mammutbulle wußte, wie er der hübschen dunkelroten Kuh Wonnen bereiten konnte. Ich glaube, sie stieß diesen lauten, tiefen Ruf aus, weil er genau das tat, und deshalb freute sich die ganze

Herde mit ihr. Bei diesen Gedanken überlief Ayla ein kribbelndes Gefühl, und ihr wurde innerlich ganz warm. Sie blickte zu der baumbestandenen Fläche hinüber, in der Jondalar verschwunden war, und hoffte, daß er bald zurückkäme.

Aber nicht jedesmal, wenn man die Wonnen teilt, entsteht ein Kind. Vielleicht sind dazu auch die Geister nötig. Ob es nun der Totemgeist eines Mannes vom Clan ist oder das Wesen vom Geist eines Mannes, das die Mutter nimmt und einer Frau gibt, es entsteht immer nur dann, wenn ein Mann sein Glied hineinsteckt und sein Wesen zurückläßt. Das ist die Art, auf die die Mutter einer Frau ein Kind gibt, nicht mit Geistern, sondern mit ihrem Geschenk der Wonnen. Aber sie entscheidet darüber, welcher Mann es ist, dessen Wesen das neue Leben in Gang setzt und wann dieses neue Leben beginnt.

Wenn die Mutter entscheidet – weshalb verhindert dann Izas Medizin, daß eine Frau schwanger wird? Vielleicht sorgt sie dafür, daß der Geist eines Mannes sich nicht mit dem einer Frau vermischt. Iza wußte nicht, wie es funktioniert, aber es scheint zu funktionieren, zumindest meistens.

Ich würde gern zulassen, daß ein Kind entsteht, wenn Jondalar die Wonnen mit mir teilt. Ich wünsche mir so sehr ein Kind, eines, das ein Teil von ihm ist. Von seinem Wesen oder seinem Geist. Aber er hat recht. Wir sollten warten. Es war schwer genug für mich, Durc zu bekommen. Was hätte ich getan, wenn Iza nicht dagewesen wäre? Ich will sicher sein, daß Leute um mich sind, die wissen, wie sie mir helfen können.

Ich will auch weiterhin jeden Morgen Izas Tee trinken, und ich werde nichts davon verraten. Sie hatte recht. Und ich sollte auch nicht davon reden, daß es das Glied des Mannes ist, das Kinder entstehen läßt. Es hat Jondalar so beunruhigt, als ich davon sprach, daß er schon glaubte, wir müßten aufhören, die Wonnen zu teilen. Wenn ich schon vorerst kein Baby haben kann, will ich wenigstens die Wonnen mit ihm teilen.

Wie diese Mammute sie miteinander teilten. War es das, was der große Bulle tat? Sorgte er dafür, daß in der dunkelroten Kuh ein Kalb wachsen kann? Ich habe mich immer wieder gefragt, weshalb sie vor all den anderen Bullen flüchtete; sie wollte nichts von ihnen wissen. Sie wollte sich ihren Gefährten selbst aussuchen, nicht mit jedem mitgehen, der sie haben wollte. Sie wartete auf diesen großen, hell rostfarbenen Bullen, und sobald er da war, wußte sie, daß er es war. Sie konnte nicht warten, sie rannte direkt auf ihn zu. Sie hatte lange genug gewartet. Ich weiß, was sie empfunden hat.

Wolf trottete auf die Lichtung, im Maul einen alten, verrotteten Knochen, den er stolz hochhielt, damit sie ihn sehen konnte. Er legte ihn ihr vor die Füße und blickte erwartungsvoll zu ihr hoch. »Puh! Der riecht ja widerlich! Wo hast du den her? Du mußt ihn an einer Stelle gefunden haben, wo jemand seinen Kot vergraben hat. Ich weiß, daß du Fauliges liebst. Vielleicht ist jetzt der richtige Moment, um herauszufinden, was du von Scharf und

Bitter hältst«, sagte sie. Sie hob den Knochen auf und strich etwas von der Mixtur, die sie hergestellt hatte, auf Wolfs Beute. Dann warf sie den Knochen in die Mitte der Lichtung.

Das junge Tier jagte begeistert hinterher, schnüffelte aber argwöhnisch, bevor es den Knochen aufnahm. Er hatte immer noch den wunderbar fauligen Geruch, den er so liebte, aber dieser andere starke Geruch gefiel ihm ganz und gar nicht. Schließlich nahm er den Knochen doch ins Maul, ließ ihn aber sehr schnell wieder fallen und begann, zu knurren und zu schnüffeln und den Kopf zu schütteln. Ayla konnte nicht an sich halten. Sein Verhalten war so komisch, daß sie laut herauslachen mußte. Wolf schnupperte abermals an dem Knochen, dann wich er zurück, knurrte abermals und rannte dann zur Quelle hinüber.

»Das gefällt dir nicht, Wolf? Gut. Es soll dir auch nicht gefallen«, sagte sie und spürte, wie das Lachen sie wieder überkam, als sie ihn beobachtete. Auch das Aufschlürfen von Wasser schien nicht viel zu helfen. Er hob eine Pfote und rieb sich damit über die Schnauze, als glaubte er, auf diese Weise den Geschmack loswerden zu können. Dann rannte er, noch immer knurrend und schnaubend und den Kopf schüttelnd, in den Wald.

Jondalar kreuzte seinen Pfad, und als er auf die Lichtung trat, lachte Ayla so heftig, daß ihr Tränen in den Augen standen. »Was ist denn so komisch?« fragte er.

»Du hättest ihn sehen müssen«, sagte sie, immer noch lachend. »Der arme Wolf, er war so stolz auf diesen verrotteten alten Knochen, den er gefunden hatte. Er wußte nicht, was damit passiert ist, und versucht jetzt, den Geschmack wieder loszuwerden. Ich glaube, wenn dich der Geruch von Meerrettich und Kampfer nicht stört, dann habe ich etwas gefunden, womit ich Wolf von unseren Sachen fernhalten kann.« Sie hob die Holzschale, in der sie die Zutaten gemischt hatte. »Hier ist es. Mein ›Wolf-Abschreckmittel‹.«

»Ich freue mich, daß es funktioniert«, sagte Jondalar. Er lächelte gleichfalls, aber das Vergnügen, das in seinen Augen funkelte, hatte nichts mit Wolf zu tun. Endlich bemerkte Ayla, daß er die Hände hinter dem Rücken hielt.

»Was hast du da hinter dem Rücken?« fragte sie, plötzlich neugierig.

»Als ich nach Holz suchte, habe ich ganz zufällig noch etwas anderes gefunden. Und wenn du versprichst, ganz brav zu sein, bekommst du vielleicht etwas davon ab.«

»Wovon?«

Er brachte den gefüllten Korb nach vorn. »Große, saftige rote Himbeeren!«

Aylas Augen leuchteten auf. »Oh, ich liebe Himbeeren.«

»Meinst du etwa, das wüßte ich nicht? Was bekomme ich dafür?« fragte er augenzwinkernd.

Ayla blickte zu ihm hoch, ging auf ihn zu und lächelte, ein herrliches, strahlendes Lächeln, das ihre Augen füllte und ihre Liebe zu ihm ausstrahlte, und ihre Freude darüber, daß er sie hatte überraschen wollen.

»Ich glaube, ich habe es schon bekommen«, sagte er und stieß den Atem aus, den er unwillkürlich angehalten hatte. »Oh Mutter, du bist wunderschön, wenn du lächelst. Du bist immer wunderschön, aber ganz besonders, wenn du lächelst.«

Plötzlich war er sich ihrer voll und ganz bewußt, jeder Einzelheit ihres Körpers. Ihr langes, dichtes, dunkelblondes, stellenweise von der Sonne aufgehelltes Haar wurde von einem Riemen zusammengehalten. Aber es war von Natur aus wellig, und einzelne Strähnen, die aus dem Lederband herausgerutscht waren, ringelten sich um ihr sonnengebräuntes Gesicht; eine war ihr in die Stirn gefallen und hing vor ihren Augen. Er unterdrückte das Verlangen, die Hand auszustrecken und sie beiseite zu schieben.

Sie war hochgewachsen, fast so groß wie er, und auf ihren langen Armen und Beinen zeichneten sich deutlich die geschmeidigen Muskeln ab, die ihr beträchtliche Körperkraft verliehen. Sie war eine der kräftigsten Frauen, die er je kennengelernt hatte; in dieser Beziehung stand sie vielen Männern um nichts nach. Die Leute, die sie aufgezogen hatten, verfügten über wesentlich größere Körperkräfte als die höher gewachsenen, aber leichter gebauten Leute, von denen sie abstammte, und obwohl Ayla, während sie mit dem Clan lebte, als nicht sonderlich kräftig gegolten hatte, mußte sie doch, um mit ihnen Schritt zu halten, wesentlich größere Kräfte entwickeln, als sie es normalerweise getan hätte.

Der ärmellose Lederkittel, den sie gegürtet über ledernen Beinlingen trug, saß bequem, versteckte aber weder ihre festen, vollen Brüste noch ihre weiblichen Hüften und das feste, wohlgerundete Gesäß. Die Schnürbänder an der Unterkante ihrer Beinlinge waren offen, und sie war barfuß. An ihrem Hals hing ein kleiner, herrlich bestickter und dekorierter Lederbeutel mit Kranichfedern an der Unterkante, in dem sich die geheimnisvollen Gegenstände abzeichneten, die er enthielt.

An ihrem Gürtel hing eine Messerscheide aus steifem, ungegerbtem Leder, der Haut eines Tieres, die gesäubert und abgeschabt, aber sonst auf keinerlei Art bearbeitet worden war, so daß sie in der Form, die man ihr gegeben hatte, trocknete und hart wurde, obwohl man sie, wenn man sie gründlich durchfeuchtete, wieder aufweichen konnte. Ihre Schleuder hatte sie rechts in den Gürtel gesteckt, neben einen Beutel, der mehrere Steine enthielt. An der linken Seite hing ein etwas merkwürdiger, beutelähnlicher Gegenstand. Er war zwar alt und abgenutzt, aber man konnte noch erkennen, daß er aus der Haut eines ganzen Otters mitsamt Füßen, Schwanz und Kopf hergestellt worden war. Man hatte dem Tier die Kehle durchgeschnitten und die Innereien durch den Hals herausgeholt, dann war eine Schnur durch Schlitze gefädelt und straff angezogen worden. Der flache Kopf war zur Deckellasche geworden. Es war ihr Medizinbeutel, der Beutel, den sie vom Clan mitgebracht hatte, der Beutel, den Iza ihr gegeben hatte.

Sie hat nicht das Gesicht einer Zelandonii-Frau, dachte Jondalar; ihr Aussehen würde ihnen fremdartig vorkommen, aber ihre Schönheit war unübersehbar. Ihre großen Augen waren graublau – von der Farbe guten Feuersteins, dachte er – und standen weit auseinander, mit Wimpern, die eine Spur dunkler waren als ihr Haar; ihre Brauen waren etwas heller, in der Farbe zwischen Wimpern und Haar. Ihr Gesicht war herzförmig, ziemlich breit mit hohen Wangenknochen, einem kräftig ausgebildeten Kiefer und einem schmalen Kinn. Ihre Nase war gerade und zierlich, und ihre vollen, an den Enden nach oben geschwungenen Lippen waren geöffnet und entblößten die Zähne in einem Lächeln, das ihre Augen funkeln ließ.

»Was möchtest du denn haben für die Himbeeren?« fragte sie. »Du brauchst es nur zu sagen, schon hast du es.«

»Ich möchte dich, Ayla«, sagte er mit plötzlich rauher Stimme. Er setzte den Korb ab, und gleich darauf hielt er sie in den Armen und küßte sie inbrünstig. »Ich liebe dich. Ich möchte dich niemals mehr verlieren«, flüsterte er heiser; dann küßte er sie abermals.

Eine überwältigende Wärme durchströmte sie, und sie erwiderte seinen Kuß mit einem Gefühl, das nicht weniger heftig war als das seine. »Ich liebe dich auch«, sagte sie, »und ich will dich, aber kann ich erst das Fleisch vom Feuer nehmen? Ich möchte nicht, daß es verbrennt, während wir – beschäftigt sind.«

Jondalar schaute sie einen Moment an, als hätte er ihre Worte nicht begriffen; dann entspannte er sich, drückte sie an sich und trat, reumütig lächelnd, einen Schritt zurück. »Ich wollte dich nicht bedrängen. Aber ich liebe dich so sehr, daß es mir manchmal schwerfällt, mich zurückzuhalten. Wir können später daran denken.«

Sie spürte noch immer die warme, kribbelnde Reaktion auf seine Inbrunst und war sich nicht sicher, ob sie imstande war, jetzt aufzuhören. Es tat ihr ein wenig leid, diese Bemerkung gemacht zu haben, die die Stimmung zerrissen hatte. »Aber ich brauche das Fleisch nicht unbedingt wegzunehmen«, sagte sie.

»Ayla, du bist eine unglaubliche Frau«, sagte er, schüttelte den Kopf und lächelte. »Weißt du überhaupt, wie bemerkenswert du bist? Wenn ich dich will, bist du stets für mich bereit. So war es schon immer. Nicht einfach willens, mitzumachen, ob dir danach zumute ist oder nicht, sondern ganz da, bereit, alles andere stehen und liegen zu lassen, wenn es das ist, was ich möchte.«

»Aber wenn du mich willst, will ich dich auch.«

»Du hast keine Ahnung, wie ungewöhnlich das ist. Die meisten Frauen wollen erst ein bißchen überredet werden, und wenn sie gerade mit etwas beschäftigt sind, wollen sie dabei nicht gestört werden.«

»Die Frauen, mit denen ich aufgewachsen bin, waren immer bereit, wenn ein Mann ihnen das Zeichen gab. Du hast mir dein Zeichen gegeben, hast mich geküßt und mich wissen lassen, daß du mich willst.«

»Vielleicht wird es mir leid tun, das zu sagen – aber du kannst dich auch weigern.« Seine Stirn legte sich in Falten, als er versuchte, ihr das zu erklären. »Ich hoffe, du glaubst nicht, du müßtest immer bereit sein, wenn ich es bin. Du lebst nicht mehr beim Clan.«

»Du verstehst mich nicht«, sagte Ayla. Sie schüttelte den Kopf und versuchte sich ihm verständlich zu machen. »Ich glaube nicht, daß ich bereit sein muß. Wenn du mir dein Zeichen gibst, bin ich bereit. Vielleicht deshalb, weil das die Art war, auf die die Frauen des Clans reagierten. Vielleicht deshalb, weil du es warst, der mir beigebracht hat, wie wundervoll es ist, die Wonnen miteinander zu teilen. Vielleicht deshalb, weil ich dich so sehr liebe, aber wenn du mir dein Zeichen gibst, denke ich nicht darüber nach – ich fühle es innerlich. Dein Zeichen, dein Kuß, der mir sagt, daß du mich willst, bewirkt, daß ich dich auch will.«

Er lächelte wieder, vor Freude und Erleichterung. »Du bewirkst auch, daß ich bereit bin. Ich brauche dich nur anzusehen.« Er neigte ihr den Kopf entgegen, und sie schmiegte sich eng an ihn, als er sie fest in die Arme nahm.

Er zügelte seine ungestüme Begierde, doch gleichzeitig empfand er ein Glücksgefühl darüber, daß er sie immer noch so sehr begehrte. Es hatte Frauen gegeben, deren er schon nach der ersten Begegnung überdrüssig gewesen war, doch mit Ayla schien es immer ein neues Erlebnis zu sein. Er spürte ihren Körper an seinem und ihre Arme um seinen Hals. Er ließ seine Hände nach vorn gleiten und legte sie auf ihre Brüste; gleichzeitig beugte er sich weiter herunter und küßte sie auf die Kehle.

Ayla löste ihre Arme von seinem Hals, band ihren Gürtel auf und ließ ihn mit allen daran hängenden Gegenständen zu Boden fallen. Jondalar griff unter ihren Kittel, schob ihn hoch, fand die harten, steifen Warzen, entblößte einen der dunkelrosa Höfe, die sie umgaben. Er spürte die warme Fülle in seiner Hand, berührte die Warze mit seiner Zunge, dann nahm er sie in den Mund und saugte sie ein.

Vibrierende Feuerzungen rasten durch ihren Körper zu einer Stelle tief in ihrem Innern. Sie konnte kaum glauben, wie bereit sie war. Wie der dunkelroten Mammutkuh war ihr, als hätte sie den ganzen Tag gewartet und könnte es keine Sekunde länger aushalten. Flüchtig schoß ihr das Bild des großen rostfarbenen Bullen mit seinem riesigen, gebogenen Glied durch den Kopf. Jondalar gab sie frei, und sie faßte den Halsausschnitt ihres Kittels und zog ihn in einer einzigen, geschmeidigen Bewegung über den Kopf.

Bei ihrem Anblick hielt er den Atem an, streichelte ihre glatte Haut und griff wieder nach den vollen Brüsten. Er betastete eine der harten Warzen, drückte und rieb, während er an der anderen saugte und knabberte. Ayla spürte, wie eine wundervolle Erregung sie durchpulste, und schloß die Augen, um sich ihr ganz hingeben zu können. Auch als er mit dem Liebkosen und Saugen aufgehört hatte, hielt sie die Augen geschlossen, und gleich darauf spürte sie, wie er sie küßte. Sie öffnete den Mund, um seine sanft erkundende Zunge einzulassen. Als er ihr die Arme wieder um den Hals legte, fühlte sie die Falten seines ledernen Überwurfs an den empfindlichen Brustwarzen.

Er ließ seine Hände über die glatte Haut ihres Rückens gleiten und spürte die Bewegung ihrer straffen Muskeln. Ihr unmittelbares Reagieren hatte seine eigene Begierde noch gesteigert, und sein steifes Glied drängte gegen seine Kleidung.

»Oh, Ayla!« keuchte er. »Wie sehr ich dich will!«

»Ich bin für dich bereit.«

»Laß mich erst dieses Zeug loswerden«, sagte er. Er löste seinen Gürtel, dann zog er seinen Kittel über den Kopf. Ayla sah den steifen Buckel, streichelte ihn und knotete die Zugschnur auf, während er die ihre löste. Beide entledigten sich ihrer Beinlinge und griffen nacheinander; doch dann ließ sich Ayla auf Hände und Knie nieder und blickte mit einem mutwilligen Lächeln zu ihm empor.

»Dein Fell ist zwar gelblich und nicht rostfarben, aber du bist derjenige, den ich erwählt habe«, sagte sie.

Er erwiderte ihr Lächeln und ließ sich hinter ihr nieder. »Und dein Haar ist nicht dunkelrot, sondern hat die Farbe von reifem Heu, aber trotzdem hast du etwas, das so ist wie eine rote Blüte mit vielen Blütenblättern. Aber ich habe keinen pelzigen Rüssel, mit dem ich dich erreichen könnte. Ich muß etwas anderes dazu nehmen«, sagte er.

Er schob sie leicht nach vorn, spreizte ihre Schamlippen auseinander, um die feuchte Leibesöffnung zu entblößen; dann beugte er sich nieder, um ihr warmes Salz zu schmecken. Er streckte die Zunge aus und fand das tief in ihren Falten verborgene harte Knötchen. Sie keuchte und bewegte sich, um ihm leichteren Zugang zu verschaffen, während er tastete und leckte und dann tief in die einladende Öffnung eindrang, um zu schmecken und zu erkunden.

Ayla trieb auf einer Woge von Empfindungen, war sich kaum etwas anderem bewußt als der heißen Impulse, die sie durchfuhren. Sie war sensitiver als gewöhnlich, und jede Stelle, die er berührte oder küßte, brannte sich durch sie hindurch zu dem tief in ihrem Inneren liegenden Punkt, der vor Feuer und Verlangen kribbelte. Sie hörte nicht, daß ihr Atem schneller ging oder daß sie Entzückensschreie ausstieß, aber Jondalar hörte es.

Er richtete sich hinter ihr auf, rückte näher heran und fand mit seiner begierigen, steifen Männlichkeit ihren tiefen Brunnen. Als er in sie einzudringen begann, ruckte sie rückwärts, schob sich auf ihn zu, bis sie ihn ganz in sich aufgenommen hatte. Seine Lust erreichte fast ihren Höhepunkt. Er wich noch einmal zurück, und als er ihre Bereitschaft ahnte, stieß er schneller und härter zu, drang voll in sie ein. Sie schrie ihre Erleichterung heraus, und seine eigene Stimme schrie mit.

Ayla lag ausgestreckt da, mit dem Gesicht im Gras, spürte das angenehme Gewicht Jondalars auf sich und seinen Atem an der linken Seite ihres Rückens. Sie öffnete die Augen und beobachtete ohne jedes Verlangen, sich zu bewegen, eine Ameise, die auf der Erde um einen Grashalm herumkroch. Sie spürte, wie er sich regte und dann, den Arm nach wie vor um ihre Taille, von ihr heruntergiltt.

»Jondalar, du bist ein unglaublicher Mann. Weißt du das überhaupt?« sagte Ayla.

»Habe ich das nicht schon einmal gehört? Mir ist, als hätte ich es zu dir gesagt.«

»Aber es gilt auch für dich. Woher kennst du mich so gut? Wenn ich spüre, was du mit mir machst, dann weiß ich nicht mehr, wo ich bin.«

»Ich glaube, du warst bereit.«

»Ja, das war ich. Es ist immer wunderbar, aber diesmal – ich weiß nicht. Vielleicht waren es die Mammute. Den ganzen Tag über mußte ich an die rote Kuh und den großen Bullen denken – und an dich.«

»Nun, vielleicht werden wir bald wieder Mammut spielen«, sagte er mit breitem Grinsen und drehte sich auf den Rücken.

Ayla setzte sich auf. »Ich habe nichts dagegen, aber zuerst werde ich im Fluß spielen, bevor es dunkel wird« – sie beugte sich nieder und küßte ihn – »sobald ich nach dem Essen gesehen habe.«

Sie lief zur Feuerstelle, wendete den Wisentbraten, holte die Steine aus dem Kochkorb, warf ein paar neue, noch heiße aus dem verlöschenden Feuer hinein, legte ein paar Stücke Holz auf die Flammen, rannte zum Fluß hinunter und sprang hinein. Das Wasser war kalt, aber das störte sie nicht. Sie war an kaltes Wasser gewöhnt. Jondalar gesellte sich bald zu ihr, mit einem großen, weichen Stück Rehleder. Er legte es auf den Boden. Dann begab er sich gleichfalls ins Wasser, aber wesentlich vorsichtiger; schließlich holte er tief Luft und tauchte unter, kam wieder hoch und strich sich das Haar aus den Augen.

»Puh, ist das kalt!«

Sie schwamm neben ihn und bespritzte ihn. Er spritzte zurück. Es folgte eine heftige Wasserschlacht. Mit einem letzten Spritzen sprang Ayla aus dem Wasser, griff nach dem weichen Leder und begann, sich abzutrocknen. Sie reichte es Jondalar, als er gleichfalls aus dem Fluß stieg, dann eilte sie zurück zum Lager und zog sich rasch an. Als Jondalar vom Fluß heraufkam, schöpfte sie bereits Suppe in ihre Schüsseln.

FÜNFTES KAPITEL

Die letzten Strahlen der Sommersonne, die gerade über der Kante des höhergelegenen Geländes im Westen versank, funkelten durch die Äste der Bäume. Ayla bedachte Jondalar mit einem zufriedenen Lächeln und griff in ihre Schüssel, holte die letzte der reifen Himbeeren heraus und steckte sie in den Mund. Dann stand sie auf, um aufzuräumen und alles so zu ordnen, daß sie am nächsten Morgen frühzeitig aufbrechen konnten.

Sie gab Wolf die Reste aus ihrer Schüssel und warf geschrotete und geröstete Körner – die Samen von Einkornweizen, Gerste und Hahnenfuß, die Nezzie ihnen zum Abschied geschenkt hatte – in die noch warme Suppe und ließ sie neben der Feuerstelle stehen. Den Wisentbraten und die gekochte Zunge packte sie auf ein Stück ungegerbtes Leder, das sie zum Aufbewahren von Fleisch benutzte. Sie faltete das steife Leder zu einer Tasche, band sie mit kräftigen Schnüren zusammen und hängte sie an einen Dreifuß aus langen Pfählen, damit in der Nacht herumstreifendes Getier sie nicht erreichen konnte.

Die Pfähle hatten sie aus ganzen Bäumen hergestellt, dünnen und geraden, von denen sie Äste und Rinde entfernt hatten, und Ayla transportierte sie in besonderen Halterungen, so daß sie am hinteren Ende von Winnies beiden Packkörben emporragten; auf die gleiche Weise transportierte Jondalar die kürzeren Zeltstäbe. Gelegentlich, wenn sie schwere oder große Lasten zu transportieren hatten, benutzten sie die Pfähle auch, um ein Gestell daraus zu machen, das die Pferde ziehen konnten. Sie führten die langen Pfähle mit sich, weil es auf der offenen Steppe kaum Bäume gab, die ihnen neue geliefert hätten. Selbst in der Nähe von Flüssen wuchs oft kaum mehr als verworrenes Gestrüpp.

Als die Dämmerung hereinbrach, warf Jondalar noch mehr Holz aufs Feuer, dann holte er das Stück Elfenbein mit der darauf eingeritzten Landkarte und studierte sie im Schein des Feuers. Als Ayla fertig war und sich neben ihm niederließ, wirkte er abwesend, und auf seinem Gesicht lag der besorgte Ausdruck, den sie in den letzten Tagen oft bemerkt hatte. Sie musterte ihn eine Weile, dann legte sie ein paar Steine ins Feuer für den Abendtee, den sie gewöhnlich machte; doch anstelle der aromatischen, aber harmlosen Kräuter, die sie normalerweise verwendete, nahm sie mehrere Päckchen aus ihrem Medizinbeutel aus Otterfell. Vielleicht war etwas Beruhigendes angebracht, zum Beispiel Mutterkraut oder Akeleiwurzel in einem

Waldmeistertee, dachte sie. Dennoch hätte sie gern gewußt, was ihm Sorgen machte. Sie wollte ihn fragen, wußte aber nicht recht, ob sie es tun sollte. Schließlich gelangte sie zu einem Entschluß.

»Jondalar, denkst du noch an den letzten Winter, als du nicht sicher warst, was ich für dich empfand, und ich nicht sicher war, was du für mich empfandest?« fragte sie.

Er war so tief in Gedanken versunken gewesen, daß es ein paar Augenblicke dauerte, bis er ihre Frage begriffen hatte. »Natürlich denke ich noch daran. Du zweifelst doch nicht daran, wie sehr ich dich liebe? Ich jedenfalls bin mir deiner Gefühle für mich ganz sicher.«

»Nein, daran zweifle ich nicht im geringsten. Aber Mißverständnisse kann es in vielerlei Hinsicht geben, nicht nur darüber, ob du mich liebst oder ob ich dich liebe, und ich will nicht, daß so etwas wie im letzten Winter noch einmal passiert. Ich glaube nicht, daß ich es ertragen würde, wenn etwas zwischen uns steht, nur weil wir nicht darüber reden. Bevor wir das Sommertreffen verließen, hast du mir versprochen, es mir zu sagen, wenn irgend etwas dir Sorgen macht. Und jetzt gibt es etwas, das dir Sorgen macht, Jondalar, und ich wünschte, du würdest mir sagen, was ist es.«

»Es ist nichts, Ayla. Nichts, worüber du dir Sorgen machen müßtest.«

»Aber etwas, über das du dir Sorgen machen mußt? Meinst du nicht, daß ich es wissen sollte, wenn es etwas gibt, das dich beunruhigt?« sagte sie. Sie holte aus einem Weidenkorb, in dem sie verschiedene Utensilien aufbewahrte, zwei kleine, aus gespaltenen Schilfhalmen zu feinen Sieben geflochtene Teehalter heraus. Sie überlegte einen Augenblick, wählte dann die getrockneten Blätter von Mutterkraut und Waldmeister aus, die sie für Jondalar zur Kamille hinzugab, während sie für sich nur Kamille nahm, und füllte damit die Teehalter. »Wenn es dich angeht, geht es auch mich an. Reisen wir denn nicht zusammen?«

»Ja, schon, aber ich bin es, der sich dazu entschlossen hat, und ich möchte dich nicht unnötig beunruhigen«, sagte Jondalar und stand auf, um den Wasserbeutel zu holen; er hing an einem Pfosten neben dem Eingang des Zeltes, das sich ein paar Schritte hinter der Feuerstelle befand. Er goß etwas von dem Wasser in eine kleine Kochschale und legte die heißen Steine hinein.

»Ich weiß nicht, ob es nötig ist oder nicht, aber du beunruhigst mich schon jetzt. Warum sagst du mir nicht, was los ist?« Sie legte die Teehalter in die hölzernen Becher, goß dampfendes Wasser darüber und stellte sie zum Ziehen beiseite.

Jondalar nahm abermals das Stück Mammutstoßzahn mit der eingeritzten Karte zur Hand und starrte darauf; er wünschte sich, es könnte ihm sagen, was vor ihnen lag und ob er die richtige Entscheidung getroffen hatte. Als es sich nur um seinen Bruder und ihn handelte, hatte das keine große Rolle gespielt. Sie waren auf einer Reise, einem Abenteuer, und was ihnen begegnete, war ein Teil davon. Damals war er nicht sicher gewesen, ob sie jemals zurückkehren würden; er wußte nicht einmal, ob er es wollte. Aber diese Reise war etwas anderes. Diesmal begleitete ihn eine Frau, die er mehr liebte als das Leben selbst. Er wollte nicht nur heimkehren, sondern er wollte sie mitbringen, heil und unversehrt. Je mehr er über die Gefahren nachdachte, die ihnen unterwegs bevorstehen mochten, desto größer kamen sie ihm vor, aber seine vagen Befürchtungen waren nichts, das er mit wenigen Worten erklären konnte.

»Ich mache mir nur Gedanken, wie lange unsere Reise dauern wird. Wir müssen diesen Gletscher unbedingt vor Ende des Winters erreichen«, sagte er.

»Das hast du mir schon früher gesagt. Aber warum? Was passiert, wenn wir ihn nicht rechtzeitig erreichen?« fragte sie.

»Im Frühjahr beginnt das Eis zu schmelzen, und dann ist eine Überquerung zu gefährlich.«

»Nun, wenn es zu gefährlich ist, dann versuchen wir es eben nicht. Aber wenn wir ihn nicht überqueren können – was tun wir dann?« fragte sie und drängte ihn, über Möglichkeiten nachzudenken, vor denen er bisher zurückgescheut war. »Gibt es irgendeine andere Route, die wir einschlagen können?«

»Ich weiß es nicht. Das Eis, das wir überqueren müssen, ist nur ein kleiner Plateaugletscher auf einem Hochland nördlich des großen Gebirges. Nördlich davon ist Land, aber auf dieser Route reist nie jemand. Sie würde uns noch weiter vom Weg abbringen. Außerdem ist es dort kalt. Das Land zwischen dem hohen Gebirge im Süden und dem großen Eis im Norden ist das kälteste, das es überhaupt gibt. Dort wird es nie warm, nicht einmal im Sommer«, sagte Jondalar.

»Aber ist es auf dem Gletscher, den du überqueren willst, nicht auch kalt?«

»Natürlich ist es auch auf dem Gletscher kalt, aber der Weg ist kürzer, und wenn wir auf der anderen Seite sind, brauchen wir bis zu Dalanars Höhle nur noch wenige Tage.« Jondalar legte die Karte hin, um den Becher entgegenzunehmen, den Ayla ihm reichte; dann starrte er eine Weile auf den dampfenden Tee. »Wahrscheinlich könnten wir den Gletscher auf einer nördlichen Route umgehen, wenn es sein muß, aber ich täte es nicht gern. Auf jeden Fall ist dort Flachschädel-Land«, versuchte Jondalar zu erklären.

»Willst du damit sagen, daß nördlich des Gletschers, den wir überqueren müssen, Leute vom Clan leben?« fragte Ayla. Sie hatte gerade den Teehalter aus ihrem Becher herausholen wollen, hielt jetzt jedoch inne. Sie verspürte eine seltsame Mischung aus Furcht und Erregung.

»Entschuldige. Ich nehme an, ich sollte sie Clan-Leute nennen, aber sie sind anders als die, die du kennst. Sie leben weit weg von hier – wie weit, kannst du dir gar nicht vorstellen. Sie sind durch und durch anders.«

»Das kann nicht sein, Jondalar«, sagte Ayla und nahm einen Schluck von der heißen, duftenden Flüssigkeit. »Vielleicht sind ihre Alltagssprache und ihre Gebräuche ein wenig anders, aber alle Leute vom Clan haben dieselben Erinnerungen gemeinsam. Bei der Versammlung der Clans kannten alle die alte Zeichensprache, die dazu dient, mit den Geistern Verbindung aufzunehmen, und verständigten sich mit ihrer Hilfe«, sagte Ayla.

»Aber sie wollen nicht, daß wir in ihr Gebiet eindringen«, sagte Jondalar. »Das haben sie uns wissen lassen, als Thonolan und ich auf die falsche Seite des Flusses geraten waren.«

»Das bezweifle ich nicht. Die Leute vom Clan mögen es nicht, wenn die Anderen in der Nähe sind. Also – wenn wir den Gletscher weder überqueren noch umgehen können, was tun wir dann?« fragte Ayla und kehrte damit zu dem ursprünglichen Problem zurück. »Können wir nicht warten, bis es wieder sicher ist, den Gletscher zu überqueren?«

»Ja, das könnten wir natürlich, aber das könnte fast ein Jahr sein, bis zum nächsten Winter.«

»Aber wenn wir ein Jahr abwarten würden, dann könnten wir es schaffen? Gibt es einen Ort, an dem wir warten könnten?«

»Nun ja, es gibt Leute, bei denen wir bleiben könnten. Die Losadunai waren uns immer freundlich gesonnen. Aber ich möchte nach Hause zurückkehren, Ayla«, sagte er, und der sehnsüchtige Ton in seiner Stimme ließ sie erkennen, wie wichtig ihm das war. »Ich möchte, daß wir beide ein Heim haben.«

»Das möchte ich auch, Jondalar, und ich meine, wir sollten tun, was in unserer Macht steht, damit wir den Gletscher erreichen, solange wir ihn ungefährdet überqueren können. Aber wenn wir zu spät dort eintreffen, dann bedeutet das doch nicht, daß du nicht nach Hause zurückkehren kannst. Es bedeutet nur, daß wir länger darauf warten müssen. Und wir wären nach wie vor zusammen.«

»Ja, das stimmt«, sagte Jondalar nachgiebig, aber nicht glücklich. »Ich nehme an, es wäre nicht allzu schlimm, wenn wir zu spät dort einträfen, aber ich möchte nicht ein ganzes Jahr warten müssen«, sagte er und runzelte angespannt die Stirn. »Und vielleicht kämen wir rechtzeitig an, wenn wir die andere Route nähmen. Noch ist es nicht zu spät dazu.«

»Gibt es denn noch eine andere Route?«

»Ja. Talut hat mir gesagt, wir könnten die Gebirgskette, auf die wir stoßen werden, an ihrem nördlichen Ende umgehen. Und Rutan vom Federgras-Lager sagte, die Route verliefe nordwestlich von hier. Ich habe daran gedacht, diesen Weg einzuschlagen, aber ich hatte gehofft, die Sharamudoi noch einmal wiederzusehen. Wenn ich sie jetzt nicht wiedersehe, werde ich wahrscheinlich nie wieder Gelegenheit dazu haben. Sie leben am südlichen Ende des Gebirges, am Großen Mutter Fluß«, erklärte Jondalar.

Ayla nickte; jetzt verstand sie. »Die Sharamudoi sind die Leute, bei denen du eine Zeitlang gelebt hast; dein Bruder hatte sich mit einer Frau von diesen Leuten zusammengetan, nicht wahr?«

»Ja. Sie sind für mich so etwas wie Familienangehörige.«

»Dann müssen wir natürlich die südliche Route nehmen, damit du sie ein letztes Mal besuchen kannst. Es sind Leute, die du gern hast. Und wenn das bedeutet, daß wir den Gletscher nicht rechtzeitig erreichen, dann warten wir eben den nächsten Winter ab. Selbst wenn das bedeuten sollte, daß du erst ein Jahr später nach Hause zurückkehrst – glaubst du nicht, ein Besuch bei deiner anderen Familie wäre es wert? Wenn einer der Gründe, warum du zurückkehren willst, der ist, daß du deiner Mutter von deinem Bruder erzählen möchtest, meinst du dann nicht, daß auch die Sharamudoi wissen möchten, was ihm widerfahren ist? Schließlich waren auch sie seine Angehörigen.«

Jondalar runzelte die Stirn, dann hellte sein Gesicht sich auf. »Du hast recht, Ayla. Sie werden über Thonolan Bescheid wissen wollen. Ich habe mir solche Sorgen gemacht, ob ich die richtige Entscheidung getroffen habe, daß ich nicht richtig überlegen konnte.« Er lächelte vor Erleichterung.

Jondalar beobachtete, wie die Flammen über die geschwärzten Holzstücke tanzten und Kapriolen schlugen vor Vergnügen über ihren kurzen Kampf gegen die hereinbrechende Dunkelheit. Er trank seinen Tee, in Gedanken immer noch mit der langen Reise beschäftigt, die vor ihnen lag, aber jetzt nicht mehr ganz so beunruhigt. Er warf einen Blick auf Ayla. »Es war eine gute Idee, darüber zu sprechen. Aber ich glaube, ich habe mich immer noch nicht daran gewöhnt, jemanden zu haben, mit dem ich über alles mögliche reden kann. Und ich denke, daß wir es rechtzeitig schaffen werden, sonst hätte ich mich von vornherein nicht für diese Route entschieden. Sie ist etwas länger, aber zumindest kenne ich sie. Die nördliche Route ist mir völlig unbekannt.«

»Du hast bestimmt die richtige Entscheidung getroffen, Jondalar. Wenn ich nicht mit dem Todesfluch belegt worden wäre, würde ich Bruns Clan besuchen«, sagte Ayla, und dann, so leise, daß er es kaum hören konnte: »Wenn ich könnte, wenn ich nur könnte, würde ich hingehen, um Durc ein letztes Mal zu sehen.« Ihre Stimme klang so tonlos und so traurig, daß er begriff, wie schmerzlich sie den Verlust ihres Kindes in diesem Augenblick empfand.

»Du würdest versuchen, ihn zu finden, Ayla?«

»Ja, natürlich würde ich das, aber ich kann nicht. Es wäre eine Qual für alle Beteiligten. Wenn sie mich sähen, würden sie mich für einen bösen Geist halten. Für sie bin ich tot, und nichts, was ich sage oder tue, könnte sie überzeugen, daß ich noch am Leben bin.« Aylas Augen schienen in die Ferne zu blicken, aber sie sahen eine Erinnerung.

»Außerdem ist Durc nicht mehr das kleine Kind, das ich zurücklassen mußte. Er wird schon bald ein Mann sein, obwohl ich, für eine Frau des

Clans, erst spät zur Frau geworden bin. Er ist mein Sohn, und vielleicht entwickelt er sich langsamer als die anderen Jungen. Aber bald wird Ura kommen und bein Bruns Clan leben – nein, es ist jetzt ja Brouds Clan«, sagte Ayla stirnrunzelnd. »Dies ist der Sommer der Clans-Versammlung; also wird Ura im Herbst ihren Clan verlassen und zu Brun und Ebra ziehen, und wenn beide alt genug sind, wird sie Durcs Gefährtin werden.« Sie schwieg einen Moment, dann sagte sie: »Ich wünschte, ich könnte dort sein, um sie willkommen zu heißen, aber ich würde ihr nur Angst einjagen, und sie würde vielleicht denken, Durc wäre vom Unglück verfolgt, wenn der Geist seiner Mutter nicht in der anderen Welt bleiben will, in die er gehört.«

»Bist du sicher, Ayla? Ich meine, wir könnten uns die Zeit nehmen, nach ihnen zu suchen, wenn du es möchtest«, sagte Jondalar.

»Selbst wenn ich ihn finden wollte«, sagte sie, »wüßte ich doch nicht, wo ich suchen sollte. Ich weiß nicht, wo ihre neue Höhle liegt, und ich weiß nicht, wo die Clans-Versammlung stattfindet. Es soll nicht sein, daß ich Durc wiedersehe. Er ist nicht mehr mein Sohn. Ich habe ihn Uba überlassen. Er ist jetzt Ubas Sohn.« Ayla schaute zu Jondalar auf, und er sah, daß Tränen in ihren Augen standen. »Als Rydag starb, wußte ich, daß ich Durc nie wiedersehen würde. Ich habe Rydag in Durcs Tragetuch begraben, dem Tuch, das ich mitnahm, als ich den Clan verließ. Und in meinem Herzen habe ich gleichzeitig Durc begraben. Ich weiß, daß ich Durc nie wiedersehen werde. Für ihn bin ich tot, und es wäre das beste, wenn er auch für mich tot wäre.«

Jetzt rollten ihr die Tränen über die Wangen, obwohl es schien, als spürte sie es nicht. »Im Grunde müßte ich glücklich sein. Denk nur an Nezzie. Rydag war wie ein Sohn für sie, sie hat ihn aufgezogen, auch wenn sie ihn nicht geboren hat, und sie wußte, daß sie ihn verlieren würde. Sie wußte sogar, daß er nie ein normales Leben haben würde, einerlei, wie lange er lebte. Andere Mütter, die ihre Söhne verlieren, können sie sich nur in einer anderen Welt, in der Welt der Geister vorstellen, aber ich kann mir Durc in dieser Welt vorstellen, immer heil und gesund, immer glücklich. Ich kann mir vorstellen, wie er mit Ura zusammenlebt, Kinder an seinem Herdfeuer hat – auch wenn ich sie nie sehen werde.« Ein Aufschluchzen gab endlich den Weg frei, auf dem ihr Kummer durchbrechen konnte.

Jondalar nahm sie in die Arme und hielt sie fest. Die Erinnerung an Rydag hatte auch ihn traurig gemacht. Es war unmöglich gewesen, etwas für ihn zu tun, obwohl alle wußten, daß Ayla nichts unversucht gelassen hatte. Er war ein schwaches Kind gewesen, von klein auf, hatte Nezzie gesagt. Aber Ayla hatte ihm etwas gegeben, das kein anderer Mensch ihm hätte geben können. Nachdem sie gekommen war und angefangen hatte, ihm und den anderen Bewohnern des Lagers beizubringen, auf die Art des Clans zu sprechen, mit Handbewegungen, war er glücklicher gewesen als je zuvor. Es war das erste Mal in seinem jungen Leben, daß er imstande gewesen war, sich den Leuten verständlich zu machen, die er liebte. Er konnte seine Bedürfnisse und Wünsche kundtun, und er konnte andere wissen lassen, was er empfand, besonders Nezzie, die für ihn gesorgt hatte, seit seine Mutter bei seiner Geburt gestorben war. Endlich konnte er ihr sagen, daß er sie liebte.

Es war für die anderen Angehörigen des Löwen-Lagers eine große Überraschung gewesen, aber sobald sie begriffen hatten, daß er nicht nur ein ziemlich kluges Tier war, nicht imstande zu sprechen, sondern eine andere Art von Mensch mit einer anderen Art von Sprache, da begannen sie auch zu begreifen, daß er intelligent war, und ihn als menschliches Wesen anzuerkennen. Jondalar war nicht weniger überrascht gewesen als die anderen, obwohl Ayla versucht hatte, ihm das klarzumachen, nachdem er angefangen hatte, ihr beizubringen, sich wieder mit Wörtern auszudrücken. Er hatte die Zeichen zusammen mit den anderen erlernt, und bald war ihm aufgegangen, über welch sanften Humor und welch tiefes Einfühlungsvermögen der Junge aus dem alten Geschlecht verfügte.

Jondalar hielt Ayla fest umschlungen, während sie ihren Kummer laut herausschluchzte. Er wußte, daß sie ihren Schmerz über den Tod des Halb-Clan-Kindes, das sie so sehr an ihren eigenen Sohn erinnerte, bisher unterdrückt hatte, und begriff, daß sie auch um diesen Sohn trauerte.

Aber Ayla trauerte um mehr als nur um Rydag oder Durc. Ayla trauerte um alle Menschen, die sie verloren hatte: um diejenigen, zu denen sie vor langer Zeit gehört hatte, um diejenigen vom Clan, die sie geliebt hatte, um den Clan selbst. Bruns Clan war ihre Familie gewesen, Iza und Creb hatten sie aufgezogen, hatten für sie gesorgt, und trotz ihrer Andersartigkeit hatte es eine Zeit gegeben, in der sie sich dem Clan zugehörig gefühlt hatte. Obwohl sie sich entschieden hatte, mit Jondalar zu gehen, weil sie ihn liebte und bei ihm sein wollte, war ihr nach ihrem Gespräch erst richtig klar geworden, wie weit sein Zuhause entfernt war; allein die Reise dorthin würde ein, vielleicht sogar zwei Jahre dauern. Erst jetzt hatte sie ganz begriffen, was das bedeutete: sie würde nie mehr hierher zurückkehren.

Damit gab sie nicht nur ihr neues Leben mit den Mamutoi auf, die sie bei sich aufgenommen hatten; es nahm ihr auch die letzte schwache Hoffnung, die Leute von ihrem Clan oder den Sohn, den sie bei ihnen zurückgelassen hatte, noch einmal wiederzusehen. Sie hatte so lange mit ihrem alten Schmerz gelebt, daß er ein wenig nachgelassen hatte; aber Rydag war erst kurz vor ihrer Abreise vom Sommertreffen gestorben, und sein Tod war noch zu frisch, der Kummer noch zu scharfkantig. Die schmerzliche Erinnerung an ihn hatte ebenso schmerzliche Erinnerungen an all ihre anderen Verluste mit sich gebracht, und das Begreifen, wie groß die Entfernung war, die zwischen ihnen liegen würde, brachte die Erkenntnis mit, daß auch die Hoffnung, diesem Teil ihrer Vergangenheit wiederzubegegnen, sterben mußte.

Ayla hatte schon ihr frühestes Leben verloren; sie wußte nicht, wer ihre wahre Mutter war oder wer die Leute gewesen waren, bei denen sie geboren wurde. An das, was vor dem Erdbeben gewesen war oder an Leute, denen sie vor ihrer Zeit beim Clan begegnet war, hatte sie nur noch ganz schwache Erinnerungen, die kaum mehr waren als vage Gefühle. Aber der Clan hatte sie ausgestoßen; Broud hatte sie mit dem Todesfluch belegt. Für den Clan war sie tot, und erst jetzt begriff sie voll und ganz, daß sie, als man sie verstieß, diesen Teil ihres Lebens verloren hatte. Von diesem Zeitpunkt an würde sie nie wissen, woher sie kam, würde nie jemandem aus ihrer Kindheit wiederbegegnen, würde nie jemanden kennen, nicht einmal Jondalar, der das Schicksal begreifen konnte, das sie zu dem gemacht hatte, was sie war.

Ayla akzeptierte den Verlust ihrer Vergangenheit, ausgenommen den Teil, der in ihren Gedanken und in ihrem Herzen weiterlebte, aber sie trauerte um sie, und sie fragte sich, was ihr wohl widerfahren mochte, wenn sie am Ende ihrer Reise angekommen waren. Doch was immer sie erwartete, wie immer seine Leute sein mochten – etwas anderes würde sie nicht haben; nur ihre Erinnerungen – und die Zukunft.

Auf der Waldlichtung war es stockfinster. Auch nicht die schwächste Andeutung einer Silhouette oder eines dunkleren Schattens war vor dem Hintergrund ringsum zu erkennen, nur eine schwache Röte vom nachglühenden Holz der Feuerstelle und die funkelnde Masse der Sterne. Da in der geschützten Lichtung nur eine leichte Brise wehte, hatten sie ihre Schlaffelle außerhalb des Zeltes ausgebreitet. Ayla lag wach unter dem sternenübersäten Himmel, betrachtete die Sternbilder und lauschte auf die nächtlichen Geräusche: den Wind, der durch die Bäume strich, das leise Plätschern des Flusses, das Zirpen der Grillen, das grelle Quaken eines Ochsenfrosches. Sie hörte ein lautes Plumpsen und das Aufspritzen von Wasser, dann den unheimlichen Schrei einer Eule und, weit entfernt, das dumpfe Brüllen eines Löwen und das laute Trompeten eines Mammuts.

Früher am Abend hatte Wolf vor Aufregung gezittert, weil er Wölfe heulen hörte; dann war er davongerannt. Nicht lange darauf hörte sie wieder den Gesang der Wölfe und, näher, ein Antwortgeheul. Die Frau wartete auf die Rückkehr des Tieres. Erst als sie seinen keuchenden Atem hörte – er muß gerannt sein, dachte sie – und spürte, wie er sich an ihre Füße schmiegte, entspannte sie sich.

Sie war gerade erst eingeschlafen, als etwas sie aufweckte. Hellwach und angespannt lag sie ganz still da, um herauszufinden, was sie geweckt hatte. Zuerst spürte sie durch ihre Decke hindurch das dumpfe, fast lautlose Grollen des warmen Bündels zu ihren Füßen. Dann hörte sie leises Geschnüffel. Irgend etwas war bei ihnen im Lager.

»Jondalar?« sagte sie leise.

»Ich glaube, das Fleisch hat irgendein Tier angelockt. Es könnte ein Bär sein, aber ich glaube eher, daß es ein Vielfraß oder eine Hyäne ist«, flüsterte Jondalar kaum hörbar.

»Was sollen wir tun? Ich möchte nicht, daß wir unser Fleisch einbüßen.«

»Vorerst nichts. Was immer es sein mag – vielleicht kommt es gar nicht an das Fleisch heran. Wir sollten abwarten.«

Aber Wolf wußte genau, was da herumschnüffelte, und er hatte nicht die Absicht, abzuwarten. Wo immer sie ihr Lager aufschlugen, betrachtete er seine Umgebung als sein Revier, und das mußte er verteidigen. Ayla spürte, wie er sie verließ, und einen Moment später hörte sie ihn drohend knurren. Die grollende Erwiderung klang völlig anders und schien von einem höhergelegenen Ort zu kommen. Ayla setzte sich auf und griff nach ihrer Schleuder, aber Jondalar war bereits auf den Beinen, und auf seiner Speerschleuder lag schußbereit der lange Schaft eines Speers.

»Es ist ein Bär«, sagte er. »Ich nehme an, er steht auf den Hinterbeinen, aber sehen kann ich nicht das geringste.«

Sie hörten eine Bewegung, schlurfende Geräusche von irgendwo zwischen der Feuerstelle und den Pfählen, an denen das Fleisch hing, dann das Knurren und Grollen der einander bedrohenden Tiere. Plötzlich kam von der anderen Seite ein Wiehern von Winnie, dann gab, noch lauter, Renner seiner Nervosität Ausdruck. Weitere Bewegungsgeräusche in der Dunkelheit, und dann hörte Ayla das ganz spezielle, dumpfe und wütende Knurren, das Wolfs Angriffsabsicht verkündete.

»Wolf!« rief Ayla; sie versuchte, den gefährlichen Zusammenstoß zu verhindern.

Plötzlich ertönte, von wütendem Knurren begleitet, ein lautes Gebrüll, gefolgt von einem Schmerzensschrei, als helle Funken um eine große Gestalt herum aufstoben, die in die Feuerstelle tappte. Ayla hörte das Sausen eines Gegenstandes, der sich dicht neben ihr blitzschnell durch die Luft bewegte. Ein dumpfer Aufprall, gefolgt von einem Geheul, und dann das Geräusch von etwas, daß durch die Bäume brach und sich schnell entfernte. Ayla stieß den Pfiff aus, mit dem sie Wolf zu rufen pflegte. Sie wollte nicht, daß er das Tier verfolgte.

Sie kniete nieder und umarmte erleichtert den jungen Wolf, als er zu ihr zurückgekehrt war, während Jondalar das Feuer wieder anfachte. Im Schein des Feuers sah er eine Blutspur, die von dem geflüchteten Tier stammen mußte.

»Ich bin sicher, daß mein Speer den Bären getroffen hat«, sagte der Mann, »aber wo, konnte ich nicht sehen. Ich werde ihm morgen früh nachspüren. Ein verwundeter Bär kann gefährlich sein, und wir wissen nicht, wer nach uns dieses Lager benutzen wird.«

Ayla kam herbei und betrachtete die Spur. »Ich glaube, er verliert viel Blut. Vielleicht kommt er nicht weit«, sagte sie, »aber ich hatte Angst um Wolf. Es war ein großes Tier, und es hätte Wolf verletzen können.«

»Ich weiß nicht, ob Wolf recht daran getan hat, ihn überhaupt anzugreifen. Damit hätte er den Bären veranlassen können, sich auf jemand anders zu stürzen. Aber es war sehr tapfer von ihm, und ich bin froh, daß er immer bereit ist, dich zu beschützen. Ich frage mich, was er tun würde, wenn tatsächlich jemand versuchen sollte, dir etwas zuleide zu tun«, sagte Jondalar.

»Ich weiß es nicht, aber dieses Biest hat auch Winnie und Renner nervös gemacht. Ich will nachsehen, wie es ihnen geht.«

Jondalar begleitete sie. Sie stellten fest, daß die Pferde dichter an das Feuer herangekommen waren. Winnie hatte schon vor langer Zeit gelernt, daß ein von Menschen angezündetes Feuer Sicherheit bedeutete, und Renner lernte aus eigener Erfahrung ebenso wie von seiner Mutter. Das Streicheln und die tröstlichen Worte der Menschen, denen sie vertrauten, schienen sie zu beruhigen, aber Ayla war nach wie vor unbehaglich zumute, und sie wußte, daß sie Mühe haben würde, wieder einzuschlafen. Sie beschloß, sich einen beruhigenden Tee zu machen, und ging in das Zelt, um ihren Medizinbeutel aus Otterfell zu holen.

Während die Kochsteine heiß wurden, strich sie über das Fell des abgenutzten Beutels, erinnerte sich daran, wie Iza ihn ihr gegeben hatte, und an ihr Leben beim Clan, insbesondere an den letzten Tag. Warum mußte Creb in die Höhle zurückkehren? dachte sie. Er könnte noch am Leben sein, auch wenn er alt und schwach geworden war. Aber er war ganz und gar nicht schwach bei der Zeremonie am Vorabend seines Todes, als er Goov zum neuen Mog-ur machte. Da war er wieder stark. Der Große Mog-ur, genau wie immer. Goov wird nie so mächtig sein, wie Creb es war.

Jondalar bemerkte, daß sie in Gedanken versunken war. Er glaubte, daß sie noch immer an das Kind dachte, das gestorben war, und an den Sohn, den sie nie wiedersehen würde, und wußte nicht recht, was er sagen sollte. Er wollte ihr helfen, sich aber nicht aufdrängen. Sie saßen dicht nebeneinander beim Feuer und tranken ihren Tee, als Ayla zufällig zum Himmel emporschaute. Sie hielt den Atem an.

»Sieh dir das an, Jondalar«, sagte sie. »Da am Himmel. Es ist rot, wie ein Feuer, aber ganz hoch oben und weit weg. Was ist das?«

»Eisfeuer!« sagte er. »So nennen wir es, wenn es rot ist, manchmal auch Feuer des Nordens.«

Sie beobachteten das Lichtspiel. Das Nordlicht wölbte sich über den Himmel wie ein dünner, von einem kosmischen Wind bewegter Schleier. »Es sind weiße Streifen darin«, sagte Ayla, »und es bewegt sich – wie Rauchschwaden, oder als ob weißes, kreidiges Wasser hindurchrieselte. Und andere Farben auch.«

»Sternenrauch«, sagte Jondalar. »So nennen es manche Leute, oder Sternenwolken, wenn es weiß ist. Es hat verschiedene Namen, aber die meisten Leute wissen, was du meinst, wenn du einen davon gebraucht.«

»Ich frage mich nur, warum ich dieses Licht am Himmel nicht schon früher gesehen habe«, sagte Ayla. Sie empfand Ehrfurcht, aber auch eine Spur von Angst.

»Vielleicht hast du zu weit im Süden gelebt. Man nennt es nämlich auch das Feuer des Nordens. Ich habe es selbst noch nicht oft gesehen und noch nie so stark oder so rot, aber Leute, die nordwärts gereist sind, behaupten, je weiter man nach Norden vordränge, desto häufiger könnte man es sehen.«

»Aber man kann doch nur so weit nach Norden reisen, bis man auf das Eis stößt.«

»Man kann über den Eisrand hinaus nach Norden vorstoßen, wenn man auf dem Wasser reist. Westlich der Gegend, in der ich geboren wurde, nur ein paar Tagereisen entfernt, hört das Land auf, und das Große Wasser beginnt. Es ist sehr salzig, und es friert nie zu, obwohl man manchmal riesige Eisbrocken darin schwimmen sieht. Es heißt, einige Leute wären über die Eisgrenze hinausgelangt, als sie mit Booten Jagd auf Tiere machten, die im Wasser leben.«

»Du meinst, mit Rundbooten wie denen, die die Mamutoi benutzen, um Flüsse zu überqueren?«

»Das nehme ich an, aber größer und kräftiger. Ich habe sie nie gesehen, und ich wußte nicht recht, ob ich diesen Geschichten glauben sollte, bis ich den Sharamudoi begegnete und die Boote sah, die sie bauten. Am Großen Mutter Fluß, in der Nähe ihres Lagers, wachsen viele Bäume, große Bäume. Aus denen bauen sie Boote. Warte, bis du sie kennenlernst. Du wirst es nicht glauben, Ayla. Sie überqueren den Fluß nicht nur, sondern befahren ihn, stromauf und stromab, mit diesen Booten.«

Ayla spürte seine Begeisterung. Er freute sich wirklich darauf, ihnen wiederzubegegnen, jetzt, nachdem er seine Unentschlossenheit überwunden hatte. Aber sie selbst dachte nicht an das Zusammentreffen mit Jondalars zweiter Familie. Das merkwürdige Licht am Himmel beunruhigte sie, obwohl sie nicht wußte, warum. Sie hätte gern gewußt, was es zu bedeuten hatte, aber es ängstigte sie nicht auf die Weise, wie Erschütterungen der Erde es taten. Erdbewegungen, insbesondere Erdbeben, erfüllten sie mit panischer Angst, nicht nur weil die Erschütterung von etwas, das eigentlich festgefügte Erde sein sollte, an sich schon beängstigend war, sondern weil sie stets drastische, einschneidende Veränderungen in ihrem Leben angekündigt hatte.

Ein Erdbeben hatte sie von ihren eigenen Leuten fortgerissen und ihr eine Kindheit beschert, die anders war als alles, was sie zuvor gekannt hatte, und ein Erdbeben hatte dazu geführt, daß sie aus dem Clan ausgestoßen wurde; zumindest hatte es Broud einen Vorwand dafür geliefert. Selbst der Vulkanausbruch weit weg im Südosten, der sie mit feiner, pulvriger Asche überschüttet hatte, schien eine Art Vorzeichen dafür gewesen zu sein, daß sie die Mamutoi verlassen würde, obwohl sie diesen Entschluß aus freien Stücken gefaßt hatte und er ihr nicht aufgezwungen worden war. Aber sie wußte nicht, was Zeichen vom Himmel zu bedeuten hatten, und ob dies überhaupt ein Zeichen war.

»Ich bin ganz sicher, daß Creb einen solchen Himmel für ein Zeichen für irgend etwas gehalten hätte«, sagte Ayla. »Er war der mächtigste Mog-ur aller Clans, und etwas wie dies hätte ihn veranlaßt, darüber nachzudenken, bis er begriff, was es zu bedeuten hat. Ich glaube, auch Mamut würde es für ein Zeichen halten. Was meinst du, Jondalar? Ist es ein Zeichen für irgend etwas? Vielleicht für etwas – Ungutes?«

»Ich – ich weiß es nicht, Ayla.« Es widerstrebte ihm, ihr von dem Glauben seiner Leute zu erzählen, daß das Nordlicht, wenn es rot war, oft, aber nicht immer, eine Warnung darstellte. Manchmal kündigte es nur irgend etwas Wichtiges an. »Ich bin keiner von Denen, Die Der Mutter Dienen. Es könnte auch ein Zeichen für etwas Gutes sein.«

»Aber dieses Eisfeuer ist ein Zeichen für irgend etwas?«

»Im allgemeinen ja. Die meisten Leute sind jedenfalls davon überzeugt.«

Ayla tat etwas Akeleiwurzel und Wermut in ihren Kamillentee, um ihm eine beruhigende Wirkung zu geben, aber der Bär in ihrem Lager und das merkwürdige Licht am Himmel hatten sie zu sehr aufgeregt. Trotz des Beruhigungsmittels hatte Ayla das Gefühl, daß der Schlaf sich ihr verweigerte. Sie probierte alle möglichen Einschlafpositionen aus, zuerst auf der Seite, dann auf dem Rücken und auf der anderen Seite, sogar auf dem Bauch, und sie war sicher, daß ihr unruhiges Herumwälzen Jondalar irritierte. Als sie endlich eingeschlafen war, wurde ihr Schlaf von lebhaften Träumen gestört.

Ein wütendes Brüllen zerriß die Stille, und die zuschauenden Leute sprangen entsetzt zurück. Der riesige Höhlenbär warf sich gegen das Tor des Käfigs und schmetterte es krachend zu Boden. Der wütende Bär war frei! Broud stand auf seinen Schultern; zwei andere Männer klammerten sich an sein Fell. Plötzlich war einer von ihnen im Griff des riesigen Tieres, aber seine Schmerzensschreie verstummten, als eine kraftvolle Umarmung ihm das Rückgrat brach. Die Mog-urs hoben den Leichnam auf und trugen ihn mit feierlicher Würde in eine Höhle. Creb in seinem Bärenfell hinkte voraus.

Ayla starrte auf eine weiße Flüssigkeit, die in einer gesprungenen Holzschüssel schwappte. Die Flüssigkeit wurde blutrot und verdickte sich, leuchtende weiße Bänder bewegten sich langsam flatternd durch sie hindurch. Sie verspürte Angst und Unruhe, sie hatte etwas Unerlaubtes getan. Eigentlich hätte in der Schüssel keine Flüssigkeit mehr sein dürfen. Sie hob sie an die Lippen und leerte sie.

Ihre Perspektive wandelte sich, das weiße Licht war in ihr, und es war, als würde sie größer und blickte von irgendwo hoch oben auf Sterne, die einen Pfad erhellten. Die Sterne verwandelten sich in flackernde kleine Lichter, die durch eine endlos lange Höhle den Weg wiesen. Dann wurde das rote

Licht an ihrem Ende immer größer, füllte ihr ganzes Blickfeld aus, und mit einem bedrückenden, qualvollen Gefühl sah sie die Mog-urs, von Stalagmiten halb verdeckt, im Halbkreis dasitzen.

Sie versank immer tiefer in einem schwarzen Abgrund, vor Angst wie versteinert. Plötzlich war Creb da, zusammen mit dem glühenden Licht in ihr, half ihr, stützte sie, beschwichtigte ihre Angst. Er führte sie auf einer seltsamen Reise zurück zu ihren gemeinsamen Anfängen, durch salziges Wasser und schmerzhaftes Luftholen, lehmige Erde und hohe Bäume. Dann waren sie auf der Erde, gingen aufrecht auf zwei Beinen, unternahmen eine lange Wanderung, gingen nach Westen auf ein großes, salziges Meer zu. Sie gelangten an eine Steilwand oberhalb eines Flusses und einer flachen Ebene, mit einem tiefen Einschnitt unter einem großen Felsüberhang; es war die Höhle eines seiner frühen Vorfahren. Aber als sie sich der Höhle näherten, begann Creb zu schwinden, sie zu verlassen.

Die Szene wurde dunstig. Creb schwand schneller, war fast verschwunden, und sie wurde von Panik ergriffen. »Creb! Geh nicht, bitte, geh nicht!« rief sie. Sie ließ den Blick über die Landschaft schweifen, suchte verzweifelt nach ihm. Dann sah sie ihn auf dem Gipfel des Steilhangs, oberhalb der Höhle seines Vorfahren, dicht neben einem großen Felsbrocken, einer langen, leicht abgeflachten Felssäule, die sich über den Rand neigte, wie in der Luft angehalten, als sie herabstürzen wollte. Ayla rief abermals nach ihm, aber er war in den Felsen verschwunden. Sie war verzweifelt; Creb war fort, und sie war allein, von Kummer gepeinigt, wünschte sich, sie hätte etwas von ihm, um sich erinnern zu können, etwas, das sie berühren konnte, festhalten konnte, aber alles, was sie spürte, war ein alles durchdringender Schmerz. Plötzlich rannte sie, rannte, so schnell sie konnte; sie mußte weg von hier, sie mußte weg.

»Ayla! Ayla! Wach auf!« sagte Jondalar und schüttelte sie.

»Jondalar«, sagte sie und setzte sich auf. Dann, noch immer verzweifelt, klammerte sie sich an ihn, und die Tränen rannen ihr übers Gesicht. »Er ist fort... Oh, Jondalar!«

»Es ist alles gut«, sagte er und hielt sie fest in den Armen. »Du mußt einen schrecklichen Traum gehabt haben. Du hast gerufen und geweint. Meinst du, es würde dir helfen, wenn du ihn mir erzählst?«

»Es war Creb. Ich habe von Creb geträumt und von der Zeit der Clans-Versammlung, als ich in die Höhle ging und diese seltsamen Dinge passierten. Hinterher wollte er lange nichts von mir wissen. Und dann, als wir endlich wieder zusammenkamen, starb er, bevor wir miteinander reden konnten. Er sagte mir, Durc wäre der Sohn des Clans. Ich war mir nie ganz sicher, was er damit meinte. Es gab so vieles, über das ich gern mit ihm gesprochen hätte, so vieles, das ich ihn jetzt gern fragen würde. Manche Leute hielten ihn für den mächtigsten aller Mog-urs, und weil ihm ein Auge und ein Arm fehlten, galt er als häßlich und noch beängstigender. Aber sie kannten ihn nicht. Creb war gut und weise. Er verstand die Welt der Geister, aber er verstand auch die Menschen. In meinem Traum wollte ich mit ihm reden, und ich glaube, er versuchte, auch mit mir zu reden.«

»Vielleicht hat er das getan. Träume habe ich noch nie verstanden«, sagte Jondalar. »Fühlst du dich jetzt besser?«

»Es ist alles wieder in Ordnung«, sagte Ayla. »Aber ich wollte, ich wüßte mehr über Träume.«

»Ich finde, du solltest nicht allein nach dem Bären suchen«, sagte Ayla nach dem Frühstück. »Schließlich hast du gesagt, ein verwundeter Bär könnte gefährlich sein.«

»Ich werde aufpassen.«

»Wenn ich dich begleite, können wir beide aufpassen, und hier im Lager wäre ich auch nicht sicherer. Der Bär könnte zurückkommen, während du fort bist.«

»Du hast recht. Also gut, komm mit.«

Sie folgten der Spur des Bären in den Wald. Wolf hatte beschlossen, ihn aufzuspüren, und rannte durch das Unterholz voraus. Sie hatten kaum eine Meile zurückgelegt, als sie ein Stück voraus lautes Geknurre hörten. Sie beeilten sich und fanden Wolf, der mit gesträubtem Fell dastand und ein kehliges Grollen von sich gab, den Kopf aber gesenkt und den Schwanz zwischen die Beine geklemmt hatte und von dem kleinen Wolfsrudel, das den dunkelbraunen Kadaver des Bären bewachte, gebührenden Abstand hielt.

»Jetzt brauchen wir wenigstens keinen verwundeten Bären mehr zu fürchten«, sagte Ayla; sie hielt ihre Speerschleuder mit einem Speer schußbereit in den Händen.

»Nur ein Rudel von Wölfen.« Auch er war bereit, einen Speer abzuschleudern. »Willst du ein Stück Bärenfleisch?«

»Nein, wir haben genug Fleisch. Für mehr habe ich keinen Platz. Überlassen wir den Bären den Wölfen.«

»An dem Fleisch liegt mir auch nichts, aber ich hätte gern die Tatzen und die großen Zähne.«

»Warum holst du sie dir dann nicht? Sie gehören von rechts wegen dir. Du hast den Bären erlegt. Ich kann die Wölfe mit meiner Schleuder so lange fernhalten, bis du sie hast.«

Jondalar glaubte nicht, daß er dergleichen von sich aus versucht hätte. Es erschien ihm überaus gefährlich, ein Rudel Wölfe von einer Beute zu vertreiben, die sie als ihr Eigentum beanspruchten. Doch dann erinnerte er sich, wie sie am Vortag die Hyänen verscheucht hatte. »Also los«, sagte er und griff nach seinem scharfen Messer.

Wolf war sehr aufgeregt, als Ayla begann, Steine zu schleudern und das Wolfsrudel zu verjagen, und er hielt neben dem Bärenkadaver Wache, während Jondalar schnell die Tatzen abschnitt. Die Zähne aus den Kiefern zu brechen, war etwas schwieriger, aber bald hatte der Mann seine Trophäen. Ayla mußte lächeln, als sie Wolf beobachtete. Sobald »sein Rudel« das wilde Rudel verscheucht hatte, hatte sich sein Verhalten geändert. Jetzt trug er den Kopf hoch und den Schwanz gerade ausgestreckt; er hatte die Haltung eines dominierenden Wolfes eingenommen, und sein Knurren klang jetzt wesentlich aggressiver. Der Leitwolf des Rudels ließ ihn nicht aus den Augen und schien nahe daran, ihn herauszufordern.

Nachdem sie den Bärenkadaver wieder den Wölfen überlassen und den Rückweg angetreten hatten, warf der Leitwolf den Kopf hoch und heulte. Sein Heulen war laut und kraftvoll. Auch Wolf hob den Kopf und heulte, aber seinem Ruf fehlte die Resonanz. Er war jünger, noch nicht einmal voll ausgewachsen, und sein Geheul bewies es.

»Komm, Wolf. Der dort ist nicht nur größer als du, sondern auch älter und erfahrener. Er hätte dich im Nu auf den Rücken geworfen«, sagte Ayla, aber Wolf heulte abermals, nicht, um die anderen herauszufordern, sondern weil er unter seinesgleichen war.

Die anderen Wölfe des Rudels fielen ein, und dann hob auch Ayla, einfach weil ihr danach zumute war, den Kopf und heulte. Jondalar spürte, daß ihm ein Schauder über den Rücken lief. Wie es sich anhörte, war es eine perfekte Imitation der Wölfe. Sogar Wolf drehte ihr den Kopf zu, dann gab er ein weiteres, jetzt wesentlich selbstsichereres, langgezogenes Heulen von sich. Die anderen Wölfe antworteten, und bald war der ganze Wald von dem herrlichen, bis ins Mark gehenden Wolfsgesang erfüllt.

Als sie ihr Lager wieder erreicht hatten, säuberte Jondalar die Tatzen und die großen Eckzähne, während Ayla Winnie bepackte. Als sie fertig war, war er noch beim Packen. Sie lehnte sich an die Stute, kraulte sie und genoß den engen Kontakt mit ihr. Dann stellte sie fest, daß Wolf wieder einen verrotteten Knochen gefunden hatte. Diesmal blieb er am Rande der Lichtung, knurrte verspielt seine stinkende Beute an, behielt Ayla im Auge, machte aber keine Anstalten, sie ihr zu bringen.

»Wolf! Komm her, Wolf!« rief sie. Er ließ den Knochen fallen und kam. »Ich glaube, es wird Zeit, daß ich dir etwas Neues beibringe«, sagte sie.

Sie wollte ihm beibringen, an Ort und Stelle zu bleiben, wenn sie es ihm befahl, und wenn sie selbst fortging. Das mußte er ihrer Meinung nach unbedingt lernen, obwohl sie fürchtete, daß es eine ganze Weile dauern würde, bis er es begriffen hatte. Nach dem Empfang, den ihnen die Leute bereitet hatten, denen sie bisher begegnet waren, und Wolfs Reaktion darauf befürchtete sie, daß er imstande wäre, Fremde als Angehörige eines anderen »Rudels« von Menschen anzugreifen.

Ayla hatte Talut einmal versprochen, daß sie Wolf selbst töten würde, wenn er irgend jemandem vom Löwen-Lager etwas zuleide täte, und sie hatte nach wie vor das Gefühl, dafür sorgen zu müssen, daß das Raubtier, das sie in so engen Kontakt mit Menschen gebracht hatte, niemanden verletzte. Außerdem machte sie sich seinetwegen Sorgen. Seine Annäherung löste bei anderen Leuten eine Verteidigungsreaktion aus, und sie fürchtete, irgendein Jäger könnte versuchen, den fremden Wolf zu töten, der sein Lager zu bedrohen schien, bevor sie es verhindern konnte.

Sie beschloß, damit zu beginnen, daß sie ihn an einem Baum festband und ihm befahl, dort zu bleiben, während sie sich entfernte; aber die Schlinge um seinen Hals war zu locker, und er zog den Kopf heraus. Beim nächsten Mal band sie das Seil fester, fürchtete aber, daß er sich erwürgen könnte, wenn die Schlinge zu fest war. Wie sie erwartet hatte, heulte und winselte er, sprang hoch und versuchte ihr zu folgen. Während sie sich ein paar Schritte weit entfernte, befahl sie ihm immer wieder, zu bleiben, wo er war, und unterstrich ihren Befehl mit den entsprechenden Gesten.

Als er sich endlich hinlegte, kehrte sie zurück und lobte ihn. Nach einigen weiteren Versuchen bemerkte sie, daß Jondalar fertig war, und ließ Wolf frei. Für den Anfang genügte es, aber als es sich als schwierig erwies, die Knoten zu lösen, die Wolf festgezerrt hatte, kamen ihr Bedenken, ob die Schlinge um den Hals die richtige Methode war. Sie durfte weder zu fest noch zu locker sein, und die Knoten müßten sich aufknüpfen lassen. Hier steckte noch eine Schwierigkeit.

»Meinst du wirklich, du könntest ihm beibringen, Fremde nicht zu bedrohen?« fragte Jondalar, nachdem er ihre ersten, allem Anschein nach erfolglosen Versuche beobachtet hatte. »Hast du mir nicht erzählt, es wäre für Wölfe ganz natürlich, anderen gegenüber mißtrauisch zu sein? Wie kannst du dann hoffen, ihm etwas beibringen zu können, was seiner natürlichen Veranlagung zuwiderläuft?« Er schwang sich auf Renner, während sie das Seil verstaute und auf Winnies Rücken stieg.

»Gehört es zur natürlichen Veranlagung des Pferdes, daß es dich auf seinem Rücken trägt?« fragte sie.

»Ich glaube, das ist nicht dasselbe«, sagte Jondalar, als sie, nebeneinander herreitend, den Lagerplatz verließen. »Pferde fressen Gras, kein Fleisch, und ich glaube, sie neigen von Natur aus eher dazu, Schwierigkeiten aus dem Wege zu gehen. Wenn sie Fremde sehen oder sonst irgend etwas Bedrohliches, dann laufen sie davon. Es kommt zwar vor, daß ein Hengst mit einem anderen Hengst kämpft oder mit einem Tier, das ihn unmittelbar bedroht, aber Renner und auch Winnie wollen flüchten, wenn ihnen etwas befremdlich erscheint. Wolf wird aggressiv. Er ist viel eher zu einem Kampf bereit.«

»Auch er würde davonlaufen, Jondalar, wenn wir es täten. Er wird aggressiv, weil er uns beschützen will. Ja, er ist ein Fleischfresser, und er könnte einen Menschen töten. Aber ich glaube nicht, daß er es tun wird, außer wenn er glaubt, daß einem von uns Gefahr droht. Tiere können lernen, ebenso wie Menschen. Sogar Winnie hat Dinge gelernt, die sie in Gesellschaft anderer Pferde niemals gelernt hätte. Wie natürlich ist es für ein Pferd, in einem

Wolf einen Freund zu sehen? Sie hatte sogar einen Höhlenlöwen zum Freund. Ist das eine natürliche Veranlagung?«

»Vielleicht nicht«, sagte Jondalar, »aber ich kann dir gar nicht sagen, welche Angst ich ausgestanden habe, als dieser Höhlenlöwe beim Sommertreffen auftauchte und du mit Winnie direkt auf ihn zugeritten bist. Woher wußtest du, daß er sich an dich erinnern würde? Oder an Winnie? Oder daß Winnie sich an ihn erinnern würde?«

»Sie sind zusammen aufgewachsen. Baby war noch ganz klein, als ich ihn fand, wirklich ein Baby, noch nicht einmal entwöhnt. Ein flüchtender Hirsch hatte ihn am Kopf getroffen, und er war fast tot. Deshalb ließ seine Mutter ihn zurück. Auch für Winnie war er wie ein Baby. Sie hat mir geholfen, für ihn zu sorgen – es war so lustig, als sie anfingen, miteinander zu spielen, besonders wenn Baby sich anschlich und versuchte, Winnies Schweif zu packen. Ich weiß, daß sie ihn manchmal mit voller Absicht vor ihm geschwenkt hat. Oder jeder von ihnen ergriff ein Ende eines Fells, und dann versuchten sie, es sich gegenseitig zu entreißen. Ich habe in diesem Jahr eine Menge Felle eingebüßt, aber die beiden haben mich zum Lachen gebracht.«

Aylas Miene wurde nachdenklich. »Erst damals habe ich das Lachen gelernt. Die Leute vom Clan haben nie laut gelacht. Sie mochten keine unnötigen Geräusche; laute Töne waren normalerweise Warnzeichen. Und dieser Ausdruck, der dir so gut gefällt und bei dem die Zähne zu sehen sind, den wir Lächeln nennen – er bedeutete bei ihnen, daß sie nervös waren oder aggressiv, und zusammen mit einem bestimmten Handzeichen war es eine Drohgebärde. Als ich klein war, mochten sie es nicht, wenn ich lächelte oder lachte, also lernte ich, es möglichst selten zu tun.«

Sie ritten eine Weile am Flußufer entlang, auf einer flachen, breiten Kiesebene. »Viele Leute lächeln, wenn sie nervös sind und wenn sie Fremden begegnen«, sagte Jondalar. »Aber das heißt nicht, daß sie aggressiv sind oder drohen wollen. Ich glaube, ein Lächeln soll zeigen, daß man keine Angst hat.«

Jetzt ritt Ayla voraus; sie lehnte sich zur Seite, um ihr Pferd um ein Gestrüpp herumzulenken, das am Ufer eines Baches wuchs. Nachdem Jondalar ein Halfter erfunden hatte, das er dazu benutzte, Renner zu lenken, war auch Ayla dazu übergegangen, Winnie ein Halfter anzulegen; sie benutzte es gelegentlich, um Winnie zu führen oder irgendwo anzubinden; beim Reiten jedoch machte sie nie davon Gebrauch. Als sie sich zum erstenmal auf den Rücken der Stute schwang, war sie überhaupt nicht auf den Gedanken gekommen, sie zu dressieren – das gegenseitige Lernen war allmählich und, zumindest zu Anfang, unbewußt vonstatten gegangen.

»Aber wenn ein Lächeln zeigen soll, daß man keine Angst hat – bedeutet das nicht, daß man glaubt, es gäbe nichts, wovor man Angst haben müßte? Daß man sich stark fühlt und nichts zu befürchten hat?« fragte Ayla, als sie wieder nebeneinander herritten.

»Darüber habe ich noch nie nachgedacht. Wenn Thonolan fremden Leuten begegnete, hat er immer gelächelt, aber er war nicht immer so zuversichtlich, wie er zu sein schien. Er versuchte, die Leute denken zu lassen, daß er keine Angst hätte. Vielleicht könnte man sagen, es ist eine Schutzgeste, eine Art, jemandem zu sagen: Ich bin so stark, daß ich von dir nichts zu befürchten habe.«

»Aber wenn man zeigt, daß man stark ist – ist das nicht zugleich eine Drohgebärde? Zeigt Wolf nicht den Fremden seine Stärke, wenn er seine Zähne zeigt?« fragte Ayla.

»Es mag etwas daran sein. Aber zwischen einem Begrüßungslächeln und einem Wolf, der die Zähne bleckt und knurrt, besteht doch ein großer Unterschied.«

»Ja, das stimmt«, pflichtete Ayla ihm bei. »Ein Lächeln bewirkt, daß man glücklich ist.«

»Oder zumindest erleichtert. Wenn du einem Fremden begegnest und er dein Lächeln erwidert, dann bedeutet das gewöhnlich, daß du willkommen bist. Nicht jedes Lächeln ist dazu gedacht, dich glücklich zu machen.«

»Vielleicht ist das Gefühl der Erleichterung der Anfang vom Glücklichsein«, sagte Ayla. Sie ritten eine Weile schweigend nebeneinander her, dann fuhr sie fort: »Ich glaube, es besteht eine gewisse Ähnlichkeit zwischen einem Menschen, der zur Begrüßung lächelt, und den Leuten vom Clan, die ihre Zähne zeigen, wenn sie sagen wollen, daß sie nervös sind oder jemandem drohen wollen. Und wenn Wolf einem Fremden die Zähne zeigt, dann bedroht er ihn, weil er uns beschützen will.«

»Und wenn er uns, seinem eigenen Rudel, die Zähne zeigt, dann ist das sein Lächeln«, sagte Jondalar. »Manchmal glaube ich wirklich, daß er lächelt. Ich bin auch ganz sicher, daß er dich liebt. Aber wenn er dich beschützen will, wie willst du ihm dann beibringen, daß er auf Befehl zurückbleibt, wenn du nicht bei ihm bist? Wie willst du ihm beibringen, Fremde nicht anzugreifen, wenn er beschlossen hat, es zu tun?« Jondalar machte sich ernsthafte Sorgen. Wolf konnte eine Menge Probleme schaffen. »Vergiß nicht, Wölfe greifen an, um sich Nahrung zu verschaffen. Wolf ist ein Jäger. Du kannst ihm vieles beibringen, aber kannst du einem Jäger beibringen, kein Jäger zu sein?«

»Als du in mein Tal kamst, Jondalar, warst du auch ein Fremder. Weißt du noch, wie Baby zurückkehrte, um mich zu besuchen, und dich dort vorfand?«

Jondalar spürte, wie etwas in ihm aufstieg, nicht Verlegenheit, aber eine deutliche Erinnerung an das, was er damals empfunden hatte. Nie zuvor in seinem Leben hatte er solche Angst empfunden wie in dem Augenblick, als Baby an den Ort zurückgekehrt war, an dem er seine Kindheit verbracht hatte, und auf dem breiten Sims vor Aylas Höhle einen Fremden vorgefunden hatte.

Kein Höhlenlöwe war klein, aber Baby war das größte Exemplar, das er je gesehen hatte. Jondalar hatte sich immer noch nicht ganz von der Verletzung erholt, die derselbe Löwe oder seine Gefährtin ihm beigebracht hatte, als er und sein Bruder so leichtsinnig in ihr Versteck eingedrungen waren. Es war das letzte gewesen, was Thonolan je tun sollte. Jondalar war ganz sicher gewesen, daß seine letzte Stunde geschlagen hatte, als der Löwe brüllte und zum Sprung ansetzte. Plötzlich war Ayla zwischen ihnen gewesen, hatte die Hand gehoben und dem Löwen bedeutet, innezuhalten, und der Löwe hatte innegehalten! Und das nächste, was er gesehen hatte, war, wie sie die gewaltige Katze kraulte und mit ihr spielte.

»Ja, ich weiß es noch«, sagte er. »Aber ich weiß immer noch nicht, wie du es fertiggebracht hast, ihm mitten in einem Angriff auf mich Einhalt zu gebieten.«

»Als Baby noch ganz klein war, griff er mich immer im Spiel an, aber nachdem er angefangen hatte zu wachsen, wurde er für diese Art von Spiel allmählich zu groß. Ich mußte ihm beibringen, das zu lassen«, erklärte Ayla. »Und jetzt muß ich Wolf beibringen, daß er Fremde nicht angreifen darf und zurückbleibt, wenn ich es will. Nicht nur, damit er niemanden verletzt, sondern auch, damit er selbst nicht zu Schaden kommt.«

»Wenn irgend jemand ihm das beibringen kann, dann bist du es, Ayla«, sagte Jondalar. Aylas Standpunkt war vernünftig, und wenn sie es schaffte, dann würde es das Reisen mit Wolf vereinfachen; trotzdem fragte er sich, wieviel Schwierigkeiten Wolf ihnen noch machen würde. Es war nicht so, daß er das Tier nicht mochte. Es war faszinierend, einen Wolf aus der Nähe beobachten zu können, und es überraschte ihn immer wieder, wie zutraulich und umgänglich Wolf war, aber er kostete Zeit, verlangte Aufmerksamkeit und Futter. Auch die Pferde brauchten Pflege, aber Renner gehorchte ihm aufs Wort, und sie waren eine wirkliche Hilfe. Die Heimreise würde schwierig genug werden, auch ohne die zusätzliche Belastung mit einem Tier, das fast so lästig war wie ein Kind.

Ein Kind – das wäre wirklich ein Problem, dachte Jondalar. Ich hoffe nur, daß die Große Erdmutter Ayla kein Kind schenkt, bevor wir daheim sind. Es wäre etwas anderes, wenn wir schon dort wären und uns niedergelassen hätten. Dann könnten wir an Kinder denken. Wie es wohl wäre, wenn wir ein Kind hätten?

Und wenn Ayla nun recht hätte? Wenn Kinder tatsächlich durch die Wonnen entstünden? Aber wir haben die Wonnen so oft miteinander geteilt, und es gibt keinerlei Anzeichen für ein Kind. Es muß Doni sein, die einer Frau ein Kind gibt. Aber was ist, wenn die Mutter beschließt, Ayla kein Kind zu geben? Sie hat einmal eins gehabt, auch wenn es von gemischten Geistern war. Wenn Doni einmal eines gibt, dann gibt sie gewöhnlich auch weitere. Vielleicht liegt es an mir. Kann Ayla kein Kind meines Geistes haben? Oder irgendeine andere Frau?

Ich habe mit vielen Frauen die Wonnen geteilt und Doni geehrt. Hat jemals eine von ihnen ein Kind geboren, das meines Geistes war? Wie soll ein Mann das wissen? Ranec hätte es gewußt. Seine Hautfarbe war so dunkel und seine Züge so ungewöhnlich, daß man beim Sommertreffen bei etlichen Kindern sein Wesen erkennen konnte. Ich habe keine dunkle Hautfarbe und keine ungewöhnlichen Züge – oder doch?

Wie war das damals, als die Hadumai-Jäger Thonolan und mich einfingen? Die alte Haduma wollte, daß Noria ein Kind bekäme, das genau so blaue Augen hätte wie ich, und nach ihren Ersten Riten sagte mir Noria, sie würde einen Sohn meines Geistes mit blauen Augen bekommen. Das hatte Haduma ihr gesagt. Ob sie diesen Sohn bekommen hat?

Serenio glaubte, schwanger zu sein, als ich sie verließ. Hat sie ein Kind bekommen, das so blaue Augen hat wie ich? Serenio hatte einen Sohn, aber danach bekam sie keine Kinder mehr, und Darvo war damals schon fast ein junger Mann. Was sie wohl von Ayla halten wird und Ayla von ihr?

Vielleicht war sie nicht schwanger. Vielleicht hat die Mutter noch immer nicht vergessen, was ich getan habe. Und vielleicht ist das ihre Art, mir zu sagen, daß ich ein Kind an meinem Herdfeuer nicht verdiene. Aber sie hat mir Ayla zurückgegeben. Zelandoni hat immer gesagt, die Mutter würde mir nie etwas verweigern, um das ich sie bitte, aber sie hat mir eingeschärft, mit meinen Bitten sehr vorsichtig zu sein, denn ich würde bekommen, um was ich sie bitte.

Aber warum sollte jemand um etwas bitten, das er gar nicht haben will? Ich habe diejenigen, die mit der Welt der Geister sprechen, nie recht verstanden. Sie sprechen immer mit einem Schatten auf der Zunge. Früher hieß es immer, Thonolan wäre ein Liebling von Doni, wenn davon die Rede war, wie leicht es ihm fiel, mit anderen Leuten zurechtzukommen. Aber es heißt auch, man solle bei den Gunstbeweisen der Mutter auf der Hut sein. Wenn sie jemanden zu sehr begünstigt, dann wünscht sie nicht, daß er lange von ihr fort ist. Ist Thonolan deshalb gestorben? Hat die Große Erdmutter ihn zu sich geholt? Was bedeutet es wirklich, wenn die Leute sagen, jemand wäre ein Liebling von Doni?

SECHSTES KAPITEL

Ayla und Jondalar verließen den Fluß, dem sie bisher gefolgt waren; sie wichen von ihrer südlichen Route nach Westen ab und ritten quer durchs Land. Sie stießen auf das Tal eines weiteren großen Flusses, der nach Osten floß, um sich weiter stromabwärts mit dem zu vereinigen, den sie hinter sich gelassen hatten. Das Tal war breit; sanfte, grasbewachsene Hänge führten hinab zu einem schnell fließenden Gewässer in einem flachen Überschwemmungsgebiet, das übersät war mit Steinen jeglicher Größe, von gewaltigen Felsbrocken bis zu feinem Kies. Von ein paar Grasbüscheln und vereinzelten krautigen Pflanzen abgesehen, war das Geröllbett kahl – die Frühjahrsüberschwemmung hatte die gesamte Vegetation fortgerissen.

Die Stämme einiger Bäume, ihrer Äste und ihrer Rinde beraubt, lagen unter dem Geröll; an seinem Rand entdeckten sie ein Gestrüpp aus Erlen und anderen Sträuchern mit grau behaarten Blättern. Eine kleine Herde von Riesenhirschen, neben deren phantastischen, schaufelförmigen Geweihen der große Kopfschmuck der Elche geradezu winzig wirkte, graste am Rand einer Gruppe von Grauweiden, die an einer feuchten Stelle in der Nähe des Flusses wuchsen.

Wolf befand sich in übermütiger Stimmung und war ständig um die Beine der Pferde herumgetollt. Winnie schien imstande, seinen Übermut zu dulden, Renner dagegen regte sich leichter auf. Ayla dachte, daß das junge Pferd gern auf Wolfs Verspieltheit reagiert hätte, wenn man es gelassen hätte, aber da seine Bewegungen von Jondalar diktiert wurden, machten Wolfs Kapriolen es nur nervös. Jondalar war darüber nicht erfreut, denn es bedeutete, daß er mehr Mühe hatte, das Pferd unter Kontrolle zu halten. Seine Erbitterung wuchs, und er überlegte, ob er Ayla fragen sollte, ob sie Wolf nicht von Renner fernhalten könnte.

Plötzlich stürmte Wolf davon, sehr zu Jondalars Erleichterung. Er hatte die Hirsche gewittert. Von den langen Beinen eines Riesenhirsches fühlte er sich unwiderstehlich angezogen. Er glaubte, ein weiteres vierbeiniges Tier vor sich zu haben, mit dem er spielen konnte. Doch als der Hirsch, dem er sich näherte, den Kopf senkte, um das anstürmende Tier abzuwehren, blieb Wolf stehen. Das gewaltige Tier knabberte an dem breitblättrigen Gras zu seinen Füßen; es war sich der Anwesenheit des Räubers zwar bewußt, ließ sich aber nicht stören. Offenbar wußte es, daß es von einem einzelnen Wolf nichts zu befürchten hatte.

Ayla, die ihn beobachtet hatte, lächelte. »Sieh ihn dir an, Jondalar. Wolf hat gedacht, dieser Riesenhirsch wäre auch ein Pferd, um das er herumtollen kann.«

Auch Jondalar lächelte. »Er sieht wirklich überrascht aus. Dieses Geweih scheint etwas mehr zu sein, als er erwartet hatte.«

Sie ritten langsam auf den Fluß zu; ohne es verabredet zu haben, waren sie sich einig, die Riesenhirsche nicht aufzuscheuchen. Beide empfanden so etwas wie Ehrfurcht, als sie sich den gewaltigen Geschöpfen näherten, die sie noch überragten, obwohl sie zu Pferde saßen. Mit würdevoller Anmut wich die Herde zurück, als die Menschen und Pferde herannahten, nicht erschreckt, aber auf der Hut. Sie ästen und rissen im Weiterziehen Blätter von den Grauweiden ab.

»Es ist auch etwas mehr, als ich erwartet hatte«, sagte Ayla. »Aus solcher Nähe habe ich die Tiere noch nie gesehen.«

Obwohl die Riesenhirsche die Elche an Körpergröße nur um ein weniges übertrafen, wirkten sie mit ihrem prachtvollen, vielfach verzweigten und stark ausladenden Geweih doch wesentlich gewaltiger. Jedes Jahr wurden die phantastischen Hörner abgeworfen, und das neue Paar, das sich an ihrer Stelle bildete, war noch länger und noch stärker verästelt und konnte bei manchen alten Männchen in einer einzigen Saison zu einer Länge von zwölf Fuß oder mehr heranwachsen. Doch selbst ohne ihren Kopfschmuck waren diese größten Angehörigen der Hirschfamilie im Vergleich zu ihrem Verwandten immer noch gewaltige Geschöpfe. Der zottige Pelz und die massiven Hals- und Schultermuskeln, die sie brauchten, um das Gewicht des riesigen Geweihs zu tragen, ließen sie noch größer erscheinen, als sie in Wirklichkeit waren. Riesenhirsche waren Tiere der Steppe. In bewaldeten Regionen war das grandiose Geweih nur hinderlich, und sie mieden Bäume, die mehr als Strauchhöhe hatten; man hatte Riesenhirsche gefunden, die verhungert waren, weil sich ihr Geweih in den Ästen eines Baumes verhakt hatte.

Als sie den Fluß erreicht hatten, machten Ayla und Jondalar halt und betrachteten das Gewässer und seine Umgebung, um eine Stelle zu finden, an der sie den Fluß überqueren konnten. Der Fluß war tief und die Strömung stark, und wo das Wasser um große, zerklüftete Felsbrocken herumwirbelte, gab es Stromschnellen. Sie überprüften die Verhältnisse stromauf und stromab, aber der Fluß schien auf einer längeren Strecke seinen Charakter nicht zu ändern. Schließlich beschlossen sie, die Überquerung an einer Stelle zu versuchen, die von Felsbrocken weitgehend frei zu sein schien.

Sie stiegen beide ab, banden den Pferden die normalerweise seitlich herabhängenden Packkörbe auf den Rücken und steckten ihre Fußlinge und die warmen Überwürfe, die sie zum Schutz vor der Morgenkälte angelegt hatten, in die Körbe. Jondalar entledigte sich seines ärmellosen Kittels, und Ayla dachte daran, sich ganz auszuziehen, um hinterher nicht ihre Kleidung trocknen zu müssen. Doch sie änderte ihre Absicht, nachdem sie mit einem Fuß die Wassertemperatur geprüft hatte. Sie war an kaltes Wasser gewöhnt, aber dieser schnellfließende Fluß fühlte sich so eisig an wie das Wasser, in dem sie am Vorabend gebadet hatte und das am Morgen mit einer dünnen Eisschicht bedeckt gewesen war. Selbst in nassem Zustand würden Kittel und Beinlinge aus weichem Rehleder noch etwas Wärme spenden.

Beide Pferde waren nervös, wichen tänzelnd von dem feuchten Ufer zurück, wieherten, warfen die Köpfe hoch. Ayla legte Winnie das Halfter mit dem Führzügel an, um das Pferd leichter durch den Fluß geleiten zu können. Als sie das wachsende Unbehagen der Stute fühlte, schlang sie ihr die Arme um den zottigen Hals und redete in der besonderen Sprache auf sie ein, die sie erfunden hatte, als sie zusammen in dem Tal lebten.

Diese Sprache hatte sie unbewußt entwickelt; sie beruhte auf den wenigen Worten, die zur Sprache des Clans gehörten, und den sinnlosen Lauten, deren sie und ihr Sohn sich bedient hatten; überdies enthielt sie Pferdelaute, die sie bald nachzuahmen vermochte, ein gelegentliches Löwenknurren und sogar ein paar Vogelstimmen.

Jondalar drehte den Kopf, um ihr zuzuhören. Obwohl er es gewohnt war, sie auf diese Weise mit dem Pferd reden zu hören, hatte er keine Ahnung, was sie sagte. Sie verfügte über eine geradezu unheimliche Fähigkeit, Laute hervorzubringen, die Tiere von sich gaben – sie hatte ihre Sprache gelernt, als sie allein lebte, bevor er ihr beigebracht hatte, sich wieder mit Worten auszudrücken –, und für ihn hatte die Sprache, in der sie sich mit dem Pferd unterhielt, etwas überaus Seltsames, etwas, das aus einer anderen Welt zu stammen schien.

Renner tänzelte, warf den Kopf hoch und wieherte nervös. Jondalar redete leise auf ihn ein, während er ihn streichelte und kraulte. Ayla war froh über die Vertrautheit, die jetzt zwischen ihm und dem Hengst bestand.

Nicht nur die Pferde waren unruhig. Auch Wolf wußte, was ihnen bevorstand, und freute sich ganz und gar nicht auf das kalte Wasser. Zuerst winselte er und wanderte am Ufer hin und her, dann setzte er sich hin, hob die Nase und gab seinem Mißvergnügen mit einem traurigen Heulen Ausdruck.

»Komm zu mir, Wolf«, sagte Ayla, beugte sich nieder und schlang die Arme um das junge Tier.

»Wird er beim Überqueren dieses Flusses wieder Schwierigkeiten machen?« fragte Jondalar, immer noch leicht verärgert, weil Wolf Renner zwischen den Füßen herumgelaufen war.

»Mir macht er keine Schwierigkeiten. Er ist nur ein wenig nervös, genau wie die Pferde«, sagte Ayla; sie konnte nicht begreifen, weshalb er sich über Wolfs verständliche Angst zu ärgern schien, zumal er für den jungen Hengst volles Verständnis aufbrachte.

Das Wasser war kalt, aber die Pferde waren gute Schwimmer, und nachdem sie nach gutem Zureden hineingestiegen waren, hatten sie keine Mühe, das andere Ufer zu erreichen. Sogar Wolf machte keinerlei Schwierigkeiten. Er tänzelte und winselte am Ufer; mehrmals näherte er sich dem kalten Wasser, wich dann aber wieder zurück, und schließlich sprang er hinein. Mit hoch erhobener Nase schwamm er hinter den Menschen und den mit Körben und Bündeln bepackten Pferden her.

Sobald sie am anderen Ufer angekommen waren, hielten sie kurz an, um die Kleider zu wechseln und die Tiere abzutrocknen, dann ritten sie weiter. Ayla erinnerte sich an frühere Flüsse, die sie hatte überqueren müssen, als sie nach dem Verlassen des Clans allein durchs Land wanderte, und sie war dankbar für die Pferde. Es war nie einfach, von der einen Seite eines Flusses zur anderen zu gelangen. Wenn man zu Fuß unterwegs war, wurde man auf jeden Fall naß. Aber mit den Pferden konnten sie viele kleinere Wasserläufe überqueren, ohne mehr als ein oder zwei Spritzer abzubekommen, und selbst größere Flüsse boten wesentlich weniger Schwierigkeiten.

Als sie weiter nach Südwesten vordrangen, änderte sich die Landschaft. Durch das hügelige Hochland, das, als sie sich dem Gebirge im Westen näherten, allmählich in dessen Ausläufer überging, zogen sich zahlreiche schmale, tief eingeschnittene Täler mit Flüssen, die sie überqueren mußten. An manchen Tagen war Jondalar, als hätten sie so viel Zeit damit verbracht, an diesen Flüssen auf und ab zu reiten, daß sie kaum vorangekommen waren, aber die Täler boten windgeschützte Lagerplätze, und die Flüsse lieferten in einem sonst trockenen Land das lebensnotwendige Wasser.

Auf der Kuppe eines Hügels inmitten der hügeligen Hochebene, die sich parallel zu den Flüssen erstreckte, hielten sie an. Vor ihnen breitete sich in alle Richtungen ein riesiges Panorama aus, nur begrenzt durch die schwachen, grauen Umrisse des weit entfernt im Westen aufragenden Gebirges.

Obwohl ein größerer Gegensatz zu dem windigen, trockenen Land kaum denkbar war, drängte sich angesichts der vor den beiden Reitern liegenden Steppe mit ihrem unablässig wogenden Gras der Vergleich mit dem Meer auf. Ungeachtet seiner Monotonie und Einförmigkeit war das Grasland erstaunlich vielgestaltig und bot, wie das Meer, einer ungeheuren Vielfalt von Lebensformen Raum. Ungewöhnliche Geschöpfe mit aufwendigem Schmuck in Form von mächtigen Hörnern und Geweihen, Zottelfell, Halskrausen und Buckeln teilten die großen Steppen mit anderen, zu erstaunlicher Größe herangewachsenen Tieren.

Die wollhaarigen Riesen, Mammute und Nashörner mit ihrem dichten, zweilagigen Fell aus lang herabhängenden Deckhaaren über einer dichten, wärmenden Unterwolle und einer dicken Schicht lebenserhaltenden Fettes darunter prunkten mit extravaganten Stoßzähnen und überlangen Nasenhörnern. Riesenhirsche mit ihrem gewaltigen Schaufelgeweih grasten neben Auerochsen, den wilden Vorfahren späterer Herden friedlicher Hausrinder. Sie waren fast so groß wie die massigen Wisente, die gleichfalls mächtige Hörner trugen. Selbst die kleinen Tiere waren zu einer Größe herangewachsen, die Zeugnis ablegte vom Reichtum der Steppe; es gab große Wüstenspringmäuse, Riesenhamster und Erdhörnchen, die zu den größten gehörten, die es je gab.

Das ausgedehnte Grasland ernährte noch eine Fülle weiterer Tiere. Im Tiefland teilten Pferde, Esel und Onager Raum und Nahrung miteinander; Wildschafe, Gemsen und Steinböcke bewohnten die höheren Regionen. Saiga-Antilopen jagten über das Flachland. Die Galeriewälder in den Flußtälern oder in der Nähe von Teichen und Seen sowie die bewaldeten Stellen von Steppe und Tundra boten allen möglichen Arten von Rotwild Unterkunft – von den gefleckten Damhirschen und sanften Rehen bis hin zu Elchen, Rothirschen und Rentieren. Hasen und Kaninchen, Mäuse und Wühlmäuse, Murmeltiere, Ziesel und Lemminge gab es in ungeheurer Zahl; auch Kröten, Frösche, Schlangen und Echsen hatten ihren Platz. Vögel aller Arten und Größen, von großen Kranichen bis zu winzigen Piepern, sorgten für Gesang und Farbe, und auch Insekten spielten ihre Rolle.

Die gewaltigen Herden der Tiere, die sich von Gras, Blättern und Körnern ernährten, wurden von Fleischfressern an übermäßiger Vermehrung gehindert. Auch bei den Raubtieren führten Menge und Qualität der Beute dazu, daß sie gewaltige Ausmaße erreichten. Riesige Höhlenlöwen machten Jagd selbst auf die größten Weidetiere; nur ein ausgewachsenes Wollmammut hatte von ihnen kaum etwas zu befürchten. Die Hauptbeute der Großkatzen bestand aus Wisenten, Auerochsen und Rotwild, während Rudel von Hyänen, Wölfen und Rothunden Jagd auf mittelgroße Tiere machten und sich die reichlich vorhandene Nahrung mit Luchsen, Leoparden und kleineren Wildkatzen teilten.

Riesenhafte Höhlenbären, in erster Linie Pflanzenfresser, die nur selten andere Tiere erbeuteten, waren doppelt so schwer wie die kleineren Braun- und Schwarzbären, die gleichfalls Allesfresser waren und auch Gras fraßen; nur der an den kalten Küsten lebende Eisbär ernährte sich von Tieren aus dem Meer. Tückische Vielfraße und Steppeniltisse suchten sich ihre Opfer unter den kleineren Tieren, insbesondere den ungeheuren Massen von Nagern, nicht anders als die geschmeidigen Zobel, Wiesel, Otter, Frettchen, Marder, Nerze und Hermeline, deren Fell sich im Winter ebenso weiß färbte wie das einiger Füchse, so daß sie mit der Winterlandschaft verschmelzen und sich ungesehen an ihre Beute anschleichen konnten. Raub- und Steinadler, Falken, Habichte, Krähen und Eulen stürzten auf unvorsichtige Beutetiere herab, während Geier und Schwarzmilane am Boden die Überreste beseitigten, die andere Tiere hinterlassen hatten.

Die ungeheure Artenvielfalt und Größe der Tiere, die auf den eiszeitlichen Steppen lebten, war nur in einer außerordentlich reichen Umwelt möglich. Dennoch war es ein kaltes, trockenes Land, umgeben von Eisbarrieren, die so hoch waren wie Gebirge, und öden Ozeanen aus gefrorenem Wasser. Es schien ein Widerspruch zu sein, daß eine derart unwirtliche Umgebung die für das üppige Wachstum der Tiere erforderliche Nahrungsfülle hervorzubringen vermochte, aber in Wirklichkeit bot ihnen diese Umgebung geradezu ideale Lebensbedingungen. Das kalte, trockene Klima begünstigte das Wachstum von Gras und hemmte das Wachstum von Bäumen.

Bäume wie Eichen oder Fichten sind prachtvolle Gewächse, aber um heranwachsen zu können, brauchen sie viel Zeit und Feuchtigkeit. Einige wenige Tiere mögen sich von den Früchten und Nüssen ernähren oder die Blätter oder ein paar Triebspitzen von den Bäumen abweiden, aber Holz und Rinde sind weitgehend ungenießbar und wachsen, wenn sie einmal vernichtet wurden, nur langsam nach. Kommen Energie und Nährstoffe einer Grasmenge zugute, die ebensoviel wiegt wie die Bäume, dann kann das Gras unendlich mehr Tiere ernähren, und außerdem wächst es ständig nach. Ein Wald mag das Musterbeispiel für ein reiches, üppiges Pflanzenleben sein, aber es war das Gras, das eine Fülle von Tierformen hervorbrachte, und nur das Grasland konnte diese Tiere ernähren und erhalten.

Ayla war etwas unbehaglich zumute, aber sie wußte nicht, warum. Es war nichts Greifbares, nur ein merkwürdiges, unruhiges Gefühl. Bevor sie die Kuppe des hohen Hügels verlassen hatten, hatte sie gesehen, daß sich über den Bergen im Westen Gewitterwolken zusammenballten. Sie hatte Wetterleuchten gesehen und das Grollen von fernem Donner gehört. Der Himmel über ihnen war jedoch klar und tiefblau; die Sonne hatte den Zenit zwar bereits überschritten, stand jedoch noch immer hoch. Es war unwahrscheinlich, daß es in der Nähe regnen würde, aber der Donner gefiel ihr nicht. Er erinnerte sie an Erdbeben.

Vielleicht liegt es nur daran, daß in ein oder zwei Tagen meine Mondzeit fällig ist, dachte Ayla. Ich sollte meine Lederriemen bereithalten und die Mufflonwolle, die Nezzie mir gegeben hat. Sie sagte, das wäre das beste, wenn man auf Reisen ist, und sie hatte recht. Das Blut läßt sich mit kaltem Wasser leicht herauswaschen.

Ayla hatte noch nie Onager gesehen, und da sie in Gedanken anderweitig beschäftigt war, schenkte sie ihnen, als sie den Abhang hinunterritten, keine besondere Aufmerkamkeit. Sie glaubte, die Tiere, die in einiger Entfernung weideten, seien Pferde. Erst als sie näher herankamen, fielen ihr die Unterschiede auf. Sie waren etwas kleiner, ihre Ohren waren länger, und der Schweif war kein dichtes Büschel aus vielen einzelnen Haaren, sondern ein kürzerer, dünner Schaft, der mit kurzem Fell bedeckt war wie der Körper der Tiere, und an dessen Ende eine dunklere Quaste saß. Beide Tierarten hatten eine aufrecht stehende Mähne, aber bei den Onagern war sie unregelmäßiger. Das Fell der Tiere in der kleinen Herde war auf dem Rücken und an den Flanken rötlichbraun, am Bauch dagegen, an den Beinen und um das Maul herum fast weiß; über die ganze Länge des Rückens verlief ein dunkler

Strich, ein weiterer zog sich quer über die Schultern, und auch die Beine wiesen mehrere dunkle Streifen auf.

Die junge Frau verglich ihre Farbe mit der der Pferde. Obwohl Winnies gelblichbraunes Fell eine Spur heller war und eher ins Goldgelb hinüberspielte, waren die meisten Steppenpferde wie sie unauffällig gefärbt und sahen ihr recht ähnlich. Renners dunkelbraunes Fell dagegen war höchst ungewöhnlich. Die dicke, steife Mähne der Stute war dunkelgrau, und diese Farbe setzte sich in einem Strich fort, der sich bis zum Schweifansatz über ihren Rücken zog. Das Fell des Hengstes war zu dunkel, als daß man den Aalstrich auf seinem Rücken erkennen konnte, aber Mähne, Schweif und Beine waren schwarz und entsprachen dem üblichen Farbschema.

Jemandem, der sich mit Pferden gut auskannte, mußte auffallen, daß die Tiere vor ihnen auch einen etwas anderen Körperbau hatten; dennoch sah es so aus, als wären sie Pferde. Ayla bemerkte, daß auch Winnie mehr Interesse zeigte als sonst beim Anblick anderer Tiere, und die Herde hatte aufgehört zu grasen und beobachtete sie. Auch Wolf war interessiert, hatte eine geduckte Haltung eingenommen und war im Begriff, auf sie loszustürmen, aber Ayla bedeutete ihm, bei ihnen zu bleiben. Sie wollte die Tiere beobachten. Einer der Onager gab plötzlich einen Laut von sich – kein Wiehern, sondern eher ein durchdringendes Brüllen.

Renner warf den Kopf hoch und wieherte eine Antwort, dann senkte er den Kopf und roch an einem großen, frischen Kothaufen. Für Ayla sah er aus wie Pferdemist und roch auch so.

»Sind das Pferde?« fragte sie.

»Nicht ganz. Sie sind so etwas ähnliches wie Pferde, genau so, wie Elche so etwas ähnliches sind wie Rentiere. Man nennt sie Onager«, erklärte Jondalar.

»Wie kommt es, daß ich sie noch nie gesehen habe?«

»Ich weiß es nicht, aber sie scheinen diese Art Landschaft zu mögen«, sagte er und deutete mit einer Kopfbewegung auf die trockene, fast wüstenähnliche Hochebene mit den steinigen Bergen und der spärlichen Vegetation.

Als sie näher an die Herde herangekommen waren, sah Ayla zwei Fohlen, und sie mußte unwillkürlich lächeln. Die Fohlen erinnerten sie an Winnie, als sie noch jung war. Wolf kläffte leise, um ihre Aufmerksamkeit zu erregen.

»Also gut, Wolf. Wenn du diese – Onager...« – sie sprach das fremde Wort langsam aus, gewöhnte sich an den Klang – »... scheuchen möchtest, dann lauf los.«

Wolf kläffte und stürmte auf die Herde zu. Aufgeschreckt setzten sich die Tiere in Bewegung und jagten so schnell davon, daß der junge Möchtegern-Jäger bald hinter ihnen zurückblieb. Er schloß sich Ayla und Jondalar wieder an, als diese sich einem breiten Tal näherten.

Die beiden Reisenden trugen keine Oberbekleidung mehr, nicht einmal, wenn sie gerade aufgestanden waren. Für Ayla war der frühe Morgen mit seiner frischen, kühlen Luft die schönste Tageszeit. Der Spätnachmittag war heiß, heißer als gewöhnlich, und sie sehnte sich nach einem kühlen Fluß, in dem sie baden konnte. Sie warf einen Blick auf den Mann, der ein paar Schritte vor ihr ritt. Oberkörper und Beine waren nackt – er trug nur ein Lendentuch. Sein langes, blondes Haar, im Genick mit einem Lederriemen zusammengebunden, hatte hellere, von der Sonne gebleichte Strähnen und war dunkler, wo Schweiß es durchfeuchtet hatte.

Sie erhaschte einen Blick auf sein glattrasiertes Gesicht und war froh darüber, daß sie seinen kräftigen Kiefer und sein deutlich ausgeprägtes Kinn sehen konnte, obwohl es immer noch Augenblicke gab, in denen es ihr seltsam vorkam, einen erwachsenen Mann ohne Bart zu sehen. Er hatte ihr einmal erklärt, daß er im Winter seinen Bart wachsen ließe, um sein Gesicht warm zu halten, ihn im Sommer aber immer abrasierte, weil es kühler war. Jeden Morgen rasierte er sich mit einer speziellen, scharfen Feuersteinklinge, die er selbst hergestellt hatte und bei Bedarf durch eine neue ersetzte.

Auch Ayla trug nur ein kurzes Kleidungsstück, das Jondalars Lendentuch ähnelte. Beide bestanden aus einem Stück weichen Leders, das von einer Schnur um die Taille gehalten wurde. Er trug sein Stück so, daß eines der freien Enden hinten eingesteckt war und das andere vorn in Form einer kurzen Lasche herabhing. Auch ihr Leder wurde von einer Schnur um die Taille gehalten, aber sie hatte ein längeres Stück genommen und trug es so, daß beide Enden frei blieben und vorn und hinten eine Art Schürze bildeten. Dadurch war so etwas entstanden wie ein an den Seiten offener Rock, aber sie saß auf dem weichen, porösen Leder, und das machte das lange Reiten auf dem Rücken eines schwitzenden Pferdes wesentlich angenehmer, obwohl auch die lederne Reitdecke eine große Hilfe darstellte.

Jondalar hatte den hohen Hügel dazu benutzt, sich zu orientieren. Er war froh, daß sie so gut vorangekommen waren, und Ayla fiel auf, daß er einen etwas entspannteren Eindruck machte. Sie wußte, daß das zum Teil auf seine zunehmende Gewandtheit im Umgang mit dem jungen Hengst zurückzuführen war. Obwohl er das Tier auch zuvor schon oft geritten hatte, brachte das Reisen zu Pferde doch einen ständigen Kontakt mit sich, der es ihm ermöglichte, Verständnis für Renners Charakter, Vorlieben und Gewohnheiten zu entwickeln. Auch das Pferd hatte Gelegenheit, ihn genauer kennenzulernen. Seine Muskeln hatten gelernt, sich den Bewegungen des Pferdes anzupassen, und sein Sitz war bequemer geworden, sowohl für ihn wie für den Hengst.

Doch Ayla war überzeugt, daß sein lockeres, entspanntes Reiten auf mehr hindeutete als auf eine größere Vertrautheit mit dem Pferd. Seine Bewegungen waren weniger verkrampft, und sie spürte, daß er sich nicht mehr so viele Sorgen machte. Sie konnte sein Gesicht zwar nicht sehen, vermutete aber, daß die Sorgenfalten auf seiner Stirn verschwunden waren, und daß er in einer Stimmung war, in der er hätte lächeln können. Sie liebte sein Lächeln. Und sie liebte es, ihn zu beobachten.

Im Westen konnten sie noch immer die Berge sehen, die in der Ferne purpurn aufragten, mit Kappen aus glitzerndem Weiß, die aus den unter ihnen hängenden dunklen Wolken emporstiegen. Sie bekamen die eisigen Gipfel nur selten zu Gesicht, und Jondalar genoß den ungewöhnlichen Anblick.

Auch ihm war warm, und er wünschte, sie wären diesen schneebedeckten Berggipfeln näher oder zumindest so nahe wie die Sharamudoi. Doch dann bemerkte er das Glitzern von Wasser im Tal unter ihnen und warf einen Blick zum Himmel, um den Sonnenstand zu überprüfen. Obwohl es früher war als gewöhnlich, gelangte er zu dem Schluß, daß sie haltmachen und ihr Lager aufschlagen sollten. Sie kamen gut voran, schneller, als er erwartet hatte, und er wußte nicht, wie lange es dauern würde, bis sie das nächste Gewässer erreichten.

Der Abhang war dicht bewachsen, in erster Linie mit Federgras, Schwingel und krautigen Pflanzen sowie verschiedenen rasch reifenden, einjährigen Gräsern. Die dicke Unterbodenschicht aus Löß und ein Oberboden aus fruchtbarer, humusreicher schwarzer Lehmerde erlaubten sogar das Wachstum von Bäumen, was in diesem Teil der Steppe recht ungewöhnlich war, wenn man von ein paar Strauchkiefern absah, die Grundwasser aus dem Boden zu ziehen versuchten. Ein lichter Mischwald aus Birken und Lärchen zog sich neben ihnen hangabwärts; weiter unten wuchsen Erlen und Weiden. Am Ende des Abhangs, wo das Gelände bis zu dem in einiger Entfernung dahingurgelnden Fluß eben war, entdeckte Ayla zu ihrer Überraschung an einigen Stellen sogar ein paar Zwergeichen, Buchen und Linden. Sie hatte nicht viele Laubbäume gesehen, seit sie die Höhle von Bruns Clan auf der gut bewässerten Südspitze der in den Beran-See hineinragenden Landzunge verlassen hatte.

Der kleine Fluß wand sich auf seinem Weg durch das ebene Tal um Gestrüpp herum, doch eine seiner Schlingen führte dicht an einer Gruppe hoher Weiden vorbei, die eine Art Ausläufer des dichteren Baumbestandes auf dem jenseitigen Abhang bildeten. Normalerweise zogen sie es vor, einen Fluß zu überqueren, bevor sie ihr Lager aufschlugen, um nicht gleich beim Aufbruch am Morgen naß zu werden. Deshalb beschlossen sie, bei den Weiden zu kampieren. Sie ritten auf der Suche nach einer geeigneten Stelle ein Stück flußabwärts, fanden eine breite, bequeme Furt und ritten zurück.

Während sie das Zelt aufschlugen, ertappte sich Jondalar dabei, daß er Ayla betrachtete, ihren warmen, gebräunten Körper; und er dachte daran, wie glücklich er war. Sie war nicht nur schön – ihre Kraft, ihre geschmeidige Anmut, die Sicherheit ihrer Bewegungen, alles gefiel ihm an ihr –, sondern auch eine gute Reisegefährtin. Obwohl er sich für sie verantwortlich fühlte und sie vor allem Schaden bewahren wollte, war es doch ein tröstliches Gefühl, zu wissen, daß er sich auf sie verlassen konnte. In gewisser Weise war das Reisen mit Ayla wie das Reisen mit seinem Bruder. Auch Thonolan gegenüber hatte er sich als Beschützer gefühlt. Es lag einfach in seiner Natur, sich für die Menschen verantwortlich zu fühlen, die ihm etwas bedeuteten.

Doch nicht in jeder Hinsicht. Als die junge Frau die Arme hob, um die Felldecke aufzuschütteln, fiel ihm auf, daß die Haut an der Unterseite ihrer vollen Brüste heller war, und es drängte ihn, den Farbton mit dem ihrer gebräunten Arme zu vergleichen. Daß er sie anstarrte, wurde ihm erst bewußt, als sie ihre Arbeit abbrach und sich ihm zuwendete. Als sich ihre Blicke trafen, begann Ayla zu lächeln.

Plötzlich verspürte er das Verlangen, mehr zu tun, als nur Hauttöne zu vergleichen. Das Wissen, daß sie bereit sein würde, wenn er gleich jetzt die Wonnen mit ihr teilen wollte, beglückte ihn. Es war zugleich ein tröstlicher Gedanke. Es war nicht erforderlich, jede Gelegenheit zu ergreifen. Das Gefühl war stark wie immer, aber der Drang weniger stark, und manchmal lohnte sich das Warten. Er konnte daran denken und die Vorfreude genießen. Jondalar erwiderte das Lächeln.

Nachdem sie das Lager aufgeschlagen hatten, wollte Ayla das Tal erkunden. Es war ungewöhnlich, mitten in der Steppe eine so dicht bewaldete Landschaft zu finden, und sie war neugierig. Eine derartige Vegetation hatte sie seit Jahren nicht mehr gesehen.

Auch Jondalar wollte die Umgebung erkunden. Nach ihrem Erlebnis mit dem Bären in der Waldlichtung hielt er es für angebracht, nach Spuren von Tieren Ausschau zu halten. Ayla nahm ihre Schleuder und ihren Sammelkorb mit, Jondalar seine Speerschleuder und ein paar Speere, und zusammen drangen sie in die Weidengruppe ein. Die Pferde blieben zurück und grasten, doch Wolf begleitete sie begeistert. Auch für ihn war ein Wald etwas Ungewöhnliches, voll von aufregenden Düften.

Ein Stück vom Wasser entfernt traten Erlen an die Stelle der Weiden, dann überwog eine Mischung aus Birken und Lärchen, zwischen denen auch ein paar ansehnliche Kiefern standen. Ayla hob ein paar Zapfen auf und stellte fest, daß es Zirbelkiefern waren, deren Zapfen die großen, delikaten Zirbelnüsse enthielten. Aber das wirklich Ungewöhnliche waren die Laubbäume. An einer Stelle, noch auf der Flußebene, aber näher am unteren Ende des Hangs, der zur offenen Grassteppe hinaufführte, stand sogar eine Gruppe von Buchen.

Ayla betrachtete sie eingehend, verglich sie mit ihren Erinnerungen an ähnliche Bäume, die in der Nähe der Höhle wuchsen, in der sie als Kind gelebt hatte. Die Rinde war glatt und grau, die Blätter waren oval und an einem Ende zugespitzt, an den Rändern flach gezähnt und auf den Unterseiten seidig weiß behaart. Die kleinen, in stachligen Hüllen sitzenden Eckern waren noch nicht reif, aber die auf dem Boden herumliegenden Eckern und Schalen vom Vorjahr deuteten auf reichen Ertrag. Die Bäume waren nicht so groß wie die, an die sie sich erinnerte, aber doch recht ansehnlich. Dann fielen ihr die ungewöhnlichen Pflanzen auf, die unter den Bäumen wuchsen, und sie kniete nieder, um sie genauer zu betrachten.

»Willst du die auch mitnehmen?« fragte Jondalar. »Sie sehen tot aus und haben überhaupt keine Blätter.«

»Sie sind nicht tot. Das ist die Art, wie sie wachsen. Hier, fühl mal, wie frisch sie sind«, sagte Ayla und brach ein Stückchen von dem etwa fußhohen, glatten, blattlosen Stengel ab, von dem auf ganzer Länge dünne Triebe abzweigten. Die ganze Pflanze hatte eine trübrote Farbe, auch die Blütenknospen, und wies keine Spur von Grün auf.

»Sie wachsen auf den Wurzeln anderer Pflanzen«, sagte Ayla, »genau wie die, die Iza immer für meine Augen benutzte, wenn ich weinte, aber die waren weiß und glänzend. Manche Leute hatten Angst vor ihnen, weil sie glaubten, sie sähen aus wie die Haut eines toten Menschen. Sie hatten sogar einen Namen für sie.« Sie überlegte einen Augenblick. »So etwas wie Totenpflanze oder Leichenpflanze.«

Sie blickte ins Leere, während sie sich erinnerte. »Iza glaubte, meine Augen wären schwach, weil sie tränten, und das beunruhigte sie.« Ayla lächelte bei dem Gedanken. »Sie holte immer eine frische von diesen weißen Leichenpflanzen und drückte mir den Saft direkt aus dem Stengel in die Augen. Wenn sie vom vielen Weinen wehtaten, fühlten sie sich danach immer besser an.« Sie schwieg eine Weile, dann schüttelte sie leicht den Kopf. »Ob diese auch gut für die Augen sind, weiß ich nicht. Iza benutzte sie für kleine Verletzungen und für bestimmte Wucherungen.«

»Wie heißen sie?«

»Ich glaube, ihr Name müßte – wie nennt man bei euch diesen Baum, Jondalar?«

»Das weiß ich nicht. Ich glaube, da, wo ich herkomme, gibt es ihn nicht, aber die Sharamudoi nennen ihn Buche.«

»Dann muß es sich bei diesen Pflanzen um Buchenwürger handeln«, sagte sie, erhob sich und rieb die Hände gegeneinander, um die Erde von ihnen abzustreifen.

Plötzlich erstarrte Wolf, reckte die Nase in den dichten Wald. Jondalar bemerkte seine angespannte Haltung, erinnerte sich daran, wie Wolf den Bären gewittert hatte, und griff nach einem Speer. Er legte ihn in die Rinne auf der Oberseite seiner Speerschleuder, eines geformten Holzstücks, das etwa halb so lang war wie der Speer. Er hielt ihn waagerecht in der rechten Hand und steckte das ausgehöhlte Ende des Speers auf einen auf der Speerschleuder angebrachten Dorn. Dann schob er die Finger durch die beiden Schlaufen nahe dem Vorderende des Wurfgeräts und hielt auf diese Weise den auf der Schleuder liegenden Speer fest. Das alles geschah rasch, mit einer fließenden Bewegung, und dann stand er mit leicht gebeugten Knien wurfbereit da. Ayla hatte ein paar Steine herausgeholt, hielt ihre Schleuder bereit und wünschte sich, sie hätte gleichfalls ihre Speerschleuder dabei.

Wolf schlich durch das spärliche Unterholz und stürzte dann auf einen Baum zu. Unter den auf dem Boden liegenden Bucheckern bewegte sich etwas, dann jagte ein kleines Tier blitzschnell den glatten Stamm hinauf. Wolf stellte sich auf die Hinterbeine, als wollte auch er den Baum ersteigen, und kläffte hinter dem bepelzten Tier her.

Plötzlich erregte eine Bewegung hoch oben im Geäst des Baumes ihre Aufmerksamkeit, und sie entdeckten das üppige, zobelähnliche Fell und den langen, geschmeidigen Körper eines Steinmarders, der das laut keckernde Hörnchen verfolgte, das geglaubt hatte, auf dem Baum in Sicherheit zu sein. Wolf war nicht der einzige, der sich für das Hörnchen interessierte, aber das große, wieselähnliche Tier, anderthalb Fuß lang, mit einem buschigen, weitere zwölf Zoll langen Schwanz, hatte erheblich mehr Aussicht auf Erfolg. Es jagte über die hohen Äste und war ebenso schnell und behende wie seine Beute.

»Ich glaube, dieses Hörnchen ist vom Regen in die Traufe gekommen«, sagte Jondalar, der das Drama beobachtete.

»Vielleicht kommt es davon«, sagte Ayla.

»Darauf würde ich nicht einmal eine zerbrochene Klinge wetten.«

Das Hörnchen keckerte laut. Ein aufgeregter Eichelhäher ließ sein lautes Kreischen hören, dann verkündete eine Weidenmeise durchdringend ihre Anwesenheit. Das war zuviel für Wolf – er mußte mitmachen. Er legte den Kopf zurück und gab ein langgezogenes Heulen von sich. Das Hörnchen hatte die Spitze des Astes erreicht; dann sprang es zur Verblüffung der beiden Menschen ins Freie. Es spreizte die Beine, dehnte die breiten, an Vorder- und Hinterbeinen angewachsenen Hautlappen an beiden Körperseiten und schwebte durch die Luft.

Ayla hielt den Atem an, als sie sah, wie das Gleithörnchen Stämmen und Ästen auswich. Der buschige Schwanz fungierte als Steuerruder, und indem es die Haltung von Beinen und Schwanz veränderte und damit zugleich die Spannung der Flughäute, konnte es Hindernissen in seiner Flugbahn ausweichen und in einer langgestreckten, glatten Kurve herabsegeln. Sein Ziel war ein ziemlich weit entfernter Baum, und als es nahe daran war, schwenkte es Schwanz und Körper hoch, landete am unteren Ende des Stammes und rannte flink hinauf. Sobald es ein paar höher sitzende Äste erreicht hatte, machte das dicht bepelzte Tierchen kehrt und kletterte, mit dem Kopf voran, abwärts. Die ausgestreckten Krallen der Hinterfüße bohrten sich in die Rinde und gaben ihm Halt. Es schaute sich um, dann verschwand es in einem kleinen Loch.

Wolf stand nach wie vor auf den Hinterbeinen und suchte nach dem Hörnchen, das ihm so plötzlich entwischt war. Er ließ sich auf alle viere fallen, begann, im Unterholz herumzuschnüffeln, dann stürmte er plötzlich los, um etwas anderes zu jagen.

»Ich hatte keine Ahnung, daß Hörnchen fliegen können«, sagte Ayla mit einem Lächeln voller Staunen und Verwunderung.

»Die Wette wäre ich eingegangen. Ich habe zwar schon davon gehört, aber gesehen habe ich es noch nie. Manche Leute haben erzählt, sie hätten nachts herumfliegende Hörnchen gesehen, aber ich dachte mir, das müßten Fledermäuse gewesen sein, die sie für Hörnchen hielten. Aber das war ganz eindeutig keine Fledermaus.« Mit einem etwas gequälten Lächeln setzte er hinzu: »Nun werde ich einer von denen sein, denen niemand recht glauben will, wenn er behauptet, er hätte ein fliegendes Hörnchen gesehen.«

»Ich bin froh, daß es nur ein Hörnchen war«, sagte Ayla, der plötzlich kühl wurde. Sie blickte auf und stellte fest, daß sich eine Wolke vor die Sonne geschoben hatte. Obwohl es nicht wirklich kalt war, spürte sie, wie ein Schauder über ihre Schultern und ihren Rücken lief. »Ich weiß nicht, hinter was Wolf diesmal her ist.«

Jondalar, der sich etwas albern vorkam, weil er auf eine nur eingebildete Gefahr so vehement reagiert hatte, lockerte seinen Griff um Speer und Speerschleuder, behielt sie aber in der Hand. »Ich dachte, es könnte ein Bär sein«, sagte er. »Der Wald ist hier so dicht.«

»Es kommt öfter vor, daß in der Nähe von Flüssen Bäume wachsen, aber solche Bäume habe ich nicht mehr gesehen, seit ich den Clan verließ. Ist es nicht seltsam, daß hier so viele Bäume wachsen?«

»Es ist zumindest ungewöhnlich. Dieser Ort erinnert mich an das Land der Sharamudoi, aber das liegt südlich von hier, sogar südlich der Berge, die wir im Westen sehen, und ganz nahe beim Großen Mutter Fluß.«

Ayla blieb unvermittelt stehen. Sie stieß Jondalar an und streckte stumm einen Finger aus. Zuerst sah er nicht, was ihre Aufmerksamkeit erregt hatte, doch dann fiel ihm eine leichte Bewegung eines fuchsroten Fells auf, und er erkannte das Geweih eines Rehs. Die Unruhe und der Wolfsgeruch hatten das scheue Tier veranlaßt, im Gebüsch versteckt reglos stehenzubleiben, bis es sicher war, daß es von dem Raubtier nichts zu befürchten hatte. Sobald der vierbeinige Jäger verschwunden war, hatte es sich vorsichtig weiterbewegt. Jondalar hielt nach wie vor seine Speerschleuder in der rechten Hand. Er hob sie langsam, zielte und schleuderte den Speer auf die Kehle des Tieres. Die Gefahr, vor der es sich gefürchtet hatte, kam aus einer völlig unvermuteten Richtung. Der Speer erreichte sein Ziel. Noch während es getroffen wurde, versuchte das Reh davonzulaufen; es machte ein paar unsichere Sprünge, dann stürzte es zu Boden.

Der Flug des Hörnchens und der erfolglose Marder waren vergessen. Jondalar brachte die Entfernung zu dem Reh mit wenigen Schritten hinter sich, und Ayla mit ihm. Ayla wendete den Kopf ab, als er neben dem noch immer zuckenden Tier niederkniete und ihm mit seinem scharfen Messer die Kehle durchschnitt, um es schnell zu töten und ausbluten zu lassen. Dann erhob er sich.

»Reh, wenn dein Geist zur Großen Erdmutter zurückkehrt, dann danke ihr dafür, daß sie uns eines von euch geschenkt hat, damit wir zu essen haben«, sagte Jondalar leise.

Ayla, die neben ihm stand, nickte, dann half sie ihm, das Reh abzuhäuten und zu zerlegen.

SIEBENTES KAPITEL

»Schade, daß wir die Rehhaut zurückgelassen haben! Sie gibt herrlich weiches Leder«, sagte Ayla und verstaute das letzte Stück in ihrem Fleischbehälter. »Und hast du gesehen, was für ein herrliches Fell dieser Marder hatte?«

»Aber wir haben nicht die Zeit, um Leder zu machen, und wir können nicht noch mehr mitschleppen, als wir ohnehin schon haben«, sagte Jondalar. Er stellte die Pfähle für den Dreifuß auf, an dem die Ledertasche mit dem Fleisch aufgehängt werden sollte.

»Ich weiß, aber schade ist es trotzdem.«

Sie hängten die Tasche auf; dann ließ Ayla ihren Blick zur Feuerstelle wandern und dachte an das Essen, das sie gerade zubereitete, obwohl nichts davon zu sehen war. Es schmorte in einem Erdherd, einer mit heißen Steinen ausgekleideten Mulde im Boden, in die sie das mit Kräutern gewürzte Rehfleisch gelegt hatte, zusammen mit Pilzen, jungen Trieben von Adlerfarn und den Wurzeln von Rohrkolben, die sie gesammelt hatte. Das alles hatte sie mit Huflattichblättern umwickelt und dann weitere heiße Steine und eine Schicht Erde daraufgepackt. Es würde eine ganze Weile dauern, bis es gar war, aber sie war froh darüber, daß sie schon zeitig haltgemacht und außerdem das Glück gehabt hatten, früh genug frisches Fleisch zu erbeuten, so daß sie es gleich zum Essen zubereiten konnte. Das tat sie besonders gern, denn auf diese Weise wurde das Essen besonders zart und aromatisch.

»Mir ist heiß, und die Luft ist schwül und drückend. Ich muß mich unbedingt abkühlen«, sagte sie. »Ich werde mir sogar die Haare waschen. Ein Stück flußabwärts habe ich Seifenkraut gesehen. Kommst du mit?«

»Ja. Das ist eine gute Idee. Vielleicht wasche ich mir auch die Haare, wenn du genügend Seifenkraut findest«, sagte Jondalar und strich eine lange Strähne verschwitzten Haars zur Seite, die ihm in die Stirn gefallen war.

Seite an Seite gingen sie zu der breiten Sandbank am Ufer des Flusses. Wolf sprang hinter ihnen her, rannte ins Gebüsch und wieder heraus, erkundete neue Düfte. Dann stürmte er davon und verschwand hinter einer Biegung.

Jondalars Blick fiel auf die Spur von Pferdehufen und Wolfspfoten, die sie hinterlassen hatten. »Ich frage mich, was jemand aus einer solchen Fährte schließen würde«, sagte er, und der Gedanke belustigte ihn.

»Was würdest du daraus schließen?« fragte Ayla.

»Wenn die Wolfsspur klar wäre, würde ich annehmen, daß ein Wolf zwei Pferde verfolgt. Aber an manchen Stellen zeigt sich, daß die Hufspuren über den Spuren des Wolfes liegen. Also kann er sie nicht verfolgt haben. Er begleitete sie. Das würde jeden Fährtensucher verwirren«, sagte er.

»Selbst wenn die Pfotenspur klar wäre, würde ich mich fragen, warum der Wolf diesen beiden Pferden gefolgt ist. Die Hufspuren lassen erkennen, daß beide kräftig und gesund sind, und wenn man die Hufabdrücke genau betrachtet, kann man erkennen, daß die Pferde eine Last tragen.«

»Auch das würde einen Fährtensucher verwirren.«

»Ah, da sind sie«, sagte Ayla, als sie die ziemlich hohen Pflanzen mit den hellrosa Blüten und den wie Speerspitzen geformten Blättern entdeckt hatte, die ihr schon früher aufgefallen waren. Mit ihrem Grabstock lockerte sie rasch die Erde um ein paar Wurzeln und zog sie heraus.

Auf dem Rückweg hielt sie Ausschau nach einem flachen Stein oder einem Stück Hartholz und einem rundlichen Stein, mit dem sie die Wurzeln zerquetschen und den Stoff freisetzen konnte, der zusammen mit Wasser einen säubernden Schaum bildete. An einer Biegung ein Stück flußaufwärts, aber nicht weit von ihrem Lager entfernt, hatte der kleine Fluß ein Becken ausgewaschen, in dem ihnen das Wasser bis zu den Hüften reichte. Es war kühl und erfrischend, und nachdem sie sich gewaschen hatten, erkundeten sie den steinigen Fluß und schwammen und wateten weiter stromaufwärts, bis zu einer Stelle, an der die Abhänge zu beiden Seiten näher heranrückten und steiler wurden und ein schäumender Wasserfall und starke Stromschnellen ihnen den Weg versperrten.

Sie ließen sich von der Strömung zurücktreiben, bespritzten sich gegenseitig und lachten vor Vergnügen. Als sie aus dem Wasser stiegen und sich abtrockneten, war es noch warm. Die dunkle Wolke, die Ayla zuvor bemerkt hatte, war vom Himmel verschwunden, aber die Sonne senkte sich einer düsteren Masse entgegen, die am westlichen Himmel hing und zu deren schwerfälliger Bewegung eine Schicht von Wolkenfetzen, die unter ihr in der entgegengesetzten Richtung dahinjagten, einen auffälligen Gegensatz bildete. Sobald der Feuerball hinter den über den Bergen im Westen hängenden Wolken verschwunden war, würde die Luft schnell abkühlen. Ayla sah sich nach den Pferden um und entdeckte sie auf einer offenen Wiese auf dem Abhang, ein ganzes Stück vom Lager entfernt, aber in Hörweite eines Pfiffs. Wolf war nicht in Sicht; immer noch stromabwärts auf Erkundungstour, vermutete sie.

Sie holte den langzähnigen Elfenbeinkamm und die aus steifen Mammutborsten gefertigte Bürste, die Deegie ihr geschenkt hatte, dann zerrte sie ihre Schlaffelle aus dem Zelt und breitete sie aus, um darauf zu sitzen, während sie ihr Haar kämmte. Jondalar setzte sich neben sie und machte sich daran, sein eigenes Haar mit einem dreizinkigen Kamm zu bearbeiten, hatte aber Mühe mit ein paar verfilzten Stellen.

»Laß mich das machen, Jondalar«, sagte sie und ließ sich hinter ihm auf die Knie nieder. Sie löste die Knoten in seinem langen, glatten, blonden Haar, das etwas heller war als das ihre. Als sie jünger gewesen war, hatte sie fast weißes Haar gehabt, aber es war nachgedunkelt und wies jetzt einen aschgoldenen Ton auf, der dem von Winnies Fell ähnelte.

Jondalar schloß die Augen, während Ayla sein Haar bearbeitete, war sich aber ihrer warmen Gegenwart hinter ihm vollauf bewußt. Hin und wieder berührte ihn ihre nackte Haut, und als sie fertig war, verspürte er eine Wärme, die nicht nur von der Sonne herrührte.

»Und jetzt werde ich dich kämmen«, sagte er, erhob sich und kniete hinter ihr nieder. Einen Augenblick lang dachte sie daran, Einspruch zu erheben. Er brauchte sie nicht zu kämmen, nur weil sie ihn gekämmt hatte. Aber als er das dichte Haar in ihrem Nacken anhob und es wie liebkosend durch die Finger zog, ließ sie es zu.

Ihr Haar war ein wenig lockig und verwirrte sich leicht, aber er arbeitete vorsichtig und löste einen Knoten nach dem anderen, ohne zu zerren. Dann bürstete er ihr Haar, bis es glatt und fast trocken war. Sie schloß die Augen und genoß das Gefühl. Als sie noch ein kleines Mädchen war, hatte Iza sie gekämmt und die Knoten mit einem langen, glatten, zugespitzten Stock gelöst, aber ein Mann hatte es noch nie getan. Von Jondalar gekämmt zu werden, gab ihr das Gefühl, umsorgt und geliebt zu sein.

Und er stellte fest, daß es ihm Spaß machte, ihr Haar zu kämmen und zu bürsten. Der dunkle Goldton erinnerte ihn an reifes Gras, aber mit sonnengebleichten Strähnen, die fast weiß waren. Es war wundervoll und so dicht und weich, daß der Umgang damit ein Vergnügen war, das ihn nach mehr verlangen ließ. Als er fertig war, legte er die Bürste beiseite, beugte sich nieder und küßte sie auf die Schultern und den Nacken.

Ayla hielt die Augen geschlossen, spürte seinen warmen Atem und seine weichen Lippen, die leicht über ihre Haut strichen. Er küßte ihren Nacken und streichelte ihre Arme, dann griff er herum und umfaßte ihre Brüste, hob sie an und spürte ihr angenehmes Gewicht und die festen, hochstehenden Warzen in seinen Handflächen.

Als er sie an sich zog, um ihre Kehle zu küssen, hob Ayla den Kopf und drehe ihn ein wenig, dann spürte sie sein heißes, steifes Glied im Rücken. Sie drehte sich um und nahm es in die Hände, genoß die Weichheit der Haut, die den warmen, festen Schaft bedeckte. Sie strich mit beiden Händen auf und ab, und Jondalar spürte, wie ein Gefühl in ihm aufwallte, aber dieses Gefühl überstieg jedes Maß, als die warme Feuchte ihres Mundes ihn umschloß.

Er seufzte unwillkürlich auf und schloß die Augen, als die Empfindungen ihn durchpulsten. Dann öffnete er sie einen Spaltbreit, um sie zu sehen, und konnte dem Drang, nach dem weichen Haar zu greifen, das seinen Schoß füllte, nicht widerstehen. Als sie ihn tiefer einsog, glaubte er einen Moment lang, es nicht mehr aushalten zu können. Aber er wollte warten, wollte die grandiose Wonne, ihr Wonne zu bereiten. Er liebte es, das zu tun, wußte, daß er es konnte. Fast wäre er willens gewesen, auf die eigene Wonne zu verzichten, um ihr Wonne zu bereiten – fast.

Ohne recht zu wissen, wie sie dahin gekommen war, fand sich Ayla auf dem Rücken liegend auf dem Schlaffell mit Jondalar neben sich. Er küßte sie. Sie öffnete den Mund einen Spaltbreit, gerade so weit, daß seine Zunge eindringen konnte, und schlang die Arme um ihn. Es fühlte sich herrlich an, wenn seine Lippen fest auf den ihren lagen und seine Zunge sanft ihren Mund erkundete. Dann löste er sich von ihr und blickte auf sie herab.

»Ayla, weißt du überhaupt, wie sehr ich dich liebe?«

Sie wußte, daß das die Wahrheit war. Sie sah es in seinen Augen, seinen strahlenden, lebendigen, unwahrscheinlich blauen Augen, die sie selbst aus einiger Entfernung zum Erbeben brachten. Seine Augen verrieten die Gefühle, die er so angestrengt unter Kontrolle zu halten versuchte.

»Ich weiß, wie sehr ich dich liebe«, sagte Ayla.

»Ich kann es noch immer nicht glauben, daß du hier bei mir bist und nicht beim Sommertreffen mit Ranec.« Der Gedanke, wie nahe er daran gewesen war, sie an den charmanten, dunkelhäutigen Elfenbeinschnitzer zu verlieren, zwang ihn, sie ganz fest in die Arme zu nehmen.

Auch sie zog ihn an sich, dankbar dafür, daß der lange Winter des Mißverstehens endlich vorüber war. Sie hatte Ranec aufrichtig geliebt – er war ein guter Mann und wäre ein guter Gefährte gewesen –, aber er war nicht Jondalar, und ihre Liebe zu dem hochgewachsenen Mann, der sie in den Armen hielt, überstieg jedes Maß des Erklärbaren.

Die heftige Angst, sie zu verlieren, ebbte ab, und an ihre Stelle trat, als er ihren warmen Körper neben sich spürte, ein nicht minder heftiges Verlangen. Plötzlich küßte er sie auf den Hals, auf die Schultern, auf die Brüste, als könnte er von ihr nicht genug bekommen.

Dann hielt er inne und holte tief Luft. Er wollte, daß es dauerte, und er wollte seine Künste gebrauchen, um ihr das Beste zu geben, zu dem er fähig war – und er war überaus fähig. Er war von einer Frau unterrichtet worden, die sich auskannte, und mit mehr Liebe, als sie hätte empfinden dürfen. Er wollte ihr gefallen und war mehr als willens gewesen, zu lernen. Und er hatte so gut gelernt, daß es bei seinen Leuten immer geheißen hatte, er wäre ein Meister in zwei Künsten; denn außerdem war er ein überaus geschickter Hersteller von Feuersteinwerkzeugen.

Jondalar blickte auf sie herab, sah zu, wie sie atmete, genoß den Anblick ihrer Gestalt und die bloße Tatsache ihrer Anwesenheit. Sein Schatten fiel über sie, entzog sie der Wärme der Sonne. Ayla öffnete die Augen und blickte zum Himmel empor. Die strahlende Sonne, die durch sein blondes Haar funkelte, umgab sein verschattetes Gesicht mit einer goldenen Aura. Sie wollte ihn, war bereit für ihn, aber als er lächelte und sich niederbeugte, um ihren Nabel zu küssen, schloß sie die Augen wieder und gab sich ihm hin. Sie wußte, was er wollte, kannte die Wonnen, die er ihr zu bereiten vermochte.

Er hielt ihre Brüste, dann ließ er seine Hand langsam an ihrer Seite entlanggleiten, über ihre Taille und den sanften Schwung ihrer Hüften, dann hinab zu ihrem Schenkel. Dann wanderte die Hand an der Innenseite des Schenkels empor, über die zarte Haut, und über die weichen goldenen Locken ihres Hügels. Er streichelte ihren Bauch, küßte ihren Nabel, bevor er wieder nach ihren Brüsten griff und beide Warzen küßte. Seine Hände waren wie sanftes Feuer, fühlten sich warm und wundervoll an, und sie glühte vor Erregung. Er liebkoste sie abermals, und ihre Haut erinnerte sich an jede Stelle, die er berührt hatte.

Er küßte sie auf den Mund und sanft und langsam auf die Augen und die Wangen, dann atmete er ihr ins Ohr. Seine Zunge fand ihre Kehlgrube und wanderte herunter zwischen ihre Brüste. Er ergriff mit jeder Hand eine Brust, freute sich an ihrer Fülle, und sein eigenes Verlangen wuchs. Seine Zunge kitzelte erst eine Warze und dann die andere, und sie spürte, wie es tief in ihrem Innern pulsierte, als er sie in den Mund einsog. Er erkundete die Warze mit der Zunge, drückte, saugte, knabberte leicht, dann griff er mit der Hand nach der anderen.

Sie drückte sich an ihn, verlor sich in den Gefühlen, die durch ihren Körper fluteten. Mit seiner warmen Zunge fand er abermals ihren Nabel, und als ein Windhauch kühlend über ihre Haut strich, umkreiste er ihn und ließ die Zunge dann tiefer wandern, zu dem weichen, lockigen Haar auf ihrem Hügel, dann einen kurzen Augenblick lang zu ihrer warmen Öffnung. Sie hob ihm die Hüften entgegen und schrie auf.

Er steckte den Kopf zwischen ihre Beine und öffnete sie mit den Händen, betrachtete die warme, rosige Blüte mit ihren Blütenblättern und Falten. Er tauchte nieder, um zu kosten – er kannte ihren Geschmack und liebte ihn –, dann hielt er sich nicht mehr zurück und schwelgte darin, sie zu erkunden. Seine Zunge fand die vertrauten Falten, drang in ihren tiefen Brunnen ein und dann hinauf zu ihrem kleinen, harten Knötchen.

Als er mit der Zunge saugend darüber fuhr, schrie sie wieder und wieder auf, ihr Atem ging schneller, und der Drang in ihr wuchs. Alle Gefühle waren in ihr, es gab keinen Wind, keine Sonne, nur die wachsende Intensität ihrer Empfindungen. Er wußte, daß er kam, und obwohl er kaum noch an sich halten konnte, wurde er langsamer und wich zurück, hoffte, es in die Länge ziehen zu können, aber sie griff nach ihm, nicht imstande, noch länger zu warten. Als es näherkam, steigend, wachsend, konnte er hören, wie sie stöhnte.

Plötzlich war es so weit – sie spürte einen Krampf der Erlösung, und mit ihm kam das unbeschreibliche Verlangen, seine Männlichkeit in sich zu fühlen. Sie griff danach, versuchte, ihn in sich zu bringen.

Er fühlte die Feuchte, die hervorgebrochen war, und ihr Verlangen nach ihm, erhob sich, ergriff seinen Schaft und lenkte ihn in ihren tiefen, bereiten Brunnen. Sie spürte, wie er eindrang, und stemmte sich ihm entgegen. Ihre warmen Falten umarmten ihn, und er drang tief ein, ohne die geringste Befürchtung, daß seine Größe mehr war, als sie aufnehmen konnte.

Er wich zurück, genoß die unbeschreibliche Wonne der Bewegung, stieß wieder vor, ganz tief hinein, während sie sich ihm entgegendrängte. Er erreichte fast den Höhepunkt, aber die Spannung ließ nach, und er wich abermals zurück und stieß wieder vor, und wieder und wieder, und mit jedem Stoß wuchs die Intensität. Sie spürte seine Fülle in sich, sein Zurückziehen und erneutes Vorstoßen, nicht imstande, irgend etwas anderes zu fühlen.

Sie hörte seinen heftigen Atem und ihren, und ihre Schreie vermischten sich. Dann rief er ihren Namen, sie stemmte sich ihm entgegen, und als es aus ihm herausschoß, war es wie eine Erlösung, die den leuchtenden Flammen der Sonne entsprach, die ihre letzten hellen Strahlen in das Tal sandte und dann hinter der schwarzen Wolkenmasse versank.

Nach ein paar weiteren Stößen lag er entspannt auf ihr und spürte ihre Rundungen unter sich. Diesen Augenblick, das Gefühl seines Gewichtes auf ihr, genoß sie immer. Er fühlte sich nie schwer an; es war lediglich ein angenehmer Druck und eine Nähe, die sie wärmte, während sie ausruhte.

Plötzlich leckte ihr eine warme Zunge übers Gesicht, und eine kalte Nase erkundete ihr Beisammensein. »Verschwinde, Wolf«, sagte sie und schob das Tier beiseite. »Verschwinde. Du störst.«

»Wolf, verschwinde«, sagte Jondalar und gab der kalten, feuchten Nase einen Stoß, aber die Stimmung war gebrochen. Als er von Ayla herunterglitt und sich neben sie legte, war er ein wenig verärgert, aber wirklich wütend sein konnte er nicht; dazu war ihm zu wundervoll zumute.

Jondalar stützte sich auf einen Ellenbogen und schaute zu dem Tier hinüber, das ein paar Schritte zurückgewichen war und nun auf den Hinterbeinen dasaß und sie mit heraushängender Zunge beobachtete. Er hätte schwören können, daß Wolf sie angrinste, und lächelte die Frau, die er liebte, etwas verlegen an. »Du hast ihm beigebracht, bei dir zu bleiben. Meinst du, du könntest ihm auch beibringen, daß er verschwindet, wenn du es willst?«

»Ich kann es versuchen.«

»Es macht eine Menge Arbeit, einen Wolf um sich zu haben«, sagte Jondalar.

»Ja, es kostet einige Mühe, zumal er noch so jung ist. Aber das gilt auch für die Pferde, und es lohnt sich. Ich habe die Tiere gern um mich. Sie sind so etwas wie sehr gute Freunde.«

Aber die Pferde, dachte Jondalar, taten wenigstens etwas für sie. Winnie und Renner trugen sie und ihr Gepäck; mit ihrer Hilfe würde die Reise nicht ganz so lange dauern. Aber von Wolf hatten sie kaum etwas, abgesehen davon, daß er von Zeit zu Zeit ein Tier aufscheuchte. Doch Jondalar beschloß, diese Gedanken für sich zu behalten.

Nachdem die Sonne hinter den wogenden schwarzen Wolken verschwunden war und diese sich, wie von dem ständigen Peitschen wundgeschlagen, leuchtend rot und purpurn gefärbt hatten, wurde es in dem bewaldeten Tal schnell kühl. Ayla stand auf und badete noch einmal im Fluß. Jondalar folgte ihr. Vor langer Zeit, als sie heranwuchs, hatte Iza, die Medizinfrau des Clans, sie mit den Reinigungsritualen der Frauen vertraut gemacht, obwohl sie kaum glaubte, daß ihre seltsame und – wie sie selbst zugab – häßliche Adoptivtochter jemals Veranlassung haben würde, sie zu vollziehen. Dennoch hatte sie das Gefühl gehabt, es wäre ihre Pflicht, und hatte ihr unter anderem auch erklärt, was sie zu tun hatte, wenn sie mit einem Mann zusammengewesen war. Besonders wichtig war für den Totemgeist einer Frau die Reinigung mit Wasser, wann immer es möglich war.

Sie trockneten sich ab, legten ihre Kleider wieder an, brachten die Schlaffelle ins Zelt zurück und fachten das Feuer an. Ayla räumte die Erde und die Steine von ihrem Erdherd beiseite und holte mit zwei Stöcken ihr Mahl heraus. Nach dem Essen, während Jondalar seine Packkörbe in Ordnung brachte, traf sie ihre Vorbereitungen für einen zeitigen Aufbruch am nächsten Morgen. Dann legte sie Steine zum Wasserkochen ins Feuer; sie wollte einen Tee aufbrühen, dessen Zutaten sie nach Bedarf und Geschmack zusammenstellte.

Die Pferde kamen zurück, als die letzten Strahlen der untergegangenen Sonne noch den Himmel färbten. Gewöhnlich verbrachten sie einen Teil der Nacht mit Fressen; sie legten tagsüber weite Strecken zurück und brauchten große Mengen von den harten Gräsern der Steppe. Aber das Wiesengras war besonders grün und üppig gewesen, und sie hielten sich nachts gern in der Nähe des Feuers auf.

Während Ayla darauf wartete, daß die Steine heiß wurden, ließ sie im letzten Schein der Dämmerung noch einmal den Blick über das Tal schweifen und ergänzte ihre Beobachtungen durch das, was sie im Laufe des Tages gesehen hatte: die steil abfallenden Hänge, die unvermittelt in das breite Tal übergingen, durch dessen Mitte sich der kleine Fluß schlängelte. Es war ein üppiges Tal, das sie an ihre Kindheit beim Clan erinnerte; dennoch gefiel es ihr nicht. Irgend etwas an ihm bereitete ihr Unbehagen, und das Gefühl wurde noch stärker, als die Nacht hereinbrach.

Sie hörte dem Wind zu, der seufzend durch die schwankenden Weiden fuhr, die sich vor silbrigen Wolken abhoben. Der volle Mond, von einem deutlichen Hof umgeben, verschwand hinter ihnen, dann erhellte er wieder den weich schimmernden Himmel. Ayla kam zu dem Schluß, daß ein Weidenrindentee gegen ihr Unbehagen helfen könnte, und stand rasch auf, um etwas frische Rinde zu holen. Und wenn sie schon einmal dabei war, konnte sie auch gleich ein paar biegsame Weidenruten abschneiden.

Als Jondalar sich zu ihr gesellte, war die Nachtluft feucht und kühl, so kühl, daß sie wärmere Kleidung anziehen mußten. Sie saßen dicht beim

Feuer, froh über den heißen Tee. Wolf hatte sich den ganzen Abend in Aylas Nähe aufgehalten und war ihr auf Schritt und Tritt gefolgt; jetzt schien er völlig damit zufrieden, zusammengerollt bei ihren Füßen zu liegen, als hätte er für diesen Tag genug erkundet. Sie griff nach den dünnen, langen Weidenruten und begann, sie miteinander zu verflechten.

»Was machst du da?« fragte Jondalar.

»Eine Kopfbedeckung, die vor der Sonne schützt. Um die Mittagszeit ist es sehr heiß«, erklärte Ayla. Sie hielt einen Moment inne, dann setzte sie hinzu: »Ich dachte, du könntest so etwas gebrauchen.«

»Du machst das für mich?« fragte er mit einem Lächeln. »Woher hast du gewußt, daß ich mir heute gewünscht habe, ich hätte etwas, das mich vor der Sonne schützt?«

»Eine Frau vom Clan lernt, die Bedürfnisse ihres Gefährten zu erraten.« Sie lächelte. »Und du bist doch mein Gefährte, oder nicht?«

Er erwiderte ihr Lächeln. »Zweifellos, meine Frau vom Clan. Und beim ersten Sommertreffen der Zelandonii, an dem wir teilnehmen, werden wir es verkünden. Aber wie kannst du Bedürfnisse erraten? Und warum müssen Clan-Frauen das lernen?«

»Das ist nicht sonderlich schwierig. Du denkst einfach an jemanden. Es war heiß heute, und ich dachte daran, für mich eine Kopfbedeckung zu machen, die mich vor der Sonne schützt, und daher wußte ich, daß dir auch heiß sein mußte«, sagte sie und griff nach einer weiteren Weidenrute, um sie dem breiten, kegelförmigen Hut hinzuzufügen, der Gestalt anzunehmen begann. »Den Männern vom Clan widerstrebt es, um etwas zu bitten, zumal um etwas, das zu ihrem eigenen Wohlergehen beiträgt. Es gilt bei ihnen als unmännlich, an ihr eigenes Wohlergehen zu denken. Deshalb muß die Frau die Bedürfnisse des Mannes erraten. Er beschützt sie vor Gefahr; das ist ihre Art, ihn zu beschützen. Sie muß darauf achten, daß er die richtige Kleidung hat und gut zu essen. Sie will nicht, daß ihm etwas zustößt. Wer sollte sonst sie und ihre Kinder beschützen?«

»Ist es das, was du tust? Mich beschützen, damit ich dich beschütze?« fragte er lächelnd. »Und deine Kinder?« Im Schein des Feuers leuchteten seine Augen, und sie funkelten vor Belustigung.

»Eigentlich nicht«, sagte sie und blickte auf ihre Hände. »Ich glaube, im Grunde sagt eine Frau vom Clan ihrem Mann auf diese Weise, wie viel er ihr bedeutet, ob sie nun Kinder hat oder nicht.« Er beobachtete ihre flink hantierenden Hände, doch er war überzeugt, daß sie gar nicht zu sehen brauchte, was sie tat. Sie hätte den Hut auch im Dunkeln flechten können. Sie griff nach einer weiteren Rute, dann schaute sie ihn direkt an. »Aber ich möchte noch ein Kind haben, bevor ich zu alt dazu bin.«

»Bis dahin ist noch viel Zeit«, sagte er und legte ein Stück Holz aufs Feuer. »Du bist noch jung.«

»Nein. Ich bin schon bald eine alte Frau. Ich bin . . .« Sie schloß die Augen, um sich zu konzentrieren, und ging im Geiste die Zahlwörter durch, die er sie gelehrt hatte, um zu dem richtigen Wort für die Zahl der Jahre zu gelangen, die sie gelebt hatte.». . . achtzehn Jahre alt.«

»Das ist wirklich uralt!« Jondalar lachte. »Ich habe zweiundzwanzig Jahre hinter mir. Wenn hier einer alt ist, dann bin ich es.«

»Wenn wir für die Reise ein Jahr brauchen, bin ich neunzehn, wenn wir in deiner Heimat angelangt sind. Beim Clan wäre das zum Kinderkriegen fast schon zu alt.«

»Viele Zelandonii-Frauen bekommen in diesem Alter noch Kinder. Vielleicht nicht das erste, aber das zweite oder dritte. Du bist gesund und kräftig. Ich glaube nicht, daß du zu alt bist, um noch Kinder zu bekommen, Ayla. Aber eines muß ich dir sagen. Es setzt mich immer wieder in Erstaunen, wieviel du weißt, und es gibt Augenblicke, in denen deine Augen uralt aussehen, fast so, als hättest du mit deinen achtzehn Jahren schon viele Lebensspannen hinter dir.«

Das war eine seltsame Bemerkung, und sie unterbrach ihre Arbeit, um ihn anzusehen. Die Gefühle, die sie in ihm auslöste, waren fast beängstigend. Er liebte sie so sehr, daß er nicht wußte, was er tun würde, wenn ihr irgend etwas zustieß. Überwältigt wandte er den Blick ab. Dann schlug er, um die Spannung zu lösen, einen leichteren Ton an.

»Ich bin es, der sich wegen seines Alters Gedanken machen sollte. Bestimmt werde ich beim Sommertreffen der älteste Mann sein«, sagte er, dann lachte er. »Dreiundzwanzig ist alt für einen Mann, der sich zum erstenmal mit einer Frau zusammentut. Die meisten Männer in meinem Alter haben schon mehrere Kinder an ihrem Herdfeuer. – Ayla, ich möchte, daß du ein Kind bekommst, aber nicht, solange wir unterwegs sind. Nicht, bevor wir sicher angelangt sind. Jetzt noch nicht.«

»Nein, jetzt noch nicht«, sagte sie.

Sie arbeitete eine Weile stumm weiter, dachte an den Sohn, den sie bei Uba zurückgelassen hatte, und an Rydag, der in vielem ihrem Sohn so ähnlich gewesen war. Beide hatte sie verloren. Sogar Baby, der Höhlenlöwe, der auf seltsame Art auch wie ihr Sohn gewesen war, hatte sie verlassen. Sie würde ihn niemals wiedersehen. Sie warf einen Blick auf Wolf und befürchtete plötzlich, auch ihn zu verlieren. Warum, dachte sie, warum nimmt mein Totem mir alle meine Söhne? Offensichtlich habe ich mit Söhnen kein Glück.

»Jondalar, gibt es bei deinen Leuten irgendwelche besonderen Bräuche, was Kinder betrifft?« fragte Ayla. »Von den Frauen des Clans wird immer erwartet, daß sie Söhne haben wollen.«

»Nein, eigentlich nicht. Ich nehme an, Männer möchten, daß ihre Frauen Söhne an ihr Herdfeuer bringen, aber ich glaube, Frauen möchten lieber zuerst eine Tochter.«

»Was möchtest du eines Tages haben?«

Er betrachtete sie im Licht des Feuers. Irgend etwas schien sie zu quälen. »Ayla, das spielt für mich keine Rolle. Was immer du haben möchtest, was immer die Mutter dir schenkt.«

Jetzt war sie es, die ihn betrachtete. Sie wollte sicher sein, daß er es wirklich ernst meinte. »Dann werde ich mir eine Tochter wünschen. Ich möchte nicht noch mehr Kinder verlieren.«

Jondalar wußte nicht recht, was sie meinte, und war um eine Antwort verlegen. »Ich möchte auch nicht, daß du noch mehr Kinder verlierst.«

Sie saßen schweigend nebeneinander, während Ayla an den Sonnenhüten arbeitete. Plötzlich fragte er: »Ayla, was ist, wenn du recht hast? Wenn Kinder nicht von Doni gegeben werden? Entstehen sie, wenn man die Wonnen miteinander teilt? Es könnte doch sein, daß gerade jetzt ein Kind in dir heranwächst und du es nicht einmal weißt.«

»Nein, Jondalar, das glaube ich nicht. Ich glaube, meine Mondzeit steht nahe bevor«, sagte sie, »und das bedeutet, daß kein Kind in mir wächst.«

»Bist du sicher?« fragte er.

»Ja, ich bin sicher«, sagte sie. »Ich bin nicht schwanger. In mir wächst kein Kind heran.« Er war erleichtert.

Als sie die Sonnenhüte fast fertig hatte, setzte ein leichter Regen ein. Sie tat schnell die letzten Handgriffe, dann gingen sie ins Zelt und nahmen alles mit, bis auf den an dem Dreifuß aufgehängten Fleischbehälter. Der feuchte Wolf schien froh zu sein, daß er sich zu Aylas Füßen zusammenrollen konnte. Sie ließen für den Fall, daß er hinaus mußte, den unteren Teil der Eingangsklappe für ihn offen, schlossen aber, als der Regen heftiger wurde, den Rauchabzug. Zuerst kuschelten sie sich aneinander, dann drehten sie sich um, aber beide hatten Mühe, einzuschlafen.

Ayla war unruhig und fühlte sich unbehaglich, versuchte aber, sich nicht ständig herumzuwälzen, um Jondalar nicht zu stören. Sie lauschte dem Regen, der auf das Zelt prasselte, aber das Geräusch schläferte sie nicht ein, wie es das gewöhnlich tat, und eine ganze Weile später wünschte sie sich, es wäre Morgen und sie könnten aufstehen und weiterziehen.

Jondalar, der Sorge ledig, daß Doni Ayla gesegnet haben könnte, fragte sich abermals, ob mit ihm etwas nicht stimmte. Er lag wach und dachte nach. Konnte es sein, daß vielleicht sein Geist oder irgendeine Essenz, die Doni von ihm nahm, nicht stark genug war?

Vielleicht lag es an ihr. Ayla hatte gesagt, sie wollte ein Kind haben. Aber wenn sie nicht schwanger war, obwohl sie bereits so lange zusammenlebten, dann konnte es sein, daß sie keine Kinder bekommen konnte. Auch Serenio hatte keine mehr bekommen – es sei denn, sie wäre schwanger gewesen, als er sie verließ... Er starrte in die Dunkelheit im Innern des Zeltes, lauschte auf den Regen und fragte sich, ob eine der Frauen, die er gehabt hatte, je ein Kind geboren hatte, und ob irgendwo Kinder mit blauen Augen zur Welt gekommen waren.

Ayla kletterte, kletterte an einer steilen Felswand, ähnlich dem steilen Pfad, der zu der Höhle in ihrem Tal hinaufführte, aber er war viel länger, und sie mußte sich beeilen. Sie schaute hinunter auf den kleinen Fluß, der um die Biegung rauschte, aber es war kein Fluß. Es war ein Wasserfall, und das Wasser stürzte über Felsvorsprünge herab, die mit üppigem grünem Moos überzogen waren.

Sie blickte auf, und da war Creb! Er winkte ihr und bedeutete ihr, sich zu beeilen. Er machte kehrt und begann, sich schwer auf seinen Stab stützend, gleichfalls zu klettern; er führte sie einen steilen, aber ersteigbaren Hang neben dem Wasserfall empor zu einer hinter Haselnußsträuchern verborgenen Höhle in einer Felswand. Über der Höhle, am oberen Ende des Steilhanges, neigte sich ein großer, abgeflachter Felsbrocken über den Rand, bereit, herabzustürzen.

Plötzlich war sie tief drinnen in der Höhle, folgte einem langen, schmalen Gang. Da war ein Licht! Eine Fackel mit ihrem einladenden Feuer, dann noch eine, und dann das schreckliche Rumpeln eines Erdbebens. Ein Wolf heulte. Ein wirbelnder, übelkeiterregender Schwindel ergriff sie, und dann war Creb in ihren Gedanken. »Fort von hier!« *befahl er.* »Schnell! Fort von hier! Auf der Stelle!«

Sie fuhr hoch, warf ihr Schlaffell beiseite, stürzte zum Zelteingang.

»Ayla! Was ist los?« fragte Jondalar und versuchte, sie zurückzuhalten.

Plötzlich flammte ein greller Blitz auf. Sie sahen ihn durch das Leder des Zeltes und durch die Spalte der Eingangsklappe, die sie für Wolf offengelassen hatten. Ihm folgte fast sofort ein lauter Donnerschlag. Ayla schrie, und Wolf heulte draußen vor dem Zelt.

»Ayla, Ayla, kein Grund zur Aufregung«, sagte Jondalar und hielt sie fest in den Armen. »Es ist nur ein Gewitter.«

»Wir müssen fort von hier! Schnell, hat er gesagt. Fort von hier! Auf der Stelle«, sagte sie und versuchte, sich hastig anzuziehen.

»Wer hat das gesagt? Wir können jetzt nicht hinaus. Es ist dunkel, und es regnet.«

»Creb. In meinem Traum. Ich hatte wieder diesen Traum, mit Creb. Er hat es gesagt. Schnell, Jondalar. Wir müssen uns beeilen.«

»Beruhige dich, Ayla. Es war doch nur ein Traum – und vielleicht das Gewitter. Hör dir das an! Es klingt wie ein Wasserfall da draußen. Du willst doch nicht in diesen Regen hinaus. Laß uns bis morgen früh warten.«

»Jondalar! Ich muß fort von hier. Creb hat es mir befohlen, und ich kann diesen Ort nicht ertragen«, weinte sie. »Bitte, Jondalar. Beeil dich.« Tränen strömten ihr übers Gesicht, aber sie spürte es nicht, sondern stopfte ihre Sachen in die Packkörbe.

Er beschloß, gleichfalls zu packen. Es war offensichtlich, daß sie nicht daran dachte, bis zum Morgen zu warten, und zum Schlafen würde er ohnehin nicht mehr kommen. Er griff nach seinen Kleidern, während Ayla die Eingangsklappe öffnete. Der Regen rauschte herab, als hätte jemand einen Wassersack ausgeschüttet. Sie trat hinaus und pfiff, lange und laut. Die Antwort war ein weiteres Wolfsgeheul. Nachdem sie einen Augenblick gewartet hatte, pfiff Ayla abermals; dann begann sie, die Zeltstangen aus der Erde zu ziehen.

Sie hörte den Hufschlag der Pferde, und bei ihrem Anblick weinte sie vor Erleichterung. Sie streckte die Arme nach Winnie aus, ihrer Freundin, die gekommen war, um ihr zu helfen, schlang sie um den stämmigen Hals der triefnassen Stute und spürte das Zittern des verängstigten Tieres. Es schlug mit dem Schweif und tänzelte mit kleinen Schritten herum; gleichzeitig wendete es den Kopf und zuckte mit den Ohren; offensichtlich versuchte es herauszufinden, was ihm solche Angst einjagte. Die Angst des Pferdes half Ayla, ihre eigene Angst unter Kontrolle zu bringen. Winnie brauchte sie. Sie redete sanft auf das Pferd ein, streichelte es, versuchte es zu beruhigen, und dann spürte sie, wie Renner sich an sie drängte, mindestens ebenso verängstigt wie seine Mutter.

Sie versuchte, ihn zu beruhigen, aber er wich nervös zurück. Sie ließ die beiden Pferde stehen, eilte ins Zelt, um ihr Geschirr und die Packkörbe zu holen. Jondalar hatte bereits die Schlaffelle zusammengerollt und in den Körben verstaut, als er die Hufschläge hörte, und hielt das Geschirr und Renners Halfter bereit.

»Die Pferde sind sehr verängstigt, Jondalar«, sagte sie, als sie ins Zelt kam. »Ich glaube, Renner würde am liebsten durchgehen. Winnie beruhigt ihn ein wenig, aber sie hat auch Angst, und er macht sie noch unruhiger, als sie ohnehin schon ist.«

Er ergriff das Halfter und trat hinaus. Wind und strömender Regen prallten auf ihn ein und hätten ihn fast umgeworfen. Es regnete so heftig, daß er das Gefühl hatte, unter einem Wasserfall zu stehen. Er war viel schlimmer, als er vermutet hatte. Binnen kurzem wäre das Wasser ins Zelt eingedrungen, und der Regen hätte die Bodendecke und ihre Schlaffelle durchgeweicht. Jetzt war er froh darüber, daß Ayla darauf bestanden hatte, daß sie sofort aufbrachen. Im Licht eines weiteren Blitzes sah er, daß sie sich bemühte, Winnie die Packkörbe aufzuhängen. Der braune Hengst stand neben ihnen.

»Renner! Renner, komm her! Komm zu mir, Renner«, rief er. Donnergetöse zerriß die Luft; es hörte sich an, als bräche der Himmel auseinander. Der junge Hengst stieg und wieherte. Er hatte die Augen verdreht, so daß das Weiße zu sehen war, sein Schweif peitschte und seine Ohren zuckten in alle Richtungen, versuchten, die Quelle seiner Angst zu ermitteln, aber sie war unerklärlich und überall um ihn herum, und das versetzte ihn in Panik.

Jondalar streckte die Arme nach Renner aus, versuchte, sie ihm um den Hals zu legen, um ihn zu beruhigen, redete besänftigend auf das Tier ein.

Zwischen ihnen bestand ein starkes Band des Vertrauens, und die Stimme und die Hände, die Renner so gut kannte, wirkten beruhigend. Jondalar schaffte es, ihm das Halfter anzulegen; er hoffte, daß die nächste Folge von Blitz und Donner erst kommen würde, wenn er die Riemen befestigt hatte.

Ayla holte die letzten Sachen aus ihrem Zelt. Wolf war jetzt hinter ihr; bisher hatte sie ihn nicht bemerkt. Als sie rückwärts aus dem Zelt heraustrat, bellte Wolf, rannte auf die Weiden zu, rannte zurück und bellte abermals.

»Wir gehen, Wolf«, sagte sie, und dann zu Jondalar: »Das Zelt ist leer. Beeil dich!« Sie lief auf Winnie zu und warf den Armvoll Sachen, den sie trug, in einen der Packkörbe.

Aylas Angst hatte sich auf die Tiere übertragen, und Jondalar fürchtete, daß Renner nicht viel länger stillhalten würde. Er hielt sich nicht mit dem Abbauen des Zeltes auf, sondern zerrte die Stützpfosten durch den Rauchabzug heraus, wobei er die Klappe abriß, warf sie in einen der Packkörbe, dann knüllte er das schwere, durchgeweichte Leder zusammen und stopfte es gleichfalls hinein. Das Pferd verdrehte die Augen und wich zurück, als Jondalar in seine Mähne griff, um sich hinaufzuschwingen. Obwohl sein Sprung fast mißglückt wäre, schaffte er es doch, aufzusitzen, und dann wäre er beinahe abgeworfen worden, als Renner stieg. Aber er schlang die Arme um den Hals des Hengstes und blieb oben.

Ayla hörte ein langgezogenes Wolfsgeheul und ein unheimliches, dumpfes Getöse, als sie sich auf Winnies Rücken schwang; dann warf sie einen Blick auf Jondalar und den steigenden Hengst. Sobald Renner wieder auf allen vieren stand, beugte sie sich vor und gab Winnie damit das Zeichen, sich in Bewegung zu setzen. Die Stute verfiel sofort in einen schnellen Galopp, fast so, als könnte sie nicht schnell genug von hier fortkommen. Wolf rannte voraus, jagte durch das Gestrüpp. Renner und Jondalar waren dicht hinter ihr. Das bedrohliche Getöse wurde lauter.

Winnie jagte durch den Wald auf der ebenen Talsohle, wich Bäumen aus, sprang über Hindernisse. Ayla hatte die Arme um den Hals des Pferdes geschlungen und überließ es der Stute, ihren Weg zu finden. Es war ihr unmöglich, in der Dunkelheit und bei dem Regen irgend etwas zu sehen, aber sie spürte, daß sie auf den zur Steppe hinaufführenden Abhang zuritten. Plötzlich zuckte wieder ein Blitz auf und erfüllte das Tal mit blendender Helligkeit. Sie waren in dem Buchenwäldchen, und der Abhang war nicht mehr fern. Sie schaute sich nach Jondalar um und rang nach Atem.

Die Bäume hinter ihm bewegten sich! Bevor das Licht wieder erstarb, sah sie, wie sich mehrere große Kiefern zur Seite neigten. Ihr war nicht aufgefallen, daß das Getöse lauter geworden war, doch jetzt wartete sie darauf, die Bäume fallen zu hören, und ihr wurde bewußt, daß das Geräusch in dem überwältigenden Getöse unterging. Sgoar das Krachen des Donners schien dagegen nicht anzukommen.

Sie waren auf dem Abhang. Sie konnte zwar noch immer nichts sehen, aber Winnies veränderte Gangart verriet es. Ihr blieb nichts anderes übrig, als auf den Instinkt der Stute zu vertrauen. Sie spürte, wie sie ausglitt und dann wieder Fuß faßte. Dann waren sie aus dem Wald heraus und befanden sich auf einer Lichtung. Sie konnte durch den Regen hindurch sogar ziehende Wolken erkennen. Das muß die Wiese sein, auf der die Pferde gegrast haben, dachte sie. Renner und Jondalar erschienen neben ihr. Auch er umklammerte den Hals des Pferdes, aber es war zu dunkel, um mehr zu erkennen als ihre Silhouette.

Winnie wurde langsamer, und Ayla hörte ihr angestrengtes Atmen. Der Baumbestand auf der anderen Seite der Wiese war weniger dicht, und Winnie wich, jetzt nicht mehr in panischer Angst dahinjagend, den Bäumen aus. Ayla setzte sich etwas aufrechter hin, aber ohne die Arme vom Hals der Stute zu lösen. Renner war vorausgestürmt, verfiel jedoch bald in Schritt, und Winnie holte ihn ein. Der Regen begann nachzulassen. Nach den Bäumen kam Gestrüpp und dann Gras; der Abhang ging in ebenes Gelände über. Vor ihnen lag die Steppe in einer Dunkelheit, die nur durch die von einem verborgenen Mond erhellten Wolken etwas gemildert wurde.

Sie hielten an, und Ayla stieg ab, damit Winnie verschnaufen konnte. Jondalar folgte ihrem Beispiel, und dann standen sie nebeneinander und versuchten, in die Dunkelheit hinabzuschauen. Ein weiterer Blitz flammte auf, aber er war weiter entfernt, und der Donner, der folgte, war nur ein leises Grollen. Fassungslos starrten sie über den schwarzen Abgrund des Tales hinweg, und obwohl sie nichts sehen konnten, wußten sie, daß dort eine große Verwüstung vor sich ging. Sie begriffen, daß sie einer Katastrophe entkommen waren, aber ihr Ausmaß war ihnen noch nicht klar.

Ayla spürte ein seltsames Prickeln auf der Kopfhaut und hörte ein schwaches Knistern. Ihre Nase vermerkte den beißenden Geruch von Ozon; ein eigentümlicher Brandgeruch, der aber nicht von einem irdischen Feuer kam. Plötzlich kam ihr der Gedanke, daß es der Geruch des Wetterleuchtens am Himmel sein mußte. Sie riß die Augen vor Staunen und Angst weit auf, und dann griff sie, einen Moment lang von Panik ergriffen, nach Jondalars Arm. Eine hohe Kiefer, in dem Abhang unter ihnen verwurzelt, aber durch eine zutageliegende Felsmasse vor den schneidenden Winden geschützt und hoch in die Steppe aufragend, erglühte in einem gespenstisch blauen Licht.

Jondalar legte einen Arm um sie, wollte sie beschützen, wurde aber von denselben Gefühlen und Ängsten beherrscht und wußte, daß er gegen dieses unirdische Feuer nichts ausrichten konnte. Er konnte sie nur fest an sich drücken. Dann zuckte ein knisternder Blitz durch die leuchtenden Wolken, verzweigte sich zu einem Netz aus feurigen Pfeilen, fuhr in die hohe Kiefer und tauchte das Tal und die Steppe in taghelles Licht. Das Krachen war so laut, daß Aylas Ohren dröhnten, und sie fuhr zusammen, als das Donnergetöse am Himmel widerhallte. In diesem Augenblick der Helligkeit sahen sie das Chaos, dem sie in letzter Minute entkommen waren.

Das grüne Tal war verheert. Die gesamte Talsohle war eine brodelnde, wirbelnde Wassermasse. Ihnen gegenüber, auf dem jenseitigen Abhang, hatte ein Erdrutsch Felsbrocken und Bäume in das tosende Wasser gestürzt und eine rohe Narbe aus rötlicher Erde hinterlassen.

Die sintflutartigen Niederschläge hatten ihre Ursache in einem nicht ungewöhnlichen Zusammentreffen verschiedener Umstände. Begonnen hatte es in den Bergen im Westen und mit tiefem Druck über dem Binnenmeer; warme, sehr feuchte Luft war hochgewirbelt worden und hatte riesige, wogende Wolken mit weißen, windgepeitschten Kuppen gebildet, die dann über den Bergen hängengeblieben waren. In diese warme Luft war eine Kaltfront eingebrochen und hatte ein ungewöhnlich heftiges Gewitter ausgelöst.

Der Regen war vom Himmel herniedergeprasselt, hatte Mulden und Senken gefüllt, die sich in Bäche entleerten, hatte Felsbrocken überflutet und war in Flüsse geströmt, die die Wassermassen nicht zu fassen vermochten. Die reißende Flut, durch den anhaltenden Wolkenbruch verstärkt, gewann an Kraft, raste steile Abhänge hinunter, ergoß sich über Hindernisse, füllte weitere Flüsse und vereinigte sich zu einer Sturmwoge von wütender, alles vernichtender Kraft.

Als die Flutwelle das grüne Tal erreichte, ergoß sie sich über den Wasserfall und begrub mit Donnergetöse das ganze Tal unter sich. Aber die üppige grüne Senke hielt für das brodelnde Wasser eine Überraschung bereit. Zu jener Zeit hoben ausgedehnte Erdbewegungen das Land an, bewirkten, daß das kleine Binnenmeer im Süden flacher wurde, und öffneten Durchlässe zu dem größeren Meer, das noch weiter im Süden lag. Im Laufe der voraufgegangenen Jahrzehnte hatte diese Anhebung das Tal abgeriegelt; es war ein flaches Becken entstanden, das der Fluß gefüllt hatte, und hinter dem natürlichen Damm hatte das Wasser einen Abfluß gefunden; das kleine Wasserreservoir hatte sich entleert, aber genügend Feuchtigkeit für ein bewaldetes Tal inmitten der trockenen Steppe hinterlassen.

Ein zweiter Erdrutsch weiter flußabwärts hatte die Abflußrinne wieder verstopft: die tosende Flut konnte das Tal nicht verlassen und hatte es überschwemmt. Jondalar hatte das Gefühl, als könnte die Szene unter ihm nur einem Alptraum entstammen; er konnte kaum glauben, was er sah. Das ganze Tal war ein wildes Gewirbel aus Schlamm und Felsbrocken, das in alle Richtungen toste und Sträucher und ganze, mit den Wurzeln ausgerissene und zersplitterte Bäume mitriß.

Kein lebendes Wesen hätte hier überleben können, und ihn schauderte bei dem Gedanken, was passiert wäre, wenn Ayla nicht darauf bestanden hätte, daß sie sofort aufbrachen. Und er bezweifelte, daß es ihnen gelungen wäre, sich in Sicherheit zu bringen, wenn sie die Pferde nicht gehabt hätten. Er schaute sich nach ihnen um. Beide standen breitbeinig und mit gesenkten Köpfen da und wirkten so erschöpft, wie sie es vermutlich waren. Wolf saß neben Ayla, und als er sah, daß Jondalar zu ihm herüberschaute, hob er den

Kopf und heulte. Jondalar erinnerte sich flüchtig, daß ein Wolfsgeheul ihn im Schlaf gestört hatte, kurz bevor Ayla aufgewacht war.

Ein weiterer Blitz zuckte über den Himmel, und als es donnerte, spürte er, wie Ayla in seinen Armen zitterte. Noch waren sie nicht außer Gefahr. Sie waren naß und kalt, alles war durchweicht, und er hatte keine Ahnung, wo sie – in einem Gewitter mitten auf der offenen Steppe – einen Unterschlupf finden sollten.

ACHTES KAPITEL

Die große Kiefer, in die der Blitz eingeschlagen hatte, brannte, aber das heiße Harz, das das Feuer nährte, mußte gegen den löschenden Regen ankämpfen, und die flackernden Flammen spendeten nur wenig Licht. Es reichte jedoch aus, die allgemeinen Umrisse der näheren Umgebung erkennen zu lassen. Auf der offenen Steppe gab es kaum etwas, das ihnen Schutz hätte bieten können, ausgenommen ein paar niedrige Sträucher am Rand eines Grabens, der fast das ganze Jahr hindurch trocken gewesen war.

Ayla starrte hinunter in die Dunkelheit des Tales, wie gebannt von der Szene, die sie dort gesehen hatten. Während sie da standen, wurde der Regen wieder heftiger, prasselte auf sie hernieder, durchweichte ihre ohnehin schon nasse Kleidung und löschte schließlich den Brand der Kiefer.

»Komm, Ayla«, sagte Jondalar. »Wir müssen sehen, daß wir irgendwo einen Unterschlupf finden und aus diesem Regen herauskommen. Du frierst. Wir frieren beide, und wir sind naß.«

Sie blickte noch einen Moment länger hinunter, dann schauderte sie. »Wir waren da unten.« Sie sah zu ihm auf. »Jondalar, wenn wir da hineingeraten wären, wären wir jetzt tot.«

»Aber wir sind rechtzeitig herausgekommen. Und jetzt brauchen wir einen Unterschlupf. Wenn wir keinen Ort finden, an dem wir uns aufwärmen können, nützt es uns nichts, daß wir herausgekommen sind.«

Er ergriff Renners Führleine und machte sich auf den Weg zu dem Gestrüpp. Ayla gab Winnie ein Zeichen und folgte ihm mit Wolf an ihrer Seite. Als sie den Graben erreicht hatten, sahen sie, daß hinter dem niedrigen Gestrüpp, weiter von dem Tal entfernt, höhere Sträucher wuchsen, fast so groß wie Bäume, und strebten darauf zu.

Sie drangen in die Mitte der dichten Gruppe von Salweiden vor. Der Boden um die vielstämmigen, silbriggrauen Sträucher war naß, und der Regen drang zwischen den schmalen Blättern hindurch ein, aber nicht ganz so stark. Sie schlugen ein paar Stämme ab, so daß eine kleine Lichtung entstand, dann nahmen sie den Pferden die Packkörbe ab. Jondalar zog das schwere Bündel des nassen Zeltes heraus und schüttelte es aus. Ayla ergriff die Pfosten und stellte sie in der kleinen Lichtung auf, dann half sie mit, das noch mit der Bodendecke verbundene Zeltleder darüberzuhängen. Es war eine unsichere Konstruktion, aber im Augenblick ging es ihnen nur darum, Schutz vor dem Regen zu finden.

Sie brachten ihre Packkörbe und anderen Gerätschaften in das improvisierte Zelt, rissen Blätter von den Bäumen, um den nassen Boden damit zu bedecken, und breiteten ihre feuchten Schlaffelle aus. Dann entledigten sie sich ihrer Oberbekleidung, halfen einander, das durchweichte Leder auszuwringen, und hängten die Kleidungsstücke über Äste. Schließlich legten sie sich heftig zitternd nieder und wickelten sich in ihre Schlaffelle ein. Wolf kam herein und schüttelte sich so heftig, daß Wassertropfen herumflogen, aber alles war ohnehin schon so naß, daß es kaum eine Rolle spielte. Die Steppenpferde mit ihrem dichten, zottigen Fell zogen zwar trockene Winterkälte einem solchen Sommergewitter bei weitem vor, aber sie waren es gewohnt, im Freien zu leben. Sie standen dicht aneinandergedrängt neben der Gruppe von Sträuchern und ließen den Regen auf sich herniederströmen.

In dem feuchten Unterschlupf, in dem an ein Feuer nicht zu denken war, drängten sich Ayla und Jondalar, in ihre dicken Felle eingehüllt, dicht aneinander. Wolf legte sich auf sie, und schließlich hatten sie sich mit ihrer Körperwärme gegenseitig aufgewärmt. Sie nickten ein, aber keiner von ihnen kam richtig zum Schlafen. Gegen Morgen ließ der Regen nach, und ihr Schlaf wurde tiefer.

Ayla lauschte und lächelte, bevor sie die Augen aufschlug. Aus der Fülle von Vogelstimmen, die sie geweckt hatten, konnte sie den kunstvollen Ruf eines Piepers heraushören. Jondalar drehte sich auf die andere Seite, und Ayla wendete den Kopf, um den neben ihr liegenden, im tiefen Rhythmus des Schlafes atmenden Mann zu betrachten. Dann wurde ihr bewußt, daß sie aufstehen mußte. Sie hatte Angst, ihn zu wecken, wenn sie sich bewegte. Vielleicht ging es, wenn sie sich ganz behutsam aus dem warmen, immer noch ein wenig feuchten Fell herausschob, in das sie sich eingehüllt hatte. Er schnarchte und grunzte und drehte sich abermals um, als sie sich herauswand, aber als er den Arm ausstreckte und feststellte, daß sie nicht mehr da war, wachte er auf.

»Ayla? Ach, wo bist du«, murmelte er.

»Schlaf weiter, Jondalar. Du brauchst noch nicht aufzuwachen«, sagte sie und kroch aus ihrem Nest zwischen den Sträuchern heraus.

Es war ein heller, frischer Morgen mit einem strahlend blauen Himmel, an dem kein Wölkchen zu sehen war. Wolf war fort – vermutlich auf Jagd oder Erkundungstour. Auch die Pferde waren weitergewandert; sie sah, daß sie am Rande des Tals grasten. Obwohl die Sonne noch ganz tief stand, stieg bereits Dampf von der feuchten Erde auf, und Ayla spürte die Feuchtigkeit, als sie sich niederhockte, um Wasser zu lassen. Dann bemerkte sie, daß ihre Mondzeit eingetreten war. Sie hatte damit gerechnet; sie mußte sich und ihre Unterkleidung waschen, aber zuerst brauchte sie die Mufflonwolle.

Der Graben war nur halb voll, aber das Wasser des Baches, der in ihm floß, war klar. Sie bückte sich und spülte ihre Hände ab, trank mehrere Handvoll von der kühlen, sauberen Flüssigkeit, dann eilte sie zum Zelt zurück. Jondalar war inzwischen aufgestanden und lächelte, als sie in ihren Unterschlupf in dem Weidengestrüpp trat und einen ihrer Packkörbe holte. Sie zog ihn ins Freie und begann, darin zu wühlen. Auch Jondalar brachte seine beiden Packkörbe heraus, dann holte er den Rest ihrer Habseligkeiten. Er wollte nachsehen, wieviel Schaden der Regen angerichtet hatte. In diesem Augenblick kam Wolf angerannt und sprang auf Ayla zu.

»Du siehst aus, als wärest du mit dir zufrieden«, sagte sie und ruffelte sein Nackenfell, so dicht und voll, daß es schon fast eine Mähne war. Als sie aufhörte, richtete er sich auf, legte seine schlammigen Pfoten fast in Höhe ihrer Schultern auf ihre Brust. Das kam so unvermutet, daß sie beinahe gestürzt wäre, aber sie gewann ihr Gleichgewicht zurück.

»Wolf! Du bist schmutzig«, sagte sie, als er den Kopf reckte, um ihr den Hals und das Gesicht zu lecken; dann öffnete er mit einem leisen Knurren das Maul und nahm ihren Kiefer zwischen die Zähne. Doch trotz seines beeindruckenden Wolfsgebisses war er dabei so sanft und zurückhaltend, als ginge er mit einem ganz jungen Welpen um. Sie wühlte ihre Hände wieder in seinen Pelz, schob seinen Kopf zurück und erwiderte die Hingabe in seinen Augen mit der gleichen Zuneigung, die er ihr entgegenbrachte.

»Und nun herunter mit dir, Wolf. Sieh doch, wie schmutzig du mich gemacht hast! Jetzt muß ich das auch noch waschen.«

»Wenn ich es nicht besser wüßte, Ayla, bekäme ich es mit der Angst, wenn er das tut«, sagte Jondalar. »Er ist so groß geworden, und er ist ein Raubtier. Er könnte einen Menschen töten.«

»Du brauchst dir keine Sorgen zu machen, wenn Wolf das tut. Das ist die Art, wie Wölfe zeigen, daß sie jemanden gern haben. Ich glaube, er ist auch froh, daß wir rechtzeitig aus dem Tal entkommen sind.«

»Hast du hinuntergeschaut?«

»Noch nicht. – Weg da, Wolf«, sagte sie und schob ihn beiseite, als er anfing, zwischen ihren Beinen zu schnüffeln. »Meine Mondzeit ist gekommen.« Sie wendete den Kopf ab und errötete leicht. »Ich wollte nur meine Wolle holen. Zum Hinuntersehen hatte ich noch keine Zeit.«

Während Ayla ihre persönlichen Bedürfnisse stillte, sich und ihre Kleider in dem kleinen Bach wusch und sich etwas anderes zum Anziehen holte, ging Jondalar an den Rand des Tals und schaute hinunter. Von einem Lagerplatz oder einem Ort, an dem sich einer befunden haben könnte, war nichts mehr zu sehen. Das Becken des Tals war mit Wasser gefüllt, und Baumstämme und andere schwimmende Trümmer tanzten in dem aufgewühlten Wasser, das immer noch anstieg, auf und nieder. Der Abfluß des kleinen Flusses war nach wie vor blockiert, und das Wasser flutete noch immer zurück, strudelte aber nicht mehr so heftig wie in der Nacht zuvor.

Ayla trat leise neben Jondalar, der wie gebannt in das Tal hinabstarrte. Als er ihre Gegenwart spürte, schaute er auf.

»Dieses Tal verengt sich weiter flußabwärts, und irgend etwas muß den Fluß aufstauen«, sagte er. »Vermutlich Felsbrocken oder ein Erdrutsch. Deshalb kann das Wasser nicht abfließen. Vielleicht ist das der Grund dafür, daß es dort so grün war. Dasselbe könnte schon einmal passiert sein.«

»Der Rückstau allein hätte uns weggespült, wenn wir da hineingeraten wären«, sagte Ayla. »Mein Tal wurde in jedem Frühjahr überschwemmt, und das war schon schlimm genug, aber dies...« Sie fand keine Worte, mit denen sie ihren Gedanken hätte formulieren können, und beendete ihren Satz unbewußt mit den Gesten der Clan-Sprache, in der sich ihre Gefühle deutlicher und präziser ausdrücken ließen.

Jondalar verstand. Auch ihm fehlten die Worte, und er empfand ebenso wie sie. Sie standen schweigend nebeneinander und beobachteten die Vorgänge unter ihnen; dann bemerkte Ayla, wie er vor Konzentration und Sorge die Stirn runzelte. Schließlich sprach er.

»Wenn dieser Erdrutsch, oder was immer es sein mag, zu schnell nachgibt, dann wird das herausflutende Wasser sehr gefährlich sein. Ich hoffe, daß weiter flußabwärts keine Leute wohnen«, sagte er.

»Nicht gefährlicher, als es letzte Nacht war«, sagte Ayla. »Oder doch?«

»Letzte Nacht hat es geregnet, deshalb hätte man mit einer Überschwemmung gerechnet, aber ohne die Warnung durch ein Gewitter könnte es völlig unerwartet kommen, und das wäre verheerend«, erklärte er.

Ayla nickte, dann sagte sie: »Aber wenn Leute an diesem Fluß leben – würden sie dann nicht merken, daß er nicht mehr fließt, und versuchen, den Grund dafür herauszubekommen?«

Er drehte sich zu ihr um. »Aber was ist mit uns, Ayla? Wir reisen durchs Land und würden es nicht wissen, wenn ein Fluß nicht mehr fließt. Irgendwann könnten wir uns unterhalb von etwas derartigem befinden und wären durch nichts gewarnt.«

Ayla wendete sich wieder dem Wasser in dem Tal zu. Es dauerte eine Weile, bis sie antwortete. »Du hast recht, Jondalar«, sagte sie schließlich. »Wir könnten ohne jede Vorwarnung von einer Überschwemmung überrascht werden. Oder der Blitz hätte uns treffen können anstatt diesen Baum. Oder ein Erdbeben könnte die Erde aufreißen und bis auf ein kleines Mädchen alles verschlingen und es allein in der Welt zurücklassen. Oder jemand könnte krank oder verkrüppelt geboren werden. Der Mamut hat gesagt, daß niemand weiß, wann die Mutter beschließt, eines ihrer Kinder zu sich zu holen. Damit, daß man sich Sorgen macht, ist nichts gewonnen. Wir können nicht das geringste dagegen tun. Einzig und allein die Mutter entscheidet, was geschehen soll.«

Jondalar hörte zu, noch immer mit Sorgenfalten auf der Stirn; dann entspannte er sich und legte den Arm um sie. »Ich mache mir viel zu viel Sorgen. Das hat Thonolan auch immer gesagt. Ich mußte nur daran denken, was passieren würde, wenn wir uns unterhalb dieses Tals befänden, und erinnerte mich an die letzte Nacht. Und dann mußte ich daran denken, was wäre, wenn ich dich verlöre, und...« Er drückte sie fester an sich. »Ayla, ich weiß nicht, was ich tun würde, wenn ich dich nicht mehr hätte«, sagte er. »Ich bin nicht sicher, ob ich dann weiterleben wollte.«

Seine heftige Reaktion bestürzte sie ein wenig. »Ich hoffe, du würdest weiterleben, Jondalar, und eine andere finden, die du lieben kannst. Wenn dir etwas zustoßen würde, dann wäre ein Teil von mir, ein Teil meines Geistes mit dir gestorben, weil ich dich liebe, aber ich würde weiterleben, und ein Teil deines Geistes wäre immer bei mir.«

»Es wäre nicht einfach, eine andere zu finden, die ich lieben kann. Ich weiß nicht, ob ich es überhaupt versuchen würde«, sagte Jondalar.

Sie machten sich gemeinsam auf den Rückweg. Ayla schwieg eine Weile, dann sagte sie: »Ich frage mich, ob nicht genau das passiert, wenn man jemanden liebt und wiedergeliebt wird. Ob dann jeder einen Teil vom Geist des anderen bekommt? Vielleicht ist das der Grund dafür, daß es so wehtut, wenn man jemanden verliert, den man liebt. Ich habe Teile meines Geistes verloren, als ich ein kleines Mädchen war und meine Eltern umkamen. Dann nahm Iza ein Stück mit sich, als sie starb, und Creb und auch Rydag. Obwohl er nicht tot ist, besitzt auch Durc ein Stück von mir, von meinem Geist, das ich nie wiederbekommen werde. Dein Bruder hat ein Stück von dir mitgenommen, nicht wahr?«

»Ja«, sagte Jondalar, »das hat er. Er wird mir immer fehlen, und es wird immer wehtun. Manchmal denke ich, es war meine Schuld, und ich hätte alles getan, wenn ich ihn hätte retten können.«

Als sie wieder bei dem hohen Weidengestrüpp waren, in dem sie die Nacht verbracht hatten, untersuchten sie ihre Habseligkeiten. Fast alles war zumindest feucht, viele Gegenstände waren noch immer klatschnaß. Sie lösten die aufgeschwollenen Knoten, die die Bodendecke mit dem Oberteil des Zeltes verbanden; dann versuchten sie, das Zelt auszuwringen, indem sie jeder ein Ende ergriffen und es gegeneinander verdrehten. Doch sie durften nicht zu stark wringen, sonst rissen die Nähte. Als sie beschlossen, das Zelt aufzustellen, damit es austrocknen konnte, stellten sie fest, daß sie einige der Zeltstäbe verloren hatten.

Sie hängten die Bodendecke über die Sträucher, dann untersuchten sie ihre Oberkleider, die gleichfalls noch ziemlich naß waren. Um die Gegenstände, die sich in den Packkörben befunden hatten, war es kaum besser bestellt. Viele von ihnen waren feucht, würden aber vermutlich bald trocknen, wenn sie einen warmen, trockenen Ort fanden, an dem sie sie auslüften konnten. Auf der offenen Steppe würde es tagsüber warm sein, aber das war die Zeit, in der sie unterwegs waren, und nachts war der Boden feucht und kühl. Der Gedanke, in einem nassen Zelt schlafen zu müssen, behagte ihnen nicht.

»Ich glaube, es ist Zeit für einen heißen Tee«, sagte Ayla. Sie war deprimiert, und es war ohnehin schon später als gewöhnlich. Sie zündete ein Feuer an, legte Kochsteine hinein und dachte über das Frühstück nach. Erst da wurde ihr bewußt, daß sie auch das von ihrer Abendmahlzeit übriggebliebene Essen nicht mehr hatten.

»Oh, Jondalar, wir haben überhaupt nichts zu essen«, klagte sie. »Das ist noch unten im Tal. Ich habe das Getreide in meinem guten Kochkorb neben der Feuerstelle stehen gelassen. Der Kochkorb ist auch fort. Ich habe noch andere, aber es war ein besonders guter. Wenigstens habe ich noch meinen Medizinbeutel«, sagte sie, offensichtlich erleichtert, als sie ihn gefunden hatte. »Das Otterfell stößt noch immer Wasser ab, so alt es auch ist. Alles, was drinnen steckt, ist trocken. Da kann ich uns wenigstens Tee machen. Ich habe ein paar Kräuter darin. Ich hole ein bißchen Wasser«, sagte sie, dann sah sie auf. »Wo ist mein Korb zum Teemachen? Habe ich den auch verloren? Mir ist, als hätte ich ihn ins Zelt gebracht, als es anfing zu regnen. Er muß bei unserem eiligen Aufbruch herausgefallen sein.«

»Wir haben noch etwas zurückgelassen, was dich ganz und gar nicht freuen wird«, sagte Jondalar.

»Was?« fragte Ayla bekümmert.

»Deinen Fleischbehälter und die langen Pfähle.«

Sie schloß die Augen und schüttelte gequält den Kopf. »Es war ein guter Fleischbehälter, und er war voll Rehfleisch. Und die Pfähle. Sie hatten genau die richtige Länge. Es wird schwer sein, sie zu ersetzen. Ich schaue besser nach, ob sonst noch etwas fehlt, und vergewissere mich, daß unsere Notverpflegung in Ordnung ist.«

Sie griff nach dem Packkorb, in dem sie die wenigen persönlichen Habseligkeiten aufbewahrte, die sie bei sich hatte. Obwohl alle Körbe naß und aufgeweicht waren, hatten die auf dem Boden liegenden Schnüre und Seile dafür gesorgt, daß der Inhalt dieses Korbes halbwegs trocken und unbeschädigt geblieben war. Die Nahrungsmittel, die sie unterwegs benutzten, lagen obenauf; das Paket mit ihrer Notverpflegung darunter war gut verpackt und deshalb trocken geblieben. Sie entschied, daß es angebracht war, alle ihre Vorräte durchzusehen, um ganz sicher zu sein, daß nichts verdorben war, und um sich auszurechnen, wie lange die Nahrung reichen würde, die sie noch hatten.

Sie holte die verschiedenen Arten von getrockneter, konservierter Nahrung heraus, die sie bei sich hatten, und legte sie auf ihrem Schlaffell aus. Da waren Beerenfrüchte – Brombeeren, Himbeeren, Blaubeeren, Holunderbeeren, Preißelbeeren und Erdbeeren, einzeln oder miteinander vermischt –, die gequetscht und in Form von Kuchen getrocknet worden waren. Andere waren so lange gekocht worden, daß sie eine lederartige Masse bildeten, manchmal zusammen mit Stücken von kleinen, harten Äpfeln. Ganze Beeren und Holzäpfel hatte man, zusammen mit anderen Früchten wie Birnen und Pflaumen, in Scheiben geschnitten oder ganz in der Sonne getrocknet. Alles konnte so gegessen werden, wie es war, oder es wurde zum Würzen von Suppen oder Fleischgerichten verwendet. Außerdem waren da Getreidekörner und andere Samen, von denen einige halbweich gekocht und dann gedörrt worden waren; ein paar von der Schale befreite, geröstete Haselnüsse; und die voller wohlschmeckender Nüsse steckenden Zapfen der Zirbelkiefer, die sie am Vortag im Tal gesammelt hatte.

Auch das Gemüse war getrocknet – Stengel, Knospen und besonders stärkehaltige Wurzeln wie die von Rohrkolben, Disteln, Tüpfelfarn und die Sprossen verschiedener Lilien. Einige waren vor dem Trocknen in Erdherden gedämpft worden, andere hatte man ausgegraben, geschält und auf Schnüre aus der faserigen Rinde bestimmter Pflanzen gehängt. Auch Pilze wurden an Schnüren getrocknet, des besseren Geschmacks wegen oft über einem rauchenden Feuer, und bestimmte eßbare Flechten wurden gedämpft und zu Fladen getrocknet. Ergänzt wurden ihre Vorräte durch eine reiche Auswahl an getrocknetem Fleisch und Fisch, und in einem besonderen Päckchen, das für Notfälle aufgespart wurde, befand sich eine zu kleinen Kuchen geformte Mischung aus gemahlenem, getrocknetem Fleisch, reinem, ausgelassenem Fett und getrockneten Früchten.

Die Trockennahrung war kompakt und einwandfrei; ein Teil davon war mehr als ein Jahr alt und stammte aus den Vorräten des vorigen Winters; aber die Mengen waren sehr beschränkt. Ayla hatte nur sparsam von diesen Vorräten Gebrauch gemacht; die meiste Zeit lebten sie vom Land. Wenn sie in dieser Jahreszeit, in der die Gaben der Großen Erdmutter in Hülle und Fülle vorhanden waren, nicht imstande waren, sie zu nutzen, dann konnten sie nicht hoffen, in den mageren Zeiten ihrer Reise zu überleben.

Ayla packte alles wieder ein. Sie hatte nicht die Absicht, für ihre Morgenmahlzeit auf die getrocknete Notverpflegung zurückzugreifen. Zwei fette Sandhühner fielen ihrer Schleuder zum Opfer und wurden am Spieß gebraten; ein paar Taubeneier wurden in den Schalen ins Feuer gelegt. Als weiteren Beitrag zu einem sättigenden Frühstück entdeckten sie das Vorratslager eines Murmeltiers. Der Bau lag unter ihren Schlaffellen und war mit süßen und stärkereichen Portulaksprossen gefüllt, die das kleine Tier gesammelt hatte, als sie am wohlschmeckendsten waren. Ayla kochte sie zusammen mit den Zirbelnüssen, die sie am Tag zuvor gefunden hatte. Ein paar frische, reife Brombeeren rundeten die Mahlzeit ab.

Nachdem Ayla und Jondalar das überflutete Tal verlassen hatten, setzten sie ihre Reise nach Süden fort; sie kamen dabei der Bergkette kaum wahrnehmbar näher. Obwohl es kein sonderlich hohes Gebirge war, waren die höheren Gipfel doch mit ewigem Schnee bedeckt und häufig von Nebel und Wolken verhüllt.

Sie befanden sich in einer südlichen Region des kalten Kontinents, und der

Charakter des Graslandes hatte sich leicht verändert. Es war mehr als nur eine Fülle von Gräsern und Kräutern, die es einer Vielzahl von Tieren ermöglichte, auf den kalten Ebenen zu leben. Die Tiere hatten sich unterschiedliche Ernährungs- und Wandergewohnheiten zugelegt und sich den jahreszeitlichen Schwankungen angepaßt.

Einige spezialisierten sich auf bestimmte Pflanzen, andere auf gewisse Teile von Pflanzen; manche weideten die gleichen Pflanzen in unterschiedlichen Stadien ihrer Entwicklung ab; einige fanden ihre Nahrung an Stellen, die andere Tiere nicht aufsuchten, oder erschienen später oder wanderten auf anderen Routen. Die Vielfalt konnte bestehen bleiben, weil jede Art mit ihren Nahrungs- und Lebensgewohnheiten Nischen nutzte, die zwischen oder neben denen anderer Arten lagen.

Wollmammute brauchten gewaltige Mengen von faserreichen Füllstoffen, Gräsern, Halmen und Seggen, und weil sie in tiefem Schnee, Sümpfen oder Torfmooren leicht einsanken, hielten sie sich an den festen Boden in der Nähe der Gletscher. Sie unternahmen lange Wanderungen an den Rändern des Eises und zogen nur im Frühjahr und Sommer nach Süden.

Auch Steppenpferde brauchten viel Masse; wie die Mammute waren sie imstande, rauhe Gräser zu verdauen. Sie waren jedoch etwas wählerischer und bevorzugten mittelhohe Gräser. Sie konnten im Schnee wühlen, um Nahrung zu finden, verbrauchten damit aber mehr Energie, als sie auf diese Weise gewannen, und wenn sich der Schnee häufte, fiel ihnen das Vorankommen schwer. In tiefem Schnee konnten sie nicht lange überleben und zogen deshalb die windigen Ebenen mit festem Boden vor.

Im Gegensatz zu Mammuten und Pferden waren die Wisente auf die eiweißreichen Halme und Scheiden angewiesen und hielten sich im allgemeinen an die Niedergräser; in Regionen mit Mittel- und Hochgras weideten sie nur, wenn es junge Triebe gab, gewöhnlich im Frühjahr.

Im Winter wanderten die Wisente in südliche Regionen mit wechselhaftem Wetter und mehr Schnee, der dafür sorgte, daß die niedrigen Grashalme feuchter und frischer blieben als die auf den Ebenen im Norden. Sie waren sehr geschickt darin, mit Nasen und Wangen den Schnee beiseitezuschieben, um ihre bevorzugte, bodennahe Nahrung zu finden; doch auch die verschneiten Steppen des Südens bargen für sie Gefahren.

Obwohl das dichte, zottige Fell die Wisente und andere dick bepelzte Tiere in der trockenen Kälte warm hielt, konnte es denen, die nach Süden wanderten, zum Verhängnis werden, wenn es kalt und naß wurde und die Witterung häufig zwischen Frost und Tauwetter wechselte. Wenn ihr Fell während einer Tauwetterperiode klatschnaß wurde, konnten sie sich, wenn es wieder kalt wurde, eine tödliche Unterkühlung zuziehen, und besonders gefährlich war es, wenn sie während des Ruhens auf der Erde von einem Kälteeinbruch überrascht wurden. Dann fror ihr langes Haar am Boden fest, und sie waren außerstande, wieder aufzustehen.

Auch Mufflons und Saiga-Antilopen gediehen, indem sie sich ihren Anteil der an das trockene, kalte Klima angepaßten Pflanzen holten, kleine Kräuter und niederliegende, saftige Niedergräser. Aber im Gegensatz zu den Wisenten kamen die Saigas auf unebenem Terrain und in tiefem Schnee nur schlecht voran; sie konnten auch nicht gut springen. Sie waren schnelle Langstreckenläufer, die ihren Feinden nur auf der festen, ebenen Oberfläche der windigen Steppen entkommen konnten. Die Mufflons dagegen waren hervorragende Kletterer; die Wildschafe machten, um ihren Feinden zu entkommen, von unwegsamem Gelände Gebrauch. Sie bevorzugten vom Wind leergefegte Gebirgslandschaften.

Die mit den Ziegen verwandten Gemsen und Steinböcke teilten ihren gemeinsamen Lebensraum auf, indem sie sich in verschiedenen Höhenlagen aufhielten, wobei die Steinböcke die höchsten Gipfel mit den steilsten Wänden bevorzugten; nur wenig tiefer lebten die kleineren und überaus behenden Gemsen, und unter ihnen die Mufflons. Sie alle waren auch in den niederen Lagen auf zerklüftetem Terrain anzutreffen – Kälte machte ihnen nichts aus, solange sie trocken war.

Auch die Moschusochsen waren ziegenähnliche Tiere, wenn auch größer, und ihr dichtes, zweischichtiges Fell, das dem der Mammute und Wollnashörner ähnelte, ließ sie massiger erscheinen und eher wie Ochsen aussehen. Sie weideten unablässig die niedrigen Sträucher und Riedgräser ab, waren dem allerkältesten Klima angepaßt und bevorzugten die extrem kalten, windigen Ebenen in der Nähe des Eises. Obwohl sie ihre Unterwolle im Sommer verloren, war zu warme Witterung für die Moschusochsen eine Strapaze.

Riesenhirsche und Rentiere wanderten in Herden über die offenen Landschaften und weideten die Blätter von den Bäumen ab. Relativ selten waren die einzeln in den Wäldern lebenden Elche. Im Sommer ernährten sie sich von den grünen Blättern der Laubbäume und den saftigen Pflanzen, die in Sümpfen und Teichen wuchsen, und da sie breite Hufe und lange Beine hatten, konnten sie sich auch in sumpfigen Niederungen fortbewegen. Im Winter überlebten sie, indem sie das schwerer verdauliche Gras fraßen oder die Zweige von den Weiden, die in den Flußtälern wuchsen, und ihre langen Beine mit den breiten Hufen trugen sie mühelos durch die Schneewehen, die sich dort angehäuft hatten.

Auch den Rentieren machte der Winter nichts aus. Sie ernährten sich von den Fichten, die auf kahler Erde und Steinen wuchsen. Sie waren imstande, die von ihnen bevorzugten Pflanzen durch den Schnee hindurch schon von weitem zu wittern, und mit ihren Hufen konnten sie, wenn es erforderlich war, auch tiefen Schnee beiseiteschieben. Im Sommer fraßen sie Gras und die Blätter von Sträuchern.

Im Frühjahr und Sommer bevorzugten Elche und Rentiere hochgelegene Kräuterwiesen, hielten sich aber durchweg in tieferen Lagen auf als die

Schafe, und die Elche neigten dazu, eher Gras als Sträucher zu fressen. Esel und Onager gaben den trockenen Berglandschaften den Vorzug, und die Wisente hielten sich gewöhnlich etwas unterhalb von ihnen auf, stiegen aber höher empor als die Pferde, denen eine größere Vielzahl von Geländeformen zugänglich war als den Mammuten und den Nashörnern.

Während sie weiterzogen, gingen Ayla der Fleischbehälter und die langen Pfähle, die sie verloren hatten, nicht aus dem Kopf. Sie waren mehr als nur nützlich, sie konnten bei der langen Reise, die vor ihnen lag, lebensnotwendig sein. Sie wollte sie ersetzen, aber dazu brauchte man mehr als nur eine nächtliche Pause, und sie wußte, wie viel Jondalar daran lag, schnell voranzukommen.

Jondalar war jedoch nicht wohl bei dem Gedanken an das nasse Zelt und daran, daß sie darauf angewiesen waren. Aber den nassen Häuten tat es nicht gut, wenn sie immer wieder zusammengefaltet und verpackt wurden; sie konnten schimmeln. Sie mußten zum Trocknen ausgebreitet werden, und während des Trocknens mußten sie vermutlich gewalkt und bearbeitet werden, damit sie geschmeidig blieben. Und er war sicher, daß dazu mehr als nur ein Tag erforderlich war.

Am Nachmittag näherten sie sich dem tiefen Graben eines weiteren Flusses, der die Ebene von den Bergen trennte. Von ihrem Standort auf dem Plateau der offenen Steppe konnten sie das Terrain auf der anderen Seite überblicken. Das hügelige Gelände war von vielen trockenen Rinnen und Schluchten, die Sturzbäche eingegraben hatten, ebenso zerrissen wie von zahlreichen noch fließenden Nebenflüssen.

Als sie den Abhang hinunterritten, fühlte sich Ayla an die Umgebung des Löwen-Lagers erinnert, obwohl die Landschaft jenseits des Flusses anders aussah und stärker zerklüftet war. Doch auf dieser Seite gab es die gleiche Art tiefer Rinnen, die Schmelzwasser und Regen in den Lößboden gespült hatten, und hohes, zu stehendem Heu vertrocknetes Gras. In der Ebene unter ihnen erhoben sich einzelne Lärchen und Kiefern über Laubsträuchern, und ein dichter Gürtel aus Rohrkolben, Schilfrohr und Binsen markierte das Ufer des Flusses.

Als sie den Fluß erreicht hatten, hielten sie an. Es war ein mächtiger Strom, breit und tief und angeschwollen vom Gewitterregen. Sie wußten nicht recht, wie sie ihn überqueren sollten.

»Zu dumm, daß wir kein Rundboot haben«, sagte Ayla und dachte an die mit Fell überzogenen schüsselförmigen Boote, mit denen die Leute vom Löwen-Lager den Fluß in der Nähe ihrer Erdhütte zu überqueren pflegten.

»Du hast recht. Ich glaube, wir werden ein Boot brauchen, wenn wir alles hinüberbringen wollen, ohne daß es naß wird. Ich weiß nicht, woran es liegt, aber ich kann mich nicht erinnern, daß wir so viele Schwierigkeiten mit dem Überqueren von Flüssen hatten, als Thonolan und ich zusammen unterwegs waren. Wir haben einfach unsere Sachen auf Baumstämme gebunden und sind hinübergeschwommen«, sagte Jondalar. »Aber wahrscheinlich hatten wir auch nicht so viel bei uns, nur so viel, wie wir auf dem Rücken tragen konnten. Mit den Pferden könnnen wir viel mehr befördern; dafür haben wir aber auch mehr, um das wir uns kümmern müssen.«

Als sie flußabwärts ritten, um sich einen Eindruck von der Lage zu verschaffen, bemerkte Ayla eine Gruppe hoher, schlanker Birken, die dicht am Wasser wuchsen. Die Gegend kam ihr so vertraut vor, daß sie jeden Augenblick erwartete, die lange, zur Hälfte unter der Erde liegende Hütte des Löwen-Lagers zu sehen, am hinteren Ende einer Flußterrasse in den Abhang eingebettet, mit abgerundetem Dach und dem symmetrischen Eingangsbogen, der sie so überrascht hatte, als sie ihn zum erstenmal zu Gesicht bekam. Doch als sie dann tatsächlich einen solchen Bogen entdeckte, war es fast ein Schock, und ein Schauder lief ihr über den Rücken.

»Jondalar! Sieh doch!«

Er richtete den Blick auf die Stelle des Abhangs, auf die sie deutete. Dort sah er nicht nur einen, sondern mehrere symmetrische Bögen, und jeder war der Eingang zu einer runden, kuppelförmigen Behausung. Sie stiegen beide ab und kletterten, nachdem sie den vom Fluß hochführenden Pfad gefunden hatten, zu dem Lager hinauf.

Ayla war überrascht, wie sehr sie sich darauf freute, den Leuten zu begegnen, die hier lebten. Aber das Lager war leer, und zwischen den beiden gekrümmten, mit den Spitzen zusammenstoßenden Mammutzähnen, die den Eingangsbogen zu einer der Behausungen bildeten, steckte in der Erde die kleine, geschnitzte Elfenbeinfigur einer Frau mit üppigen Brüsten und Hüften.

»Sie müssen fort sein«, sagte Jondalar. »Sie haben vor jeder Hütte eine Donii zurückgelassen, die sie beschützt.«

»Vielleicht sind sie auf der Jagd oder beim Sommertreffen oder irgendwo zu Besuch«, sagte Ayla, tief enttäuscht, daß sie nun niemanden sehen würde. »Wie schade! Ich hatte mich so darauf gefreut, Leuten zu begegnen.« Sie wandte sich zum Gehen.

»Warte, Ayla. Wo willst du hin?«

»Zurück zum Fluß.« Sie sah ihn verblüfft an.

»Aber das ist doch ein idealer Platz«, sagte er. »Wir können hier bleiben.«

»Sie haben zur Bewachung ihrer Hütten eine Mutoi – eine Donii – zurückgelassen. Der Geist der Mutter beschützt sie. Wir können nicht hier bleiben und ihren Geist stören. Das bringt uns Unglück«, sagte sie, und sie war sicher, daß auch er das wußte.

»Wir können bleiben, wenn wir darauf angewiesen sind. Wir dürfen nur nichts nehmen, was wir nicht brauchen. Das gilt immer und überall. Ayla, wir brauchen eine Unterkunft. Unser Zelt ist durchweicht. Wir müssen ihm Gelegenheit zum Trocknen geben. Und währenddessen können wir auf die

Jagd gehen. Wenn wir das richtige Tier erlegen, können wir das Fell für ein Rundboot benutzen und mit ihm den Fluß überqueren.«

Aylas Besorgnis wich einem glücklichen Lächeln, als sie seine Worte hörte und begriff, was sie bedeuteten. Sie brauchten ein paar Tage, um sich von der Katastrophe zu erholen und einen Teil dessen zu ersetzen, was sie eingebüßt hatten. »Vielleicht bekommen wir sogar genügend Fell, daß es für einen neuen Fleischbehälter reicht«, sagte sie. »Wenn Rohleder erst einmal gesäubert und enthaart ist, ist es schon kurze Zeit später verwendungsfähig; es braucht nicht länger zu trocknen als Fleisch. Man muß es nur strecken und hart werden lassen.« Sie warf einen Blick zum Fluß hinunter. »Und sieh dir die Birken da unten an. Ich glaube, aus einigen von ihnen könnte ich gute Pfähle machen. Jondalar, du hast recht. Wir müssen ein paar Tage hierbleiben. Die Mutter wird es verstehen. Und wir könnten etwas getrocknetes Fleisch für die Leute zurücklassen, die hier leben, um ihnen für die Benutzung ihres Lagers zu danken – wenn wir bei der Jagd Erfolg haben. Wo wollen wir wohnen?«

»Am Herdfeuer des Mammut. Das ist der Ort, an dem Besucher sich gewöhnlich aufhalten.«

»Glaubst du, daß es hier ein Herdfeuer des Mammut gibt? Ich meine – glaubst du, daß dies ein Mamutoi-Lager ist?«

»Ich weiß es nicht. Hier gibt es nicht nur eine Erdhütte, in der alle wohnen, wie im Löwen-Lager«, sagte Jondalar und ließ den Blick über die Gruppe von sieben runden, mit einer glatten Schicht aus gestampfter Erde und Flußschlamm gedeckten Hütten wandern. Anstelle eines großen, für mehrere Familien gedachten Langhauses wie dem, in dem sie den letzten Winter verbracht hatten, gab es hier mehrere dicht nebeneinander liegende Behausungen, aber der Zweck war derselbe. Es war eine Siedlung für mehr oder minder nahe miteinander verwandte Familien.

»Nein, es ist eher wie das Wolfs-Lager, in dem das Sommertreffen stattfand«, sagte Ayla und bückte sich vor dem Eingang einer der kleineren Hütten. Es widerstrebte ihr immer noch ein wenig, den Vorhang beiseitezuschieben und das Heim von Fremden zu betreten, ohne eingeladen zu sein.

»Einige der jüngeren Leute beim Sommertreffen fanden die großen Erdhütten altmodisch«, sagte Jondalar. »Sie waren mehr für kleinere Hütten, in denen jeweils nur eine oder zwei Familien lebten.«

»Du meinst, sie wollten für sich allein leben? In nur einer Hütte für ein oder zwei Familien? In einem Winterlager?« fragte Ayla.

»Nein«, sagte er. »Niemand wollte im Winter allein leben. Du wirst nie eine dieser kleinen Hütten für sich allein sehen; es sind immer fünf oder sechs da, manchmal auch mehr. Die Leute, mit denen ich mich unterhalten habe, meinten, es wäre leichter, eine kleine Hütte zu bauen, als sich in einer großen zusammenzudrängen, bis sie eine weitere gebaut hätten. Aber sie wollten ihre Hütten in der Nähe ihrer Familie bauen und bei ihrem Lager bleiben, an seinem Tun teilhaben und an den Vorräten, die alle gemeinsam für den Winter gesammelt und gelagert hatten.«

Er schob das schwere Fell beiseite, das von den Stoßzähnen herabhing, duckte sich darunter hindurch und trat hinein. Ayla blieb zurück und hielt das Fell hoch, damit etwas Licht hineinfallen konnte.

»Was meinst du, Ayla? Sieht das aus wie eine Hütte der Mamutoi?«

»Durchaus möglich, aber schwer zu sagen. Erinnerst du dich an das Sungaea-Lager, bei dem wir auf dem Weg zum Sommertreffen haltgemacht haben? Es unterschied sich nicht sehr von einem Lager der Mamutoi. Mag sein, daß ihre Bräuche ein wenig anders waren, aber in vieler Hinsicht glichen sie den Mamutoi. Mamut sagte, sogar ihre Bestattungszeremonie wäre der ihren sehr ähnlich. Er nahm an, daß sie einst mit den Mamutoi verwandt waren. Allerdings ist mir aufgefallen, daß die Muster ihrer Verzierungen anders waren.« Sie hielt inne und versuchte, sich an andere Unterschiede zu erinnern. »Aber selbst die einzelnen Mamutoi-Lager verwenden verschiedene Muster. Nezzie hat gesagt, sie könnte immer erkennen, aus welchem Lager jemand käme, und zwar nur an den kleinen Unterschieden im Schnitt und in der Verzierung ihrer Kittel, obwohl sie mir kaum aufgefallen sind.«

In dem durch den Eingang hereinfallenden Licht war die Stützkonstruktion deutlich zu erkennen. Der Rahmen der Hütte war nicht aus Holz, sondern aus Mammutknochen erbaut worden. Auf den weitgehend baumlosen Steppen waren die Knochen der gewaltigen Tiere das am reichlichsten vorhandene und am leichtesten zugängliche Baumaterial.

Der größte Teil der zum Bauen verwendeten Knochen stammte nicht von Tieren, die gejagt und zu diesem Zweck getötet wurden, sondern von solchen, die eines natürlichen Todes gestorben waren. Sie wurden dort aufgesammelt, wo die Tiere verendet waren oder, weitaus häufiger, aus Haufen herausgeklaubt, die von Hochwasser führenden Flüssen herangeschwemmt und an bestimmten Biegungen der Flüsse abgelagert worden waren wie Treibholz. Dauerhafte Winterquartiere wurden häufig auf Flußterrassen in der Nähe solcher Haufen errichtet, denn die Knochen und Stoßzähne der Mammute waren schwer.

Der Ort, der als Lager bezeichnet wurde, war eine feste Siedlung, und die Leute, die in ihr lebten, waren keine Nomaden, die den wandernden Herden folgten, sondern seßhafte Jäger und Sammler. Es konnte vorkommen, daß das Lager im Sommer eine Zeitlang leerstand, wenn die Bewohner unterwegs waren, um zu jagen und Vorräte zu sammeln, die dann zurückgebracht und in nahegelegenen Vorratsgruben verstaut wurden, oder um Familien und Freunden in einer anderen Siedlung einen Besuch abzustatten, um Neuigkeiten und Waren auszutauschen; aber es war eine dauernde Wohnstatt.

»Ich glaube nicht, daß dies das Herdfeuer des Mammut ist, oder wie immer man das hier nennt«, sagte Jondalar und ließ den Vorhang hinter sich zufallen. Er wirbelte eine Staubwolke auf.

Ayla richtete die kleine Frauenfigur wieder auf, deren Füße bewußt nur angedeutet waren, so daß die Beine die Form von Pflöcken hatten, die man in die Erde steckte, damit die Figur vor der Hütte Wache halten konnte. Dann folgte sie Jondalar zur nächsten Hütte.

»Dies dürfte die Hütte des Anführers sein oder die des Mamuts, vielleicht beides zugleich«, sagte Jondalar.

Ayla bemerkte, daß sie etwas größer war und die Frauenfigur davor etwas kunstvoller ausgeführt, und nickte zustimmend. »Die des Mamut, nehme ich an, wenn dies Mamutoi sind oder Leute wie sie. Im Löwen-Lager hatten der Anführer und die Anführerin Herdfeuer, die kleiner waren als die des Mamut, aber an dem seinen wurden Gäste untergebracht, und es diente allen als Versammlungsort.«

Sie standen beide am Eingang und hielten den Vorhang hoch, warteten darauf, daß sich ihre Augen dem drinnen herrschenden Dämmerlicht anpaßten. Aber zwei kleine Lichter funkelten auch weiterhin. Wolf knurrte, und Aylas Nase registrierte einen Geruch, der ihr Unbehagen verursachte.

»Geh nicht hinein, Jondalar! Wolf! Bleib!« befahl sie und unterstrich den Befehl mit einem Handzeichen.

»Was ist, Ayla?«

»Riechst du es nicht? Da drinnen ist ein Tier, das einen starken Geruch erzeugen kann, wahrscheinlich ein Dachs, und wenn wir ihn aufscheuchen, macht er einen fürchterlichen Gestank, der nicht wieder verfliegt. Dann können wir die Hütte nicht benutzen, und die Leute, die hier leben, werden Mühe haben, den Gestank wieder loszuwerden. Vielleicht kommt er von selbst heraus, wenn du den Vorhang offenhältst. Dachse graben sich in die Erde ein und mögen das Licht nicht, auch wenn sie manchmal tagsüber auf die Jagd gehen.«

Wolf gab ein leises Knurren von sich, und es war offensichtlich, daß er sich nur zu gern auf dieses Geschöpf gestürzt hätte. Wie viele Angehörige der Familie der Marder konnte auch der Dachs einen Angreifer mit dem beißenden Sekret seiner Analdrüsen bespritzen, und Ayla wünschte sich nichts weniger als einen Wolf, der diesen moschusartigen Gestank mit sich herumtrug; aber sie wußte nicht, wie lange sie ihn zurückhalten konnte. Wenn der Dachs nicht bald herauskam, würde sie zu drastischeren Mitteln greifen müssen, um die Hütte von dem Tier zu befreien.

Der Dachs konnte mit seinen kleinen Augen nicht gut sehen, hielt sie aber unverwandt auf die helle Öffnung gerichtet. Als festzustehen schien, daß er nicht die Absicht hatte, die Hütte zu verlassen, griff Ayla nach ihrer Schleuder, die sie um den Kopf geschlungen hatte, und holte ein paar Steine aus dem an ihrem Gürtel hängenden Beutel. Sie legte einen Stein in die Ausbuchtung der Schleuder, zielte auf die reflektierenden Lichtpunkte, sorgte mit einer schnellen Bewegung für den nötigen Schwung und schleuderte den Stein. Sie hörte einen leisen Aufprall, und die kleinen Lichter erloschen.

»Ich glaube, du hast ihn getroffen, Ayla«, sagte Jondalar, aber sie warteten trotzdem noch eine Weile, um sicher zu sein, daß sich nichts mehr bewegte, bevor sie die Hütte betraten.

Als sie es taten, waren sie fassungslos. Das ziemlich große Tier, drei Fuß lang von der Nasenspitze bis zum Schwanzende, lag mit einer blutigen Kopfwunde tot auf dem Boden. Es hatte ganz offensichtlich längere Zeit in der Behausung gelebt und alles zerstört, was es bei seinen Erkundungszügen gefunden hatte. Die Hütte sah aus wie ein Schlachtfeld. Der Boden aus festgestampfter Erde war aufgekratzt, Löcher waren hineingescharrt, von denen einige den Kot des Tieres enthielten. Die Matten, die den Boden bedeckt hatten, waren zu Fetzen zerrissen, ebenso etliche geflochtene Behälter. Häute und Felle auf den Schlafbänken waren zerkaut und zerrissen, und die Polsterung aus Federn, Wolle oder Gras lag überall verstreut herum. Sogar in der dicken Außenwand aus festgestampfter Erde war ein Loch: der Dachs hatte sich seinen eigenen Eingang gegraben.

»Sieh dir das an! Es muß gräßlich sein, wenn man zurückkehrt und seine Hütte so vorfindet«, sagte Ayla.

»Die Gefahr besteht immer, wenn man eine Hütte leerstehen läßt. Die Mutter schützt eine Behausung nicht vor ihren anderen Geschöpfen. Ihre Kinder müssen mit den Tieren dieser Welt selbst fertig werden«, sagte Jondalar. »Vielleicht können wir für sie ein bißchen Ordnung schaffen, auch wenn wir nicht alle Schäden beseitigen können.«

»Ich werde den Dachs abhäuten und das Fell hinterlassen, damit sie wissen, wer all dies verursacht hat. Das Fell werden sie auf jeden Fall brauchen können«, sagte Ayla und ergriff das Tier beim Schwanz, um es hinauszutragen.

In dem helleren Licht erkannte sie den grauen Rücken mit den steifen Grannen, den dunkleren Bauch und das schwarz-weiß gestreifte Gesicht, das bewies, daß es sich tatsächlich um einen Dachs handelte. Sie schlitzte ihm mit einem scharfen Feuersteinmesser die Kehle auf, damit er ausbluten konnte. Bevor sie in die Hütte zurückkehrte, ließ sie den Blick noch einmal über die übrigen Behausungen schweifen. Sie versuchte sich vorzustellen, wie es wäre, wenn hier Leute wären, und verspürte einen Stich des Bedauerns darüber, daß sie fort waren. Es konnte sehr einsam sein ohne andere Menschen. Plötzlich war sie überaus dankbar für Jondalars Anwesenheit, und einen Augenblick lang fühlte sie sich fast überwältigt von der Liebe, die sie für ihn empfand.

Sie griff nach dem Amulett an ihrem Hals, ertastete die tröstlichen Gegenstände in dem verzierten Lederbeutel, und dachte an ihr Totem. Sie dachte nicht mehr so oft wie früher an den Geist des Höhlenlöwen, der sie beschützte. Es war ein Clan-Geist, auch wenn Mamut gesagt hatte, ihr Totem würde sie immer begleiten. Wenn Jondalar über die Welt der Geister sprach, war immer von der Großen Erdmutter die Rede, und auch sie dachte, seit der Mamut sie unterwiesen hatte, häufiger an die Mutter, glaubte aber trotzdem nach wie vor, daß es ihr Höhlenlöwe gewesen war, der Jondalar zu ihr geführt hatte. Sie hatte das Gefühl, daß sie mit ihrem Totemgeist in Verbindung treten mußte.

Ayla bediente sich der geheiligten alten Sprache aus stummen Handzeichen, die verwendet wurde, um mit den Geistern zu reden. Sie schloß die Augen und richtete ihre Gedanken auf ihr Totem.

»Großer Geist des Höhlenlöwen«, gestikulierte sie, »diese Frau ist dankbar, daß sie für würdig befunden wurde; dankbar dafür, daß der mächtige Höhlenlöwe sie erwählt hat. Der Mog-ur hat dieser Frau immer wieder gesagt, daß es schwer ist, mit einem so mächtigen Geist zu leben, aber immer der Mühe wert. Der Mog-ur hatte recht. Obwohl die Prüfungen manchmal hart und schwer waren, waren die Gaben der Schwierigkeit angemessen. Diese Frau ist dankbar für die Gaben des Lernens und Verstehens. Diese Frau ist auch dankbar für den Mann, den ihr großer Totemgeist zu ihr geführt hat, der diese Frau mitnimmt in seine Heimat. Der Mann kennt nicht die Geister des Clans und begreift nicht, daß auch er vom Geist des Großen Höhlenlöwen erwählt wurde, aber diese Frau ist dankbar, daß er gleichfalls für würdig befunden wurde.«

Sie war im Begriff, die Augen zu öffnen, als ihr ein weiterer Gedanke kam. »Großer Geist des Höhlenlöwen«, fuhr sie in Gedanken und in ihrer stummen Sprache fort, »der Mog-ur hat dieser Frau gesagt, daß Totemgeister immer ein Heim wünschen, einen Ort, an dem sie willkommen sind und bleiben können. Diese Reise wird irgendwann enden, aber die Leute des Mannes kennen die Geister der Clan-Totems nicht. Das neue Heim dieser Frau wird ein anderes sein, aber der Mann ehrt den Geist eines jeden Tieres, und die Leute des Mannes müssen den Geist des Höhlenlöwen kennen und ehren. Diese Frau möchte sagen, daß der Große Geist des Höhlenlöwen immer willkommen sein und überall dort ein Heim finden wird, wo diese Frau willkommen ist.«

Als Ayla die Augen öffnete, sah sie, daß Jondalar sie beobachtete. »Du schienst in Gedanken versunken«, sagte er. »Ich wollte dich nicht stören.«

»Ich habe nachgedacht – über mein Totem, meinen Höhlenlöwen«, sagte sie, »und über deine Heimat. Ich hoffe, daß er sich dort wohlfühlen wird.«

»Die Geister aller Tiere fühlen sich wohl in Donis Nähe. Die Große Erdmutter hat sie alle geschaffen und geboren. Die Legenden erzählen davon«, sagte er.

»Legenden? Geschichten über die Vorzeit?«

»Ich nehme an, man könnte sie Geschichten nennen, aber sie werden in einer bestimmten Form erzählt.«

»Der Clan hatte auch Legenden. Ich habe immer gern zugehört, wenn Dorv sie erzählte. Nach einer, die ich besonders gern hörte, hat der Mog-ur meinen Sohn benannt. Die Legende von Durc«, sagte Ayla.

Einen Augenblick lang war Jondalar verblüfft. Er konnte kaum glauben, daß die Leute vom Clan, die Flachschädel, Legenden und Geschichten haben sollten. Es fiel ihm noch immer schwer, sich von tief verwurzelten Vorstellungen zu lösen, mit denen er aufgewachsen war, aber er hatte inzwischen begriffen, daß in diesen Leuten viel mehr steckte, als er für möglich gehalten hatte; weshalb sollten sie also nicht auch Legenden und Geschichten haben?

»Kennst du irgendwelche Erdmutter-Legenden?« fragte Ayla.

»Ich glaube, ich kann mich an einen Teil von einer erinnern. Sie werden auf eine Weise erzählt, die das Erinnern erleichtert, aber nur wenige Zelandonii kennen sie alle.« Er versuchte sich zu erinnern, dann begann er in einem melodischen Singsang:

> *»Ihr Fruchtwasser quoll, füllte Flüsse und See,*
> *überflutet das Land, hat Bäume erweckt,*
> *jeder springende Tropfen zeugt Wasen und Laub,*
> *bis sprossendes Grün all die Erde bedeckt.«*

Ayla lächelte. »Das ist wundervoll, Jondalar! Es erzählt die Geschichte auf so herrliche Weise und mit so herrlichem Klang, daß man an die Lieder der Mamutoi denken kann. Auf diese Weise kann man es leicht im Gedächtnis behalten.«

»Es wird oft gesungen. Manchmal werden andere Melodien erfunden, aber die Worte bleiben fast immer dieselben. Manche Leute können die ganze Geschichte mit sämtlichen Legenden singen.«

»Kennst du noch mehr?«

»Ein paar. Ich habe sie alle gehört und kenne die Geschichte in groben Umrissen, aber die Verse sind lang. Der erste Teil handelt davon, daß Doni einsam ist und die Sonne gebiert, Bali, ›der Mutter Lohn, ein leuchtender Sohn‹; dann wird erzählt, wie sie ihn verliert und wieder einsam ist. Der Mond, Lumi, ist ihr Geliebter, und sie hat auch ihn erschaffen. Das Ganze ist mehr eine Frauen-Legende; sie handelt von Mondzeiten und vom Frauwerden. Dann gibt es noch weitere Legenden darüber, wie sie die Geister aller Tiere gebiert, den Geist von Mann und Frau, von allen Kindern der Erde.«

In diesem Augenblick bellte Wolf. Es war ein Aufmerksamkeit erheischendes Welpenbellen, von dem er wußte, daß es seinen Zweck erfüllte, und das er deshalb über das Welpenalter hinaus beibehalten hatte. Beide blickten zu ihm hinüber; dann sahen sie, weshalb er so aufgeregt war. Unter ihnen, auf der grasbewachsenen Ebene des Flusses, trottete eine kleine Herde von Auerochsen entlang. Die Wildrinder waren riesig, hatten massige Hörner und ein zottiges Fell, bei den meisten Tieren von einem so dunklen Rot, daß es fast schwarz wirkte.

Fast gleichzeitig sahen Ayla und Jondalar einander an, nickten sich zu; dann riefen sie ihre Pferde herbei, befreiten sie schnell von den Packkörben, die sie in die Hütte brachten, griffen nach ihren Speerschleudern und Speeren, saßen auf und ritten zum Fluß hinunter. Als sie sich der grasenden Herde näherten, machte Jondalar halt, um die Lage zu beurteilen und sich über die Angriffsmethode klarzuwerden. Ayla folgte seinem Beispiel und machte ebenfalls halt. Sie kannte sich mit Raubtieren aus, insbesondere mit den kleineren, obwohl sie auch schon größere Tiere wie Luchse und Höhlenhyänen erlegt hatte, aber mit den Weidetieren, die normalerweise als Nahrungslieferanten gejagt wurden, war sie weniger vertraut. Als sie allein lebte, hatte sie zwar ihre eigenen Methoden entwickelt, um sie zu erbeuten, aber Jondalar war mit der Jagd auf sie aufgewachsen und hatte wesentlich mehr Erfahrung.

Vielleicht weil sie in einer Stimmung gewesen war, die sie veranlaßt hatte, mit ihrem Totem und der Welt der Geister zu reden, war Ayla, als sie die Herde beobachtete, in einer merkwürdigen Geistesverfassung. Irgendwie hatte sie das Gefühl, daß es kein Zufall sein konnte, daß genau in dem Augenblick, in dem sie glaubte, daß die Mutter nichts dagegen haben würde, wenn sie ein paar Tage blieben, um Verlorengegangenes zu ergänzen und ein Tier mit einer kräftigen Haut und viel Fleisch zu erbeuten, eine Herde von Auerochsen auftauchte. War es ein Zeichen, von der Mutter oder auch von ihrem Totem, daß die Tiere hier erschienen waren?

Ungewöhnlich war das jedoch nicht. Das ganze Jahr hindurch und besonders im Sommer wanderten die verschiedensten Tiere, allein oder in Herden, durch die Galeriewälder und über das üppige Grasland der großen Flußtäler. An jeder beliebigen Stelle in der Nähe eines größeren Wasserlaufs konnte man mindestens alle paar Tage irgendwelche Tiere sehen, und zu manchen Zeiten zogen täglich ganze Herden vorüber.

»Ayla, siehst du die große Kuh dort drüben?« fragte Jondalar. »Die mit dem weißen Fleck auf der linken Schulter?«

»Ja«, sagte sie.

»Ich glaube, wir sollten es mit ihr versuchen«, sagte Jondalar. »Sie ist ausgewachsen, aber, nach der Größe ihrer Hörner zu urteilen, noch nicht zu alt, und sie hält sich ein wenig abseits.«

Ayla überlief ein Schauder. Jetzt war sie überzeugt, daß es ein Zeichen war. Jondalar hatte sich für das ungewöhnliche Tier entschieden! Das mit dem weißen Fleck! Wann immer sie in ihrem Leben vor einer schwierigen Wahl gestanden hatte und es ihr nach langem Nachdenken gelungen war, eine Entscheidung zu treffen, hatte ihr Totem bestätigt, daß es die richtige war, indem es ihr ein Zeichen gegeben, ihr irgendeinen außergewöhnlichen Gegenstand gezeigt hatte. Als sie ein Kind war, hatte Creb ihr erklärt, was es mit solchen Zeichen auf sich hatte; er hatte ihr geraten, sie als Glücksbringer zu behalten. Viele der kleinen Gegenstände, die sie in dem verzierten Beutel an ihrem Hals trug, waren Zeichen von ihrem Totem. Das plötzliche Auftauchen der Herde von Auerochsen, nachdem sie sich zum Bleiben entschlossen hatten, dazu die Tatsache, daß Jondalar das ungewöhnliche Tier gewählt hatte – all das hatte viel Ähnlichkeit mit einem solchen Zeichen.

Obwohl die Entscheidung, in diesem Lager zu bleiben, ihnen beiden nicht sonderlich schwergefallen war, war es doch eine wichtige Entscheidung gewesen, die ernsthaftes Nachdenken erfordert hatte. Dies war das Winterquartier einer Gruppe von Leuten, die die Macht der Mutter beschworen hatten, es während ihrer Abwesenheit zu beschützen. Zwar war es vorbeikommenden Fremden gestattet, es zu benutzen, aber sie mußten einen triftigen Grund dafür haben. Man zog sich nicht leichtfertig den Zorn der Mutter zu.

Auf der Erde wimmelte es von Lebewesen. Sie hatten auf ihrer Reise unzählige Exemplare der verschiedenartigsten Tierarten gesehen, aber nur wenige Menschen. In einer so menschenleeren Welt lag Trost in dem Gedanken, daß ein unsichtbares Heer von Geistern um ihre Existenz wußte, ihr Tun verfolgte und vielleicht ihre Schritte lenkte. Selbst ein gestrenger oder feindseliger Geist, der bestimmte Beschwichtigungsriten verlangte, war besser als die herzlose Nichtbeachtung durch eine harte und gleichgültige Umwelt, in der ihr Leben ausschließlich in ihrer eigenen Hand lag, ohne jemanden, an den man sich in Zeiten der Not wenden konnte.

Eine erfolgreiche Jagd würde bedeuten, daß sie recht daran taten, in dem Lager zu bleiben; doch wenn ihnen das Jagdglück versagt blieb, mußten sie weiterziehen. Sie hatten ein Zeichen erhalten, das ungewöhnliche Tier, und wenn sie Glück haben wollten, mußten sie ein Stück von ihm aufbewahren.

NEUNTES KAPITEL

Jondalar beobachtete die Auerochsenherde. Sie hatte sich zwischen dem unteren Ende des Abhangs und dem Flußufer über verschiedene kleine, durch einzelne Bäume und Sträucher voneinander getrennte Weiden mit üppigem Gras verteilt. Die geflekte Kuh stand allein auf einer kleinen Aue; eine dichte Gruppe von Birken und Erlensträuchern trennte sie von etlichen anderen Angehörigen der Herde. Das Gestrüpp zog sich an der Unterkante des Abhangs hin; am anderen Ende traten an die Stelle der Sträucher Büschel von Seggen und scharfblättrigen Riedgräsern, die sich bis zu einer mit hohem Schilf und Rohrkolben bestandenen sumpfigen Ausbuchtung erstreckten.

Er wendete sich an Ayla und deutete auf den Sumpf. »Wenn du am Fluß entlangreitest, an dem Schilf und den Rohrkolben vorbei, und ich mich ihr durch diese Öffnung in dem Erlengestrüpp hindurch nähere, dann haben wir sie zwischen uns und können sie niederreiten.«

Ayla betrachete das Gelände und nickte zustimmend. Dann saß sie ab. »Ich möchte meinen Speerköcher festbinden, bevor wir losreiten«, sagte sie und befestigte den langen, röhrenförmigen Behälter aus Rohleder an den Riemen, die die weiche, rehlederne Reitdecke hielten. In dem steifen Lederköcher steckten mehrere Speere mit schlanken Knochenspitzen, an einem Ende nadelscharf zugefeilt und poliert und am anderen gespalten und an dem langen Holzschaft befestigt. Am Ende jedes Speers befanden sich zwei gerade Federn und eine Einkerbung.

Während Ayla ihren Köcher festband, griff Jondalar nach einem Speer aus seinem Speerköcher, den er an einem Riemen auf dem Rücken trug. Er hatte den Köcher immer so getragen, wenn er zu Fuß gejagt hatte, und war es so gewohnt; nur wenn er allein gereist war und sein ganzes Gepäck auf dem Rücken getragen hatte, hatten sich die Speere in einem speziellen, an der Seite des Gestells befestigten Behälter befunden. Er legte den Speer auf die Speerschleuder, um ihn griffbereit zu haben.

Die Speerschleuder hatte Jondalar in dem Sommer erfunden, in dem er allein mit Ayla in ihrem Tal gelebt hatte. Sie war aus einem einzigen Stück Holz geformt, etwa anderthalb Fuß lang und anderthalb Zoll breit, und verjüngte sich zum vorderen Ende hin. Sie wurde waagerecht gehalten; in die Mitte war eine lange Rinne eingearbeitet, in der der Speer ruhte. Ein am hinteren Ende geschnitzter Dorn paßte in die Kerbe am Ende des Speers, fungierte als Stopper und half, den Speer an Ort und Stelle zu halten, wenn er geschleudert wurde. Nahe der Vorderkante war an beiden Seiten eine Schlaufe aus weichem Rehleder befestigt.

Wenn Jondalar die Schleuder benutzen wollte, legte er einen Speer so darauf, daß sein Ende gegen den Dorn stieß. Daumen und Zeigefinger wurden durch die Lederschlaufe gesteckt, die bis zu einem Punkt etwas hinter der Mitte des Speers reichten, einem guten Balancepunkt, und den Speer lose an Ort und Stelle hielten. Wenn der Speer dann geschleudert wurde, hob sich ihr hinteres Ende an und wirkte wie ein verlängerter Arm. Die größere Länge verstärkte Hebelkraft und Schwung – und damit zugleich auch die Wucht und die Reichweite des fliegenden Speers.

Das Schleudern eines Speers mit der Speerschleuder ähnelte dem Schleudern mit der Hand; der Unterschied lag im Ergebnis. Mit ihr konnte der Schaft mit der scharfen Spitze mehr als die doppelte Geschwindigkeit und ein Vielfaches der Kraft eines mit der Hand geschleuderten Speers erreichen.

Jondalars Leute hatten schon mehrfach geniale Erfindungen gemacht und ähnliche Ideen in die Praxis umgesetzt. So war zum Beispiel ein in der Hand gehaltenes, scharfes Stück Feuerstein ein nützliches Schneidewerkzeug; wenn man es jedoch mit einem Griff versah, gewann es erheblich an Halt und Handhabbarkeit. Die scheinbar simple Idee, alle möglichen Gerätschaften – Messer, Äxte, Beile und andere Schneid- und Bohrwerkzeuge – mit einem kurzen und Schaufeln und Harken mit einem längeren Griff auszustatten, steigerte ihre Nützlichkeit um ein Vielfaches. Es war nicht nur eine simple Idee, es war eine bedeutende Erfindung, die die Arbeit erleichterte und das Überleben wahrscheinlicher machte.

Als Ayla mit dem Festbinden ihres Köchers fertig war, saß sie wieder auf. Sie sah, daß Jondalar einen Speer bereithielt, und legte gleichfalls einen Speer auf ihre Speerschleuder. Dann ritt sie, die Schleuder locker haltend, in die ihr von Jondalar zugewiesene Richtung. Die Wildrinder wanderten weidend am Fluß entlang, und die Kuh, die sie ausgewählt hatten, befand sich inzwischen an einem anderen, weniger isolierten Ort. Jetzt waren ein Bullenkalb und eine weitere Kuh in ihrer Nähe. Ayla folgte dem Fluß, lenkte Winnie mit Knien, Schenkeln und Körperbewegungen. Als sie sich ihrer Beute näherte, sah sie, wie Jondalar sich auf seinem Pferd der auf die Aue führenden Öffnung im Gestrüpp näherte. Die drei Auerochsen befanden sich zwischen ihnen.

Jondalar hob den Arm, der die Speerschleuder hielt; er hoffte, daß Ayla begreifen würde, daß dies ein Zeichen zum Abwarten war. Vielleicht hätten sie ihre Strategie eingehender durchsprechen sollen, bevor sie sich trennten; aber es war immer schwierig, die Taktik einer Jagd in allen Details vorauszuplanen. Zuviel hing von der Lage ab, die sie vorfanden, und vom Verhalten des Beutetiers. Die beiden anderen Tiere, die jetzt neben der gefleckten Kuh grasten, komplizierten die Lage, aber es bestand kein Anlaß zur Eile.

Plötzlich hoben die Kühe die Köpfe, und aus ihrer ruhigen Gelassenheit wurde ängstliche Besorgnis. Jondalar blickte über die Tiere hinweg, und in ihm wallte Verärgerung auf; es fehlte nicht viel daran, daß er regelrecht wütend war. Wolf war angekommen und bewegte sich mit hängender Zunge auf die Herde zu; irgendwie schaffte er es, bedrohlich und spiellustig auszusehen. Ayla hatte ihn noch nicht bemerkt, und Jondalar unterdrückte das Verlangen, ihr zuzurufen und ihr zu sagen, sie sollte das Tier zurückhalten. Aber ein Ruf würde die Kühe nur erschrecken und sie veranlassen, in panischer Angst davozurennen. Statt dessen zeigte er, als sie eine Armbewegung von ihm bemerkte, mit seinem Speer auf den Wolf.

Nun sah auch Ayla den Wolf, doch sie war nicht sicher, was Jondalar mit seiner Geste sagen wollte; sie versuchte, sich ihm in der Zeichensprache des Clans verständlich zu machen, ihn zu fragen, was er von ihr wollte. Doch Jondalar erkannte ihre Zeichen nicht. Die Kühe brüllten, und das Kalb, das ihre Angst spürte, begann zu blöken. Alle drei sahen aus, als könnten sie jeden Augenblick losstürmen. Was anfangs ausgesehen hatte wie die perfekte Gelegenheit für eine einfache Jagd, entwickelte sich schnell zu einem fast hoffnungslosen Unterfangen.

Bevor sich die Lage noch weiter verschlechterte, drängte Jondalar Renner vorwärts; im gleichen Augenblick setzte sich die einfarbige Kuh in Bewegung und rannte von dem herannahenden Pferd und seinem Reiter fort, auf die Bäume und Sträucher zu. Das blökende Kalb folgte ihr. Ayla wartete, bis sie sicher war, auf welches Tier Jondalar aus war, dann galoppierte auch sie hinter der gefleckten Kuh her. Sie näherten sich den Auerochsen, die nach wie vor auf der Weide standen, sie beobachteten und unruhig brüllten, als auch die gefleckte Kuh plötzlich losrannte, auf den Sumpf zu. Sie jagten hinterher, aber als sie herankamen, wich die Kuh plötzlich aus, machte kehrt und stürmte zwischen den beiden Pferden hindurch auf die Bäume am entgegengesetzten Ende der Wiese zu.

Ayla verlagerte ihr Gewicht, und Winnie änderte prompt die Richtung. Die Stute war an schnelle Wendungen gewöhnt. Ayla hatte schon früher von ihrem Rücken aus gejagt, wenn auch gewöhnlich kleinere Tiere, die sie mit ihrer Schleuder erlegen konnte. Jondalar hatte mehr Schwierigkeiten. Mit einem Führzügel ließ sich nicht so schnell ein Befehl geben wie mit einer Verlagerung des Körpergewichts, und der Mann und der junge Hengst hatten viel weniger Erfahrung im gemeinsamen Jagen; doch wenig später setzten auch sie der gefleckten Kuh nach.

Die Kuh rannte, so schnell sie konnte, auf das vor ihr liegende Dickicht aus Bäumen und Sträuchern zu. Wenn sie es schaffte, dort hineinzugelangen, würde es schwierig sein, sie zu verfolgen, und sie hatte eine gute Chance, ihnen zu entkommen. Ayla auf Winnie und, hinter ihnen, Jondalar auf Renner verringerten den Abstand zu ihr; aber Wildrinder konnten, wenn sie sich bedroht fühlten, fast so schnell sein wie Pferde.

Jondalar drängte Renner voran, und der Hengst reagierte mit gestrecktem Galopp. Jondalar bemühte sich, seinen Speer so zu halten, daß er auf das flüchtende Tier zielen konnte; er überholte Ayla, doch auf ein Zeichen von ihr behielt die Stute ihr Tempo bei.

Als Ayla ihren Speer auf die flüchtende Kuh anlegte, rannte plötzlich Wolf neben ihr her. Der vertrautere Feind lenkte die Kuh ab, sie wich aus und verlangsamte ihr Tempo. Wolf sprang sie an, und die gefleckte Kuh fuhr herum, um das Raubtier mit ihren großen, scharfen Hörnern abzuwehren. Wolf wich zurück, dann sprang er hoch, versuchte, eine verletzliche Stelle zu finden, und klammerte sich mit seinen scharfen Zähnen und kräftigen Kiefern an die weiche Nase. Die große Kuh brüllte, reckte den Kopf hoch, hob Wolf vom Boden, schüttelte ihn und versuchte, sich von dem zu befreien, was ihr Schmerzen bereitete. Wolf hing an ihr wie ein schlaffer Pelzsack, aber er ließ nicht los.

Jondalar hatte sofort bemerkt, daß die Kuh langsamer geworden war, und war bereit, seinen Vorteil daraus zu ziehen. Er galoppierte auf sie zu und schleuderte seinen Speer aus nächster Nähe und mit äußerster Kraft. Die scharfe Knochenspitze durchbohrte die bebende Flanke, glitt zwischen den Rippen hindurch und traf lebenswichtige innere Organe. Ayla war direkt hinter ihm; ihr Speer fand einen Augenblick später sein Ziel. Wolf blieb an der Nase der Kuh hängen, bis sie zu Boden stürzte, und da das Gewicht des schweren Wolfes sie herunterzog, fiel sie auf die Seite und zerbrach dabei Jondalars Speer.

»Aber er hat uns geholfen«, sagte Ayla. »Er hat die Kuh aufgehalten, bevor sie die Bäume erreichen konnte.« Der Mann und die Frau bemühten sich, das erlegte Tier umzudrehen, wobei sie versuchten, der großen Blutlache auszuweichen, die sich unter dem tiefen Schnitt sammelte, den Jondalar in seine Kehle gemacht hatte.

»Wenn er die Kuh nicht gejagt hätte, wäre sie wahrscheinlich nicht davongerannt, bevor wir sie erreicht hätten. Dann wäre es ein Kinderspiel gewesen«, sagte Jondalar. Er griff nach dem Schaft seines zerbrochenen Speers, dann warf er ihn wieder hin und dachte, daß er ihn hätte retten können, wenn die Kuh nicht Wolfs wegen auf ihn gestürzt wäre. Es kostete viel Arbeit, einen guten Speer anzufertigen.

»Das ist nicht sicher. Die Kuh ist uns sehr geschickt ausgewichen, außerdem konnte sie sehr schnell laufen.«

»Die Kühe haben gar nicht auf uns geachtet, bis Wolf gekommen ist. Ich habe versucht, dir zu sagen, daß du ihn zurückhalten sollst, aber ich wollte nicht rufen und sie damit aufscheuchen.«

»Ich wußte nicht, was du wolltest. Warum hast du mir das nicht mit Clan-Zeichen gesagt? Ich habe dich gefragt, aber du hast nicht darauf geachtet«, sagte Ayla.

Clan-Zeichen? dachte Jondalar. Der Gedanke, daß sie sich der Clan-Sprache bediente, war ihm überhaupt nicht gekommen. Das wäre eine gute Art, sich zu verständigen. Dann schüttelte er den Kopf. »Ich bezweifle, daß es irgendetwas genützt hätte«, sagte er. »Wahrscheinlich wäre er selbst dann nicht zurückgekommen, wenn du versucht hättest, ihn zu rufen.«

»Vielleicht nicht, aber ich glaube, Wolf könnte lernen, uns bei der Jagd zu helfen. Er hilft mir schon jetzt, kleine Tiere aufzustöbern. Baby hat auch gelernt, mit mir zu jagen. Er war ein guter Jagdpartner. Und wenn ein Höhlenlöwe lernen kann, mit Menschen zu jagen, müßte ein Wolf es auch können«, sagte Ayla. Sie fühlte sich veranlaßt, ihn in Schutz zu nehmen.

Jondalar hielt Aylas Ansichten über das, was ein Wolf lernen konnte, für unrealistisch, aber es hatte keinen Sinn, darüber mit ihr zu streiten. Sie behandelte das Tier fast so, als wäre es ein Kind, und Gegenargumente würden nur dazu führen, daß sie es noch heftiger verteidigte.

»Wir sollten zusehen, daß wir diese Kuh ausweiden, bevor sie anfängt, sich aufzublähen. Und wir müssen sie hier abhäuten und in Stücke schneiden, damit wir sie ins Lager hinaufbringen können«, sagte Jondalar. »Aber was machen wir mit Wolf?«

»Was ist mit Wolf?« fragte Ayla.

»Wenn wir die Kuh zerlegen und einen Teil davon zum Lager hinauftragen, dann kann er über das Fleisch herfallen, das hier zurückbleibt«, sagte der Mann mit wachsender Erbitterung. »Und wenn wir hierher zurückkommen, um mehr zu holen, dann kann er über das Fleisch herfallen, das bereits im Lager ist. Einer von uns müßte hier bleiben, um es zu bewachen, und der andere müßte dort bleiben, aber wie wollen wir dann noch Fleisch hinaufbringen? Wir werden ein Zelt aufschlagen und das Fleisch hier trocknen müssen, anstatt in der Hütte oben im Lager, und das alles nur wegen Wolf!« Die Probleme, vor die Wolf sie seiner Meinung nach stellte, hatten ihn so wütend gemacht, daß er kaum noch klar denken konnte.

Aber er hatte auch Ayla wütend gemacht. Vielleicht würde Wolf von dem Fleisch fressen, wenn sie nicht da war, aber solange sie bei ihm war, würde er es nicht anrühren. Sie brauchte nur dafür zu sorgen, daß Wolf bei ihr blieb. So lästig war er nun wirklich nicht. Weshalb hackte Jondalar dauernd auf ihm herum? Sie dachte daran, ihm zu antworten, dann änderte sie ihre Meinung und pfiff nach Winnie. Sie schwang sich auf das Pferd, dann drehte sie sich noch einmal zu Jondalar um. »Zerbrich dir darüber nicht den Kopf. Ich bringe die Kuh hinauf ins Lager«, sagte sie, rief Wolf zu sich und ritt davon.

Sie kehrte zur Erdhütte zurück, sprang ab, eilte hinein und kam mit einer Steinaxt mit einem kurzen Griff, die Jondalar für sie angefertigt hatte, wieder heraus. Dann saß sie abermals auf und lenkte Winnie zum Birkenwäldchen hinüber.

Jondalar beobachtete, wie sie davonritt, zurückkam und in dem Wäldchen verschwand, und fragte sich, was sie vorhatte. Er hatte sich darangemacht, der Kuh den Bauch aufzuschneiden, um Magen und Eingeweide herauszuholen, aber ihm war nicht recht wohl zumute. Zwar hielt er seine Befürchtungen, soweit sie Wolf betrafen, für gerechtfertigt, aber es tat ihm leid, daß er sie zur Sprache gebracht hatte. Er wußte, was Ayla für das Tier empfand. Dadurch, daß er sich über Wolf beklagte, würde sich nicht das geringste ändern, und er mußte zugeben, daß sie schon jetzt mit seiner Dressur mehr erreicht hatte, als er je für möglich gehalten hätte.

Als er hörte, wie sie Holz hackte, begriff er plötzlich, was sie vorhatte, und eilte auf die Bäume zu. Er sah, wie Ayla auf eine hohe, gerade Birke in der Mitte des Wäldchens einhackte und dabei ihrem Zorn Luft machte.

Wolf ist nicht so schlecht, wie Jondalar glaubt. Gewiß, er hätte die Kuh beinahe verscheucht, aber dann hat er geholfen. Sie hielt einen Moment inne und runzelte die Stirn. Wenn ihre Jagd erfolglos geblieben wäre – hätte das dann nicht bedeutet, daß der Geist der Großen Mutter nicht wünschte, daß sie in dem Lager blieben? Wenn Wolf ihre Jagd vereitelt hätte, dann würden sie jetzt nicht darüber nachdenken, wie sie die Kuh befördern konnten, dann würden sie weiterziehen. Aber wenn er nicht imstande gewesen war, die Jagd zu vereiteln, dann durften sie bleiben, oder? Sie begann wieder zu hacken. Das war alles viel zu kompliziert. Sie hatten die gefleckte Kuh erlegt, trotz Wolfs Einmischung – und mit seiner Hilfe –, also war es ihnen gestattet, die Hütte zu benutzen.

Plötzlich tauchte Jondalar neben ihr auf. Er versuchte, ihr die Axt aus den Händen zu nehmen. »Warum suchst du nicht einen anderen Baum aus und läßt mich diesen hier fertig schlagen?« sagte er.

Obwohl nicht mehr ganz so wütend wie zuvor, lehnte Ayla seine Hilfe ab. »Ich habe gesagt, ich bringe die Kuh ins Lager hinauf. Das schaffe ich auch ohne deine Mithilfe.«

»Ich weiß, daß du es schaffst. Aber wenn wir zusammenarbeiten, bekommen wir die neuen Pfähle viel schneller«, sagte er und setzte dann hinzu: »Außerdem muß ich zugeben, daß du recht hattest. Wolf hat tatsächlich geholfen.«

Sie hielt mitten in einem Schlag inne und schaute zu ihm hoch. Seine Stirn verriet aufrichtige Besorgnis, aber der Ausdruck in seinen leuchtend blauen Augen ließ gemischte Gefühle erkennen. Obwohl sie nicht verstand, weshalb er sich Wolfs wegen ständig Sorgen machte, stand in seinen Augen doch auch die Liebe geschrieben, die er für sie empfand. Sie spürte, wie ihr Widerstand verflog.

»Aber du hattest auch recht«, sagte sie mit einem Anflug von Reue. »Er hat sie aufgescheucht, bevor wir soweit waren, und es hätte dazu kommen können, daß sie uns entwischte.«

Jondalars Stirnrunzeln wich einem erleichterten Lächeln. »Also hatten wir beide recht«, sagte er. Sie erwiderte das Lächeln, und im nächsten Augenblick lagen sie sich in den Armen, und sein Mund fand den ihren. Sie klammerten sich aneinander, beglückt, daß ihr Streit beigelegt war, und Ayla sagte: »Ich glaube wirklich, daß Wolf lernen könnte, mit uns zu jagen. Wir müssen es ihm nur beibringen.«

»Ich weiß nicht recht. Vielleicht. Aber da er uns nun einmal begleitet, solltest du versuchen, ihm so viel wie möglich beizubringen, und sei es nur, daß er sich nicht einmischt, wenn wir jagen«, sagte er.

»Du solltest dabei helfen, damit er auf uns beide hört.«

»Ich bezweifle, daß er auf mich reagieren würde«, sagte er. »Aber wenn du es möchtest, werde ich es versuchen.« Er nahm ihr die Steinaxt aus der Hand und beschloß, ein anderes Thema zur Sprache zu bringen, das sie angeschnitten hatte. »Du sagtest, daß wir uns mit Clan-Zeichen verständigen könnten, wenn wir nicht rufen wollen. Das könnte sinnvoll sein.« Als Ayla loszog, um einen anderen Baum von der richtigen Form und Größe auszusuchen, lächelte sie.

Jondalar untersuchte den Baum, an dem sie gearbeitet hatte, um zu sehen, wieviel noch zu tun blieb. Es war schwierig, einen frischen Stamm mit einer Steinaxt zu fällen. Der spröde Feuerstein der Axt war ziemlich dick, damit er unter der Gewalt der Schläge nicht brach, und ein Schlag schnitt nicht tief ein, sondern trennte nur kleine Späne heraus. Der Baum sah eher wie angenagt als wie angeschnitten aus. Während Ayla die anderen Bäume des Wäldchens in Augenschein nahm, lauschte sie dem rhythmischen Klang des Aufpralls von Stein auf Holz. Als sie einen geeigneten Baum gefunden hatte, kennzeichnete sie ihn mit einer Kerbe in die Rinde, dann suchte sie nach einem dritten.

Als die drei Bäume gefällt waren, schleppten sie sie hinaus auf die Lichtung, befreiten sie mit Hilfe von Messern und der Axt von Ästen und Zweigen und legten sie dann nebeneinder auf den Boden. Ayla schätzte ab, wie lang sie sein mußten, und markierte sie; dann schnitten sie alle auf die gleiche Länge. Während Jondalar den Auerochsen ausweidete, kehrte sie zur Hütte zurück, um Seile zu holen und eine Vorrichtung aus miteinander verknoteten und verflochtenen Lederriemen. Außerdem brachte sie eine der zerrissenen Bodenmatten mit. Dann rief sie Winnie zu sich und legte ihr das Zuggeschirr an.

Sie nahm zwei der langen Pfähle – der dritte wurde nur für den Dreifuß gebraucht, an dem sie Nahrungsmittel außer Reichweite von Raubtieren aufzuhängen pflegte – und befestigte die dünneren Enden an dem Geschirr, das sie dem Pferd angelegt hatte, und zwar so, daß sie sich über dem Widerrist kreuzten. Die schwereren Enden lagen beiderseits des Pferdes auf der Erde. Mit Seilen befestigten sie die Grasmatte zwischen den Pfählen des Schleppgestells und brachten weitere Seile zum Festbinden des Auerochsen an.

Als Ayla die riesige Kuh betrachtete, kamen ihr Bedenken, ob sie nicht sogar für das kräftige Steppenpferd zu groß war. Beide hatten Mühe, das

Tier auf das Schleppgestell zu wuchten. Die Matte bot nur eine unbedeutende Stütze, aber indem sie das Tier direkt an die Pfähle banden, konnten sie verhindern, daß es auf dem Boden schleifte. Nach ihren Anstrengungen war Ayla noch besorgter, daß die Last für Winnie zu schwer sein könnte, und fast hätte sie ihre Absicht geändert. Jondalar hatte bereits den Magen, die Eingeweide und andere Organe herausgeholt; vielleicht sollten sie das Tier doch an Ort und Stelle abhäuten und zerlegen. Sie empfand nicht mehr das Bedürfnis, ihm zu beweisen, daß sie es allein ins Lager zu schaffen vermochte, aber da die Kuh nun einmal auf dem Schleppgestell lag, beschloß sie, es auf einen Versuch ankommen zu lassen.

Ayla war überrascht, als das Pferd anfing, die schwere Last über den unebenen Boden zu ziehen, aber Jondalars Überraschung war noch größer. Der Auerochse war massiger und schwerer als Winnie, und sie mußte sich anstrengen, aber da das Gestell nur an zwei Punkten auf der Erde auflag, war die Last zu bewältigen. Der Abhang war schwieriger, aber selbst ihn schaffte das stämmige Steppenpferd. Auf dem unebenen Terrain war das Schleppgestell das bei weitem beste Instrument zur Beförderung schwerer Lasten.

Sobald sie die Erdhütte erreicht hatten, banden Ayla und Jondalar den Auerochsen los, und nachdem sie dem Pferd gedankt und es gelobt hatten, führten sie es wieder hinunter, um die Eingeweide zu holen. Auch sie waren nützlich. Als sie die Lichtung erreicht hatten, hob Jondalar seinen zerbrochenen Speer auf. Das vordere Ende war abgebrochen, die Spitze steckte nach wie vor im Kadaver, aber der lange, gerade Schaft war unversehrt. Vielleicht läßt sich noch eine Verwendung dafür finden, dachte er, und nahm ihn mit.

Ins Lager zurückgekehrt, befreiten sie Winnie von ihrem Geschirr. Wolf schnüffelte an den Innereien herum; Eingeweide liebte er besonders. Ayla zögerte einen Moment. Sie hätte sie für verschiedene Zwecke brauchen können, als Fettbehälter ebenso wie als wasserdichte Auskleidung, aber im Augenblick hatte sie keinen Bedarf dafür, und sie konnten nicht noch mehr mitnehmen, als sie ohnehin schon bei sich hatten.

Wie kam es, dachte sie, daß sie nur, weil sie Pferde hatten und deshalb mehr mitführen konnten, auch mehr zu brauchen schienen? Sie erinnerte sich, daß sie damals, als sie den Clan verlassen hatte und zu Fuß davongewandert war, alles, was sie brauchte, auf dem Rücken getragen hatte. Zugegeben, das Zelt war bequemer als das flache Schutzdach, unter dem sie damals geschlafen hatte, und sie hatten Kleidung zum Wechseln und Wintersachen, die sie jetzt nicht brauchten, und mehr Nahrung und Gerätschaften. Sie wäre nie imstande gewesen, das alles in einem Korb auf dem Rücken zu tragen.

Sie warf Wolf die Eingeweide hin; dann machten sie und Jondalar sich daran, das Wildrind zu zerlegen. Nach ein paar strategischen Schnitten zerrten sie gemeinsam die Haut ab, ein Verfahren, das sinnvoller war als das

Abhäuten mit einem Messer. Sie benutzten ein scharfes Werkzeug nur, um sie an ein paar Stellen zu lösen. Sie brauchten sich nicht übermäßig anzustrengen, und schließlich hatten sie ein einwandfreies Fell mit nur den beiden Löchern, die ihre Speerspitzen hineingebohrt hatten. Sie rollten es zusammen, damit es nicht zu schnell austrocknete; dann legten sie den Kopf beiseite. Zunge und Gehirn waren zart und schmackhaft; sie hatten vor, diese Delikatessen am Abend zu verzehren. Den Schädel mit seinen großen Hörnern dagegen wollte sie für die unbekannten Bewohner des Lagers zurücklassen.

Dann begab sich Ayla mit dem Magen und der Blase zu dem Bach, der das Lager mit Wasser versorgte, um sie zu waschen, und Jondalar stieg zum Fluß hinunter, um nach Sträuchern und schlanken Baumstämmen zu suchen, die er zu einem schüsselförmigen Rahmen für sein kleines Boot verarbeiten konnte. Außerdem sammelten sie Treibholz. Sie würden mehrere Feuer anzünden müssen, um Tiere und Insekten von ihrem Fleisch fernzuhalten, und ein weiteres in der Hütte.

Sie arbeiteten, bis es fast dunkel war, zerteilten die Kuh in große Brocken, schnitten das Fleisch dann in kleine, zungenförmige Streifen und hängten sie zum Trocknen über improvisierte Gestelle und brachten die Gestelle für die Nacht in die Hütte. Ihr Zelt war noch immer feucht, aber sie falteten es zusammen und brachten es gleichfalls hinein. Am nächsten Morgen würden sie es ebenso wie das Fleisch wieder hinausbringen, damit Wind und Sonne Gelegenheit hatten, es weiter zu trocknen.

Am Morgen, nachdem sie das restliche Fleisch aufgeschnitten hatten, begann Jondalar mit dem Bau des Bootes. Mit Hilfe von Dampf und im Feuer erhitzten Steinen bog er das Holz für den Rahmen. Ayla schaute interessiert zu und wollte wissen, von wem er das gelernt hatte.

»Von meinem Bruder Thonolan. Er war ein Speermacher«, erklärte Jondalar und drückte ein Ende eines kleinen, geraden Baumes, den er rund gebogen hatte, nieder und band es mit einem Stück Sehne aus einem Hinterbein des Auerochsen zum Kreis.

»Aber was hat die Speermacherei mit dem Bootsbau zu tun?«

»Thonolan konnte einen Speerschaft völlig gerade machen. Aber wenn man lernen will, wie man einem Stück Holz die Biegung nimmt, muß man zuerst lernen, wie man es biegt, und das konnte er ebensogut, viel besser als ich. Er hatte ein Gefühl dafür. Man könnte sagen, sein Handwerk war nicht nur das Speermachen, sondern das Formen von Holz. Er konnte die besten Schneeschuhe anfertigen, und das bedeutet, daß man einen geraden Stamm oder Ast nehmen und ihn vollständig rundbiegen muß. Vielleicht hat er sich deshalb bei den Sharamudoi so wohl gefühlt. Sie sind Meister im Formen von Holz. Sie benutzen heißes Wasser und Dampf, um ihren Einbäumen genau die Form zu geben, die sie haben wollen.«

»Was ist ein Einbaum?« fragte Ayla.

»Das ist ein Boot, das aus einem ganzen Baum herausgeschnitzt wird. Das vordere Ende läuft spitz zu, ebenso das hintere Ende, und es gleitet so mühelos und glatt durch das Wasser, als schnitte man mit einem scharfen Messer hinein. Es sind wundervolle Boote. Im Vergleich dazu ist das, was wir hier machen, ziemlich plump, aber hier gibt es keine großen Bäume. Wenn wir bei den Sharamudoi sind, wirst du ihre Einbäume sehen.«

»Wie lange wird es dauern, bis wir dort sind?«

»Es ist noch ein langer Weg. Hinter diesen Bergen dort«, sagte er und blickte nach Westen auf die hohen, im sommerlichen Dunst verschwimmenden Gipfel.

»Oh«, sagte sie enttäuscht. »Ich hatte gehofft, es wäre nicht mehr weit. Es wäre schön, wieder Leute zu sehen. Ich wünschte, dieses Lager wäre nicht leer. Vielleicht kommen die Leute zurück, bevor wir weiterziehen.« Jondalar hörte den wehmütigen Ton in ihrer Stimme.

»Sehnst du dich nach anderen Leuten?« fragte er. »Du hast so lange allein gelebt in deinem Tal. Ich dachte, du wärest das Alleinsein gewohnt.«

»Vielleicht gerade deshalb. Ich war lange genug allein. Eine Zeitlang macht es mir nichts aus, manchmal gefällt es mir sogar, aber wir haben nun schon so lange keine anderen Leute gesehen. Ich dachte nur, wie schön es wäre, wieder mit jemandem reden zu können«, sagte sie, dann sah sie ihn an. »Ich bin so glücklich, daß du bei mir bist, Jondalar. Ohne dich wäre es so einsam.«

»Ich bin auch glücklich, Ayla. Glücklich, daß ich diese Reise nicht allein zu machen brauche, glücklicher, als ich sagen kann, daß du mit mir gekommen bist. Auch ich sehne mich danach, wieder Leute zu treffen. Wenn wir den Großen Mutter Fluß erreicht haben, müßten wir eigentlich auf welche stoßen. Bisher sind wir quer durchs Land gezogen. Leute leben gewöhnlich in der Nähe von Flüssen oder Seen, nicht auf der offenen Steppe.«

Ayla nickte und hielt das Ende eines weiteren schlanken, über Dampf und heißen Steinen erhitzten Schößlings, während Jondalar ihn behutsam zu einem Kreis bog; dann half sie, ihn an die anderen zu binden, und ihr wurde klar, daß das Boot so groß werden würde, daß die ganze Auerochsenhaut gerade dazu ausreichte. Nur ein paar Reste würden übrigbleiben, nicht genug für einen neuen Fleischbehälter als Ersatz für den, den sie bei der Überschwemmung verloren hatten. Aber zum Überqueren des Flusses brauchten sie ein Boot, also mußte sie sich etwas anderes einfallen lassen. Vielleicht ging es mit einem Korb, dachte sie, dicht gewebt, ziemlich lang und flach, mit einem Deckel. Hier wuchsen Rohrkolben, Schilf und Weiden, zum Korbmachen war reichlich Material vorhanden. Aber würde ein Korb seinen Zweck erfüllen?

Das Problem ging ihr nicht aus dem Kopf, und als der Bootsrahmen fertig war, stellten sie ihn beiseite, damit die Sehnen austrocknen und hart werden konnten. Ayla ging hinunter zum Fluß, um Flechtmaterial zu holen. Jondalar begleitete sie, aber nur bis zum Birkenwäldchen. Wenn er schon einmal beim Holzformen war, konnte er auch gleich ein paar neue Speere anfertigen, um die zu ersetzen, die verlorengegangen oder zerbrochen waren.

Vor ihrer Abreise hatte ihm Wymez ein paar Stücke guten Feuersteins gegeben, ausgelöst und vorgeformt, so daß sich neue Spitzen leicht herstellen ließen. Bevor sie das Sommertreffen verließen, hatte er – um zu demonstrieren, wie sie gemacht wurden – auch einige Speerspitzen aus Knochen angefertigt. Sie waren typisch für diejenigen, die seine Leute benutzten, aber er hatte auch gelernt, die mit Feuersteinspitzen ausgestatteten Mamutoi-Speere anzufertigen, und da er ein erfahrener Feuersteinschläger war, kostete ihre Herstellung ihn nicht soviel Zeit und Mühe wie das Formen und Glätten von Knochenspitzen.

Am Nachmittag ging Ayla daran, einen Fleischkorb zu flechten. Als sie allein in ihrem Tal lebte, hatte sie sich an vielen langen Winterabenden die Zeit damit vertrieben, daß sie – neben anderen Dingen – Körbe und Matten anfertigte, und seither ging ihr das Flechten rasch von der Hand. Sie konnte einen Korb fast im Dunkeln flechten, und noch bevor sie schlafen gingen, war ihr neuer Fleischbehälter fertig. Er war hervorragend gearbeitet, sie hatte sich Form und Größe, Material und Flechtweise genau überlegt, aber sie war trotzdem nicht recht zufrieden damit.

Als sie Seite an Seite auf ihren Schlaffellen lagen und das Spiel des Feuers auf den Wänden und der Decke der Hütte beobachteten, unterhielten sie sich über die Arbeiten der nächsten Tage.

»Wenn die Haut auf den Rahmen gespannt ist, möchte ich ihr einen Überzug geben«, sagte er. »Wenn ich die Hufe und Hautabfälle und ein paar Knochen zusammen mit Wasser sehr lange koche, dann entsteht eine dicke, klebrige Masse, die beim Trocknen hart wird. Haben wir etwas, das ich zum Kochen benutzen kann?«

»Da wird sich sicher etwas finden lassen. Muß es lange kochen?«

»Ja. Es muß richtig einkochen, damit es dick wird.«

»Dann wäre es vielleicht das beste, es wie eine Suppe über dem Feuer zu kochen – vielleicht in einem Stück Haut. Wir müssen aufpassen und immer wieder Wasser nachgießen; solange sie naß bleibt, brennt sie nicht. Was ist mit dem Magen des Auerochsen? Ich habe ihn mit Wasser gefüllt, damit er nicht austrocknet und ich ihn später zu irgendetwas verwenden kann, aber er wäre auch ein guter Kochsack«, sagte Ayla.

»Ich glaube nicht«, sagte Jondalar. »Wir dürfen kein Wasser nachgießen. Die Masse muß dick werden.«

»Dann wären wahrscheinlich ein guter, wasserdichter Korb und ein paar heiße Steine das beste. Ich kann morgen früh einen machen«, sagte Ayla, doch als sie still nebeneinander lagen, ließ ihr Verstand sie nicht zur Ruhe kommen. Sie war fast eingeschlafen, als ihr die Idee kam. »Jondalar! Jetzt weiß ich es!«

Auch er war gerade am Einschlafen gewesen, doch nun fuhr er hoch. »Wie? Was ist passiert?«

»Nichts ist passiert. Mir ist nur gerade eingefallen, wie Nezzie Fett ausgelassen hat, und ich glaube, das wäre die beste Methode, dein dickes Zeug zu kochen. Du gräbst eine flache Mulde in den Boden und kleidest sie mit einem Stück Haut aus – dafür müßte von dem Auerochsen noch genug übrig sein. Dann zerschlägst du ein paar Knochen und verteilst sie auf dem Boden und gibst das Wasser und die Hufe hinein und was du sonst noch haben willst. Dann kann es so lange kochen, wie wir Steine heißmachen, und die Knochensplitter verhindern, daß sie mit dem Leder in Berührung kommen und es verbrennen.«

»Gut, Ayla. So machen wir es«, sagte Jondalar, drehte sich auf die andere Seite, und kurz darauf schlief er.

Aber da war noch etwas, das Ayla im Kopf herumging und sie wachhielt. Sie hatte vorgehabt, den Magen des Auerochsen für die Bewohner des Lagers zurückzulassen, damit sie ihn als Wassersack benutzen konnten, aber dazu mußte er naß gehalten werden. Wenn er ausgetrocknet war, wurde er steif, und der ursprüngliche, biegsame und wasserdichte Zustand ließ sich nicht wieder herstellen. Selbst wenn sie ihn mit Wasser füllte, würde es im Laufe der Zeit heraussickern und verdunsten, und sie wußte nicht, wann die Leute zurückkommen würden.

An den nächsten Tagen waren sie, während das Fleisch trocknete, beide sehr fleißig. Sie stellten das Rundboot fertig und überzogen es mit dem Leim, den Jondalar hergestellt hatte, indem er Hufe, Knochen und Hautreste verkochte. Solange das Boot trocknete, flocht Ayla Körbe – für das Fleisch, das sie als Geschenk für die Bewohner des Lagers zurücklassen wollten, zum Kochen als Ersatz für die verlorengegangenen und zum Sammeln; einige davon wollte sie gleichfalls zurücklassen. Täglich sammelten sie eßbare Pflanzenteile und Heilkräuter; ein Teil davon wurde zum Mitnehmen getrocknet.

In der Frühe begleitete Jondalar sie; er suchte nach etwas, woraus er Paddel für das Boot machen konnte. Kurz nachdem sie aufgebrochen waren, fand er den Schädel eines Riesenhirsches, der vor dem Abwerfen des gewaltigen, schaufelförmigen Geweihs gestorben war. Als sie ins Lager zurückgekehrt waren, befreite er die breiten Geweihschaufeln von den Sprossen und befestigte sie an stabilen, relativ kurzen Stangen. Danach besaß er zwei brauchbare Paddel.

Am folgenden Tag beschloß er, die Vorrichtung, die er zum Biegen des Holzes für den Bootsrahmen aufgebaut hatte, zum Begradigen von Schäften für neue Speere zu verwenden. Die nächsten zwei Tage gingen fast ausschließlich auf das Formen und Glätten darauf, trotz der Spezialwerkzeuge, die er in einer Lederrolle mit sich führte. Doch so oft er an der Seite der

Erdhütte vorüberkam, wo er ihn hingeworfen hatte, fiel sein Blick auf den abgebrochenen Speerschaft, den er aus dem Tal mit heraufgebracht hatte, und jedesmal ärgerte er sich darüber. Ein Jammer, daß es keine Möglichkeit gab, diesen geraden Schaft zu retten, ohne einen verkürzten und unbalancierten Speer daraus zu machen. Jeder der Speere, an deren Herstellung er so hart arbeitete, konnte ebensoleicht brechen wie dieser.

Als er sicher war, daß die Speere geradeaus fliegen würden, benutzte er ein weiteres Werkzeug, eine schmale Feuersteinklinge mit einer meißelartigen Spitze, die an einem aus einer Geweihsprosse bestehenden Griff befestigt war, um in die dickeren Enden der Schäfte eine Vertiefung einzuarbeiten. Dann schlug er aus den vorgearbeiteten Feuersteinknollen, die er bei sich hatte, neue Spitzen heraus und befestigte sie mit dem dicken Leim, den er zum Überziehen des Bootes hergestellt hatte, und frischen Sehnen an den Schäften. Die zähen Sehnen schrumpften, wenn sie austrockneten, und hielten die Spitze unverrückbar fest. Der letzte Arbeitsgang war das Anbringen von jeweils zwei langen Federn, die er am Fluß gefunden hatte. Sie stammten von den zahlreichen Falken und Schwarzmilanen, die in dieser Gegend lebten und sich von Zieseln und anderen Nagetieren ernährten.

Sie hatten einen Wurfstand aufgebaut und dafür eines der dicken, mit Gras ausgestopften Bettpolster verwendet, die der Dachs zerrissen hatte. Das Polster dämpfte die Kraft des Aufpralls, und die Speere blieben unbeschädigt. Jondalar und Ayla übten jeden Tag. Ayla tat es, um ihre Treffsicherheit zu verbessern, Jondalar dagegen experimentierte mit unterschiedlichen Schaftlängen und Spitzengrößen, um herauszufinden, welche in Verbindung mit der Speerschleuder am wirkungsvollsten waren.

Als seine neuen Speere fertig und getrocknet waren, gingen er und Ayla mit ihnen zum Wurfstand, um sie mit der Speerschleuder zu erproben und festzustellen, wer welche Speere haben wollte. Obwohl sie beide im Umgang mit der Jagdwaffe sehr geschickt waren, konnte es nicht ausbleiben, daß einige ihrer Übungswürfe das gepolsterte Ziel verfehlten. Gewöhnlich landeten sie irgendwo auf der Erde. Aber als Jondalar einen der gerade erst fertiggestellten Speere mit aller Kraft schleuderte und nicht nur das Ziel verfehlte, sondern statt dessen einen großen Mammutknochen traf, der als Sitzbank im Freien diente, fuhr er zusammen. Er hörte ein Krachen, als der Speer abprallte. Der hölzerne Schaft war ungefähr einen Fuß unterhalb der Spitze an einer Schwachstelle gesplittert.

Als er hinging, um ihn genauer zu betrachten, stellte er fest, daß von der spröden Feuersteinspitze ein großes Stück abgesprungen war; übriggeblieben war eine schiefe Spitze, die das Aufheben nicht lohnte. Er war wütend auf sich selbst, weil er einen Speer ruiniert hatte, auf dessen Anfertigung er so viel Zeit und Mühe verwendet hatte. In einem plötzlichen Zornesausbruch legte er den gesplitterten Speer übers Knie und zerbrach ihn; dann warf er ihn auf die Erde.

Als er aufschaute, bemerkte er, daß Ayla ihn beobachtete, und er wendete sich ab, vor Verlegenheit über seinen Ausbruch errötend; dann bückte er sich und hob die Stücke auf. Er wünschte sich eine Möglichkeit, sich ihrer auf unauffällige Weise zu entledigen. Als er abermals aufschaute, machte sich Ayla bereit, einen weiteren Speer zu schleudern, als wäre überhaupt nichts vorgefallen. Er ging zur Erdhütte hinüber und warf den zerbrochenen Speer neben den Schaft, der bei der Jagd zerbrochen war; dann starrte er auf die Stücke herab und kam sich albern vor. Es war lächerlich, sich über einen zerbrochenen Speer derart aufzuregen.

Aber es kostet viel Arbeit, einen anzufertigen, dachte er und betrachtete den langen Schaft mit dem abgebrochenen Ende und den Teil des anderen Speers, an dem noch die ruinierte Spitze saß. Ein Jammer, daß man die beiden Stücke nicht zu einem neuen Speer zusammenfügen konnte.

Als er auf sie herabstarrte, fragte er sich, ob es nicht vielleicht doch möglich wäre. Er hob die beiden Stücke wieder auf und untersuchte die Bruchstellen. Er ließ den Blick über den ganzen langen Schaft wandern, bemerkte die Vertiefung, die er in das stumpfe Ende geschnitzt hatte und in die der Dorn der Speerschleuder paßte, dann drehte er ihn wieder um und betrachtete das zersplitterte Ende.

Wenn ich an diesem Ende ein tiefes Loch einarbeiten und das Ende des Stückes mit dem geborstenen Feuerstein zu einer sich verjüngenden Spitze schnitzen würde – würden sie dann zusammenhalten? Fasziniert von diesem Gedanken eilte Jondalar in die Hütte und holte seine Lederrolle. Er setzte sich auf die Erde und öffnete sie, betrachtete die Auswahl an Feuersteinwerkzeugen und griff nach einer Stechahle. Er legte sie in Griffweite, dann holte er sein Feuersteinmesser aus der Scheide an seinem Gürtel und begann, die Splitter abzuschneiden und das Ende zu glätten.

Ayla hatte aufgehört, mit ihrer Speerschleuder zu üben, und die Schleuder und die Speere in den Köcher gesteckt, den sie wie Jondalar auf dem Rücken trug. Sie war mit einigen Pflanzen, die sie ausgegraben hatte, auf dem Rückweg, als er ihr mit strahlendem Lächeln entgegenkam.

»Sieh dir das an, Ayla«, sagte er und hielt den Speer hoch. Das Stück mit der zerborstenen Spitze war in das vordere Ende des langen Schaftes eingefügt. »Ich habe sie zusammengesteckt. Nun will ich sehen, ob es funktioniert.«

Sie folgte ihm zum Wurfstand und sah zu, wie er den Speer auf die Schleuder legte, zielte und dann den Speer mit aller Kraft schleuderte. Das lange Geschoß traf sein Ziel, dann prallte es ab. Aber als Jondalar nachschauen ging, stellte er fest, daß die an dem kurzen, zugespitzten Schaft sitzende Spitze fest im Zielpolster steckte. Der lange Schaft hatte sich gelöst, aber als er ihn untersuchte, stellte er fest, daß er unbeschädigt war.

»Ayla! Ist dir klar, was das bedeutet?« Jondalar war so aufgeregt, daß er fast geschrien hätte.

»Ich bin mir nicht sicher«, sagte sie.

»Die Spitze hat ihr Ziel getroffen und sich dann, ohne zu brechen, von dem langen Schaft gelöst. Das bedeutet, daß ich beim nächstenmal nur eine neue Spitze zu machen und sie an einem kurzen Stück wie diesem zu befestigen brauche. Ich brauche keinen ganzen neuen, langen Schaft zu machen. Ich kann so viele Spitzen wie diese machen, wie ich will, und brauche nur einige wenige lange Schäfte. Wir können viel mehr kurze Schäfte mit Spitzen transportieren als lange Speere, und wenn wir einen davon verlieren, ist er nicht so mühsam zu ersetzen. Hier, versuch es auch einmal«, sagte er und löste die geborstene Spitze aus dem Zielpolster.

Ayla betrachtete sie. »Ich bin nicht besonders gut darin, einen langen Speerschaft zu begradigen, und meine Spitzen sind bei weitem nicht so schön wie deine«, sagte sie. »Aber ich glaube, so etwas brächte ich auch fertig.«

Am Tag, bevor sie abreisen wollten, überprüften sie noch einmal ihre Reparaturen der Schäden, die der Dachs angerichtet hatte, legten sein Fell so hin, daß, wie sie hofften, offensichtlich war, daß er der Missetäter gewesen war, und legten ihre Geschenke aus. Den Korb mit dem getrockneten Fleisch hängten sie an einen Dachsparren aus Mammutknochen, damit herumstöbernde Tiere ihn nicht erreichen konnten. Ayla hinterließ weitere Körbe und hängte außerdem mehrere Büschel von getrockneten Heilkräutern und eßbaren Pflanzen auf, besonders solchen, die den Mamutoi wohlbekannt waren. Jondalar hinterließ dem Besitzer der Hütte einen Speer.

Außerdem steckten sie den Schädel des Auerochsen mit seinen gewaltigen Hörnern auf einen Pfosten vor dem Eingang der Hütte, damit Aasfresser nicht an ihn herankommen konnten. Die Hörner und andere Teile des Schädels waren nützlich; außerdem konnte der Schädel als Hinweis darauf dienen, was für Fleisch sich im Korb befand.

Wolf und die Pferde schienen die Aufbruchsstimmung zu spüren. Wolf sprang aufgeregt und tatendurstig um sie herum, und die Pferde waren rastlos. Renner machte seinem Namen Ehre und verfiel immer wieder in einen kurzen Galopp; Winnie hielt sich in der Nähe des Lagers, beobachtete Ayla und wieherte, wenn sie sie sah.

An ihrem letzten Abend in der Hütte beobachtete Ayla das Spiel des verlöschenden Feuers an den Wänden, und ihr war, als flackerten ihre Gefühle auf ähnliche Art, Licht und Schatten werfend, durch ihren Kopf. Sie freute sich darauf, wieder unterwegs zu sein, aber gleichzeitig bedauerte sie, einen Ort verlassen zu müssen, der für sie in der kurzen Zeit, die sie hier verbracht hatten, so etwas wie ein Heim geworden war – nur daß keine Menschen dagewesen waren. In den letzten paar Tagen hatte sie sich immer wieder dabei ertappt, daß sie zum Kamm des Abhangs hinaufgeblickt und gehofft hatte, daß die Bewohner des Lagers zurückkehrten, bevor sie weiterreisten.

Auch Jondalar lag noch lange wach. Er war froh, daß sie weiterziehen würden, obwohl er überzeugt war, daß sich die Unterbrechung gelohnt hatte. Ihr Zelt war trocken, sie hatten einen Vorrat an Fleisch, hatten die beschädigten oder verlorengegangenen Ausrüstungsgegenstände ersetzt, und er freute sich über die Erfindung des zweiteiligen Speers. Außerdem war er froh, daß sie das Rundboot hatten; dennoch machte ihm die Überquerung des Flusses Sorgen. Es war ein mächtiger Wasserlauf, breit und reißend. Sie waren vermutlich nicht weit vom Meer entfernt, und er würde stromaufwärts bestimmt nicht schmaler werden. Alles mögliche konnte passieren. Er würde froh sein, wenn sie das andere Ufer erreicht hatten.

ZEHNTES KAPITEL

In der Nacht wachte Ayla mehrmals auf, und ihre Augen waren offen, als das erste Licht der Morgendämmerung durch den Rauchabzug hereinfiel, seine schwach leuchtenden Finger in die dunklen Winkel streckte, die Finsternis vertrieb und vereinzelte Formen aus dem verhüllenden Schatten hervortreten ließ. Als die dunkle Nacht einem matten Zwielicht wich, war sie hellwach und konnte nicht wieder einschlafen.

Sie löste sich behutsam von Jondalars Wärme und schlich hinaus. Die Nachtluft, gekühlt von der dicken Eisbarriere im Norden, legte sich auf ihre Haut. Sie blickte über das nebelverhangene Tal des Flusses und sah, wie sich die undeutlichen Umrisse des Landes am gegenüberliegenden Ufer vor dem rötlich glühenden Himmel abhoben. Sie wünschte sich, bereits drüben zu sein.

Rauher, warmer Pelz schmiegte sich an ihre Beine. Der Wolf war erschienen, und sie klopfte ihm, in Gedanken versunken, den Kopf und kraulte seine Mähne. Er schnupperte die Luft, schien etwas Interessantes entdeckt zu haben und rannte den Abhang hinunter. Sie sah sich nach den Pferden um und entdeckte das falbe Fell der Stute, die auf einer der Lichtungen in der Nähe des Wassers graste. Der dunkelbraune Hengst war nicht zu sehen, aber sie zweifelte nicht daran, daß er in der Nähe war.

Zitternd ging sie durch das feuchte Gras auf den kleinen Bach zu, ahnte die im Osten aufgehende Sonne, beobachtete, wie der Himmel im Westen seine Farbe von leuchtendem Grau zu Pastellblau änderte. Vereinzelte rosa Wolken verkündeten die Pracht der hinter dem Kamm des Abhangs verborgenen Morgensonne.

Ayla war nahe daran, hinaufzusteigen, um die aufgehende Sonne zu sehen, blieb aber stehen, als in der entgegengesetzten Richtung eine blendende Helligkeit aufstrahlte. Obwohl der von Rinnen zerrissene Abhang jenseits des Flusses nach wie vor in düsteres Grau gehüllt war, lagen die Berge im Westen im klaren Sonnenlicht des neuen Tages, zeichneten sich im Relief ab, und jedes Detail trat so deutlich hervor, daß es war, als brauchte sie nur die Hand auszustrecken, um sie berühren zu können. Die eisbedeckten Kuppen der Bergkette funkelten wie Geschmeide. Sie beobachtete voller Staunen das sich langsam verändernde Bild, wie gebannt von der Großartigkeit der Gegenseite des Sonnenaufgangs.

Als sie den kleinen Bach erreicht hatte, dessen klares Wasser den Abhang hinunterplätscherte, war die Morgenkühle bereits fortgebrannt. Sie setzte den Wasserbeutel ab, den sie aus der Erdhütte mitgebracht hatte, betrachtete ihre Mufflonwolle und stellte fest, daß ihre Mondzeit offensichtlich vorüber war. Sie löste die Riemen, nahm ihr Amulett ab und stieg in den seichten Tümpel, um sich zu waschen. Als sie fertig war, füllte sie den Wasserbeutel unter dem kleinen Wasserfall, der sich in den Tümpel ergoß, dann stieg sie heraus und streifte erst mit der einen und dann mit der anderen Hand das Wasser ab. Sie legte das Amulett wieder um und machte sich auf den Rückweg.

Als sie in die halb unterirdische Erdhütte trat, war Jondalar gerade dabei, die aufgerollten Schlaffelle zusammenzuschnüren. Er blickte auf und lächelte, und als er bemerkte, daß sie ihre Lederriemen nicht mehr trug, verwandelte sich das Lächeln in eine eindeutige Aufforderung.

»Vielleicht hätte ich mich mit dem Aufrollen der Schlaffelle nicht so sehr beeilen sollen«, sagte er.

Sie errötete, als ihr bewußt wurde, daß er begriffen hatte, daß ihre Mondzeit vorüber war. Dann schaute sie ihm direkt in die Augen, die voll waren von neckischem Lachen, Liebe und aufkommendem Verlangen, und erwiderte das Lächeln: »Du kannst sie jederzeit wieder entrollen.«

»Und dabei hatte ich eigentlich früh aufbrechen wollen«, sagte er und löste den Knoten der Schnur, die die Schlaffelle zusammenhielt. Er entrollte sie und erhob sich, als sie auf ihn zukam.

Nach ihrer Morgenmahlzeit wurden sie schnell mit dem Packen fertig. Mit ihren sämtlichen Habseligkeiten, dem Boot und ihren vierbeinigen Reisegefährten stiegen sie den Abhang hinunter zum Fluß. Doch dann standen sie vor dem Problem, ihn zu überqueren. Sie starrten auf das an ihnen vorüberrauschende Gewässer; es war so breit, daß sie kaum irgendwelche Einzelheiten der jenseitigen Uferböschung erkennen konnten. Die Geräusche, die der tiefe Fluß mit der starken Strömung, in sich wirbelnd und kurze, kleine Wellen aufwerfend, hervorbrachte, waren fast noch aufschlußreicher als sein Aussehen. Sie bezeugten seine Kraft mit einem gedämpften, gurgelnden Tosen.

Während er das Rundboot baute, hatte Jondalar oft an den Fluß gedacht und daran, ihn mit seiner Hilfe zu überqueren. Er hatte noch nie zuvor ein Rundboot gebaut und war nur ein paarmal in einem gefahren. Bei den Sharamudoi hatte er gelernt, mit den schlanken Einbäumen umzugehen; doch als er versucht hatte, die Rundboote der Mamutoi zu lenken, waren sie ihm sehr unbeholfen vorgekommen. Sie kenterten kaum jemals, aber sie waren schwer auf Kurs zu halten.

Sharamudoi und Mamutoi verwendeten zum Bau ihrer Boote nicht nur unterschiedliche Materialien, die Fahrzeuge dienten auch unterschiedlichen Zwecken. Die Mamutoi waren in erster Linie Jäger der offenen Steppe und fischten nur, wenn sich eine Gelegenheit dazu bot. Ihre Boote hatten fast ausschließlich den Zweck, sie und ihre Habseligkeiten über Wasserläufe zu befördern, kleinere Nebenflüsse oder die Ströme, die von den Gletschern im Norden zu dem Binnenmeer im Süden herabrauschten.

Die Ramudoi, der am Fluß lebende Teil der Sharamudoi, fischten im Großen Mutter Fluß – auch wenn sie ihre Bemühungen, die dreißig Fuß langen Störe zu erbeuten, als Jagen bezeichneten –, während die andere Gruppe, die Shamudoi, Jagd auf Gemsen und andere Tiere machte, die auf den hohen Felsklippen und Bergen lebten, die den Fluß, nicht weit von ihren Behausungen entfernt, in eine enge Schlucht zwängten. In der warmen Jahreszeit lebten die Ramudoi auf dem Fluß und nutzten alles, was er zu bieten hatte, einschließlich der großen Steineichen, die seine Ufer säumten und aus denen sie ihre leicht zu manövrierenden Boote anfertigten.

»Also, ich meine, wir sollten einfach alles hineinlegen«, sagte Jondalar und ergriff einen seiner Packkörbe. Dann setzte er ihn wieder ab und nahm dafür den anderen. »Wahrscheinlich empfiehlt es sich, die schwersten Sachen auf den Boden zu packen, und in dem hier stecken meine Feuersteine und mein Werkzeug.«

Ayla nickte. Auch sie hatte darüber nachgedacht, wie sie es schaffen könnten, den Fluß mit all ihren Habseligkeiten ungefährdet zu überqueren. Sie erinnerte sich an ihre wenigen Fahrten in einem der Rundboote des Löwen-Lagers. »Wir sollten an einander gegenüberliegenden Seiten Platz für uns lassen, damit das Gewicht gleichmäßig verteilt ist. Ich richte es so ein, daß Wolf neben mir sitzen kann.«

Jondalar fragte sich, wie sich der Wolf in der schwimmenden Schüssel verhalten würde, hütete sich aber, etwas zu sagen. Ayla bemerkte sein Stirnrunzeln, sagte aber gleichfalls nichts. »Außerdem sollten wir jeder ein Paddel haben«, sagte er und reichte ihr eines.

»Ich hoffe nur, daß bei all dem Zeug auch für uns noch Platz bleibt«, sagte sie und verstaute das Zelt im Boot. Vielleicht konnte sie es als Sitz benutzen.

Es wurde zwar eng, aber sie schafften es, alles im Boot zu verstauen – bis auf die Pfähle. »Die müssen wir wohl zurücklassen. Für sie ist kein Platz mehr da«, sagte Jondalar mit neuerlichem Stirnrunzeln. Sie hatten sie als Ersatz für die verlorengegangenen gerade neu angefertigt.

Ayla lächelte und hielt ein Seil hoch. »Nein, das brauchen wir nicht. Sie schwimmen. Ich binde sie einfach an das Boot, damit sie nicht abgetrieben werden«, sagte sie.

Jondalar war nicht sicher, ob das eine gute Idee war, und wollte gerade einen Einwand vorbringen, aber Aylas nächste Frage brachte ihn davon ab.

»Was machen wir mit den Pferden?« fragte sie.

»Die Pferde? Die können doch hinüberschwimmen, oder etwa nicht?«

»Ja, aber du weißt, wie sehr sie sich aufregen können, besonders über etwas, das sie noch nie zuvor getan haben. Was ist, wenn irgendetwas im

Wasser sie erschreckt und sie beschließen, umzukehren? Von sich aus würden sie nie versuchen, ein zweites Mal hinüberzuschwimmen. Sie würden nicht einmal wissen, daß wir auf der anderen Seite sind. Wir würden umkehren und sie hinübergeleiten müssen. Wäre es nicht richtiger, wenn wir sie von Anfang an führen würden?«

Ayla hatte recht. Die Pferde würden sich wahrscheinlich ängstigen, und es war durchaus möglich, daß sie umkehrten, dachte Jondalar. »Aber wie wollen wir sie führen, wenn wir im Boot sitzen?« fragte er. Das wurde allmählich kompliziert. Auch ohne scheuende Pferde war es schwierig genug, das Boot zu steuern.

»Wir legen ihnen die Halfter mit den Führleinen an und binden sie an das Boot«, sagte Ayla.

»Ich weiß nicht recht... Das ist vielleicht nicht die beste Methode. Vielleicht sollten wir noch eingehender darüber nachdenken«, sagte er.

»Was gibt es da nachzudenken?« sagte sie, während sie eine Schnur um die drei Pfähle wickelte und sie damit am Boot befestigte. »Du warst es, der aufbrechen wollte«, setzte sie hinzu, legte Winnie ihr Halfter an, befestigte eine Führleine daran und knotete sie an der den Pfählen gegenüberliegenden Seite des Bootes fest. Die Leine locker in der Hand haltend, stand sie neben dem Boot. Dann wandte sie sich Jondalar zu. »Ich bin soweit.«

Er zögerte, dann nickte er entschlossen. »Also gut«, sagte er, holte Renners Halfter aus seinem Packkorb und rief das Tier zu sich. Der junge Hengst hob den Kopf und wieherte, als der Mann versuchte, ihm das Halfter über den Kopf zu streifen, aber nachdem Jondalar ihm gut zugeredet und ihm Kopf und Hals gestreichelt hatte, beruhigte Renner sich und ließ es zu. Er band die Führleine an das Boot, dann sagte er zu Ayla: »Versuchen wir es.«

Ayla wies Wolf an, in das Boot zu steigen. Dann schoben sie beide, die Führleine der Pferde in den Händen, das Boot ins Wasser und kletterten hinein.

Vom ersten Augenblick an gab es Schwierigkeiten. Die starke Strömung erfaßte das kleine Gefährt und riß es mit sich, aber die Pferde waren noch nicht bereit, sich in den breiten Fluß zu wagen. Sie bäumten sich auf, sobald das Boot sie mitzuziehen begann, und rissen so heftig daran, daß es beinahe umgekippt wäre. Wolf stolperte, hatte Mühe, sein Gleichgewicht wiederzufinden, und schaute sich unruhig um. Aber die Ladung war so schwer, daß sich das Boot rasch wieder aufrichtete, obwohl es sehr tief im Wasser lag. Die Pfähle lagen der Länge nach vor ihnen und wurden von der starken Strömung mitgerissen.

Der Zug, den der das Boot flußabwärts ziehende Fluß ausübte, und gutes Zureden von Ayla und Jondalar veranlaßten die Pferde schließlich, sich ins Wasser zu begeben. Zuerst setzte Winnie versuchsweise einen Huf hinein und fand Grund, dann auch Renner, und schließlich sprangen beide hinein. Die Uferböschung fiel steil ab, und wenig später schwammen sie. Ayla und

Jondalar blieb nichts anderes übrig, als sich von der Strömung flußabwärts treiben zu lassen, bis sich die gesamte, absurde Kombination aus drei langen Pfählen, gefolgt von einem runden, schwerbeladenen Boot mit einer Frau, einem Mann und einem sehr unruhigen Wolf und zwei hinterherschwimmenden Pferden stabilisiert hatte. Dann ließen sie die Führleinen los, ergriffen jeder ein Paddel und versuchten, ihre Richtung so zu ändern, daß sie quer zum Strom schwammen.

Ayla, die so saß, daß ihr Blick auf das jenseitige Ufer gerichtet war, hatte keinerlei Erfahrung im Umgang mit einem Paddel. Jondalar erteilte ihr Anweisungen, während er versuchte, vom Ufer fortzupaddeln, aber es dauerte trotzdem eine Weile, bis es ihnen gelang, beim Lenken des Bootes zusammenzuwirken. Selbst dann kamen sie nur langsam voran, mit den langen Pfählen vor sich und den Pferden hinter sich, die, von der Strömung gegen ihren Willen mitgerissen, verängstigt die Augen verdrehten.

Nur allmählich gewannen sie Abstand vom Ufer, wurden jedoch wesentlich schneller stromabwärts getrieben. Aber vor ihnen machte das große, reißende Gewässer, das auf seinem Weg zur See das leicht abfallende Gelände hinunterrauschte, eine scharfe Biegung nach Osten. Eine Gegenströmung, erzeugt von einer an ihrer Uferseite ins Wasser hineinragenden Sandbank, erfaßte die Pfähle, die vor dem Boot schwammen.

Die langen Birkenstämme, durch nichts behindert als die Schnüre, mit denen sie festgemacht waren, wirbelten herum und prallten neben Jondalar so heftig gegen den Lederüberzug des Bootes, daß er fürchtete, sie hätten ein Leck hineingeschlagen. Der Anprall erschütterte alle Insassen und versetzte das kleine Boot so in Drehung, daß es an den Führleinen der Pferde riß. Die Tiere wieherten in Panik, schluckten mehrere Maulvoll Wasser und versuchten verzweifelt, davonzuschwimmen, aber die Strömung, die das Boot mit sich riß, riß auch sie unerbittlich voran.

Aber ihre Anstrengungen waren nicht ganz erfolglos. Sie bewirkten, daß das kleine Boot sich abermals drehte, wobei die Pfähle erneut gegen das Boot prallten. Die unruhige Strömung und das Rucken und Schaukeln führten dazu, daß Wasser in das überladene Fahrzeug schwappte, wodurch es noch schwerer wurde. Es drohte zu sinken.

Der verängstigte Wolf hatte mit zwischen die Beine geklemmtem Schwanz neben Ayla auf dem zusammengefalteten Zelt gesessen, während sie krampfhaft versuchte, das Boot mit einem Paddel zu lenken, von dem sie nicht wußte, wie sie es benutzen mußte, während Jondalar Anweisungen gab, von denen sie nicht wußte, wie sie sie befolgen sollte. Das Wiehern der verängstigten Pferde lenkte ihre Aufmerksamkeit auf die Tiere, und ihr wurde plötzlich klar, daß sie sie losschneiden mußte. Sie ließ ihr Paddel ins Boot fallen und zog ihr Messer aus der Scheide an ihrem Gürtel. Sie wußte, daß Renner der nervösere von beiden war, und arbeitete zuerst an seiner Leine, und kurze Zeit später hatte sie ihn losgeschnitten.

Der plötzliche Ruck ließ das Boot abermals schaukeln und herumwirbeln, und das war zuviel für Wolf. Er sprang aus dem Boot ins Wasser. Ayla beobachtete, wie er zu schwimmen versuchte, schnitt schnell auch Winnies Seil durch und sprang dann gleichfalls ins Wasser.

»Ayla!« schrie Jondalar, aber er wurde heftig herumgerissen, als das nun plötzlich leichter gewordene Boot sich drehte und gegen die Pfähle prallte. Als er aufsah, versuchte Ayla, Wasser zu treten und den auf sie zuschwimmenden Wolf zu ermutigen. Winnie und hinter ihr Renner strebten auf das jenseitige Ufer zu; ihn selbst jedoch riß die Strömung immer schneller flußabwärts, fort von Ayla.

Sie schaute sich um und erhaschte noch einen letzten Blick auf Jondalar und das Boot, das gerade die Biegung des Flusses umrundete, und einen Augenblick lang wäre ihr vor Angst, ihn nie wiederzusehen, fast das Herz stehengeblieben. Der Gedanke, daß sie das Boot nicht hätte verlassen dürfen, zuckte ihr durch den Kopf, aber sie hatte keine Zeit, sich darüber Gedanken zu machen. Wolf kam, gegen die Strömung ankämpfend, auf sie zu. Sie schwamm ihm ein paar Stöße entgegen, aber als sie ihn erreicht hatte, versuchte er, ihr die Pfoten auf die Schultern zu legen und ihr das Gesicht zu lecken, wobei er sie in seinem Eifer untertauchte. Sie kam wieder hoch, umfaßte ihn mit einem Arm und sah sich nach den Pferden um.

Die Stute schwamm von ihr fort, auf das Ufer zu. Ayla holte tief Luft und pfiff, laut und anhaltend. Das Pferd spitzte die Ohren und drehte den Kopf in die Richtung des Pfiffes. Ayla pfiff abermals, und das Pferd änderte die Richtung und versuchte, auf sie zuzuschwimmen. Mit kräftigen Stößen schwamm Ayla auf Winnie zu. Sie war eine gute Schwimmerin. Sie schwamm schräg zur Strömung; dennoch kostete es sie erhebliche Mühe, das nasse, zottige Tier zu erreichen. Als sie es geschafft hatte, war sie nahe daran, vor Erleichterung zu weinen. Kurz darauf hatte auch Wolf sie erreicht, schwamm jedoch weiter.

Ayla ruhte sich einen Moment an Winnies Hals aus. Erst jetzt spürte sie, wie kalt das Wasser war. Sie sah, daß die an Winnies Halfter befestigte Leine im Wasser hing, und mußte daran denken, wie gefährlich es für das Pferd werden konnte, wenn sich die Leine an irgendetwas verhakte, das im Wasser trieb. Sie verbrachte ein paar Minuten mit dem Versuch, den Knoten zu lösen, aber er war aufgequollen, und ihre Finger waren vor Kälte erstarrt. Sie holte tief Luft und begann wieder zu schwimmen. Sie wollte dem Pferd keine zusätzliche Last aufbürden; auch hoffte sie, daß die Anstrengung helfen würde, sie warmzuhalten.

Als sie endlich das jenseitige Ufer erreicht hatte, taumelte Ayla aus dem Wasser, erschöpft und zitternd, und sank auf die Erde. Wolf und das Pferd waren in kaum besserer Verfassung. Beide schüttelten sich, verspritzten Wasser in alle Richtungen, dann ließ sich Wolf schwer atmend auf den Boden fallen. Winnies zottiges Fell war selbst im Sommer schwer; im Winter würde es, wenn die dichte Unterwolle gewachsen war, noch wesentlich dichter sein. Sie stand mit gepreizten Beinen, zitterndem Körper, gesenktem Kopf und herabhängenden Ohren da.

Aber die Sommersonne stand hoch am Himmel und der Tag war warm geworden. Sobald sie sich ein wenig erholt hatte, hörte Ayla auf zu zittern. Sie stand auf und hielt nach Renner Ausschau. Wenn sie es geschafft hatten, mußte der Hengst es auch geschafft haben. Sie imitierte Jondalars Pfiff nach seinem Pferd, und plötzlich durchfuhr sie die Angst um den Mann. War es ihm gelungen, den Fluß in dem kleinen Boot zu überqueren? Und wenn ja, wo war er? Sie pfiff abermals, hoffte, Jondalar würde sie hören und antworten, aber sie war nicht unglücklich, als der dunkelbraune Hengst auftauchte, mit seinem Halfter, von dem ein kurzes Seilende herabhing.

Winnie begrüßte ihn mit einem Willkommenswiehern und Wolf mit begeistertem Welpengekläff, das in ein regelrechtes Wolfsgeheul überging. Renner reagierte mit lautem Wiehern, in dem Erleichterung darüber mitschwang, seine vertrauten Freunde wiedergefunden zu haben. Als er sie erreicht hatte, stupste Renner Wolf mit der Nase an, dann trat er zu seiner Mutter und legte den Kopf auf ihren Hals; nach der schrecklichen Flußüberquerung brauchte er die tröstliche Berührung.

Ayla trat zu ihnen und umarmte den Hengst, bevor sie ihm das Halfter abnahm. Er war so daran gewöhnt, das Halfter zu tragen, daß es ihm nichts auszumachen schien, und es störte ihn auch nicht beim Grasen, aber Ayla fürchtete, daß das herunterhängende Seil Gefahren mit sich bringen könnte. Dann nahm sie auch Winnie das Halfter ab und steckte beide in ihren Gürtel.

»So, Renner haben wir gefunden. Jetzt müssen wir Jondalar suchen«, sagte sie laut. Wolf schaute sie erwartungsvoll an, und sie richtete ihre Worte an ihn. »Wolf, wir müssen Jondalar suchen!« Sie schwang sich auf Winnie und machte sich auf den Weg flußabwärts.

Nachdem das kleine Boot noch eine Weile herumgewirbelt und gegen die Pfähle geprallt war, folgte es, von Jondalar unterstützt, wieder stetig der Strömung; die drei Pfähle schwammen nun hinterher. Dann begann er, mit beträchtlichem Kraftaufwand und nur einem Paddel, das Boot quer über den breiten Fluß zu treiben. Die drei hinterherschwimmenden Pfähle, stellte er fest, verhinderten, daß sich das Boot im Kreise drehte, und machten es leichter lenkbar.

Die ganze Zeit, während der er sich auf das Land zuarbeitete, machte er sich Vorwürfe, weil er nicht zugleich mit Ayla in den Fluß gesprungen war. Aber alles war so schnell gegangen. Bevor er recht wußte, was geschah, war sie aus dem Boot heraus, und er wurde von der Strömung davongetragen. Es wäre sinnlos gewesen, in den Fluß zu springen, nachdem sie außer Sicht war. Er hätte es nie geschafft, gegen die Strömung zu ihr zu schwimmen; außerdem hätten sie dann das Boot verloren und alles, was sich darin befand.

Er versuchte, sich mit dem Wissen zu trösten, daß sie eine gute Schwimmerin war, aber die Sorge ließ ihn seine Anstrengungen verdoppeln. Als er endlich das jenseitige Ufer erreicht hatte, weit flußabwärts von ihrem Ausgangspunkt, und spürte, wie der Boden des Bootes auf dem kiesigen Ufer auflief, stieß er einen heiseren Seufzer aus. Dann stieg er aus, zerrte das schwer beladene Boot auf den Strand und sank erschöpft zu Boden. Doch schon wenige Minuten später stand er wieder auf und machte sich auf den Weg stromaufwärts, um Ayla zu suchen.

Er hielt sich dicht am Wasser, und als er an einen kleinen Nebenfluß gelangte, der in den größeren Fluß mündete, watete er einfach hindurch. Eine Weile später stieß er auf einen weiteren Fluß von mehr als beachtlicher Größe, der ihn zögern ließ. Das war kein Fluß, den man durchwaten konnte, und wenn er versuchte, ihn in so unmittelbarer Nähe des großen Wasserlaufs zu durchschwimmen, würde er in diesen hineingerissen werden. Also blieb ihm nichts anderes übrig, als an dem kleineren Fluß stromaufwärts zu gehen, bis er eine für eine Überquerung geeignete Stelle gefunden hatte.

Ayla, die auf Winnie ritt, erreichte nur wenig später denselben Fluß, und auch sie ritt ein Stück stromaufwärts. Sie legte eine weitaus kürzere Strecke zurück als Jondalar, bevor sie ihr Pferd ins Wasser lenkte. Renner und Wolf folgten ihr, und bald waren sie, nachdem sie nur in der Mitte ein Stück hatten schwimmen müssen, am anderen Ufer. Dann machte sich Ayla auf den Rückweg zum großen Fluß, doch als sie zurückschaute, sah sie, daß Wolf in die entgegengesetzte Richtung strebte.

»Komm, Wolf, hier entlang«, rief sie. Sie pfiff ungeduldig, dann bedeutete sie Winnie, weiterzugehen. Der Wolf zögerte, kam auf sie zu und kehrte dann wieder um, bis er ihr schließlich doch folgte. Als sie den großen Fluß erreicht hatte, ritt sie stromabwärts und drängte die Stute zum Galopp.

Aylas Herz schlug schneller, als sie auf dem Strand vor sich einen runden, schüsselförmigen Gegenstand zu sehen glaubte. »Jondalar! Jondalar!« rief sie und galoppierte darauf zu. Sie sprang ab, noch bevor das Pferd zum Stehen gekommen war, und rannte zum Boot. Sie schaute hinein, dann ließ sie den Blick über den Strand schweifen. Alles schien da zu sein, einschließlich der drei Pfähle, alles bis auf Jondalar.

»Das Boot ist da, aber ich kann Jondalar nicht finden«, sagte sie laut. Sie hörte Wolf kläffen, als gäbe er Antwort. »Warum ist Jondalar nicht hier? Wo ist er? Ist das Boot von selbst hier angetrieben? Ist er nicht mitgekommen?« Dann kam ihr ein Gedanke. Vielleicht sucht er nach mir, dachte sie. Aber wenn ich flußabwärts geritten bin und er flußaufwärts gegangen ist – wie konnten wir uns dann verfehlen?

»Der Fluß!« Sie schrie die Worte fast heraus. Wolf kläffte abermals. Plötzlich erinnerte sie sich an sein Zögern, nachdem sie den Nebenfluß durchquert hatten. »Wolf!« rief sie.

Wolf rannte auf sie zu, sprang hoch und legte ihr die Pfoten auf die Schultern. Sie griff mit beiden Händen in sein dichtes Nackenfell, betrachtete seine lange Schnauze und die intelligenten Augen. Sie wußte, daß er imstande war, Jondalar zu finden, wenn sie ihm nur begreiflich machen konnte, was sie wollte.

»Wolf, such Jondalar!« sagte sie. Er sprang herunter und schnüffelte am Boot herum; dann machte er sich auf den Weg stromaufwärts, in die Richtung, aus der sie gekommen waren.

Jondalar stand bis zur Taille im Wasser, er war gerade dabei, den kleineren Fluß zu durchwaten, als er glaubte, einen schwachen Vogelruf zu hören, der irgendwie vertraut klang – und ungeduldig. Er blieb stehen und schloß die Augen, versuchte, ihn zu lokalisieren, dann schüttelte er den Kopf, nicht einmal sicher, ob er überhaupt etwas gehört hatte, und ging weiter. Als er das andere Ufer erreicht hatte und sich auf den Rückweg zum großen Fluß machte, mußte er immer wieder an diesen Vogelruf denken. Schließlich verdrängte seine Sorge um Ayla ihn aus seinen Gedanken, aber er blieb im Hintergrund seines Bewußtseins.

Er war schon eine ganze Weile in seiner nassen Kleidung herumgewandert; er wußte, daß auch Ayla naß war, als ihm einfiel, daß er vielleicht gut daran getan hätte, das Zelt oder wenigstens irgendeinen Unterschlupf mitzunehmen. Es wurde spät, und ihr konnte alles mögliche passiert sein. Vielleicht war sie sogar verletzt. Der Gedanke veranlaßte ihn, das Wasser, das Ufer und die Vegetation in der nächsten Umgebung mit den Augen abzusuchen.

Plötzlich hörte er abermals den Vogelruf, diesmal viel lauter und näher, gefolgt von einem Gekläff und dann einem regelrechten Wolfsgeheul und dem Geräusch von Hufschlägen. Er fuhr herum, und auf seinem Gesicht breitete sich ein strahlendes Willkommenslächeln aus, als er den Wolf, gefolgt von Renner, direkt auf sich zukommen sah und, was das Schönste war, Ayla auf dem Rücken von Winnie.

Wolf sprang an Jondalar hoch, legte die mächtigen Pfoten auf seine Brust und reckte sich auf, um ihm das Kinn zu lecken. Jondalar griff in sein Nackenfell, wie Ayla es zu tun pflegte, dann schloß er das große Tier in die Arme. Doch als Ayla herangaloppiert kam, absprang und auf ihn zurannte, schob er den Wolf beiseite.

»Jondalar! Jondalar!« sagte sie, als er sie in die Arme nahm.

»Ayla! Oh, Ayla!« sagte er und drückte sie fest an sich.

Der Wolf sprang hoch und leckte beiden das Gesicht, und keiner von ihnen schob ihn weg.

Der große Fluß, den die beiden Reiter mit den Pferden und dem Wolf überquert hatten, ergoß sich in das salzhaltige Binnengewässer, das die Mamutoi Beran-See nannten, an einer Stelle, die unmittelbar nördlich des riesigen

Deltas des Großen Mutter Flusses lag. Als die Reisenden sich der in viele Kanäle aufgefächerten Mündung des gewaltigen Stromes näherten, der sich über fast zweitausend Meilen seinen Weg durch den gesamten Kontinent gebahnt hatte, ging das Land, das bis dahin ständig abgefallen war, in eine Ebene über.

Ayla und Jondalar waren überrascht von der Üppigkeit des Graslandes in dieser flachen, südlichen Region. Junges Grün, ungewöhnlich so spät im Jahr, überzog die offene Landschaft. Das heftige Gewitter mit seinen sintflutartigen Regenfällen, um diese Jahreszeit eine Ausnahme und überdies sehr ausgedehnt, hatte das unzeitgemäße Grün ausgelöst. Es hatte zur Folge gehabt, daß auf der Steppe ein frühlingshaftes Wachstum nicht nur von Gräsern einsetzte, sondern auch von bunten Blüten: purpurne und gelbe Zwergiris, dunkelrote, dicht gefüllte Päonien, rosa Tigerlilien und Wicken in allen möglichen Farben von Gelb und Orange bis zu Rot und Purpur.

Lautes Zwitschern und Kreischen lenkte Aylas Aufmerksamkeit auf die schwarz-rosa Vögel, die in unaufhörlicher Bewegung über ihnen kreisten, auf sie herabschossen, sich trennten und sich dann wieder zu riesigen Schwärmen vereinigten. Der gewaltige Schwarm der lärmenden, geselligen Rosenstare, die sich hier versammelt hatten, flößte der jungen Frau ein unbehagliches Gefühl ein. Obwohl sie in Kolonien brüteten, in Schwärmen auf Nahrungssuche gingen und auch nachts gemeinschaftlich ruhten, konnte sie sich nicht erinnern, jemals so viele von ihnen beisammen gesehen zu haben.

Sie stellte fest, daß auch Turmfalken und andere Vögel sich versammelten. Der Lärm wurde lauter, und in ihn mischte sich ein schrilles Sirren. Dann entdeckte sie eine große, dunkle Wolke; doch seltsamerweise war der Himmel, von dieser Wolke abgesehen, völlig klar. Sie schien, vom Wind getrieben, näher zu kommen. Plötzlich wurde der riesige Schwarm von Rosenstaren noch aufgeregter.

»Jondalar«, rief sie dem Mann zu, der ein Stück vor ihr ritt. »Sieh dir diese merkwürdige Wolke an.«

Der Mann schaute sich um, dann hielt er an, und Ayla kam heran und hielt neben ihm. Während sie hinschauten, wurde die Wolke sichtlich größer.

»Ich glaube nicht, daß das eine Regenwolke ist«, sagte Jondalar.

»Ich glaube es auch nicht, aber was könnte es sonst sein?« sagte Ayla. Sie verspürte den unerklärlichen Drang, irgendwo Schutz zu suchen. »Meinst du, wir sollten das Zelt aufstellen und abwarten?«

»Ich möchte lieber weiterreiten. Vielleicht können wir ihr entkommen, wenn wir uns beeilen«, sagte Jondalar.

Sie trieben die Pferde auf dem grünen Feld in eine schnellere Gangart, aber sowohl die Vögel als auch die merkwürdige Wolke holten sie ein. Das schrille Sirren wurde durchdringender und übertönte sogar die lärmenden Stare. Plötzlich spürte Ayla, wie etwas auf ihren Arm prallte.

»Was war das?« fragte sie, aber noch bevor sie die Worte ausgesprochen hatte, wurde sie wieder und wieder getroffen. Irgend etwas landete auf Winnie und prallte ab. Als sie zu Jondalar hinschaute, der direkt vor ihr ritt, sah sie noch mehr von den fliegenden, hüpfenden Dingern. Eines landete unmittelbar vor ihr, und bevor es wieder aufflog, klatschte sie die Hand darauf.

Sie nahm es vorsichtig auf und betrachtete es genauer. Es war ein Insekt, ungefähr so lang wie ihr Mittelfinger, mit dickem Leib und langen Hinterbeinen. Es sah aus wie ein großer Grashüpfer, aber es war nicht mattgrün wie die, die sie durch trockenes Gras hatte hüpfen sehen und die unauffällig mit ihrer Umgebung verschmolzen. Dieses Insekt prunkte mit leuchtend gelben, schwarzen und orangefarbenen Streifen.

Der Unterschied war durch den Regen bewirkt worden. In der normalerweise trockenen Jahreszeit waren diese Insekten Grashüpfer, zurückhaltende Einzelgänger, die die Gesellschaft von Artgenossen nur so lange ertrugen, wie sie zur Paarung brauchten. Aber nach dem heftigen Gewitter war eine bemerkenswerte Veränderung mit ihnen vorgegangen. Als das junge, frische Gras hervorsproß, profitierten die Weibchen von dem reichlichen Nahrungsangebot und legten wesentlich mehr Eier als üblich, und wesentlich mehr Larven überlebten. Als die Population anwuchs, veränderte sie sich auf verblüffende Weise. Die jungen Grashüpfer legten sich auffällige Farben zu und begannen, die Gesellschaft der anderen zu suchen. Sie waren keine Grashüpfer mehr, sie hatten sich in Heuschrecken verwandelt.

Bald vereinigten sich Schwärme bunter Heuschrecken mit anderen Schwärmen, und als die Nahrung an ihrem Ursprungsort verbraucht war, schwangen sich die Heuschrecken in Massen in die Luft. Schwärme von fünf Milliarden Tieren waren keine Seltenheit; sie konnten eine Fläche von sechzig Quadratmeilen bedecken und in einer einzigen Nacht achtzigtausend Tonnen Vegetation fressen.

Als sich der vordere Teil der Heuschreckenwolke herabsenkte, um über das frische Grün herzufallen, waren Ayla und Jondalar umgeben von Insekten, die um sie herumschwärmten, auf ihnen und ihren Pferden landeten und abprallten. Es fiel ihnen nicht schwer, Winnie und Renner zum Galopp zu bewegen – im Gegenteil, es wäre ihnen unmöglich gewesen, sie zurückzuhalten. Sie stürmten mit Höchstgeschwindigkeit durch das Bombardement der Heuschrecken, und Ayla versuchte, Wolf zu entdecken; aber die Luft war angefüllt von fliegenden, hüpfenden, springenden Insekten. Sie pfiff, so laut sie konnte, und hoffte, daß er sie trotz des sirrenden Getöses hören konnte.

Sie wäre fast mit einem Rosenstar zusammengeprallt, als dieser herabstieß und direkt vor ihrem Gesicht eine Heuschrecke schnappte. Jetzt begriff sie, weshalb sich solche Massen von Vögeln versammelt hatten. Das gewaltige Nahrungsangebot, dessen leuchtende Farben leicht zu erkennen waren, hatte sie angelockt. Aber die stark kontrastierenden Farben, die die Vögel anzogen, ermöglichten auch den Heuschrecken, miteinander Verbindung zu halten, wenn sie zu einem Ort mit frischer Nahrung fliegen mußten; und selbst die unzähligen Vögel konnten den riesigen Heuschreckenschwärmen nicht viel anhaben, solange die Vegetation üppig genug war, um neuen Generationen Nahrung zu bieten. Erst wenn der Regen ausblieb und das Grasland sich wieder in seinem normalen, ausgetrockneten Zustand befand und damit nur wenigen Tieren Nahrung bot, verwandelten sich die Heuschrecken wieder in gut getarnte, unauffällige Grashüpfer.

Wolf fand sie, kurz nachdem sie den Schwarm hinter sich gelassen hatten. Als sich die gefräßigen Insekten für die Nacht auf dem Boden niederließen, hatten Ayla und Jondalar bereits weit davon entfernt ihr Lager aufgeschlagen. Am nächsten Morgen ritten sie in nördlicher Richtung mit einer kleinen Abweichung nach Osten auf einen hohen Hügel zu, von dem aus sie die flache Landschaft überblicken konnten. Sie hofften herauszufinden, wie weit sie noch vom Großen Mutter Fluß entfernt waren. Unmittelbar unterhalb des Hügels sahen sie den Rand des Gebietes, in das die Heuschrecken eingefallen waren, die inzwischen ein starker Wind in Richtung See davongetrieben hatte. Das Ausmaß der Verheerung war kaum zu fassen.

Die herrliche Frühlingslandschaft aus bunten Blumen und frischem Gras war verschwunden. So weit sie sehen konnten, war das Land völlig kahlgefressen. Kein Blatt, kein Grashalm, keine Spur von Grün bedeckte die nackte Erde – der gefräßige Schwarm hatte die gesamte Vegetation verschlungen. Das einzige Anzeichen von Leben waren ein paar Stare auf der Suche nach den letzten zurückgebliebenen Heuschrecken. Die Erde war verheert und entblößt. Aber sie würde sich bald mit Hilfe verborgener Wurzeln und vom Wind verwehter Samen von neuem in frisches Grün kleiden.

Als der Mann und die Frau in die entgegengesetzte Richtung schauten, bot sich ihnen ein völlig anderer Anblick, der ihren Pulsschlag beschleunigte. Im Osten funkelte eine ausgedehnte Wasserfläche in der Sonne – der Beran-See.

Als sie hinüberschaute, wurde Ayla klar, daß es dieser See gewesen war, an dem sie ihre Kindheit verlebt hatte. Die Höhle von Bruns Clan hatte am Südende einer Halbinsel gelegen, die in das große Gewässer hineinragte. Das Leben mit den Leuten vom Clan war oft schwierig gewesen. Dennoch hatte sie glückliche Erinnerungen an ihre Kindheit, obwohl der Gedanke an den Sohn, den sie hatte zurücklassen müssen, sie immer wieder traurig stimmte. Sie wußte, daß sie dem Sohn, den sie nie wiedersehen würde, jetzt so nahe war, wie sie es nie wieder sein würde.

Für ihn war es das beste, wenn er mit dem Clan lebte. Mit Uba als Mutter und dem alten Brun, der ihm beibrachte, mit dem Speer, der Wurfschlinge, der Schleuder zu jagen, und der ihn die Lebensweise des Clans lehrte, würde Durc geliebt und geachtet werden, nicht geschmäht und verspottet wie Rydag. Dennoch fragte sie sich, wie es ihm wohl gehen mochte. Lebte der Clan nach wie vor auf der Halbinsel, oder war er weitergezogen, in die Nachbarschaft anderer Clans auf dem Festland oder in den hohen Bergen des Ostens?

»Schau hin, Ayla, dort unten, das ist das Delta. Siehst du das braune, schlammige Wasser jenseits der großen Insel dort? Ich glaube, das ist der nördlichste Hauptarm. Dort ist es, das Ende des Großen Mutter Flusses!« sagte Jondalar mit vor Erregung bebender Stimme.

Auch ihn bedrängten Erinnerungen, in denen Trauer mitschwang. Als er zum letzten Mal diesen Fluß erblickt hatte, war sein Bruder bei ihm gewesen, und jetzt befand sich Thonolan in der Welt der Geister. Plötzlich erinnerte er sich an den Stein mit der schillernden Oberfläche, den er von dort mitgenommen hatte, wo Ayla seinen Bruder begraben hatte. Sie hatte gesagt, er enthielte das Wesen von Thonolans Geist, und er hatte vor, ihn, wenn er heimgekehrt war, seiner Mutter zu geben. Er steckte in seinem Packkorb. Vielleicht sollte ich ihn herausholen und bei mir tragen, dachte er.

»Oh, Jondalar! Dort drüben, dort am Fluß, ist das Rauch? Leben Leute in der Nähe des Flusses?« fragte Ayla aufgeregt.

»Das ist durchaus möglich«, sagte Jondalar.

»Dann wollen wir uns beeilen.« Sie ritten nebeneinander den Hügel hinunter. »Was für Leute mögen das sein?« fragte sie. »Jemand, den du kennst?«

»Vielleicht. Die Sharamudoi kommen manchmal in ihren Booten hierher, um Handel zu treiben. Auf diese Weise hat Markeno Tholie kennengelernt. Sie gehörte zu einem Mamutoi-Lager, das gekommen war, um Salz und Muscheln zu holen.« Er hielt an und schaute sich um, betrachtete das Delta und die hinter einem schmalen Kanal liegende Insel genauer; dann musterte er das Land stromabwärts. »Ich glaube, wir sind nicht weit von der Stelle entfernt, an der Brecie das Weiden-Lager aufgeschlagen hatte – im letzten Sommer. Ist das wirklich erst ein Jahr her? Sie brachte uns in ihr Lager, nachdem ihre Leute Thonolan und mich aus dem Schwemmsand gerettet hatten...«

Jondalar schloß die Augen, aber Ayla sah seinen Schmerz. »Sie waren die letzten Leute, die mein Bruder gesehen hat – außer mir. Wir reisten noch eine Zeitlang gemeinsam weiter. Ich hoffte immer, er würde darüber hinwegkommen, aber ohne Jetamio wollte er nicht mehr leben. Er wollte, daß die Mutter ihn zu sich nähme«, sagte Jondalar. Dann blickte er zu Boden und sagte: »Und dann sind wir Baby begegnet.«

Jondalar schaute auf, sah Ayla an, und sie sah, wie sich sein Ausdruck veränderte. Der Schmerz war nach wie vor da, aber es lag noch etwas anderes darin, etwas, das sie ängstigte.

»Ich habe nie verstanden, warum Thonolan sterben wollte – damals.« Er wendete sich ab, trieb Renner zu einer schnelleren Gangart, dann rief er zurück: »Komm. Du hast doch gesagt, wir sollten uns beeilen.«

Ayla bedeutete Winnie, ihren Schritt gleichfalls zu beschleunigen, und folgte dem Mann auf dem galoppierenden Hengst, der auf den Fluß zujagte. Der Ritt war befreiend und vertrieb die düstere Stimmung, in die dieser Ort sie beide versetzt hatte. Wolf, begeistert von dem flotten Tempo, rannte neben ihnen her, und als sie das Ufer erreicht hatten und haltmachten, hob er den Kopf und stieß einen melodischen Wolfsgesang aus. Ayla und Jondalar sahen sich an und lächelten; beiden erschien es eine angemessene Art, zu verkünden, daß sie an dem Fluß angekommen waren, der während des größten Teils ihrer weiteren Reise ihr ständiger Begleiter sein würde.

»Ist er das? Haben wir den Großen Mutter Fluß erreicht?« sagte Ayla mit funkelnden Augen.

»Ja. Das ist er«, sagte Jondalar; dann schaute er nach Westen, stromaufwärts. Er wollte Aylas Begeisterung darüber, daß sie den Fluß erreicht hatten, nicht dämpfen, aber er wußte, welch langer Weg noch vor ihnen lag.

Sie mußten die ganze Strecke hinter sich bringen, auf der er einst gekommen war, quer über den Kontinent bis zu dem Gletscher, der die Hochebene nahe der Quelle des Flusses bedeckte, und dann darüber hinaus, fast bis zum Großen Wasser weit im Westen, am Rande der Welt. Auf ihrem vielfach gewundenen, zweitausend Meilen langen Weg nahm der große Wasserlauf – der Fluß Donis, der Großen Erdmutter der Zelandonii – das Wasser von mehr als dreihundert Nebenflüssen und den Abfluß zweier vergletscherter Bergketten in sich auf und schleppte eine schwere Last von Sedimenten mit sich.

Das breite Delta, das sie erreicht hatten und das doppelt so lang wie breit war, begann bereits viele Meilen von der See entfernt. Der Fluß, zu wasserreich, als daß ihn in der flachen Ebene zwischen dem alten Massiv aus angehobenem Urgestein im Osten und der sanften Hügellandschaft, in die das Gebirge im Westen auslief, ein einziges Bett hätte fassen können, teilte sich in vier Hauptarme, von denen jeder eine andere Richtung einschlug. Kanäle verbanden die auseinanderstrebenden Arme und bildeten ein Labyrinth gewundener Wasserläufe, die sich zu zahlreichen Seen und Lagunen ausweiteten. Ausgedehnte Schilfgürtel umgaben das feste Land, von kahlen Sandbänken bis zu großen Inseln mit Wäldern und Steppen, bevölkert von Rotwild und Auerochsen und ihren natürlichen Feinden.

»Wo ist der Rauch hergekommen?« fragte Ayla. »Irgendwo ganz in der Nähe muß ein Lager sein.«

»Ich glaube, er könnte von der großen Insel aufgestiegen sein, die wir ein Stück stromabwärts gesehen haben, auf der anderen Seite dieses Kanals«, sagte Jondalar und wies in die entsprechende Richtung.

Sie ritten flußabwärts, und als sie auf der Höhe der Insel angekommen waren, lenkten sie die Pferde ins Wasser. Ayla schaute zurück, um sich zu vergewissern, daß die Pfähle des Schleppgestells mit dem zwischen ihnen festgemachten Boot sich nicht irgendwo verhakt hatten; dann überprüfte sie, ob sich die vorn überkreuzten Ende der Pfähle frei bewegen konnten, als sie hinter der Stute aufschwammen. Als sie nach der Überquerung des großen Flusses ihre Sachen packten, hatten sie eigentlich vorgehabt, das Boot zurückzulassen. Es hatte seinen Zweck, sie und ihre Habseligkeiten hinüberzubringen, erfüllt. Aber nach der Mühe, die mit seiner Herstellung verbunden gewesen war, widerstrebte es ihnen, das kleine Boot einfach liegenzulassen, obwohl die Überquerung des Flusses nicht ganz so verlaufen war, wie sie es sich gedacht hatten.

Es war Ayla gewesen, die auf die Idee gekommen war, es an den Pfählen zu befestigen, obwohl das bedeutete, daß Winnie es ständig ziehen mußte; aber Jondalar hatte begriffen, daß es das Überqueren von Flüssen vereinfachen würde. Sie konnten ihre Ausrüstung ins Boot packen, damit sie nicht naß wurde, und anstatt zu versuchen, die Pferde mit einem an dem Boot befestigten Seil hinüberzuführen, konnte Winnie hinüberschwimmen, ihr Tempo selbst bestimmend und eine leichte, schwimmende Last mit sich ziehend. Als sie es beim nächsten Fluß, den sie überqueren mußten, ausprobierten, stellten sie fest, daß sie ihr nicht einmal das Geschirr abzunehmen brauchten.

Aber die große, offene Schüssel des Bootes war ein Behälter, der dazu einlud, daß man ihn füllte. Sie gingen dazu über, sie zur Beförderung von Holz, trockenem Dung und anderem Brennmaterial zu benutzen, das sie unterwegs für ihr abendliches Feuer einsammelten, und manchmal ließen sie nach der Überquerung eines Flusses ihre Packkörbe im Boot liegen.

Als sie in das klare Wasser im äußersten Kanal des Deltas hineinwateten, scheute der Hengst und wieherte nervös. Seit seinem beängstigenden Abenteuer fürchtete Renner sich vor Flüssen, aber Jondalar hatte das empfindsame Tier sehr geduldig durch die kleineren Wasserläufe geleitet, auf die sie gestoßen waren, und allmählich überwand Renner seine Angst. Jondalar war froh darüber; sie würden noch sehr viele Flüsse überqueren müssen, bevor sie in seiner Heimat angekommen waren.

Das Wasser floß langsam, war aber so durchsichtig, daß sie Fische sehen konnten, die zwischen Wasserpflanzen herumschwammen. Nachdem sie sich einen Weg durch das hohe Schilf gebahnt hatten, lag die lange, schmale Insel vor ihnen. Wolf war der erste, der die Landzunge erreichte. Er schüttelte sich heftig, dann rannte er die Uferböschung aus festem, mit Lehm vermischtem Sand empor, an die ein Wäldchen aus silbriggrünen Salweiden angrenzte, die zur Größe von Bäumen herangewachsen waren.

Sie stiegen ab und führten die Pferde in das kühle, lichte Wäldchen. Sie wanderten schweigend dahin, betrachteten die Schatten der Blätter, die in der leichten Brise schwankten und das Sonnenlicht auf dem üppigen, mit Gras bedeckten Boden tanzen ließen, und als sie zwischen den Bäumen hindurchblickten, sahen sie in einiger Entfernung grasende Auerochsen. Sie bewegten sich in der Windrichtung, und als die Wildrinder ihre Witterung aufnahmen, trabten sie rasch davon. Sie sind von Menschen gejagt worden, dachte Jondalar.

Auch die Pferde rissen von dem grünen Futter ein Maulvoll nach dem anderen ab, während sie durch die bewaldete Landschaft zogen, und veranlaßten Ayla, stehenzubleiben. Sie machte sich daran, Winnie das Geschirr abzunehmen.

»Warum willst du hier haltmachen?« fragte Jondalar.

»Die Pferde wollen grasen. Ich dachte, wir könnten ein Weilchen hierbleiben.«

Jondalar runzelte die Stirn. »Ich finde, wir sollten noch ein Stück weitergehen. Ich bin sicher, daß auf dieser Insel Menschen leben, und ich wüßte gern, wer sie sind, bevor wir unser Lager aufschlagen.«

Ayla lächelte. »Du hast recht! Du hast gesagt, der Rauch wäre von dieser Stelle gekommen. Aber hier ist es so schön, daß ich es fast vergessen hatte.«

Das Gelände war allmählich angestiegen, und weiter landeinwärts tauchten Erlen, Pappeln und Weißweiden zwischen den Salweiden auf und brachten Abwechslung in das silbriggraue Laub. Später lieferten ein paar Tannen und eine Kiefernart, die so alt war, daß sie seit der Zeit der Entstehung der Berge in dieser Gegend wuchs, einen Hintergrund aus dunklerem Grün, Lärchen brachten hellere Töne ins Bild, dem im Wind schwankende, grünlichgoldene Büschel von reifendem Steppengras Glanzlichter aufsetzten.

Die Insel erhob sich nicht mehr als fünfundzwanzig Fuß aus dem Wasser, dann ging sie in eine langgestreckte Ebene über, eine Miniatursteppe mit Schwingel und Federgras, das sich in der Sonne goldgelb verfärbte. Sie durchquerten die Insel auf der Schmalseite und blickten dann einen wesentlich steileren Abhang aus Sanddünen hinunter, die von Strandhafer, Stranddisteln und Strandkohl gehalten wurden. Die sandige Böschung führte zu einer tiefen, gerundeten Bucht, fast einer Lagune, gesäumt von hohem, von purpurnen Rispen gekröntem Schilf, in das sich Rohrkolben und Binsen mischten und viele andere wasserliebende Pflanzen. In der Bucht wuchsen Seerosen so dicht, daß das Wasser kaum zu sehen war, und auf ihnen hockten unzählige Reiher.

Hinter der Insel floß ein breites, schlammiges Gewässer vorbei, der nördliche Arm des großen Flusses. Sie konnten sehen, wie sich nahe dem Ende der Insel ein Strom klaren Wassers in den Hauptarm ergoß, und Ayla stellte verblüfft fest, daß die beiden Gewässer, das eine durchsichtig, das andere braun vor Schlamm, nebeneinander herflossen, bis schließlich das braune Wasser die Oberhand gewann und der Hauptarm auch das klare Wasser verschlammte.

»Schau dir das an, Jondalar«, sagte Ayla und deutete auf die deutliche Trennungslinie zwischen den beiden Wasserläufen.

»Daran erkennst du, daß du dich am Großen Mutter Fluß befindest. Dieser Arm führt direkt in die See«, sagte er. »Aber sieh dort drüben hin.«

Hinter einer Baumgruppe, ein Stück seitlich von der Bucht, stieg eine dünne Rauchsäule auf. Ayla lächelte in freudiger Erwartung, aber Jondalar hatte einige Bedenken, als sie auf den Rauch zugingen. Wenn das der Rauch einer Feuerstelle war – weshalb hatten sie dann niemanden gesehen? Die Leute mußten sie doch inzwischen bemerkt haben. Warum waren sie nicht gekommen, um sie zu begrüßen? Jondalar nahm das Seil kürzer, an dem er Renner führte, und klopfte ihm beruhigend den Hals.

Als sie den Umriß eines kegelförmigen Zeltes sahen, wußte Ayla, daß sie ein Lager erreicht hatten, und fragte sich, was für Leute hier leben mochten. Es könnten sogar Mamutoi sein, dachte sie, während sie Winnie bedeutete, dicht bei ihr zu bleiben. Dann bemerkte sie, daß Wolf seine Angriffshaltung eingenommen hatte, und sie pfiff das Signal, das zu befolgen sie ihn gelehrt hatte. Er kam zurück und blieb an ihrer Seite, als sie in das kleine Lager hineingingen.

ELFTES KAPITEL

Winnie folgte Ayla, als sie auf die Feuerstelle zuging, von der nach wie vor eine dünne Rauchfahne aufstieg. Fünf Zelte waren im Halbkreis aufgestellt, und die vertieft angelegte Feuergrube befand sich vor dem mittleren. Das Feuer brannte munter – ein Zeichen dafür, daß das Lager vor ganz kurzer Zeit noch bewohnt gewesen war –, aber kein Mensch erhob Anspruch auf diesen Ort, indem er hervorkam und sie begrüßte. Ayla sah sich um, warf einen Blick in die Behausungen hinein, die offen waren, entdeckte aber niemanden.

Der Hauptteil jeder Behausung ähnelte den konischen Zelten, die die Mamutoi in ihren Sommerlagern bewohnten; aber es gab auffällige Unterschiede. Während die Mammutjäger ihre Wohnfläche vergrößerten, indem sie an die eigentlichen Wohnzelte halbkreisförmige Lederzelte anbauten, bestanden die Anbauten in diesem Lager aus Ried- und Sumpfgräsern. Manche waren nur auf schlanken Pfosten ruhende, abfallende Dächer, andere waren ringsum geschlossene, runde Gebilde aus geflochtenen Schilfmatten.

Unmittelbar vor dem Zelt neben der Feuerstelle entdeckte Ayla einen Haufen brauner Rohrkolbenwurzeln auf einer Matte aus geflochtenem Schilf. Neben der Matte standen zwei Körbe. Einer war sehr dicht geflochten und enthielt leicht schlammiges Wasser, der andere war halb voll glänzendweißer, frisch geschälter Wurzeln. Ayla trat heran und nahm eine Wurzel aus dem Korb. Sie war noch naß; sie mußte erst ganz kurz zuvor hineingelegt worden sein.

Als sie sie zurücklegte, fiel ihr ein merkwürdiger Gegenstand auf, der auf der Erde lag. Er war aus Rohrkolbenblättern geflochten und ähnelte einem Menschen, mit zwei seitlich herausragenden Armen und zwei Beinen und einem Stück Leder, das wie ein Kittel darumgeschlungen war. Auf das Gesicht waren mit Holzkohle zwei kurze Striche gezogen worden, die Augen andeuteten, und ein weiterer für ein Lächeln. Als Haar waren Büschel aus Federgras am Kopf befestigt.

Die Leute, bei denen Ayla aufgewachsen war, verfertigten keine Bilder, ausgenommen simple Totemzeichen wie das, das sie auf ihrem Bein trug. Als sie noch ein kleines Mädchen gewesen war, hatte ein Höhlenlöwe ihr tiefe Kratzer beigebracht, die auf ihrem linken Oberschenkel Narben in Form von vier geraden Strichen hinterlassen hatten. Eine ähnliche Markierung diente beim Clan zur Kennzeichnung eines Höhlenlöwen-Totems. Aus diesem Grund war Creb so sicher gewesen, daß der Höhlenlöwe ihr Totem war. Der Geist des Höhlenlöwen hatte sie erwählt und gezeichnet, und deshalb würde er sie auch beschützen.

Andere Clan-Totems wurden auf ähnliche Weise angedeutet, mit simplen Markierungen, die häufig den Gesten ihrer Zeichensprache entstammten. Aber die erste wirklich lebensechte Wiedergabe, die sie je gesehen hatte, war die grobe Skizze eines Tieres, die Jondalar als Zielscheibe auf ein Stück Leder gemacht hatte, und anfangs wußte sie sich den Gegenstand, der hier auf der Erde lag, nicht zu erklären. Doch dann wurde ihr plötzlich klar, was es war. Als Kind hatte sie nie eine Puppe gehabt, aber sie erinnerte sich an ähnliche Gegenstände, mit denen die Kinder der Mamutoi gespielt hatten, und begriff, daß es ein Kinderspielzeug war.

Jetzt zweifelte Ayla nicht mehr daran, daß hier nur Augenblicke zuvor eine Frau mit ihrem Kind gesessen hatte. Jetzt war sie verschwunden; sie mußte in größter Hast davongelaufen sein, da sie ihr Essen im Stich gelassen und nicht einmal das Spielzeug ihres Kindes mitgenommen hatte. Was mochte sie veranlaßt haben, die Flucht zu ergreifen?

Ayla drehte sich um und sah, wie sich Jondalar, der nach wie vor Renners Führleine in der Hand hielt, zwischen einem Haufen Feuersteinsplitter auf die Knie niedergelassen hatte und ein Stück Stein untersuchte, das ihm aufgefallen war. Er blickte auf.

»Hier hat jemand eine sehr gute Spitze mit einem miserabel ausgeführten letzten Schlag ruiniert. Es hätte nur ein leichtes Anschlagen sein dürfen, aber der Schlag ging fehl und war viel zu heftig – fast so, als wäre der Feuersteinschläger plötzlich gestört worden. Und hier ist der Hammerstein. Er hat ihn einfach hingeworfen.« Die Kerben in dem harten, ovalen Stein ließen erkennen, daß er schon lange in Gebrauch war, und der erfahrene Feuersteinschläger fand es höchst merkwürdig, daß jemand ein wertvolles Werkzeug einfach hinwarf und liegenließ.

Ayla schaute sich um und sah auf einem Gestell zum Trocknen aufgehängte Fische und weitere, noch unausgenommene, dicht daneben auf der Erde. Einer war aufgeschlitzt, aber auf dem Boden liegengelassen worden. Es gab noch weitere Hinweise auf plötzlich unterbrochene Tätigkeiten, aber keine Spur von den Bewohnern des Lagers.

»Jondalar, hier müssen vor ganz kurzer Zeit Leute gewesen sein, aber sie sind in größter Eile davongelaufen. Sogar das Feuer brennt noch. Wo mögen die Leute nur stecken?«

»Ich weiß es nicht, aber du hast recht. Sie müssen es sehr eilig gehabt haben. Sie haben alles hingeworfen und sind davongerannt. Als ob sie – Angst gehabt hätten.«

»Aber warum?« sagte Ayla und schaute sich abermals um. »Ich sehe nichts, wovor man Angst haben müßte.«

Jondalar wollte gerade den Kopf schütteln, als er bemerkte, wie Wolf in dem verlassenen Lager herumschnüffelte, seine Nase in die Zelteingänge steckte und die Stellen erkundete, an denen etwas zurückgelassen worden war. Dann fiel sein Blick auf die falbe Stute, die in der Nähe graste und das Gestell aus Pfählen mit dem Rundboot mitschleppte, und auf den jungen dunkelbraunen Hengst, der ihm so bereitwillig gefolgt war.

»Ich glaube, ich weiß, um was es geht«, sagte er. Wolf hörte plötzlich mit seinen Erkundungen auf, richtete den Blick auf den Wald und machte sich auf den Weg hinein. »Wolf!« rief er. Das Tier blieb stehen und schaute ihn schwanzwedelnd an. »Ayla, du solltest ihn zurückrufen, sonst findet er die Bewohner dieses Lagers und jagt ihnen noch mehr Angst ein.«

Sie pfiff, und er kam zu ihr gerannt. Sie kraulte sein Nackenfell; gleichzeitig schaute sie Jondalar stirnrunzelnd an. »Willst du damit sagen, daß wir ihnen Angst einjagen? Daß sie fortgelaufen sind, weil sie Angst vor uns haben?«

»Erinnerst du dich an das Federgras-Lager? Daran, wie die Leute reagierten, als sie uns gesehen hatten? Stell dir vor, wie wir auf Leute wirken müssen, die uns nicht kennen. Wir reisen mit zwei Pferden und einem Wolf. Tiere reisen nicht mit Leuten, sie gehen ihnen normalerweise aus dem Wege. Selbst die Mamutoi beim Sommertreffen brauchten einige Zeit, bis sie sich an uns gewöhnt hatten, und dabei waren wir mit dem Löwen-Lager gekommen. Wenn man es genau bedenkt, war es sehr tapfer von Talut, uns bei unserer ersten Begegnung in sein Lager einzuladen, mit unseren Pferden«, sagte Jondalar.

»Aber was sollen wir tun?«

»Ich meine, wir sollten verschwinden. Die Bewohner dieses Lagers haben sich vermutlich im Wald versteckt und beobachten uns. Wahrscheinlich glauben sie, daß wir aus der Welt der Geister gekommen sind. Das jedenfalls würde ich denken, wenn ich uns ohne jede Vorwarnung kommen sähe.«

»Oh, Jondalar«, klagte Ayla enttäuscht. »Ich hatte mich so darauf gefreut, bei irgendwelchen Leuten zu Gast zu sein.« Sie ließ den Blick noch einmal über das Lager schweifen, dann nickte sie ergeben. »Aber du hast recht. Wenn die Leute uns nicht begegnen wollen, dann sollten wir verschwinden. Ich hätte zu gern die Frau mit dem Kind kennengelernt, das sein Spielzeug zurückgelassen hat, und mich mit ihr unterhalten.« Sie machte sich auf den Weg zu Winnie, die unmittelbar außerhalb des Lagers graste. »Ich will nicht, daß Leute sich vor mir fürchten«, sagte sie, dann drehte sie sich zu Jondalar um. »Werden wir auf dieser Reise überhaupt mit irgendjemandem ins Gespräch kommen?«

»Was Fremde angeht, weiß ich es nicht, aber ich bin sicher, daß die Sharamudoi uns willkommen heißen werden. Vielleicht werden sie anfangs ein bißchen unruhig sein, aber sie kennen mich. Und du weißt ja, wie Leute sind. Wenn sie ihre anfängliche Angst überwunden haben, sind sie an den Tieren überaus interessiert.«

»Es tut mir leid, daß wir diese Leute geängstigt haben. Vielleicht könnten wir ihnen ein Geschenk zurücklassen, obwohl wir nicht ihre Gäste waren«, sagte Ayla. Sie warf einen Blick auf ihre Packkörbe. »Etwas zu essen wäre vielleicht das richtige, ein Stück Fleisch, meine ich.«

»Ja, das ist eine gute Idee. Ich habe auch noch ein paar Feuersteinspitzen. Ich werde eine zurücklassen als Ersatz für die, die der Werkzeugmacher verdorben hat. Es ist eine gewaltige Enttäuschung, wenn man ein gutes Werkzeug verdirbt, das fast fertig ist«, sagte Jondalar.

Als er in seinen Packkorb griff, um seine lederne Werkzeugrolle herauszuholen, erinnerte Jondalar sich daran, wie er mit seinem Bruder gereist war. Sie waren vielen Leuten begegnet, die sie fast alle willkommen geheißen und ihnen oft geholfen hatten. Es hatte sogar mehrere Fälle gegeben, in denen Fremde ihnen das Leben gerettet hatten. Aber wenn die Leute sich vor ihnen fürchteten, weil sie in Gesellschaft von Tieren reisten – was würde geschehen, wenn Ayla und er Hilfe brauchen sollten?

Sie verließen das Lager, stiegen die Sanddüne hinauf und gelangten auf das ebene Feld auf der Kuppe der langen, schmalen Insel. Als sie das Gras erreicht hatten, blieben sie stehen und blickten auf die dünne Rauchsäule hinunter, die aus dem Lager aufstieg, und auf den braunen, verschlammten Fluß, der der großen, blauen Fläche der See zustrebte. In wortloser Übereinstimmung saßen sie beide auf und ritten nach Osten, um einen letzten Blick auf das große Binnenmeer zu werfen.

Als sie die Ostspitze der Insel erreicht hatten, befanden sie sich zwar noch zwischen den Flüssen, waren aber der See doch so nahe, daß sie erkennen konnten, wie die Wellen schäumend auf die Sandbänke rollten. Ayla blickte hinaus über das Wasser und glaubte fast den Umriß einer Halbinsel erkennen zu können. Die Höhle von Bruns Clan, der Ort, an dem sie aufgewachsen war, lag an ihrer Südspitze. Dort hatte sie ihren Sohn zur Welt gebracht, und dort hatte sie ihn zurücklassen müssen, als man sie verstieß.

Wie groß mag er inzwischen sein? fragte sie sich. Bestimmt größer als seine Altersgenossen. Ist er kräftig? Gesund? Ist er glücklich? Ob er sich an mich erinnert? Wenn ich ihn nur noch ein einziges Mal sehen könnte, dachte sie, und dann wurde ihr klar: wenn sie jemals nach ihm suchen wollte, war dies die letzte Gelegenheit. Sie würde ihrem Clan und Durc nie wieder so nahe sein wie jetzt. Warum konnten sie nicht statt dessen nach Osten ziehen? Einen kurzen Abstecher machen, bevor sie ihre Reise fortsetzten? Wenn sie an der Nordküste der See entlangritten, würden sie die Halbinsel vermutlich in wenigen Tagen erreicht haben. Und Jondalar hatte gesagt, er wäre bereit, sie zu begleiten, wenn sie versuchen wollte, Durc zu finden.

»Ayla, sieh dir das an! Ich habe gar nicht gewußt, daß es hier Robben gibt! Ich habe diese Tier nicht mehr gesehen, seit ich ein kleiner Junge und mit Willomar unterwegs war«, sagte Jondalar mit einer Stimme, in der Aufregung und wehmütige Erinnerung mitschwangen.« »Er hat mich und Thonolan mitgenommen, um uns das Große Wasser zu zeigen, und dann durften wir mit den Leuten, die dicht am Ende der Welt leben, in einem Boot nach Norden fahren. Hast du schon einmal Robben gesehen?«

Ayla schaute wieder über die See, aber jetzt richtete sie ihren Blick auf eine näher am Ufer liegende Stelle. Mehrere dunkle Geschöpfe mit hellgrauem Bauch watschelten unbeholfen über eine Sandbank, die sich hinter einigen Felsen gebildet hatte. Noch während sie hinschauten, stürzte sich der größte Teil der Robben ins Wasser, um einen Schwarm Fische zu verfolgen. Sie sahen ihre Köpfe auftauchen, und schließlich glitt auch das letzte Tier, kleiner und jünger als die anderen, ins Wasser. Dann waren sie verschwunden, so plötzlich, wie sie aufgetaucht waren.

»Nur aus der Ferne«, sagte Ayla, »in der kalten Jahreszeit. Sie hielten sich gern auf dem vor der Küste treibenden Eis auf. Bruns Clan hat sie nicht gejagt. Niemand vermochte sie zu erreichen, aber Brun hat erzählt, daß er einmal ein paar von ihnen auf den Felsen in der Nähe einer Meereshöhle gesehen hat. Es gibt Leute, die glauben, sie wären überhaupt keine Tiere, sondern Wassergeister, aber ich habe einmal Junge auf dem Eis gesehen, und ich glaube nicht, daß Wassergeister Junge bekommen können. Wo sie sich im Sommer aufhalten, wußte ich nicht. Sie müssen hierher gekommen sein.«

»Wenn wir zuhause sind, nehme ich dich mit zum Großen Wasser, Ayla. Das kannst du dir nicht vorstellen. Dies ist ein großes Meer, größer als jeder See, der mir je begegnet ist, und auch salzig, wie man mir sagte, aber es ist nichts im Vergleich zum Großen Wasser. Das ist wie der Himmel. Niemand hat jemals die andere Seite erreicht.«

Ayla hörte die Begeisterung in Jondalars Stimme und spürte sein Verlangen, wieder in seiner Heimat zu sein. Sie wußte, daß er nicht zögern würde, sie auf der Suche nach Bruns Clan und ihrem Sohn zu begleiten, wenn sie ihn darum bitten würde. Aber sie wußte nicht, wo sie nach dem Clan suchen sollte. Und es war auch nicht mehr Bruns Clan. Jetzt war es Brouds Clan, und sie würde nicht willkommen sein. Broud hatte sie mit dem Todesfluch belegt; jetzt war sie für alle tot, ein Geist. Wenn sie und Jondalar dem Lager auf dieser Insel Angst eingejagt hatten, weil sie Tiere bei sich hatten und über die scheinbar übernatürliche Fähigkeit verfügten, sie zu lenken – wieviel Angst würden sie dann erst dem Clan einjagen, Uba und Durc nicht ausgenommen? Für sie würde sie aus der Geisterwelt zurückgekehrt sein, und sie glaubten, daß ein Geist, der aus dem Land der Toten zurückkehrte, nur kam, um ihnen Schaden zuzufügen.

Aber sobald sie sich nach Westen wandten, würde es endgültig sein. Durc würde nicht mehr sein als eine Erinnerung, und es würde keinerlei Hoffnung mehr geben, daß sie ihn jemals wiedersah. Das war die Entscheidung, die sie treffen mußte. Sie glaubte, sie schon vor langer Zeit getroffen zu haben; sie hatte nicht geahnt, daß der Schmerz noch immer so heftig sein würde. Sie wendete den Kopf ab, damit Jondalar die Tränen nicht sah, die ihre Augen füllten, während sie auf die weite, blaue Wasserfläche hinausstarrte und ihrem Sohn ein letztes, stummes Lebewohl zurief.

Sie kehrten der See den Rücken und wanderten zu Fuß durch das hüfthohe Steppengras zurück, damit die Pferde ausruhen und grasen konnten. Die Sonne stand hoch am Himmel und war grell und heiß. Hitzeschwaden stiegen von der staubigen Erde auf und verbreiteten das warme Aroma von Pflanzen und Humus. Auf der baumlosen Ebene auf der Kuppe der langen, schmalen Insel bewegten sie sich im Schatten ihrer Grashüte, aber die Verdunstung aus den sie umgebenden Wasserläufen machte die Luft feucht, und Schweißtropfen rannen ihnen über die staubige Haut. Für eine gelegentliche kühle Brise von der See waren sie dankbar.

Ayla blieb stehen, wickelte sich das Lederband ihrer Schleuder vom Kopf und steckte es in den Gürtel; sie wollte nicht, daß es zu feucht wurde. Sie ersetzte es durch ein gerolltes Stück weichen Leders ähnlich dem, das Jondalar trug, legte es um die Stirn und verknotete es am Hinterkopf; es würde die Schweißtropfen aufsaugen, die ihr über die Stirn rannen.

Als sie weitergingen, sah sie, wie ein trübgrüner Grashüpfer aufsprang, landete und gut getarnt im Gras verschwand. Dann entdeckte sie einen zweiten und weitere, die hin und wieder ihr Zirpen hören ließen. Sie erinnerten sie an die Heuschrecken, aber hier waren sie einfach Insekten unter vielen anderen, darunter Schmetterlingen mit bunten Flügeln, die über dem Schwingelgras tanzten, und einer harmlosen, den Bienen ähnelnden und über einer Butterblume schwebenden Drohnenfliege.

Obwohl das hochgelegene Feld relativ klein war, weckte es in ihnen das vertraute Gefühl der Steppe, doch als sie das andere Ende der Insel erreicht hatten und sich umschauten, bot sich ihnen der verblüffende Anblick der ausgedehnten, fremden und nassen Welt des riesigen Deltas. Im Norden, zu ihrer Rechten, lag das Festland und hinter einem Saum aus Ufergestrüpp ein Grasland in gedämpftem Grüngold. Im Süden und Westen dagegen erstreckte sich bis zum Horizont das sumpfige Mündungsgebiet des großen Flusses, das aus einiger Entfernung betrachtet ebenso solide und festgefügt aussah wie das Land. Es war eine ausgedehnte Fläche aus üppig grünen Riedgräsern, die im böigen Rhythmus des Windes so unablässig in Bewegung waren wie die See, unterbrochen nur von vereinzelten Bäumen, die ihre Schatten über das wogende Grün und die gewundenen Rinnen der offenen Wasserläufe warfen.

Als sie durch den lichten Wald den Abhang hinunterwanderten, wurde sich Ayla der vielen Vögel bewußt – mehr Arten, als sie je zuvor an einem Ort versammelt gesehen hatte, und einige davon unvertraut. Krähen, Kuckucke, Stare und Turteltauben verständigten sich mit ihren unverwechselbaren Rufen. Eine Schwalbe, von einem Falken gejagt, stieß herab und tauchte im Schilf unter. Hoch fliegende Schwarzmilane und dicht über dem Boden dahinjagende Moorweihen suchten nach toten oder sterbenden Fischen. Kleine Sänger und Fliegenschnäpper flatterten aus dem Dickicht auf hohe Bäume, winzige Strandläufer, Rotschwänze und Würger hüpften von Ast zu Ast. Möwen ließen sich von Luftströmungen tragen und bewegten kaum eine Feder, massige Pelikane segelten majestätisch und mit kraftvollen Flügelschlägen über sie hinweg.

Ayla und Jondalar befanden sich, als sie das Wasser wieder erreicht hatten, an einem anderen Abschnitt des Flusses, in der Nähe einer Gruppe von Salweiden, die eine gemischte Kolonie von Wasservögeln beherbergte – Nachtreiher, Silberreiher, Purpurreiher, Kormorane und vor allem Braune Sichler, die alle gemeinsam nisteten. Auf einem einzigen Baum war das Nest der einen Art oft nur einen Ast weit von dem einer anderen Art entfernt, und in vielen Nestern befanden sich Eier oder Küken. Die Vögel schienen von den Menschen und ihren Tieren ebensowenig Notiz zu nehmen wie voneinander, aber dieser Ort mit seinem unaufhörlichen geschäftigen Treiben war etwas, das die Neugier des jungen Wolfes erregte und das er unmöglich ignorieren konnte.

Er näherte sich ihm langsam, versuchte sich anzuschleichen, aber die Fülle der Möglichkeiten verwirrte ihn. Schließlich stürmte er auf einen besonders kleinen Baum zu. Laut kreischend erhoben sich die am nächsten sitzenden Vögel flügelschlagend in die Luft, sofort gefolgt von weiteren, die die Warnung gehört hatten. Immer mehr Vögel flogen auf. Die Luft war erfüllt vom Geflatter der Wasservögel, bis schließlich mehr als zehntausend Angehörige verschiedener Arten über ihren Köpfen kreisten.

Wolf kam zu ihnen zurückgerannt, mit eingeklemmtem Schwanz, heulend und kläffend aus Angst vor dem Tumult, den er ausgelöst hatte. Auch die Pferde waren verängstigt, sie wieherten und stiegen; dann galoppierten sie ins Wasser.

Das Schleppgestell bremste die Stute, die ohnehin weniger leicht erregbar war. Sie beruhigte sich schnell; mit dem jungen Hengst dagegen hatte Jondalar mehr Mühe. Er rannte hinter dem Pferd her ins Wasser, schwamm, wo es tiefer wurde, und war bald außer Sicht. Ayla schaffte es, Winnie aufs Festland zurückzubringen. Nachdem sie das Pferd beruhigt und getröstet hatte, nahm sie ihm das Schleppgestell und das Geschirr ab, damit es sich ungehindert bewegen und von selbst zur Ruhe kommen konnte. Dann pfiff sie nach Wolf. Sie mußte mehrmals pfeifen, bevor er kam, und als er es tat, erschien er aus einer anderen Richtung, weiter flußabwärts, weit fort von dem Wäldchen mit den nistenden Vögeln.

Ayla wechselte ihre nasse Kleidung; dann sammelte sie Holz, um Feuer zu machen, und wartete auf Jondalar. Auch er würde sich umziehen müssen, und glücklicherweise befanden sich seine Packkörbe in dem Rundboot und waren trocken geblieben. Es dauerte eine Weile, bis er, von Westen kommend, auf Aylas Feuer zugeritten kam. Renner war weit stromaufwärts gelaufen, bevor es Jondalar gelungen war, ihn einzuholen.

Der Mann war noch immer wütend auf Wolf; das spürte nicht nur Ayla, sondern auch Wolf selbst. Er wartete, bis Jondalar sich umgezogen und mit einem Becher heißem Tee niedergelassen hatte, dann kam er heran, wedelte mit dem Schwanz wie ein Welpe, der gern spielen möchte, und winselte flehentlich. Als er nahe genug herangekommen war, versuchte er, Jondalars Gesicht zu lecken. Zuerst schob der Mann ihn beiseite, doch als er zuließ, daß das hartnäckige Tier näher an ihn herankam, schien sich Wolf dermaßen zu freuen, daß Jondalar nachgab.

»Es sieht fast so aus, als wollte er sagen, es täte ihm leid. Aber wie könnte er das? Er ist doch ein Tier. Ayla, könnte Wolf wissen, daß er sich schlecht benommen hat, und daß es ihm jetzt leidtut?« fragte Jondalar.

Ayla war nicht überrascht. Sie hatte ein solches Verhalten erlebt, als sie das Jagen erlernte und die Raubtiere beobachtete, die sie sich als Beute erwählt hatte. Wolf verhielt sich Jondalar gegenüber wie ein junger Wolf gegenüber dem Leitwolf seines Rudels.

»Ich weiß nicht, was er weiß oder was er denkt«, sagte Ayla. »Ich kann nur nach seinem Verhalten urteilen. Aber ist das bei Menschen nicht genau so? Man weiß nie, was jemand wirklich weiß oder denkt. Auch bei ihnen muß man nach dem Verhalten urteilen.«

Die Sonne hing über den zerklüfteten Gipfeln am Südende der langen Bergkette im Westen und ließ ihre eisigen Facetten funkeln und glitzern. Die Bergkette fiel von den hohen, steilen Felsen im Süden nach Norden hin allmählich ab, und die schroffen Winkel gingen in rundliche, mit schimmerndem Weiß bedeckte Kuppen über. Im Nordwesten verschwanden die Berggipfel hinter einem Vorhang aus Wolken.

Ayla lenkte ihr Pferd auf eine einladende Lichtung in dem bewaldeten Saum des Flußdeltas und hielt an. Jondalar folgte ihrem Beispiel. Die graebewachsene Lichtung war verhältnismäßig groß und lag in einem lichten Waldstreifen, der direkt zu einer stillen Lagune führte.

Obwohl die Hauptarme des großen Flusses Unmengen von Schlamm mit sich führten, war das Wasser des vielfältigen Netzwerks aus Kanälen und Nebenflüssen, die sich durch die Riedgräser des riesigen Deltas zogen, sauber und trinkbar. Die Kanäle verbreiterten sich gelegentlich zu größeren Seen oder stillen Lagunen, die von Schilf, Binsen, Seggen und anderen Wasserpflanzen umgeben und häufig von Seerosen überwuchert waren, deren kräftige Blätter den kleineren Reihern und unzähligen Fröschen Ruheplätze boten.

»Das scheint ein guter Platz zu sein«, sagte Jondalar, schwang sein Bein über Renners Rücken und glitt herunter. Er nahm dem jungen Hengst die

Packkörbe, die Reitdecke und das Halfter ab und ließ ihn frei. Sofort strebte das Pferd auf das Wasser zu, und einen Augenblick später folgte ihm Winnie.

Die Stute stieg zuerst ins Wasser und begann zu trinken. Wenig später stampfte sie mit den Hufen auf, so daß das Wasser aufspritzte und ihre Brust ebenso durchnäßte wie den dicht neben ihr trinkenden Hengst. Sie beugte den Kopf und schnupperte mit nach vorn gelegten Ohren am Wasser. Dann zog sie die Beine unter den Körper, ließ die Vorderbeine einknicken, ging tiefer, rollte sich auf die Seite und schließlich auf den Rücken. Mit hoch erhobenem Kopf und strampelnden Beinen wälzte sie sich begeistert, scheuerte sich den Rücken auf dem Grund der Lagune, dann drehte sie sich auf die andere Seite. Renner, der zugesehen hatte, wie sich seine Mutter in dem kühlen Wasser wälzte, konnte nicht länger warten und ließ sich ebenfalls nieder, um im seichten Wasser zu baden.

»Man sollte meinen, sie hätten für heute genug Wasser gehabt«, sagte Ayla und trat neben Jondalar.

»Vielleicht werde ich Winnie nachher gründlich striegeln. Ihr Fell muß sich heiß anfühlen und jucken unter den Lederriemen, die sie den ganzen Tag trägt. Manchmal meine ich, wir sollten das Boot zurücklassen – aber es hat sich als so brauchbar erwiesen.«

»Mein Fell fühlt sich auch heiß an und juckt. Ich glaube, ich gehe auch ins Wasser. Aber diesmal ohne Kleider«, sagte Jondalar.

»Ich auch, aber erst muß ich auspacken. Die Sachen, die naß geworden sind, sind immer noch feucht. Ich werde sie über diese Sträucher dort hängen, damit sie trocknen können.« Sie zog ein schlaffes Bündel aus einem der Körbe und machte sich daran, die Kleidungsstücke über die Äste eines Erlenstrauchs zu drapieren. »Mich stört es nicht, daß die Kleider naß geworden sind«, sagte Ayla und hängte ein Lendentuch auf. »Ich habe Seifenkraut gefunden und meine gewaschen, während ich auf dich wartete.«

Jondalar schüttelte ein Gewand aus, um ihr beim Aufhängen zu helfen, und stellte fest, daß es sein Kittel war. Er hielt es hoch, um es ihr zu zeigen. »Hast du nicht gesagt, du hättest deine Sachen gewaschen, während du auf mich gewartet hast?« sagte er.

»Deine habe ich gewaschen, nachdem du dich umgezogen hattest. Zuviel Schweiß läßt das Leder verrotten, und sie waren ziemlich fleckig«, erklärte sie.

Er konnte sich nicht erinnern, daß er sich um Schweiß oder Flecken gekümmert hatte, als er mit seinem Bruder reiste, aber er war doch erfreut, daß Ayla es tat.

Als sie soweit waren, daß sie in den Fluß steigen konnten, kam Winnie heraus. Sie stellte sich mit weit gespreizten Beinen ans Ufer, dann schüttelte sie zuerst den Kopf. Das kraftvolle Schütteln setzte sich den ganzen Körper entlang bis zum Schweif fort. Jondalar hob die Arme, um sich vor der Dusche zu schützen. Ayla lief lachend ins Wasser und schöpfte blitzschnell mit beiden Händen weiteres Wasser, um den Mann damit zu bespritzen, als er gleichfalls hineinwatete. Sobald es ihm bis zu den Knien ging, zahlte er es ihr mit gleicher Münze heim. Renner, der sein Bad beendet hatte und dicht neben ihm stand, bekam einen Teil der Dusche ab und wich zurück, dann strebte er auf das Ufer zu. Er liebte Wasser, aber nur unter Bedingungen, für die er sich selbst entschieden hatte.

Nachdem sie des Badens und Spielens müde geworden waren, bemerkte Ayla die Möglichkeiten, die sich hier für ihre Abendmahlzeit boten. Aus dem Wasser ragten wie Speerspitzen geformte Blätter und Blüten mit drei weißen, im Zentrum purpurnen Blütenblättern heraus, und sie wußte, daß die stärkereichen Knollen dieser Pflanze gut schmeckten und nahrhaft waren. Sie grub ein paar davon mit den Zehen aus dem schlammigen Boden; die Stengel waren spröde und brachen leicht ab, wenn man versuchte, sie herauszuziehen. Auf dem Rückweg zum Ufer sammelte sie außerdem Froschlöffel zum Kochen und würzige Brunnenkresse zum Rohessen. Ein regelmäßiges Muster aus kleinen, breiten Blättern, die um ein auf der Wasseroberfläche schwimmendes Zentrum heran angeordnet waren, erregte ihre Aufmerksamkeit.

»Paß auf, daß du nicht auf diese Wassernüsse trittst, Jondalar«, sagte sie und deutete auf die am Ufer verstreut liegenden stacheligen Früchte.

Er hob eine davon auf, um sie genauer zu betrachten. Ihre vier Stacheln waren so angeordnet, daß jeweils eine im Boden steckte und die anderen drei nach oben zeigten. Er schüttelte den Kopf, dann ließ er sie fallen. Ayla bückte sich, um sie und mehrere weitere aufzuheben.

»Es empfiehlt sich nicht, daraufzutreten«, sagte sie, »aber sie schmecken gut.«

Am Ufer, im Schatten dicht beim Wasser, entdeckte sie eine vertraute hohe Pflanze mit blaugrünen Blättern und schaute sich nach irgendeiner anderen Pflanze mit ziemlich großen, geschmeidigen Blättern um, mit denen sie beim Pflücken ihre Hände schützen konnte. Obwohl man sie, solange sie frisch waren, mit einiger Vorsicht handhaben mußte, schmeckten gekochte Brennesselblätter köstlich. Ein Wasserampfer, der dicht am Ufer wuchs und fast mannshoch war, hatte drei Fuß lange Basalblätter, die sich zum Pflücken eignen würden, und auch sie konnte man kochen. Nahebei wuchsen außerdem Huflattich und mehrere Arten von Farnen mit aromatischen Wurzeln. Das Delta hatte eine Fülle von Eßbarem zu bieten.

Ein Stück vom Ufer entfernt bemerkte Ayla eine Insel aus hohen Riedgräsern, die von Rohrkolben gesäumt war. Wahrscheinlich würden Rohrkolben eines ihrer Grundnahrungsmittel sein. Sie waren weit verbreitet und in großer Menge vorhanden, und so viele Teile von ihnen waren eßbar. Sowohl die alten Wurzeln, die zerstampft wurden, um die zähen Fasern von der Stärke zu trennen, die dann zu Teig oder zum Andicken von Suppen verwendet wurde, als auch die jungen, wie der untere Teil der Blütenstengel roh oder gekocht zu essen, ganz zu schweigen von den Massen von Pollen, aus denen eine Art Brot zubereitet werden konnte, waren wohlschmeckend. Der Rest der Pflanze konnte für verschiedene Zwecke verwendet werden: die Blätter zum Flechten von Körben und Matten, und der Flaum der abgewelkten Blüten lieferte saugfähiges Polstermaterial und hervorragenden Zunder. Obwohl Ayla mit ihrer Methode, mit Hilfe von Eisenpyrit Feuer zu machen, nicht darauf angewiesen war, wußte sie doch, daß man mit den trockenen, verholzten Stengeln des Vorjahres ein Feuer entzünden konnte, wenn man sie zwischen den Handflächen drehte, und auch als Brennmaterial leisteten sie gute Dienste.

»Jondalar, laß uns zu dieser Insel hinüberpaddeln und ein paar Rohrkolben holen«, sagte Ayla. »Außerdem wächst dort drüben im Wasser noch eine Menge anderer wohlschmeckender Dinge, zum Beispiel die Samenkapseln und die Wurzeln der Seerosen. Auch die Wurzelstöcke von diesem Schilf hier sind nicht schlecht. Sie wachsen zwar unter Wasser, aber da wir ohnehin naß sind, können wir uns ein paar davon holen. Und alles, was wir finden, können wir im Boot zurücktransportieren.«

»Du warst doch noch nie hier. Woher weißt du, daß diese Pflanzen eßbar sind?« fragte Jondalar, während er das Boot von dem Schleppgestell losband.

Ayla lächelte. »Nicht weit von unserer Höhle auf der Halbinsel entfernt gab es ähnliche sumpfige Stellen. Sie waren nicht so groß wie diese hier, aber auch dort war es im Sommer sehr warm, und Iza kannte die Pflanzen und wußte, wo sie zu finden waren. Von anderen hat mir Nezzie erzählt.«

»Ich glaube, du kennst alle Pflanzen, die es gibt.«

»Viele von ihnen, aber nicht alle, besonders in dieser Gegend. Ich wollte, es wäre jemand da, den ich fragen könnte. Die Frau auf der großen Insel, die flüchtete, als sie gerade beim Wurzelschälen war, hätte es wahrscheinlich gewußt. Schade, daß wir niemanden angetroffen haben«, sagte Ayla.

Sie zerrten das Boot ins Wasser und stiegen hinein. Die Strömung war schwach, in dem kleinen Gefährt aber deutlich zu spüren, und sie mußten rasch zu den Paddeln greifen, um nicht flußabwärts getrieben zu werden. Ein Stück vom Ufer und von der Stelle entfernt, wo sie beim Baden Schlamm aufgewühlt hatten, war das Wasser so klar, daß sie Schwärme von Fischen sehen konnten, die zwischen und über im Wasser wachsenden Pflanzen dahinschossen. Etliche davon waren recht groß, und Ayla dachte daran, später ein paar von ihnen zu fangen.

Sie machten vor einem Bewuchs mit Seerosen halt, der so dicht war, daß man kaum die Oberfläche der Lagune sehen konnte. Als Ayla aus dem Boot ins Wasser glitt, hatte Jondalar Mühe, es an Ort und Stelle zu halten. Er versuchte, mit dem Paddel gegenzusteuern, aber das kleine Boot neigte dazu, sich im Kreis zu drehen, und kam erst zum Stillstand, als Ayla, die sich an ihm festhielt, Boden unter den Füßen gefunden hatte. Die Blütenstengel als

Anhaltspunkte benutzend, ertastete sie die Wurzeln mit den Zehen, löste sie aus dem weichen Erdreich, und sammelte sie ein, sobald sie, von Schlammwolken umgeben, an die Oberfläche emporschwammen.

Als Ayla sich wieder in das Boot schwang, drehte es sich abermals im Kreise, aber sobald sie paddelten, bekamen sie es wieder unter Kontrolle; dann hielten sie auf die dicht mit Schilf bewachsene Insel zu. Sobald sie nahe genug herangekommen waren, stellte Ayla fest, daß es die kleinere Art von Rohrkolben war, die so dicht am Rande der Insel wuchs, zusammen mit Salweidensträuchern, von denen manche fast die Größe von Bäumen hatten.

Sie paddelten und erzwangen sich auf der Suche nach einem Ufer oder einem Sandstrand ihren Weg durch die dichte Vegetation. Als sie das Schilf auseinanderzogen, vermochten sie keinen festen Boden darunter zu entdecken, nicht einmal eine unter Wasser liegende Sandbank, und die Durchfahrt, die sie sich erzwungen hatten, schloß sich sofort wieder hinter ihnen. Sie waren von einem Dschungel aus hohem Schilf umgeben, und Ayla befiel eine Vorahnung drohenden Unheils und Jondalar das unheimliche Gefühl, von irgendeinem unsichtbaren Wesen gefangengehalten zu werden. Über sich sahen sie Pelikane fliegen, hatten aber den verwirrenden Eindruck, als ob ihr gerader Flug eine Kurve beschriebe. Als sie zwischen den hohen Stengeln hindurch in die Richtung zurückschauten, aus der sie gekommen waren, schien das jenseitige Ufer sich langsam um sie zu drehen.

»Ayla, wir bewegen uns! Drehen uns!« sagte Jondalar, der plötzlich begriffen hatte, daß es nicht das Land war, das sich drehte, sondern sie selbst, und daß der Fluß das Boot und die ganze Insel herumschwenkte.

»Sehen wir zu, daß wir hier herauskommen«, sagte sie und griff nach ihrem Paddel.

Die Inseln des Deltas waren bestenfalls unbeständig und immer den Launen der Großen Mutter aller Flüsse unterworfen. Selbst diejenigen, die einen üppigen Schilfbewuchs trugen, konnten von unten her weggespült werden, oder der Bewuchs, der sich auf einer flachen Insel bildete, konnte so dicht werden, daß sich die Vegetation ins Wasser hinaus erstreckte. Im Laufe der Zeit bildeten sich auf diese Weise schwimmende Inseln, auf der sich auch zahlreiche andere Pflanzen ansiedelten. Etliche der Sümpfe verwandelten sich in große, schwimmende Landschaften, trügerisch und tückisch, weil sie den Anschein festen Landes erweckten.

Mit Hilfe der kleinen Paddel und ohne sich sonderlich anstrengen zu müssen, steuerten sie das kleine Boot wieder aus der schwimmenden Insel heraus. Doch als sie wieder am Rand des unsteten Sumpfes angekommen waren, mußten sie feststellen, daß vor ihnen kein Land lag, sondern das offene Wasser eines Sees, und der Anblick, der sich ihnen hier bot, war so grandios, daß sie den Atem anhielten. Vor dem Hintergrund dunkelgrüner Bäume hatten sich unzählige weiße Pelikane versammelt, die dicht gedrängt dastanden oder auf grasbüschelähnlichen Nestern auf schwimmendem Schilf saßen. Über ihnen flogen weitere Angehörige der riesigen Kolonie auf vielen verschiedenen Ebenen; es sah fast so aus, als wären die Nistplätze überfüllt, und als müßten sie so lange in der Luft kreisen, bis sie irgendwo einen Platz fanden.

Die großen Vögel mit ihren langen Schnäbeln und gewaltigen Kehlsäkken, vorwiegend weiß mit einem leichten Anhauch von Rosa, und Flügeln, die von dunkelgrauen Schwungfedern gesäumt waren, versorgten Unmengen flaumiger Küken. Die Jungvögel zischten und quiekten, die Altvögel antworteten mit tiefen, heiseren Schreien, und der Lärm, den diese riesige Ansammlung hervorbrachte, war ohrenbetäubend.

Halb im Schilf verborgen beobachteten Ayla und Jondalar fasziniert das Treiben in dieser riesigen Brutkolonie. Als sie einen tiefen, grunzenden Schrei hörten, schauten sie auf und sahen einen tiefliegenden Pelikan, der zur Landung ansetzte; seine Flügel hatten eine Spannweite von zehn Fuß. Er erreichte eine Stelle in der Mitte des Sees, klappte die Flügel zurück, ließ sich wie ein Stein fallen und prallte in einer überaus ungeschickten Landung auf das aufspritzende Wasser. Nicht weit von ihm entfernt flatterte ein weiterer Pelikan mit ausgebreiteten Flügeln über die offene Wasserfläche und versuchte, von ihr abzuheben. Ayla begriff, weshalb die Pelikane es vorzogen, auf dem See zu nisten. Sie brauchten sehr viel Platz, um sich in die Luft erheben zu können, aber sobald sie es einmal geschafft hatten, war ihr Flug überaus anmutig.

Jondalar faßte ihren Arm und deutete auf das seichte Wasser in der Nähe der Insel, wo mehrere der großen Vögel Brust an Brust nebeneinander herschwammen und sich langsam vorwärtsbewegten. Ayla beobachtete sie eine Weile, dann lächelte sie. Alle paar Augenblicke tauchten sämtliche Pelikane der Reihe wie auf Kommando gleichzeitig den Kopf ins Wasser und zogen ihn gleichzeitig mit wassertropfenden Schnäbeln wieder heraus. Einige, aber bei weitem nicht alle, hatten einen der Fische gefangen, die sie verfolgten. Beim nächsten Mal würden andere Beute machen, aber alle schwammen weiter und tauchten in völliger Übereinstimmung.

Einzelne Paare einer anderen Pelikan-Art mit einer etwas anderen Zeichnung und früher geschlüpften, schon weiter entwickelten Jungtieren nisteten am Rande der großen Kolonie. Innerhalb der dichten Ansammlung und in den Außenbezirken nisteten und brüteten weitere Wasservögel: Kormorane, Taucher und verschiedene Enten, darunter Tafelenten, Kolbenenten und Stockenten. Die ganze Gegend wimmelte von Vögeln, die sich von den unzähligen Fischen ernährten, die in diesen Gewässern lebten.

Obwohl Ayla die Pelikane noch stundenlang hätte beobachten können, machte sie sich schließlich daran, ein paar Rohrkolben auszugraben und in ihr Boot zu packen. Dann machten sie sich auf den Rückweg durch die Masse schwimmenden Schilfs. Als sie wieder in Sichtweite des Landes kamen, wurden sie mit einem jämmerlichen, langgezogenen Heulen begrüßt. Nach seinem Jagdausflug war Wolf ihrer Fährte gefolgt und hatte mühelos das Lager gefunden; doch als er sie dort nicht antraf, hatte Angst bekommen.

Ayla antwortete mit einem Pfiff, um ihn zu beruhigen. Er rannte ans Ufer, hob den Kopf und heulte abermals. Dann erschnüffelte er ihre Fährte, rannte am Ufer hin und her, sprang ins Wasser und schwamm auf sie zu, doch als er nahe an das Boot herangekommen war, änderte er seine Richtung und schwamm auf die Masse von schwimmendem Schilf zu, die er für eine Insel hielt.

Genau wie Ayla und Jondalar es getan hatten, strebte Wolf auf das nicht existierende Ufer zu; als er keinen festen Boden fand, strampelte er herum und mühte sich durch das Schilf. Schließlich schwamm er zum Boot zurück. Der Mann und die Frau packten das klatschnasse Fell des Tieres und hievten es mit einiger Mühe in ihr Boot. Wolf war so aufgeregt und so erleichtert, daß er an Ayla hochsprang und ihr das Gesicht leckte, dann tat er dasselbe mit Jondalar. Als er sich endlich beruhigt hatte, stellte er sich in die Mitte des Bootes und schüttelte sich, dann heulte er abermals.

Zu ihrer Überraschung hörten sie das Geheul eines andern Wolfes als Antwort, dann ein paar Kläffer und eine weitere Antwort. Bald waren sie umgeben von einer ganzen Reihe von Wolfsheulern, von denen einige ganz aus der Nähe zu kommen schienen. Ayla und Jondalar, die nackt nebeneinander in dem kleinen Boot saßen, schauten einander fassungslos an, denn das Geheul dieses Rudels kam nicht vom Festland jenseits des Wassers, sondern von der bodenlosen, schwimmenden Insel!

»Wie kann es dort Wölfe geben?« sagte Jondalar. »Das ist keine richtige Insel, es gibt kein Land, nicht einmal eine Sandbank.« Vielleicht waren es überhaupt keine wirklichen Wölfe, dachte Jondalar schaudernd. Vielleicht war es – etwas anderes ...

Ayla blickte aufmerksam durch die Schilfhalme hindurch in die Richtung, aus der der letzte Wolfsruf gekommen war, und erhaschte einen Blick auf Wolfsfell und zwei gelbe Augen, die sie beobachteten. Dann nahm sie eine Bewegung wahr. Sie blickte hoch und sah einen Wolf, der, teilweise vom Laub verborgen, mit heraushängender Zunge in der Astgabel eines Baumes saß und auf sie herabschaute.

Wölfe kletterten nicht auf Bäume! Zumindest hatte sie noch nie einen Wolf gesehen, der auf einen Baum geklettert war, und sie hatte viele Wölfe beobachtet. Sie tippte Jondalar an und deutete hinüber. Er sah das Tier und hielt den Atem an. Es sah aus wie ein wirklicher Wolf, aber wie war er auf den Baum gekommen?

»Jondalar«, flüsterte sie, »wir wollen hier weg. Mir gefällt diese Insel nicht, die keine Insel ist, mit Wölfen, die auf Bäume klettern können und auf Land laufen, wo keines vorhanden ist.«

Dem Mann war ebenso unbehaglich zumute. Sie paddelten schnell zum Land zurück. Als sie dem Ufer nahe waren, sprang Wolf aus dem Boot. Ayla und Jondalar stiegen gleichfalls aus und zogen das kleine Boot schnell die Böschung hoch, dann holten sie ihre Speere und Speerschleudern. Beide Pferde schauten in die Richtung der schwimmenden Insel, und ihre aufgestellten Ohren und ihre Haltung verrieten ihre Unruhe. Normalerweise waren Wölfe scheu und ließen sie in Ruhe, zumal die gemischte Fährte von Menschen, Pferden und einem anderen Wolf ein verwirrendes Bild ergab, aber was diese Wölfe anging, waren sie nicht sicher. Waren es ganz gewöhnliche, wirkliche Wölfe – oder etwas Unnatürliches?

Hätte ihre scheinbar übernatürliche Gewalt über Tiere die Bewohner der großen Insel nicht in Angst und Schrecken versetzt, hätten sie von diesen mit den Gegebenheiten des Sumpflandes vertrauten Leuten erfahren können, daß die merkwürdigen Wölfe nicht unnatürlicher waren als sie selbst. Die wasserreiche Landschaft des großen Deltas war die Heimat vieler Tiere, darunter auch die von Rohrwölfen. Sie lebten überwiegend in den Wäldern der Inseln, hatten sich aber im Verlauf von Jahrtausenden ihrer nassen Umwelt so gut angepaßt, daß sie sich auch mühelos durch die schwimmenden Schilfmassen fortzubewegen vermochten. Sie hatten sogar gelernt, auf Bäume zu klettern, was ihnen, wenn sie durch Überschwemmungen voneinander getrennt wurden, beträchtliche Vorteile bot.

Jetzt konnten sie jenseits des Kanals auf der schwimmenden Insel mehrere Wölfe erkennen, von denen zwei auf Bäumen saßen. Wolf schaute fragend erst Ayla und dann Jondalar an, als wartete er auf Anweisungen von den Anführern seines Rudels. Einer der Rohrwölfe gab ein weiteres Geheul von sich, dann fielen die anderen ein, und Ayla lief ein kalter Schauder über den Rücken. Das Geheul hörte sich anders an als der Wolfsgesang, mit dem sie vertraut war, aber sie hätte nicht sagen können, worin der Unterschied lag. Vielleicht veränderte der Widerhall über dem Wasser die Töne, aber sie verstärkten noch ihr Unbehagen über diese mysteriösen Wölfe.

Die Konfrontation war plötzlich vorüber – die Wölfe verschwanden so lautlos, wie sie gekommen waren. In dem einen Augenblick standen Ayla und Jondalar mit ihren Speerschleudern einem Rudel fremder Wölfe auf der anderen Seite eines offenen Wasserlaufs gegenüber, und im nächsten Moment waren die Tiere verschwunden. Ayla und Jondalar starrten mit wurfbereiten Waffen auf eine harmlose Masse aus Schilf und Rohrkolben und kamen sich ein wenig albern vor.

Eine kühle Brise, die auf ihrer nackten Haut eine Gänsehaut erscheinen ließ, brachte ihnen zum Bewußtsein, daß die Sonne hinter den Bergen im Westen untergegangen war und die Nacht hereinbrach. Sie legten ihre Waffen beiseite, zogen sich schnell an, entzündeten ein Feuer und richteten ihr Lager ein, aber ihre Stimmung war gedämpft. Ayla ertappte sich dabei, daß sie immer wieder nach den Pferden Ausschau hielt, und sie war froh, daß die Tiere sich entschieden hatten, auf dem grünen Feld zu grasen, auf dem sie ihr Lager aufgeschlagen hatten.

Als Dunkelheit das goldene Leuchten des Feuers umgab, waren die beiden Menschen ungewöhnlich schweigsam; sie lauschten den Geräuschen des Deltas, die die Nacht erfüllten. Kreischende Nachtreiher ließen sich bei Anbruch der Dunkelheit hören, dann setzte das Zirpen der Grillen ein. Eine Eule stieß eine Reihe düsterer Schreie aus. Ayla hörte in den Bäumen ganz in ihrer Nähe etwas herumschnüffeln, wahrscheinlich ein Wildschwein. Sie fuhr zusammen, als sie aus größerer Entfernung das schrille Gelächter einer Höhlenhyäne hörte, und dann, näher, das wütende Gekreische einer Großkatze, die ihre Beute verfehlt hatte. Sie fragte sich, ob es ein Luchs gewesen war oder vielleicht ein Schneeleopard, und wartete ständig darauf, das Geheul von Wölfen zu hören, aber es blieb aus.

Als samtige Dunkelheit jeden Schatten und jeden Umriß erfüllte, wurde eine Begleitmusik zu den anderen Geräuschen immer lauter und füllte die Pausen zwischen ihnen. Von jedem Kanal und jedem Flußufer, jedem See und jeder mit Seerosen überwachsenen Lagune lieferten Frösche ihrem unsichtbaren Publikum ein Konzert. Die tiefen Bässe der Ried- und Wasserfrösche gaben den Ton an; Rotbauchunken ergänzten ihn mit einer glockenähnlichen Melodie. Den Kontrapunkt lieferte das Getriller der Wechselkröten, in das sich das leise Summen der Krötenfrösche mischte, und für die Kadenz sorgte das scharfe Quaken der Laubfrösche.

Als Ayla und Jondalar in ihre Schlaffelle krochen, war das Froschkonzert soweit verstummt, daß es nur noch den Hintergrund für die vertrauteren Geräusche lieferte, aber als das Wolfsgeheul, mit dem sie die ganze Zeit gerechnet hatte, tatsächlich aus weiter Ferne ertönte, überlief es Ayla abermals. Wolf setzte sich auf und beantwortete ihren Ruf.

Während Ayla in Jondalars Armen lag, fragte sie sich, was seine Leute von ihr halten würden. Ihm fiel auf, daß sie still und nachdenklich war. Er küßte sie, aber sie schien längst nicht so stark darauf zu reagieren wie gewöhnlich. Vielleicht war sie müde – es war ein langer Tag gewesen. Auch er war müde. Er schlief ein, während er dem Froschkonzert lauschte, wachte aber wieder auf, als Ayla in seinen Armen aufschrie und wild um sich schlug.

»Ayla! Ayla! Wach auf! Es ist ja alles in Ordnung.«

»Jondalar, oh Jondalar«, weinte Ayla und klammerte sich an ihn. »Ich habe geträumt – vom Clan. Creb versuchte mir etwas Wichtiges mitzuteilen, aber wir befanden uns tief in einer Höhle, und es war dunkel. Ich konnte nicht sehen, was er sagte.«

»Wahrscheinlich hast du heute an ihn gedacht. Du hast von den Clan-Leuten gesprochen, als wir auf dieser großen Insel waren und auf die See hinausschauten. Ich hatte den Eindruck, daß du traurig warst. Hast du daran gedacht, daß du sie zurückläßt?«

Sie schloß die Augen und nickte, nicht sicher, ob es ihr gelingen würde, Worte ohne Tränen hervorzubringen, und es widerstrebte ihr, ihre Besorgnis hinsichtlich seiner Leute zu erwähnen, ob sie nicht nur sie akzeptieren würden, sondern auch die Pferde und Wolf. Der Clan und ihr Sohn waren für immer verloren, aber sie wollte nicht auch noch ihre Tierfamilie verlieren, sofern es gelang, zusammen mit ihnen seine Heimat zu erreichen. Sie hätte zu gern gewußt, was Creb ihr in ihrem Traum hatte sagen wollen.

Jondalar hielt sie in den Armen, tröstete sie mit seiner Wärme und Liebe, verstand ihren Kummer, wußte jedoch nicht, was er sagen sollte. Seine Nähe genügte.

ZWÖLFTES KAPITEL

Der nördliche Arm des Großen Mutter Flusses mit seinem ausgedehnten Netzwerk von Kanälen bildete die vielfach gewundene obere Begrenzung des riesigen Deltas. Dicht an den Ufern des Flusses wuchsen Bäume und Sträucher, aber jenseits dieses schmalen Saums, wo Wasser nicht mehr unmittelbar zur Verfügung stand, ging die Vegetation rasch in Steppengräser über. Ayla und Jondalar ritten an bewaldeten Streifen entlang, aber ohne den Windungen des Flusses zu folgen, durch trockenes Grasland in Richtung Westen.

Es war ein langer, heißer Tag gewesen. Jondalar und Ayla hatten sich auf der Suche nach einem Ort für die Nacht dem Fluß zugewandt und eine Stelle entdeckt, die aussah, als eigne sie sich als Lagerplatz. Sie ritten einen Abhang hinunter in ein einladend kühles Tal mit hohen Salweiden, die ihren Schatten über eine grüne Lichtung warfen. Plötzlich kam von der anderen Seite der Lichtung ein großer brauner Hase hervorgeschossen, Ayla drängte Winnie vorwärts und griff gleichzeitig nach der Schleuder in ihrem Gürtel, aber als sie die Grünfläche erreichten, wurde der feste Boden unter den Hufen des Pferdes schwammig, und es zögerte.

Ayla spürte den Wechsel der Gangart fast sofort, und es war ihr Glück, daß sie instinktiv auf das Verhalten des Pferdes reagierte, obwohl sie in Gedanken mit der Jagd auf den Hasen beschäftigt war. Sie hielt fast im gleichen Moment an, in dem Jondalar und Renner herangaloppiert kamen. Auch der Hengst spürte den weicheren Boden, aber sein Schwung war größer und trug ihn noch ein paar Schritte weiter.

Jondalar wurde beinahe abgeworfen, als Renners Vorderbeine in dickem Schlamm versanken; er konnte sich gerade noch halten und sprang neben dem Pferd herunter. Mit lautem Wiehern und unter Aufbietung seiner ganzen Kraft schaffte es der junge Hengst, dessen Hinterbeine noch auf festem Boden standen, ein Vorderbein aus dem saugenden Morast herauszuziehen. Renner trat einen Schritt zurück, fand festeren Halt und zerrte, bis der Schwemmsand plötzlich mit einem schmatzenden Geräusch auch seinen anderen Huf freigab.

Das junge Pferd war erschüttert, und der Mann beruhigte es, indem er ihm tröstend die Hand auf den gewölbten Hals legte. Dann brach er von einem nahestehenden Strauch einen Ast ab und benutzte ihn, um damit in dem vor ihnen liegenden Boden zu stochern. Als der Ast versunken war, benutzte er zur Erkundung den dritten der langen Pfähle, der nicht für das Schleppgestell verwendet wurde. Die grüne Lichtung war, obwohl mit Schilf und Seggen überwuchert, ein tiefes, mit nassem Lehm und Schlamm gefülltes Schlundloch. Das behende Zurückweichen der Pferde hatte eine mögliche Katastrophe abgewendet; doch von nun an näherten sie sich dem Großen Mutter Fluß mit wesentlich mehr Vorsicht.

Vögel waren nach wie vor die im Delta vorherrschende Tierart, insbesondere verschiedene Arten von Reihern und Enten sowie Unmengen von Pelikanen, Schwänen, Gänsen, Kranichen, einige Schwarzstörche und auf Bäumen nistende Braune Sichler. Die Nistzeit war von Art zu Art verschieden, aber alle Tiere mußten sich in der warmen Jahreszeit fortpflanzen. Die Reisenden sammelten Eier von allen möglichen Vögeln; sie lieferten schnelle und bequeme Mahlzeiten – sogar Wolf lernte schnell, die Schalen aufzubrechen – wenn auch einige von ihnen ein wenig nach Fisch schmeckten.

Nach einer Weile waren ihnen die Vögel des Deltas vertraut. Als sie wußten, was sie erwarten konnten, wurden die Überraschungen seltener. Doch eines Abends, als sie dicht neben einem Wäldchen aus silbrigen Salweiden am Fluß entlangritten, bot sich ihnen ein erstaunliches Bild. Die Bäume wichen auseinander und gaben den Blick frei auf eine große Lagune, die vollständig mit großen Seerosen zugewachsen war. Der Anblick, der ihre Aufmerksamkeit erregt hatte, war eine Ansammlung von Hunderten der kleineren Schopfreiher, die mit ihren langen, anmutig gebogenen Hälsen und den zum Aufspießen von Fischen gesenkten langen Schnäbeln auf fast allen der stabilen Blätter standen, die die großen weißen Blüten umgaben.

Fasziniert schauten sie eine Weile zu, dann entschlossen sie sich zum Weiterreiten; sie fürchteten, daß Wolf die Vögel aufscheuchen würde. Als sie, nicht weit von dieser Stelle entfernt, ihr Lager aufschlugen, sahen sie, wie sich Hunderte der langhalsigen Reiher in die Luft schwangen. Jondalar und Ayla hielten inne und beobachteten, wie die Vögel zu dunklen Silhouetten wurden, die sich vor den rosa Wolken am östlichen Himmel abhoben. Wolf kam ins Lager getrottet, und Ayla vermutete, daß er sie gestört hatte. Obwohl er keine ernsthaften Versuche unternahm, Vögel zu fangen, machte ihm die Jagd auf die Vogelschwärme des Deltas so viel Vergnügen, daß sie sich fragte, ob er es vielleicht tat, weil er es genoß, zuzuschauen, wie sie aufflogen. Sie jedenfalls war von diesem Anblick beeindruckt.

Als Ayla am nächsten Morgen erwachte, fühlte sie sich völlig verschwitzt. Es war schon jetzt sehr heiß, und sie hatte keine Lust aufzustehen. Sie wünschte sich, einen Tag ausspannen zu können. Sie war nicht erschöpft, aber des Reisens müde. Sogar die Pferde könnten ein bißchen Ruhe brauchen, dachte sie. Jondalar hatte ständig vorangedrängt, und sie verstand, weshalb er es so eilig hatte, aber wenn ein Tag für die Überquerung des Gletschers, von dem er immer redete, so viel ausmachte, dann waren sie ohnehin bereits zu spät daran. Doch als er aufstand und sich ans Packen machte, folgte sie seinem Beispiel.

Je weiter der Morgen fortschritt, desto drückender wurden, selbst auf der offenen Ebene, die Hitze und die Luftfeuchtigkeit, und als Jondalar vorschlug, anzuhalten und ein Bad zu nehmen, war Ayla sofort einverstanden. Sie hielten auf den Fluß zu und begrüßten den Anblick einer schattigen, zum Wasser hin offenen Lichtung. Das Bett eines Flüßchens, das nur im Frühjahr Wasser führte und noch leicht sumpfig und mit verrotteten Blättern gefüllt war, ließ nur Raum für eine kleine, graswachsene Fläche, doch die war eine kühle, einladende, von Kiefern und Weiden gesäumte Oase. An sie grenzte ein schlammiger Graben an, aber ein kurzes Stück entfernt, an einer Biegung des Flusses, ragte ein schmaler Kiesstrand in einen stillen, von dem durch überhängende Weiden einfallenden Sonnenlicht gesprenkelten Tümpel.

Als Ayla daranging, das Schleppgestell loszubinden, fragte Jondalar: »Hältst du das wirklich für nötig? Wir werden nicht lange hierbleiben.«

»Auch die Pferde brauchen eine Rast, und sie möchten sich vielleicht wälzen oder auch baden«, sagte sie und befreite Winnie von den Packkörben und der Reitdecke. »Und ich möchte warten, bis Wolf uns eingeholt hat. Ich habe ihn den ganzen Vormittag nicht gesehen. Er muß die Fährte von irgendetwas Wundervollem entdeckt und auf eine tolle Jagd gegangen sein.«

»Also gut«, sagte Jondalar und löste die Riemen, die Renners Packkörbe hielten. Er verstaute die Körbe neben denen Aylas im Rundboot und versetzte Renner einen liebevollen Klaps auf den Rumpf, um ihm zu verstehen zu geben, daß es ihm freistand, seiner Mutter zu folgen.

Die junge Frau legte schnell ihre spärliche Kleidung ab und watete in den Tümpel. Jondalar schaute zu ihr hinüber, dann vermochte er den Blick nicht abzuwenden. Sie stand bis zu den Knien in dem funkelnden Wasser, in einem Sonnenstrahl, der durch eine Öffnung zwischen den Bäumen auf sie fiel, in Licht gebadet, das ihr Haar wie einen goldenen Heiligenschein aufleuchten ließ und über die gebräunte Haut ihres geschmeidigen Körpers spielte.

Abermals war Jondalar hingerissen von ihrer Schönheit. Einen Augenblick lang fühlte er sich von seinem starken Gefühl für sie überwältigt. Sie bückte sich, um mit beiden Händen Wasser zu schöpfen und es über sich auszugießen, und ihn durchfuhr ein Schwall aus Hitze und Verlangen. Sie sah ihn an, als er ins Wasser watete, bemerkte sein Lächeln und einen vertrauten Ausdruck in seinen leuchtend blauen Augen. Sie spürte, wie sie tief in ihrem Innern reagierte; dann wurde sie ganz ruhig, und eine Spannung, deren sie sich nicht bewußt gewesen war, verflog. An diesem Tag würden sie nicht weiterreiten; nicht, wenn sie es verhindern konnte.

»Das Wasser ist herrlich«, sagte sie. »Das Baden war ein guter Gedanke von dir. Es wurde mächtig heiß.«

»Ja, ich spüre die Hitze«, sagte er mit einem verschlagenen Lächeln, als er auf sie zuwatete. »Ich weiß nicht, wie du es schaffst – aber in deiner Nähe habe ich keine Gewalt mehr über mich.«

»Warum solltest du die haben wollen? In deiner Nähe habe ich auch keine über mich. Du brauchst mich nur so anzusehen, und schon bin ich für dich bereit.« Auf ihrem Gesicht erschien das Lächeln, das er so liebte. Sie reckte sich ihm entgegen, als er den Kopf senkte, um einen festen, unübereilten Kuß auf ihre Lippen zu drücken. Er ließ seine Hände über ihren Rücken gleiten, fühlte die von der Sonne erwärmte Haut. Sie genoß seine Berührung und reagierte prompt und überraschend heftig auf seine Liebkosungen.

Er ließ seine Hände tiefer gleiten, zu ihren glatten, runden Hügeln, und zog sie fester an sich. Sie spürte die ganze Länge seiner warmen Härte an ihrem Bauch, aber seine Bewegung hatte sie aus dem Gleichgewicht gebracht. Sie versuchte, sich zu halten, aber ein Stein rutschte unter ihrem Fuß weg. Sie klammerte sich haltsuchend an ihn, wodurch auch er den festen Boden unter den Füßen verlor. Sie fielen beide ins Wasser, dann setzten sie sich lachend auf.

»Du hast dich doch nicht verletzt, oder?« fragte Jondalar.

»Nein«, sagte sie, »aber das Wasser ist kalt, und ich wollte mich allmählich daran gewöhnen. Aber nun, da ich schon einmal naß bin, möchte ich richtig baden. Sind wir nicht deshalb hergekommen?«

»Ja, aber das heißt nicht, daß wir nicht auch noch andere Dinge tun können«, sagte er. Er stellte fest, daß ihr das Wasser bis zu den Achselhöhlen ging, und ihre vollen Brüste schwammen auf dem Wasser und erinnerten ihn an den gerundeten Bug zweier Schiffe. Er bückte sich und kitzelte eine Warze mit der Zunge, genoß ihre Wärme in dem kalten Wasser.

Sie legte den Kopf in den Nacken, um das Gefühl über sich hinwegfluten zu lassen. Er griff nach ihrer anderen Brust und umfaßte sie, dann ließ er die Hand an ihrer Seite herabgleiten und zog sie fester an sich. Sie war so empfänglich, daß schon der Druck seiner über ihre Brustwarze gleitenden Handfläche neue Wonneschauer auslöste. Er sog an der anderen Brust, dann gab er sie frei, und sein Mund wanderte küssend über ihre Kehle und ihren Nacken. Er blies ihr sanft ins Ohr, dann fand er ihre Lippen.

»Komm«, sagte er, gab sie frei, stand auf und reichte ihr die Hand, um ihr hochzuhelfen. »Laß uns baden.«

Er führte sie tiefer in den Tümpel, bis ihr das Wasser bis zur Taille ging, dann zog er sie an sich und küßte sie abermals. Sie fühlte seine Hand zwischen ihren Beinen, die Kühle des Wassers, als er ihre Falten auseinanderschob, und ein stärkeres Gefühl, als er ihr hartes Knötchen rieb.

Sie überließ sich dem Gefühl, doch dann war ihr, als ginge alles zu schnell. Sie war fast bereit. Sie holte tief Luft, dann entzog sie sich seinem Griff und bespritzte ihn lachend mit Wasser.

»Jetzt möchte ich erst einmal schwimmen«, sagte sie und schwamm ein paar Stöße. Die Stelle, an der man schwimmen konnte, war schmal und an der anderen Seite von einer mit einem Schilfdickicht überwucherten Insel begrenzt. Als sie dort angekommen war, stellte sie sich hin und blickte ihm entgegen. Er lächelte, und sie spürte die Macht seines Verlangens, seiner Liebe und wollte ihn. Er schwamm ihr entgegen, als sie zum Ufer zurückschwamm. Als sie sich begegneten, machte er kehrt und folgte ihr.

Als das Wasser seicht wurde, stand er auf, nahm ihre Hand und führte sie aus dem Wasser heraus an den Strand. Er küßte sie abermals und zog sie an sich, und als ihre Brüste, ihr Bauch und ihre Schenkel sich an seinen Körper preßten, war ihr, als schmölze sie in seinen Armen.

»Jetzt ist es Zeit für andere Dinge«, sagte er.

Der Atem stockte ihr in der Kehle, und er sah, wie sich ihre Augen weiteten. Ihre Stimme bebte leicht, als sie zu sprechen versuchte.

»Was für andere Dinge?« fragte sie.

Er ließ sich auf die Erde sinken und streckte ihr eine Hand entgegen. »Komm, dann zeige ich es dir.«

Sie setzte sich neben ihn. Er drückte sie nieder, küßte sie, dann legte er sich ohne weitere Präliminarien auf sie, schob ihre Beine auseinander und ließ seine Zunge über ihre kalten, nassen Falten gleiten. Sie öffnete kurz die Augen, und das Gefühl, das sie plötzlich durchpulste, ließ sie erzittern. Dann spürte sie ein sanftes Ziehen, als er am Sitz ihrer Wonnen saugte.

Er wollte sie schmecken, sie trinken, und er wußte, daß sie bereit war. Seine eigene Erregung wuchs, als er spürte, wie sie auf ihn reagierte, und seine Lenden schmerzten vor Verlangen, als seine Männlichkeit das volle Ausmaß ihrer Anschwellung erreichte. Er saugte, ließ seine Zunge spielen, dann streckte er sie aus, um ihr Inneres zu schmecken, und genoß es. Trotz seines Verlangens wünschte er sich, immer so weitermachen zu können.

Sie spürte, wie ihre Erregung immer mehr wuchs und stöhnte und schrie dann auf, als sie sich dem Höhepunkt näherte und fast seinen Gipfel erreichte. Wenn er gewollt hätte, hätte er sich entspannen können, ohne in sie einzudringen, aber er liebte das Gefühl, in ihr zu sein. Er wünschte sich, es gäbe einen Weg, alles auf einmal zu tun.

Sie griff nach ihm und stemmte sich ihm entgegen, als der Sturm in ihr anschwoll, und dann kam sie, fast ohne Vorwarnung. Er spürte ihre Nässe und Wärme, dann stemmte er sich selbst hoch, fand ihren Eingang und füllte ihn mit einem kraftvollen Stoß aus. Seine Männlichkeit war so begierig, daß er nicht wußte, wie lange er noch warten konnte.

Sie rief seinen Namen, griff nach ihm, wölbte sich seinem Stoß entgegen. Er wich stöhnend zurück, spürte das wundervolle Ziehen in seinen Lenden, als das sensitive Organ ihn bis ins Innerste erregte. Dann war er plötzlich so weit, konnte nicht länger warten, und als er wieder vorstieß, spürte er, wie die Explosion der Wonne ihn überwältigte. Sie schrie gleichzeitig mit ihm auf; auch sie konnte nicht mehr an sich halten.

Er stieß noch ein paarmal zu, dann ließ er sich auf sie sinken, und beide ruhten aus von der stürmischen Befreiung. Nach einer Weile hob er den Kopf, und sie streckte die Arme aus, um ihn zu küssen, und sie war sich ihres Geruchs und Geschmacks bewußt, die sie immer an die unglaublichen Gefühle erinnerten, die er in ihr hervorrufen konnte.

»Wie gut du mich kennst. Ich dachte, du wolltest, daß es dauert, ganz lange, aber ich war so bereit für dich.«

»Das heißt nicht, daß es nicht dauern kann«, sagte er. Dann glitt er von ihr herunter und setzte sich auf. »Dieser steinige Strand ist nicht sehr bequem«, sagte er. »Warum hast du mir das nicht gesagt?«

»Es ist mir nicht aufgefallen, aber jetzt, wo du es sagst, merke ich, daß sich ein Stein in meine Hüfte bohrt und ein anderer in meine Schulter. Ich finde, wir sollten uns einen Ort suchen – wo du dich hinlegen kannst«, sagte sie mit einem Funkeln in den Augen. »Aber vorher möchte ich richtig schwimmen. Vielleicht gibt es irgendwo in der Nähe einen tieferen Kanal.«

Sie wateten wieder in den Fluß, durchschwammen den kleinen Tümpel, dann durchbrachen sie das seichte, schlammige Schilfdickicht. Dahinter war das Wasser plötzlich kühler, dann fiel der Boden unter ihren Füßen ab, und sie waren in einem offenen Kanal, der sich zwischen dem Schilf hindurchwand.

Ayla schwamm voraus, aber Jondalar strengte sich an und holte sie ein. Sie waren beide gute Schwimmer, und bald schwammen sie in dem offenen Kanal um die Wette. Sie waren einander so ebenbürtig, daß schon der geringste Vorteil ausreichte, den einen oder anderen in Führung zu bringen. Zufällig schwamm Ayla voraus, als sie eine Gabelung erreichten, von der zwei neue Kanäle in einem so scharfen Winkel abzweigten, daß Ayla, als Jondalar aufschaute, außer Sicht war.

»Ayla! Ayla! Wo bist du?« rief er. Keine Antwort. Er rief abermals und schwamm in einen der beiden Kanäle hinein. Er führte im Kreis herum, und alles, was er sehen konnte, war Schilf, in welche Richtung er auch schaute, nur Mauern aus hohem Schilf. Von einer plötzlichen Panik ergriffen, rief er abermals: »Ayla! Wo in aller Welt steckst du?«

Plötzlich hörte er einen Pfiff, den Pfiff, mit dem Ayla Wolf zu rufen pflegte. Eine Welle der Erleichterung flutete über ihn hinweg, aber der Pfiff war aus größerer Entfernung gekommen, als er es für möglich gehalten hätte. Er erwiderte den Pfiff und hörte ihre Antwort, dann schwamm er zurück. Er erreichte die Stelle, an der sich der Kanal gabelte; und bog in die andere Abzweigung ein.

Auch diese verlief im Kreis und mündete in einen weiteren Kanal. Er spürte, wie er von einer starken Strömung ergriffen und flußabwärts getragen wurde. Aber vor sich sah er Ayla, die angestrengt gegen die Strömung anschwamm, und er schwamm auf sie zu. Als er sie erreichte, sah er, wie sie sich abmühte – sie fürchtete, wenn sie aufgab, würde die Strömung sie abermals in den falschen Kanal reißen. Jondalar machte kehrt und schwamm stromaufwärts neben ihr her. Als sie die Gabelung erreicht hatte, hielt sie wassertretend an, um sich auszuruhen.

»Was hast du dir eigentlich dabei gedacht? Warum hast du dich nicht vergewissert, ob ich wußte, wohin du geschwommen bist?« sagte Jondalar vorwurfsvoll.

Sie lächelte ihn an; sie wußte, daß sein Zorn nichts war als eine Reaktion auf seine aus Angst und Sorge erwachsene Anspannung. »Ich habe nur versucht, vorauszuschwimmen. Ich wußte nicht, daß der Kanal im Kreise herumführen und daß die Strömung so stark sein würde. Ehe ich recht begriff, was geschah, wurde ich davongetragen. Warum ist die Strömung so stark?«

Die Anspannung löste sich; er war so erleichtert, daß sie in Sicherheit war, daß sein Zorn verflog. »Ich weiß es nicht«, sagte er. »Vielleicht sind wir in der Nähe eines der Hauptarme, oder der Grund fällt an dieser Stelle steil ab.«

»Laß uns zurückkehren. Das Wasser ist kalt, und ich freue mich auf den sonnigen Strand«, sagte Ayla.

Von der Strömung unterstützt, schwammen sie in gemächlicherem Tempo zurück. Obwohl die Strömung hier nicht so stark war wie in dem anderen Kanal, beförderte sie sie voran. Ayla ließ sich auf dem Rücken treiben und betrachtete die an ihr vorübergleitenden Schilfhalme und die klare blaue Kuppel, die sich über ihr wölbte.

»Weißt du noch, wo wir in diesen Kanal gekommen sind, Ayla?« fragte Jondalar. »Es sieht alles gleich aus.«

»Am Ufer standen drei hohe Kiefern in einer Reihe, die mittlere war höher als die anderen, und davor wuchsen Trauerweiden«, sagte sie, dann drehte sie sich um, um wieder zu schwimmen.

»Hier gibt es eine Menge Kiefern. Wir sollten ans Ufer schwimmen. Vielleicht sind wir schon an ihnen vorbei«, sagte er.

»Das glaube ich nicht. Die Kiefer, die flußabwärts neben der großen steht, war auf ganz eigentümliche Art verkrümmt. Ich habe sie noch nicht gesehen. Warte – da vorn – dort ist sie, siehst du?« sagte sie und schwamm auf das Schilfdickicht zu.

»Du hast recht«, sagte Jondalar. »Hier sind wir durchgekommen. Man sieht unsere Spur im Schilf.«

Sie wateten in den kleinen Tümpel, der ihnen jetzt warm vorkam, und betraten die kiesige Landzunge mit dem Gefühl, heimgekehrt zu sein.

»Ich glaube, ich werde ein Feuer anzünden und uns einen Tee machen«, sagte Ayla, strich sich mit den Händen das Wasser vom Körper und drückte das Wasser aus ihrem Haar. Dann eilte sie zu den Packkörben und sammelte unterwegs ein paar Stücke Holz auf.

»Willst du deine Kleider?« fragte Jondalar, der weiteres Holz mitbrachte.

»Ich möchte lieber erst ein bißchen abtrocknen«, sagte sie und vergewisserte sich, daß die Pferde ganz in der Nähe auf der Steppe grasten. Nur Wolf war nicht in Sicht; es beunruhigte sie ein wenig, aber schließlich war es nicht das erste Mal, daß er einen halben Tag allein unterwegs war. »Leg die Bodendecke auf dieses sonnige Grasfleckchen dort und ruhe dich aus, während ich Tee mache.«

Ayla brachte ein gutes Feuer in Gang, während Jondalar Wasser holte. Dann traf sie, sorgfältig überlegend, ihre Auswahl aus den getrockneten Kräutern in ihrem Vorrat. Luzerne war anregend und erfrischend, und dazu ein paar Blüten und Blätter von Boretsch, ein gesundes Stärkungsmittel, und die Blüten von Levkojen schmeckten süß und gaben dem Tee ein würziges Aroma. Für Jondalar nahm sie außerdem ein paar von den dunkelroten Blütenkätzchen der Erlen, die sie sehr zeitig im Frühjahr gesammelt hatte.

Als sie fertig war, trug sie die beiden Becher zu der grasbewachsenen Stelle, an der Jondalar lag. Ein Teil der Bodendecke, die er ausgebreitet hatte, lag bereits im Schatten, aber darüber war sie sogar froh. Der Tag war so warm geworden, daß sie die Abkühlung durch das Schwimmen schon nicht mehr spürte. Sie reichte ihm seinen Becher und setzte sich neben ihn. Sie nippten an dem Getränk, ohne viel zu reden, und beobachteten die Pferde, die Kopf an Kruppe nebeneinander standen und sich gegenseitig mit dem Schweif die Fliegen aus dem Gesicht scheuchten.

Als Jondalar ausgetrunken hatte, legte er sich zurück und schob die Hände unter den Kopf. Ayla war froh, ihn so entspannt zu sehen – normalerweise drängte er immer auf Aufbruch und Weiterreise. Sie stellte ihren Becher ab, streckte sich neben ihm aus, legte ihren Kopf in seine Achselhöhle und einen Arm über seine Brust. Sie schloß die Augen, atmete seinen Männergeruch ein und spürte, wie er die Hand über ihre Hüfte gleiten ließ.

Sie drehte den Kopf und küßte seine warme Haut, dann atmete sie ihm in den Nacken. Er schloß die Augen. Sie küßte ihn abermals, dann stemmte sie sich hoch und drückte eine Reihe von kleinen, pickenden Küssen auf seine Schultern und seinen Hals. Ihre Küsse kitzelten ihn so heftig, daß er es kaum aushalten konnte, erfüllten ihn aber mit einer so wundervollen Erregung, daß er sich zum Stillhalten zwingen mußte.

Sie küßte sein Genick, seine Kehle und sein Kinn, spürte die Bartstoppeln auf ihren Lippen; dann erreichte sie seinen Mund und wanderte sanft knabbernd von einer Seite zur anderen. Als sie an der anderen Seite angekommen war, hob sie den Kopf und blickte auf ihn herab. Seine Augen waren geschlossen, aber auf seinem Gesicht lag ein erwartungsvoller Ausdruck. Schließlich öffnete er die Augen und sah, daß sie sich lächelnd über ihn beugte; das noch immer ein wenig feuchte Haar hing ihr über die Schulter. Es drängte ihn, nach ihr zu greifen, sie an sich zu drücken, aber er erwiderte nur ihr Lächeln.

Sie beugte sich nieder und erkundete seinen Mund mit der Zunge, so leicht, daß er es kaum spürte. Schließlich, als er glaubte, es nicht mehr aushalten zu können, küßte sie ihn ganz fest. Er spürte ihre Einlaß begehrende

Zunge und öffnete den Mund, um sie zu empfangen. Langsam ertastete sie das Innere seiner Lippen und die Unterseite seiner Zunge und das Gaumendach, schmeckend, kitzelnd, dann küßte sie wieder seine Lippen, bis er es nicht mehr aushalten konnte. Er streckte die Arme aus und zog sie zu sich herab; gleichzeitig hob er den Kopf und gab ihr einen kraftvollen Kuß.

Als er den Kopf wieder sinken ließ und sie freigab, lächelte sie verschmitzt. Sie hatte ihn zu einer Reaktion veranlaßt, und beide wußten es. Er beobachtete sie; daß sie so mit sich zufrieden war, freute ihn. Sie war in einer verspielten, erfinderischen Stimmung, und er fragte sich, welche Wonnen sie noch für ihn bereithalten mochte. Er lächelte und wartete, beobachtete sie mit seinen leuchtenden blauen Augen.

Sie beugte sich vor und küßte abermals seinen Mund, seinen Hals, seine Schulter, seine Brust und schließlich seine Brustwarzen. Dann verlagerte sie plötzlich ihr Gewicht, kniete neben ihm nieder und ergriff sein angeschwollenes Glied. Als sie so viel davon, wie sie zu fassen vermochte, in den Mund nahm, spürte er, wie feuchte Wärme das empfindliche Ende seiner Männlichkeit umschloß. Sie ließ die Lippen langsam zurückgleiten, und er spürte ein Ziehen, das von irgendwo in seinem Innern zu kommen und sich in alle Teile seines Körpers auszubreiten schien. Er schloß die Augen, als sie ihre Hände und ihren warmen Mund über seinen langen Schaft gleiten ließ.

Sie betastete das Ende mit ihrer erkundenden Zunge, beschrieb mit ihr schnelle Kreise darum, und ihn begann dringlicher nach ihr zu verlangen. Dann nahm sie den weichen Sack unter seinem Glied in die Hand und erstastete sanft – er hatte ihr gesagt, daß sie an dieser Stelle immer sanft sein mußte – die beiden geheimnisvollen, weichen Kiesel darin. Sie fragte sich, wozu sie da sein mochten. Auf irgendeine Weise waren sie wichtig. Als ihre warmen Hände seine Hoden umfaßten, verspürte er ein andersgeartetes Gefühl, angenehm, aber mit einem Anflug von Besorgnis um diesen empfindlichen Körperteil. Doch auch dieses Gefühl schien ihn zu erregen.

Sie gab ihn frei und schaute ihn an. Sie genoß es, ihm Wonnen zu bereiten. Es erregte sie auf andere Art, und sie begriff ein wenig, warum er es so liebte, ihr Wonnen zu bereiten. Sie küßte ihn lange und anhaltend, dann wich sie zurück und setzte sich, mit dem Gesicht zu seinen Füßen, rittlings auf ihn.

Auf seiner Brust sitzend, beugte sie sich vor und legte beide Hände, eine über der anderen, um sein hartes, pochendes Glied. Obwohl es steif und geschwollen war, fühlte die Haut sich weich an. Sie bedeckte es auf ganzer Länge mit sanften Küssen. Als sie am unteren Ende angekommen war, wanderte sie weiter zu seinem Hodensack, nahm ihn sanft in den Mund und ertastete die festen Rundungen darinnen.

Es war fast zuviel – nicht nur der Gefühlsaufruhr, der ihn durchtoste, sondern auch der Anblick. Sie hatte sich erhoben, um ihn zu erreichen, und zwischen ihren gespreizten Beinen konnte er ihre feuchten Blütenblätter sehen und sogar ihre köstliche Öffnung. Sie gab seine Hoden frei und nahm abermals sein pochendes Glied in den Mund, als sie plötzlich spürte, wie er sie ein wenig zurückschob. Und dann hatte seine Zunge ihre Falten und ihren Ort der Wonnen gefunden.

Er erkundete sie begierig, vollständig, saugend, tastend; er spürte, wie sie die Wonnen genoß, und gleichzeitig die Erregung, die sie ihm bereitete.

Sie war schnell bereit und konnte nicht mehr an sich halten, aber er versuchte es, bemühte sich, noch nicht zu kommen. Er hätte ohne weiteres nachgeben können, aber er wollte mehr. Deshalb war er froh, als sie, von ihrer steigenden Erregung überwältigt, aufhörte, sich aufwölbte und aufschrie. Er spürte ihre Feuchte, dann knirschte er, um Beherrschung bemüht, mit den Zähnen. Hätten sie nicht schon zuvor die Wonnen geteilt, so wäre er dazu sicher nicht imstande gewesen, doch so gelang es ihm, sich zurückzuhalten.

»Dreh dich um, Ayla«, sagte er. »Ich will dich ganz.«

Sie nickte verstehend. Und weil auch sie ihn ganz wollte, drehte sie sich um und setzte sich rittlings auf ihn. Sie stemmte sich hoch, führte seine Fülle in sich hinein und senkte sich dann wieder herab. Er stöhnte und rief ihren Namen, immer wieder, als er spürte, wie ihr tiefer, warmer Brunnen ihn umfing.

In diesem Augenblick, in dem er sich beherrschte, war sein Verlangen nicht ganz so heftig. Er konnte sich ein wenig Zeit lassen. Er zog sie ein wenig zu sich herab, so daß er ihre verlockenden Brüste erreichen konnte, nahm eine in den Mund und saugte daran; dann griff er nach der anderen und schließlich nach beiden gleichzeitig. Wie immer, wenn er an ihren Brüsten saugte, spürte sie eine bebende Erregung.

Sie spürte, wie sie abermals kam, als sie sich auf ihm auf und ab bewegte. Er spürte, wie der Drang in ihm immer stärker wurde, und als sie sich zurücklehnte, ergriff er ihre Hüften und dirigierte ihre Bewegungen, ihr Auf und Ab. Und plötzlich war er so weit. Sie senkte sich wieder herab, und er schrie auf, als eine überwältigende Eruption seine Lenden erschütterte und der in ihr tosende Aufruhr sie aufstöhnen ließ.

Jondalar dirigierte sie noch einige Male auf und ab, dann zog er sie zu sich herunter und küßte ihre Brustwarzen. Ayla zitterte noch einmal, dann sank sie auf ihm zusammen. Sie lagen still, atmeten schwer, versuchten, wieder zu Atem zu kommen.

Ayla war gerade so weit, daß sie aufatmen konnte, als sie etwas Nasses auf ihrer Wange spürte. Einen Augenblick dachte sie, es wäre Jondalar, aber es war nicht nur naß, sondern auch kalt, und der Geruch war anders, wenn auch nicht unvertraut. Sie öffnete die Augen und erblickte Wolfs gebleckte Zähne. Er beschnüffelte sie noch einmal, dann steckte er die Nase zwischen sie beide.

»Wolf! Verschwinde von hier!« sagte sie und schob seine kalte Nase beiseite, dann glitt sie von Jondalar herunter, ergriff Wolfs Nackenfell und fuhr ihm mit den Fingern durch den Pelz.

»Aber ich bin froh, daß du da bist. Wo hast du dich den ganzen Tag herumgetrieben? Ich habe mir schon Sorgen um dich gemacht.« Sie setzte sich auf, nahm seinen Kopf in beide Hände und legte ihre Stirn auf die seine, dann wendete sie sich an Jondalar. »Ich möchte wissen, wie lange er schon zurück ist.«

»Nun, ich bin jedenfalls froh, daß du ihm beigebracht hast, uns in Ruhe zu lassen. Ich weiß nicht, was ich mit ihm angestellt hätte, wenn er uns gestört hätte«, sagte Jondalar.

Er erhob sich, dann half er ihr auf, nahm sie in die Arme und schaute ihr ins Gesicht. »Ayla, das war – was kann ich sagen? Mir fehlen einfach die Worte, um es auszudrücken.«

»Ich bin es, die glücklich ist, Jondalar. Ich wollte, ich hätte Worte dafür, aber ich kenne nicht einmal ein Clans-Zeichen, das dir sagen könnte, was ich empfinde. Ich weiß nicht, ob es solche Zeichen überhaupt gibt.«

»Du hast es mir gerade gezeigt, mit viel mehr als nur Worten. Du zeigst es mir jeden Tag, auf jede nur erdenkliche Art.« Plötzlich zog er sie an sich, hielt sie ganz fest und spürte, wie sich ihm die Kehle zusammenzog. »Wenn ich dich je verlieren sollte ...«

Seine Worte ließen Ayla vor Angst erbeben, aber sie hielt ihn nur fest umschlungen.

»Jondalar, woher weißt du immer, was ich in Wirklichkeit möchte?« fragte Ayla. Sie saßen im goldenen Schein des Feuers, tranken Tee, sahen zu, wie Funkenschauer von dem harzigen Kiefernholz in die Nachtluft emporsprühten.

Jondalar fühlte sich wesentlich ausgeruhter, zufriedener und gelassener, als er seit geraumer Zeit gewesen war. Am Nachmittag hatte sie Fische gefangen – Ayla hatte ihm beigebracht, wie man sie mit den Händen aus dem Wasser holt –, dann hatten sie Seifenkraut gefunden und gebadet und sich die Haare gewaschen. Jetzt hatten sie gerade ein Abendessen verzehrt, das aus einigen der Fische, ein paar leicht fischig schmeckenden Vogeleiern und verschiedenen Gemüsesorten bestand, gefolgt von teigigen, auf heißen Steinen gebackenen Rohrkolbenfladen und süßen Beeren.

Er lächelte sie an. »Ich achte einfach auf das, was du mir sagst«, erklärte er.

»Aber, Jondalar, beim ersten Mal dachte ich, du wolltest, daß es dauert, aber du wußtest besser als ich, was ich wirklich wollte. Und dann, beim zweiten Mal, hast du gewußt, daß ich dir Wonnen bereiten wollte, und du hast es zugelassen, bis ich wieder für dich bereit war. Und du hast gewußt, wann ich für dich bereit war. Ich habe es dir nicht gesagt.«

»Doch, das hast du. Nur nicht mit Worten. Du hast mir beigebracht, so zu sprechen wie die Leute vom Clan, mit Zeichen und Bewegungen, nicht mit Worten. Ich habe nur versucht, deine Zeichen zu verstehen.«

»Aber solche Zeichen habe ich dir nicht beigebracht. Solche Zeichen kenne ich überhaupt nicht. Und du hast schon gewußt, wie du mir Wonnen bereiten kannst, bevor du überhaupt eine Ahnung von der Sprache des Clans hattest.« Sie runzelte die Stirn und versuchte so angestrengt ihn zu verstehen, daß er lächeln mußte.

»Das stimmt. Aber auch unter Leuten, die sprechen, gibt es eine Sprache ohne Worte, und sie bedienen sich dieser Sprache öfter, als sie selber wissen.«

»Ja, das ist mir auch aufgefallen«, sagte Ayla und dachte daran, wie gut sie Leute verstehen konnte, indem sie einfach auf die Zeichen achtete, die sie unbewußt gaben.

Sie hatte ihm in die Augen geschaut, in ihnen die Liebe gesehen, die er für sie empfand, und die Freude, die ihm ihre Fragen zu machen schienen, deshalb fiel ihr der abwesende Blick auf, der darin erschienen war. Er blickte ins Leere, als sähe er einen Augenblick lang etwas, das weit fort war, und sie wußte, daß er an jemand anderen dachte.

»Insbesondere, wenn derjenige, von dem du lernen willst, bereit ist, dich zu lehren«, sagte sie. »Zolena war eine gute Lehrmeisterin.«

Er errötete, schaute sie verblüfft und überrascht an, dann wendete er rasch den Kopf ab.

»Und ich habe viel von dir gelernt«, setzte sie hinzu; sie wußte, daß ihre Bemerkung ihn verstört hatte.

Er schien nicht fähig, sie direkt anzusehen. Als er es schließlich doch tat, war seine Stirn tief gerunzelt. »Ayla, woher wußtet du, was ich dachte?« fragte er. »Ich meine, ich weiß, daß du über besondere Gaben verfügst. Deshalb hat Mamut dich am Herdfeuer des Mammut aufgenommen, als du adoptiert wurdest. Aber manchmal habe ich das Gefühl, als könntest du meine Gedanken lesen. Hast du diese Gedanken aus meinem Kopf geholt?«

Sie spürte seine Betroffenheit und etwas noch Beunruhigenderes, fast eine Angst vor ihr. Eine ähnliche Angst hatte sie beim Sommertreffen bei manchen Mamutoi gespürt, die glaubten, sie besäße übernatürliche Fähigkeiten. Doch dieser Glaube beruhte zumeist auf Mißverständnissen. Wie die Vorstellung, sie hätte eine spezielle Gewalt über Tiere, während sie nur in ganz jungem Alter gefunden und wie Kinder aufgezogen hatte.

Aber seit der Clans-Versammlung hatte sich etwas geändert. Sie hatte nicht vorgehabt, etwas von dem geheimen Wurzeltrank, den sie für die Mog-urs hergestellt hatte, zu trinken, aber es war ihr nichts anderes übrig geblieben, und ebensowenig, in die Höhle zu gehen und auf die Mog-urs zu stoßen – es war einfach geschehen. Als sie sie alle im Kreis in der Höhle sitzen sah und in die schwarze Leere stürzte, die in ihr war, glaubte sie, sie wäre für immer verloren und würde niemals den Rückweg finden. Dann hatte Creb irgendwie ihr Inneres erreicht und zu ihr gesprochen. Seit jener Zeit gab es Augenblicke, in denen sie Dinge sah, die sie nicht zu erklären wußte. Wie damals, als Mamut sie mitnahm, als er auf die Suche ging, und sie spürte, wie sie sich erhob und ihm über die Steppe folgte. Doch als sie Jondalar anschaute und den seltsamen Blick sah, mit dem er sie musterte, überkam sie die Angst, daß sie ihn verlieren könnte.

Sie schaute ihn im Licht des Feuers an, dann senkte sie den Blick. Zwischen ihnen durfte es keine Unwahrheit, keine Lüge geben. Nicht, daß sie imstande gewesen wäre, absichtlich etwas zu behaupten, was nicht wahr war, aber nicht einmal das »Ungesagtlassen«, das der Clan zur Wahrung persönlicher Geheimnisse gelten ließ, durfte jetzt zwischen sie treten. Sie mußte ihm die Wahrheit sagen, selbst auf die Gefahr hin, daß sie ihn verlor, und herauszufinden versuchen, was ihn so beunruhigte. Sie schaute ihn an und suchte nach den richtigen Worten.

»Ich kann deine Gedanken nicht lesen, Jondalar, aber ich konnte sie erraten. Sprachen wir nicht gerade von den Zeichen, die Menschen machen, wenn sie mit Worten sprechen? Auch du hast solche Zeichen gemacht, und ich – ich achte auf sie, und oftmals weiß ich, was sie bedeuten. Weil ich dich so sehr liebe und dich genau kennenlernen will, achte ich immer sehr genau auf das, was du tust.« Sie wendete für einen Moment den Blick ab, dann setzte sie hinzu: »Und gerade das ist es, was die Frauen des Clans lernen müssen.«

Sie stellte fest, daß seine Miene eine gewisse Erleichterung zeigte und Neugierde, und sie fuhr fort: »Ich tue das nicht nur bei dir. Ich bin nicht bei Leuten meiner Art aufgewachsen, und ich bin es gewohnt, in den Zeichen, die Leute machen, eine Bedeutung zu erkennen. Es hat mir geholfen, einiges über die Leute zu erfahren, denen ich begegnet bin, obwohl es anfangs sehr verwirrend war; Leute, die mit Worten reden, sagen oft das eine, während ihre Zeichen etwas ganz anderes bedeuten. Als ich das endlich begriffen hatte, verstand ich mehr als nur die Worte, die die Leute aussprachen. Deshalb wollte auch Crozie beim Knöchelspiel nicht mehr mit mir wetten. An der Art, wie sie ihre Hände hielt, konnte ich immer erkennen, in welcher sich der markierte Knochen befand.«

»Darüber habe ich mich gewundert. Sie galt als gute Spielerin.«

»Das war sie auch.«

»Aber woher hast du gewußt – woher hast du wissen können, daß ich an Zolena gedacht habe? Sie ist jetzt Zelandoni. Normalerweise denke ich an sie als Eine, Die Der Mutter Dient, nicht an den Namen, den sie trug, als sie jung war.«

»Ich habe dich beobachtet, und deine Augen sagten, daß du mich liebst und daß du glücklich bist mit mir, und ich war selig. Aber als du davon sprachst, daß einen danach verlangt, gewisse Dinge zu lernen, da hast du einen Augenblick lang nicht mich gesehen. Du hast mir früher einmal von

Zolena erzählt, von der Frau, die dich gelehrt hat, in Frauen Gefühle zu wecken. Auch darüber hatten wir gerade gesprochen, also wußte ich, daß sie es war, an die du dachtest.«

»Ayla, das ist bemerkenswert«, sagte er mit einem erleichterten Lächeln. »Erinnere mich daran, daß ich nie versuche, Geheimnisse vor dir zu haben. Vielleicht kannst du einem Menschen nicht gerade die Gedanken aus dem Kopf holen, aber doch etwas, das dem sehr nahe kommt.«

»Da ist noch etwas, das du wissen solltest«, sagte sie.

Jondalars Stirnrunzeln war wieder da. »Was?«

»Manchmal glaube ich, daß ich vielleicht über – eine Art Gabe verfüge. Etwas ist mit mir geschehen, als ich an der Clans-Versammlung teilnahm. Ich reiste mit Bruns Clan dorthin, als Durc noch ganz klein war. Dort tat ich etwas, was ich eigentlich nicht hätte tun dürfen. Ich hatte es nicht vor, aber ich trank etwas von dem Trunk, den ich für die Mog-urs zubereitet hatte, und dann fand ich sie zufällig in der Höhle. Ich habe nicht nach ihnen gesucht, ich weiß nicht einmal, wie ich in die Höhle gekommen bin. Sie waren...« Ein Schauder überlief sie, und sie konnte den Satz nicht beenden. »Irgend etwas ist mit mir geschehen. Ich verirrte mich in der Dunkelheit. Nicht in der der Höhle, in der Dunkelheit in mir. Ich glaubte, ich müßte sterben, aber Creb hat mir geholfen. Er versetzte seine Gedanken in meinen Kopf...«

»Was tat er?«

»Ich weiß nicht, wie ich es anders erklären sollte. Er versetzte seine Gedanken in meinen Kopf, und seither habe ich – manchmal – das Gefühl, als hätte er irgend etwas in mir verändert. Manchmal ist mir, als hätte ich eine Art – Gabe. Dinge passieren, die ich nicht verstehe und nicht erklären kann. Ich glaube, Mamut hat das gewußt.«

Jondalar schwieg eine Weile. »Also hat er dich nicht nur deiner Heilkünste wegen ans Herdfeuer des Mammut adoptiert.«

Sie nickte. »Vielleicht. Ich nehme es an.«

»Aber meine Gedanken konntest du eben nicht lesen?«

»Nein. So ist die Gabe nicht. Sie ist eher von der Art, daß ich den Mamut begleiten konnte, als er auf die Suche ging. Oder das Wandern zu tiefen, weit entfernten Orten.«

»In die Welt der Geister?«

»Ich weiß es nicht.«

Jondalar schaute über ihren Kopf hinweg ins Leere, versuchte, sich über die Bedeutung ihrer Worte klarzuwerden. Dann schüttelte er den Kopf und sah sie mit einem bitteren Lächeln an. »Ich glaube, die Mutter spielt mir einen bösen Streich«, sagte er. »Die erste Frau, die ich liebte, war dazu berufen, ihr zu dienen, und ich glaubte nicht, daß ich je wieder lieben könnte. Und jetzt, da ich eine Frau gefunden habe, die ich liebe, stellt sich heraus, daß auch sie berufen ist, ihr zu dienen. Werde ich auch dich verlieren?«

»Weshalb solltest du mich verlieren? Ich weiß nicht, ob ich berufen bin, ihr zu dienen. Ich möchte niemandem dienen, ich möchte nur bei dir sein, an deinem Herdfeuer leben und deine Kinder gebären«, erklärte Ayla nachdrücklich.

»*Meine* Kinder gebären?« sagte er, von ihrer Wortwahl überrascht. »Wie kannst du meine Kinder gebären? Ich werde keine Kinder haben, Männer bekommen keine Kinder. Die Große Mutter gibt Kinder den Frauen. Vielleicht bedient sie sich des Geistes eines Mannes, um sie zu erschaffen, aber sie gehören nicht ihm. Er muß nur für sie sorgen, wenn seine Gefährtin sie geboren hat. Dann sind sie die Kinder seines Herdfeuers.«

Ayla hatte schon früher davon gesprochen, daß es die Männer waren, die bewirkten, daß in einer Frau neues Leben wächst, aber damals hatte er nicht begriffen, daß sie eine Tochter vom Herdfeuer des Mammut war. Daß sie imstande war, mit der Welt der Geister in Verbindung zu treten, und daß sie vielleicht dazu bestimmt war, Doni zu dienen.

»Du kannst meine Kinder die Kinder deines Herdfeuers nennen, Jondalar. Ich möchte, daß meine Kinder die Kinder deines Herdfeuers sind. Ich möchte nur mit dir zusammensein, immer.«

»Das möchte ich auch, Ayla. Ich wollte dich und deine Kinder, noch bevor ich dir begegnet bin. Ich wußte nur nicht, daß ich dich finden würde. Ich hoffe nur, daß die Mutter nicht zuläßt, daß ein Kind in dir wächst, bevor wir heimgekehrt sind.«

»Ich weiß, Jondalar«, sagte Ayla. »Auch ich würde lieber warten.«

Ayla ergriff ihre Becher und spülte sie aus, dann beendete sie ihre Vorbereitungen für einen zeitigen Aufbruch, während Jondalar alles einpackte außer ihren Schlaffellen. Sie schmiegten sich aneinander, auf angenehme Art müde. Jondalar betrachtete die ruhig neben ihm schlafende Frau, aber er selbst konnte nicht einschlafen.

Meine Kinder, dachte er. Ayla hat gesagt, ihre Kinder würden meine Kinder sein. Haben wir neues Leben geschaffen, als wir heute die Wonnen miteinander teilten? Wenn neues Leben daraus hervorgegangen ist, dann muß es ein ganz besonderes sein, weil diese Wonnen besser waren als alles zuvor.

Warum waren sie besser? Schließlich habe ich all das auch schon früher getan, aber mit Ayla ist es irgendwie anders – ich werde ihrer nie überdrüssig – sie bewirkt, daß ich immer mehr will – schon das Denken an sie bewirkt, daß mich wieder nach ihr verlangt...

Aber was ist, wenn sie schwanger wird? Bisher ist sie es nicht – vielleicht kann sie es nicht. Manche Frauen können keine Kinder bekommen. Aber sie hat einen Sohn geboren. Könnte es an mir liegen?

Ich habe lange mit Serenio zusammengelebt. Während der ganzen Zeit ist sie nicht schwanger geworden, und auch sie hatte bereits ein Kind. Vielleicht wäre ich bei den Sharamudoi geblieben, wenn sie Kinder bekommen hätte – ich glaube es jedenfalls. Kurz bevor ich abreiste, sagte sie, sie wäre möglicherweise schwanger. Warum bin ich nicht bei ihr geblieben? Sie sagte, sie wollte mich nicht zum Gefährten, obwohl sie mich liebte, weil ich ihre Liebe nicht in gleichem Maße erwiderte. Sie sagte, ich liebte meinen Bruder mehr als jede Frau. Aber ich hatte sie gern, vielleicht nicht auf die Art, wie ich Ayla liebe, aber wenn ich es wirklich gewollt hätte, dann hätte sie sich vielleicht mit mir zusammengetan. Das habe ich schon damals gewußt. Benutzte ich das als Vorwand, um sie zu verlassen? Warum habe ich sie verlassen? Weil Thonolan fort wollte und ich mir Sorgen um ihn machte? War das der einzige Grund?

Wenn Serenio schwanger war, als ich abreiste, wenn sie ein weiteres Kind bekommen hat – wäre es dann aus meiner Männlichkeit hervorgegangen? Das jedenfalls würde Ayla sagen. Nein, das ist nicht möglich. Männer bekommen keine Kinder, es sei denn, die Große Mutter bedient sich des Geistes des Mannes, um eines zu schaffen. Ein Kind meines Geistes also?

Wenn wir bei den Sharamudoi sind, werde ich wissen, ob sie ein Kind bekommen hat. Was würde Ayla empfinden, wenn Serenio ein Kind hätte, das vielleicht auf irgendeine Weise ein Teil von mir ist? Und was wird Serenio empfinden, wenn sie Ayla sieht? Und was wird Ayla von ihr halten?

DREIZEHNTES KAPITEL

Am nächsten Morgen war Ayla schon zeitig auf; sie freute sich auf den Aufbruch, obwohl es nicht weniger schwül war als am Vortag. Als sie mit Hilfe eines Stückes Flint Funken aus ihrem Pyrit schlug, wünschte sie sich, sie könnte auf das Feuermachen verzichten. Das vom Vorabend übriggebliebene Essen und etwas Wasser hätten völlig ausgereicht, und als sie an die Wonnen dachte, die sie und Jondalar geteilt hatten, hätte sie nur zu gern auf Izas Zaubermedizin verzichtet. Aber wenn sie ihren Spezialtee nicht trank, würde sie vielleicht feststellen, daß in ihr ein Kind heranwuchs. Der Gedanke, daß sie unterwegs schwanger werden könnte, beunruhigte Jondalar; also mußte sie ihren Tee trinken.

Ayla wußte nicht, wie die Medizin wirkte. Sie wußte lediglich, daß sie nicht schwanger werden würde, wenn sie bis zu ihrer Mondzeit jeden Morgen ein paar Schlucke von dem bitteren Absud aus Goldzwirn trank und einen Becher voll Tee aus der Wurzel des Antilopensalbeis an den Tagen, an denen sie blutete.

Ein Kind zu versorgen, während sie unterwegs waren, würde nicht schwierig sein, aber beim Gebären wollte sie nicht allein sein. Sie wußte nicht, ob sie Durcs Geburt überlebt hätte, wenn Iza nicht dagewesen wäre.

Ayla schlug nach einer Mücke auf ihrem Arm, dann überprüfte sie, während das Wasser heiß wurde, ihren Kräutervorrat. Die Durchsicht der Beutel und Säckchen in ihrem abgenutzten Medizinbeutel aus Otterfell ergab, daß die meisten Kräuter, die sie in einem Notfall möglicherweise brauchen würde, in ausreichenden Mengen vorhanden waren; allerdings hätte sie gern einige aus der vorjährigen Ernte durch frische ersetzt. Glücklicherweise hatte sie bisher kaum Veranlassung gehabt, Heilkräuter zu verwenden.

Kurz nachdem sie sich wieder auf den Ritt nach Westen gemacht hatten, kamen sie an einen breiten, schnell fließenden Fluß. Während Jondalar die ziemlich tief an Renners Flanken herabhängenden Packkörbe abnahm und sie in dem auf das Schleppgestell geschnürten Rundboot verstaute, betrachtete er den Fluß genauer. Er mündete in einem spitzen Winkel in den Großen Mutter Fluß.

»Ayla, ist dir aufgefallen, wie sich dieser Nebenfluß in die Mutter ergießt? Das Wasser strömt einfach hinein und wird dann stromabwärts getragen, ohne sich auszubreiten. Ich glaube, er bewirkt die starke Strömung, in die wir gestern hineingeraten sind.«

»Wahrscheinlich hast du recht«, sagte sie. Dann lächelte sie den Mann an. »Du findest gern die Gründe für etwas heraus, nicht wahr?«

»Nun, wenn Wasser plötzlich sehr schnell fließt, muß es eine Erklärung dafür geben.«

»Und du hast sie gefunden«, sagte sie.

Ayla hatte das Gefühl, daß Jondalar besonders guter Laune war, als sie nach der Überquerung des Flusses ihre Reise fortsetzten, und das machte sie glücklich. Wolf blieb bei ihnen, und auch das freute sie. Sogar die Pferde wirkten temperamentvoller. Die Ruhe hatte ihnen gutgetan. Auch sie fühlte sich frisch und ausgeruht und bemerkte – vielleicht, weil sie gerade ihren Medizinvorrat überprüft hatte – die Details des Pflanzen- und Tierlebens in der Mündung des großen Flusses und auf dem angrenzenden Grasland, durch das sie jetzt ritten. Obwohl geringfügig, waren die Veränderungen doch unverkennbar.

Vögel waren nach wie vor die vorherrschende Tiergruppe, wobei die verschiedenen Reiherarten am stärksten vertreten waren; die anderen Vögel waren im Vergleich mit ihnen nicht ganz so häufig. Große Schwärme von Pelikanen und Höckerschwänen flogen über sie hinweg, ebenso viele Arten von Raubvögeln, darunter Schwarzmilane, Weißschwanz-Seeadler, Wespenbussarde und Baumfalken. Außerdem sah sie Massen kleinerer Vögel, die herumhüpften und über sie hinwegflogen, sangen und ihr buntes Gefieder zur Schau stellen: Nachtigallen und Sänger, Kohlmeisen, Grasmücken, Zwergschnäpper, Pirole und noch viele andere.

Auch zahlreiche Zwergdommeln lebten im Delta, aber diese scheuen Vögel hörte man öfter, als daß man sie sah. Den ganzen Tag über gaben sie ihre etwas hohl und grunzend klingenden Laute von sich, und gegen Abend verstärkte sich ihr Gesang. Aber wenn sich jemand näherte, reckten sie ihre langen Schnäbel steil in die Höhe und verschmolzen dermaßen mit dem Schilf, in dem sie nisteten, daß sie regelrecht zu verschwinden schienen. Ayla sah jedoch viele von ihnen auf der Jagd nach Fischen übers Wasser fliegen, und fliegende Dommeln waren leicht zu erkennen, weil die kleinen Deckfedern an den Vorderkanten der Flügel und am Schwanzansatz ganz hell waren und einen auffälligen Kontrast zu den dunklen Flügeln und dem dunklen Rücken bildeten.

Aber die Umgebung des Deltas beherbergte außerdem eine erstaunliche Menge von Tieren, die sich sehr unterschiedlichen Umweltbedingungen angepaßt hatten: so lebten zum Beispiel in den Wäldern Rehe und Wildschweine und an den Waldrändern Hasen, Riesenhamster und Riesenhirsche. Unterwegs begegneten ihnen viele Tiere, die sie seit geraumer Zeit nicht mehr gesehen hatte, und sie machten sich gegenseitig auf sie aufmerksam: Saiga-Antilopen, die an dahinstampfenden Auerochsen vorbeijagten; eine kleine getigerte Wildkatze, die sich an einen Vogel anschlich und dabei von einem gefleckten Leoparden auf einem Baum beobachtet wurde; eine

Familie von Füchsen mit ihren Jungen; ein paar große Dachse und etliche ungewöhnliche Iltisse mit weiß, gelb und braun marmoriertem Fell. Im Wasser sahen sie Ottern und Nerze sowie Bisamratten, ihre bevorzugte Beute.

Und dann waren da die Insekten. Die großen gelben Libellen, die an ihnen vorüberschossen, und die zarten Schlankjungfern, deren leuchtende Blau- und Grüntöne die unscheinbaren Blütenstände des Wegerichs schmückten, waren erfreuliche Ausnahmen in den lästigen Schwärmen, die plötzlich aufgetaucht waren – praktisch von einem Tag auf den anderen, als hätte die Feuchtigkeit und Wärme der trägen Nebenflüsse und stehenden Teiche unzählige Eier gleichzeitig ausgebrütet. Am Morgen waren über dem Wasser die ersten Wolken winziger Kriebelmücken aufgetaucht, doch das Grasland war noch frei von ihnen, und sie hatten sie schnell wieder vergessen.

Am Abend jedoch war es unmöglich, sie zu vergessen. Die Kriebelmücken bohrten sich in das dichte, schweißgetränkte Fell der Pferde, schwärmten um ihre Augen herum und krochen ihnen in Maul und Nüstern. Dem Wolf erging es kaum besser. Die armen Tiere waren außer sich vor der Qual, die ihnen die Millionen von Mücken bereiteten. Die lästigen Insekten schlüpften sogar ins Haar der Menschen, und Ayla und Jondalar mußten sich ständig die Augen reiben, um sie von den winzigen Biestern zu befreien. In der Nähe des Deltas waren die Mückenschwärme besonders dicht, und sie fragten sich, wo sie in der Nacht kampieren sollten.

Jondalar entdeckte an der rechten Seite ihres Weges einen grasbewachsenen Hügel, der ihm eine weitere Aussicht gestatten würde. Sie ritten hinauf und blickten auf das glitzernde Wasser eines vom Fluß abgeschnittenen Sees. Ihm fehlte der sonst im Delta übliche üppige Bewuchs – und auch die stehenden Tümpel, in denen die Insektenlarven aus den Eiern schlüpften –, aber an seinem Ufer wuchsen ein paar Bäume und Sträucher, die ein breites, einladendes Ufer säumten.

Wolf stürmte den Abhang hinunter, und die Pferde folgten ihm unaufgefordert. Ayla und Jondalar konnten sie gerade lange genug halten, um ihnen die Packkörbe abzunehmen und Winnie von dem Schleppgestell zu befreien. Dann stürzten sich alle in das klare Wasser. Sogar Wolf, der Flüsse nur ungern überquerte, sprang hinein und paddelte in dem See herum.

»Was meinst du, ob er endlich angefangen hat, Wasser zu mögen?« fragte Ayla.

»Ich hoffe es jedenfalls. Wir müssen noch viele Flüsse überqueren.«

Die Pferde senkten die Köpfe, um zu trinken, schnaubten und bliesen Wasser aus Maul und Nüstern, dann kehrten sie an den Rand des Sees zurück. Sie ließen sich auf dem schlammigen Ufer nieder und wälzten sich. Als sie sich wieder erhoben, waren sie am ganzen Körper mit Schlamm bedeckt, als der Schlamm trocknete, fiel er ab und mit ihm tote Haut, Insekteneier und andere Parasiten.

Sie kampierten am Ufer des Sees und brachen am nächsten Morgen zeitig auf. Am Abend hielten sie vergeblich nach einem ebenso angenehmen Lagerplatz Ausschau. Nach den Kriebelmücken waren Schwärme von Stechmücken geschlüpft, die rote, juckende Schwellungen hervorriefen und Ayla und Jondalar zwangen, schwerere, schützende Kleidung anzulegen, obwohl sie, zumal sie inzwischen an ein Minimum an Bekleidung gewöhnt waren, unbehaglich warm war. Keiner von ihnen wußte genau, wann die Fliegen aufgetaucht waren. Ein paar Bremsen waren immer dagewesen, aber jetzt waren es die kleineren Stechfliegen, die sie plötzlich umschwärmten. Obwohl es ein warmer Abend war, krochen sie schon zeitig in ihre Schlaffelle, nur um den fliegenden Horden zu entkommen.

Am nächsten Tag brachen sie erst auf, nachdem Ayla nach Kräutern gesucht hatte, die dazu geeignet waren, die Wirkung der Stiche zu lindern und Insekten abzuwehren. An einer feuchten und schattigen Stelle dicht beim Wasser fand sie Braunwurz mit lockeren Ähren aus seltsam geformten braunen Blüten, und sie sammelte die ganzen Pflanzen, um daraus einen Aufguß zu machen, der die Haut abheilen ließ und gegen das Jucken half. Als sie die großen Blätter von Wegerich entdeckte, pflückte sie auch diese, um sie gleichfalls für den Aufguß zu verwenden; sie linderten und heilten so gut wie alles, von Insektenstichen bis zu Vereiterungen, sogar gefährliche Geschwüre und Wunden. Weiter draußen auf der Steppe, wo es trockener war, pflückte sie Beifußblüten, die ein gutes Gegenmittel für alle möglichen Gifte waren.

Sie freute sich, als sie leuchtend gelbe Ringelblumen fand, die heilsam und antiseptisch waren und bewirkten, daß die Stiche nicht mehr schmerzten; auch hielten sie Insekten ab, wenn man sich mit einem starken Aufguß wusch. Und an einem sonnigen Waldrand fand sie wilden Majoran, der nicht nur bei äußerlicher Anwendung ein gutes Abwehrmittel gegen Insekten war; wenn man ihn als Tee trank, verlieh er dem Schweiß ein scharfes Aroma, das Kriebelmücken, Flöhe und die meisten Fliegen abstieß. Sie versuchte sogar, die Pferde und Wolf mit dem Tee zu tränken, wußte aber nicht, wieweit ihr das gelungen war.

Am späten Vormittag waren sie wieder unterwegs, und die Veränderungen, die Ayla bereits früher festgestellt hatte, traten immer deutlicher hervor. Sie sahen weniger Sumpfgebiete und mehr Wasser mit weniger Inseln. Der nördliche Arm des Deltas verlor sein Netzwerk aus vielfach gewundenen Wasserläufen und wurde zu einem Strom. Dann vereinigten sich der nördliche und einer der mittleren Arme des großen Deltas; das Flußbett wurde doppelt so breit und führte eine gewaltige Menge fließenden Wassers. Ein kurzes Stück weiter vergrößerte sich der Fluß abermals, als der südliche Arm, der sich bereits mit dem zweiten der mittleren Arme vereinigt hatte, einfloß. Damit hatten alle vier Arme in einem einzigen, tiefen Bett zusammengefunden.

Der große Strom hatte auf seinem Weg durch den Kontinent Hunderte von Nebenflüssen und das Schmelzwasser von zwei Bergketten mit eisbedeckten Gipfeln in sich aufgenommen; doch weiter im Süden hatten die granitenen Überreste uralter Gebirge ihm den Weg zum Meer versperrt. Schließlich hatte das harte Muttergestein unter dem Druck des anströmenden Wassers widerstrebend ein wenig nachgegeben. Der Fluß, in einen schmalen Durchgang eingezwängt, hatte auf einer kurzen Strecke seine sämtlichen Randgewässer eingesammelt, bevor er eine scharfe Biegung machte und sich dann durch das gewaltige Delta in das Binnenmeer ergoß.

Für Ayla war es das erste Mal, daß sie den mächtigen Fluß in seiner ganzen Großartigkeit erblickte, und Jondalar, der bereits in dieser Gegend gewesen war, hatte ihn aus einer anderen Perspektive gesehen. Wie gebannt genossen sie den Anblick. Die von Wasser bedeckte Fläche war so gewaltig, daß es eher wie ein fließendes Meer aussah als wie ein Fluß, und die gekräuselte Oberfläche verriet kaum etwas von der in ihren Tiefen verborgenen Kraft.

»Das ist der Große Mutter Fluß«, sagte Jondalar.

Er hatte ihn schon einmal in ganzer Länge bereist und wußte, welch weiten Weg er hinter sich hatte, kannte die Landschaften, die er durchfloß. Er wußte auch, wie lang die Reise war, die noch vor ihnen lag. Und obwohl sie nicht voll und ganz begriff, was das zu bedeuten hatte, verstand Ayla doch, daß der gewaltige, tiefe, mächtige Große Mutter Fluß an dieser Stelle, am Ende seiner langen Reise, zum letztenmal an einem Ort vereinigt, hier seinen Höhepunkt erreicht hatte; größer als hier würde er nirgendwo sein.

Sie setzten ihre Reise stromaufwärts fort, ließen das feuchtwarme Delta hinter sich und mit ihm viele der Insekten, die sie geplagt hatten, und dann stellten sie fest, daß sie auch die offene Steppe hinter sich ließen. An die Stelle des Graslandes und der flachen Marschen trat hügeliges Gelände mit ausgedehnten Wäldern und grünen Wiesen.

Im Schatten der lichten Wälder war es kühler. Das war eine so willkommene Abwechslung, daß sie, als sie an einen großen See kamen, an den eine herrlich grüne, von Bäumen gesäumte Wiese angrenzte, versucht waren, haltzumachen und ihr Lager aufzuschlagen, obwohl es erst früher Nachmittag war. Sie ritten an einem Bach entlang auf ein sandiges Ufer zu, aber als sie näherkamen, ließ Wolf ein tiefes, kehliges Knurren hören, sträubte die Nackenhaare und ging in Angriffsstellung. Ayla und Jondalar ließen den Blick schweifen und versuchten herauszufinden, was ihn beunruhigte.

»Ich kann nichts entdecken«, sagte Ayla, »aber hier muß es irgend etwas geben, das Wolf nicht gefällt.«

Jondalar warf noch einen Blick auf den einladenden See. »Für ein Nachtlager ist es ohnehin zu früh. Laß uns weiterreiten«, sagte er, wendete Renner und schlug wieder die Richtung zum Fluß ein. Wolf blieb eine Weile zurück, dann holte er sie ein.

Als sie durch die bewaldete Landschaft ritten, war Jondalar doch recht froh, daß sie nicht schon zeitig bei dem See haltgemacht hatten. Im Laufe des Nachmittags kamen sie an mehreren weiteren, unterschiedlich großen Seen vorüber. Er fand, daß er von seiner früheren Reise her hätte wissen müssen, daß es in dieser Gegend zahlreiche Seen gab, bis ihm einfiel, daß er und Thonolan mit einem Boot der Ramudoi den Fluß hinabgefahren waren und sich nur gelegentlich am Flußufer aufgehalten hatten.

Dennoch war er überzeugt, daß in einer so idealen Gegend Menschen leben müßten, und er versuchte sich zu erinnern, ob einer der Ramudoi von Fluß-Leuten gesprochen hatte, die weiter stromabwärts lebten. Allerdings erwähnte er diese Gedanken Ayla gegenüber nicht. Wenn sie sich nicht zu erkennen gaben, wollten sie nicht gesehen werden. Dennoch fragte er sich, was Wolf veranlaßt haben mochte, so aggressiv zu reagieren. Hatte er Menschen gerochen, die Angst hatten oder feindselig waren?

Als die Sonne hinter den vor ihnen aufragenden Bergen zu versinken begann, machten sie an einem kleinen See halt, der eine Art Auffangbecken für mehrere von höherem Gelände herabkommende Bäche war. Ein Abfluß des Sees mündete in den Fluß, und durch ihn waren große Lachse und Forellen in den See eingeschwommen.

Seit sie den Fluß erreicht hatten, waren Fische ein regelmäßiger Bestandteil ihrer Nahrung. Ayla hatte von Zeit zu Zeit an einem Netz geknüpft, ähnlich dem, mit dem Bruns Clan große Fische aus dem Beran-See geholt hatte. Sie hatte zuerst den Schnurrahmen geknüpft und dann verschiedene Pflanzen ausprobiert, die kräftige Fasern lieferten. Am besten ließen sich Hanf und Flachs verarbeiten; allerdings war Hanf wesentlich gröber.

Als sie glaubte, ein ausreichend großes Netz zu haben, probierten sie es im See aus, wobei Jondalar das eine Ende hielt und sie das andere. Sie begaben sich ein Stück weit in den See hinein und wateten dann, das Netz zwischen sich haltend, zum Ufer zurück. Als sie zwei große Forellen an Land zogen, war auch Jondalars Jagdeifer erwacht, und er überlegte, ob es nicht eine Möglichkeit gab, an dem Netz einen Griff zu befestigen, so daß man Fische fangen konnte, ohne ins Wasser hineinwaten zu müssen.

Am Morgen erreichten sie auf ihrem Weg zu der vor ihnen liegenden Bergkette eine der seltenen Waldregionen mit vielen Arten von Laub- und Nadelbäumen, die – wie die Pflanzen der Steppe – ein Artenmosaik bildeten. Zwischen den Wäldern lagen Wiesen und Seen und – in tieferem Gelände – Torfmoore und Sümpfe.

Die immergrünen Bäume bevorzugten Nordhänge und sandigere Böden, wo die Feuchtigkeit ausreichte, sie zu großer Höhe heranwachsen zu lassen. Ein dichter Wald aus riesigen, bis zu einhundertsechzig Fuß hohen Fichten bedeckte den unteren Teil eines Abhangs; an sie schlossen sich Kiefern an, die, obwohl an die hundertdreißig Fuß hoch, nicht weniger groß zu sein schienen als die Fichten, weil sie auf höhergelegenem Gelände wuchsen.

Mächtige dunkelgrüne Tannen machten Platz für dichte Stände aus hohen, weißrindigen Birken, und selbst die Weiden erreichten Höhen von mehr als fünfundsiebzig Fuß.

Wo die Abhänge nach Süden zeigten und der Boden feuchter und nährstoffreicher war, erreichten auch die Laubbäume erstaunliche Höhen. Gruppen von gewaltigen Eichen mit völlig geraden Stämmen, von denen außer einer Krone aus grünen Blättern keine Äste abzweigten, ragten mehr als hundertvierzig Fuß hoch auf. Linden und Eschen erreichten fast dieselbe Höhe, und Ahornbäume waren kaum kleiner.

In einiger Entfernung konnten die Reisenden vor sich die silbrigen Blätter von Weißpappeln sehen, zwischen denen Eichen wuchsen, und als sie die Stelle erreicht hatten, sahen sie, daß auf den Eichen unzählige Feldsperlinge nisteten.

An den Stellen, wo durch größere Lücken im Blätterdach mehr Sonne auf den Boden gelangte, wuchs dichtes Unterholz, und von den höheren Ästen der Bäume hingen die Ranken von Waldreben und anderen Kletterpflanzen herab. Die Reiter näherten sich einer Gruppe von Ulmen und Weißweiden, deren Stämme von Rankpflanzen umschlungen waren, in denen Schelladler und Schwarzstörche ihre Nester gebaut hatten. Sie kamen an Espen vorüber, unter denen Brombeeren wuchsen, und an einer dichten Gruppe von Weiden an einem Fluß. An einem Abhang zog sich ein Mischwald aus majestätischen Ulmen, schlanken Birken und duftenden Linden empor, der eine Fülle eßbarer Pflanzen überschattete. Sie machten halt, um einiges zu sammeln: Himbeeren, Nesseln, Haselsträucher mit noch nicht ganz reifen Nüssen, gerade so, wie Ayla sie liebte, und ein paar Zirbelkiefern mit Zapfen, in denen delikate Nüsse steckten.

Ein Stück weiter traten Hainbuchen an die Stelle der Buchen, die jedoch bald wieder die Oberhand gewannen. Eine riesige, umgestürzte Hainbuche war mit einer so dichten, orangegelben Schicht von Hallimasch überzogen, daß Ayla absaß und sich ans Pflücken machte. Jondalar half ihr, die köstlichen Pilze zu sammeln, und er war es auch, der den Baum mit dem Bienenstock entdeckte. Mit einer Rauchfackel und seiner Axt kletterte er auf einer improvisierten Leiter aus dem Stamm einer umgestürzten Tanne, an der noch die Stubben der kräftigen Äste saßen, an dem Baum empor, und brach, ohne sich von ein paar Stichen stören zu lassen, einige Waben ab. Sie verzehrten die seltene Köstlichkeit an Ort und Stelle, wobei sie auch das Wachs und ein paar Bienen mitaßen, und lachten wie die Kinder über ihre klebrigen Hände und Gesichter.

Dann setzten sie am Ufer des breiten Flusses ihre Reise nach Westen fort. Die Details wurden deutlicher, aber die schneebedeckten Kuppen waren ein stets gegenwärtiger Anblick, und ihre Annäherung erfolgte so allmählich, daß ihnen kaum bewußt wurde, daß sie den Bergen tatsächlich näher kamen.

Von Zeit zu Zeit machten sie einen Abstecher in die bewaldete Hügellandschaft im Norden, aber meistens hielten sie sich auf der Ebene im Tal des Flusses. Obwohl die Landschaftsform anders war, hatten die bewaldeten Ebenen doch mit den Bergen vieles gemeinsam.

Während sie weiter stromaufwärts ritten, betrachtete Ayla immer wieder den Fluß. Sie wußte, daß das Wasser aller Nebenflüsse stromabwärts getragen wurde, und daß der große Fluß jetzt weniger Wasser führte. Obwohl sich an der großen Fläche, die das fließende Wasser bedeckte, nichts geändert zu haben schien, hatte sie doch das Gefühl, als hätte das Wasser der Großen Mutter eine Einbuße erlitten. Es war ein Gefühl, das tiefer wurzelte als Wissen, und sie versuchte immer wieder herauszufinden, ob sich der gewaltige Fluß auf irgendeine erkennbare Art verändert hatte.

Es dauerte jedoch nicht lange, bis sich das Aussehen des Flusses tatsächlich veränderte. Tief unter dem Löß vergraben, dem fruchtbaren Erdreich, das einst von den Gletschern feingemahlener und vom Wind verwehter Steinstaub gewesen war, und unter dem Lehm, Sand und Kies, die fließendes Wasser im Laufe der Jahrtausende abgelagert hatten, befand sich das uralte Massiv, dessen dauerhafte Wurzeln einen Schild gebildet hatten, der so unnachgiebig war, daß die starre Granitkruste, von den unerbittlichen Bewegungen der Erde gegen das Massiv gedrängt, nachgeben mußte und zu den Bergen aufgefaltet worden war, deren eisbedeckte Kuppen jetzt in der Sonne funkelten.

Die Wälder blieben hinter Ayla und Jondalar zurück, als sie südwärts in eine flache, mit niedrigen Hügeln durchsetzte und mit stehendem Heu bedeckte Landschaft ritten. Diese Region ähnelte der offenen Steppe in der Nähe des Deltas, aber sie war heißer und trockener, es gab sogar Sanddünen, auf denen zumeist zähe, dürreresistente Gräser wuchsen und, in Wassernähe, ein paar Bäume. Verholztes Gestrüpp, in erster Linie Beifuß, Salbeigamander und Estragon, versuchte in dem mageren Boden zu existieren und verdrängte an manchen Stellen sogar die verkrüppelten Zwergkiefern und Weiden, die dicht an den Ufern der Flüsse wuchsen.

Das Sumpfland zwischen den beiden Armen des Flusses, ein Gebiet, das immer wieder überschwemmt wurde, ähnelte dem großen Delta und war ebenso reich an Riedgräsern, Wasserpflanzen und Tieren. Flache Inseln mit Bäumen und kleinen grünen Wiesen wurden umschlossen von den schlammig gelben Hauptarmen oder kleineren Rinnen mit klarem Wasser, in denen zahlreiche, oft ungewöhnlich große Fische lebten.

Sie ritten ganz dicht beim Wasser über ein offenes Feld, als Jondalar Renner anhielt. Ayla machte neben ihm halt. Er lächelte, als er ihr verblüfftes Gesicht sah, aber bevor sie etwas sagen konnte, legte er den Finger auf die Lippen und deutete auf einen klaren Tümpel, in dem Unterwasserpflanzen im Rhythmus unsichtbarer Strömungen schwankten. Anfangs sah sie nichts Ungewöhnliches, doch dann erschien, mühelos aus der grün überhauchten

Tiefe emporgleitend, eine riesige Goldkarausche. An einem anderen Tag sahen sie in einer Lagune mehrere dreißig Fuß lange Störe.

Schilfdickichte, Seen und Lagunen luden Vögel zum Nisten ein, und große Schwärme von Pelikanen glitten, von aufsteigender Warmluft getragen, fast ohne Flügelschlag über ihnen dahin. Kröten und Riedfrösche lieferten das Abendkonzert und gelegentlich auch eine Mahlzeit. Kleine Echsen, die über die schlammigen Ufer glitten, wurden von den Reisenden ignoriert, und Schlangen wichen sie aus.

Im Wasser schien es besonders viele Blutegel zu geben, und sie suchten sich die Stellen zum Baden sehr sorgfältig aus, aber Ayla war fasziniert von den seltsamen Geschöpfen, die sich an ihnen festhefteten und ihnen das Blut aussaugten, ohne daß sie es spürten.

Die Gipfel im Westen wichen zurück, als sie sich dem Südende der Bergkette näherten, und zwischen dem Fluß, dem sie folgten, und der Reihe zerklüfteter Kuppen lag eine breitere Ebene. Sie konnten ihren Blick über eine weite Landschaft schweifen lassen. Wenn sie zurückschauten, sahen sie die ganze Reihe der sich nach Westen erstreckenden Berge. Eis funkelte auf den höchsten Gipfeln, und Schnee bedeckte die steilen Hänge und Grate – ein Hinweis darauf, daß die kurze Zeit sommerlicher Hitze auf den südlichen Ebenen nur ein Zwischenspiel in einem vom Eis beherrschten Land war.

Sobald sie die Berge hinter sich gelassen hatten, schien der Blick nach Westen grenzenlos zu sein – so weit sie sehen konnten, nur trockene Steppe ohne irgendwelche Landmarken. Ohne die abwechslungsreiche Vielfalt der bewaldeten Hügel und ohne irgendwelche zerklüfteten Gipfel, die die Monotonie unterbrachen, ging ein Tag in den anderen über. An einer Stelle vereinigten sich die beiden Arme des Flusses, dem sie nach wie vor folgten, und am anderen Ufer konnten sie Steppe und einen dichteren Bewuchs mit Bäumen erkennen, obwohl der große Fluß nach wie vor Inseln und Schilfdickichte enthielt.

Doch noch bevor der Tag vorüber war, breitete der Große Mutter Fluß sich wieder aus. Sie folgten ihm auch weiterhin in Richtung Süden, und als sie näher an die in der Ferne purpurn aufragenden Berge herankamen, begann sich ihr wahrer Charakter zu zeigen. Im Gegensatz zu den im Norden steil aufragenden Gipfeln war das Gebirge im Süden, obwohl immer noch hoch genug, um bis in den Sommer hinein eine Decke aus Schnee und Eis zu tragen, wesentlich weniger schroff, und seine Kuppen waren eher rundlich.

Das Gebirge im Süden bestimmte auch den Lauf des Flusses. Als die Reisenden sich ihm näherten, stellten sie fest, daß sich der große Strom auf eine ihnen bereits vertraute Weise änderte. Vielfach gewundene Kanäle vereinigten sich mit anderen und schließlich mit den Hauptarmen. Schilfdickichte und Inseln verschwanden, und die verschiedenen Arme kamen in einer breiten, tiefen Rinne zusammen, in der ihnen die Wassermassen in einer weiten Biegung entgegenströmten.

Jondalar und Ayla ritten an der Innenseite dieser Biegung entlang, bis ihr Weg sie wieder nach Westen führte, der Sonne entgegen, die an einem dunstigen, tiefroten Himmel unterging. Jondalar konnte keine Wolken entdecken und fragte sich, welche Ursache wohl diese intensive Rotfärbung haben mochte, die von den schroffen Felsen im Norden und den gerundeten Kuppen im Süden reflektiert wurde und das gekräuselte Wasser blutrot überhauchte.

Sie ritten weiter und hielten Ausschau nach einem guten Platz für ihr Nachtlager.

Ayla wachte vor Tagesanbruch auf. Sie liebte den frühen Morgen und die kühle Luft. Sie goß für den noch schlafenden Jondalar und für sich selbst einen Estragon-Salbei-Tee auf und trank ihn, während die Morgensonne die Berge im Norden aufweckte. Es begann damit, daß das erste Rosa die beiden eisigen Gipfel umriß, zuerst ganz langsam, eine bloße Reflektion des Glühens im Osten. Doch dann, noch bevor sich der Rand des leuchtenden Feuerballs über den Horizont erhoben hatte, verkündeten die plötzlich strahlend funkelnden Gipfel sein Kommen.

Als sie sich wieder auf den Weg machten, rechneten sie damit, daß sich der große Fluß wieder ausbreiten würde; deshalb waren sie überrascht, daß das Wasser in einem einzigen breiten Bett dahinströmte. Er enthielt zwar ein paar mit Gestrüpp bewachsene Inseln, gabelte sich aber nicht in mehrere Läufe auf. Sie waren so sehr daran gewöhnt, den Fluß in einem breiten, vielfach gewundenen Lauf durch flaches, grasbewachsenes Gelände fließen zu sehen, daß es ihnen seltsam vorkam, daß er seine Wassermassen über eine längere Strecke hinweg in einem Bett behielt.

Am linken Ufer, zwischen dem Fluß und den schroffen, glitzernden Granit- und Schiefergipfeln im Norden, erhob sich ein weitgehend mit Löß bedecktes Vorgebirge aus Kalkstein. Es war ein rauhes, zerklüftetes und extremen Witterungsbedingungen unterworfenes Terrain. Im Sommer wurde es von schneidenden Winden aus dem Süden ausgetrocknet; im Winter ließ hoher Druck über den Gletschern im Norden eisige Luftmassen über die offene Landschaft fegen; und von Osten kamen häufig heftige Gewitterstürme, die sich über der See gebildet hatten. Ergiebige Niederschläge und rasch austrocknende Winde in Verbindung mit extremen Temperaturschwankungen hatten den unter der porösen Lößschicht liegenden Kalkstein zerklüftet und auf dem flachen, offenen Plateau steile Abbrüche entstehen lassen.

Zähe Gräser konnten in dem trockenen, windigen Gelände existieren, aber Bäume fehlten fast völlig. Die einzigen verholzten Gewächse waren Sträucher, die sowohl trockene Hitze als auch schneidende Kälte vertrugen. Hin und wieder stießen sie auf einen Tamariskenstrauch mit dünnen Ästen, gefiedertem Laub und winzigen rosa Blüten oder einen Kreuzdorn mit schwarzen Beeren und scharfen Dornen, und sie entdeckten sogar ein paar kleine Sträucher mit schwarzen Johannisbeeren. Reichlicher vorhanden waren mehrere Arten von Beifuß, darunter auch eine, die Ayla unbekannt war.

Die Gräser und Sträucher, die auf den südlichen Ebenen wuchsen, boten zahlreichen Tieren Nahrung – keinen, die sie nicht auch weiter nördlich gesehen hatten, aber hier wiesen sie andere Proportionen auf. Manche der kälteliebenden Arten wie etwa die Moschusochsen drangen nicht so weit nach Süden vor. Andererseits hatte Ayla noch nie so viele Saiga-Antilopen gleichzeitig gesehen. Sie waren zwar weit verbreitet und auf der offenen Steppe fast überall vorhanden, aber in der Regel nicht sonderlich zahlreich.

Ayla zügelte Winnie und beobachtete eine Herde der eigentümlichen, unbeholfen aussehenden Tiere. Jondalar war weitergeritten; sie setzte ihm nach, um ihn auf die Herde aufmerksam zu machen.

»Sieh dir diese vielen Saigas an.«

Zuerst entdeckte Jondalar sie nicht – sie hatten dieselbe Farbe wie der Staub. Doch dann sah er die Umrisse ihrer Hörner mit den geriffelten, leicht nach vorn geneigten Spitzen.

»Sie erinnern mich an Iza. Der Geist der Saiga war ihr Totem«, erklärte Ayla lächelnd.

Die unbeholfen aussehenden Saigas brachten Ayla immer zum Lächeln – ihre lange, überhängende Nase und ihr eigentümlicher Gang, der jedoch ihre Schnelligkeit nicht verminderte. Wolf liebte es, sie zu jagen, aber sie waren so flink, daß er es selten schaffte, in ihre Nähe zu gelangen, jedenfalls nicht für längere Zeit.

Die Saigas schienen besonders gern den schwarzstengeligen Beifuß zu fressen, und sie bildeten hier größere Herden als anderswo. Kleine Herden von zehn bis fünfzehn Tieren, gewöhnlich Geißen mit ein oder zwei Jungen, waren bisher die Regel gewesen, und manche Muttertiere waren selbst kaum mehr als ein Jahr alt. Aber in dieser Gegend gab es Herden, denen mehr als fünfzig Tiere angehörten. Ayla fragte sich, wo die Böcke stecken mochten. In größerer Zahl sah man sie nur während der Brunst, wo jeder versuchte, sich so oft wie möglich mit so vielen Geißen wie möglich zu paaren. Hinterher stieß man immer wieder auf die Kadaver von Saiga-Böcken. Es hatte fast den Anschein, als hätten sich die Böcke völlig verausgabt und überließen während der restlichen Monate des Jahres die karge Nahrung den Geißen und ihren Jungen.

Auch ein paar Steinböcke und Mufflons lebten auf den Ebenen, häufig in der Nähe der steilen Abbrüche, auf denen sie mühelos herumkletterten. Große Herden von Auerochsen wanderten durch das Land, die meisten mit einfarbig dunkel schwärzlichrotem Fell, aber erstaunlich viele von ihnen auch mit weißen, zum Teil recht großen Flecken. Sie sahen schwach geflecktes Damwild, Rotwild, Wisente und viele Onager. Renner und Winnie nahmen alle vierbeinigen Weidetiere zur Kenntnis, aber die Onager erweckten immer ihr besonderes Interesse. Sie ließen sie nicht aus den Augen und beschnüffelten ausgiebig ihre Kothaufen.

Außerdem gab es die überall auf Grasland lebenden kleinen Tiere: Ziesel, Murmeltiere, Wüstenspringmäuse, Hamster, Hasen und eine Stachelschwein-Art, die Ayla nicht kannte. Ihre Zahl wurde von den Fleischfressern unter Kontrolle gehalten, die Jagd auf sie machten. Sie sahen kleine Wildkatzen, größere Luchse und riesige Höhlenlöwen und hörten das schrille Gelächter von Hyänen.

An den darauffolgenden Tagen änderte der große Fluß häufig Lauf und Richtung. Während die Landschaft am nördlichen Ufer, durch die sie ritten, weitgehend unverändert blieb – niedrige, grasbewachsene Hügel und flache Ebenen mit steilen Abbrüchen und zerklüfteten Bergen –, wurde das Terrain am gegenüberliegenden Ufer schroffer und vielgestaltiger. Nebenflüsse hatten tiefe Täler eingeschnitten, und Bäume bedeckten die erodierten Hänge manchmal bis hinunter ans Ufer. Diese Ausläufer des Gebirges und das zerklüftete Terrain am Südufer waren die Ursache für die zahlreichen Biegungen des Flusses in alle möglichen Richtungen.

Obwohl es ihnen manchmal lästig gewesen war, vermißte Ayla das Konzert der Riedfrösche, doch das flötenartige Trillern der Wechselkröten gehörte nach wie vor zu den nächtlichen Geräuschen. An die Stelle der Frösche waren Eidechsen und Steppenvipern getreten und mit ihnen die anmutigen Jungfernkraniche, die neben Insekten und Schnecken auch Reptilien fraßen. Ayla beobachtete fasziniert ein Paar der langbeinigen, bläulichgrauen Vögel mit schwarzem Kopf und weißen Federbüscheln hinter den Ohren, das seine Jungen fütterte.

Was sie nicht vermißte, waren die Stechmücken. Hier, wo es keine sumpfigen Brutreviere für sie gab, hatten sie unter diesen lästigen Insekten kaum zu leiden. Leider galt das nicht für die Kriebelmücken. Schwärme von ihnen peinigten sie nach wie vor, und vor allem die Tiere hatten unter ihnen zu leiden.

»Ayla! Sieh nur!« sagte Jondalar und deutete auf eine einfache Konstruktion aus Baumstämmen und Planken am Ufer des Flusses. »Das ist eine Anlegestelle für Boote. Sie wurde von Fluß-Leuten gebaut.«

Obwohl sie keine Ahnung hatte, was eine Anlegestelle war, konnte doch kein Zweifel daran bestehen, daß dies keine zufällige Ansammlung von Materialien war, sondern etwas, das jemand bewußt für einen bestimmten Zweck errichtet hatte. Die Frau spürte, wie Erregung in ihr aufbrandete. »Heißt das, daß Leute in der Nähe sind?«

»Im Augenblick vermutlich nicht. An dem Anleger ist kein Boot festgemacht. Aber wahrscheinlich leben sie nicht weit von hier entfernt. Dies muß eine Stelle sein, die sie häufig aufsuchen. Wenn das nicht der Fall wäre, hätten sie sich nicht die Mühe gemacht, eine Anlegestelle zu bauen; einen weit entfernten Ort würden sie nicht häufig genug aufsuchen.«

Jondalar betrachtete die Anlegestelle genauer, dann richtete er den Blick stromaufwärts und auf das andere Ufer des Flusses. »Ich bin mir nicht sicher – aber ich würde meinen, daß die Leute, die dies hier gebaut haben, auf der anderen Seite des Flusses leben und hier landen, wenn sie ihn überqueren. Vielleicht kommen sie herüber, um zu jagen oder Wurzeln zu sammeln.«

Während sie weiterritten, schauten beide immer wieder über den breiten Strom hinweg. Bisher hatten sie kaum auf das Gelände am anderen Ufer geachtet, und Ayla kam der Gedanke, daß dort Leute gewesen sein mochten, die sie nicht gesehen hatten. Sie waren noch nicht sehr weit gekommen, als Jondalar ein Stück stromauf eine Bewegung auf dem Wasser wahrnahm. Er hielt an, um genauer hinschauen zu können.

»Sieh dort hinüber, Ayla«, sagte er, als sie neben ihm war. »Das könnte ein Ramudoi-Boot sein.«

Sie sah etwas, wußte aber nicht genau, um was es sich handelte. Sie setzten sich wieder in Bewegung. Als sie näher herangekommen waren, sah Ayla ein Boot. Es war anders als alle Boote, die sie jemals zu Gesicht bekommen hatte. Sie kannte nur die schüsselförmigen, mit Leder überzogenen Rundboote der Mamutoi, die so aussahen wie das, was sie auf ihrem Schleppgestell mitführten. Das Boot, das sie auf dem Fluß sah, war aus Holz und lief vorne spitz zu. In ihm saßen mehrere Leute hintereinander. Als sie sich mit dem Boot auf gleicher Höhe befanden, entdeckte Ayla weitere Leute am jenseitigen Ufer.

Jondalar stieß einen Begrüßungsruf aus und schwenkte einen Arm. Er rief noch ein paar andere Worte in einer Sprache, die ihr unbekannt war, aber eine gewisse Ähnlichkeit mit Mamutoi zu haben schien.

Die Leute im Boot reagierten nicht, und Jondalar fragte sich, ob sie ihn vielleicht nicht hörten, aber er war ziemlich sicher, daß sie ihn gesehen hatten. Er rief noch einmal, und diesmal war er sicher, daß sie ihn gehört hatten, aber sie erwiderten sein Winken nicht. Statt dessen begannen sie, nach Leibeskräften zu paddeln, um ans andere Ufer zurückzukehren.

Ayla bemerkte, daß einer der Leute am anderen Ufer sie gleichfalls gesehen hatte. Er lief auf ein paar andere zu und deutete über den Fluß hinweg auf sie, dann verschwanden er und die meisten anderen Leute. Ein paar blieben am Ufer, bis das Boot eingetroffen war, dann verschwanden auch sie.

»Es sind wieder die Pferde, nicht wahr?« sagte sie.

Jondalar glaubte, in ihrem Auge eine Träne glitzern zu sehen. »Es wäre ohnehin kaum sinnvoll gewesen, den Fluß hier zu überqueren. Die Höhle der Sharamudoi, die ich kenne, liegt auf dieser Seite.«

»Ja«, sagte sie und bedeutete Winnie, weiterzugehen. »Aber sie hätten mit ihrem Boot herüberkommen können. Oder zumindest deinen Gruß erwidern.«

»Ayla, stell dir vor, wie merkwürdig wir ihnen vorkommen müssen, wenn wir auf den Pferden sitzen. Wir müssen aussehen wie etwas aus der Welt der Geister, wie Ungeheuer mit vier Beinen und zwei Köpfen«, sagte er. »Du kannst den Leuten keinen Vorwurf daraus machen, daß sie sich vor etwas fürchten, das sie noch nie gesehen haben.«

Ein Stück voraus, jenseits des Flusses, reichte ein geräumiges Tal von den Bergen bis fast auf das Niveau des mächtigen Stroms herab. Ein ansehnlicher Fluß rauschte mitten hindurch und mündete in die Große Mutter. In dem Tal, nicht weit von der Einmündung entfernt, aber auf einem Abhang, sahen sie mehrere aus Holz errichtete Behausungen, offensichtlich eine Ansiedlung. Vor den Hütten standen die Leute, die in ihnen lebten, und starrten auf die am anderen Ufer des Flusses vorbeiziehenden Reisenden.

»Jondalar«, sagte Ayla. »Laß uns absitzen.«

»Warum?«

»Damit diese Leute wenigstens sehen können, daß wir Menschen sind und die Pferde nichts als Pferde, also keine Ungeheuer mit vier Beinen und zwei Köpfen«, sagte Ayla, glitt von der Stute herunter und führte sie an der Leine hinter sich her.

Jondalar nickte, schwang sein Bein über Renners Kruppe und sprang ab. Dann ergriff er das Führseil und folgte ihr. Doch kaum hatte Ayla sich in Bewegung gesetzt, kam Wolf angerannt und begrüßte sie auf seine gewohnte Art. Er sprang hoch, legte ihr die Pfoten auf die Schultern, leckte ihr das Gesicht und nahm sanft ihr Kinn zwischen die Zähne. Als er wieder auf allen vieren stand, machte irgend etwas, vielleicht ein über den breiten Strom herüberdriftender Geruch, ihn auf die am anderen Ufer stehenden Leute aufmerksam. Er trottete bis ans Wasser heran, hob den Kopf und stieß eine Reihe von Kläffern aus, die in ein durchdringendes Wolfsgeheul übergingen.

»Weshalb tut er das?« fragte Jondalar.

»Ich weiß es nicht. Aber er hat außer uns lange keine Menschen gesehen. Vielleicht freut er sich, sie zu sehen, und will sie begrüßen«, sagte Ayla. »Das täte ich auch gern, aber uns dürfte es schwerfallen, den Fluß zu überqueren, und sie werden nicht herüberkommen wollen.«

Seit sie die große Biegung des Flusses hinter sich hatten, die sie der sinkenden Sonne entgegengeführt hatte, waren die Reisenden von ihrem durchweg westlichen Kurs leicht nach Süden abgewichen. Aber hinter dem Tal, wo die Berge zurückzuweichen begannen, ritten sie wieder genau nach Westen. So weit südlich, wie sie sich jetzt befanden, würden sie auf ihrer ganzen Reise nicht mehr kommen, und es war die heißeste Zeit des Jahres.

Im Hochsommer, wenn die Sonne auf die schattenlosen Ebenen herniederbrannte, konnte die Hitze trotz der berghohen Eisdecke, die ein Viertel der Erde bedeckte, in den südlichen Regionen des Kontinents unerträglich sein. Ein starker, unaufhörlich wehender heißer Wind, der an den Nerven zerrte, tat der Hitze keinen Abbruch. Ayla und Jondalar, die Seite an Seite ritten oder über die ausgedörrte Steppe wanderten, um den Pferden eine Ruhepause zu gönnen, verfielen in eine Routine, die das Reisen wenn schon nicht angenehm, so doch zumindest möglich machte.

Sie erwachten, sobald die hohen Gipfel im Norden das erste Licht der Morgensonne reflektierten, und waren – nach einem leichten Frühstück aus Tee und kaltem Essen – schon unterwegs, bevor der Tag richtig angebrochen war. Sobald die Sonne höher am Himmel stand, prallte sie mit einer derartigen Intensität auf die offene Steppe, daß schimmernde Hitzewellen über der Erde lagen. Ein Film aus austrocknendem Schweiß lag auf der tief gebräunten Haut der Menschen und durchweichte das Fell des Wolfs und der Pferde. Wolf versuchte, mit heraushängender Zunge hechelnd, die Hitze zu ertragen. Er verspürte keinerlei Verlangen, Erkundungszüge oder Jagdausflüge zu unternehmen, sondern hielt mit Winnie und Renner Schritt, die mit hängenden Köpfen dahintrotteten. Ihre Reiter hingen kraftlos auf den Pferden und überließen es ihnen, das Tempo zu bestimmen, und in der erstickenden Mittagshitze wechselten sie kaum ein Wort.

Wenn sie es nicht mehr aushalten konnten, suchten sie nach einem ebenen Stück Strand, möglichst in der Nähe einer klaren Ausbuchtung oder eines langsam fließenden Seitenarms der Großen Mutter. Selbst Wolf hatte gegen eine schwache Strömung nichts einzuwenden; nur bei rasch fließenden Gewässern zögerte er noch immer ein wenig. So oft die Menschen, mit denen er reiste, auf den Fluß zuhielten, absaßen und den Pferden die Packkörbe abnahmen, rannte er voraus und sprang als erster ins Wasser. Wenn es sich um einen Nebenfluß handelte, stürzten sie sich gewöhnlich alle in das kühle, erfrischende Naß und überquerten ihn, bevor sie die Pferde von den Packkörben und dem Schleppgestell befreiten.

Nachdem sie sich durch das Bad erfrischt hatten, gingen Ayla und Jondalar auf die Suche nach Eßbarem. Nahrung war reichlich vorhanden, selbst auf der heißen, staubigen Steppe, und vor allem im nassen Element – sofern man wußte, wo sie zu finden war und wie man sie sich beschaffen konnte.

Fische zu fangen, gelang ihnen fast immer, wobei sie entweder Aylas oder Jondalars Methode verwendeten oder eine Kombination aus beiden. Wenn die Lage es erforderte, benutzten sie Aylas Netz und wateten, es zwischen sich haltend, durchs Wasser. Jondalar hatte ein Stück ihres Knüpfwerkes mit einem Griff versehen und benutzte es als Streichnetz. Er war noch nicht restlos zufrieden damit, aber unter bestimmten Verhältnissen war es brauchbar. Er angelte auch mit einer Leine und einem festen Köder – einem Stück Knochen, das er so bearbeitet hatte, daß es an beiden Enden spitz zulief. Auf diesen Köder spießte er Fisch- oder Fleischstückchen oder auch Regenwürmer, und wenn ein Fisch ihn geschluckt hatte, bewirkte im allgemeinen ein kurzer Ruck an der Leine, daß sich der in der Mitte mit einer festen Schnur befestigte Köder in der Kehle des Fisches querlegte und die Enden sich einbohrten.

Manchmal fing Jondalar mit seinem Köder verhältnismäßig große Fische, und nachdem er einen von ihnen verloren hatte, verfertigte er einen Haken, um weitere einzuholen. Er begann mit einem gegabelten, direkt unter der Ansatzstelle abgeschnittenen Baumast. Der längere Arm der Gabel diente als Hebel; der kürzere lief in einer nach hinten gerichteten Spitze aus und diente als Haken zum Einziehen des Fisches. Dicht beim Ufer wuchsen etliche kleine Bäume und Sträucher, und die ersten Haken, die er herstellte, taten ihren Dienst; aber es schien ihm nie zu gelingen, eine Astgabel zu finden, die so kräftig war, daß sie lange hielt. Es kam oft vor, daß sie unter dem Gewicht und der Gegenwehr eines großen Fisches zerbrach, und so hielt er ständig Ausschau nach kräftigerem Holz.

Als er das Geweih das erstemal sah, ritt er daran vorbei, nahm sein Vorhandensein zur Kenntnis und dachte, daß es vermutlich von einem dreijährigen Hirsch abgeworfen worden war, achtete aber nicht weiter auf seine Form. Aber das Geweih ging ihm nicht aus dem Kopf, bis er sich plötzlich an die rückwärts gewandten Sprossen erinnerte. Er kehrte um und holte es. Geweihe waren zäh und hart und überaus schwer zu zerbrechen, und dieses hatte genau die richtige Form und Größe. Wenn er es ein wenig anspitzte, würde es einen idealen Haken ergeben.

Ayla fischte nach wie vor gelegentlich mit der Hand, wie Iza es ihr beigebracht hatte, und Jondalar war jedesmal verblüfft, wenn er sie dabei beobachtete. Das Verfahren war im Grunde ganz simpel; dennoch war es ihm bisher noch nicht gelungen, auf diese Weise einen Fisch zu erbeuten. Es erforderte Übung, Geschicklichkeit und Geduld – unendliche Geduld. Ayla suchte nach Wurzeln, Treibholz oder ins Wasser hineinragenden Steinen und dann nach den Fischen, die solche Stellen als Ruheplätze bevorzugten. Wenn sie eine Forelle oder einen kleinen Lachs entdeckt hatte, stieg sie ein Stück weiter flußabwärts ins Wasser, ließ die Hand hineinhängen und watete dann langsam stromauf. Je näher sie dem Fisch kam, desto langsamer bewegte sie sich, ständig bemüht, keinen Schlamm aufzuwühlen oder das Wasser aufzuwirbeln; beides konnte den ruhenden Fisch veranlassen, eilig davonzuschießen. Ganz vorsichtig schob sie die Hand von hinten unter den Fisch und berührte ihn leicht, was er nicht zur Kenntnis zu nehmen schien. Sobald sie bei den Kiemen angekommen war, packte sie rasch zu und schleuderte den Fisch aus dem Wasser aufs Ufer, wo sich Jondalar seiner gewöhnlich rasch bemächtigte, bevor er Zeit hatte, wieder in den Fluß zurückzuschnellen.

Ayla entdeckte auch Süßwassermuscheln, die denen ähnelten, die in der Nähe der Höhle von Bruns Clan in der See lebten. Sie suchte nach Pflanzen wie Gänsefuß, Melde und Huflattich, die einen hohen Salzgehalt hatten, um ihre ziemlich erschöpften Vorräte zu ergänzen, und außerdem nach Wurzeln, Blättern und Samen, die jetzt heranreiften. An Rebhühnern herrschte auf dem offenen Grasland und im Strauchwerk in der Nähe des Wassers kein Mangel, und die plumpen Vögel ließen sich leicht fangen und ergaben schmackhafte Mahlzeiten.

Sie rasteten während der heißesten Stunden des Tages, am frühen Nachmittag, während das Essen für ihre Hauptmahlzeit kochte. Da am Fluß nur verkrüppelte Bäume wuchsen, benutzten sie ihr Zelt als Markise, die ihnen in der sengenden Hitze der offenen Landschaft ein wenig Schatten bot. Am späten Nachmittag, wenn es kühler wurde, machten sie sich wieder auf den Weg und ritten in die sinkende Sonne hinein. Wenn der glühende Feuerball hinter dem Horizont versank, hielten sie Ausschau nach einem geeigneten Platz für die Nacht und schlugen in der Dämmerung ihr Lager auf; manchmal, wenn der Mond voll war und die Steppe mit seinem kalten Licht erhellte, ritten sie auch bis weit in die Nacht hinein.

Abends nahmen sie gewöhnlich nur eine leichte Mahlzeit zu sich, oft vom Mittagessen aufgesparte Reste und dazu vielleicht etwas frisches Gemüse, Getreide oder Fleisch, falls sie unterwegs irgendwelche Beute gemacht hatten. Etwas, was man schnell und kalt essen konnte, wurde für den Morgen bereitgestellt. Ihr Zelt bauten sie nur selten auf, aber die Schlaffelle waren willkommen. Nachts kühlte es stark ab, und der Morgen brachte oft nebligen Dunst.

Gelegentliche Sommergewitter und Wolkenbrüche sorgten für unerwartete und in der Regel willkommene abkühlende Duschen; doch manchmal war die Hitze danach noch drückender, und Ayla graute vor dem Donner. Er erinnerte sie zu sehr an die Geräusche von Erdbeben. Das Wetterleuchten, das über den nächtlichen Himmel zuckte, erfüllte sie immer mit einem unguten Gefühl. Jondalar dagegen ängstigten die in der Nähe einschlagenden Blitze. Er verspürte dabei immer den Drang, sich in sein Schlaffell zu verkriechen und das Zelt über den Kopf zu ziehen, aber er widerstand ihm und hätte seine Angst auch nie zugegeben.

Steppenpferde wanderten im Sommer gewöhnlich nach Norden. Mit ihrem dichten Fell und ihrem kompakten Körper waren sie der Kälte gut angepaßt. Und obwohl es Wölfe auch auf den südlichen Ebenen gab – kein Raubtier hatte ein größeres Verbreitungsgebiet –, stammte Wolf von einer nördlichen Rasse ab. Im Laufe der Zeit hatten sich die im Süden lebenden Wölfe dem dort herrschenden Klima mit seinen extremen Schwankungen zwischen heißen, trockenen Sommern und Wintern, die fast so kalt waren wie die in größerer Nähe des Eises, aber wesentlich schneereicher sein konnten, in mehrfacher Hinsicht angepaßt. So verloren sie zum Beispiel, wenn es wärmer wurde, einen beträchtlichen Teil ihres Winterfells, und ihre hechelnden Zungen kühlten sie stärker ab.

Ayla tat für die leidenden Tiere alles, was in ihren Kräften stand, aber selbst tägliches Baden im Fluß und verschiedene Medikamente waren nicht imstande, sie völlig von den winzigen Kriebelmücken zu befreien. Trotz der Behandlung, die Ayla ihnen angedeihen ließ, bildeten sich offene, von den rasch heranreifenden Eiern infizierte Geschwüre, die schnell größer wurden. Wolf und den Pferden fielen die Haare büschelweise aus, es bildeten sich Kahlstellen, und ihr sonst so dichtes, glänzendes Fell wurde stumpf und filzig.

Ayla betupfte ein eiterndes Geschwür neben Winnies Auge mit einem lindernden Aufguß und sagte: »Ich kann dieses heiße Wetter und diese schrecklichen Mücken einfach nicht mehr ertragen! Wird es jemals wieder kühler werden?«

»Es kann durchaus sein, daß du dich nach dieser Hitze zurücksehnst, bevor wir am Ende unserer Reise angekommen sind, Ayla.«

Ganz allmählich kamen sie dem zerklüfteten Hochland und den hohen Gipfeln im Norden näher, und auch die Bergkette im Süden gewann an Höhe.

Obwohl er nicht imstande war, den genauen Grund anzugeben – es gab keine speziellen Landmarken, die er eindeutig wiedererkannte –, kam die Landschaft Jondalar doch sehr vertraut vor. Wenn sie dem Fluß folgten, würde er sie nach Nordwesten führen, aber er war sicher, daß er bald wieder in eine andere Richtung abbiegen würde. Er beschloß, zum erstenmal, seit sie das große Delta erreicht hatten, die Sicherheit des Flusses aufzugeben und an einem Nebenfluß entlang nach Norden in die Ausläufer des hohen Gebirges mit den schroff aufragenden Gipfeln zu reiten, die hier wesentlich näher an den Fluß heranreichten. Der Nebenfluß, dem sie folgten, bog allmählich nach Nordwesten ab.

Vor ihnen rückten die Berge zusammen; ein Kamm, der sich an die lange Kette der eisbedeckten nördlichen Berge anschloß, näherte sich dem Gebirge im Süden, das inzwischen schroffer, höher und eisiger geworden war, bis nur eine schmale Schlucht die beiden Gebirge voneinander trennte. Der Kamm hatte einst ein tiefes, von den aufragenden Bergketten umgebenes Binnenmeer aufgestaut. Aber im Verlauf der Jahrtausende hatten die durch eine Rinne abfließenden Wassermassen, die sich alljährlich ansammelten, den Kalk- und Sandstein und den Schiefer der Berge abgetragen. Der Boden des Binnenmeeres senkte sich allmählich auf das Niveau der aus dem Felsen ausgewaschenen Rinne, bis schließlich alles Wasser abgeflossen war und nur der flache Grund zurückblieb, der sich in ein Meer aus Gras verwandelte.

Die schmale Schlucht zwängte den Großen Mutter Fluß zwischen zerklüfteten Steilhängen aus kristallinem Granit ein, und an beiden Ufern ragte vulkanisches Gestein auf, das einst in das weichere, leichter erodierbare Gestein der Berge eingeschlossen gewesen war. Es war eine lange Pforte, die der Fluß passieren mußte, bevor er seinen Weg durch die südlichen Ebenen fortsetzen konnte. Jondalar wußte, daß durch die Schlucht kein Weg hindurchführte, und daß ihnen nichts anderes übrig blieb, als sie zu umgehen.

VIERZEHNTES KAPITEL

Abgesehen davon, daß der mächtige Strom fehlte, war die Landschaft unverändert, als sie abbogen und dem kleineren Fluß folgten – trockenes, offenes Grasland mit verkrüppeltem Strauchwerk in der Nähe des Wassers –, aber Ayla war, als wäre ihr etwas verlorengegangen. Die Wasserfläche des Großen Mutter Flusses war so lange ihr ständiger Begleiter gewesen, daß das Ausbleiben seiner tröstlichen Gegenwart, die ihnen den Weg gewiesen hatte, sie fast ein wenig verstörte. Als sie ihren Weg in die Ausläufer des Gebirges fortsetzten, wurde das Strauchwerk höher und dichter und erstreckte sich weiter ins Gelände hinein.

Das Fehlen des großen Flusses beeinflußte auch Jondalar. Solange sie in der Sommerwärme an seinem Ufer entlanggeritten waren, war ein Tag mit beruhigender Monotonie in den nächsten übergegangen. Seine Verläßlichkeit und die Fülle dessen, was er zu bieten hatte, hatte ihn in Selbstzufriedenheit eingelullt und seine Sorgen, ob es ihm gelingen würde, Ayla sicher in seine Heimat zu bringen, fast vergessen lassen. Nachdem sie von der reichen Mutter aller Flüsse abgebogen waren, flackerten seine Sorgen wieder auf, und die Veränderungen der Landschaft lenkten seine Gedanken auf das vor ihnen liegende Terrain. Er dachte an ihre Vorräte und fragte sich, ob sie genügend Nahrung bei sich hatten. Er wußte nicht, ob es in dem kleineren Gewässer Fische gab, und schon gar nicht, ob es ihnen gelingen würde, in den bewaldeten Bergen irgendwelche Beute zu machen.

Jondalar war mit der Lebensweise der Tiere des Waldes nicht vertraut. Die Tiere der offenen Steppe bildeten gewöhnlich Herden, die schon aus größerer Entfernung zu sehen waren, aber die Waldbewohner waren eher Einzelgänger und konnten sich hinter Bäumen und Sträuchern verstecken. Als er bei den Sharamudoi gelebt hatte, war er immer mit jemandem auf die Jagd gegangen, der sich in dieser Gegend auskannte.

Der eine Teil dieser Leute, die Shamudoi, ging oft im Hochgebirge auf die Jagd nach Gemsen und kannte sich auch mit der Lebensweise von Bären, Wildschweinen, Waldwisenten und anderen, schwer auszumachenden Waldbewohnern aus. Jondalar erinnerte sich, daß Thonolan gern an ihren Jagdausflügen in die Berge teilgenommen hatte. Die Ramudoi dagegen, der andere Teil der Gruppe, kannte sich auf dem Fluß aus und machte Jagd auf seine Bewohner, insbesondere die riesigen Störe. Jondalar hatte sich mehr für Boote interessiert und für die Eigenheiten des Flusses. Obwohl auch er gelegentlich die Gemsenjäger begleitet hatte, fühlte er sich in großen Höhen nicht recht wohl.

Als sie eine kleine Herde von Rothirschen entdeckten, hielt Jondalar es für eine gute Gelegenheit, einen Fleischvorrat anzulegen, von dem sie in den nächsten Tagen zehren konnten, bis sie die Sharamudoi erreicht hatten; vielleicht blieb für diese sogar etwas übrig. Ayla war begeistert, als er es vorschlug. Sie jagte gern, und in letzter Zeit hatten sie kaum gejagt, abgesehen von ein paar Rebhühnern und anderen kleineren Tieren, die sie mit ihrer Schleuder erlegt hatte. Der Große Mutter Fluß war so freigebig gewesen, daß sie kaum zu jagen brauchten.

Sie fanden in der Nähe des kleinen Flusses eine Stelle, an der sie ihr Lager aufschlagen konnten, ließen die Packkörbe und das Schleppgestell dort zurück und ritten mit ihren Speerschleudern und Speeren auf die Herde zu. Wolf war aufgeregt – sie waren von ihrer Routine abgewichen, und die Schleuder und die Speere wiesen auf ihre Absicht hin. Auch Winnie und Renner wirkten munterer, wenn auch vielleicht nur, weil sie die Packkörbe und das Schleppgestell los waren.

Bei der Gruppe von Rothirschen handelte es sich um eine Junggesellenherde, und die Geweihe der alten Böcke trugen dicken Bast. Im Herbst, wenn die Geweihe vor Beginn der Brunst ihre volle Größe erreicht hatten, würde der weiche Überzug aus Haut und nährenden Blutgefäßen eintrocknen und abblättern, wobei die Tiere nachhalfen, indem sie das Geweih an Bäumen oder Steinen rieben.

Ayla und Jondalar hielten an, um die Lage zu beurteilen. Wolf konnte kaum an sich halten, er winselte und wollte losstürmen. Ayla mußte ihm befehlen, sich ruhig zu verhalten, damit er die Herde nicht aufscheuchte. Jondalar stellte erfreut fest, daß er sich tatsächlich hinlegte; dann wendete er sich wieder der Herde zu. Das Sitzen auf einem Pferd verschaffte ihm einen hervorragenden Überblick und bot noch einen weiteren Vorteil, den er zu Fuß nicht gehabt hätte. Mehrere der Hirsche hatten aufgehört zu äsen, weil sie sich der Anwesenheit der Neuankömmlinge bewußt waren, aber Pferde stellten keine Bedrohung dar. Auch sie waren Pflanzenfresser und wurden, sofern sie keine Angst verrieten, geduldet oder ignoriert. Selbst die gleichzeitige Anwesenheit von Menschen und einem Wolf beunruhigte die Hirsche nicht so stark, daß sie die Flucht ergriffen.

Jondalar betrachtete die Herde und überlegte, welches Tier er auswählen sollte. Er war versucht, sich für einen prächtigen Bock mit einem mächtigen Geweih zu entscheiden, der ihn direkt anzusehen schien, als wollte er seinerseits den Mann abschätzen. Hätte er zu einer Gruppe gehört, die Nahrung für eine ganze Höhle beschaffen mußte und ihre Jagdkünste unter Beweis stellen wollte, so hätte er sich vielleicht für dieses majestätische Tier entschieden. Aber er wußte, daß im Herbst, wenn ihre Zeit der Wonnen gekommen war, viele Hirschkühe darauf brennen würden, sich der Herde anzuschließen, die ihn erwählt hatte. Jondalar brachte es nicht über sich, ein so stolzes und wunderbares Tier nur seines Fleisches wegen zu töten. Er entschied sich für einen anderen Hirsch.

»Ayla, siehst du den dort bei dem hohen Strauch? Ganz am Rand der Herde?« Die Frau nickte. »Er scheint sich in einer Position zu befinden, in der er von den anderen wegstürmen könnte. Versuchen wir, ihn zu erlegen.«

Sie besprachen ihr Vorgehen, dann trennten sie sich. Wolf ließ Ayla auf ihrem Pferd nicht aus den Augen und stürmte dann auf ihr Zeichen hin auf den Hirsch los, den sie ihm gezeigt hatte. Jondalar näherte sich ihm mit einem wurfbereiten Speer von der anderen Seite her.

Der Hirsch spürte Gefahr, ebenso der Rest der Herde. Die Tiere stoben in alle Richtungen davon. Dasjenige, das sie ausgewählt hatten, flüchtete vor dem heranstürmenden Wolf direkt auf den Mann auf dem Hengst zu. Er kam ihm so nahe, daß Renner scheute und zurückwich.

Jondalar hatte seinen Speer bereits erhoben, aber die rasche Bewegung des Hengstes verdarb ihm das Ziel. Der Hirsch änderte die Richtung, versuchte, Pferd und Mensch, die ihm den Weg versperrten, zu entkommen, sah sich nun aber einem riesigen Wolf gegenüber. In panischer Angst tat der Hirsch einen Sprung zur Seite, weg von dem knurrenden Raubtier, und stürmte zwischen Ayla und Jondalar hindurch.

Als der Hirsch einen weiteren Sprung tat, verlagerte Ayla ihr Gewicht und zielte. Winnie, die ihr Signal verstand, nahm die Verfolgung auf. Jondalar gewann sein Gleichgewicht zurück und schleuderte seinen Speer auf den flüchtenden Hirsch, fast im selben Moment wie Ayla.

Das mächtige Geweih zuckte einmal und dann noch einmal. Beide Speere trafen mit großer Gewalt und fast gleichzeitig ihr Ziel. Der Hirsch versuchte, noch einen weiteren Sprung zu tun, aber es war zu spät. Er taumelte und brach mitten im Sprung zusammen.

Die Ebene war leer. Die Hirsche waren verschwunden, aber die Jäger nahmen es nicht zur Kenntnis, als sie neben dem Hirsch von ihren Pferden sprangen. Jondalar zog sein Messer aus der Scheide, ergriff das mit Bast überzogene Geweih, bog den Kopf zurück und schnitt dem Hirsch die Kehle durch. Schweigend sahen sie zu, wie das Blut herausströmte und in der trockenen Erde versickerte.

»Wenn du zur Großen Erdmutter zurückkehrst, dann danke ihr in unserem Namen«, sagte Jondalar zu dem toten Tier.

Ayla nickte zustimmend. Sie war an dieses Ritual gewöhnt. Jondalar sprach diese Worte, so oft sie ein Tier erlegt hatten, und sei es auch nur ein kleines, aber sie spürte, daß er es nicht einfach so dahinsagte. In seinen Worten lagen Mitgefühl und Ehrerbietung. Sein Dank war echt.

Die flachen, welligen Ebenen gingen in steilere Hügel über, und zwischen dem Strauchwerk wuchsen Birken und dann Wälder aus Hainbuchen, Buchen und Eichen. In den niedrigeren Lagen ähnelte die Gegend der bewaldeten Landschaft, durch die sie in der Nähe des Deltas gekommen waren. Als sie höher kamen, gab es zwischen den großen Laubbäumen Fichten und Tannen sowie ein paar Lärchen und Kiefern.

Sie erreichten eine Lichtung, eine den Wald der Umgebung überragende runde Kuppe. Jondalar hielt an, um sich zu orientieren; Ayla genoß den Ausblick. Sie befanden sich wesentlich höher, als sie bisher angenommen hatte. Wenn sie über die Baumwipfel hinwegblickte, konnte sie in der Ferne den Großen Mutter Fluß sehen, dessen Wasser sich, wieder in einem einzigen Bett vereinigt, durch eine tiefe Schlucht mit steilen Felswänden ergoß. Jetzt begriff sie, weshalb sie einen Umweg machen mußten.

»Ich bin mit einem Boot durch diese Schlucht hindurchgefahren«, sagte er. »Man nennt sie ›Die Pforte‹.«

»Die Pforte? Meinst du damit so etwas wie die Pforte, die man an einem Pferch anbringt? Mit der man die Öffnung verschließt, damit die Tiere nicht wieder herauskönnen?« fragte Ayla.

»Das weiß ich nicht. Ich habe nie danach gefragt, aber es ist möglich, daß der Name von daher kommt. Obwohl es mehr Ähnlichkeit mit einem Zaun hat, den man an beiden Seiten aufstellt und der die Tiere zu der Pforte hinleitet. Die Schlucht ist ziemlich lang. Ich wollte, ich könnte dich hinbringen.« Er lächelte. »Vielleicht tue ich es.«

Sie ritten weiter nach Norden, zuerst von der Kuppe herunter, dann über ebenes Terrain. Vor ihnen erhob sich wie eine riesige Mauer eine lange Reihe mächtiger Bäume, der Rand eines großen, dichten Mischwaldes aus Laub- und Nadelbäumen. Sobald sie sich im Schatten des hohen Blätterdachs befanden, hatten sie eine andere Welt betreten. Es dauerte ein paar Minuten, bis sich ihre Augen von der grellen Sonne auf das Dämmerlicht des Waldes umgestellt hatten, aber die feuchtkühle Luft spürten sie sofort, und sie rochen die dumpfe Üppigkeit von Wachstum und Verfall.

Dichtes Moos bedeckte den Boden und bildete eine nahtlose grüne Decke, die sich über Felsbrocken schob, sich über die rundlichen Formen vor langer Zeit umgestürzter Bäume erstreckte und stehende, vermodernde Stubben und noch lebende Bäume gleichermaßen umgab. Wolf rannte voraus und sprang auf einen umgestürzten, mit Moos bedeckten Stamm. Er brach ein, landete in dem verrotteten Kern, der sich langsam wieder in Erde umwandelte, und brachte vom plötzlichen Licht überraschte weiße Maden zum Vorschein. Wenig später saßen der Mann und die Frau ab, damit es den Pferden leichter fiel, sich ihren Weg über einen mit den Überbleibseln des Lebens und neuem Wachstum übersäten Waldboden zu suchen.

Sämlinge sprossen aus verrottendem, von Moos überwuchertem Holz, und an einer Stelle, an der ein vom Blitz gefällter Baum mehrere weitere mitgerissen hatte, wetteiferten Schößlinge um einen Platz an der Sonne. Fliegen umschwärmten die nickenden, rosa Blütenähren von Wintergrün in dem hellen Licht, das durch eine Lücke im Blätterdach einfiel. Die Stille war bedrückend; selbst die kleinsten Geräusche wurden verstärkt. Unwillkürlich unterhielten sie sich nur flüsternd.

Fast überall, wo sie hinschauten, wuchsen alle möglichen Arten von Pilzen. Blattlose Pflanzen wie Buchenwürger und Schuppenwurz sowie verschiedene kleine Orchideen mit leuchtenden Blüten, häufig ohne grüne Blätter, waren überall und wuchsen häufig auf den Wurzeln anderer lebender Pflanzen oder auf deren verrottenden Überresten. Als Ayla kleine, bleiche, wachsartige und blattlose Stengel mit nickenden Köpfchen entdeckte, blieb sie stehen, um ein paar davon abzupflücken.

»Die werden den Augen von Wolf und den Pferden guttun«, erklärte sie, und Jondalar bemerkte ein warmes, trauriges Lächeln auf ihrem Gesicht. »Das ist die Pflanze, die Iza immer für meine Augen verwendete, wenn ich weinte.«

Da sie gerade dabei war, pflückte sie auch gleich ein paar Pilze, von denen sie wußte, daß sie eßbar waren. Ayla ging nie ein Risiko ein, und bei Pilzen war sie besonders vorsichtig. Viele Arten schmeckten köstlich, andere waren weniger gut, aber harmlos, einige eigneten sich für medizinische Zwecke, wieder andere konnten einen Menschen krank machen, etliche konnten ihm helfen, die Welt der Geister zu sehen, und manche waren tödlich. Und einige konnte man leicht mit anderen verwechseln.

Sie hatten Mühe, mit den weit auseinandergespreizten Pfählen des Schleppgestells durch den Wald zu kommen. Immer wieder verhakten sie sich zwischen dicht beieinander stehenden Bäumen. Als Ayla die simple, aber überaus sinnvolle Methode erfand, sich Winnies Kraft zum Transportieren von Gegenständen zu bedienen, die zu schwer waren, als daß sie selbst sie hätte tragen können, fand sie auch heraus, daß das Pferd den steilen Pfad zu ihrer Höhle erklimmen konnte, wenn sie die Pfähle näher zusammenbrachte. Aber jetzt, da das Rundboot auf ihnen festgemacht war, konnten sie die Pfähle nicht bewegen, und es war überaus schwierig, sie um Hindernisse herumzumanövrieren. Das Schleppgestell war auf unebenem Gelände überaus nützlich, weil es nicht in Löchern oder Gräben oder Schlamm steckenblieb, aber es tat seine guten Dienste nur in einer offenen Landschaft.

Den Rest des Nachmittages mühten sie sich ab. Schließlich band Jondalar das Boot los und zog es selbst hinter sich her. Sie begannen ernsthaft darüber nachzudenken, ob sie es nicht zurücklassen sollten. Es war ihnen bei der Überquerung der vielen Nebenflüsse der Großen Mutter mehr als hilfreich gewesen, aber sie waren nicht sicher, ob es die Mühe lohnte, die es kostete, es zwischen den dicht stehenden Bäumen hindurchzubefördern. Selbst wenn noch zahlreiche Flüsse vor ihnen lagen, würden sie gewiß imstande sein, sie auch ohne das Boot zu überqueren, das ihr Vorankommen verlangsamte.

Als die Dunkelheit hereinbrach, befanden sie sich nach wie vor im Wald. Sie schlugen ihr Lager auf, fühlten sich aber beide unbehaglich und ungeschützter als mitten auf der offenen Steppe. Draußen im Freien konnten sie, selbst in der Dunkelheit, etwas sehen – Wolken oder Sterne, die Silhouetten sich bewegender Gestalten. Hier, im dichten Wald, zwischen den massigen Stämmen hoher Bäume, die selbst großen Tieren Deckung boten, herrschte Dunkelheit. Die Stille, die ihnen bereits unheimlich vorgekommen war, als sie den Wald betraten, hatte in der Nacht etwas Beängstigendes, obwohl beide versuchten, sich nichts anmerken zu lassen.

Auch die Pferde waren unruhig und drängten sich dicht an das vertraute Feuer. Sogar Wolf blieb im Lager. Ayla war froh darüber und gab ihm etwas von ihrer Abendmahlzeit ab; auch Jondalar fand die Gegenwart eines großen, freundlichen Wolfs beruhigend. Er konnte Dinge riechen und spüren, die ein Mensch nicht bemerkte.

Die Nacht war kälter im Wald und die Luft so feucht und stickig, daß sie sich fast wie Regen anfühlte. Sie krochen schon zeitig in ihre Schlaffelle, und obwohl sie müde waren, unterhielten sie sich bis tief in die Nacht hinein, als getrauten sie sich nicht zu schlafen.

»Ich weiß nicht recht, ob wir uns auch weiterhin mit dem Boot abmühen sollen«, bemerkte Jondalar. »Kleinere Flüsse können die Pferde durchwaten, ohne daß viel von unseren Sachen naß wird. Und bei tieferen Flüssen können wir ihnen die Packkörbe auf den Rücken binden.«

»Ich habe meine Sachen einmal an einen Baumstamm gebunden. Nachdem ich den Clan verlassen hatte, kam ich an einen breiten Fluß. Ich schwamm hindurch und schob den Baumstamm vor mir her«, sagte Ayla.

»Das muß sehr anstrengend gewesen sein und vielleicht auch gefährlicher, weil du die Arme nicht frei hattest.«

»Es war anstrengend, aber ich mußte hinüber, und eine andere Möglichkeit fiel mir nicht ein«, sagte Ayla.

Sie schwieg eine Weile, in Gedanken versunken. Jondalar fragte sich schon, ob sie eingeschlafen war; doch dann erfuhr er, in welche Richtung ihre Gedanken gingen.

»Jondalar, ich bin sicher, daß wir schon jetzt weiter gereist sind als ich damals, bevor ich mein Tal fand. Wir haben eine weite Strecke zurückgelegt, nicht wahr?«

»Ja, wir haben eine weite Strecke zurückgelegt«, erwiderte er. Er drehte sich auf die Seite und stützte sich auf einen Arm, um sie ansehen zu können. »Aber wir sind immer noch weit von meiner Heimat entfernt. Bist du des Reisens müde?«

»Ein wenig. Ich würde gern eine Weile rasten. Dann wäre ich bereit, weiterzuziehen. Solange du bei mir bist, ist es mir einerlei, wie lange die Reise dauert. Ich habe nur nicht gewußt, daß die Welt so groß ist. Ist sie überhaupt irgendwo zu Ende?«

»Westlich von meiner Heimat endet das Land am Großen Wasser. Niemand weiß, was jenseits davon liegt. Ich habe einen Mann gekannt, der behauptete, er wäre noch weiter gereist und hätte ein großes Wasser im Osten gesehen, aber viele Leute bezweifelten das. Viele Leute unternehmen kurze Reisen, aber nur wenige reisen so weit, deshalb fällt es ihnen schwer, Berichten über weite Reisen Glauben zu schenken, sofern sie nicht irgend etwas sehen, das sie überzeugt. Doch es gibt immer ein paar Leute, die weite Reisen unternehmen.« Er lachte leise. »Aber ich hätte nie gedacht, daß ich zu ihnen gehören würde. Wymez ist um das südliche Meer herumgereist und hat herausgefunden, daß weit im Süden sogar noch mehr Land ist.«

Jondalar betrachtete ihr Gesicht mit großer Sorge. Das Gespräch erinnerte ihn an den weiten Weg, der noch vor ihnen lag.

»Im Norden endet das Land im Eis«, fuhr sie fort. »Über den Rand des Gletschers kommt niemand hinaus.«

»Es sei denn, mit einem Boot«, sagte Jondalar. »Aber ich habe mir sagen lassen, daß man dort nur Eis und Schnee findet, ein Land, in dem die weißen Geisterbären leben. Außerdem soll es dort Fische geben, die größer sind als Mammute. Einige der Leute, die im Westen leben, behaupten, es gäbe Schamanen, die so mächtig sind, daß sie sie ans Land rufen können. Und wenn sie erst einmal gestrandet sind, können sie nicht umkehren, aber . . .«

Irgend etwas brach plötzlich durch den Wald. Ayla und Jondalar fuhren erschrocken zusammen, dann lagen sie still und gaben keinen Laut von sich. Sie wagten kaum zu atmen. Aus Wolfs Kehle kam ein leises, grollendes Knurren, aber Ayla hatte den Arm um ihn gelegt, damit er nicht davonlief. Noch einmal das Geräusch des Durchbrechens, dann herrschte wieder Stille. Wenig später hörte auch Wolf auf zu knurren. Jondalar war nicht sicher, ob er in dieser Nacht würde schlafen können. Schließlich stand er auf und legte mehr Holz aufs Feuer, froh darüber, daß er früher am Abend ein paar dicke, abgebrochene Äste gefunden hatte, die er mit seiner kleinen Steinaxt in handliche Scheite zerlegen konnte.

»Der Gletscher, über den wir hinübermüssen, liegt im Norden, nicht wahr?« fragte Ayla, in Gedanken immer noch bei ihrer Reise, nachdem er sich wieder neben sie gelegt hatte.

»Nun, er liegt nördlich von hier, aber nicht so weit im Norden wie die große Eismauer. Westlich von dieser Bergkette liegt noch ein weiteres Gebirge, und das Eis, das wir überqueren müssen, befindet sich auf seinem nördlichen Ausläufer.«

»Ist es schwierig, Eis zu überqueren?«

»Es ist sehr kalt, und es kann fürchterliche Schneestürme geben. Im Frühling und Sommer taut es ein wenig, und dann wird das Eis brüchig. Große Spalten tun sich auf, und wenn jemand in eine solche Spalte fällt, kann niemand ihn wieder herausholen. Im Winter füllt sich der größte Teil der Spalten mit Schnee und Eis, aber gefährlich kann es trotzdem sein.«

Ayla zitterte plötzlich. »Du hast doch gesagt, es gäbe einen Weg, der darum herumführt. Warum müssen wir das Eis überqueren?«

»Es ist die einzige Möglichkeit, das Fla... das Clan-Gebiet zu meiden.«

»Du wolltest Flachschädel-Gebiet sagen.«

»Es ist einfach die Bezeichnung, die ich immer gehört habe«, versuchte Jondalar zu erklären. »Alle Leute nennen sie so. Du wirst dich an das Wort gewöhnen müssen.«

Sie ignorierte seine Bemerkung und fuhr fort: »Warum müssen wir ihr Gebiet meiden?«

»Es hat Ärger gegeben.« Er runzelte die Stirn. »Ich weiß nicht einmal, ob die Flachschädel im Norden genau solche Leute sind wie die von deinem Clan.« Er hielt einen Moment inne, dann fuhr er fort: »Aber der Ärger ging nicht von ihnen aus. Auf der Herreise hörten wir von einer Horde junger Männer, die sie belästigten. Es sind Losadunai, Leute, die in der Nähe des Gletschers leben.«

»Welche Veranlassung sollten die Losadunai haben, den Clan zu belästigen?« fragte Ayla verwundert.

»Es sind nicht die Losadunai. Jedenfalls nicht alle. Sie wollen keinen Ärger. Es ist nur eine Horde junger Männer. Vermutlich halten sie es für einen Spaß, zumindest dürfte es als solcher angefangen haben.«

Ayla dachte, daß die Vorstellung, die manche Leute von Spaß hatten, ihr nicht sonderlich spaßig vorkam; aber es war ihre Reise, die ihr nicht aus dem Kopf ging, der Gedanke daran, wie weit der Weg war, der noch vor ihnen lag. Nach dem zu schließen, was Jondalar gesagt hatte, war er noch sehr weit, und vielleicht war es besser, nicht allzuweit vorauszudenken.

Sie starrte empor und versuchte, durch die Bäume hindurch den Himmel zu sehen. »Jondalar, ich glaube, ich sehe Sterne. Siehst du sie auch?«

»Wo?« fragte er und schaute gleichfalls empor.

»Da drüben. Du mußt gerade hochschauen und dann ein wenig nach hinten. Siehst du sie?«

»Ja – ich glaube, ich sehe sie. Nicht mit dem Pfad aus der Mutter Milch zu vergleichen, aber ein paar Sterne sehe ich«, sagte Jondalar.

»Was ist der Pfad aus der Mutter Milch?«

»Das ist ein Teil aus der Geschichte über die Mutter und ihr Kind«, erklärte er.

»Ich würde ihn gern hören.«

»Ich weiß nicht, ob ich ihn noch zusammenbekomme. Er lautete ungefähr so...« Er begann, den Rhythmus ohne Worte zu summen, dann setzte er in der Mitte einer Strophe ein.

»*Rot wie Ocker gerann in der Erde ihr Blut,*
doch das Kind, das helle, belohnt ihren Mut.

*Der Mutter Lohn
ein leuchtender Sohn.*

*Gebirge stieg auf, spie Flammen vom Grat,
sie nährte den Sohn an der bergigen Brust,
hoch stoben die Funken vor Saugens Lust,
der Mutter Milch schrieb am Himmel den Pfad.«*

»Das war's«, schloß er. »Zelandoni würde sich freuen, daß ich es noch so genau weiß.«

»Das ist wundervoll, Jondalar. Er hört sich herrlich an.« Sie schloß die Augen und sprach die Verse ein paarmal laut nach.

Jondalar lauschte und war abermals verblüfft über ihr gutes Gedächtnis. Sie wiederholte alles wortwörtlich, obwohl sie es nur einmal gehört hatte. Er wünschte sich, sein Gedächtnis wäre ebenso gut wie das ihre und auch seine Fähigkeit, Sprachen so schnell zu lernen wie sie.

»Aber es stimmt doch nicht wirklich?« fragte Ayla.

»Was stimmt nicht wirklich?«

»Daß die Sterne die Milch der Mutter sind.«

»Ich glaube nicht, daß sie wirklich aus Milch bestehen«, sagte Jondalar. »Aber ich glaube, in dem, was die Geschichte bedeutet, steckt viel Wahrheit. Die ganze Geschichte.«

»Und was bedeutet die Geschichte?«

»Sie erzählt von den Anfängen der Dinge, davon, wie wir entstanden sind. Daß wir von der Großen Erdmutter geschaffen wurden, aus ihrem eigenen Leib; daß wir Erdenkinder sind; daß sie dort lebt, wo auch Sonne und Mond leben; und daß die Sterne ein Teil ihrer Welt sind.«

Ayla nickte. »Daran könnte etwas Wahres sein«, sagte sie. Ihr gefiel, was er gesagt hatte, und sie dachte daran, daß sie diese Zelandoni eines Tages kennenlernen und dann die ganze Geschichte von ihr hören würde. »Creb hat mir erzählt, die Sterne seien die Herdfeuer von Leuten, die in der Welt der Geister leben. All der Leute, die dorthin zurückgekehrt sind, und all der Leute, die noch ungeboren sind.«

»Auch daran könnte etwas Wahres sein«, sagte Jondalar. Anscheinend waren die Flachschädel doch so etwas wie Menschen; kein Tier würde auf solche Gedanken kommen.

»Er hat mir einmal gezeigt, wo der Geist meines Totems, des Großen Höhlenlöwen, wohnt«, sagte Ayla, unterdrückte ein Gähnen und drehte sich auf die Seite.

Ayla versuchte, den Weg vor sich auszumachen, doch riesige, von Moos überwucherte Baumstämme nahmen ihr die Sicht. Sie kletterte weiter, ohne zu wissen, wohin oder warum, und wünschte sich nur, haltmachen und ausruhen zu können. Sie war so müde. Wenn sie sich nur hinsetzen könnte! Der umgestürzte Baumstamm vor ihr sah einladend aus, sofern sie ihn erreichen konnte, aber er schien immer wieder vor ihr zurückzuweichen. Dann war sie auf ihm, aber er gab unter ihr nach, zerbröckelte in verrottetes Holz und wimmelnde Maden. Sie fiel durch ihn hindurch, klammerte sich an die Erde, versuchte, wieder hochzukommen.

Dann war der dichte Wald verschwunden, und sie erklomm auf einem vertrauten Pfad die steile Flanke eines Berges. Auf dem Gipfel lag eine Bergwiese, auf der eine kleine Herde von Hirschen äste. Aus dem Gestein der Bergflanke wuchsen Haselnußsträucher heraus. Sie hatte Angst, und hinter den Sträuchern war Sicherheit, aber sie fand den Zugang nicht. Die Haselnußsträucher versperrten die Öffnung, und sie wuchsen, wuchsen zur Größe von gewaltigen Bäumen mit moosbedeckten Stämmen. Sie versuchte, den Weg vor sich zu erkennen, aber alles, was sie sehen konnte, waren die Bäume, und es wurde dunkel. Sie hatte Angst, aber dann sah sie in der Ferne etwas, das sich durch den tiefen Schatten bewegte.

Es war Creb. Er stand vor dem Eingang einer kleinen Höhle und versperrte ihr den Weg, und seine Hände bedeuteten ihr, daß sie nicht bleiben durfte. Dies war nicht ihr Ort. Sie mußte weiter, mußte einen anderen Ort suchen, den Ort, an den sie gehörte. Er versuchte, ihr den Weg zu beschreiben, aber es war dunkel, und sie konnte nicht sehen, was er sagte, sie begriff nur, daß sie weiterziehen mußte. Dann streckte er seinen unverkrüppelten Arm aus und wies ihr die Richtung.

Als sie hinschaute, waren die Bäume verschwunden. Sie begann wieder zu klettern, zur Öffnung einer anderen Höhle hinauf. Obwohl sie wußte, daß sie die Höhle nie zuvor gesehen hatte, kam sie ihr seltsam vertraut vor, und vor dem Himmel über ihr hob sich ein merkwürdig geformter Felsbrokken ab. Sie schaute zurück und sah, daß Creb davonging. Sie rief ihm nach, flehte ihn an.

»Creb! Creb! Hilf mir! Verlaß mich nicht!«

»Ayla! Wach auf! Du träumst«, sagte Jondalar und schüttelte sie sanft.

Sie öffnete die Augen, aber das Feuer war erloschen, und es war dunkel. Sie klammerte sich an ihn.

»Oh, Jondalar, es war Creb. Er versperrte mir den Weg. Er wollte mich nicht einlassen – er wollte nicht, daß ich blieb. Er versuchte, mir etwas mitzuteilen, aber es war so dunkel, daß ich es nicht sehen konnte. Er deutete auf eine Höhle, und sie kam mir irgendwie bekannt vor, aber er wollte nicht bei mir bleiben.«

Jondalar spürte, wie sie in seinen Armen zitterte. Plötzlich setzte sie sich auf. »Diese Höhle! Die, zu der er mir den Weg versperrte, das war meine Höhle. Dorthin bin ich gegangen, nachdem Durc geboren war; ich hatte Angst, sie würden nicht zulassen, daß ich ihn behalte.«

»Träume sind schwer zu verstehen. Manchmal kann Zelandoni einem sagen, was sie bedeuten. Vielleicht bist du immer noch traurig, weil du deinen Sohn verlassen mußtest«, sagte Jondalar.

»Vielleicht.« Sie war tatsächlich traurig, weil sie Durc verloren hatte, aber wenn es das war, was ihr Traum bedeutete, warum träumte sie ihn dann jetzt? Warum nicht damals, als sie auf der Insel nahe der Beran-See gestanden und versucht hatte, die Halbinsel zu erkennen, und endgültig Abschied von ihm nahm? Da war irgend etwas, das ihr das Gefühl gab, daß in ihrem Traum mehr steckte als nur das. Schließlich beruhigte sie sich, und beide schliefen eine Weile. Als sie wieder erwachten, war es Tag.

Ayla und Jondalar machten sich zu Fuß auf den Weg nach Norden; die Pfähle des Schleppgestells hatten sie zusammengebunden und das Rundboot in der Mitte darauf festgemacht. Da jeder von ihnen ein Ende trug, konnten sie die Pfähle und das Boot wesentlich leichter um Hindernisse herum und über sie hinweg manövrieren, als wenn das Pferd sie gezogen hätte. Außerdem konnten die Pferde auf diese Weise ein wenig ausruhen; sie brauchten nur die Packkörbe zu tragen und achtzugeben, wohin sie die Hufe setzten. Aber es dauerte nicht lange, bis Renner – ohne die lenkende Hand des Mannes auf seinem Rücken – immer wieder davonwanderte, um ein paar Blätter von den jungen Bäumen abzuweiden. Als er das Gras auf einer kleinen Lichtung roch, wo ein stürmischer Wind mehrere Bäume umgeworfen hatte und Sonnenlicht einfallen konnte, machte er einen Abstecher zur Seite und ein Stück zurück.

Jondalar, der es satt hatte, ihn immer wieder zurückzuholen, versuchte eine Weile, sowohl Renners Führleine als auch sein Ende der Pfähle in den Händen zu halten, aber es war schwierig, gleichzeitig darauf zu achten, wo Ayla die Pfähle anheben mußte, wo er selbst hintrat, und darauf, daß er das Pferd nicht in ein Loch oder Schlimmeres führte. Er wünschte sich, Renner würde ihm auch ohne Leine oder Geschirr so folgen, wie Winnie Ayla folgte. Als Jondalar schließlich Ayla mit dem Ende der Pfähle versehentlich hart anstieß, machte sie einen Vorschlag.

»Warum bindest du Renners Führleine nicht an die von Winnie?« sagte sie. »Du weißt, daß sie mir folgt, und sie paßt auf, wo sie hintritt. Sie wird Renner sicher führen, und er ist es gewohnt, ihr zu folgen. Dann brauchst du dich um nichts zu kümmern als um dein Ende der Pfähle.«

Er blieb einen Moment stirnrunzelnd stehen, dann lächelte er plötzlich. »Warum ist mir das nicht selbst eingefallen?« sagte er.

Obwohl sie nur allmählich an Höhe gewonnen hatten, veränderte sich, als das Gelände merklich steiler wurde, der Charakter des Waldes. Er wurde lichter, und bald lagen die großen Laubbäume hinter ihnen. An ihre Stelle traten Tannen und Fichten, und die wenigen Laubbäume, die es hier noch gab, waren wesentlich kleiner.

Sie erreichten die Kuppe eines Kammes und blickten auf eine große Hochebene hinab, die zuerst sanft abfiel und dann über eine weite Strecke eben verlief. Ein Nadelwald, überwiegend dunkelgrüne Fichten, Tannen und Kiefern und dazwischen ein paar Lärchen, bedeckte die Hochebene, unterbrochen von Wiesen mit hohen, grünlichgoldenen Gräsern und kleinen Bergseen, in denen sich der klare Himmel spiegelte. Ein Fluß mit starker Strömung zog sich mitten hindurch, gespeist von einem tosenden Wasserfall, der von den Bergen am jenseitigen Ende der Hochebene herabrauschte. Dahinter bot sich ihnen der atemberaubende Anblick eines hohen, eisbedeckten und zum Teil von Wolken verhüllten Gipfels.

Er schien so nahe zu sein, daß Ayla das Gefühl hatte, sie brauchte nur die Hand auszustrecken, um ihn berühren zu können. Die hinter ihr stehende Sonne erhellte die Farben und Formen des Gesteins; gelblichbrauner Fels, der aus blaßgrauen Wänden hervorragte; fast weiße Abbrüche, die mit dunkelgrauen, seltsam regelmäßigen Säulen kontrastierten, die aus dem feurigen Kern der Erde hervorgebrochen und während des Abkühlens die ihrer kristallinen Struktur entsprechenden kantigen Formen angenommen hatten. Darüber schimmerte das wunderbar blaugrüne Eis eines in den obersten Regionen mit Schnee bereiften Gletschers. Und während sie hinschauten, ließen Sonne und Regenwolken wie durch Zauberei einen Regenbogen erscheinen, der sich in einem großen Bogen über den Berg wölbte.

Der Mann und die Frau genossen den Anblick und nahmen seine Schönheit und Ruhe in sich auf. Ayla fragte sich, ob der Regenbogen erschienen war, um ihnen etwas mitzuteilen, und sei es auch nur, daß sie willkommen waren. Sie bemerkte, daß die Luft herrlich kühl und frisch war, und sie atmete tief ein, erleichtert, daß die mörderische Hitze der Ebenen hinter ihnen lag. Dann wurde ihr plötzlich bewußt, daß auch die Schwärme lästiger Kriebelmücken verschwunden waren. Wenn es nach ihr gegangen wäre, hätten sie keinen Schritt weiterzugehen brauchen.

Am Morgen des Tages, an dem Jondalar die Sharamudoi zu erreichen hoffte, lag leichter Frost in der Luft, der den Wechsel der Jahreszeit ankündigte; Ayla hieß ihn willkommen. Als sie durch die bewaldete Berglandschaft ritten, hätte sie fast glauben können, daß sie schon einmal hier gewesen war. Alles kam ihr so vertraut vor – die Bäume, die Pflanzen, die Abhänge, die gesamte Landschaft. Je mehr sie sah, desto mehr fühlte sie sich hier zuhause.

Als sie Haselnüsse entdeckte, noch in ihren grünen Hüllen an den Sträuchern, aber fast reif, genau so, wie sie sie am liebsten mochte, mußte sie anhalten und ein paar davon pflücken. Als sie sie mit den Zähnen knackte, fiel es ihr plötzlich ein. Der Grund, daß sie glaubte, die Gegend zu kennen, daß sie sich hier zuhause fühlte, war der, daß sie der Gebirgslandschaft an der Spitze der Halbinsel ähnelte, der Umgebung der Höhle von Bruns Clan. Sie war an einem Ort aufgewachsen, der diesem weitgehend glich.

Auch Jondalar wurde die Landschaft immer vertrauter, jedoch aus gutem Grund, und als er auf einen Pfad stieß, den er wiedererkannte und der zu einem weiteren, um die Außenkante eines Felshanges herumführenden Pfad abfiel, wußte er, daß es nicht mehr weit war. Er spürte, wie die Vorfreude in ihm wuchs, und als Ayla ein dichtes Dorngestrüpp entdeckte, dessen lange Ranken sich unter dem Gewicht reifer Brombeeren bogen, war es ihm gar nicht recht, daß sie ihre Ankunft hinauszögerte, weil sie anhalten und Beeren pflücken wollte.

»Jondalar! Halt an! Sieh doch, Brombeeren!« sagte Ayla, glitt von Winnie herunter und eilte zu dem Gestrüpp.

»Aber wir sind fast da.«

»Wir können ihnen welche mitbringen.« Ihr Mund war voll. »Ich habe keine Brombeeren mehr gegessen, seit ich den Clan verließ. Probier einmal, Jondalar! Hast du schon jemals etwas gegessen, was so gut schmeckt?« Ihre Hände und ihr Mund waren purpurrot – sie pflückte eine kleine Handvoll nach der anderen und stopfte sich dann alle Beeren auf einmal in den Mund.

Jondalar, der sie beobachtete, mußte plötzlich lachen. »Wenn du dich nur sehen könntest«, sagte er. »Du siehst aus wie ein kleines Mädchen, ganz aufgeregt und mit Beerensaft beschmiert.« Er schüttelte den Kopf und lachte. Sie erwiderte nichts – ihr Mund war zu voll.

Er pflückte gleichfalls ein paar Beeren, fand sie süß und gut, und pflückte noch mehr. Nach ein paar weiteren Handvoll hörte er auf. »Ich dachte, du wolltest ihnen Brombeeren mitbringen. Wir haben nicht einmal etwas, in das wir sie hineintun können.«

Ayla hielt einen Moment inne, dann lächelte sie. »Doch, haben wir«, sagte sie, nahm ihren schweißfleckigen Sonnenhut ab und suchte nach ein paar Blättern, mit denen sie ihn auskleiden konnte. »Nimm deinen Hut.«

Beide hatten ihren Hut zu ungefähr drei Vierteln gefüllt, als sie hörten, wie Wolf ein warnendes Knurren von sich gab. Sie blickten auf und sahen einen hochgewachsenen Jungen den Pfad entlangkommen. Er starrte sie und den Wolf, der so nahe war, mit vor Angst geweiteten Augen an. Jondalar schaute genauer hin.

»Darvo? Darvo, bist du das? Ich bin es, Jondalar von den Zelandonii«, sagte er und ging auf den Jungen zu.

Jondalar bediente sich einer Sprache, die Ayla nicht kannte, obwohl sie einige Worte und Laute vernahm, die sie an Mamutoi erinnerten. Sie beobachtete, wie die Angst aus der Miene des jungen Mannes verschwand und erst Verblüffung und dann Wiedererkennen wich.

»Jondalar? Jondalar! Was tust du denn hier? Ich dachte, du wärest fortgegangen und würdest nie wiederkommen«, sagte Darvo.

Sie liefen aufeinander zu und schlangen die Arme umeinander; dann trat der Mann einen Schritt zurück, faßte den Jungen bei den Schultern und betrachtete ihn. »Laß dich anschauen! Ich kann es gar nicht glauben, wie du gewachsen bist!« Ayla ließ den Jungen nicht aus den Augen, wie gebannt vom Anblick eines anderen Menschen, nachdem sie so lange niemanden zu Gesicht bekommen hatte.

Jondalar umarmte ihn abermals. Ayla spürte die echte Zuneigung, die sie miteinander verband, aber nach der ersten, stürmischen Begrüßung wirkte Darvo etwas verlegen. Jondalar verstand seine plötzliche Zurückhaltung. Schließlich war Darvo mittlerweile fast ein Mann. Formelle Umarmungen waren eine Sache, doch überschwengliches Zurschaustellen von Gefühlen, selbst einem Mann gegenüber, der eine Zeitlang so etwas wie der Mann seines Herdfeuers gewesen war, eine ganz andere. Darvo sah Ayla an. Dann bemerkte er den Wolf, den sie zurückhielt, und seine Augen öffneten sich wieder ganz weit. Dann sah er die ruhig dastehenden Pferde, von deren Rücken Packkörbe und Pfähle herabhingen, und seine Augen öffneten sich sogar noch weiter.

»Ich glaube, ich sollte dir meine Freunde vorstellen«, sagte Jondalar. »Darvo von den Sharamudoi, das ist Ayla von den Mamutoi.«

Ayla erkannte den Tonfall der formellen Vorstellung und verstand genug von den Worten. Sie bedeutete Wolf, zurückzubleiben, dann ging sie mit ausgestreckten Armen und nach oben gewendeten Handflächen auf ihn zu.

»Ich bin Darvalo von den Sharamudoi«, sagte der junge Mann in der Sprache der Mamutoi und ergriff ihre Hände. »Ich heiße dich willkommen, Ayla von den Mamutoi.«

»Tholie hat dich gut unterrichtet. Du sprichst Mamutoi, als wärest du bei ihnen geboren, Darvo. Oder sollte ich jetzt Darvalo sagen?« fragte Jondalar.

»Ich werde jetzt Darvalo genannt. Darvo ist ein Kindername«, erklärte der junge Mann; dann errötete er plötzlich. »Aber du kannst mich gern Darvo nennen; schließlich ist das der Name, den du kennst.«

»Ich finde, Darvalo ist ein schöner Name«, sagte Jondalar. »Ich freue mich, daß du weiter bei Tholie gelernt hast.«

»Dolando hielt es für richtig. Er meinte, ich würde die Sprache brauchen, wenn wir im nächsten Frühjahr losziehen, um mit den Mamutoi Handel zu treiben.«

»Würdest du vielleicht gern Wolf kennenlernen, Darvalo?« sagte Ayla.

Der junge Mann runzelte fassungslos die Stirn. Er hatte nie damit gerechnet, daß er irgendwann in seinem Leben einmal einem Wolf von Angesicht zu Angesicht gegenüberstehen würde, und er wollte es auch nicht. Aber Jondalar hat keine Angst vor ihm, dachte Darvalo, und die Frau auch nicht – irgendwie ist sie eine seltsame Frau. Sie redet auch ein bißchen merkwürdig. Nicht falsch, aber auch nicht so wie Tholie.

»Wenn du die Hand ausstreckst und Wolf daran schnuppern läßt, kann er dich kennenlernen«, sagte Ayla.

Darvalo wußte nicht recht, ob es ihm behagte, seine Hand den Wolfszähnen so nahe zu bringen, aber er sah keine Möglichkeit, jetzt noch einen

Rückzieher zu machen. Er streckte zögernd die Hand aus. Wolf beschnupperte sie, dann leckte er sie völlig unerwartet. Seine Zunge war warm und feucht, aber es tat keinesfalls weh. Im Gegenteil – es war sogar recht angenehm. Der Junge warf einen Blick auf das Tier und die Frau. Sie hatte einen Arm arglos und bequem um den Hals des Wolfes geschlungen und streichelte mit der anderen Hand seinen Kopf. Was für ein Gefühl mochte es sein, einem lebendigen Wolf den Kopf zu streicheln?

»Möchtest du sein Fell anfassen?« fragte Ayla.

Darvalo schaute verblüfft drein; dann streckte er den Arm aus, aber Wolf bewegte sich, um daran zu schnuppern, und er fuhr zurück.

»Hier«, sagte Ayla, ergriff seine Hand und legte sie fest auf Wolfs Kopf. »Er mag es, wenn man ihn so kratzt«, sagte sie und zeigte es ihm.

Wolf spürte plötzlich einen Floh; vielleicht erinnerte ihn auch das behutsame Kraulen an einen. Er setzte sich und kratzte sich mit rapiden Bewegungen eines Hinterbeins hinter dem Ohr. Darvalo lächelte. Er hatte noch nie einen Wolf gesehen, der sich so schnell und wütend kratzte.

»Ich sagte dir doch, er mag es, wenn man ihn kratzt. Die Pferde mögen es auch«, sagte Ayla und bedeutete Winnie, herbeizukommen.

Darvalo warf einen Blick auf Jondalar, doch der stand nur da und lächelte, als wäre überhaupt nichts Besonderes an einer Frau, die Wölfe und Pferde kratzte.

»Darvalo von den Sharamudoi, dies ist Winnie«, sagte Ayla.

»Kannst du mit Pferden reden?« fragte Darvalo fassungslos.

»Mit einem Pferd reden kann jeder, aber ein Pferd hört nicht auf jeden. Zuerst muß man sich gegenseitig gut kennenlernen. Deshalb hört Renner auf Jondalar. Er hat Renner kennengelernt, als er noch ein ganz junges Fohlen war.«

Darvalo fuhr herum, warf einen Blick auf Jondalar und wich zwei Schritte zurück. »Setzt du dich etwa auf dieses Pferd?« sagte er.

»Ja, ich setze mich auf dieses Pferd. Das ist möglich, weil es mich kennt, Darvo – Darvalo, meine ich. Es läßt mich sogar auf seinem Rücken sitzen, wenn es rennt, und auf diese Weise kommen wir sehr schnell voran.«

Der junge Mann sah aus, als wäre er selbst am liebsten gerannt.

»Was diese Tiere angeht, könntest du uns helfen, Darvo, wenn du möchtest«, sagte Jondalar. »Wir sind sehr lange unterwegs gewesen, und ich freue mich darauf, Dolando und Rosario und all die anderen wiederzusehen, aber die meisten Leute sind ein bißchen ängstlich, wenn sie die Tiere zum ersten Mal zu Gesicht bekommen. Sie sind nicht an sie gewöhnt. Würdest du zusammen mit uns ins Lager gehen, Darvalo? Ich glaube, wenn alle Leute sehen, daß es dir nichts ausmacht, dicht neben den Tieren zu stehen, dann sind sie vielleicht nicht so ängstlich.«

Der Junge entspannte sich ein wenig. Das schien nicht sonderlich schwierig zu sein. Schließlich stand er schon jetzt dicht neben ihnen, und würden nicht alle überrascht sein, wenn er mit Jondalar und den Tieren ankam? Besonders Dolando und Roshario...

»Fast hätte ich es vergessen«, sagte Darvalo. »Ich habe Roshario versprochen, ein paar Brombeeren für sie zu holen, weil sie selbst keine pflücken kann.«

»Wir haben Brombeeren«, sagte Ayla, und fast im gleichen Moment fragte Jondalar: »Warum kann sie sie nicht selbst pflücken?«

Darvalo ließ den Blick von Ayla zu Jondalar wandern. »Sie ist auf dem steilen Pfad zum Anleger hinunter gestürzt und hat sich den Arm gebrochen. Ich glaube nicht, daß er je wieder richtig heilen wird. Er ist nicht gerichtet worden.«

»Warum nicht?« fragte Jondalar.

»Es war niemand da, der ihn richten konnte.«

»Und Shamud? Und deine Mutter?« fragte Jondalar.

»Shamud ist im letzten Winter gestorben.«

»Es tut mir leid, das zu hören«, warf der Mann ein.

»Und meine Mutter ist fort. Kurz nachdem du abgereist warst, kam ein Mamutoi-Mann, um Tholie zu besuchen. Er war ein Verwandter von ihr. Ich denke, meine Mutter gefiel ihm, und er bat sie, seine Gefährtin zu werden. Wir waren alle überrascht, als sie mit ihm ging, um bei den Mamutoi zu leben. Sie fragte mich, ob ich auch mitkommen wollte, aber Dolando und Roshario baten mich, bei ihnen zu bleiben. Also bin ich geblieben. Ich bin ein Sharamudoi, kein Mamutoi«, erklärte Darvalo. Dann sah er Ayla an und wurde rot. »Nicht, daß ich etwas gegen die Mamutoi einzuwenden hätte«, setzte er hastig hinzu.

»Nein, natürlich nicht«, sagte Jondalar. Auf seinem Gesicht lag Besorgnis. »Ich verstehe völlig, was du empfindest, Darvalo. Ich bin nach wie vor Jondalar von den Zelandonii. Wie lange ist es her, seit Roshario gestürzt ist?«

»Im Sommermond ungefähr«, sagte der Junge.

Ayla warf Jondalar einen fragenden Blick zu.

»Als der letzte Mond sich in der gleichen Phase befand«, erklärte er. »Was meinst du – ist es zu spät?«

»Das weiß ich erst, wenn ich sie gesehen habe«, sagte Ayla.

»Ayla ist eine Heilerin, Darvalo. Eine sehr gute Heilerin. Vielleicht kann sie Roshario helfen«, sagte Jondalar.

»Ich habe mich schon gefragt, ob sie ein Shamud ist. Wegen der Tiere und alledem.« Darvalo schwieg einen Moment, betrachtete den Wolf und die Pferde, dann nickte er. »Sie muß eine sehr gute Heilerin sein.« Er richtete sich hoch auf für seine dreizehn Jahre. »Ich begleite euch, damit sich niemand vor den Tieren fürchtet.«

»Würdest du diese Brombeeren für mich tragen? Damit ich dicht bei Wolf und Winnie bleiben kann? Sie fürchten sich manchmal vor Leuten.«

FÜNFZEHNTES KAPITEL

Darvalo führte sie den Pfad durch die licht bewaldete Landschaft hinab. Am unteren Ende des Hanges gelangten sie auf einen anderen, weniger steil abfallenden Pfad und bogen nach rechts ab. Dieser neue Pfad war eine Rinne, in der im Frühjahr und in den regenreicheren Jahreszeiten das überschüssige Wasser abfloß, und obwohl das ehemalige Bachbett jetzt, gegen Ende des Sommers, trocken war, war es doch sehr steinig, was das Vorankommen mühsam machte.

Pferde waren zwar Tiere der Steppe, aber Winnie und Renner waren mit gebirgigem Terrain vertraut. Sie hatten schon in frühester Jugend gelernt, den steilen, schmalen Pfad zu bewältigen, der zu der Höhle in Aylas Tal emporführte. Dennoch fürchtete Ayla, die Tiere könnten sich auf diesem unsicheren Untergrund verletzen, und war froh, als sie auf einen weiteren Pfad stießen, der von unten heraufführte. Dieser neue Pfad wurde offensichtlich häufig benutzt und war fast überall so breit, daß zwei Menschen – wenn auch nicht zwei Pferde – nebeneinander hergehen konnten.

Nachdem sie einen Steilhang passiert hatten und abermals rechts abgebogen waren, stießen sie auf eine Geröllhalde am Fuß einer steilen Felswand. Ähnliche Ansammlungen von scharfen Gesteinsbrocken hatte Ayla auch in den Bergen gesehen, in denen sie aufgewachsen war. Dann bemerkte sie die großen, trompetenförmigen weißen Blüten einer stämmigen Pflanze mit gezackten Blättern. Die Leute vom Herdfeuer des Mammut, die sie kennengelernt hatte, nannten sie ihrer stachligen grünen Früchte wegen Stechapfel, und auch diese Pflanze weckte Erinnerungen. Sowohl Creb als auch Iza hatten sie benutzt, wenn auch zu unterschiedlichen Zwecken.

Jondalar war diese Stelle vertraut, weil er von der Geröllhalde Kies zum Bestreuen von Wegen und Feuerstellen geholt hatte. Jetzt wußte er, daß es nicht mehr weit war, und freute sich auf das Wiedersehen. Sobald sie den Steilhang hinter sich gelassen hatten, war der um den Fuß des Berges herumführende Pfad eingeebnet und mit Kies bestreut. Vor sich konnten sie zwischen Bäumen und Sträuchern den Himmel sehen, und Jondalar wußte, daß sie sich dem Rand der Klippe näherten.

»Ayla, ich glaube, wir sollten den Pferden hier die Packkörbe und die Pfähle abnehmen«, sagte der Mann. »Der Pfad, der um diesen Felsen herumführt, ist nicht sonderlich breit. Wir können später zurückkommen und sie holen.«

Nachdem sie alles abgeladen hatten, ging Ayla, dem jungen Mann folgend, auf dem Pfad weiter, auf den offenen Himmel zu. Jondalar, der ein paar Schritte zurückgeblieben war, um sie zu beobachten, lächelte, als sie den Rand der Klippe erreichte und hinabschaute – und dann sehr schnell zurückwich. Sie suchte, von einem leichten Schwindelgefühl erfaßt, Halt an der Felswand; dann trat sie vorsichtig wieder vor und blickte abermals hinab. Vor Erstaunen blieb ihr der Mund offen stehen.

Weit drunten, am Fuß der steil abfallenden Klippe, war der Große Mutter Fluß, dem sie so lange gefolgt waren; doch aus dieser Perspektive hatte Ayla ihn noch nie gesehen. Sie hatte zwar alle Arme des Flusses in einem einzigen Bett vereinigt gesehen, aber immer nur von einem Ufer aus, das kaum höher lag als der Wasserspiegel. Der Drang, hinabzublicken und den Fluß aus dieser Höhe zu betrachten, war unwiderstehlich.

Der häufig verbreiterte und sich windende Fluß war zwischen Felswänden eingezwängt, die fast senkrecht emporragten. Mit tiefen, gegen Felsen anbrandenden Unterströmungen drängte der Große Mutter Fluß mit lautloser Kraft vorwärts; eine stetige Dünung warf Wellen auf und ließ sie wieder in sich zusammenfallen. Obwohl noch viele weitere Nebenflüsse einströmen würden, bevor der große Fluß sein volles Ausmaß erreichte, hatte er selbst hier, so weit vom Delta entfernt, eine so gewaltige Breite, daß der Unterschied kaum wahrnehmbar war, zumal, wenn man von oben auf ihn herabblickte.

An manchen Stellen ragten Felsen aus der Oberfläche heraus, an denen sich das Wasser aufschäumend brach, und während sie hinabschaute, prallte ein Baumstamm von einem solchen Felsen ab und suchte sich seinen Weg um ihn herum. Was ihr kaum auffiel, war ein Gebilde aus Holz direkt unter ihr, dicht am Fuß der Klippe. Als sie schließlich aufschaute, ließ Ayla den Blick über die Berge am anderen Ufer schweifen. Obwohl ihre Kuppen nach wie vor gerundet waren, waren sie höher und steiler als weiter flußabwärts und erreichten fast die Höhe der steilen Gipfel auf der Seite, auf der sie standen.

Darvalo wartete geduldig, bis Ayla den ersten Anblick des dramatischen Zugangs zur Heimstätte seiner Leute genossen hatte. Er hatte sein ganzes Leben hier verbracht und nahm ihn als selbstverständlich hin, aber er hatte schon zuvor erlebt, wie Fremde darauf reagierten. Er empfand einen gewissen Stolz, wenn Leute so überwältigt waren, und danach schaute er selbst genauer hin und sah alles mit ihren Augen neu. Als Ayla sich schließlich zu ihm umdrehte, lächelte er, dann führte er sie um die Bergwand herum auf einen Pfad, der ursprünglich nur ein schmaler Sims gewesen war, den man mit viel Mühe verbreitert hatte. Jetzt bot der Pfad Raum für zwei dicht nebeneinander hergehende Leute und war damit auch breit genug für jemanden, der Holz trug, auf der Jagd erlegte Tiere oder andere Vorräte, und auch für die Pferde.

Als Jondalar sich dem Rand der Klippe näherte, verspürte er den vertrauten Schmerz, der sich immer einstellte, wenn er aus großer Höhe in leeren Raum hinabblickte, einen Schmerz, den er in der ganzen Zeit, in der er hier gelebt hatte, nie ganz losgeworden war. Er war nicht so heftig, daß er keine Gewalt darüber gehabt hätte, und er genoß den grandiosen Blick und wußte auch die Mühe zu würdigen, die es gekostet hatte, auf einem wenn auch kurzen Stück die solide Felswand nur mit Hilfe von Steinbrocken und schweren Steinäxten abzuschlagen, aber das änderte nichts an dem Gefühl, das ihn unweigerlich überkam. Dennoch war dieser Zugang besser als der andere, häufiger benutzte Weg.

Ayla folgte dem jungen Mann um die Felswand herum; sie behielt Wolf dicht bei sich, und Winnie folgte ihr in geringem Abstand. An der anderen Seite lag eine ebene Fläche von beachtlichem Ausmaß. Einst, vor sehr langer Zeit, als das riesige Becken im Westen ein Binnenmeer gewesen war und anfing, sich durch die Rinne hindurch zu entleeren, die das Wasser in den Fels gegraben hatte, war der Wasserstand wesentlich höher gewesen, und es hatte sich eine geschützte Bucht gebildet, die jetzt in Form einer trockenen Nische weit oberhalb des Flusses lag.

Grünes Gras, das fast bis an den Rand des Steilhangs heranwuchs, bedeckte den Boden vor ihnen. Ungefähr in der Mitte drängte sich Gestrüpp dicht an die Felswand, wurde dichter und ging in kleine Bäume über, die an dem steilen Abhang im Hintergrund wuchsen. An der ihnen zugewandten Seite, in einer abgerundeten Ecke im Hintergrund, gab es einen Überhang aus Sandstein, der so groß war, daß er mehreren aus Holz errichteten Behausungen Platz bot und eine behagliche, geschützte Wohnfläche lieferte.

Auf der dahinter liegenden, grasbewachsenen Fläche befand sich der kostbarste Bestandteil dieses Areals. Eine Quelle mit reinem Wasser, die in den Bergen entsprang, sickerte über Felsen, sprudelte über Simse und floß in Form eines kleinen Wasserfalls über einen kleineren Sandstein-Überhang in ein darunter liegendes Becken. Von dort floß das Wasser weiter zum Rand der Klippe und über die Felswand hinunter in den Fluß.

Mehrere Leute hatten ihre Tätigkeit unterbrochen, als die Prozession, insbesondere Wolf und das Pferd, am Ende der Felswand auftauchte. Als auch Jondalar herangekommen war, sah er Fassungslosigkeit und Angst auf sämtlichen Gesichtern.

»Darvo! Was bringst du denn da mit?« rief jemand.

»Hallo«, sagte Jondalar und begrüßte die Leute in ihrer Sprache. Dann sah er Dolando, übergab Renners Führleine an Ayla, legte Darvalo einen Arm um die Schulter und ging mit ihm auf den Anführer der Höhle zu.

»Dolando! Ich bin's, Jondalar«, sagte er.

»Jondalar? Bist du es wirklich?« sagte Dolando. Er erkannte den Mann wieder, zögerte aber nach wie vor. »Wo kommst du her?«

»Aus dem Osten. Ich habe bei den Mamutoi überwintert.«

»Und wer ist das?« erkundigte sich Dolando.

Jondalar wußte, daß es den Mann zutiefst beunruhigte, die hergebrachten Formen der Höflichkeit nicht beachtet zu haben. »Ihr Name ist Ayla, Ayla von den Mamutoi. Auch die Tiere reisen mit uns. Sie hören auf sie ebenso wie auf mich, und keines von ihnen wird jemandem etwas zuleide tun«, sagte Jondalar.

»Auch der Wolf nicht?« fragte Dolando.

»Ich habe dem Wolf die Hand auf den Kopf gelegt und sein Fell angefaßt«, sagte Darvo. »Er hat nicht einmal versucht, mich zu beißen.«

Dolando musterte den Jungen. »Du hast ihn angefaßt?«

»Ja. Sie hat gesagt, das muß man, damit er einen kennenlernt.«

»Es stimmt, was er sagt, Dolando. Ich käme nicht zu euch mit irgend jemandem oder irgend etwas, das euch Schaden zufügen könnte. Komm und lerne Ayla und die Tiere kennen. Du wirst sehen.«

Jondalar führte den Mann zurück in die Mitte des Feldes. Mehrere andere Leute folgten ihnen. Die Pferde hatten angefangen zu grasen, hielten aber inne, als die Leute herankamen. Winnie trat näher an die Frau heran und neben Renner, dessen Führleine Ayla nach wie vor in der Hand hielt. Ihre andere Hand lag auf Wolfs Kopf. Der riesige Wolf aus dem Norden stand neben Ayla, aufmerksam beobachtend, aber keineswegs bedrohlich.

»Wie kommt es, daß die Pferde keine Angst vor dem Wolf haben?« fragte Dolando.

»Sie wissen, daß sie nichts von ihm zu befürchten haben. Sie kennen ihn, seit er ein winziger Welpe war«, erklärte Jondalar.

»Und warum laufen sie nicht vor uns davon?« wollte der Anführer als nächstes wissen.

»Sie haben immer mit Menschen zusammengelebt. Ich war dabei, als der Hengst geboren wurde«, erläuterte Jondalar. »Ich war schwer verletzt, und Ayla hat mir das Leben gerettet.«

Dolando blieb plötzlich stehen und musterte den Mann. »Ist sie ein Shamud?« fragte er.

»Sie gehört zum Herdfeuer des Mammut.«

Eine kleine, untersetzte Frau meldete sich zu Wort. »Wenn sie ein Mamut ist – wo ist dann ihre Tätowierung?«

»Wir sind abgereist, bevor ihre Lehrzeit abgeschlossen war, Tholie«, sagte Jondalar, dann lächelte er sie an. Die junge Mamutoi-Frau hatte sich kein bißchen verändert. Sie sprach so unverblümt, wie sie immer gewesen war.

Dolando schloß die Augen und schüttelte den Kopf. »Was für ein Jammer«, sagte er, und aus seinen Worten klang Verzweiflung. »Roshario ist gestürzt und hat sich verletzt.«

»Darvo hat es mir erzählt. Er sagte auch, daß der Shamud gestorben ist.«

»Ja, im letzten Winter. Er hat Roshario nicht mehr helfen können. Wir haben einen Boten zu einer anderen Höhle geschickt, aber ihr Shamud ist auf einer Reise. Ein Läufer ist zu einer anderen Höhle weiter stromaufwärts unterwegs, aber sie leben weit entfernt, und ich fürchte, es ist ohnehin bereits zu spät.«

»Ayla ist eine Heilerin, Dolando. Eine sehr gute. Sie wurde belehrt von...« Plötzlich fiel Jondalar ein, daß der Clan zu Dolandos wunden Punkten gehörte. »... von der Frau, die sie aufgezogen hat. Es ist eine lange Geschichte, aber du kannst mir glauben, sie versteht etwas davon.«

Sie hatten Ayla und die Tiere erreicht, und sie hörte zu und beobachtete Jondalar genau, während er sprach. Zwischen Mamutoi und der Sprache, deren er sich bediente, gab es Ähnlichkeiten, aber es gelang ihr, fast ausschließlich durch das Beobachten den Sinn seiner Worte zu erahnen und zu verstehen, daß er versucht hatte, den anderen Mann von irgend etwas zu überzeugen. Jondalar wendete sich an sie.

»Ayla von den Mamutoi, das ist Dolando, der Anführer der Shamudoi, des Stammes der Sharamudoi, der auf dem Land lebt«, sagte Jondalar in Mamutoi. Dann wechselte er zu Dolandos Sprache über. »Dolando von den Sharamudoi, das ist Ayla, Tochter des Herdfeuers des Mammut der Mamutoi.«

Dolando zögerte einen Augenblick und musterte zuerst die Pferde und dann den Wolf. Er war ein hübsches Tier, und er stand wachsam und ruhig neben der hochgewachsenen Frau. Dolando wußte nicht recht, was er davon halten sollte. Er war noch nie einem Wolf so nahe gewesen, nur ein paar Felle hatte er in der Hand gehabt. Sie machten selten Jagd auf Wölfe, und er hatte sie bisher nur von weitem gesehen oder davonrennend und Deckung suchend. Wolf blickte auf eine Art zu ihm auf, daß Dolando das Gefühl hatte, seinerseits abgeschätzt zu werden; dann wendete er sich wieder den anderen zu. Das Tier schien keinerlei Bedrohung darzustellen, und vielleicht war eine Frau, die eine derartige Gewalt über Tiere hatte, ein erfahrener Shamud, einerlei, von wem sie unterrichtet worden war. Er streckte der Frau beide Arme mit nach oben gewendeten Handflächen entgegen.

»Im Namen der Großen Mutter Mudo heiße ich dich willkommen, Ayla von den Mamutoi.«

»Im Namen von Mut, der Großen Erdmutter, ich danke dir, Dolando von den Sharamudoi«, sagte Ayla und ergriff beide Hände.

Die Frau hat einen merkwürdigen Akzent, dachte Dolando. Sie spricht Mamutoi, aber es hört sich eigenartig an – nicht so, wie Tholie es spricht. Vielleicht stammt sie aus einer anderen Gegend. Dolando kannte genug Mamutoi, um die Sprache zu verstehen. Er war bereits etliche Male bis zum Ende des Großen Flusses gereist, um mit den Mamutoi Handel zu treiben, und er hatte geholfen, Tholie, die Mamutoi-Frau, mit hierherzubringen. Tholie hatte dafür gesorgt, daß viele Leute ihre Sprache erlernten, und das hatte sich bei späteren Handelsunternehmungen als sehr hilfreich erwiesen.

Nachdem Dolando Ayla willkommen geheißen hatte, stand es auch allen anderen frei, den zurückgekehrten Jondalar zu begrüßen und die Frau kennenzulernen, die er mitgebracht hatte. Tholie trat vor, und Jondalar lächelte sie an. Durch die Frau, mit der sich sein Bruder zusammengetan hatte, waren sie entfernte Verwandte, und er hatte sie gern.

»Tholie!« sagte er lächelnd und ergriff ihre Hände. »Ich kann dir gar nicht sagen, wie sehr ich mich freue, dich wiederzusehen.«

»Ich freue mich auch, daß du wieder da bist. Und außerdem hast du gelernt, sehr gut Mamutoi zu sprechen, Jondalar. Es hat Zeiten gegeben, in denen ich daran gezweifelt habe, ob du die Sprache jemals beherrschen würdest.«

Sie ließ seine Hände los und legte statt dessen die Arme um ihn. Er beugte sich nieder und umarmte impulsiv die untersetzte Frau. Sie errötete, ein wenig aus der Fassung gebracht; der hochgewachsene, stattliche und gelegentlich schwermütige Mann schien sich verändert zu haben. Sie konnte sich nicht erinnern, daß er in der Vergangenheit jemals seine Zuneigung so spontan gezeigt hatte. Als er sie freigab, musterte sie die Frau, die er mitgebracht hatte. Sie war sicher, daß sie etwas damit zu tun haben mußte.

»Ayla vom Löwen-Lager der Mamutoi, das ist Tholie von den Sharamudoi, früher eine Mamutoi.«

»Im Namen von Mut oder Mudo, wie immer du sie nennen magst, ich heiße dich willkommen, Ayla von den Mamutoi.«

»Im Namen der Mutter aller, ich danke dir, Tholie von den Sharamudoi, und ich freue mich, dich kennenzulernen. Ich habe schon viel von dir gehört. Hast du nicht Verwandte im Löwen-Lager? Mir ist so, als hätte Talut gesagt, du wärest eine Verwandte, als Jondalar deinen Namen erwähnte«, sagte Ayla. Sie spürte, daß die Frau sie eingehend betrachtete. Wenn Tholie es nicht bereits wußte, dann würde sie bald herausfinden, daß Ayla nicht bei den Mamutoi geboren war.

»Ja, wir sind miteinander verwandt. Allerdings nicht nahe. Ich komme von einem Lager im Süden. Das Löwen-Lager liegt weiter nördlich«, sagte Tholie. »Aber ich kenne die Leute. Jeder kennt Talut. Ihn nicht zu kennen, ist fast unmöglich, und seine Schwester Tulie wird allgemein geachtet.«

Das ist kein Mamutoi-Akzent, den sie spricht, dachte Tholie, und Ayla ist kein Mamutoi-Name. Sie war sich nicht einmal sicher, ob es ein Akzent war – sie hatte nur eine merkwürdige Art, bestimmte Wörter auszusprechen. Aber sie spricht gut. Talut hat immer gern Leute aufgenommen. Er hat sogar diese ständig jammernde alte Frau und ihre Tochter aufgenommen, die einen unter ihr stehenden Gefährten genommen hatte. Ich wüßte gern mehr über diese Ayla und ihre Tiere, dachte sie, dann richtete sie den Blick auf Jondalar.

»Ist Thonolan bei den Mamutoi geblieben?« fragte Tholie.

Der Schmerz in seinen Augen verriet ihr die Antwort, bevor er sie aussprechen konnte. »Thonolan ist tot.«

»Das tut mir leid, und auch Markeno dürfte es leid tun. Aber es überrascht mich nicht sehr. Sein Lebenswille ist mit Jetamio gestorben. Es gibt Leute, die können einen solchen Schlag überwinden, andere nicht«, sagte Tholie.

Ayla gefiel die Art, wie die Frau sich ausdrückte. Nicht gefühllos, aber offen und direkt. Sie war immer noch weitgehend eine Mamutoi.

Die restlichen anwesenden Bewohner der Höhle begrüßten Ayla. Sie spürte eine gewisse Reserve bei ihnen, aber auch Neugierde. Jondalar wurde wesentlich weniger zurückhaltend begrüßt. Er gehörte zur Familie; es konnte kein Zweifel daran bestehen, daß sie ihn als einen der ihren betrachteten.

Darvalo hielt noch immer den mit Brombeeren gefüllten Hut in der Hand. Er wartete, bis alle die Neuankömmlinge begrüßt hatten, dann hielt er ihn Dolando hin. »Hier sind Beeren für Rosharios«, sagte er.

Dolando fiel der Korb auf; seine Flechtweise unterschied sich von der ihren.

»Ayla hat sie mir gegeben«, fuhr Darvalo fort. »Sie pflückten gerade Brombeeren, als ich ihnen begegnete.«

Als Jondalar den jungen Mann betrachtete, mußte er an Serenio denken. Er hatte nicht damit gerechnet, daß sie nicht mehr da sein könnte, und er war enttäuscht. In gewisser Hinsicht hatte er sie wirklich geliebt, und ihm wurde klar, daß er sich auf ein Wiedersehen mit ihr gefreut hatte. Erwartete sie ein Kind, als sie abreiste? Vielleicht konnte er Roshario fragen. Sie würde es wissen.

»Wir wollen sie ihr bringen«, sagte Dolando und dankte Ayla mit einem wortlosen Nicken. »Sie wird sich bestimmt darüber freuen. Wenn du mitkommen willst, Jondalar – ich nehme an, daß sie wach ist, und ich weiß, daß sie dich gern sehen möchte. Bring Ayla mit, damit auch sie sie kennenlernen kann. Es ist sehr hart für sie. Du weißt ja, wie sie gewöhnlich ist. Immer auf den Beinen und immer die erste, die Gäste willkommen heißt.«

Jondalar übersetzte für Ayla, und sie nickte zustimmend. Sie ließen die Pferde auf dem Feld grasend zurück, aber Ayla bedeutete Wolf, sie zu begleiten. Sie spürte, daß den Leuten bei seinem Anblick nicht wohl war. Zahme Pferde waren ungewöhnlich, wurden aber nicht für gefährlich gehalten. Ein Wolf dagegen war ein Jäger und imstande, Unheil anzurichten.

»Jondalar, ich glaube, es ist das beste, wenn ich Wolf fürs erste bei mir behalte. Würdest du Dolando fragen, ob es ihm recht ist, wenn ich ihn mit hineinnehme? Sag ihm, daß er es gewohnt ist, sich in Behausungen aufzuhalten«, sagte Ayla auf Mamutoi.

Jondalar wiederholte ihre Worte, obwohl Dolando sie verstanden hatte, und seine Reaktionen verrieten Ayla, daß er Mamutoi verstand. Sie würde daran denken müssen.

Sie gingen zum hinteren Teil des Geländes und traten unter den Sandstein-Überhang, an einem Herdfeuer vorbei, das offensichtlich als Versammlungsort diente, und zu einem hölzernen Gebilde, das einem Steilzelt ähnelte. Als sie nahe genug herangekommen waren, konnte Ayla die Bauweise erkennen. Ein Firstbalken war hinten in der Erde verankert und wurde vorn von einem Pfosten gestützt. An ihn lehnten sich verjüngende Eichenplanken, die aus einem großen Baumstamm herausgeschnitten worden waren und von hinten nach vorn immer länger wurden. Die Planken waren mit schlanken Weidenruten befestigt, die man durch vorgebohrte Löcher gefädelt hatte.

Dolando schob einen gelben Vorhang aus weichem Leder beiseite und hielt ihn hoch, während alle eintraten. Dann band er ihn fest, damit mehr Licht einfallen konnte. Drinnen fiel durch Spalten zwischen den Planken etwas Tageslicht ein, aber an manchen Stellen waren die Wände zum Schutz vor Zugluft mit Lederplanen verhängt. Nahe dem Eingang befand sich eine kleine Feuerstelle und darüber eine kürzere Planke, die einen Rauchabzug in der Decke freiließ, aber keine Regenabdeckung. Vor Regen und Schnee schützte der Überhang die Wohnstätte. An einer Wand im Hintergrund stand ein breites, hölzernes Bett, an einer Seite an der Wand festgemacht und an der anderen von Beinen gestützt und mit Lederkissen und Pelzen bedeckt. In dem trüben Licht konnte Ayla gerade noch erkennen, daß eine Frau darauf lag.

Darvalo kniete neben dem Bett nieder und hielt ihr die Beeren hin. »Hier sind die Brombeeren, die ich dir versprochen habe, Rosharie. Aber ich habe sie nicht selbst gepflückt. Das hat Ayla getan.«

Die Frau öffnete die Augen. Sie hatte nicht geschlafen, sondern nur versucht zu ruhen, aber sie wußte nicht, daß Besucher angekommen waren. Der Name, den Darvalo genannt hatte, war ihr fremd.

»Wer hat sie gepflückt?« fragte sie mit schwacher Stimme.

Dolando beugte sich über das Bett und legte ihr die Hand auf die Stirn. »Rosharie, sieh doch, wer hier ist! Jondalar ist zurückgekommen«, sagte er.

»Jondalar?« sagte sie und betrachtete den Mann, der neben Darvalo niedergekniet war, betroffen von den Schmerzen, die sich in ihr Gesicht eingegraben hatten. »Bist du es wirklich? Manchmal träume ich und bilde mir ein, ich sähe meinen Sohn oder Jetamio, und dann stelle ich fest, daß es nicht wahr ist. Bist du es wirklich, Jondalar, oder ist es nur ein Traum?«

»Es ist kein Traum, Rosharie«, sagte Dolando. Jondalar glaubte, Tränen in seinen Augen zu sehen. »Er ist wirklich da. Und er hat jemanden mitgebracht. Eine Mamutoi-Frau. Ihr Name ist Ayla.« Er winkte sie heran.

Ayla bedeutete Wolf, zurückzubleiben, und trat neben die Frau. Daß sie starke Schmerzen hatte, war unverkennbar. Ihre Augen waren glasig und von dunklen Ringen umgeben; ihr Gesicht war vom Fieber gerötet. Selbst aus einiger Entfernung und unter der leichten Decke war erkennbar, daß ihr Arm zwischen Schulter und Ellenbogen in einem unnatürlichen Winkel verkrümmt war.

»Ayla von den Mamutoi, dies ist Roshario von den Sharamudoi«, sagte Jondalar. Darvalo rückte zur Seite, und Ayla nahm seinen Platz vor dem Bett ein.

»Im Namen der Mutter, du bist willkommen, Ayla von den Mamutoi«, sagte Rosharico. Sie versuchte, sich aufzusetzen, doch sie schaffte es nicht und ließ sich wieder zurücksinken. »Es tut mir leid, daß ich dich nicht angemessen begrüßen kann.«

»Im Namen der Mutter, ich danke dir«, sagte Ayla. »Und daß du aufstehst, ist nicht erforderlich.«

Jondalar übersetzte, aber Rosharico hatte den Sinn von Aylas Worten verstanden, und sie nickte.

»Jondalar, sie hat entsetzliche Schmerzen. Ich fürchte, es steht schlimm um sie. Ich möchte ihren Arm untersuchen«, sagte Ayla; sie ging zu Zelandonii über, damit die Frau nicht erfuhr, für wie schwerwiegend sie ihre Verletzung hielt; aber die Dringlichkeit ihrer Worte konnte sie auf diese Weise nicht verbergen.

»Rosharico, Ayla ist eine Heilerin, eine Tochter vom Herdfeuer des Mammut. Sie würde sich gern deinen Arm ansehen«, sagte Jondalar, dann warf er einen Blick auf Dolando, um sicher zu sein, daß er nichts dagegen hatte. Der Mann war willens, alles zu versuchen, was vielleicht helfen könnte, sofern Rosharico einverstanden war.

»Eine Heilerin?« sagte die Frau. »Ein Shamud?«

»Ja, so etwas wie ein Shamud. Darf sie nachsehen?«

»Ich fürchte, für Hilfe ist es zu spät, aber sie darf nachsehen.«

Ayla entblößte den Arm. Offenbar hatte jemand versucht, ihn zu richten; die Wunde war gesäubert worden und verheilte, aber er war geschwollen, und unter der Haut zeichnete sich der Knochen in einem unnatürlichen Winkel ab. Ayla betastete den Arm so sanft wie nur irgend möglich. Die Frau stöhnte einmal auf, als sie den Arm anhob, um die Unterseite abzutasten, aber sie beklagte sich nicht. Ayla wußte, daß ihre Untersuchung schmerzhaft war, aber sie mußte den Knochen unter der Haut ertasten. Sie schaute in Rosharios Augen, roch ihren Atem, fühlte den Puls an ihrem Hals und an ihrem Handgelenk, dann ließ sie sich auf die Fersen zurücksinken.

»Der Arm heilt, aber er ist nicht ordentlich gerichtet worden. Wahrscheinlich wird sie sich allmählich erholen, aber ich glaube nicht, daß sie so, wie die Dinge liegen, den Arm oder die Hand wieder wird gebrauchen können, und sie wird immer Schmerzen haben«, sagte Ayla in der Sprache, die bis zu einem gewissen Grade alle verstanden. Dann wartete sie darauf, daß Jondalar übersetzte.

»Kannst du etwas tun?« fragte Jondalar.

»Ich denke schon. Vielleicht ist es schon zu spät, aber ich würde gern versuchen, den Arm an der Stelle, an der er falsch verheilt, noch einmal zu brechen und ihn dann geradezurichten. Das Problem ist nur, daß die Stelle, an der ein gebrochener Knochen verheilt ist, oft kräftiger ist als der Knochen selbst. Er könnte falsch brechen. Dann hätte sie zwei Brüche und noch mehr Schmerzen für nichts.«

Nachdem Jondalar übersetzt hatte, schwiegen alle. Schließlich sprach Roshario.

»Wenn er falsch bricht, bin ich nicht schlechter daran als jetzt, nicht wahr?« Es war eher eine Feststellung als eine Frage. »Ich meine, ich kann den Arm nicht gebrauchen, wie er jetzt ist, also kann ein zweiter Bruch es nicht noch schlimmer machen.« Jondalar übersetzte ihre Worte, aber Ayla erfaßte bereits die Töne und Rhythmen der Sharamudoi-Sprache und setzte sie zu Mamutoi in Beziehung. Tonfall und Miene der Frau gaben weitere Aufschlüsse, und Ayla begriff, was sie sagte.

»Aber es könnte sein, daß du mehr Schmerzen leiden müßtest und nichts dafür bekämest«, sagte Ayla. Sie ahnte, wie Rosharios Entscheidung aussehen würde, aber sie wollte ganz sicher sein, daß sie begriff, was auf dem Spiele stand.

Roshario zögerte nicht. »Wenn es möglich ist, daß ich meinen Arm wieder gebrauchen kann, dann möchte ich, daß du es tust. Einerlei, wie weh es tut. Schmerzen sind nichts. Eine Sharamudoi braucht zwei gesunde Arme, um den Pfad zum Fluß hinunterzuklettern. Zu was ist eine Sharamudoi-Frau nutze, wenn sie nicht einmal bis zum Dock der Ramudoi hinunterkommt?«

Ayla lauschte der Übersetzung ihrer Worte. Dann sagte sie zu Jondalar, wobei sie die Frau direkt anschaute: »Jondalar, sag ihr, daß ich versuchen werde, ihr zu helfen, aber sag ihr auch, daß es nicht darauf ankommt, ob jemand zwei gesunde Arme hat. Das ist nicht das Wichtigste. Ich kannte einen Mann mit nur einem Arm und einem Auge, aber er führte ein nützliches Leben und wurde von all seinen Leuten geliebt und hoch geehrt. Und ich glaube, daß es bei Roshario nicht anders sein wird. Dessen bin ich ganz sicher. Wie immer es auch ausgehen mag – diese Frau wird ein nützliches Leben führen. Sie wird immer geliebt und geehrt werden.«

Roshario erwiderte Aylas Blick, während sie Jondalars Übersetzung lauschte. Dann preßte sie die Lippen leicht zusammen und nickte. Sie holte tief Atem und schloß die Augen.

Ayla stand auf, in Gedanken bereits mit dem beschäftigt, was zu tun war. »Jondalar, hole meinen Packkorb, den rechten. Und sage Dolando, ich brauche ein paar dünne Holzlatten. Und Feuerholz und ein geräumiges Kochgefäß, aber eines, auf das er verzichten kann. Es empfiehlt sich nicht, es danach wieder zum Kochen zu verwenden. Ich brauche es, um eine starke schmerzstillende Medizin zuzubereiten.«

Ihre Gedanken eilten voraus. Ich brauche etwas, das sie tief schlafen läßt, wenn ich den Arm erneut breche, dachte sie. Iza würde Stechapfel verwenden. Er ist stark, aber er wäre das beste gegen die Schmerzen, und er würde sie einschläfern. Ich habe noch etwas getrockneten, aber frischer wäre besser – halt – habe ich nicht erst kürzlich welchen gesehen? Sie schloß die Augen und versuchte sich zu erinnern. Ja! Sie hatte Stechapfel gesehen.

»Jondalar, während du meinen Korb herschaffst, hole ich etwas von dem Stechapfel, den ich auf unserem Weg hierher gesehen habe«, sagte sie und war mit wenigen Schritten am Eingang. »Wolf, komm mit.« Sie hatte bereits das halbe Feld überquert, bevor Jondalar sie eingeholt hatte.

Dolando stand am Eingang der Behausung und schaute Jondalar, der Frau und dem Wolf nach. Obwohl er nichts gesagt hatte, war er sich der Anwesenheit des Tieres ständig bewußt gewesen. Er bemerkte, daß sich der Wolf dicht neben der Frau hielt. Die Handzeichen, die Ayla gemacht hatte, als sie sich Rosharios Bett näherte, waren ihm nicht entgangen, und er hatte gesehen, wie sich der Wolf hinlegte, aber mit erhobenem Kopf und aufgerichteten Ohren, und jede Bewegung der Frau verfolgte. Als sie ging, sprang er auf ihren Befehl hin sofort auf und folgte ihr.

Er sah ihnen nach, bis Ayla und der Wolf, der ihr aufs Wort gehorchte, um die Biegung am Ende der Felswand verschwunden waren. Dann warf er noch einen Blick auf die auf ihrem Bett liegende Frau. Zum erstenmal seit jenem Augenblick, als Roshario ausglitt und stürzte, wagte er wieder zu hoffen.

Als Ayla mit einem Packkorb und den Stechapfelpflanzen, die sie im Wasserbecken gewaschen hatte, zurückkehrte, fand sie eine hölzerne Kochkiste vor, die sie sich später genauer ansehen wollte, eine weitere, die mit Wasser gefüllt war, ein in der Feuerstelle brennendes Feuer, in dem mehrere glatte Steine heiß wurden, und ein paar Holzlatten. Sie nickte Dolando beifällig zu. Dann öffnete sie ihren Packkorb und holte mehrere Schalen und ihren Medizinbeutel aus Otterfell heraus.

Mit einer kleinen Schale schöpfte sie eine genau abgemessene Menge Wasser in die Kochkiste und gab mehrere ganze Stechapfelpflanzen einschließlich der Wurzeln hinein; dann spritzte sie ein paar Tropfen Wasser auf die Kochsteine. Sie ließ sie im Feuer, damit sie noch heißer wurden, leerte ihren Medizinbeutel und legte etliche Päckchen zur Seite. Als Jondalar zurückkehrte, war sie gerade dabei, die anderen wieder zu verstauen.

»Den Pferden geht es gut, Ayla. Sie lassen sich das Gras schmecken, aber ich habe die Leute gebeten, sich vorerst von ihnen fernzuhalten.« Er wendete sich an Dolando. »Sie könnten scheuen, wenn Fremde ihnen zu nahe kommen, und ich möchte nicht, daß jemand zufällig zu Schaden kommt. Später können wir sie an alle gewöhnen.« Der Anführer nickte. Er hatte das Gefühl, daß er im Augenblick nicht viel zu sagen hatte. »Wolf scheint sich da draußen nicht recht wohl zu fühlen, Ayla, und einige Leute fürchten sich offenbar vor ihm. Ich finde, du solltest ihn hereinholen.«

»Ich hätte ihn auch lieber bei mir, aber ich dachte, Dolando und Roshario wäre es lieber, wenn er draußen wartet.«

»Laßt mich zuerst mit Roshario reden. Danach könnt ihr das Tier vermutlich hereinbringen«, sagte Dolando, ohne eine Übersetzung abzuwarten; er sprach eine Mischung aus Sharamudoi und Mamutoi, die Ayla mühelos verstand. Jondalar warf ihm einen überraschten Blick zu, aber Ayla redete bereits weiter.

»Ich muß an ihr ausmessen, wie lang die Schienen sein müssen«, sagte sie und nahm die Latten zur Hand, »und dann möchte ich, daß du diese Latten glättest, bis keine Splitter mehr daran sind, Dolando. Reibe sie mit einem Sandstein ab, bis sie ganz glatt sind. Hast du ein paar Stücke weiches Leder, das ich zerschneiden kann?«

Dolando lächelte, wenn auch wenig ingrimmig. »Das ist etwas, wofür wir berühmt sind. Wir nehmen dazu die Felle von Gemsen, und niemand macht weicheres Leder als die Shamudoi.«

Jondalar stellte fest, daß sie einander völlig verstanden, obwohl die Sprache, deren sie sich bedienten, etwas absonderlich war, und schüttelte verblüfft den Kopf. Ayla mußte gewußt haben, daß Dolando Mamutoi verstand, und sie selbst benutzte bereits ein paar Sharamudoi-Worte – wann hatte sie die Bezeichnungen für »Latte« und »Sandstein« gelernt?

»Ich hole Leder, sobald ich mit Roshario gesprochen habe«, sagte Dolando.

Sie näherten sich der Frau auf der Lagerstatt. Dolando und Jondalar erklärten ihr, daß Ayla in Begleitung eines Wolfes reiste – die Pferde ließen sie fürs erste unerwähnt – und daß sie den Wolf gern in die Behausung hereinholen würde.

»Sie hat vollkommene Gewalt über das Tier«, sagte Dolando. »Es reagiert auf ihre Befehle und tut niemandem etwas zuleide.«

Jondalar warf ihm einen überraschten Blick zu. Irgendwie mußte es Dolando und Ayla gelungen sein, sich über mehr Dinge zu verständigen, als er für möglich gehalten hatte.

Roshario war sofort einverstanden. Sie war zwar neugierig, aber es überraschte sie nicht allzu sehr, daß diese Frau imstande sein sollte, über einen Wolf zu gebieten. Ganz offensichtlich hatte Jondalar eine mächtige Shamud mitgebracht, die wußte, daß sie Hilfe brauchte, genau wie ihr alter Shamud einige Jahre zuvor gewußt hatte, daß Jondalars Bruder, den ein Nashorn verletzt hatte, Hilfe brauchte. Sie verstand nicht, wie Diejenigen, Die Der Mutter Dienten, um solche Dinge wußten. Sie wußten es eben, und das genügte ihr.

Ayla trat an den Eingang und rief Wolf herein, dann führte sie ihn zu Roshario. »Sein Name ist Wolf«, sagte sie.

Als Roshario dem Tier in die Augen schaute, schien Wolf irgendwie ihre Schmerzen und ihre Verletzlichkeit zu spüren. Er hob eine Pfote und legte sie auf die Kante ihres Lagers. Dann legte er die Ohren an, schob, ohne eine Spur von Bedrohlichkeit, den Kopf vor und leckte ihr das Gesicht, wobei er leise winselte. Sie streckte ihren gesunden Arm aus, um ihn zu berühren. »Ich danke dir, Wolf«, sagte sie.

Ayla hielt die Latten an Rosharios Arm, dann reichte sie sie Dolando und zeigte ihm, wie lang sie sein mußten. Als Dolando hinausgegangen war, führte sie Wolf in eine Ecke der hölzernen Behausung, dann überprüfte sie abermals die Kochsteine und stellte fest, daß sie heiß genug waren. Sie wollte einen von ihnen mit zwei Holzstücken aus dem Feuer holen, aber Jondalar erschien mit einem gebogenen, eigens für diesen Zweck hergestellten Holzwerkzeug, das elastisch genug war, um einen Stein sicher zu halten, und zeigte ihr, wie man es benutzte. Nachdem sie mehrere Steine zum Kochen des Stechapfels in die Kochkiste gelegt hatte, betrachtete sie den ungewöhnlichen Behälter etwas eingehender.

Etwas dergleichen hatte sie noch nie gesehen. Die rechteckige Kiste war aus einem einzigen Brett hergestellt worden, das man um in drei der vier Ecken eingekerbte Nuten herum gebogen hatte; an der vierten Ecke war es mit Dübeln verbunden. Während das Brett gebogen wurde, hatte man den Boden in eine weitere, auf ganzer Länge des Brettes eingearbeitete Nut eingeschoben. Die Außenseite war mit geschnitzten Ornamenten verziert, und ein Deckel mit Griff konnte aufgelegt werden.

Diese Leute besaßen eine Menge ungewöhnlicher hölzerner Gegenstände, und Ayla dachte, daß es interessant sein müßte, bei ihrer Herstellung zuzusehen. Dolando kehrte mit ein paar gelblichen Lederstücken zurück und händigte sie ihr aus. »Wird das reichen?« fragte er.

»Aber die sind doch viel zu schade«, sagte sie. »Wir brauchen weiches, saugfähiges Leder, aber es muß nicht gerade euer bestes sein.«

Dolando und Jondalar lächelten. »Das ist nicht unser bestes«, sagte Dolando. »Diese Stücke würden wir niemandem anbieten. Sie haben zu viele Fehler. Sie sind für den Alltagsgebrauch.«

Ayla wußte einiges über die Bearbeitung von Häuten und die Herstellung von Leder, und diese Stücke waren glatt und geschmeidig und fühlten sich außerordentlich weich an. Sie war beeindruckt und hätte gern mehr darüber erfahren, aber dazu war jetzt keine Zeit. Mit dem Messer, das Jondalar für sie angefertigt hatte – eine scharfe Feuersteinklinge mit einem aus Mammutzahn gearbeiteten Elfenbeingriff –, schnitt sie das Gemsenleder in breite Streifen.

Dann öffnete sie eines ihrer Päckchen und schüttete ein grobes Pulver aus den getrockneten und zerstampften Wurzeln von Nelkenwurz in eine kleine Schale und fügte ein wenig heißes Wasser aus der Kochkiste hinzu. Weil sie einen Umschlag machen wollte, der die Heilung des gebrochenen Knochens förderte, würde eine kleine Menge Stechapfel nicht schaden, zumal er schmerzstillend wirkte. Aber sie tat auch pulverisierte Schafgarbe mit hinein, die gleichfalls gegen die Schmerzen half und die Heilung förderte. Sie fischte die Steine heraus und beförderte frische, heiße in die Kochkiste, um das Gebräu am Sieden zu halten, und roch daran, um seine Stärke zu überprüfen.

Als sie meinte, daß es den richtigen Grad an Wirksamkeit erreicht hatte, schöpfte sie etwas davon zum Abkühlen in eine Schale und trug sie zu Roshario. Dolando saß neben ihr. Dann bat sie Jondalar, ganz genau zu übersetzen, was sie sagte, damit es keinerlei Mißverständnisse gäbe.

»Diese Medizin wird den Schmerz betäuben und bewirken, daß du einschläfst«, sagte Ayla, »aber sie ist sehr stark und nicht ungefährlich. Es gibt Leute, die eine so starke Dosis nicht vertragen. Sie bewirkt, daß sich deine Muskeln so weit entspannen, daß ich den Knochen darunter fühlen kann, aber es kann sein, daß du Wasser läßt oder dich beschmutzt, denn auch diese Muskeln werden sich entspannen. Manche Leute hören auch auf zu atmen. Wenn das passiert, wirst du sterben, Roshario.«

Ayla wartete, bis Jondalar ihre Erklärung übersetzt hatte, und dann noch etwas länger, um ganz sicher zu sein, daß sie verstanden worden war. Dolando war offensichtlich aufgebracht.

»Mußt du das unbedingt benutzen? Kannst du ihren Arm nicht ohne dieses Zeug brechen?« fragte er.

»Nein. Es würde zu weh tun, und ihre Muskeln sind zu straff. Sie würden Widerstand leisten und es wesentlich schwerer machen, den Knochen an der richtigen Stelle zu brechen. Ich habe nichts, was den Schmerz besser stillen würde. Ohne diese Medizin kann ich den Knochen nicht brechen und richten, aber ihr müßt die Gefahr kennen. Sie würde vermutlich auch weiterleben, wenn ich nichts unternehme, Dolando.«

»Aber dann bin ich zu nichts nütze und habe ständig Schmerzen«, sagte Roshario. »Das ist kein Leben.«

»Du wirst Schmerzen haben, aber das heißt nicht, daß du zu nichts nütze wärst. Es gibt Mittel, die den Schmerz lindern, aber sie können auch auf andere Art wirken. Es könnte sein, daß du nicht klar denken kannst«, erklärte Ayla.

»Also werde ich entweder zu nichts nütze oder schwachsinnig sein«, sagte Roshario. »Wenn ich sterbe – wird es ein schmerzloser Tod sein?«

»Du würdest einschlafen und nicht wieder aufwachen. Aber was in deinen Träumen passieren kann, weiß niemand. Es kann sein, daß du in deinen Träumen große Angst oder Schmerzen empfindest. Vielleicht werden die Schmerzen dir sogar in die nächste Welt folgen.«

»Können Schmerzen einem in die nächste Welt folgen?« fragte Roshario.

Ayla schüttelte den Kopf. »Nein. Ich glaube nicht. Aber ich weiß es nicht.«

»Glaubst du, daß ich sterben werde, wenn ich das trinke?«

»Wenn ich glaubte, daß du sterben würdest, würde ich es dir nicht geben. Aber es kann sein, daß du ungewöhnliche Träume hast. Manche Leute benutzen es, anders zubereitet, um in die Welt der Geister zu reisen.«

»Vielleicht solltest du das Risiko nicht eingehen, Rosharios«, sagte Dolando. »Ich möchte dich nicht auch noch verlieren.«

Sie blickte den Mann liebevoll und zärtlich an. »Die Mutter wird dich oder mich als ersten zu sich rufen. Entweder verlierst du mich, oder ich verliere dich. Es gibt nichts, was wir dagegen tun könnten. Aber wenn sie willens ist, mir noch mehr Zeit mit dir zu vergönnen, Dolando, dann möchte ich diese Zeit nicht in Schmerzen und nutzlos verbringen. Und du hast gehört, was Ayla gesagt hat – es ist unwahrscheinlich, daß ich sterben werde. Selbst wenn sie mir nicht helfen kann und sich danach nichts geändert hat, weiß ich zumindest, daß ich es versucht habe, und das wird mir den Mut geben, weiterzuleben.«

Dolando, der neben ihr auf dem Bett saß und ihre gesunde Hand hielt, blickte auf die Frau, mit der er einen so großen Teil seines Lebens verbracht hatte. Er sah die Entschlossenheit in ihren Augen. Schließlich nickte er. Dann schaute er zu Ayla empor.

»Du bist ehrlich gewesen. Und nun muß ich ehrlich sein. Ich werde dir keinen Vorwurf machen, wenn es dir nicht gelingt, ihr zu helfen, aber wenn sie stirbt, mußt du von hier fortgehen. Ich bin nicht sicher, ob ich es dann fertigbrächte, dir nicht die Schuld zu geben, und ich weiß nicht, was ich dann tun würde. Bedenke das, bevor du anfängst.«

Jondalar, der übersetzte, wußte um die Verluste, die Dolando erlitten hatte. Rosharios Sohn, der Sohn seines Herdfeuers und das Kind, dem sein Herz gehörte, getötet, als er gerade zum Mann herangereift war; und Jetamio, das Mädchen, das für Roshario wie eine Tochter gewesen war und auch Dolandos Herz erobert hatte. Nach dem Tod ihrer Mutter hatte sie die Leere gefüllt, die der Tod des ersten Kindes hinterlassen hatte. Ihre Bemühungen, die Lähmung zu überwinden, die so viele dahingerafft hatte, hatten ihren Charakter geprägt, und viele hatten sie liebgewonnen, darunter auch Thonolan. Es war für alle ein schwerer Schlag gewesen, als sie unter den Qualen des Gebärens starb. Er würde es begreifen können, daß Dolando Ayla die Schuld geben würde, wenn Roshario starb, aber er würde ihn töten, bevor er zuließ, daß er Ayla etwas zuleide tat. Er fragte sich, ob Ayla nicht zuviel auf sich nahm.

»Ayla, vielleicht solltest du es dir noch einmal überlegen«, sagte er auf Zelandonii.

»Roshario hat starke Schmerzen, Jondalar. Ich muß versuchen, ihr zu helfen, wenn sie es will. Wenn sie bereit ist, das Risiko einzugehen, kann ich nicht davor zurückscheuen. Es gibt immer ein Risiko, aber ich bin nun einmal eine Medizinfrau. Ich kann mich ebensowenig ändern, wie Iza es gekonnt hätte.«

Sie blickte herab auf die Frau auf ihrer Lagerstatt. »Wenn du bereit bist, Roshario – ich bin es auch.«

SECHZEHNTES KAPITEL

Ayla beugte sich über die auf dem Bett liegende Frau, die Schale mit der abkühlenden Flüssigkeit in der Hand. Sie steckte den kleinen Finger hinein, um die Temperatur zu prüfen; dann stellte sie die Schale hin, ließ sich mit gekreuzten Beinen auf den Boden sinken und saß einen Moment ganz still da.

Ihre Gedanken wanderten zurück zu ihrem Leben beim Clan und insbesondere zu der Ausbildung durch die erfahrene und kenntnisreiche Medizinfrau, die sie aufgezogen hatte. Iza hatte sich mit praktischer Eilfertigkeit um die meisten Alltagskrankheiten und kleineren Verletzungen gekümmert, aber wenn sie vor einem ernsthaften Problem stand – einer besonders schlimmen Jagdverletzung oder einer lebensbedrohenden Krankheit –, dann hatte sie Creb in seiner Eigenschaft als Mog-ur gebeten, höhere Mächte um ihren Beistand anzurufen. Iza war eine Medizinfrau, aber im Clan war Creb der Magier, der heilige Mann, der Zugang hatte zur Welt der Geister.

Bei den Mamutoi und, nach Jondalars Erzählungen zu schließen, offenbar auch bei seinen Leuten wurden die Funktionen von Medizinfrau und Mog-ur nicht unbedingt von zwei Personen ausgeübt. Diejenigen, die heilten, hielten oft auch Zwiesprache mit der Welt der Geister, aber nicht alle, Die Der Mutter Dienten, waren in der Heilkunde gleichermaßen bewandert. Der Mamut vom Löwen-Lager hatte viel mehr Ähnlichkeit mit Creb gehabt. Sein Interesse galt den Dingen des Geistes und der Geister. Er kannte zwar einige Medikamente und Verfahren, aber seine Heilkünste waren relativ unentwickelt, und meistens blieb es Taluts Gefährtin Nezzie überlassen, sich um die kleineren Verletzungen und Krankheiten im Lager zu kümmern. Beim Sommertreffen hatte Ayla unter den Mamutoi allerdings viele geschickte Heiler kennengelernt und Kenntnisse und Erfahrungen mit ihnen ausgetauscht.

Aber Aylas Ausbildung war von der praktischen Art gewesen. Wie Iza war sie eine Medizinfrau, eine Heilerin. Sie hatte das Gefühl, sich in der Welt der Geister nicht auszukennen, und sie wünschte sich in diesem Augenblick, jemanden wie Creb zu haben, an den sie sich wenden konnte. Sie hatte das Gefühl, die Unterstützung von hilfsbereiten Mächten zu brauchen, die stärker waren als sie selbst. Obwohl Mamut damit begonnen hatte, ihr ein Verständnis für das geistige Reich der Großen Mutter zu vermitteln, war ihr der Geist des Großen Höhlenlöwen nach wie vor wesentlich vertrauter.

Er war zwar ein Clan-Geist, aber sie wußte, daß er mächtig war, und Mamut hatte gesagt, daß die Geister aller Tiere wie überhaupt alle Geister Teil der Großen Erdmutter wären. Er hatte sogar das sie beschützende Totem des Höhlenlöwen in ihre Adoptionszeremonie mit einbezogen, und sie wußte, wie sie ihr Totem um Hilfe bitten konnte. Roshario gehörte zwar nicht zum Clan, aber vielleicht würde der Geist des Höhlenlöwen ihr trotzdem helfen.

Ayla schloß die Augen und begann, die Bewegungen der uralten, heiligen und stummen Sprache auszuführen, die alle Clans beherrschen und die sie benutzten, um mit der Welt der Geister in Verbindung zu treten.

»Großer Höhlenlöwe, diese Frau, die vom mächtigen Totemgeist erwählt wurde, ist dankbar dafür, daß sie erwählt wurde. Diese Frau ist dankbar für die Gaben, die ihr verliehen wurden, und überaus dankbar für die Gaben, über die sie verfügt, für die Lektionen, die sie gelernt, und das Wissen, das sie erworben hat.

Großer, mächtiger Beschützer, der dafür bekannt ist, daß er Männer wählt, die seiner würdig sind und seines Schutzes bedürfen, der jedoch diese Frau erwählte und sie mit seinem Totemzeichen zeichnete, als sie ein kleines Mädchen war, diese Frau ist dankbar. Diese Frau weiß nicht, warum der Geist des Großen Höhlenlöwen des Clans sich für ein Mädchen und noch dazu eine von den Anderen entschieden hat, aber diese Frau ist dankbar, daß sie für würdig befunden wurde, und diese Frau ist dankbar für den Schutz des großen Totems.

Großer Totemgeist, diese Frau, die dich früher um Weisung gebeten hat, bittet dich jetzt um deine Hilfe. Der Große Höhlenlöwe hat diese Frau dazu geführt, die Künste einer Medizinfrau zu erlernen. Diese Frau weiß zu heilen. Diese Frau kennt Mittel gegen Krankheiten und Verletzungen, kennt Aufgüsse und Spülungen und Umschläge und andere heilsame Dinge aus Pflanzen, diese Frau kennt Mittel und Wege der Behandlung. Diese Frau ist dankbar für diese Kenntnisse und dankbar für das noch unbekannte Wissen, zu dem der Totemgeist diese Frau vielleicht führen wird. Aber diese Frau kennt sich nicht aus in der Welt der Geister.

Großer Geist des Höhlenlöwen, der du mit den Sternen in der Welt der Geister lebst, die Frau, die hier liegt, gehört nicht zum Clan; die Frau ist eine von den Anderen, wie die Frau, die du erwählt hast, aber ich bitte um Hilfe für diese Frau. Die Frau leidet große Schmerzen, aber die Schmerzen in ihrem Innern sind schlimmer. Die Frau würde die Schmerzen ertragen, aber die Frau fürchtet, nutzlos zu sein, wenn sie nicht zwei heile Arme hat. Die Frau könnte eine gute Frau sein, eine nützliche Frau. Diese Frau möchte der Frau helfen, aber die Hilfe könnte gefährlich sein. Deshalb bittet diese Frau den Geist des Großen Höhlenlöwen und alle Geister, die das Große Totem erwählt, um Hilfe, bittet sie, dieser Frau beizustehen und der Frau, die hier liegt.«

Rosharlo, Dolando und Jondalar waren so stumm wie Ayla, während sie ihre ungewöhnlichen Bewegungen vollführte. Von den dreien war Jondalar der einzige, der wußte, was sie tat, und er beobachtete die anderen beiden ebenso genau wie Ayla. Obwohl seine Kenntnis der Clan-Sprache recht bescheiden war – sie war wesentlich vielschichtiger, als er je geglaubt hätte –, begriff er doch, daß sie die Welt der Geister um Hilfe bat. Er erinnerte sich, daß es eine Zeit gegeben hatte, in der ihr Tun ihm peinlich gewesen wäre; jetzt mußte er über seine einstige Torheit lächeln, aber er war doch neugierig, wie Aylas Verhalten auf Rosharlo und Dolando wirkte.

Dolando war verwirrt und ein wenig beunruhigt; ihr Tun war ihm völlig fremd. Seine Sorge galt Rosharlo, und deshalb empfand er alles Fremdartige, selbst wenn es einem guten Zweck dienen mochte, als ein wenig bedrohlich. Als Ayla geendet hatte, warf Dolando Jondalar einen fragenden Blick zu, aber der jüngere Mann antwortete lediglich mit einem Lächeln.

Die Verletzung hatte Rosharlo ihrer Kräfte beraubt, sie war schwach und fieberte, nicht so stark, daß sie phantasierte, aber sie war erschöpft und ein wenig verwirrt und empfänglicher für Eingebungen. Sie hatte die fremde Frau genau beobachtet und war seltsam angerührt. Sie hatte nicht die geringste Ahnung, was Aylas Bewegungen zu bedeuten hatten, aber sie bewunderte ihre fließende Anmut. Es war fast, als tanzte die Frau mit den Händen, und nicht nur mit den Händen. Ihre Arme und Schultern, ihr ganzer Körper schienen wesentliche Bestandteile ihrer tanzenden Hände zu sein und einem inneren Rhythmus zu folgen, der einen ganz bestimmten Zweck hatte. Obwohl sie es ebenso wenig verstand wie die Tatsache, woher Ayla wußte, daß sie ihre Hilfe brauchte, war Rosharlo ganz sicher, daß es wichtig war und daß es etwas mit ihrer Berufung zu tun hatte. Sie verfügte über Kenntnisse, die über das Wissen gewöhnlicher Leute hinausgingen, und alles, was geheimnisvoll schien, trug nur zu ihrer Glaubwürdigkeit bei.

Ayla hob die Schale auf und kniete vor dem Bett nieder. Sie überprüfte die Flüssigkeit nochmals mit dem kleinen Finger, dann lächelte sie Rosharlo an.

»Möge die Große Mutter Aller dich beschützen, Rosharlo«, sagte Ayla, dann hob sie Kopf und Schultern der Frau so weit an, daß sie bequem trinken konnte, und hielt ihr die kleine Schale an den Mund. Es war ein bitteres, ziemlich widerliches Gebräu, und Rosharlo verzog das Gesicht, aber Ayla ermutigte sie, mehr zu trinken, bis sie schließlich die Schale geleert hatte. Ayla ließ sie sanft wieder heruntersinken und lächelte abermals, um die verletzte Frau zu beruhigen, aber sie achtete bereits auf die eindeutigen Anzeichen der Wirkung des Trankes.

»Sag mir, wenn du dich schläfrig fühlst«, sagte Ayla, obwohl das nur die anderen Symptome bestätigen würde, auf die sie achtete, wie etwa eine Veränderung der Größe der Pupillen oder der Atmung.

Ayla hätte nicht sagen können, was für eine Droge sie verabreicht hatte, aber sie kannte ihre Wirkung, und sie hatte genügend Erfahrung, um zu wissen, woran sie zu erkennen war. Als sie sah, daß Rosharios Lider schläfrig herabsanken, betastete sie ihren Brustkorb und ihren Magen, um die Entspannung der Muskeln zu verfolgen, und achtete sorgfältig auf ihre Atmung. Als sie sicher war, daß Roshario fest schlief und in keiner unmittelbaren Gefahr war, stand sie auf.

»Dolando, ich halte es für das beste, wenn du jetzt gehst. Jondalar wird hierbleiben und mir helfen«, sagte sie leise, aber bestimmt, und ihr selbstsicheres Wesen verlieh ihren Worten Nachdruck.

Der Anführer wollte Einspruch erheben, aber dann fiel ihm ein, daß auch Shamud niemals die Anwesenheit von Verwandten geduldet und sich einfach geweigert hatte, etwas zu unternehmen, bevor sie gegangen waren. Dolando warf noch einen langen Blick auf die schlafende Frau, dann verließ er die Behausung.

Jondalar hatte schon öfter erlebt, wie Ayla in solchen Situationen die Führung übernahm. In ihrer Konzentration auf einen kranken oder leidenden Menschen schien sie sich selbst völlig zu vergessen, und ohne viel zu überlegen, wies sie andere an, zu tun, was erforderlich war. Sie kam gar nicht auf die Idee, ihr Vorrecht, jemandem zu helfen, der Hilfe brauchte, in Frage zu stellen, was zur Folge hatte, daß niemand ihr Fragen stellte.

»Auch wenn sie schläft, ist es nicht angenehm zuzusehen, wie jemand einem Menschen, den man liebt, den Knochen bricht«, sagte Ayla.

Jondalar nickte und fragte sich, ob das der Grund dafür war, daß der Shamud ihm nicht erlaubt hatte, zu bleiben, als Thonolan von dem Nashorn durchbohrt worden war. Es war eine entsetzliche Wunde gewesen, ein klaffendes, ausgefetztes Loch, und Jondalar hatte sich beinahe übergeben müssen, als er es entdeckte, und obwohl er gern bei seinem Bruder geblieben wäre, wäre es wahrscheinlich sehr schwer gewesen, Shamud bei dem zuzuschauen, was er zu tun hatte. Er war sich nicht einmal ganz sicher, ob er jetzt bleiben und Ayla helfen wollte, aber es war kein anderer da. Er tat einen tiefen Atemzug. Wenn sie es tun konnte, dann wollte er zumindest versuchen, ihr zu helfen.

»Was soll ich tun?« fragte er.

Ayla untersuchte Rosharios Arm, um festzustellen, wie weit er sich geraderichten ließ und wie sie auf diese Manipulation reagierte. Roshario murmelte etwas und drehte den Kopf von einer Seite zur anderen, aber das schien eher eine Reaktion auf irgendeinen Traum zu sein, nicht jedoch auf die Schmerzen. Daraufhin grub Ayla ihre Finger tief in die schlaffen Muskeln und versuchte, die genaue Lage des Knochens festzustellen. Als sie endlich wußte, was sie wissen mußte, winkte sie Jondalar heran und warf einen Blick auf Wolf, der sie von seinem Platz in der Ecke aus beobachtete.

»Zuerst möchte ich, daß du ihren Arm am Ellenbogen abstützt, während ich versuche, den Knochen an der Stelle, an der er falsch zusammenwächst, zu brechen«, sagte sie. »Wenn er gebrochen ist, muß ich sehr kräftig daran ziehen, damit er gerade wird und die Teile wieder richtig zusammenpassen. Da ihre Muskeln völlig schlaff sind, besteht die Gefahr, daß die Knochen eines Gelenks sich verschieben, und ich könnte ihr den Ellenbogen oder die Schulter ausrenken. Deshalb mußt du sie ganz fest halten und vielleicht sogar dagegen ziehen.«

»Ich verstehe«, sagte er – zumindest glaubte er zu verstehen.

»Stell dich bequem und sicher hin, zieh ihren Arm gerade und stütze den Ellenbogen ungefähr an dieser Stelle ab, und laß mich wissen, wenn du soweit bist«, wies Ayla ihn an.

Er ergriff ihren Arm und stemmte die Beine auf den Boden. »So, ich bin soweit«, sagte er.

Mit je einer Hand an einer Seite der in einem unnatürlichen Winkel verheilenden Bruchstelle ergriff Ayla Rosharios Oberarm, umfaßte ihn versuchsweise an mehreren Stellen, tastete nach den sich unter der Haut und den Muskeln abzeichnenden Enden der Bruchstelle. Wenn sie schon zu gut verheilt war, würde sie niemals imstande sein, sie mit den bloßen Händen zu brechen; dann würde sie zu anderen, weit weniger leicht kontrollierbaren Mitteln greifen müssen, oder sie würde es überhaupt nicht schaffen, den Knochen richtig zu brechen. Sie beugte sich so über das Bett, daß sie ihre Kraft voll einsetzen konnte, holte tief Luft und übte dann mit ihren beiden kraftvollen Händen einen schnellen, harten Druck aus.

Ayla spürte das Brechen, Jondalar hörte ein widerwärtiges Knirschen. Rosharie zuckte im Schlaf krampfhaft zusammen, dann beruhigte sie sich wieder. Ayla tastete durch die Muskeln hindurch nach dem frisch gebrochenen Knochen. Das Narbengewebe hatte die Knochenenden noch nicht allzu fest aneinandergekittet, vielleicht deshalb, weil der Knochen in seiner unnatürlichen Position geblieben und nicht auf eine Weise gerichtet worden war, die die Heilung förderte. Es war ein glatter, sauberer Bruch. Sie stieß erleichtert den Atem aus. Dieser Teil der Arbeit war getan. Sie wischte sich mit dem Handrücken den Schweiß von der Stirn.

»Das war gut so, Jondalar. Nun möchte ich, daß du dich wieder ganz fest hinstellst und ihren Arm an der Schulter hältst«, sagte Ayla und zeigte ihm, wie er es machen sollte. »Du darfst nicht loslassen, aber wenn du das Gefühl hast, abzurutschen, mußt du es mir sofort sagen.« Ayla hatte erkannt, daß der Knochen in der falschen Stellung weniger gut geheilt war, als wenn er gerichtet gewesen wäre; aber Muskeln und Sehnen waren wesentlich besser verheilt. »Wenn ich den Arm geraderichte, werden einige Muskeln reißen, genau wie beim ursprünglichen Bruch, und die Sehnen werden überdehnt. Muskeln und Sehnen leisten erheblichen Widerstand und werden ihr später Schmerzen bereiten, aber es muß getan werden. Sag mir, wenn du bereit bist.«

»Woher weißt du das, Ayla?«

»Iza hat es mir beigebracht.«

»Ich weiß, daß Iza dich unterwiesen hat, aber woher weißt du gerade das? Wie man einen Knochen bricht, der bereits verheilt ist?«

»Brun hat einmal mit seinen Jägern einen weiten Zug unternommen. Sie waren lange fort, ich weiß nicht mehr, wie lange. Einer der Jäger brach sich kurz nach ihrem Aufbruch den Arm, weigerte sich aber, umzukehren. Er band sich den Arm an die Seite und jagte mit nur einem Arm. Als sie zurückgekehrt waren, mußte Iza sich darum kümmern«, erklärte Ayla schnell.

»Aber wie hat er das geschafft? Weitermachen, als wäre nichts gewesen, mit einem gebrochenen Arm?« fragte Jondalar ungläubig. »Hat er denn nicht starke Schmerzen gehabt?«

»Natürlich hatte er starke Schmerzen, aber davon wurde nicht viel Aufhebens gemacht. Die Männer des Clans würden lieber sterben als zugeben, daß sie Schmerzen haben. So sind sie nun einmal; so sind sie erzogen worden«, sagte Ayla. »Bist du bereit?«

Er hätte gern mehr gefragt, aber dazu war jetzt keine Zeit. »Ja, ich bin soweit.«

Ayla packte mit festem Griff Rosharios Arm knapp über dem Ellenbogen, während Jondalar ihn unterhalb der Schulter hielt. Langsam, aber stetig begann Ayla zu ziehen, wobei sie nicht nur begradigte, sondern gleichzeitig dafür sorgte, daß sich die Knochenenden nicht aneinander rieben und die Sehnen nicht rissen. Dabei mußte sie den Arm leicht überdehnen, um ihn in seine ursprüngliche Stellung zurückzubringen.

Jondalar wußte nicht, wie sie es schaffte, die kraftvolle, genau kontrollierte Spannung aufrechtzuerhalten, während er es kaum fertigbrachte, den Arm festzuhalten. Auch Ayla spürte die Anstrengung, Schweißtropfen rannen ihr übers Gesicht, aber sie konnte jetzt nicht aufhören. Damit der Knochen in die richtige Lage kam, mußte der Arm in einer stetigen, ununterbrochenen Bewegung begradigt werden. Doch sobald sie die leichte Überdehnung geschafft hatte, richtete sich der Arm fast wie von selbst gerade. Sie ließ die Knochenenden in die richtige Position gleiten, legte den Arm ganz behutsam auf das Bett und ließ ihn schließlich los.

Als Jondalar aufschaute, sah er, daß sie zitterte. Ihre Augen waren geschlossen, und sie atmete schwer. Das Maß an Zug, das sie ausübte, genau zu kontrollieren, war die schwierigste Aufgabe gewesen, und jetzt hatte sie Mühe, ihre eigenen Muskeln zu beherrschen.

»Ich glaube, du hast es geschafft, Ayla«, sagte er.

Sie tat noch ein paar tiefe Atemzüge, dann sah sie ihn an, und auf ihrem Gesicht erschien ein breites Siegerlächeln. »Ja, ich glaube, ich habe es geschafft«, sagte sie. »Jetzt muß ich die Schienen anlegen.« Sie tastete den jetzt normal und gerade aussehenden Arm ab. »Wenn er richtig verheilt, wenn ich keinerlei Schaden angerichtet habe, während der Arm gefühllos war, dann dürfte sie imstande sein, ihn wieder zu gebrauchen; aber er wird blau und gelb werden und anschwellen.«

Ayla tauchte die Gemslederstreifen in warmes Wasser, packte Nelkenwurz und Schafgarbe darauf und wickelte sie locker um den Arm. Dann bat sie Jondalar, Dolando zu fragen, ob die Schienen fertig wären.

Als Jondalar aus der Hütte heraustrat, sah er sich einer Menge gegenüber. Nicht nur Dolando, sondern alle Angehörigen der Höhle, Shamudoi und Ramudoi, hatten sich beim großen Herdfeuer versammelt. »Ayla braucht die Schienen, Dolando«, sagte er.

»Ist es gut gegangen?« fragte der Anführer der Shamudoi und reichte ihm die geglätteten Holzstücke.

Jondalar fand, daß es Aylas Sache war, ihm das zu sagen, aber er lächelte. Dolando schloß die Augen, holte tief Luft und schauderte vor Erleichterung.

Ayla legte die Schienen an und wickelte weitere Lederstreifen darum. Der Arm würde anschwellen, und der Umschlag mußte erneuert werden. Die Schienen sollten dafür sorgen, daß sich die frische Bruchstelle nicht verschob, wenn Rosario den Arm bewegte. Später, wenn die Schwellung zurückgegangen war und sie wieder herumlaufen wollte, würde sich Birkenrinde, mit warmem Wasser angefeuchtet, dem Arm anschmiegen und zu einem starren Verband trocknen.

Sie kontrollierte noch einmal die Atmung der Frau, fühlte den Puls an Hals und Handgelenk, hörte ihre Brust ab, hob ihre Augenlider an. Dann trat sie an den Eingang der Behausung.

»Dolando, du kannst jetzt hereinkommen«, sagte sie zu dem Mann, der dicht vor dem Eingang wartete.

»Geht es ihr gut?«

»Komm und sieh selbst.«

Der Mann trat ein, kniete neben der schlafenden Frau nieder und betrachtete ihr Gesicht. Er beobachtete sie ein paar Atemzüge lang, vergewisserte sich, daß sie normal atmete, dann erst richtete er den Blick auf ihren Arm. Der Arm unter dem Verband sah völlig gerade und normal aus.

»Er sieht aus wie früher! Wird sie den Arm wieder gebrauchen können?«

»Ich habe getan, was ich konnte. Mit der Hilfe der Geister und der Großen Erdmutter sollte sie imstande sein, ihn wieder zu gebrauchen. Vielleicht nicht ganz so wie früher, aber sie müßte ihn gebrauchen können. Und jetzt muß sie schlafen.«

»Ich bleibe bei ihr«, sagte Dolando. Er versuchte, seine Autorität geltend zu machen, aber er wußte, daß er gehen würde, wenn sie darauf bestand.

»Ich dachte mir, daß du es möchtest«, sagte sie, »aber jetzt, nachdem es geschafft ist, gibt es etwas, das ich möchte.«

»Sag es mir. Ich gebe dir alles, was du willst«, sagte er, ohne zu zögern; aber er fragte sich, was sie von ihm verlangen mochte.

»Ich würde mich gern waschen. Darf das Wasserbecken zum Baden und Waschen benutzt werden?«

Das war etwas, womit er nicht gerechnet hatte, und einen Augenblick lang war er verblüfft. Dann fiel ihm zum erstenmal auf, daß ihr Gesicht mit Brombeersaft verschmiert war, ihre Arme von den Dornenranken zerkratzt, ihre Kleidung von der Reise verschmutzt, ihr Haar zerzaust. Mit bekümmertem Blick und einem gequälten Lächeln sagte er: »Roshario würde mir nie verzeihen, daß ich so ungastlich gewesen bin. Bisher hat dir niemand auch nur einen Schluck Wasser angeboten. Du mußt erschöpft sein von eurer langen Reise. Ich werde Tholie holen. Alles, was du möchtest, gehört dir, sofern wir es haben.«

Ayla zerrieb Blüten zwischen den nassen Händen, bis sich Schaum gebildet hatte, dann arbeitete sie ihn in ihr Haar ein. Der Schaum der Säckelblume war nicht so üppig wie der von Seifenkraut, aber die blaßblauen Blütenblätter hinterließen einen angenehmen Duft. Die Umgebung und die dort wachsenden Pflanzen kamen Ayla so bekannt vor, daß sie, als sie loszogen, um die Packkörbe und das Schleppgestell mit dem Boot zu holen, ganz sicher war, sowohl Säckelblumen wie auch Seifenkraut zu finden. Sie hatten kurz haltgemacht, um nach den Pferden zu sehen, und sich vorgenommen, Winnie später ausgiebig zu striegeln, um den Zustand ihres Fells zu überprüfen, aber auch, um sie zu beruhigen.

»Sind noch welche von den schäumenden Blüten übrig?« fragte Jondalar.

»Dort drüben, auf dem Stein neben Wolf«, sagte Ayla. »Aber es sind die letzten. Wir können demnächst mehr pflücken, und einige können wir trocknen und für unterwegs mitnehmen.« Sie hielt den Kopf unter Wasser, um ihr Haar auszuspülen.

»Hier sind ein paar Felle zum Abtrocknen«, sagte Tholie. Sie trat an das Becken heran und hielt mehrere der weichen gelben Lederstücke in den Armen.

Ayla hatte sie nicht kommen sehen. Die Mamutoi-Frau versuchte, so viel Abstand wie möglich von Wolf zu halten; sie war um das Becken herumgegangen und hatte sich von der anderen Seite genähert. Ein kleines, drei- oder vierjähriges Mädchen, das ihr gefolgt war, klammerte sich an die Beine seiner Mutter und starrte die Fremden mit weit aufgerissenen Augen und einem Daumen im Mund an.

»Ich habe euch drinnen etwas zu essen hingestellt«, sagte Tholie und legte die Abtrockenleder hin. Jondalar und Ayla hatten ein Bett in der Behausung bekommen, die sie und Markeno bewohnten, wenn sie an Land waren. Es war dieselbe Unterkunft, die Thonolan und Jetamio mit ihnen geteilt hatten; als sie zum erstenmal eintraten, war Jondalar einen Moment lang von Kummer überwältigt. Sie erinnerte ihn an die Tragödie, die dazu geführt hatte, daß sein Bruder abreiste und schließlich starb.

»Aber seht zu, daß ihr noch genügend Appetit übrigbehaltet«, setzte Tholie hinzu. »Wir feiern heute abend ein großes Fest, zu Ehren von Jondalars Rückkehr.« Sie sagte nicht, daß es auch zu Ehren Aylas stattfand, weil sie

Roshario geholfen hatte. Roshario schlief nach wie vor, und niemand wollte das Schicksal herausfordern, indem er es laut aussprach, bevor man ganz sicher war, daß sie aufwachen und sich erholen würde.

»Ich danke dir, Tholie. Für alles«, sagte Jondalar. Dann lächelte er dem kleinen Mädchen zu. Es senkte den Kopf und versteckte sich noch mehr hinter seiner Mutter, starrte Jondalar aber auch weiterhin an. »Es sieht so aus, als wäre die Brandnarbe völlig aus Shamios Gesicht verschwunden. Ich kann jedenfalls keine Spur davon entdecken.«

Tholie nahm das Kind auf den Arm, damit Jondalar es besser sehen konnte. »Wenn du ganz genau hinschaust, kannst du sehen, wo die Brandwunde war, aber es fällt kaum auf. Ich bin dankbar, die Mutter war sehr gütig.«

»Sie ist ein hübsches Kind«, sagte Ayla, lächelte sie an und betrachtete das kleine Mädchen mit einem sehnsüchtigen Blick. »Eines Tages möchte ich eine Tochter, die so ist wie sie.« Ayla stieg aus dem Becken. Das Wasser war erfrischend, aber zu kalt, um lange darin zu bleiben. »Sagtest du, ihr Name ist Shamio?«

»Ja, und ich bin glücklich, daß ich sie habe«, sagte die Mutter und setzte das Kind ab. Tholie konnte dem Kompliment über ihre Tochter nicht widerstehen und bedachte Ayla mit einem warmen Lächeln. Aber sie war nicht das, was sie zu sein vorgab. Tholie hatte beschlossen, ihr mit Vorsicht und Zurückhaltung zu begegnen, bis sie mehr über sie wußte.

Ayla griff nach einem Leder und begann, sich abzutrocknen. »Das ist herrlich weich«, sagte sie, dann wickelte sie das Stück um sich und steckte ein Ende in der Taille ein. Sie griff nach einem zweiten Stück, um sich das Haar abzutrocknen, und wickelte es sich dann um den Kopf. Sie hatte bemerkt, daß Shamio den Wolf beobachtete, nach wie vor an ihre Mutter geklammert, aber offensichtlich neugierig. Auch Wolf war interessiert und wäre am liebsten losgelaufen, blieb jedoch auf dem ihm zugewiesenen Platz. Sie winkte das Tier zu sich, dann ließ sie sich auf ein Knie nieder und legte den Arm um Wolf.

»Möchte Shamio Wolf kennenlernen?« fragte Ayla das Mädchen. Als es nickte, warf Ayla Tholie einen Zustimmung heischenden Blick zu. Tholie betrachtete ängstlich das große Tier mit den scharfen Zähnen. »Er wird ihr nichts zuleide tun, Tholie. Wolf liebt Kinder. Er ist mit den Kindern des Löwen-Lagers aufgewachsen.«

Shamio hatte bereits ihre Mutter losgelassen und einen vorsichtigen Schritt auf sie zugetan, fasziniert von dem Geschöpf, das sie nicht weniger fasziniert angesehen hatte. Das Kind betrachtete ihn mit großen, ernsten Augen, während Wolf freudig winselte. Schließlich tat es einen weiteren Schritt vorwärts und griff mit beiden Händen nach ihm. Tholie keuchte, aber das Geräusch ging unter in Shamios Kichern, als Wolf ihr das Gesicht leckte. Sie schob seine Schnauze beiseite und ergriff eine Handvoll Fell;

dann verlor sie das Gleichgewicht und fiel über ihn. Der Wolf wartete geduldig, bis das Kind wieder aufgestanden war, dann leckte er wieder sein Gesicht, und das Mädchen kicherte entzückt.

»Komm, Woffie«, sagte das Mädchen, packte ihn beim Nackenfell und zog daran, um ihn zum Mitkommen zu bewegen. Sie betrachtete ihn schon jetzt als ihr ureigenes, lebendiges Spielzeug.

Wolf schaute Ayla an und gab ein kurzen Welpengekläff von sich. Bisher hatte sie ihm noch nicht erlaubt, sich zu entfernen. »Du kannst mit Shamio gehen, Wolf«, sagte sie und gab ihm das Zeichen, auf das er gewartet hatte. Sie hätte fast glauben können, daß in dem Blick, den er ihr zuwarf, Dankbarkeit lag, aber daran, daß er selig war, als er dem Mädchen folgte, konnte kein Zweifel bestehen. Sogar Tholie lächelte.

Jondalar hatte interessiert die Szene verfolgt, während er sich abtrocknete. Er nahm ihre Kleider und ging mit den beiden Frauen auf den Sandstein-Überhang zu. Tholie behielt Shamio und Wolf für alle Fälle im Auge; auch sie war fasziniert von dem zahmen Tier. Sie war nicht die einzige. Viele Leute beobachteten das Mädchen und den Wolf. Als ein Junge herankam, der etwas älter war als Shamio, wurde er mit freudigem Lecken eingeladen, sich ihnen anzuschließen. In diesem Augenblick kamen zwei weitere Kinder, die sich um hölzerne Stecken stritten, aus einer der Behausungen. Das kleinere von ihnen warf den Stecken weg, damit das andere ihn nicht bekam, was Wolf so auffaßte, daß die Kinder eines seiner Lieblingsspiele mit ihm spielen wollten. Er jagte hinter dem Stecken her, brachte ihn zurück und legte ihn vor ihnen auf die Erde, mit hechelnder Zunge und wedelndem Schwanz, bereit, das Spiel abermals zu spielen. Der Junge hob den Stecken auf und warf ihn wieder fort.

»Ich glaube, du hast recht – er spielt mit ihnen. Offensichtlich hat er Kinder gern«, sagte Tholie. »Aber macht ihm das Spielen Spaß? Er ist schließlich ein Wolf!«

»Wölfe und Menschen sind sich in gewisser Beziehung ähnlich«, sagte Ayla. »Wölfe spielen gern. Die Welpen spielen von klein auf mit ihren Wurfgeschwistern, und die halb und ganz ausgewachsenen Wölfe spielen gern mit den Jungen. Wolf hatte keine Geschwister, als ich ihn fand; er war als einziger am Leben geblieben, und seine Augen hatten sich gerade erst geöffnet. Er ist nicht in einem Wolfsrudel aufgewachsen, sondern mit Kindern.«

»Aber sieh dir das an! Er ist so geduldig, so sanft. Ich bin ganz sicher, daß es ihm wehgetan hat, als Shamio an seinem Fell zerrte. Warum läßt er sich das gefallen?« fragte Tholie, die sein Verhalten immer noch nicht verstand.

»Für einen ausgewachsenen Wolf ist es ganz natürlich, daß er mit den Jungen seines Rudels sanft umgeht, deshalb war es nicht schwierig, ihm beizubringen, daß er vorsichtig sein mußte, Tholie. Besonders sanft ist er im Umgang mit ganz kleinen Kindern, und von ihnen läßt er sich fast alles gefallen. Das habe ich ihm nicht beigebracht, es ist einfach seine Art. Wenn sie zu grob werden, zieht er sich zurück, aber er kommt später wieder. Von älteren Kindern läßt er sich nicht soviel gefallen, und er scheint genau zu wissen, ob ihm jemand aus Versehen wehtut oder ob es jemand mit Absicht tut. Er hat nie jemanden wirklich verletzt, aber ein älteres Kind kneift er leicht mit den Zähnen, um es darauf hinzuweisen, daß es wehtut, wenn es ihn am Schwanz zieht oder an seinem Fell reißt.«

»Es ist schwierig, sich vorzustellen, daß jemand und insbesondere ein Kind auf die Idee kommen könnte, einen Wolf am Schwanz zu ziehen – jedenfalls hätte ich es mir bis heute nicht vorstellen können«, sagte Tholie. »Und ich hätte niemals geglaubt, daß ich eines Tages erleben würde, wie Shamio mit einem Wolf spielt. Du hast – manche Leute zum Nachdenken gebracht, Ayla von den Mamutoi.« Tholie wollte mehr sagen, wollte Fragen stellen, aber sie wollte die Frau nicht direkt der Lüge zeihen, nicht nach dem, was sie für Roshario getan hatte oder zumindest getan zu haben schien.

Ayla spürte Tholies Vorbehalte und bedauerte sie. Sie bauten eine unausgesprochene Spannung zwischen ihnen auf, und sie mochte die kleine, untersetzte Mamutoi-Frau. Sie taten ein paar Schritte, ohne zu sprechen, beobachteten Wolf mit Shamio und den anderen Kindern, und Ayla dachte wieder daran, wie es wäre, wenn sie eine Tochter hätte – eine Tochter, keinen Sohn. Sie war so ein reizendes kleines Mädchen, und der Name paßte zu ihr.

»Shamio ist ein wunderhübscher Name, Tholie, und ungewöhnlich. Er hört sich an wie ein Name der Sharamudoi, aber gleichzeitig auch wie einer der Mamutoi«, sagte Ayla.

Wieder konnte Tholie ein Lächeln nicht unterdrücken. »Du hast recht. Nicht alle wissen es, aber gerade darauf kam es mir an. Sie würde Shamio heißen, wenn sie eine Mamutoi wäre, obwohl dies kein Name ist, dem man in irgendeinem Lager begegnet. Er kommt aus der Sprache der Sharamudoi, also stammt ihr Name von beiden. Ich mag zwar jetzt eine Sharamudoi sein, aber ich wurde am Heidfeuer des Rothirsches geboren. Meine Mutter bestand auf einem ansehnlichen Brautpreis für mich von Markenos Leuten, obwohl er nicht einmal ein Mamutoi war. Shamio kann auf ihre Mamutoi-Familie ebenso stolz sein wie auf ihre Sharamudoi-Abkunft. Deshalb wollte ich, daß in ihrem Namen beides zum Ausdruck kommt.«

Tholie brach ab, als wäre ihr der Gedanke gerade erst gekommen. Sie blieb stehen und sah die fremde Frau an. »Ayla ist auch ein ungewöhnlicher Name. An welchem Herdfeuer wurdest du geboren?« fragte sie und dachte: Jetzt möchte ich wissen, wie du diesen Namen erklärst.

»Ich wurde nicht als Mamutoi geboren, Tholie. Ich wurde ans Herdfeuer des Mammut adoptiert«, sagte Ayla. Sie war froh darüber, daß die Frau die Sache zur Sprache gebracht hatte, die sie offensichtlich beunruhigt hatte.

Tholie war sicher, Ayla bei einer Lüge ertappt zu haben. »Niemand wird ans Herdfeuer des Mammut adoptiert«, behauptete sie. »Das ist das Herdfeuer der Mamuti. Leute entschließen sich zum Umgang mit den Geistern und werden dann vielleicht am Herdfeuer des Mammut aufgenommen, aber adoptiert werden sie nicht.«

»Das ist der übliche Weg, Tholie, aber Ayla wurde tatsächlich adoptiert«, meldete sich Jondalar zu Wort. »Ich war dabei. Talut wollte sie an sein Herdfeuer des Löwen adoptieren, aber Mamut überraschte alle und adoptierte sie ans Herdfeuer des Mammut und nahm sie als Tochter an. Er sah etwas in ihr – vielleicht ist das der Grund dafür, daß er sie unterrichtete. Er behauptete, sie wäre für das Herdfeuer des Mammut geboren, ob sie nun eine Mamutoi wäre oder nicht.«

»Ans Herdfeuer des Mammut adoptiert? Eine Außenstehende?« sagte Tholie. Sie war verblüfft, zweifelte aber nicht an Jondalars Worten. Schließlich kannte sie ihn, er war ein Verwandter. Aber jetzt war sie noch neugieriger als zuvor, und sie hatte nicht mehr das Gefühl, auf der Hut sein zu müssen. »Wo wurdest du geboren, Ayla?«

»Das weiß ich nicht, Tholie. Meine Leute starben bei einem Erdbeben, als ich ein kleines Mädchen war, kaum älter als Shamio. Ich wurde vom Clan aufgezogen.«

Tholie hatte nie von den Leuten gehört, die Clan genannt wurden. Sie müssen irgendwo weit im Osten leben, dachte sie. Das würde eine Menge erklären. Kein Wunder, daß sie einen so merkwürdigen Akzent hat, aber für eine Außenstehende spricht sie die Sprache gut. Der Mamut vom Löwen-Lager war ein weiser und erfahrener alter Mann. Er schien seit jeher alt gewesen zu sein. Selbst als sie noch ein kleines Mädchen gewesen war, konnte sich niemand daran erinnern, daß er jung gewesen war, und niemand zweifelte an seinen Fähigkeiten.

Ihre Mutterinstinkte veranlaßten Tholie, sich umzudrehen und einen Blick auf ihr Kind zu werfen, und sie dachte abermals, wie seltsam es war, daß ein Tier es vorzog, in der Gesellschaft von Menschen zu leben. Dann blickte sie in die andere Richtung, zu den Pferden, die gemächlich und zufrieden in der Nähe ihrer Unterkünfte grasten. Aylas Herrschaft über die Tiere war nicht nur verblüffend, sondern auch interessant, weil sie ihr völlig ergeben zu sein schienen. Der Wolf schien sie regelrecht zu lieben.

Und Jondalar. Er stand offensichtlich im Bann der schönen blonden Frau, und nach Tholies Meinung nicht nur deshalb, weil sie schön war. Auch Serenio war schön gewesen, und es hatte zahllose reizvolle Frauen gegeben, die sich nach Kräften bemüht hatten, ihn als Gefährten zu gewinnen. Sein Bruder hatte ihm mehr bedeutet, und Tholie erinnerte sich, daß sie sich gefragt hatte, ob es je einer Frau gelingen würde, sein Herz zu gewinnen – aber dieser Frau war es gelungen. Davon abgesehen, daß sie offensichtlich eine fähige Heilerin war, mußte sie noch weitere ungewöhnliche Qualitäten besitzen. Der alte Mamut hatte offenbar recht gehabt. Vielleicht war es ihr bestimmt gewesen, dem Herdfeuer des Mammut anzugehören.

Als sie in der Behausung angekommen waren, kämmte Ayla ihr Haar und band es mit einem Stück weichen Leders im Nacken zusammen. Dann zog sie den sauberen Kittel und die kurzen Beinlinge an, die sie für den Fall, daß sie irgendwelche Leute träfen, mit sich führte, um nicht in ihrer beschmutzten Reisekleidung auftreten zu müssen. Anschließend ging sie hinüber, um nach Roshario zu sehen. Sie lächelte Darvalo zu, der vor dem Eingang saß, und als sie eintrat und sich der auf dem Bett liegenden Frau näherte, nickte sie Dolando zu. Sie untersuchte sie kurz, um sich zu vergewissern, daß alles in Ordnung war.

»Sollte sie noch immer schlafen?« fragte Dolando besorgt.

»Es geht ihr gut. Sie wird noch eine ganze Weile weiterschlafen.« Ayla warf einen Blick auf ihren Medizinbeutel und kam zu dem Schluß, daß jetzt die beste Zeit wäre, einige frische Zutaten für einen belebenden Tee zu besorgen, der Roshario helfen würde, den von dem Stechapfelabsud bewirkten Schlaf abzuschütteln. »Als wir herkamen, habe ich eine Linde gesehen. Ich brauche ein paar Blüten für einen Tee für sie und, wenn ich sie finde, noch einige andere Pflanzen. Falls Roshario aufwacht, bevor ich zurück bin, kannst du ihr ein bißchen Wasser geben. Du mußt damit rechnen, daß sie ein wenig verwirrt und benommen ist. Die Schienen sollen ihren Arm gerade halten, aber achte darauf, daß sie ihn nicht zu stark bewegt.«

»Wirst du dich zurechtfinden?« fragte Dolando. »Vielleicht solltest du Darvo mitnehmen.«

Ayla war sicher, daß sie sich mühelos zurechtfinden würde, aber sie beschloß, den Jungen trotzdem mitzunehmen. Bei all dem Bemühen um Roshario hatte sich niemand um ihn gekümmert, und auch er machte sich Sorgen um sie.

»Danke, das werde ich tun«, sagte sie.

Darvalo hatte das Gespräch mitgehört und war bereits aufgestanden, offensichtlich erfreut, daß er von Nutzen sein konnte.

»Ich glaube, ich weiß, wo eine Linde steht«, sagte er. »Um diese Jahreszeit schwirrt immer eine Menge Bienen darum herum.«

»Das ist die beste Zeit zum Pflücken der Blüten«, sagte Ayla, »wenn sie wie Honig riechen. Weißt du, wo ich einen Korb finde, in dem ich sie zurückbringen kann?«

»Roshario hebt ihre Körbe hier hinten auf«, sagte Darvalo und führte Ayla zu einem Lagerplatz hinter der Behausung. Sie wählte zwei davon aus.

Als sie unter dem Überhang hervortraten, bemerkte Ayla, daß Wolf sie beobachtete, und rief ihn zu sich. Ihr war nicht recht wohl bei dem Gedanken, ihn schon jetzt allein bei diesen Leuten zurückzulassen, obwohl sich die Kinder beschwerten, als er sie verließ. Später, wenn alle die Tiere besser kannten, würde es vielleicht gehen.

Jondalar stand mit zwei Männern bei den Pferden. Ayla ging auf sie zu, um Bescheid zu sagen, wohin sie wollte. Wolf rannte voraus, und alle drehten sich um und sahen zu, wie er und Winnie die Nasen aneinander rieben und die Stute leise wieherte. Dann nahm der Wolf eine spielerische Pose ein und begrüßte den Hengst mit einem kurzen Welpengekläff, Renner hob den Kopf zu einem Wiehern und stampfte, gleichfalls spielerisch, mit einem Huf auf den Boden. Dann kam die Stute auf Ayla zu und legte ihr den Kopf auf die Schulter. Ayla schlang die Arme um Winnies Hals, und sie lehnten sich in einer vertrauten Geste aneinander. Renner tat ein paar Schritte vorwärts und stieß sie beide mit der Nase an. Auch ihn verlangte nach ihrer Berührung. Sie umschlang seinen Hals, dann streichelte und klopfte sie ihn.

»Ich sollte dich vorstellen, Ayla«, sagte Jondalar.

Sie wendete sich den beiden Männern zu. Der eine war fast so groß wie Jondalar, aber schlanker, der andere war kleiner und älter, aber die Ähnlichkeit zwischen beiden war unverkennbar. Der kleinere trat als erster vor und streckte ihr beide Hände entgegen.

»Ayla von den Mamutoi, das ist Carlono, der Anführer der Ramudoi von den Sharamudoi.«

»Im Namen Mudos, der Mutter von allem im Wasser und auf dem Lande, ich heiße dich willkommen, Ayla von den Mamutoi«, sagte Carlono. Er sprach sogar noch besser Mamutoi als Dolando, weil er nicht nur von Tholie unterwiesen worden war, sondern auch mehrere Handelsreisen zur Mündung des Großen Mutter Flusses unternommen hatte.

»Im Namen von Mut, ich danke dir für dein Willkommen, Carlono von den Sharamudoi«, entgegnete sie.

»Du mußt bald einmal zu unserem Dock herunterkommen«, sagte Carlono und dachte: Was für einen merkwürdigen Akzent sie hat. Ich glaube nicht, ihn schon einmal gehört zu haben, und ich habe viele gehört. »Jondalar hat mir erzählt, daß er dir eine Fahrt in einem richtigen Boot versprochen hat, nicht in einer von diesen komischen Mamutoi-Schüsseln.«

»Ich freue mich darauf«, sagte Ayla und bedachte ihn mit einem strahlenden Lächeln.

»Jondalar hat mir von euren Booten erzählt und von der Jagd auf Störe«, fuhr Ayla fort.

Beide Männer lachten, als hätte sie einen Scherz gemacht, und blickten auf Jondalar, der gleichfalls lächelte, aber leicht errötet war.

»Hat er dir je erzählt, wie er einen halben Stör gejagt hat?« fragte der junge Mann.

»Ayla von den Mamutoi«, warf Jondalar schnell ein, »dies ist Markeno von den Ramudoi, der Sohn von Carlonos Herdfeuer und Tholies Gefährte.«

»Willkommen, Ayla von den Mamutoi«, sagte Markeno zwanglos, da er wußte, daß sie bereits viele Male mit dem angemessenen Ritual begrüßt worden war. »Hast du Tholie schon kennengelernt? Sie wird sich freuen, daß du hier bist. Gelegentlich vermißt sie ihre Mamutoi-Verwandschaft.« Er beherrschte die Sprache seiner Gefährtin fast fließend.

»Ja, ich habe sie kennengelernt, und Shamio auch. Sie ist ein reizendes kleines Mädchen.«

Markeno strahlte. »Das finde ich auch, obwohl man das von der Tochter des eigenen Herdfeuers eigentlich nicht sagen sollte.« Dann wendete er sich an Darvalo. »Wie geht es Roshario?«

»Ayla hat ihren Arm wieder in Ordnung gebracht«, sagte er. »Sie ist eine Heilerin.«

»Jondalar sagte uns, daß sie den Bruch gerichtet hat«, sagte Carlono, um Unverbindlichkeit bemüht. Er würde abwarten, ob der Arm gut verheilte.

Ayla spürte die Zurückhaltung des Anführers der Ramudoi, doch in Anbetracht der Umstände war sie nicht überraschend. So gern sie Jondalar auch haben mochten, für sie war sie eine Fremde.

»Darvalo und ich wollen ein paar Pflanzen holen, die ich unterwegs gesehen habe«, sagte Ayla. »Roshario schläft noch, aber wenn sie aufwacht, möchte ich einen Tee für sie bereit haben. Dolando ist bei ihr. Außerdem gefällt mir das Aussehen von Renners Augen nicht. Später werde ich nach diesen weißen Pflanzen suchen und seine Augen behandeln, aber dafür habe ich jetzt keine Zeit. Du könntest versuchen, sie mit kaltem Wasser zu spülen«, sagte sie. Dann lächelte sie allen zu, bedeutete Wolf und Darvalo mitzukommen und strebte auf den Rand der Ausbuchtung zu.

Der Blick von dem Pfad am Ende der Felswand war nicht weniger grandios, als er es beim erstenmal gewesen war. Sie mußte den Atem anhalten, als sie hinunterschaute, aber sie konnte der Versuchung nicht widerstehen. Sie ließ sich von Darvalo den Weg zeigen und war froh, daß sie es getan hatte, als er sie auf eine Abkürzung hinwies. Der Wolf erkundete die Umgebung des Pfades, jagte aufreizenden Düften nach, dann kehrte er zu ihnen zurück. Als er die ersten paar Male unvermittelt wieder auftauchte, erschrak der Junge, aber dann gewöhnte er sich an sein Kommen und Gehen.

Die große alte Linde verkündete ihr Vorhandensein schon lange, bevor sie sie erreichten, mit einem üppigen, an Honig erinnernden Duft und lautem Bienengesumm. Der Baum kam in Sicht, als sie eine Biegung des Pfades hinter sich gebracht hatten, und sie sahen die kleinen gelblichgrünen Blüten mit den länglichen, flügelartigen Vorblättern, von denen der süße Duft ausging. Die Bienen waren so mit dem Sammeln von Nektar beschäftigt, daß sie die Leute, die sie störten, in Ruhe ließen, obwohl Ayla aus den Blüten, die sie pflückte, etliche von ihnen herausschütteln mußte. Die Insekten flogen einfach zum Baum zurück und suchten sich andere Blüten.

»Warum ist das für Roshario besonders gut?« fragte Darvalo. »Lindenblütentee wird doch oft getrunken.«

»Er schmeckt gut, nicht wahr? Aber er ist auch sehr hilfreich. Wenn du aufgeregt bist oder nervös oder sogar wütend, kann er sehr beruhigend wirken; wenn du müde bist, weckt er dich auf und regt dich an. Er kann ein Kopfweh verschwinden lassen und Magenbeschwerden lindern. Roshario wird unter alledem leiden, wegen des Trankes, den ich ihr gegeben habe, damit sie einschläft.«

»Ich habe nicht gewußt, daß er all das tun kann«, sagte der Junge und blickte noch einmal auf den vertrauten, ausladenden Baum mit der glatten, dunkelbraunen Rinde, beeindruckt von dem Gedanken, daß in etwas so Gewöhnlichem so viele unbekannte Eigenschaften steckten.

»Es gibt noch einen anderen Braum, den ich gern finden würde, Darvalo, aber ich weiß nicht, wie er auf Mamutoi heißt«, sagte Ayla. »Es ist ein kleiner Baum, der manchmal als Strauch wächst. Er hat Dornen, und die Blätter haben ungefähr die Form einer Hand mit Fingern. Im Frühsommer trägt er Büschel von weißen Blüten und um diese Zeit runde rote Beeren.«

»Es ist kein Rosenstrauch, den du suchst, oder?«

»Nein, aber das kommt der Sache schon sehr nahe. Der Baum, den ich suche, ist normalerweise größer als ein Rosenstrauch, aber die Blüten sind kleiner, und die Blätter sehen anders aus.«

Davalo dachte angestrengt nach, dann lächelte er plötzlich. »Ich glaube, ich weiß, was du meinst, und ein paar davon wachsen gar nicht weit von hier. Im Frühjahr pflücken wir immer die Blattknospen und essen sie im Vorübergehen.«

»Ja, das hört sich richtig an. Kannst du mich hinbringen?«

Wolf war nicht in Sicht, deshalb pfiff Ayla nach ihm. Er erschien fast unverzüglich und blickte erwartungsvoll zu ihr auf. Sie bedeutete ihm, ihr zu folgen. Sie gingen ein Stück weiter, bis sie zu einer Gruppe von Weißdornen kamen.

»Das ist genau das, wonach ich gesucht habe, Darvalo«, sagte Ayla. »Ich war nicht sicher, ob meine Beschreibung deutlich genug war.«

»Wofür sind sie gut?« fragte er, als sie Beeren und ein paar Blätter pflückten.

»Die sind für das Herz. Sie kräftigen es, regen es an, bewirken, daß es gut schlägt – aber sie sind milde, für ein gesundes Herz. Jemand, der ein schwaches Herz hat, braucht eine stärkere Medizin«, sagte Ayla. Sie versuchte, die richtigen Worte zu finden, damit der junge Mann verstand, was sie aus Beobachtung und Erfahrung wußte. Sie hatte von Iza in einer Sprache gelernt, die schwer zu übersetzen war. »Sie sind auch gut in Verbindung mit anderen Kräutern. Sie sorgen dafür, daß sie besser wirken.«

Darvalo stellte fest, daß es Spaß machte, mit Ayla Pflanzen zu sammeln. Sie wußte alle möglichen Dinge, von denen sonst niemand eine Ahnung hatte, und sie war bereit, ihm alles zu erklären. Auf dem Rückweg blieb sie an einer trockenen, sonnigen Böschung stehen, und pflückte ein paar angenehm duftende, purpurrote Ysopblüten. »Wofür sind die?« fragte er.

»Sie klären die Brust, helfen beim Atmen. Und diese«, sagte sie, als sie von einem nahebei wachsenden Habichtskraut ein paar flaumig behaarte Blätter abpflückte, »wirken allgemein anregend. Sie sind ziemlich stark und schmecken nicht sonderlich gut, deshalb nehme ich nur wenig davon. Ich will ihr etwas zu trinken geben, was gut schmeckt, aber dies wird ihren Verstand klären und sie wieder wach machen.«

Ayla machte noch ein paar mal halt, um einen großen Strauß rosa Levkojen zu pflücken. Als Darvalo fragte, wofür die gut wären, erwartete er einen weiteren Hinweis auf medizinische Verwendbarkeit.

»Die nehme ich nur mit, weil sie hübsch duften. Ein paar davon verwende ich für den Tee, die anderen stelle ich in Wasser neben ihr Bett, damit sie sich wohlfühlt. Frauen lieben hübsche, angenehm duftende Dinge, Darvalo, besonders wenn sie krank sind.«

Darvalo kam zu dem Schluß, daß auch er hübsche, angenehm duftende Dinge liebte, Ayla zum Beispiel. Ihm gefiel, daß sie ihn Darvalo nannte und nicht Darvo, wie alle anderen. Es machte ihm nicht viel aus, wenn Dolando oder Jondalar ihn so nannten, aber es war nett von ihr, daß sie seinen Erwachsenennamen benutzte. Auch ihre Stimme hörte sich hübsch an, obwohl sie manche Worte ein bißchen komisch aussprach. Aber das bewirkte nur, daß man besonders aufmerksam zuhörte, wenn sie etwas sagte, und nach einer Weile dachte man nur noch daran, wie angenehm ihre Stimme klang.

Es hatte eine Zeit gegeben, in der er sich mehr als alles andere gewünscht hatte, daß Jondalar sich mit seiner Mutter zusammentun und bei den Sharamudoi bleiben würde. Der Gefährte seiner Mutter war gestorben, als er noch klein war, und bis der Zelandonii kam, hatte kein weiterer Mann mit ihnen zusammengelebt. Jondalar hatte ihn behandelt wie den Sohn seines eigenen Herdfeuers – er hatte sogar angefangen, ihn in der Bearbeitung von Feuerstein zu unterweisen –, und als er abreiste, war Darvalo sehr traurig gewesen.

Er hatte gehofft, daß Jondalar zurückkommen würde, aber im Grunde hatte er nie damit gerechnet. Als seine Mutter mit Gulec, dem Mamutoi-Mann, ging, war er sicher, daß der Zelandonii-Mann, falls er wirklich zurückkehrte, keinen Grund mehr haben würde, zu bleiben. Aber nun, wo er tatsächlich gekommen war, mit einer anderen Frau, brauchte seine Mutter nicht hier zu sein. Alle mochten Jondalar, und vor allem seit Rosharios Unfall hatten alle davon gesprochen, wie dringend sie einen Heiler oder eine Heilerin brauchten. Er war sicher, daß Ayla eine gute Heilerin war. Es wäre schön, wenn sie beide hier blieben, dachte er.

»Sie ist einmal aufgewacht«, erklärte Dolando, sowie Ayla die Behausung betrat. »Jedenfalls glaube ich es. Vielleicht hat sie sich auch nur im Schlaf bewegt. Dann hat sie sich wieder beruhigt, und jetzt schläft sie wieder.«

Der Mann war erleichtert, sie zu sehen, aber offensichtlich wollte er sich das nicht anmerken lassen. Im Gegensatz zu Talut, der vollkommen offen und liebenswürdig gewesen war und dessen Anführerschaft auf der Stärke seines Charakters beruhte, auf seiner Bereitschaft, zuzuhören, unterschiedliche Meinungen gelten zu lassen und Kompromisse herbeizuführen – und dessen Stimme so kräftig war, daß er sich selbst in einer hitzigen Debatte Gehör verschaffen konnte –, erinnerte Dolando sie eher an Brun. Er war zurückhaltender, und obwohl auch er ein guter Zuhörer war, der eine Situation sorgfältig bedachte, stellte er seine Gefühle nicht gern zur Schau. Aber Ayla war es gewohnt, auch die unbewußten Gesten eines Mannes zu deuten.

Wolf kam mit ihr herein und begab sich in seine Ecke, ohne daß sie ihn dazu auffordern mußte. Sie stellte ihren Korb mit den gesammelten Blättern und Blüten ab, um Roshario zu untersuchen, dann wendete sie sich an den besorgten Mann. »Sie wird bald aufwachen, aber ich glaube, ich habe noch genügend Zeit, einen Tee zuzubereiten, den sie dann trinken muß.«

Dolando hatte den Duft der Blüten gerochen, sobald Ayla eingetreten war, und von der dampfenden Flüssigkeit, die sie aus ihnen zubereitete, ging der gleiche angenehme Duft aus. Obwohl sie den Tee für Roshario aufgegossen hatte, brachte sie auch ihm einen Becher voll.

»Wofür ist der?« fragte er.

»Ich habe ihn gemacht, damit Roshario besser aufwachen kann, aber auch du wirst feststellen, daß er dich erfrischt.«

Er trank einen Schluck, erwartete eine leichte Blütenessenz und war überrascht, als ein süßlicher Geschmack mit sehr viel würzigem Aroma seinen Mund füllte. »Der schmeckt gut!« sagte er. »Was ist darin?«

»Frag Darvalo. Er wird es dir gern erzählen.«

Der Mann nickte; er hatte ihren Hinweis verstanden. »Ich sollte mich mehr um ihn kümmern. Ich habe mir solche Sorgen um Roshario gemacht, daß ich kaum an etwas anderes denken konnte, und ich bin sicher, daß auch er sich Sorgen gemacht hat.«

Ayla lächelte. Allmählich wurden ihr die Eigenschaften deutlich, die ihn zum Anführer seiner Gruppe gemacht hatten. Ihr gefiel seine schnelle Auffassungsgabe, und sie begann, ihn zu mögen. Roshario gab einen Laut von sich, und sofort wendeten ihr beide ihre Aufmerksamkeit zu.

»Dolando?« sagte sie mit schwacher Stimme.

»Ich bin hier«, sagte er. »Wie fühlst du dich?«

»Ein bißchen benommen, und ich hatte einen ganz merkwürdigen Traum«, sagte sie.

»Ich habe etwas zu trinken für dich.« Die Frau verzog das Gesicht – sie erinnerte sich an den letzten Trank, den Ayla ihr gegeben hatte. »Es wird dir schmecken. Hier, riech einmal«, sagte Ayla und hielt den Becher so, daß ihr das Aroma in die Nase steigen konnte. Das Stirnrunzeln verschwand, und die Medizinfrau hob Rosharios Kopf an und hielt ihr den Becher an die Lippen.

»Das tut gut«, sagte Roshario nach ein paar kleinen Schlucken, dann trank sie mehr. Als sie ausgetrunken hatte, legte sie sich zurück und schloß die Augen, schlug sie aber bald wieder auf. »Mein Arm! Was ist mit meinem Arm?«

»Wie fühlt er sich an?« fragte Ayla.

»Er tut ein bißchen weh, aber nicht so stark wie vorher und irgendwie anders«, sagte sie. »Ich möchte ihn sehen.« Sie drehte den Kopf, um auf ihren Arm zu schauen, dann versuchte sie, sich aufzusetzen.

»Ich helfe dir«, sagte Ayla und stützte sie.

»Er ist gerade! Mein Arm sieht wieder richtig aus. Du hast es geschafft«, sagte die Frau. Dann legte sie sich wieder hin, und Tränen traten ihr in die Augen. »Jetzt muß ich keine unnütze alte Frau sein.«

»Es kann sein, daß du ihn nicht voll gebrauchen kannst«, warnte Ayla, »aber er ist gerade gerichtet und kann jetzt richtig verheilen.«

»Dolando, kannst du dir das vorstellen? Jetzt wird alles wieder gut«, schluchzte sie, aber sie weinte vor Freude und Erleichterung.

SIEBZEHNTES KAPITEL

»Ganz vorsichtig«, sagte Ayla und half, Roshario zu Jondalar und Markeno hinzuschieben, die gebückt an beiden Seiten ihres Lagers standen. »Die Schlinge wird deinen Arm stützen und ihn an Ort und Stelle halten, aber achte darauf, daß du ihn dicht am Körper trägst.«

»Bist du sicher, daß sie jetzt schon aufstehen kann?« fragte Dolando Ayla mit besorgtem Gesicht.

»Ich bin sicher«, sagte Roshario. »Ich habe ohnehin schon viel zu lange auf diesem Bett gelegen. Ich möchte Jondalars Willkommensfeier nicht verpassen.«

»So lange sie sich nicht überanstrengt, wird es ihr gut tun, eine Weile bei den anderen zu sein«, sagte Ayla. Dann wendete sie sich an Roshario. »Aber nicht zu lange. Jetzt ist Ruhe die beste Medizin.«

»Ich möchte nur zur Abwechslung einmal alle glücklich sehen. Jeder, der mich besuchte, kam mit einer Trauermiene. Ich möchte, daß alle wissen, daß ich wieder gesund werde«, sagte die Frau und schob sich vom Bett herunter in die wartenden Arme der beiden Männer.

»Langsam, und Vorsicht mit der Schlinge«, sagte Ayla. Roshario legte ihren gesunden Arm um Jondalars Hals. »Gut so, und nun hebt sie hoch.«

Die beiden Männer erhoben sich mit der Frau zwischen sich und bewegten sich ein Stückchen vorwärts, damit sie sich unter dem schrägen Dach der Behausung aufrichten konnten. Sie waren ungefähr gleich groß und hatten keine Mühe, sie zu tragen. Obwohl Jondalar offensichtlich der muskulösere von beiden war, war auch Markeno ein kräftiger junger Mann. Sein schlanker Körperbau täuschte über seine Kraft hinweg, aber das Rudern von Booten und das Hantieren mit den riesigen Stören, auf die die Ramudoi regelmäßig Jagd machten, hatte seine drahtigen Muskeln geschmeidig gemacht.

»Wie fühlst du dich?« fragte Ayla.

»In die Luft erhoben«, sagte Roshario und lächelte erst den einen und dann den anderen der jungen Männer an. »Von hier oben hat man eine ganz andere Aussicht.«

»Du bist also bereit?«

»Wie sehe ich aus, Ayla?«

»Tholie hat gute Arbeit geleistet, als sie dir das Haar kämmte. Ich finde, du siehst ausgezeichnet aus«, sagte Ayla.

»Ich fühle mich auch wohler, seit ihr mich gewaschen habt. Vorher war mir überhaupt nicht nach Waschen und Kämmen zumute. Das muß bedeuten, daß es mir besser geht«, sagte Roshario.

»Das liegt zum Teil an der Schmerzmedizin, die ich dir gegeben habe. Die Wirkung wird bald nachlassen. Sag mir auf jeden Fall Bescheid, wenn die Schmerzen wieder sehr stark werden. Versuche nicht, sie tapfer zu ertragen. Und sag mir auch Bescheid, wenn du müde wirst«, sagte Ayla.

»Das tue ich. Und jetzt kann es losgehen.«

»Seht mal, wer da kommt!«

»Es ist Roshario!«

»Es scheint ihr besser zu gehen.« Mehrere Stimmen wurden laut, als Roshario aus der Behausung herausgetragen wurde.

»Setzt sie hier ab«, sagte Tholie. »Ich habe einen Platz für sie vorbereitet.«

Vor langer Zeit war von dem Sandstein-Überhang ein großes Stück abgebrochen und dorthin gefallen, wo sich jetzt der Versammlungsplatz befand. Tholie hatte eine Bank davorgestellt und sie mit Fellen bedeckt. Die Männer brachten Roshario dorthin und ließen sie sanft herunter.

»Hast du es bequem?« fragte Markeno, nachdem sie sie auf dem gepolsterten Sitz untergebracht hatten.

»Ja, ja, es ist alles in Ordnung«, sagte sie. Sie war nicht gewohnt, daß man soviel Aufhebens um sie machte.

Wolf war ihnen aus der Behausung heraus gefolgt, und sobald Roshario saß, legte er sich neben sie. Roshario war überrascht, aber als sie sah, wie er sie anschaute und jeden beobachtete, der sich ihr näherte, hatte sie das seltsame, aber eindeutige Gefühl, daß er sie beschützen wollte.

»Ayla, was macht der Wolf bei Roshario? Ich glaube, du solltest ihn von ihr fortholen«, sagte Dolando, der sich fragte, weshalb das Tier bei einer Frau sein wollte, die noch immer so schwach und verletzlich war. Er wußte, daß Wolfsrudel häufig Jagd auf die alten, kranken und schwachen Angehörigen einer Herde machten.

»Nein, hole ihn nicht fort«, sagte Roshario, streckte ihren gesunden Arm aus und strich dem Wolf über den Kopf. »Ich glaube nicht, daß er mir etwas zuleide tun will, Dolando. Ich glaube eher, er will auf mich aufpassen.«

»Das glaube ich auch, Roshario«, sagte Ayla. »Im Löwen-Lager gab es einen Jungen, ein schwaches, kränkliches Kind, und Wolf fühlte sich zu ihm besonders hingezogen und wollte ihn immer beschützen. Ich glaube, er spürt, daß du jetzt schwach bist, und will dich beschützen.«

»War das nicht Rydag?« sagte Tholie. »Der Junge, den Nezzie adoptierte und der...« – sie hielt plötzlich inne, erinnerte sich an Dolandos heftige und unvernünftige Gefühle – »... ein Außenseiter war?«

Ayla war ihr Zögern nicht entgangen, und sie wußte, daß Tholie nicht das gesagt hatte, was sie eigentlich hatte sagen wollen. Sie fragte sich, warum.

»Lebt er noch bei ihnen?« fragte Tholie.

»Nein«, sagte Ayla. »Er ist im Frühsommer gestorben, während des Sommertreffens.« Ihre Stimme verriet, daß die Erinnerung an Rydags Tod sie noch immer betroffen und traurig machte.

In Tholie kämpfte die Neugierde mit dem Gefühl, daß Zurückhaltung angebracht war; sie hätte gern mehr Fragen gestellt, aber es war nicht die rechte Zeit, sich nach diesem Kind zu erkundigen. »Hat denn niemand Hunger? Warum essen wir nicht?« sagte sie.

Als alle satt waren, einschließlich Roshario, die nicht viel aß, wenn auch mehr, als sie seit geraumer Zeit zu sich genommen hatte, versammelten sich die Leute mit Bechern voll Tee oder leicht vergorenem Löwenzahnwein um das Feuer. Jetzt war die Zeit gekommen, Geschichten zu erzählen, über Abenteuer zu berichten und vor allem mehr über ihre Gäste und ihre ungewöhnlichen Reisegefährten zu erfahren.

Sämtliche Sharamudoi waren anwesend, ausgenommen die wenigen, die auf Reisen waren: die Shamudoi, die das ganze Jahr hindurch in ihrem geschützten Lager auf dem Land lebten, und ihre auf dem Fluß lebenden Verwandten, die Ramudoi, die die wärmere Jahreszeit auf einem schwimmenden, unten am Fluß verankerten Dock verbrachten, aber im Winter auf die hochgelegene Terrasse heraufkamen und die Behausungen mit den Paaren teilten, mit denen sie sich zeremoniell verbunden hatten. Die Partnerpaare galten als einander so nahestehend wie Gefährten, und die Kinder beider Familien wurden als Geschwister betrachtet.

Es war das merkwürdigste Arrangement, das Jondalar je begegnet war, aber es erfüllte seinen Zweck, weil auf diese Weise enge verwandtschaftliche Bindungen geschaffen wurden – ein einzigartiges Verhältnis, von dem beide Seiten profitierten. Zwischen den beiden Gruppen gab es zahlreiche praktische und rituelle Gemeinsamkeiten, aber in erster Linie war es Sache der Shamudoi, die Produkte des Landes zu beschaffen und für eine sichere Unterkunft im Winter zu sorgen; die Produkte des Flusses dagegen und das Reisen zu Wasser waren Sache der Ramudoi.

Die Sharamudoi betrachteten Jondalar als Verwandten, aber er war nur durch seinen Bruder mit ihnen verwandt. Als Thonolan sich in eine Shamudoi-Frau verliebte, hatte er ihre Lebensweise übernommen und sich dafür entschieden, einer von ihnen zu werden. Jondalar hatte ebensolange bei ihnen gelebt und sie als Familienangehörige betrachtet. Auch er hatte sich ihrer Lebensweise angepaßt, sich ihnen aber nie in ritueller Form angeschlossen. Er hatte sich nicht entschließen können, für immer bei ihnen zu bleiben. Sein Bruder war ein Sharamudoi geworden, aber Jondalar war nach wie vor ein Zelandonii. Die Abendunterhaltung begann, wie nicht anders zu erwarten, mit Fragen nach seinem Bruder.

»Was ist geschehen, nachdem du mit Thonolan von hier fortgegangen warst?« fragte Markeno.

Jondalar wußte, daß Markeno ein Recht darauf hatte, es zu erfahren, so schmerzlich es auch für ihn sein mochte. Markeno und Tholie waren das

Partnerpaar von Thonolan und Jetamio gewesen; Markeno war so nahe mit ihm verwandt wie er, und er war ein von derselben Mutter geborener Bruder gewesen. Kurz zusammengefaßt erzählte er, wie sie in dem Boot, das Carlono ihnen gegeben hatte, den Fluß hinabgefahren und in welche gefährliche Situationen sie geraten waren, und berichtete über ihr Zusammentreffen mit Brecie, der Anführerin des Weiden-Lagers.

»Wir sind verwandt«, sagte Tholie. »Sie ist eine Base von mir.«

»Das habe ich später erfahren, als wir im Löwen-Lager lebten, aber schon bevor sie wußte, daß wir zur Familie gehören, war sie sehr gut zu uns«, sagte Jondalar. »Deshalb beschloß Thonolan, nach Norden zu reisen und andere Mamutoi-Lager zu besuchen. Er redete davon, mit ihnen auf die Mammutjagd zu gehen. Ich versuchte, ihm das auszureden und ihn zu bewegen, mit mir die Heimreise anzutreten. Wir hatten das Ende des Großen Mutter Flusses erreicht, und er hatte immer davon gesprochen, daß er bis dahin kommen wollte.« Der hochgewachsene Mann schloß die Augen und schüttelte den Kopf, als versuchte er, die Tatsachen zu leugnen, dann ließ er gequält den Kopf sinken. Die Leute warteten, teilten seinen Schmerz.

»Aber es waren nicht die Mamutoi«, fuhr er nach einer Weile fort. »Das war nur ein Vorwand. Er kam einfach nicht über Jetamios Tod hinweg. Er wollte nichts anderes, als ihr in die nächste Welt folgen. Er erklärte mir, er würde reisen, bis die Mutter ihn zu sich holte. Er wäre bereit, sagte er, aber er war mehr als nur bereit. Ihn verlangte so sehr danach, daß er Risiken einging. Und deshalb ist er gestorben. Ich habe nicht genügend auf ihn achtgegeben. Es war töricht von mir, ihm zu folgen, als er der Löwin folgte, die ihm seine Beute gestohlen hatte. Wenn Ayla nicht gewesen wäre, wäre ich mit ihm gestorben.«

Jondalars letzte Bemerkung erregte die Neugier aller, aber niemand wollte ihm Fragen stellen, die ihn zwangen, noch länger bei diesem schmerzlichen Thema zu verweilen. Schließlich brach Tholie das Schweigen: »Wie hast du Ayla kennengelernt? Warst du in der Nähe des Löwen-Lagers?«

Jondalar blickte auf und schaute erst Tholie und dann Ayla an. Er hatte Sharamudoi gesprochen und wußte nicht, wieviel sie verstanden hatten. Er wünschte, daß sie die Sprache so weit beherrsche, um ihre Geschichte selbst zu erzählen. Es war nicht leicht, alles zu erklären, oder vielmehr, die Erklärung glaubhaft zu machen. Je mehr Zeit vergangen war, desto unwirklicher schien alles zu werden, selbst für ihn, aber wenn Ayla erzählte, dann war es leichter zu fassen.

»Nein. Damals kannten wir das Löwen-Lager noch nicht. Ayla lebte allein in einem Tal, das mehrere Tagereisen vom Löwen-Lager entfernt lag«, sagte er.

»Allein?« fragte Rosharió.

»Nun, nicht ganz allein. Sie teilte ihre kleine Höhle mit Tieren, die ihr Gesellschaft leisteten.«

»Willst du damit sagen, daß sie damals einen Wolf wie diesen hier hatte?« fragte die Frau und streichelte dem Tier den Kopf.

»Nein. Wolf hatte sie damals noch nicht. Der kam erst, als wir bereits im Löwen-Lager lebten. Sie hatte Winnie.«

»Was ist Winnie?«

»Winnie ist der Name eines Pferdes.«

»Eines Pferdes? Du meinst, sie hatte auch ein Pferd?«

»Ja. Das dort, da drüben«, sagte Jondalar und deutete auf die Pferde, die sich gegen den rotgestreiften Abendhimmel abzeichneten.

Rosharios Augen weiteten sich vor Überraschung, was alle Anwesenden zum Lächeln brachte. Sie hatten die erste Verblüffung bereits hinter sich, aber Roshario hatte noch nichts von den Pferden gewußt. »Ayla lebte mit diesen beiden Pferden?«

»Nicht direkt. Ich war dabei, als der Hengst geboren wurde. Vorher lebte sie nur mit Winnie zusammen – und mit dem Höhlenlöwen«, beendete Jondalar fast unhörbar seinen Satz.

»Und mit wem?« Roshario wechselte in gebrochenes Mamutoi über.

»Ayla, das solltest du uns erzählen. Ich glaube, Jondalar ist verwirrt. Und Tholie kann für uns übersetzen.«

Ayla hatte Bruchstücke des Gesprächs verstanden, bat Jondalar aber mit einem Blick um Verdeutlichung. Jondalar war offensichtlich erleichtert.

»Ich fürchte, ich habe mich nicht ganz klar ausgedrückt, Ayla. Roshario möchte die Geschichte von dir selbst hören. Warum erzählst du ihnen nicht, wie du allein in deinem Tal gelebt hast mit Winnie und Baby, und wie du mich gefunden hast?« sagte er.

»Und warum hast du allein in einem Tal gelebt?« fragte Tholie.

»Das ist eine lange Geschichte«, sagte Ayla und holte tief Atem. Die Leute lächelten und setzten sich bequemer hin. Das war genau das, was sie hören wollten, eine lange und interessante neue Geschichte. Sie trank einen Schluck Tee und überlegte, wie sie beginnen sollte. »Ich habe Tholie schon erzählt, daß ich nicht weiß, wer meine Eltern waren. Sie starben bei einem Erdbeben, als ich noch ein kleines Mädchen war, und ich wurde vom Clan gefunden und aufgezogen. Iza, die Frau, die mich fand, war eine Medizinfrau, eine Heilerin, und sie hat mich von kleinauf unterwiesen.«

Nun, das erklärte, wieso eine junge Frau über derartige Fähigkeiten verfügt, dachte Dolando, während Tholie übersetzte. Dann fuhr Ayla mit ihrer Erzählung fort.

»Ich lebte mit Iza und ihrem Bruder Creb; ihr Gefährte war bei demselben Erdbeben ums Leben gekommen, dem meine Leute zum Opfer fielen. Creb war so etwas wie der Mann des Herdfeuers, er half, mich aufzuziehen. Iza ist vor ein paar Jahren gestorben, aber bevor sie starb, sagte sie mir, ich sollte fortgehen und nach meinen eigenen Leuten suchen. Ich tat es nicht. Ich konnte nicht fortgehen...« Ayla zögerte, war sich nicht sicher, wieviel sie erzählen sollte. »Damals nicht, aber später – nachdem Creb gestorben war – mußte ich fortgehen.«

Ayla hielt inne und trank einen weiteren Schluck Tee, während Tholie ihre Worte wiederholte, wobei sie einige Probleme mit den merkwürdigen Namen hatte. Das Erzählen hatte die starken Gefühle jener Zeit wieder aufgewühlt, und Ayla brauchte Zeit, um ihre Fassung zurückzugewinnen.

»Ich versuchte, meine eigenen Leute zu finden, wie Iza es gewollt hatte«, fuhr sie fort, »aber ich wußte nicht, wo ich nach ihnen suchen sollte. Ich suchte vom zeitigen Frühjahr bis weit in den Sommer hinein, ohne jemanden zu finden. Ich fragte mich, ob es mir je gelingen würde, und ich war des Umherwanderns müde. Dann kam ich in ein kleines, grünes Tal inmitten der trockenen Steppe, mit einem Bach, der mitten hindurchfloß, und sogar einer kleinen Höhle. Dort gab es alles, was ich brauchte – außer Menschen. Ich wußte nicht, ob ich noch jemanden finden würde, aber ich wußte, daß der Winter bevorstand, und wenn ich mich nicht auf ihn vorbereitete, würde ich ihn nicht überleben. Deshalb beschloß ich, bis zum nächsten Frühjahr in dem Tal zu bleiben.«

Die Leute waren von ihrer Geschichte gefesselt, machten Bemerkungen, nickten zustimmend, erklärten, sie hätte recht, etwas anderes hätte sie gar nicht tun können. Ayla erzählte, wie sie ein Pferd in der Fallgrube gefangen hatte und dann feststellte, daß es eine nährende Stute war, und wie sie später ein Rudel Hyänen beobachtete, die das Fohlen reißen wollten. »Ich konnte einfach nicht anders«, sagte sie. »Das Fohlen war noch ganz jung und hilflos. Ich jagte die Hyänen davon und nahm das Fohlen mit in meine Höhle. Und ich bin froh, daß ich es getan habe. Die junge Stute teilte meine Einsamkeit und machte sie erträglicher. Wir wurden Freunde.«

Zumindest die Frauen konnten verstehen, daß man sich zu einem hilflosen Säugling hingezogen fühlte, selbst wenn dieser Säugling ein Pferd war. Die Art, wie Ayla die Geschichte erzählte, machte sie völlig begreiflich, auch wenn sie noch nie davon gehört hatten, daß jemand ein Tier adoptierte. Aber es waren nicht nur die Frauen, die gefesselt waren. Jondalar beobachtete die Leute. Männer und Frauen hörten gleichermaßen interessiert zu, und ihm wurde klar, daß Ayla ein gute Geschichtenerzählerin geworden war. Sogar er war gebannt, obwohl er die Geschichte kannte. Er beobachtete sie genau, versuchte herauszufinden, weshalb ihr alle so interessiert zuhörten, und stellte fest, daß sie außer Worten auch beredte Gesten gebrauchte.

Das war keine bewußte Bemühung oder gar Effekthascherei. Als Ayla aufwuchs, hatte sie sich auf die Art des Clans mit anderen verständigt, und deshalb war es ganz natürlich für sie, nicht nur mit Worten, sondern auch mit Gesten zu sprechen, aber als sie auch Vogelrufe und das Wiehern der Pferde einbezog, waren ihre Zuhörer verblüfft. Als sie allein in ihrem Tal lebte und nichts hörte als die in ihrer Nähe lebenden Tiere, hatte sie angefangen, sie nachzuahmen, und gelernt, ihre Laute getreu wiederzugeben.

Als sie weitererzählte und vor allem, als sie berichtete, wie sie dazu überging, das junge Pferd zu reiten und zu dressieren, konnte selbst Tholie Aylas Worte kaum schnell genug übersetzen, weil alle hören wollten, wie es weiterging. Die junge Frau sprach beide Sprachen sehr gut, aber auch sie war nicht imstande, das Wiehern eines Pferdes nachzuahmen oder die verblüffend naturgetreuen Vogelrufe, aber das war auch nicht nötig. Sie verstanden die Laute, wenn sie in die Geschichte paßten, aber sie warteten auf Tholies Übersetzung, um zu hören, was ihnen entgangen war.

Ayla wartete auf Tholies Worte ebenso wie alle übrigen, wenn auch aus einem ganz anderen Grund. Ihre Fähigkeit, sehr schnell neue Sprachen zu erlernen, hatte Jondalar beeindruckt, als er ihr beibrachte, die seine zu sprechen. Er wußte nicht, daß sie ihre Sprachbegabung einem einzigartigen Umstand zu verdanken hatte. Um unter Leuten bestehen zu können, die aus den Erinnerungen ihrer Vorfahren lernten, die von Geburt an in ihren Gehirnen als eine Art bewußten Instinkts gespeichert waren, war das Mädchen von den anderen gezwungen gewesen, ihre eigene Erinnerungsfähigkeit herauszubilden. Um von den Angehörigen des Clans nicht für blöde gehalten zu werden, hatte sie lernen müssen, sich schnell zu erinnern.

Bevor sie adoptiert wurde, war sie ein ganz normales, geschwätziges kleines Mädchen gewesen, und obwohl sie ihre Sprechfähigkeit verloren hatte, als sie begann, auf die Art des Clans zu reden, blieb die Anlage vorhanden. Ihr starkes Verlangen, das Sprechen mit Wörtern von neuem zu erlernen, damit sie sich mit Jondalar unterhalten konnte, hatte einer natürlichen Fähigkeit neuen Auftrieb gegeben. Nachdem der Anfang einmal gemacht war, entwickelte sich der unbewußte Vorgang weiter, als sie sich entschloß, im Löwen-Lager zu leben, und eine weitere Sprache erlernen mußte. Wörter blieben ihr im Gedächtnis, nachdem sie sie nur einmal gehört hatte, nur für Grammatik und Satzbau brauchte sie etwas länger. Aber die Sprache der Sharamudoi war ähnlich aufgebaut wie die der Mamutoi, und viele Wörter ähnelten sich. Ayla hörte aufmerksam zu, wie Tholie ihre Worte übersetzte, und während sie ihre Geschichte erzählte, lernte sie gleichzeitig die Sprache.

So faszinierend ihre Geschichte über die Adoption eines Fohlens auch war – als Ayla berichtete, wie sie das verletzte Höhlenlöwenjunge gefunden hatte, mußte Tholie sie bitten, die Erzählung noch einmal zu wiederholen. Vielleicht vermochte die Einsamkeit jemanden dazu zu bringen, mit einem grasfressenden Pferd zusammenzuleben – aber mit einem gewaltigen Raubtier? Ein ausgewachsener männlicher Höhlenlöwe war, wenn er auf allen vieren ging, fast so groß wie ein Steppenpferd und wesentlich massiger. Tholie wollte wissen, wie sie auch nur daran hatte denken können, ein Löwenjunges aufzunehmen.

»Damals war er nicht groß, nicht einmal so groß wie ein kleiner Wolf, noch ein richtiges Baby – und er war verletzt.«

Obwohl Ayla ein kleineres Tier hatte beschreiben wollen, richteten sich alle Blicke auf den neben Roshario liegenden Wolf. Wolf gehörte einer nördlichen Rasse an und war selbst für deren Verhältnisse ein ungewöhnlich großes Tier. Der Gedanke, einen Löwen von dieser Größe um sich zu haben, war für alle unvorstellbar.

»Der Name, den sie ihm gab, bedeutete Baby, und so nannte sie ihn auch noch, als er voll ausgewachsen war. Er war das größte Baby, das ich je gesehen habe«, erklärte Jondalar unter beifälligem Gekicher.

Jondalar lächelte, aber dann steuerte er eine eher ernüchternde Tatsache bei. »Später fand ich das auch noch belustigend, aber an meiner ersten Begegnung mit ihm war nichts Komisches. Baby war der Löwe, der Thonolan tötete und auch mich fast getötet hätte.« Dolando warf einen besorgten Blick auf den Wolf an der Seite seiner Gefährtin. »Aber was kann man erwarten, wenn man einen Löwen in seinem Versteck aufstört? Wir hatten zwar gesehen, daß seine Gefährtin fortgegangen war, und wußten nicht, daß Baby drinnen war, aber es war trotzdem ungeheuer leichtsinnig. Wie sich herausstellte, hatte ich Glück, daß es sich um diesen besonderen Löwen handelte.«

»Wie meinst du das – du hattest Glück?« fragte Markeno.

»Ich war schwer verletzt und bewußtlos, aber Ayla konnte ihn aufhalten, bevor er mich umbrachte«, sagte Jondalar.

Alle Blicke richteten sich auf die Frau. »Wie konnte sie einen Löwen aufhalten?« fragte Tholie.

»Ebenso wie sie auch Wolf und Winnie sagt, was sie tun sollen«, sagte Jondalar. »Sie befahl ihm, er sollte aufhören, und er hörte auf.«

Köpfe wurden ungläubig geschüttelt. »Woher willst du wissen, daß sie so etwas getan hat? Du hast gesagt, du wärest bewußtlos gewesen«, rief jemand.

Jondalar schaute auf, um zu sehen, wer gesprochen hatte. Es war ein junger Mann vom Fluß, den er nur flüchtig kannte. »Weil ich dasselbe später noch einmal erlebt habe, Rondo. Baby kam sie einmal besuchen, als ich mich noch von meiner Verletzung erholte. Er wußte, daß ich ein Fremder war, und vielleicht erinnerte er sich daran, wie Thonolan und ich in sein Versteck eingedrungen waren. Auf jeden Fall wollte er nicht, daß ich mich in Aylas Höhle aufhielt, und setzte sofort zum Sprung an. Aber sie trat vor ihn und befahl ihm, es zu lassen. Und er ließ es. Es war fast komisch, wie er praktisch mitten im Sprung zurückwich, aber damals hatte ich viel zu viel Angst, um es komisch zu finden.«

»Wo ist dieser Höhlenlöwe jetzt?« fragte Dolando und warf abermals einen Blick auf Wolf. Ihm lag nicht das geringste daran, von einem Höhlenlöwen besucht zu werden, ganz gleich, welche Gewalt sie über ihn haben mochte.

»Er lebt sein eigenes Leben«, sagte Ayla. »Er blieb bei mir, bis er ausgewachsen war. Dann verließ er mich, wie auch manche Kinder es tun, um eine Gefährtin zu finden, und vermutlich hat er inzwischen mehrere. Auch Winnie hatte mich eine Zeitlang verlassen, aber sie ist zurückgekommen. Sie war trächtig, als sie zurückkehrte.«

»Was ist mit dem Wolf? Glaubst du, daß auch er dich eines Tages verlassen wird?« fragte Tholie.

Ayla stockte der Atem. Das war eine Frage, der sie bisher immer ausgewichen war. Sie war ihr mehr als einmal durch den Kopf gegangen, aber sie hatte sie immer beiseitegeschoben. Doch nun war sie offen ausgesprochen worden und mußte beantwortet werden.

»Wolf war noch ganz jung, als ich ihn fand. Ich glaube, er ist mit dem Glauben aufgewachsen, daß die Leute vom Löwen-Lager sein Rudel waren«, sagte sie. »Viele Wölfe bleiben bei ihrem Rudel, aber einige verlassen es und werden zu Einzelgängern und finden einen anderen Einzelgänger als Gefährten. Dann begründen sie ein neues Rudel. Wolf ist noch jung, fast noch ein Welpe. Er sieht älter aus, weil er so groß ist. Ich weiß nicht, was er tun wird, Tholie, aber manchmal mache ich mir Sorgen. Ich möchte nicht, daß er fortgeht.«

Tholie nickte. »Fortgehen ist immer schwer, sowohl für den, der geht, als auch für diejenigen, die zurückbleiben«, sagte sie und dachte an ihre eigene Entscheidung, ihre Leute zu verlassen und mit Markeno zusammenzuleben. »Ich weiß, wie mir zumute war. Sagst du nicht, du wärest von den Leuten fortgegangen, die dich aufgezogen haben? Wie hast du sie genannt? Clan? Von solchen Leuten habe ich nie gehört. Wo leben sie?«

»Sie leben auf einer Halbinsel im Beran-See«, erwiderte Ayla.

»Auf der Halbinsel? Ich wußte gar nicht, daß dort Leute leben. Das ist doch Flachschädel-Land...« Tholie brach ab. Das konnte doch nicht sein, das war einfach nicht möglich.

Tholie war nicht die einzige, die begriffen hatte, was das bedeutete. Roshario hielt den Atem an und beobachtete verstohlen Dolando, ohne sich anmerken zu lassen, daß ihr etwas Ungewöhnliches aufgefallen war. Die merkwürdigen Namen, die sie erwähnt hatte und die so schwer auszusprechen waren – konnten das Namen sein, die sie irgendeiner anderen Art von Tieren gegeben hatte? Aber sie hatte gesagt, die Frau, die sie aufgezogen hatte, hätte sie in der Heilkunst unterwiesen. War es möglich, daß eine Frau bei ihnen gelebt hatte? Aber welche Frau würde sich dafür entscheiden, bei ihnen zu leben, zumal wenn sie eine Heilerin war? Würde ein Shamud bei den Flachschädeln leben?

Ayla fiel die eigentümliche Reaktion von einigen der Leute auf, aber als sie einen Blick auf Dolando warf und sah, wie er sie anstarrte, lief ihr ein Angstschauer über den Rücken. Er schien nicht mehr der gleiche Mann zu sein, der beherrschte Anführer, der sich so liebevoll um seine Frau kümmerte. In seinem Blick lag nicht die dankbare Anerkennung ihrer Heilkünste, nicht einmal die vorsichtige Zurückhaltung, die er bei ihrer ersten Begegnung an den Tag gelegt hatte. Statt dessen entdeckte sie einen tief verwurzelten

Schmerz, und eine bedrohliche Wut füllte seine Augen. Er schien nicht mehr klar sehen zu können, nur noch durch einen roten Wutschleier.

»Flachschädel!« brach es aus ihm heraus. »Du hast mit diesen gemeinen, mörderischen Tieren zusammengelebt! Ich möchte jedes einzelne von ihnen umbringen. Und du hast mit ihnen gelebt! Wie kann eine anständige Frau mit ihnen zusammenleben?«

Mit geballten Fäusten kam er auf sie zu. Sowohl Jondalar als auch Markeno sprangen auf, um ihn zurückzuhalten. Wolf hatte sich mit gebleckten Zähnen vor Rosharo aufgebaut, und aus seiner Kehle kam ein dumpfes Grollen. Shamio begann zu weinen, und Tholie nahm sie auf den Arm und drückte sie schützend an sich. Unter normalen Umständen wäre sie nie auf den Gedanken gekommen, daß ihre Tochter von Dolando etwas zu befürchten hätte, aber wenn es um Flachschädel ging, konnte er nicht mehr klar denken, und im Augenblick schien er von einem unkontrollierbaren Wahnsinn befallen zu sein.

»Jondalar! Wie kannst du es wagen, ein solches Weib hierher zu bringen!« sagte Dolando und versuchte gleichzeitig, sich aus dem Griff des hochgewachsenen blonden Mannes zu befreien.

»Dolando! Was sagst du da?« sagte Rosharo und versuchte aufzustehen. »Sie hat mir geholfen! Was macht es schon für einen Unterschied, wo sie aufgewachsen ist? Sie hat mir geholfen!«

Die Leute, die sich zu Jondalars Begrüßung versammelt hatten, waren fassungslos und wußten nicht, was sie tun sollten. Carlono stand auf, um Markeno und Jondalar zu helfen und zu versuchen, seinen Mitanführer zu beruhigen.

Auch Ayla war fassungslos. Dolandos maßlose Reaktion hatte sie völlig überrumpelt. Sie sah, daß Rosharo aufstehen wollte und versuchte, Wolf beiseite zu schieben, der verteidigungsbereit vor ihr stand, von dem Aufruhr nicht minder verwirrt als die Menschen, aber entschlossen, die Frau zu beschützen, für die er sich verantwortlich fühlte. Sie sollte nicht aufstehen, dachte Ayla, und eilte zu ihr hin.

»Bleib weg von meiner Frau. Ich will nicht, daß du sie mit deinem Schmutz befleckst«, schrie Dolando und versuchte abermals, sich aus dem Griff der Männer zu befreien, die ihn zurückzuhalten versuchten.

Ayla blieb stehen. Sie wollte Rosharo helfen, aber sie wollte nicht noch mehr Ärger mit Dolando. Was ist nur los mit ihm? fragte sie sich. Dann bemerkte sie, daß Wolf zum Angriff bereit war, und bedeutete ihm, zu ihr zu kommen. Das hätte ihr gerade noch gefehlt, daß Wolf jemanden verletzte. Wolf kämpfte ganz offensichtlich mit sich. Er wollte entweder auf seinem Posten bleiben oder sich ins Getümmel stürzen, aber sich nicht vor ihm zurückziehen; dennoch war alles sehr verwirrend. Aylas zweites Zeichen wurde von ihrem Pfiff begleitet, und das gab den Ausschlag. Er lief zu ihr und baute sich schützend vor ihr auf.

Obwohl Dolando Sharamudoi sprach, hatte Ayla doch begriffen, daß er von Flachschädeln geredet und wütende Worte an sie gerichtet hatte, aber der Sinn seiner Rede war ihr nicht aufgegangen. Doch während sie mit Wolf dastand und wartete, wurde ihr der Grund seines Wütens plötzlich klar, und sie wurde ihrerseits wütend. Die Leute vom Clan waren keine gemeinen Mörder. Weshalb brachte schon der Gedanke an sie ihn dermaßen auf?

Roshario war aufgestanden und versuchte, sich den miteinander ringenden Männern zu nähern. Tholie übergab Shamio einer neben ihr stehenden Frau und beeilte sich, Roshario zu helfen.

»Dolando! Dolando, hör auf!« sagte Roshario. Ihre Stimme schien ihn zu erreichen; er wehrte sich kaum noch, aber die drei Männer hielten ihn nach wie vor fest.

Dolando warf einen wütenden Blick auf Jondalar. »Warum hast du sie hergebracht?«

»Dolando, was ist los mit dir? Sieh mich an!« sagte Roshario. »Was wäre passiert, wenn er sie nicht hergebracht hätte? Es war nicht Ayla, die Doraldo getötet hat.«

Er sah Roshario an, und es war, als erblickte er die schwache, mitgenommene Frau mit dem Arm in der Schlinge zum ersten Mal. Ein kurzer Krampf durchzuckte ihn, und dann verließ ihn die maßlose Wut. »Roshario, du hättest nicht aufstehen sollen«, sagte er und wollte nach ihr greifen, konnte es aber nicht. »Du kannst mich loslassen«, sagte er kalt und zornig zu Jondalar.

Der Zelandonii gab ihn frei. Markeno und Carlono warteten ab, bis sie sicher waren, daß er sich beruhigt hatte, blieben aber in seiner Nähe.

»Dolando, du hast keinerlei Veranlassung, Jondalar zu zürnen«, sagte Roshario. »Er hat Ayla mitgebracht, weil ich sie brauchte. Komm, setz dich zu mir und zeige den Leuten, daß alles wieder in Ordnung ist.«

Sie sah einen störrischen Ausdruck in seinen Augen, aber er begleitete sie zu der Bank und setzte sich neben sie. Eine Frau brachte ihnen beiden einen Becher Tee, dann ging sie dorthin, wo Ayla, Jondalar, Carlono und Markeno standen, zusammen mit Wolf.

»Möchtet ihr Tee oder ein bißchen Wein?« fragte sie.

»Habt ihr zufällig noch etwas von diesem wunderbaren Blaubeerwein, Carolio?« fragte Jondalar. Ayla fiel auf, daß sie sowohl Carlono als auch Markeno sehr ähnlich sah.

»Der neue Wein ist noch nicht fertig, aber vielleicht ist noch etwas vom letzten Jahr da. Für dich auch?« fragte sie Ayla.

»Ja, wenn Jondalar ihn möchte, würde ich ihn gern versuchen. Ich glaube, wir kennen uns noch nicht«, setzte sie hinzu.

»Nein«, sagte die Frau, doch als Jondalar sie einander vorstellen wollte, sagte sie: »Wir brauchen nicht so formell zu sein. Wir alle wissen, wer du bist, Ayla. Ich bin Carolio, die Schwester von dem dort.« Sie deutete auf Carlono.

»Ich sehe die Ähnlichkeit«, sagte Ayla, und Jondalar wurde plötzlich bewußt, daß sie Sharamudoi sprach. Er sah sie verblüfft an. Wie hatte sie die Sprache so schnell lernen können?

»Ich hoffe, du kannst Dolando seinen Ausbruch verzeihen«, sagte Carolio. »Der Sohn seines Herdfeuers, Rosharios Sohn, wurde von Flachschädeln getötet, und seither haßt er sie alle. Doraldo war ein junger Mann, ein paar Jahre älter als Darvo, immer fröhlich, noch am Beginn seines Lebens. Es war ein schwerer Schlag für Dolando. Er ist nie darüber hinweggekommen.«

Ayla nickte, aber sie wunderte sich. Es entsprach nicht der Art des Clans, die Anderen umzubringen. Was mochte der junge Mann getan haben? Sie sah, daß Roshario sie herbeiwinkte, und eilte zu ihr.

»Bist du müde?« fragte sie. »Willst du dich wieder hinlegen? Hast du Schmerzen?«

»Ein wenig. Nicht sehr. Ich werde mich bald wieder hinlegen, aber jetzt noch nicht. Ich wollte dir sagen, wie leid es mir tut. Ich hatte einen Sohn...«

»Carolio hat es mir erzählt. Sie sagte, er wurde getötet.«

»Flachschädel...« murmelte Dolando fast unhörbar.

»Vielleicht haben wir alle voreilige Schlüsse gezogen«, sagte Roshario. »Du sagtest, du hättest mit – irgendwelchen Leuten auf der Halbinsel zusammengelebt?« Plötzlich herrschte ringsum Schweigen.

»Ja«, sagte Ayla. Dann schaute sie Dolando an und holte tief Luft. »Mit dem Clan. Ihr nennt sie Flachschädel, aber sie selbst nennen sich Clan.«

»Wie denn? Sie können doch nicht sprechen«, warf eine junge Frau ein. Jondalar sah, das sie neben Chalono saß, einem jungen Mann, den er kannte. Sie kam ihm bekannt vor, aber er kam nicht auf ihren Namen.

Ayla kam ihrer unausgesprochenen Bemerkung zuvor. »Sie sind keine Tiere. Sie sind Menschen, und sie können sprechen, wenn auch nicht mit vielen Worten. Ihre Sprache besteht aus Zeichen und Gesten.«

»War es das, was du getan hast?« fragte Roshario. »Bevor du mich eingeschläfert hast? Ich glaubte, du tanztest mit den Händen.«

Ayla lächelte. »Ich habe mit der Welt der Geister gesprochen und meinen Totemgeist gebeten, dir beizustehen.«

»Welt der Geister? Sprechen mit den Händen? Was für ein Unsinn«, fauchte Dolando.

»Dolando«, sagte Roshario und griff nach seiner Hand.

»Es ist wahr, Dolando«, sagte Jondalar. »Selbst ich habe etwas von dieser Sprache gelernt, wie alle anderen im Löwen-Lager. Ayla hat sie uns gelehrt, damit wir uns mit Rydag verständigen konnten. Alle waren überrascht, daß er auf diese Weise sprechen konnte, wenn er auch nicht imstande war, Worte richtig hervorzubringen. Da begriffen sie, daß er kein Tier war.«

»Du meinst den Jungen, den Nezzie aufgenommen hatte?« sagte Tholie.

»Jungen? Redest du von diesem Monstrum gemischter Geister, das irgendeine verrückte Mamutoi-Frau zu sich genommen haben soll?«

Ayla reckte das Kinn. Jetzt war sie es, die wütend wurde. »Rydag war ein Kind«, sagte sie. »Er mag von gemischten Geistern gewesen sein, aber wie kannst du einem Kind vorwerfen, was es ist? Er hat sich nicht dafür entschieden, auf diese Weise geboren zu werden. Sagt ihr nicht, es wäre die Mutter, die über die Geister entscheidet? Dann war er ebenso ein Kind der Mutter wie alle anderen auch. Welches Recht hast du, ihn ein Monstrum zu nennen?«

Ayla funkelte Dolando an, und alle blickten unverwandt auf die beiden, verblüfft von Aylas heftigen Worten, und fragten sich, wie Dolando reagieren würde. Dolando war ebenso verblüfft wie alle anderen.

»Und Nezzie ist nicht verrückt. Sie ist eine warmherzige, liebevolle Frau, die ein verwaistes Kind zu sich genommen hat, und der es völlig gleichgültig war, was die Leute dazu sagten«, fuhr Ayla fort. »Sie war wie Iza, die Frau, die mich aufnahm, als ich niemanden mehr hatte, obwohl ich eine von den Anderen war.«

»Flachschädel haben den Sohn meines Herdfeuers getötet«, sagte Dolando.

»Das mag sein, aber es ist nicht ihre Art. Der Clan geht den Anderen lieber aus dem Wege – so nennen sie Leute wie uns.« Ayla hielt einen Moment inne, dann sah sie den Mann an, der noch immer solche Qualen litt. »Es ist schwer, ein Kind zu verlieren, Dolando, aber ich möchte dir von jemand anderem erzählen, der ein Kind verlor. Es war eine Frau, die ich bei der Clans-Versammlung kennenlernte – das ist so etwas ähnliches wie ein Sommertreffen, findet aber seltener statt. Sie und ein paar andere Frauen waren unterwegs, um Nahrung zu sammeln, als plötzlich mehrere Männer über sie herfielen, Männer von den Anderen. Einer von ihnen packte sie und zwang sie, ihm zu geben, was ihr Wonnen nennt.«

Mehrere Leute keuchten. Ayla hatte ein Thema zur Sprache gebracht, was nie offen erörtert wurde, obwohl alle davon gehört hatten. Einige Mütter hatten das Gefühl, ihre Kinder fortbringen zu müssen, aber niemand wollte wirklich gehen.

»Die Frauen vom Clan tun, was die Männer wünschen, man braucht sie nicht zu zwingen. Aber der Mann, der die Frau packte, konnte nicht warten. Er wartete nicht einmal so lange, daß sie ihr Kind niederlegen konnte. Er packte sie so grob, daß sie das Kind fallen ließ, und er nahm es nicht einmal zur Kenntnis. Erst hinterher, als er sie aufstehen ließ, sah sie, daß der Kopf ihres Kindes beim Fallen auf einen Stein geprallt war. Ihr Kind war tot.«

Einige der Zuhörer hatten Tränen in den Augen. Jondalar meldete sich zu Wort. »Ich weiß, daß solche Dinge passieren. Ich habe von einigen jungen Männern gehört, die weit weg von hier im Westen leben und sich einen Spaß daraus machen, über die Flachschädel herzufallen und die Frauen zu zwingen, ihnen zu Willen zu sein.«

»Das passiert auch in unserer Gegend«, gab Chalono zu.

Die Frauen sahen ihn überrascht an, und die meisten Männer wendeten den Blick ab, ausgenommen Rondo, der ihn ansah, als wäre er ein Wurm.

»Das ist etwas, womit die Jungen oft genug prahlen«, sagte Chalono, wie um sich zu verteidigen. »Allerdings tun es nur noch wenige, besonders nachdem das mit Doraldo passiert ist, und...« Er brach plötzlich ab, blickte in die Runde, dann schlug er die Augen nieder und wünschte sich, er hätte den Mund gar nicht erst aufgemacht.

Das anschließende betretene Schweigen wurde erst gebrochen, als Tholie sagte: »Rosharo, du siehst sehr müde aus. Meinst du nicht, es wäre Zeit, daß du dich wieder hinlegst?«

»Ja, ich glaube, ich möchte mich hinlegen«, sagte sie.

Jondalar und Markeno eilten herbei, um ihr zu helfen, und das war für alle das Zeichen, aufzustehen und zu verschwinden. An diesem Abend hatte niemand Lust, an dem ersterbenden Feuer zu verweilen und irgendwelche Spiele zu spielen. Die beiden jungen Männer trugen Roshario in ihre Behausung, und Dolando schlurfte vergrämt hinterher.

»Danke, Tholie, aber ich glaube, es ist besser, wenn ich heute nacht bei Roshario bleibe«, sagte Ayla. »Ich hoffe, Dolando hat nichts dagegen. Sie hat viel durchgemacht, und es wird eine schwere Nacht für sie werden. Überhaupt werden die nächsten paar Tage für sie nicht leicht sein. Der Arm schwillt schon an, und sie wird Schmerzen haben. Ich weiß nicht, ob es richtig war, sie heute abend aufstehen zu lassen, aber ihr lag so viel daran, daß ich es ihr nicht verbieten wollte. Sie hat immer wieder gesagt, es ginge ihr gut, aber das lag daran, daß der Trank, den ich ihr zum Einschlafen gegeben habe, auch den Schmerz betäubt. Ich habe ihr noch etwas anderes gegeben, aber das hält nicht lange vor, und deshalb möchte ich lieber bei ihr sein.«

»Vielleicht könnte Darvo bei euch bleiben«, schlug Jondalar vor. »Er würde vermutlich besser schlafen. Es quält ihn, sie leiden zu sehen.«

»Natürlich«, sagte Markeno. »Ich hole ihn. Ich wollte, ich könnte Dolando überreden, auch eine Weile bei uns zu bleiben, aber ich weiß, daß er es nicht tun würde – schon gar nicht nach dem, was heute abend passiert ist. Bisher hatte noch niemand von Doraldos Tod gesprochen.«

»Vielleicht ist es gut, daß es endlich dazu gekommen ist. Vielleicht kann er jetzt damit fertig werden«, sagte Tholie. »Dolando hat lange Zeit einen blinden Haß auf die Flachschädel mit sich herumgetragen. Wir nahmen das nicht sehr ernst – den meisten Menschen gelten sie ohnehin nicht viel. Entschuldige, Ayla, aber so ist es nun einmal.«

Ayla nickte. »Ich weiß«, sagte sie.

»Und wir kommen selten mit ihnen in Berührung. Er ist in fast jeder Hinsicht ein guter Anführer«, fuhr Tholie fort, »außer in Dingen, die mit den Flachschädeln zu tun haben, und es ist leicht, andere Leute gegen sie aufzubringen. Aber ein solcher Haß hinterläßt seine Spuren, und am stärksten bei demjenigen, von dem der Haß ausgeht.«

»Ich glaube, es ist Zeit, daß wir ein bißchen Schlaf bekommen«, sagte Markeno. »Du mußt völlig erschöpft sein, Ayla.«

Jondalar, Markeno und Ayla, gefolgt von Wolf, gingen gemeinsam die paar Schritte bis zur nächsten Behausung. Markeno kratzte am Vorhang vor der Eingangstür. Anstatt sie zum Eintreten aufzufordern, kam Dolando und schob den Vorhang beiseite; dann stand er im Halbdunkel und sah sie an.

»Dolando, ich glaube, daß Roshario eine schwere Nacht vor sich hat. Ich würde gern in ihrer Nähe bleiben«, sagte Ayla.

Der Mann schaute zu Boden und dann nach drinnen auf die Frau im Bett. »Komm herein«, sagte er.

»Ich möchte bei Ayla bleiben«, sagte Jondalar. Er war entschlossen, sie nicht mit dem Mann allein zu lassen, der sie bedroht und gegen sie gewütet hatte, auch wenn er sich inzwischen wieder beruhigt zu haben schien.

Dolando nickte und trat beiseite.

»Ich bin gekommen, um Darvo zu fragen, ob er die Nacht bei uns verbringen möchte«, sagte Markeno.

»Ja, ich denke, das sollte er tun«, sagte Dolando. »Darvo, nimm dein Bettzeug und geh für heute nacht zu Markeno.«

Der Junge erhob sich, packte sich seine Schlaffelle auf die Arme und ging auf den Eingang zu. Ayla fand, daß er einen erleichterten, aber keineswegs glücklichen Eindruck machte.

Wolf verzog sich sofort in seine Ecke. Ayla ging in den dunklen hinteren Teil der Behausung, um nach Roshario zu sehen.

»Hast du eine Lampe oder eine Fackel, Dolando? Ich hätte gern ein bißchen mehr Licht«, sagte sie.

»Und vielleicht auch Bettzeug«, setzte Jondalar hinzu. »Oder soll ich Tholie darum bitten?«

Dolando hätte es vorgezogen, allein im Dunkeln dazusitzen, aber er wußte, wenn Roshario vor Schmerzen aufwachte, dann würde Ayla ihr viel besser helfen können als er. Von einem Bord holte er eine flache Sandsteinschale, die durch Reiben mit einem anderen Stein geformt worden war.

»Das Bettzeug ist da drüben«, sagte er zu Jondalar. »Und Fett für die Lampe ist im Kasten neben der Tür. Aber zum Anzünden der Lampe muß ich erst Feuer machen. Es ist ausgegangen.«

»Ich mache Feuer«, sagte Ayla, »wenn du mir sagst, wo ich Zunder und Kleinholz finde.«

Er gab ihr die Materialien zum Feuermachen, um die sie gebeten hatte, dazu einen runden, an einem Ende geschwärzten Stab und ein flaches Stück Holz mit mehreren runden Löchern, die sich beim Feuermachen eingebrannt hatten; aber Ayla benutzte sie nicht. Statt dessen holte sie aus einem an ihrem Gürtel hängenden Beutel zwei Steine. Dolando schaute interessiert zu, wie sie die trockenen Holzspäne zu einem Häufchen aufschichtete, sich dann tief darüber neigte und die beiden Steine aneinanderschlug. Zu seiner Verblüffung sprang von den Steinen ein großer, heller Funke auf und landete auf dem Zunder, von dem eine dünne Rauchsäule aufstieg. Sie beugte sich tiefer und blies, und auf dem Zunder stand eine kleine Flamme.

»Wie hast du das gemacht?« fragte er verwundert und ein wenig ängstlich. Alles, was verwunderlich und fremdartig war, war zugleich beängstigend. Verfügte die Frau über noch weitere solche Shamud-Zauber?

»Das hat dieser Stein bewirkt«, sagte Ayla, legte ein paar Stückchen Kleinholz aufs Feuer und dann ein paar größere Holzstücke.

»Ayla hat diese Steine entdeckt, als sie allein in ihrem Tal lebte«, sagte Jondalar. »Sie lagen dort am Flußufer herum, und ich habe etliche davon eingesammelt. Morgen zeige ich dir, wie sie funktionieren, und ich gebe dir einen davon, damit du weißt, wie sie aussehen. Vielleicht gibt es auch in dieser Gegend solche Steine.«

»Was sagtest du – wo ist das Fett?« fragte Ayla.

»In dem Kasten beim Eingang. Ich hole es. Die Dochte sind auch dort«, sagte Dolando. Er gab eine Kelle voll weichem, weißem Talg – Fett, das in kochendem Wasser ausgelassen und nach dem Abkühlen abgeschöpft worden war – in die Steinschale und steckte einen gedrehten Strang aus getrockneten Flechten hinein; dann ergriff er ein Stück brennendes Holz und zündete den Docht an. Er flackerte ein wenig, doch dann bildete sich auf dem Boden der Schale eine Lache aus Öl, das von den Flechten aufgesaugt wurde; die Flamme wurde ruhiger und verbreitete ein gleichmäßiges Licht.

Ayla legte Kochsteine ins Feuer, dann sah sie nach, wieviel Wasser noch in der hölzernen Kiste war. Sie wollte damit hinausgehen, aber Dolando nahm sie ihr ab, um selbst Wasser zu holen. Während er draußen war, packten Ayla und Jondalar das Nachtzeug auf die Schlafbank. Dann wählte Ayla aus ihrem Medizinvorrat ein paar getrocknete Kräuter für einen beruhigenden Tee für sie alle aus. Andere Kräuter tat sie in eine ihrer eigenen Schalen, um sie zur Hand zu haben, wenn Rosharzo aufwachte. Wenig später erschien Dolando mit dem Wasser, und sie gab jedem einen Becher Tee.

Sie saßen schweigend da und tranken die warme Flüssigkeit, und Dolando war froh über das Schweigen. Er hatte gefürchtet, daß sie mit ihm reden wollten, und dazu war er nicht in der richtigen Stimmung. Und Ayla wußte einfach nicht, was sie hätte sagen sollen. Sie war um Rosharios willen gekommen, obwohl sie es vorgezogen hätte, nicht hier zu sein. Der Gedanke, die Nacht in Gesellschaft eines Mannes zu verbringen, der gegen sie gewütet hatte, war nicht angenehm, und sie war Jondalar dankbar, daß er beschlossen hatte, bei ihr zu bleiben. Auch Jondalar wußte nicht recht, was er sagen sollte. Als niemand sprach, dachte er, daß Schweigen vielleicht das Angemessenste war.

Es hatte fast den Anschein, als hätte sich Rosharzo genau den rechten

Zeitpunkt ausgesucht: nachdem sie ihren Tee ausgetrunken hatten, begann sie zu stöhnen und um sich zu schlagen. Ayla ergriff die Lampe und trat an ihr Bett. Sie schob die feuchte Flechtschale mit den duftenden Levkojen beiseite und stellte die Lampe auf eine Bank, die gleichzeitig als Nachttisch diente. Rosharios Arm war geschwollen und fühlte sich heiß an, selbst durch den Verband hindurch, der jetzt straffer saß. Das Licht und Aylas Berührung weckten sie auf. Ihre Augen, glasig vor Schmerzen, richteten sich auf die Medizinfrau, und sie versuchte zu lächeln.

»Ich bin froh, daß du aufgewacht bist«, sagte Ayla. »Ich muß die Schlinge abnehmen und den Verband und die Schienen lockern. Aber du hast im Schlaf um dich geschlagen, und du mußt den Arm ruhig halten. Ich mache dir einen frischen Umschlag, der die Schwellung zurückgehen läßt. Aber zuerst will ich etwas gegen deine Schmerzen tun. Kommst du eine Weile allein zurecht?«

»Ja, geh nur und tu, was du tun must. Dolando kann bei mir bleiben und sich mit mir unterhalten«, sagte Roshario und schaute über Aylas Schulter hinweg auf die Männer, die hinter ihr standen. »Jondalar, meinst du nicht, daß du Ayla helfen solltest?«

Er nickte. Es war offensichtlich, daß sie ungestört mit Dolando reden wollte, und er hatte nichts dagegen, sie allein zu lassen. Er holte mehr Holz für das Feuer und dann mehr Wasser und ein paar weitere, vom Fluß glattgeschliffene Steine zum Erhitzen der Flüssigkeit. Als er zusah, wie Ayla ihre Medikamente herstellte, hörte er das leise Murmeln von Stimmen aus dem Hintergrund der Behausung. Er war froh, daß er nicht verstand, was sie sagten. Als Ayla schließlich damit fertig war, Roshario zu versorgen und es ihr so bequem wie möglich zu machen, waren sie alle müde und gingen schlafen.

Am nächsten Morgen wurde Ayla von den Geräuschen lachender und spielender Kinder und von Wolfs feuchter Nase geweckt. Als sie die Augen aufschlug, schaute Wolf zum Eingang, in die Richtung, aus der die Geräusche kamen. Dann richtete er den Blick auf sie und winselte.

»Du möchtest hinaus und mit den Kindern spielen, nicht wahr?« sagte sie. Er winselte abermals.

Sie schlug die Decken zurück und setzte sich auf; Jondalar lag, noch tief und fest schlafend, neben ihr. Sie streckte sich, rieb sich die Augen und warf einen Blick auf Roshario. Auch sie schlief noch; sie hatte viele schlaflose Nächte aufzuholen. Dolando schlief, in ein Fell eingewickelt, auf dem Boden neben ihrem Bett. Auch er hatte genug schlaflose Nächte hinter sich.

Als Ayla aufstand, lief Wolf zum Eingang und stand dann wartend und mit erwartungsvoll bebendem Körper da. Sie schob den Vorhang beiseite und trat hinaus, bedeutete Wolf aber, bei ihr zu bleiben. Sie wollte nicht, daß er jemanden erschreckte, indem er ohne jede Vorwarnung hinausstürmte. Sie sah sich um und entdeckte mehrere Kinder unterschiedlichen Alters in dem Becken unterhalb des Wasserfalls, zusammen mit mehreren Frauen. Sie alle nahmen ein Morgenbad. Sie ging, von Wolf begleitet, auf sie zu. Shamio quiekte vor Vergnügen, als sie ihn sah.

»Komm, Woffie. Du mußt auch baden«, sagte das Mädchen. Wolf winselte, blickte zu Ayla auf.

»Ob jemand etwas dagegen hätte, wenn Wolf mit in das Becken kommt, Tholie? Shamio möchte offensichtlich, daß er mit ihr spielt.«

»Ich wollte gerade heraussteigen«, sagte Tholie, »aber sie kann drinbleiben und mit ihm spielen, wenn es niemanden stört.«

Als keine Einwände erhoben wurden, gab Ayla ihm ein Zeichen. »Also los, Wolf«, sagte sie. Das Wasser spritzte hoch auf, als Wolf in das Becken sprang und direkt auf Shamio zusteuerte.

Eine Frau, die an Tholies Seite herausstieg, lächelte, dann sagte sie. »Ich wollte, meine Kinder wären ebenso folgsam wie dieser Wolf. Wie schaffst du es, daß er das tut, was du willst?«

»Es braucht Zeit. Du mußt es immer wieder durchgehen, ihn viele Male wiederholen lassen, was du willst. Anfangs kann es schwierig sein, ihm das verständlich zu machen, aber wenn er einmal etwas gelernt hat, vergißt er es nicht wieder. Er ist im Grunde sehr intelligent«, sagte Ayla. »Während wir unterwegs waren, habe ich jeden Tag mit ihm geübt.«

»Das hört sich an, als erzöge man ein Kind«, sagte Tholie. »Aber warum einen Wolf? Ich hätte nie gedacht, daß man einem Wolf irgend etwas beibringen kann, aber warum tust du es?«

»Ich weiß, daß er Leuten, die ihn nicht kennen, Angst einjagen kann, und ich möchte nicht, daß er jemanden erschreckt«, sagte Ayla. Während sie zusah, wie Tholie aus dem Becken stieg und sich abtrocknete, fiel ihr plötzlich auf, daß sie schwanger war. Die Schwangerschaft war noch nicht weit fortgeschritten, und man sah nichts davon, wenn sie angezogen war, aber sie war ganz offensichtlich schwanger. »Ich würde auch gern baden, aber zuerst muß ich Wasser lassen.«

»Wenn du dem Pfad dahinten folgst, kommst du an einen Graben. Er liegt jenseits des Kammes, damit das Wasser nach der anderen Seite hin abfließt, wenn es regnet, aber auf diesem Weg ist es näher, als wenn du um den Berg herumgehst«, sagte Tholie.

Ayla wollte Wolf rufen, dann zögerte sie. Sie sah, wie die Kinder mit ihm spielten, und wußte, daß er lieber bei ihnen bleiben würde, aber sie wußte nicht recht, ob sie ihn zurücklassen sollte. Sie war sicher, daß es keine Probleme geben würde, aber sie wußte nicht, wie die Mütter darüber dachten.

»Ich glaube, du kannst ihn eine Weile hier lassen«, sagte Tholie. »Ich habe gesehen, wie er mit Kindern umgeht, und du hattest recht. Sie wären enttäuscht, wenn du ihn so schnell wieder fortrufst.«

Ayla lächelte. »Danke. Ich bin bald zurück.«

Sie stieg den Pfad empor, der quer über die steilste Flanke des einen Hanges führte und dann in einer scharfen Kehre zum anderen. Als sie den zweiten Hang erreicht hatte, fand sie den Graben und eine ebene Fläche davor, gesäumt von einem niedrigen Zaun aus glatten, runden Stämmen, auf denen man sitzen konnte.

Vom Graben aus führte der Pfad weiter bergab, und Ayla beschloß, ihm ein Stück weit zu folgen. Die Gegend hatte so viel Ähnlichkeit mit der Umgebung der Höhle, in der sie aufgewachsen war, daß sie das Gefühl nicht loswurde, schon einmal hier gewesen zu sein. Sie blieb stehen, um von einem an der Felswand wachsenden Haselnußstrauch ein paar Nüsse abzupflücken, und konnte der Versuchung nicht wiederstehen, die unteren Zweige beiseite zu schieben, um nachzusehen, ob sich dahinter eine Höhle befand.

Sie fand ein Brombeergestrüpp mit langen Ranken voll süßer, reifer Früchte. Sie stopfte sie in sich hinein und fragte sich, was aus den Beeren geworden war, die sie am Vortag gepflückt hatten. Dann fiel ihr ein, daß sie einige davon bei dem Willkommensfest gegessen hatte. Sie beschloß, hierher zurückzukehren und auch für Roshario Brombeeren zu holen.

Vielleicht weil es ihr zur zweiten Natur geworden war, vielleicht aber auch, weil sie auf dem Rückweg immer genauer nach Pflanzen Ausschau hielt, um bei der Rückkehr von ihren Ausflügen etwas vorzuweisen zu haben, richtete Ayla ihre Aufmerksamkeit jetzt auf den Bewuchs am Rand des Pfades. Sie hatte vor Freude und Erleichterung fast aufgeschrien, als sie die kleine gelbe Pflanze mit den winzigen Blättern und Blüten entdeckte, die sich um andere, von ihren fadenähnlichen Ranken erstickte, tote und vertrocknete Pflanzen herumwand.

Das ist es! Das ist Goldzwirn, Izas Zauberpflanze, dachte sie. Das ist es, was ich für meinen Morgentee brauche, damit kein Kind in mir heranwächst. Und es ist mehr als genug vorhanden. Meine Vorräte waren so knapp geworden, daß ich nicht wußte, ob sie für die ganze Reise ausreichen würden. Ob hier in dieser Gegend auch Antilopensalbei wächst? Es ist anzunehmen. Ich muß zurückkommen und mich genauer umsehen.

Sie fand eine Pflanze mit großen Basalblättern, die sie mit Zweigen zu einem behelfsmäßigen Behälter verflocht. Dann pflückte sie so viel von den kleinen Pflanzen, wie sie nur konnte, ohne den Bestand zu gefährden. Vor langer Zeit hatte Iza ihr beigebracht, immer etwas zurückzulassen, damit im nächsten Jahr neue Pflanzen wachsen konnten.

Auf dem Rückweg machte sie einen kleinen Abstecher durch einen dichteren, schattigeren Abschnitt des Waldes, um nach der wachsartigen weißen Pflanze Ausschau zu halten, mit der sie die Augen der Pferde behandelte. Sie suchte den Boden unter den Bäumen mit den Augen ab. Bei so vielem, was ihr vertraut war, hätte es eigentlich keine Überraschung sein dürfen, aber als sie die grünen Blätter einer ganz bestimmten Pflanze entdeckte, rang sie nach Atem und spürte, wie ein kalter Schauer sie durchlief.

ACHTZEHNTES KAPITEL

Ayla ließ sich auf den feuchten Boden sinken, starrte die Pflanzen an und atmete die üppige Waldluft ein. Erinnerungen stürmten auf sie ein. Selbst beim Clan war das Geheimnis der Wurzel kaum bekannt. Nur Iza wußte davon, und nur diejenigen, die von den gleichen Vorfahren abstammten – oder diejenigen, die sie unterwiesen hatten – kannten die ungewöhnliche Methode, nach der die Pflanze getrocknet werden mußte, damit sich ihre Eigenschaften in der Wurzel verdichteten, und sie erinnerte sich, daß sie, wenn man sie vor Licht geschützt aufbewahrte, umso stärker wurde, je älter sie war.

Obwohl Iza ihr mehrfach erklärt hatte, wie der Trank aus den Wurzeln hergestellt wurde, durfte sie nicht zulassen, daß Ayla ihn zubereitete, bevor sie an der Clans-Versammlung teilnahm; er durfte nicht ohne die angemessenen Rituale getrunken werden und war, wie Iza immer wieder betont hatte, zu heilig, um weggeschüttet zu werden. Aus diesem Grund hatte Ayla den Rest, der sich, nachdem sie den Trank für die Mog-urs zubereitet hatte, noch in Izas alter Schale befunden hatte, selbst getrunken, obwohl er Frauen verboten war. Und sie erinnerte sich, daß selbst das bißchen, das sie getrunken hatte, eine starke Wirkung auf sie hatte.

Sie war durch enge Gänge in der tiefen Höhle gewandert, und als sie schließlich Creb und die anderen Mog-urs sah, hätte sie sich selbst dann nicht zurückziehen können, wenn sie es versucht hätte. Und da war es passiert. Irgendwie wußte Creb, daß sie da war, und er hatte sie mit sich genommen, zurück in die Erinnerungen. Hätte er das nicht getan, dann hätte sie sich für immer in der schwarzen Leere verloren, aber in jener Nacht geschah etwas, das ihn veränderte. Danach war er nicht mehr Der Mog-ur; sein Herz war nicht mehr dabei, außer beim letzten Mal.

Sie hatte ein paar von den Wurzeln bei sich gehabt, als sie den Clan verließ. Sie steckten in ihrem Medizinbeutel in dem geheiligten, rot gefärbten Säckchen, und Mamut war sehr neugierig gewesen, als sie ihm davon erzählte. Aber er hatte nicht die Kraft der Mog-urs, und vielleicht hatte die Pflanze auf die *Anderen* auch eine andere Wirkung. Sowohl Mamut als auch sie waren in die schwarze Leere hineingezogen worden und wären beinahe nicht zurückgekehrt.

Wie sie da auf der Erde saß und die scheinbar harmlose Pflanze anstarrte, aus der man etwas so Machtvolles brauen konnte, erinnerte sie sich auch an diese Erfahrung. Plötzlich überlief es sie kalt, und sie fühlte sich überschattet, als hätte eine Wolke die Sonne verdunkelt. Und dann durchlebte sie noch einmal ihre seltsame Reise mit Mamut. Der grüne Wald verschwamm und verblich, und sie fühlte sich zurückversetzt in die abgedunkelte Erdhütte. Tief in der Kehle schmeckte sie die schwarze, kalte Erde und die wuchernden Pilze des uralten Waldes. Sie hatte das Gefühl, sich mit großer Geschwindigkeit durch die fremden Welten zu bewegen, in die sie mit Mamut gereist war; und sie empfand das Entsetzen vor der schwarzen Leere.

Dann hörte sie, schwach und aus weiter Ferne, Jondalars Stimme, der sie rief, der sie und Mamut zurückriß, allein durch die Kraft seiner Liebe und seines Verlangens. Einen Augenblick später war sie wieder da, saß, bis ins Mark erkaltet, in der Wärme des spätsommerlichen Sonnenscheins.

»Jondalar hat uns zurückgeholt!« sagte sie laut. Damals hatte sie das nicht begriffen. Er war es, den sie sah, als sie die Augen aufschlug. Aber dann war er fort, und an seiner Stelle war Ranec da und brachte ihr ein heißes Getränk, damit sie sich aufwärmen konnte. Mamut hatte gesagt, daß jemand geholfen hätte, sie zurückzubringen. Damals hatte sie keine Ahnung gehabt, daß Jondalar es gewesen war, aber jetzt wußte sie es. Es war fast, als hätte sie es erfahren sollen.

Der alte Mann hatte gesagt, er würde die Wurzel nie wieder gebrauchen, und hatte auch sie vor ihr gewarnt. Aber er hatte auch gesagt, wenn sie es jemals wieder tun würde, müßte sie ganz sicher sein, daß jemand da war, der sie zurückrufen konnte. Er hatte ihr gesagt, daß die Wurzel mehr als nur tödlich war. Sie konnte ihren Geist rauben; sie würde sich für immer in der schwarzen Leere verlieren und nie imstande sein, zur Großen Erdmutter zurückzukehren. Damals war das ohne Belang gewesen. Sie hatte ohnehin keine Wurzeln mehr gehabt – die letzten hatte sie mit Mamut aufgebraucht. Aber jetzt war die Pflanze da, unmittelbar vor ihr.

Aber daß sie da ist, dachte sie, bedeutet doch nicht, daß ich sie auch mitnehmen muß. Tat sie es nicht, so bestand auch keine Gefahr, daß sie sie noch einmal gebrauchte und ihren Geist verlor. Der Trank war ihr ohnehin verboten gewesen. Er war den Mog-urs vorbehalten, die Umgang hatten mit der Welt der Geister, nicht für Medizinfrauen, die ihn nur für sie zubereiten mußten. Aber sie hatte bereits zweimal davon getrunken. Außerdem hatte Broud sie verflucht; was den Clan anging, war sie tot. Wer konnte ihr jetzt noch etwas verbieten?

Ayla fragte sich nicht einmal, was sie tat, als sie einen abgebrochenen Ast aufhob, ihn als Grabstock benutzte und sorgfältig mehrere der Pflanzen aushob, ohne die Wurzeln zu beschädigen. Sie war einer der wenigen Menschen auf der Erde, die ihre Eigenschaften kannte und wußte, wie man sie zubereitete. Sie mußte sie einfach mitnehmen. Nicht, daß sie die Absicht gehabt hätte, sie zu verwenden: sie hatte viele Pflanzenpräparate, die sie vielleicht nie gebrauchen würde. Doch hier lagen die Dinge anders. Die anderen konnten zu medizinischen Zwecken gebraucht werden. Selbst der Goldzwirn, Izas Zaubermedizin zur Abwehr schwängernder Essenzen, half, äußerlich angewendet, gegen Insektenstiche; aber diese Pflanze war, soweit sie wußte, zu nichts anderem nütze. Die Wurzel war Geistermagie.

»Da bist du ja! Wir haben schon angefangen, uns Sorgen zu machen«, rief Tholie, als sie Ayla den Pfad herabkommen sah. »Jondalar hat gesagt, wenn du nicht bald kämest, würde er Wolf auf die Suche nach dir schicken.«

»Wo hast du so lange gesteckt?« sagte Jondalar, bevor sie etwas erwidern konnte. »Tholie sagte, du wolltest gleich zurückkommen.« Er hatte unwillkürlich Zelandonii gesprochen – ein Hinweis darauf, daß er sich Sorgen gemacht hatte.

»Der Pfad ging weiter, und ich beschloß, ihn ein Stück entlangzugehen. Dann fand ich ein paar Pflanzen, die ich haben wollte«, sagte Ayla und zeigte, was sie gesammelt hatte. »Die Gegend ist der, in der ich aufgewachsen bin, so ähnlich. Einige dieser Pflanzen habe ich nicht mehr gesehen, seit ich von dort fortgegangen bin.«

»Was war denn so wichtig an den Pflanzen, daß du sie unbedingt jetzt sammeln mußtest? Wozu ist die hier gut?« fragte Jondalar und zeigte auf den Goldzwirn.

Ayla kannte ihn inzwischen gut genug, um zu wissen, daß er nur deshalb so zornig war, weil er sich Sorgen um sie gemacht hatte; aber seine Frage kam völlig unerwartet. »Die – die ist gut gegen Insektenstiche«, sagte sie errötend und verlegen. Sie hatte das Gefühl, ihn angelogen zu haben; ihre Antwort war zwar durchaus wahr, aber unvollständig.

Ayla war als Frau vom Clan aufgezogen worden, und die Frauen vom Clan durften die Antwort auf eine Frage nicht verweigern, zumal, wenn sie von einem Mann gestellt wurde; aber Iza hatte ihr immer wieder eingeschärft, nie und insbesondere keinem Mann zu verraten, welche Kraft in den dünnen Fäden des Goldzwirns steckte. Iza selbst ware außerstande gewesen, Jondalars Frage zur Gänze zu beantworten. Aber in eine solche Verlegenheit wäre sie nie gekommen. Kein Mann vom Clan hätte sich einfallen lassen, eine Medizinfrau nach ihren Pflanzen oder Praktiken zu fragen.

Plötzlich schoß Ayla ein Gedanke durch den Kopf. Wenn Izas Medizin verhindern konnte, daß die Mutter eine Frau mit einem Kind segnete – war sie dann stärker als die Mutter? Wie war das möglich? Aber wenn sie es war, die alle Pflanzen geschaffen hatte, dann mußte sie diese Pflanze absichtlich geschaffen haben, um Frauen zu helfen, wenn eine Schwangerschaft für sie schwierig oder gefährlich war. Aber weshalb wußten dann nicht mehr Frauen über sie Bescheid? Da sie hier ganz in der Nähe wuchs, waren die Sharamudoi-Frauen vielleicht mit ihr vertraut. Sie würde sie danach fragen, aber würden sie es ihr verraten? Und wenn sie nicht Bescheid wußten – wie konnte sie fragen, ohne sie aufzuklären? Aber wenn die Mutter sie für die

Frauen bestimmt hatte – wäre es dann nicht richtig, sie aufzuklären? Die Fragen schossen Ayla durch den Kopf, aber sie hatte keine Antworten.

»Wozu brauchst du ausgerechnet jetzt Pflanzen gegen Insektenstiche?« fragte Jondalar. In seinen Augen stand noch immer die Sorge.

»Ich wollte dich nicht ängstigen«, sagte Ayla, dann lächelte sie. »Aber ich fühle mich in dieser Gegend so sehr zuhause, daß ich einfach ein bißchen herumwandern mußte.«

Plötzlich mußte auch er lächeln. »Und dabei hast du Brombeeren gefunden, nicht wahr? Jetzt weiß ich, wo du so lange gesteckt hast. Ich habe noch nie jemanden getroffen, der so auf Brombeeren versessen war wie du.«

»Nun, ich habe ein paar Brombeeren gegessen. Vielleicht können wir später hingehen und für alle welche pflücken. Sie schmecken wunderbar.«

»Ich habe den Eindruck, wenn es nach dir ginge, bekämen wir so viele Brombeeren, wie wir nur essen können«, sagte Jondalar und küßte ihren rot verschmierten Mund.

Er war so erleichtert, daß ihr nichts passiert war, und so zufrieden mit sich selbst, weil er glaubte, sie bei ihrer Schwäche für süße Beeren ertappt zu haben, daß sie nur lächelte und ihn denken ließ, was er wollte.

»Wie geht es Rosharatio?« fragte sie. »Ist sie schon wach?«

»Ja, und sie sagt, sie wäre hungrig. Carolio ist vom Dock heraufgekommen und macht uns etwas zurecht, aber wir dachten, wir sollten warten, bis du zurück bist, bevor wir ihr etwas geben.«

»Ich sehe nach ihr, und dann möchte ich mein Morgenbad nehmen«, sagte Ayla.

Als sie auf die Behausung zueilte, hob Dolando gerade den Vorhang, um herauszutreten, und Wolf kam angerannt, sprang an ihr hoch, legte ihr die Pfoten auf die Schultern und leckte ihr das Gesicht.

»Runter mit dir, Wolf. Meine Hände sind voll«, sagte sie.

»Er ist offensichtlich froh, dich zu sehen«, sagte Dolando. Dann setzte er hinzu: »Das bin ich auch, Ayla. Roshario braucht dich.«

Das war eine Art Anerkennung, zumindest das Zugeständnis, daß er, trotz seines Wütens am Abend zuvor, nichts dagegen hatte, daß sie sich um seine Gefährtin kümmerte. Sie hatte es bereits gewußt, als er sie in die Behausung einließ, aber da hatte er nichts dergleichen gesagt.

»Gibt es irgend etwas, das du brauchst? Irgend etwas, das ich für dich besorgen kann?« fragte er.

»Ich möchte diese Pflanzen trocknen, und dazu ist ein Gestell nötig«, sagte sie. »Ich kann mir selbst eines bauen, aber dazu brauche ich Holz und ein paar Riemen oder Sehnen zum Zusammenbinden.«

»Da habe ich etwas Besseres. Shamud hat auch immer Pflanzen getrocknet, und ich glaube, ich weiß, wo seine Gestelle sind. Möchtest du eines davon benutzen?«

»Das wäre genau das richtige, Dolando«, sagte sie. Er nickte und ging davon, während sie die Behausung betrat. Sie lächelte, als sie sah, daß Roshario sich aufgesetzt hatte. Sie legte die Pflanzen hin und trat an ihr Lager.

»Ich wußte nicht, daß Wolf wieder hereingekommen war«, sagte Ayla. »Ich hoffe, er hat dich nicht belästigt.«

»Nein. Er hat auf mich aufgepaßt, da bin ich ganz sicher. Als er hereinkam – er weiß, wie er an dem Vorhang vorbeikommt –, kam er direkt zu mir. Nachdem ich ihn gestreichelt hatte, ließ er sich in der Ecke dort nieder und schaute nur zu mir herüber. Da ist jetzt sein Platz«, sagte Roshario.

»Wie hast du geschlafen?« fragte Ayla die Frau, richtete ihr Bett und packte ihr Kissen und Pelze in den Rücken.

»Besser als je seit meinem Sturz. Besonders, nachdem Dolando und ich ein langes Gespräch hatten«, sagte sie. Sie schaute Ayla an, die Fremde, die Jondalar mitgebracht hatte und die in so kurzer Zeit so tief in ihr Leben eingegriffen hatte. »Er hat nicht wirklich gemeint, was er über dich gesagt hat, Ayla, aber er ist verwirrt. Er hat jahrelang mit Doraldos Tod gelebt und war nie imstande, damit fertig zu werden. Und jetzt versucht er, Jahre des Hasses und der Gewalttätigkeit gegenüber Leuten, die er für bösartige Tiere hielt, mit all dem in Einklang zu bringen, was er über sie erfahren hat, auch durch dich.«

»Und wie steht es mit dir, Roshario? Er war dein Sohn«, sagte Ayla.

»Ich habe sie auch gehaßt. Aber dann starb Jetamios Mutter, und wir nahmen sie zu uns. Sie nahm nicht eigentlich seine Stelle ein, aber sie war so krank und brauchte so viel Hilfe, daß ich keine Zeit hatte, ständig an seinen Tod zu denken. Als ich dann das Gefühl hatte, sie wäre meine eigene Tochter, war ich auch imstande, meinen Sohn in friedlicher Erinnerung zu behalten. Auch Dolando gewann Jetamio lieb, aber für Männer sind Jungen, und besonders Jungen ihres eigenen Herdfeuers, etwas Besonderes. Er kam nicht darüber hinweg, daß er Doraldo verloren hatte, gerade als er zum Mann herangereift war und sein ganzes Leben noch vor sich hatte.« Tränen glitzerten in Rosharios Augen. »Und nun ist auch Jetamio von uns gegangen. Ich hatte fast Angst davor, Darvo aufzunehmen, weil ich fürchtete, auch er könnte jung sterben.«

»Es ist nie leicht, einen Sohn zu verlieren«, sagte Ayla.

Roshario glaubte ein Aufflackern von Schmerz auf dem Gesicht der jüngeren Frau zu sehen, als sie aufstand und zum Feuer ging, um sich an die Arbeit zu machen. Als sie zurückkam, brachte sie ihre Medikamente in eigentümlichen Holzschalen mit. Etwas dergleichen hatte die Frau noch nie gesehen. Die meisten ihrer eigenen Werkzeuge und Behälter waren mit Schnitzereien oder Malereien oder beidem verziert, besonders die des Shamud. Aylas Schalen dagegen waren gut gearbeitet, glatt und wohlgeformt, aber ohne irgendwelchen Schmuck bis auf die Maserung des Holzes.

»Hast du jetzt starke Schmerzen?« fragte Ayla. Sie half Roshario, sich wieder hinzulegen.

»Ein wenig, aber bei weitem nicht so schlimm wie vorher«, sagte Roshario, während Ayla anfing, ihr den Verband abzunehmen.

»Ich glaube, die Schwellung ist zurückgegangen«, sagte sie. »Das ist ein gutes Zeichen. Für den Fall, daß du eine Weile aufstehen möchtest, lege ich fürs erste die Schienen und die Schlinge wieder an, und heute abend mache ich dir einen frischen Umschlag. Wenn der Arm nicht mehr geschwollen ist, hülle ich ihn in Birkenrinde ein, die daran bleiben muß, bis der Knochen geheilt ist, mindestens einen Mond und die Hälfte des folgenden«, erklärte Ayla, während sie geschickt das feuchte Gemsenleder abwickelte und den von ihren Manipulationen am Vortag hervorgerufenen Bluterguß betrachtete.

»Birkenrinde?« fragte Roshario.

»Wenn man sie in heißes Wasser legt, wird sie weich und läßt sich leicht formen und anpassen. Wenn sie dann getrocknet ist, ist sie hart und steif und hält deinen Arm so starr, daß der Knochen verheilen kann, selbst wenn du aufstehst und dich bewegst.«

»Du meinst, ich kann aufstehen und etwas tun, anstatt einfach hier herumzuliegen?« fragte Roshario mit einem freudigen Lächeln.

»Du wirst zwar nur einen Arm gebrauchen können, aber du hast zwei Beine, auf denen du stehen kannst. Es waren nur die Schmerzen, die dich hier festgehalten haben.«

Roshario nickte. »Das stimmt.«

»Da ist etwas, das du versuchen solltest, bevor ich den Verband wieder anlege. Ich möchte, daß du die Finger bewegst. Es wird ein wenig wehtun.«

Ayla versuchte, sich ihre Sorge nicht anmerken zu lassen. Wenn es irgendwelche inneren Verletzungen gab, die Roshario daran hinderten, ihre Finger zu bewegen, dann konnte das ein Anzeichen dafür sein, daß sie ihren Arm nicht wieder voll würde gebrauchen können. Beide beobachteten die Hand genau, und beide lächelten erleichtert, als sie zuerst den Mittelfinger streckte und dann auch noch die anderen Finger.

»Das ist gut«, sagte Ayla. »Und nun versuche, ob du die Finger krümmen kannst.«

»Das spüre ich«, sagte Roshario.

»Tut es sehr weh, eine Faust zu machen?« fragte Ayla.

»Es tut weh, aber es geht.«

»Das ist sehr gut. Wie weit kannst du die Hand bewegen? Kannst du sie im Handgelenk abbiegen?«

Roshario verzog vor Anstrengung das Gesicht und atmete durch zusammengebissene Zähne, aber sie bog die Hand nach vorn.

»Das genügt«, sagte Ayla.

Beide wendeten den Kopf, als sie hörten, wie Wolf Jondalars Ankunft mit einem Bellen verkündete, das sich anhörte wie ein heiseres Husten, und lächelten, als er eintrat.

»Ich bin gekommen, um zu sehen, ob ich irgend etwas tun kann. Soll ich helfen, Rosharios nach draußen zu bringen?« fragte Jondalar. Er hatte einen Blick auf Rosharios Arm geworfen und dann schnell wieder weggeschaut. Das geschwollene, verfärbte Ding war kein schöner Anblick.

»Im Augenblick nicht, aber in ein paar Tagen brauche ich ein paar breite Streifen frische Birkenrinde. Wenn du irgendwo eine schöne große Birke entdeckst, dann merke dir, wo sie steht, damit du sie mir zeigen kannst. Sie hält den Arm steif, während er verheilt«, erwiderte Ayla, während sie die Schienen wieder anlegte.

»Du hast mir nicht gesagt, weshalb ich die Finger bewegen sollte, Ayla«, sagte Roshario. »Was hat das zu bedeuten?«

Ayla lächelte. »Es bedeutet, daß die Chancen gut stehen, daß du deinen Arm wieder voll oder zumindest weitgehend gebrauchen können wirst.«

»Das ist eine gute Nachricht«, sagte Dolando, der, ein Ende eines Trockengestells tragend, eingetreten war und ihre Bemerkung gehört hatte. Das andere Ende trug Darvalo. »Geht das?«

»Ja, und danke, daß du es hereingebracht hast. Manche Pflanzen müssen vor Licht geschützt getrocknet werden.«

»Carolio hat gesagt, unsere Morgenmahlzeit wäre fertig«, sagte der junge Mann. »Sie möchte wissen, ob ihr draußen essen wollt, weil es ein so schöner Tag ist.«

»Ja, ich möchte draußen essen«, sagte Roshario; dann wendete sie sich an Ayla: »Das heißt, wenn du nichts dagegen einzuwenden hast.«

»Laß mich nur die Schlinge wieder anlegen, dann kannst du hinausgehen, wenn Dolando dich ein bißchen stützt«, sagte Ayla. Auf dem Gesicht des Sharamudoi-Anführers erschien ein Lächeln. »Und wenn niemand etwas dagegen hat, würde ich vor dem Essen gern schwimmen gehen.«

»Bist du sicher, daß dieses Ding ein Boot ist?« sagte Markeno, als er Jondalar half, den lederüberzogenen Rahmen neben den langen Pfählen an die Wand zu lehnen. »Wie steuerst du diese Schüssel?«

»Es ist nicht so leicht zu lenken wie eure Boote, aber es dient vor allem zum Überqueren von Flüssen, und mit Hilfe der Paddel kann man es recht gut hinüberbefördern. Aber wir haben die Pferde; wir befestigen es einfach auf dem Schleppgestell und lassen es von ihnen hinüberziehen«, sagte Jondalar.

Beide schauten zu dem Feld hinüber, wo Ayla Winnie striegelte; Renner stand dicht bei ihnen. Eine Weile zuvor hatte Jondalar das Fell des jungen Hengstes gebürstet und dabei festgestellt, daß das Haar an den Stellen, wo es auf den heißen Ebenen ausgefallen war, wieder nachwuchs. Ayla hatte die Augen beider Tiere behandelt, und jetzt, da sie sich in einer höhergelegenen, kühleren Umgebung befanden und nicht mehr von den Kriebelmücken gepeinigt wurden, ging es ihnen offensichtlich viel besser.

»Die Pferde sind das, was mich am meisten wundert«, sagte Markeno. »Ich hätte nie gedacht, daß sie willens sein könnten, in der Nähe von Menschen zu leben, aber diese beiden scheinen es zu genießen. Zuerst hat mich allerdings der Wolf am meisten verblüfft.«

»An den Wolf hast du dich inzwischen gewöhnt. Ayla hat ihn bei sich behalten, weil sie fürchtete, daß er den Leuten mehr Angst einjagen würde als die Pferde.«

Sie sahen, daß Tholie auf Ayla zuging und Shamio und Wolf um sie herumrannten. »Shamio ist ganz verliebt in ihn«, sagte Markeno. »Eigentlich müßte ich Angst haben, das Tier könnte sie in Stücke reißen, aber es macht überhaupt keinen bedrohlichen Eindruck. Es spielt mit ihr.«

»Auch die Pferde können verspielt sein, aber du kannst dir nicht vorstellen, was für ein Gefühl es ist, auf dem Rücken dieses Hengstes zu sitzen. Du kannst es versuchen, wenn du möchtest. Allerdings hat er hier nicht genügend Platz, um richtig loszurennen.«

»Schönen Dank, Jondalar, aber ich glaube, ich bleibe lieber bei meinen Booten«, sagte Markeno, und als ein Mann am Rande der Klippe erschien, setzte er hinzu: »Und hier kommt Carlono. Jetzt kann Ayla ausprobieren, wie es sich in einem Boot sitzt.«

Sie versammelten sich alle bei den Pferden und gingen dann zusammen zum Rand der Klippe. An der Stelle, an der der kleine Bach zum Großen Mutter Fluß hinabrauschte, blieben sie stehen.

»Findet ihr wirklich, daß sie hinunterklettern sollte? Der Weg ist lang und steil und nicht ganz ungefährlich«, sagte Jondalar. »Sogar mich macht er ein bißchen nervös. Es ist lange her, seit ich zum letzten Mal hinuntergestiegen bin.«

»Du hast gesagt, du möchtest, daß sie einmal in einem richtigen Boot fährt«, sagte Markeno. »Und vielleicht würde sie gern unser Dock sehen.«

»So schwierig ist das gar nicht«, sagte Tholie. »Es sind Stufen da und Seile, an denen man sich festhalten kann. Ich kann es ihr zeigen.«

»Sie braucht nicht hinunterzuklettern«, sagte Carlono. »Wir können sie in unserem Förderkorb hinunterlassen, mit dem wir dich heraufgebracht haben, Jondalar.«

»Das wäre vielleicht das beste«, sagte Jondalar.

»Komm mit, damit wir ihn heraufschicken können.«

Ayla hatte das Gespräch verfolgt und dabei auf den steilen Pfad hinabgeschaut, auf dem sie hinunterzuklettern pflegten – den Pfad, auf dem Rosharioario gestürzt war, obwohl sie ihn gut kannte. Sie sah die kräftigen geknoteten Seile, die an Holzpfosten befestigt waren, die man in Felsspalten getrieben hatte. Ein Teil des steilen Pfades wurde von dem Bach überspült, der sich über Felsen und Simse seinen Weg suchte.

Sie beobachtete, wie Carlono mit einer durch lange Übung erworbenen Leichtigkeit über den Rand hinwegtrat und mit einer Hand das Seil ergriff, während sein Fuß das erste schmale Sims fand. Sie sah, wie Jondalar ein wenig erblaßte, tief Luft holte und dann dem Mann folgte, ein wenig langsamer und erheblich vorsichtiger. Inzwischen hatte Markeno eine große Taurolle aufgehoben. Sie endete in einer fest in das Ende eingeflochtenen Schlaufe, die er um einen stabilen Pfosten legte. Der Rest des Taus wurde über die Klippe hinabgeworfen. Ayla fragte sich, aus welchen Fasern sie ihre Taue herstellen mochten. Es waren die dicksten, die sie je gesehen hatte.

Wenig später kam Carlono mit dem anderen Ende des Taus wieder herauf. Er ging auf einen zweiten, nicht weit von dem ersten entfernten Pfosten zu und begann, das Tau einzuholen und säuberlich in Schlingen zu legen. Zwischen den beiden Pfosten erschien am Rand der Klippe ein großer, flacher, korbähnlicher Gegenstand. Neugierig trat Ayla näher, um ihn sich genauer anzusehen.

Wie die Taue war auch der Korb überaus stabil. Der flache, geflochtene Boden, mit Holzplanken verstärkt, hatte die Form eines langen Ovals und war von geraden Wänden umgeben, die einem niedrigen Zaun ähnelten. Er bot einer liegenden Person bequem Platz oder einem mittelgroßen Stör mit vorn und hinten überhängendem Kopf und Schwanz. Die ganz großen Störe erreichten Längen von mehr als dreißig Fuß und wogen über dreitausend Pfund; sie konnten nur in Teilen hochgehievt werden.

Der Korb hing zwischen zwei Seilen, die durch vier aus Fasern gearbeitete Ringe liefen, zwei an jeder langen Seite. Jedes Seil lief durch einen Ring nach unten und durch den ihm diagonal gegenüberliegenden Ring wieder nach oben, so daß sich die Seile unter dem Boden kreuzten. Die vier Enden der Seile waren miteinander verflochten und bildeten über dem Korb eine große Schlaufe, und das Tau, das über die Klippe hinabgeworfen war, wurde durch diese Schlaufe gefädelt.

»Steig ein, Ayla. Wir halten den Korb und lassen dich hinunter«, sagte Markeno und wickelte das lange Ende des Taus einmal um den zweiten Pfosten.

Als sie zögerte, sagte Tholie: »Wenn du lieber hinunterklettern möchtest, zeige ich dir, wie es geht. Ich habe mich nie daran gewöhnen können, mich in den Korb zu setzen.«

Ayla blickte wieder den steilen Pfad hinunter. Beide Möglichkeiten erschienen ihr nicht sonderlich verlockend. »Ich werde es mit dem Korb versuchen«, sagte sie.

An der Stelle, an der die Pfosten standen, überragte der Rand der Klippe die Felswand. Ayla stieg in den Korb, setzte sich auf den Boden und hielt sich am Rand fest.

»Bist du soweit?« fragte Carlono. Ayla nickte. »Laß sie runter, Markeno.«

Der junge Mann lockerte seinen Griff, und Carlono dirigierte den Korb über den Rand. Während Markeno das Tau durch die Hände gleiten ließ, lief das schwere Tau durch die Schlaufe oberhalb des Korbes, und Ayla, über dem Dock im leeren Raum hängend, sank langsam in die Tiefe.

Wie sie da über dem großen Fluß neben der steilen Wand der Schlucht hing, hatte sie das Gefühl, in der Luft zu schweben. Die Felswand am jenseitigen Ufer war mehr als eine Meile entfernt, schien aber sehr nahe zu sein. Unter ihr lag ein gerades Stück Fluß, und als sie den Blick zuerst nach Osten und dann nach Westen schweifen ließ, ahnte sie seine Kraft. Als sie fast beim Dock angekommen war, schaute sie auf und beobachtete eine weiße Wolke, die über dem Rand der Klippe erschien. Noch während sie aufschaute, landete sie mit einem leichten Aufprall. Als sie Jondalars lächelndes Gesicht sah, sagte sie: »Das war aufregend!«

»Es ist ziemlich beeindruckend, nicht wahr?« sagte er und half ihr beim Aussteigen.

Eine Menge Leute erwarteten sie, aber sie interessierte sich mehr für den Ort als für die Menschen. Sie spürte, wie der Boden unter ihren Füßen schwankte, als sie aus dem Korb auf die Holzplanken stieg, und sie begriff, daß sie auf dem Wasser schwammen. Das Dock war so groß, daß es mehreren Behausungen Platz bot, die auf ähnliche Weise errichtet waren wie die unter dem Sandstein-Überhang, und außerdem noch freier Raum vorhanden war. Auf einer Sandsteinplatte brannte ein Feuer.

Mehrere Boote von der Art, wie sie sie bereits weiter flußabwärts gesehen hatte – lang und schmal und vorn und hinten spitz zulaufend –, waren an dem schwimmenden Gebilde festgemacht. Ihre Größe war unterschiedlich, und keine zwei Boote waren einander völlig gleich; es gab welche, die gerade einer Person Platz boten, und andere mit mehreren Sitzplätzen.

Als sie sich umschaute, entdeckte sie zwei sehr große Boote, die sie verblüfften. Der Bug ragte hoch auf und lief in den Kopf eines merkwürdigen Vogels aus; außerdem waren die Boote mit geometrischen Mustern bemalt, die an Federn erinnerten. Nahe der Wasserlinie waren Augen aufgemalt, und beim größten Boot war der mittlere Teil mit einer Markise überdacht. Als sie Jondalar ansah, um ihrer Bewunderung Ausdruck zu geben, stellte sie fest, daß er die Augen geschlossen hatte; auf seinem Gesicht lag ein gequälter Ausdruck, und ihr wurde klar, daß das große Boot etwas mit seinem Bruder zu tun haben mußte.

Aber beiden blieb nicht viel Zeit zum Bewundern oder Erinnern. Die Leute brannten darauf, den Besuchern ihre erstaunlichen Boote und ihre Geschicklichkeit im Umgang mit ihnen vorzuführen. Ayla sah, wie sie auf einer leiterähnlichen Konstruktion entlangliefen, die das Dock mit dem Boot verband. Als man sie zu ihrem Ende hindrängte, begriff sie, daß sie ihrem Beispiel folgen sollte. Die meisten bewegten sich mühelos auf der Laufplanke, ohne aus dem Gleichgewicht zu geraten, obwohl sich das Dock und das Boot ständig gegeneinander verschoben, aber Ayla war dankbar für die Hand, die Carlono ihr entgegenstreckte.

Sie saß zwischen Markeno und Jondalar auf einer Bank, die ohne weiteres auch mehr Leuten Platz geboten hätte. Andere Leute saßen auf Bänken vorn und achtern, und etliche von ihnen hatten zu sehr langen Paddeln gegriffen. Bevor sie recht wußte, was geschah, hatten sie die Leinen losgemacht und befanden sich in der Mitte des Stroms.

Carlonos Schwester Carolio, die im Bug des Bootes saß, begann mit einem rhythmischen Gesang, der das Rauschen des Flusses übertönte. Ayla beobachtete fasziniert, wie die Ruderer gegen die starke Strömung anpaddelten, und zwar in Übereinstimmung mit dem Rhythmus des Gesanges, und bemerkte verblüfft, wie schnell und glatt sie stromaufwärts getrieben wurden.

An einer Biegung des Flusses wurde die Schlucht enger. Zwischen den steil aufragenden Felswänden war das Tosen des Wassers lauter und machtvoller. Ayla spürte, daß die Luft kühler und feuchter geworden war, und sie genoß den nassen, sauberen Geruch des Flusses, der so anders war als der heiße, trockene Duft der Ebenen.

Als sich die Schlucht wieder ausweitete, standen an beiden Seiten Bäume, die bis ans Ufer heranreichten. »Diese Gegend kommt mir bekannt vor«, sagte Jondalar. »Liegt vor uns nicht der Bootsbauplatz? Legen wir dort an?«

»Diesmal nicht. Wir fahren weiter und wenden bei Halbfisch.«

»Halbfisch?« fragte Ayla. »Was ist das?«

Ein vor ihr sitzender Mann drehte sich um und grinste. Ayla erinnerte sich, daß er Carolios Gefährte war. »Das solltest du ihn fragen«, sagte er und wies auf Jondalar, der vor Verlegenheit errötete. »Das ist die Stelle, an der er ein halber Ramudoi-Mann wurde. Hat er dir das nicht erzählt?« Mehrere Leute lachten.

»Warum erzählst du es nicht, Barono?« sagte Jondalar. »Ich bin sicher, es wäre nicht das erste Mal.«

»Das stimmt«, sagte Markeno. »Es ist eine von Baronos Lieblingsgeschichten. Carolio sagt, sie hängt ihr zum Hals heraus, aber er kann es einfach nicht lassen. Er muß eine gute Geschichte erzählen, auch wenn er es schon oft genug getan hat.«

»Nun, du mußt zugeben, daß es komisch war, Jondalar«, sagte Barono. »Aber du solltest die Sache selbst erzählen.«

Jondalar mußte unwillkürlich lächeln. »Für alle anderen mag es vielleicht komisch gewesen sein.« Ayla betrachtete ihn mit einem fragenden Lächeln. »Ich lernte gerade, mit den kleinen Booten umzugehen«, begann er. »Ich hatte eine Harpune bei mir und machte mich auf den Weg flußaufwärts, und dann stellte ich fest, daß die Störe unterwegs waren. Ich dachte, das wäre meine Chance, meinen ersten zu fangen. Aber ich dachte nicht daran, wie ich es schaffen würde, einen so großen Fisch an Land zu ziehen, oder was mit einem so kleinen Boot passieren würde.«

»Dieser Fisch verschaffte ihm die tollste Bootsfahrt seines Lebens«, erklärte Barono, unfähig, der Versuchung zu widerstehen.

»Ich wußte nicht einmal, ob es mir gelingen würde, einen zu treffen; ich war den Umgang mit einem Speer mit einer daran befestigten Leine noch nicht gewohnt«, fuhr Jondalar fort. »Ich hätte bedenken müssen, was geschehen würde, wenn es mir gelang.«

»Das verstehe ich nicht«, sagte Ayla.

»Wenn du an Land jagst und etwas triffst, zum Beispiel einen Hirsch, dann kannst du das Tier verfolgen, selbst wenn du es nur verwundet hast und der Speer herausgefallen ist«, erklärte Carlono. »Einen Fisch im Wasser kannst du nicht verfolgen. Eine Harpune hat Widerhaken und ist an einer kräftigen Schnur befestigt, und wenn du einen Fisch getroffen hast, sitzt der Haken fest, und du kannst den Fisch im Wasser nicht verlieren. Das andere Ende der Schnur kann am Boot festgemacht werden.«

»Der Stör, den er getroffen hatte, zog ihn mitsamt seinem Boot stromaufwärts«, meldete sich Barono wieder zu Wort. »Wir standen da hinten am Ufer und sahen, wie er vorüberfuhr und sich an die Schnur klammerte, die am Boot befestigt war. Ich habe noch nie jemanden gesehen, der so schnell fuhr. Jondalar glaubte, er hätte den Fisch am Haken – dabei hatte der Fisch ihn am Haken!«

Ayla lächelte wie alle anderen.

»Als der Fisch endlich genügend Blut verloren hatte und tot war, war ich ziemlich weit stromaufwärts«, fuhr Jondalar fort. »Das Boot war mit Wasser vollgeschlagen; schließlich schwamm ich an Land. Das Boot wurde den Fluß hinabgetrieben, aber der Fisch landete dicht am Ufer im Stauwasser. Mittlerweile fror ich erbärmlich, aber ich hatte mein Messer verloren und konnte kein trockenes Holz finden, womit ich hätte Feuer machen können. Plötzlich tauchte ein Flachschädel – ein Clan-Junge auf.«

Aylas Augen weiteten sich vor Überraschung. Die Geschichte hatte eine unvermutete Wendung genommen.

»Er brachte mich an sein Feuer. Dort war eine ältere Frau, und ich zitterte so sehr, daß sie mir einen Wolfspelz gab. Nachdem ich mich aufgewärmt hatte, kehrten wir zum Fluß zurück. Der Junge wollte den halben Fisch, und ich war froh, mich auf diese Weise bedanken zu können. Er schnitt den Stör der Länge nach durch und nahm seine Hälfte mit. Alle, die gesehen hatten, wie ich vorbeifuhr, suchten nach mir, und gerade in diesem Moment fanden sie mich. Selbst wenn sie heute darüber lachen – ich war überglücklich, sie zu sehen.«

»Ich kann noch immer nicht glauben, daß der Flachschädel den halben Fisch allein davontrug. Ich weiß noch, daß drei oder vier Männer zupacken mußten, um den halben Fisch, den er zurückgelassen hatte, ins Boot zu bringen«, sagte Markeno. »Es war ein sehr großer Stör.«

»Die Männer vom Clan sind sehr kräftig«, sagte Ayla, »aber ich wußte nicht, daß in dieser Gegend Leute vom Clan leben. Ich habe immer geglaubt, sie wohnten alle auf der Halbinsel.«

»Früher lebten ziemlich viele von ihnen auf der anderen Seite des Flusses«, sagte Barono.

»Und was ist aus ihnen geworden?« fragte Ayla.

Die Leute im Boot waren plötzlich verlegen und senkten den Blick. Schließlich sagte Markeno: »Nachdem Doraldo tot war, versammelte Dolando einen Haufen Männer um sich und – machte Jagd auf sie. Nach einer Weile waren die meisten von ihnen verschwunden. Ich nehme an, sie sind fortgezogen.«

»Zeig mir das noch einmal«, sagte Roshario; sie wünschte sich, es selbst mit eigenen Händen tun zu können. An diesem Morgen hatte Ayla ihr den Verband aus Birkenrinde angelegt. Obwohl noch nicht ganz trocken, war das leichte Material bereits so starr, daß es den Arm fest umschlossen hielt, und Roshario genoß die größere Beweglichkeit, die es ihr gestattete. Aber Ayla wollte nicht, daß sie ihre Hand schon jetzt gebrauchte.

Sie saßen mit Tholie in der Sonne, umgeben von mehreren Stücken weichen Gemsenleders. Ayla hatte ihren Nähkasten herausgeholt und zeigte ihnen den Fadenzieher, den sie im Löwen-Lager angefertigt hatte.

»Zuerst mußt du mit einer Ahle Löcher in die beiden Lederteile stechen, die du zusammennähen willst«, sagte Ayla.

»So, wie wir es immer tun«, sagte Tholie.

»Aber dann benutzt du dieses Ding, um den Faden durch die Löcher zu ziehen. Der Faden läuft durch dieses winzige Loch am hinteren Ende, und wenn du die Spitze in die Löcher im Leder steckst, dann zieht es den Faden durch die beiden Teile, die du zusammennähen willst.« Während Ayla die Elfenbeinnadel vorführte, kam ihr ein Gedanke. Ob der Fadenzieher auch das Loch stechen konnte, wenn nur die Spitze scharf genug war? Allerdings konnte Leder ziemlich zäh sein.

»Laß mich sehen«, sagte Tholie. »Wie bekommst du den Faden durch das Loch?«

»So wird das gemacht«, sagte Ayla und zeigte es ihr, dann gab sie ihr den Fadenzieher zurück. Tholie versuchte ein paar Stiche.

»Das ist so einfach«, sagte sie. »Das könnte man beinahe mit einer Hand machen.«

Roshario, die aufmerksam zuschaute, fand, daß Tholie damit recht haben könnte. Sie konnte zwar ihren gebrochenen Arm nicht benutzen, aber wenn sie die Hand nur dazu gebrauchte, die Stücke zusammenzuhalten, dann würde sie mit einem solchen Fadenzieher imstande sein, mit ihrer gesunden Hand zu nähen.

»So etwas habe ich noch nie gesehen. Wie bist du auf diesen Gedanken gekommen, Ayla?« fragte Roshario.

»Ich weiß es nicht«, sagte Ayla. »Die Idee ist mir gekommen, als ich Mühe hatte, etwas zu nähen. Aber viele Leute haben mir geholfen. Ich glaube, das schwierigste war, einen Feuersteinbohrer herzustellen, der so spitz war, daß man mit ihm das winzige Loch am Ende bohren konnte. Daran haben Jondalar und Wymez lange gearbeitet.«

»Wymez ist der Feuersteinschläger des Löwen-Lagers«, erklärte Tholie Rosharo. »Ich habe gehört, er wäre sehr gut.«

»Ich weiß, wie gut Jondalar ist«, sagte Rosharo. »Er hat an den Werkzeugen, mit denen wir unsere Boote herstellen, so viele Verbesserungen angebracht, daß alle ganz begeistert waren. Es waren nur Kleinigkeiten, aber sie machten einen großen Unterschied. Bevor er fortging, hat er Darvo unterwiesen. Jondalar ist ein guter Lehrer. Vielleicht kann er ihm jetzt noch mehr beibringen.«

»Jondalar sagte, er hätte viel von Wymez gelernt«, sagte Ayla.

»Das mag sein, aber ihr scheint beide sehr geschickt darin zu sein, Mittel und Wege zu finden, wie man etwas besser machen kann«, sagte Tholie. »Dieser Fadenzieher zum Beispiel macht das Nähen viel einfacher. Selbst wenn man viel Übung hat, ist es schwierig, den Faden mit einer Ahle durch die Löcher hindurchzuschieben. Und von Jondalars Speerschleuder sind alle begeistert. Als ihr uns gezeigt habt, wie gut ihr damit umgehen könnt, glaubten die meisten Leute, das könnte jeder. Aber es ist nicht so einfach, wie es aussieht. Ich glaube, ihr habt mehr als nur ein wenig damit geübt.«

Jondalar und Ayla hatten die Speerschleuder vorgeführt. Es gehörte sehr viel Geschicklichkeit und Geduld dazu, einer Gemse so nahe zu kommen, daß man sie erlegen konnte, und als die Shamudoi-Jäger sahen, wie weit man einen Speer mit der Schleuder werfen konnte, brannten sie darauf, sie an den schwer erreichbaren Bergziegen auszuprobieren. Einige der Störjäger unter den Ramudoi waren so begeistert, daß sie versuchten, eine für die Schleuder geeignete Harpune zu entwickeln und festzustellen, wie sie funktionierte. Im Laufe der Unterhaltung hatte Jondalar von seiner Erfindung eines zweiteiligen Speers erzählt, der aus einem langen, befiederten Schaft bestand und einem kleineren, auswechselbaren Vorderteil mit einer Spitze. Die damit verbundenen Vorteile lagen auf der Hand, und in den nächsten Tagen stellten beide Gruppen Versuche damit an.

Plötzlich gab es Bewegung am Rande des Feldes. Die drei Frauen schauten auf und sahen, wie mehrere Leute den Förderkorb hochzogen. Ein paar Kinder rannten auf sie zu.

»Sie haben einen gefangen! Sie haben einen mit der Harpunenschleuder gefangen!« rief Darvalo, als er nahe genug herangekommen war.

»Laß uns hingehen«, sagte Tholie.

»Geh du voraus. Ich komme nach, sobald ich meinen Fadenzieher weggepackt habe.«

»Ich warte hier auf dich, Ayla«, sagte Rosharo.

Als sie am Rand der Klippe angekommen waren, war der erste Teil des Störs bereits ausgeladen worden und der Korb wieder auf dem Weg nach unten. Es war ein riesiger Fisch, zu groß, um in einem Stück befördert zu werden, aber der beste Teil war zuerst heraufgekommen; fast zweihundert Pfund der winzigen schwarzen Störeier. Allen erschien es als gutes Vorzeichen, daß sie bei der ersten Störjagd mit der neuen, aus Jondalars Speerschleuder entwickelten Waffe ein großes Weibchen erbeutet hatten.

Gestelle zum Fischtrocknen wurden an den Rand des Feldes gebracht, und die meisten Leute machten sich daran, den großen Fisch in kleine Stücke zu zerschneiden. Die große Menge Rogen dagegen wurde in den Wohnbereich gebracht. Es war Rosharios Aufgabe, seine Verteilung zu beaufsichtigen. Sie bat Ayla und Tholie, ihr dabei zu helfen, und sie gab allen eine kleine Kostprobe.

»Den habe ich seit Jahren nicht mehr gegessen!« sagte Ayla. »Er schmeckt immer am besten, wenn er frisch aus dem Fisch kommt, und es ist so viel davon da.«

»Was nur gut ist, sonst bekämen wir überhaupt nichts davon ab«, sagte Tholie.

»Warum nicht?« fragte Ayla.

»Weil Störrogen zu den Dingen gehört, mit denen wir unser Gemsenleder so weich bekommen«, sagte Tholie. »Der größte Teil davon wird dafür benutzt.«

»Irgendwann einmal würde ich gern sehen, wie ihr das Leder so weich macht«, sagte Ayla. »Ich habe schon immer gern mit Leder und Fellen gearbeitet. Als ich im Löwen-Lager lebte, habe ich gelernt, wie man Leder rot färbt, und Crozie hat mir gezeigt, wie man weißes Leder macht. Euer Gelb gefällt mir auch sehr gut.«

»Ich bin erstaunt, daß Crozie bereit war, dir das zu zeigen«, sagte Tholie und warf Roshario einen Blick zu. »Ich dachte immer, weißes Leder wäre ein Geheimnis des Herdfeuers des Kranichs.«

»Sie hat nicht gesagt, daß es ein Geheimnis ist. Sie sagte, ihre Mutter hätte es ihr beigebracht, und ihre Tochter interessierte sich nicht dafür. Es schien ihr Freude zu machen, ihr Wissen an jemanden weitergeben zu können.«

»Nun, wenn ihr beide Angehörige des Löwen-Lagers wart, seid ihr wohl miteinander verwandt gewesen«, sagte Tholie, obwohl sie einigermaßen überrascht war. »Ich glaube, einem Außenstehenden hätte sie es ebensowenig gezeigt, wie wir es tun. Die Art, in der die Sharamudoi Gemsenleder bearbeiten, ist ein Geheimnis. Unser Leder wird bewundert und hat einen hohen Handelswert. Wenn jedermann wüßte, wie man es herstellt, dann wäre es nicht mehr so wertvoll. Deshalb behalten wir es für uns.«

Ayla nickte, konnte ihre Enttäuschung aber nicht verhehlen.

»Nun, es ist wirklich hübsch, und das Gelb ist so hell und leuchtend.«

»Das Gelb kommt vom Gagelstrauch, aber den benutzen wir nicht seiner Farbe wegen. Das Gelb kommt nur nebenbei. Der Gagelstrauch sorgt dafür, daß das Leder auch in nassem Zustand geschmeidig bleibt«, verriet Roshario. Sie hielt einen Moment inne, dann setzte sie hinzu: »Wenn du hierbleiben würdest, Ayla, könnten wir dir beibringen, wie man gelbes Gemsenleder macht.«

»Hierbleiben? Wie lange?«

»Solange du willst. Solange du lebst, Ayla«, sagte Roshario. »Jondalar ist ein Verwandter; wir betrachten ihn als einen von uns. Es würde nicht viel dazugehören, ihn zu einem Sharamudoi zu machen. Er hat sogar schon bei der Anfertigung eines Bootes mitgearbeitet. Du sagst, ihr seid noch nicht zusammengetan worden. Ich bin sicher, daß wir Leute finden würden, die bereit wären, euer Partnerpaar zu werden; dann könntet ihr hier zusammengegeben werden. Ich weiß, daß du hier willkommen sein würdest. Seit der alte Shamud gestorben ist, brauchen wir jemanden, der heilen kann.«

»Wir wären bereit, euer Partnerpaar zu werden«, sagte Tholie. Obwohl Roshario ihr Angebot ganz spontan gemacht hatte, schien es in diesem Moment, in dem sie es aussprach, völlig angemessen zu sein. »Ich müßte Markeno fragen, aber ich bin sicher, daß es ihm recht wäre. Nach Jetamio und Thonolan war es schwer für uns, ein anderes Paar zu finden, mit dem wir uns hätten zusammentun können. Thonolans Bruder wäre genau der Richtige. Markeno hat Jondalar immer gern gemocht, und ich würde meine Behausung gern mit einer Mamutoi-Frau teilen.« Sie lächelte Ayla an. »Und Shamio wäre überglücklich, wenn sie Wolf immer um sich hätte.«

Das Angebot traf Ayla völlig unvorbereitet. Als sie verstanden hatte, was es bedeutete, war sie überwältigt. Tränen traten ihr in die Augen. »Roshario, ich weiß nicht, was ich dazu sagen soll. Ich habe mich hier zuhause gefühlt, seit wir angekommen sind. Tholie, ich würde gern mit dir zusammenleben...« Die Tränen flossen über.

Ihre Tränen wirkten ansteckend auf die beiden Sharamudoi-Frauen, aber sie unterdrückten sie und lächelten einander an, als hätten sie gemeinsam einen großartigen Plan ersonnen.

»Wenn Markeno und Jondalar zurückkommen, werden wir es ihnen sagen«, erklärte Tholie. »Markeno wird so froh sein...«

»Ich weiß nicht, was Jondalar dazu sagen wird«, sagte Ayla. »Ich weiß, daß er hierher kommen wollte. Er hat sogar auf eine kürzere Route verzichtet, nur um euch zu sehen. Aber ich weiß nicht, ob er bleiben will. Er sagt, er will zurück zu seinen Leuten.«

»Aber wir sind doch seine Leute«, sagte Tholie.

»Nein, Tholie. Obwohl er ebenso lange hier war wie sein Bruder, ist Jondalar nach wie vor ein Zelandonii. Er konnte sich nie ganz von ihnen lösen. Damals glaubte ich, der Grund dafür wäre, daß seine Gefühle für Serenio nicht stark genug waren«, sagte Roshario.

»Das war Darvalos Mutter?« fragte Ayla.

»Ja«, sagte die ältere Frau und fragte sich, wieviel Jondalar ihr über Serenio erzählt hatte, »aber da kein Zweifel daran bestehen kann, was er für dich empfindet, könnte es sein, daß seine Bindungen an seine eigenen Leute nach so langer Zeit schwächer geworden sind. Seid ihr nicht genug gereist? Warum solltet ihr einen so weiten Weg zurücklegen, wo ihr doch hier ein Heim habt?«

»Außerdem wird es Zeit, daß Markeno und ich ein Partnerpaar wählen – bevor es Winter wird und bevor – ich habe es dir noch nicht gesagt, aber die Mutter hat mich abermals gesegnet, und wir sollten uns zusammentun, bevor das hier kommt.«

»Ich hatte es mir bereits gedacht. Das ist wunderbar, Tholie«, sagte Ayla. Dann trat ein verträumter Ausdruck in ihre Augen. »Vielleicht werde ich eines Tages auch ein Kind haben . . .«

»Wenn wir zusammengehören, dann ist das Kind, das ich trage, auch deines, Ayla. Und es wäre ein gutes Gefühl, jemanden in der Nähe zu wissen, nur für den Fall – obwohl ich bei Shamios Geburt keinerlei Schwierigkeiten hatte.«

Ayla dachte, daß sie gern eines Tages ein eigenes Kind hätte, Jondalars Kind. Aber was wäre, wenn sie keines bekommen konnte? Sie hatte jeden Tag ihren Tee getrunken, und sie war nicht schwanger geworden. Aber was war, wenn es gar nicht an dem Tee lag? Was war, wenn sie nicht fähig war, ein Kind zu bekommen? Wäre es dann nicht ein wundervoller Gedanke, daß Tholies Kinder auch ihre und Jondalars Kinder sein würden? Und die Umgebung hier hatte so viel Ähnlichkeit mit der Umgebung der Höhle von Bruns Clan, daß sie sich regelrecht zuhause fühlte. Die Leute waren nett – nur in bezug auf Dolando war sie sich nicht ganz sicher. Würde er wirklich wollen, daß sie bliebe? Und auch was die Pferde betraf, war sie sich nicht sicher. Es wäre schön, sie hier ausruhen zu lassen. Aber gab es hier genügend Futter für den ganzen Winter? Und genügend Platz, daß sie sich auslaufen konnten?

Und was das wichtigste war – wie stand es mit Jondalar? Würde er bereit sein, auf seine Reise ins Land der Zelandonii zu verzichten und sich statt dessen hier niederzulassen?

NEUNZEHNTES KAPITEL

Tholie ging zu der großen Feuerstelle, und ihre Silhouette zeichnete sich vor dem roten Schein der erlöschenden Glut und vor dem von den hohen Wänden der Bucht eingefaßten Abendhimmel deutlich ab. Die meisten Leute hielten sich noch auf dem Sammelplatz unter dem Sandstein-Überhang auf, verzehrten ihre letzten Brombeeren, schlürften ihren Lieblingstee oder den leicht schäumenden, frisch gegorenen Beerenwein. Ihr Festschmaus hatte damit begonnen, daß sie zum erstenmal den einzigartigen Geschmack des Rogens spürten, den sie dem gefangenen weiblichen Stör entnommen hatten. Was davon übrigblieb, würde bei der Herstellung weichen Gemslers verwendet werden.

»Ich möchte etwas sagen, Dolando, solange wir alle beisammen sind«, sagte Tholie.

Der Mann nickte, obwohl es nicht nötig gewesen wäre. Tholie fuhr fort, ohne auf seine Einwilligung zu warten.

»Ich glaube, ich spreche für jeden von uns, wenn ich sage, wie froh wir sind, Jondalar und Ayla bei uns zu haben«, sagte sie. »Wir haben uns alle um Roshario Sorgen gemacht, nicht nur wegen der Schmerzen, die sie hatte, sondern weil wir fürchteten, daß sie ihren Arm nicht mehr gebrauchen könnte. Ayla hat ihr geholfen. Roshario sagt, daß sie keine Schmerzen mehr hat, und mit etwas Glück ist es durchaus möglich, daß sie ihren Arm wieder wie früher bewegen kann.«

Alle stimmten ihren Worten zu, drückten ihre Dankbarkeit aus und äußerten Glückwünsche.

»Wir schulden auch unserem Verwandten Jondalar Dank«, fuhr Tholie fort. »Als er zuerst hier war, waren seine Ideen, die Werkzeuge zu verbessern, eine große Hilfe für uns, und jetzt hat er uns seine Speerschleuder gezeigt, und das Ergebnis ist dieser Festschmaus.« Ihre Worte fanden allgemeine Zustimmung. »In der Zeit, in der er bei uns war, hat er sowohl den Stör als auch die Gemse gejagt, aber er hat uns nie gesagt, ob er dem Wasser oder dem Land den Vorzug gibt. Ich glaube, er würde einen guten Fluß-Mann abgeben...«

»Du hast recht, Tholie. Jondalar ist ein Ramudoi!« rief ein Mann. »Zumindest ein halber!« meinte Barono unter dem Gelächter der ganzen Gruppe. »Nein, nein, was er über das Wasser wissen muß, hat er erst lernen müssen, aber er kennt das Land«, sagte eine Frau. »Das stimmt! Fragt ihn selbst! Er hat den Speer geworfen, bevor er zu seiner ersten Harpune gegriffen hat. Er ist ein Shamudoi!« meinte ein älterer Mann. »Er mag sogar Frauen, die jagen!«

Ayla blickte auf, um zu sehen, wer die letzte Bemerkung gemacht hatte. Es war eine junge Frau, etwas älter als Darvalo, namens Rakario. Sie hatte die ganze Zeit Jondalars Nähe gesucht – recht zum Verdruß des jungen Mannes. Er hatte sich schon darüber beklagt, daß sie ihm dauernd im Wege sei.

Jondalar lächelte über das gutgemeinte Argument. Der Streit war ein Ausdruck der freundschaftlichen Rivalität zwischen den beiden Gruppen, einer Rivalität innerhalb der Familie, die eine gewisse Aufregung mit sich brachte, aber nie bestimmte Grenzen überschreiten durfte. Späße, Prahlereien und kleine Sticheleien waren erlaubt; alles, was ernsthaft verletzen oder unnötigen Ärger verursachen konnte, wurde im Keim erstickt, wobei sich beide Gruppen Mühe gaben, die Gemüter zu beruhigen und den Schmerz verletzter Gefühle zu lindern.

»Wie gesagt, ich glaube, Jondalar würde einen guten Fluß-Mann abgeben«, fuhr Tholie fort, als alle zur Ruhe gekommen waren, »aber Ayla ist vertrauter mit dem Land. Deshalb würde ich Jondalar raten, bei den Land-Jägern zu bleiben, wenn er es will und sie ihn aufnehmen. Wenn Jondalar und Ayla bei uns bleiben und Sharamudoi werden, würden wir ihnen anbieten, uns mit ihnen überkreuz zu verbinden; aber weil Markeno und ich Ramudoi sind, müßten sie Shamudoi werden.«

Eine allgemeine Aufregung bemächtigte sich der Leute; Zustimmung wurde laut, und den beiden Paaren wurde Glück gewünscht.

»Das ist ein großartiger Plan, Tholie«, sagte Carolio.

»Es war Rosario, die mich auf den Gedanken brachte«, sagte Tholie.

»Aber was hält Dolando davon, Jondalar zu akzeptieren – und Ayla, eine Frau, die bei denen aufgewachsen ist, die auf der Halbinsel leben?« fragte Carolio und sah den Führer der Shamudoi an.

Ein plötzliches Schweigen trat ein. Jeder kannte die Hintergründe dieser Frage. Würde Dolando, nachdem er so heftig auf Ayla reagiert hatte, bereit sein, sie zu akzeptieren? Ayla hatte gehofft, daß sein Ausfall gegen sie vergessen wäre; sie fragte sich, warum Carolio die Sache wieder zur Sprache gebracht hatte. Aber sie wußte es. Es war ihre Pflicht.

Carlono und seine Gefährtin hatten sich ursprünglich mit Dolando und Rosario verbunden, und als sie mit einigen anderen aus ihrem übervölkerten Geburtsort wegzogen, hatten sie die Sharamudoi-Gruppe gegründet. Fragen der Führung wurden im allgemeinen durch formlose Einigung geregelt, und dabei war die Wahl auf sie gefallen. In der Praxis übernahm die Gefährtin eines Anführers gewöhnlich die Aufgaben eines Mit-Führers, aber Carlonos Frau war gestorben, als Markeno noch sehr jung war. Der Anführer der Ramudoi nahm nie wieder offiziell eine andere Gefährtin, und seine Zwillingsschwester Carolio, die eingesprungen war, um für den Knaben zu sorgen, begann auch die Aufgaben einer Mit-Führerin zu übernehmen. Im Laufe der Zeit wurde sie als Mit-Führerin akzeptiert, und deshalb war es ihre Pflicht, die Frage zu stellen.

Die Leute wußten, daß Dolando keine Einwände erhoben hatte, als Ayla seine Frau heilte; Rosharios brauchte Hilfe, und Ayla konnte ihr offensichtlich diese Hilfe geben. Das aber hieß nicht, daß er sie dauernd um sich haben wollte. Vielleicht unterdrückte er nur seine Gefühle, und obgleich sie eine Heilerin brauchten, war Dolando einer der Ihren. Sie wollten keine Fremde, die ihrem Anführer nicht genehm war und möglicherweise Unstimmigkeiten innerhalb der Gruppe hervorrief.

Während Dolando über seine Antwort nachdachte, fühlte Ayla, wie ihr Magen sich zusammenzog. Sie hatte das unangenehme Gefühl, etwas Unrechtes getan zu haben und dafür zur Rechenschaft gezogen zu werden. Aber sie wußte, daß sie nichts Unrechtes getan hatte. Sie wurde zornig und wollte aufstehen und fortgehen. Das Unrecht bestand darin, die zu sein, die sie war. Das gleiche war ihr bei den Mamutoi widerfahren. Sollte es immer wieder geschehen? Würde es auch bei Jondalars Leuten so sein? Nun, dachte sie, Iza und Creb und Bruns Clan hatten für sie gesorgt, und sie dachte nicht daran, die Menschen zu verleugnen, die sie liebte; dennoch fühlte sie sich isoliert und verletzt.

Dann spürte sie, daß jemand sich still neben sie gesetzt hatte. Sie wandte sich um und lächelte Jondalar dankbar zu. Sie fühlte sich besser; aber sie wußte, daß alles noch ungelöst war, und daß er auf das Ergebnis wartete. Sie hatte ihn aufmerksam beobachtet, und sie wußte, welche Antwort er Tholie geben würde. Aber Jondalar wartete auf Dolandos Reaktion, bevor er sich dazu äußerte.

Plötzlich durchbrach schallendes Gelächter die Spannung. Shamio und ein paar andere Kinder kamen mit Wolf aus einer der Wohnstätten gerannt.

»Ist es nicht erstaunlich, wie dieser Wolf mit den Kindern spielt?« sagte Roshario. »Vor ein paar Tagen hätte ich es nicht für möglich gehalten, daß ich zusehen könnte, wie ein solches Tier sich mitten unter Kindern tummelt, ohne Angst um ihr Leben zu haben. Vielleicht sollte man auch daran denken: wenn man ein Tier, das man einst gehaßt und gefürchtet hat, näher kennenlernt, ist es möglich, daß man es fest in sein Herz schließt. Ich glaube, es ist besser, zu verstehen, als blind zu hassen.«

Dolando hatte überlegt, wie er Carolios Frage beantworten sollte. Er wußte, was die Frage bedeutete und wieviel von seiner Antwort abhing, aber er konnte das, was er fühlte und dachte, nicht in Worte fassen. Er lächelte der Frau zu, die er liebte – dankbar dafür, daß sie ihn so gut kannte. Sie hatte seine Not gespürt und ihm einen Weg gewiesen, zu antworten.

»Ich habe blind gehaßt«, begann er, »und ich habe blind denen das Leben genommen, die ich haßte, weil ich glaubte, daß sie dem das Leben genommen hätten, den ich liebte. Ich habe sie für böse Tiere gehalten, und ich wollte sie alle töten, aber das hat Doraldo nicht zurückgebracht. Und nun erfahre ich, daß sie diesen Haß nicht verdient haben. Ob Tiere oder nicht – sie wurden provoziert. Ich muß damit leben, aber ...«

Dolando unterbrach sich, er wollte von denen sprechen, die mehr wußten, als sie ihm mitgeteilt hatten. Doch dann besann er sich anders.

»Diese Frau«, fuhr er fort und sah Ayla an, »diese Heilerin sagt, sie sei von denen aufgezogen und ausgebildet worden, die ich für böse Tiere hielt, von denen, die ich haßte. Aber selbst wenn ich sie immer noch haßte, könnte ich Ayla nicht hassen. Sie hat mir Roshario zurückgegeben. Vielleicht ist es an der Zeit, verstehen zu lernen. Ich glaube, Tholies Idee ist gut. Ich wäre glücklich, wenn die Shamudoi Ayla und Jondalar bei sich aufnehmen würden.«

Ayla fühlte, wie Erleichterung in ihr aufstieg. Jetzt erst verstand sie, warum dieser Mann von seinen Leuten erwählt worden war, sie zu führen.

»Nun, Jondalar?« sagte Roshario. »Was meinst du? Glaubst du nicht auch, daß es Zeit ist, deine lange Reise zu beenden? Es ist Zeit für dich, dich niederzulassen, dein eigenes Herdfeuer zu entzünden, Zeit, der Mutter Gelegenheit zu geben, Ayla mit einem Kind zu segnen.«

»Ich finde keine Worte, um dir zu sagen, wie dankbar ich dafür bin«, begann Jondalar, »daß du uns willkommen geheißen hast, Roshario. Ich weiß, daß die Sharamudoi meine Leute, meine Verwandten sind. Es würde mir nicht schwerfallen, mich hier bei euch niederzulassen. Dein Angebot ist eine große Versuchung für mich. Aber ich muß zu den Zelandonii zurückkehren« – er zögerte einen Augenblick – »und sei es auch nur um Thonolans willen.«

Er schwieg, und Ayla sah ihn an. Sie hatte gewußt, daß er ablehnen würde. Aber was er sagte, überraschte sie. Sie bemerkte ein leichtes, kaum wahrnehmbares Nicken, als hätte er an etwas anderes gedacht. Dann lächelte er ihr zu.

»Als Thonolan starb, hat Ayla seinem Geist alles gegeben, was er für seine Reise durch die nächste Welt braucht; aber sein Geist fand keine Ruhe. Und ich fürchte, daß er einsam und unstet umherwandert und versucht, den Weg zurück zur Mutter zu finden.«

Ayla beobachtete ihn aufmerksam, als er fortfuhr.

»Ich kann es nicht dabei bewenden lassen. Jemand muß ihm helfen, seinen Weg zu finden; aber ich kenne nur einen, der vielleicht weiß, wie ihm zu helfen ist: Zelandoni, ein Shamud, ein sehr mächtiger Shamud, der dabei war, als er geboren wurde. Vielleicht kann Zelandoni mit Hilfe Marthonas – unserer gemeinsamen Mutter – seinen Geist finden und ihn auf den rechten Pfad geleiten.«

Ayla wußte, daß das nicht der Grund war, um dessentwillen er zurückkehren wollte, jedenfalls nicht der Hauptgrund. Sie spürte, daß das, was er sagte, völlig wahr war, doch wie die Antwort, die sie ihm gegeben hatte, als er sie nach der goldenen Fadenpflanze gefragt hatte, war es nicht die ganze Wahrheit.

»Du bist schon so lange fort, Jondalar«, sagte Tholie, offensichtlich enttäuscht. »Selbst wenn sie ihm helfen könnten – woher weißt du, ob deine Mutter oder dieser Zelandoni noch am Leben ist?«

»Ich weiß es nicht, Tholie, aber ich muß es versuchen. Auch wenn sie ihm nicht helfen können, sollten Marthona und alle seine anderen Verwandten wissen, wie glücklich er hier bei Jetamio und dir und Markeno gewesen ist. Meine Mutter hätte Jetamio ins Herz geschlossen – und auch dich, Tholie. Davon bin ich überzeugt.« Die Frau versuchte, es nicht zu zeigen, aber sie fühlte sich trotz ihrer Enttäuschung durch seine Bemerkung geschmeichelt.

»Thonolan war auf eine große Reise gegangen – und es war immer *seine* Reise. Ich war nur dabei, um auf ihn achtzugeben. Ich möchte von dieser Reise berichten. Er reiste den ganzen weiten Weg bis zum Ende des Großen Mutter Flusses; doch was wichtiger ist: Er fand eine Heimstatt hier, bei Leuten, die ihn liebten. Es ist eine Geschichte, die zu erzählen sich lohnt.«

»Jondalar, ich glaube, du versuchst immer noch, deinem Bruder zu folgen und auf ihn aufzupassen, selbst in der nächsten Welt«, sagte Rosario. »Wenn es das ist, was du tun mußt, können wir dir nur alles Gute wünschen. Shamud hätte uns wahrscheinlich gesagt, daß du deinen eigenen Weg gehen mußt.«

Ayla dachte über das nach, was Jondalar getan hatte. Das Angebot Tholies und der Sharamudoi, einer der Ihren zu werden, war nicht leichtfertig gemacht worden. Es war ein großzügiges und sehr ehrenvolles Angebot, das abzuweisen fast einer Beleidigung gleichkam. Nur das starke Gefühl, ein höheres Ziel erreichen, eine unabdingbare Pflicht erfüllen zu müssen, konnte diese Ablehnung rechtfertigen. Jondalar zog es vor, nicht zu erwähnen, daß er sich den Sharamudoi zwar verwandt fühlte, daß sie aber nicht die Verwandten waren, nach denen sein heimwehkrankes Herz sich zurücksehnte. So hatte er mit seiner unvollkommenen Wahrheit einen Grund für die Ablehnung gegeben, der ehrenvoll war und bei dem niemand das Gesicht verlor.

Im Clan war es statthaft gewesen, nicht die ganze Wahrheit zu sagen, um ein Element des Privatlebens in einer Gesellschaft zu bewahren, in der es schwierig war, etwas voreinander zu verbergen; Gefühle und Gedanken ließen sich so leicht aus Zeichen, Körperhaltung und Gesten erraten. Jondalar hatte es nicht an Rücksicht fehlen lassen. Sie hatte das Gefühl, daß Rosario der Wahrheit auf der Spur war, und daß sie seine Entschuldigung aus dem gleichen Grunde akzeptierte, aus dem er sie gegeben hatte. Das Feingefühl, das beide Seiten walten ließen, entging Ayla nicht, aber sie wollte darüber nachdenken; sie begriff, daß großzügige Angebote auch eine Kehrseite haben können.

»Wie lange willst du bleiben, Jondalar?« fragte Markeno.

»Mit den Pferden sind wir schneller vorangekommen, als ich ursprünglich dachte. Ich habe nicht geglaubt, vor dem Herbst hier einzutreffen«, meinte er. »Aber wir haben noch einen langen Weg vor uns, und es gibt viele Hindernisse. Ich möchte so rasch wie möglich aufbrechen.«

»Jondalar, wir können nicht so schnell abreisen«, unterbrach ihn Ayla. »Ich kann erst fort, wenn Rosharios Arm wieder gesund ist.«

»Wie lange wird das dauern?« fragte Jondalar und runzelte die Stirn.

»Ich habe Roshario gesagt, sie müsse ihren Arm noch einen vollen und einen halben Mond in der Birkenrinde lassen«, sagte Ayla.

»Das ist zu lange. Wir können nicht so lange bleiben.«

»Wie lange können wir bleiben?« fragte Ayla.

»Nicht sehr lange.«

»Aber wer soll die Rinde abnehmen? Wer soll wissen, wann die Zeit dafür gekommen ist?«

»Wir haben einen Boten nach einem Shamud geschickt«, sagte Dolando.

»Weiß das ein anderer Heiler nicht?«

»Ich denke schon«, sagte Ayla. »Aber ich würde gern mit diesem Shamud reden. Können wir nicht wenigstens so lange bleiben, bis er kommt?«

»Wenn es nicht zu lange dauert. Aber vielleicht solltest du Dolando und Tholie sagen, was zu tun ist – für alle Fälle.«

Jondalar striegelte Renners Fell, das schnell nachgewachsen war und jetzt dichter wurde. Es war kühl an diesem Morgen, und der Hengst schien besonders verspielt zu sein.

»Ich glaube, du bist genauso versessen darauf, von hier fortzukommen, wie ich, was, Renner?« sagte er. Das Pferd zuckte mit den Ohren, als es seinen Namen hörte, und Winnie warf den Kopf zurück und schnob durch die Nüstern. »Du möchtest auch fort, Winnie? Dies ist wirklich kein Ort für Pferde. Ihr braucht offenes Land, in dem ihr umhertollen könnt. Ich werde Ayla daran erinnern.«

Er gab Renner zum Abschluß einen Klaps auf die Kruppe, dann eilte er zurück zum Überhang. Roshario scheint es besser zu gehen, dachte er, als er die Frau allein an der großen Feuerstelle sitzen sah, wo sie mit einer Hand nähte und dabei einen der Fadenzieher Aylas benutzte. »Weißt du, wo Ayla ist?« fragte er sie.

»Sie und Tholie sind mit Wolf und Shamio weggegangen. Sie sagten, sie wollten zum Bootsplatz, aber ich glaube, Tholie will Ayla den Wunsch-Baum zeigen und dort Opfer für eine leichte Geburt und ein gesundes Baby darbringen. Es ist schon zu sehen, daß Tholie gesegnet ist«, sagte Roshario.

Jondalar hockte sich neben sie. »Roshario, ich wollte dich immer schon etwas fragen«, sagte er. »Wegen Serenio. Es hat mich ganz elend gemacht, daß ich sie so einfach verlassen habe. War sie – glücklich, als sie von hier fortzog?«

»Sie war wütend und zunächst sehr unglücklich. Sie sagte, du hättest ihr angeboten zu bleiben, aber sie hat dich aufgefordert, mit Thonolan fortzuziehen. Er brauchte dich mehr. Dann kam Tholies Vetter unerwartet hierher. Er ist in mancher Hinsicht wie sie. Er sagt, was er denkt.«

Jondalar lächelte. »So sind sie beide.«

»Er sieht auch aus wie sie. Er ist gut einen Kopf kleiner als Serenio, aber stark. Übrigens hat er sich im Nu entschlossen. Er hat sie sich angeschaut und ist zu dem Schluß gekommen, daß sie die Richtige für ihn wäre. Er nannte sie seine ›schöne Weide‹ – mit dem Mamutoi-Wort dafür. Ich habe nicht geglaubt, daß er sie überreden könnte. Ich war nahe daran, ihm zu sagen, er solle es aufgeben, um sie zu werben. Nicht, daß irgendetwas, was ich sagte, ihn hätte aufhalten können – aber ich hielt die Sache für hoffnungslos und dachte, daß sie nie jemanden nach dir nehmen würde. Dann sah ich sie eines Tages zusammen lachen und wußte, daß ich mich getäuscht hatte. Es war, als ob sie nach einem langen Winter wieder zum Leben erwachte. Sie blühte auf. Ich glaube, ich habe sie nie wieder so glücklich gesehen seit ihrem ersten Mann, als sie Darvo hatte.«

»Ich freue mich für sie«, sagte Jondalar. »Sie verdient es, glücklich zu sein. Doch was ich wissen wollte . . . Als ich fortging, sagte sie, sie glaube, die Mutter habe sie gesegnet. War Serenio schwanger? Hatte sie ein neues Leben in sich, vielleicht von meinem Geist?«

»Ich weiß es nicht, Jondalar. Ich erinnere mich, daß sie, als du fortgingst, sagte, sie könnte es sein. Wenn sie es war, dann wäre es ein besonderer Segen für die neue Verbindung. Aber sie hat es mir nie gesagt.«

»Aber was glaubst du, Rosharia? Sah sie so aus, als ob sie schwanger war? Ich meine, konnte man es auf den ersten Blick sehen?«

»Ich wünschte, ich könnte es dir mit Sicherheit sagen, Jondalar, aber ich weiß es nicht. Ich kann nur sagen, sie hätte es sein können.«

Rosharia sah ihn aufmerksam an und fragte sich, warum er so neugierig war. Es war nicht so, daß es ein Kind seines Herdfeuers hätte gewesen sein können – er hatte den Anspruch darauf aufgegeben, als er fortzog –, aber wenn sie schwanger gewesen war, würde das Kind, das Serenio jetzt hatte, wahrscheinlich von seinem Geist sein. Sie mußte lächeln bei dem Gedanken an einen Sohn Serenios, der am Herdfeuer des kleinen Mamutoi-Mannes zu Jondalars Größe aufwuchs. Rosharia dachte, es würde ihm sicherlich gefallen.

Jondalar schlug die Augen auf und sah das hastig beiseitegeworfene Bettzeug der leeren Schlafstatt neben sich. Er schob seine Felldecke zurück, setzte sich auf den Rand der Lagerstatt, gähnte und reckte die Arme. Als er sich umsah, merkte er, daß er lange geschlafen hatte. Alle anderen waren bereits aufgestanden und fortgegangen. Am Abend zuvor hatten sie noch am Feuer von der Gamsjagd gesprochen. Jemand hatte beobachtet, wie die Tiere von den hohen Felsen heruntersteigen, was hieß, daß die Zeit für die Jagd auf die schnellfüßigen, bergziegenartigen Antilopen gekommen war.

Ayla hatte sich gefreut, an einer Gamsjagd teilnehmen zu können, aber als sie zu Bett gingen und leise miteinander sprachen, wie sie es oft taten, hatte Jondalar sie daran erinnert, daß sie nicht mehr lange bleiben konnten. Wenn die Gemsen herunterkamen, bedeutete das, daß es auf den hohen Bergwiesen kalt wurde. Eine neue Jahreszeit war angebrochen. Sie hatten noch einen langen Weg vor sich und mußten an ihren Aufbruch denken.

Sie hatten nicht eigentlich miteinander gestritten, doch Ayla hatte angedeutet, daß sie noch nicht gehen wollte. Sie sprach über Rosharios Arm; aber er wußte, daß sie Gemsen jagen wollte. Ja, sie wollte überhaupt bei den Sharamudoi bleiben, und er fragte sich, ob sie nicht ihren Aufbruch zu verzögern suchte, weil sie hoffte, ihn umstimmen zu können. Sie hatte bereits mit Tholie eine feste Freundschaft geschlossen, und jeder schien sie zu mögen. Es freute ihn, daß sie so gut aufgenommen worden war; doch das machte den Abschied nur noch schmerzlicher, und je länger sie blieben, desto schwerer würde es für sie sein.

Er hatte noch lange wachgelegen und nachgedacht. Er fragte sich, ob sie nicht um ihretwegen bleiben sollten, aber dann hätten sie auch bei den Mamutoi bleiben können. Endlich gelangte er zu dem Schluß, daß sie so schnell wie möglich abreisen sollten, innerhalb der nächsten ein, zwei Tage. Er wußte, daß Ayla darüber nicht glücklich sein würde, und überlegte, wie er es ihr sagen sollte.

Er stand auf, zog seine Beinlinge an und verließ die Schlafstätte. Er schob die Fellplane am Eingang beiseite, und als er hinaustrat, spürte er den scharfen, kalten Wind auf der bloßen Brust. Er brauchte wärmere Kleidung, dachte er, als er auf den Platz zuschritt, an dem die Männer morgens ihr Wasser abschlugen. Statt der bunten Schmetterlinge, die sonst in der Nähe umherflatterten – er hatte sich immer gefragt, warum sie von dem strengen Geruch des Ortes so angezogen wurden –, bemerkte er plötzlich ein welkes Blatt, das langsam zu Boden fiel, und dann sah er, daß die meisten Bäume begonnen hatten, sich zu verfärben.

Warum war ihm das nicht schon früher aufgefallen? Die Tage waren so schnell verflogen und das Wetter war so mild gewesen, daß er den Wechsel der Jahreszeiten nicht bemerkt hatte. Und plötzlich fiel ihm ein, daß sie sich in einer südlichen Region des Landes aufhielten. Der Herbst war schon weiter fortgeschritten, als er dachte, und im Norden, im Land, dem sie zustrebten, war es wahrscheinlich schon viel kälter. Als er in die Wohnstätte zurückging, war er mehr denn je entschlossen, so bald wie möglich aufzubrechen.

»Du bist schon wach«, sagte Ayla, die mit Darvalo eintrat, als Jondalar sich ankleidete. »Ich wollte dich holen, bevor wir das Frühstück abräumen.«

»Ich habe mir nur etwas Warmes angezogen. Es ist kalt draußen«, sagte er. »Es wird Zeit, daß ich meinen Bart wieder wachsen lasse.«

Ayla wußte, daß er ihr mehr mitteilen wollte, als seine Worte sagten. Er sprach immer noch von dem, was sie am Abend zuvor besprochen hatten. Die Jahreszeit wechselte, und sie mußten sich auf den Weg machen. Sie wollte nicht darüber reden.

»Wir sollten unsere Wintersachen auspacken und nachsehen, ob sie in Ordnung sind, Ayla. Sind die Packkörbe noch bei Dolando?« sagte er.

Er weiß, daß sie noch da sind. Warum fragt er mich? Du weißt, warum, sagte sich Ayla und suchte nach einem Gesprächsthema, das ihn auf andere Gedanken brächte.

»Ja, sie sind da«, sagte Darvalo.

»Ich brauche ein wärmeres Hemd. Weißt du noch, in welchem Korb meine Wintersachen sind, Ayla?«

Natürlich wußte sie es. Und er auch.

»Die Sachen, die du jetzt trägst, haben keine Ähnlichkeit mehr mit dem, was du getragen hast, als du zum erstenmal zu uns kamst, Jondalar«, sagte Darvalo.

»Ich habe sie von einer Mamutoi-Frau bekommen. Als ich zuerst kam, trug ich meine Zelandonii-Kleidung.«

»Ich habe das Hemd anprobiert, das du mir damals geschenkt hast. Es ist noch zu groß für mich, aber nicht sehr«, sagte der junge Mann.

»Hast du das Hemd noch, Darvo? Ich habe fast vergessen, wie es aussieht.«

»Möchtest du es sehen?«

»Ja. Ja, gern«, sagte Jondalar.

Trotz ihrer Verstimmung war auch Ayla neugierig.

Sie gingen die wenigen Schritte bis zu Dolandos Schlafplatz. Von einem Bord über dem Lager holte Darvalo ein sorgsam verschnürtes Paket. Er öffnete die weiche lederne Umhüllung und hielt das Hemd hoch.

Es war ungewöhnlich, dachte Ayla. Das dekorative Muster, der längere und lockerere Schnitt hatten keine Ähnlichkeit mit der Mamutoi-Kleidung, die sie kannte. Etwas überraschte sie mehr als alles andere: das Hemd war verziert mit weißen, an den Spitzen schwarz endenden Hermelinschwänzen.

Selbst für Jondalar sah es ungewöhnlich aus. So viel war geschehen, seitdem er zuletzt dieses Hemd getragen hatte, daß es ihm fast altmodisch vorkam. Er hatte es in den Jahren, die er bei den Sharamudoi verbrachte, kaum getragen, weil er es vorgezogen hatte, wie die anderen gekleidet zu sein; und obgleich es nicht länger als ein Jahr und ein paar Monde her war, daß er es Darvo geschenkt hatte, kam es ihm vor, als seien Jahrzehnte verstrichen.

»Es soll locker fallen, Darvo. Man trägt es mit einem Gürtel. Los, zieh es an. Ich zeige es dir. Hast du etwas, was du darumbinden kannst?« sagte Jondalar.

Der junge Mann zog sich das reichgeschmückte, kittelartige Lederhemd über den Kopf, dann gab er Jondalar eine lange Lederkordel. Jondalar band ihm die Kordel um die Hüften, so daß das Hemd sich wie eine Bluse darüber bauschte und die Hermelinschwänze frei nach unten hingen.

»Siehst du? Es ist nicht zu groß für dich, Darvo«, sagte Jondalar. »Was meinst du, Ayla?«

»Es ist ungewöhnlich. Ich habe noch nie so ein Hemd gesehen. Aber ich finde, es steht dir gut, Darvalo«, sagte sie.

»Ich mag es«, sagte der junge Mann und streckte den Arm aus, um zu sehen, wie es aussah. Vielleicht würde er es tragen, wenn sie wieder die Sharamudoi drunten am Fluß besuchten. Und vielleicht gefiel es dem Mädchen, das er dort bemerkt hatte.

»Ich freue mich, daß ich dir zeigen konnte, wie man es trägt«, sagt Jondalar, »bevor wir aufbrechen.«

»Wann brecht ihr auf?« fragte Darvalo überrascht.

»Morgen. Oder spätestens übermorgen«, sagte Jondalar und blickte Ayla fest an. »Sobald wir gepackt haben.«

»Der Regen muß auf der anderen Seite der Berge eingesetzt haben«, sagte Dolando. »Und du weißt, wie die Schwester aussieht, wenn sie Hochwasser führt.«

»Ich hoffe, es wird nicht so schlimm werden«, sagte Jondalar. »Wir brauchen eines eurer großen Boote zum Übersetzen.«

»Wenn ihr mit dem Boot fahren wollt, könnten wir euch zur Schwester bringen«, sagte Carlono.

»Wir brauchen ohnehin noch Fieberklee«, fügte Carolio hinzu. »Und den finden wir dort.«

»Ich würde gern den Fluß in eurem Boot hinauffahren, aber ich glaube nicht, daß die Pferde darin Platz haben«, sagte Jondalar.

»Sagtest du nicht, daß sie Flüsse durchschwimmen können? Vielleicht können sie hinter dem Boot herschwimmen«, schlug Carlono vor. »Und Wolf können wir im Boot mitnehmen.«

»Ja, Pferde können einen Fluß durchschwimmen; aber es ist ein weiter Weg bis zur Schwester, mehrere Tagereisen, soweit ich mich erinnere«, sagte Jondalar. »Außerdem glaube ich nicht, daß sie eine so lange Strecke schwimmen können.«

»Es gibt einen Weg über die Berge«, sagte Dolando. »Am Anfang werdet ihr eine Strecke im Zickzack wandern müssen, dann geht's hoch und um einen der niedrigeren Gipfel herum; aber der Pfad ist markiert und führt euch schließlich ganz in die Nähe des Ortes, wo die Schwester auf die Mutter trifft. Genau im Süden liegt ein hoher Bergkamm, den ihr schon aus der Ferne erkennt, sobald ihr das Tiefland im Westen erreicht habt.«

»Aber ist das der beste Platz, um die Schwester zu überqueren?« fragte Jondalar und dachte an die reißenden Wasser, die er bei seinem letzten Aufenthalt gesehen hatte.

»Wahrscheinlich nicht, aber von dort könnt ihr der Schwester nach Norden folgen, bis ihr einen besseren Platz gefunden habt. Sie ist jedoch kein leichter Fluß. Ihre Zuflüsse kommen aus den Bergen; ihre Strömung ist viel reißender als die der Mutter. Und sie ist tückisch«, sagte Carlono. »Ein paar von uns folgten ihr fast einen Mond lang flußaufwärts. Sie blieb die ganze Zeit reißend und schwierig.«

»Ich muß der Mutter folgen, um nach Hause zu kommen. Das heißt, ich muß die Schwester überqueren«, sagte Jondalar.

»Dann wünsche ich dir Glück.«

»Ihr werdet Essensvorräte brauchen«, sagte Roshario. »Und dann habe ich noch etwas, das ich dir geben möchte, Jondalar.«

»Wir haben nicht genug Platz, um noch viel mitzunehmen«, sagte Jondalar.

»Es ist für deine Mutter«, sagte Roshario. »Jetamios Lieblingshalsband. Ich habe es aufgehoben, um es Thonolan bei seiner Rückkehr zu geben. Es nimmt nicht viel Platz ein. Als ihre Mutter starb, brauchte Jetamio das Gefühl, eine Heimstatt zu haben. Ich sagte ihr, sie solle immer daran denken, daß sie eine Sharamudoi sei. Sie machte das Halsband aus den Zähnen einer Gemse und der Rückengräte eines kleinen Störs; sie stellen das Land und den Fluß dar. Ich dachte, deine Mutter hätte vielleicht gern etwas, das der Frau gehörte, die ihr Sohn sich erkoren hat.«

»Ich danke dir«, sagte Jondalar. »Ich weiß, daß es Marthona viel bedeuten wird.«

»Wo ist Ayla? Ich möchte ihr auch etwas geben. Ich hoffe, sie hat noch Platz dafür«, sagte Roshario.

»Sie ist mit Tholie beim Packen«, sagte Jondalar. »Sie möchte eigentlich noch nicht abreisen – nicht bevor dein Arm geheilt ist. Aber wir können wirklich nicht länger warten.«

»Ich komme schon zurecht.« Roshario schloß sich Jondalar an, als er zum Lager ging. »Ayla hat gestern die alte Birkenrinde abgenommen und eine neue aufgelegt. Abgesehen davon, daß er dünner geworden ist, weil ich ihn geschont habe, scheint mein Arm wieder gesund zu sein. Aber sie möchte, daß ich ihn noch eine Weile so lasse. Sie sagt, wenn ich ihn erst wieder bewege, wird er so werden, wie er war.«

»Ich bin davon überzeugt.«

»Ich weiß nicht, warum der Läufer und der Shamud so lange brauchen, um hierherzukommen. Doch Ayla hat mir erklärt, was zu tun ist – nicht nur mir, sondern auch Dolando, Tholie, Carolio und einigen anderen. Wir kommen ohne sie zurecht, glaub mir. Obwohl es uns lieber wäre, wenn ihr beide hierbliebet. Noch ist es nicht zu spät dazu ...«

»Es bedeutet mir mehr, als ich dir sagen kann, Roshario, daß du uns so bereitwillig bei euch aufnehmen wolltest. Besonders in Hinblick auf Dolando und Aylas ... Herkunft.«

Sie blieb stehen und sah ihn an. »Das hat dir Sorgen gemacht, nicht wahr?«

Jondalar spürte, wie er rot wurde. »Ja«, sagte er. »Jetzt nicht mehr, aber daß du sie aufnehmen wolltest, obwohl du wußtest, wie Dolando über die Leute vom Clan denkt, macht es... Ich kann es nicht erklären. Ich bin erleichtert. Ich möchte nicht, daß sie verletzt wird. Sie hat schon soviel durchgemacht.«

»Sie ist aber auch stärker dadurch geworden.« Roshario beobachtete ihn, sah sein Stirnrunzeln, den nachdenklichen Blick in seine blauen Augen. »Du bist lange fort gewesen, Jondalar. Du bist vielen Menschen begegnet, hast dir andere Sitten und Gebräuche, andere Umgangsformen angeeignet, hast sogar andere Sprachen gelernt. Deine eigenen Leute kennen dich vielleicht nicht mehr – du bist nicht einmal der gleiche, der du warst, als du hier fortgingst –, und sie werden nicht mehr die Menschen sein, an die du dich erinnerst. Ihr denkt aneinander als die, die ihr wart, nicht als die, die ihr jetzt seid.«

»Ich habe mir so viele Gedanken um Ayla gemacht, daß ich *daran* nicht gedacht habe. Aber du hast recht. Es ist lange her. Sie fügt sich vielleicht besser ein als ich. Meine Leute sind für sie Fremde, und sie wird sich rasch in ihr Leben hineinfinden, wie sie es immer tut...«

»Und du wirst große Erwartungen haben«, sagte Roshario, indem sie wieder auf die Wohnstätte zuging. Bevor sie eintraten, blieb die Frau noch einmal stehen. »Ihr werdet hier immer willkommen sein, Jondalar. Beide.«

»Ich danke dir. Aber der Weg ist so lang. Du kannst dir nicht vorstellen, wie lang, Roshario.«

»Das stimmt. Das kann ich nicht. Aber du kannst es, und du bist gewohnt zu reisen. Wenn du dich je entschließen solltest, zurückzukommen, wird es dir nicht mehr so lang vorkommen.«

»Für jemanden, der nie daran gedacht hat, eine lange Reise zu machen, bin ich schon mehr als genug gereist«, sagte Jondalar. »Wenn ich einmal wieder zu Hause bin, werden meine Wanderjahre wohl für immer vorbei sein. Du hattest recht, als du sagtest, es sei Zeit für mich, mich niederzulassen. Aber vielleicht fällt mir das leichter, wenn ich weiß, daß es noch eine andere Möglichkeit gibt.«

Als sie die Plane am Eingang beiseiteschoben, fanden sie nur Markeno vor. »Wo ist Ayla?« fragte Jondalar.

»Sie ist mit Tholie weggegangen, um die Pflanzen zu holen, die sie getrocknet hat. Hast du sie nicht gesehen, Roshario?«

»Wir kamen vom Feld. Ich dachte, sie wäre hier«, sagte Jondalar.

»Sie war hier. Ayla hat Tholie etwas über ihre Heilmittel erzählt. Als sie gestern nach deinem Arm sah und uns erklärte, was für dich zu tun sei, haben sie von nichts anderem geredet als von Pflanzen und wozu sie gut sind. Diese Frau weiß eine Menge, Jondalar.«

»Ich weiß. Ich habe keine Ahnung, wie sie das alles im Kopf behält.«
»Sie gingen heute morgen fort und kamen mit Körben voll Pflanzen zurück. Alle möglichen Arten. Selbst kleine gelbe Pflanzenfäden. Nun erklärt sie, wie sie zubereitet werden müssen«, sagte Markeno. »Es ist ein Jammer, daß ihr uns verlaßt, Jondalar. Tholie wird Ayla vermissen. Wir alle werden euch vermissen.«
»Es ist nicht leicht zu gehen, aber . . .«
»Ich weiß. Thonolan. Das erinnert mich daran, daß ich dir etwas geben wollte«, sagte Markeno und begann eine Holzkiste zu durchwühlen, die angefüllt war mit allen möglichen aus Holz, Knochen und Horn gefertigten Werkzeugen und Geräten.

Schließlich zog er einen seltsam aussehenden Gegenstand hervor, der aus der Rose eines Geweihs geformt war. Die Sprossen des Geweihs waren entfernt und ein Loch an der Stelle gebohrt worden, an der sie sich trafen. Der Gegenstand war reich geschmückt, aber nicht mit den geometrischen und stilisierten Vogel- und Fischformen, die für die Sharamudoi typisch waren. Statt dessen hatte der Künstler sehr schöne und lebensechte Tiere, Hirsch und Steinbock, in den Griff geschnitzt. Jondalar wurde sonderbar berührt, als er das Gerät betrachtete. Dann erkannte er es wieder.

»Das ist Thonolans Speerschaft-Glätter!« sagte er. Wie oft hatte er seinen Bruder beobachtet, wenn er das Gerät benutzte! Er erinnerte sich sogar, wie Thonolan es erhalten hatte.

»Ich dachte, du hättest es vielleicht gern – als Erinnerung an ihn. Und ich dachte, es könnte dir nützlich sein, wenn du nach seinem Geist suchst. Und wenn du ihn – seinen Geist – zur Ruhe gebettet hast, möchte er es vielleicht haben«, sagte Markeno.

»Ich danke dir, Markeno«, sagte Jondalar. Er nahm das robust gearbeitete Gerät in die Hände. Es war so sehr Teil seines Bruders, daß er ihn fast leibhaft wieder vor sich sah. »Es bedeutet mir sehr viel.« Er hob es hoch, spürte in seinem Gewicht die Gegenwart Thonolans. »Ich glaube, du hast recht. Es ist so viel von ihm darin, daß ich ihn fast fühlen kann.«

»Ich möchte Ayla etwas geben, und dies scheint der richtige Augenblick dafür zu sein«, sagte Roshar. und ging hinaus. Jondalar begleitete sie.

Ayla und Tholie blickten überrascht auf, als sie Rosharios Wohnstätte betraten, und Ayla hatte das seltsame Gefühl, daß sie in eine persönliche und sehr private Sphäre eindrangen. Doch dann wurden sie mit einem warmen Lächeln begrüßt. Rosharo durchschritt den Raum und nahm ein verschnürtes Bündel von einem Bord.

»Dies ist für dich, Ayla«, sagte Rosharo. »Dafür, daß du mir geholfen hast. Ich habe es eingewickelt, damit es auf eurer Reise nicht schmutzig wird. Du kannst die Hülle später als Handtuch benutzen.«

Ayla löste die Schnur und öffnete das weiche Gamsleder, das ein weiteres weiches, gelbes, herrlich mit Perlen und Federn geschmücktes Lederstück enthüllte. Sie hob es hoch und hielt den Atem an. Es war der schönste Kittel, den sie je gesehen hatte. Unter ihm lagen zusammengefaltete Frauen-Beinlinge, an der Vorderseite und um die Taille reich geschmückt mit einem Muster, das dem des Kittels entsprach.

»Roshario! Das ist wunderbar! Ich habe noch nie etwas Schöneres gesehen. Es ist viel zu schön zum Anziehen«, sagte Ayla. Dann legte sie die Kleidungsstücke nieder und umarmte die Frau. Zum erstenmal seit ihrer Ankunft bemerkte Roshario Aylas seltsamen Akzent, besonders wenn sie bestimmte Wörter aussprach, aber sie empfand es nicht als unangenehm.

»Ich hoffe, es paßt. Warum probierst du es nicht an?« sagte Roshario.

»Meinst du wirklich?« sagte Ayla. Sie scheute sich fast, die Kleidungsstücke zu berühren.

»Du mußt wissen, ob es dir paßt, damit du es anziehen kannst, wenn du mit Jondalar zusammengegeben wirst, nicht wahr?«

Ayla lächelte Roshario an. Sie freute sich über das Geschenk, aber sie erwähnte nicht, daß sie bereits einen Kittel besaß, den Taluts Gefährtin, Nezzie vom Löwenlager, ihr geschenkt hatte. Sie konnte nicht beide tragen, aber es würde sich bestimmt eine andere Gelegenheit finden, zu der sie das wunderbare Kleid anziehen würde.

»Ich habe auch etwas für dich, Ayla. Bei weitem nicht so schön, aber nützlich«, sagte Tholie und gab ihr eine Handvoll weicher Lederriemen aus einer Tasche, die an ihrer Hüfte hing.

Ayla nahm sie und vermied es, Jondalar anzusehen. Sie wußte genau, wozu sie dienten. »Woher wußtest du, daß ich neue Riemen für meine Mondzeit brauche, Tholie?«

»Eine Frau kann immer welche brauchen, besonders wenn sie reist. Ich habe auch ein paar schöne weiche Einlagen für dich. Roshario und ich haben darüber gesprochen. Sie hat mir das Kleid gezeigt, das sie für dich gemacht hat, und ich wollte dir auch etwas Schönes schenken. Aber du kannst nicht viel mitnehmen auf eurer Reise. So habe ich darüber nachgedacht, was du wirklich brauchst«, sagte Tholie, um ihr sehr praktisches Geschenk zu erklären.

»Es ist lieb von dir. Du hättest mir nichts schenken können, das ich dringender brauche. Du bist so aufmerksam, Tholie«, sagte Ayla. Dann wandte sie den Kopf ab und wischte sich über die Augen. »Du wirst mir fehlen.«

»Nun, nun. Du reist noch nicht ab. Nicht vor morgen früh. Dann ist immer noch Zeit zum Weinen«, sagte Roshario, obwohl sie selbst die Tränen nicht unterdrücken konnte.

Am Abend leerte Ayla ihre beiden Packkörbe und legte alles, was sie mitnehmen wollte, auf den Boden. Sie versuchte, sich darüber klarzuwerden, wie sie alles verstauen sollte – einschließlich der unentbehrlichen Essensvorräte. Jondalar würde etwas davon übernehmen, aber er hatte selbst nicht viel

Platz. Sie hatten mehrfach über das Rundboot gesprochen, mit dem sie den Fluß überqueren wollten, und darüber, ob der Aufwand sich lohne, es über die bewaldeten Berghänge zu transportieren. Sie hatten sich schließlich dazu entschieden, es mitzunehmen, aber nicht ohne Bedenken.

»Wie soll das alles in nur zwei Körbe hineingehen?« fragte Jondalar und wies auf den Haufen sorgfältig verschnürter Bündel und Pakete. »Bist du sicher, daß du alles brauchst? Was ist in diesem Paket?«

»Meine Sommersachen«, sagte Ayla. »Ich könnte sie notfalls hierlassen, aber ich *brauche* Sachen für den nächsten Sommer. Ich bin froh, daß ich nicht auch noch die Wintersachen verstauen muß.«

Jondalar konnte sich der Logik ihres Arguments nicht verschließen, doch die Menge der Dinge, die sie mitnehmen wollte, beunruhigte ihn. Er betrachtete den Haufen näher und bemerkte ein Paket, das er schon vorher gesehen hatte. Sie hatte es schon bei ihrer Abreise mit sich getragen, aber er wußte immer noch nicht, was darin war. »Was ist das?«

»Jondalar, du bist keine große Hilfe«, sagte Ayla. »Warum nimmst du nicht diese Unmengen von Reiseproviant, die Carolio uns gegeben hat, und siehst zu, ob du in deinem Packkorb Platz dafür findest?«

»Sachte, Renner. Ganz ruhig«, sagte Jondalar, während er das Leitseil mit einer Hand anzog und mit der anderen dem Hengst sanft auf den Hals klopfte, um ihn zu beruhigen. »Ich glaube, er weiß, daß wir fertig sind, und drängt zum Aufbruch.«

»Ayla wird bestimmt bald hier sein«, sagte Markeno. »Die beiden sind einander sehr nahe gekommen in der kurzen Zeit, seit ihr hier seid. Tholie hat gestern nacht geweint – sie wollte, daß ihr hierbleibt. Um ehrlich zu sein, mir tut es auch leid, daß ihr geht. Wir haben uns umgesehen und mit mehreren Leuten gesprochen, aber wir haben niemanden gefunden, mit dem wir uns zusammentun könnten, bis ihr kamt. Wir müssen bald zu einer Entscheidung kommen. Bist du sicher, daß du es dir nicht doch noch anders überlegst?«

»Du weißt nicht, wie schwer mir dieser Entschluß gefallen ist, Markeno. Wer weiß, was ich vorfinde, wenn ich nach Hause komme. Meine Schwester ist erwachsen und wird sich wahrscheinlich gar nicht mehr an mich erinnern. Ich habe keine Ahnung, was mein älterer Bruder macht, wo er sich überhaupt aufhält. Ich hoffe nur, daß meine Mutter noch lebt«, sagte Jondalar, »und Dalanar, der Mann meines Herdfeuers. Meine nächste Base, die Tochter seines zweiten Herdfeuers, ist inzwischen alt genug, um Mutter zu sein; aber ich weiß nicht einmal, ob sie einen Gefährten hat. Wenn sie einen hat, kenne ich ihn wahrscheinlich nicht. Ich werde wirklich überhaupt niemanden mehr kennen, und ich fühle mich hier so mit jedem von euch verbunden. Aber ich muß gehen.«

Markeno nickte. Winnie schnob leise durch die Nüstern, und beide sahen auf. Roshario, Ayla und Tholie, die Shamio im Arm hielt, kamen aus ihrer Wohnstatt. Das kleine Mädchen versuchte, sich aus dem Griff zu lösen und auf den Boden zu gelangen, als es Wolf sah.

»Ich weiß nicht, was ich mit Shamio machen soll, wenn der Wolf fort ist«, sagte Markeno. »Sie möchte ihn dauernd bei sich haben. Sie würde mit ihm schlafen, wenn er sie ließe.«

»Vielleicht kannst du ein Wolfsjunges für sie finden«, sagte Carlono, der zu ihnen getreten war. Er kam gerade vom Bootsplatz.

»Daran habe ich noch nicht gedacht. Es wird nicht leicht sein, aber vielleicht kann ich ein Junges fangen, das die Höhle noch nicht verlassen hat«, überlegte Markeno. »Jedenfalls könnte ich ihr versprechen, daß ich es versuchen werde. Etwas muß ich ihr schon sagen.«

»Wenn du es versuchst«, sagte Jondalar, »vergewissere dich, daß es sehr jung ist. Wolf war noch nicht entwöhnt, als seine Mutter starb.«

»Wie hat Ayla ihn ernährt – ohne die Milch seiner Mutter?«

»Das habe ich mich auch gefragt«, sagte Jondalar. »Sie sagte, ein junger Wolf kann alles fressen, was seine Mutter frißt; es muß nur weicher und leichter zu kauen sein. Sie kochte ihm eine Fleischbrühe, tränkte ein Stück weiches Leder damit und ließ ihn daran saugen. Und sie zerhackte für ihn Fleisch in ganz kleine Stücke. Er frißt jetzt alles, was wir auch essen; gelegentlich jagt er noch selbst. Er stöbert sogar Wild für uns auf, und er hat uns geholfen, den Elch zu erlegen, den wir mitgebracht haben, als wir hier ankamen.«

»Wie bringt ihr ihn dazu, das zu tun, was ihr wollt?« fragte Markeno.

»Ayla verwendet darauf viel Zeit. Sie zeigt es ihm, immer und immer wieder, bis er es begriffen hat. Es ist erstaunlich, wie lernfähig er ist. Er tut aber auch alles, um ihr zu gefallen«, sagte Jondalar.

»Das sieht man. Glaubst du, daß es nur an ihr liegt? Schließlich ist sie ein Shamud«, sagte Carlono. Wer sonst könnte ein Tier dazu bringen, alles zu tun, was er will?«

»Ich reite auf Renner«, sagte Jondalar. »Und ich bin kein Shamud.«

»Da wäre ich mir nicht so sicher«, sagte Markeno, dann lachte er. »Erinnere dich, ich habe dich bei Frauen gesehen. Ich glaube, du könntest jede dazu bringen, das zu tun, was du willst.«

Jondalar errötete. Daran hatte er wirklich nicht mehr gedacht. Als Ayla sich ihnen näherte, wunderte sie sich über sein rotes Gesicht; doch dann trat Dolando zu ihnen.

»Ich begleite euch ein Stück, um euch den Pfad und den besten Weg über die Berge zu zeigen«, sagte er.

»Danke. Das hilft uns sehr«, sagte Jondalar.

»Ich komme auch mit«, sagte Markeno.

»Ich würde auch gern mitkommen«, sagte Darvalo. Ayla sah, daß er das Hemd trug, das Jondalar ihm geschenkt hatte.

»Ich auch«, sagte Rakario.

Darvalo warf ihr einen wütenden Blick zu. Doch wenn er erwartet hatte, daß sie mit den Augen an Jondalar hing, so hatte er sich getäuscht. Sie blickte ihn, Darvalo, an, mit einem bewundernden Lächeln. Ayla verfolgte, wie sein Gesichtsausdruck sich änderte – von Verärgerung über Erstaunen und Verstehen bis zu einem verwirrten Erröten.

Fast alle hatten sich in der Mitte des Platzes versammelt, um sich von den Gästen zu verabschieden. Noch einige andere äußerten den Wunsch, sie ein Stück Weges zu begleiten.

»Ich komme nicht mit«, sagte Roshario und sah erst Jondalar, dann Ayla an. »Aber ich wollte, ihr würdet hierbleiben. Ich wünsche euch beiden eine gute Reise.«

»Danke, Roshario«, sagte er und zog die Frau an sich. »Wir werden deine guten Wünsche brauchen, bis wir unser Ziel erreicht haben.«

»Ich habe dir zu danken, Jondalar, daß du Ayla hergebracht hast. Ich darf gar nicht daran denken, wie es mir ergangen wäre, wenn sie nicht gekommen wäre.« Sie streckte die Hand aus. Ayla ergriff sie und dann die andere Hand, die noch in der Schlinge lag, um sie beide zu drücken. Sie freute sich, daß der Druck von beiden Händen erwidert wurde. Dann umarmten sie sich.

Sie verabschiedeten sich von mehreren anderen Leuten, aber die meisten wollten sie wenigstens ein kurzes Stück begleiten.

»Kommst du mit, Tholie?« fragte Markeno, der sich Jondalar angeschlossen hatte.

»Nein.« Ihre Augen standen voller Tränen. »Ich möchte nicht mitkommen. Der Abschied wird nicht dadurch leichter, daß man ihn aufschiebt.« Sie trat dicht an den großen Zelandonii-Mann heran. »Es fällt mir schwer, jetzt schöne Worte zu machen, Jondalar. Ich habe dich immer gern gehabt, und ich habe dich noch tiefer in mein Herz geschlossen, als du Ayla herbrachtest. Ich habe so sehr gewünscht, daß du mit ihr hierbleibst, aber du wolltest es nicht. Obgleich ich deine Gründe verstehe, fühle ich mich deswegen nicht weniger elend.«

»Es tut mir leid, Tholie«, sagte Jondalar. »Ich wünschte, ich könnte was tun, damit du dich besser fühlst.«

»Das kannst du, aber du tust es nicht«, sagte sie.

Wie es ihre Art war, sagte sie offen, was sie dachte. Das war es, was er an ihr liebte. Man brauchte nie zu raten, was sie wirklich meinte. »Sei mir nicht böse. Wenn ich bleiben könnte, wäre mir nichts lieber, als mich mit dir und Markeno zusammenzutun. Du glaubst nicht, wie stolz ich war, als du uns darum batest, und wie schwer es mir fällt, euch jetzt zu verlassen. Aber etwas zieht mich fort. Ich weiß nicht einmal, was es ist; aber ich muß gehen, Tholie.« Er sah sie an, die blauen Augen erfüllt von echtem Schmerz, von Mitgefühl und Liebe.

»Jondalar, du solltest nicht so nette Dinge zu mir sagen und mich dabei so anschauen. Dann wird mir nur noch weher ums Herz. Nimm mich in die Arme«, sagte Tholie.

Er beugte sich nieder und legte die Arme um die junge Frau. Er spürte, wie sie mit den Tränen kämpfte. Sie löste sich von ihm und sah Ayla an.

»Ach, Ayla, wenn du doch bleiben könntest!« sagte sie aufschluchzend, als sie einander in die Arme sanken.

»Ich möchte nicht gehen. Ich wünschte, wir könnten bleiben. Ich weiß nicht, warum; aber wenn Jondalar gehen muß, dann muß ich mit ihm gehen«, sagte Ayla, die sich ebenso ihren Tränen überließ wie Tholie. Plötzlich riß sich die junge Mutter los, hob Shamio auf und eilte mit ihr zurück zur Wohnstatt.

Wolf wollte hinter ihr herlaufen. »Zu mir, Wolf!« befahl Ayla.

»Woffie! Ich möchte meinen Woffie«, rief das kleine Mädchen und streckte die Ärmchen nach dem zottigen Tier aus.

Wolf jaulte und sah Ayla an. »Zu mir, Wolf«, sagte sie. »Wir brechen auf.«

ZWANZIGSTES KAPITEL

Ayla und Jondalar standen auf einer Lichtung, die den Blick auf die Berge freigab. Sie fühlten sich verloren und einsam, als sie Dolando, Markeno, Carlono und Darvalo nachschauten, die auf dem Pfad zurückwanderten. Die anderen hatten sich schon unterwegs verabschiedet und waren zu zweit oder zu dritt ins Lager zurückgekehrt. Als die letzten vier Männer eine Biegung des Pfades erreichten, drehten sie sich noch einmal um und winkten.

Ayla erwiderte ihren Gruß mit einer »Wiedersehen«-Geste, den Handrücken den Scheidenden zugekehrt, aber sie wußte, daß sie die Sharamudoi nie wiedersehen würde. In der kurzen Zeit, die sie bei ihnen verbracht hatte, hatte sie sie lieben gelernt. Sie hatten sie willkommen geheißen, hatten sie gebeten zu bleiben, und sie wäre gern bei ihnen geblieben.

Der Abschied erinnerte sie an die Trennung von den Mamutoi zu Beginn des Sommers. Auch sie hatten ihnen den Willkommensgruß entboten, und sie hatte viele von ihnen geliebt. Sie hätte glücklich mit ihnen zusammenleben können, aber sie hätte mit der Tatsache leben müssen, daß sie Ranec unglücklich gemacht hatte, und als sie sie verließ, hatte sie die Erregung begleitet, mit dem Mann heimzukehren, den sie liebte. Bei den Sharamudoi gab es keine solchen Bedenken, und das machte die Trennung um so schmerzlicher.

Reisen heißt Abschied nehmen, dachte Ayla. Sie hatte für immer Abschied genommen von dem Sohn, den sie beim Clan zurückgelassen hatte. Freilich, wenn sie hiergeblieben wären, hätte sie vielleicht eines Tages mit den Ramudoi in einem Boot den Großen Mutter Fluß bis zum Delta hinabfahren können. Und dann hätte sie vielleicht zur Halbinsel gelangen können, um nach der neuen Höhle des Clans ihres Sohnes zu suchen. Aber es hatte keinen Sinn, weiter darüber nachzudenken.

Sie würde keine Gelegenheit mehr haben, zurückzukehren, keinen Grund mehr zur Hoffnung.

Iza hat ihr gesagt: »Finde deine eigenen Leute, finde deine eigenen Gefährten.« Sie hatte Aufnahme gefunden bei Leuten ihrer eigenen Art, und sie hatte einen Mann gefunden, der sie liebte und den sie liebte. Aber bei allem, was sie gewonnen hatte, hatte sie etwas verloren. Ihr Sohn gehörte zu dem, was sie verloren hatte; das mußte sie nun endgültig einsehen.

Auch Jondalar fühlte eine tiefe Leere in sich, als die letzten vier sich umwandten, um in ihr Lager zurückzukehren. Es waren Freunde, mit denen er mehrere Jahre zusammengelebt und die er gut gekannt hatte. Obwohl er mit ihnen nicht durch seine Mutter und ihre Sippe verbunden war, fühlte er sich ihnen ebenso verwandt wie seinem eigenen Blut. Doch da er sich entschlossen hatte, zu seinen eigenen Wurzeln zurückzufinden, waren sie eine Familie, die er nie wiedersehen würde, und das stimmte ihn traurig.

Als der letzte der Sharamudoi ihren Blicken entschwand, setzte sich Wolf auf die Hinterläufe, hob den Kopf und gab seinem Gefühl in einem Winseln Ausdruck, das in ein kehliges Heulen überging und die Stille des sonnigen Morgens zerriß. Die vier Männer erschienen noch einmal auf dem Pfad unten und winkten ein letztes Mal, als ob sie dem Tier Lebewohl sagen wollten. Wie eine Antwort war unvermittelt das Geheul eines anderen Wolfs zu hören. Markeno blickte hoch, um zu sehen, aus welcher Richtung das zweite Heulen kam, bevor die Männer sich wieder dem Pfad zuwandten. Dann drehten Ayla und Jondalar sich um und sahen vor sich die Berge mit ihren schimmernden, von Gletschereis überzogenen Gipfeln.

Obwohl nicht so hoch wie die Bergkette im Westen, waren die Berge, zu denen sie sich jetzt aufmachten, zur selben Zeit entstanden, in der jüngsten Epoche der Gebirgsbildung – jung freilich nur im Verhältnis zu der unsagbar langsamen Bewegung der dicken steinernen Kruste, die auf dem geschmolzenen Kern der alten Erde trieb. Aufgefaltet in einer Reihe paralleler Kämme, war dieser östliche Ausläufer des riesigen Gebirgssystems mit grünem Leben bedeckt.

Ein Saum von Laubwäldern bildete einen schmalen Streifen zwischen den Ebenen unten, die noch von der letzten Sommerwärme zehrten, und den kälteren Höhenlagen. Die Blätter der hauptsächlich aus Eichen und Buchen bestehenden, mit Weißbuche und Ahorn durchsetzten Wälder verfärbten sich bereits zu einem Spektrum leuchtender Rot- und Gelbtöne, eingefaßt von dem tiefen Immergrün der Fichten am oberen Rand. Ein dichter Teppich von Nadelbäumen, zu denen nicht nur die Fichten, sondern auch Eiben, Tannen, Kiefern und Lärchen gehörten, erstreckte sich von den niedrigeren Hängen bis zu den runden Schultern der mittelhohen Berge und bedeckte die steilen Flanken der höheren Gipfel, wo die subtilen Grüntöne gedämpft wurden vom Gelb der Lärchen. Oberhalb der Baumgrenze lag ein Gürtel sommergrüner alpiner Wiesen, überragt vom Helm des bläulich schimmernden Gletschereises.

Die Wärme, die über die südlichen Ebenen während des kurzen heißen Sommers hinweggegangen war, wich bereits dem erbarmungslosen Zugriff der Kälte. Obgleich eine wärmere Periode – ein Zwischenstadium, das mehrere tausend Jahre anhielt – der Kältestarre Einhalt geboten hatte, verstärkte sich die Front des Gletschereises zu einem letzten Angriff auf das Land, bevor es sich Tausende von Jahren später endgültig zurückziehen sollte. Doch selbst während der milderen Periode vor dem letzten Angriff bedeckte das Gletschereis nicht nur die niedrigeren Gipfel und die Flanken der hohen Berge – es hielt den ganzen Kontinent in seinem Griff.

In der zerklüfteten Waldlandschaft – mit der zusätzlichen Belastung durch das Rundboot, das Renner auf Stangen hinter sich herzog – mußten Ayla und Jondalar die meiste Zeit zu Fuß gehen und konnten nur kurze Strecken reiten. Sie kämpften sich steil abfallende Berghänge hinauf, überwanden Felsgrate, Geröllhalden und die tiefen Rinnen, die die alljährliche Schneeschmelze im Frühling und die schweren Regenfälle des Herbstes in das Gestein der südlichen Berge geschnitten hatten. Einige der Schluchten waren von Rinnsalen durchflossen, die durch den Mulch der verrotteten Vegetation und den weichen Lehm sickerten, der sich an den Füßen von Mensch und Tier festsetzte. Andere führten klare Bergbäche; aber alle würden sich bald mit den gewaltigen Wassermassen der alljährlichen herbstlichen Niederschläge füllen.

In den tieferen Lagen, in den offenen Wäldern der breitblättrigen Bäume wurden sie durch das dichte Unterholz behindert, dem sie immer wieder ausweichen oder durch das sie sich mühselig einen Weg bahnen mußten. Die zähen Zweige und dornigen Ranken der Brombeerbüsche widersetzten sich ihrem Vorankommen und klammerten sich an Haaren, Kleidungsstücken und Haut ebenso fest wie an dem zottigen Fell der Steppenpferde. Selbst Wolf blieb von Kletten und Dornen nicht verschont.

Alle waren froh, als sie schließlich die Zone der Nadelbäume erreichten, in deren Schatten kaum Unterholz gedeihen konnte; nur an steilen Hängen, an denen das Laubdach nicht so dicht war, drang die Sonne hier und da durch und ermöglichte einigen Büschen ein kärgliches Leben. Doch es war nicht viel leichter, den dichten Wald der hohen Bäume zu durchreiten, in dem die Pferde Hindernissen auf dem Boden ausweichen und die Reiter sich unter niedrig hängenden Zweigen ducken mußten. Sie kampierten die erste Nacht auf einer kleinen, auf einem Hügel gelegenen Lichtung, die von hohen Nadelbäumen umstanden war.

Als der Abend des zweiten Tages anbrach, erreichten sie die Baumgrenze. Endlich hatten sie die unwegsame Strecke des dichten Unterholzes und der hohen Bäume hinter sich und errichteten ihr Zelt neben einem reißenden, kalten Bach auf einer offenen Weide. Als sie die Pferde von ihrer Last befreit hatten, begannen diese sofort zu grasen. Obwohl sie das härtere trockene Gras der niedrigeren und wärmeren Regionen gewohnt waren, bildeten die saftigeren Gräser und Kräuter der grünen Alm eine willkommene Abwechslung.

Ein kleines Damwild-Rudel graste ebenfalls auf der Weide. Die männlichen Tiere scheuerten ihre Geweihe an den Ästen, um sie für die Herbstbrunft von der als Bast bezeichneten filzigen, haarigen Hautschicht zu befreien.

»Bald beginnt ihre Zeit der Wonne«, meinte Jondalar, als sie die Feuerstelle herrichteten. »Sie bereiten sich auf die Kämpfe vor – und auf die Weibchen.«

»Ist Kämpfen eine Wonne für Männer?«

»So habe ich es noch nie betrachtet, aber für einige von ihnen trifft es vielleicht zu«, sagte er.

»Kämpfst du gern mit anderen Männern?«

Jondalar runzelte die Stirn, als er über die Frage nachdachte. »Ich habe nie abseits gestanden. Manchmal wird man, aus welchem Grund auch immer, in so etwas hineingezogen; aber ich kann nicht sagen, daß ich gern kämpfe – nicht, wenn es ernst gemeint ist. Aber gegen Ringen oder andere Wettkämpfe habe ich nichts.«

»Die Männer des Clans kämpfen nie miteinander. Es ist ihnen nicht gestattet; aber sie tragen Wettkämpfe aus«, sagte Ayla. »Frauen auch, doch auf andere Weise.«

»Auf welche Weise?«

Ayla schwieg, um darüber nachzudenken. »Die Männer wetteifern miteinander in dem, was sie tun, die Frauen in dem, was sie herstellen«, sagte sie und lächelte dann. »Zum Beispiel Kinder, obgleich das ein sehr subtiler Wettkampf ist, bei dem fast jede glaubt, gewonnen zu haben.«

Weiter oben in den Bergen bemerkte Jondalar eine Familie von Mufflons, und er wies auf die Wildschafe mit ihren gewaltigen, dicht am Kopf gekrümmten Hörnern. »Das sind die wirklichen Kämpfer«, sagte Jondalar. »Wenn sie aufeinander zurennen und ihre Köpfe zusammenkrachen lassen, klingt es beinahe wie ein Donnerschlag.«

»Wenn Hirsche und Widder mit ihren Geweihen oder Hörnern aufeinander losgehen, glaubst du, daß sie wirklich kämpfen?« fragte Ayla.«

»Ich weiß es nicht. Sie können einander verletzen, aber das geschieht nicht sehr häufig. Meist gibt der eine auf, wenn der andere zeigt, daß er stärker ist. Und manchmal stolzieren sie nur herum und brüllen, ohne miteinander zu kämpfen. Vielleicht ist es mehr ein Wettkampf als ein wirklicher Kampf.« Er lächelte sie an. »Du stellst wirklich interessante Fragen, Ayla.«

Eine frische, kühle Brise war aufgekommen, als die Sonne hinter den Bergen versank. Früher am Tag war leichter Schnee gefallen, der an den offenen sonnigen Plätzen geschmolzen war. Aber in schattigen Winkeln hatte er sich angesammelt. Möglicherweise stand ihnen eine kalte Nacht bevor, in der mehr Schnee fallen würde.

Wolf verschwand, als sie ihre Unterkunft hergerichtet hatten. Als er bei Anbruch der Dunkelheit noch nicht zurück war, begann Ayla sich um ihn zu sorgen. »Was meinst du, soll ich ihn zurückpfeifen?« fragte sie, als sie sich für die Nacht einzurichten begannen.

»Es ist nicht das erstemal, daß er allein auf die Jagd geht, Ayla. Du bist nur daran gewöhnt, daß er dauernd in deiner Nähe ist. Er wird schon zurückkommen«, sagte Jondalar.

»Ich hoffe, er ist bis zum Morgen wieder hier«, sagte Ayla. Sie stand auf und versuchte vergeblich, die Dunkelheit außerhalb ihres Lagerfeuers mit den Blicken zu durchdringen.

»Er ist ein Tier; er kennt seinen Weg. Komm her und setz dich zu mir«, sagte er. Er legte noch ein Scheit in das Feuer und sah den Funken nach, die hoch in die Luft stiegen. »Schau dir die Sterne an. Hast du jemals so viele gesehen?«

Ayla blickte auf, und ein Gefühl des Staunens ergriff sie. »Es scheinen Unmengen zu sein. Vielleicht liegt das daran, daß wir ihnen hier oben näher sind und mehr von ihnen sehen, besonders die kleineren. Oder sind sie weiter weg? Glaubst du, daß sie immer da sein werden?«

»Ich weiß es nicht. Ich habe noch nie darüber nachgedacht. Wer kann das schon wissen?« fragte Jondalar.

»Glaubst du, deine Zelandoni weiß es?«

»Vielleicht, aber ich glaube nicht, daß sie es mir sagen wird. Es gibt Dinge, die nur Die wissen, Die Der Mutter Dienen. Du stellst wirklich die seltsamsten Fragen, Ayla«, sagte Jondalar; er spürte, wie es ihn dabei kalt überlief. Obgleich er wußte, daß nicht die Kälte daran schuld war, fügte er hinzu: »Mir wird kalt, und wir müssen morgen früh aufbrechen. Dolando sagte, daß der Regen jederzeit einsetzen könne, und das bedeutet Schnee hier oben. Ich möchte vorher wieder unten sein.«

»Ich komme sofort. Ich möchte nur noch nach Renner und Winnie sehen. Vielleicht ist Wolf bei ihnen.«

Ayla war noch besorgt, als sie unter die Schlafpelze kroch, und es gelang ihr erst spät, einzuschlafen, weil sie auf jeden Laut horchte, der ihr die Rückkehr des Tieres anzeigen mochte.

Es war dunkel, zu dunkel, um hinter die vielen, vielen Sterne schauen zu können, die aus dem Feuer in den nächtlichen Himmel strömten; aber sie schaute weiter hin. Dann bewegten sich zwei Sterne, zwei gelbe Lichter in der Dunkelheit auf sie zu. Es waren Augen, die Augen eines Wolfes, der sie ansah. Er wandte sich um und begann fortzugehen, und sie wußte, daß er ihr bedeuten wollte, ihm zu folgen. Aber als sie hinter ihm herging, wurde ihr der Weg plötzlich von einem riesigen Bären versperrt.

Sie sprang ängstlich zurück, als der Bär sich auf seine Hinterbeine erhob und knurrte. Doch als sie wieder hinschaute, erkannte sie, daß es kein echter Bär war. Es war Creb, der Mog-ur, bekleidet mit seinem Umhang aus Bärenfell.

In der Ferne hörte sie ihren Sohn nach ihr rufen. Sie blickte hinter den großen Zauberer und sah den Wolf, aber es war nicht einfach ein Wolf. Es war der Geist des Wolfs, Durcs Totem; und er wollte, daß sie ihm folgte. Dann verwandelte sich der Wolfsgeist in ihren Sohn; und es war Durc, der ihr bedeutete, ihm zu folgen. Er rief wieder nach ihr, doch als sie versuchte, zu ihm zu gehen, stellte sich ihr Creb wieder in den Weg. Er wies auf etwas hinter ihr.

Sie drehte sich um und sah einen Pfad, der zu einer Höhle führte. Es war keine tiefe Höhle, sondern eher der Überhang eines hellen Felsens an der Flanke eines Kliffs, und darüber schwebte ein seltsamer Felsbrocken, der in dem Augenblick, in dem er über den Rand fiel, erstarrt zu sein schien. Als sie zurückblickte, waren Creb und Durc verschwunden.

»Creb! Durc! Wo seid ihr?« rief Ayla und fuhr hoch.

»Ayla, du hast wieder geträumt«, sagte Jondalar und setzte sich ebenfalls auf.

»Sie sind fort. Warum hat er mich nicht mit ihm gehen lassen?« sagte Ayla mit erstickter Stimme und Tränen in den Augen.

»Wer ist fort?« fragte er und nahm sie in die Arme.

»Durc ist fort, und Creb wollte mich nicht mit ihm gehen lassen. Er hat mir den Weg versperrt. Warum wollte er mich nicht mit ihm gehen lassen?« sagte sie und weinte in seinen Armen.

»Es war ein Traum, Ayla. Es war nur ein Traum. Vielleicht bedeutet er etwas, aber es war bloß ein Traum.«

»Du hast recht. Ich weiß, daß du recht hast; aber mir war, als wäre es Wirklichkeit«, sagte Ayla.

»Hast du an deinen Sohn gedacht, Ayla?«

»Ich glaube, ja« sagte sie. »Ich habe daran gedacht, daß ich ihn nie wiedersehen werde.«

»Vielleicht hast du deshalb von ihm geträumt. Zelandoni hat immer gesagt, wenn man einen solchen Traum hat, soll man versuchen, sich genau daran zu erinnern. Dann versteht man ihn vielleicht eines Tages«, sagte Jondalar und versuchte, ihr Gesicht in der Dunkelheit zu erkennen. »Schlaf wieder ein.«

Sie lagen beide noch eine Weile wach, aber schließlich schliefen sie wieder ein. Als sie am nächsten Morgen aufstanden, war der Himmel verhangen, und Jondalar trieb zur Eile an. Wolf war immer noch nicht zurückgekommen. Ayla pfiff von Zeit zu Zeit nach ihm, als sie ihr Zelt zusammenpackten und ihre Ausrüstung verstauten, doch er kam nicht.

»Ayla, wir müssen gehen. Er wird uns einholen, wie er es immer tut«, sagte Jondalar.

»Ich gehe nicht, bevor ich nicht weiß, wo er ist«, sagte sie. »Du kannst gehen oder hier auf mich warten. Ich werde ihn suchen.«

»Wo willst du nach ihm suchen? Das Tier kann überall sein.«

»Vielleicht ist er zurückgelaufen. Er hing so an Shamio«, sagte Ayla. »Vielleicht sollten wir zurückgehen, um nach ihm zu suchen.«

»Wir gehen nicht zurück! Wo wir schon so weit gekommen sind!«

»Aber ich. Ich gehe nicht, bevor ich Wolf gefunden habe«, sagte sie.

Jondalar schüttelte den Kopf, als Ayla den Weg zurückging. Offensichtlich ließ sie sich durch nichts in der Welt von ihrer Absicht abbringen. Ohne dieses Tier hätten sie schon lange unterwegs sein können. Soweit es ihn betraf, hätten die Sharamudoi den Wolf haben können!

Ayla pfiff weiter nach ihm, während sie ihren Weg verfolgte. Und plötzlich, gerade als sie wieder in den Wald eindringen wollte, erschien er an der anderen Seite der Lichtung und lief auf sie zu. Er sprang an ihr hoch, stieß sie beinahe um, legte ihr die Pfoten auf die Schultern, leckte ihr Gesicht und knabberte sanft an ihrem Unterkiefer.

»Wolf! Wolf, da bist du ja! Wo bist du gewesen?« sagte Ayla, kraulte ihn am Hals, rieb ihr Gesicht an seinem und biß mit den Zähnen leicht in seinen Unterkiefer, um seine Begrüßung zu erwidern. »Ich habe mir solche Sorgen um dich gemacht! Du solltest nicht einfach so fortlaufen.«

»Können wir jetzt endlich aufbrechen?« fragte Jondalar. »Der Morgen ist halb vorüber.«

»Er ist wenigstens jetzt da, und wir mußten nicht den ganzen Weg zurückgehen«, sagte Ayla und sprang auf Winnies Rücken. »Welchen Weg willst du einschlagen? Ich bin bereit.«

Sie ritten über die Alm, ohne ein Wort, jeder wütend auf den anderen, bis sie an einen Bergkamm gelangten. An ihm ritten sie entlang und suchten nach einer Möglichkeit, ihn zu überqueren. Schließlich kamen sie an einen steilen Abhang mit lockeren Stein- und Felsbrocken. Der Weg schien riskant zu sein, und Jondalar fuhr fort, nach einem anderen zu suchen. Wenn es nur um sie gegangen wäre, hätten sie an mehreren Stellen den Kamm überwinden können, aber der einzige Übergang, der auch für die Pferde gangbar war, war der Abhang mit den rutschenden Felsbrocken.

»Ayla, meinst du, daß die Pferde dort hochklettern können? Ich glaube nicht, daß es eine andere Möglichkeit gibt, wenn wir nicht wieder hinabsteigen wollen«, sagte Jondalar.

»Ich denke, du gehst nicht wieder zurück«, sagte sie. »Wegen eines Tieres.«

»Ich will es auch nicht, aber was sein muß, muß sein. Wenn du meinst, daß es für die Pferde zu gefährlich ist, werden wir es nicht versuchen.«

»Und was ist, wenn ich meine, daß es für Wolf zu gefährlich ist? Lassen wir ihn dann zurück?« fragte Ayla.

Für Jondalar waren die Pferde nützlich, und obwohl ihm Wolf ans Herz gewachsen war, hielt er es einfach nicht für nötig, seinetwegen die Reise zu unterbrechen. Aber offensichtlich war Ayla nicht seiner Meinung, und er hatte ein unterschwelliges Gefühl der Entfremdung gespürt, eine geheime Spannung. Lag es daran, daß sie im Grunde bei den Sharamudoi hatte bleiben wollen? Sobald sie etwas Abstand gewonnen hatte, dachte er, würde sie dem Ziel ihrer Reise freudiger entgegensehen. Aber er wollte sie nicht noch unglücklicher machen, als sie bereits war.

»Es ist nicht so, daß ich Wolf zurücklassen wollte. Ich dachte nur, er würde uns wieder einholen, wie er es früher auch gemacht hat«, sagte Jondalar, obwohl es nicht ganz der Wahrheit entsprach.

Sie spürte, daß er etwas verschwieg; doch sie wollte nicht, daß zwischen ihnen Unstimmigkeit herrschte, und jetzt, da Wolf wieder da war, fühlte sie sich erleichtert. Mit der Sorge um das Tier war auch ihr Ärger verflogen. Sie saß ab und begann den Abhang emporzusteigen, um ihn zu untersuchen. Sie war sich keineswegs sicher, daß die Pferde es schaffen würden; aber er hatte gesagt, daß sie nach einer anderen Möglichkeit suchen müßten, wenn sie es nicht schafften.

»Ich bin mir nicht sicher, aber ich denke, wir sollten es versuchen, Jondalar. Ich glaube nicht, daß es so schlimm ist, wie es aussieht. Wenn sie es nicht schaffen, können wir immer noch zurückgehen und einen anderen Weg suchen«, sagte sie.

Es war tatsächlich nicht so schwierig, wie sie zuerst gedacht hatten. Obgleich es einige gefährliche Augenblicke gab, waren sie beide überrascht, wie gut die Pferde mit dem Abhang fertig wurden. Ayla und Jondalar waren froh, die Sache hinter sich zu bringen; doch als sie weiter emporstiegen, mußten sie noch einige Stellen durchqueren, die ebenso heikel waren. Verbunden durch ihre gegenseitige Sorge umeinander und um die Pferde, sprachen sie wieder unbefangen miteinander.

Für Wolf bot der Abhang keinerlei Schwierigkeiten. Während sie die Pferde vorsichtig nach oben führten, war er bis zum Kamm und wieder zurückgelaufen. Ayla pfiff nach ihm und wartete. Jondalar beobachtete sie, und es kam ihm vor, als wolle sie das Tier vor etwas schützen. Er grübelte darüber nach, wollte sie fragen, änderte seine Meinung, da er fürchtete, sie würde ärgerlich werden; dann entschloß er sich, offen mit ihr zu reden.

»Ayla, habe ich unrecht, oder bist du besorgter um Wolf als früher? Du hast ihn doch sonst immer kommen und gehen lassen, wann er wollte. Ich wünschte, du sagtest mir, was dich bedrückt. Du hast gesagt, wir sollten keine Geheimnisse voreinander haben und einander alles eingestehen.«

Sie atmete tief ein und schloß die Augen, die Stirn von einer tiefen Falte durchfurcht. Dann sah sie ihn an. »Du hast recht. Aber es ist nicht so, daß ich es dir nicht eingestehen wollte. Ich habe versucht, es mir selbst nicht einzugestehen. Erinnerst du dich an die Damhirsche dort unten, die sich den Bast von den Geweihen rieben?«

»Ja.« Jondalar nickte.

»Ich weiß es nicht, aber es könnte auch die Zeit der Wonne für Wölfe sein. Ich mag gar nicht daran denken; ich habe Angst, daß es dann eintreten könnte. Doch Tholie brachte mich darauf, als ich davon sprach, daß Baby fortgelaufen sei, um ein Weibchen zu finden. Sie fragte mich, ob ich glaube, daß auch Wolf eines Tages fortlaufen würde wie Baby. Ich möchte nicht, daß Wolf uns verläßt, Jondalar. Er ist fast wie ein Kind für mich, wie ein Sohn.«

»Warum glaubst du, daß er fortlaufen könnte?«

»Bevor Baby fortlief, verschwand er regelmäßig und blieb immer länger fort. Erst einen Tag, dann mehrere Tage; und wenn er zurückkam, konnte ich sehen, daß er gekämpft hatte. Ich wußte, daß er ein Weibchen suchte. Und er hat eines gefunden. Und wenn Wolf jetzt fortläuft, habe ich jedesmal Angst, daß er nach einem Weibchen sucht«, sagte Ayla.

»Das ist es also. Ich weiß nicht, ob wir etwas daran ändern können, aber ist es wahrscheinlich?« fragte Jondalar. Unvermittelt kam ihm der Gedanke, daß er fast wünschte, es wäre so. Mehr als einmal hatte das Tier sie aufgehalten oder Spannungen zwischen ihnen hervorgerufen. Er mußte sich selbst eingestehen, daß er es begrüßen würde, wenn Wolf ein Weibchen fände und mit ihm fortzöge.

»Ich weiß nicht«, sagte Ayla. »Bisher ist er jedesmal zurückgekommen, und er scheint gern bei uns zu sein. Er begrüßt mich, als gehörte ich zu seinem Rudel, aber du weißt, wie es mit der Wonne ist. Sie hat viel Macht über uns. Das Bedürfnis kann sehr stark sein.«

»Das ist wahr. Nun, ich weiß nicht, ob du etwas daran ändern kannst; aber ich bin froh, daß du es mir gesagt hast.«

Sie ritten schweigend eine Weile nebeneinander her, aber es war ein geselliges Schweigen. Er war froh, daß sie es ihm gesagt hatte. Jedenfalls verstand er jetzt ihr seltsames Verhalten etwas besser. Sie hatte sich benommen wie eine allzu besorgte Mutter; er war froh, daß sie normalerweise nicht so reagierte. Ihm hatten immer die Jungen leid getan, deren Mütter es nicht zuließen, daß sie Dinge taten, die vielleicht gefährlich waren, beispielsweise in eine tiefe Höhle zu kriechen oder einen steilen Fels hochzuklettern.

»Schau, Ayla. Da ist ein Steinbock«, sagte Jondalar und wies auf ein leichtfüßiges, ziegenartiges Tier mit langen gebogenen Hörnern. Es stand auf einem jäh abfallenden Sims hoch oben auf dem Berg. »Ich habe sie früher gejagt. Und sieh, dort drüben. Das sind Gemsen!«

»Sind das die Tiere, die die Sharamudoi jagen?« fragte Ayla, als sie die mit kleineren Hörnern ausgestattete Verwandte der wilden Bergziege über unzugängliche Felsvorsprünge tollen sah.

»Ja. Ich habe sie verfolgt.«

»Wie kann man solche Tiere jagen? Wie gelangt man in ihre Nähe?«

»Es kommt darauf an, über ihnen zu bleiben. Sie schauen immer nach unten, wenn sie Gefahr wittern. Wenn man also über ihnen bleibt, gelangt man nahe genug an sie heran, um sie zu erlegen. Hier siehst du, welche Vorteile die Speerschleuder bietet«, erklärte Jondalar.

»Jetzt weiß ich die Ausrüstung, die Roshario mir gab, noch mehr zu schätzen«, sagte Ayla.

Sie setzten ihren Aufstieg fort und erreichten am Nachmittag die Schneegrenze. Kahle Felswände ragten zu beiden Seiten neben ihnen empor, da und dort mit Eis und Schnee bedeckt. Der Bergkamm hob sich scharf vor dem blauen Himmel ab und erschien ihnen wie das Ende der Welt. Als sie oben angekommen waren, blieben sie stehen und sahen sich um. Der Anblick war atemberaubend.

Unmittelbar hinter sich sahen sie die Stecke, die sie seit Erreichen der Baumgrenze zurückgelegt hatten. Jenseits dieser Grenze verbarg der dichte Teppich der Nadelbäume den harten Fels und das unwegsame Gelände, das sie durchquert hatten. Im Osten konnten sie sogar noch die Ebene mit ihren gewundenen Wasserläufen erkennen; der Große Fluß erschien aus dieser Höhe wie ein bloßes Rinnsal, und sie konnte sich kaum noch vorstellen, daß sie vor Hitze fast verschmachtet war, als sie – waren Jahre seither vergangen? – an seinen Ufern entlanggeritten waren. Vor ihnen erhob sich, etwas tiefer, der nächste Bergkamm, getrennt von ihnen durch ein tiefes, mit hohen, sattgrünen Nadelbäumen bestandenes Tal. Unweit vor ihnen ragten drohend die mit Eis bedeckten, schimmernden Gipfel.

Ayla blickte sich mit glänzenden Augen um, ergriffen von der Größe und der Schönheit des Panoramas. Ihr Atem gefror in der Kälte zu kleinen Wolken.

»Oh, Jondalar, wir sind höher als jedes andere Lebewesen. Ich habe das Gefühl, wir stehen auf dem Dach der Welt!« sagte sie. »Und es ist so – schön, so aufregend.«

Als Jondalar den Ausdruck des Staunens in ihren glänzenden Augen sah, regte sich auch in ihm ein Gefühl für die Schönheit des Panoramas; doch zugleich ergriff ihn ein unwiderstehliches Begehren, der Wunsch, sie zu besitzen.

»Ja, so schön, so aufregend«, sagte er. Etwas in seiner Stimme ließ sie erschauern. Sie löste sich von dem herrlichen Anblick und sah ihn an.

Seine Augen waren so tief und blau, daß es ihr für einen Moment so vorkam, als habe er zwei Stücke des leuchtenden blauen Himmels gestohlen, um sie mit seiner Liebe und seinem Verlangen zu füllen. Sie war von ihnen gebannt, gefangen von seinem Zauber, dessen Quelle ihr ebenso unbekannt war wie der Zauber der Liebe, dem sie sich nicht entziehen konnte – und dem sie sich nicht entziehen wollte. Sein bloßes Verlangen war für sie immer ein »Zeichen« gewesen, dem sie gehorchen mußte.

Ohne daß es ihr bewußt wurde, lag sie in seinen Armen, spürte seine Kraft und seine Wärme und seinen suchenden Mund auf ihrem. Es gab sicher keinen Mangel an Wonne in ihrem Leben; sie teilten die Gabe der Mutter regelmäßig mit großer Freude, aber dieser Augenblick war wie kein anderer. Vielleicht lag es an dem Gefühl, das diese erhabene Berglandschaft in ihr ausgelöst hatte; ein erregendes Prickeln durchlief sie, während seine Hände, seine Arme, seine Schenkel sie suchten. Die Wölbung in seinen Lenden, die sie durch die Dicke der pelzgefütterten Wintersachen hindurch spürte, erschien ihr warm, und seine Lippen auf den ihren ließen sie wünschen, er möge nie aufhören.

Als er sie freigab und zurücktrat, um die Lederschnur zu lösen, die seine Pelzjacke zusammenhielt, schmerzte ihr Körper vor Verlangen nach seiner Berührung. Sie konnte ihn kaum erwarten; aber sie wollte nicht, daß er sich beeilte. Als er nach ihrer Brust griff, war sie froh, daß seine Hände kalt waren und der Wärme, die sie in sich spürte, einen erregenden Kontrast entgegensetzten. Sie hielt den Atem an, als er ihre harte Brustwarze drückte, und fühlte ein Brennen durch ihren Körper gehen, das nach mehr und immer mehr verlangte.

Jondalar spürte, wie sie auf ihn reagierte, und sein Verlangen wuchs. Sein Glied hatte sich aufgerichtet und pulsierte vor Kraft. Er spürte ihre weiche, warme Zunge in seinem Mund und sog an ihr. Dann gab er sie frei, um dem Wunsch nachzugeben, das warme Salz und die feuchten Falten ihrer anderen Öffnung zu spüren; aber er konnte nicht aufhören, sie zu küssen. Er nahm ihre Brüste in die Hände, spielte mit den Brustwarzen, drückte und rieb sie; dann hob er ihr Untergewand und nahm eine Brust in den Mund, um an ihr zu saugen. Er hörte, wie sie vor Lust stöhnte.

Er spürte ein Zittern und stellte sich vor, mit seiner ganzen Manneskraft in ihr zu sein. Sie küßten sich wieder, und sie fühlte, wie ihr Verlangen zunahm. Sie dürstete nach der Berührung seiner Hände, seines Körpers, seines Mundes, seiner Männlichkeit.

Er streifte ihre Pelzjacke ab, und sie umfing ihn mit ihren bloßen Armen. Sie genoß den kalten Wind, der sich warm anfühlte mit seinem Mund auf ihrem Mund und seinen Händen an ihrem Körper. Er löste die Kordel ihrer Beinlinge und befreite sie von dem Kleidungsstück. Dann lagen sie beide auf ihrer Pelzjacke, und seine Hände liebkosten ihre Hüften, ihren Bauch und die Innenseite ihrer Schenkel. Sie öffnete sich seiner Berührung.

Er legte den Kopf zwischen ihre Beine, und die Wärme seiner Zunge, als er sie küßte, schickte Wellen heißer Erregung durch ihren Körper. Er spürte, wie sie auf seine leiseste Berührung einging. Jondalar hatte gelernt, Feuersteine zu behauen; er war Hersteller steinerner Werkzeuge und Waffen und gehörte zu den Geschicktesten in diesem Handwerk. Frauen reagierten auf seine Einfühlung und seine Empfindsamkeit in der gleichen Weise wie ein feinbehauener Feuerstein; und beide weckten das Beste in ihm. Er liebte es, zu sehen, wie unter seinen geschickten Händen aus einem guten Feuerstein ein schönes Werkzeug entstand, und er liebte es, zu fühlen, wie eine Frau unter seiner Berührung aller ihrer Möglichkeiten gewahr wurde. Und er hatte viel Zeit damit verbracht, beides zu lernen.

Er küßte die Innenseite ihrer Schenkel, dann ließ er seine Zunge nach oben wandern und bemerkte, daß sie eine Gänsehaut hatte. Er fühlte, wie sie in dem kalten Wind zitterte, und obwohl sie die Augen geschlossen hatte und gegenüber der Kälte gleichgültig zu sein schien, sah er, daß sie fror. Er stand auf und holte seine eigene Jacke, um sie damit zuzudecken.

Obgleich ihr die Kälte nichts ausgemacht hatte, war das pelzgefütterte

Kleidungsstück, noch warm von seinem Körper und erfüllt von seinem männlichen Geruch, wunderbar. Der Kontrast zu dem kalten Wind, der über die Haut ihrer Schenkel strich, ließ sie vor Wonne erbeben. Sie spürte, wie die warme Feuchtigkeit sich in ihren Falten ausbreitete, und trotz der Kälte durchströmte sie eine feurige Hitze. Stöhnend bog sie sich ihm entgegen.

Mit beiden Händen zog er ihre Falten auseinander, betrachtete die wunderbare rosenfarbene Blüte ihrer Weiblichkeit und wärmte die kühlen Blütenblätter mit seiner feuchten Zunge. Sie spürte die Wärme, dann die Kälte und erschauerte vor Lust. Dies war ein neues Gefühl, nicht etwas, das er schon früher getan hatte. Mit der vertrauten Herausforderung seines Mundes und seiner Hände, die sie ermutigten und ihre Sinne einluden zu reagieren, verlor sie jedes Gefühl dafür, wo sie sich befand. Sie spürte nur noch seinen Mund und seine Zunge, die das Zentrum ihrer Lust ausloteten; seine wissenden Finger drangen in sie ein; und dann gelangte die in ihr ansteigende Flut zu einem Höhepunkt, spülte über sie hinweg; sie griff nach seiner Männlichkeit und führte sie in ihren Brunnen. Sie bäumte sich auf, bäumte sich ihm entgegen.

Er versenkte seinen Schaft tief in ihr und schloß die Augen, als er die warme feuchte Umarmung spürte. Er wartete einen Augenblick, dann zog er sich zurück, drang abermals in sie ein. Er stieß zu, immer wieder, und jeder Stoß brachte ihn ihr näher. Er hörte sie stöhnen, fühlte, wie sie sich ihm entgegenhob, und dann war er da, verströmte sich in einer Welle der Lust nach der anderen.

In der Stille sprach nur der Wind. Die Pferde hatten geduldig gewartet; Wolf hatte sie interessiert beobachtet, aber er hatte gelernt, seinen Platz nicht ohne Befehl zu verlassen. Schließlich richtete Jondalar sich auf, stützte sich auf seine Arme und blickte die Frau an, die er liebte. Dann schoß ihm ein Gedanke durch den Kopf, der ihm schon früher gekommen war.

»Ayla, was ist, wenn wir ein Kind gemacht haben?« fragte er.

»Mach dir keine Sorgen, Jondalar. Ich glaube es nicht.« Sie war froh, daß sie noch einige der empfängnisverhütenden Pflanzen gefunden hatte, und war versucht, es ihm zu sagen, wie sie es Tholie gesagt hatte. Doch obwohl Tholie eine Frau war, war sie zuerst so schockiert gewesen, daß Ayla nicht wagte, es einem Mann zu gestehen. »Ich bin nicht sicher, aber ich glaube nicht, daß dies eine Zeit ist, in der ich schwanger werden könnte«, sagte sie, und es stimmte, daß sie nicht völlig sicher war.

Iza hatte schließlich eine Tochter bekommen, obgleich sie den empfängnisverhütenden Tee jahrelang genommen hatte. Vielleicht verloren die Pflanzen nach einer gewissen Zeit ihre Wirkung, dachte Ayla, oder vielleicht hatte Iza vergessen, den Tee zu trinken. Doch das war unwahrscheinlich. Ayla fragte sich, was geschehen würde, wenn *sie* ihren morgendlichen Tee nicht mehr tränke.

Jondalar hoffte, daß sie recht hatte, obwohl etwas in ihm wünschte, daß sie unrecht hatte. Er fragte sich, ob je ein Kind an seinem Herdfeuer sitzen würde, ein Kind von seinem Geist oder vielleicht von seinem Wesen.

Es dauerte einige Tage, bis sie den nächsten Kamm erreichten, der tiefer lag, knapp über der Baumgrenze; aber von ihm genossen sie den ersten Blick auf die weiten westlichen Steppen. Es war ein frischer, klarer Tag, obwohl es ein paar Stunden vorher geschneit hatte. In der Ferne erblickten sie eine weitere, höhere Kette eisgekrönter Berge. In der Ebene unten sahen sie einen Fluß, der sich südwärts in einen scheinbar großen, Hochwasser führenden See ergoß.

»Ist das der Große Mutter Fluß?« fragte Ayla.

»Nein, das ist die Schwester, und wir müssen sie überqueren. Ich fürchte, das wird eines der schwierigsten Unternehmen unserer ganzen Reise werden«, erklärte Jondalar. »Siehst du dort drüben, im Süden? Wo das Wasser sich so verbreitert, daß es wie ein See aussieht? Das ist die Mutter – oder besser: die Stelle, an der sich die Schwester mit ihr vereinigt – oder es jedenfalls versucht. Sie staut sich und tritt über die Ufer, und die Strömungen sind tückisch. Wir werden nicht versuchen, sie dort zu überqueren, aber Carlono sagte, sie ist ein reißender Fluß – selbst stromaufwärts.«

Wie sich herausstellte, war der Tag, an dem sie vom zweiten Bergkamm aus nach Westen geschaut hatten, der letzte klare Tag gewesen. Als sie am nächsten Morgen erwachten, war der Himmel düster und verhangen und senkte sich so tief herab, daß er sich mit dem Nebel vermischte, der aus den Niederungen stieg. Ein dichter Dunst hing in der Luft und setzte sich in winzigen Tröpfchen an ihren Haaren und Kleidern fest. Die Landschaft war in einen Schleier gehüllt, aus dem Bäume und Felsen erst beim Näherkommen deutlich hervortraten.

Am Nachmittag wurde der Himmel von einem plötzlichen Blitz aufgerissen, dem wenige Herzschläge später ein unerwarteter, dröhnender Donnerschlag folgte. Ayla fuhr erschrocken zusammen; sie zitterte vor Angst, als gleißende Blitze mit ihrem weißen, verästelten Licht die Berggipfel hinter ihnen erhellten. Aber es waren nicht eigentlich die Blitze, die ihr Angst machten – es war das Brüllen des Donners, dem sie vorausgingen.

Sie erschrak jedesmal, wenn sie das ferne Grollen oder das nahe Dröhnen hörte, und es schien, als würde der Regen mit jedem Donnerschlag stärker. Während sie sich über den Westhang der Berge voranarbeiteten, fiel der Regen dicht wie ein Wasserfall. Die Flüsse füllten sich und traten über ihre Ufer, aus kleinen Bächen wurden reißende Ströme. Der Untergrund wurde schlüpfrig und erwies sich an manchen Stellen als sehr gefährlich.

Sie waren beide dankbar, daß sie die aus enthaarten Hirschfellen gefertigten Regenumhänge der Mamutoi bei sich hatten. Jondalars Umhang war aus dem Fell des Riesenhirsches der Steppen, und derjenige Aylas aus dem eines Rentiers gearbeitet. Sie wurden über den Pelzjacken getragen, wenn es kalt war, und über dem Untergewand, wenn es wärmer war. Die Außenseite war mit rotem und gelbem Ocker eingefärbt; die mineralischen Pigmente waren mit Fett vermischt und die Farben mit einem besonderen, aus einem Rippenknochen gefertigten Werkzeug in die Felle eingearbeitet worden, die auf diese Weise eine glänzende, wasserabweisende Oberfläche erhielten. Selbst wenn sie durchnäßt waren, boten die Umhänge einen gewissen Schutz. Gegen die sintflutartigen Regenfälle, die jetzt über sie hereinbrachen, waren Ayla und Jondalar freilich nur ungenügend gerüstet.

Als sie ihr Lager für die Nacht aufschlugen, war alles naß, selbst ihre Schlafpelze, und es war nicht möglich, ein Feuer zu entzünden. Sie holten Holz in ihr Zelt, hauptsächlich von den abgestorbenen niedrigen Ästen der Nadelbäume, und hofften, daß es über Nacht trocknen würde. Am Morgen regnete es immer noch, und ihre Kleider waren immer noch naß, aber mit Hilfe eines Feuersteins und des Zunders, den sie bei sich trug, gelang es Ayla, ein kleines Feuer in Gang zu bringen, um Wasser für einen wärmenden Tee zu kochen. Sie aßen nur die in eine viereckige Form gepreßten Riegel, die Roshario ihnen als Reiseproviant mitgegeben hatte – eine Art von Nahrung, die einen Menschen lange Zeit am Leben erhalten konnte, selbst wenn er nichts anderes zu sich nahm. Sie bestanden aus einer besonderen Art von Fleisch, das getrocknet und zerrieben und dann mit Fett sowie einigen getrockneten Früchten oder Beeren, gelegentlich auch mit vorgekochten Körnern oder Wurzeln vermischt wurde.

Die Pferde standen bewegungslos vor dem Zelt, die Köpfe gesenkt, während der Regen aus ihren langen Winterfellen tropfte; das Rundboot war umgekippt und halb mit Wasser gefüllt. Sie waren versucht, es zusammen mit den Schleppstangen zurückzulassen. Das Gerät war nützlich gewesen, um Lasten über die offenen Grassteppen zu befördern, aber es hatte sich – wie das Rundboot, mit dem sie samt ihrer Ausrüstung die Flüsse zu überqueren gedachten – in den zerklüfteten und dicht mit Bäumen bestandenen Bergen als hinderlich erwiesen. Es hatte ihre Reise verlangsamt und konnte für sie sogar gefährlich werden, wenn sie im strömenden Regen die schwierigen Abhänge hinabstiegen. Wenn Jondalar nicht gewußt hätte, daß der größte Teil ihrer Reise sie nur über flache Ebenen führen würde, hätte er es schon lange zurückgelassen.

Sie banden das Boot von den Stangen los und gossen das Wasser aus. Dann drehten sie es um und hoben es gemeinsam hoch. Unter dem Boot stehend, sahen sie sich an und grinsten. Für einige Augenblicke waren sie vor dem Regen geschützt. Es war ihnen noch nicht in den Sinn gekommen, daß das Boot auch als Regendach verwendet werden konnte. Zumindest konnte es ihnen für kurze Zeit als Unterschlupf dienen, wenn es in Strömen goß.

Doch diese Entdeckung löste noch nicht das Problem, wie sie das Boot transportieren sollten. Dann, als hätten sie beide zugleich daran gedacht, hoben sie es auf Winnies Rücken. Wenn sie eine Möglichkeit fanden, es zu befestigen, konnte es ihnen helfen, das Zelt und zwei ihrer Packkörbe trokkenzuhalten. Es gelang ihnen, das Boot unter Zuhilfenahme der Stangen und einiger Kordeln auf dem Rücken der geduldigen Stute festzuzurren. Es würde etwas sperrig sein, und sie wußten, daß sie gelegentlich genötigt sein würden, Umwege zu machen oder das Boot herabzunehmen, aber es war ihnen nicht hinderlicher als vorher.

Sie halfterten die Pferde und legten das schwere und feuchte Lederzelt sowie die Bodenplane über Winnies Rücken. Dann hoben sie das Rundboot darauf und stützten es mit Hilfe der Stangen. Danach legten sie ein dickes Mammutfell, das Ayla benutzt hatte, um den Packkorb abzudecken, in dem sie die Nahrungsmittel verwahrte, über die beiden Körbe, die Renner auf dem Rücken trug.

Bevor sie aufbrachen, nahm Ayla sich die Zeit, Winnie zu beruhigen und ihr zu danken. Sie verwendete dabei die besondere Sprache, die sie im Tal entwickelt hatte. Es kam ihr nicht in den Sinn, in Zweifel zu ziehen, ob Winnie sie tatsächlich verstand. Die Sprache war vertraut und besänftigend, und die Stute reagierte zweifellos auf bestimmte Laute und Bewegungen.

Dann machten sie sich auf den Weg. In dem rauhen Gelände gingen sie den Pferden voran und führten sie. Wolf, der die Nacht im Zelt verbracht hatte und anfangs nicht so durchnäßt war, sah bald schlimmer aus als die Pferde. Sein sonst dichtes und weiches Fell klebte ihm am Körper, ließ ihn kleiner erscheinen und zeigte die Umrisse seiner Knochen und sehnigen Muskeln. Die Pelzjacken des Mannes und der Frau schützten sie vor der Kälte, besonders das Fell an der Innenseite der Kapuzen. Doch nach einer Weile rann ihnen der Regen in den Nacken, aber sie konnten wenig daran ändern. Regenwetter, dachte Ayla, ist das Wetter, das ich am wenigsten mag.

Auch während der nächsten Tage regnete es fast ununterbrochen. Als sie die hohen Nadelbäume erreichten, fanden sie unter den Wipfeln etwas Schutz; doch als eine weite terrassenförmige Hochebene sich vor ihnen öffnete, wurden die Bäume spärlich. Der Fluß lag noch weit unter ihnen. Ayla begriff bald, daß der Fluß, den sie von oben gesehen hatte, viel weiter entfernt und noch größer sein mußte, als sie geglaubt hatte. Obwohl der Regen gelegentlich nachließ, hörte er nicht auf; und wenn sie nicht durch Bäume geschützt wurden, so spärlich sie auch sein mochten, waren sie durchnäßt und fühlten sich elend.

Sie zogen weiter nach Westen über eine Reihe von Lößterrassen, die sanft von den Bergen abfielen, in den höheren Lagen durchzogen von zahllosen kleinen Flüssen, die Hochwasser führten und da und dort über die Ufer traten: das Ergebnis der sintflutartigen Niederschläge. Sie wateten durch tiefen Schlamm und überquerten mehrere reißende Bergflüsse. Dann gelangten sie zu einer weiteren Terrasse und trafen unerwartet auf eine kleine Siedlung.

Die roh zusammengehauenen Holzhütten, kaum mehr als primitive Schuppen, sahen baufällig aus, aber sie boten Schutz vor dem ständig fallenden Regen und waren ein willkommener Anblick. Ayla und Jondalar wußten, daß Wolf und die Pferde den Bewohnern Angst einflößen konnten; sie verkündeten ihre friedfertige Absicht, indem sie laut einige beschwichtigende Worte in Sharamudoi riefen und hofften, daß diese Sprache hier verstanden würde. Aber niemand antwortete, und als sie sich näher umschauten, sahen sie, daß die Siedlung unbewohnt war.

»Ich bin sicher, die Mutter weiß, daß wir eine Unterkunft brauchen. Sie wird nichts dagegen haben, wenn wir eintreten«, sagte Jondalar. Er betrat eine der Hütten und blickte sich um. Bis auf eine Lederschnur, die an einem Haken hing, war der Raum leer. Auf dem Fußboden lag eine dicke von der Überschwemmung zurückgelassene Schlammschicht. Sie gingen hinaus und machten sich auf den Weg zur größten Hütte.

Als sie sich ihr näherten, merkte Ayla, daß etwas Wichtiges fehlte. »Jondalar, wo ist die Doni? Es gibt keine Figur der Mutter, die den Eingang bewacht.«

Er sah sich um und nickte. »Es muß ein provisorisches Sommerlager sein. Sie haben keine Doni zurückgelassen, weil sie nicht ihren Beistand erfleht und sie nicht gebeten haben, den Ort zu schützen. Wer immer diese Hütten gebaut hat, hat sie nicht für den Winter errichtet. Sie haben das Lager verlassen und alles mit sich genommen. Wahrscheinlich sind sie in ein höhergelegenes Terrain gezogen, als der Regen kam.«

Sie betraten das größere Gebäude und sahen, daß es solider gebaut war als die anderen. Es gab Risse in den Wänden, und der Regen sickerte an mehreren Stellen durch das Dach, aber der rohe Holzfußboden lag über der glitschigen Schlammschicht, und neben einer aus Steinen errichteten Feuerstelle entdeckten sie einige hölzerne Gegenstände. Es war der trockenste und angenehmste Ort, den sie seit Tagen gesehen hatten.

Sie gingen hinaus, luden die Pferde ab und führten sie in das Gebäude. Ayla entzündete ein Feuer, während Jondalar in eine der kleineren Hütten ging und trockenes Holz holte. Als er zurückkam, hatte Ayla an Haken, die sie an den Wänden gefunden hatte, dicke Lederschnüre durch den Raum gespannt und hängte die feucht gewordenen Kleidungsstücke und das nasse Schlafzeug daran auf. Jondalar half ihr, das Zelt über eine der Schnüre zu legen; aber sie mußten es wieder zusammenfalten, weil aus einer der undichten Stellen im Dach ständig Wasser darauftropfte.

»Wir sollten etwas dagegen tun«, sagte Jondalar.

»Ich habe gesehen, daß Rohrkolben in der Nähe wachsen«, sagte Ayla. »Es dauert nicht lange, aus den Blättern Matten zu flechten, mit denen wir die Löcher zustopfen können.«

Sie gingen zusammen nach draußen, um die harten und zähen Rohrkolbenblätter zu sammeln, von denen jeder einen Arm voll in die Hütte trug.

Die sich dicht um den Stengel schmiegenden, spitz zulaufenden Blätter waren etwa zwei Fuß lang und zwei Finger breit. Ayla hatte Jondalar die Grundtechniken des Flechtens gelehrt, und nachdem er ihr zugeschaut und gesehen hatte, wie sie die Blätter zu quadratischen, flachen Matten verflocht, begann er selbst eine fertigzustellen. Ayla schlug die Augen nieder und lächelte unmerklich. Sie war immer wieder überrascht, wie bereitwillig und geschickt Jondalar die Arbeit von Frauen verrichtete. Gemeinsam arbeitend, hatten sie bald so viele Matten geflochten, wie sie brauchten.

Die Gebäude bestanden aus verhältnismäßig dünnen Reetwänden, die an einem Fachwerk aus zusammengebundenen Baumstämmen befestigt waren. Obwohl sie nicht mit Latten gebaut waren, ähnelten sie den Unterkünften der Sharamudoi. Doch sie waren asymmetrisch, und die Firststange lag nicht schräg. Die Seite mit der dem Fluß zugewandten Eingangsöffnung war fast senkrecht; die gegenüberliegende Seite lehnte im scharfen Winkel dagegen. Die Rückseiten waren geschlossen, doch konnten sie wie Markisen aufgeklappt werden.

Sie gingen hinaus und brachten die Matten an, indem sie sie mit den zähen Rohrkolbenblättern festbanden. Es gab zwei undichte Stellen ganz oben am Dach, die selbst für Jondalar schwer zu erreichen waren. Sie glaubten nicht, daß die Dachkonstruktion einen von ihnen tragen würde, und so gingen sie wieder in die Hütte hinein, um zu überlegen, wie sie die Stellen abdichten könnten. Schließlich kam ihnen der Gedanke, die Matten von innen zu befestigen. Im letzten Augenblick dachten sie noch daran, einen Wasserbeutel und einige Schüsseln mit Wasser zum Trinken und Kochen zu füllen.

Nachdem sie den Eingang mit der Mammutfellplane verschlossen hatten, sah sich Ayla in dem dunklen, nur vom Feuer erhellten Inneren um. Das Feuer hatte begonnen, den Raum zu erwärmen, und sie fühlte sich glücklich und geborgen. Draußen regnete es, und sie saßen im Trockenen, obwohl die feuchten Sachen anfingen zu dampfen und es in diesen Sommerhütten kein Rauchloch gab. Der vom Feuer aufsteigende Rauch entwich gewöhnlich durch die alles andere als luftdichten Wände und das Dach, oder durch die Rückseite, die bei warmem Wetter oft offen gelassen wurde. Aber das Reet hatte sich durch die Feuchtigkeit ausgedehnt, so daß der Rauch es schwer hatte, ins Freie zu gelangen und sich an der Firststange unter dem Dach zusammenzog.

Obwohl die Pferde sich gewöhnlich lieber im Freien aufhielten, waren Winnie und Renner mit Menschen aufgewachsen und daran gewöhnt, die Wohnstätten mit ihnen zu teilen, selbst dunkle und verräucherte. Sie standen an der Rückseite der Hütte, und auch sie schienen froh zu sein, im Trockenen zu sein. Ayla legte Kochsteine ins Feuer; dann rieben Jondalar und sie die Pferde und Wolf trocken.

Sie öffneten alle Pakete und Bündel, um zu sehen, ob etwas durch die Feuchtigkeit Schaden gelitten hatte, fanden einige trockene Sachen und zogen sie an. Dann setzten sie sich ans Feuer und tranken heißen Tee, während eine aus dem Reiseproviant zubereitete Suppe vor sich hin köchelte. Als der Rauch lästig zu werden begann, schnitten sie nahe am Dach Öffnungen in die leichten Reetwände der Vorder- und Rückseite ihrer Hütte, durch die er abziehen konnte, und die etwas mehr Licht in das Innere ließen.

Es war ein schönes Gefühl, sich ausruhen zu können. Sie hatten nicht bemerkt, wie müde sie waren, aber noch bevor es dunkel wurde, krochen sie in ihre immer noch etwas feuchten Schlaffelle. Trotz seiner Müdigkeit konnte Jondalar nicht einschlafen. Er mußte daran denken, wie er das letzte Mal vor dem reißenden, tückischen Fluß gestanden hatte, der Schwester genannt wurde, und in der Dunkelheit spürte er so etwas wie Furcht, als er daran dachte, daß er ihn mit der Frau, die er liebte, überqueren mußte.

EINUNDZWANZIGSTES KAPITEL

Ayla und Jondalar blieben den nächsten und übernächsten Tag in dem verlassenen Sommerlager. Am Morgen des dritten Tages ließ der Regen endlich nach. Die dichten grauen Wolken rissen auf, und am Nachmittag brach helles Sonnenlicht durch das Blau, das sich überall zwischen den weißen Wolken aufgetan hatte. Ein frischer Wind wehte zunächst aus der einen, dann aus der anderen Richtung, als könne er sich nicht entscheiden, welche die beste war.

Die meisten ihrer Sachen waren trocken; aber sie öffneten die Vorder- und Rückseite der Hütte, um alles gründlich auszulüften. Einige ihrer Ledersachen waren hart und steif geworden und würden wahrscheinlich erst nach ausgiebigem Gebrauch wieder geschmeidig werden, doch hatten sie keinen ernsthaften Schaden erlitten. Anders stand es jedoch mit ihren Packkörben. Sie hatten sich beim Trocknen arg verzogen, und überall hatte sich Schimmel angesetzt. Die Feuchtigkeit hatte sie mürbe werden lassen, und das Gewicht ihres Inhalts hatte sie ausgebeult und da und dort die Pflanzenfasern auseinandergerissen.

Ayla würde neue machen müssen, obwohl die getrockneten Pflanzen des Herbstes nicht das stärkste und beste Material waren. Als sie mit Jondalar darüber sprach, wies er auf ein anderes Problem hin.

»Diese Packkörbe haben mich schon immer gestört«, sagte er. »Jedesmal wenn wir einen tieferen Fluß überqueren und die Pferde schwimmen müssen, werden die Körbe naß. Mit dem Rundboot und den Schleppstangen ist das alles kein Problem. Wir legen die Körbe einfach in das Boot; und solange wir uns auf offenem Land bewegen, können wir ohne Schwierigkeiten die Schleppstangen benutzen. Der größte Teil der vor uns liegenden Strecke ist offenes Grasland; aber wir kommen auch noch durch Wälder und unwegsame Gegenden. Dann wird es, genau wie hier in den Bergen, nicht so leicht sein, die Stangen und das Boot zu schleppen. Eines Tages werden wir uns entschließen müssen, sie zurückzulassen; aber wenn wir das tun, brauchen wir Packkörbe, die nicht naß werden, sobald die Pferde einen Fluß durchschwimmen. Kannst du solche Körbe machen?«

Jetzt war es an Ayla, die Stirn zu runzeln. »Du hast recht, sie werden tatsächlich naß. Als ich die Körbe machte, brauchte ich nicht so viele Flüsse zu durchqueren; und die wenigen, die ich durchquerte, waren nicht tief.« Sie dachte angestrengt nach; dann erinnerte sie sich an die Tragkörbe, die sie zuerst entworfen hatte. »Am Anfang brauchte ich keine Packkörbe. Als ich das erstemal versuchte, Winnie etwas auf dem Rücken tragen zu lassen, machte ich einen großen flachen Korb. Vielleicht kriege ich wieder so etwas zustande. Es wäre leichter, wenn wir die Pferde nicht zum Reiten brauchten, aber...«

Ayla schloß die Augen und versuchte, sich ihren Gedanken bildlich vorzustellen. »Vielleicht... Ich könnte Packkörbe machen, die sich auf ihren Rücken heben lassen, während wir im Wasser sind... Nein, das würde nicht funktionieren, solange wir reiten... Aber... vielleicht könnte ich etwas machen, das die Tiere auf der Kruppe tragen, hinter uns...« Sie sah Jondalar an. »Ja, ich glaube, das geht.«

Sie sammelten Reet und Rohrkolbenblätter, Weidenruten, lange, dünne Fichtenwurzeln und alles, was Ayla als Material für Körbe und Verschnürungen verwenden konnte. Sie probierten verschiedene Möglichkeiten aus, die Behälter auf Winnies Rücken zu befestigen, und arbeiteten den ganzen Tag an dem Vorhaben. Am späten Nachmittag hatten sie eine Art von Packsattelkorb fertiggestellt, der groß genug war, um Aylas Habe und Reiseausrüstung zu fassen, und den die Stute auf der Kruppe tragen konnte, ohne Roß und Reiterin zu stören. Sie begannen unverzüglich mit der Herstellung eines zweiten Korbes für Renner, was ihnen wesentlich schneller gelang.

Am Abend drehte sich der Wind und wehte nun scharf von Norden. Als die Dämmerung in Dunkelheit überging, war der Himmel fast klar, aber es war viel kälter geworden. Sie planten, am nächsten Morgen aufzubrechen, und beide kamen überein, ihre Sachen durchzusehen und alles auszusondern, was nicht unbedingt nötig war. Die Packkörbe waren größer gewesen, und die neuen Packsättel boten einfach nicht genug Platz, um alles mitzunehmen. Sie breiteten ihre gesamte Habe auf dem Boden aus.

Ayla deutete auf das Stück Mammutzahn, auf den Talut den Weg ihres ersten Reiseabschnitts eingekerbt hatte. »Die Karte brauchen wir nicht mehr. Taluts Land liegt weit hinter uns«, sagte sie mit einem Gefühl des Bedauerns.

»Du hast recht, wir brauchen sie nicht mehr. Aber ich lasse sie nur ungern zurück«, sagte Jondalar und verzog das Gesicht bei dem Gedanken, sich von ihr trennen zu müssen. »Es wäre nicht uninteressant, zu zeigen, wie die Mamutoi Karten anfertigen. Außerdem erinnert sie mich an Talut.«

Ayla nickte verständnisvoll. »Nun, wenn du noch Platz hast, nimm sie mit. Aber sie ist nicht unbedingt nötig.«

Jondalar schaute sich an, was Ayla auf dem Boden ausgebreitet hatte, und hob das seltsam verschnürte Päckchen auf, das er schon vorher gesehen hatte. »Was ist das?«

»Etwas, das ich im letzten Winter gemacht habe«, sagte sie und nahm es ihm aus der Hand. Sie blickte rasch in eine andere Richtung, als sie fühlte, wie sie errötete. Sie schob das Paket unter die Sachen, die sie mitnehmen wollte. »Ich lasse alle meine Sommersachen hier. Sie sind schmutzig und sowieso abgetragen. Ich nehme nur die Wintersachen mit. Das verschafft mir etwas Platz.«

Jondalar sah sie aufmerksam an, aber er machte keine weitere Bemerkung.

Es war kalt, als sie am nächsten Morgen erwachten. Ihr Atem gefror zu kleinen Nebelwolken. Ayla und Jondalar kleideten sich hastig an, und nachdem sie ein Feuer für ihren heißen, morgendlichen Tee angezündet hatten, packten sie ihr Bettzeug zusammen und mahnten sich gegenseitig zur Eile. Aber als sie nach draußen gingen, blieben sie stehen und sahen sich ungläubig um.

Ein dünner Überzug schimmernden Rauhreifs hatte die Hügel ringsum verwandelt. Er funkelte und glitzerte in der hellen Morgensonne. Als der Reif schmolz, wurde aus jedem Wassertröpfchen ein winziges Prisma, das alle Farben des Regenbogens brach und sich ständig veränderte, sobald sie sich bewegten und das Spektrum aus einem anderen Winkel betrachteten. Aber die Schönheit der kurzlebigen Edelsteine des Frostes rief ihnen auch ins Bewußtsein, daß die warme Jahreszeit nur mehr in einem flüchtigen Aufblitzen von Farben in einer Welt Ausdruck fand, die bereits vom Winter beherrscht wurde.

Der kurze warme Sommer war vorüber.

Als sie gepackt hatten und bereit waren, aufzubrechen, blickte Ayla noch einmal zurück auf das Sommerlager, das ihnen Zuflucht gewährt hatte. Es sah noch verfallener aus als vorher, weil sie Teile der kleineren Hütten niedergerissen hatten, um Holz für ihr Feuer zu gewinnen. Doch sie wußte, daß die provisorischen Unterkünfte ohnehin nicht mehr lange Bestand haben würden. Sie war dankbar, daß sie das Lager zur rechten Zeit gefunden hatten.

Sie setzten ihre Reise nach Westen zum Schwester Fluß fort und ritten einen Abhang hinab, der sie zu einer weiteren Terrasse führte. Doch noch waren sie hoch genug, um das weite Grasland der Steppen an der anderen Seite des reißenden Flusses zu sehen, dem sie sich jetzt näherten. Die Perspektive, die sich ihnen eröffnete, vermittelte ihnen einen Überblick über das gewaltige Ausmaß der vor ihnen liegenden Schwemmebene. Das tiefer gelegene Land, das während der Zeit, da der Fluß Hochwasser führte, gewöhnlich überschwemmt war, erstreckte sich über eine Breite von etwa fünfzehn Kilometern und am anderen Ufer noch darüber hinaus. Die Ausläufer des Gebirges auf ihrer Seite begrenzten die Ausdehnung der Schwemmebene, aber auch jenseits des Flusses erhoben sich Hügel und vereinzelte Felsen.

Im Gegensatz zu den Grasländern war die Schwemmebene eine Wildnis aus Sümpfen, kleinen Seen, Wäldern und dichtem Unterholz, in deren Mitte der Fluß sich schäumend seinen Weg bahnte. Obgleich ihr die gewundenen Flußarme fehlten, erinnerte die Gegend Ayla an das Delta des Großen Mutter Flusses, freilich in kleinerem Maßstab. Die Weiden und Büsche, die an den Ufern des Stroms aus dem Wasser zu wachsen schienen, vermittelten ihr eine Vorstellung von dem Ausmaß der durch die jüngsten Regenfälle verursachten Überschwemmung und von der Größe des Landes, das bereits dem Fluß zum Opfer gefallen war.

Als Winnie den Schritt wechselte, da ihre Hufe plötzlich in Sand versanken, wandte Ayla ihre Aufmerksamkeit wieder ihrer unmittelbaren Umgebung zu. Die kleinen Bäche, die die Terrasse oben durchschnitten hatten, waren zu tiefen Flußbetten geworden, neben denen sich Wanderdünen aus sandigem Mergel erhoben. Die Pferde mußten sich mühsam voranarbeiten und warfen bei jedem Schritt die lockere, kalkreiche Erde auf.

Gegen Abend, als die untergehende Sonne, fast blendend in ihrer Helligkeit, sich dem Horizont näherte, hielten Ayla und Jondalar Ausschau nach einem Lagerplatz. Sie bemerkten, daß der feine Treibsand in der Nähe der Schwemmebene seinen Charakter geändert hatte. Wie auf den oberen Terrassen bestand er vornehmlich aus Löß – von dem Mahlen des Gletschereises zu Staub zerriebenem und vom Wind abgelagertem Felsgestein –, aber das über die Ufer getretene Hochwasser des Stroms hatte den Boden mit lehmigem Schwemmsand angereichert, der den Untergrund härter werden ließ. Als sie vertraute Steppengräser neben dem Flußlauf sahen, dem sie folgten – einem der vielen, die, aus den Bergen kommend, der Schwester zustrebten –, beschlossen sie, sich hier für die Nacht niederzulassen.

Nachdem sie ihr Zelt aufgeschlagen hatten, gingen sie in entgegengesetzte Richtungen, um zu jagen. Ayla nahm Wolf mit, der ihr voranlief und nach kurzer Zeit eine Kette von Schneehühnern aufscheuchte. Er sprang einen der Vögel an und schlug seine Fänge in das Gefieder, während Ayla mit ihrer Schleuder einen anderen herunterholte, der sich bereits sicher in der Luft wähnte. Sie dachte zunächst daran, Wolf das Tier zu lassen, das er gefangen hatte; aber als er sich weigerte, es sofort freizugeben, änderte sie ihre Absicht. Obgleich ein Schneehuhn sicherlich ausgereicht hätte, um ihren und Jondalars Hunger zu stillen, wollte sie Wolf einschärfen, daß er seine Beute mit ihnen zu teilen hatte, wenn sie es ihm befahl. Sie wußte nicht, was ihnen noch bevorstand.

Sie verfolgte den Gedanken nicht weiter, doch die kühle Luft hatte sie plötzlich erkennen lassen, daß sie mitten in der kalten Jahreszeit in ein unbekanntes Land reisten. Die Leute, die sie gekannt hatte, sowohl der Clan als auch die Mamutoi, reisten selten weit während der strengen Eiszeitwinter. Sie ließen sich an einem Platz nieder, der geschützt war vor der bitteren Kälte und den eisigen Winden; und sie lebten von den Vorräten, die sie im Sommer und Herbst angelegt hatten. Die Vorstellung, im Winter zu reisen, behagte ihr ganz und gar nicht.

Jondalar hatte mit seiner Speerschleuder einen Hasen erlegt, den sie für eine spätere Mahlzeit aufzuheben gedachten. Ayla wollte die Schneehühner an einem Spieß über dem Feuer rösten; aber sie hatten ihr Lager in der offenen Steppe aufgeschlagen, am Ufer eines Flusses, an dem nur wenig Unterholz wuchs. Als sie sich umsah, erspähte sie zwei Geweihe – ungleich in der Größe und offensichtlich von verschiedenen Tieren stammend –, die im vorigen Jahr abgeworfen worden waren. Obwohl Geweihstangen viel schwerer aufzubrechen waren als Holz, gelang es ihr, sie mit Jondalars Hilfe, einem scharfen Flintmesser und einer kleinen Axt, die sie im Gürtel trug, zu zerteilen. Ayla benutzte eine Geweihstange als Bratspieß und die abgetrennten Sprossen als Gabeln für den Spieß. Geweihe waren praktischer als Holz, weil sie nur schwer Feuer fingen.

Sie gab Wolf seinen Anteil an den Schneehühnern, zusammen mit einigen großen Schilfrohrwurzeln, die sie aus einem stehenden Gewässer neben dem Fluß ausgegraben hatte, und ein paar wohlschmeckenden Wiesenpilzen. Nach ihrem Abendessen setzten sie sich ans Feuer und betrachteten den dunkel werdenden Himmel. Die Tage wurden jetzt kürzer, und sie waren abends nicht mehr so müde – vor allem, weil es weniger anstrengend war, mit den Pferden über das offene Land zu reiten, als in den Tagen zuvor, als sie die bewaldeten Berge durchqueren mußten.

»Die Vögel waren gut«, sagte Jondalar. »Ich mag es, wenn die Haut kroß ist.«

»Zu dieser Jahreszeit, wenn sie schön fett sind, ist es die beste Art, sie zuzubereiten«, sagte Ayla. »Die Federn wechseln bereits ihre Farbe, und die Daunen an der Brust sind so dicht. Ich habe daran gedacht, sie mitzunehmen. Sie eignen sich gut als Füllung. Mit Schneehuhnfedern lassen sich die wärmsten und leichtesten Schlafdecken herstellen; aber ich habe keinen Platz dafür.«

»Vielleicht nächstes Jahr, Ayla. Die Zelandonii jagen auch Schneehühner«, sagte Jondalar, um sie ein wenig aufzumuntern und ihr etwas in Aussicht zu stellen, auf das sie sich freuen konnte, wenn ihre Reise beendet war.

»Schneehühner waren Crebs Lieblingsgericht«, sagte Ayla.

Sie schien traurig zu sein, und als sie nicht weitersprach, ergriff Jondalar wieder das Wort, um sie von ihren Gedanken abzulenken. »Es gibt sogar eine Art von Schneehühnern, nicht bei unserer Höhle, sondern weiter im Süden, die nicht weiß wird. Das ganze Jahr über sehen sie wie Schneehühner im Sommer aus, und sie schmecken auch so. Die Leute, die dort leben, nennen sie Moorhühner; sie stecken sich ihre Federn an Mützen und Jacken. Sie nähen sich besondere Kostüme für eine Moorhuhn-Zeremonie, und sie tanzen dann mit den Bewegungen der Vögel, genau wie die Männchen, wenn sie um die Weibchen werben. Es ist ein Teil ihres Mutter-Festes.« Er schwieg, aber als sie nicht auf ihn einging, fuhr er fort: »Sie jagen die Vögel mit Netzen und fangen viele auf einmal.«

»Ich habe eines der beiden mit meiner Schleuder erlegt, aber Wolf hat das andere erbeutet«, sagte Ayla. Als sie nicht weitersprach, merkte Jondalar, daß ihr nicht nach Reden zumute war. Sie saßen eine Weile schweigend da und sahen zu, wie das Feuer das Unterholz und den getrockneten Dung verzehrte, der nach dem Regen wieder trocken genug geworden war, um zu brennen. Schließlich sagte sie: »Erinnerst du dich an Brecies Wurfholz? Ich wüßte gar zu gern, wie sie das gemacht hat. Sie konnte mehrere Vögel auf einmal damit herunterholen.«

Die Nacht wurde rasch kühler, und sie krochen in ihr Zelt. Obgleich Ayla ungewöhnlich still gewesen war und offensichtlich traurigen Gedanken nachgehangen hatte, reagierte sie liebevoll auf seine Umarmung, und Jondalar hörte auf, über ihre eigenartige Stimmung nachzusinnen.

Am Morgen war die Luft noch kühl, und die neblige Feuchtigkeit hatte wieder einen geisterhaften Frostschleier über das Land gelegt. Das Wasser des Flusses war eiskalt, aber belebend, als sie sich in ihm wuschen. Sie hatten Jondalars Hasen mitsamt dem Fell über Nacht unter der Glut ihres Feuers garen lassen. Als sie die geschwärzte Haut abzogen, hatte die dicke winterliche Fettschicht darunter das normalerweise magere und häufig zähe Fleisch durchtränkt, das durch das lange Garen saftig und zart geworden war. Es war die beste Jahreszeit, um Hasen zu jagen.

Sie ritten Seite an Seite durch das hohe, reife Gras, nicht in Eile, in gemächlichem Schritt, und unterhielten sich von Zeit zu Zeit. Kleinwild begegnete ihnen häufig, als sie sich der Schwester näherten; aber die einzigen großen Tiere, die sie sahen, befanden sich weit entfernt am anderen Ufer des Flusses: eine kleine Herde männlicher Mammuts, die nach Norden zog. Später am Tag sahen sie eine gemischte Herde von Pferden und Steppenantilopen, ebenfalls auf der anderen Flußseite. Winnie und Renner bemerkten sie auch.

»Die Steppenantilope war Izas Totem«, sagte Ayla. »Das ist ein mächtiges Totem für eine Frau. Noch stärker als Crebs Geburtstotem, das Reh. Natürlich hat ihn der Höhlenbär auserkoren und war sein zweites Totem, als er Mog-ur wurde.«

»Aber dein Totem ist der Höhlenlöwe. Das ist ein viel mächtigeres Tier als die Steppenantilope«, sagte Jondalar.

»Ich weiß. Es ist ein Männer-Totem, ein Jäger-Totem. Deswegen wollten sie es auch anfangs nicht glauben«, sagte Ayla. »Ich kann mich nicht mehr daran erinnern, doch Iza hat mir erzählt, daß Brun richtig wütend auf Creb wurde, als dieser bei meiner Aufnahme-Zeremonie den Namen aussprach. Deshalb glaubte auch jeder, daß ich nie Kinder haben würde. Kein Mann hatte ein Totem, das mächtig genug war, den Höhlenlöwen zu überwinden. Es war eine große Überraschung, als ich mit Durc schwanger ging; aber ich bin sicher, daß Broud ihn gemacht hat, als er mich bezwang.« Sie zog die

Brauen zusammen, als sie daran dachte. »Und wenn Totem-Geister etwas mit Kindermachen zu tun haben, so war Brouds Totem das Wollnashorn. Ich weiß noch, daß die Clan-Jäger davon sprechen, daß ein Wollnashorn einmal einen Höhlenlöwen getötet hätte; es hätte also stark genug sein können, und es ist wie Broud ein hinterlistiges Tier.«

»Wollnashörner sind unberechenbar und können tückisch sein«, sagte Jondalar. »Thonolan wurde nicht weit von hier von einem durchbohrt. Er wäre gestorben, wenn die Sharamudoi uns damals nicht gefunden hätten.« Der Mann schloß die Augen bei der schmerzlichen Erinnerung. Sie schwiegen eine Weile, dann fragte er: »Hat jeder im Clan ein Totem?«

»Ja«, erwiderte Ayla. »Ein Totem ist da, um zu führen und zu schützen. Jeder Mog-ur eines Clans findet das Totem eines Kindes, meist bevor es ein Jahr alt ist. Er gibt ihm ein Amulett mit einem Stück des roten Steins darin bei der Totem-Zeremonie. Das Amulett ist das Haus des Totem-Geistes.«

»So, wie eine Doni den Ort anzeigt, an dem der Geist der Mutter wohnt?« fragte Jondalar.

»So ungefähr, glaube ich. Aber ein Totem schützt dich, nicht dein Haus. Es kann dich freilich besser schützen, wenn du an einem vertrauten Ort lebst. Du mußt dein Amulett immer bei dir tragen, sonst kann dich dein Totem-Geist nicht erkennen. Creb hat mir gesagt, daß der Geist meines Höhlenlöwen mich nicht ohne das Amulett finden kann. Dann würde ich seinen Schutz verlieren. Creb hat gesagt, wenn ich jemals mein Amulett verliere, müßte ich sterben.«

Jondalar hatte nie vorher verstanden, was es mit dem Amulett auf sich hatte und warum sie es wie ihren Augapfel hütete. Manchmal hatte er schon gedacht, sie übertreibe es ein wenig. Sie legte es selten ab, allenfalls beim Baden oder Schwimmen, und selbst dann nicht immer. Er hatte gedacht, das Amulett verbinde sie mit ihrer Kindheit und dem Leben im Clan, und gehofft, daß es eines Tages für sie an Bedeutung verlieren würde. Nun erkannte er, daß es um mehr ging. Wenn ein Mann, der große Zauberkraft besaß, ihm etwas gegeben und ihm gesagt hätte, er würde sterben, wenn er es je verlöre, hätte er sich nicht anders verhalten als Ayla. Jondalar zweifelte nicht mehr daran, daß der heilige Mann des Clans, der sie aufgezogen hatte, echte, aus der Geisterwelt stammende Macht besaß.

»Es geht auch um die Zeichen, die dein Totem dir gibt, wenn du wissen willst, ob du die richtige Entscheidung getroffen hast«, fuhr Ayla fort. Ein Gedanke, der sie schon immer beunruhigt hatte, schoß ihr erneut durch den Kopf. Warum hatte ihr Totem ihr kein bestätigendes Zeichen gegeben, als sie sich entschlossen hatte, mit Jondalar in seine Heimat zu ziehen? Seit sie die Mamutoi verlassen hatten, hatte sie noch keinen einzigen Gegenstand gefunden, den sie als Zeichen ihres Totems hätte deuten können.

»Bei den Zelandonii haben nicht sehr viele ein persönliches Totem«, sagte

Jondalar. »Aber wenn sie eines haben, wird es als Glücksbringer angesehen. Willomar hat eines.«

»Er ist der Gefährte deiner Mutter, nicht wahr?« fragte Ayla.

»Ja. Sowohl Thonolan als auch Folara wurden seinem Herdfeuer geboren, und mich hat er immer so behandelt, als wäre ich es auch.«

»Was ist sein Totem?«

»Der Steinadler. Als er ein Kind war, so wird erzählt, stieß ein Steinadler herab und wollte ihn mit sich nehmen, aber seine Mutter packte ihn, bevor es dazu kam. Er hat noch immer die Narben von den Klauen auf seiner Brust. Zelandoni sagte, daß der Adler ihn als Verwandten erkannte und ihn heimholen wollte. So wußten sie, daß es sein Totem war. Marthona meint, deswegen reise er auch so gern. Er kann nicht wie ein Adler fliegen, aber es reizt ihn, fremde Länder zu sehen.«

»Das ist ein mächtiges Totem, wie der Höhlenlöwe oder der Höhlenbär«, sagte Ayla. »Creb hat immer gesagt, es sei nicht leicht, mit einem mächtigen Totem zu leben, und das stimmt. Aber mir ist soviel geschenkt worden. Er hat sogar dich zu mir geschickt. Ich denke, ich habe viel Glück gehabt. Ich hoffe, der Höhlenlöwe wird dir auch Glück bringen, Jondalar. Er ist jetzt auch dein Totem.«

Jondalar lächelte. »Das hast du schon einmal gesagt.«

»Der Höhlenlöwe hat dich auserwählt, du kannst es mit deinen Narben beweisen. Genau wie Willomar von seinem Totem gezeichnet wurde.«

Jondalar dachte einen Augenblick nach. »Vielleicht hast du recht. Von dieser Seite habe ich es noch nie angesehen.«

Wolf, der fort gewesen war, um die Gegend zu erforschen, erschien plötzlich neben ihnen. Er fiepte, um Aylas Aufmerksamkeit auf sich zu ziehen, und lief neben Winnie her. Sie beobachtete ihn, wie er sich, die Zunge halb aus dem Maul hängend und die Ohren gespitzt, mit dem raumgreifenden Schritt der Wölfe durch das hohe Gras bewegte, das ihn von Zeit zu Zeit völlig verbarg. Er machte einen glücklichen Eindruck. Er liebte es, auf Erkundigungen auszugehen, aber er kehrte immer zurück. Darüber war sie froh. Und sie war froh, den Mann neben sich zu wissen, den sie liebte.

»Nach der Art, wie du über ihn sprichst, muß dein Bruder seinem Vater ähnlich gewesen sein«, sagte Ayla, um die Unterhaltung wieder aufzunehmen. »Thonolan ist auch gern gereist, nicht wahr? Sah er wie Willomar aus?«

»Ja, aber nicht so sehr, wie ich Dalanar ähnlich sehe. Das fällt jedem auf. Thonolan hatte viel mehr von Marthona.« Jondalar lächelte. »Aber er wurde nie von einem Adler erwählt; das erklärt also nicht seine Reiselust.« Das Lächeln verblaßte. »Die Narben meines Bruders stammten vom Wollnashorn.« Er dachte eine Weile nach. »Thonolan war auch immer ein bißchen unberechenbar. Vielleicht war es sein Totem. Es hat ihm aber nicht viel Glück gebracht, obwohl die Sharamudoi uns fanden und ich ihn noch nie so heiter und unbeschwert gesehen habe wie damals, als er Jetamio gefunden hatte.«

»Ich glaube nicht, daß das Wollnashorn ein Glückstotem ist«, sagte Ayla. »Aber der Höhlenlöwe ist es. Als er mich erwählte, gab er mir dasselbe Zeichen, mit dem der Clan ein Höhlenlöwen-Totem beschreibt. Deshalb hat Creb es gewußt. Deine Narben sind keine Clan-Zeichen, aber sie sind klar und deutlich. Du wurdest von einem Höhlenlöwen gezeichnet.«

»Ich habe ohne jeden Zweifel die Narben, um zu beweisen, daß ich von deinem Höhlenlöwen gezeichnet wurde, Ayla.«

»Ich glaube, der Geist des Höhlenlöwen hat dich erwählt, damit dein Totem-Geist stark genug für meinen ist und ich eines Tages deine Kinder haben kann«, sagte Ayla.

»Du hast doch gesagt, daß es ein Mann sei, der das Kind in einer Frau wachsen läßt, und nicht Geister«, sagte Jondalar.

»Es ist ein Mann; aber vielleicht braucht er Geister, die ihm dabei helfen. Und weil ich ein so starkes Totem habe, braucht der Mann, der mein Gefährte ist, ein ebenso starkes. So hat vielleicht die Mutter dem Höhlenlöwen gesagt, er solle dich erwählen, damit wir zusammen Kinder machen können.«

Sie ritten schweigend weiter, und jeder von ihnen hing seinen eigenen Gedanken nach. Ayla stellte sich ein Kind vor, das genau wie Jondalar aussah, aber kein Junge, sondern ein Mädchen war. Sie schien mit Söhnen nicht viel Glück zu haben. Vielleicht würde es ihr vergönnt sein, eine Tochter zu haben.

Auch Jondalar dachte an Kinder. Wenn es stimmte, daß ein Mann mit seinem Glied Leben schuf, hätte ein Kind bei ihnen schon viele Chancen gehabt zu leben. Warum war sie nicht schwanger?

War Serenio schwanger, als ich sie verließ? Ich freue mich, daß sie jemanden gefunden hat, mit dem sie glücklich ist; aber ich wünschte, sie hätte Rosario gegenüber etwas davon erwähnt. Gibt es Kinder in der Welt, die auf irgendeine Weise Teil von mir sind? Jondalar dachte an die Frauen, die er gekannt hatte, und erinnerte sich an Noria, die junge Frau von den Hadumai-Leuten, mit der er die Ersten Riten geteilt hatte. Sowohl Noria als auch die alte Haduma selbst waren davon überzeugt gewesen, daß sein Geist in sie eingedrungen war und ein neues Leben geschaffen hatte. Sie sollte einen Sohn mit blauen Augen gebären. Sie wollten ihn sogar Jondal nennen. Stimmte es? fragte er sich. Hatte sein Geist sich mit dem Norias vereinigt, um ein neues Leben entstehen zu lassen?

Hadumas Leute lebten nicht weit von hier entfernt und in der Richtung, in der auch sie zogen, nach Norden und Westen. Vielleicht könnte man sie besuchen, dachte er, bis ihm plötzlich einfiel, daß er nicht wußte, wie er sie finden sollte. Sie waren fast bis zu der Stelle gekommen, an der Thonolan und er ihr Lager aufgeschlagen hatten. Er wußte, daß ihre Heimathöhlen nicht nur westlich der Schwester, sondern auch westlich des Großen Mutter

Flusses lagen; aber er wußte nicht, wo. Er erinnerte sich, daß sie manchmal in der Gegend zwischen den beiden Strömen gejagt hatten, aber das half ihm nicht viel. Er würde wahrscheinlich nie wissen, ob Noria dieses Kind hatte.

Ayla sann darüber nach, daß sie erst Jondalars Heimat erreichen müßten, bevor sie daran denken konnte, Kinder zu haben. Wie mochten seine Leute sein? Würde sie von ihnen aufgenommen werden? Sie war etwas zuversichtlicher, nachdem sie die Sharamudoi kennengelernt hatte, daß irgendwo auch für sie ein Platz sei, aber sie war sich keineswegs sicher, ob sie diesen Platz bei den Zelandonii finden würde. Sie dachte an den Abscheu, mit dem Jondalar reagiert hatte, als er entdeckte, daß sie vom Clan aufgezogen worden war, und dann erinnerte sie sich an sein seltsames Verhalten im letzten Winter, als sie bei den Mamutoi lebten.

Das war zum Teil Ranec zuzuschreiben gewesen. Soviel hatte sie in Erfahrung gebracht, bevor sie aufgebrochen waren, obwohl sie es zuerst nicht richtig verstanden hatte. Eifersucht hatte bei ihrer Erziehung keine Rolle gespielt. Selbst wenn er ein solches Gefühl gekannt hätte, wäre ein Mann des Clans nie wegen einer Frau eifersüchtig gewesen – und er hätte vor allem dieses Gefühl nie gezeigt. Aber ein Teil von Jondalars Verhalten ließ sich auch darauf zurückführen, daß er sich Gedanken darüber machte, wie seine Leute sie aufnehmen würden. Sie wußte jetzt, daß es ihm, obwohl er sie liebte, peinlich gewesen war, daß sie beim Clan gelebt hatte, und besonders peinlich war es ihm gewesen, daß sie einen Sohn hatte. Freilich, jetzt machte es ihm anscheinend nichts mehr aus. Es hatte ihn nicht gekümmert, wenn ihr Clan-Hintergrund zur Sprache kam, als sie bei den Sharamudoi lebten. Aber zu Anfang mußte er doch einen Grund für diese Ressentiments gehabt haben.

Nun, sie liebte Jondalar und wollte mit ihm zusammenleben – im übrigen ließ sich ihr Entschluß auch nicht mehr rückgängig machen –, aber sie hoffte, daß sie das Richtige getan hatte, als sie sich einverstanden erklärt hatte, mit ihm zu ziehen. Wieder spürte sie den Wunsch nach einem Zeichen ihres Höhlenlöwen-Totems, das ihr sagen würde, ob sie die richtige Entscheidung getroffen hatte; doch dieses Zeichen schien ihr verwehrt zu bleiben.

Als die Reisenden sich der wirbelnden Wasserfläche näherten, an der der Schwester Fluß sich mit dem Großen Mutter Fluß vereinigte, wich der körnige und kalziumreiche Mergel-Untergrund der oberen Terrassen allmählich den Kies- und Lößböden der Ebene.

Während der warmen Jahreszeit füllte das Eis der Berggipfel die Flüsse mit Schmelzwasser. Im Herbst, wenn schwere Regenfälle über das Land niedergingen, die sich – ausgelöst durch heftige Temperaturstürze – in den höheren Lagen zu Schnee verdichteten, wurden die Flüsse zu reißenden Strömen. Da es an der Westseite der Berge keine Seen gab, die die Wassermassen in einem natürlichen Reservoir hätten auffangen können, stürzten sie praktisch ungehindert die steilen Abhänge hinunter, Sand, Kies und

Schiefer mit sich führend, die zu dem mächtigen Fluß unten gespült und auf der Schwemmebene abgelagert wurden.

Die Zentralebene, einst der Boden eines Binnenmeeres, bildete ein Becken zwischen zwei gewaltigen Bergketten im Osten und Westen und dem entsprechenden Hochland im Norden und Süden. Fast ebenso gewaltig wie die Mutter führte die Schwester kurz vor dem Zusammentreffen mit ihr die Wassermengen der gesamten westlichen Front der Bergkette, die sich in einem großen Bogen nach Nordwesten zog. Der Schwester Fluß strebte dem niedrigsten Punkt des Beckens zu, um sich dort mit der Großen Mutter der Flüsse zu vereinigen; aber seine überbordenden Wassermassen wurden vom höheren Wasserstand der Mutter zurückgedrückt. Gleichsam auf sich selbst verwiesen, entlud er seine Last in einem Strudel von Strömungen und Gegenströmungen.

Gegen Mittag erreichten Ayla und Jondalar die sumpfige Wildnis mit ihrem halb im Wasser stehenden Unterholz und den gelegentlich aufragenden hohen Bäumen, deren unterer Teil ebenfalls im Wasser stand. Wieder fiel Ayla die Ähnlichkeit mit den Sümpfen des östlichen Deltas auf, in denen es freilich nicht die wirbelnden Mahlströme der aufeinandertreffenden Flüsse gab. Da es hier viel kälter war, schwirrten weniger Insekten um sie herum, die freilich immer noch in großer Zahl von den aufgedunsenen, angefressenen und verwesenden Kadavern der Tiere angezogen wurden, die von der Flut überrascht worden waren. Im Süden erhob sich ein Bergmassiv mit dicht bewaldeten Hängen aus dem blauen, durch die schäumenden Wirbel gebildeten Dunst.

»Das müssen die Bewaldeten Hügel sein, von denen Carlono gesprochen hat«, sagte Ayla.

»Ja, aber es sind mehr als Hügel«, sagte Jondalar. »Sie sind höher, als du denkst, und erstrecken sich über eine große Entfernung. Der Große Mutter Fluß fließt nach Süden, bis er auf diese Barriere trifft. Diese Hügel zwingen die Mutter, sich nach Osten zu wenden.«

Sie ritten um einen großen stillen See herum, ein totes, isoliert liegendes Gewässer, und blieben am östlichen Ufer des überschwemmten Stroms, etwas oberhalb des Zusammenflusses, stehen. Als Ayla die gewaltigen Flutmassen betrachtete, begann sie zu verstehen, warum Jondalar Angst hatte, die Schwester zu überqueren,

Die schlammigen Wasser, die die schlanken Stämme von Weiden und Birken umspülten, zerrten an den Bäumen, deren Wurzeln nicht so fest im Boden verankert waren. Viele Bäume standen schon gefährlich schief, und kahle Äste und Stämme, die der Fluß den stromaufwärts gelegenen Wäldern entrissen hatte, hatten sich im Unterholz verfangen oder schwammen, wirbelnd um- und gegeneinandergetrieben, in der Mitte des Stromes.

Ayla fragte sich, wie sie es jemals schaffen sollten, über den Fluß zu gelangen. Dann sagte sie: »Was meinst du, wo sollen wir übersetzen?«

Jondalar wünschte sich das große Ramudoi-Boot wieder herbei, das Thonolan und ihn vor einigen Jahren gerettet hatte. Der Gedanke an seinen Bruder schmerzte, aber er weckte auch seine Sorge um Ayla.

»Ich denke, es ist klar, daß wir hier nicht übersetzen können«, sagte er. »Ich wußte nicht, daß es so schlimm sein würde. Wir müssen stromaufwärts ziehen und nach einer günstigeren Stelle Ausschau halten. Ich hoffe nur, daß es nicht wieder anfängt zu regnen. Wenn es noch einmal so gießt wie das letztemal, steht die ganze Ebene unter Wasser. Kein Wunder, daß sie das Sommerlager aufgegeben haben.«

»Der Fluß hier steigt doch nicht so weit an, Jondalar?« fragte Ayla mit einem Ausdruck ungläubigen Staunens in den Augen.

»Jetzt wohl noch nicht, aber möglich ist es schon. Alles Wasser, das in den Bergen oben abregnet, kommt hier zusammen. Übrigens hätte auch der Fluß, der so nahe am Lager vorbeiführte, plötzlich über die Ufer treten können. Wahrscheinlich tat er es auch. Ich glaube, wir sollten uns beeilen, Ayla. Das ist hier kein sicherer Ort, wenn es wieder zu regnen anfängt«, sagte Jondalar und betrachtete den Himmel. Er trieb den Hengst zum Galopp an und ritt eine Zeitlang in so scharfer Gangart, daß Wolf Mühe hatte, den Anschluß nicht zu verlieren. Nach einer Weile wurde Jondalar langsamer, verfiel aber nicht wieder in den gemächlichen Schritt, der ihr Reisetempo vorher bestimmt hatte.

Von Zeit zu Zeit hielt Jondalar das Pferd an und betrachtete aufmerksam den Fluß und das gegenüberliegende Ufer, bevor er mit einem Blick auf den Himmel nach Norden weiterritt. Der Fluß schien tatsächlich an einigen Stellen schmaler und an anderen breiter zu sein; aber er war so angeschwollen, daß es sich nicht mit Bestimmtheit feststellen ließ. Sie ritten weiter, bis es fast dunkel geworden war, ohne einen geeigneten Platz zum Übersetzen gefunden zu haben. Jondalar bestand darauf, das Nachtlager auf höher gelegenem Terrain aufzuschlagen, und sie stiegen erst ab, als es zu dunkel zum Reiten geworden war.

»Ayla! Ayla! Wach auf!« rief Jondalar und schüttelte sie sanft. »Wir müssen aufbrechen.«

»Was ist? Jondalar! Was ist los?« sagte Ayla.

Sie war gewöhnlich vor ihm auf den Beinen, und ein Gefühl der Unruhe befiel sie, als sie so früh geweckt wurde. Sie schob das Schlaffell beiseite und spürte einen kühlen Luftzug; dann bemerkte sie, daß die Zeltklappe offen stand. Die Helligkeit brodelnder Wolkenmassen zeichnete sich hinter der Öffnung ab und bildete die einzige Lichtquelle. Sie konnte Jondalars Gesicht kaum in dem grauen Schimmer erkennen; aber es war hell genug, um zu sehen, daß er besorgt war.

»Wir müssen gehen«, sagte Jondalar. Er hatte die Nacht über kaum geschlafen. Er konnte nicht genau sagen, warum er das Gefühl hatte, den Fluß so schnell wie möglich überqueren zu müssen, aber es war so stark, daß es ihm den Magen zusammenzog.

Sie stand auf, ohne nach dem Grund zu fragen. Sie wußte, daß er sie nicht geweckt hätte, wenn er die Lage nicht für ernst gehalten hätte. Sie zog sich rasch an, dann schickte sie sich an, Feuer zu machen.

»Wir haben keine Zeit mehr, ein Feuer anzuzünden«, sagte Jondalar.

Sie zog die Augenbrauen zusammen, dann nickte sie und holte kaltes Trinkwasser. Sie packten und aßen dabei von ihrem Reiseproviant. Als sie bereit waren, aufzubrechen, sah Ayla sich nach Wolf um, aber er war nicht im Lager.

»Wo ist Wolf?« fragte Ayla, einen Unterton von Verzweiflung in der Stimme.

»Er wird jagen gegangen sein. Er wird uns einholen, Ayla. Er holt uns immer ein.«

»Ich pfeife nach ihm«, sagte sie und ließ den Pfiff ertönen, mit dem sie ihn zu rufen pflegte.

»Komm, Ayla. Wir müssen gehen«, sagte Jondalar, wieder einmal verärgert über das Tier.

»Ich gehe nicht ohne ihn«, sagte sie und pfiff noch einmal, diesmal lauter und drängender.

»Wir müssen einen Ort finden, an dem wir den Fluß überqueren können, bevor es anfängt zu regnen«, sagte Jondalar. »Sonst kommen wir nie hinüber.«

»Können wir nicht einfach weiter stromauf wandern? Der Fluß muß doch irgendwann schmaler werden, oder?« warf sie ein.

»Wenn es einmal angefangen hat zu regnen, wird er immer breiter werden. Selbst stromauf wird er breiter sein, als er hier ist. Und wir wissen nicht, welche Flüsse noch die Berge herunterkommen. Wir können von einer plötzlichen Überschwemmung überrascht werden. Dolando sagte, das sei durchaus üblich, wenn es angefangen hat zu regnen. Oder wir können von einem großen Nebenfluß aufgehalten werden. Und was tun wir dann? Wieder in die Berge steigen, um ihn zu umgehen? Wir müssen die Schwester überqueren, solange es noch möglich ist«, sagte Jondalar. Er schwang sich auf den Hengst und blickte zu Ayla hinunter, die neben der Stute stand.

Ayla drehte sich um und pfiff noch einmal.

»Wir müssen gehen, Ayla.«

»Warum können wir nicht noch ein bißchen warten? Er wird kommen.«

»Er ist nur ein Tier. Dein Leben ist mir wichtiger als seines.«

Sie wandte sich um und sah zu ihm auf; dann blickte sie wieder zu Boden, die Stirn tief gerunzelt. War es so gefährlich, zu warten, wie Jondalar dachte? Oder war er nur ungeduldig? Wenn es so gefährlich war, sollte dann sein Leben ihr nicht mehr bedeuten als das Wolfs? In diesem Augenblick erschien Wolf auf der Bildfläche. Ayla atmete erleichtert auf, als er auf sie zusprang, um sie zu begrüßen. Er legte ihr die Vorderläufe auf die Schultern und fuhr mit der Zunge über ihr Gesicht. Sie schwang sich auf Winnies Rücken und benutzte eine der Stangen des Schleppgestells als Hilfe. Dann gab sie Wolf ein Zeichen, in ihrer Nähe zu bleiben, und folgte Jondalar, der auf Renner vorausgeritten war.

Es gab keinen Sonnenaufgang. Der Tag wurde nur unmerklich heller, aber nicht wirklich hell. Die tiefhängenden Wolken hüllten den Himmel in ein gleichmäßiges Grau; die Luft war feucht und kühl. Später am Morgen stiegen sie ab, um zu rasten. Ayla bereitete einen heißen Tee und eine nahrhafte Brühe aus einem Riegel ihres Reiseproviants. Sie fügte einige Sauerampferblätter und Hagebutten hinzu, nachdem sie die Samen und die borstigen Haare aus ihrem Inneren entfernt hatte. Zuletzt streute sie ein paar Blütenblätter eines in der Nähe wachsenden Feldrosenstrauchs über das Gericht. Für eine Weile schien Jondalar seine Sorgen vergessen zu haben, dann bemerkte er, daß die Wolken dunkler wurden.

Er drängte zum Aufbruch, und sie stiegen wieder auf die Pferde. Jondalar beobachtete aufmerksam den Himmel und verfolgte den sich zusammenbrauenden Sturm. Er beobachtete auch den Fluß und hielt Ausschau nach einer Stelle, an der sie ihn überqueren konnten, einer Stelle, an der die Strömung weniger heftig war – einer Furt, einer Insel oder vielleicht sogar einer Sandbank zwischen den beiden Ufern. Er fürchtete, daß der Sturm bald losbrechen würde, und war entschlossen, die nächstbeste Gelegenheit zu nutzen, obgleich die reißenden Wasser der Schwester so aussahen, wie sie immer ausgesehen hatten. Er wußte, daß die Lage nur schlechter werden konnte, wenn es anfing zu regnen, und lenkte Renner auf einen Uferabschnitt zu, der leicht zugänglich war.

»Glaubst du, daß wir den Fluß zu Pferde überqueren können?« fragte Jondalar und warf einen besorgten Blick auf den drohenden Himmel.

Ayla studierte den dahinschäumenden Fluß und alles, was er mit sich führte. Ganze Bäume trieben vorbei, zusammen mit zerbrochenen Stämmen und Ästen. Sie erschauerte, als sie den aufgedunsenen Kadaver eines Hirsches bemerkte, der sich mit seinem Geweih in den Zweigen eines am Ufer steckengebliebenen Baumes verfangen hatte.

»Ich glaube, es ist leichter für sie, ohne uns hinüberzukommen«, sagte sie. »Wir sollten vielleicht neben ihnen herschwimmen.«

»Das habe ich mir auch gedacht«, sagte Jondalar.

»Aber wir brauchen ein Seil, um uns festzuhalten«, sagte Ayla.

Sie holten Seile hervor; dann überprüften sie die Gurte und Körbe, um sicherzustellen, daß ihr Zelt, ihr Proviant und ihre wenigen Habseligkeiten fest verzurrt waren. Ayla befreite Winnie von dem Schleppgestell; sie hielt es für zu riskant, das Pferd mit vollem Geschirr den reißenden Fluß durchschwimmen zu lassen. Wenn es irgend ging, wollten sie die Schleppstangen und das Rundboot nicht verlieren.

So banden sie die langen Stangen mit Schnüren zusammen. Während Jondalar ein Ende an der Seite des Rundbootes befestigte, verband Ayla das andere Ende mit den Gurten, die sie benutzt hatte, um Winnies Packsattelkorb an Ort und Stelle zu halten. Sie knüpfte einen Knoten, den sie leicht wieder lösen konnte, wenn sie es für nötig hielt. Dann befestigte sie an der geflochtenen Schnur, die sonst ihre Reitdecke am Platz hielt, ein anderes Seil und sicherte es mit einem festen Knoten.

Jondalar brachte ein ähnliches Seil an Renners Gurten an; dann zog er die Schuhe aus und entledigte sich seiner schweren Überkleidung und seiner Pelze. Er rollte sie zusammen und legte sie oben auf den Packsattel, behielt jedoch das Untergewand und die Beinlinge an. Selbst wenn es feucht werden sollte, würde das Leder ihn warmhalten. Ayla tat das gleiche.

Die Tiere spürten die Erregung und die Angst der Menschen und waren beunruhigt durch die schäumenden Wassermassen. Die Pferde hatten vor dem Hirschkadaver gescheut und tänzelten mit kurzen Schritten auf der Stelle, warfen den Kopf zurück und rollten die Augen; aber ihre Ohren waren wachsam nach vorn gerichtet. Wolf war bis zum Uferrand vorgedrungen, um den Kadaver zu inspizieren, ging jedoch nicht ins Wasser.

»Glaubst du, daß die Pferde es schaffen werden, Ayla?« fragte Jondalar, als schwere Regentropfen niederzufallen begannen.

»Sie sind unruhig, aber ich glaube nicht, daß sie Schwierigkeiten machen werden, zumal wir bei ihnen sind. Bei Wolf bin ich mir nicht so sicher«, sagte Ayla.

»Wir können ihn nicht hinübertragen. Er muß es selber schaffen – das weißt du«, sagte Jondalar. Aber als er die Sorgenfalten auf ihrer Stirn sah, fügte er hinzu: »Wolf ist ein guter Schwimmer. Er wird es schon machen.«

»Ich hoffe es«, sagte sie und kniete nieder, um das Tier in die Arme zu schließen.

Jondalar bemerkte, daß die Regentropfen schwerer und dichter fielen. »Wir sollten uns auf den Weg machen«, sagte er und hielt Renner am Halfter fest. Er schloß die Augen und wünschte sich und Ayla Glück. Er dachte an Doni, die Große Erdmutter, aber er wußte nicht, was er ihr versprechen sollte, wenn sie sie sicher hinübergeleitete. Dennoch bat er sie im stillen, ihnen zu helfen. Obgleich er wußte, daß er der Mutter eines Tages entgegentreten würde, wollte er nicht, daß es schon jetzt geschah, und noch weniger wollte er Ayla verlieren.

Der Hengst warf den Kopf zurück und versuchte sich aufzubäumen, als Jondalar ihn zum Fluß führte. »Ganz ruhig, Renner«, sagte der Mann. Das Wasser war kalt, als es um seine bloßen Füße schlug, und dann um seine Beine und Schenkel. Sobald sie im Wasser waren, gab Jondalar Renners Halfter frei und wickelte das nachschleppende Ende des Seils um seine Hand. Er verließ sich darauf, daß das kräftige junge Pferd allein seinen Weg durch den Fluß finden würde.

Auch Ayla wickelte sich das Seil, das am Widerrist der Stute befestigt war, um die Hand, steckte das Ende fest und schloß die Hand zur Faust. Dann folgte sie Jondalar, Winnie an ihrer Seite. Sie zog am anderen Seil, mit dem die Stangen und das Boot befestigt waren, um sicher zu sein, daß es sich nicht verwickelte.

Die junge Frau spürte sofort die Kälte des Wassers und den Sog der starken Strömung. Sie blickte hinter sich. Wolf stand noch am Uferrand, lief vor und wieder zurück, winselte ängstlich und traute sich nicht, in das reißende Wasser zu springen. Sie rief seinen Namen, ermutigte ihn. Er trippelte einige Schritte nach vorn, wich wieder zurück und sah auf das Wasser und die wachsende Entfernung zwischen sich und der Frau. Dann, als der Regen noch dichter zu fallen begann, setzte er sich hin und begann zu heulen. Ayla pfiff nach ihm, und nach einigen vergeblichen Anläufen stürzte er sich endlich ins Wasser und schwamm auf sie zu. Sie widmete ihre Aufmerksamkeit wieder dem Pferd und dem Fluß vor ihr.

Der immer dichter werdende Regen schien die kabbeligen Wellen flachzuschlagen. Der schäumende Fluß führte mehr Treibholz mit sich, als sie gedacht hatte. Zerbrochene Stämme und Äste wirbelten umher und stießen ihr schmerzhaft in die Seite, einige noch dicht belaubt, andere vollgesogen mit Wasser und fast unsichtbar. Die aufgedunsenen Kadaver, oft mit tiefen Verletzungen durch die Gewalt der Flut, die die Tiere überrascht und vor den Bergen in den schlammigen Fluß geschwemmt hatte, waren noch schlimmer.

Sie sah mehrere Baummarder und Wühlmäuse. Ein langschwänziger Ziesel war schwerer zu erkennen; das hellbraune Fell war schwarz, und der buschige Schwanz dick mit Schlamm bedeckt. Ein Halsbandlemming, dessen weißes, strähniges Winterfell durch den schwarzen Sommerpelz schimmerte, kam wahrscheinlich hoch aus den Bergen, wo schon Schnee lag. Die größeren Tiere wiesen stärkere Verletzungen auf. Eine Gemse trieb vorbei, die ein Horn verloren hatte und deren Fell an einer Seite des Gesichts abgehäutet war und einen roten Muskelstrang sehen ließ. Als sie den Kadaver eines jungen Schneeleoparden sah, schaute sie sich wieder nach Wolf um, aber er war nirgends zu sehen.

Dann bemerkte sie, daß sich das Seil, das die Stute hinter sich herzog, mitsamt den Stangen und dem Boot an einem Baumstumpf verfangen hatte. Der zerborstene Stumpf mit seinem Wurzelwerk belastete Winnie unnötig und verlangsamte ihre Bewegungen. Ayla zerrte an dem Seil und versuchte, es zu sich heranzuziehen, aber plötzlich löste es sich – bis auf einen kleinen Ast, der sich mit seiner Gabel daran verhakt hatte – von selbst. Es bekümmerte sie, daß nichts von Wolf zu sehen war; doch sie schwamm so tief im Wasser, daß sie ohnehin nicht viel erkennen und an seiner Lage kaum etwas ändern konnte. Sie pfiff wieder, aber sie bezweifelte, daß er sie hören konnte.

Sie drehte sich um und warf einen besorgten Blick auf Winnie. Sie fürchtete, daß der schwere Baumstumpf sie ermüdet hatte, aber die Stute schwamm kraftvoll weiter voran. Ayla schaute nach vorn und war erleichtert, als sie Jondalar und Renner vor sich sah. Sie ruderte mit dem freien Arm und versuchte, Winnie so weit wie möglich zu entlasten. Doch je mehr sie sich bemühte, desto schwerer hing sie am Seil. Sie begann zu zittern. Sie hatte das Gefühl, daß es ewig dauerte, den Fluß zu durchschwimmen. Das andere Ufer schien noch weit entfernt zu sein. Das Zittern störte sie am Anfang nicht, aber je länger sie in dem kalten Wasser schwamm, desto stärker wurde das Zittern. Es hörte nicht auf. Ihre Muskeln verspannten sich, und ihre Zähne schlugen aufeinander.

Sie sah sich wieder nach Wolf um; doch sie sah ihn immer noch nicht. Ich sollte zurückschwimmen und ihn holen, dachte sie. Vielleicht kann Winnie umkehren und nach ihm suchen. Aber als sie zu sprechen versuchte, schlugen ihre Zähne so heftig aufeinander, daß sie kein Wort hervorbrachte. Nein, Winnie sollte nicht umkehren. Ich werde es tun. Sie versuchte, sich von dem Seil zu befreien; doch es war so festgewickelt und ihre Hand war so steif, daß sie kaum noch Gefühl darin hatte. Vielleicht kann Jondalar umkehren. Wo ist Jondalar? Ist er im Fluß? Hat er Wolf geholt? Oh, da hat sich wieder ein Baumstumpf am Seil verfangen. Ich muß... etwas... ziehen... das Seil loslassen... zu schwer für Winnie.

Ihr Zittern hatte aufgehört; aber ihre Muskeln waren so steif, daß sie sich nicht bewegen konnte. Sie schloß die Augen, um zu schlafen. Es war so gut, die Augen zu schließen... und zu schlafen.

ZWEIUNDZWANZIGSTES KAPITEL

Ayla war nahezu ohnmächtig, als sie die Steine des Flußbettes unter sich spürte. Sie versuchte, wieder auf die Beine zu kommen, während Winnie sie über den felsigen Untergrund zerrte. Sie schleppte sich einige Schritte über die glatten, runden Kiesel am Ufer einer Beuge des Flusses. Dann fiel sie zu Boden. Das noch immer fest um ihre Hand gewickelte Seil brachte schließlich das Pferd zum Stehen.

Auch Jondalar hatte stark unterkühlt – etwas früher als sie – das andere Ufer erreicht. Ayla hätte es ebenso schnell schaffen können; aber in Winnies Seil hatte sich so viel Treibholz verfangen, daß sie nur langsam vorankam.

Als Jondalar die andere Flußseite erreichte, hatte die Kälte ihm so zugesetzt, daß er zunächst nicht wußte, was er tun sollte. Er zog die Felljacke über seine feuchte Unterkleidung und begann nach Ayla Ausschau zu halten. Er ging zu Fuß und führte den Hengst am Halfter, schlug jedoch die falsche Richtung ein. Allmählich wurde ihm wärmer, und er fing an, klarer zu denken. Sie waren beide von der Strömung flußabwärts getrieben worden, doch da sie länger gebraucht hatte, mußte sie das Ufer weiter stromabwärts erreicht haben. Er wandte sich um und ging den Weg zurück. Als Renner wieherte und er ein Schnauben als Antwort hörte, begann er zu laufen.

Ayla lag mit dem Rücken auf dem felsigen Boden, als Jondalar sie sah, neben der geduldigen Stute, den Arm mit dem um ihre Hand gewickelten Seil erhoben. Er eilte auf sie zu. Sein Herz schlug wie wild. Als er sich vergewissert hatte, daß sie noch lebte, schloß er sie in die Arme und drückte sie fest an sich. Tränen strömten über sein Gesicht.

»Ayla! Ayla! Du lebst!« rief er. »Ich hatte solche Angst, dich zu verlieren. Aber du frierst!«

Er mußte sie wärmen. Er löste das Seil aus ihrer Hand und hob sie auf. Sie bewegte sich und öffnete die Augen. Ihre Muskeln waren angespannt, und sie konnte kaum sprechen; aber sie wollte etwas sagen. Er beugte sich vor.

»Wolf. Such Wolf«, flüsterte sie heiser.

»Ayla, ich muß mich um dich kümmern!«

»Bitte. Such Wolf. Zu viele Söhne verloren. Nicht auch noch Wolf«, sagte sie mit zusammengebissenen Zähnen.

Ihre Augen waren so voller Sorge und blickten ihn so flehend an, daß er nachgab. »In Ordnung. Ich werde nach ihm suchen. Aber zuerst muß ich dich an einen geschützten Platz bringen.«

Er trug Ayla durch den dichten Regen über einen sanften Abhang, der zu einer kleinen, terrassenförmigen, mit Weiden, Unterholz und Seggen bestandenen Anhöhe führte, an deren Ende sich ein paar Kiefern erhoben. Er fand eine flache Stelle und schlug dort das Zelt auf. Nachdem er das Mammutfell auf dem vom Regen aufgeweichten Boden ausgebreitet hatte, trug er Ayla hinein. Dann holte er das Bündel mit ihren Schlaffellen und legte sie über das Mammutfell. Er zog ihre nassen Kleider aus, bettete Ayla auf die Schlafstatt und legte sich neben sie, nachdem auch er sich von seinen Kleidern befreit hatte.

Sie war nicht mehr ohnmächtig, aber völlig benommen. Ihre Haut war feucht und kalt, ihr Körper steif. Er versuchte, sie mit seinem Körper zu wärmen. Als sie wieder zu zittern anfing, atmete Jondalar auf. Das war ein Zeichen dafür, daß ihr innerlich wärmer wurde. Aber mit ihrem wacher werdenden Bewußtsein kehrte die Erinnerung an Wolf zurück, und inständig, fast wild bestand sie darauf, daß Jondalar nach ihm suchte.

»Es ist meine Schuld«, sagte sie mit klappernden Zähnen. »Ich habe ihm befohlen, in den Fluß zu springen. Ich habe gepfiffen. Er hat mir vertraut. Ich muß Wolf finden.« Sie richtete sich auf.

»Ayla, kümmere dich nicht um Wolf. Du weißt ja gar nicht, wo du anfangen sollst zu suchen«, sagte er und drückte ihren Oberkörper wieder sanft zurück.

Zitternd und unter hysterischem Schluchzen versuchte sie aufzustehen. »Ich muß ihn finden«, rief sie.

»Ayla, Ayla, ich gehe ja schon. Wenn du hierbleibst, werde ich nach ihm suchen«, sagte er. »Aber versprich mir, hierzubleiben und dich zuzudecken.«

»Bitte, finde ihn«, sagte sie.

Er zog rasch seine trockenen Sachen und seine Pelzjacke an. Dann holte er zwei Riegel des nahrhaften und proteinreichen Reiseproviants. »Ich gehe jetzt«, sagte er. »Iß das und bleib, wo du bist.«

Sie griff nach seiner Hand, als er sich umwandte, um zu gehen. »Versprich mir, daß du überall nach ihm suchst«, sagte sie. Sie zitterte immer noch, doch schien ihr das Sprechen nicht mehr so schwer zu fallen.

Er blickte in ihre graublauen Augen, die voller Unruhe und Sorge waren. Dann drückte er sie fest an sich. »Ich hatte solche Angst, du wärest tot.«

Sie legte die Arme um seinen Hals; und sie spürte seine Kraft und seine Liebe. »Ich liebe dich, Jondalar. Ich möchte nicht, daß du mich je verläßt. Aber bitte, finde Wolf. Ich könnte es nicht ertragen, ihn zu verlieren. Er ist wie – ein Kind – ein Sohn. Ich kann nicht noch einen Sohn verlieren.« Ihre Stimme wurde heiser, und Tränen stiegen ihr in die Augen.

Er löste sich aus ihrer Umarmung und sah sie an. »Ich werde nach ihm suchen. Aber ich kann dir nicht versprechen, daß ich ihn finde, Ayla. Und selbst wenn ich ihn finde, kann ich dir nicht versprechen, daß er noch lebt.«

Ihre Augen füllten sich mit einem Ausdruck der Angst und des Entsetzens; dann schloß sie sie und nickte. »Versuch nur, ihn zu finden«, sagte sie, und als er ging, schloß sie ihn noch einmal fest in die Arme.

Er war sich zuerst nicht sicher gewesen, ob er wirklich nach Wolf suchen würde. Er hatte nach den Pferden sehen und Holz fürs Feuer holen wollen, um eine warme Suppe für Ayla zu bereiten; aber er hatte es versprochen. Winnie und Renner standen unter den Weiden. Beide trugen noch die Reitdecken – und Renner überdies sein Halfter –, doch schienen sie für den Augenblick versorgt zu sein. So wandte er sich dem Abhang zu.

Er wußte nicht, in welche Richtung er gehen sollte, als er den Fluß erreichte. Dann entschloß er sich, es stromabwärts zu versuchen. Er zog sich die Kapuze tief ins Gesicht, um den Regen abzuwehren, und begann am Ufer entlangzustreifen und das angeschwemmte Treibgut zu untersuchen. Er fand viele tote Tiere und sah sowohl vierbeinige als auch gefiederte Fleisch- und Aasfresser, die sich an ihnen gütlich taten – selbst ein Rudel Wölfe aus dem Süden –, aber kein Tier, das wie Wolf aussah.

Schließlich machte er kehrt und ging den Weg zurück, den er gekommen war. Er wollte noch eine Strecke stromaufwärts suchen; aber er glaubte im Grunde nicht, daß er Wolf finden würde. Der Gedanke stimmte ihn traurig. Wolf konnte manchmal lästig sein; aber Jondalar hatte eine echte Zuneigung zu dem intelligenten Tier gefaßt. Er würde ihm fehlen; und er wußte, Ayla würde verzweifelt sein.

Er gelangte an das Felsufer, an dem er Ayla gefunden hatte, und wanderte an der Flußbeuge entlang. Er wußte nicht einmal, wie weit er in die andere Richtung gehen sollte, zumal er bemerkt hatte, daß der Fluß weiter gestiegen war. Sobald Ayla wieder auf den Beinen ist, müssen wir das Zelt abbrechen und weiter vom Ufer entfernt lagern, dachte er. Vielleicht sollte ich die Suche nach Wolf aufgeben und lieber nachsehen, ob sie in Ordnung ist. Nun, ich werde noch eine Strecke weitergehen. Sie wird fragen, ob ich in beiden Richtungen gesucht habe.

Er wandte sich wieder stromaufwärts und arbeitete sich durch dichtes Unterholz; doch als er die majestätische Silhouette eines Kaiseradlers sah, der mit ausgebreiteten Flügeln über ihm schwebte, blieb er von Ehrfurcht ergriffen stehen. Plötzlich faltete der große, anmutige Vogel seine mächtigen Schwingen und stieß im Sturzflug auf das Flußufer hinunter, ehe er sich wieder, einen Ziesel in den Klauen, in die Luft erhob.

An der Stelle, wo der Vogel seine Beute gefunden hatte, vereinigte ein Nebenfluß sein Wasser mit dem der Schwester und bildete ein kleines Delta. Jondalar glaubte, etwas Vertrautes an dem sandigen Strand zu sehen, an dem die beiden Flüsse sich trafen, und lächelte, als er es erkannte. Es war das Rundboot; doch als er näher hinsah, zog er die Brauen zusammen und begann zu rennen. Neben dem Boot saß Ayla am Wasser und hielt Wolfs Kopf im Schoß. Eine Wunde über seinem linken Auge blutete immer noch.

»Ayla! Was machst du hier? Wie bist du hergekommen?« fuhr er sie an, weniger zornig als zutiefst besorgt.

»Er lebt, Jondalar«, sagte sie schluchzend und derart vor Kälte zitternd, daß sie fast nicht zu verstehen war. »Er ist verletzt, aber er lebt.«

Nachdem Wolf in den Fluß gesprungen war, war er auf Ayla zugeschwommen. Doch als er das leichte, leere Rundboot erreichte, legte er die Pfoten auf die daran befestigten Stangen und ließ sich von ihnen tragen. Erst als das Boot kieloben auf den Wellen zu treiben begann, wurde er von einem schweren, mit Wasser vollgesogenen Baumstumpf am Kopf getroffen. Doch da hatte er schon fast das andere Ufer erreicht. Das Boot wurde von der Strömung auf die Sandbank geschoben und zog die Stangen, an die Wolf sich immer noch klammerte, nach sich. Der Schlag hatte ihn halb betäubt, aber schlimmer noch hatte die Kälte ihm zugesetzt, als er im Wasser lag. Selbst Wölfe können an Unterkühlung sterben.

»Komm, Ayla, zu zitterst schon wieder. Wir müssen dich zurückbringen. Warum bist du hergekommen? Ich habe dir doch gesagt, ich würde nach ihm suchen«, sagte Jondalar. »Hier, ich nehme ihn.« Er hob den Wolf aus Aylas Schoß und versuchte, ihr beim Aufstehen zu helfen.

Nach wenigen Schritten wußte er, daß sie es nicht bis zum Zelt schaffen würden. Ayla war kaum imstande, zu gehen, und der Wolf war ein großes, schweres Tier. Er konnte nicht beide tragen. Wenn er nur nach den Pferden pfeifen könnte, wie Ayla es immer tat! Aber warum sollte er es nicht können? Jondalar hatte für Renner einen besonderen Pfiff erdacht, aber das Tier nie richtig erzogen, darauf zu reagieren. Warum sollte er auch? Der junge Hengst kam immer mit seiner Mutter angelaufen, wenn Ayla nach Winnie rief.

Vielleicht würde Winnie kommen, wenn er pfiff. Er konnte es zumindest versuchen. Er ahmte Aylas Pfeifen nach und hoffte, es gut genug gemacht zu haben. Doch falls die Pferde nicht kommen würden, war er entschlossen, weiterzugehen. Er hob Wolf auf seine Schulter und legte einen Arm um Ayla, um sie zu stützen.

Noch bevor sie die Flußbeuge erreicht hatten, war er völlig erschöpft. Auch er hatte den mächtigen Strom durchschwommen, und dann hatte er Ayla den Abhang hinaufgetragen und das Zelt errichtet. Danach war er auf der Suche nach Wolf am Flußufer stromauf und stromab gelaufen. Als er ein Wiehern hörte, hob er den Kopf. Erleichterung und Freude stiegen in ihm auf, als er die beiden Pferde sah.

Er legte Wolf auf Winnies Rücken. Sie hatte ihn schon vorher getragen und war an ihn gewöhnt. Dann half er Ayla, Renner zu besteigen, und führte ihn am Ufer entlang. Winnie folgte. Ayla zitterte in ihren nassen Kleidern, als der Regen wieder dichter zu werden begann. Sie konnte sich kaum auf dem Pferd halten, als sie den Abhang emporstiegen. Doch es gelang ihnen, das Zelt zu erreichen.

Jondalar half Ayla, abzusteigen, und trug sie ins Zelt. Aber sie war wieder unterkühlt und reagierte mit einem hysterischen Ausbruch, als er Wolf nicht sofort zu ihr brachte. Er mußte ihr versprechen, das Tier trockenzureiben. Er durchsuchte die Bündel nach etwas Brauchbarem, um ihren Wunsch zu erfüllen. Doch als sie von ihm verlangte, den Wolf unter die Schlaffelle zu legen, weigerte er sich. Er fand jedoch eine Decke für ihn. Während sie unbeherrscht weinte, half er ihr, sich auszuziehen, und breitete die Felle über sie aus.

Er ging wieder hinaus, löste Renners Halfter und nahm beiden Pferden die Reitdecken ab. Er klopfte ihnen den Hals und dankte ihnen. Obwohl die Pferde normalerweise draußen lebten und an jedes Wetter, auch an die Kälte, gewöhnt waren, wußte er, daß sie nicht gern im Regen standen, und hoffte, daß es ihnen nicht schaden würde. Dann kroch er endlich ins Zelt und legte sich neben die heftig zitternde Frau. Ayla schmiegte sich dicht an Wolf, während Jondalar sich an ihren Rücken schmiegte und sie mit den Armen umfing. Nach einer Weile hörte sie auf zu zittern. Beide gaben ihrer Erschöpfung nach und fielen in einen tiefen Schlaf.

Ayla wachte auf, als ihr eine nasse Zunge übers Gesicht fuhr. Sie schob Wolf von sich fort, lächelte glücklich und streichelte ihn. Seinen Kopf mit beiden Händen haltend, untersuchte sie die Wunde. Der Regen hatte den Schmutz fortgespült, und das Bluten hatte aufgehört. Sie würde die Wunde später mit einigen Heilpflanzen behandeln; aber soweit sie sehen konnte, war es nicht die Körperverletzung, sondern die Kälte, die ihn geschwächt hatte. Schlaf und Wärme waren die beste Medizin. Sie wurde sich bewußt, daß Jondalar, der immer noch schlief, die Arme um sie gelegt hatte, und so, von ihm gehalten und selber Wolf haltend, lag sie still da und lauschte dem Regen, der auf das Zelt trommelte.

Sie erinnerte sich an Einzelheiten des gestrigen Tages: wie sie durchs Unterholz gestolpert war, um das Flußufer nach Wolf abzusuchen, wie ihr das Seil in die Hand schnitt und sich immer fester in das Fleisch drückte; wie Jondalar sie auf den Armen trug. Sie lächelte bei dem Gedanken, ihm so nahe gewesen zu sein; dann fiel ihr ein, wie er das Zelt aufgeschlagen hatte. Sie schämte sich ein wenig, daß sie ihm nicht dabei geholfen hatte. Doch sie war vor Kälte so steif gewesen, daß sie sich kaum bewegen konnte.

Wolf entwand sich ihren Händen und lief hinaus, um mit der Schnauze am Boden das Zelt zu umrunden. Sie hörte Winnie wiehern und wollte ihr antworten, doch dann dachte sie daran, daß Jondalar noch schlief. Sie begann sich Sorgen wegen der Pferde zu machen. Sie waren an trockenes Wetter gewöhnt, nicht an diesen alles durchnässenden Regen. Selbst klirrender Frost störte sie nicht, solange es trocken war. Dann erinnerte sie sich, andere Pferde hier gesehen zu haben. Wenn sie sich dem Wetter angepaßt hatten, würde es Winnie und Renner auch gelingen.

Ayla haßte die schweren Herbstregen dieser südlichen Region, obwohl sie die langen feuchten Frühlinge des Nordens mit ihren wärmenden Nebeln und ihrem Nieselregen liebte. Die Höhle, in der Bruns Clan lebte, lag im Süden, und es hatte im Herbst viel geregnet, freilich niemals in solchem Ausmaß wie hier. Die südlichen Regionen waren einander keineswegs gleich. Ayla dachte daran, aufzustehen, aber bevor sie sich ernsthaft dazu entschließen konnte, war sie wieder eingeschlafen.

Als sie zum zweiten Mal aufwachte, regte sich Jondalar neben ihr. Sie reckte sich unter ihrem Fell und lauschte nach draußen. Etwas war anders als vorher. Dann merkte sie, was es war: der Regen hatte aufgehört. Sie stand auf und ging hinaus. Es war später Nachmittag und viel kühler als zuvor. Sie wünschte, sie hätte sich etwas Wärmeres angezogen. Dann ging sie auf die Pferde zu, die an einem Bach in den Seggen unweit der Weiden standen und grasten. Wolf war bei ihnen. Sie trabten auf Ayla zu, als sie sich ihnen näherte, und sie verbrachte eine Weile damit, sie zu streicheln und mit ihnen zu reden. Dann ging sie zurück ins Zelt und kroch unter die Felle zu dem warmen Mann.

»Du bist kalt, Frau«, sagte er.

»Und du bist schön warm«, sagte sie und schmiegte sich an ihn.

Er legte seine Arme um sie und küßte ihren Hals. Er war erleichtert, daß es ihr wieder besser ging. Sie hatte so lange gebraucht, bis sie sich nach der Unterkühlung im eisigen Wasser wieder aufgewärmt hatte. »Ich weiß nicht, wie ich es zulassen konnte, daß du so durchnäßt wurdest«, sagte Jondalar. »Wir hätten den Fluß nicht durchqueren sollen.«

»Aber Jondalar, was blieb uns anderes übrig? Du hattest recht. So sehr es auch regnete – mit jeder Stunde, die wir gewartet hätten, wäre der Fluß mehr angeschwollen«, sagte sie.

»Wenn wir die Sharamudoi früher verlassen hätten, wären wir nicht in den Regen gekommen. Dann wäre es halb so schlimm gewesen, die Schwester zu überqueren«, sagte Jondalar. Es klang, als machte er sich selbst Vorwürfe.

»Aber es war meine Schuld, daß wir nicht früher aufgebrochen sind. Und selbst Carlono meinte, daß wir es vor Beginn der Regenzeit schaffen würden.«

»Nein, es war meine Schuld. Ich wußte, wie der Fluß ist. Hätte ich darauf gedrängt, so wären wir früher aufgebrochen. Und wenn wir das Boot zurückgelassen hätten, hätten wir nicht so lange gebraucht, um über die Berge zu kommen. Ich war so dumm!«

»Jondalar, warum quälst du dich?« fragte Ayla. »Du bist nicht dumm. Du konntest nicht voraussehen, was geschehen würde. Nicht einmal Die, Die Der Mutter Dienen, können das immer. Und wir haben es geschafft. Wir sind jetzt hier, und es geht uns gut, selbst Wolf. Wir haben sogar das Boot, und wer weiß, wozu wir es noch einmal gebrauchen können.«

»Aber ich hätte dich fast verloren«, sagte er und barg seinen Kopf in ihrem Haar, wobei er sie so fest an sich drückte, daß es schmerzte. »Ich kann dir nicht sagen, wie sehr ich dich liebe. Du bedeutest mir so viel; doch die Worte, die ich finde, sind klein gegenüber dem, was ich für dich empfinde.« Er hielt sie umfangen, als wollte er mit ihr verschmelzen, als wollte er sie zu einem Teil seiner selbst machen, um sie niemals wieder zu verlieren.

Auch sie hielt ihn fest umschlungen. Sie liebte ihn und wünschte, sie könnte etwas tun, um seine Ängste und sein Verlangen zu stillen. Dann wußte sie, was sie tun konnte. Sie hauchte in sein Ohr und küßte seinen Nacken. Er ging sofort auf sie ein. Er küßte sie wild und leidenschaftlich, streichelte ihre Arme, umfaßte ihre Brüste mit seinen Händen und sog an ihren Brustwarzen. Sie legte ein Bein um ihn und rollte ihn über sich; dann öffnete sie ihre Schenkel. Er zog sich ein wenig von ihr zurück, suchte mit seinem aufgerichteten Glied ihre Öffnung zu finden. Sie griff danach und half ihm, ebenso begierig nach ihm wie er nach ihr.

Als er in sie eindrang und die warme Umarmung ihres Schoßes spürte, stöhnte er auf. All seine trüben Gedanken und ängstlichen Sorgen waren verflogen; jede Fiber seines Körpers zitterte vor Wonne, dieser wunderbaren Gabe der Großen Mutter; er spürte, wie sie sich seinen Bewegungen anpaßte, und ihre Hingabe ließ seine Leidenschaft wachsen.

Er löste sich von ihr und drang erneut in sie ein. Ihre Körper flossen auseinander und wieder zusammen in einem Rhythmus, der immer schneller wurde und dem sie sich völlig überließ. Ein Feuer durchlief ihren Körper, das sich tief in ihrem Inneren konzentrierte.

Auch er fühlte, wie Wellen der Erregung ihn durchschauerten, ihn völlig vereinnahmten und sich dann, noch ehe er sich dessen völlig bewußt wurde, in einem unsagbar süßen Ausbruch lösten. Er bewegte sich noch einige Male sanft hin und her und überließ sich dann dem warmen, leuchtenden Gefühl der Entspannung.

Er lag auf ihr und atmete tief nach der Anspannung der letzten Minuten. Sie schloß die Augen, glücklich und zufrieden. Nach einer Weile rollte er sich neben sie und schmiegte sich an ihren Rücken.

Lange lagen sie so, dann sagte Ayla leise: »Jondalar?«

»Ja?« murmelte er. Er war in einer angenehmen, trägen Stimmung, nicht schläfrig, doch ohne den Wunsch, sich zu bewegen.

»Wie viele solcher Flüsse müssen wir noch überqueren?« fragte sie.

Er hob den Kopf und küßte ihr Ohr. »Keinen.«

»Keinen?«

»Nein, weil es keinen Fluß mehr gibt, der wie die Schwester ist«, sagte Jondalar.

»Nicht einmal der Große Mutter Fluß?«

»Nicht einmal die Mutter ist so reißend und tückisch oder so gefährlich wie die Schwester«, sagte er. »Aber wir werden den Großen Mutter Fluß nicht überqueren. Wir bleiben bis zum Gletscher auf dieser Seite. Wenn wir in die Nähe des Eises kommen, möchte ich gern ein paar Leute besuchen, die auf der anderen Seite der Mutter leben. Aber das ist noch ein langer Weg, und bis dahin ist sie kaum mehr als ein Bach.« Er rollte sich auf den Rücken. »Sicher, wir müssen noch einige ansehnliche Flüsse überqueren; aber jenseits der Ebene verzweigt sich die Mutter in viele Nebenflüsse. Wenn wir ihr wieder begegnen, ist sie so klein geworden, daß du sie kaum wiedererkennen wirst.«

»Ohne das viele Wasser der Schwester werde ich sie wahrscheinlich überhaupt nicht wiedererkennen«, sagte Ayla.

»Ich glaube schon. So mächtig die Schwester auch ist, wenn sie auf die Mutter trifft – diese ist noch mächtiger. Es gibt einen großen Fluß, der sich mit ihr auf der anderen Seite vereinigt, kurz vor den Bewaldeten Hügeln, wo sie sich nach Osten wendet. Thonolan und ich haben dort Leute getroffen, die uns mit einem Floß übersetzten. Einige andere Nebenflüsse kommen aus den großen Bergen im Westen; aber wir ziehen über die Ebene nach Norden und sehen sie überhaupt nicht.«

Jondalar setzte sich auf. Seine Gedanken beschäftigten sich weiter mit dem Weg, der vor ihnen lag.

»Wir werden überhaupt nicht viele Flüsse überqueren, bis wir das Hochland im Norden erreichen«, fuhr er fort. »Das haben mir wenigstens Hadumas Leute versichert. Sie sagen, es gäbe ein paar Hügel, aber alles in allem sei es ein ziemlich flaches Land. Die meisten Flüsse, die wir sehen, fließen der Mutter zu. Sie sagen, sie zieht sich von hier durch das ganze Land. Aber es gibt dort gute Jagdgründe. Hadumas Leute überqueren dauernd diese kleinen Flüsse, um zu jagen.«

»Hadumas Leute? Ich glaube, du hast von ihnen gesprochen; aber du hast mir nie viel von ihnen erzählt«, sagte Ayla. Sie setzte sich ebenfalls auf und griff nach ihrem Packkorb.

»Wir sind nicht lange bei ihnen geblieben. Nur bis zu einer...« Jondalar zögerte und dachte an die Ersten Riten, die er mit der schönen jungen Frau geteilt hatte, Noria. Ayla bemerkte einen seltsamen Ausdruck in seinem Gesicht, als sei er ein wenig verlegen, doch zugleich mit sich zufrieden. »...zu einer Zeremonie, einem Fest«, beendete er den Satz.

»Einem Fest zu Ehren der Großen Mutter Erde?« fragte Ayla.

»Eh... Ja, so etwas Ähnliches. Sie baten mich... eh, sie baten Thonolan und mich, es mit ihnen zu teilen.«

»Werden wir Hadumas Leute besuchen?« fragte Ayla. Sie stand an der Zeltöffnung und hielt ein Gamsfell der Sharamudoi in der Hand, mit dem sie sich abtrocknen wollte, nachdem sie sich im Bach bei den Weiden gewaschen hatte.

»Ich würde es gern, aber ich weiß nicht, wo sie leben«, sagte Jondalar. Dann, als er ihren erstaunten Ausdruck sah, fügte er hinzu: »Einige ihrer

Jäger fanden unser Lager und ließen Haduma holen. Sie war es, die das Fest ausrichten ließ. Sie war der älteste Mensch, den ich je gesehen habe. Noch älter als Mamut. Sie ist die Mutter von sechs Generationen.« Ich hoffe es jedenfalls, dachte er. »Ich würde sie wirklich gern wiedersehen, aber wir haben nicht viel Zeit, nach ihnen zu suchen. Wahrscheinlich ist sie ohnehin inzwischen gestorben; doch ihr Sohn, Tamen, könnte noch am Leben sein. Er war der einzige, der Zelandonii sprach.«

Ayla ging hinaus, und Jondalar hatte das Bedürfnis, sein Wasser abzuschlagen. Er zog sich schnell das Untergewand über den Kopf und ging ebenfalls hinaus.

Er sah, daß Ayla – nackt bis auf das Gamsfell, das sie sich über die Schulter geworfen hatte – den Weiden zustrebte. Er sollte sich auch waschen, dachte er, obwohl er heute schon mehr als genug kaltes Wasser genossen hatte. Nicht, daß er sich scheute, ins Wasser zu gehen, wenn es nötig war – beispielsweise, um einen Fluß zu überqueren –, doch als er mit seinem Bruder gereist war, hatten sie es nicht für so wichtig gehalten, sich ständig zu waschen.

Und es war nicht so, daß Ayla sich jemals beklagt hätte. Doch weil sie sich von kaltem Wasser noch nie hatte abschrecken lassen, konnte er das nicht als Entschuldigung vorbringen, sich selbst nicht zu waschen. Und er mußte zugeben, er genoß es, daß sie immer so frisch roch. Manchmal schlug sie tatsächlich ein Loch ins Eis, um ins Wasser zu gelangen; und er fragte sich, wie sie es aushielt, so kalt zu baden.

Doch wenigstens war sie wieder wohlauf. Er hatte gedacht, daß sie mehrere Tage im Lager bleiben müßten oder daß sie sogar krank werden würde. Vielleicht härtete das kalte Waschen sie gegen die Kälte ab, dachte er. Vielleicht würde ein kaltes Bad mir auch nicht schaden.

Die Wonnen, die sie genossen hatten, waren aufregend gewesen und befriedigender, als er es sich angesichts der kurzen Zeit, die sie sich dafür genommen hatten, hätte vorstellen können; doch als er sah, wie Ayla das weiche Fell über einen Zweig legte und in den Bach watete, hatte er das Bedürfnis, noch einmal zu beginnen – langsamer diesmal, um jeden Augenblick zu genießen.

Abgesehen von einigen kurzen Unterbrechungen regnete es weiter, als sie über die Tiefebene zogen, die zwischen der Großen Mutter und dem Nebenfluß lag, der fast so groß wie sie war, der Schwester. Sie wanderten nach Norden, obgleich sie viele Umwege machen mußten. Die Ebene hatte Ähnlichkeit mit den Steppen im Osten und bildete tatsächlich deren Fortsetzung. Doch die Flüsse, die das alte Becken von Norden nach Süden durchzogen, bestimmten maßgebend den Charakter der Landschaft. Vor allem der häufig wechselnde, sich immer wieder verzweigende und breit verschlungene Lauf der Großen Mutter hatte innerhalb des trockenen Graslands riesige Feuchtgebiete entstehen lassen.

Tote Flußarme hatten sich in den engen Windungen der größeren Flüsse gebildet, und die Marschen, Feuchtwiesen und üppigen Weiden, die die weiten Steppengebiete so abwechslungsreich gestalteten, boten einer Unzahl von Vögeln reiche Nahrung, zwangen freilich die Reisenden auch immer wieder, von ihrem geraden Weg abzuweichen. Die Vielfalt des Vogellebens fand ihre Entsprechung in einem erstaunlichen Artenreichtum an Pflanzen und anderen Tieren, der dem der östlichen Grasländer entsprach, doch konzentrierter auftrat, als sei eine größere Landschaft in sich zusammengeschrumpft, während ihre Lebensgemeinschaft sich auf dem gleichen Stand gehalten hatte.

Umgeben von Bergen und Hochebenen, die dem Land mehr Feuchtigkeit schenkten, war die Ebene, besonders im Süden, auch stärker bewaldet. Nicht mehr zwergwüchsig wie in den Bergen, waren die Bäume und Büsche, die an den Wasserläufen gediehen, zu voller Größe herangewachsen. Im südöstlichen Abschnitt, in der Nähe des turbulenten Zusammenflusses, gab es Sümpfe und Moore in Tälern und Niederungen, die bei Hochwasser auf weite Strecken überschwemmt wurden. Einige im Sumpf stehende Erlen-, Eschen- und Birkengehölze täuschten dem Unkundigen festen Grund vor; sie wuchsen zwischen dicht mit Weiden bestandenen, hier und dort von Eichen und Buchen durchsetzten Hügeln, während die Kiefern einen sandigeren Boden bevorzugten.

Die meisten Böden waren entweder eine Mischung aus reichem Löß und schwarzen Lehmerden oder aus Sand und Kies. Gelegentlich durchbrach ein alter Fels das flache Relief. Diese isolierten Hochebenen waren in der Regel von Nadelbaumwäldern bedeckt, die sich manchmal bis in die Niederungen erstreckten und verschiedenen Tieren, die nicht nur auf offenem Land leben konnten, eine Heimstatt boten. Am dichtesten war das Leben an den Rändern. Doch trotz aller Verschiedenartigkeit war die vorherrschende Vegetation immer noch das Gras. Bestanden mit Hochgras und kurzen Steppengräsern sowie Kräutern, Federgras und Schwingel, bildeten die mittleren Steppenebenen ein außerordentlich reiches, fruchtbares Grasland, über das ungehindert der Wind wehte.

Als Ayla und Jondalar die südlichen Ebenen verließen und sich dem kalten Norden näherten, schien die Jahreszeit sich viel rascher als sonst ihrem Ende zuzuneigen. Der Wind, der ihnen ins Gesicht blies, trug bereits Spuren der eisigen Kälte seines Ursprungsortes. Die ungeheure Masse des Gletschereises, das sich über weite Gebiete des nördlichen Landes ausdehnte, lag unmittelbar vor ihnen – weit weniger entfernt als die Strecke, die sie bereits zurückgelegt hatten.

Mit dem Wechsel der Jahreszeit ließ die eisige Luft die Kräfte ahnen, die sie in sich barg. Der Regen hörte allmählich auf, als von dem starken, ständigen Wind zerrissene weiße Wolken an die Stelle der Gewitterwolken zu treten begannen. Heftige Böen rissen die trockenen Blätter von den Laubbäumen und fegten sie um die Füße der Reisenden. Dann wieder trug ein plötzlicher Aufwind die welken Reste des Sommers hoch in die Luft, trieb sie wirbelnd umher, um sie an anderen Stellen wieder abzusetzen.

Aber Ayla und Jondalar lebten auf in dem kalten, trockenen Wetter. Sie fühlten sich wohl in ihren pelzgefütterten Kapuzen und Jacken. Wie man Jondalar berichtet hatte, war es tatsächlich leicht, in der Ebene zu jagen. Die Tiere waren dick und gesund, nachdem sie sich den ganzen Sommer Fettreserven angefressen hatten. Viele Körner, Früchte, Nüsse und Wurzeln waren reif zur Ernte. Sie brauchten ihren Reiseproviant nicht anzugreifen und konnten sogar einige Vorräte wieder auffüllen, auf die sie zurückgegriffen hatten, als sie einen Riesenhirsch erlegt und sich danach entschlossen hatten, einige Tage auszuruhen, während das Fleisch trocknete. Ihre Gesichter glühten vor Lust, am Leben und verliebt zu sein.

Auch die Pferde schienen sich zu verjüngen. Es war die Umgebung, das Klima und die Bedingungen, an die sie angepaßt waren. Ein dickes Winterfell flauschte sich um ihre kräftigen Körper; sie waren ausgelassen und munter. Der Wolf, mit der Nase im Wind, stöberte Gerüche auf, die ihm vertraut waren, unternahm gelegentliche Jagdzüge und erschien plötzlich wieder auf der Bildfläche, mit sich und der Welt zufrieden.

Das Überqueren von Flüssen erwies sich als unproblematisch. Die meisten verliefen parallel zur Großen Mutter in Nord-Süd-Richtung; Ayla und Jondalar mußten nur einige durchwaten, die sich quer über die Ebene zogen. Das Muster, nach denen sie sich gebildet hatten, war undurchschaubar. Die Flüsse mäanderten in so breiten Windungen, daß sie oft nicht wußten, ob ein Gewässer, das ihren Weg kreuzte, eine Flußbiegung oder einer der wenigen Flüsse war, die aus dem Hochland kamen. Einige parallele Flußläufe endeten abrupt in einem nach Westen fließenden Strom, der sich seinerseits in einen weiteren Nebenfluß der Mutter ergoß.

Obgleich sie gelegentlich von ihrer Nordrichtung abweichen mußten, erwies es sich jetzt, in dem offenen Grasland, das sie durchquerten, als vorteilhaft, daß sie auf Pferden ritten und nicht zu Fuß gingen. Sie kamen gut voran und legten jeden Tag so große Entfernungen zurück, daß sie die Zeit wieder aufholten, die die früheren Verzögerungen sie gekostet hatte. Jondalar stellte erfreut fest, daß sogar sein Entschluß, einen Umweg zu machen, um die Sharamudoi zu besuchen, ihren Zeitplan nicht allzu arg durcheinandergebracht hatte.

Die klaren, kalten Tage schenkten ihnen einen weiten Ausblick, nur am Morgen durch den Dunst beeinträchtigt, den die Sonne aufsteigen ließ, wenn sie mit ihren Strahlen die über Nacht kondensierte Feuchtigkeit erwärmte. Im Osten lagen jetzt die Berge, die sie gestreift hatten, als sie dem großen Fluß über die warmen südlichen Ebenen gefolgt waren – dieselben Berge, über deren südwestliche Ausläufer sie geklettert waren.

Zu ihrer Linken zog sich die höchste Bergkette des Kontinents mit ihren von Gletschereis bedeckten Kämmen von Osten nach Westen. Die weißen Gipfel ragten drohend in der dunstig blauen Ferne auf – eine scheinbar unüberwindliche Barriere zwischen den Reisenden und ihrem Ziel. Der Große Mutter Fluß würde sie an der nördlichen Front der Kette vorbei zu einem verhältnismäßig kleinen Gletscher führen, der mit seinem Eispanzer ein altes Massiv am nordwestlichen Ende des Gebiets vor den Bergen bedeckte.

Weiter unten, doch in größerer Nähe erhob sich jenseits einer von Kiefernwäldern durchsetzten Grasebene ein weiteres Massiv, das von der Mutter durchschnitten wurde. Als sie ihren Weg nach Norden verfolgten, fiel es allmählich ab und ging in die sanft gewellten Hügel über, die sich bis zu den Vorbergen der westlichen Gebirgskette fortzogen. Immer weniger Bäume unterbrachen die Weite des offenen Graslands; und diese wenigen Bäume begannen die vertrauten verkrüppelten Formen von Pflanzen anzunehmen, die vom Wind gestaltet werden.

Ayla und Jondalar hatten fast drei Viertel der gesamten Strecke über die Zentralebene, von Süden nach Norden, zurückgelegt, als das erste Schneegestöber einsetzte.

»Jondalar, schau! Es schneit!« rief Ayla, und ihr Lächeln war glücklich. »Der erste Schnee des Jahres.« Sie hatte ihn bereits in der Luft gespürt, und der erste Schnee des Winters war immer etwas Besonderes für sie.

»Ich verstehe nicht, warum du dich darüber freust«, sagte er; aber ihr Lächeln war ansteckend, und er mußte auch lächeln. »Du wirst bald genug haben von Schnee und Eis, fürchte ich.«

»Du hast recht, ich weiß. Aber ich liebe den ersten Schnee.« Nach einigen Augenblicken fragte sie: »Können wir bald das Lager aufschlagen?«

»Es ist erst kurz nach Mittag«, sagte Jondalar erstaunt. »Wie kommst du darauf, jetzt schon das Lager aufzuschlagen?«

»Ich habe vorhin ein paar Schneehühner gesehen. Sie fangen an, weiß zu werden; doch solange der Boden noch nicht mit Schnee bedeckt ist, sind sie leicht auszumachen. Das ändert sich schnell, wenn es geschneit hat. Und sie schmecken so gut zu dieser Zeit des Jahres, besonders wenn sie so zubereitet werden, wie Creb es liebte. Und das braucht seine Zeit.« Sie hatte sich in Erinnerungen verloren und blickte in die Ferne. »Man gräbt ein Loch in den Boden, legt es mit Steinen aus und zündet darin ein Feuer an. Dann legt man die Vögel darauf, fest in Heu eingewickelt und gut zugedeckt, und wartet.« Sie hatte so schnell gesprochen, daß ihre Worte sich zu überstürzen schienen. »Aber das Warten lohnt sich.«

»Sachte, Ayla. Du bist ja ganz aufgeregt«, sagte er und lächelte belustigt. Er liebte es, wenn sie so von Begeisterung erfüllt war. »Wenn sie wirklich so köstlich sind, wie du sagst, dann sollten wir jetzt das Lager aufschlagen und Schneehühner jagen gehen.«

»Oh, das sind sie«, sagte sie und blickte Jondalar mit ernstem Ausdruck an. »Aber du hast sie natürlich schon gegessen und weißt, wie sie schmecken.« Dann sah sie sein Lächeln und merkte, daß er sich über sie lustig gemacht hatte. Sie zog ihre Schleuder aus dem Gürtel. »Du machst das Lager; ich jage Schneehühner. Und wenn du mir hilfst, das Loch zu graben, darfst du sogar von einem Huhn kosten«, sagte sie lachend und trieb Winnie an.

»Ayla!« rief Jondalar, bevor sie sehr weit gekommen war. »Wenn du mir die Schleppstangen hierläßt, werde ich für dich das Lager aufschlagen, ›Frau, Die Jagt‹.«

Sie war überrascht. »Ich hätte nicht geglaubt, daß du noch weißt, wie Brun mich nannte, als er mir gestattete zu jagen«, sagte sie, als sie zurückkam und vor ihm stehenblieb.

»Ich habe vielleicht nicht deine Clan-Erinnerungen, aber ich weiß sehr wohl einige Dinge über die Frau, die ich liebe«, sagte er und sah, wie ihr zärtliches Lächeln sie noch schöner machte. »Und wenn du mir sagst, wo wir lagern sollen, dann weißt du auch, wohin du die Vögel bringen kannst.«

»Wenn ich dich nicht gesehen hätte, hätte ich deine Spuren verfolgt. Aber ich lasse dir die Stangen. Winnie kann sich mit ihnen ohnehin nicht sehr schnell bewegen.«

Sie ritten weiter, bis sie einen geeigneten Lagerplatz gefunden hatten – auf ebenem Grund neben einigen Bäumen unweit eines Flusses mit felsigem Ufer, an dem Ayla die Steine finden konnte, die sie für ihren Erdofen brauchte.

»Wenn ich schon hier bin, kann ich dir auch helfen, das Lager aufzuschlagen«, sagte Ayla und stieg vom Pferd.

»Geh deine Schneehühner jagen. Sag mir nur, wo du das Loch haben willst«, sagte Jondalar.

Ayla dachte nach, dann nickte sie. Je früher die Vögel erlegt würden, desto früher konnte sie anfangen, sie zu garen. Sie schritt den Lagerplatz ab und wählte eine Stelle aus, die ihr für den Erdofen geeignet schien. »Hier«, sagte sie. »Nicht zu weit von diesen Steinen.« Sie ging am Ufer entlang und hob ein paar runde, glatte Steine auf, die ihr als Geschosse für ihre Schleuder dienen sollten.

Sie gab Wolf ein Zeichen, sie zu begleiten, und ritt den Weg zurück, auf dem sie gekommen waren. Als sie nach den Schneehühnern Ausschau hielt, die sie gesehen hatte, erblickte sie einige andere Arten, die ihnen ähnelten. Zuerst wurde sie von einer Kette grauer Rebhühner getäuscht, die reife Roggen- und Einkornsamen pickten. Sie erkannte die erstaunlich vielen Jungvögel an ihrer weniger ausgeprägten Zeichnung. Obgleich die mittelgroßen, gedrungenen Vögel nicht weniger als zwanzig Eier auf einmal ausbrüteten, stellten ihnen so viele Räuber nach, daß nur wenige Tiere bis zur Geschlechtsreife überlebten.

Graue Rebhühner schmeckten ebenfalls gut, aber Ayla entschloß sich, weiterzusuchen und sich den Platz zu merken, falls sie die Schneehühner nicht finden sollte. Ein Familienverband von Wachteln fiel ihr auf, der flatternd vom Boden abhob, als sie sich näherte. Die rundlichen, kleinen Vögel waren ebenso schmackhaft, und wenn sie gewußt hätte, wie man mit einem Wurfstecken umgeht, hätte sie versucht, mehrere von ihnen mit einem Wurf zu erlegen.

Sie entdeckte die gewöhnlich gut getarnten Schneehühner nahe der Stelle, an der sie sie zuvor gesehen hatte. Obgleich ihre Rücken und Flügel noch gezeichnet waren, hob sich ihr vorwiegend weißes Gefieder von dem grauen Boden und dem dunkelbraunen, trockenen Gras deutlich ab. Die Beine und Füße der wohlgenährten Vögel trugen bereits Winterfedern, die sie nicht nur vor der Kälte schützten, sondern ihnen auch das Laufen über den Schnee erleichterten. Obgleich Wachteln in der Regel größere Entfernungen zurücklegten, blieben sowohl Schneehühner als auch Rebhühner, die beide im Winter ein weißes Federkleid anlegten, das ganze Jahr hindurch in der Nähe ihres Geburtsplatzes und wanderten nur kurze Strecken zwischen ihren Sommer- und Winterrevieren.

In jener winterlichen Welt, in der Geschöpfe, deren Habitate zu anderen Zeiten weit auseinanderlagen, eng zusammenlebten, hielt jede Art eine bestimmte Nische besetzt, und keine von ihnen verließ im Winter die Zentralebene. Während die Rebhühner vorwiegend das offene Grasland bewohnten, sich von Samen ernährten und nachts auf Bäumen in der Nähe von Flüssen schliefen, hielten die Schneehühner sich meist in den von Schnee bedeckten Niederungen auf, gruben Höhlen, um sich warm zu halten, und lebten von Zweigen, Schößlingen und Blätterknospen, die häufig starke Öle enthielten, deren Essenzen für andere Tiere ungenießbar und sogar gefährlich waren.

Ayla gab Wolf ein Zeichen, sich ruhig zu verhalten, während sie zwei Steine aus ihrem Beutel nahm und ihre Schleuder vorbereitete. Auf Winnies Rücken sitzend, zielte sie auf einen der fast weißen Vögel und schleuderte den ersten Stein. Wolf, der ihre Armbewegung als Signal verstanden hatte, sprang zugleich einen anderen Vogel an. Mit flatterndem Gefieder und unter lautem Protestgeschrei erhoben sich die übrigen Vögel in die Luft. Auf ihren Schwingen waren jetzt deutlich die Zeichnungen zu sehen, an denen Tiere der gleichen Art einander erkannten und die dazu dienten, die Kette zusammenzuhalten.

Nachdem die erste Aufregung sich gelegt und der Schwarm sich beruhigt hatte, gingen die Vögel in einen langen Gleitflug über. Mit einem Schenkeldruck und einer Bewegung ihres Körpers gab Ayla Winnie zu verstehen, den Vögeln zu folgen, und schickte sich an, den zweiten Stein zu schleudern. Während ihr Arm noch nach unten schwang, ließ die junge Frau mit einer fließenden Bewegung der freien Hand den zweiten Stein in die Schlinge fallen und holte erneut zum Wurf aus.

Ihre Geschicklichkeit, Steine zu schleudern, war ihr so zur zweiten Natur geworden, daß sie es niemandem hätte erklären können. Sie hatte sich diese Technik selbst angeeignet und sich mit den Jahren darin so vervollkommnet, daß stets beide Steine trafen. Der Vogel, den sie mit dem ersten Stein getroffen hatte, blieb leblos am Boden liegen. Als der zweite zu Boden flatterte, ergriff sie rasch zwei weitere Steine, aber der Schwarm hatte sich schon zu weit entfernt.

Wolf trottete mit dem dritten Vogel im Fang herbei. Ayla glitt vom Pferd, und auf ihr Zeichen ließ er das Schneehuhn zu Boden fallen. Dann setzte er sich daneben und sah zu ihr auf, zufrieden mit sich und der Welt. Eine weiche, weiße Feder klebte ihm noch am Maul.

»Das hast du gut gemacht, Wolf«, sagte sie. Sie packte sein dichtes Winterfell und legte ihre Stirn an seine. Dann wandte sie sich der Stute zu. »Diese Frau weiß deine Hilfe zu schätzen, Winnie«, sagte sie in jener besonderen Sprache, die aus Clan-Zeichen und leisen wiehernden Lauten bestand. Die Stute hob den Kopf, schnob durch die Nüstern und trat näher an sie heran. Ayla nahm den Kopf des Pferdes in beide Hände und blies ihm ihren Atem in die Nüstern, um ihm ihren Geruch mitzuteilen und ihm zu danken.

Ein Vogel lebte noch. Sie drehte ihm den Hals um; dann band sie die gefiederten Füße der erlegten Tiere mit langen, zähen Grashalmen zusammen, bestieg das Pferd und warf ihre Beute über den Packsattelkorb. Auf dem Rückweg traf sie wieder auf die Rebhühner und konnte der Versuchung nicht widerstehen, noch einmal ihr Jagdglück zu erproben. Mit zwei weiteren Steinen erlegte sie zwei weitere Vögel; erst ihr dritter Versuch mißlang. Wolf schlug einen Vogel, und diesmal durfte er ihn behalten.

Sie entschloß sich, alle auf einmal zu garen, um beide Geflügelarten miteinander zu vergleichen. Was übrigblieb, konnten sie morgen oder übermorgen essen. Dann begann sie zu überlegen, womit sie die Vögel füllen sollte. Wenn sie gebrütet hätten, hätte sie ihre eigenen Eier dazu verwenden können. Als sie bei den Mamutoi lebte, hatte sie immer Körner genommen. Aber es würde viel Zeit in Anspruch nehmen, genügend Körner zu finden. Wilde Körner zu sammeln war eine zeitraubende Angelegenheit, die sich am besten zu mehreren bewerkstelligen ließ. Die großen runden Wurzeln wären vielleicht geeignet, zusammen mit wilden Möhren und Zwiebeln.

In ihren Gedanken mit dem Mahl beschäftigt, das sie zubereiten wollte, achtete sie kaum auf ihre Umgebung; aber es konnte ihr nicht entgehen, daß Winnie wie erstarrt stehengeblieben war. Die Stute warf den Kopf zurück und wieherte. Ayla spürte die Anspannung des Pferdes, das am ganzen Körper zitterte. Dann verstand sie, warum.

DREIUNDZWANZIGSTES KAPITEL

Ayla saß auf Winnies Rücken und fühlte eine Furcht in sich aufsteigen, die sie erschauern ließ. Sie schloß die Augen und schüttelte den Kopf, um sich von dem Gefühl zu befreien. Schließlich gab es keinen Grund, sich zu fürchten. Sie öffnete die Augen und sah wieder die große Herde von Pferden vor sich. Was war so furchterregend an einer Herde von Pferden?

Die meisten Pferde blickten in ihre Richtung, und Winnie beobachtete ihre Artgenossen mit der gleichen Aufmerksamkeit. Ayla gab Wolf ein Zeichen, sich ruhig zu verhalten, da sie bemerkte, daß er sehr neugierig war und sich anschickte, näherzupirschen. Wildpferde fielen schließlich oft Wölfen zur Beute und konnten gefährlich reagieren, wenn er zu nahe kam.

Als Ayla die Pferde näher betrachtete, erkannte sie, daß es nicht eine, sondern zwei Herden waren. Vorherrschend waren die Stuten mit ihren Jungen, und Ayla vermutete, daß eine, die angriffslustig vor den anderen stand, die Leitstute war. Im Hintergrund hielt sich eine kleinere Herde von Junghengsten auf. Dann bemerkte sie einen Hengst, der zwischen ihnen stand, und rieb sich ungläubig die Augen. Es war das ungewöhnlichste Pferd, das sie je gesehen hatte.

Die meisten Pferde waren mehr oder weniger wie Winnie gefärbt, gelbbraun, wobei einige mehr braun, die anderen mehr gelb waren. Die dunkelbraune Färbung Renners war ungewöhnlich; sie hatte noch nie ein Pferd gesehen, das so dunkel war. Aber die Farbe des Hengstes war ebenso seltsam in der entgegengesetzten Richtung. Der voll ausgewachsene, feingliedrige Hengst, der sich ihnen vorsichtig näherte, war schneeweiß!

Bevor er Winnie bemerkte, hatte der weiße Hengst die anderen männlichen Tiere zwar auf Abstand gehalten, doch ihre Nähe geduldet; es war nicht die Jahreszeit, in der Pferde sich paarten. Aber er war der einzige, der das Recht hatte, sich unter die Stuten zu mischen. Das plötzliche Auftauchen einer fremden Stute hatte jedoch sein Interesse geweckt und auch die Aufmerksamkeit der anderen Pferde erregt.

Pferde waren ihrer Natur nach gesellige Tiere. Sie schlossen sich mit anderen Pferden zusammen. Besonders die Stuten gingen häufig dauerhafte Verbindungen ein. Doch anders als die meisten Herdentiere, bei denen die weiblichen Jungtiere in engen Gruppen zusammen mit den Muttertieren lebten, bildeten Pferde in der Regel Herden von Stuten, die nicht miteinander verwandt waren. Die Stuten verließen gewöhnlich ihre Familie, wenn sie voll ausgewachsen waren, mit etwa zwei Jahren. Sie errichteten Hierarchien, die den ranghöheren Tieren und ihren Jungen Privilegien und Vorteile einräumten – unter anderem den ersten Zugang zum Wasser und die besten Weidegründe –, doch die Bindung innerhalb der Herde beruhte vor allem auf gegenseitiger Fellpflege und anderen freundschaftlichen Aktivitäten.

Obgleich sie bereits als Fohlen miteinander kabbelten, begannen die Junghengste sich erst im Alter von etwa vier Jahren, wenn sie sich den voll ausgewachsenen Hengsten anschlossen, ernsthaft auf den Tag vorzubereiten, an dem sie um das Recht, sich zu paaren, miteinander kämpften. Zwar spielten sie weiterhin miteinander in der Herde der Junghengste, doch ihr oberstes Ziel war die Herrschaft über den anderen. Sie begannen damit, sich gegenseitig anzurempeln und zu stoßen; dann wurden die Kämpfe, besonders in der Brunstzeit im Frühling, härter. Sie bäumten sich gegeneinander auf, bissen einander in den Nacken und schlugen mit den Hinterbeinen aus, um Köpfe und Brustpartien zu treffen. Erst nach mehreren Jahren in einer solchen Gemeinschaft waren die Männchen imstande, eine junge Stute zu rauben oder den Leithengst zu entmachten.

Als Stute, die ohne Begleitung in ihr Revier eingedrungen war, zog Winnie die Aufmerksamkeit sowohl der weiblichen Herde als auch der Junghengste auf sich. Ayla gefiel die Art nicht, in der der Leithengst sich ihnen näherte – so stolz und arrogant, als wollte er einen Anspruch einlösen.

»Lauf, Wolf«, sagte sie und gab ihm ein Zeichen, seinen Platz zu verlassen. Sie beobachtete, wie er auf die Herde zulief. Für Wolf waren die Wildpferde lauter Winnies und Renners, und er wollte mit ihnen spielen. Ayla wußte, daß er die Pferde nicht ernsthaft gefährden konnte. Er hätte diese starken Tiere nicht allein niederwerfen können. Dazu hätte es eines ganzen Rudels von Wölfen bedurft, und selbst Rudel fielen nicht über ausgewachsene, gesunde Tiere her.

Ayla trieb Winnie an. Die Stute zögerte einen Augenblick, aber sie war so gewohnt, der Frau zu gehorchen, daß sie sich trotz ihres Interesses an den anderen Pferden in Bewegung setzte. Doch ging sie langsam und blieb von Zeit zu Zeit stehen. Dann brach Wolf in die Herde ein. Er vergnügte sich damit, die Pferde zu jagen, und Ayla sah, daß sie auseinanderstoben und ihr Interesse an Winnie verloren.

Als Ayla das Lager erreichte, war alles für sie vorbereitet. Jondalar hatte gerade die drei Stangen aufgestellt, an denen er ihren Reiseproviant aufhängte, um ihn vor Tieren zu schützen, die ihn vielleicht gern vereinnahmt hätten. Das Zelt war aufgeschlagen, das Loch gegraben und mit Steinen ausgelegt, und er hatte sogar einige Steine verwendet, um die Feuerstelle abzugrenzen.

»Schau dir das an«, sagte er, als sie abstieg. Er wies auf eine kleine, mit Seggen, Riedgräsern und einigen Bäumen bestandene Insel, die sich mitten im Fluß auf Schwemmsand gebildet hatte. »Da ist ein ganzer Schwarm von Störchen, schwarzen und weißen. Ich habe beobachtet, wie sie landeten«, sagte er lächelnd. »Das hättest du sehen müssen! Sie stießen herunter und schwangen sich wieder in die Luft, machten dabei fast einen Salto rückwärts. Sie falteten ihre Flügel zusammen und ließen sich einfach fallen; dann, als sie schon beinahe unten waren, breiteten sie wieder die Flügel aus. Ich hatte den Eindruck, daß sie nach Süden ziehen. Wahrscheinlich fliegen sie morgen früh weiter.«

Ayla beobachtete die großen langschnäbeligen und langbeinigen Vögel. Sie suchten das Ufer nach Nahrung ab, liefen in dem seichten Wasser auf und ab und schnappten mit ihren langen, starken Schnäbeln nach allem, was sich bewegte – Fischen, Eidechsen, Fröschen, Insekten und Würmern. Sie taten sich sogar an den Überresten eines an den Strand gespülten Wisentkadavers gütlich. Obgleich sich die beiden Arten in der Farbe ihres Gefieders stark voneinander unterschieden, ähnelten sie sich in Größe und Gestalt. Die weißen Störche hatten Flügel mit schwarzen Rändern und waren in der Mehrzahl; die schwarzen Störche zeichneten sich durch weiße Flügelunterseiten aus und stellten mit Vorliebe den Fischen nach.

»Wir haben auf dem Rückweg eine große Herde von Pferden gesehen«, sagte Ayla und griff nach den Schnee- und Rebhühnern. »Viele Stuten und Jungtiere. Und einen Leithengst. Er ist weiß.«

»Weiß?«

»So weiß wie die weißen Störche. Er hatte nicht einmal schwarze Beine«, sagte sie, während sie die Riemen des Packsattelkorbes löste. »Im Schnee würdest du ihn gar nicht erkennen.«

»Weiß ist selten. Ich habe noch nie ein weißes Pferd gesehen«, sagte Jondalar. Dann dachte er an Noria und die Zeremonie der Ersten Riten und erinnerte sich an das weiße Pferdefell, das an der Wand hinter der Bettstatt hing und mit den roten Köpfen junger gefleckter Waldspechte geschmückt war. »Aber ich habe einmal ein weißes Pferdefell gesehen«, sagte er.

Etwas im Ton seiner Stimme ließ Ayla aufschauen. Er fing ihren Blick auf und errötete, als er sich umwandte, um Winnie von dem Tragkorb zu befreien. Er fühlte sich genötigt, eine Erklärung abzugeben.

»Es war bei der . . . Zeremonie bei den Hadumai.«

»Jagen sie Pferde?« fragte Ayla. Sie faltete die Reitdecke zusammen, dann hob sie die Vögel auf und ging zum Flußufer.

»Ja, das tun sie. Warum?« fragte Jondalar, der ihr folgte.

»Erinnerst du dich, was Talut uns über das weiße Mammut gesagt hat? Es war den Mamutoi heilig, weil sie Mammutjäger sind«, sagte Ayla. »Wenn die Hadumai bei ihrer Zeremonie ein weißes Pferdefell verwenden, frage ich mich, ob sie nicht auch die Pferde für besondere Tiere halten.«

»Das ist möglich. Aber wir waren nicht lange genug bei ihnen, um das feststellen zu können«, sagte Jondalar.

»Aber sie jagen Pferde?«

»Ja, sie jagten gerade Pferde, als Thonolan ihnen begegnete. Sie waren zuerst wütend auf uns, weil wir die Herde zerstreut hatten, hinter der sie her waren; aber das hatten wir nicht gewußt.«

»Ich werde Winnie heute nacht nicht das Halfter abnehmen und sie dicht am Zelt festbinden«, sagte Ayla. »Wenn Jäger in der Nähe sind, ist es mir lieber, sie bei mir zu haben. Übrigens gefiel mir auch nicht, wie der Hengst ihr nachstellte.«

»Du magst recht haben. Vielleicht sollte ich auch Renner anpflocken. Den weißen Hengst hätte ich aber auch gern einmal gesehen«, sagte Jondalar.

»Ich würde ihn lieber nicht wiedersehen. Er war zu sehr an Winnie interessiert. Aber er ist wirklich ungewöhnlich. Und schön. Du hast recht, weiß ist selten«, sagte Ayla. Federn flogen durch die Luft, als sie die Vögel mit schnellen Bewegungen rupfte. »Schwarz ist auch selten«, sagte sie. »Weißt du noch, als Ranec das sagte? Ich bin sicher, daß er sich selber meinte, obwohl er braun war, nicht eigentlich schwarz.«

Jondalar fühlte einen Stich der Eifersucht, als sie den Mann erwähnte, mit dem sie sich beinahe verbunden hätte. »Tut es dir leid, daß du nicht bei den Mamutoi geblieben bist und dich mit Ranec verbunden hast?« fragte er.

Sie wandte sich um und sah ihm in die Augen, während ihre Hände die Arbeit ruhen ließen. »Jondalar, du weißt, der einzige Grund, weshalb ich mich Ranec versprach, war der, daß ich dachte, du liebst mich nicht mehr. Und ich wußte, daß er mich liebte... Doch, ja. Ein bißchen tut es mir schon leid. Ich hätte bei den Mamutoi bleiben können. Wenn ich dir nicht begegnet wäre, hätte ich wohl mit Ranec glücklich werden können. Ich habe ihn irgendwie geliebt, wenn auch nicht so, wie ich dich liebe.«

»Nun, das ist eine ehrliche Antwort«, sagte er und zog die Brauen zusammen.

»Ich hätte auch bei den Sharamudoi bleiben können; aber ich möchte da sein, wo du bist. Wenn du in deine Heimat zurückkehren mußt, möchte ich mit dir gehen«, fuhr Ayla fort. Sie bemerkte sein Stirnrunzeln und wußte, daß es nicht die Antwort war, die er hören wollte.

»Du hast mich gefragt, Jondalar. Wenn du mich fragst, werde ich dir immer sagen, was ich fühle. Wenn ich dich frage, möchte ich, daß du mir sagst, was du fühlst. Und wenn etwas nicht in Ordnung ist, möchte ich, daß du es mir sagst – auch wenn ich nicht danach frage. Ich möchte nicht, daß noch einmal so ein Mißverständnis zwischen uns aufkommt wie im letzten Winter, wo der eine nicht wußte, was der andere meinte oder fühlte. Versprich mir, daß du mir immer sagst, was dich bedrückt, Jondalar.«

Sie sah ihn so ernst und aufrichtig an, daß er den Wunsch spürte, sie zärtlich in die Arme zu nehmen. »Ich verspreche es, Ayla. Ich möchte auch nicht, daß wir noch einmal so eine Zeit durchmachen. Ich konnte es nicht ertragen, dich mit Ranec zusammen zu sehen – vor allem, da ich mir klar darüber war, warum jede Frau sich für ihn interessierte. Er war charmant. Und liebenswert. Und er war ein guter Schnitzer, ein wirklicher Künstler. Meine Mutter hätte ihn gut leiden können. Sie liebt Künstler und Holzschnitzer. Wenn die Dinge anders gewesen wären, hätte auch ich ihn gut leiden können. Er erinnerte mich irgendwie an Thonolan. Er sah vielleicht anders aus, aber er war wie die Mamutoi – freimütig und ehrlich.«

»Er war ein Mamutoi«, sagte Ayla. »Ich vermisse das Löwenlager. Ich vermisse die Leute. Wir haben nicht viele Leute auf dieser Reise gesehen. Ich wußte nicht, wie weit es ist bis dahin, von wo du gekommen bist, Jondalar, wieviel Land da ist. Soviel Land und so wenig Menschen.«

Als die Sonne sich der Erde näherte, türmten sich die Wolken über den hohen Bergen im Westen auf, als wollten sie den glühenden Feuerball umarmen. Die Helligkeit wich einer sanften Dämmerung und ging dann in Dunkelheit über, während Ayla und Jondalar ihr Mahl beendeten. Ayla stand auf, um die übriggebliebenen Vögel wegzutragen; sie hatte viel mehr gekocht, als sie essen konnten. Jondalar legte einige Kochsteine ins Feuer zurück, um den Abendtee zu bereiten.

»Sie waren köstlich«, sagte Jondalar. »Ich bin froh, daß wir so früh das Lager aufgeschlagen haben. Es hat sich gelohnt.«

Ayla schaute zufällig zur Insel hinunter, und ihre Augen öffneten sich weit. Jondalar hörte, wie sie überrascht die Luft anhielt, und blickte auf.

Mehrere Männer mit Speeren waren aus dem Dunkel aufgetaucht und traten in den Lichtkreis des Feuers. Zwei von ihnen trugen Umhänge aus Pferdefell, an denen sich noch die mumifizierten Köpfe befanden, die ihnen wie Kapuzen über die Stirn fielen. Jondalar stand auf. Einer der Männer schlug seine Pferdekopf-Kapuze zurück und ging auf ihn zu.

»Zel-an-don-je!« sagte der Mann und zeigte auf Jondalar. Dann schlug er sich gegen die Brust. »Hadumai! Jeren!« er lächelte breit.

Jondalar trat einen Schritt näher, dann begann auch er, breit zu lächeln. »Jeren! Bist du das? Große Mutter, ich kann es nicht glauben. Du bist es!«

Der Mann fing an, in einer Sprache zu reden, die Jondalar ebensowenig verstehen konnte wie Jeren die seine; aber das freundliche Lächeln wurde von beiden Seiten verstanden.

»Ayla!« sagte Jondalar und winkte sie herbei. »Das ist Jeren. Er ist der Hadumai-Jäger, der uns anhielt, als wir aus entgegengesetzter Richtung hierherkamen. Ich kann es nicht glauben!« Beide lächelten sich weiter freudestrahlend an. Jeren sah Ayla an und nickte Jondalar anerkennend zu.

»Jeren, das ist Ayla, Ayla von den Mamutoi«, sagte Jondalar. »Ayla, das ist Jeren, einer von Hadumas Leuten.«

Ayla streckte beide Hände aus. »Willkommen in unserem Lager, Jeren von den Haduma-Leuten«, sagte sie.

Jeren verstand die Geste, obwohl diese Art der Begrüßung bei seinen Leuten nicht üblich war. Er steckte seinen Speer in einen über die Schulter geschlungenen Halter, nahm ihre Hände und sagte: »Ayla.« Er begriff, daß es ihr Name war, hatte aber den restlichen Teil des Satzes nicht verstanden. Er schlug sich wieder gegen die Brust. »Jeren«, sagte er und fügte einige unverständliche Wörter hinzu.

Dann zuckte der Mann plötzlich erschrocken zusammen. Er hatte gesehen, wie ein Wolf sich zu Ayla gesellte. Ayla kniete sofort nieder und legte einen Arm um den Hals des Tieres. Jerens Augen weiteten sich vor Erstaunen.

»Jeren«, sagte sie, stand auf und machte die Geste einer förmlichen Vorstellung. »Das ist Wolf. Wolf, das ist Jeren, einer von Hadumas Leuten.«

»Wolf?« sagte er, noch immer einen furchtsamen Ausdruck in den Augen.

Ayla hielt ihre Hand vor Wolfs Nase, als ob sie ihn ihren Geruch aufnehmen lassen wollte. Dann kniete sie wieder neben dem Tier nieder und legte noch einmal den Arm um seinen Hals, um zu zeigen, wie vertraut sie mit ihm war. Sie berührte Jerens Hand, dann hielt sie ihre Hand wieder vor Wolfs Nase. Jeren begriff, was sie von ihm wollte. Zögernd streckte er dem Tier seine Hand entgegen.

Wolf berührte sie mit seiner kalten, feuchten Schnauze. Er hatte schon öfter ähnliche Vorstellungen über sich ergehen lassen, als sie bei den Sharamudoi waren, und schien Aylas Absicht zu verstehen. Dann nahm Ayla Jerens Hand, führte sie zum Kopf des Tieres, um ihn das Fell fühlen zu lassen. Als Jeren sie mit anerkennendem Lächeln anschaute und von sich aus Wolf über den Kopf strich, atmete sie auf.

Jeren wandte sich um und blickte die anderen an. »Wolf!« sagte er und wies auf das Tier. Er sagte einige andere Dinge, dann sprach er ihren Namen aus. Vier Männer traten in den Lichtkreis des Feuers. Ayla bedeutete ihnen mit einladenden Gesten, näher zu kommen und sich ans Feuer zu setzen.

Jondalar, der schweigend zugesehen hatte, lächelte zustimmend. »Das war eine gute Idee, Ayla«, sagte er.

»Meinst du, daß sie hungrig sind? Wir haben genug zu essen da«, sagte sie.

»Biete es ihnen doch an, dann werden wir ja sehen.«

Ayla holte eine große, aus Mammutelfenbein gefertigte Platte, die sie für die von ihnen verzehrten Vögel gebraucht hatte, und legte etwas darauf, das wie ein verwelktes Heubündel aussah. Sie öffnete es und enthüllte ein gegartes Schneehuhn. Sie reichte es Jeren und den anderen Männern. Ein köstlicher Duft schlug ihnen entgegen. Jeren brach eine Keule ab und hielt ein zartes, saftiges Stück Fleisch in der Hand. Das Lächeln auf seinem Gesicht, nachdem er es gekostet hatte, ermutigte die anderen.

Ayla trug noch ein Rebhuhn auf und verteilte die Füllung aus Wurzeln und Getreidekörnern auf geflochtene oder aus Elfenbein und Holz geschnitzte Schüsseln und kleinere Platten. Sie überließ es den Männern, das Fleisch nach Belieben zu teilen, während sie eine große hölzerne Schüssel hervorholte, die sie selbst hergestellt hatte, und sie mit Wasser für den Tee füllte.

Nach der Mahlzeit machten die Männer einen wesentlich entspannteren Eindruck, selbst als Wolf näher kam, um sie zu beschnüffeln. Als sie alle mit ihren Teeschalen am Feuer saßen, versuchten sie, sich über das Niveau lächelnder Wiedersehensfreude und Gastfreundschaft hinaus miteinander zu unterhalten.

Jondalar begann. »Haduma?« fragte er.

Jeren schüttelte den Kopf und sah traurig aus. Er zeigte auf den Boden, und Ayla deutete die Geste dahingehend, daß sie zur Großen Mutter Erde zurückgekehrt sei. Auch Jondalar begriff, daß die alte Frau, an der er so gehangen hatte, tot war.

»Tamen?« fragte er.

Lächelnd nickte Jeren in übertriebener Weise. Dann wies er auf einen der anderen Männer und sagte etwas, in dem Tamens Name vorkam. Ein Jüngling, fast noch ein Knabe, lächelte sie an, und Jondalar entdeckte eine gewisse Ähnlichkeit mit dem Mann, den er kannte.

»Tamen, ja«, sagte Jondalar lächelnd und nickte. »Tamens Sohn oder Enkel, denke ich. Ich wünschte, Tamen wäre hier«, sagte er zu Ayla. »Er sprach etwas Zelandonii, und wir konnten uns einigermaßen verständigen. Er hatte als junger Mann eine lange Reise gemacht, bis zu uns.«

Jeren blickte sich um, dann sah er Jondalar an und sagte: »Zel-an-don-je... Ton... Thonolan?«

Diesmal schüttelte Jondalar traurig den Kopf. Dann wies auch er auf den Boden. Jeren hob überrascht die Augenbrauen, nickte jedoch und sagte ein Wort, das wie eine Frage klang. Jondalar verstand ihn nicht und sah Ayla an. »Weißt du, was er meint?«

Obgleich ihr die Sprache nicht vertraut war, gab es etwas in allen Sprachen, die sie gehört hatte, das allen gemein zu sein schien. Jeren wiederholte das Wort, und der Ton, in dem er es aussprach, brachte sie auf eine Idee. Sie formte mit der Hand eine Klaue und brüllte wie ein Höhlenlöwe.

Sie ahmte das tiefe Grollen so realistisch nach, daß die Männer sie fast erschrocken ansahen. Jeren nickte verständnisvoll. Er hatte gefragt, wie Thonolan gestorben war, und sie hatte ihm geantwortet. Einer der anderen Männer sagte etwas zu Jeren. Als Jeren darauf einging, hörte Jondalar einen weiteren vertrauten Namen, Noria. Derjenige, der gefragt hatte, lächelte den großen blonden Mann an, zeigte auf ihn und dann auf sein eigenes Auge und lächelte wieder.

Jondalar fühlte sein Herz schlagen. Vielleicht bedeutete das, daß Noria ein Kind mit blauen Augen hatte. Doch vielleicht hatte der Jäger auch nur von einem Mann mit blauen Augen gehört, der die Ersten Riten mit ihr gefeiert hatte. Er war sich nicht sicher. Die anderen Männer zeigten auf ihre Augen und lächelten. Lächelten sie über ein Kind mit blauen Augen? Oder darüber, daß Noria die Wonnen mit einem blauäugigen Mann geteilt hatte?

Er dachte daran, Norias Namen auszusprechen und seine Arme zu wiegen, als hielte er einen Säugling; doch dann sah er Ayla an und schwieg. Er hatte ihr nie von Noria erzählt und auch nie davon gesprochen, daß Haduma ihm am Tag nach den Riten angekündigt hatte, die junge Frau sei von der Mutter gesegnet und werde ein Kind bekommen, einen Jungen namens Jondal, der Augen wie er haben würde. Er wußte, daß Ayla sich ein Kind von ihm wünschte – oder von seinem Geist. Wie wäre ihr zumute, wenn sie erführe, daß Noria schon eines hatte? Würde sie nicht eifersüchtig werden?

Ayla bedeutete den Jägern durch Gesten, daß sie am Feuer schlafen könnten. Sie nickten und standen auf, um ihre Schlafrollen zu holen, die sie am Flußufer zurückgelassen hatten. Aber als sie sah, daß die Männer sich dem Platz näherten, an dem sie die Pferde angepflockt hatte, lief sie hinter ihnen her und bat sie mit erhobener Hand stehenzubleiben. Dann verschwand sie in der Dunkelheit. Die Männer sahen einander fragend an. Als sie sich nach einigen Minuten wieder in Bewegung setzen wollten, bedeutete ihnen Jondalar zu warten. Sie nickten lächelnd und blieben stehen.

Ein Ausdruck von Entsetzen breitete sich auf ihren Gesichtern aus, als Ayla wieder aus dem Dunkel auftauchte und zwei Pferde am Halfter führte. Sie stand zwischen den beiden Tieren und versuchte mit Clan-Gesten zu erklären, daß es sich um besondere Pferde handele, die nicht gejagt werden dürften. Jondalar bezweifelte, ob die Männer verstanden, was Ayla meinte. Er befürchtete vielmehr, sie könnten auf den Gedanken kommen, daß die Frau die Macht habe, Pferde zu beschwören, und sie eigens herbeigerufen habe, damit sie sie jagen konnten. Er schlug Ayla vor, es mit einer Demonstration zu versuchen.

Er holte einen Speer aus dem Zelt und tat so, als ob er Renner damit durchbohren wollte, doch Ayla versperrte ihm mit erhobenen Armen den Weg und schüttelte nachdrücklich den Kopf. Jeren kratzte sich hinter dem Ohr, und die anderen Männer sahen einander verwirrt an. Endlich nickte Jeren, zog einen seiner eigenen Speere aus dem Halter auf seinem Rücken, zielte damit auf Renner und rammte ihn dann in den Boden. Ob der Mann nun Ayla so verstanden hatte, daß er die beiden Pferde nicht jagen dürfe, oder ob er meinte, er dürfe überhaupt keine Pferde jagen – das Ergebnis blieb dasselbe.

Die Männer schliefen die Nacht über am Feuer, standen aber schon mit dem ersten Licht des Morgens auf. Jeren sagte einige Worte zu Ayla, die, wie Jondalar sich vage erinnerte, eine Dankesbezeugung waren. Der Besucher lächelte die Frau an, als Wolf ihn beschnüffelte und sich wieder streicheln ließ. Sie lud die Männer ein, den Morgentee mit ihnen zu teilen; doch sie zogen es vor, zu gehen.

»Ich wünschte, ich hätte ihre Sprache verstanden«, sagte Ayla. »Es war schön, daß sie uns besucht haben, aber wir konnten nicht miteinander reden.«

»Ja, das habe ich auch sehr bedauert«, sagte Jondalar, der gar zu gern herausgefunden hätte, ob Noria ein Kind hatte – ein Kind mit blauen Augen.

»Im Clan benutzten verschiedene Unterclans einige Wörter in ihrer Alltagssprache, die nicht immer von allen verstanden wurden, aber jeder kannte die stumme Sprache der Gesten. Man konnte sich immer verständigen«, sagte Ayla. »Ein Jammer, daß die Anderen keine Sprache haben, die jeder verstehen kann.«

»Es wäre sehr praktisch, besonders wenn man auf Reisen ist; doch es fällt mir schwer, mir eine Sprache vorzustellen, die von jedem verstanden wird. Glaubst du wirklich, daß die Clan-Leute überall die gleiche Zeichensprache verstehen?« fragte Jondalar

»Es ist keine Sprache, die sie lernen müssen. Sie werden damit geboren, Jondalar. Sie ist so alt, daß sie in ihrer Erinnerung eingegraben ist; und ihre Erinnerung geht zurück bis auf den Anfang. Du kannst dir nicht vorstellen, wie weit zurück das ist«, sagte Ayla.

Sie schauerte zusammen, als sie daran dachte, daß Creb sie, um ihr Leben zu retten, gegen alle Traditionen zu sich genommen hatte. Nach dem ungeschriebenen Gesetz des Clans hätte er sie sterben lassen müssen. Aber für den Clan war sie jetzt tot. Wie unsinnig das Ganze, dachte sie. Als Broud sie für tot erklärte, hatte er es nicht gedurft. Er hatte keinen vernünftigen Grund. Aber Creb hatte einen Grund. Sie hatte das mächtigste Tabu des Clans gebrochen, und er hatte sie leben lassen.

Sie begannen das Lager abzubauen und verstauten das Zelt, die Schlaffelle, Stricke, Kochutensilien und anderen Geräte in den Packsattelkörben. Ayla füllte gerade die Wasserbeutel am Fluß, als Jeren und seine Jäger zurückkehrten. Lächelnd und mit vielen Worten, die offensichtlich ihrer Dankbarkeit Ausdruck geben sollten, überreichten die Männer Ayla ein Bündel, das mit einem frisch gehäuteten Auerochsenfell umwickelt war. Sie öffnete es und fand darin die Hinterkeule des gerade erlegten Tiers.

»Ich danke dir, Jeren«, sagte sie und schenkte ihm das wundervolle Lächeln, das Jondalar immer vor Liebe dahinschmelzen ließ. Es schien eine ähnliche Wirkung auf Jeren auszuüben, der sie verklärt anschaute. Endlich riß er sich von ihr los, wandte sich an Jondalar und begann auf ihn einzureden. Als er merkte, daß er nicht verstanden wurde, unterbrach er sich und sprach mit den anderen Männern. Dann wandte er sich wieder an Jondalar.

»Tamen«, sagte er und fing an, nach Süden auszuschreiten, während er ihnen bedeutete, ihm zu folgen. »Tamen«, wiederholte er, winkte einladend und fügte einige Worte hinzu.

»Ich glaube, er möchte, daß du mit ihm kommst«, sagte Ayla. »Um den Mann zu sehen, den du kennst. Den, der Zelandonii spricht.«

»Tamen, Zel-an-don-je. Hadumai«, sagte Jeren und wiederholte die einladende Geste.
»Er lädt uns zu sich ein. Was hältst du davon?« sagte Jondalar.
»Ja, ich glaube, du hast recht«, sagte Ayla. »Wirst du die Einladung annehmen?«
»Das würde bedeuten, daß wir zurückgehen müssen«, sagte Jondalar. »Und ich weiß nicht, wie weit. Wenn wir sie weiter unten im Süden getroffen hätten, hätte ich nichts dagegen gehabt, eine kleine Pause einzulegen. Aber jetzt, wo wir so weit gekommen sind, möchte ich ungern umkehren.«
Ayla nickte. »Du wirst es ihm irgendwie erklären müssen.«
Jondalar lächelte Jeren zu, dann schüttelte er den Kopf. »Es tut mir leid«, sagte er. »Aber wir müssen nach Norden. Norden«, wiederholte er und zeigte in die genannte Richtung.
Jeren legte das Gesicht in bekümmerte Falten, schüttelte den Kopf und schloß dann die Augen, als müsse er nachdenken. Er ging auf sie zu und zog einen kurzen Stab aus seinem Gürtel. Jondalar sah, daß ein Ende mit Schnitzwerk verziert war. Er wußte, daß er schon einmal einen solchen Stab gesehen hatte, und versuchte sich zu erinnern, wo. Jeren glättete den sandigen Boden vor seinen Füßen; dann zog er eine Linie mit seinem Stab und eine zweite, die sie kreuzte. Unter die erste Linie zeichnete er eine Figur, die entfernt an ein Pferd erinnerte. Am Ende der zweiten Linie, die zum Flußbett der Großen Mutter wies, zog er einen Kreis mit einigen von ihm ausstrahlenden Linien. Ayla sah interessiert zu.
»Jondalar«, sagte sie. Ihre Stimme klang erregt. »Als Mamut mir Symbole zeigte und mich ihre Bedeutung lehrte, war das das Zeichen für ›Sonne‹.«
»Und diese Linie weist in die Richtung der untergehenden Sonne«, sagte Jondalar und zeigte nach Westen. »Wo er das Pferd gezeichnet hat, muß Süden sein.« Er deutete in die entsprechende Richtung.
Jeren nickte heftig. Dann wies er nach Norden und runzelte die Stirn. Er ging zum nördlichen Ende der Linie, die er gezogen hatte, und blieb dort stehen, das Gesicht ihnen zugewandt. Er hob die Arme und breitete sie aus, genau wie Ayla es getan hatte, als sie Jeren davon abzuhalten versuchte, Winnie und Renner zu jagen. Dann schüttelte er den Kopf. Ayla und Jondalar sahen sich an.
»Meint er, daß wir nicht nach Norden gehen sollen?« fragte Ayla.
Jondalar begann zu ahnen, was Jeren ihnen mitzuteilen versuchte. »Ayla, ich glaube nicht, daß er uns nur einladen will, mit ihm nach Süden zu ziehen. Ich glaube, er will uns etwas anderes sagen. Ich glaube, er will uns davor warnen, nach Norden zu gehen.«
»Warnen? Was könnte im Norden sein, wovor er uns warnen müßte?« fragte Ayla.
»Könnte es der große Eiswall sein?« überlegte Jondalar laut.

»Wir kennen das Eis. Wir haben dort mit den Mamutoi Mammute gejagt. Es ist kalt, aber nicht eigentlich gefährlich, nicht wahr?«

»Es bewegt sich im Laufe der Jahre«, sagte Jondalar. »Manchmal entwurzelt es sogar Bäume, wenn es Winter wird. Aber es bewegt sich nicht so schnell, daß man ihm nicht ausweichen könnte.«

»Ich glaube nicht, daß es das Eis ist«, sagte Ayla. »Aber er warnt uns davor, nach Norden zu gehen, und er scheint sehr besorgt zu sein.«

»Wahrscheinlich hast du recht. Aber ich kann mir nicht vorstellen, was so gefährlich sein könnte«, sagte Jondalar. »Manchmal glauben Leute, die nicht viel reisen, daß die Welt außerhalb ihrer engeren Heimat gefährlich sei, weil sie anders ist.«

»Ich halte Jeren nicht für einen sehr furchtsamen Mann«, sagte Ayla.

»Ich muß dir zustimmen«, sagte Jondalar. Dann blickte er den Mann an. »Jeren, ich wünschte, ich könnte dich verstehen.«

Jeren hatte sie aufmerksam beobachtet. Er erriet, daß sie seine Warnung verstanden hatten, und wartete auf ihre Reaktion.

»Meinst du, wir sollten mit ihm gehen und mit Tamen sprechen?« fragte Ayla.

»Ich hasse den Gedanken, umzukehren und Zeit zu verlieren. Wir müssen den Gletscher erreichen, bevor der Winter zu Ende geht. Wenn wir gut vorankommen, können wir es leicht schaffen; aber wenn wir durch irgend etwas Unvorhergesehenes aufgehalten werden, könnte es Frühling werden und zu tauen beginnen. Dann ist es zu gefährlich, ihn zu überqueren«, sagte Jondalar.

»Also ziehen wir weiter nach Norden«, sagte Ayla.

»Ich denke schon. Aber wir werden auf der Hut sein. Ich wünschte nur, ich wüßte, wovor wir auf der Hut sein müssen.« Er sah den Mann wieder an. »Jeren, mein Freund, ich danke dir für deine Warnung«, sagte er. »Wir werden vorsichtig sein, aber wir müssen gehen.« Er wies nach Süden und schüttelte den Kopf, dann zeigte er nach Norden.

Jeren versuchte zu protestieren und schüttelte abermals den Kopf; doch schließlich gab er auf und nickte resignierend. Er hatte getan, was er konnte. Er wandte sich an den anderen Mann mit der Pferdekopf-Kapuze und sprach mit ihm. Dann drehte er sich um und deutete an, daß sie gehen würden.

Ayla und Jondalar winkten, als die Jäger sie verließen. Dann packten sie ihre restlichen Sachen zusammen und brachen, mit gemischten Gefühlen, nach Norden auf.

Als die Reisenden den nördlichen Abschnitt des weiten zentralen Graslands durchquerten, sahen sie, daß das Terrain seinen Charakter änderte: die flachen Niederungen wichen zerklüfteten Hügeln. Die gelegentlichen Erhebungen, die die Zentralebene durchbrachen, waren mit riesigen Blöcken aufgefalteten Sedimentgesteins verbunden, das sich in einer unregelmäßigen

Kette von Nordosten nach Südwesten durch die Ebene zog. Jüngere Vulkanausbrüche hatten das Hochland mit einer fruchtbaren Bodenschicht bedeckt, die in den oberen Bereichen Kiefern-, Fichten- und Lärchenwälder und an den tiefer gelegenen Hängen Birken und Weiden gedeihen ließ, während an den trockenen Leeseiten Büsche und Steppengräser wuchsen.

Als sie das zerklüftete Bergland erreichten, mußten sie sich ihren Weg um tiefe Schluchten und geborstene Gesteinsformationen herum bahnen, die immer wieder ihren Weg blockierten und sie zu zeitraubenden Umwegen zwangen. Ayla hatte das Gefühl, daß das Land unfruchtbarer und öder wurde, doch mochte auch der Wechsel der Jahreszeit zu diesem Eindruck beitragen. Von ihrem erhöhten Standpunkt aus gewannen sie eine neue Perspektive des Landes, das sie durchquert hatten. Die wenigen Laubbäume und Büsche hatten die Blätter verloren; doch die Ebene war bedeckt mit dem dunstigen Gold vertrockneter Gräser, die im Winter einer Unzahl von Lebewesen Nahrung bieten würden.

Sie sahen viele große Pflanzenfresser, sowohl einzeln als auch in Herden. Pferde schienen am häufigsten vorzukommen; aber auch an Rotwild, Riesenhirschen und – vor allem, als sie die nördlichen Steppen erreichten – Rentieren war kein Mangel. Die Wisente hatten sich zu großen Herden vereinigt und wanderten nach Süden. Fast einen ganzen Tag lang zogen die gewaltigen Tiere mit ihren großen schwarzen Hörnern in einer geschlossenen Masse über die Hügel, und Ayla und Jondalar blieben häufig stehen, um sie zu beobachten. Der Staub legte sich wie ein Bahrtuch über die Leiber; die Erde bebte unter dem Stampfen ihrer Hufe; und das tiefe Grunzen und Brüllen der vielen Tiere vereinigte sich zu einem mächtigen Grollen, das wie das Donnern eines Unwetters klang.

Mammute sahen sie weniger häufig. Sie wanderten in der Regel nach Norden; und selbst aus der Ferne erheischten die zottigen Tiere die staunende Bewunderung der Reisenden. Wenn sie nicht unter dem Drang standen, sich zu paaren, formierten sich die männlichen Tiere zu kleinen, locker untereinander verbundenen Herden. Gelegentlich schloß sich eines von ihnen einer weiblichen Herde an und zog eine Weile mit ihr; einzeln wandernde Mammute jedoch waren immer Bullen. Die größeren Herden bestanden aus eng miteinander verwandten Kühen: einer Großmutter; dem alten, listigen Muttertier, das gewöhnlich die Herde anführte; und einer oder zwei Schwestern mit ihren Töchtern und Enkelinnen. Die weiblichen Herden waren leicht daran zu erkennen, daß ihre Stoßzähne etwas kleiner und weniger gebogen waren und die Tiere immer Junge bei sich hatten.

Nicht weniger eindrucksvoll, wenn auch noch seltener anzutreffen, waren die Wollnashörner. Sie schlossen sich in der Regel nicht zu Herden zusammen. Die Weibchen bildeten kleine Familienverbände; außerhalb der Paarungszeit waren die Männchen stets Einzelgänger. Bis auf die Jungen und die sehr Alten hatten weder Mammute noch Nashörner vierbeinige Jäger zu fürchten, nicht einmal den gewaltigen Höhlenlöwen. Vor allem die Männchen konnten sich erlauben, einzeln zu ziehen; die Weibchen brauchten Herden nur, um ihre Jungen zu schützen.

Die kleineren Moschusochsen jedoch, ziegenähnliche Geschöpfe, schlossen sich stets zu Herden zusammen. Wenn sie angegriffen wurden, bildeten die ausgewachsenen Tiere eine kreisförmige Phalanx, in deren Innerem sich die Jungen sammelten. Als Ayla und Jondalar höher stiegen, erblickten sie einige Gemsen und Steinböcke, die mit dem Wechsel der Jahreszeit von den Bergen herabgekommen waren.

Viele der kleinen Tiere hatten für den Winter in ihren Erdhöhlen Vorräte angelegt – Samen, Nüsse, Knollen, Wurzeln und, wie der Pfeifhase, Bündel getrockneten Heus. Die Hasen und Kaninchen wechselten ihre Färbung, nicht zu Weiß, sondern zu einem helleren, gesprenkelten Graubraun; und auf einer bewaldeten Kuppe sahen sie einen Biber und ein Baumhörnchen. Jondalar benutzte seine Speerschleuder, um den Biber zu erlegen. Nicht nur das Fleisch, sondern auch der fette Biberschwanz, an einem Spieß über dem Feuer geröstet, waren eine Delikatesse.

Sie gebrauchten die Speerschleudern gewöhnlich, um größere Tiere zu jagen. Sie waren beide sehr geschickt im Umgang mit der Waffe; aber Jondalar hatte mehr Kraft und konnte weiter werfen. Ayla erlegte häufig kleinere Tiere mit ihrer Schleuder.

Obgleich sie sie nicht jagten, entdeckten sie auch zahlreiche Ottern, Dachse, Stinktiere, Marder und Nerze. Größere Fleischfresser – Füchse, Wölfe, Luchse und Großkatzen – ernährten sich von Kleinwild und größeren Pflanzenfressern. Und obwohl sie auf diesem Abschnitt ihrer Reise selten fischten, wußte Jondalar, daß ansehnliche Fische wie Barsche, Hechte und gewaltige Karpfen in den Flüssen zu finden waren.

Gegen Abend stießen sie auf eine Höhle mit einem großen Eingang. Sie beschlossen, sie zu erkunden. Als sie sich ihr näherten, zeigten die Pferde keinerlei Anzeichen von Nervosität. Beim Eintreten schnüffelte Wolf neugierig umher, ohne daß sich ihm die Haare sträubten. Ayla, die das unbekümmerte Verhalten der Tiere beobachtet hatte, war sicher, daß die Höhle leer war, und sie kamen überein, dort das Lager für die Nacht aufzuschlagen.

Nachdem sie ein Feuer angezündet hatten, machten sie eine Fackel, um etwas tiefer in das Innere vorzudringen. In der Nähe des Eingangs fanden sie zahlreiche Hinweise, daß die Höhle früher bewohnt gewesen war. Kratzer an den Wänden stammten entweder von einem Bären oder von einem Höhlenlöwen. Wolf stöberte nicht weit davon entfernt Kotreste auf, doch sie waren so alt und hart, daß nicht mehr zu sagen war, welche Tiere sie hinterlassen hatten. Sie fanden große, trockene Beinknochen, die an mehreren Stellen angenagt waren. Aus den Spuren der Zähne schloß Ayla, daß Höhlenhyänen sie mit ihren kräftigen Kiefern zerbrochen hatten. Ein Gefühl des Ekels stieg in ihr hoch, als sie daran dachte.

Doch in jüngster Zeit war die Höhle nicht benutzt worden. Alle Hinweise auf frühere Bewohner waren alt, selbst die Holzkohle, die andere menschliche Besucher in einer flachen Feuerstelle zurückgelassen hatten. Ayla und Jondalar gingen tiefer in die Höhle hinein, die sich unendlich fortzusetzen schien. Außer den Spuren im Eingangsbereich fanden sie keine weiteren Hinweise. Die einzigen Bewohner des kalten, feuchten Inneren waren steinerne Säulen, die aus dem Boden oder von der Decke zu wachsen schienen und gelegentlich in der Mitte zusammentrafen.

Als sie an eine Biegung gelangten, glaubten sie, tief innen Wasser rauschen zu hören, und entschlossen sich umzukehren. Sie wußten, daß ihre Fackel nicht mehr lange brennen würde, und keiner von ihnen wollte das blasser werdende Licht des Eingangs aus den Augen verlieren. Sie gingen an den Kalksteinwänden zurück und waren froh, als sie wieder das goldene Gras und die goldenen Strahlen der untergehenden Sonne im Westen sahen.

Als sie tiefer in das Hochland nördlich der Zentralebene hineinritten, bemerkten Ayla und Jondalar weitere Veränderungen. Das Terrain wurde zerfurcht von Höhlen, Dolinen und Schlundlöchern, die zum Teil in unzugängliche Tiefen abfielen. Es war eine seltsame Landschaft, die ihnen ein unbehagliches Gefühl vermittelte. Während an der Oberfläche liegende Flüsse und Seen selten waren, hörten sie manchmal das unheimliche Geräusch tief unter der Erde fließender Ströme.

Es waren unbekannte Geschöpfe warmer, uralter Meere, die dieses eigenartige Land geformt hatten. Im Laufe ungezählter Jahrtausende hatten sich ihre Schalen und Skelette auf dem Meeresboden angesammelt. In noch längeren Zeitabschnitten hatten sich die Kalkablagerungen verhärtet und waren zu Kalkstein geworden. Die meisten Höhlen der Erde bestanden aus Kalkstein, da sich das harte Sedimentgestein unter bestimmten Bedingungen in Wasser auflöst. In reinem Wasser ist es nicht löslich, aber sobald das Wasser sauer wird, greift es den Kalkstein an. Im Laufe wärmerer Jahrtausende, als das Klima feuchter war, hatte zirkulierendes Grundwasser, das mit Kohlensäure aus Pflanzen und Kohlendioxyd gesättigt war, gewaltige Mengen des Gesteins gelöst.

Das in winzige Spalten des Kalksteins dringende Grundwasser hatte allmählich die Risse erweitert und vertieft. Beladen mit dem gelösten Kalkstein, hatte es zerklüftete Rinnen und tiefe Furchen in den Fels gegraben, bevor es an die Oberfläche trat. Unter dem Einfluß der Schwerkraft hatte es diese Rinnen und Furchen zu unterirdischen Flußläufen und Höhlen erweitert, die sich schließlich zu gewaltigen Wassersystemen miteinander verbanden.

Diese sich unter der Erdoberfläche abspielenden Vorgänge hatten tiefe

Auswirkungen auf die Landschaft, die – als Karst bekannt – charakteristische Merkmale auszubilden begann. Als die Höhlen immer größer wurden, näherten ihre Decken sich mehr und mehr der Erdoberfläche; sie brachen schließlich ein, und es entstanden tiefe, steilwandige Schlundlöcher. Reste der ursprünglichen Höhlendecke bildeten nicht selten natürliche Brücken. An der Oberfläche fließende Ströme und Flüsse verschwanden plötzlich in den Schlundlöchern und flossen unterirdisch weiter. Täler, die vormals von Flüssen durchströmt worden waren, trockneten aus, und nur noch ihre steilen Wände zeugten von den Vorgängen, die sie geformt hatten.

Es wurde für Ayla und Jondalar immer schwerer, Wasser zu finden. Fließendes Wasser versank rasch in Höhlen und Dolinen. Selbst nach schweren Regenfällen verschwand das Wasser sofort im Boden. Einmal mußten die Reisenden die kostbare Flüssigkeit aus dem Teich am Grunde eines Schlundlochs schöpfen. Gelegentlich trat das Wasser in einer sprudelnden Quelle zutage, floß eine Weile über die Oberfläche und verschwand dann wieder im Untergrund.

Der mit einer dünnen Krume bedeckte Felsboden war unfruchtbar und steinig. Außer einigen Wildschafen mit ihrem dichten krausen Winterfell waren die einzigen Tiere, die sie sahen, ein paar Murmeltiere. Die flinken Geschöpfe hatten eine eigene Technik entwickelt, ihren vielen Verfolgern zu entkommen. Ob es sich um Wölfe, Polarfüchse, Falken oder Steinadler handelte – sobald sie das schrille Pfeifen eines Wachtpostens vernahmen, verschwanden sie unverzüglich in ihren Bauen.

Wolf versuchte vergeblich, sie zu verfolgen; aber da langbeinige Pferde von ihnen normalerweise nicht als gefährlich empfunden wurden, gelang es Ayla, ein paar der kleinen Nagetiere mit ihrer Schleuder zu erlegen. Die pelzigen Tiere, die sich bereits Fettreserven für ihren Winterschlaf zugelegt hatten, schmeckten wie Kaninchen. Aber sie waren klein, und zum ersten Mal seit dem vergangenen Sommer fischten Ayla und Jondalar wieder im Großen Mutter Fluß.

Zunächst reisten sie sehr vorsichtig durch die Karstlandschaft mit ihren seltsamen Gesteinsformationen, Höhlen und Löchern, aber bald wurden sie mit ihr vertraut und verloren ihre Unsicherheit. Sie gingen zu Fuß, um den Pferden eine Ruhepause zu gönnen. Jondalar hielt Renner am langen Zügel, ließ ihn jedoch von Zeit zu Zeit die spärlichen trockenen Gräser abweiden. Winnie tat das gleiche; dann folgte sie Ayla, obwohl sie kein Halfter trug.

»Ich frage mich, ob dieses öde Land voller Höhlen und Löcher die Gefahr war, vor der Jeren uns warnen wollte«, sagte Ayla. »Ich fühle mich hier nicht sehr wohl.«

»Ich auch nicht. Ich wußte nicht, daß es hier so aussieht«, sagte Jondalar.

»Warst du nicht schon hier? Ich dachte, ihr seid auf diesem Weg gekommen«, sagte Ayla und sah ihn überrascht an. »Du hast gesagt, ihr seid dem Großen Mutter Fluß gefolgt.«

»Wir sind der Großen Mutter gefolgt, aber auf der anderen Seite. Wir haben sie überquert, als wir viel weiter südlich waren. Ich dachte, es wäre leichter, auf dieser Seite zu bleiben, und ich wollte wissen, wie diese Seite aussieht. Der Fluß macht nicht weit von hier eine scharfe Biegung. Wir zogen damals nach Osten, und ich war neugierig auf dieses Hochland, das dem Fluß den Weg versperrt. Ich wußte, daß ich nie wieder eine Gelegenheit haben würde, es zu sehen.«

»Ich wünschte, du hättest es mir vorher gesagt.«

»Was macht es aus? Wir folgen immer noch dem Fluß.«

»Aber ich glaubte, daß dir diese Gegend nicht fremd wäre! Und nun kennst du dich hier ebensowenig aus wie ich.« Ayla hatte darauf vertraut, daß er wußte, was sie erwartete, und nun mußte sie erkennen, daß sie sich getäuscht hatte.

Sie waren weitergegangen, in ein Gespräch vertieft, das sie zu entzweien drohte, ohne ihrer Umgebung viel Aufmerksamkeit zu schenken. Plötzlich bellte Wolf, der neben Ayla hergelaufen war, kurz auf und stieß mit der Schnauze gegen ihr Bein. Beide blieben unvermittelt stehen. Ayla fühlte sich von einer jähen Angst ergriffen, und Jondalar wurde blaß.

VIERUNDZWANZIGSTES KAPITEL

Beide blickten auf den Boden vor ihren Füßen und sahen nichts. Das Land vor ihnen hatte aufgehört zu sein. Sie waren fast über den Rand eines Abgrunds getreten. Jondalar spürte, wie sein Magen sich zusammenzog, als er den Steilhang hinunterschaute; aber er war überrascht, weit unten ein flaches, grünes, von einem Fluß durchzogenes Feld zu entdecken.

Der Grund großer Schlundlöcher war gewöhnlich mit einer dicken Bodenschicht bedeckt, den unlöslichen Kalksteinresten; und einige der tiefen Schlundlöcher gingen ineinander über und bildeten große zusammenhängende Landflächen tief unter der normalen Erdoberfläche. Da sowohl fruchtbarer Boden als auch Wasser vorhanden waren, entwickelte sich häufig, wie auch hier, eine reiche Vegetation.

»Jondalar, etwas stimmt nicht mit dieser Gegend«, sagte Ayla. »Hier oben ist es so trocken und steinig, daß kaum Leben gedeiht; und dort unten liegt eine herrliche Wiese mit Bäumen und einem Fluß, die aber niemand erreichen kann. Jedes Tier, das den Versuch wagte, würde abstürzen. Es ist alles verkehrt.«

»Es ist tatsächlich alles verkehrt. Und vielleicht hast du recht, Ayla. Vielleicht war es dies, vor dem Jeren uns warnen wollte. Für Jäger ist hier nicht viel zu holen. Und es ist gefährlich. Ich habe noch nie von einem Land gehört, in dem man ständig befürchten muß, ins Leere zu treten, wenn man auf festem Boden zu gehen glaubt.«

Ayla beugte sich nieder, nahm Wolfs Kopf in beide Hände und legte ihre Stirn gegen seine. »Danke, Wolf, daß du uns gewarnt hast«, sagte sie. Wolf jiepte freundlich und leckte ihr mit der Zunge über das Gesicht.

Sie drehten sich um und führten die Pferde um das große Loch herum, ohne viel miteinander zu sprechen. Ayla wußte nicht einmal mehr, weshalb sie sich überhaupt gestritten hatten. Aber sie nahm sich vor, sich nie wieder so ablenken zu lassen, daß sie nicht mehr sah, wohin sie trat.

Sie zogen weiter nach Norden. Der Fluß zu ihrer Linken begann durch eine Schlucht zu fließen, die zunehmend tiefer wurde. Jondalar fragte sich, ob sie ihren Weg am Ufer oder auf dem Plateau oben verfolgen sollten; doch er war froh, daß sie bisher dem Wasserlauf gefolgt waren und nicht versucht hatten, ihn zu überqueren. Die großen Flüsse in Karstregionen neigten dazu, sich durch steile Kalksteinschluchten zu schneiden; sie bildeten nicht die breiten Täler mit sanft abfallenden Hängen und Schwemmebenen wie die Ströme der Tiefebene. So war es schwierig, sie als Reiserouten zu benutzen; aber noch schwieriger war es, sie zu durchqueren.

Jondalar erinnerte sich an die große Schlucht weiter im Süden, in der es auf weite Strecken keinen Uferrand gab, auf dem man gehen konnte; er entschloß sich deshalb, auf dem Plateau zu bleiben. Als sie ihren Weg fortsetzten, sah er zu seiner Erleichterung, daß sich ein dünner Wasserfall über die Felswand in den Fluß ergoß. Obwohl sich der Wasserfall auf der anderen Seite des Flusses befand, bedeutete das, daß es auf dem Plateau Wasser gab, wenn auch das meiste davon in den Rissen des Karstbodens versickerte.

Aber Karst war auch eine Landschaft mit zahlreichen Höhlen. Es gab tatsächlich so viele davon, daß Ayla und Jondalar – zusammen mit den Pferden – die nächsten Nächte in ihrem Schutz verbrachten, ohne das Zelt aufzuschlagen. Nachdem sie einige erkundet hatten, begannen sie ein Gefühl dafür zu entwickeln, welche Felsöffnungen zum Lagern geeignet waren.

Obwohl die mit Wasser gefüllten Höhlen tief unter der Erdoberfläche immer größer wurden, blieben die meisten zugänglichen Höhlen über dem Boden verhältnismäßig klein. Einige von ihnen waren nur bei trockenem Wetter begehbar, weil sie bei schweren Regenfällen vollliefen. Andere standen ständig unter Wasser. Die Reisenden hielten nach trockenen Höhlen Ausschau, die gewöhnlich etwas erhöht lagen; doch Wasser, in Verbindung mit dem Kalkstein, war das Instrument, das sie alle geformt hatte.

Das langsam durch die Höhlendecke sickernde Regenwasser nahm den gelösten Kalkstein in sich auf. Jeder Tropfen des kalkhaltigen Wassers, selbst die sich in winzigen Tröpfchen niederschlagende Luftfeuchtigkeit, war mit Kalziumkarbonat gesättigt, das sich im Inneren der Höhle ablagerte. Gewöhnlich schneeweiß, konnte das gehärtete Mineral durchsichtig werden, sich zu Grau verfärben oder mit Rot- und Gelbtönen geädert sein. Auf dem Boden und an den Wänden setzte sich eine dicke Travertinschicht ab. Steinerne Eiszapfen bildeten sich, die an der Decke hingen und mit jedem Wassertropfen ihren langsam aus dem Boden wachsenden Gegenstücken entgegenstrebten. Einige trafen sich in schlanken Säulen, die mit der Zeit immer dicker wurden und so Zeugnis ablegten von dem ständig wechselnden Kreislauf der lebenden Erde.

Die Tage wurden merklich kühler und stürmischer; Ayla und Jondalar waren froh, in den Höhlen Zuflucht vor der Kälte des Windes zu finden. Am Anfang untersuchten sie die Unterkünfte, in denen sie ihr Lager aufschlagen wollten, sorgfältig nach vierbeinigen Bewohnern, bevor sie sie bezogen; doch mit der Zeit verließen sie sich immer mehr auf die schärferen Sinne ihrer Reisebegleiter. Um festzustellen, ob Menschen anwesend waren oder gewesen waren, prüften sie die Luft nach Spuren von Rauch – Menschen waren die einzigen Lebewesen, die Feuer machen konnten; aber sie begegneten keinem, und auch andere Tiere waren nur selten anzutreffen.

Sie waren daher überrascht, als sie in eine Region kamen, die sich durch eine ungewöhnlich reiche Vegetation auszeichnete – zumindest im Vergleich mit der kargen, felsigen Landschaft. Kalkstein war nicht überall gleich. Je nach dem Maße, in dem er löslich war, wies er starke Unterschiede auf. So waren einige Karstgebiete recht fruchtbar, mit Wiesen und Bäumen, die neben oberirdischen Flüssen wuchsen. Zwar gab es auch hier absinkendes Land, Höhlen und unterirdische Flüsse, doch sie waren selten.

Als sie auf eine Herde von Rentieren stießen, die eine mit trockenen Gräsern bestandene Wiese abweideten, sah Jondalar Ayla lächelnd an und zog seine Speerschleuder hervor. Ayla nickte zustimmend und trieb Winnie an, ihm und dem Hengst zu folgen. Von den wenigen Tieren, die ihnen in den letzten Tagen begegnet waren, war kaum eines zur Jagd geeignet gewesen, und da der Fluß tief unter ihnen in der Schlucht floß, hatten sie nicht fischen können. Sie hatten sich vorwiegend von getrockneten Vorräten und ihrem Reiseproviant ernährt, und selbst diesen hatten sie mit Wolf teilen müssen. Auch die Pferde hatten es schwer gehabt. Das spärliche Gras, das auf der dünnen Erdkrume wuchs, reichte kaum aus, ihren Hunger zu stillen.

Jondalar schnitt die Kehle der Ricke auf, die sie erlegt hatten, um das Tier ausbluten zu lassen. Dann legten sie den Kadaver in das Rundboot auf den Schleppstangen und sahen sich nach einem Lagerplatz um. Ayla wollte einen Teil des Fleisches trocknen und das Winterfett des Tieres auslassen, und Jondalar freute sich auf eine saftige Keule und die zarte Leber. Sie entschlossen sich, ein oder zwei Tage Rast zu machen, vor allem, weil die Wiese so nahe lag. Die Pferde brauchten das Futter. Wolf hatte zahlreiche Kleintiere entdeckt, Wühlmäuse, Lemminge und Pfeifhasen, und sich aufgemacht, sie zu jagen und die Gegend zu erkunden.

Als sie in einem unweit gelegenen Hügel eine Höhle entdeckten, ritten sie darauf zu. Sie war etwas kleiner, als sie gehofft hatten, doch reichte sie für ihre Zwecke aus. Sie banden die Schleppstangen los und befreiten die Pferde von ihrer Last, um sie zur Wiese traben zu lassen, legten die Bündel neben den Höhleneingang und begannen, nach brennbarem Unterholz und trockenem Dung zu suchen.

Ayla überlegte, womit sie das frische Fleisch zubereiten sollte. Sie sammelte trockene Samenkapseln und Körner sowie einige Handvoll der schwarzen Samen des Gänsefußes, der neben einem kleinen, nördlich der Höhle fließenden Bach wuchs. Als sie zurückkam, hatte Jondalar bereits das Feuer angezündet. Sie bat ihn, zum Bach zu gehen und die Wasserbeutel aufzufüllen.

Bevor er zurückkehrte, war Wolf wieder erschienen; aber als das Tier sich der Höhle näherte, entblößte es seine Zähne und knurrte drohend. Ayla fühlte, wie ihr ein kalter Schauer über den Rücken lief.

»Wolf, was ist los?« sagte sie, griff, ohne daß es ihr bewußt wurde, nach ihrer Schleuder und hob einen Stein vom Boden auf. Der Wolf pirschte sich langsam in die Höhle, während ein tiefes Grollen aus seiner Kehle aufstieg. Ayla folgte ihm, duckte den Kopf, als sie den kleinen, dunklen Eingang betrat, der in das Innere des Fels führte, und wünschte, sie hätte eine Fackel mitgenommen. Aber ihre Nase verriet ihr, was ihre Augen nicht sehen konnten. Es war viele Jahre her, seitdem sie diesen Geruch wahrgenommen hatte; doch sie würde ihn nie vergessen. Plötzlich sah sie wieder vor sich, was sie damals gesehen hatte.

In den Ausläufern des großen Gebirges war es gewesen, nicht weit entfernt vom Versammlungsort des Clans. Ihr Sohn saß in seinem Tragetuch auf ihrer Hüfte, und obwohl sie jung war und eine der Anderen, nahm sie bei dem Zug die Position der Medizinfrau ein. Sie alle waren unvermittelt stehengeblieben und starrten den riesigen Höhlenbären an, der unbekümmert seinen Rücken an der Borke eines Baums rieb.

Obwohl das gewaltige Geschöpf, doppelt so groß wie ein gewöhnlicher Braunbär, das am höchsten verehrte Totem des Clans war, hatten die jungen Leute von Bruns Clan noch nie einen lebenden Höhlenbären gesehen. Es gab keine mehr in den Bergen bei ihrer Höhle, wenn auch ausgebleichte Knochen bezeugten, daß es einst welche gegeben hatte. Um des mächtigen Zaubers willen, den sie bargen, hatte Creb die paar Haarbüschel an sich genommen, die an der Borke hängengeblieben waren, nachdem der Bär schließlich fortgetrottet war und nur seinen charakteristischen Geruch zurückgelassen hatte.

Ayla gab Wolf ein Zeichen und zog sich vorsichtig aus der Höhle zurück. Sie bemerkte die Schleuder in ihrer Hand und steckte sie mit einem Achselzucken weg. Was konnte eine Schleuder gegen einen Höhlenbären ausrichten? Sie war nur dankbar, daß der Bär seinen langen Winterschlaf begonnen hatte und durch ihr Eindringen nicht gestört worden war. Sie warf schnell Erde auf das Feuer und trat es aus, dann nahm sie ihren Packsattelkorb vom Boden auf und trug ihn fort. Glücklicherweise hatten sie noch nicht viel ausgepackt. Sie kehrte zurück, um Jondalars Bündel zu holen, und zog die Schleppstangen mit sich. Gerade hatte sie ihr Bündel angehoben, um es weiter fortzuschaffen, als Jondalar mit den gefüllten Wasserbeuteln erschien.

»Was ist, Ayla?« fragte er.

»Es ist ein Höhlenbär in der Höhle«, sagte sie. Als sie den entsetzten Ausdruck auf seinem Gesicht sah, fügte sie hinzu: »Er hat seinen langen Schlaf begonnen, glaube ich. Aber manchmal bewegen sie sich, wenn sie früh im Winter gestört werden – jedenfalls behaupteten sie es.«

»Wer behauptete es?«

»Die Jäger von Bruns Clan. Ich war dabei, als sie früher über die Jagd sprachen – manchmal«, sagte Ayla. Dann lächelte sie. »Nicht nur manchmal. Ich hörte ihnen zu, so oft es möglich war, besonders als ich angefangen hatte, mit der Schleuder zu üben. Die Männer achteten gewöhnlich nicht auf ein Mädchen, das sich in ihrer Nähe zu schaffen machte. Ich wußte, daß sie es mir nie beibringen würden, und die einzige Art, es zu lernen, bestand darin, ihnen zuzuhören, wenn sie Jagdgeschichten erzählten. Ich ahnte, daß sie zornig werden würden, wenn sie es herausfanden; aber ich wußte nicht, wie schwer die Strafe sein würde. Das erfuhr ich erst später.«

»Wenn sich überhaupt jemand mit Höhlenbären auskennt, dann ist es der Clan, nehme ich an«, sagte Jondalar. »Glaubst du, daß wir hier sicher sind?«

»Ich weiß es nicht, aber ich möchte es nicht darauf ankommen lassen«, sagte sie.

»Warum rufst du nicht Winnie? Wir haben noch Zeit, bevor es dunkel wird, einen anderen Platz zu finden.«

Nachdem sie die Nacht im Zelt verbracht hatten, brachen sie früh am nächsten Morgen auf, um den Abstand zwischen sich und dem Höhlenbären so weit wie möglich zu vergrößern. Jondalar wollte sich nicht die Zeit nehmen, das Fleisch trocknen zu lassen, und er überzeugte Ayla, daß die Luft kalt genug war, um es zu konservieren. Er hatte es eilig, das Gebiet zu verlassen. Wo ein Bär hauste, gab es meist auch andere.

Doch als sie einen Bergkamm erreichten, blieben sie stehen. In der kalten, klaren Luft konnten sie in alle Richtungen sehen, und der Anblick, der sich ihnen bot, war atemberaubend. Unmittelbar vor ihnen im Osten erhob sich ein schneebedeckter Berg von mittlerer Höhe und lenkte die Aufmerksamkeit auf die östliche Bergkette, die ihnen jetzt nähergerückt war und sich in einen Bogen um sie herumzog. Die eisgepanzerten Berge erreichten ihre größten Höhen im Norden und bildeten eine gezackte Linie, die sich klar von dem azurblauen Himmel abzeichnete.

Die Reisenden hatten die Ausläufer jener östlichen Bergkette erreicht; sie standen auf einem Kamm, der zum nördlichen Rand des alten Beckens abfiel, in dem die Zentralebene lag. Der große Gletscher, die dichte, feste Eismasse, die sich von Norden her ausgebreitet hatte, bis sie fast ein Viertel des Landes bedeckte, endete an einem Bergwall, der sich hinter den fernen Gipfeln verbarg. Im Nordwesten beherrschte ein niedrigeres, doch näher gelegenes Hochland das Panorama. Weit im Norden schimmerte das Gletschereis über den Gipfeln der vor ihm liegenden Berge. Die gewaltige Kette der noch höheren Berge im Westen verlor sich im Dunst.

Unter ihnen, in der tiefen Schlucht, hatte der Große Mutter Fluß seine Richtung gewechselt. Er kam jetzt von Westen. Als Ayla und Jondalar nach unten blickten und den gewundenen Flußlauf stromaufwärts verfolgten, kam es ihnen vor, als seien auch sie an einem Wendepunkt angelangt.

»Der Gletscher, den wir überqueren müssen, liegt westlich von hier«, sagte Jondalar. Seine Stimme schien aus der Ferne zu kommen – wie seine Gedanken. »Aber wir werden der Mutter folgen. Sie biegt nach einer Weile nach Nordwesten ab, dann wieder nach Südwesten, bevor wir sie erreichen. Es ist keiner der ganz großen Gletscher, und bis auf eine höhere Region im Nordosten ist er fast flach, wenn wir ihn einmal erreicht haben. Wie eine große Hochebene aus Eis. Wenn wir ihn überquert haben, wenden wir uns wieder nach Südwesten; aber aufs Ganze gesehen ziehen wir von jetzt an geradewegs nach Westen.«

Während er sich seinen Weg durch den Kalkstein und den kristallinen Fels bahnte, wechselte der Fluß, als könnte er sich nicht entscheiden, welche Richtung er einzuschlagen habe, seinen Lauf nach Norden, machte dann eine Biegung nach Süden und danach wieder nach Norden, bis er sich schließlich abermals nach Süden wendete und die Ebene durchfloß.

»Ist das die Mutter?« fragte Ayla. »Ich meine, alles, was wir hier von ihr sehen? Oder nur ein Nebenfluß?«

»Alles, was wir sehen. Sie ist immer noch ein recht großer Fluß, aber nicht mit dem zu vergleichen, was sie einmal war«, räumte Jondalar ein.

»Dann sind wir die ganze Zeit an ihr entlanggeritten. Das habe ich nicht gewußt. Ich bin daran gewöhnt, den Großen Mutter Fluß soviel voller und mächtiger zu sehen. Ich dachte, wir folgten einem Nebenfluß. Wir haben Zuflüsse überquert, die größer waren«, sagte Ayla. Sie empfand so etwas wie Enttäuschung, daß die gewaltige Mutter aller Flüsse nur ein größerer Wasserweg unter anderen geworden war.

»Wir sehen sie von hoch oben. Sie sieht von hier anders aus. Sie hat mehr Kraft, als du denkst«, sagte er. »Wir müssen noch einige große Nebenflüsse überqueren, und es gibt Gegenden, in denen sie sich wieder verzweigt; aber sie wird immer kleiner.« Jondalar schaute eine Zeitlang schweigend nach Westen; dann sagte er: »Der Winter hat erst angefangen. Wir sollten mehr als genug Zeit haben, zum Gletscher zu kommen. Wenn nichts Unvorhergesehenes geschieht.«

Die Reisenden wandten sich nach Westen und folgten der äußeren Biegung des Flusses. Dann fiel das Hochland jäh nach Westen ab; sie schlugen die Richtung nach Norden ein, die sie über einen weniger steilen Abhang durch verstreut stehendes Unterholz bis zu einem Nebenfluß führte, der sich tief in das Land eingeschnitten hatte. Sie folgten ihm stromaufwärts, bis sie eine Möglichkeit fanden, ihn zu durchqueren. Die andere Seite war hügelig, und sie ritten neben dem Fluß her, bis sie wieder auf die Große Mutter stießen. Danach wandten sie sich abermals nach Westen.

In der weiten Zentralebene waren sie kaum von Wasserwegen behindert worden, aber jetzt befanden sie sich in einem Gebiet, in dem viele Flüsse von Norden her der Mutter zuströmten. Später am Tag stießen sie auf einen weiteren großen Nebenfluß, und ihre Beine wurden naß, als sie ihn durchquerten. Es war nicht mehr wie im Sommer, als es ihnen nichts ausmachte, naß zu werden. Die Temperatur sank nachts auf den Gefrierpunkt. Die Kälte des eisigen Wassers ging ihnen bis auf die Knochen, und sie entschlossen sich, am anderen Ufer ihr Lager aufzuschlagen und sich am Feuer zu wärmen.

Sie zogen weiter nach Westen. Nachdem sie das hügelige Terrain passiert hatten, gelangten sie wieder ins Tiefland, in ein sumpfiges Grasland, das jedoch keinerlei Ähnlichkeit mit den Schwemmebenen stromabwärts hatte. Der Boden war sauer und eher moorig als sumpfig, mit Bleichmoos durchsetzt, das stellenweise zu Torf geworden war. Sie entdeckten, daß Torf sich als Brennmaterial eignete, als sie eines Tages unabsichtlich über einer Stelle mit getrocknetem Torf ein Feuer anzündeten. Am nächsten Tag sammelten sie einige Brocken davon auf, um sie für künftige Gelegenheiten zu verwenden.

Als sie einen großen Nebenfluß erreichten, der sich dort, wo er auf die Mutter stieß, zu einem breiten Delta fächerte, entschlossen sie sich, ihm eine kurze Strecke stromaufwärts zu folgen, um eine bequemere Stelle zum Durchqueren zu suchen. Sie gelangten an eine Gabelung, an der zwei Flüsse sich vereinigten, folgten dem rechten Arm und kamen an eine weitere Gabelung, an der ein dritter Fluß sich abzweigte. Die Pferde wateten ohne Schwierigkeit durch den kleineren und mittleren Fluß. Das Land zwischen der mittleren und der rechten Gabelung war ein sumpfiges Torfmoorgebiet, das schwer zu passieren war.

Der letzte Fluß war tief, und es war unmöglich, ihn zu durchqueren, ohne naß zu werden. Doch am anderen Ufer scheuchten sie einen Riesenhirsch mit gewaltigem Geweih auf und entschlossen sich, ihn zu verfolgen. Der Hirsch mit seinen langen Beinen ließ die stämmigen Pferde schnell hinter sich, obgleich Renner und Wolf es ihm nicht leicht machten. Winnie, die die Schleppstangen hinter sich herzog, konnte nicht mithalten; doch die Verfolgungsjagd hatte sie alle in gute Stimmung versetzt.

Jondalar, mit gerötetem Gesicht und vom Wind zerzaustem Haar, schob sich die Fellkapuze in den Nacken und lächelte, als er zurückkam. Ayla spürte, wie sich ihr Herz zusammenzog vor Liebe und Verlangen. Er ließ sich den blonden Bart wachsen, wie immer im Winter, um sein Gesicht vor der Kälte zu schützen; und sie mochte es, wenn er einen Bart trug. Er rühmte oft ihre Schönheit, doch nach ihrer Meinung war er es, der schön war.

»Das Tier kann laufen, was?« sagte er. »Und hast du das Geweih gesehen? Es war wohl doppelt so groß wie ich.«

Ayla lächelte auch. »Ein prächtiger Bursche. Und wunderschön. Aber ich bin froh, daß wir ihn nicht erlegt haben. Er war ohnehin zu groß für uns. Wir hätten das ganze Fleisch gar nicht mitnehmen können; und es wäre eine Schande gewesen, ihn zu töten.«

Sie ritten zurück zur Mutter, und obgleich ihre durchnäßten Beinlinge und Umhänge mittlerweile fast trocken geworden waren, waren sie froh, das

Lager aufschlagen und sich umziehen zu können. Sie hängten die feuchten Sachen nahe am Feuer auf, um sie trocknen zu lassen.

Am nächsten Tag brachen sie nach Westen auf; dann machte der Fluß eine Biegung nach Nordwesten. In der Ferne konnten sie einen weiteren hohen Bergkamm sehen. Er erstreckte sich bis zum Großen Mutter Fluß und war der nordwestliche Ausläufer der großen Bergkette, die sie fast von Anfang an begleitet hatte. Die Kette hatte westlich von ihnen gelegen, und sie waren um ihr breites südliches Ende gezogen, um der Mutter zu folgen. Als sie am gewundenen Lauf des Flusses entlang die Zentralebene durchquerten, waren die weißen Berggipfel in einem großen Bogen nach Osten gewandert. Der Kamm vor ihnen war ihr letzter Ausläufer.

Kein Zufluß speiste den großen Strom, bis sie den Kamm erreichten. Der Fluß, der von Osten kam und sich am Fuß des Felsvorsprungs mit der Mutter vereinte, war das andere Ende des nördlichen Nebenflusses. Von da an floß der Strom zwischen dem Bergkamm und einem Hügel hindurch, aber die Uferbank war breit genug, um auf ihr zu reiten.

An der anderen Seite des Kamms überquerten sie einen weiteren Nebenfluß, dessen Tal die beiden großen Bergketten voneinander trennte. Die Berge im Westen waren die östlichen Ausläufer des gewaltigen Westmassivs. Als der Kamm hinter ihnen abfiel, teilte sich der Große Mutter Fluß abermals in drei Arme. Sie folgten dem äußeren Ufer des nördlichen Stroms durch die Steppe eines kleinen Beckens, das eine Fortsetzung der Zentralebene bildete.

Die nackten Äste einiger Birken in der Nähe des Flusses schlugen im stürmischen Nordwind hart aneinander. Trockenes Unterholz, Schilf und tote Farne säumten das Ufer, an dem sich Eiskrusten zu formen begannen, die später zu mächtigen Eisschollen auswachsen sollten. An den nördlichen Hängen und auf den Kuppen der sanft geschwungenen Hügel am Rande der Talsenke strich der Wind mit rhythmischen Stößen durch Felder wogender Hochgräser; unregelmäßige Böen schüttelten die Zweige der immergrünen Fichten und Kiefern, die an den geschützten Südhängen wuchsen. Stäubender Schnee wirbelte durch die Luft und bedeckte den Boden mit einer dünnen Schicht.

Das Wetter war entschieden kalt geworden, doch das Schneegestöber störte die Reisenden nicht. Die Pferde, Wolf und selbst die Menschen waren an die kalten, trockenen Winter und die gelegentlichen Schneefälle der nördlichen Lößsteppen gewöhnt. Nur dichter Schnee, der die Pferde ermüden und es schwierig werden lassen konnte, Nahrung zu finden, bereitete Ayla Sorge. Doch jetzt gab es etwas ganz anderes, das ihr Sorge bereitete. Sie hatte in der Ferne Pferde gesehen, und Winnie und Renner hatten sie auch bemerkt.

Als er zufällig zurückblickte, glaubte Jondalar aus den Hügeln jenseits des Flusses unweit des letzten Kammes, den sie umrundet hatten, Rauch aufsteigen zu sehen. Er frage sich, ob Menschen in der Nähe seien; doch obwohl er sich noch mehrere Male umdrehte, sah er den Rauch nicht wieder.

Gegen Abend folgten sie einem kleinen Bach flußaufwärts durch ein Gehölz entlaubter Weiden und Birken, bis sie zu einer Gruppe von Zirbelkiefern gelangten. Kalte Nächte hatten einen in der Nähe liegenden Teich mit einer durchsichtigen Eisschicht bedeckt und die Ränder des kleinen Baches zufrieren lassen; in der Mitte führte er jedoch noch fließendes Wasser. Hier schlugen sie ihr Lager auf. Ein trockener Schnee bestäubte die nördlichen Hänge mit pulvrigem Weiß.

Winnie war von einer inneren Unruhe ergriffen, seit sie die Pferde gesehen hatten; und das machte auch Ayla nervös. Sie entschloß sich, der Stute das Halfter anzulegen, und band sie über Nacht mit einem langen Strick an einer Kiefer fest. Jondalar befestigte Renners Zügel an einem benachbarten Baum. Dann sammelten sie trockenes Laub und brachen die toten Äste der Kiefern ab – das »Frauenholz«, wie Jondalars Leute es immer genannt hatten. Es war an den meisten Nadelbäumen zu finden und selbst bei nassem Wetter immer trocken. Man konnte es sammeln, ohne eine Axt oder auch nur ein Messer zu Hilfe nehmen zu müssen. Sie entzündeten das Feuer vor dem Eingang zum Zelt und ließen die Klappe offen, um die Wärme eindringen zu lassen.

Ein einzelner Hase, schon im weißen Winterkleid, hoppelte durch ihr Lager, als Jondalar rein zufällig das Gewicht eines neuen Speers prüfte, an dem er an den letzten Abenden gearbeitet hatte. Er warf die Waffe fast instinktiv und war überrascht, als der kürzere Speer mit seiner kleineren, aus Feuerstein statt aus Knochen gefertigten Spitze sein Ziel traf. Er ging hinüber, hob den Hasen auf und versuchte den Schaft herauszuziehen. Als es ihm nicht sofort gelang, nahm er sein Messer und schnitt die Spitze heraus. Er war froh, daß der neue Speer unbeschädigt war.

»Hier ist Fleisch für heute abend«, sagte Jondalar und übergab Ayla den Hasen. »Ich frage mich, ob er nicht eigens gekommen ist, um mir zu helfen, die neuen Speere zu erproben. Sie sind leicht und griffig. Du mußt sie auch einmal ausprobieren.«

»Ich halte es für wahrscheinlicher, daß wir unser Lager mitten auf dem Weg aufgeschlagen haben, den er abends immer nimmt«, sagte Ayla. »Aber es war ein guter Wurf. Ich würde gern die neuen Speere ausprobieren. Doch jetzt werde ich erst einmal anfangen zu kochen und mir überlegen, was wir zum Fleisch essen werden.«

Sie nahm den Hasen aus, häutete ihn aber nicht ab, um das Winterfett nicht verlorengehen zu lassen. Dann spießte sie ihn auf einen zugespitzten Weidenzweig und legte den Spieß zwischen zwei Astgabeln über das Feuer. Danach ging sie zum Bach, brach das Eis auf und grub ein paar Rohrkolbenwurzeln und die Wurzelstöcke einiger Tüpfelfarne aus. Sie zerstampfte beide mit einem runden Stein in einer Holzschüssel und vermischte sie mit

Wasser, um die langen, zähen Fasern herausziehen zu können. Dann gab sie dem stärkehaltigen Brei Zeit, sich am Boden der Schüssel zu setzen, während sie ihre Vorräte durchging, um weitere Zutaten zu finden.

Als die Stärke sich gesetzt hatte und die Flüssigkeit fast klar war, goß sie sorgfältig das meiste davon ab und fügte getrocknete Holunderbeeren hinzu. Während diese sich voll Wasser sogen, entfernte Ayla die Rinde einer Birke und kratzte das darunterliegende süße eßbare Kambium ab, das sie der Wurzel-, Stärke- und Beerenmischung beigab. Sie sammelte einige Zirbelkiefernzapfen, und als sie sie ins Feuer legte, sah sie zu ihrer Freude, daß die meisten von ihnen noch die großen, hartschaligen Zirbelnüsse enthielten, die jetzt durch die Hitze aufplatzten.

Als der Hase gar war, brach sie etwas von der geschwärzten Hautkruste ab und rieb damit die Oberseite einiger flacher Steine ein, die sie ins Feuer gelegt hatte. Dann ließ sie die vorbereitete Mischung auf die eingefetteten Steine tropfen.

Jondalar hatte sie beobachtet. Sie überraschte ihn immer wieder mit ihren umfassenden Pflanzenkenntnissen. Die meisten Frauen wußten, wo man eßbare Pflanzen finden konnte; aber so viel wie sie wußte keine. Als sie einige der ungesäuerten flachen Kuchen gebacken hatte, nahm er einen und biß hinein.

»Das ist köstlich«, sagte er. »Du bist wirklich erstaunlich, Ayla. Ich wüßte nicht, wer sonst mitten im Winter draußen im Freien etwas zu essen finden könnte.«

»Es ist noch nicht mitten im Winter, Jondalar, und es ist auch nicht allzu schwer, etwas zu essen zu finden. Warte, bis der Boden gefroren ist«, sagte Ayla. Dann nahm sie den Hasen vom Spieß, entfernte die verkohlte Haut und legte das Fleisch auf die aus Mammutelfenbein geschnitzte Platte, von der sie beide essen würden.

»Ich glaube, du findest selbst dann noch etwas zu essen«, sagte Jondalar.

»Aber vielleicht keine Pflanzen«, sagte sie und reichte ihm eine Hasenkeule.

Als sie den Hasen und die Wurzel-Beeren-Pfannkuchen verzehrt hatten, gab Ayla Wolf die Reste, einschließlich der Knochen. Sie setzte Wasser auf für ihren Kräutertee und ließ ihn ziehen, nachdem sie etwas von dem Birkenkambium hinzugefügt hatte. Dann nahm sie die Kiefernzapfen aus dem Feuer. Sie saßen eine Weile schweigend da, schlürften ihren Tee und aßen die Zirbelnüsse. Danach trafen sie Vorbereitungen für einen frühen Aufbruch am nächsten Morgen, sahen nach den Pferden und kuschelten sich in ihre warmen Schlaffelle.

Ayla schaute in den Gang einer langen, gewundenen Höhle. Die Feuer, die ihr den Weg wiesen, warfen ihr Licht auf herrlich gestaltete, ineinander übergehende Felsformationen. Sie sah eine, die einem langen, wehenden Pferdeschweif ähnelte. Als sie sich näherte, blähte der Falbe schnaubend die

Nüstern und schlug mit dem Schweif, als wollte er sie auffordern, zu ihm zu kommen. Sie schickte sich an, ihm zu folgen; doch dann verdunkelte sich die Felshöhle, und Stalagmiten versperrten ihr den Weg.

Sie blickte sich um, um zu sehen, wo sie war, und als sie wieder aufschaute, war es kein Pferd, das sie zum Näherkommen aufforderte. Es schien ein Mann zu sein. Sie versuchte zu erkennen, wer es war, und war überrascht, als Creb aus der Dunkelheit trat. Er winkte sie zu sich, drängte sie, mit ihm zu kommen; dann wandte er sich um und humpelte fort.

Sie wollte ihm folgen, als sie ein Pferd wiehern hörte. Sie drehte sich nach ihm um, doch der dunkle Schweif des Tieres löste sich auf in eine Herde dunkelschwänziger Pferde. Sie lief hinter ihnen her, aber sie verwandelten sich in fließenden Stein und dann in ein Gewirr steinerner Säulen. Als sie zurückblickte, verschwand Creb in einem dunklen Tunnel.

Sie lief hinter ihm her und versuchte, ihn einzuholen, bis sie an eine Weggabelung gelangte. Sie wußte nicht, welche Abzweigung Creb genommen hatte. Sie geriet in Panik, sah erst in die eine, dann in die andere Richtung. Schließlich entschied sie sich für die rechte Abzweigung und stieß auf einen Mann, der ihr den Weg versperrte.

Es war Jeren! Er stand mit ausgebreiteten Armen, die Beine gespreizt, vor ihr und schüttelte den Kopf. Sie flehte ihn an, sie durchzulassen, aber er verstand sie nicht. Dann zeigte er mit einem kurzen geschnitzten Stab auf die Wand hinter ihr.

Als sie sich umdrehte, sah sie einen Falben davonspringen und einen blonden Mann, der hinter ihm herrannte. Plötzlich war der Mann von einer Herde von Pferden umgeben, die ihn ihren Blicken entzogen. Als sie zu ihm lief, hörte sie Pferde wiehern, und Creb stand am Eingang der Höhle, winkte ihr, zu ihm zu kommen, drängte sie zur Eile, bevor es zu spät war. Plötzlich wurde das Dröhnen von Pferdehufen lauter. Sie hörte Schnauben, Wiehern und, mit einem Gefühl des Entsetzens, den Aufschrei eines Pferdes.

Ayla fuhr aus dem Schlaf hoch. Jondalar war auch wach. Vor dem Zelt war ein Tumult; Pferde wieherten, und Hufe stampften. Sie hörten Wolf knurren, dann einen Schmerzenslaut. Sie warfen ihre Felle zurück und stürzten aus dem Zelt.

Es war sehr dunkel; nur die schmale Sichel des Mondes erhellte die Szene. Aber in dem Kieferngehölz waren mehr Pferde als die beiden, die sie dort angebunden hatten. Ayla konnte kaum etwas erkennen, und als sie dem Lärm folgte, den die Pferde machten, stolperte sie über eine aus dem Boden ragende Baumwurzel und fiel hart zu Boden.

»Ayla! Ist alles in Ordnung?« rief Jondalar und suchte in der Dunkelheit nach ihr. Er hatte nur gehört, daß sie gefallen war.

»Hier bin ich«, sagte sie mit heiserer Stimme. Sie spürte seine Hände auf ihrem Körper und versuchte aufzustehen. Als sie das Geräusch galoppierender Pferde hörte, die sich in die Nacht entfernten, zog sie sich an ihm hoch, und gemeinsam liefen sie zu dem Platz, an dem die Pferde angebunden waren. Winnie war fort!

»Sie ist fort!« rief Ayla. Sie pfiff und rief sie mit jenem Wiehern, nach dem sie die Stute benannt hatte. Aus der Ferne kam ein Wiehern als Antwort.

»Das ist sie! Das ist Winnie! Diese Pferde, sie haben sie mitgenommen. Ich muß sie zurückholen!« Ayla begann hinter den Pferden herzulaufen und stolperte durch die Dunkelheit.

Jondalar holte sie nach wenigen Schritten ein. »Ayla, warte! Wir können jetzt nicht gehen. Es ist zu dunkel. Du siehst ja nicht, wohin du trittst.«

»Aber ich muß zu ihr, Jondalar!«

»Wir holen sie. Morgen früh«, sagte er und nahm sie in die Arme.

»Bis dahin sind sie alle fort«, schluchzte sie.

»Aber dann ist es hell, und wir können ihre Spuren sehen. Wir werden sie verfolgen. Wir holen Winnie zurück, Ayla. Ich verspreche es, wir holen sie zurück.«

»Ach, Jondalar. Was soll ich ohne Winnie machen? Sie ist mein Freund. Eine lange Zeit war sie mein einziger Freund«, sagte Ayla und brach in Tränen aus.

Der Mann hielt sie fest und ließ sie eine Weile weinen, dann sagte er: »Erst einmal müssen wir sehen, ob auch Renner verschwunden ist, und dann müssen wir Wolf suchen.«

Ayla erinnerte sich plötzlich, daß sie gehört hatte, wie Wolf vor Schmerz aufjaulte; sie begann sich um ihn und den jungen Hengst zu sorgen. Sie pfiff nach Wolf und machte dann das Geräusch, mit dem sie die Pferde zu rufen pflegte.

Sie hörten zunächst ein Wiehern und dann ein Winseln. Jondalar ging fort, um Renner zu suchen, während Ayla dem Winseln des Wolfes folgte, bis sie ihn fand. Sie tastete ihn ab und fühlte etwas Feuchtes und Klebriges.

»Wolf! Du bist verletzt.« Sie versuchte, ihn aufzuheben und zum Lagerplatz zu tragen, wo sie das Feuer neu anfachen wollte, um ihn zu untersuchen. Er jaulte vor Schmerz auf, als sie unter seinem Gewicht strauchelte. Dann befreite er sich aus ihren Armen und blieb auf eigenen Beinen stehen. Obgleich es ihn offensichtlich Mühe kostete, hinkte er allein zum Lagerplatz zurück.

Auch Jondalar kam mit Renner am Zügel zum Lager zurück, während Ayla das Feuer anfachte. »Sein Strick hat gehalten«, sagte er. Er hatte sich angewöhnt, feste Stricke zu nehmen, um den Hengst zu halten, der für ihn immer etwas schwieriger zu handhaben war als Winnie für Ayla.

»Ich bin so froh, daß er in Sicherheit ist«, sagte Ayla und kraulte die Mähne des Hengstes. Dann trat sie zurück, um ihn näher in Augenschein zu nehmen. »Warum habe ich keinen festeren Strick genommen, Jondalar?«

sagte sie, über sich selbst verärgert. »Wenn ich daran gedacht hätte, wäre Winnie noch hier.« Ayla hatte Winnie immer nur mit einem leichten Seil festgebunden, um zu verhindern, daß sie sich zu weit entfernte.

»Es war nicht deine Schuld, Ayla. Die Pferde waren nicht hinter Renner her. Sie wollten eine Stute, keinen Hengst. Winnie wäre nicht mitgegangen, wenn sie es nicht selbst gewollt hätte.«

»Aber ich wußte, daß diese Herde da war, und ich hätte wissen müssen, daß sie kommen würden, um Winnie zu holen. Nun ist sie fort, und auch Wolf ist verletzt.«

»Ist es schlimm?« fragte Jondalar.

»Ich weiß es nicht«, sagte Ayla. »Es tut ihm zu weh, wenn ich ihn untersuche. Aber ich glaube, er hat sich eine Rippe gebrochen. Er muß getreten worden sein. Ich werde ihm etwas gegen seine Schmerzen geben und morgen früh herausfinden, was er hat – bevor wir Winnie suchen.« Sie warf sich dem Mann in die Arme. »Ach, Jondalar! Was ist, wenn wir sie nicht finden? Was ist, wenn ich sie für immer verloren habe?«

FÜNFUNDZWANZIGSTES KAPITEL

»Schau, Ayla«, sagte Jondalar. Er ließ sich auf ein Knie nieder, um den Boden zu untersuchen, der mit den Abdrücken von Pferdehufen übersät war. »Die ganze Herde muß letzte Nacht hier gewesen sein. Die Spuren sind deutlich zu erkennen. Ich habe dir doch gesagt, daß es nicht schwer ist, sie zu verfolgen. Es muß nur hell genug sein.«

Ayla blickte auf die Spuren, dann nach Nordosten in die Richtung, in die die Pferde verschwunden waren. Sie standen am Rande des kleinen Gehölzes und konnten das offene Grasland weit überschauen; aber so sehr sie sich auch bemühte, sie konnte kein einziges Pferd entdecken. Hier kann man die Spuren nicht übersehen, dachte sie, aber wer weiß, wie lange wir ihnen folgen können?

Sie hatte nicht wieder einschlafen können, nachdem sie von dem Lärm geweckt worden war und entdeckt hatte, daß Winnie verschwunden war. Als es heller wurde und das Ebenholzschwarz des Himmels einem Indigoblau wich, war sie aufgestanden, obgleich es immer noch zu dunkel war, um irgend etwas deutlich zu erkennen. Sie hatte das Feuer angefacht und das Wasser für den Tee aufgesetzt, während der Himmel sich weiter aufhellte.

Wolf war zu ihr gekrochen, während sie in die Flammen starrte; doch er mußte erst winseln, ehe er ihre Aufmerksamkeit erregte. Sie hatte die Gelegenheit wahrgenommen, ihn genauer zu untersuchen. Obgleich er leise aufheulte, als sie ihn abtastete, war sie froh, daß er sich offensichtlich nur einen Bluterguß zugezogen und keine Rippe gebrochen hatte. Jondalar war aufgestanden, als der Morgentee fertig war. Immer noch war es zu dunkel, um irgendwelche Spuren zu erkennen.

»Beeilen wir uns, damit sie keinen zu großen Vorsprung gewinnen«, sagte Ayla. »Wir können alles in das Rundboot werfen und... Nein... Das können wir nicht!« Plötzlich wurde ihr klar, daß sie ohne die Stute, die sie suchen mußten, nicht einfach packen und aufbrechen konnten. »Renner hat nicht gelernt, die Schleppstangen zu ziehen; also können wir auch das Rundboot nicht mitnehmen. Wir können nicht einmal Winnies Sattelkorb mitnehmen.«

»Und wenn wir die Herde noch einholen wollen, müssen wir zu zweit auf Renner reiten. Das heißt, wir können nicht einmal seinen Packsattel mitnehmen. Wir müssen uns auf das Allernotwendigste beschränken«, sagte Jondalar.

Sie hielten inne, um die neue Situation zu überdenken, in die sie der Verlust Winnies gebracht hatte. Beiden war klar, daß schwere Entscheidungen zu treffen waren.

»Wenn wir nur die Schlafrollen und die Bodenplane mitnehmen, die wir als Kriechzelt benutzen können, und alles zusammenrollen, hätte es hinter uns auf Renners Rücken Platz«, schlug Jondalar vor.

»Ein Kriechzelt müßte genügen«, sagte Ayla. »Mehr haben wir auch nicht mitgenommen, wenn wir mit den Jägern unseres Clans loszogen. Wir haben die Vorderseite mit einem Stock abgestützt und die Ränder mit Felsbrocken oder großen Steinen beschwert, die wir unterwegs aufsammelten.« Sie erinnerte sich an die Zeit, als sie mit einigen Frauen die Männer auf die Jagd begleitete. »Die Frauen haben alles getragen bis auf die Jagdspeere, und weil wir mit den Männern Schritt halten mußten, konnten wir nur leichtes Gepäck mitführen.«

»Was habt ihr sonst noch mitgenommen? Was glaubst du, wie leicht unser Gepäck sein kann?« fragte Jondalar, dessen Wißbegier geweckt war.

»Wir brauchen alles, was zum Feuermachen nötig ist, und dazu einige Werkzeuge. Eine Axt, um Brennholz zu schlagen und die Knochen von Tieren zu zerteilen, die wir vielleicht erlegen. Wir können trockenen Dung und Gras verbrennen, aber wir brauchen etwas, um die Halme zu schneiden. Ein Messer zum Abhäuten und eine scharfe Klinge, um Fleisch zu schneiden«, begann sie. Sie dachte nicht nur an die Zeit, in der sie die Jäger begleitet hatte, sondern auch an die Zeit, in der sie allein gereist war, nachdem sie den Clan verlassen hatte.

»Ich werde den Gürtel mit den Schlaufen tragen und meine Axt und mein Messer mit dem Elfenbeingriff hineinstecken«, sagte Jondalar. »Du solltest deinen auch tragen.«

»Ein Grabstock ist immer nützlich. Wir könnten ihn auch gebrauchen, um das Zelt zu stützen. Ein paar warme Sachen, falls es wirklich kalt werden sollte, und ein Paar Fußlinge zum Wechseln«, fuhr Ayla fort.

»Das ist eine gute Idee. Unterkleidung, Beinlinge und Fellhandlinge. Und wir können uns immer in die Schlaffelle wickeln, wenn es nötig ist.«

»Einen oder zwei Wasserbeutel...«

»Die können wir auch am Gürtel befestigen, und wenn wir genügend Stricke mitnehmen, können wir eine Schlaufe über die Schulter legen und sie dicht am Körper tragen, damit das Wasser nicht friert, wenn es zu kalt wird.«

»Ich brauche meinen Medizinbeutel, und vielleicht sollte ich mein Nähzeug mitnehmen – es nimmt nicht viel Platz ein – und meine Schleuder.«

»Vergiß die Speerschleudern und die Speere nicht«, sagte Jondalar. »Meinst du, ich sollte mein Werkzeug zum Behauen von Feuersteinen und einige unbehauene Steine mitnehmen, falls ein Messer oder dergleichen zerbricht?«

»Was immer wir mitnehmen – es ist mehr, als ich auf dem Rücken tragen kann... oder könnte, wenn ich einen Korb hätte.«

»Wenn jemand etwas auf dem Rücken trägt, dann bin ich es«, sagte Jondalar. »Aber ich habe meine Kiepe nicht mehr.«

»Wir können sicher wieder so etwas wie eine Kiepe anfertigen, vielleicht aus den Packsätteln und einigen Stricken; aber wie kann ich hinter dir sitzen, wenn du sie trägst?«

»Aber ich sitze hinter dir...« Sie sahen sich an und lächelten. Sie hatten noch nicht einmal beschlossen, wie sie eigentlich reiten sollten; jeder war von seiner eigenen Vorstellung ausgegangen. Es war das erstemal, daß Ayla an diesem Morgen gelächelt hatte, dachte Jondalar.

»Du hältst die Zügel, also muß ich hinten sitzen«, sagte Ayla.

»Ich kann die Zügel auch halten, wenn du vor mir sitzt«, sagte der Mann. »Aber wenn du hinter mir sitzt, kannst du nur meinen Rücken sehen. Ich glaube nicht, daß es dir gefallen würde, nicht nach vorn schauen zu können; und wir müssen beide die Spuren im Auge behalten. Das kann schwierig werden, wenn wir auf felsiges Terrain kommen oder wenn andere Spuren die der Pferde kreuzen. Und du bist ein guter Spurenleser.«

Aylas Lächeln wurde breiter. »Du hast recht, Jondalar. Es würde mir schwerfallen, nicht nach vorn schauen zu können.« Sie begriff, daß er um Winnie ebenso besorgt war wie sie und mit seinen Einwänden nur Rücksicht auf sie genommen hatte.

Plötzlich lag sie in seinen Armen, schluchzte an seiner Schulter, und die Tränen, die in ihr hochstiegen, galten ebenso ihm wie Winnie. »Jondalar, wir müssen sie finden.«

»Wir werden sie finden. Wir suchen einfach so lange, bis wir sie gefunden haben. Nun, wie wär's, wenn wir so etwas wie eine Kiepe für mich machten? Wir brauchen auch etwas für die Speerschleudern und die Speere, so daß sie leicht zu erreichen sind.«

»Das dürfte nicht zu schwer sein. Wir müssen natürlich auch getrockneten Reiseproviant mitnehmen«, sagte Ayla, während sie sich mit dem Handrücken über die Augen fuhr.

»Wieviel werden wir wohl brauchen?« fragte er.

»Das kommt darauf an. Wie lange werden wir fortbleiben?« fragte sie.

Die Frage ließ sie beide nachdenklich werden. Wie lange würden sie fortbleiben? Wie lange würden sie brauchen, um Winnie zu finden und mit ihr zurückzukommen?

»Wir werden wahrscheinlich nur ein paar Tage brauchen, um die Herde zu verfolgen und Winnie zu finden; aber wir sollten vielleicht genug mitnehmen für einen halben Mondumlauf«, sagte Jondalar.

Ayla zählte in Gedanken die Tage nach. »Das sind mehr als zehn Tage, vielleicht sogar drei Hände, fünfzehn Tage. Glaubst du, daß es so lange dauert?«

»Nein, das glaube ich nicht. Aber es ist besser, auf alles vorbereitet zu sein«, sagte Jondalar.

»Wir können das Lager nicht so lange allein lassen«, sagte Ayla. »Alle möglichen Tiere können kommen und es auseinandernehmen, Wölfe, Hyänen, Vielfraße, Bären . . . Nein, Bären schlafen jetzt, aber wer weiß, wer sonst noch. Sie fressen das Zelt auf, das Rundboot, alles, was aus Leder ist, unsere Proviantreserven . . . Was sollen wir mit alledem machen?«

»Vielleicht könnte Wolf hierbleiben und das Lager bewachen?« sagte Jondalar und runzelte die Stirn. »Würde er hierbleiben, wenn du es ihm sagst? Er ist ohnehin verletzt. Wäre es nicht besser für ihn, wenn er nicht mitkommt?«

»Ja, es wäre besser für ihn; aber er wird nicht hierbleiben. Vielleicht für einen Tag oder zwei, aber wenn wir dann nicht wieder hier sind, wird er nach uns suchen.«

»Vielleicht könnten wir ihn in der Nähe des Lagers anbinden . . .«

»Nein! Er würde vor Verzweiflung umkommen, Jondalar!« rief Ayla. »Du würdest auch verrückt werden, wenn du an einem Platz bleiben müßtest, an dem du nicht sein willst. Außerdem könnte er sich weder wehren noch weglaufen, wenn ein anderer Wolf käme und ihn angriffe. Wir müssen uns etwas anderes einfallen lassen.«

Sie gingen schweigend zurück in ihr Lager, Jondalar etwas verärgert und Ayla voller Unruhe; aber beide versuchten das Problem zu lösen, was sie während ihrer Abwesenheit mit ihrer Ausrüstung machen sollten. Als sie sich dem Zelt näherten, kam Ayla ein Einfall.

»Ich habe eine Idee«, sagte sie. »Vielleicht könnten wir alles in das Zelt bringen und es verschließen. Ich habe noch etwas von dem Mittel, das Wolf davon abhalten sollte, an unseren Sachen zu nagen. Ich könnte es aufweichen und auf das Zelt streichen. Das müßte auf einige Tiere so abstoßend wirken, daß sie das Weite suchen.«

»Vielleicht für eine Weile, bis der Regen es abgespült hat. Das könnte einige Zeit dauern, aber es würde nicht die Tiere abschrecken, die sich unter der Erde ihren Weg suchen.« Jondalar blieb stehen. »Warum packen wir nicht einfach alles zusammen und wickeln es in die Zeltplane? Dann könntest du dein Mittel daraufstreichen . . . Aber wir sollten es nicht einfach im Freien lassen.«

»Nein, wir müssen es irgendwie über dem Boden befestigen, wie wir es mit unserem Fleisch tun«, sagte Ayla. Dann fuhr sie aufgeregt fort: »Vielleicht könnten wir die Stangen nehmen. Und alles mit dem Rundboot zudecken, um den Regen abzuhalten.«

»Das ist eine gute Idee!« sagte Jondalar. Er dachte wieder nach. »Aber die Stangen können von einem Höhlenlöwen oder selbst von einem Rudel Wölfe oder Hyänen leicht umgeworfen werden.« Er sah sich um. Dann fiel sein Blick auf ein dichtes Brombeergestrüpp, dessen lange, blattlose, mit scharfen Dornen besetzte Zweige sich in alle Richtungen ausbreiteten.

»Ayla«, sagte er. »Was meinst du, wenn wir die drei Stangen mitten durch den Brombeerstrauch da stoßen, sie auf halber Höhe zusammenbinden, unser Zeltbündel darauflegen und alles mit dem Rundboot zudecken?«

Aylas Augen leuchteten auf. »Ich glaube, wir können einige dieser Dornenzweige abschneiden, um die Stangen sicher an ihrem Platz zu befestigen. Wenn wir alles untergebracht haben, verflechten wir die abgeschnittenen Zweige wieder mit den anderen. Kleintiere können immer noch hinaufgelangen, aber die meisten schlafen jetzt oder bleiben den Winter über in ihren Bauen. Und die scharfen Dornen halten größere Tiere davon ab, näher zu kommen. Selbst Löwen lassen sich nicht gern stechen, Jondalar. Ich glaube, so geht es.«

Es bedurfte sorgfältiger Überlegung, die wenigen Dinge auszuwählen, die sie mitnehmen konnten. Sie entschlossen sich, einen noch unbehauenen Feuerstein und die unentbehrlichen Werkzeuge zu seiner Bearbeitung mitzunehmen, ferner zusätzliche Stricke und soviel Proviant, wie sie verstauen konnten. Als sie ihre Habseligkeiten musterte, fielen Ayla der Gürtel und der aus einem Mammutstoßzahn gefertigte Dolch in die Hände, die Talut ihr bei der Zeremonie gegeben hatte, mit der sie vom Löwenlager aufgenommen worden war. Der Gürtel war mit dünnen Lederschnüren durchflochten, die man zu Schlaufen auszog, um bestimmte Gegenstände, wie etwa den Dolch, bei sich tragen zu können.

Sie befestigte den Gürtel über ihrem Obergewand. Dann zog sie den Dolch aus seiner Scheide und drehte ihn in den Händen. Sie fragte sich, ob sie ihn mitnehmen sollte. Obgleich seine Spitze sehr scharf war, diente er eher zeremoniellen als praktischen Zwecken. Mamut hatte einen ähnlichen Dolch benutzt, als er ihr in den Arm schnitt, um mit dem heraustretenden Blut das elfenbeinerne Amulett zu benetzen, das er um den Hals getragen hatte und das sie als Angehörige der Mamutoi auswies.

Sie hatte auch gesehen, daß ein solcher Dolch zu Tätowierungen benutzt wurde. Nachdem die Haut mit der scharfen Spitze eingeritzt worden war, wurde Kohle aus dem Holz einer Esche in die Wunden gerieben. Sie wußte nicht, daß Eschen ein natürliches Antiseptikum erzeugen, das Infektionen verhindert; und wahrscheinlich hatte der Mamut, der ihr davon berichtet hatte, es auch nicht genau gewußt, obwohl er ihr eingeschärft hatte, nie etwas anderes als Eschenkohle beim Tätowieren zu verwenden.

Ayla steckte den Dolch wieder in die lederne Scheide und legte ihn beiseite. Dann hob sie eine andere Lederscheide auf, die die äußerst scharfe Feuersteinklinge eines kleinen, mit einem Griff aus Elfenbein versehenen Messers schützte, das Jondalar für sie gemacht hatte. Sie steckte es in eine Schlaufe ihres Gürtels und benutzte eine zweite Schlaufe, um das kleine Beil unterzubringen, das er ihr gegeben hatte.

Sie sah keinen Grund, nicht auch noch ihre Schleuder und ihre Speerschleuder in den Gürtel zu stecken. Dann band sie den Beutel, der die Steine für die Schleuder enthielt, daran fest. Das Gewicht behinderte sie ein wenig, aber es war die bequemste Art, Dinge zu tragen, wenn sie mit wenig Gepäck reisten. Ihre Speere steckte sie zu denen, die Jondalar bereits im Halter der Kiepe untergebracht hatte.

Es hatte mehr Zeit in Anspruch genommen, als sie gedacht hatten, sich für die Dinge zu entscheiden, die sie mitnahmen, und all das sicher zu verstauen, was sie zurückließen. Doch gegen Mittag schwangen sie sich auf den Hengst und verließen das Lager.

Wolf lief zunächst mit großen Schritten neben ihnen her, aber bald fiel er hinter ihnen zurück. Offensichtlich litt er unter großen Schmerzen. Ayla fragte sich, wie schnell und wie weit er laufen konnte. Dann überließ sie ihn seinem eigenen Trab. Wenn er mit ihnen nicht Schritt halten konnte, würde er sie einholen, sobald sie rasteten. Sie war besorgt um beide Tiere; aber Wolf war bei ihnen, und obgleich er verletzt war, zweifelte sie nicht daran, daß er sich wieder erholen würde. Winnie konnte überall sein, und je länger sie sich aufhielten, desto mehr wuchs vielleicht die Entfernung zwischen ihnen.

Sie folgten den Spuren der Herde mehr oder weniger nordostwärts; dann änderten diese die Richtung. Ayla und Jondalar ritten an der Abbiegung vorbei und glaubten zunächst, die Spuren verloren zu haben. Sie machten kehrt; aber es war bereits später Nachmittag, als sie sie wiederfanden, nach Osten verlaufend, und als sie an einen Fluß gelangten, war es fast Abend.

Offensichtlich hatten die Pferde ihn durchquert; doch es war zu dunkel geworden, um die Hufabdrücke noch zu erkennen, und so entschlossen sie sich, ihr Lager am Fluß aufzuschlagen. Die Frage war – an welcher Seite? Wenn sie ihn jetzt durchquerten, würden ihre Kleider wahrscheinlich bis zum Morgen wieder trocken sein. Aber Ayla fürchtete, daß Wolf sie nicht mehr finden könnte, wenn sie das Wasser durchquerten, bevor er sie eingeholt hatte. Sie kamen überein, auf ihn zu warten, und dort zu kampieren, wo sie sich befanden.

Mit der spärlichen Ausrüstung, die sie mitgenommen hatten, wirkte das Lager leer und unbehaglich. Sie hatten den ganzen Tag fast nichts als Spuren gesehen. Ayla begann sich zu fragen, ob sie nicht die falsche Herde verfolgt hatten, und machte sich Sorgen um Wolf. Jondalar versuchte, ihre Ängste zu zerstreuen; doch als Wolf bei Anbruch der sternklaren Nacht noch nicht aufgetaucht war, wuchs ihre Sorge. Sie blieb wartend am Feuer sitzen, und als Jondalar sie schließlich überredete, zu ihm unter die Schlaffelle zu kommen, konnte sie trotz ihrer Müdigkeit nicht einschlafen. Sie war fast eingenickt, als sie fühlte, wie eine kalte, feuchte Nase sie anstieß.

»Wolf! Du hast es geschafft! Du bist hier! Jondalar, schau! Wolf ist hier«, rief Ayla, während das Tier unter ihrer Umarmung winselte. Jondalar war erleichtert, ihn zu sehen, wenn auch mehr um Aylas willen. So würde sie wenigstens noch etwas Schlaf bekommen. Doch zunächst stand sie auf, um Wolf den Anteil ihres Mahls zu geben, den sie für ihn aufgehoben hatte.

Vorher hatte sie einen schmerzstillenden Absud aus getrockneter Weidenrinde in die Schale mit Wasser gegeben, die sie für ihn beiseitegestellt hatte; und er war so durstig, daß er alles aufschleckte. Er rollte sich neben den Schlaffellen zusammen, und Ayla schlief ein, ihn mit einem Arm an sich drückend, während Jondalar sich an sie schmiegte und einen Arm um sie legte. In der kalten Nacht schliefen sie in ihren Kleidern. Sie hatten nur ihre Stiefel und ihre Pelzjacken ausgezogen und sich nicht die Mühe gemacht, das Kriechzelt aufzubauen.

Am nächsten Morgen schien es Wolf besser zu gehen; doch Ayla holte noch mehr Weidenrinde aus ihrem Medizinbeutel, kochte sie auf und mischte einen Becher davon unter sein Fressen. Nun galt es, den kalten Fluß zu durchqueren. Sie wußte nicht, ob sie es dem verletzten Tier zumuten konnte. Es stand zu befürchten, daß er sich dabei erkältete; andererseits konnte das kalte Wasser die Schmerzen seiner Verletzung lindern und sich wohltuend auf die Schwellung des Blutergusses auswirken.

Doch die Vorstellung, bei einer Temperatur, die fast auf den Gefrierpunkt gefallen war, mit durchnäßten Beinlingen und Stiefeln die Verfolgung fortzusetzen, erschreckte Ayla. Als sie das Oberleder ihrer hohen, mokassinähnlichen Stiefel um ihre Wade zu wickeln begann, hielt sie plötzlich inne.

»Ich werde sie ausziehen, bevor wir ins Wasser gehen«, erklärte sie. »Ich gehe lieber barfuß und kriege nasse Füße. Dann habe ich wenigstens trockene Stiefel, wenn wir den Fluß durchquert haben.«

»Das ist vielleicht gar kein schlechter Gedanke«, sagte Jondalar.

Er mußte zugeben, daß der Gedanke gut war. Obwohl der Fluß reißend zu Tal strömte, war er nicht übermäßig groß. Sie konnten ihn, zu zweit auf Renner reitend, mit bloßen Beinen und Füßen durchqueren und trockene Kleider anziehen, wenn sie das andere Ufer erreicht hatten. Es war nicht nur praktischer, sondern mochte sie auch davor bewahren, sich zu erkälten.

»Du hast recht, Ayla. Es ist besser, wenn sie nicht naß werden«, sagte er und zog seine Beinlinge aus.

Das Wasser war eiskalt, als der Hengst die dünne Eisschicht am Uferrand durchbrochen hatte und in die reißende Strömung gelangte. Obwohl der Fluß bald so tief wurde, daß ihre Beine bis zur Hüfte naß wurden, brauchte das Pferd nicht zu schwimmen; es behielt festen Boden unter den Hufen. Die beiden Reiter versuchten zunächst, ihre Beine aus dem Wasser zu ziehen, aber bald wurden sie unempfindlich gegenüber der Kälte. Als sie ungefähr die halbe Strecke zurückgelegt hatten, wandte sich Ayla nach Wolf um. Er befand sich noch am Ufer, lief unruhig hin und her und scheute sich wie gewöhnlich, ins Wasser zu springen. Ayla ermutigte ihn durch einen Pfiff, und als sie sich abermals umwandte, sah sie, daß er auf sie zuschwamm.

Sie erreichten das andere Ufer ohne Zwischenfall. Sie zitterten vor Kälte, als der eisige Wind um ihre nassen Beine strich. Nachdem sie das Wasser mit den Händen abgewischt hatten, zogen sie rasch ihre Beinlinge und ihre mit weicher Gamswolle gefütterten Mokassinstiefel an – ein Abschiedsgeschenk der Sharamudoi, das sie in diesem Augenblick mehr als je zuvor zu schätzen wußten. Ihre Füße und Beine kribbelten, als die Wärme wieder in ihnen emporstieg. Als Wolf das Ufer erreichte, kletterte er die Böschung hoch und schüttelte sich. Ayla untersuchte ihn und stellte fest, daß das kalte Bad ihm nicht geschadet hatte.

Sie schwangen sich aufs Pferd und hatten nach kurzer Zeit die Spur der Herde wieder aufgenommen. Wieder versuchte Wolf, mit ihnen Schritt zu halten; aber bald fiel er zurück. Besorgt beobachtete Ayla, wie er weiter und weiter hinter ihnen zurückblieb. Die Tatsache, daß er sie am Abend zuvor gefunden hatte, beschwichtigte ihre Ängste ein wenig, und sie tröstete sich mit dem Gedanken, daß er oft fortgelaufen war, um zu jagen oder die Gegend zu erkunden, und stets wiedergekommen war. Sie ließ ihn ungern zurück; aber sie mußten Winnie finden.

Am späten Nachmittag erblickten sie endlich in der Ferne die Pferde. Als sie sich ihnen näherten, bemühte sich Ayla, Winnie unter den anderen Tieren herauszufinden. Sie glaubte, ein vertrautes heufarbenes Fell entdeckt zu haben, aber sie war sich ihrer Sache nicht sicher. Es gab zu viele andere Pferde mit ähnlichem Fell; und als der Wind der Herde ihren Geruch zutrieb, stob sie davon.

»Diese Pferde sind schon einmal gejagt worden«, meinte Jondalar. Er wollte noch etwas hinzusetzen, unterbrach sich aber rechtzeitig, um Ayla nicht noch mehr zu beunruhigen. Es mußte Leute in dieser Gegend geben, die Pferdefleisch schätzten. Die Herde ließ den jungen Hengst, der zwei Reiter zu tragen hatte, bald hinter sich zurück; aber sie folgten den Hufspuren. Das war alles, was sie im Augenblick tun konnten.

Die Herde wandte sich aus irgendeinem Grund nach Süden und strebte wieder dem Großen Mutter Fluß zu. Bald begann der Boden anzusteigen. Das Land wurde felsig, das Gras spärlicher. Sie ritten weiter, bis sie zu einem großen, hochgelegenen Feld kamen. Als sie tief unter sich Wasser glitzern sahen, erkannten sie, daß sie sich auf dem Plateau eines Felsvorsprungs befanden, den sie vor einigen Tagen umgangen hatten. Der Fluß, den sie durchquert hatten, floß an der Westseite des Vorsprungs der Mutter zu.

Als die Herde anfing zu grasen, ritten sie langsam näher.

»Da ist sie, Jondalar!« sagte Ayla aufgeregt und wies auf ein Tier.

»Woher willst du das wissen? Viele Pferde haben die gleiche Farbe.«

Obgleich sie ähnlich gefärbt war wie andere, kannte Ayla die Gestalt ihrer Stute zu gut, um den mindesten Zweifel zu hegen. Sie pfiff, und Winnie sah auf. »Siehst du? Sie ist es!«

Sie pfiff ein zweites Mal, und Winnie begann, auf sie zuzutraben. Aber als die Leitstute, ein großes, anmutiges Tier mit einem ungewöhnlich graugoldenen Fell, sah, daß sie sich von der Herde entfernte, setzte sie sich in Bewegung und versperrte ihr den Weg. Der Leithengst kam ihr zu Hilfe. Er war ein mächtiges, cremefarbenes Tier mit einer imposanten Silbermähne, einem grauen, den Rücken hinablaufenden Streifen und einem silbrigen Schweif, der fast weiß aussah, wenn er ihn peitschend durch die Luft fegen ließ. Seine Beine waren ebenfalls silbergrau. Er biß Winnie in die Sprunggelenke und trieb sie den anderen Stuten zu, die mit unruhigem Interesse zusahen. Dann galoppierte er langsam wieder zurück, um den jungen Hengst herauszufordern. Er stampfte mit den Vorderhufen auf den Boden, bäumte sich wiehernd auf und stellte sich Renner zum Kampf.

Der junge braune Hengst trat eingeschüchtert einige Schritte zurück und ließ sich zum Ärger seiner menschlichen Begleiter nicht bewegen, näher an die Herde heranzurücken. Aus sicherer Entfernung begrüßte er mit einem Schnauben seine Mutter, und sie hörten Winnies vertrautes Wiehern als Antwort. Ayla und Jondalar stiegen ab, um die Lage zu besprechen.

»Was sollen wir tun, Jondalar?« fragte Ayla. »Sie lassen sie nicht gehen. Wie können wir an sie herankommen?«

»Keine Sorge, wir werden es schon«, sagte er. »Wenn es nicht anders geht, werden wir die Speerschleudern einsetzen; aber ich glaube, das ist nicht nötig.«

Seine Sicherheit beruhigte sie. Sie hatte nicht an die Speerschleudern gedacht. Sie würde kein Pferd töten, wenn es sich irgend vermeiden ließ; aber sie würde alles tun, um Winnie zurückzubekommen. »Hast du einen Plan?« fragte sie.

»Ich bin ziemlich sicher, daß die Herde schon einmal bejagt worden ist. Die Pferde haben eine gewisse Scheu vor Menschen. Das gibt uns einen Vorteil. Der Leithengst glaubt vermutlich, daß Renner versucht, ihn herauszufordern. Er und die große Stute haben ihn daran hindern wollen, ein Tier aus ihrer Herde zu rauben. Wir müssen also Renner fortschaffen«, begann Jondalar. »Winnie wird kommen, wenn du nach ihr pfeifst. Ich versuche, den Hengst abzulenken, während du dich bemühst, die Stute von ihr fernzuhalten, bis du nahe genug gekommen bist, um auf Winnies Rücken zu springen. Dann schreist du laut auf die große Stute ein oder stößt sie mit dem Speer weg, wenn sie sich euch in den Weg stellt. Das wird sie auf Abstand halten.«

Ayla lächelte. Sie fühlte sich erleichtert. »Das hört sich gut an. Was sollen wir mit Renner machen?«

»Weiter hinten habe ich einen Felsbrocken mit einigen Büschen gesehen. Ich kann ihn dort anbinden. Wenn er sich wirklich losreißen will, würde ihm das vermutlich gelingen. Aber er ist es gewohnt, angebunden zu werden; und ich glaube, daß er dableibt.« Er nahm den jungen Hengst am Leitseil und begann, den Weg, den sie gekommen waren, zurückzugehen.

Als sie den Felsbrocken erreichten, sagte Jondalar: »Hier, nimm deine Speerschleuder und einen oder zwei Speere.« Dann warf er seine Kiepe ab. »Ich lasse sie erst einmal hier liegen. Sie engt meine Bewegungsfreiheit ein.« Er nahm seine eigene Speerschleuder und mehrere Speere aus dem Halter. »Sobald du Winnie hast, holst du Renner und kommst mir entgegen.«

Das Plateau erstreckte sich von Nordosten nach Südwesten und senkte sich im Norden allmählich ab. Am südwestlichen Ende ragte eine Felswand in die Höhe. An der Westseite fiel das Land steil zu dem Fluß hin ab, den sie durchquert hatten, während es im Süden über dem Großen Mutter Fluß eine Klippe bildete. Als Ayla und Jondalar zu den Pferden zurückgingen, war die Luft klar, und die Sonne stand hoch am Himmel, obwohl sie ihren Höhepunkt schon überschritten hatte. Sie blickten über den Rand der Klippe, dann traten sie schnell zurück. Ein falscher Schritt konnte sie in die Tiefe reißen.

Als sie sich vorsichtig der Herde genähert hatten, blieben sie stehen und versuchten, Winnie herauszufinden. Die Herde – Stuten, Fohlen und Einjährige – graste inmitten einer mit hüfthohem, trockenem Gras bestandenen Fläche. Der Leithengst stand abseits der anderen Tiere. Ayla glaubte, Winnie weit hinten im Süden entdeckt zu haben. Sie pfiff. Der Kopf der falben Stute richtete sich auf, und Winnie trabte ihnen entgegen. Mit seiner Speerschleuder in einer Hand und einem Speer in der anderen, näherte sich Jondalar langsam dem cremefarbenen Hengst und versuchte, ihn von der Herde zu trennen, während Ayla auf die Stuten zuging.

Als der Abstand zwischen ihnen sich mehr und mehr verringerte, hörten einige der Pferde auf zu grasen und blickten hoch. Aber sie sahen nicht die Frau an. Ayla hatte plötzlich das Gefühl, daß etwas nicht stimmte. Sie wandte sich nach Jondalar um; und sie sah eine Rauchfahne und dann eine zweite. Es war der Geruch nach Rauch, der die Pferde beunruhigt hatte. Das trockene Gras brannte an mehreren Stellen. Plötzlich erblickte sie hinter dem Rauchschleier einige Gestalten, die mit brennenden Fackeln, laute Rufe ausstoßend, auf die Pferde zuliefen. Sie trieben die Tiere auf die Klippe zu, und Winnie war unter ihnen!

Die Pferde begannen in Panik zu geraten; doch unter dem allgemeinen Lärm glaubte sie ein vertrautes Wiehern zu hören, das aus einer anderen Richtung kam. Sie blickte nach Norden und sah Renner, der mit schleifendem Leitseil auf die Herde zulief. Weshalb hatte er sich losgerissen? Und wo war Jondalar? Dichter Rauch lag in der Luft. Sie spürte die Erregung und die wachsende Angst der Tiere, die sich anschickten, vor dem Feuer zu fliehen.

Rings herum bäumten sich Pferde auf. Sie konnte Winnie nicht mehr sehen; aber Renner kam auf sie zugestürmt, von Panik ergriffen. Sie pfiff, lange und laut; dann setzte sie ihm nach. Er verlangsamte seinen Lauf und drehte sich nach ihr um; aber seine Ohren lagen flach am Kopf, und seine

Augen rollten vor Angst. Sie griff nach ihm, packte das Seil, das an seinem Halfter hing, und riß seinen Kopf herum. Er schrie und bäumte sich zwischen den um sich schlagenden Pferden auf. Das Seil brannte ihr in den Händen, als er versuchte, sich loszureißen; aber sie hielt es fest, und als seine Vorderhufe den Boden berührte, packte sie seine Mähne und sprang auf seinen Rücken.

Renner bäumte sich abermals auf. Ayla wurde um ein Haar abgeworfen, doch es gelang ihr, sich an seiner Mähne festzuklammern. Der Hengst war noch voller Angst, aber das Gewicht auf seinem Rücken beruhigte ihn. Er begann zu laufen; aber es war schwierig für sie, das Pferd, das an Jondalars Reitweise gewöhnt war, unter Kontrolle zu halten. Obgleich sie Renner einige Male geritten hatte und die Zeichen kannte, auf die er reagierte, war es ihr fremd, ihn mit Zügeln oder einem Strick zu lenken. Jondalar hatte beides spielend beherrscht, und der Hengst war vertraut mit dem Reiter, den er gewöhnlich trug. Er reagierte nicht gut auf Aylas zögernde Versuche; doch sie suchte nach Winnie, während sie sich bemühte, ihm ihren Willen aufzuzwingen; und die Sorge um ihr Tier ließ sie alles andere vergessen.

Pferde rannten, drängten sich um sie herum zusammen, wieherten, schnaubten, brüllten mit vor Angst geblähten Nüstern. Sie pfiff wieder laut und durchdringend, aber sie war sich nicht sicher, ob sie den Lärm übertönen konnte; und sie wußte, daß der Drang zu fliehen mächtig war.

Plötzlich sah Ayla inmitten des Staubs und des Rauchs, wie ein Pferd seinen Lauf verlangsamte und versuchte, sich umzuwenden und der Panik der verängstigten Pferde Widerstand entgegenzusetzen. Obgleich das Fell von der gleichen Farbe war wie die des erstickenden Rauchs, wußte Ayla, daß es Winnie war. Sie pfiff wieder, um sie zu ermutigen, und sah, wie die Stute unentschlossen stehenblieb. Der Instinkt, mit der Herde zu fliehen, war stark in ihr; aber der Pfiff hatte immer Sicherheit, Geborgenheit und Liebe für sie bedeutet, und sie hatte nicht solche Angst vor dem Feuer wie die anderen Tiere. Sie war mit dem Geruch nach Rauch aufgewachsen. Er war für sie gleichbedeutend mit der Nähe von Menschen.

Ayla sah, daß Winnie sich auf ihrem Platz behauptete, während die anderen Pferde an ihr vorbeipreschten oder in dem Bemühen, ihr auszuweichen, gegen sie gestoßen wurden. Sie trieb Renner an. Die Stute begann, auf sie zuzugehen, aber plötzlich tauchte ein Pferd mit hellem Fell aus der Staubwolke auf. Der große Leithengst versuchte, sie abzudrängen; er forderte trotz seiner Panik Renner mit einem lauten Wiehern heraus, um die neue Stute vor dem jüngeren Hengst zu verteidigen. Diesmal erwiderte Renner die Herausforderung mit einem gereizten Schnauben, begann zu tänzeln und den Boden mit den Hufen zu bearbeiten und und schickte sich an, das größere Tier anzugreifen, ohne daran zu denken, daß er zu jung und unerfahren war, um es mit einem ausgewachsenen Leithengst aufnehmen zu können.

Dann, aus irgendeinem Grund – einer plötzlichen Sinnesänderung, der weiter um sich greifenden Panik –, drehte sich der Leithengst auf der Hinterhand um und galoppierte davon. Winnie folgte ihm, und Renner setzte ihr nach, um sie zu überholen. Während die Herde sich im donnernden Lauf dem Rand der Klippe und dem sicheren Tod näherte, der unten auf sie wartete, wurden die Stute mit dem heufarbenen Fell und der junge braune Hengst, den sie geworfen hatte, samt Ayla auf seinem Rücken, von ihnen mitgerissen. Mit wilder Entschlossenheit zwang Ayla Renner, vor seiner Mutter stehenzubleiben. Er wieherte vor Angst und wollte mit den anderen Pferden fliehen, aber er wurde von der Frau und den Befehlen, die er zu befolgen gewohnt war, in Schach gehalten.

Dann waren alle Pferde an ihnen vorbeigedonnert. Während Winnie und Renner vor Angst zitterten, verschwand das letzte Tier der Herde über dem Rand der Klippe. Ayla lief ein Schauer über den Rücken, als sie in der Ferne die wiehernden, brüllenden, stampfenden Pferde hörte. Dann war sie wie betäubt von der Stille. Winnie, Renner und sie selbst hätten unter ihnen sein können. Sie atmete tief auf; dann schaute sie sich nach Jondalar um.

Sie sah ihn nicht. Das Feuer bewegte sich von ihnen fort; der Wind wehte aus südwestlicher Richtung über das Plateau. Aber die Flammen hatten ihren Zweck erreicht. Sie blickte in alle Richtungen, aber Jondalar war nirgends zu sehen. Ayla war mit den beiden Pferden allein auf dem rauchenden Feld. Ein Gefühl der Beklemmung drückte ihr die Kehle zu. Was war mit Jondalar geschehen?

Sie stieg ab, und mit Renners Leitseil in der Hand sprang sie auf Winnies Rücken. Dann ritt sie zurück zu dem Platz, an dem sie sich getrennt hatten. Sie suchte das Gebiet sorgfältig ab, ging hin und her und hielt nach Spuren Ausschau; aber der Boden war voll von den Abdrücken der Pferdehufe. Dann, aus den Augenwinkeln, erspähte sie etwas und lief hin, um zu sehen, was es war. Das Herz schlug ihr bis zum Hals, als sie Jondalars Speerschleuder vom Boden aufhob.

Als sie näher hinsah, entdeckte sie die Abdrücke von Füßen, die offensichtlich von vielen Leuten stammten; doch deutlich unterschied sie die Abdrücke von Jondalars abgetragenen Mokassins. Sie hatte diese Abdrücke so oft an ihrer gemeinsamen Lagerstätte gesehen, daß sie sich nicht irren konnte. Dann erblickte sie einen dunklen Fleck am Boden. Sie beugte sich nieder, um ihn zu berühren, und ihre Fingerspitze war rot von Blut.

Ihre Augen weiteten sich, und Angst schnürte ihr die Kehle zu. Sie blieb stehen, wo sie war, um die Spuren nicht zu verwischen, sah sich aufmerksam um und versuchte, aus den verstreuten Hinweisen zu erraten, was geschehen war. Sie war eine erfahrene Spurenleserin, und ihrem geschulten Verstand wurde bald klar, daß man Jondalar verletzt und fortgeschleppt hatte. Sie folgte den Fußabdrücken eine Zeitlang nach Norden. Dann prägte sie sich ihre Umgebung ein, um später die Spur wieder aufnehmen zu können, schwang sich auf Winnies Rücken, Renners Leitseil fest in der Hand, und wandte sich nach Westen, um die Kiepe wiederzufinden.

Während sie ihren Weg verfolgte, vertiefte sich die harte Falte über ihrer Nasenwurzel. Sie mußte nachdenken und zu einem Entschluß gelangen. Irgendwer hatte Jondalar verletzt und mitgenommen, und niemand hatte das Recht, so etwas zu tun. Vielleicht wußte sie nicht viel von der Lebensweise der Anderen; aber das war etwas, das sie wußte. Sie wußte auch noch etwas anderes: noch war ihr unklar, wie, aber sie würde ihn zurückholen.

Sie war erleichtert, als sie die Kiepe noch so an dem Felsbrocken lehnen sah, wie sie sie zurückgelassen hatten. Sie räumte sie leer und nahm einige Änderungen vor, damit Renner sie auf dem Rücken tragen konnte. Dann begann sie, den Tragekorb wieder vollzupacken. Sie hatte am Morgen ihren Gürtel abgelegt – er war ihr hinderlich erschienen – und alles in die Kiepe gestopft. Sie hob den Gürtel auf und prüfte den scharfen Zeremoniendolch, der noch in einer Schlaufe steckte, wobei sie sich versehentlich mit der Spitze in den Finger stach. Sie starrte auf den kleinen Blutstropfen, der sich zu bilden begann, und hatte das Gefühl, weinen zu müssen. Sie war wieder allein. Irgend jemand hatte Jondalar entführt.

Sie legte den Gürtel wieder an und steckte den Dolch, das Messer, die Axt und einige Jagdwaffen hinein. Sie würde nicht lange allein sein! Sie packte das Zelt auf Renners Rücken, nahm aber die Schlafrolle an sich. Wer konnte sagen, welches Wetter sie erwartete? Sie nahm auch einen Wasserbeutel an sich. Dann holte sie einen Riegel des Reiseproviants aus dem Korb und setzte sich auf den Felsen. Sie war nicht eigentlich hungrig, aber sie wußte, daß sie bei Kräften bleiben mußte, wenn sie Jondalar wiederfinden wollte.

Neben der Sorge um den Mann beschäftigte sie etwas anderes: Wolf war noch nicht wieder erschienen. Sie konnte sich erst auf die Suche nach Jondalar machen, wenn Wolf da war. Er war nicht nur ein vertrauter Gefährte, den sie liebte, sondern er konnte wesentlich dazu beitragen, die Spuren zu verfolgen. Sie hoffte, daß er vor Einbruch der Dunkelheit wieder auftauchen würde, und fragte sich, ob sie den Weg zurückgehen sollte, den sie gekommen waren, um ihn zu suchen. Aber vielleicht war er auf der Jagd? Sie konnte ihn verfehlen. So groß ihre Ungeduld auch war, sie mußte auf ihn warten.

Sie versuchte an etwas zu denken, was sie tun könnte; doch es fiel ihr nichts ein. Die bloße Tatsache, daß man jemanden verletzen und fortschleppen konnte, war ihr so fremd, daß es ihr schwerfiel, diesen Gedanken weiter zu verfolgen. Es erschien ihr so unvernünftig, so unlogisch, so etwas zu tun.

Ein Winseln und dann ein freudiges Heulen unterbrachen ihre Gedanken. Sie drehte sich um. Wolf rannte in großen Sätzen auf sie zu, offensichtlich glücklich, sie zu sehen. Sie war erleichtert.

»Wolf!« rief sie. »Du hast es geschafft – und viel früher als gestern. Geht es dir besser?« Nachdem sie ihn liebevoll begrüßt hatte, untersuchte sie ihn und war froh, feststellen zu können, daß die Schwellung des Blutergusses zurückgegangen war.

Sie entschloß sich, unverzüglich aufzubrechen, um die Spur aufzunehmen, solange es noch hell war. Sie band Renners Leitseil am Gurt von Winnies Reitdecke fest und schwang sich auf die Stute. Dann befahl sie Wolf, ihr zu folgen, und ritt zurück bis zu dem Platz, an dem sie Jondalars Fußabdrücke, seine Speerschleuder und den Blutfleck gefunden hatte, der sich jetzt bräunlich verfärbt hatte. Sie stieg ab, um sich noch einmal genau umzusehen.

»Wir müssen Jondalar finden, Wolf«, sagte sie. Das Tier sah sie fragend an.

Sie ließ sich auf dem Boden nieder und sah sich die Fußabdrücke näher an. Sie bemühte sich, einzelne Spuren zu identifizieren, um eine Vorstellung davon zu gewinnen, wie viele es waren, und sich ihre Größe und Form ins Gedächtnis zu prägen. Der Wolf wartete, auf den Hinterläufen sitzend, und blickte sie an. Er spürte, daß etwas ungewöhnlich war. Schließlich deutete sie auf den Blutfleck.

»Jemand hat Jondalar verwundet und fortgeschleppt. Wir müssen ihn finden.« Der Wolf beschnüffelte den Fleck, dann wedelte er mit dem Schwanz und winselte. »Das ist Jondalars Fuß«, sagte sie und wies auf den größeren Abdruck, der sich deutlich von den kleineren unterschied. Wolf beschnüffelte die Stelle, die sie ihm gezeigt hatte. Dann sah er sie an, als erwartete er ihren nächsten Befehl. »Sie haben ihn weggeschleppt«, sagte sie und deutete auf die anderen Abdrücke menschlicher Füße.

Plötzlich stand sie auf und ging zu Renner hinüber. Sie nahm Jondalars Speerschleuder aus dem Bündel auf dem Rücken des Hengstes und kniete nieder, um Wolf daran schnuppern zu lassen. »Wir müssen Jondalar finden, Wolf! Jemand hat ihn entführt, und wir müssen ihn zurückholen!«

SECHSUNDZWANZIGSTES KAPITEL

Jondalar wurde sich langsam der Tatsache bewußt, daß er wach war; doch die Vorsicht gebot ihm, still liegenzubleiben, bis er herausgefunden hatte, was geschehen war. Sein Schädel dröhnte. Er öffnete die Augen einen Spalt. Es war dämmerig, aber er konnte den harten, kalten, mit Schmutz bedeckten Boden erkennen, auf dem er lag. Eine Seite seines Gesichts fühlte sich an, als wäre sie mit einer trockenen Kruste bedeckt; doch als er herauszufinden versuchte, was es war, merkte er, daß seine Hände hinter seinem Rücken zusammengeschnürt waren. Auch seine Beine waren gefesselt.

Er rollte sich auf die Seite und sah sich um. Er lag in einem kleinen, runden zeltartigen Gebilde, einem hölzernen, mit Fellen abgedeckten Gerüst, das sich in einem größeren abgeschlossenen Raum befinden mußte. Er hörte keine Windgeräusche, spürte keinen Luftzug, wie er es getan hätte, wenn das Zelt im Freien stände; und obgleich es kalt war, war der Boden nicht gefroren. Und plötzlich merkte er, daß er seine Felljacke nicht mehr trug.

Jondalar versuchte, sich aufzusetzen. Ihm wurde schwindlig. Das Dröhnen in seinem Kopf verdichtete sich zu einem scharfen Schmerz über seiner linken Braue. Er hielt den Atem an, als er das Geräusch näherkommender Stimmen hörte. Zwei Frauen redeten in einer ihm unbekannten Sprache miteinander, obgleich er einige Wörter zu verstehen glaubte, die sich wie Mamutoi anhörten.

»Hallo, ihr dort draußen! Ich bin wach«, rief er in der Sprache der Mammutjäger. »Kommt denn niemand, um mich loszubinden? Diese Stricke sind überflüssig. Es muß ein Mißverständnis sein. Ich führe nichts Böses im Schilde.« Die Stimmen verstummten für einen Augenblick, dann erhoben sie sich wieder; aber niemand antwortete ihm, und niemand kam.

Jondalar, mit dem Gesicht auf dem schmutzigen Boden liegend, versuchte sich zu erinnern, wie er hierhergekommen war und warum jemand es für nötig befunden hatte, ihn zu fesseln. Was hatte er getan? Nach seiner Erfahrung wurden nur Leute gefesselt, wenn sie sich verrückt gebärdeten und versuchten, andere zu verletzen. Er erinnerte sich an eine Feuerwand – und an Pferde, die zum Rand einer Klippe stürmten. Menschen mußten die Pferde gejagt haben, und er war dabei gefangen worden.

Dann erinnerte er sich an Ayla, die auf Renner saß, aber Schwierigkeiten hatte, ihn zu lenken. Er fragte sich, wie der Hengst in die durchgehende Herde geraten war, nachdem er ihn an einem Busch angebunden hatte.

Jondalar war fast in Panik geraten, als er sah, wie das Pferd dem Herdeninstinkt folgte und er befürchten mußte, daß es sich mit Ayla auf dem Rücken wie die anderen über die Klippe stürzen würde. Er erinnerte sich, wie er, den Speer zum Werfen bereit in der Speerschleuder, auf sie zugelaufen war. So sehr er den Braunen liebte – er hätte den Hengst eher getötet als zugelassen, daß er mit Ayla in den Abgrund stürzte. Das war das letzte, an das er sich erinnerte, bevor ein scharfer Schmerz alles dunkel werden ließ.

Irgend jemand muß mir irgend etwas über den Schädel geschlagen haben, dachte Jondalar. Es muß ein harter Schlag gewesen sein, denn ich erinnere mich nicht mehr, wie sie mich hierhergebracht haben, und mein Kopf schmerzt immer noch. Glaubten sie, daß ich sie bei der Jagd stören wollte? Als er Jeren und seine Jäger zum erstenmal getroffen hatte, war es ähnlich gewesen. Er und Thonolan hatten versehentlich eine Herde von Pferden aufgescheucht, die die Jäger in eine Falle getrieben hatten. Aber Jeren hatte verstanden, als sein Zorn verraucht war, daß es unabsichtlich geschehen war, und sie waren Freunde geworden. Ich habe doch nicht die Jagd dieser Leute gestört, oder?

Er versuchte wieder, sich aufzusetzen. Auf der Seite liegend, zog er die Knie an und bemühte sich unter Anspannung aller Kräfte, sich auf den Rücken zu wälzen und den Oberkörper aufzurichten. Schließlich gelang es ihm. Sein Kopf schien nach der Anstrengung zerspringen zu wollen. Er saß mit geschlossenen Augen da und hoffte, daß der Schmerz nachlassen würde. Doch als er allmählich verebbte, wuchs wieder die Sorge um Ayla und die Tiere. Waren Winnie und Renner mit der Herde in den Abgrund gestürzt, und hatte Renner Ayla mit sich gerissen?

War sie tot? Er fühlte sein Herz im Hals schlagen, als er daran dachte. Waren sie nicht mehr da, Ayla und die Pferde? Und was war mit Wolf? Wenn er trotz seiner Verletzung das Feld erreichte, würde er niemanden finden. Jondalar stellte sich vor, wie er umherschnüffelte und einer Fährte zu folgen versuchte, die ins Nichts führte. Was würde er tun? Wolf war ein guter Jäger, aber er war verletzt. Er würde Ayla und den Rest seines »Rudels« vermissen. Er war es nicht gewohnt, allein zu leben. Wie würde er zurechtkommen? Was würde passieren, wenn er einem Rudel wilder Wölfe begegnete? Würde er sich verteidigen können?

Kommt denn niemand? Ich würde gern einen Schluck Wasser trinken, dachte Jondalar. Sie müssen mich gehört haben. Ich bin auch hungrig, aber vor allem durstig. Sein Mund fühlte sich trocken an, und sein Verlangen nach Wasser wurde stärker. »He, ihr da draußen! Ich habe Durst! Kann denn niemand einem Mann einen Schluck Wasser bringen?« rief er. »Was für Leute seid ihr eigentlich? Einen Mann in Fesseln zu legen und ihm nicht einmal etwas zu trinken zu geben!«

Niemand antwortete. Nachdem er noch mehrmals gerufen hatte, entschloß er sich, seine Kräfte zu schonen. Das Rufen machte ihn nur durstiger.

Sein Kopf schmerzte immer noch. Er spielte mit dem Gedanken, sich wieder hinzulegen; aber es hatte ihn so viel Anstrengung gekostet, sich aufzurichten, daß er die Idee wieder aufgab.

Die Zeit verstrich, und seine Verzweiflung wuchs. Er fühlte sich schwach, begann fast zu delirieren und stellte sich das Schlimmstmögliche vor. Er überzeugte sich selbst davon, daß Ayla tot war, ebenso wie die beiden Pferde. Als er an Wolf dachte, sah er das arme Geschöpf allein durch die Wildnis streifen, verletzt und unfähig zu jagen, nach Ayla suchend und den Angriffen wilder Wölfe und Hyänen und anderer Tiere wehrlos ausgesetzt... Besser vielleicht, als zu verhungern. Er fragte sich, ob er hier verdursten sollte, und hoffte es fast, wenn Ayla wirklich tot war. Er sah sich und Wolf als die letzten Überlebenden der kleinen Reisegesellschaft, die sich auf so ungewöhnliche Weise zusammengefunden hatte, und auch sie würden bald nicht mehr da sein.

Das Geräusch sich nähernder Schritte riß ihn aus seinen Gedanken. Die Eingangsplane des zeltähnlichen Gebildes wurde beiseitegeschoben, und er sah eine Gestalt in der Öffnung, die Beine gespreizt und die Hände auf den Hüften; eine Silhouette, die sich vor dem Licht von Fackeln abzeichnete. Nach einem scharfen Befehl betraten zwei Frauen den kleinen Raum, traten neben ihn, hoben ihn hoch und zogen ihn hinaus. Sie ließen ihn so fallen, daß er auf den Knien liegenblieb, noch immer mit gebundenen Händen und Füßen. Sein Kopf dröhnte wieder, und er lehnte sich unsicher gegen eine der Frauen. Sie stieß ihn fort.

Die Frau, die befohlen hatte, ihn hinauszuschaffen, sah ihn ein, zwei Augenblicke an, dann lachte sie. Es war ein harscher, mißtönender Laut. Jondalar fuhr unwillkürlich zusammen, und ein Gefühl von Furcht beschlich ihn. Sie sprach in hartem Ton ein paar Worte mit ihm. Er verstand sie nicht; aber er versuchte, sich aufzurichten und sie anzuschauen. Ihm wurde wieder schwindlig und begann zu schwanken. Die Frau zog die Brauen zusammen, bellte einige Befehle; dann drehte sie sich abrupt um und ging hinaus. Die Frauen, die ihn gehalten hatten, ließen ihn los und folgten ihr zusammen mit einigen anderen. Jondalar fiel kraftlos zur Seite.

Er fühlte, wie die Fesseln an seinen Füßen durchschnitten wurden. Wasser wurde ihm in den Mund gegossen. Er verschluckte sich mehrmals, aber versuchte, soviel wie möglich davon zu trinken. Die Frau, die den Wasserbeutel hielt, äußerte verächtlich ein paar Worte; dann warf sie einem älteren Mann den Beutel zu. Er beugte sich nieder und hielt Jondalar den Wasserbeutel an die Lippen – nicht sanfter, aber mit mehr Geduld, so daß Jondalar besser schlucken und endlich seinen Durst stillen konnte.

Bevor er zu Ende getrunken hatte, spie die Frau ein Wort aus, und der Mann nahm das Wasser weg. Dann zog sie Jondalar auf die Füße. Er taumelte, als sie ihn vor sich her ins Freie hinausstieß, wo er sich inmitten einer Gruppe anderer Männer wiederfand. Es war kalt, aber niemand bot ihm eine

Pelzjacke an oder befreite auch nur seine Hände, damit er sie aneinander reiben konnte.

Aber die kalte Luft belebte ihn, und er sah, daß einigen der anderen Männer die Hände ebenfalls auf dem Rücken gefesselt worden waren. Er nahm die Leute näher in Augenschein. Es waren Männer jeglichen Alters, von Jünglingen – tatsächlich eher Knaben – bis zu Greisen. Alle sahen abgemagert, schwach und verwahrlost aus. Ihr Haar war verfilzt, und sie trugen abgerissene, für die Jahreszeit viel zu dünne Kleider. Ein paar hatten unversorgte Wunden, voll von gestrocknetem Blut und Schmutz.

Jondalar versuchte, mit dem Mann, der neben ihm stand, in Mamutoi zu sprechen; doch dieser schüttelte nur den Kopf. Jondalar glaubte, daß er ihn nicht verstanden hätte, und versuchte es mit Sharamudoi. Der Mann blickte rasch in eine andere Richtung, als eine Frau an sie herantrat. Sie trug einen Speer, den sie drohend gegen Jondalar richtete, und bellte einen scharfen Befehl. Er verstand ihre Worte nicht, doch ihre Geste war deutlich genug; und Jondalar fragte sich, ob der Mann nur deshalb nicht mit ihm geredet hatte, weil ihm die beiden Sprachen unbekannt waren, oder weil er nicht mit ihm reden durfte.

Mehrere Frauen mit Speeren umringten die Gruppe der Männer. Eine von ihnen rief einige Worte, und die Männer begannen, sich in Bewegung zu setzen. Jondalar benutzte die Gelegenheit, um sich umzuschauen und eine Vorstellung davon zu gewinnen, wo er sich eigentlich befand. Die Siedlung, die aus mehreren runden Hütten bestand, kam ihm fast vertraut vor; die Landschaft dagegen war ihm völlig fremd. Die Wohnstätten erinnerten ihn an die Erdhütten der Mamutoi. Sie schienen auf ähnliche Weise gebaut zu sein, wahrscheinlich unter Verwendung von Mammutknochen als Gerüst, das anschließend mit Stroh, Grassoden und Lehm verkleidet wurde.

Sie begannen, einen Hügel hinaufzugehen, der Jondalar gestattete, die weitere Umgebung zu überblicken. Sie bestand größtenteils aus Grassteppe oder Tundra – einer baumlosen Ebene mit gefrorenem Unterboden, der im Sommer auftaute und die Oberfläche in schwarzen Morast verwandelte. Auf der Tundra gediehen nur zwergwüchsige Kräuter, die jedoch im Frühling eine bunte Blütenpracht entfalteten und Moschusochsen, Rentieren und anderen Lebewesen, die sie verdauen konnten, ausreichend Nahrung boten. Da und dort erstreckte sich ein Streifen von Taiga – niedrigwachsende immergrüne Bäume, so einheitlich in ihrer Höhe, daß sie aussahen, als sei ein gigantisches Schermesser über ihre Spitzen gefahren. Und das war auch der Fall: kalte Winde, die winzige Eisnadeln oder scharfen Lößsplitt vor sich hertrieben, kappten jeden Zweig, der es wagte, sich über seine Nachbarn zu erheben.

Als sie höher stiegen, sah Jondalar eine Mammutherde, die weit im Norden graste, und in etwas geringerer Entfernung einige Rentiere. Er wußte, daß Pferde das Land durchstreiften – die Leute hatten sie gejagt –, und er vermutete, daß in den wärmeren Jahreszeiten Wisente und Bären die Region aufsuchten.

Aus dem Augenwinkel nahm Jondalar links eine Bewegung wahr. Er wandte den Kopf und sah einen weißen Hasen über einen Hügel jagen, der von einem Polarfuchs verfolgt wurde. Plötzlich schlug der Hase einen Haken, hoppelte an dem halbverwesten Schädel eines Wollnashorns vorbei und verschwand in seiner Höhle.

Wo es Mammute und Nashörner gibt, dachte Jondalar, gibt es auch Höhlenlöwen und wahrscheinlich auch Hyänen und sicherlich Wölfe. Genügend Fleisch und Tiere, deren Felle sich verarbeiten ließen; außerdem pflanzliche Nahrung. Dies ist ein reiches Land. Beobachtungen dieser Art waren ihm zur zweiten Natur geworden, wie bis zu einem gewissen Grad den meisten Menschen. Sie lebten vom Land und mußten wissen, was es ihnen bot.

Als die Gruppe eine Plattform an der Flanke des Hügels erreicht hatte, blieb sie stehen. Jondalar blickte den Abhang hinunter und sah, daß die Jäger, die in diesem Gebiet lebten, einen einzigartigen Vorteil besaßen. Sie konnten nicht nur die Tiere schon aus weiter Entfernung erkennen, sondern die riesigen Herden, die das Land durchwanderten, mußten überdies einen engen Durchgang passieren, der zwischen steilen Kalksteinwänden und einem Fluß lag. Dort konnten sie leicht erlegt werden. Er fragte sich, warum die Leute die Pferde am Großen Mutter Fluß gejagt hatten.

Ein durchdringendes Klagen lenkte Jondalars Aufmerksamkeit wieder auf seine unmittelbare Umgebung. Eine Frau mit langen, strähnigen, aufgelösten grauen Haaren, die von zwei etwas jüngeren Frauen gestützt wurde, weinte und schlug sich an die Brust – offensichtlich von tiefem Kummer ergriffen. Plötzlich riß sie sich los, fiel auf die Knie und warf sich über etwas, das am Boden lag. Jondalar schob sich nach vorn, um besser sehen zu können. Er war gut einen Kopf größer als die anderen Männer, und nach wenigen Schritten verstand er den Kummer der Frau.

Es war eine Bestattung. Auf dem Boden lagen die Leichen dreier Menschen – junger Menschen, nicht älter als Anfang Zwanzig, schätzte er. Zwei von ihnen waren zweifellos männlichen Geschlechts; sie hatten Bärte. Der größere von ihnen war wahrscheinlich der jüngste. Sein helles Barthaar war noch etwas spärlich. Die grauhaarige Frau hatte sich über den Kopf des anderen Jünglings geworfen, dessen braunes Haupt- und Barthaar dichter war. Der dritte war ziemlich groß, aber mager; etwas an dem Körper und der Art, wie er am Boden lag, ließen Jondalar vermuten, daß er verkrüppelt war. Er konnte keine Barthaare erkennen, so daß er zuerst annahm, es handelte sich um eine Frau; aber es konnte auch ein junger Mann sein, der sich rasiert hatte.

Ihre Kleidung gab keinerlei Hinweise. Alle drei waren mit Beinlingen und lose fallenden Kitteln bekleidet, die auffallende Merkmale verbargen. Die Sachen schienen neu zu sein; doch fehlte ihnen jeder Schmuck. Es war fast so, als wünschte jemand nicht, daß sie in der nächsten Welt erkannt würden, und als hätte man versucht, ihnen ihre Identität zu nehmen.

Die grauhaarige Frau wurde von den beiden Frauen, die sie gestützt hatten, aufgehoben und von dem Leichnam des jungen Mannes fortgeschleppt. Dann trat eine andere Frau vor, und etwas an ihr ließ Jondalar ein zweites Mal hinschauen. Ihr Gesicht war seltsam verzogen; eine Seite schien kleiner zu sein als die andere. Sie versuchte nicht, es zu verbergen. Ihr Haar war hell, vielleicht grau, und zu einem Knoten auf dem Kopf hochgesteckt.

Sie mochte ungefähr so alt sein wie Jondalars Mutter und bewegte sich mit der gleichen Anmut und Würde, obwohl sie Marthona äußerlich nicht ähnlich sah. Trotz der leichten Entstellung war die Frau nicht unattraktiv, und ihr Gesicht erweckte Aufmerksamkeit. Als sie Jondalars Blick erwiderte, merkte er, daß er sie angestarrt hatte; doch sie sah als erste weg – überraschend schnell, dachte er. Als sie zu sprechen begann, wurde ihm klar, daß sie die Trauerzeremonie leitete. Sie muß eine Mamut sein, dachte er, eine Frau, die mit der Welt der Geister in Verbindung steht.

Irgend etwas veranlaßte ihn, zur Seite zu blicken. Neben der Versammlung stand eine andere Frau, die ihn anblickte. Sie war hochgewachsen und kräftig, mit ausgeprägten Gesichtszügen – eine schöne Frau mit hellbraunem Haar und sehr dunklen Augen. Sie wandte sich nicht ab, als er sie anblickte, sondern musterte ihn unverhohlen. Sie hatte das Aussehen einer Frau, von der er sich normalerweise angezogen gefühlt hätte, aber ihr Lächeln machte ihn unsicher.

Dann merkte er, daß sie mit gespreizten Beinen und den Händen auf den Hüften dastand; und plötzlich wußte er, wer sie war: die Frau, die so drohend gelacht hatte. Er unterdrückte den Impuls, sich zurückzuziehen und unter den anderen Männern zu verbergen. Er wußte, daß es unmöglich war. Er war nicht nur einen Kopf größer, sondern auch gesünder und kräftiger als die anderen und fiel überall auf.

Die Zeremonie schien so abzulaufen, als erfüllten die Beteiligten eine unangenehme Pflicht. Ohne Bahrtücher wurden die Toten nacheinander zu einem einzigen, flüchtig ausgehobenen Grab getragen. Sie konnten noch nicht lange tot sein, denn sie rochen nicht, und die Leichenstarre hatte noch nicht eingesetzt. Zuerst wurde der große, magere Körper bestattet. Man legte ihn auf den Rücken und streute roten Ocker auf den Kopf und seltsamerweise auf die Lenden – das Gebiet, in dem Zeugung und Geburt sich vollzogen. Wieder fragte sich Jondalar, ob es der Körper einer Frau war.

Die beiden anderen erfuhren eine unterschiedliche, aber nicht weniger seltsame Behandlung. Der braunhaarige Mann wurde links vom ersten Leichnam in das gemeinsame Grab gelegt und zur Seite gerollt, so daß er mit dem Gesicht zum ersten Körper lag. Dann wurde sein Arm so gestreckt, daß er auf der ockerbestreuten Schamgegend des anderen ruhte. Der dritte Körper wurde so ins Grab geworfen, daß er mit dem Gesicht nach unten an der rechten Seite der zuerst bestatteten Leiche liegenblieb. Auf beide Köpfe wurde ebenfalls Ocker gestreut. Das heilige rote Pulver sollte offensichtlich Schutz gewähren. Aber wem? Und wovor? fragte sich Jondalar.

Als die locker angehäufte Bodenkrume wieder in das seichte Grab geschaufelt wurde, riß die grauhaarige Frau sich von neuem los. Sie lief an das Grab und warf etwas hinein. Jondalar erkannte zwei Steinmesser und einige Speerspitzen aus Feuerstein.

Die dunkeläugige Frau trat einige Schritte näher, offensichtlich aufs äußerste erregt. Sie gab einem der Männer einen Befehl und deutete auf das Grab. Er zuckte zusammen, rührte sich aber nicht. Die Schamanin trat vor und sprach; dann schüttelte sie den Kopf. Die andere Frau schrie sie wütend an; aber die Schamanin ließ sich nicht einschüchtern und schüttelte weiterhin den Kopf. Die Frau holte aus und schlug ihr mit dem Handrücken voll ins Gesicht. Alle hielten den Atem an. Dann entfernte sich die erzürnte Frau mit großen Schritten, gefolgt von einer Schar speertragender Frauen.

Die Schamanin ignorierte den Schlag. Sie legte nicht einmal die Hand an die Wange, die sich, wie Jondalar sah, stark rötete. Das Grab wurde hastig mit Erde gefüllt, die mit loser Holzkohle und unvollständig verbranntem Holz durchmischt war. Hier müssen große Feuer gebrannt haben, dachte Jondalar. Er blickte auf den engen Durchgang am Fluß hinunter. Und diese Plattform bildet einen idealen Ausguck, setzte er seinen Gedanken fort, von dem man Feuersignale geben könnte, wenn sich Tiere – oder andere Menschen – nähern.

Sobald die Leichen mit Erde bedeckt waren, wurden die Männer wieder den Hügel hinabgeführt und vor einen Pferch getrieben, der von einer hohen Palisade in den Boden gerammter und durch Stricke miteinander verbundener Baumstämme umschlossen war. An einer Seite der Einpfählung lag ein Stapel Mammutknochen. Vielleicht sollten sie dazu dienen, die Palisade abzustützen, dachte Jondalar. Er wurde von den anderen abgesondert und zu der Erdhütte zurückgebracht, um dort wieder in das kleine, mit Fellen bedeckte Zelt geschoben zu werden. Doch bevor er es betrat, prägte er sich ein, wie es gebaut war.

Das Gerüst bestand aus Stangen, die aus schlanken, jungen Bäumen angefertigt worden waren. Die dickeren Enden fanden festen Halt im Boden, während die Spitzen zusammengebogen und miteinander verschnürt worden waren. Lederhäute bedeckten das Gerüst, und die Eingangsklappe, die er von innen gesehen hatte, ließ sich von außen durch Lederschnüre fest verschließen.

Als er das Innere betreten hatte, setzte er seine Untersuchung fort. Das Zelt war leer und wies nicht einmal eine Pritsche auf. Er konnte nur aufrecht stehen, wenn er sich genau in die Mitte stellte. Er ging gebückt an den Seiten des kleinen, dunklen Raums entlang und sah, daß die Felle alt und an manchen Stellen so zerrissen waren, daß sie in Fetzen herunterhingen. Sie waren nur notdürftig und offensichtlich in aller Eile zusammengenäht worden. Die Säume wiesen Lücken auf, durch die er hindurchsehen konnte. Er setzte sich auf den Boden und beobachtete den Eingang der Hütte, der offenstand. Leute gingen vorbei; aber niemand trat ein.

Nach einer Weile verspürte er den Drang, Wasser zu lassen. Mit seinen gefesselten Händen konnte er nicht einmal sein Glied entblößen. Wenn nicht bald jemand käme, um ihm die Fesseln abzunehmen, würde er genötigt sein, seine Beinlinge zu durchnässen. Außerdem waren seine Handgelenke von den Stricken wundgescheuert. Er wurde wütend. Das war lächerlich! Die Sache ging entschieden zu weit!

»He, ihr dort draußen!« rief er. »Warum werde ich hier festgehalten? Wie ein Tier in der Falle? Ich habe niemandem etwas getan.« Er wartete eine Weile, dann begann er wieder zu rufen. »Kommt und bindet mich los! Was für Leute seid ihr, um alles in der Welt!«

Er stand auf und lehnte sich gegen das Gerüst. Es war solide gebaut, aber es gab ein wenig nach. Er trat zurück und warf sich mit der Schulter gegen die Zeltstangen. Sie gaben weiter nach, und er versuchte es nochmals. Mit einem Gefühl der Befriedigung hörte er, wie das Holz krachte. Er trat zurück, um einen weiteren Anlauf zu nehmen, als er Leute in die Erdhütte laufen hörte.

»Es wird Zeit, daß jemand kommt! Laßt mich hier raus! Laßt mich sofort hier raus!« rief er.

Er hörte, wie jemand die Riemen am Eingang löste. Dann wurde die Öffnungsklappe zurückgeschlagen, und er erblickte mehrere Frauen, die mit Speeren auf ihn zielten. Jondalar beachtete sie nicht und drängte sich durch den Eingang.

»Bindet mich los!« sagte er und drehte sich so so zur Seite, daß sie seine auf dem Rücken gefesselten Hände sehen konnten. »Nehmt mir diese Stricke ab!«

Der ältere Mann, der ihm den Wasserbeutel gereicht hatte, trat vor. »Zelandonii! Du ... weit ... fort«, sagte er, indem er offensichtlich versuchte, sich einzelne Wörter ins Gedächtnis zu rufen.

Jondalar hatte in seinem Zorn nicht bemerkt, daß er in seiner Muttersprache geredet hatte. »Du sprichst Zelandonii?« fragte er überrascht. Aber zuerst mußte er seinem dringenden Bedürfnis nachkommen. »Dann sag ihnen, sie sollen mich losbinden, bevor ich mich überall naß mache!«

Der Mann sprach mit einer der Frauen. Sie antwortete, schüttelte den Kopf; aber er redete nochmals auf sie ein. Schließlich zog sie ein Messer aus einer Scheide an ihrer Hüfte, und nach einem Befehl, der die anderen Frauen mit erhobenen Speeren nähertreten ließ, ging sie auf ihn zu und bedeutete ihm, sich umzudrehen. Er kehrte ihr den Rücken zu und wartete, während sie mühsam versuchte, die Fesseln zu durchschneiden. Was sie hier brauchen, ist ein guter Feuersteinschläger, dachte er. Ihr Messer ist stumpf.

Nach einer Zeit, die ihm wie eine Ewigkeit erschien, fühlte er, wie die Stricke sich lösten. Sofort griff er nach der Klappe, die seine Beinlinge verschloß. Zu bedrängt, um dem Gefühl der Verlegenheit Raum zu geben, zog er sein Glied heraus und suchte verzweifelt nach einer Ecke oder einem verschwiegenen Ort, um sich zu erleichtern. Aber die speertragenden Frauen gestatteten ihm nicht, sich fortzubewegen. Zornig und entrüstet stellte er sich absichtlich so hin, daß er ihnen ins Gesicht sah, und gab mit einem befreiten Aufstöhnen seinem Bedürfnis nach.

Er beobachtete sie, während der Strahl langsam seine Blase leerte, dampfend auf den Boden schlug und einen strengen Geruch aufsteigen ließ. Die Frau, die den Befehl über die anderen hatte, schien entsetzt zu sein, obwohl sie versuchte, es nicht zu zeigen. Ein paar Frauen wandten den Kopf ab oder schlugen die Augen nieder; andere schauten fasziniert zu, als hätten sie noch nie einen Mann so unverhüllt vor sich gesehen. Der ältere Mann versuchte, nicht zu lächeln, konnte aber seine Heiterkeit nicht verbergen.

Als Jondalar fertig war, sah er seine Peiniger an, entschlossen, sich nicht wieder fesseln zu lassen. Er wandte sich dem Mann zu. »Ich bin Jondalar von den Zelandonii und befinde mich auf einer Reise.«

»Deine Reise weit, Zelandonii. Vielleicht . . . zu weit.«

»Ich bin viel weiter gereist. Ich habe den letzten Winter bei den Mamutoi verbracht. Ich kehre jetzt heim.«

»Das habe ich mir gedacht, als ich dich vorhin rufen hörte«, sagte der alte Mann, indem er zu der Sprache überging, die er wesentlich besser beherrschte. »Es gibt hier einige, die die Sprache der Mammutjäger verstehen. Aber die Mamutoi kommen gewöhnlich von Norden. Du bist von Süden gekommen.«

»Wenn du mich vorhin gehört hast, warum bist du dann nicht zu mir gekommen? Dies muß ein Mißverständnis sein. Warum hat man mich gefesselt?«

Der alte Mann schüttelte traurig den Kopf. »Das wirst du nur allzubald herausfinden, Zelandonii.«

Plötzlich unterbrach die Frau ihn mit einem wütenden Wortschwall. Der alte Mann entfernte sich, auf einen Stock gestützt.

»Warte! Geh nicht fort! Wer bist du? Wer sind diese Leute? Und wer ist die Frau, die befohlen hat, mich herzubringen?« fragte Jondalar.

Der alte Mann blieb stehen und sah ihn an: »Hier heiße ich Ardemun. Die Leute sind die S'Armunai. Und die Frau ist . . . Attaroa.«

Jondalar entging die Betonung, mit der er den Namen der Frau aussprach. »S'Armunai? Wo habe ich den Namen schon einmal gehört? . . . Warte . . . Ich erinnere mich. Laduni, der Anführer der Losadunai . . .«

»Laduni ist Anführer?« fragte Ardemun.

»Ja. Er sprach mit mir über die S'Armunai, als wir nach Osten zogen. Doch mein Bruder wollte die Reise nicht unterbrechen«, sagte Jondalar.

»Gut, daß ihr es nicht getan habt, und schlimm, daß du jetzt hier bist.«
»Warum?«

Die Frau, die das Kommando über die Speerträgerinnen hatte, unterbrach ihn wieder mit einem scharfen Befehl.

»Ich war einmal ein Losadunai. Ich machte auch eine Reise zu meinem Unglück«, sagte Ardemun und hinkte aus der Erdhütte.

Nachdem er gegangen war, sagte die Führerin der Speerträgerinnen etwas zu Jondalar, das er als Aufforderung verstand, mit ihr zu kommen; doch er zog es vor, so zu tun, als begriffe er nicht, was sie meinte.

»Ich verstehe dich nicht«, sagte Jondalar. »Du mußt Ardemun zurückrufen.«

Sie redete wieder auf ihn ein, zorniger als vorher; dann stieß sie mit dem Speer nach ihm. Die Spitze durchdrang die Haut; Blut lief ihm den Arm hinunter. Zorn flammte in seinen Augen auf. Er legte die Hand auf die Wunde; dann betrachtete er seine blutigen Finger.

»Das war nicht nötig...« begann er.

Sie unterbrach ihn mit einem weiteren Schwall zornig hervorgestoßener Worte. Die anderen Frauen rückten mit ihren Speeren näher an Jondalar heran, als die Frau die Erdhütte verließ; sie nötigten ihn, ihr zu folgen. Die Kälte draußen ließ ihn erschauern. Sie gingen an dem eingefriedeten Pferch vorbei; und obgleich er sie nicht sehen konnte, fühlte er die Blicke der Männer auf sich gerichtet, die ihn von drinnen durch die Spalten zwischen den Baumstämmen beobachteten. Der Gedanke an diesen Pferch verwirrte ihn. Tiere wurden manchmal in derartige Umhegungen getrieben, damit sie nicht fortlaufen konnten. Es war eine Art, sie zu jagen. Aber warum wurden hier Menschen gefangengehalten? Und wie viele waren da drinnen?

Er ist nicht allzu groß, dachte er; es können nicht allzuviele sein. Er stellte sich die Arbeit vor, die es gekostet haben mußte, selbst eine so kleine Fläche mit Baumstämmen einzufrieden. Bäume waren selten hier oben. Was an Hölzern hier wuchs, waren kleine Büsche; die Bäume für die Palisade mußten aus dem Tal gekommen sein. Sie mußten gefällt, von den Ästen befreit und den Berg hinauf geschafft werden. Dann mußte man Löcher graben, die tief genug waren, um sie zu halten; man mußte Stricke und Tauwerk anfertigen, um sie miteinander zu verbinden. Warum hatten die Leute soviel Mühe auf sich genommen für etwas, das so sinnlos erschien?

Er wurde zu einem kleinen, bis fast zur Mitte von Eis überzogenen Bach geführt, an dem Attaroa und einige Frauen eine Gruppe junger Männer beaufsichtigten, die schwere Mammutknochen trugen. Die Männer sahen halbverhungert aus; er fragte sich, woher sie die Kraft nahmen, so schwere Arbeit zu verrichten.

Attaroa musterte ihn von oben bis unten – die einzige Aufmerksamkeit, die sie ihm schenkte –, dann beachtete sie ihn nicht mehr. Jondalar wartete, immer noch erstaunt über das Betragen dieser seltsamen Leute. Nach einer

Weile wurde ihm kalt, und er begann, umherzugehen, auf- und abzuspringen und mit den Armen zu schlagen, um sich warm zu halten. Sein Zorn wuchs, und entschlossen, sich dieses Benehmen nicht länger gefallen zu lassen, drehte er sich um und begann zu der Erdhütte zurückzugehen. In der Hütte war er wenigstens vor dem Wind geschützt. Sein plötzlicher Entschluß hatte die Speerträgerinnen überrascht, und als sie ihm ihre Speere entgegenstreckten, stieß er sie mit dem Arm beiseite und ging weiter. Er hörte Rufe, die er ignorierte.

Er fror immer noch, als er die Hütte erreichte. Er sah sich nach etwas um, womit er sich wärmen konnte. Dann riß er ein Stück Leder von der Decke des runden zeltähnlichen Gebildes und hüllte sich hinein. In diesem Augenblick stürzten mehrere Frauen in die Hütte. Die Frau, die ihn vorher mit ihrer Waffe verletzt hatte, war unter ihnen, offensichtlich äußerst aufgebracht. Sie holte mit dem Speer nach ihm aus. Er duckte sich und griff nach dem Schaft, um ihn ihr zu entwinden. Ein unheimliches Lachen ließ ihn mitten in der Bewegung innehalten.

»Zelandonii!« rief Attaroa in spöttischem Ton; dann sagte sie einige Worte, die er nicht verstand.

»Sie will, daß du nach draußen gehst«, sagte Ardemun. Jondalar hatte nicht bemerkt, daß er neben dem Eingang stand. »Sie hält dich für schlau, zu schlau. Ich glaube, sie möchte dich an einem Ort haben, an dem ihre Frauen dich in Schach halten können.«

»Und wenn ich nicht nach draußen gehen will?« sagte Jondalar.

»Dann wird sie dich wahrscheinlich hier und jetzt töten lassen.« Die Worte wurden von einer Frau gesprochen, die fließend Zelandonii sprach, ohne den leisesten Akzent. Jondalar blickte überrascht in die Richtung, aus der die Stimme gekommen war. Es war die Schamanin. »Wenn du hinausgehst, wird sie dich vermutlich etwas länger leben lassen. Du interessierst sie; aber zuletzt wird sie dich ohnehin töten.«

»Warum? Was bin ich für sie?« fragte Jondalar.

»Eine Bedrohung.«

»Eine Bedrohung? Ich habe sie nie bedroht.«

»Du bedrohst ihren Herrschaftsanspruch. Sie wird an dir ein Exempel statuieren wollen.«

Attaroa unterbrach sie mit einem Schwall von Worten, die Jondalar nicht verstand, deren Unterton von kaum unterdrückter Wut jedoch unüberhörbar war. Die Antwort der Schamanin war reserviert, doch zeigte sie keine Furcht. Nach dem Wortwechsel wandte sie sich wieder an Jondalar. »Sie wollte wissen, was ich mit dir geredet habe. Ich habe es ihr gesagt.«

»Sag ihr, ich komme nach draußen«, sagte er.

Als die Botschaft übermittelt war, lachte Attaroa, sagte etwas und ging dann mit wiegenden Hüften hinaus.

»Was hat sie gesagt?« fragte Jondalar.

»Sie hat gesagt, daß sie es gewußt habe. Männer tun alles, um ihr erbärmliches Leben zu verlängern – und sei es auch nur für einen Herzschlag.«

»Vielleicht nicht alles«, sagte Jondalar und schickte sich an, hinauszugehen. Dann drehte er sich noch einmal zu der Schamanin um. »Wie heißt du?«

»Mein Name ist S'Armuna«, sagte sie.

»Und wo hast du meine Sprache so gut gelernt?«

»Ich habe eine Zeitlang bei deinen Leuten gelebt«, sagte S'Armuna. Aber als sie seinen Wunsch spürte, mehr zu erfahren, sagte sie nur: »Es ist eine lange Geschichte.«

Obgleich der Mann erwartet hatte, seinerseits nach seinem Namen gefragt zu werden, wandte S'Armuna ihm den Rücken zu. Er sagte von sich aus: »Ich bin Jondalar von der Neunten Höhle der Zelandonii.«

S'Armunas Augen weiteten sich überrascht. »Der Neunten Höhle?« fragte sie.

»Ja«, sagte er. Er hätte ihr gern weitere Angaben über seine Leute gemacht, aber der Ausdruck auf ihrem Gesicht ließ ihn innehalten.

»Sie wartet«, sagte S'Armuna und verließ die Hütte.

Draußen saß Attaroa auf einem mit einem Fell bedeckten Sitz auf einer erhöhten Plattform aus Erde, die aus dem Aushub der großen, halb unterirdischen Hütte hinter ihr gewonnen worden war. Ihr gegenüber lag die Einfriedung, und als er daran vorbeischritt, spürte Jondalar wieder, daß er durch die Spalten hindurch beobachtet wurde.

Beim Näherkommen sah er, daß es das Fell eines Wolfs war, auf dem sie saß. Auch die in den Nacken geschobene Kapuze ihrer Jacke war mit Wolfsfell gefüttert; und sie trug ein Halsband, das hauptsächlich aus den scharfen Eckzähnen von Wölfen bestand. In der Hand hielt sie einen langen geschnitzten Stab, der Jondalar an den Sprecherstab erinnerte, den Talut gebraucht hatte, wenn es galt, einen Streit zu schlichten oder unterschiedliche Meinungen zu verfechten. Der Stab hatte dazu gedient, Auseinandersetzungen in geordnetem Rahmen zu halten. Wer immer ihn hielt, hatte das Recht zu reden; und wenn ein anderer etwas sagen wollte, mußte er erst um den Stab bitten.

Noch etwas anderes erschien ihm vertraut an diesem Redestab, obgleich er es nicht genau bestimmen konnte. War es das Schnitzwerk? Es zeigte die stilisierte Gestalt einer sitzenden Frau mit großen konzentrischen Kreisen, die Brüste und Bauch darstellten, und einem seltsam dreieckigen Kopf, der am Kinn spitz zulief. Es war nicht wie die Schnitzereien der Mamutoi; doch er wußte, daß er etwas Ähnliches schon einmal gesehen hatte.

Mehrere ihrer Frauen standen im Halbkreis um Attaroa herum. Andere Frauen, die er vorher noch nicht gesehen hatte – einige mit Kindern –, hielten sich in der Nähe auf. Attaroa betrachtete ihn eine Weile; dann sprach sie, ihn unverwandt anblickend. Ardemun, neben ihr stehend, begann ihre

Worte stockend in Zelandonii zu übersetzen. Jondalar wollte ihn gerade bitten, Mamutoi zu sprechen, als S'Armuna dazwischentrat und etwas zu Attaroa sagte. Dann sah sie ihn an.

»Ich werde übersetzen«, sagte sie.

Attaroa machte eine spöttische Bemerkung, die die Frauen um sie herum zum Lachen brachte und die S'Armuna nicht übersetzte. »Sie sprach mit mir«, war alles, was sie sagte. Die sitzende Frau begann wieder zu reden, diesmal mit Jondalar.

»Ich spreche jetzt als Attaroa«, sagte S'Armuna und begann zu übersetzen. »Warum bist du hergekommen?«

»Ich bin nicht freiwillig hergekommen. Ich wurde gefesselt hierhergebracht«, sagte Jondalar, während S'Armuna fast gleichzeitig übersetzte. »Ich bin auf einer Reise. Oder ich war es. Ich verstehe nicht, warum ich gefesselt wurde. Niemand hat sich die Mühe gemacht, es mir zu erklären.«

»Woher kommst du?« fragte Attaroa.

»Ich habe den Winter bei den Mamutoi verbracht.«

»Du lügst! Du bist von Süden gekommen.«

»Ich bin den langen Weg gekommen. Ich wollte Verwandte besuchen, die am Großen Mutter Fluß leben, an den südlichen Ausläufern der östlichen Berge.«

»Du lügst schon wieder! Die Zelandonii leben weit im Westen von hier. Wie kannst du Verwandte im Osten haben?«

»Es ist keine Lüge. Ich bin mit meinem Bruder gereist. Im Gegensatz zu den S'Armunai haben die Sharamudoi uns willkommen geheißen. Mein Bruder tat sich dort mit einer Frau zusammen. Durch ihn bin ich mit ihnen verwandt.«

Dann gab Jondalar seiner gerechten Empörung Ausdruck. Es war das erste Mal, daß er mit jemandem sprechen konnte. »Weißt du nicht, daß jeder Reisende das Recht des freien Durchgangs hat? Die meisten Leute freuen sich, wenn Besucher kommen. Sie tauschen Geschichten aus, teilen ihr Essen mit ihnen. Aber nicht hier! Hier wurde ich bewußtlos geschlagen, und obgleich ich verletzt war, wurde meine Wunde nicht versorgt. Niemand gab mir etwas zu trinken oder zu essen. Meine Felljacke wurde mir genommen, und ich erhielt sie auch nicht wieder, als ich gezwungen wurde, nach draußen zu gehen.«

Attaroa unterbrach ihn. »Warum hast du versucht, unser Fleisch zu stehlen?« Sie war aufgebracht, aber sie versuchte, es nicht zu zeigen. Obwohl sie wußte, daß alles, was er sprach, wahr war, wollte sie sich nicht sagen lassen, was Sitte und Recht bedeuteten – besonders nicht vor ihren Leuten.

»Ich habe nicht versucht, euer Fleisch zu stehlen«, sagte Jondalar, die Anschuldigung heftig von sich weisend. S'Armunas Übersetzung war so fließend, daß er fast seine Dolmetscherin vergessen hätte. Er hatte das Gefühl, unmittelbar mit Attaroa zu sprechen.

»Du lügst! Man hat dich gesehen, als du mit einem Speer in der Hand die Herde verfolgtest, hinter der wir her waren.«

»Ich lüge nicht! Ich habe nur versucht, Ayla zu retten. Sie saß auf einem der Pferde, und ich konnte nicht zulassen, daß sie von der Herde mitgerissen wurde.«

»Ayla?«

»Habt ihr sie nicht gesehen? Sie ist die Frau, mit der ich gereist bin.«

Attaroa lachte. »Du bist mit einer Frau gereist, die auf dem Rücken von Pferden reitet? Wenn du nicht ein umherziehender Geschichtenerzähler bist, hast du deinen Beruf verfehlt.« Dann beugte sie sich vor, und mit erhobenem Zeigefinger sagte sie: »Alles, was du gesagt hast, ist nicht wahr. Du bist ein Lügner und ein Dieb!«

»Ich bin weder ein Lügner noch ein Dieb! Ich habe die Wahrheit gesagt, und ich habe nichts gestohlen«, antwortete Jondalar aus tiefster Überzeugung. Aber wenn er darüber nachdachte, konnte er ihr keinen Vorwurf daraus machen, daß sie ihm nicht glaubte. Wenn niemand Ayla gesehen hatte – wer würde ihm glauben, daß sie auf dem Rücken von Pferden gereist waren?

Attaroa betrachtete den hochgewachsenen, gutaussehenden Mann, der vor ihr stand, in das Lederstück gehüllt, das er aus seinem Gefängnis gerissen hatte. Sie bemerkte, daß sein blonder Bart etwas dunkler war als sein Haupthaar, und seine Augen mit ihrem unglaublich tiefen Blau ließen sie nicht unbeeindruckt. Sie fühlte sich stark zu ihm hingezogen; aber gerade die Stärke dieses Gefühls rief lang unterdrückte Erinnerungen in ihr wach. Sie würde nicht zulassen, sich je wieder von einem Mann angezogen zu fühlen; die Gefühle, die sie für ihn empfand, könnten ihm Macht über sie geben – und nie wieder würde sie zulassen, daß jemand Macht über sie gewann, am wenigsten ein Mann.

Sie hatte ihm aus demselben Grund seine Jacke genommen und ihn in der Kälte stehenlassen, aus dem sie ihm Wasser und Nahrung vorenthalten hatte. Entbehrung war das beste Mittel, Männer zu beherrschen. Man mußte sie in Fesseln legen, solange sie noch die Kraft hatten, Widerstand zu leisten. Auch diesem Zelandonii würde sie die Kraft nehmen, ihr Widerstand entgegenzusetzen. Er zeigt keine Furcht, dachte sie. Sieh ihn dir an, wie er so selbstsicher dasteht!

Er war aufsässig und anmaßend; er hatte es sogar gewagt, sie vor allen anderen zu kritisieren, einschließlich der Männer im Pferch. Er katzbuckelte und bettelte nicht wie die anderen; er tat nichts, um ihr zu gefallen. Aber das würde sich ändern! Sie würde allen zeigen, wie man einen solchen Mann behandelt, und dann würde er sterben.

Aber bevor ich seinen Willen breche, dachte sie, werde ich eine Weile mit ihm spielen. Er ist ein starker Mann und entschlossen, mir zu widerstehen. Er ist jetzt argwöhnisch; ich muß ihn dazu bringen, weniger wachsam zu sein. Er muß geschwächt werden. S'Armuna wird wissen, was zu tun ist. Sie winkte die Schamanin zu sich heran und sprach leise mit ihr. Dann sah sie den Mann an und lächelte; aber das Lächeln war so bösartig, daß ihm ein kalter Schauer über den Rücken lief.

Jondalar bedrohte nicht nur ihren Herrschaftsanspruch, er bedrohte auch die zerbrechliche Welt, die ihr kranker Geist um sie herum geschaffen hatte.

»Komm mit«, sagte S'Armuna, als sie Attaroa verließ.

»Wohin gehen wir?« fragte Jondalar, als er sich ihr anschloß. Zwei Frauen mit Speeren folgten ihnen.

»Attoroa will, daß ich deine Wunde behandle.«

Sie führte Jondalar zu einer Wohnstätte am Rande der Siedlung, die der großen Erdhütte ähnelte, vor der Attaroa gesessen hatte. Ein niedriger, enger Eingang führte durch einen kleinen Gang zu einer weiteren niedrigen Öffnung. Jondalar mußte sich bücken und ein paar Schritte geduckt gehen, bevor er drei Stufen hinabschritt. Die beiden Frauen, die ihnen gefolgt waren, blieben draußen stehen.

Als sich seine Augen an das Dämmerlicht im Inneren gewöhnt hatten, bemerkte er eine Bettplattform, die vor der Wand am anderen Ende des Raums stand. Sie war mit einem weißen Fell bedeckt. Die seltenen, auffallenden weißen Tiere wurden bei seinen Leuten für heilig gehalten – und nicht nur bei ihnen, wie er auf seinen Reisen erfahren hatte. Getrocknete Kräuter hingen von den Dachstreben und füllten die Körbe und Schalen auf den Regalen an den Wänden. Jeder Mamut oder Zelandoni hätte sich hier sofort heimisch gefühlt. Nur eines war ungewöhnlich. Bei den meisten Leuten war der Herd die Wohnstätte Derer, Die Der Mutter Dienen, ein zeremonieller Ort oder diesem unmittelbar benachbart, und zugleich der Platz, an dem sich gewöhnlich Besucher aufhielten. Dies jedoch war kein offener und einladender Ort; er vermittelte eher den Eindruck des Abgeschlossenen und Privaten. Jondalar war überzeugt, daß S'Armuna allein lebte und daß andere Leute selten ihre Hütte betraten.

Er beobachtete, wie sie das Feuer schürte und getrockneten Dung und einige Holzscheite hineinwarf. Dann goß sie Wasser in einen geschwärzten Behälter, einst der Magen eines Tieres, der an einem aus Knochen gefertigten Gestell befestigt war. Aus einem der Körbe auf ihren Regalen fügte sie eine Handvoll getrockneter Kräuter hinzu, und als das Wasser durch das Gefäß zu sickern begann, stellte sie es über die Flammen. Solange sich Flüssigkeit in ihm befand, konnte der Beutel beim Kochen kein Feuer fangen.

Obwohl Jondalar nicht wußte, was sich in dem Gefäß befand, mutete ihn der Geruch, der daraus aufstieg, vertraut an; er ließ ihn seltsamerweise an seine Heimat denken. Plötzlich wußte er, weshalb. Es war derselbe Geruch, der oft aus dem Feuer der Zelandonii aufgestiegen war. Sie benutzten den Sud, um Wunden und Verletzungen damit auszuwaschen.

»Du sprichst meine Sprache sehr gut. Hast du lange bei den Zelandonii gelebt?« fragte Jondalar.

S'Armuna blickte auf und schien ihre Antwort zu bedenken. »Ein paar Jahre«, sagte sie.

»Dann weißt du, wie die Zelandonii ihre Besucher willkommen heißen. Womit habe ich diese Behandlung verdient?« sagte Jondalar. »Du hast die Gastfreundschaft der Zelandonii genossen – warum erklärst du ihnen nicht, wie wir über das Recht des freien Durchgangs denken und die Höflichkeit gegenüber Reisenden? Es ist mehr als eine Höflichkeit, es ist eine Pflicht.«

S'Armunas einzige Antwort war ein scharfer Blick.

Er wußte, daß er etwas Falsches gesagt hatte. Aber er war immer noch so empört über seine jüngsten Erfahrungen, daß er das fast kindische Bedürfnis hatte, die Dinge richtigzustellen. Er nahm einen neuen Anlauf.

»Wenn du so lange dort gelebt hast, kennst du vielleicht meine Mutter. Ich bin der Sohn von Marthona und...« Der Ausdruck in ihrem mißgestalteten Gesicht ließ ihn mitten im Satz abbrechen. Ein fast erschrecktes Erstaunen zeichnete sich auf ihren Zügen ab.

»Du bist der Sohn von Marthona, geboren am Herdfeuer Joconans?« fragte sie schließlich.

»Nein, das ist mein Bruder Joharran. Ich wurde dem Herdfeuer Dalanars geboren. Das ist der Mann, mit dem sie sich später verband. Kanntest du Joconan?«

»Ja«, sagte S'Armuna und senkte den Blick. Dann wandte sie ihre Aufmerksamkeit dem Topf zu, dessen Inhalt zu kochen begann.

»Dann mußt du auch meine Mutter gekannt haben!« Jondalar war erregt. »Wenn du Marthona gekannt hast, weißt du, daß ich kein Lügner bin. Sie hätte nie zugelassen, daß eines ihrer Kinder lügt. Ich weiß, es klingt unglaublich – ich hätte es selbst nicht geglaubt, wenn ich es nicht besser wüßte –, aber die Frau, mit der ich gereist bin, saß auf einem der Pferde, die über die Klippe gejagt wurden. Sie hat es als Fohlen aufgezogen. Jetzt weiß ich nicht einmal, ob sie noch lebt. Du mußt Attaroa sagen, daß ich nicht lüge! Ich muß nach ihr suchen. Ich muß wissen, ob sie noch lebt.«

Jondalars leidenschaftlich vorgetragene Bitte rief keinerlei Reaktion hervor. Die Frau blickte nicht einmal von dem Topf auf, in dem sie rührte. Aber sie zweifelte nicht an dem, was er sagte. Eine von Attaroas Jägerinnen hatte ihr erzählt, daß sie eine Frau auf einem der Pferde gesehen und sie für einen Geist gehalten habe. Jondalars Geschichte könnte stimmen, dachte S'Armuna; aber sie fragte sich, ob sie ihre Glaubwürdigkeit der Wirklichkeit oder dem Übernatürlichen verdankte.

»Du kanntest Marthona, nicht wahr?« fragte Jondalar und trat an das Feuer, um ihre Aufmerksamkeit zu erregen.

Als sie aufsah, war ihr Gesicht ausdruckslos. »Ja, ich kannte Marthona. Als ich jung war, wurde ich fortgeschickt, um von den Zelandonii der Neunten Höhle unterrichtet zu werden. Setz dich hierher«, sagte sie. Dann nahm sie das Kochgestell vom Feuer, wandte ihm den Rücken zu und suchte nach einem weichen Ledertuch. Er zuckte zusammen, als sie seine Wunde mit der antiseptischen Lösung auswusch, die sie zubereitet hatte. Aber er war überzeugt, daß ihre Medizin gut war. Sie hatte sie von den Zelandonii gelernt.

Nachdem sie sie gesäubert hatte, untersuchte S'Armuna die Wunde gründlich. »Du warst eine Zeitlang bewußtlos; aber es ist nichts Ernstes. Es wird von selbst heilen.« Sie vermied es, ihn anzublicken. Dann sagte sie: »Aber du hast vermutlich Kopfschmerzen. Ich gebe dir etwas dagegen.«

»Nein, ich brauche jetzt nichts. Aber ich bin immer noch durstig. Ich brauche wirklich nur etwas Wasser. Hast du etwas dagegen, wenn ich deinen Wasserbeutel nehme?« fragte Jondalar. Er ging hinüber zu der großen, mit Wasser gefüllten Blase, aus der sie den Topf gefüllt hatte. »Ich fülle es wieder auf, wenn du willst. Hast du einen Becher für mich?«

Sie zögerte, dann nahm sie einen Becher aus einem Regal.

»Wo kann ich deinen Wasserbeutel auffüllen?« fragte er, als er getrunken hatte. »Ist hier eine Quelle in der Nähe?«

»Kümmere dich nicht um das Wasser«, sagte sie.

Er trat näher und blickte sie an. Er sah, daß sie ihn nicht unbewacht gehen lassen würde, nicht einmal, um Wasser zu holen. »Du weißt, S'Armuna, daß wir die Pferde nicht jagen wollten, hinter denen sie her waren. Selbst wenn es so gewesen wäre, hätte Attaroa wissen müssen, daß wir ihnen einen Anteil angeboten hätten. Obwohl Fleisch genug da ist, nachdem die ganze Herde über die Klippe getrieben wurde. Ich hoffe nur, daß Ayla nicht darunter ist. S'Armuna, ich muß nach ihr suchen!«

»Du liebst sie, nicht wahr?« fragte S'Armuna.

»Ja, ich liebe sie«, sagte er. Ihr Gesichtsausdruck veränderte sich abermals. Es war etwas Bitteres darin, fast so etwas wie Schadenfreude, aber auch etwas Weiches. »Wir waren auf dem Weg zu meinen Leuten, um miteinander verbunden zu werden. Aber ich muß meiner Mutter auch vom Tod meines Bruders berichten, Thonolan. Wir sind zusammen aufgebrochen, doch er starb. Sie wird sehr traurig sein. Es ist hart, ein Kind zu verlieren.«

S'Armuna nickte, machte aber keine weitere Bemerkung.

»Die Beerdigung vorhin... Was ist mit den jungen Männern geschehen?«

»Sie waren nicht viel jünger als du«, sagte S'Armuna. »Alt genug, um das Falsche zu tun.« Es schien ihr unangenehm zu sein, darüber zu sprechen.

»Woran starben sie?« fragte Jondalar.

»Sie haben etwas gegessen, was ihnen nicht bekam.«

Jondalar war überzeugt, daß sie nicht die Wahrheit sagte; aber bevor sie weiterreden konnte, reichte sie ihm seinen Lederumhang und führte ihn zu den beiden Frauen zurück, die den Eingang bewacht hatten. Sie nahmen ihn in die Mitte, aber diesmal wurde er nicht wieder zu der Erdhütte gebracht. Statt dessen führten sie ihn zu dem umschlossenen Pferch. Das Tor öffnete sich einen Spalt, und er wurde hineingestoßen.

SIEBENUNDZWANZIGSTES KAPITEL

Ayla trank Tee an einem Lagerfeuer, das sie am Nachmittag angezündet hatte, und starrte blicklos über die Grassteppe. Als sie Rast machte, damit Wolf sich ausruhen konnte, hatte sie einen großen Felsen bemerkt, der sich im Nordwesten vor dem blauen Himmel abzeichnete; doch als die auffällige Kalksteinformation im nebligen Dunst verschwunden war, hatte sie nicht mehr daran gedacht. Ihre Gedanken kreisten um andere Dinge. Sie machte sich Sorgen um Jondalar.

Dank ihrer Geschicklichkeit als Spurenleserin und Wolfs empfindlicher Nase war es ihnen gelungen, der Fährte zu folgen, die nach Aylas fester Überzeugung von den Leuten stammte, die Jondalar entführt hatten. Nachdem sie das Plateau verlassen hatten, hatten sie sich nach Westen gewandt, bis sie den Fluß erreichten, den sie und Jondalar früher durchquert hatten. Doch diesmal setzten sie nicht hinüber. Sie zogen am Fluß entlang, um der Fährte zu folgen, die jetzt leichter zu lesen war.

Ayla kampierte die erste Nacht am Flußufer und setzte die Verfolgung am nächsten Tag fort. Sie wußte nicht, aus wie vielen Leuten die Gruppe bestand, die vor ihr diesen Weg genommen hatte; aber sie entdeckte immer wieder einige Fußabdrücke im Uferschlamm, die sie wiedererkannte. Keiner von ihnen stammte jedoch von Jondalar, und sie fragte sich, ob er noch bei ihnen war.

Dann erinnerte sie sich, daß sie gelegentlich Stellen gefunden hatte, an denen das Gras flach am Boden lag oder an denen im feuchten Untergrund ein Abdruck entstanden war, als ob ein größeres Gewicht abgesetzt worden sei. Um Pferdefleisch konnte es sich nicht handeln, da die Pferde über den Klippenrand getrieben worden waren, dieser Abdruck jedoch die Fährte von Anfang an begleitet hatte. Es mußte der Mann sein, der auf einer Art Tragbahre transportiert wurde – ein Gedanke, der sie zugleich mit Zuversicht und mit Sorge erfüllte.

Wenn sie ihn tragen mußten, bedeutete das, daß er nicht gehen konnte. So wies das Blut, das sie gefunden hatte, vielleicht auf eine ernste Verletzung hin. Andererseits würden die Leute sich nicht die Mühe machen, ihn zu tragen, wenn er tot war. Sie gelangte zu dem Schluß, daß er noch am Leben, aber schwer verletzt sein mußte. Sie hoffte, daß sie ihn zu einem Platz schaffen würden, an dem seine Wunden versorgt werden konnten. Aber warum wurde er überhaupt verletzt?

Die Leute, denen sie folgte, waren schnell vorangekommen, und die Spur wurde kälter, je mehr Ayla hinter ihnen zurückblieb. Nicht immer waren die Abdrücke leicht zu finden, und selbst Wolf hatte – besonders auf felsigem Untergrund – manchmal Schwierigkeiten, die aufzuspüren. Ohne ihn hätte sie den Entführern wahrscheinlich gar nicht so weit folgen können. Sie konnte nicht riskieren, ihn aus den Augen zu verlieren. Doch eine innere Unruhe trieb sie zur Eile an, und sie war dankbar, daß es ihm offensichtlich mit jedem Tag besser ging.

Sie war an jenem Morgen mit dem deutlichen Gefühl aufgewacht, daß etwas Entscheidendes unmittelbar bevorstand, und sie freute sich, daß Wolf ungeduldig den Aufbruch zu erwarten schien. Doch am Nachmittag sah sie, daß er erschöpft war. Sie entschloß sich, Rast zu machen, damit er sich ausruhen konnte und die Pferde Zeit hatten, zu grasen.

Kurz nachdem sie sich wieder auf den Weg gemacht hatten, gelangten sie zu einer Flußgabelung. Ayla hatte vorher zwei kleinere, vom Plateau herabströmende Bäche ohne Schwierigkeiten durchquert; doch sie wußte nicht, ob sie den Fluß überqueren sollte. Sie hatte die Fährte seit einiger Zeit aus den Augen verloren und fragte sich, ob sie der östlichen Gabelung oder nach dem Übergang der westlichen Abzweigung folgen sollte. Sie hielt sich eine Weile an das östliche Ufer und versuchte, die Fährte wiederzufinden. Erst kurz vor Einbruch der Nacht entdeckte sie etwas Ungewöhnliches, das ihr klar zeigte, welchen Weg sie nehmen mußte.

Trotz der Dämmerung erkannte sie, daß die Pfähle, die aus dem Wasser ragten, absichtlich dort errichtet worden waren. Sie waren unweit einiger am Ufer liegender Baumstämme in das Flußbett gerammt worden. Von den Sharamudoi wußte sie, daß es sich um einen primitiven Anlegeplatz für irgendein Wasserfahrzeug handeln mußte. Ayla schickte sich an, daneben ihr Lager aufzuschlagen; dann änderte sie ihren Sinn. Sie wußte nichts über die Leute, denen sie folgte – nur, daß sie Jondalar verwundet hatten und mit sich schleppten. Sie wollte nicht von ihnen im Schlaf überrascht werden. Sie entschied sich für einen Lagerplatz hinter einer Biegung des Flusses.

Am Morgen unterzog sie Wolf einer gründlichen Untersuchung. Obgleich der Fluß nicht sehr breit war, war das Wasser kalt und tief, und das Tier würde schwimmen müssen. Die verletzte Stelle über den Rippen war noch druckempfindlich, doch es ging ihm viel besser, und er entwand sich rasch ihren Händen. Er schien ebenso ungeduldig zu sein, Jondalar zu finden, wie sie selbst.

Wie schon bei früherer Gelegenheit entschloß sie sich, ihre Beinlinge auszuziehen, bevor sie auf Winnies Rücken stieg. Zu ihrer Überraschung zögerte Wolf nicht, ins Wasser zu gehen. Anstatt am Ufer hin- und herzulaufen, sprang er sofort in den Fluß und schwamm hinter ihr her, als wollte er sie genausowenig aus den Augen lassen wie sie ihn.

Als sie das andere Ufer erreichten, trat Ayla beiseite, um nicht naß zu werden, als Wolf sich das Wasser aus dem Fell schüttelte, und zog ihre Beinlinge an. Nachdem sie das Tier vorsichtshalber noch einmal abgetastet hatte, begann sie nach der Fährte zu suchen. Etwa hundert Schritte stromabwärts entdeckte Wolf zwischen einigen nahe am Ufer wachsenden Büschen das Wasserfahrzeug, für das der Anlegeplatz gebaut worden war. Es dauerte freilich eine Weile, ehe sie es als das erkannte, was es war.

Sie hatte angenommen, daß die Leute ein Boot benutzen würden wie die Boote der Sharamudoi – kunstvoll gefertigte Einbäume mit anmutig gebogenem Bug und Achtersteven – oder wie das einfachere, aber handliche Rundboot, das sie und Jondalar mit sich führten. Aber was Wolf aufstöberte, waren zu einer Plattform zusammengebundene Baumstämme. Sie hatte noch nie vorher ein Floß gesehen, doch sobald sie begriffen hatte, wozu es diente, fand sie es recht praktisch. Wolf beschnüffelte neugierig das roh zusammengefügte, seltsame Gebilde. Als er zu einer bestimmten Stelle kam, blieb er stehen. Ein tiefes Grollen stieg aus seiner Kehle auf.

»Was ist los, Wolf?« fragte Ayla. Als sie näher hinsah, entdeckte sie einen bräunlichen Fleck auf einem der Stämme. Es war getrocknetes Blut, wahrscheinlich Jondalars Blut. Sie fuhr mit der Hand über den Kopf des Wolfes. »Wir werden ihn finden«, sagte sie, mehr, um sich selbst, als um das Tier zu beruhigen. Aber würden sie ihn auch lebend finden?

Die Fährte führte vom Floß zwischen hohen, trockenen Gräsern und vereinzelten Büschen hindurch und war jetzt wesentlich leichter auszumachen. Sie war jedoch so ausgetreten, daß Ayla nicht mehr sicher sein konnte, ob sie von denen hinterlassen worden war, die sie verfolgte. Wolf lief ihr voran. Nach kurzer Zeit blieb er abrupt stehen, zog die Oberlippe hoch und entblößte knurrend die Zähne.

»Wolf? Was ist? Kommt jemand?« fragte Ayla. Im gleichen Augenblick veranlaßte sie Winnie durch einen Schenkeldruck, vom Pfad abzuweichen. Sie trieb die Stute auf ein in der Nähe stehendes Gestrüpp zu und gab Wolf ein Zeichen, ihr zu folgen. Sobald sie den Schutz des Unterholzes erreicht hatten, stieg sie ab, ergriff Renners Leitseil, um ihn hinter die Stute zu führen, und versteckte sich selbst zwischen den Pferden. Sie ließ sich auf die Knie nieder und legte einen Arm um Wolfs Hals, um ihn ruhig zu halten. Dann wartete sie.

Ihre Vermutung war richtig. Nach kurzer Zeit gingen zwei junge Frauen vorbei, die offensichtlich zum Fluß wollten. Sie gab Wolf ein Zeichen zu bleiben, wo er war, und schlich – wie sie es gelernt hatte, als sie Raubtieren nachstellte – durch das dichte Gras hinter den beiden Frauen her. Dann verbarg sie sich hinter einem Gebüsch, um sie zu beobachten.

Die beiden Frauen redeten miteinander, als sie das Floß losbanden, und obgleich ihr die Sprache fremd war, bemerkte Ayla eine gewisse Ähnlichkeit mit Mamutoi. Sie verstand nicht, was gesprochen wurde; aber sie glaubte, die Bedeutung von zwei, drei Wörtern zu erfassen.

Die Frauen schoben das Floß ins Wasser, dann holten sie zwei lange Stangen hervor, die an der Unterseite der hölzernen Plattform befestigt gewesen waren. Sie banden ein Ende eines langen Taus an einen Baum; dann bestiegen sie das Floß. Während die eine es über den Fluß stakte, ließ die andere das Tau durch die Hände laufen. Als sie sich dem anderen Ufer genähert hatten, wo die Strömung nicht mehr so stark war, begannen sie, stromaufwärts zu staken, bis sie den Anlegeplatz erreichten. Mit Stricken, die an der Seite des Floßes angebracht waren, banden sie es an den aus dem Wasser ragenden Pfählen fest und sprangen auf die am Ufer liegenden Baumstämme. Dann begannen sie, den Weg zurückzugehen, auf dem Ayla am Vortag gekommen war.

Als sie wieder zu den Tieren ging, überlegte sie, was sie tun sollte. Sie war überzeugt, daß die beiden Frauen bald zurückkehren würden – aber das konnte heute, morgen oder übermorgen sein. Sie wollte Jondalar so schnell wie möglich finden, aber sie durfte sich nicht der Gefahr aussetzen, weiter der Fährte zu folgen und von den beiden eingeholt zu werden. Solange sie nicht mehr über sie wußte, konnte sie es auch nicht darauf ankommen lassen, sie direkt anzusprechen. Sie entschloß sich, einen Platz zu suchen, an dem sie sie erwarten und beobachten konnte, ohne von ihnen gesehen zu werden.

Sie brauchte nicht allzulange zu warten. Am Nachmittag sah sie die beiden Frauen in Gesellschaft mehrerer anderer zurückkommen, die Fleischstücke von geschlachteten Pferden trugen. Trotz ihrer Last bewegten sie sich erstaunlich schnell. Als sie näher kamen, bemerkte Ayla, daß sich nicht ein einziger Mann unter ihnen befand. Alle Jäger waren Frauen! Sie beobachtete, wie sie das Fleisch auf das Floß luden, mit dem sie dann über den Fluß stakten, indem sie das Tau als Führungsseil benutzten. Nachdem sie es entladen hatten, versteckten sie das Floß wieder im Gebüsch, ließen jedoch das Tau über den Fluß gespannt.

Sie schulterten die Fleischstücke und begannen, den Pfad zurückzugehen. Ehe Ayla es sich versah, waren sie verschwunden. Sie wartete eine Zeitlang, bevor sie ihnen in sicherem Abstand folgte.

Jondalar war entsetzt über die Zustände, die er innerhalb des Palisadenzaunes antraf. Das einzige feste Bauwerk war – abgesehen von der Palisade selbst, die den Wind abhielt – ein ziemlich großer, roh zusammengezimmerter Schuppen, der halbwegs Schutz vor Regen und Schnee bot. Es gab kein Feuer, wenig Wasser und keinerlei Lebensmittel. Alle Bewohner des Pferches waren Männer, denen man die Folgen der erbärmlichen Zustände ansah. Als sie aus dem Schuppen kamen und ihn anstarrten, sah er, daß sie abgemagert, schmutzig und schlecht gekleidet waren. Keiner von ihnen war dem Wetter entsprechend angezogen, und sie mußten sich wahrscheinlich im Schuppen eng aneinanderkauern, um sich gegenseitig zu wärmen.

Er erkannte zwei, drei Leute wieder, die er bereits beim Begräbnis gesehen hatte, und fragte sich, warum die Männer und Knaben an einem solchen Ort lebten. Plötzlich kamen mehrere verwirrende Dinge zusammen: das herrische Auftreten der mit Speeren bewaffneten Frauen; die seltsamen Bemerkungen Ardemuns; das Verhalten der Männer, die der Bestattung beigewohnt hatten; die Zurückhaltung S'Armunas; die späte Versorgung der Wunde – und vor allem die Art, in der man mit ihm umgegangen war. Vielleicht handelte es sich gar nicht um ein Mißverständnis!

Die Schlußfolgerung, die sich ihm aufdrängte, erschien ihm zwar völlig grotesk, aber so zwingend, daß er sich fragte, weshalb er nicht eher darauf gekommen war. Die Männer wurden gegen ihren Willen von den Frauen festgehalten!

Aber warum? War es nicht schiere Vergeudung, Menschen so untätig sein zu lassen, wenn sie durch ihre Arbeit zum Wohl und Nutzen der Gemeinschaft beitragen konnten? Er dachte an das blühende Löwenlager der Mamutoi, wo Talut und Tulie die notwendigen Tätigkeiten zu jedermanns Nutzen geregelt hatten. Alle leisteten ihren Beitrag und hatten immer noch Zeit, ihre eigenen Vorhaben zu verwirklichen.

Attaroa! Inwieweit war es ihr Werk? Sie war offensichtlich die Anführerin des Lagers. Vielleicht trug sie nicht die Verantwortung für alles, was im Lager geschah, doch zumindest für diese besondere Situation war sie verantwortlich.

Diese Männer sollten jagen und Nahrung suchen, dachte Jondalar, Vorräte anlegen, neue Unterkünfte bauen und alte reparieren. Sie sollten ihren Beitrag zum Gemeinwohl leisten und sich nicht aneinanderkauern, um sich warm zu halten. Kein Wunder, daß diese Leute so spät im Jahr noch Pferde jagten. Hatten sie überhaupt genügend Vorräte, um über den Winter zu kommen? Und warum jagten sie so weit von ihrem Lager entfernt, wenn hervorragende Jagdgründe ganz in der Nähe lagen?

»Du bist der, den sie den Zelandonii nennen«, sagte einer der Gefangenen auf Mamutoi. Jondalar glaubte in ihm einen der Männer zu erkennen, die mit gefesselten Händen an der Bestattung teilgenommen hatten.

»Ja. Ich bin Jondalar von den Zelandonii.«

»Ich bin Ebulan von den S'Armunai«, sagte er, dann fügte er sarkastisch hinzu: »Im Namen Munas, der Mutter des Alls, begrüße ich dich im Gehege, wie Attaroa diesen Ort zu nennen pflegt. Wir haben andere Namen: das Männer-Lager, die Gefrorene Unterwelt der Mutter, Attaroas Männer-Falle. Wähl dir den besten aus.«

»Ich verstehe nicht. Warum seid ihr alle hier?« fragte Jondalar.

»Das ist eine lange Geschichte; aber sie läuft darauf hinaus, daß wir alle auf die eine oder andere Weise hereingelegt worden sind«, sagte Ebulan. Dann fuhr er mit einer ironischen Geste fort: »Man hat uns sogar dazu gebracht, diesen Platz zu bauen. Zumindest den größten Teil.«

»Warum steigt ihr nicht einfach über die Palisade und geht fort?«
»Um von Epadoa und ihren Wolfsfrauen aufgespießt zu werden?« sagte ein anderer Mann.
»Olamun hat recht. Übrigens weiß ich nicht, wie viele von uns dazu noch die Kraft haben«, sagte Ebulan. »Attaroa zieht es vor, uns schwach zu halten – wenn sie nichts Schlimmeres im Schilde führt.«
»Schlimmeres?« fragte Jondalar, die Stirn runzelnd.
»Zeig es ihm, S'Amodun«, sagte Ebulan zu einem hochgewachsenen, fast bis zum Skelett abgemagerten Mann mit grauem, verfilztem Haar und einem langen Bart, der beinahe weiß war. Er hatte ein ausdrucksvolles, zerfurchtes Gesicht mit einer langen, scharf vorspringenden Nase und dichten Brauen, die in dem hageren Gesicht besonders deutlich hervortraten; aber es waren seine Augen, die die Aufmerksamkeit auf sich zogen. Sie waren so dunkel wie die Attaroas; doch war es nicht Bosheit, die aus ihnen sprach, sondern Weisheit, Mitgefühl und Verständnis. Jondalar wußte nicht, was es war, etwas in seiner Haltung oder in seinem Auftreten, aber er spürte, daß dies ein Mann war, der große Achtung genoß, selbst unter diesen erbärmlichen Bedingungen.

Der alte Mann nickte und führte sie zum Schuppen. Als sie näherkamen, sah Jondalar, daß sich noch einige Leute darin befanden. Er duckte sich unter das tief herunterhängende Dach, und ein widerlicher Gestank schlug ihm entgegen. Auf einer Planke, die vielleicht vom Dach gerissen worden war, lag ein Mann, nur mit einem zerrissenen Stück Leder bedeckt. Der alte Mann zog die Decke beiseite und entblößte eine eiternde Wunde.

Jondalar war entsetzt. »Warum ist dieser Mann hier?«
»Das waren Epadoas Wolfsfrauen«, sagte Ebulan.
»Weiß S'Armuna davon? Sie könnte etwas für ihn tun.«
»S'Armuna! Ha! Wieso kommst du darauf, daß sie etwas für ihn tun würde« sagte Olamun, einer der Männer, die ihnen gefolgt waren. »Was glaubst du, wer Attaroa von Anfang an geholfen hat?«
»Aber sie hat meine Kopfwunde ausgewaschen«, sagte Jondalar.
»Dann muß Attaroa noch etwas mit dir vorhaben«, sagte Ebulan.
»Mit mir vorhaben? Was meinst du damit?«
»Sie behält gern die Männer, die jung und stark genug zum Arbeiten sind, solange sie sie beaufsichtigen kann«, sagte Olamun.
»Und was ist, wenn jemand nicht für sie arbeiten will?« fragte Jondalar. »Wie kann sie ihn beaufsichtigen?«
»Indem sie ihm Wasser und Essen vorenthält. Wenn das nicht wirkt, droht sie ihm mit seiner Sippe«, sagte Ebulan. »Wenn du weißt, daß der Mann deines Herdfeuers oder dein Bruder ohne Wasser und Nahrung in den Käfig gesteckt wird, tust du, was sie will.«
»In den Käfig?«
»Der Ort, an dem du gefangengehalten wurdest«, sagte Ebulan. Dann

lächelte er ironisch. »Wo du deinen prächtigen Mantel herhast.« Die anderen Männer lächelten ebenfalls.

Jondalar sah auf den Lederfetzen, den er in der Erdhütte aus der Zeltplane gerissen und sich um die Schultern geworfen hatte.

»Das war gar nicht übel«, sagte Olamun. »Ardemun hat uns berichtet, wie du fast den Käfig umgeworfen hast. Das hat sie wohl nicht erwartet.«

»Nächstemal sie macht stärkeren Käfig«, sagte ein anderer Mann. Es war nicht zu überhören, daß ihm die Sprache Schwierigkeiten bereitete. Ebulan und Olamun sprachen so fließend Mamutoi, daß Jondalar fast vergessen hatte, daß es nicht die Muttersprache dieser Leute war. Doch offensichtlich verstanden die meisten, was gesagt wurde.

Der Mann auf dem Boden stöhnte, und der alte Mann beugte sich nieder, um leise mit ihm zu sprechen. Jondalar bemerkte, daß am anderen Ende des Schuppens noch zwei andere Gestalten lagen.

»Es spielt keine Rolle. Wenn sie keinen Käfig hat, wird sie drohen, deine Sippe festzunehmen, damit du tust, was sie will. Wenn du dich mit jemandem zusammengetan hattest, bevor sie Anführerin wurde, und deinem Herdfeuer unglücklicherweise ein Sohn geboren wurde, kann sie alles mit dir machen«, sagte Ebulan.

Jondalar verstand nicht, was er meinte, und zog die Brauen zusammen. »Warum sollte es ein Unglück sein, einen Sohn am Herdfeuer zu haben?«

Ebulan blickte den alten Mann an. »S'Amodun?«

»Ich frage sie, ob sie den Zelandonii sehen wollen«, sagte er.

Es war das erste Mal, daß S'Amodun sprach, und Jondalar war überrascht, daß eine so tiefe und volle Stimme aus einem so schmächtigen Körper kommen konnte. S'Amodun ging hinüber zur anderen Seite des Schuppens und beugte sich zu den Gestalten hinunter, die in dem Winkel lagen, wo das abfallende Dach den Boden berührte. Sie konnten seine tiefe Stimme hören, aber nicht verstehen, was er sagte. Dann hörten sie den Klang jüngerer Stimmen. Mit Hilfe des alten Mannes stand eine der Gestalten auf und hinkte zu ihnen herüber.

»Das ist Ardoban«, verkündete der Alte.

»Ich bin Jondalar von der Neunten Höhle der Zelandonii, und im Namen Donis, der Großen Mutter Erde, grüße ich dich, Ardoban«, sagte er sehr förmlich und streckte dem Jüngling beide Hände entgegen. Er hatte das Gefühl, den Jungen mit größter Achtung behandeln zu müssen.

Der Junge versuchte, sich höher aufzurichten, doch dann krümmte er sich vor Schmerz zusammen. Er streckte die Hände nach Jondalar aus, um sich auf ihn zu stützen, aber dann hielt er mitten in der Bewegung inne.

»Ich ziehe es vor, Jondalar genannt zu werden«, sagte Jondalar mit einem Lächeln, um den peinlichen Augenblick zu überspielen.

»Ich Doban genannt. Nicht Ardoban. Attaroa immer sagt Ardoban. Sie möchte, ich sie nenne S'Attaroa. Ich sage es nicht mehr.«

Jondalar hob verwirrt die Augenbrauen.

»Das ist schwer zu übersetzen. Es ist eine Art der Respektbezeugung«, sagte Ebulan. »Sie gilt jemandem, der die höchste Achtung genießt.«

»Und Doban respektiert Attaroa nicht mehr.«

»Doban haßt Attaroa!« sagte der Jüngling, den Tränen nahe. Er wandte sich um und humpelte zurück. S'Amodun winkte sie hinaus, während er dem Jungen half.

»Was ist mit ihm geschehen?« fragte Jondalar, als sie draußen waren und sich einige Schritte vom Schuppen entfernt hatten.

»Sein Bein wurde ausgerenkt«, sagte Ebulan. »Attoroa hat das getan. Oder vielmehr, sie hat Epadoa befohlen, es zu tun.«

»Was?« rief Jondalar, die Augen ungläubig aufgerissen. »Willst du sagen, daß sie absichtlich das Bein dieses Kindes ausgerenkt hat?«

»Sie hat mit dem anderen Jungen dasselbe gemacht. Und mit Odevans jüngerem Bruder.«

»Womit will sie eine solche Ungeheuerlichkeit rechtfertigen?«

»Bei dem Jüngeren wollte sie ein Exempel statuieren. Die Mutter des Jungen mochte die Art nicht, in der Attaroa uns behandelte, und wollte ihren Gefährten wieder an ihrem Herdfeuer haben. Avanoa hat sich sogar manchmal hier hereingeschlichen und die Nacht mit ihm verbracht. Und sie hat uns heimlich etwas zu essen zugesteckt. Sie ist nicht die einzige, die das macht. Aber sie hat die anderen Frauen aufgehetzt, und Armodan, ihr Gefährte, hat sich Attaroa widersetzt und sich geweigert, zu arbeiten. Sie hat sich an dem Jungen gerächt. Sie sagte, mit sieben Jahren sei er alt genug, seine Mutter zu verlassen und bei den Männern zu leben. Aber zuerst hat sie ihm das Bein ausgerenkt.«

»Der andere Junge ist sieben Jahre alt?« fragte Jondalar. Er schüttelte entsetzt den Kopf. »Ich habe noch nie etwas so Grauenvolles gehört.«

»Odevan hat Schmerzen, und er vermißt seine Mutter; aber Ardobans Geschichte ist noch schlimmer.« Es war S'Amodun, der sprach. Er hatte den Schuppen verlassen und sich wieder der Gruppe angeschlossen.

»Es fällt schwer, sich etwas Schlimmeres vorzustellen«, sagte Jondalar.

»Ich glaube, er leidet mehr unter dem Gefühl, verraten worden zu sein, als unter den körperlichen Schmerzen«, sagte S'Amodun. »Für Ardoban war Attaroa wie eine Mutter. Seine wirkliche Mutter starb, als er noch sehr klein war, und Attaroa nahm ihn bei sich auf; aber sie behandelte ihn mehr wie ein Spielzeug als wie ein Kind. Sie zog ihm Mädchenkleider an und putzte ihn mit allem möglichen Firlefanz heraus. Doch sie ernährte ihn gut und gab ihm oft besondere Leckerbissen. Sie war sogar manchmal zärtlich zu ihm, und wenn ihr danach war, durfte er bei ihr in ihrem Bett schlafen. Aber wenn sie genug von ihm hatte, stieß sie ihn fort und ließ ihn auf dem Boden schlafen. Vor einigen Jahren begann Attaroa sich einzubilden, daß die Leute sie vergiften wollten.«

»Man sagt, sie habe dasselbe mit ihrem Gefährten gemacht«, warf Olamun ein.

»Sie ließ Ardoban alles vorkosten, bevor sie es anrührte«, fuhr der Alte fort. »Und als er älter wurde, band sie ihn manchmal fest, weil sie überzeugt war, daß er fortlaufen wollte. Doch sie war die einzige Mutter, die er kannte. Er liebte sie und suchte ihr alles recht zu machen. Er behandelte die anderen Jungen genau so, wie sie Männer behandelte, und begann den Männern zu sagen, was sie zu tun hätten. Natürlich ermutigte sie ihn dabei.«

»Er war nicht zu ertragen«, sagte Ebulan. »Man hätte glauben können, daß das ganze Lager ihm gehörte; und er drangsalierte die anderen Jungen derart, daß sie ihres Lebens nicht mehr froh wurden.«

»Aber was geschah?« fragte Jondalar.

»Er kam ins Alter der Mannbarkeit«, sagte S'Amodun. »Die Große Mutter kam zu ihm in Gestalt eines jungen Mädchens, als er schlief, und brachte seine Mannbarkeit zum Leben.«

»Natürlich. Das erleben alle jungen Männer«, sagte Jondalar.

»Attaroa fand es heraus«, sagte S'Amodun. »Es war, als wäre er absichtlich zum Mann geworden, um sie zu ärgern. Sie schrie ihn an, beschimpfte ihn; dann verbannte sie ihn ins Männer-Lager. Aber erst ließ sie ihm das Bein ausrenken.«

»Bei Odevan war es leichter«, sagte Ebulan. »Er war jünger. Ich bin gar nicht einmal sicher, ob sie anfangs überhaupt die Absicht gehabt hatten, ihm das Bein aus dem Gelenk zu zerren. Ich glaube, sie wollten nur, daß seine Mutter und ihr Gefährte ihn schreien hörten. Aber als es einmal geschehen war, erkannte Attaroa wohl, daß es ein gutes Mittel war, einen Mann unter ihre Gewalt zu bringen.«

»Sie hatte Ardemun als Beispiel«, sagte Olamun.

»Hat sie ihm auch das Bein ausgerenkt?« fragte Jondalar.

»In gewisser Weise«, sagte S'Amodun. »Es war ein Unfall; aber es geschah, als er zu fliehen versuchte. Attaroa ließ nicht zu, daß S'Armuna ihm half, obgleich sie es, glaube ich, wollte.«

»Aber es ist grausam, einen Jungen von zwölf Jahren zu verstümmeln. Er wehrte sich und schrie; doch es nützte ihm nichts«, sagte Ebulan. »Und ich sage dir, nachdem wir seine Qualen hier miterlebt haben, kann keiner ihm mehr böse sein. Er hat für sein kindisches Benehmen mehr als genug bezahlt.«

»Stimmt es, daß sie den Frauen gesagt hat, daß allen Kindern, einschließlich der noch ungeborenen, das Bein ausgerenkt wird, wenn sie Jungen sind?« fragte Olamun.

»Das hat Ardemun gesagt«, bestätigte Ebulan.

»Glaubt sie, daß sie der Großen Mutter vorschreiben kann, was sie zu tun hat? Nur noch Mädchen-Kinder zu machen?« fragte Jondalar. »Sie fordert ihr Schicksal heraus.«

»Vielleicht«, sagte Ebulan. »Aber nur die Mutter selbst kann sie noch von ihrem Weg abbringen, fürchte ich.«

»Ich glaube, der Zelandonii hat recht«, sagte S'Amodun. »Ich glaube, die Mutter hat sie bereits gewarnt. Denkt nur daran, wie wenige Kinder in den letzten Jahren geboren wurden. Diese letzte Schandtat, Kinder zu verstümmeln, ist vielleicht mehr, als die Mutter hinnehmen wird. Kinder müssen beschützt, sie dürfen nicht verletzt werden.«

»Ich weiß, daß Ayla es nie verstehen würde. Sie würde überhaupt nichts von dem verstehen, was hier geschieht«, sagte Jondalar. Dann erinnerte er sich und senkte den Kopf. »Aber ich weiß nicht einmal, ob sie noch lebt.«

Die Männer tauschten verstohlen Blicke aus und zögerten zu sprechen, obwohl ihnen allen dieselbe Frage auf den Lippen lag. Schließlich sagte Ebulan: »Ist das die Frau, von der du behauptest, daß sie auf dem Rücken von Pferden reiten kann? Sie muß eine Frau sein, die große Macht besitzt, wenn sie so etwas vermag.«

»Sie würde das nicht sagen.« Jondalar lächelte. »Aber ich glaube, sie hat mehr Macht, als sie zugestehen will. Sie reitet nicht auf allen Pferden. Sie reitet nur auf der Stute, die sie großgezogen hat, obwohl sie auch auf meinem Pferd geritten ist. Aber es ist schwerer zu lenken. Das war die Schwierigkeit...«

»Du kannst auch auf Pferden reiten?« fragte Olamun ungläubig.

»Ich kann auf einem reiten... Nun, ich kann auch auf ihrem reiten, aber...«

»Willst du damit sagen, daß die Geschichte, die du Attaroa erzählt hast, wahr ist?« fragte Ebulan.

»Natürlich ist sie wahr. Warum sollte ich mir so etwas ausdenken?« Er blickte die Männer an. »Vielleicht sollte ich mit dem Anfang beginnen. Ayla zog ein junges Stutfohlen auf...«

»Woher hatte sie das Stutfohlen?« fragte Olamun.

»Sie war auf der Jagd und tötete das Muttertier. Und dann entdeckte sie das Fohlen.«

»Aber warum hat sie es aufgezogen?« fragte Ebulan.

»Weil sie allein war. Und sie war allein, weil sie... Aber das ist eine andere Geschichte«, sagte Jondalar. »Jedenfalls sehnte sie sich nach Gesellschaft und entschloß sich, das Fohlen bei sich aufzunehmen. Sie nannte das Pferd Winnie, und als es größer wurde, schenkte es einem jungen Hengst das Leben, genau zu der Zeit, als wir einander begegneten. Sie lehrte mich, die Stute zu reiten, und gab mir den Hengst zur Ausbildung. Ich nannte ihn Renner. Wir sind den ganzen Weg vom Sommertreffen der Mamutoi, um die südlichen Ausläufer der Berge im Osten herum, auf dem Rücken der Pferde gereist. Es hat wirklich nichts mit geheimnisvollen Kräften zu tun. Es kommt nur darauf an, sie von Geburt an aufzuziehen – genau wie eine Mutter, die ihr Kind großzieht.«

»Nun, wenn du es sagst«, meinte Ebulan.

»Ich sage es, weil es wahr ist«, erwiderte Jondalar. Er sah ein, daß es sinnlos war, das Thema weiter zu verfolgen. Sie mußten es sehen, um es zu glauben; und es war unwahrscheinlich, daß sie jemals die Gelegenheit dazu haben würden. Ayla gab es nicht mehr, und auch nicht die Pferde.

In diesem Augenblick öffnete sich das Tor, und alle drehten sich um. Epadoa trat mit einigen ihrer Frauen ein. Nun, da er mehr von ihr wußte, betrachtete Jondalar aufmerksam die Frau, die den beiden Kindern so große Schmerzen zugefügt hatte. Er fragte sich, wer verabscheuungswürdiger war – diejenige, die die Schandtat geplant, oder diejenige, die sie ausgeführt hatte. Er zweifelte nicht im mindesten daran, daß auch Attarao zur Ausführung imstande gewesen wäre; es war offensichtlich, daß etwas mit ihr nicht stimmte. Irgendein böser Geist mußte in sie gefahren und ihr Wesen zerstört haben. Aber was war mit Epadoa? Sie schien gesund zu sein. Doch wie konnte sie zugleich so grausam und gefühllos sein? War auch in ihr etwas zerstört?

Zur allgemeinen Überraschung durchschritt Attaroa das Tor.

»Sie kommt nie hierher«, sagte Olamun. »Was kann sie wollen?« Ihr ungewöhnliches Verhalten ängstigte ihn.

Ihr folgten einige Frauen, die Platten mit dampfendem gekochtem Fleisch sowie Schüsseln mit einer duftenden Brühe trugen. Pferdefleisch! Waren die Jägerinnen zurückkehrt? Jondalar hatte schon lange kein Pferdefleisch mehr gegessen; der Gedanke daran sagte ihm keinesfalls zu. Aber es roch verlockend. Auch ein großer Wasserbeutel mit einigen Trinkgefäßen wurde hereingetragen.

Die Männer beobachteten den Aufzug der Frauen mit gierigen Augen; aber niemand rührte etwas an. Sie alle fürchteten, daß Attaroa bei der geringsten falschen Bewegung ihren Sinn ändern könnte, oder daß sie die dampfenden Speisen nur hereinbringen ließ, um sie ihnen wieder wegzunehmen.

»Zelandonii!« rief Attaroa und ließ den Namen wie einen Befehl klingen. Jondalar blickte sie an, als er sich ihr näherte. Sie sah fast männlich aus. Ihre Züge waren hart und scharf, aber gutgeschnitten und wohlproportioniert. Sie war schön – auf ihre Weise. Zumindest hätte sie es sein können, wenn sie nicht so herrisch gewirkt hätte. Aber der zusammengepreßte Mund verriet Grausamkeit, und ihre Augen zeigten, daß etwas in ihrer Seele zerstört war.

S'Armuna erschien an ihrer Seite. Sie muß mit den anderen Frauen hereingekommen sein, dachte er, obwohl er sie nicht bemerkt hatte.

»Ich spreche jetzt für Attaroa«, sagte sie auf Zelandonii.

»Es gibt viel, auf das du nur selbst eine Antwort geben kannst«, sagte Jondalar. »Wie konntest du das alles zulassen? Attaroa ist wahnsinnig, aber du nicht. Ich mache dich dafür verantwortlich.« Seine blauen Augen flammten auf vor Empörung.

Attaroa sprach ärgerlich mit der Schamanin.

»Sie will nicht, daß du mit mir redest. Ich bin hier, um für sie zu übersetzen. Attaroa wünscht, daß du sie ansiehst, wenn du sprichst«, sagte S'Armuna. Jondalar blickte die Anführerin an und wartete, während sie sprach. Dann begann S'Armuna zu übersetzen.

»Attaroa spricht jetzt: Wie gefällt dir deine neue – Unterkunft?«

»Wie kann sie erwarten, daß sie mir gefällt?« sagte Jondalar zu S'Armuna, die seinem Blick auswich und Attaroa ansah.

Ein maliziöses Lächeln spielte um den Mund der Anführerin. »Ich bin sicher, daß du schon allerlei über mich gehört hast; aber du solltest nicht alles glauben, was du hörst.«

»Ich glaube, was ich sehe«, sagte Jondalar.

»Nun, du hast gesehen, daß ich Essen gebracht habe.«

»Ich sehe niemanden essen; und ich weiß, daß sie hungrig sind.«

Ihr Lächeln wurde breiter, als sie die Übersetzung hörte. »Sie sollen anfangen, und du auch. Du wirst deine ganze Kraft brauchen.« Attaroa lachte laut auf.

»Davon bin ich überzeugt«, sagte Jondalar.

Nachdem S'Armuna seine Worte übersetzt hatte, drehte sich Attaroa abrupt um und gab der älteren Frau ein Zeichen, ihr zu folgen.

»Ich mache dich verantwortlich«, sagte Jondalar zu S'Armuna, als die Schamanin ihm den Rücken zuwandte und sich entfernte.

Sobald sich das Tor geschlossen hatte, sagte eine der Frauen: »Ihr solltet euch bedienen, bevor sie ihre Meinung ändert.«

Die Männer stürzten sich auf die am Boden abgestellten Fleischplatten. Als S'Amodun kam, blieb er stehen. »Sei vorsichtig, Zelandonii. Sie hat etwas mit dir vor.«

Die nächsten Tage vergingen langsam für Jondalar. Die Männer erhielten genügend Wasser, aber kaum mehr zu essen als sonst; und niemand durfte hinaus, selbst zur Arbeit nicht, was ungewöhnlich war. Es machte sie unruhig, zumal sogar Ardemun den Pferch nicht verlassen durfte. Seine Sprachkenntnisse hatten ihn nicht nur zum Dolmetscher gemacht, sondern auch zum Mittelsmann zwischen Attaroa und den Gefangenen. Da er ein lahmes, ausgerenktes Bein hatte, fühlte sie sich von ihm nicht bedroht. Auch bestand keine Gefahr, daß er fliehen würde. So konnte er sich freier im Lager bewegen als die anderen und brachte oft Berichte über das Leben außerhalb des Männer-Lagers mit.

Die meisten Männer verbrachten ihre Zeit mit Glücksspielen, wobei sie als zukünftig einzulösende Einsätze kleine Holzstücke, Kieselsteine und Knochenstücke von dem Fleisch verwendeten, das ihnen zugeteilt worden war. Ein abgenagter Knochen aus dem Unterschenkel eines Pferdes war eigens für diesen Zweck beiseitegelegt worden.

Jondalar beschäftigte sich am ersten Tag seiner Gefangenschaft damit, den Palisadenzaun zu untersuchen, der das Gehege umschloß. Er fand mehrere schwache Stellen, an denen es ihm möglich schien, den Zaun zu durchbrechen oder zu überklettern. Doch durch die Ritzen konnte er sehen, daß Epadoa und ihre Frauen ständig Wache hielten, und der Gedanke an den Mann mit der schrecklichen Wunde hielt ihn davon ab, einen solchen Versuch zu wagen. Er sah sich auch den Schuppen näher an, der ohne großen Aufwand zu reparieren und wetterfest zu machen war – wenn er nur Werkzeug und Material dazu gehabt hätte.

Nach allseitiger Übereinkunft war eine Seite der Einfriedung neben einem Steinhaufen – dem einzigen ins Auge fallenden Objekt außer dem Schuppen in ihrem ansonsten leeren Gefängnis – dem Platz vorbehalten worden, an dem die Männer ihre Notdurft verrichteten und ihre Abfälle beseitigten. Von Anfang an hatte Jondalar den Gestank wahrgenommen, der den ganzen Platz einhüllte. Es war am schlimmsten hinter dem Schuppen, in dem die eiternde Wunde des verletzten Mannes den üblen Geruch verstärkte. Jondalar vermied es, sich dort aufzuhalten; doch nachts hatte er keine andere Wahl. Er kauerte sich mit den anderen zusammen, um sich zu wärmen, und teilte seinen zerrissenen Lederumhang mit denen, die noch weniger zum Zudecken hatten.

In den darauffolgenden Tagen gewöhnte er sich an den Gestank und spürte seinen Hunger immer weniger. Aber er wurde empfindlicher gegenüber der Kälte und fühlte sich manchmal schwindlig und benommen. Auch wünschte er, er hätte Weidenrinde gegen seine Kopfschmerzen.

Die Verhältnisse änderten sich, als der Mann mit der Wunde schließlich starb. Ardemun ging ans Tor und verlangte, mit Attaroa oder Epadoa zu sprechen, damit der Leichnam fortgeschafft und beerdigt würde. Mehrere Männer wurden zu diesem Zweck hinausgelassen, und später hörten sie, daß jeder, der wollte, an der Bestattungszeremonie teilnehmen dürfte. Jondalar schämte sich fast der Erregung, die er bei dem Gedanken spürte, das Gehege verlassen zu können; es war der Tod eines der Ihren, dem er diese Gelegenheit verdankte.

Draußen warf die Sonne des späten Nachmittags lange Schatten über den Boden; sie hob die Konturen der fernen Berge hervor und ließ den Fluß unten silbrig aufleuchten. Jondalar fühlte sich fast überwältigt von der Schönheit des Landes und verlor sich in Gedanken, die jäh durch Epadoa und drei ihrer Frauen unterbrochen wurden. Sie hatten sich um ihn geschart und hielten ihre Speere gegen ihn gerichtet. Er mußte sich beherrschen, um nicht der Versuchung nachzugeben, sie beiseite zu stoßen.

»Sie möchte, daß du deine Hände auf den Rücken legst, damit sie sie zusammenbinden können«, sagte Ardemun. »Du darfst nur gehen, wenn du gefesselt bist.«

Jondalar runzelte die Stirn, aber er kam der Aufforderung nach. Als Ardemun folgte, begann er über seine Lage nachzudenken. Er wußte nicht genau, wo er eigentlich war und wie lange er schon festgehalten wurde, aber der Gedanke, noch länger in diesem Gefängnis zubringen zu müssen, ständig die Palisade vor Augen – das war mehr, als er ertragen konnte. Er mußte dort herauskommen, und zwar bald!

Sie gingen schweigend weiter. Ihre Füße wurden naß, als sie einen Bach überquerten. Die lieblos durchgeführte Beerdigung war bald vorüber, und Jondalar fragte sich, warum Attaroa sich überhaupt mit einer Bestattungszeremonie aufhielt, obwohl ihr der Mann, solange er noch lebte, völlig gleichgültig gewesen war. Wenn es nicht so gewesen wäre, könnte er heute noch am Leben sein. Er hatte den Mann nicht gekannt, wußte nicht einmal seinen Namen – er hatte ihn nur leiden sehen. Ein völlig unnötiges Leiden. Nun war er tot, war in die nächste Welt hinübergegangen, wo er frei war. Das war besser, als jahrelang auf einen Palisadenzaun zu starren.

So kurz die Zeremonie auch war, Jondalars Füße wurden kalt in den nassen Fußlingen. Auf dem Rückweg achtete er sorgfältiger auf den kleinen Flußlauf und versuchte, einige Trittsteine zu finden, um trockenen Fußes hinüberzukommen. Doch als er zu Boden blickte, vergaß er seine Absicht. Als seien sie eigens für ihn dorthin gelegt worden, fielen ihm zwei am Ufer liegende Steine ins Auge. Der eine war ein kleiner, doch wie zur Bearbeitung geschaffener Feuerstein, der andere ein rundlicher Stein, der genau in seine Hand zu passen schien – ein perfekter Hammer.

»Ardemun«, sagte er zu dem Mann hinter ihm. Dann sprach er in Zelandonii. »Siehst du die beiden Steine?« Er wies mit dem Fuß in die entsprechende Richtung. »Kannst du sie für mich holen? Es ist äußerst wichtig.«

»Ist das ein Feuerstein?«

»Ja, und ich bin ein Feuersteinschläger.«

Plötzlich schien Ardemun zu stolpern und fiel hart zu Boden. Der verkrüppelte Mann hatte Schwierigkeiten, wieder auf die Beine zu kommen. Eine der Frauen näherte sich ihm mit ihrem Speer. Sie fuhr einen Mann an, der ihm die Hand entgegenstreckte, um zu helfen. Epadoa kam zurück, um zu sehen, was die Männer aufgehalten hatte. Ardemun richtete sich auf, bevor sie vor ihm stand, und hörte sich ihre Beschimpfung mit schuldbewußter Miene an.

Als sie wieder im Gehege waren, gingen Ardemun und Jondalar an die Seite der Palisade, an der die Steine lagen. Als sie zum Schuppen zurückkehrten, berichtete Ardemun den Männern, daß die Jägerinnen mit weiterem Pferdefleisch ins Lager gekommen seien. Aber etwas war bei ihrer Rückkehr geschehen. Er wußte nicht, was; aber es hatte für Unruhe unter den Frauen gesorgt. Sie sprachen aufgeregt miteinander, doch er hatte nicht verstanden, um was es ging.

Am Abend erhielten die Männer wieder ihre Wasser- und Essenrationen; doch die Frauen, die sie ihnen brachten, hatten das Fleisch vorher zugeschnitten; sie verließen den Pferch sofort, nachdem sie die Schüsseln und Platten auf einige auf dem Boden liegende Klötze gestellt hatten. Die Männer redeten darüber, während sie aßen.

»Das ist eigenartig«, sagte Ebulan. Er sprach Mamutoi, damit Jondalar ihn verstehen konnte. »Ich glaube, den Frauen ist befohlen worden, nicht mit uns zu sprechen.«

»Das ergibt keinen Sinn«, sagte Olamun. »Auch wenn wir etwas wüßten, könnten wir nichts tun.«

»Du hast recht, Olamun. Es ergibt keinen Sinn. Aber ich stimme Ebulan zu. Ich glaube, den Frauen ist untersagt worden, mit uns zu reden«, sagte S'Amodun.

»Dann ist die Zeit günstig«, sagte Jondalar. »Wenn Epadoas Frauen damit beschäftigt sind, miteinander zu reden, merken sie vielleicht nichts.«

»Was sollen sie merken?« fragte Olamun.

»Ardemun hat ein Stück Feuerstein aufheben können...«

»Das war es also«, sagte Ebulan. »Ich habe mich schon gewundert, worüber er gestolpert ist.«

»Aber was nützt ein Stück Feuerstein?« sagte Olamun. Man braucht Werkzeuge, um es zu formen. Ich habe oft dem Feuersteinschläger zugesehen, bevor er starb.«

»Ja, aber er hat auch einen Hammerstein aufgehoben. Und dann liegt hier noch irgendwo ein Knochen. Das genügt, um ein paar Klingen abzuschlagen; und aus ihnen lassen sich Messer und Spitzen und andere Werkzeuge machen – wenn es ein guter Feuerstein ist.«

»Du bist ein Feuersteinschläger?« fragte Olamun.

»Ja, aber ich brauche Hilfe. Leute, die Lärm machen, um das Geräusch von Steinen zu übertönen, die auf Stein schlagen.«

»Aber selbst wenn er ein paar Messer herstellen kann – wozu sollen sie gut sein? Die Frauen haben Speere«, sagte Olamun.

»Zumindest sind sie gut genug, um Handfesseln durchzuschneiden«, sagte Ebulan. »Ich bin sicher, daß wir uns irgendeinen Wettkampf ausdenken können, der das Hämmern übertönt. Aber es ist schon fast dunkel.«

»Es ist noch hell genug. Es dauert nicht lange, die Werkzeuge und die Spitzen zu machen. Morgen kann ich dann im Schuppen arbeiten, wo sie mich nicht sehen. Ich brauche den Pferdeknochen und die Klötze und vielleicht eine Planke aus dem Schuppen. Ich könnte außerdem ein paar Sehnen gebrauchen, aber dünne Lederstreifen tun's auch. Und, Ardemun, wenn du irgendwo Federn findest, heb sie auf und bring sie mit.«

Ardemun nickte, dann fragte er: »Willst du etwas machen, das fliegt? Etwas wie einen Wurfspeer?«

»Ja, etwas, das fliegt. Es muß sorgfältig daran geschnitzt und gefeilt werden, und das braucht eine gewisse Zeit. Aber ich glaube, ich kann eine Waffe machen, die euch überraschen wird«, sagte Jondalar.

ACHTUNDZWANZIGSTES KAPITEL

Bevor Jondalar am nächsten Morgen weiter an den Feuersteinwerkzeugen arbeitete, sprach er mit S'Amodun über die beiden verletzten Jungen. Er hatte während der Nacht darüber nachgedacht und war auf die Idee gekommen, daß sie trotz ihrer Behinderung ein unabhängiges und nützliches Leben führen könnten, wenn sie ein Handwerk wie die Feuersteinbearbeitung lernen würden.

»Glaubst du wirklich, daß sie je die Gelegenheit dazu erhalten werden, solange Attaroa Anführerin ist?« fragte S'Amodun.

»Sie läßt Ardemun größere Freiheiten. Vielleicht erkennt sie, daß auch die beiden Jungen keine Bedrohung für sie darstellen, und gestattet ihnen, häufiger das Gehege zu verlassen. Selbst Attaroa kann sich der Einsicht nicht verschließen, daß es gut wäre, zwei tüchtige Feuersteinschläger im Lager zu haben. Die Waffen ihrer Jägerinnen sind schlecht gemacht«, sagte Jondalar. »Und wer weiß, wie lange sie noch Anführerin ist?«

S'Amodun blickte den blonden Fremden nachdenklich an. »Ich frage mich, ob du mehr weißt als ich«, sagte er. »Auf jeden Fall werde ich veranlassen, daß die beiden dir bei der Arbeit zusehen.«

Jondalar hatte am Abend zuvor im Freien gearbeitet, damit die scharfen Splitter, die beim Zuhauen des Feuersteins abbrachen, nicht überall in ihrer einzigen Unterkunft verstreut wurden. Er hatte sich eine Stelle hinter dem Steinhaufen in der Nähe des Platzes ausgesucht, an dem sie ihre Abfälle vergruben. Wegen des Gestanks, der dort herrschte, vermieden gewöhnlich die Wachen diese Seite des Pferchs, und deshalb war es dort am sichersten.

Die klingenförmigen Stücke, die er vom Feuersteinkern abgeschlagen hatte, waren mindestens viermal so lang wie breit; sie bildeten die Rohlinge, aus denen andere Werkzeuge gemacht wurden. Die Kanten waren rasiermesserscharf und schnitten durch festes Leder, als wäre es Fett. Sie waren tatsächlich so scharf, daß sie oft abgestumpft wurden, damit das Werkzeug verwendet werden konnte, ohne den Benutzer zu verletzen.

Am nächsten Morgen suchte sich Jondalar einen Platz im Schuppen, der ihm genügend Licht bot. Dann schnitt er ein Stück Leder aus seinem Umhang und breitete es auf dem Boden aus, um die bei der Arbeit anfallenden scharfen Feuersteinsplitter aufzufangen. Während die beiden lahmen Jungen und mehrere Männer um ihn herumsaßen, zeigte er, wie aus einem harten, ovalen Stein und einigen Knochenstücken Werkzeuge gemacht werden konnten, die dazu dienten, Gegenstände aus Leder, Holz und Knochen anzufertigen. Sie sahen ihm fasziniert zu, obwohl sie zwischendurch immer wieder aufstehen und ihren normalen Beschäftigungen nachgehen mußten, um die Aufmerksamkeit der Wachen nicht zu erregen. Dann kamen sie zurück und kauerten sich zusammen, als wollten sie sich wärmen, und bildeten auf diese Weise mit ihren Körpern einen Schutzschild, der Jondalar vor den Blicken der Wachen abschirmte.

Er hob eine Klinge auf und betrachtete sie prüfend. Er wollte verschiedene Werkzeuge machen, und überlegte, welches von ihnen am besten diesem Rohling entsprach. Eine lange, scharfe Kante war fast gerade, die andere war etwas gebogen. Er begann damit, die unebene Kante abzustumpfen, indem er sie einige Male mit dem Hammerstein abschabte. Die andere Seite ließ er, wie sie war. Dann bearbeitete er unter leichtem Druck mit einem spitz zulaufenden Knochenstück das abgerundete Ende des Steins, indem er sorgfältig kleine Splitter abschlug, bis es eine Spitze bildete. Wenn er Sehnen, Leim, Pech oder ein anderes Material gehabt hätte, hätte er einen Griff daran befestigen können. Doch so, wie er das Werkzeug jetzt aus der Hand legte, war es ein gebrauchsfertiges Messer.

Während es herumgereicht und an einem Haar oder einem Stück Leder erprobt wurde, hob Jondalar einen anderen Rohling auf. Beide Kanten verjüngten sich in der Mitte. Indem er mit dem runden Ende des Knochens sanften Druck ausübte, brach er nur die schärfsten Kanten an den beiden Seiten ab, so daß sie leicht stumpf, doch insgesamt stärker wurden und das Stück nun als Schaber verwendet werden konnte, um Holz oder Knochen zu glätten. Er zeigte, wie es zu benutzen sei, und ließ es ebenfalls herumgehen.

Den nächsten Rohling stumpfte er an beiden Kanten ab, so daß er gut in der Hand lag. Dann entfernte er mit sorgfältig plazierten Schlägen einige Splitter an einem Ende, das jetzt eine scharfe, meißelartige Spitze bildete. Um zu zeigen, wie das Werkzeug zu gebrauchen war, schnitt er eine Furche in ein Knochenstück und vertiefte sie, wobei die abgeschabten Knochenteilchen sich aufrollten. Er erläuterte, wie ein Stiel, ein Knauf oder ein Heft zugeschnitten und glattgeschabt werden konnten.

Jondalars Vorführung glich einer Offenbarung. Keiner der Jungen oder der jüngeren Männer hatte jemals einen erfahrenen Feuersteinschläger bei der Arbeit gesehen; und nur wenige der Älteren konnten sich an einen erinnern, der so geschickt war. In der kurzen Zeit der Dämmerung hatte er am Vorabend fast dreißig brauchbare Rohlinge aus dem Feuerstein gehauen, bevor der Kern zur weiteren Bearbeitung zu klein geworden war. Am nächsten Tag hatten die meisten Männer mindestens eines der Werkzeuge, die er für sie gemacht hatte, in Gebrauch.

Dann versuchte er die Jagdwaffe zu erklären, die er ihnen zeigen wollte. Einige der Männer schienen ihn sofort zu verstehen, obwohl sie ausnahmslos bezweifelten, daß ein mit einer Speerschleuder geworfener Speer auch nur annähernd die Treffsicherheit und Wucht erreichen würde, die er voraussagte. Andere schienen überhaupt nicht zu begreifen, was er meinte. Aber das spielte keine Rolle.

Wichtig war allein, daß sie gute Werkzeuge besaßen und wieder das Gefühl hatten, eine sinnvolle Tätigkeit zu verrichten. Und die bloße Tatsache, etwas zu tun, das gegen Attaroa gerichtet war, hob die Stimmung im Männerlager und nährte die Hoffnung, eines Tages vielleicht wieder das eigene Schicksal bestimmen zu können.

Epadoa und ihre Frauen spürten in den nächsten Tagen, daß sich das Verhalten der Gefangenen verändert hatte und daß etwas vor sich ging, von dem sie nichts wußten. Der Gang der Männer schien leichter und federnder geworden zu sein, und sie lächelten zuviel; aber so sehr Epadoa sich auch bemühte, der Sache auf den Grund zu gehen – sie konnte nichts entdecken. Die Männer hatten sorgfältig darauf geachtet, nicht nur die von Jondalar angefertigten Messer, Schaber und Meißel vor ihr zu verbergen, sondern auch die Gegenstände, die sie damit bearbeiteten, und sogar die bei der Arbeit anfallenden Abfälle. Die kleinsten Feuersteinsplitter, die winzigsten Holz- oder Knochenreste wurden sofort im Schuppen vergraben und mit einer Planke oder einem Stück Leder bedeckt.

Am meisten hatten sich die beiden verkrüppelten Jungen verändert. Jondalar zeigte ihnen nicht nur, wie die Werkzeuge gemacht wurden; er stellte auch eigene Werkzeuge für sie her und unterwies sie in ihrem Gebrauch. Sie verkrochen sich nicht mehr im dunkelsten Winkel des Schuppens, sondern begannen, mit den anderen Jungen im Gehege Bekanntschaft zu schließen. Beide vergötterten den blonden Zelandonii, besonders Doban – er war alt genug, um zu begreifen, was Jondalar für sie tat –, obwohl er es nicht offen zeigte.

Solange er sich erinnern konnte, hatte sich Ardoban in Gesellschaft der unberechenbaren und tyrannischen Attaroa hilflos gefühlt – ohnmächtig Bedingungen ausgesetzt, die er nicht beeinflussen konnte. Tag für Tag hatte er erwartet, daß etwas Schreckliches mit ihm geschehen würde; und nach der schmerzhaften und entsetzlichen Verletzung, die er erfahren hatte, war er überzeugt gewesen, daß sein Leben nur schlimmer werden konnte. Er hatte oft gewünscht, tot zu sein. Doch daß jemand kommen konnte, der zwei Steine von einem Flußufer aufhob, um mit ihnen durch die Geschicklichkeit seiner Hände die Hoffnung zu erwecken, diese Welt zu ändern, hatte einen tiefen Eindruck in ihm hinterlassen. Doban fürchtete sich, darum zu bitten – er konnte immer noch niemandem vertrauen –, doch mehr als alles andere sehnte er sich danach, Werkzeuge aus Stein herzustellen.

Jondalar spürte sein Interesse und wünschte, er hätte mehr Feuersteine, um ihn in die Lehre zu nehmen oder ihm zumindest etwas zu tun zu geben. Gab es bei diesen Leuten eine Art von Sommertreffen, wo sie Ideen und Informationen und Waren austauschen konnten? Es mußte Feuersteinschläger in der Nähe geben, die Doban unterweisen konnten. Er müßte ein Handwerk lernen, bei dem es nicht darauf ankam, daß er lahm war.

Nachdem Jondalar eine Speerschleuder aus Holz angefertigt hatte, um ihnen eine Vorlage zu geben, nach der sie arbeiten konnten, begannen mehrere Männer das seltsame Gerät nachzubauen. Er machte auch Speerspitzen aus einigen der Feuersteinrohlinge, und aus dem stärksten Leder, das sie hatten, schnitt er dünne Streifen zur Befestigung der Spitzen. Ardemun entdeckte sogar das Bodennest eines Steinadlers und brachte ein paar gute Flugfedern mit. Das einzige, was fehlte, waren Speerschäfte.

Um wenigstens das Material zu nutzen, das ihnen zur Verfügung stand, schnitt Jondalar mit dem scharfen Meißel ein langes, schmales Stück Holz aus einer Planke. Er verwendete es, um den jüngeren Männern zu zeigen, wie man die Spitzen und die Federn am Schaft anbringen und die Speerschleuder halten mußte. Ohne die Waffe aus der Hand zu lassen, unterwies er sie auch in den Grundtechniken des Speerwurfs. Doch einen Speer aus einer Holzplanke zu schneiden war ein mühsames Unterfangen. Außerdem war das Holz morsch und zerbrach leicht.

Was er brauchte, waren schlanke, junge Bäume oder lange Äste, die man geradebiegen konnte; doch dazu brauchte er die Wärme eines Feuers. Er hatte das Gefühl, in dem Gehege zu verkümmern. Wenn er nur hinauskäme, um etwas zu finden, aus dem man Schäfte machen konnte! Wenn er Attaroa nur überreden könnte, ihn hinauszulassen! Als er beim Einschlafen mit Ebulan über seine Wünsche sprach, sah der Mann ihn seltsam an und wollte etwas sagen. Doch dann schüttelte er den Kopf, schloß die Augen und drehte sich um. Eine eigenartige Reaktion, dachte Jondalar. Dann begann er, seinen Gedanken nachzuhängen, und schlief schließlich ein.

Auch Attaroa hatte über Jondalar nachgedacht. Sie freute sich auf die Abwechslung, die er ihr in dem bevorstehenden langen Winter bieten würde. Sie würde Herrschaft über ihn gewinnen, ihn zwingen, ihr zu gehorchen, und jedem zeigen, daß sie stärker war als der große, gutaussehende Mann. Und wenn sie mit ihm fertig war, hatte sie etwas anderes mit ihm vor. Sie hatte sich gefragt, ob es Zeit sei, ihn für sich arbeiten zu lassen. Epadoa hatte ihr berichtet, daß im Gehege etwas vor sich ging, an dem der Fremde beteiligt war. Vielleicht war es gut, dachte Attaroa, ihn eine Weile von den anderen Männern abzusondern und ihn vielleicht wieder in den Käfig zu stecken.

Am Morgen sagte sie den Frauen, sie brauche Arbeiter und wünsche, daß der Zelandonii darunter sei. Jondalar war froh, hinauszukommen und etwas anderes zu sehen als die nackte Erde und die ewig gleichen Gesichter. Es war das erste Mal, daß ihm gestattet wurde, außerhalb des Pferchs zu arbeiten. Er hatte keine Ahnung, was sie mit ihm vorhatte, aber er hoffte auf eine Gelegenheit, nach jungen, geraden Bäumen Ausschau halten zu können. Sie ins Gehege zu schaffen war ein anderes Problem.

Später am Tag verließ Attaroa ihre Erdhütte, begleitet von zwei ihrer Frauen und S'Armuna. Sie trug – herausfordernd – Jondalars Felljacke. Die Männer hatten Mammutknochen getragen, die von einem anderen Platz herangeschafft worden waren, und stapelten sie an einer von Attaroa bezeichneten Stelle auf. Sie hatten den ganzen Morgen bis spät in den Nachmittag gearbeitet, ohne etwas zu essen und kaum etwas zu trinken bekommen zu haben. Obgleich er außerhalb des Geheges war, hatte Jondalar nicht nach möglichen Speerschäften ausschauen, geschweige denn darüber nachdenken können, wie man sie zuschneiden und in die Einfriedung schaffen könnte. Er wurde zu scharf bewacht und hatte keine Zeit gehabt, sich auszuruhen. Er war nicht nur enttäuscht; er war müde und hungrig, durstig und zornig.

Er legte ein Ende des Knochens nieder, den er und Olamun getragen hatten; dann richtete er sich auf und wandte sich der Frau zu. Als Attaroa sich ihm näherte, bemerkte er, wie groß sie war, größer als viele Männer. Sie hätte sehr attraktiv sein können, dachte er. Was war mit ihr geschehen, daß sie die Männer so haßte?

»Nun, Zelandonii, willst du uns wieder eine Geschichte erzählen? Ich lasse mich gern unterhalten«, übersetzte S'Armuna.

»Ich habe dir keine Geschichte erzählt. Ich habe dir die Wahrheit gesagt«, antwortete Jondalar.

»Daß du mit einer Frau gereist bist, die auf dem Rücken von Pferden reitet? Wo ist diese Frau denn? Wenn sie so mächtig ist, wie du sagst, warum ist sie dann nicht gekommen, um dich zurückzufordern?« sagte Attaroa, die Hände auf die Hüften gestemmt.

»Ich weiß nicht, wo sie ist. Ich wünschte, ich wüßte es. Ich fürchte, sie ist mit den Pferden, die ihr gejagt habt, über die Klippe gerissen worden«, sagte Jondalar.

»Du lügst, Zelandonii! Meine Jägerinnen haben weder eine Frau auf dem Rücken eines Pferdes gesehen noch die Leiche einer Frau bei den Pferden gefunden. Ich nehme an, du hast gehört, daß auf Diebstahl bei den S'Armunai die Todesstrafe steht. Und jetzt versuchst du dich herauszulügen«, sagte Attaroa.

Sie haben keine Leiche gefunden? Jondalar war zutiefst erleichtert, als er S'Armunas Übersetzung hörte. Hoffnung keimte in ihm auf, daß Ayla vielleicht noch am Leben war.

»Warum lächelst du, wenn ich dir sage, daß die Strafe für Diebstahl der Tod ist? Zweifelst du daran, daß ich dich töten lasse?« sagte Attaroa. Sie wies erst auf ihn, dann auf sich selbst, um ihren Worten Nachdruck zu verleihen.

»Der Tod?« fragte er und erbleichte. Konnte jemand zum Tode verurteilt werden, weil er Pferde gejagt hatte? Er war bei dem Gedanken, daß Ayla noch am Leben sein könnte, so glücklich gewesen, daß er ihre weiteren Worte nicht erfaßt hatte. Als er es tat, stieg wieder der Zorn in ihm hoch.

»Pferde wurden nicht den S'Armunai allein gegeben. Sie sind für alle Erdenkinder da. Wie kannst du die Jagd auf sie als Diebstahl bezeichnen? Selbst wenn ich die Pferde gejagt hätte, hätte ich es nur getan, um mir Nahrung zu verschaffen.«

»Ha! Du hast dich selbst in deinem Lügengewebe verstrickt. Du gibst also zu, daß du die Pferde gejagt hast.«

»Nein. Ich habe gesagt: ›Selbst wenn ich die Pferde gejagt hätte.‹ Ich habe nicht gesagt, daß ich sie gejagt habe.« Er sah die Übersetzerin an. »Sag ihr, S'Armuna, Jondalar von den Zelandonii, Sohn Marthonas, der einstigen Anführerin der Neunten Höhle, lügt nicht.«

»Jetzt behauptest du, der Sohn einer Frau zu sein, die Anführerin war? Dieser Zelandonii ist ein ausgemachter Lügner. Erst tischt er uns eine Lüge über eine geheimnisvolle Frau auf, und dann kommt er uns mit einer Anführerin!«

»Ich habe viele Frauen gekannt, die Anführerinnen waren. Du bist nicht die einzige, Attaroa. Viele Mamutoi-Frauen sind Anführerinnen.«

»Nein! Sie teilen sich die Führung mit einem Mann.«

»Meine Mutter war zehn Jahre lang Anführerin. Sie wurde es, als ihr Gefährte starb; und sie teilte die Führung mit niemandem. Sie wurde von Männern und Frauen gleichermaßen respektiert und hat die Führung an meinen Bruder Joharran freiwillig übergeben. Die Leute wollten es nicht.«

»Gleichermaßen von Männern und Frauen respektiert? Nun hört euch das an! Du glaubst wohl, ich kenne keine Männer, Zelandonii? Du glaubst wohl, ich sei immer allein gewesen? Bin ich so häßlich, daß kein Mann mich haben will?«

Attaroa schrie ihn fast an, und S'Armuna übersetzte fast gleichzeitig, als wüßte sie im voraus, was die Anführerin sagen wollte. Jondalar vergaß, daß die Schamanin für sie übersetzte; es war, als redete Attaroa selbst mit ihm; aber die gelassene Art, in der S'Armuna ihre Worte wiedergab, verfremdete auf seltsame Weise den aggressiven Ton der zornig auf ihn einredenden Frau. Ein bitterer, verstörter Ausdruck trat in ihre Augen, als sie sich wieder an Jondalar wandte.

»Mein Gefährte war hier der Anführer. Er war ein starker Anführer, ein starker Mann.« Attaroa schwieg plötzlich.

»Viele Leute sind stark. Stärke macht nicht den Anführer aus«, sagte Jondalar.

Attaroa beachtete seine Worte nicht. Sie hörte ihm gar nicht zu. Sie schwieg, um ihren eigenen Gedanken zu lauschen, um ihre Erinnerungen zu ordnen. »Brugar war ein so starker Anführer, daß er mich jeden Tag schlagen mußte, um es zu beweisen.« Sie lachte höhnisch. »Ist es nicht ein Jammer, daß die Pilze, die er aß, giftig waren?« Ihr Lächeln war böse. »Ich habe den Sohn seiner Schwester in fairem Kampf geschlagen, um Anführerin zu werden. Er war ein Schwächling. Er starb.« Sie blickte Jondalar an. »Aber du bist kein Schwächling, Zelandonii. Möchtest du nicht mit mir um dein Leben kämpfen?«

»Ich habe nicht das Bedürfnis, mit dir zu kämpfen, Attaroa. Aber ich werde mich verteidigen, wenn es sein muß.«

»Nein, du willst nicht mit mir kämpfen, weil du weißt, daß ich gewinne. Ich bin eine Frau. Ich habe die Macht Munas auf meiner Seite. Die Mutter hat die Frauen ausgezeichnet; sie sind es, die das Leben erhalten. Sie sollten auch die Anführerinnen sein«, sagte Attaroa.

»Nein«, sagte Jondalar. Einige der umstehenden Leute zuckten zusammen, als er Attaroa so offen widersprach. »Führung kommt nicht notwendigerweise denjenigen zu, die von der Mutter gesegnet sind; sie kommt auch nicht denen zu, die körperlich stark sind. Ein Anführer – jeder Anführer, wie beispielsweise der von Beerensammlern – ist derjenige, der weiß, wo die Beeren wachsen, wann sie reif und wie sie am besten zu pflücken sind.« Jondalar begann, das Gespräch an sich zu reißen. »Ein Anführer muß zuverlässig, vertrauenswürdig sein; er muß wissen, was er tut.«

Attaroa zog finster die Brauen zusammen. Seine Worte verfehlten ihre Wirkung auf sie; sie ließ nur ihre eigene Meinung gelten. Aber sie mißbilligte den anklagenden Ton in seiner Stimme. Er hatte nicht das Recht, so offen zu sprechen!

»Es ist gleichgültig, um welche Aufgabe es sich handelt«, fuhr Jondalar fort. »Der Anführer bei einer Jagd ist derjenige, der weiß, wo die Tiere sich aufhalten und wann sie an einem bestimmten Ort zu finden sind. Er ist derjenige, der ihre Spuren verfolgen kann. Er ist der Geschickteste. Marthona hat immer gesagt, wer Leute führt, sollte um das Wohl der Leute besorgt sein, die er führt. Ist er es nicht, so wird er nicht lange Anführer bleiben.« Jondalar gab seiner Empörung unverhohlen Ausdruck, ohne auf die finstere Miene Attaroas zu achten. »Welche Rolle sollte es spielen, ob sie Frauen oder Männer sind?«

»Ich erlaube keinem Mann mehr, Anführer zu sein«, unterbrach ihn Attaroa. »Hier wissen die Männer, daß Frauen die Anführer sind. Die Kinder werden so erzogen, daß sie das rechtzeitig begreifen. Hier sind Frauen die Jäger. Wir brauchen keine Männer, um Spuren zu verfolgen. Glaubst du, daß Frauen nicht jagen können?«

»Natürlich können Frauen jagen. Meine Mutter war eine Jägerin, bevor sie Anführerin wurde; und die Frau, mit der ich gereist bin, war eine der besten Jägerinnen, die ich je kennengelernt habe. Sie liebte die Jagd und verstand es wie niemand sonst, Spuren zu lesen. Ich kann einen Speer weiter werfen als sie, aber sie trifft genauer. Sie kann mit einem einzigen Stein aus ihrer Schleuder einen Vogel vom Himmel holen oder ein Kaninchen im vollen Lauf erlegen.«

»Noch mehr Geschichten!« rief Attaroa verächtlich. »So etwas läßt sich leicht behaupten – von einer Frau, die es gar nicht gibt. Meine Frauen haben nicht gejagt; sie durften es nicht. Als Brugar Anführer war, durfte keine Frau eine Waffe anrühren. Und es war nicht leicht für uns, als ich Anführerin wurde. Niemand wußte, wie man jagt; aber ich habe es ihnen beigebracht. Siehst du diese Übungsziele?«

Attaroa wies auf eine Reihe in den Boden gerammter Pfähle. Er hatte sie schon vorher bemerkt, ohne sich über ihren Zweck im klaren gewesen zu sein. Jetzt sah er, daß an einem von ihnen ein Pferdekadaver an einem dicken hölzernen Pflock hing. Einige Speere ragten aus ihm heraus.

»Die Frauen müssen jeden Tag üben – nicht nur, mit den Speeren zuzustoßen, sondern auch, sie zu werfen. Die besten von ihnen werden meine Jägerinnen. Doch wir konnten schon jagen, bevor wir lernten, Speere zu machen und zu gebrauchen. Nördlich von hier gibt es eine Klippe, nicht weit von dem Platz entfernt, an dem ich aufgewachsen bin. Die Leute dort jagen Pferde mindestens einmal im Jahr die Klippe hinunter. Wir haben gelernt, sie auch so zu jagen. Es ist nicht schwer, sie über eine Klippe zu treiben, wenn man weiß, womit man sie locken kann.«

Attaroa sah Epadoa mit unverhohlenem Stolz an. »Epadoa hat herausgefunden, wie scharf Pferde auf Salz sind. Sie hat die Frauen dazu gebracht, die Pferde damit zu ködern. Meine Jägerinnen sind meine Wölfe«, sagte Attaroa und ließ ihren Blick über die mit Speeren bewaffneten Frauen schweifen, die sich um sie geschart hatten.

Sie waren offensichtlich glücklich über das Lob, das ihnen zuteil wurde. Jondalar hatte vorher ihrer Kleidung keine große Bedeutung geschenkt; jetzt bemerkte er, daß alle Jägerinnen etwas trugen, das von einem Wolf stammte. Die meisten trugen Kapuzen, die mit Wolfsfell abgesetzt waren, und einen oder mehrere Wolfszähne, die ihnen an einer Schnur um den Hals hingen. Epadoas Kapuze war völlig aus Wolfsfell gefertigt, und der obere Teil bestand aus einem Wolfskopf mit entblößten Fangzähnen.

»Ihre Speere sind ihre Fänge; sie töten im Rudel und schlagen die Beute. Ihre Füße sind Klauen; sie sind auf der Pirsch und jagen den Hirsch. Sie kennen weder Rast noch Ruh«, sagte Attaroa in einem rhythmischen Singsang, als zitierte sie etwas, das sie schon oft wiederholt hatte. »Epadoa ist ihre Anführerin, Zelandonii. Ich würde nicht versuchen, sie zu überlisten. Sie ist sehr schlau.«

»Davon bin ich überzeugt«, sagte Jondalar. Er konnte nicht umhin, etwas wie Bewunderung für das zu empfinden, was diese Frauen ohne fremde Hilfe erreicht hatten. »Es scheint mir nur so sinnlos, daß die Männer müßig herumsitzen, obwohl sie auch ihren Beitrag leisten könnten, bei der Jagd, bei der Nahrungsbeschaffung, beim Herstellen von Werkzeugen. Dann brauchten die Frauen nicht die ganze Arbeit zu machen. Ich sage nicht, daß Frauen es nicht können; aber warum sollen sie für die Männer mitarbeiten?«

Attaroa lachte – jenes wahnsinnige Lachen, das ihn erschauern ließ. »Das habe ich mich auch gefragt. Frauen sind es, die neues Leben hervorbringen.

Wozu brauchen wir Männer? Einige der Frauen wollen nicht auf die Männer verzichten. Aber wozu sind sie gut? Für die Wonnen? Es sind die Männer, die Wonne empfinden. Wir haben Besseres zu tun, als den Männern Wonne zu bereiten. Statt mit einem Mann ein Herdfeuer zu teilen, habe ich Frauen um mich versammelt. Sie teilen sich die Arbeit; sie helfen einander; sie versorgen ihre Kinder; sie verstehen einander. Wenn es keine Männer gibt, wird die Mutter die Geister der Frauen miteinander vermischen. Und dann werden nur noch Mädchen geboren.«

Hatte sie recht? Jondalar bezweifelte es. S'Amodun hatte gesagt, daß in den letzten Jahren nur noch wenige Kinder geboren worden waren. Plötzlich dachte er an Aylas Vorstellung, daß die Wonnen, die Männer und Frauen miteinander teilten, neues Leben in einer Frau entstehen ließen. Attaroa hatte die Männer von den Frauen getrennt. War das der Grund, weshalb es so wenige Kinder gab?

»Wie viele Kinder sind denn geboren worden?« fragte er.

»Nicht viele, aber einige. Und wo einige sind, können mehr kommen.«

»Sind alle Mädchen?«

»Die Männer sind noch zu nahe. Es verwirrt die Mutter. Bald werden alle Männer verschwunden sein. Dann werden wir sehen, wie viele Jungen noch geboren werden«, sagte Attaroa.

»Oder wie viele Kinder überhaupt«, sagte Jondalar. »Die Große Erdmutter hat sowohl Frauen wie auch Männer geschaffen, und wie sie gebären die Frauen männliche und weibliche Kinder. Aber es ist die Große Mutter, die entscheidet, welcher Geist eines Mannes sich mit dem einer Frau vermischt. Glaubst du wirklich, daß du ändern kannst, was sie bestimmt hat?«

»Belehre mich nicht darüber, was die Mutter bestimmt hat! Du bist keine Frau, Zelandonii«, sagte sie. »Du willst nur nicht hören, wie wertlos du bist. Oder du möchtest nicht auf deine Wonnen verzichten. Das ist es, ja?«

Plötzlich änderte Attaroa ihren Ton und begann, affektiert zu schnurren. »Möchtest du Wonnen genießen, Zelandonii? Wenn du nicht mit mir kämpfen willst – was willst du tun, um deine Freiheit zu erlangen? Ah, ich weiß! Selbst Attaroa könnte einem so starken, gutaussehenden Mann Wonnen schenken. Aber kannst du Attaroa Wonnen geben?«

S'Armunas vergeblicher Versuch, sich dem Ton der Frau anzupassen, erinnerte ihn wieder daran, daß die Worte, die er hörte, übersetzt waren. Es war eine Sache, als Attaroa, die Anführerin, zu sprechen; als Attaroa, die Frau, zu sprechen war eine andere. S'Armuna konnte die Worte übersetzen; aber sie konnte nicht die Persönlichkeit der Frau annehmen, der sie ihre Stimme lieh.

»So groß, so blond – er könnte der Gefährte der Mutter selbst sein. Sieh, er ist noch größer als Attaroa; und das sind nicht viele Männer. Du hast schon vielen Frauen Wonnen geschenkt, nicht wahr? Hast du sie alle beglückt, Zelandonii-Mann?«

Jondalar antwortete nicht. Ja, es gab eine Zeit, in der er es genoß, mit vielen Frauen die Wonnen zu teilen; aber jetzt gab es nur noch Ayla. Ein Gefühl schmerzlichen Grams ergriff ihn. Was sollte er ohne sie machen? War es nicht gleichgültig, ob er lebte oder tot war?

»Komm, Zelandonii, wenn du Attaroa Lust schenkst, kannst du deine Freiheit haben. Attaroa weiß, daß du es kannst.« Sie schritt verführerisch auf ihn zu. »Siehst du? Attaroa gibt sich dir hin. Zeig jedem, wie ein starker Mann eine Frau beglückt. Teile die Gabe Munas, der Großen Erdmutter, mit Attaroa, Jondalar von den Zelandonii.«

Attaroa legte ihm die Arme um den Hals und schmiegte sich an ihn. Jondalar reagierte nicht. Sie versuchte, ihn zu küssen; aber er war zu groß und beugte seinen Kopf nicht. Sie war keinen Mann gewohnt, der größer war als sie. Sie war vor allem nicht gewohnt, einen Mann zu küssen, der sich ihrem Kuß verweigerte. Sie fühlte sich erniedrigt, und Zorn flammte in ihr auf.

»Zelandonii, ich bin bereit, dir eine Chance zu geben, deine Freiheit zu erlangen.«

»Ich teile nicht die Gabe der Wonne unter diesen Bedingungen«, sagte Jondalar. Seine ruhige, beherrschte Stimme verbarg nicht ganz die Empörung, die er in sich aufsteigen fühlte. Wie konnte sie es wagen, die Mutter derart zu beleidigen? »Die Gabe ist heilig; sie soll freiwillig und mit Freude geteilt werden. Mit dir zu schlafen, wäre eine Verhöhnung der Mutter. Es würde ihre Gabe entweihen und sie ebenso erzürnen, als nähme ich eine Frau gegen ihren Willen. Ich wähle die Frau aus, mit der ich schlafen will, und ich habe nicht den Wunsch, die Gabe der Mutter mit dir zu teilen, Attaroa.«

Attaroa glaubte ihren Ohren nicht zu trauen, als sie die Übersetzung hörte. Die meisten Männer waren nur allzu bereit gewesen, die Gabe der Wonnen mit ihr zu teilen, um ihre Freiheit zu erlangen. Besucher, die das Unglück gehabt hatten, ihr Gebiet zu betreten und von ihren Jägerinnen gefangengenommen zu werden, hatten in der Regel sofort die Chance ergriffen, den Wolfsfrauen der S'Armunai zu entkommen. Obgleich einige sich – mit Recht – gefragt hatten, was sie wirklich im Schilde führte, hatte keiner sich ihr offen verweigert.

»Du weigerst dich . . .« stieß sie ungläubig hervor. Die Übersetzung gab nur unvollkommen ihren Gefühlen Ausdruck; aber ihre Reaktion war deutlich genug. »Du weist Attaroa zurück. Wie kannst du es wagen!« schrie sie. Dann wandte sie sich an ihre Wolfsfrauen. »Zieht ihn aus und bindet ihn am Übungspfahl fest!«

Das war immer schon ihre Absicht gewesen, wenn auch nicht so bald. Sie hatte gehofft, daß Jondalar sie während des langen, eintönigen Winters beschäftigt halten würde. Sie genoß es, Männer mit dem Versprechen zu ködern, ihnen die Freiheit zu schenken. Für sie war es der Gipfel der Ironie. Sie führte die Männer durch alle Stadien der Erniedrigung und Demütigung, und es gelang ihr gewöhnlich, von ihnen alles zu bekommen, was sie wollte, bevor sie mit ihnen Schluß machte. Sie entblößten sich vor ihr, wenn sie es verlangte, in der Hoffnung, sie zu befriedigen.

Aber kein Mann konnte Attaroa befriedigen. Sie war mißbraucht worden, als sie ein Mädchen war, und sie hatte den Tag herbeigesehnt, an dem sie mit dem mächtigen Anführer einer anderen Gruppe zusammengegeben wurde. Doch dann hatte sie entdecken müssen, daß der Mann, mit dem sie sich verbunden hatte, schlimmer war als alles, was sie vorher erlebt hatte. Seine Wonnen bestanden darin, sie zu schlagen und zu erniedrigen, bis sie sich schließlich gegen ihn auflehnte und ihn vergiftete. Aber sie hatte ihre Lektion gelernt. Seelisch verkrüppelt durch die Grausamkeiten, deren Opfer sie geworden war, konnte sie keine Wonne empfinden, ohne Schmerz zu bereiten. Sie machte sich wenig daraus, die Gabe der Mutter mit Männern oder selbst mit Frauen zu teilen. Sie bereitete sich Wonnen, indem sie zusah, wie Männer langsam und qualvoll starben.

Wenn sie für längere Zeit keine Besucher hatte, mit denen sie spielen konnte, hatte Attaroa sich gelegentlich auch mit den Männern der S'Armunai abgegeben; aber nachdem die ersten zwei oder drei ihre Wonnen kennengelernt hatten, wußten sie, um was es bei diesem Spiel ging. Sie flehten nur um ihr Leben.

Reisende kamen gewöhnlich in der wärmeren Jahreszeit. Die Leute reisten selten im Winter, und in der letzten Zeit war kaum jemand gekommen, im vergangenen Sommer niemand. Einigen Männern war es gelungen, zu fliehen, und einige Frauen waren fortgelaufen. Sie warnten andere. Die meisten Leute, die ihre Geschichten hörten, taten sie als Gerüchte ab; doch auch die Gerüchte von den bösen Wolfsfrauen verbreiteten sich, und die Leute vermieden es, in das Gebiet der S'Armunai einzudringen.

Attaroa hatte sich gefreut, als Jondalar ins Lager gebracht wurde; aber er war widerspenstiger als ihre eigenen Männer. Er wollte sich nicht auf ihr Spiel einlassen und gab ihr nicht einmal die Genugtuung, sie um sein Leben zu bitten. Wenn er es getan hätte, wäre sie vielleicht sogar darauf eingegangen – nur um des Vergnügens willen, ihm ihre Macht aufzuzwingen.

Auf ihren Befehl ergriffen Attaroas Wolfsfrauen Jondalar. Er wehrte sich heftig, stieß die Speere beiseite und teilte harte Schläge aus. Es gelang ihm fast, sich zu befreien; doch es waren zu viele, die auf ihn eindrangen. Er setzte den Kampf fort, als sie die Verschlüsse seines Kittels und seiner Beinlinge zerschnitten. Aber sie waren auf seine Gegenwehr vorbereitet und hielten ihm scharfe Klingen an den Hals.

Nachdem sie ihm den Kittel vom Leib gerissen und seine Brust entblößt hatten, fesselten sie ihm die Hände und hoben ihn hoch, um ihn, mit den Händen über dem Kopf, an den oberen Pflock des Übungspfahls zu hängen. Er stieß mit den Füßen um sich, als sie ihm Stiefel und Beinlinge auszogen, und traf einige Frauen empfindlich.

Sobald er nackt am Pfahl hing, traten sie zurück und sahen ihn mit höhnischem Lächeln an, zufrieden mit sich und dem, was sie vollbracht hatten. So groß und stark er auch war – sein Widerstand hatte ihm nichts genützt. Jondalars Zehen berührten gerade den Boden; die meisten Männer hätten mit den Füßen in der Luft gehangen. Es vermittelte ihm ein vages Gefühl von Sicherheit, den Boden zu berühren, und er schickte ein Gebet an die Große Erdmutter, ihn aus dieser schrecklichen Lage zu befreien.

Attaroa betrachtete interessiert die große Narbe, die sich über seinen Oberschenkel und seine Lenden hinzog. Sie war gut verheilt. Nichts hatte darauf hingedeutet, daß er einmal so schwer verwundet worden war; er hatte weder gehinkt noch das Bein nachgezogen. Wenn er so kräftig war, würde er vielleicht länger durchhalten als die meisten anderen Männer. Er konnte ihr noch einiges an Unterhaltung bieten.

Attaroas Lächeln ließ Jondalar nachdenklich werden. Er spürte, wie der eisige Wind seinen Körper mit einer Gänsehaut überzog, und er schauerte zusammen – aber nicht nur vor der Kälte. Er sah zu dem Palisadenzaun hinüber und wußte, daß die Männer ihn durch die Ritzen beobachteten. Warum hatten sie ihn nicht gewarnt? Es war offensichtlich nicht das erste Mal, daß so etwas geschah. Hätte es etwas genützt, wenn sie ihn auf das, was ihn erwartete, aufmerksam gemacht hätten? Hätte eine solche Warnung nicht nur dazu geführt, ihn furchtsam werden zu lassen? Vielleicht hielten sie es für besser, wenn er nichts wußte.

Tatsächlich hatten einige der Männer darüber gesprochen. Sie alle schätzten den Zelandonii und bewunderten sein handwerkliches Geschick. Mit den Messern und Geräten, die er ihnen hinterlassen hatte, konnten sie vielleicht entkommen. Sie würden ihn deshalb immer in guter Erinnerung behalten; aber jeder wußte, daß Attaroa, wenn Jondalar nicht gefangen worden wäre, einen von ihnen an den Pfahl gehängt hätte – zu lang war die Zeit, in der kein Besucher mehr gekommen war. Zwei von ihnen hatten schon einmal am Pfahl gehangen, und sie wußten, daß nichts Attaroa davon abhalten konnte, diesmal ihr tödliches Spiel zu beenden. Insgeheim bewunderten sie seine Weigerung, ihren Befehlen nachzukommen; aber sie hatten Angst, daß jedes Geräusch die Aufmerksamkeit auf sie lenken könnte. So beobachteten sie schweigend den Ablauf des vertrauten Schauspiels, jeder von ihnen mit einem Gefühl des Mitleids, der Furcht – und der Scham.

Alle Frauen des Lagers, nicht nur die Wolfsfrauen, waren aufgefordert worden, dem Todeskampf des Mannes beizuwohnen. Die meisten von ihnen haßten den Anblick, aber sie fürchteten Attaroas Zorn. Sie hielten sich so weit im Hintergrund wie möglich. Es kostete sie Überwindung, doch wenn sie nicht erschienen, würde ihr Gefährte als nächstes Opfer an der Reihe sein. Einige Frauen hatten versucht, fortzulaufen, und einigen war es gelungen; doch die meisten wurden wieder eingefangen und zurückgebracht. Wenn es Männer im Pferch gab, an denen sie hingen – Gefährten, Brüder,

Söhne –, dann wurden sie zur Strafe tagelang ohne Nahrung und Wasser in den Käfig gesperrt.

Die Frauen, die Söhne hatten, waren besonders ängstlich; sie wußten nicht, was mit den Jungen geschehen würde – besonders nach dem, was Attaroa Odevan und Ardoban angetan hatte. Am ängstlichsten jedoch waren die beiden Frauen mit Säuglingen und die schwangere Frau. Attaroa behandelte sie mit besonderer Aufmerksamkeit und war ständig um ihr Wohl besorgt; aber jede von ihnen hütete ein dunkles Geheimnis und fürchtete, an den Pfahl gehängt zu werden, wenn es jemals herauskam.

Die Anführerin trat vor die Jägerinnen und hob einen Speer vom Boden auf. Jondalar bemerkte, daß er ziemlich schwer und unhandlich war; trotz seiner Lage dachte er daran, wie man einen besseren machen könnte. Aber die schlecht gefertigte Spitze war dennoch scharf. Er beobachtete, wie die Frau sorgfältig zielte – ziemlich tief nach unten. Sie wollte ihn nicht töten, sondern verstümmeln. Er begriff, daß er ihr wehrlos ausgesetzt war, und widerstand dem instinktiven Drang, die Beine anzuziehen, um sich zu schützen. Doch dann würde er keinen Boden mehr unter den Füßen haben und noch verletzlicher sein.

Attaroa beobachtete ihn durch ihre zusammengekniffenen Augen. Sie wußte, daß er Angst hatte, und genoß es. Einige von ihnen begannen jetzt, um Gnade zu winseln. Dieser hier nicht, dachte sie; jedenfalls noch nicht. Sie winkelte den Arm an, um zum Wurf auszuholen. Er schloß die Augen und dachte an Ayla. Wieder fragte er sich, ob sie tot oder lebendig war. Ob ihr Körper zwischen Pferdeleibern zerschmettert am Fuß der Klippe lag. Wenn sie tot war, hatte auch für ihn das Leben keinen Sinn mehr.

Dann hörte er, wie ein Speer mit einem dumpfen Geräusch in den Pfahl schlug – aber über ihm! Plötzlich stand er fest auf seinen Füßen, und seine Arme waren frei. Er blickte auf seine Hände und sah, daß der Strick, mit dem er am Pfahl gehangen hatte, durchtrennt war. Attaroa hielt ihren Speer noch in der Hand. Der Speer, den er gehört hatte, war nicht von ihr geworfen worden. Jondalar schaute auf und sah einen schlanken Speer mit einer Spitze aus Feuerstein neben dem Pflock im Pfahl stecken, das gefiederte Ende noch zitternd. Die scharfe Spitze hatte den Strick durchschnitten. Er kannte diesen Speer!

Er drehte sich um und schaute in die Richtung, aus der er gekommen war. Unmittelbar hinter Attaroa nahm er eine Bewegung wahr. Er konnte es kaum glauben. War sie es wirklich? War sie wirklich noch am Leben? Er blinzelte mehrmals, um deutlicher sehen zu können. Und dann erkannte er vier fast schwarze Pferdebeine unter einem falben Pferd, auf dem eine Frau saß.

»Ayla!« rief er. »Du lebst!«

NEUNUNDZWANZIGSTES KAPITEL

Attaroa fuhr herum, um zu sehen, wer den Speer geworfen hatte. Vom anderen Ende des vor dem Lager gelegenen Feldes sah sie eine Frau auf dem Rücken eines Pferdes auf sich zureiten. Die Kapuze ihrer Felljacke war zurückgeschlagen, und ihr dunkelblondes Haar war von fast der gleichen Farbe wie das Fell des Pferdes; die furchteinflößende Erscheinung schien aus einem einzigen Körper zu bestehen. Konnte der Speer von der Pferdefrau gekommen sein? Aber wie konnte jemand einen Speer aus so großer Entfernung werfen? Dann sah sie, daß die Frau einen anderen Speer wurfbereit in der Hand hielt.

Attaroa fühlte, wie sich ihr die Haare sträubten; doch das nackte Entsetzen, das sie in diesem Augenblick ergriff, hatte mit so materiellen Dingen wie Speeren nur wenig zu tun. Die Erscheinung, die sie sah, war keine Frau; dessen war sie sicher. In einem Moment plötzlicher Klarheit erkannte sie die ganze Ungeheuerlichkeit ihrer Schandtaten, und sie sah in der Gestalt, die sich ihr näherte, eine der Verkörperungen der Mutter, eine Munai, die als Rachegeist erschienen war, um Vergeltung zu fordern. In ihrem tiefsten Inneren begrüßte Attaroa beinahe die Erscheinung; es war eine Erlösung, den Alptraum dieses Lebens zu beenden.

Die Anführerin war nicht die einzige, die durch die seltsame Pferdefrau in Angst und Schrecken versetzt wurde. Jondalar hatte versucht, es ihnen zu erklären; doch keiner hatte ihm geglaubt. Noch nie hatte sich jemand einen Menschen auf einem Pferd vorstellen können; es tatsächlich zu sehen, war schwer zu verarbeiten. Aylas plötzliches Auftauchen hatte auf jede der Frauen eine andere Wirkung. Für einige war sie nur ein furchteinflößendes, eigenartiges Geschöpf; andere erblickten in ihrem unheimlichen Erscheinen ein Zeichen der Mächte der Unterwelt, das sie mit der Vorahnung kommenden Unheils erfüllte. Viele von ihnen sahen in ihr das, was Attaroa in ihr sah: eine persönliche Nemesis, ein Spiegelbild ihres eigenen schlechten Gewissens. Durch Attaroa ermutigt oder gezwungen, hatte mehr als eine von ihnen sich zu Gewalttaten hinreißen lassen, sie geduldet oder begünstigt, an die sie in den stillen Stunden der Nacht nur mit tiefer Scham und Angst vor Vergeltung zurückdenken konnte.

Selbst Jondalar hatte sich für einen Augenblick gefragt, ob Ayla aus der nächsten Welt zurückgekommen sei, um sein Leben zu retten. Er war überzeugt davon, daß es in ihrer Macht gestanden hätte. Er beobachtete, wie sie sich ohne Eile näherte, nahm jede Kleinigkeit an ihr wahr, sorgfältig und liebevoll, genoß aus ganzem Herzen den Anblick, den er nie wieder zu sehen befürchtet hatte: die Frau, die er liebte, auf ihrer Stute reitend. Ihr Gesicht hatte sich in der Kälte gerötet, einige Haarsträhnen hatten sich gelöst und flatterten im Wind. Der warme Atem der Frau und des Pferdes schlug sich in kleinen Wolken nieder; und Jondalar wurde sich plötzlich der Tatsache bewußt, daß er nackt war und vor Kälte zitterte.

Ayla trug ihren Gürtel über ihrer Felljacke. In einer Schlaufe steckte der aus dem Stoßzahn eines Mammuts gefertigte Dolch – ein Geschenk Taluts – neben dem mit einem Elfenbeingriff versehenen Feuersteinmesser, das Jondalar für sie gemacht hatte, und seiner Axt. Der Medizinbeutel aus Otterfell hing über ihrer Schulter.

Mit lässiger Anmut auf die Frauen zureitend, erweckte Ayla den Eindruck unbekümmerter Selbstsicherheit; aber Jondalar bemerkte ihre gespannte Aufmerksamkeit. Sie hielt ihre Schleuder in der rechten Hand, und er wußte, wie schnell sie damit war. Mit der linken Hand, die zwei Steine umschlossen hielt, stützte sie einen Speer, der in ihrer Speerschleuder lag und schräg von ihrem rechten Bein über Winnies Widerrist ragte. Weitere Speere steckten in einem aus Riedgras geflochtenen Köcher.

Ayla beobachtete beim Näherkommen das Gesicht der Anführerin, auf dem sich Entsetzen und Furcht abzeichneten. Doch als sich die Entfernung zwischen den beiden Frauen weiter verringerte, verdüsterten wieder dunkle Schatten den verwirrten Geist Attaroas. Sie kniff die Augen zusammen, um die blonde Frau genauer zu betrachten; dann lächelte sie – ein schlaues, berechnendes, böses Lächeln.

Ayla war noch nie dem Wahnsinn begegnet; aber sie deutete das Mienenspiel auf Attaroas Gesicht und begriff, daß die Frau, die Jondalar bedrohte, jemand war, vor dem man sich in acht nehmen mußte; sie war eine Hyäne. Die Frau auf dem Pferd hatte viele Raubtiere getötet und wußte, wie unberechenbar sie sein konnten. Aber es waren nur die Hyänen, die sie haßte. Sie waren für sie eine Verkörperung des Bösesten im Menschen; Attaroa war eine Hyäne, eine gefährliche Manifestation des Bösen, jemand, dem man nie und nirgends trauen konnte.

Aylas Blick war auf die Anführerin gerichtet, doch behielt sie auch die anderen Frauen im Auge, einschließlich der Wolfsfrauen. Als Winnie nur noch ein paar Schritte von Attaroa entfernt war, nahm Ayla am Rande ihres Sehfeldes eine verstohlene Bewegung wahr. In einem blitzschnellen Bewegungsablauf lag ein Stein in ihrer Schleuder, wurde herumgewirbelt und flog durch die Luft.

Epadoa schrie vor Schmerz auf und griff nach ihrem Arm, während ihr Speer auf den gefrorenen Boden fiel. Ayla hätte ihr den Knochen brechen können, wenn sie es gewollt hätte, aber sie hatte sich absichtlich zurückgehalten, als sie nach dem Oberarm der Frau zielte. Doch die Anführerin der

Wolfsfrauen würde den schmerzhaften Bluterguß noch eine gute Weile spüren.

»Sag Speerfrau aufhören, Attaroa«, verlangte Ayla.

Jondalar glaubte, verstanden zu haben, was sie sagte; doch dann wurde ihm klar, daß sie in einer fremden Sprache gesprochen hatte. Es war S'Armunai! Wie konnte Ayla S'Armunai sprechen? Sie hatte es doch noch nie gehört, oder?

Auch die Anführerin war überrascht, daß eine völlig Fremde sie mit ihrem Namen anredete; mehr noch erschreckte sie der eigenartige Akzent, mit dem Ayla gesprochen hatte. Die Stimme erweckte Gefühle, die Attaroa fast vergessen hatte, seit langem begrabene Empfindungen, zu denen auch so etwas wie Angst gehörte. Sie bestärkte sie in der Überzeugung, daß die näherkommende Gestalt mehr war als nur eine Frau auf einem Pferd.

Es war viele Jahre her, seit sie solche Gefühle verspürt hatte. Attaroa hatte die Umstände, die diese Gefühle hervorgerufen hatten, verabscheut; und mehr noch verabscheute sie es, jetzt daran erinnert zu werden. Es machte sie reizbar, nervös und unruhig. Sie suchte, die Erinnerung daran beiseitezuschieben. Sie mußte sich davon befreien, sie völlig zerstören, damit sie nie mehr zurückkam. Aber wie? Sie schaute zu Ayla hoch. Es war nur die Schuld dieser blonden Frau! Sie war es, die die Erinnerung zurückgebracht hatte, die vergessenen Gefühle. Wenn die Frau weg war, würde alles wieder sein wie vorher. Attaroa, auf ihre seltsam verrückte Weise hochintelligent, begann zu überlegen, wie sie die Frau vernichten konnte. Ein verschlagenes, listiges Lächeln breitete sich auf ihrem Gesicht aus.

»Nun, wie es scheint, hat der Zelandonii die Wahrheit gesagt«, sagte sie. »Du bist gerade noch rechtzeitig gekommen. Wir haben geglaubt, daß er uns unser Fleisch stehlen wollte, und wir haben kaum genug für uns selbst. Bei den S'Armunai ist die Strafe für Diebstahl der Tod. Er hat uns etwas über eine Frau auf einem Pferd erzählt; aber du wirst verstehen, daß wir das für so unglaublich hielten...« Attaroa bemerkte, daß ihre Worte nicht übersetzt wurden, und unterbrach sich. »S'Armuna! Du sprichst nicht meine Worte«, bellte sie.

S'Armuna hatte Ayla unverwandt angeblickt. Sie erinnerte sich, daß eine der Jägerinnen, die mit dem verwundeten Mann zurückgekommen waren, ihr von einer beängstigenden Vision während der Jagd berichtet hatte. Sie hatte eine Frau auf einem der Pferde gesehen, die sie über die Klippe getrieben hatten. Als auch die Jägerinnen, die die zweite Ladung Fleisch ins Lager brachten, über eine Frau redeten, die auf dem Rücken eines Pferdes fortgeritten sei, hatte S'Armuna über die Bedeutung dieser seltsamen Vision nachgedacht.

Viele Dinge hatten Der, Die Der Mutter Dient, inzwischen zu denken gegeben. Daß der Mann, den sie gefangengenommen hatten, sich als jemand herausstellte, der ihrer eigenen Vergangenheit entstiegen zu sein schien, hatte sie mit tiefer Sorge erfüllt. Es mußte ein Zeichen sein, das sie bisher noch nicht hatte deuten können. Daß jetzt tatsächlich eine Frau auf einem Pferd ins Lager kam, gab diesem Zeichen ein besonderes Gewicht. Die Vision hatte Gestalt angenommen. Sie hatte Attaroa nicht ihre volle Aufmerksamkeit geschenkt, aber mitbekommen, was sie gesagt hatte, und übersetzte jetzt schnell ihre Worte in Zelandonii.

»Jemanden mit dem Tod zu bestrafen, der gejagt hat, ist nicht der Wille der Großen Mutter«, sagte Ayla in Zelandonii, nachdem sie die Übersetzung gehört hatte, obgleich sie im wesentlichen Attaroas Worte verstanden hatte. S'Armunai war Mamutoi so ähnlich, daß sie viel davon verstehen konnte. Sie hatte auch einige Worte S'Armunai gelernt; aber Zelandonii war leichter, und sie konnte sich besser darin ausdrücken. »Die Mutter verlangt von ihren Kindern, daß sie die Nahrung miteinander teilen und Besuchern gegenüber gastfreundlich sind.«

Jetzt, da sie Zelandonii sprach, bemerkte S'Armuna Aylas Akzent. Obgleich sie die Sprache beherrschte, war da etwas... Aber sie hatte nicht die Zeit, darüber nachzudenken. Attaroa wartete.

»Deshalb haben wir diese Strafe eingeführt«, erklärte Attaroa beflissen. Weder S'Armuna noch Ayla entging, daß sie nur mühsam ihre Wut beherrschte. »Sie soll Diebe abschrecken, damit wir genug zum Teilen haben. Aber eine Frau wie du, die so gut mit Waffen umgehen kann, wird kaum verstehen können, wie schwer wir es hatten, als niemand von uns jagen konnte. Die Nahrung war heilig. Wir haben alle Hunger gelitten.«

»Aber die Große Mutter bietet ihren Kindern mehr als Fleisch. Sicher kennen die Frauen hier die Nahrung, die überall wächst und nur gesammelt zu werden braucht«, sagte Ayla.

»Gerade das mußte ich verbieten! Wenn ich zugelassen hätte, daß sie ihre Zeit mit Pflanzensammeln verbringen, hätten sie nie jagen gelernt.«

»Dann habt ihr den Mangel euch selbst zuzuschreiben. Das ist kein Grund, Leute zu töten, die eure Sitten nicht kennen«, sagte Ayla. »Du hast dir Rechte angemaßt, die allein der Mutter zukommen. Es ist nicht an dir, ihre Stelle einzunehmen.«

»Alle Leute haben Sitten und Gebräuche, die für sie wichtig sind. Und wenn sie gebrochen werden, muß das bestraft werden – manchmal mit dem Tod«, sagte Attaroa.

Das war wahr; Ayla wußte es aus eigener Erfahrung. »Aber warum sollten eure Sitten nach der Todesstrafe verlangen, wenn jemand nichts zu essen hat?« sagte Ayla. »Das, was die Mutter will, muß über allem anderen stehen. Sie fordert, die Nahrung zu teilen und Besucher gastfreundlich aufzunehmen. Du bist unhöflich und ungastlich, Attaroa.«

Unhöflich und ungastlich! Jondalar mußte sich beherrschen, um nicht laut aufzulachen. Eher mörderisch und unmenschlich! Er hatte aufmerksam zugehört und lächelte über Aylas Untertreibung.

Attaroa war offensichtlich verärgert. Sie hatte die Spitze in Aylas höflicher Kritik verstanden. Sie war wie ein Kind ausgescholten worden. Sie hätte es lieber gesehen, als böse bezeichnet zu werden, als Frau, die man respektiert und fürchtet. Die Milde der Anschuldigungen ließ sie lächerlich erscheinen. Attaroa bemerkte Jondalars amüsierte Miene und blickte ihn haßerfüllt an. Sie fühlte, daß jeder der Anwesenden gern mit ihm gelacht hätte. Es sollte ihm noch leid tun, schwor sie sich, ihm und der Frau.

Ayla richtete sich auf Winnies Rücken auf und nahm die Speerschleuder fester in die Hand.

»Ich glaube, Jondalar braucht seine Kleider«, fuhr sie fort, indem sie den Speer leicht anhob, ohne offen mit ihm zu drohen. »Vergiß nicht seine Felljacke, die du gerade trägst. Und vielleicht solltest du jemanden in deine Hütte schicken, um seinen Gürtel, seine Fäustlinge, seinen Wasserbeutel, sein Messer und die Werkzeuge zu holen, die er bei sich hatte.« Sie wartete S'Armunas Übersetzung ab.

Attaroa lächelte wieder zwischen zusammengebissenen Zähnen, aber es war mehr eine Grimasse. Sie nickte Epadoa zu. Mit dem linken Arm, der nicht verletzt war – Epadoa hatte außerdem eine blaue Stelle am Bein, wo Jondalar sie getreten hatte –, raffte die Frau, die Attaroas Wölfe anführte, die Kleider vom Boden auf, die sie dem Mann mit soviel Mühe ausgezogen hatten, und ließ sie vor ihm fallen. Dann ging sie in die große Erdhütte.

Während sie warteten, ergriff Attaroa wieder das Wort. Sie versuchte, einen freundlicheren Ton anzuschlagen. »Du bist weit gereist, du mußt müde sein – wie war noch dein Name? Ayla?«

Die Frau auf dem Pferd nickte; sie verstand gut genug, was in Attaroa vorging. Diese Anführerin macht sich wenig aus förmlichen Vorstellungen, dachte sie; sie ist nicht sehr feinfühlig.

»Da du der Sache eine solche Bedeutung beimißt, mußt du mir erlauben, die Gastfreundschaft auf meine Hütte auszudehnen. Ihr bleibt bei mir, nicht wahr?«

Bevor Ayla oder Jondalar antworten konnte, trat S'Armuna vor. »Ich glaube, es ist üblich, Gästen einen Platz bei Der, Die Der Mutter Dient anzubieten. Ihr seid eingeladen, meine Hütte mit mir zu teilen.«

Während er Attaroa zuhörte und auf die Übersetzung wartete, zog Jondalar seine Beinlinge an. Er hatte vorher, als sein Leben unmittelbar bedroht war, nicht auf die Kälte geachtet, aber seine Finger waren so steifgefroren, daß er Mühe hatte, die zerschnittenen Schnüre seiner Kleidungsstücke zusammenzuknoten. Obwohl sein Kittel zerrissen war, war er froh, ihn wiederzuhaben. Er sah überrascht auf, als er S'Armunas Angebot vernahm, und bemerkte, daß Attaroa die Schamanin finster anblickte. Dann setzte er sich auf den Boden, um seine Stiefel anzuziehen.

Sie wird noch von mir hören, dachte Attaroa, aber sie sagte: »Dann mußt du mir gestatten, das Mahl mit mir zu teilen, Ayla. Wir werden ein Festmahl ausrichten, und ihr seid meine Ehrengäste.« Sie schloß Jondalar in ihren Blick ein. »Wir haben eine erfolgreiche Jagd gehabt, und ich kann euch nicht gehen lassen, wenn ihr so schlecht von mir denkt.«

Ihr Versuch, freundlich zu lächeln, kostete sie ersichtlich Anstrengung. Jondalar hatte nicht den leisesten Wunsch, das Mahl mit ihr zu teilen oder länger als unbedingt nötig in diesem Lager zu bleiben; aber bevor er seiner Meinung Ausdruck geben konnte, antwortete Ayla: »Wir nehmen deine Einladung an, Attaroa. Wann soll das Festmahl stattfinden? Ich würde gern etwas dazu beitragen, aber es ist schon spät.«

»Ja, es ist spät«, sagte Attaroa. »Das Festmahl wird morgen stattfinden. Aber ihr werdet doch heute mit uns zu Abend essen, nicht wahr?«

»Ich muß noch einiges für meinen Teil des Festmahls vorbereiten. Wir kommen morgen«, sagte Ayla. Dann fügte sie hinzu: »Jondalar wartet noch auf seine Felljacke, Attaroa.«

Die Frau zog die Jacke aus und gab sie dem Mann. Er roch den weiblichen Duft, als er sie anzog; aber er genoß die Wärme. Attaroas Lächeln war unverhohlen böse, als sie in ihrer dünnen Unterkleidung in der Kälte stand.

»Und die anderen Sachen?« mahnte Ayla.

Attaroa blickte zum Eingang ihrer Hütte hinüber und gab der Frau, die dort schon eine Weile gestanden hatte, einen Wink. Epadoa eilte mit Jondalars Ausrüstung herbei und legte sie einige Fuß von ihm entfernt auf den Boden. Sie war nicht glücklich darüber, die Sachen zurückgeben zu müssen. Attaroa hatte ihr einige Gegenstände zugesagt. Sie war besonders erpicht auf das Messer. Sie hatte noch nie eines gesehen, das so vorzüglich gefertigt war.

Jondalar legte seinen Gürtel an und steckte seine Werkzeuge und Waffen in die entsprechenden Schlaufen. Er konnte kaum glauben, daß alles wieder da war. Er hatte bezweifelt, daß er es je wiedersehen würde, wie er auch bezweifelt hatte, daß er lebend wieder hier herauskommen würde. Dann sprang er, zur Überraschung aller, hinter Ayla auf das Pferd. Die blonde Frau vergewisserte sich mit einem prüfenden Blick, daß niemand ihnen im Wege stand oder ihnen einen Speer nachwerfen konnte. Danach wendete sie Winnie und galoppierte davon.

»Folgt ihnen! Ich will sie wiederhaben. So leicht sollen sie nicht davonkommen«, rief Attaroa der Anführerin der Wolfsfrauen zu, während sie wütend in ihre Hütte ging, zitternd vor Kälte.

Ayla ließ Winnie galoppieren, bis sie in sicherer Entfernung waren und den Hügel hinter sich gelassen hatten. Als sie einen bewaldeten Streifen im Tal neben dem Fluß erreicht hatten, fiel die Stute in eine langsamere Gangart. Dann änderten sie die Richtung und ritten auf das Lager zu, das Ayla nicht weit von der Siedlung der S'Armunai aufgeschlagen hatte. Jondalar spürte ihre Nähe und war so dankbar, wieder bei ihr zu sein, daß es ihm schwer wurde, zu sprechen. Er legte die Arme um ihre Hüfte und preßte sie an sich. Er spürte ihr Haar auf seiner Wange und atmete ihren warmen Duft ein.

»Du bist hier, bei mir. Ich kann es kaum fassen. Ich habe befürchtet, daß du in die andere Welt gegangen wärst«, sagte er schließlich. »Ich bin so glücklich, dich wiederzuhaben. Ich weiß nicht, was ich sagen soll.«

»Ich liebe dich, Jondalar«, erwiderte sie. Sie lehnte sich zurück und schmiegte sich noch fester in seine Arme, selig, wieder bei ihm zu sein. »Ich habe einen Blutfleck entdeckt, und während ich deiner Spur folgte und dich zu finden versuchte, wußte ich nicht, ob du noch lebst. Als ich merkte, daß sie dich trugen, dachte ich, du müßtest noch am Leben sein, aber so schwer verletzt, daß du nicht gehen konntest. Ich habe mir solche Sorgen um dich gemacht; es war nicht leicht, der Spur zu folgen, und ich fiel hinter Attaroas Jägerinnen zurück. Wenn man bedenkt, daß sie zu Fuß sind, sind sie sehr schnell, und sie kennen den Weg.«

»Du bist gerade zur rechten Zeit gekommen. Ein wenig später, und es wäre zu spät gewesen«, sagte Jondalar.

»Ich bin nicht sofort gekommen.«

»Nicht sofort? Wann denn?«

»Ich bin gleich nach der zweiten Gruppe der Frauen gekommen, die das Fleisch ins Lager gebracht haben. Ich hatte schon beide Gruppen überholt; aber die, die die erste Ladung trug, hat mich am Fluß eingeholt. Ich hatte Glück; ich sah zwei Frauen, die ihr entgegengingen. Ich konnte mich verstecken und folgte ihnen, als sie an mir vorbei waren. Doch die Jägerinnen mit der zweiten Ladung waren näher, als ich dachte. Ich glaube, sie haben mich gesehen, zumindest aus der Ferne. Ich war zu Pferd und ritt von ihnen weg. Später kehrte ich um und verfolgte sie wieder. Aber diesmal war ich vorsichtiger. Ich wußte nicht, ob noch eine dritte Ladung folgen würde.«

»Das würde die Aufregung erklären, von der Ardemun gesprochen hat. Er wußte nicht, was es war; er wußte nur, daß alle unruhig waren und aufgeregt miteinander redeten, als die zweite Ladung eingetroffen war. Aber wenn du schon hier warst, warum hast du dann so lange damit gewartet, mich herauszuholen?«

»Ich mußte eine Gelegenheit abwarten, dich aus diesem umzäunten Gewahrsam herauszukriegen – wie nennen sie es, ein Gehege?«

»Ja.« Jondalar nickte. »Hattest du keine Angst, daß jemand dich sehen könnte?«

»Ich habe wirkliche Wölfe in ihrer Höhle gesehen; mit ihnen verglichen sind Attaroas Wölfe laut und leicht zu überlisten. Ich war nahe genug, um sie die ganze Zeit reden zu hören. Von der Kuppe hinter dem Lager, oben auf dem Hügel, kann man die Siedlung überblicken. Dahinter, wenn du hochschaust, kannst du drei hohe weiße Felsen sehen.«

»Ich habe sie bemerkt. Ich wünschte, ich hätte gewußt, daß du da bist. Ich hätte mich beim Anblick dieser weißen Felsen besser gefühlt.«

»Ich hörte, wie zwei Frauen sie die Drei Mädchen oder die Drei Schwestern nannten«, sagte Ayla.

»Sie nennen es das Lager der Drei Schwestern«, sagte Jondalar.

»Ich kenne ihre Sprache noch nicht gut genug.«

»Du kennst sie besser als ich. Ich glaube, du hast Attaroa überrascht, als du sie in ihrer Sprache anredetest.«

»S'Armunai ist Mamutoi so ähnlich, daß man ein Gefühl dafür bekommt, was die Worte bedeuten.«

»Ich habe nie daran gedacht, zu fragen, ob die weißen Felsen einen Namen haben. Sie sind ein so auffälliges Merkmal der Landschaft, daß es nur logisch erscheint, wenn sie einen Namen haben.«

»Das ganze Hochland ist auffällig. Man erkennt es schon von weitem. Aus der Ferne erinnert es an ein schlafendes Tier, selbst von dieser Seite. Oben ist ein guter Aussichtspunkt, du wirst sehen.«

»Ich bin sicher, daß der Hügel auch einen Namen hat – vor allem weil er ein so guter Jagdgrund ist. Aber ich habe nur wenig davon gesehen. Ich hatte nur zweimal Gelegenheit dazu, als wir zu einer Beerdigung gingen. Beim ersten Mal haben sie drei junge Leute bestattet«, sagte Jondalar. Er duckte sich, um den kahlen Ästen eines Baumes auszuweichen.

»Ich bin euch bei der zweiten Beerdigung gefolgt«, sagte Ayla. »Ich glaubte, ich hätte eine Chance, dich herauszuholen. Aber du wurdest zu gut bewacht. Und dann hast du den Feuerstein gefunden und allen gezeigt, wie man Speerschleudern macht«, sagte Ayla. »Ich mußte einen Augenblick abwarten, in dem ich sie überraschen konnte. Es tut mir leid, daß es so lange gedauert hat.«

»Woher weißt du von dem Feuerstein? Wir haben geglaubt, wir wären besonders vorsichtig gewesen«, sagte Jondalar.

»Ich habe euch die ganze Zeit beobachtet. Diese Wolfsfrauen sind keine guten Wächter. Wenn du nicht so mit dem Feuerstein beschäftigt gewesen wärest, hättest du es auch gemerkt und selbst eine Möglichkeit gefunden, herauszukommen. Im übrigen sind sie auch keine guten Jäger«, sagte sie.

»Wenn man bedenkt, daß sie praktisch mit nichts anfingen, sind sie gar nicht so übel. Attaroa sagte, sie hätten nicht einmal gewußt, wie man Speere benutzt. Deshalb trieben sie die Tiere über die Klippe«, sagte Jondalar.

»Sie vergeuden viel Zeit damit, den weiten Weg zum Großen Mutter Fluß zu gehen, nur weil dort eine Klippe ist. Hier könnten sie viel besser jagen. Tiere, die flußaufwärts ziehen, müssen einen engen Durchgang zwischen dem Fluß und den Bergen passieren, und man kann sie schon von weitem sehen«, sagte Ayla.

»Ich habe ihn bemerkt, als wir zur ersten Beerdigung gingen. Der Platz, wo sie sie bestattet haben, ist ein guter Ausguck. Jemand hat da schon Signalfeuer angezündet; ich weiß nur nicht, wie lange das schon zurückliegt. Ich habe die Holzkohle gesehen«, bemerkte Jondalar.

»Anstatt einen Pferch für Männer zu bauen, hätten sie lieber einen für Tiere machen sollen, die sie auch ohne Speere hineintreiben könnten«, sagte Ayla. Dann hielt sie Winnie an. »Sieh, dort ist es.« Sie wies auf das Kalksteinhochland, das sich klar am Horizont abzeichnete.

»Es sieht wirklich wie ein schlafendes Tier aus. Und man kann sogar die drei weißen Felsen sehen, die Drei Schwestern«, sagte Jondalar.

Sie ritten schweigend weiter. Dann, als habe er darüber nachgedacht, sagte Jondalar: »Wenn es so leicht ist, aus dem Gehege herauszukommen, warum haben die Männer es nicht getan?«

»Ich glaube, sie haben es nicht einmal versucht«, sagte Ayla. »Vielleicht sind die Frauen deshalb weniger wachsam geworden. Viele von ihnen, selbst einige der Jägerinnen, wollen nicht mehr, daß die Männer dort eingesperrt werden. Aber sie haben Angst vor Attaroa.« Ayla hielt Winnie an. »Hier ist mein Lager«, sagte sie.

Wie zur Bestätigung begrüßte sie Renner mit einem Wiehern, als sie eine kleine Lichtung betraten. Der junge Hengst war an einem Baum angebunden. Ayla hatte jeden Abend ein provisorisches Lager inmitten des Wäldchens aufgeschlagen; aber sie hatte am Morgen alles auf Renners Rücken gepackt, um sofort aufbrechen zu können, falls es sich als nötig erweisen sollte.

»Wie hast du es nur geschafft, beide vor dem Absturz über die Klippe zu bewahren?« fragte Jondalar. »Ich hatte Angst, dich danach zu fragen. Das letzte, an das ich mich erinnere, bevor ich ohnmächtig wurde, war, daß du auf Renners Rücken saßest und Schwierigkeiten hattest, ihn zu bändigen.«

»Ich mußte mich an die Zügel gewöhnen, das war alles. Wirklich gefährlich war nur der andere Hengst; aber der ist jetzt tot, und es tut mir leid um ihn. Winnie kam auf meinen Pfiff, als sie aufhörten, sie von mir abzudrängen«, sagte Ayla.

Renner freute sich, Jondalar zu sehen. Er senkte den Kopf und warf ihn schnaubend in die Höhe. Er wäre auf den Mann zugegangen, wenn er nicht angebunden gewesen wäre. Er spitzte die Ohren und hob den Schweif; dann senkte er den Kopf, um seine Nüstern in die Hand des Mannes zu legen. Jondalar begrüßte den Hengst wie einen Freund, den wiederzusehen er nicht mehr gehofft hatte. Er umarmte und beklopfte ihn und sprach mit dem Tier.

Er zog die Brauen zusammen, als er an eine andere Frage dachte, die er fast nicht zu stellen wagte. »Was ist mit Wolf?«

Ayla lächelte; dann pfiff sie auf eine Weise, die Jondalar nicht kannte. Wolf kam aus dem Unterholz gesprungen, rannte schwanzwedelnd und aufgeregt fiepend auf Jondalar zu; dann sprang er ihn an, legte ihm seine Pfoten auf die Schultern und fuhr ihm mit der Zunge über das Gesicht.

»Das hat er noch nie gemacht«, sagte Jondalar überrascht.

»Er hat dich vermißt. Ich glaube, er war genau so ungeduldig, dich zu finden, wie ich selber. Ohne ihn hätte ich deine Spur überhaupt nicht verfolgen können. Wir sind ziemlich weit vom Großen Mutter Fluß entfernt und mußten etliche Strecken mit hartem Felsboden überwinden, auf dem keine Fußabdrücke mehr zu sehen waren. Aber er hat sie immer wieder aufgespürt«, sagte Ayla.

»Und er hat die ganze Zeit dort im Unterholz gewartet, um nur auf dein Zeichen herauszukommen? Es muß schwer gewesen sein, ihm das beizubringen. Aber warum hast du das getan?«

»Er mußte lernen, sich zu verstecken, weil ich nicht wußte, ob jemand herkommen würde. Außerdem wollte ich nicht, daß sie von ihm wußten. Sie essen Wolfsfleisch.«

»Wer ißt Wolfsfleisch?« fragte Jondalar und rümpfte angewidert die Nase.

»Attaroa und ihre Jägerinnen.«

»Sind sie derart ausgehungert?« fragte Jondalar.

»Vielleicht waren sie es einmal, aber jetzt ist es ein Ritual geworden. Ich habe sie eines Abends beobachtet. Sie nahmen eine junge Jägerin in ihr Wolfsrudel auf. Sie halten es vor den anderen Frauen geheim und suchen einen besonderen Platz auf, ziemlich weit weg von den Hütten. Sie hatten einen lebenden Wolf in einem Käfig und töteten ihn. Dann schlachteten sie ihn aus, kochten das Fleisch und aßen es. Sie glauben wahrscheinlich, daß sie auf diese Weise die Kraft und Schlauheit des Wolfes erlangen. Es wäre besser, wenn sie sich darauf beschränkten, die Wölfe zu beobachten. Sie würden mehr daraus lernen«, sagte Ayla.

Kein Wunder, daß sie die Wolfsfrauen und ihre Jagdkünste ablehnte, dachte Jondalar. Die Initiationsriten bedrohten das Tier, das ihr so ans Herz gewachsen war. »Deshalb hast du ihm beigebracht, sich versteckt zu halten, bis du ihn rufst? Er hört dann auf diesen neuen Pfiff, nicht wahr?«

»Ja. Aber selbst wenn er sich versteckt hält, mache ich mir Sorgen um ihn. Auch um Winnie und Renner. Soweit ich es gesehen habe, töten Attaroas Frauen nur Pferde und Wölfe«, sagte sie.

»Du hast eine Menge über sie in Erfahrung gebracht, Ayla«, sagte Jondalar.

»Ich mußte alles in Erfahrung bringen, was ich wissen mußte, um dich herauszuholen«, sagte sie. »Aber vielleicht habe ich dabei zuviel erfahren.«

»Zuviel? Wieso hast du zuviel erfahren?«

»Als ich dich gefunden hatte, habe ich zuerst nur daran gedacht, dich herauszuholen und so schnell wie möglich von hier zu verschwinden. Aber jetzt können wir noch nicht gehen.«

»Was meinst du damit? Weshalb nicht?« fragte Jondalar und runzelte die Stirn.

»Wir können die Kinder nicht diesen elenden Verhältnissen überlassen, und auch die Männer nicht. Wir müssen sie aus dem Gehege befreien«, sagte Ayla.

Jondalar hatte diesen entschlossenen Ausdruck schon vorher an ihr gesehen. Er war besorgt. »Es ist gefährlich, hierzubleiben, Ayla, und nicht nur für uns. Denk daran, wie leicht sie die beiden Pferde töten können. Sie laufen nicht weg, wenn Menschen kommen. Und du möchtest doch nicht Wolfs Zähne an Attaroas Halsband sehen, nicht wahr? Ich würde diesen Leuten auch gern helfen. Ich bin selbst dort eingepfercht gewesen, und niemand sollte so leben, besonders die Kinder nicht; aber was können wir schon ausrichten? Wir sind nur zu zweit.«

Er wollte ihnen wirklich helfen; aber er hatte Angst um Ayla. Er hatte sie schon einmal verloren; und jetzt, da sie einander wiedergefunden hatten, fürchtete er, sie ein zweites Mal zu verlieren.

»Wir sind nicht allein. Es sind nicht nur wir beide, die die Dinge hier verändern wollen. Wir müssen einen Weg finden, ihnen zu helfen«, sagte Ayla. Dann schwieg sie nachdenklich. »Ich glaube, S'Armuna möchte, daß wir zurückkommen – deshalb hat sie uns ihre Gastfreundschaft angeboten. Wir müssen morgen zu diesem Festmahl gehen.«

»Attaroa hat schon früher Gift benutzt. Wenn wir hingehen, kommen wir vielleicht nie mehr zurück«, warnte Jondalar. »Sie haßt dich, wie du weißt.«

»Ich weiß. Aber wir müssen hingehen. Um der Kinder willen. Wir werden nur essen, was ich selbst zubereitet habe, und es keinen Moment aus den Augen lassen. Was meinst du, sollen wir unser Lager woanders aufschlagen oder hierbleiben?« sagte Ayla. »Ich habe bis morgen noch eine Menge zu tun.«

»Ich glaube nicht, daß es Zweck hat, das Lager woanders aufzuschlagen. Sie werden unsere Spur verfolgen. Deshalb sollten wir die Gegend überhaupt verlassen«, sagte Jondalar und packte sie an den Armen. Er sah ihr fest in die Augen und beschwor sie mit seinem Blick, ihre Absicht zu ändern. Schließlich ließ er sie los. Er wußte, daß sie sich nicht umstimmen lassen würde, und daß sie bleiben würden. Im Grunde war es das, was auch er wollte. Er schwor sich, alles zu tun, damit ihr kein Haar gekrümmt wurde.

»Also gut«, sagte er. »Ich habe den Männern gesagt, du würdest die Zustände hier nie dulden, obwohl ich nicht glaube, daß sie das ernst nahmen. Aber wir brauchen Hilfe. Ich muß zugeben, daß ich überrascht war, als S'Armuna uns ihre Hütte anbot. Ich glaube nicht, daß sie das oft tut. Ihre Hütte ist klein und abgelegen. S'Armuna ist nicht darauf eingerichtet, Besucher zu beherbergen. Aber warum glaubst du, daß sie uns zurückhaben will?«

»Weil sie Attaroa ins Wort fiel, als sie uns zu sich einlud. Die Anführerin schien darüber nicht sehr glücklich gewesen zu sein. Traust du S'Armuna, Jondalar?«

Der Mann dachte nach. »Ich weiß nicht. Ich traue ihr mehr als Attaroa, aber das will nicht viel heißen. Weißt du, daß S'Armuna meine Mutter kannte? Sie lebte bei den Leuten der Neunten Höhle, als sie jung war, und die beiden waren befreundet.«

»Deswegen spricht sie also deine Sprache so gut. Aber wenn sie deine Mutter kannte, warum hat sie dir nicht geholfen?«

»Das habe ich mich auch gefragt. Vielleicht wollte sie es nicht. Ich glaube, zwischen Marthona und ihr ist irgend etwas vorgefallen. Ich erinnere mich nicht, daß meine Mutter je eine Frau erwähnt hat, die bei ihnen gelebt hat, als sie jung war. Ich weiß nicht, was ich von S'Armuna halten soll. Sie hat meine Wunde behandelt; und obgleich das mehr war, als sie für die meisten anderen Männer getan hat, wollte sie, glaube ich, noch mehr tun. Attaroa hat es ihr wohl nicht gestattet.«

Sie befreiten Renner von seiner Last und schlugen das Lager auf, obwohl beide dabei ein ungutes Gefühl hatten. Jondalar zündete ein Feuer an, während Ayla das Abendessen vorbereitete. Sie begann mit den Portionen, die sie gewöhnlich für jeden von ihnen einteilte; doch dann dachte sie daran, wie wenig die Männer im Pferch zu essen bekommen hatten, und vergrößerte die Menge. Er würde sehr hungrig sein, wenn er einmal angefangen hatte, zu essen.

Jondalar setzte sich an die Wärme des Feuers und betrachtete die Frau, die er liebte. Dann ging er zu ihr hinüber. »Bevor du zu beschäftigt bist«, sagte er und nahm sie in die Arme. »Ich habe ein Pferd und einen Wolf begrüßt, aber ich habe die noch nicht begrüßt, die mir am wichtigsten ist.«

Sie lächelte auf jene Weise, die immer ein warmes Gefühl von Liebe in ihm aufsteigen ließ. »Für dich bin ich nie zu beschäftigt«, sagte sie.

Er beugte sich nieder, um ihren Mund zu küssen, erst langsam und sacht; doch dann ergriff ihn wieder die Angst, sie zu verlieren. »Ich habe geglaubt, ich würde dich nie wiedersehen. Ich habe dich schon für tot gehalten.« Seine Stimme klang brüchig, als er sie mit einem unterdrückten Schluchzen an sich preßte. »Nichts, das Attaroa mir hätte antun können, wäre so schlimm gewesen, wie dich zu verlieren.«

Er hielt sie so fest, daß sie kaum atmen konnte; doch sie wollte nicht, daß er sie losließ. Er küßte ihren Mund, dann ihren Hals, und begann ihren Körper mit seinen kundigen Händen zu erforschen.

»Jondalar, ich bin sicher, daß Epadoa uns folgt...«

Er löste sich von ihr. »Du hast recht. Dafür ist jetzt nicht die Zeit. Wir wären zu ungeschützt, wenn sie uns überfielen.« Er hatte das Bedürfnis zu erklären, was so stark in ihm war. »Es ist nur, daß... Ich dachte, ich würde dich nie wiedersehen. Es ist wie ein Geschenk der Mutter, hier mit dir zu sein, und... nun... Ich hatte den Drang, sie zu ehren.«

Aya legte die Arme um seinen Hals. Sie suchte ihm verstehen zu geben, daß sie fühlte wie er. Der Gedanke schoß ihr durch den Kopf, daß er noch nie zuvor das Bedürfnis gehabt hatte zu erklären, weshalb er nach ihr verlangte. Sie brauchte keine Erklärung. Auch ihr fiel es schwer, die Gefahr, in der sie beide schwebten, nicht zu vergessen. Doch als sie die Wärme spürte, die in ihr aufstieg, bedachte sie noch einmal die Situation.

»Jondalar...« Der Unterton in ihrer Stimme ließ ihn aufhorchen. »Wenn man es richtig bedenkt, haben wir einen solchen Vorsprung vor Epadoa, daß es eine ganze Weile dauern wird, ehe sie hier sein kann... Und Wolf würde uns warnen...«

Er hatte sie so lange entbehrt und war bereit; aber er nahm sich die Zeit, sie langsam und zärtlich zu küssen. Die Berührung ihrer Lippen erweckte Gedanken an andere Lippen und warme, feuchte Höhlungen; und er spürte, wie sein Glied sich aufrichtete. Es würde ihm schwerfallen, die Wonnen so lange zu zügeln, bis auch sie sie genießen konnte.

Ayla hielt ihn fest umschlungen. Sie schloß die Augen, um sich ganz der Empfindung zu überlassen, seinen Mund und seine suchende Zunge zu spüren. Sie fühlte seine Wärme, und ihr Bedürfnis nach ihm wuchs in gleichem Maße wie sein Bedürfnis nach ihr. Sie wollte ihm näher sein, so nahe, daß sie ihn in sich spürte. Ohne ihre Lippen von den seinen zu nehmen, ließ sie ihre Arme an seinem Körper hinabgleiten und begann, die Verschlüsse ihrer Beinlinge zu lösen. Sie ließ sie fallen und griff nach der Schnur, die seine Beinlinge zusammenhielt.

Jondalar fühlte, wie sie die Knoten aufzumachen versuchte, mit denen er die zerschnittenen Lederschnüre zusammengebunden hatte. Er richtete sich auf und lächelte in ihre Augen; sie hatten die graublaue Farbe der Feuersteine, die er am liebsten bearbeitete. Dann zog er seinen Dolch aus der Scheide und durchtrennte die Schnüre mit einem Schnitt. Sie begann ebenfalls zu lächeln. Dann zog sie ihre Beinlinge hoch, um die wenigen Schritte zu den Schlaffellen zu gehen, und ließ sich darauf nieder. Er folgte ihr, während sie sich die Fußlinge aufschnürte. Dann schnürte sie seine auf.

Auf der Seite liegend, küßten sie sich wieder. Jondalar suchte unter ihrer Felljacke und ihrem Kittel nach ihrer Brust. Er fühlte, wie ihre Brustwarze unter seiner Hand härter wurde. Dann schob er ihre Felljacke hoch und entblößte die aufreizende Spitze. Sie zog sich in der Kälte zusammen, bis er sie in den Mund nahm. Sie wurde wärmer, verlor aber nicht ihre Härte. Ayla wollte nicht länger warten: sie rollte sich auf den Rücken, ohne Jondalar loszulassen, und öffnete sich, um ihn zu empfangen.

Glücklich, daß sie so bereit war wie er, kniete er sich zwischen ihre warmen Schenkel und führte sein ungeduldiges Glied in ihren tiefen Brunnen ein. Feuchte Wärme umschloß ihn, liebkoste den vollen Schaft, als er mit einem lustvollen Aufseufzen in sie eindrang.

Ayla fühlte ihn in sich, als er tiefer und tiefer in ihr vordrang. Sie dachte an nichts mehr als an die Wärme, die sie erfüllte, als sie sich ihm entgegenbog. Sie fühlte, wie er zurückglitt und sie liebkoste, um sie dann wieder ganz mit seiner Männlichkeit zu erfüllen – in genau dem richtigen Augenblick, um das kleine Zentrum ihrer Lust zu reizen und Wellen der Erregung durch ihren Körper zu schicken.

Jondalar näherte sich rasch seinem Höhepunkt, zu rasch, wie er fürchtete.

Aber er konnte sich nicht mehr zurückhalten, selbst wenn er es gewollt hätte. Doch er wollte es nicht einmal. Er überließ sich dem Drängen seines Körpers und spürte ihre Bereitschaft in dem Rhythmus ihrer Bewegungen, die sich den seinen in immer schnellerer Folge anpaßten. Plötzlich, überwältigt und überwältigend, war er da.

Mit einer Intensität, die der seinen nicht nachstand, war sie für ihn bereit. »Jetzt, oh jetzt«, flüsterte sie, sich ihm entgegenbäumend. Ihre Aufforderung kam für ihn überraschend. Sie hatte es noch nie zuvor getan, aber die Wirkung blieb nicht aus. Mit seinem nächsten Stoß entlud sich die Spannung, die sich in ihm aufgestaut hatte, in einem befreienden Ausbruch. Ayla erreichte den Gipfel ihrer Lust einen Augenblick später.

Obgleich er so schnell gekommen war, war der Augenblick der Lust so intensiv gewesen, daß Ayla eine Weile brauchte, ehe sie aus ihm zurückfand. Als Jondalar sich von ihr löste und sich auf die Seite rollte, empfand sie ein Gefühl der Leere und des Verlustes und wünschte, noch länger mit ihm vereint zu sein. Auf seltsame Weise ergänzte er sie, machte sie vollkommen; und als ihr noch einmal klar wurde, wie sehr sie sich um ihn geängstigt hatte, stiegen ihr Tränen in die Augen.

Jondalar sah, daß sie weinte, und richtete sich auf, um sie anzuschauen. »Was ist, Ayla?«

»Ich bin nur so glücklich, bei dir zu sein«, sagte sie, als weitere Tränen aufstiegen und zitternd an ihren Wimpern hängenblieben, bevor sie die Wangen herabrollten.

Jondalar streckte den Finger aus und führte einen der salzigen Tropfen an seinen Mund. »Warum weinst du, wenn du glücklich bist?« fragte er, obwohl er es wußte.

Sie schüttelte den Kopf, ohne etwas zu sagen. Er lächelte sie an, verbunden mit ihr in dem Bewußtsein, daß sie sein Gefühl der Erleichterung teilte, sie wieder in den Armen zu halten. Er beugte sich vor, um ihre Augen und ihre Wangen und schließlich ihren Mund zu küssen. »Ich liebe dich auch«, flüsterte er in ihr Ohr.

Er fühlte, daß seine Manneskraft sich wieder regte und wünschte, sie könnten noch einmal anfangen. Aber jetzt war dafür keine Zeit. Epadoa verfolgte sie und würde sie früher oder später finden.

»In der Nähe ist ein Fluß«, sagte Ayla. »Ich möchte mich waschen und kann dabei gleich die Wasserbeutel füllen.«

»Ich komme mit«, sagte Jondalar.

Sie hoben ihre Unterkleider und Fußlinge vom Boden auf, ergriffen die Wasserbeutel und gingen zu einem ziemlich breiten, bis auf eine schmale Rinne in der Mitte fast ganz mit Eis bedeckten Fluß. Er zitterte im kalten Wasser und wusch sich nur, weil sie es auch tat. Ayla nahm jede Gelegenheit wahr, sich zu waschen, selbst im kältesten Wasser. Er wußte, daß sie damit ein Ritual erfüllte, das ihre Clanmutter sie gelehrt hatte.

Sie füllten ihre Wasserbeutel, und als sie zu ihrem Lagerplatz zurückgingen, erinnerte sich Ayla an die Szene, die sie wenige Stunden zuvor beobachtet hatte.

»Warum hast du nicht mit Attaroa geschlafen?« fragte sie. »Du hast vor all den Leuten ihren Stolz verletzt.«

»Ich habe auch meinen Stolz. Niemand kann mich zwingen, die Gabe der Mutter zu teilen. Außerdem hätte es keinen Unterschied gemacht. Ich bin sicher, daß sie die ganze Zeit geplant hatte, mich zur Zielscheibe zu machen. Aber ich glaube, du mußt jetzt vorsichtig sein. ›Unhöflich und ungastlich‹...« Er lachte in sich hinein; dann wurde er ernst. »Sie haßt dich. Sie wird uns beide töten, wenn sie die Gelegenheit dazu bekommt.«

DREISSIGSTES KAPITEL

Als Ayla und Jondalar sich zum Schlafen niederlegten, achteten sie aufmerksam auf jedes Geräusch. Die Pferde waren in der Nähe angepflockt, und Ayla befahl Wolf, sich neben ihrem Lager niederzulegen; sie wußte, daß er sie warnen würde, wenn er irgendetwas Ungewöhnliches witterte. Dennoch schlief sie schlecht. Ihre Träume hatten etwas Bedrohliches an sich, aber auf gestaltlose und unordentliche Weise – ohne bestimmte Warnzeichen, die sie hätte definieren können. Nur Wolf kam immer wieder darin vor.

Sie erwachte beim ersten Morgengrauen, das hinter den kahlen Zweigen der Weiden und Birken unweit des Flusses aufstieg. Es war noch dunkel im unteren Teil des Tals, aber als sie sich umsah, begann sie die dicken Nadeln der Fichten und die Zapfen der Zirbelkiefern in dem heller werdenden Licht zu erkennen. Ein feiner, trockener Schnee war während der Nacht gefallen und hatte sich wie ein weißes Pulver auf die dicht verzweigten Büsche, das trockene Gras und die Lagerstätten gelegt; aber Ayla lag warm und geborgen unter ihrem Fell.

Sie hatte beinahe vergessen, was für ein gutes Gefühl es war, wenn Jondalar neben ihr schlief; und sie blieb eine Weile ruhig liegen und genoß seine Nähe. Doch ihre Gedanken ruhten nicht. Sie dachte an den bevorstehenden Tag und fragte sich, was sie zum Festmahl bereiten sollte. Sie entschloß sich, endlich aufzustehen, aber als sie versuchte, aus der Felldecke zu schlüpfen, fühlte sie, wie Jondalars Arm sie zurückhielt.

»Mußt du schon aufstehen? Es ist so lange her, daß ich dich neben mir gespürt habe. Ich mag dich nicht gehen lassen«, sagte Jondalar und küßte ihren Hals.

Sie überließ sich seiner Wärme. »Ich will auch nicht aufstehen. Es ist kalt, und ich möchte mit dir unter dem Fell liegenbleiben, aber ich muß etwas für Attaroas Fest zubereiten und dir dein Frühstück machen. Bist du nicht hungrig?«

»Jetzt, wo du es sagst, glaube ich, daß ich ein Pferd vertilgen könnte«, sagte Jondalar und faßte die beiden in der Nähe stehenden Tiere auf übertriebene Weise ins Auge.

»Jondalar!« sagte Ayla erschrocken.

Er lächelte sie an. »Keins von unseren, aber ich habe bis vor kurzem nichts anderes gegessen – wenn ich überhaupt etwas hatte. Ich glaube, wenn ich nicht so hungrig gewesen wäre, hätte ich kein Pferdefleisch gegessen, aber wenn nichts anderes da ist, ißt man, was man kriegen kann. Und es ist auch nichts Unrechtes dabei.«

»Ich weiß, aber du brauchst es nicht länger zu essen. Wir haben etwas Besseres«, sagte sie. Sie kuschelten sich noch einen Augenblick aneinander, dann schlug Ayla die Felldecke zurück. »Das Feuer ist ausgegangen. Wenn du ein neues anzündest, mache ich unseren Frühstückstee. Wir brauchen heute ein warmes Feuer und eine Menge Holz.«

Für ihr Mahl am Abend zuvor hatte Ayla eine Suppe aus gedörrtem Wisentfleisch und getrockneten Wurzeln gekocht und ihr einige Zirbelnüsse beigegeben. Es war noch etwas davon übriggeblieben; Jondalar hatte nicht so viel essen können, wie er gedacht hatte. Nachdem sie den Rest beiseitegestellt hatte, hatte sie einen Korb mit kleinen, ganzen Äpfeln, kaum größer als Kirschen, hervorgeholt, die sie bei ihrer Suche nach Jondalar gefunden hatte. Sie waren gefroren, aber sie hingen noch an den Zweigen einiger winziger, entlaubter Bäume an der Südseite eines Hügels. Sie hatte die kleinen, harten Äpfel in zwei Teile geschnitten, entkernt und eine Weile mit getrockneten Hagebutten gekocht; dann hatte sie sie über Nacht am Feuer stehengelassen.

Bevor sie den morgendlichen Tee bereitete, goß Ayla etwas Wasser in die übriggebliebene Suppe und legte noch einige Kochsteine in das Feuer, um sie für ihr Frühstück aufzuwärmen. Sie probierte die zu Gelee erstarrte Apfelmischung. Die Abkühlung hatte die säuerliche Strenge der harten Äpfel gemildert, und die Hagebutten hatten dem Gericht eine rötliche Färbung und ein herbes, süßliches Aroma gegeben. Sie trug Jondalar eine Schale auf, zusammen mit seiner Suppe.

»Das ist das Beste, was ich je gegessen habe!« sagte Jondalar. »Was hast du dazugetan, daß es so gut schmeckt?«

Ayla lächelte. »Es ist mit Hunger gewürzt.«

Jondalar nickte, und während er weiteraß, sagte er: »Damit hast du wohl recht. Mir tun die Leute leid, die noch im Gehege sind.«

»Niemand braucht Hunger zu leiden, wenn es genug zu essen gibt«, sagte Ayla. »Es ist etwas anderes, wenn alle hungern.«

»Manchmal, gegen Ende eines schlimmen Winters, kann das passieren«, sagte Jondalar. »Bist du jemals hungrig gewesen?«

»Ich habe ein paar Mahlzeiten ausfallen lassen müssen, und mein Lieblingsgericht war immer am schnellsten aufgegessen, aber wenn man weiß, wo man zu suchen hat, kann man meist etwas zu essen finden – wenn man nur frei ist, danach zu suchen.«

»Ich habe Leute gekannt, die verhungert sind, weil sie nichts mehr zu essen hatten und nicht wußten, wo sie etwas finden konnten. Aber du findest anscheinend immer etwas, Ayla. Woher weißt du soviel?«

»Iza hat es mich gelehrt. Ich habe mich schon immer für alles, was wächst, interessiert«, sagte Ayla, dann schwieg sie. »Ich glaube, es gab eine Zeit, in der ich fast verhungert wäre, kurz bevor Iza mich fand. Ich war damals noch ein Kind und weiß es nicht mehr so genau.« Ein kurzes Lächeln der Erinnerung huschte über ihr Gesicht. »Iza sagte, sie hätte nie jemanden gekannt, der so schnell lernt, etwas zu essen zu finden, wie ich – vor allem weil ich zunächst nicht wußte, wo oder wie ich danach suchen sollte. Sie sagte mir, der Hunger habe es mich gelehrt.«

Nachdem er eine zweite Schale leergegessen hatte, sah Jondalar zu, wie Ayla ihre getrockneten Vorräte durchging und mit den Vorbereitungen für das Essen begann, das sie für das Festmahl machen wollte. Weil sie den größten Teil ihrer Ausrüstung zurückgelassen und nur die nötigsten Gerätschaften mitgenommen hatten, wußte sie zunächst nicht, welches Gefäß sie zum Kochen nehmen sollte. Es mußte groß genug sein, um alles zu fassen, was für die Bewirtung des ganzen S'Armunai-Lagers nötig war.

Sie nahm ihren größten Wasserbeutel und füllte seinen Inhalt in kleinere Schalen um. Das Innere des Beutels bestand aus dem Magen eines Auerochsen, den sie heraustrennte. Er war nicht ganz wasserdicht, doch würde er für ihre Zwecke genügen. Mit Sehnen aus ihrem Nähzeug befestigte sie ihn an einem Holzgestell, füllte ihn wieder mit Wasser und wartete, bis so viel Feuchtigkeit durchgesickert war, daß sich auch an der Außenseite eine dünne Nässeschicht gebildet hatte.

Inzwischen war das Feuer, das Jondalar vorher entzündet hatte, bis auf einige kräftig glühende Kohlen niedergebrannt. Sie setzte das Gestell mit dem Beutel darauf und vergewisserte sich, daß sie genügend Wasser zur Hand hatte, um den Topf immer wieder aufzufüllen. Während sie darauf wartete, daß das Wasser kochte, begann sie, aus Weidenruten und vergilbten, durch die Feuchtigkeit des Schnees biegsam gewordenen Gräsern einen festen Korb zu flechten.

Als die ersten Blasen aufstiegen, krümelte sie Trockenfleischstreifen und einige Riegel ihres Reiseproviants in das Wasser und machte daraus eine nahrhafte Fleischbrühe. Dann fügte sie eine Mischung verschiedener Körner hinzu. Später gab sie stärkehaltige Erdkastanien und getrocknete Mohrrüben, Johannis- und Blaubeeren sowie einige Hülsenfrüchte in den aufkochenden Brei. Sie würzte alles mit einer Kräutermischung, zu der Huflattich, Bärenlauchzwiebeln, Sauerampfer, Basilikum und Mädesüß sowie einige Körner von dem Salz gehörten, das sie seit dem Sommertreffen der Mamutoi aufbewahrt hatte und von dem Jondalar gar nicht mehr wußte, daß sie es noch besaß.

Er hatte nicht den Wunsch, sich weit vom Lager zu entfernen, und hielt sich in der Nähe auf, um Holz zu sammeln, den Wasservorrat zu ergänzen und Gräser und Weidenruten für die Körbe zu schneiden, die sie flocht. Er war so glücklich, bei ihr zu sein, daß er sie nicht aus den Augen lassen wollte. Sie war ebenso glücklich, wieder in seiner Gesellschaft zu sein. Doch als er sah, welche Mengen ihres Reiseproviants sie verbrauchte, wurde er besorgt. Er hatte gerade eine Zeit des Hungers durchgemacht und wollte sie nicht noch einmal erleben.

»Ayla, ein guter Teil unserer Notverpflegung ist für dieses Gericht draufgegangen. Wir haben sie vielleicht noch einmal bitter nötig.«

»Ich möchte genug für alle machen, für alle Frauen und Männer in Attaroas Lager, damit sie sehen, was sie haben könnten, wenn sie zusammenarbeiten«, erklärte Ayla.

»Vielleicht sollte ich meine Speerschleuder nehmen und nach frischem Fleisch Ausschau halten«, sagte er, die Stirn runzelnd.

Sie schaute ihn überrascht an. Den weitaus größten Teil dessen, was sie bisher auf ihrer Reise gebraucht hatten, hatten sie dem Land abgewonnen, das sie durchzogen, und wenn sie ihre Vorräte angegriffen hatten, war es mehr aus Bequemlichkeit als aus Not geschehen. Außerdem gab es noch Lebensmittelreserven unter den Sachen, die sie am Fluß zurückgelassen hatten. Sie betrachtete ihn näher. Zum ersten Mal bemerkte sie, daß er mager geworden war. Sie begann seine Bedenken zu verstehen.

»Das ist keine schlechte Idee«, meinte sie. »Vielleicht solltest du Wolf mitnehmen. Er ist gut darin, Wild zu finden und aufzuscheuchen; und er könnte dich warnen, wenn jemand kommt. Ich bin sicher, daß Epadoa und Attaroas Wolfsfrauen uns auf den Fersen sind.«

»Aber wer warnt dich, wenn ich Wolf mitnehme?« fragte Jondalar.

»Winnie. Sie merkt es, wenn Fremde kommen. Aber ich würde mich gern auf den Weg zu den S'Armunai machen, sobald ich hier fertig bin.«

»Brauchst du noch lange?« fragte er. Die Falten in seiner Stirn vertieften sich.

»Ich hoffe nicht; doch ich bin es nicht gewohnt, soviel auf einmal zu kochen, und kann es nicht mit Bestimmtheit sagen.«

»Vielleicht sollte ich später auf die Jagd gehen.«

»Das mußt du wissen. Aber wenn du hierbleibst, könnte ich noch etwas Holz gebrauchen«, sagte sie.

»Ich werde dir Holz holen«, entschied er. Er sah sich um und fügte hinzu: »Und ich packe alles zusammen, was du jetzt nicht brauchst, damit wir sofort aufbrechen können.«

Ayla brauchte länger, als sie erwartet hatte, und gegen die Mitte des Vormittags machte sich Jondalar mit Wolf auf, um die Gegend zu erkunden. Es ging ihm weniger darum, Wild zu finden, als sich zu vergewissern, daß Epadoa nicht in der Nähe war. Er war etwas überrascht, daß Wolf ihn – auf einen Befehl Aylas – so bereitwillig begleitete. Er hatte das Tier immer als allein zu Ayla gehörig betrachtet und nie daran gedacht, es mitzunehmen, wenn er ohne sie fortging. Wolf erwies sich als guter Jagdgenosse und stöberte tatsächlich ein Kaninchen auf; doch Jondalar entschloß sich, es ihm zu überlassen.

Als sie zurückkamen, bot Ayla Jondalar eine Portion des Gerichts an, das sie für die S'Armunai zubereitet hatte. Obgleich sie in der Regel nicht öfter als zweimal am Tag aßen, merkte er, wie hungrig er war, als er die volle Schüssel sah. Sie nahm selbst etwas und gab auch Wolf seinen Anteil.

Es war kurz nach Mittag, als sie endlich zum Aufbruch bereit waren. Während das Essen auf dem Feuer stand, hatte Ayla zwei tiefwandige schüsselartige Körbe fertiggestellt, beide von beachtlichem Fassungsvermögen, doch der eine etwas größer als der andere. Sie waren jetzt mit der festen, nahrhaften Mischung gefüllt. Sie hatte sogar einige ölhaltige Nüsse aus den Zapfen der Zirbelkiefer hinzugefügt. Da sich die Leute im Lager vornehmlich von magerem Fleisch ernährten, brauchten sie – wie Ayla wußte, ohne zu verstehen, warum – außer dem Getreide reichlich Fett und Öl, um sich, besonders im Winter, warm zu halten.

Ayla bedeckte die beiden Körbe mit umgedrehten flachen Schüsseln, hob sie auf Winnies Rücken und sicherte sie durch grobgearbeitete Halterungen aus trockenem Gras und Weidenruten, die sie rasch zusammengeflochten hatte. Dann machten sie sich auf zum Lager der S'Armunai, diesmal auf einer anderen Route. Unterwegs sprachen sie darüber, was sie mit den Tieren machen sollten, wenn sie das Lager erreicht hatten.

»Wir können die Pferde im Wald am Fluß verstecken. Sie an einen Baum binden und die restliche Strecke zu Fuß gehen«, schlug Jondalar vor.

»Ich würde sie ungern anbinden. Wenn Attaroas Jägerinnen sie zufällig finden, würden sie sie sicher töten«, sagte Ayla. »Wenn sie frei sind, haben sie wenigstens die Möglichkeit zu fliehen. Und wir können nach ihnen pfeifen. Ich hätte sie lieber in der Nähe, wo wir sie sehen können.«

»Dann wäre das Feld mit dem trockenen Gras vor dem Lager ein guter Platz für sie. Ich glaube, wir brauchen sie dort nicht anzupflocken. Sie entfernen sich meist nicht weit, wenn sie etwas zum Grasen haben«, sagte Jondalar. »Und es würde auf Attaroa und die S'Armunai einen großen Eindruck machen, wenn wir beide auf Pferden ins Lager kamen. Wie die anderen Leute, die wir getroffen haben, fürchten sich die S'Armunai wahrscheinlich vor Menschen, die Pferde lenken können. Sie glauben, es habe etwas mit Zauberkräften zu tun; und solange sie sich fürchten, sind wir ihnen überlegen. Wir sind nur zu zweit und müssen alles ausnutzen, was uns einen Vorteil verschafft.«

»Das stimmt«, sagte Ayla. Doch sie zögerte – nicht nur aus Sorge um die Tiere, sondern auch, weil ihr der Gedanke unbehaglich war, die Furcht der S'Armunai auszunutzen. Es ist, als belüge ich sie, dachte sie. Doch nicht nur ihr Leben, sondern auch das der Jungen und Männer im Pferch stand auf dem Spiel.

Es war ein schwieriger Augenblick für Ayla. Sie mußte zwischen zwei Übeln wählen. Aber sie war es, die darauf bestanden hatte, zurückzukehren und den Gefangenen zu helfen. Sie mußte ihre angeborene Wahrheitsliebe überwinden und das geringere Übel wählen, wenn sie eine Chance haben wollte, die Jungen und Männer des Lagers vor Attaroas Wahnsinn zu retten.

»Ayla«, sagte Jondalar. »Ayla?« wiederholte er, als sie nicht antwortete.

»Eh... ja?«

»Und was ist mit Wolf? Willst du ihn auch ins Lager mitnehmen?«

Sie dachte darüber nach. »Nein, ich glaube nicht. Sie wissen über die Pferde Bescheid; aber über ihn wissen sie nichts. Wenn ich daran denke, wie sie mit Wölfen umgehen, sehe ich keinen Grund, ihnen Gelegenheit zu geben, ihm zu nahe zu kommen. Ich werde ihm befehlen, sich versteckt zu halten. Solange er mich von Zeit zu Zeit sieht, wird er es auch tun.«

»Wo soll er sich verstecken? Es ist fast nur offenes Land rund um das Lager.«

Ayla überlegte einen Augenblick. »Wolf kann da bleiben, wo ich mich versteckt hielt, als ich dich beobachtete. Wir können von hier den Hügel hinaufsteigen. Da gibt es eine mit Bäumen und Unterholz besetzte Stelle an einem kleinen Fluß. Da kannst du mit den Pferden auf mich warten. Dann kehren wir um und reiten aus der anderen Richtung ins Lager.«

Niemand bemerkte sie, als sie den Waldrand verließen und auf das Feld ritten; und der erste, der sie über das offene Land auf das Lager zutraben sah, glaubte, sie seien aus dem Nichts erschienen. Als sie Attaroas große Erdhütte erreichten, waren alle, die Gelegenheit dazu hatten, zusammengeströmt, um sie zu betrachten. Selbst die Männer im Pferch hatten sich hinter der Palisade versammelt, um sie durch die Ritzen zu beobachten.

Attaroa stand in ihrer gewohnten Haltung breitbeinig und mit den Händen auf den Hüften vor ihrer Hütte. Obgleich sie es nie zugegeben hätte, war sie zutiefst beunruhigt, die beiden zu sehen – überdies zu Pferde. Jeder, dem es bisher gelungen war, ihr zu entkommen, hatte die Beine in die Hand genommen und war, so schnell er konnte, geflohen. Noch nie war jemand freiwillig zurückgekehrt. Welche Macht hatten diese Menschen, daß sie es wagten, wieder herzukommen? Noch immer fürchtete Attaroa insgeheim die Rache der Großen Mutter und ihrer Geisterwelt. Sie fragte sich, was die Rückkehr der geheimnisvollen Frau und des gutaussehenden Mannes zu bedeuten habe. Doch ihre Worte verrieten nichts von der Sorge, die sie bewegte.

»Du hast dich also entschieden, zurückzukommen«, sagte sie und forderte S'Armuna mit einem Blick auf, als Dolmetscherin zu fungieren.

Auch die Schamanin schien überrascht zu sein, sie zu sehen, aber Jondalar spürte, daß sie erleichtert war. Bevor sie Attaroas Worte in Zelandonii übersetzte, sprach sie ihn direkt an.

»Was sie auch sagen mag, Sohn Marthonas, ich rate dir, ihre Hütte nicht zu betreten. Mein Angebot gilt noch, für beide von euch«, sagte sie. Dann übersetzte sie Attaroas Bemerkung.

Die Anführerin blickte S'Armuna scharf an. Sie hatte mehr gesagt, als zur Übersetzung erforderlich gewesen wäre; aber da sie die Sprache nicht kannte, konnte sie sich dessen nicht sicher sein.

»Warum sollten wir nicht zurückkommen, Attaroa? Hast du uns nicht zu einem Festmahl eingeladen?« fragte Ayla. »Wir haben unseren Anteil dazu mitgebracht.«

Während ihre Worte übersetzt wurden, schlug Ayla ein Bein über den Rücken der Stute und ließ sich zu Boden gleiten. Dann befreite sie Winnie von dem größeren Korb und stellte ihn zwischen Attaroa und S'Armuna. Sie hob den Deckel ab, und der Duft des Getreidebreis ließ allen das Wasser im Mund zusammenlaufen. Das versprach, ein Festschmaus zu werden, wie sie ihn in den letzten Jahren selten gehabt hatten, am wenigsten im Winter. Selbst Attaroa war für einen Augenblick überwältigt.

»Es scheint genug für alle da zu sein«, sagte sie.

»Das ist nur für die Frauen und die Kinder«, sagte Ayla. Dann nahm sie den etwas kleineren Korb, den Jondalar gerade gebracht hatte, und stellte ihn neben den ersten. Sie hob den Deckel ab und verkündete: »Das ist für die Männer.«

Hinter der Palisade und von den Frauen, die aus ihren Hütten gekommen waren, war ein leises Murmeln zu hören; aber Attaroa war wütend. »Was meinst du damit, für die Männer?«

»Wenn die Anführerin eines Lagers zu einem Festmahl einlädt, um einen Besucher zu ehren, nehmen doch alle Leute daran teil, nicht wahr? Ich habe angenommen, du seist die Anführerin des ganzen Lagers und hättest von mir erwartet, für alle etwas mitzubringen. Du bist doch die Anführerin aller Leute, nicht wahr?«

»Natürlich bin ich das«, stieß Attaroa erregt hervor.

»Wenn du noch nicht mit deinen Vorbereitungen fertig bist, sollten wir die Körbe in eine Hütte bringen, damit das Essen nicht zu Eis gefriert«, sagte Ayla. Sie hob den größeren Korb wieder hoch und wandte sich an S'Armuna. Jondalar nahm den anderen Korb.

Attaroa hatte sich wieder gefangen. »Ich habe euch eingeladen, in meiner Hütte zu bleiben«, sagte sie.

»Aber du hast sicher noch viel zu tun«, sagte Ayla. »Und ich möchte der Anführerin dieses Lagers nicht zur Last fallen. Es ist schicklicher, bei Der, Die Der Mutter Dient zu bleiben.« S'Armuna übersetzte, dann fügte sie hinzu: »So ist es der Brauch.«

Ayla wandte sich um und sagte leise zu Jondalar: »Geh zu S'Armunas Hütte.«

Als Attaroa die beiden mit der Schamanin weggehen sah, breitete sich ein Lächeln reiner Bosheit über ihre Züge aus; ihr Gesicht verzerrte sich zu einer schrecklichen Fratze. Es war dumm von ihnen, zurückzukommen, dachte sie. Ihre Rückkehr gab ihr die Gelegenheit, die sie sich gewünscht hatte – sie zu vernichten. Aber sie wußte, daß sie sie nur in einem Augenblick der Sorglosigkeit überraschen konnte. Als sie darüber nachdachte, war sie froh, daß sie zu S'Armuna gegangen waren. So waren sie ihr nicht im Wege. Sie brauchte Zeit zum Überlegen und wollte sich mit Epadoa besprechen, die noch nicht zurückgekehrt war.

Inzwischen mußte sie sich um das Festmahl kümmern. Sie winkte eine der Frauen zu sich heran – diejenige, die ein Kind hatte und von ihr bevorzugt wurde – und befahl ihr, den anderen Frauen aufzutragen, ein Essen für eine Feier zuzubereiten. »Macht genug für jeden«, sagte die Anführerin. »Auch für die Männer im Gehege.«

Die Frau sah überrascht auf; dann nickte sie und eilte fort.

»Ich nehme an, ihr würdet gern einen heißen Tee trinken«, sagte S'Armuna, nachdem sie Ayla und Jondalar ihre Schlafplätze gezeigt hatte. Sie erwartete, daß Attaroa jeden Augenblick hereinkommen würde. Aber nachdem sie ihren Tee getrunken hatten, ohne gestört worden zu sein, entspannte sie sich. Je länger Ayla und Jondalar bei ihr waren, ohne daß die Anführerin Einwände erhob, desto sicherer schien es ihr, daß sie bleiben durften.

Dennoch breitete sich ein unbehagliches Schweigen aus, als die drei am Feuer saßen. Ayla musterte verstohlen die Frau, Die Der Mutter Diente. Ihr Gesicht war seltsam verzogen; die linke Seite war stärker ausgebildet als die rechte. Wahrscheinlich hat sie Schmerzen beim Kauen, dachte Ayla. Die Frau tat nichts, um die Anomalie zu verbergen. Sie hatte ihr angegrautes hellbraunes Haar glatt zurückgekämmt und auf dem Kopf zu einem Knoten verflochten. Ayla fühlte sich von der älteren Frau angezogen.

Sie bemerkte jedoch eine gewisse Zurückhaltung in der Art, in der sie sich ihnen gegenüber gab – eine zögernde Unentschlossenheit. Sie sah immer wieder Jondalar an, als ob sie ihm etwas sagen wollte, aber nicht wußte, wie sie beginnen sollte.

Einem plötzlichen Impuls nachgebend, ergriff Ayla das Wort. »Jondalar hat mir gesagt, daß du seine Mutter gekannt hast, S'Armuna«, sagte sie. »Ich habe mich schon gewundert, woher du seine Sprache so gut sprichst.«

Die Frau sah ihre Besucherin überrascht an. *Seine* Sprache, dachte sie, nicht ihre? Ayla spürte den Blick der Schamanin und erwiderte ihn offen.

»Ja, ich kannte Marthona und den Mann, mit dem sie sich verbunden hatte.«

Es war, als wollte sie noch etwas sagen, doch dann schwieg sie. Jondalar nahm das Gespräch wieder auf. Er hatte das Bedürfnis, von seiner Heimat und seiner Familie zu sprechen, besonders weil es jemanden gab, der seine Leute kannte.

»War Joconan der Anführer der Neunten Höhle, als du da warst, S'Armuna?« fragte er.

»Nein. Aber es überrascht mich nicht, daß er Anführer wurde.«

»Es heißt, Marthona sei fast eine Mit-Anführerin gewesen, wie bei den Mamutoi. Deshalb ist sie, als Joconan starb...«

»Joconan ist tot?« unterbrach ihn S'Armuna. Ayla sah, daß sie zusammengefahren war und so etwas wie Kummer zu empfinden schien. Dann faßte sie sich wieder. »Es muß für deine Mutter eine schwere Zeit gewesen sein.«

»Das glaube ich auch, obwohl sie nicht viel Zeit hatte, darüber nachzudenken. Jeder drängte sie, Anführerin zu werden. Ich weiß nicht, wann sie Dalanar begegnete; aber als sie sich mit ihm zusammentat, war sie schon mehrere Jahre Anführerin der Neunten Höhle. Die Zelandonii haben mir gesagt, daß sie schon vor dieser Verbindung mit mir gesegnet war, aber sie trennten sich zwei Jahre nach meiner Geburt, und er entschloß sich, fortzuziehen. Ich weiß nicht, was geschehen ist; doch noch immer gibt es traurige Geschichten und Lieder über ihre Liebe. Meine Mutter hört sie nicht gern.«

Es war Ayla, die ihn aufforderte, fortzufahren. Doch nicht nur sie, auch S'Armuna schien sich für das zu interessieren, was er erzählte. »Sie hat sich wieder mit jemandem zusammengetan und hatte noch weitere Kinder, nicht wahr? Ich weiß, daß du einen Bruder hattest.«

»Mein Bruder Thonolan wurde an Willomars Herdfeuer geboren, wie auch meine Schwester Folara. Ich glaube, das war eine gute Verbindung für Marthona. Sie ist sehr glücklich mit ihm, und er war immer sehr gut zu mir. Er ist viel gereist und hat für meine Mutter Handel getrieben. Manchmal hat er mich mitgenommen. Und auch Thonolan, als er alt genug war. Lange Zeit hielt ich Willomar für den Mann meines Herdfeuers, bis ich fortzog, um bei Dalanar zu leben, und ihn ein bißchen besser kennenlernte. Ich fühle mich ihm immer noch eng verbunden, obwohl auch Dalanar sehr gut zu mir war und ich ihn sehr gern hatte. Aber jeder mag Dalamar. Er fand eine Feuersteinmine, traf Jerika und hat jetzt seine eigene Höhle. Sie haben eine Tochter, Joplaya, meine Schwester-Base.«

Wenn ein Mann, schoß es Ayla durch den Kopf, ebenso dafür verantwortlich ist, daß ein neues Leben in einer Frau entsteht, wie die Frau selbst – dann war Joplaya tatsächlich Jondalars Schwester, nicht weniger als Folara. Schwester-Base hatte er sie genannt. Hieß das, daß hier eine engere Verwandtschaft vorlag als die zu den Kindern der Schwester einer Mutter oder denen der Gefährtinnen ihrer Brüder? Das Gespräch über Jondalars Mutter hatte seinen Fortgang genommen, während sie über diese Beziehungen nachdachte.

»... dann übertrug meine Mutter Joharran die Führung, obwohl er darauf bestand, daß sie ihm auch weiterhin beratend zur Seite stand«, sagte Jondalar. »Wie kommt es, daß du meine Mutter kennst?«

S'Armuna starrte ins Weite, als suche sie ein Bild aus der Vergangenheit; dann begann sie zögernd zu sprechen. »Ich war noch ein Mädchen, als ich dort hingebracht wurde. Der Bruder meiner Mutter war der hiesige Anführer; und ich war sein Lieblingskind, das einzige Mädchen, das seinen beiden Schwestern geboren wurde. Er hatte eine weite Reise gemacht, als er jung war, und er hatte von den berühmten Schamaninnen der Zelandonii gehört. Und weil man der Ansicht war, daß ich die Gabe hatte, der Mutter zu dienen, wollte er mich von der besten unterweisen lassen. So brachte er mich zur Neunten Höhle, denn eure Zelandoni war die Erste unter Denen, Die Der Mutter Dienen.«

»Das scheint sich in der Neunten Höhle vererbt zu haben. Als ich fortging, war Zelandoni gerade zur Ersten erkoren worden«, bemerkte Jondalar.

»Kennst du den früheren Namen derjenigen, die jetzt die Erste ist?« fragte S'Armuna.

Jondalar verzog das Gesicht, und Ayla glaubte zu wissen, weshalb. »Ich kannte sie als Zolena.«

»Zolena? Sie ist sehr jung, um die Erste zu sein, nicht wahr? Sie war ein hübsches kleines Mädchen, als ich dort war.«

»Jung vielleicht, aber mit Leib und Seele ihrer Aufgabe hingegeben«, sagte Jondalar.

S'Armuna nickte, dann nahm sie den Faden ihrer Erzählung wieder auf. »Marthona und ich waren ungefähr im gleichen Alter, und das Herdfeuer ihrer Mutter stand in hohem Ansehen. Mein Onkel und deine Großmutter, Jondalar, kamen überein, daß ich bei ihr leben sollte. Er blieb, bis alles geregelt war.« S'Armunas Blick war weiter in die Ferne gerichtet; dann lächelte sie. »Marthona und ich waren wie Schwestern, ja, wie Zwillinge. Wir mochten die gleichen Dinge und teilten alles miteinander. Sie bestand sogar darauf, wie ich als Zelandoni unterwiesen zu werden.«

»Das wußte ich nicht«, sagte Jondalar. »Vielleicht hat sie dabei ihre Fähigkeiten zu führen erworben.«

»Vielleicht. Aber keine von uns hat damals an Führung gedacht. Wir waren einfach unzertrennlich und wollten dieselben Dinge... Bis es zu einem Problem wurde.« S'Armuna hörte auf zu reden.

»Zu einem Problem?« fragte Ayla. »Es wurde zu einem Problem, so eng befreundet zu sein?« Sie hatte an Deegie gedacht, und wie wunderbar es gewesen war, eine so gute Freundin zu haben, wenn auch nur für kurze Zeit. Sie hätte gern jemanden wie sie gehabt, als sie aufwuchs. Uba war wie eine Schwester gewesen; aber sie gehörte zum Clan. Wie eng sie sich auch verbunden fühlten, es gab Dinge, die sie trennten: Aylas angeborene Wißbegier und Ubas Verbundenheit mit ihrer Tradition.

»Ja«, sagte S'Armuna und blickte Ayla an. Wieder fiel ihr der ungewöhnliche Akzent auf, mit dem sie sprach. »Das Problem war, daß wir uns in denselben Mann verliebten. Ich glaube, Joconan hätte uns beide lieben können. Er hat einmal von einer doppelten Verbindung gesprochen; und Marthona und ich wären wohl dazu bereit gewesen. Aber dann starb der alte Zelandoni, und als sich Joconan an den neuen um Rat wandte, riet er ihm, er solle Marthona nehmen. Damals glaubte ich, er hätte ihm dazu geraten, weil Marthona schön war und kein schiefes Gesicht hatte; aber ich weiß jetzt, es war, weil mein Onkel ihnen gesagt hatte, daß er mich zurückhaben wollte. Ich habe nicht an der Zeremonie teilgenommen, durch die sie miteinander verbunden wurden. Ich war zu verbittert und enttäuscht. Ich machte mich wenige Tage nachdem sie es mir gesagt hatten auf den Heimweg.«

»Du bist allein zurückgereist?« fragte Jondalar. »Ganz allein über den Gletscher?«

»Ja«, sagte S'Armuna.

»Es gibt nicht viele Frauen, die eine so weite Reise machen. Zumal ohne Begleitung. Das war gefährlich und erforderte viel Mut«, sagte Jondalar.

»Gefährlich war es schon. Ich bin beinahe in eine Gletscherspalte gefallen. Aber ich weiß nicht, ob es viel Mut erforderte. Ich glaube, meine Verbitterung hat mir geholfen. Aber als ich zurückkam, hatte sich hier alles verändert. Ich war viele Jahre fortgewesen. Meine Mutter und meine Tante waren zusammen mit meinen Vettern und Brüdern nach Norden gezogen, wo viele andere S'Armunai leben, und meine Mutter war dort gestorben. Mein Onkel war auch tot; ein anderer Mann war Anführer, ein Fremder namens Brugar. Ich weiß nicht, woher er kam. Er war nicht gerade schön, aber recht anziehend auf seine ungehobelte Weise. Doch er war grausam und gemein.«

»Brugar... Brugar...« sagte Jondalar. Er schloß die Augen und versuchte sich zu erinnern, wo er den Namen schon einmal gehört hatte. »War das nicht Attaroas Gefährte?«

S'Armuna stand auf, plötzlich sehr erregt. »Möchtet ihr noch etwas Tee?« fragte sie. Ayla und Jondalar nickten. Sie brachte jedem von ihnen einen Becher des frisch aufgegossenen Kräutergetränks und nahm sich selbst einen. Aber bevor sie sich wieder setzte, sah sie die beiden Besucher lange an. »Ich habe das noch nie jemandem erzählt«, sagte sie.

»Und warum erzählst du es uns?« fragte Ayla.

»Damit ihr alles besser versteht.« Sie wandte sich an Jondalar. »Ja, Brugar war Attaroas Gefährte. Gleich nachdem er Anführer geworden war, begann er, die Dinge hier zu verändern. Er fing damit an, den Männern einen höheren Rang einzuräumen als den Frauen. Zuerst waren es nur Kleinigkeiten. Frauen mußten sitzen bleiben und warten, bis sie die Erlaubnis erhielten, ihre Meinung zu sagen. Frauen durften keine Waffen anrühren. Es erschien zunächst bedeutungslos, und die Männer genossen ihre Macht. Doch als die erste Frau totgeschlagen wurde, weil sie es gewagt hatte, offen zu sprechen, begriffen die anderen, wie ernst die Sache war. Aber sie wußten inzwischen nicht mehr, wie es dazu gekommen war oder wie sie die Entwicklung aufhalten sollten. Brugar verstand es, das Böse in den Männern zu wecken. Er hatte eine kleine Schar von Anhängern, und ich glaube, die übrigen wagten es einfach nicht, ihre Teilnahme zu verweigern.«

»Ich wüßte gern, woher er solche Vorstellungen hatte«, sagte Jondalar.

Einer plötzlichen Eingebung folgend, fragte Ayla: »Wie sah dieser Brugar aus?«

»Er war ein Mann mit groben Gesichtszügen, ungehobelt, wie gesagt; aber er konnte recht charmant und anziehend sein, wenn er wollte.«

»Gibt es viele Clan-Leute in dieser Gegend?« fragte Ayla.

»Früher ja; aber jetzt nicht mehr. Im Westen von hier gibt es noch viele. Warum?«

»Wie sind die S'Armunai ihnen gegenüber eingestellt? Vor allem denen von gemischten Geistern?«

»Nun, man verabscheut sie. Nicht anders als bei den Zelandonii. Einige Männer haben Flachschädel-Frauen als Gefährtinnen genommen, und die Kinder aus diesen Verbindungen werden geduldet. Aber sie werden nicht gut aufgenommen.«

»Hätte Brugar von gemischten Geistern gewesen sein können?« fragte Ayla.

»Warum willst du das wissen?«

»Weil ich glaube, daß er bei denen, die ihr Flachschädel nennt, gelebt hat, vielleicht sogar unter ihnen aufgewachsen ist«, erwiderte Ayla.

»Wie kommst du darauf?« fragte die Schamanin.

»Weil das, was du beschreibst, die Art der Clan-Leute ist.«

»Clan-Leute?«

»So nennen die Flachschädel sich selbst«, erläuterte Ayla. »Aber wenn er so gut sprechen konnte, um Charme zu entwickeln, konnte er nicht immer bei ihnen gelebt haben. Wahrscheinlich wurde er nicht bei ihnen geboren, sondern stieß erst später zu ihnen. Und als Mischling war er bei ihnen nicht sehr angesehen; vielleicht wurde er sogar als Mißgeburt betrachtet. Ich bezweifle, daß er sie wirklich verstanden hat. Er war eher ein Außenseiter. Sein Leben war vermutlich recht elend.«

S'Armuna war überrascht. Sie fragte sich, wie Ayla, eine völlig Fremde, soviel wissen konnte. »Für jemanden, der Brugar nie gesehen hat, scheinst du eine ganze Menge über ihn zu wissen.«

»So war er von gemischten Geistern?« fragte Jondalar.

»Ja. Attaroa hat mir von seiner Herkunft erzählt – soweit sie selber davon wußte. Offensichtlich war seine Mutter ein Mischling, halb Mensch, halb Flachschädel. Sie stammte von einer unvermischten Flachschädel-Mutter ab«, begann S'Armuna.

Wahrscheinlich ein Kind aus einer Verbindung mit einem Mann der Anderen, dachte Ayla. Wie das kleine Mädchen bei der Clan-Versammlung, das Durc versprochen wurde.

»Ihre Kindheit muß sehr unglücklich gewesen sein. Sie verließ ihre Leute, als sie kaum zur Frau erwachsen war, mit einem Mann der Leute, die westlich von hier leben.«

»Der Losadunai?« fragte Jondalar.

»Ja, ich glaube, so werden sie genannt. Wie auch immer – bald nachdem sie ihre Leute verlassen hatte, bekam sie ein Kind. Das war Brugar«, fuhr S'Armuna fort.

»Brugar – wurde er auch manchmal Brug genannt?« warf Ayla ein.

»Woher weißt du das?«

»Brug hätte sein Clan-Name sein können.«

»Der Mann, mit dem seine Mutter fortgegangen war, pflegte sie zu schlagen. Wer weiß, warum? Manche Männer sind so.«

»Die Frauen des Clans werden so erzogen, daß sie das klaglos hinnehmen«, sagte Ayla. »Die Männer dürfen Frauen schlagen, um sie zu maßregeln. Sie dürfen sie dabei nicht ernsthaft verletzen, aber einige Männer tun es.«

S'Armuna nickte verständnisvoll. »Vielleicht hielt Brugars Mutter es am Anfang für selbstverständlich, daß der Mann, mit dem sie zusammenlebte, sie schlug. Aber es wurde immer schlimmer. Er fing auch an, den Jungen zu schlagen. Vielleicht hat sie ihn deshalb verlassen. Jedenfalls nahm sie ihr Kind und ging zu ihren Leuten zurück«, sagte S'Armuna.

»Und wenn es schon für sie schwer gewesen war, bei den Clan-Leuten aufzuwachsen – wieviel schwerer muß es dann für ihren Sohn gewesen sein, der noch nicht einmal ein echter Mischling war«, sagte Ayla.

»Wenn die Geister sich so vermischten, wie zu erwarten war, wäre er zu drei Viertel ein Mensch und nur zu einem Viertel ein Flachschädel gewesen«, sagte S'Armuna.

Ayla mußte an ihren Sohn Durc denken. Broud wird ihm das Leben nicht leicht machen. Was, wenn er so wird wie Brugar? Aber Durc ist ein echter Mischling, und er hat Uba, die ihn liebt, und Brun, der ihn erzieht. Brun hat ihn in den Clan aufgenommen, als er Anführer und Durc noch ein Kleinkind war. Er wird dafür sorgen, daß Durc nach der Art des Clans aufwächst. Er wäre auch imstande, sprechen zu lernen, wenn jemand es ihn lehrte; aber er wird die Tradition nicht vergessen. Mit Bruns Hilfe wird er ein vollwertiger Clan-Mann werden.

S'Armuna ahnte plötzlich, was es mit der geheimnisvollen jungen Frau auf sich hatte. »Woher weißt du soviel über die Flachschädel, Ayla?«

Ayla war auf die Frage nicht vorbereitet. Sie war nicht auf der Hut, wie sie es bei Attaroa gewesen wäre. Anstatt eine ausweichende Antwort zu geben, platzte sie mit der Wahrheit heraus. »Ich wurde von ihnen aufgezogen«, sagte sie. »Meine Eltern starben bei einem Erdbeben, und sie nahmen mich bei sich auf.«

»Dann muß deine Kindheit noch schwerer gewesen sein als die Brugars«, sagte S'Armuna.

»Nein. Ich glaube, in gewisser Weise war sie leichter. Ich wurde nicht als Mißgeburt angesehen. Ich war nur anders. Eine der Anderen – so nennen sie uns. Sie setzten keine Erwartungen in mich. Einiges von dem, was ich tat, erschien ihnen so seltsam, daß sie nicht wußten, was sie von mir halten sollten. Manche von ihnen glaubten wohl, ich wäre schwer von Begriff, weil es mir Mühe machte, alles zu behalten, was man mich lehrte. Ich sage nicht, daß es leicht für mich war. Ich mußte ihre Art zu sprechen lernen, und ich mußte lernen, nach ihrer Art zu leben. Das war schwer; aber ich hatte Glück. Iza und Creb, die Leute, die mich aufzogen, liebten mich. Ohne sie wäre ich nicht am Leben geblieben.«

S'Armuna hätte gern Näheres erfahren, aber es war jetzt nicht die Zeit, Fragen zu stellen. »Es ist nur gut, daß du nicht von gemischten Geistern bist«, sagte sie und warf Jondalar einen bedeutungsvollen Blick zu. »Vor allem, wenn du die Zelandonii kennenlernen willst.«

Ayla fing ihren Blick auf und glaubte zu wissen, was die Frau meinte. Sie erinnerte sich daran, wie Jondalar reagiert hatte, als er entdeckte, wer sie aufgezogen hatte, und herausfand, daß sie einen Sohn von gemischten Geistern hatte.

»Woher weißt du, daß sie sie nicht schon kennengelernt hat?« fragte Jondalar.

S'Armuna dachte über die Frage nach. Woher hatte sie es gewußt? Sie lächelte den Mann an. »Du sagtest, du wolltest nach Hause, und sie sagte ›seine Sprache‹, nicht ihre.« Plötzlich kam ihr ein Gedanke, eine Offenbarung. »Die Sprache! Der Akzent! Jetzt weiß ich, wo ich ihn schon gehört habe. Brugar hatte den gleichen Akzent! Nicht ganz so stark wie deiner, Ayla, obgleich er seine eigene Sprache nicht so gut sprach wie du Jondalars. Aber er muß diese Eigenart – es ist nicht eigentlich ein Akzent – angenommen haben, als er bei den Flachschädeln lebte. Es liegt an dem Klang, an der Aussprache gewisser Wörter, und jetzt, da ich es höre, ist es mir klar.«

Ayla errötete. Sie hatte soviel Mühe darauf verwendet, richtig zu sprechen, aber sie war nie imstande gewesen, bestimmte Laute zu bilden. Meist war es ihr gleichgültig gewesen, wenn die Leute es bemerkten; doch S'Armuna ließ die Sache so wichtig erscheinen.

Die Schamanin bemerkte ihre Verlegenheit. »Es tut mir leid, Ayla. Ich wollte dich nicht kränken. Du sprichst Zelandonii wirklich sehr gut, wahrscheinlich besser als ich, weil ich schon soviel verlernt habe. Und es ist auch nicht eigentlich ein Akzent, den du hast. Es ist etwas anderes. Ich bin überzeugt, daß die meisten Leute es nicht einmal merken. Aber du hast mir geholfen, Brugar besser zu verstehen; und das hilft mir, Attaroa zu verstehen.«

»Hilft dir, Attaroa zu verstehen?« fragte Jondalar. »Ich wünschte, ich könnte verstehen, wie jemand so grausam sein kann.«

»Sie war nicht immer so. Ich habe sie bewundert, als ich zurückkam, obwohl sie mir leid tat. Aber irgendwie war sie wie kaum eine andere Frau bereit für Brugar.«

»Bereit? Das ist ein seltsamer Ausdruck. Bereit für was?«

»Bereit für seine Grausamkeit«, erklärte S'Armuna. »Attaroa wurde als junges Mädchen mißbraucht. Sie hat kaum jemals darüber gesprochen; aber sie war davon überzeugt, daß ihre eigene Mutter sie haßte. Ich weiß von anderer Seite, daß ihre Mutter sie tatsächlich verlassen hat. So glaubte man jedenfalls. Sie ging fort, und man hat nie wieder von ihr gehört. Attaroa wurde schließlich von einem Mann aufgenommen, dessen Gefährtin unter verdächtigen Umständen im Wochenbett gestorben war – und das Kind mit ihr. Der Verdacht kam auf, als man herausfand, daß er Attaroa schlug und mit ihr schlief, bevor sie noch eine Frau war. Aber kein anderer wollte die Verantwortung für sie übernehmen. Es hatte etwas mit ihrer Mutter zu tun, mit ihrer Herkunft. Jedenfalls wurde Attaroa von dem Mann großgezogen und durch seine Grausamkeit verdorben. Als er schließlich starb, trafen einige Leute Vorkehrungen, sie mit dem neuen Anführer des Lagers zusammenzutun.«

»Ohne ihre Einwilligung?« fragte Jondalar.

»Sie arrangierten ein Zusammentreffen mit Brugar. Wie gesagt, er konnte sehr charmant sein; und ich zweifle nicht daran, daß er sie äußerst attraktiv fand.«

Jondalar nickte. Er hatte selbst bemerkt, daß sie recht attraktiv sein konnte.

»Ich glaube nicht, daß sie der Verbindung ablehnend gegenüberstand«, fuhr S'Armuna fort. »Sie sah darin die Chance eines Neubeginns. Doch dann mußte sie entdecken, daß der Mann, mit dem sie zusammengegeben wurde, noch schlimmer war als der, den sie gekannt hatte. Brugars Wonnen waren immer verbunden mit Schlägen und Erniedrigungen. Ich will nicht sagen, daß er sie liebte, aber er brachte ihr durchaus Gefühle entgegen. Es war einfach nur so seine Art. Und sie war die einzige, die es wagte, sich ihm zu widersetzen – trotz allem, was er ihr antat.«

S'Armuna schwieg, schüttelte den Kopf und fuhr dann fort: »Brugar war ein starker Mann, sehr stark, und er liebte es, Leute zu verletzen, vor allem Frauen. Ich glaube wirklich, er genoß es, Frauen Schmerz zuzufügen. Du hast gesagt, daß die Männer der Flachschädel ihre Frauen ungestraft schlagen dürfen. Das mag damit zusammenhängen. Aber Brugar liebte Attaroas Widerstand. Sie war ein gutes Stück größer als er, und sie war selbst sehr stark. Es reizte ihn, ihren Widerstand zu brechen, und er mochte es, wenn sie mit ihm kämpfte. Es gab ihm eine Entschuldigung, ihr weh zu tun, und das schien ihm ein Gefühl von Macht zu verleihen.«

Ayla schauerte zusammen. Sie erinnerte sich an eine ähnliche Situation und empfand für einen Augenblick so etwas wie Mitgefühl mit der Anführerin.

»Er prahlte damit vor den anderen Männern, und sie ermunterten ihn noch oder ließen ihn jedenfalls gewähren«, sagte S'Armuna. »Je mehr sie sich ihm widersetzte, desto schlimmer schlug er auf sie ein, bis sie endlich zusammenbrach. Dann verlangte ihn nach ihr. Ich habe mich oft gefragt, ob er, wenn sie von Anfang an nachgiebig gewesen wäre, ihrer nicht bald überdrüssig geworden wäre und von ihr abgelassen hätte.«

Ayla dachte darüber nach. Broud war ihrer überdrüssig geworden, als sie aufgehört hatte, sich ihm zu widersetzen.

»Aber ich bezweifle es«, fuhr S'Armuna fort. »Später, als sie gesegnet war und aufhörte, mit ihm zu kämpfen, blieb alles beim alten. Sie war seine Gefährtin. Er konnte mit ihr machen, was er wollte.«

Ich war nie Brouds Gefährtin, dachte Ayla. Und Brun hätte nicht zugelassen, daß er mich ein zweites Mal geschlagen hätte.

»Brugar hörte nicht auf, Attaroa zu schlagen, obwohl sie schwanger war?« fragte Jondalar entsetzt.

»Nein. Dennoch schien er froh zu sein, daß sie ein Kind bekommen sollte«, sagte die Frau.

Ich wurde auch schwanger, dachte Ayla. Ihr Leben hatte viel Ähnlichkeit mit dem Attaroas.

»Attaroa kam zu mir, um ihre Wunden behandeln zu lassen«, fuhr S'Armuna fort. Sie schloß die Augen und schüttelte den Kopf, als wollte sie die Erinnerung daran vertreiben. »Es war schrecklich, wie er sie zugerichtet hatte. Blaue Flecken waren noch das wenigste.«

»Warum hat sie sich das gefallen lassen?« fragte Jondalar.

»Sie hatte niemanden, zu dem sie gehen konnte. Sie hatte keine Verwandten, keine Freunde. Ihre Leute aus dem anderen Lager hatten ihr zu verstehen gegeben, daß sie sie nicht haben wollten. Und dann war sie auch zu stolz, um zurückzugehen und zuzugeben, daß die Verbindung mit dem neuen Anführer so wenig ihren Erwartungen entsprach. In gewisser Weise kann ich sie verstehen«, sagte S'Armuna. »Mich hat niemand geschlagen, obwohl Brugar es einmal versucht hat. Aber ich glaubte, hier ausharren zu müssen, obwohl ich Verwandte hatte, zu denen ich hätte gehen können. Ich war Die, Die Der Mutter Dient, und ich konnte nicht zugeben, wie schlimm die Dinge sich entwickelt hatten. Es wäre mir vorgekommen, als hätte ich versagt.«

Jondalar nickte verständnisvoll. Auch er hatte einmal geglaubt, versagt zu haben.

»Attaroa haßte Brugar«, fuhr S'Armuna fort. »Doch zugleich hat sie ihn auch geliebt. Manchmal provozierte sie ihn, glaube ich, absichtlich. Vielleicht hatte sie gelernt, seiner Grausamkeit eine perverse Art von Lust abzugewinnen. Jetzt braucht sie keinen mehr. Sie befriedigt sich, indem sie Männer leiden läßt. Wenn du sie beobachtest, kannst du ihre Erregung sehen.«

»Sie tut mir fast leid«, sagte Jondalar.

»Bemitleide sie, wenn du willst, aber traue ihr nicht«, sagte die Schamanin. »Sie ist von einem bösen Geist besessen. Verstehst du das? Bist du je so von Wut und Haß erfüllt gewesen, daß dir alle Vernunft abhanden gekommen ist?«

Jondalar mußte insgeheim die Frage bejahen. Er hatte einmal eine solche Wut gespürt. Er hatte einen Mann bewußtlos geschlagen und dennoch nicht von ihm ablassen können.

»Attaroa scheint ständig von einer solchen Wut beherrscht zu werden. Sie zeigt es nicht immer – im Gegenteil, sie weiß es gut zu verbergen. Aber ihre Gedanken und Gefühle sind so von diesem bösen Haß erfüllt, daß sie nicht mehr wie normale Leute denken oder fühlen kann. Sie ist kein Mensch mehr«, sagte die Schamanin.

»Aber sie muß doch noch menschliche Gefühle haben«, sagte Jondalar.

»Erinnerst du dich an die Beerdigung, kurz nachdem du hergekommen bist?« fragte S'Armuna.

»Ja, drei junge Männer. Ich fragte mich, was die Ursache ihres Todes war. Sie waren so jung.«

»Attaroa war die Ursache ihres Todes«, sagte S'Armuna.

Sie hörten ein Geräusch am Eingang der Erdhütte und drehten sich gleichzeitig um.

EINUNDDREISSIGSTES KAPITEL

Eine junge Frau stand am Eingang der Hütte und blickte die drei Leute im Inneren unsicher an. Jondalar bemerkte, daß sie sehr jung war, fast noch ein Mädchen. Ayla sah, daß sie hochschwanger war.
»Was ist los, Cavoa?« fragte S'Armuna.
»Epadoa und ihre Jägerinnen sind gerade zurückgekehrt. Und Attaroa ist wütend auf sie.«
»Danke, daß du es mir gesagt hast«, sagte die alte Frau. Dann wandte sie sich wieder an ihre Gäste. »Die Wände dieser Hütte sind so dick, daß man kaum hört, was draußen passiert. Wir sollten hinausgehen.«
Die schwangere junge Frau trat zurück, um sie vorbeizulassen. Ayla lächelte ihr zu. »Nicht mehr warten lange?« fragte sie in S'Armunai.
Cavoa lächelte verkrampft, dann sah sie zu Boden.
Sie macht einen verängstigten und unglücklichen Eindruck, dachte Ayla. Etwas ungewöhnlich für eine werdende Mutter. Aber die meisten Frauen sind ein wenig nervös, sagte sie sich, wenn sie ihr erstes Kind erwarten. Als sie ins Freie traten, hörten sie Attaroa.
»Du wagst mir zu sagen, daß du ihren Lagerplatz gefunden hast? Du hast deine Gelegenheit verpaßt! Eine Wolfsfrau, die nicht einmal eine Spur aufnehmen kann!« rief Attaroa mit einem häßlichen Lachen.
Epadoa stand mit zusammengekniffenen Lippen da, die Augen flammend vor Zorn, aber sie erwiderte nichts. Sie war umringt von ihren Jägerinnen, und als die junge, in Wolfsfelle gekleidete Frau bemerkte, daß die meisten von ihnen sich umgedreht hatten, um in die entgegengesetzte Richtung zu schauen, wandte auch sie sich um. Sie schrak zusammen, als sie die blonde Frau und den hochgewachsenen Mann auf sich zukommen sah. Sie hatte noch nie erlebt, daß ein Mann, dem die Flucht geglückt war, freiwillig zurückkehrte.
»Was tust du hier?« stieß sie hervor.
»Ich habe es dir gesagt. Du hast deine Gelegenheit verpaßt«, schnaubte Attaroa. »Sie sind zurückgekommen.«
»Warum sollten wir nicht?« sagte Ayla. »Sind wir nicht zu einem Festmahl eingeladen?« S'Armuna übersetzte.
»Das Mahl ist noch nicht fertig. Heute abend«, sagte Attaroa zu den Besuchern. Dann wandte sie sich abrupt an die Führerin ihrer Wolfsfrauen. »Komm mit, Epadoa. Ich habe mit dir zu reden.« Sie machte kehrt und betrat

ihre Hütte. Epadoa starrte Ayla stirnrunzelnd an, dann folgte sie der Anführerin.

Als sie verschwunden waren, ließ Ayla ihren Blick besorgt über das Feld schweifen. Epadoa und ihre Frauen waren bekannt dafür, daß sie Pferde jagten. Sie war erleichtert, als sie Winnie und Renner am anderen Ende des abschüssigen Feldes friedlich grasen sah. Sie wandte sich um und musterte die Gruppe der Bäume und Büsche auf dem Hügel vor dem Lager, um Ausschau nach Wolf zu halten, war aber froh, daß sie ihn nicht erblickte. Er hielt sich also versteckt. Sie blieb eine Weile unbeweglich stehen und hoffte, daß er sie sehen könne.

Als Ayla und Jondalar wieder in S'Armunas Hütte traten, erinnerte sich der Mann an eine Bemerkung der Schamanin, die seine Neugier erregt hatte. »Wie konntest du Brugar von dir fernhalten?« fragte er. »Du hast gesagt, daß er einmal versucht habe, dich zu schlagen. Wie hast du ihn daran gehindert?«

Die ältere Frau blieb stehen und sah den jungen Mann und die Frau an seiner Seite scharf an. Sie schien unentschlossen zu sein, wieviel sie ihnen offenbaren sollte.

»Er duldete mich, weil ich eine Heilerin bin; er respektierte mich als Medizinfrau«, sagte sie schließlich. »Aber vor allem fürchtete er die Welt der Geister.«

»Medizinfrauen nehmen beim Clan eine besondere Stellung ein«, sagte Ayla nachdenklich. »Aber sie sind nur Heilerinnen. Mit den Geistern in Verbindung zu treten, bleibt den Mog-urs vorbehalten.«

»Vielleicht mit den Geistern, die die Flachschädel kennen; aber Brugar fürchtete die Macht der Mutter. Ich glaube, ihm war klar, daß sie wußte, wieviel Böses er anrichtete. Er fürchtete ihre Rache. Als ich ihm zeigte, daß ich ihre Macht anrufen konnte, ließ er mich in Ruhe«, sagte S'Armuna.

»Du kannst ihre Macht anrufen? Wie?« fragte Jondalar.

S'Armuna griff in eine Falte ihres Gewandes und zog die Statuette einer Frau hervor, vielleicht zehn Zoll groß. Ayla und Jondalar hatten viele ähnliche Figuren gesehen. Gewöhnlich waren sie aus Elfenbein, Knochen oder Holz geschnitzt. Jondalar hatte sogar einige gesehen, die mit einem einzigen Werkzeug sorgfältig und liebevoll aus Stein geschnitten waren. Es waren Muttergestalten, die bei jeder ihnen bekannten Stammesgruppe – mit Ausnahme des Clans –, von den Mammutjägern im Osten bis zu Jondalars Leuten im Westen, in unterschiedlichen Versionen erschienen.

Einige dieser Figuren waren grobgeschnitzt, andere sorgfältig gestaltet; einige waren äußerst stilisiert, andere stellten wohlproportionierte Abbilder reifer Frauen dar. Die meisten betonten die Attribute üppiger Mütterlichkeit – große Brüste, runde Bäuche, breite Hüften – und ließen andere Merkmale außer acht. Häufig waren die Arme nur angedeutet, oder die Beine endeten nicht in Füßen, sondern liefen spitz zu, damit man die Figur in die Erde stecken konnte. Und stets fehlten ausgearbeitete Gesichtszüge. Die Figuren sollten nicht eine bestimmte Frau darstellen. Kein Künstler wußte, wie die Große Erdmutter aussah. Gelegentlich blieb das Gesicht völlig leer oder trug rätselhafte Markierungen, und manchmal umgab das Haar in verschwenderischer Fülle den ganzen Kopf.

Das einzige Frauenporträt, das die beiden je gesehen hatten, war die zarte und liebevoll gestaltete Skulptur, die Jondalar von Ayla angefertigt hatte, als sie allein in ihrem Tal lebten, kurz nachdem sie einander begegnet waren. Aber Jondalar hatte damit kein Bild der Mutter schaffen wollen. Er hatte die Skulptur gemacht, weil er sich in Ayla verliebt hatte und ihren Geist einfangen wollte. Doch nachdem er sie gemacht hatte, wurde ihm klar, daß sie ungeheure Kräfte barg. Er fürchtete, sie könnte ihr Schaden zufügen – vor allem, wenn sie in die Hände eines Menschen gelangte, der Einfluß über sie zu gewinnen suchte. Er hatte sogar Angst, die Skulptur zu zerstören, weil ihre Vernichtung Ayla Unglück bringen könnte. Er hatte sie ihr gegeben und sie gebeten, sie sicher zu verwahren. Ayla liebte die kleine Statuette mit dem geschnitzten Gesicht, das ihrem eigenen ähnelte, weil Jondalar sie gemacht hatte. Sie dachte nie darüber nach, daß die Skulptur geheime Macht bergen könnte; sie fand sie einfach schön.

Obgleich die Muttergestalten oft als reizvoll empfunden wurden, stellten sie keine Frauen dar, die einem männlichen Schönheitsideal entsprachen. Es waren symbolische Darstellungen der Frau schlechthin: ihrer Fähigkeit, Leben zu gebären und es zu nähren. Und damit symbolisierten sie die Große Erdmutter selbst, die alles Leben schuf und nährte. Die Figuren waren auch Gefäße für den Geist der Großen Mutter des Alls, einen Geist, der viele Formen annehmen konnte.

Aber diese Munai war einzigartig. S'Armuna gab sie Jondalar. »Sag mir, woraus sie gemacht ist«, sagte sie.

Jondalar drehte die kleine Figur in der Hand und prüfte sie sorgfältig. Sie war mit riesigen, hängenden Brüsten und breiten Hüften ausgestattet; die Arme waren bis zum Ellenbogen angedeutet; die Beine liefen spitz zu. Obgleich volles Haar den Kopf umgab, hatte sie keine erkennbaren Gesichtszüge. In Größe und Gestalt unterschied sich die Statuette nicht von vielen anderen, die er gesehen hatte; doch das gleichmäßig dunkle Material, aus dem sie gemacht war, war höchst ungewöhnlich. Sein Fingernagel hinterließ keinerlei Kratzspuren. Sie war weder aus Holz noch aus Knochen, Elfenbein oder Horn gefertigt. Sie war hart wie Stein, aber eben und glatt, ohne einen Hinweis auf das Werkzeug, mit dem sie geformt worden war. Wenn sie aus Stein war, dann war es ein Stein, den er nicht kannte.

Er sah S'Armuna verwirrt an. »Ich habe so etwas noch nie gesehen«, sagte er.

Er gab Ayla die Figur, und in dem Augenblick, in dem sie sie berührte, lief ihr ein Schauer über den Rücken.

»Diese Munai besteht aus dem Staub der Erde«, erklärte die Schamanin.
»Staub?« sagte Ayla. »Aber das ist Stein.«
»Ja, jetzt. Ich habe ihn zu Stein werden lassen.«
»Du hast ihn zu Stein werden lassen? Wie kannst du Staub in Stein verwandeln?« fragte Jondalar ungläubig.
Die Frau lächelte. »Wenn ich es dir sage, wirst du dann an meine Macht glauben?«
»Wenn du mich überzeugen kannst«, erwiderte der Mann.
»Ich werde es dir sagen; aber ich werde nicht versuchen, dich zu überzeugen. Du wirst dich selbst überzeugen müssen. Ich begann mit hartem, trockenem Ton vom Flußufer und zerstieß ihn zu Staub. Dann vermischte ich ihn mit Wasser.« S'Armuna schwieg einen Augenblick und überlegte, ob sie mehr über die Mischung verraten sollte. Sie entschied sich, es zunächst nicht zu tun. »Als er die richtige Konsistenz hatte, wurde er geformt. Feuer und heiße Luft verwandelten ihn in Stein«, sagte die Schamanin. Sie beobachtete die beiden Fremden, um zu sehen, wie sie reagieren würden, ob sie sich von dem, was sie ihnen mitgeteilt hatte, beeindruckt zeigen oder es verächtlich abtun würden.

Der Mann schloß die Augen und versuchte, sich an etwas zu erinnern. »Ich habe einmal – von einem Mann der Losadunai, glaube ich – etwas über Mutter-Figuren gehört, die aus Lehm gemacht werden.«

S'Armuna lächelte. »Ja, man könnte sagen, daß wir Munai aus Lehm machen. Auch Tiere, wenn wir ihre Geister anrufen müssen. Alle möglichen Tiere, Bären, Löwen, Mammute, Nashörner, Pferde – was immer wir brauchen. Eine Figur, die aus dem Staub der Erde gemacht wurde, löst sich, auch wenn sie hart geworden ist, in Wasser auf, um wieder zu dem Lehm zu werden, aus dem sie geformt worden ist, und zerfällt dann zu Staub. Aber wenn sie durch das heilige Feuer der Mutter zum Leben erweckt worden ist, bleibt sie für immer so, wie sie ist. Die Glut des Feuers läßt sie hart wie Stein werden. Der lebende Geist der Flamme bannt ihre Form.«

Ayla sah das Feuer der Begeisterung in den Augen der Frau und dachte dabei an die Erregung, von der Jondalar ergriffen worden war, als er seine Speerschleuder entwickelt hatte.

»Die Figuren sind zerbrechlich, sproder als Feuerstein«, fuhr die Frau fort. »Die Mutter selbst hat gezeigt, wie man sie zerbrechen kann. Aber Wasser verändert sie nicht. Eine aus Lehm geformte Munai kann, sobald sie einmal von dem lebenden Feuer berührt worden ist, in Regen und Schnee stehen, ohne sich aufzulösen.«

»Du kannst tatsächlich die Macht der Mutter anrufen«, sagte Ayla.

Die Frau zögerte einen Moment, dann fragte sie: »Wollt ihr es sehen?«

»Oh ja, gern«, sagte Ayla im gleichen Augenblick, als Jondalar antwortete: »Ja, ich möchte es sehen.«

»Dann kommt. Ich werde es euch zeigen.«

»Kann ich meine Jacke mitnehmen?« fragte Ayla.

»Natürlich«, sagte S'Armuna. »Wir sollten alle etwas Wärmeres anziehen. Bei der Feuer-Zeremonie selbst ist es freilich so heiß, daß ihr keine Felle braucht – nicht einmal an einem Tag wie heute. Alles ist fast fertig. Wir haben das Feuer angezündet, um heute mit der Zeremonie zu beginnen; aber es braucht Zeit und die richtige Konzentration. Wir warten bis morgen. Heute müssen wir an einem Fest teilnehmen.«

S'Armuna unterbrach sich und schloß die Augen, als ob sie einem Gedanken nachsänne, der ihr gerade gekommen war. »Ja, einem Fest, das sehr wichtig für uns ist.« Sie blickte Ayla an. Weiß sie von der Gefahr, die ihr droht? fragte sie sich. Wenn sie die ist, für die ich sie halte, muß sie es wissen.

Sie duckten sich, als sie den Eingang der Hütte S'Armunas betraten, und gingen hinein, um sich wärmere Sachen überzuziehen. Dann führte S'Armuna sie ans andere Ende des Lagers zu einer Gruppe von Frauen, die an einem unauffälligen Gebilde arbeiteten, das einer kleinen Erdhütte mit schrägem Dach glich. Die Frauen trugen getrockneten Dung, Holz und Knochen in die Hütte – Brennmaterial, wie Ayla sah. Sie bemerkte die schwangere junge Frau unter den Arbeiterinnen und lächelte ihr zu. Cavoa lächelte schüchtern zurück.

S'Armuna senkte den Kopf und trat durch den niedrigen Eingang. Dann drehte sie sich um und winkte den Besuchern, ihr zu folgen. Drinnen erwärmte ein Feuer mit flackernden Flammen den kleinen, kreisrunden Raum, dessen linke Hälfte fast völlig von einzelnen Knochen-, Holz- und Dunghaufen eingenommen wurde. Die rechte Seite der runden Wand nahmen mehrere rohgefertigte Regale ein – flache, von Steinen gestützte Schulter- und Hüftknochen des Mammuts –, auf denen viele kleine Gegenstände standen.

Sie traten näher und stellten zu ihrer Überraschung fest, daß es aus Ton geformte Statuetten waren, die dort zum Trocknen abgestellt worden waren. Viele der Statuetten stellten Frauen dar, Muttergestalten, von denen einige noch nicht vollendet waren und nur die charakteristischen Merkmale von Frauen aufwiesen. Auf anderen Regalen standen Tiere, auch sie zum Teil noch nicht vollendet, Löwen- und Bärenköpfe und Mammute mit hochgewölbten Köpfen, buckeligen Widerristen und abfallenden Rückenpartien.

Die Statuetten schienen von mehreren Leuten gemacht worden zu sein. Einige waren ziemlich roh und zeigten wenig handwerkliches Geschick; andere waren fein ausgearbeitet und zeugten von erlesenem Kunstverstand. Obwohl weder Ayla noch Jondalar verstanden, warum die Stücke so geformt waren, spürten sie, daß jedes von einem ganz persönlichen Gefühl inspiriert war, einem ganz persönlichen Ausdruckswillen.

Dem Eingang gegenüber befand sich eine kleinere Öffnung, die zu einem abgetrennten Raum führte, der aus dem Lößboden des Hügels ausgegraben worden war und Ayla an einen jener Erdöfen erinnerte, die mit heißen Steinen beheizt und benutzt wurden, um Speisen zu garen. Aber sie hatte das Gefühl, daß in diesem Ofen noch nie Essen gekocht worden war. Als sie vortrat, um hineinzuschauen, sah sie in dem zweiten Raum eine Feuerstelle.

Aus den verkohlten Überresten in der Asche schloß sie, daß Knochen als Brennmaterial gedient hatten, und als sie näher hinsah, erkannte sie, daß die Feuerstelle denen ähnelte, die die Mamutoi benutzt hatten. Ayla blickte sich um und suchte nach der Öffnung für die Luftzufuhr. Um Knochen zu verbrennen, brauchte man ein sehr heißes Feuer, das nur durch viel Luft in Gang zu halten war. Die Feuer der Mamutoi wurden durch den ständig wehenden Wind angefacht, der mittels schmaler, durch Luftklappen regulierbarer Windkanäle nach innen geleitet wurde. Jondalar untersuchte das Innere des zweiten Raums genauer und gelangte zu ähnlichen Überlegungen. Er war überzeugt, daß hier sehr heiße Feuer über längere Zeiträume hinweg gebrannt hatten. Er vermutete, daß die kleinen Tongegenstände auf den Regalen einem solchen Feuer ausgesetzt werden sollten.

Er hatte recht gehabt, als er gesagt hatte, daß er noch nie so etwas wie die Mutter-Statuette gesehen habe, die S'Armuna ihm gezeigt hatte. Die Figur war nicht aus einem Material gefertigt, das in der Natur vorkam. Sie bestand aus gebranntem Ton – dem ersten Material, das von menschlicher Hand und durch menschliches Ingenium geschaffen wurde. Die Feuerkammer war kein Kochherd, sondern ein Brennofen.

Und die ersten Brennöfen wurden nicht erfunden, um nützliche, wasserdichte Gefäße herzustellen. Lange bevor Töpferwaren gebrannt wurden, wurden kleine Keramik-Skulpturen im Feuer gehärtet. Die Figuren, die sie auf den Regalen gesehen hatten, ähnelten Tieren und Menschen. Aber die Darstellungen von Frauen und anderen Lebewesen waren keine naturgetreuen Abbilder. Es waren Symbole, Gleichnisse, die mehr darstellen sollten, als sie zeigten: eine Analogie, eine geistige Ähnlichkeit. Es waren Kunstwerke. Bevor der Mensch nützliche Geräte schuf, schuf er Kunstwerke.

Jondalar wies auf die Feuerstelle und sagte zu der Schamanin: »Das ist der Platz, an dem das heilige Feuer der Mutter brennt?«

S'Armuna nickte. Sie wußte, daß er ihr jetzt glaubte. Ayla hatte es gewußt, bevor sie den Raum sah. Jondalar hatte etwas länger dazu gebraucht.

Ayla war froh, als die Frau sie hinausführte. Sie wußte nicht, ob es an der Hitze in dem kleinen Raum, an den Tonfiguren oder an etwas anderem lag, aber sie hatte sich unbehaglich gefühlt. Sie spürte, daß es dort drinnen gefährlich sein konnte.

»Wie hast du das entdeckt?« fragte Jondalar und machte eine Armbewegung, die sowohl die Keramikgegenstände als auch den Brennofen einschloß.

»Die Mutter hat mich geleitet«, sagte die Frau.

»Davon bin ich überzeugt, aber wie?« fragte er nochmals.

S'Armuna lächelte über seine Beharrlichkeit. Es überraschte sie nicht, daß ein Sohn Marthonas so wißbegierig war.

»Der Einfall kam mir, als wir eine Erdhütte bauten«, sagte sie. »Weißt du, wie wir sie machen?«

»Ich glaube schon. Eure sind nicht viel anders als die Hütten der Mamutoi; und wir haben Talut und seinen Leuten geholfen, als sie das Löwen-Lager erweiterten«, sagte Jondalar. »Sie begannen damit, daß sie ein Gerüst aus Mammutknochen errichteten. Sie deckten es mit einer dicken Lage von Weidenruten, auf die sie eine Schicht von Gräsern und Schilf legten. Dann kam eine Lage Grassoden. Und darüber eine letzte Schicht aus Lehm, der beim Trocknen sehr hart wurde.«

»So ungefähr machen wir es auch«, sagte S'Armuna. »Und als wir die Lehmschicht aufbrachten, offenbarte die Mutter mir den ersten Teil ihres Geheimnisses. Wir waren nahezu fertig; aber es wurde schon dunkel, und wir zündeten ein großes Feuer an. Die Lehmschicht begann hart zu werden, und ein Brocken davon fiel versehentlich ins Feuer. Es war ein heißes Feuer, bei dem wir Knochen verbrannten, und es brannte fast die ganze Nacht. Am Morgen befahl Brugar mir, die Asche fortzuräumen; und mir fiel auf, daß einige Lehmstücke hart geworden waren. Eines davon sah aus wie ein Löwe.«

»Der Löwe ist Aylas Totem«, bemerkte Jondalar.

Die Schamanin blickte zu ihr hinüber und nickte kaum merklich; dann fuhr sie fort: »Als ich entdeckte, daß die Figur des Löwen sich nicht in Wasser auflöste, beschloß ich, ein paar weitere zu machen. Es bedurfte noch vieler Versuche und anderer Hinweise der Mutter, bevor ich begriff, was zu tun war.«

»Warum verrätst du uns deine Geheimnisse? Um uns deine Macht zu zeigen?« fragte Ayla.

Die Frage war so direkt, daß die Frau überrascht aufblickte; doch dann lächelte sie. »Glaube nicht, daß ich euch all meine Geheimnisse verrate. Ich enthülle euch nur, was offensichtlich ist. Auch Brugar glaubte, meine Geheimnisse zu kennen; aber er wurde bald eines Besseren belehrt.«

»Ich bin sicher, daß Brugar über deine Versuche unterrichtet war«, sagte Ayla. »Man kann kein großes Feuer machen, ohne daß jeder es merkt. Wie konntest du deine Geheimnisse vor ihm verbergen?«

»Zunächst war es ihm gleichgültig, was ich tat, solange ich mein eigenes Brennmaterial benutzte. Doch dann sah er, was ich tat. Er wollte selbst Figuren brennen; aber er wußte nicht alles, was die Mutter mir offenbart hatte.« Ihr Lächeln war nicht frei von Schadenfreude und einem Gefühl des Triumphs. »Die Mutter wies seine Bemühungen zornig zurück. Brugars Figuren zerbarsten in viele Teile, als er sie zu brennen versuchte. Die Große Mutter warf sie so heftig fort, daß einige der Leute, die in der Nähe standen, verletzt wurden. Danach fürchtete Brugar meine Macht und hörte auf, mein Geheimnis ergründen zu wollen.«

Ayla konnte sich vorstellen, wie es in dem kleinen Vorraum zugegangen sein mußte, als glühendheiße Tonscherben durch die Luft flogen. »Aber das erklärt noch nicht, warum du uns soviel über deine Macht offenbarst. Es ist doch möglich, daß jemand, der die Wege der Mutter kennt, deine Geheimnisse lernen könnte.«

S'Armuna nickte. Sie hatte diesen Einwand fast erwartet und sich bereits entschlossen, den beiden jungen Menschen gegenüber restlos offen zu sein. »Du hast natürlich recht. Ich habe meine Gründe. Ich brauche eure Hilfe. Die Mutter hat mir große Macht gegeben, selbst über Attaroa. Sie fürchtet meinen Zauber; aber sie ist schlau und unberechenbar. Und eines Tages wird sie ihre Furcht überwinden, dessen bin ich sicher. Dann wird sie mich töten.« Die Frau sah Jondalar an. »Mein Tod ist ohne Bedeutung. Es sind die übrigen Leute, die mir Sorge bereiten, das ganze Lager. Als du davon sprachst, daß Marthona die Führung ihrem Sohn übergeben hat, wurde mir klar, wie schlimm es um uns steht. Attaroa würde niemandem freiwillig die Führung übergeben. Und wenn sie einmal stirbt, gibt es, fürchte ich, kein Lager mehr.«

»Wie kannst du das wissen? Wenn sie so unberechenbar ist, könnte sie doch auch der ganzen Sache überdrüssig werden, nicht wahr?« fragte Jondalar.

»Ich weiß es, weil sie bereits jemanden getötet hat, dem sie die Führung hätte übergeben können – ihr eigenes Kind.«

»Sie hat ihr Kind getötet?« rief Jondalar. »Als du sagtest, Attaroa sei die Ursache des Todes der drei jungen Männer, habe ich angenommen, es sei ein Unfall gewesen.«

»Es war kein Unfall. Attaroa hat sie vergiftet, wenn sie es auch nicht zugibt.«

»Ihr eigenes Kind vergiftet! Wie kann jemand seinen eigenen Sohn töten?« sagte Jondalar. »Und weshalb?«

»Weshalb? Weil er sich gegen sie verschworen hat. Mit Cavoa, der jungen Frau, die ihr getroffen habt. Sie hatte sich in einen Mann verliebt und wollte mit ihm fliehen. Ihr Bruder hat versucht, ihnen zu helfen. Alle vier wurden gefangengenommen. Attaroa hat Cavoa nur verschont, weil sie schwanger ist. Aber sie hat gedroht, sie würde, wenn Cavoa einen Sohn gebiert, beide töten lassen.«

»Kein Wunder, daß sie so unglücklich und verängstigt ist«, sagte Ayla.

»Ich bin dafür mitverantwortlich«, sagte S'Armuna.

»Du? Was hattest du gegen die jungen Leute?« fragte Jondalar.

»Ich hatte nichts gegen sie. Attaroas Sohn war mein Gehilfe, fast wie mein eigenes Kind. Und ich fühle mit Cavoa, leide mit ihr. Aber ich hätte ihnen ebensogut selbst das Gift geben können. Ich bin für ihren Tod verantwortlich. Wäre ich nicht gewesen, hätte Attaroa nicht gewußt, woher sie das Gift nehmen sollte.«

Beide sahen, daß die Frau zutiefst verzweifelt war.

»Aber ihr eigenes Kind zu töten!« sagte Ayla. Sie war entsetzt bei dem bloßen Gedanken daran. »Wie konnte sie so etwas tun?«

»Ich weiß es nicht. Aber ich sage euch, *was* ich weiß. Das ist eine lange Geschichte. Wir sollten wieder in meine Hütte gehen«, schlug S'Armuna vor und sah sich um. Sie wollte nicht an einem Ort über Attaroa reden, an dem sie von allen gehört werden konnte.

Ayla und Jondalar folgten ihr wieder in die Erdhütte, warfen ihre Überkleider ab und warteten am Feuer, während die ältere Frau mehr Holz und einige Kochsteine in die Flammen legte, um Tee aufzubrühen. Als sie sich mit dem wärmenden Kräutertrank hingesetzt hatten, lehnte sich S'Armuna zurück, um ihre Gedanken zu sammeln.

»Es ist schwer zu sagen, wo alles begann. Wahrscheinlich schon bei den Schwierigkeiten, die Attaroa und Brugar von Anfang an hatten. Aber damit hörte es nicht auf. Selbst als Attaroa hochschwanger war, fuhr Brugar fort, sie zu schlagen. Als sie die ersten Wehen bekam, ließ er mich nicht holen. Ich erfuhr es erst, als ich sie vor Schmerzen schreien hörte. Ich ging zu ihr; aber er wies mich ab, als ich ihr bei der Niederkunft beistehen wollte. Es war eine schwere Geburt; und er ließ nicht zu, daß ich ihr half, ihre Schmerzen zu lindern. Ich bin überzeugt, daß er sie leiden sehen wollte. Offenbar wurde das Kind mit einer Verunstaltung geboren. Ich vermute, daß es an den Schlägen lag, die er Attaroa die ganze Zeit verabreicht hatte. Obgleich es bei der Geburt nicht zu sehen war, zeigte sich bald, daß das Rückgrat des Kindes schwach und verkrümmt war. Ich durfte es nie untersuchen, und deshalb weiß ich es nicht genau, aber es gab wahrscheinlich noch andere Schwierigkeiten«, sagte S'Armuna.

»War das Kind ein Junge oder ein Mädchen?« fragte Jondalar.

»Ich weiß es nicht«, erklärte S'Armuna.

»Das verstehe ich nicht. Wieso weißt du es nicht?« fragte Ayla.

»Niemand wußte es, bis auf Brugar und Attaroa; und sie machten ein Geheimnis daraus. Selbst als es größer wurde, durfte das Kind nie unbekleidet, wie die meisten kleinen Kinder, in der Öffentlichkeit erscheinen. Und sie gaben ihm einen Namen, der sein Geschlecht verbarg. Das Kind hieß Omel«, sagte die Frau.

»Hat das Kind es nie verraten?« fragte Ayla.

»Nein. Omel hielt es ebenfalls geheim. Ich glaube, Brugar hat ihnen beiden schreckliche Folgen angedroht, wenn das Geschlecht des Kindes jemals offenbart würde«, sagte S'Armuna.

»Aber es müssen sich doch gewisse Anzeichen ausgebildet haben, als das Kind älter wurde. Der Körper, der begraben wurde, war so groß wie der eines Erwachsenen«, sagte Jondalar.

»Omel hat sich nicht rasiert; er hätte aber ein Mann sein können, dessen Bartwuchs spät einsetzte. Und es war schwer zu sagen, ob sich Brüste entwickelt hatten. Omel trug lose Kleider, die die Gestalt verbargen. Für eine Frau war er trotz des verkrümmten Rückgrats ziemlich groß, aber sehr schlank. Aber auch Attaroa ist sehr groß.«

»Hast du nicht gespürt, ob das Kind ein Junge oder Mädchen war, als es größer wurde?« fragte Ayla.

Die Frau ist einfühlsam, dachte S'Armuna. Sie nickte. »In meinem Herzen habe ich Omel immer für ein Mädchen gehalten – aber vielleicht nur, weil ich es mir wünschte. Brugar wollte, daß die Leute das Kind als Jungen ansahen.«

»Das könnte manches erklären«, sagte Ayla. »Bei den Clan-Leuten möchte jeder Mann, daß seine Gefährtin Söhne hat. Er hält sich nicht für einen vollwertigen Mann, wenn sie nicht wenigstens einen Sohn hat. Sonst bedeutet es, daß sein Totem schwach ist. Wenn das Kind ein Mädchen war, hat Brugar vielleicht versucht, zu vertuschen, daß seine Gefährtin keinen Sohn geboren hatte. Aber mißgestaltete Neugeborene werden gewöhnlich ausgesetzt. Wenn das Kind also als Mißgeburt zur Welt gekommen ist, so hat Brugar das vielleicht vor den anderen verbergen wollen.«

»Es ist schwer, seine Beweggründe zu deuten. Aber wie auch immer – Attaroa hielt es weiter mit ihm aus.«

»Aber wie ist Omel gestorben? Und die beiden anderen Jünglinge?« fragte Jondalar.

»Das ist eine seltsame und komplizierte Geschichte«, sagte S'Armuna. »Trotz aller Geheimnistuerei wuchs Brugar das Kind ans Herz. Omel war der einzige Mensch, den er nie schlug oder auf andere Weise zu verletzen suchte. Ich war froh darüber, habe mich aber oft nach dem Grund gefragt.«

»Ist ihm vielleicht der Gedanke gekommen, daß er selber nicht unbeteiligt daran war, daß das Kind mißgestaltet zur Welt kam?« fragte Jondalar. »Wollte er wieder gutmachen, daß er Attaroa vor der Geburt so häufig geschlagen hatte?«

»Vielleicht. Aber Brugar gab Attaroa die Schuld. Er hat ihr oft vorgeworfen, daß sie keine gesunden Kinder gebären könne. Dann wurde er wütend und schlug sie. Aber die Schläge waren nicht mehr ein Vorspiel der Wonnen, die er mit seiner Gefährtin genoß. Er verachtete Attaroa und überhäufte das Kind mit seiner Zuneigung. Omel begann, Attaroa auf dieselbe Weise zu behandeln; und Attaroa fühlte sich doppelt vernachlässigt. Sie wurde eifersüchtig auf ihr eigenes Kind, auf die Zuneigung, die Brugar ihm zukommen ließ, und mehr noch auf die Liebe, die Omel für Brugar hegte.«

»Das muß schwer zu ertragen gewesen sein«, sagte Ayla.

»Ja. Brugar hatte eine neue Art entdeckt, Attaroa Schmerz zuzufügen. Aber sie war nicht die einzige, die unter ihm litt«, fuhr S'Armuna fort. »Mit der Zeit wurden alle Frauen gleichermaßen schlecht behandelt, von Brugar und den anderen Männern. Die Männer, die versuchten, sich ihm entgegenzustellen, wurden manchmal auch geschlagen oder aus dem Lager getrieben. Schließlich, nach einer besonders brutalen Mißhandlung, bei der Attaroa einen gebrochenen Arm und mehrere gebrochene Rippen davontrug, lehnte sie sich auf. Sie schwor, ihn zu töten, und bat mich, ihr etwas zu geben, mit dem sie ihre Absicht ausführen konnte.«

»Und hast du ihr etwas gegeben?« fragte Jondalar.

»Die, Die Der Mutter Dient lernt viele Geheimnisse, Jondalar – besonders eine, die von einer Schamanin der Zelandonii unterwiesen wurde«, erklärte S'Armuna. »Aber alle, die zum Dienst der Mutter zugelassen werden, müssen bei den Heiligen Höhlen und den Alten Legenden schwören, daß sie ihre Kenntnisse nicht mißbrauchen. Eine, Die Der Mutter Dient gibt ihren Namen auf und nimmt den Namen ihres Volkes an; sie wird das Bindeglied zwischen der Großen Erdmutter und ihren Kindern und die Mittlerin, durch die die Erdenkinder mit der Welt der Geister Verbindung halten. Der Mutter zu dienen heißt also auch ihren Kindern zu dienen.«

»Ich verstehe das«, sagte Jondalar.

»Aber du verstehst vielleicht nicht, daß das Volk sich einprägt in den Geist Derer, Die Der Mutter Dienen. An das Wohl des Volkes zu denken, wird ihnen zu einem Bedürfnis, das nur dem nachsteht, die Gebote der Mutter zu erfüllen. Es ist eine Frage der Führung. Nicht unmittelbar, sondern in dem Sinne, einen Weg zu weisen. Eine, Die Der Mutter Dient hilft, die Bedeutung zu finden, die im Unbekannten beschlossen liegt. Ein Teil ihrer Unterweisung besteht darin, die überlieferten Traditionen zu lernen, das Wissen, das sie in die Lage versetzt, die Zeichen, Visionen und Träume zu deuten, die die Mutter ihren Kindern schickt. Es gibt Werkzeuge, die ihr dabei helfen, und Wege, den Beistand der Geisterwelt zu erlangen, aber vor den letzten Fragen ist sie auf sich selber angewiesen. Ich rang mit der Aufgabe, die mir gestellt worden war, und suchte sie auf die bestmögliche Art zu erfüllen; aber mein Urteil war getrübt durch meinen Zorn und meine Verbitterung. Als ich hierher zurückkam, haßte ich die Männer, und als ich Brugar begegnete, lernte ich, sie noch mehr zu hassen.«

»Du hast gesagt, daß du dich für den Tod der drei jungen Leute verantwortlich fühlst. Hast du Attaroa gelehrt, mit Gift umzugehen?« wollte Jondalar wissen, dem diese Frage schon lange auf der Zunge brannte.

»Ich lehrte Attaroa viele Dinge, Sohn Marthonas, aber sie wurde nicht unterwiesen als Eine, Die Der Mutter Dient. Sie besitzt eine rasche Auffassungsgabe und hat mehr gelernt, als ihr guttat... Doch das habe ich gewußt.« S'Armuna verfiel in ein Schweigen, das mehr verriet, als Worte hätten sagen können, und überließ es ihnen, ihre eigenen Schlußfolgerungen zu ziehen. Sie wartete, bis sie sah, daß Jondalar die Stirn runzelte und Ayla zustimmend nickte.

»Auf jeden Fall habe ich Attaroa am Anfang geholfen, ihre Macht über die

Männer zu festigen – vielleicht, weil ich selber Macht über sie gewinnen wollte. Um ehrlich zu sein, tat ich mehr als das. Ich trieb sie an und ermutigte sie. Ich redete ihr ein, daß die Große Erdmutter Frauen als Anführerinnen haben wollte, und half ihr, die Frauen – zumindest die meisten von ihnen – davon zu überzeugen. Nach allem, was sie von Brugar und den Männern erfahren hatten, war es nicht schwer. Ich gab ihr etwas, mit dem man die Männer in Schlaf versenken konnte, und riet ihr, es in ihr Lieblingsgetränk zu tun – ein Gebräu, das aus Birkensaft hergestellt wird.«

»Als die Männer eingeschlafen waren, legten die Frauen ihnen Fesseln an. Sie taten es gern. Es war wie ein Scherz, eine Art, es ihnen heimzuzahlen. Aber Brugar wachte nicht mehr auf. Attaroa versuchte zunächst, es so darzustellen, daß er stärker als die anderen auf das Schlafmittel reagiert habe; aber ich bin sicher, daß sie etwas anderes in seinen Trank gemischt hat. Sie hatte gesagt, daß sie ihn töten wollte; und nach meiner Überzeugung hat sie das auch getan. Doch wie immer es auch gewesen sein mag – ich war es, die sie glauben gemacht hatte, daß die Frauen ohne Männer besser daran wären. Ich war es, die sie davon überzeugt hatte, daß die Geister der Frauen, wenn es keine Männer mehr gäbe, sich mit den Geistern anderer Frauen vermischen würden, um neues Leben entstehen zu lassen, und daß nur noch Mädchen geboren würden.«

»Glaubst du das wirklich?« fragte Jondalar und zog die Brauen zusammen.

»Ich habe versucht, mich davon zu überzeugen. Ich habe es nicht wörtlich so gesagt – ich wollte die Mutter nicht erzürnen –, aber ich ließ sie es glauben. Attaroa meint, die Schwangerschaft so weniger Frauen beweise es.«

»Sie irrt sich«, sagte Ayla.

»Natürlich irrt sie sich, und ich hätte es besser wissen müssen. Die Mutter ließ sich durch meine List nicht täuschen. Ich weiß, daß es Männer gibt, weil die Mutter es so will. Wenn sie keine Männer gewollt hätte, hätte sie keine geschaffen. Ihre Geister sind notwendig. Aber wenn die Männer schwach sind, sind ihre Geister nicht stark genug, um der Mutter von Nutzen zu sein. Deshalb wurden so wenig Kinder geboren.« Sie lächelte Jondalar an. »Du bist ein starker Mann. Ich zweifle nicht daran, daß dein Geist bereits von ihr in Anspruch genommen wurde.«

»Wenn die Männer frei wären, würdest du, glaube ich, entdecken, daß sie stark genug sind, um die Frauen schwanger werden zu lassen«, sagte Ayla. »Auch ohne Jondalars Hilfe.«

Jondalar blickte sie an und lächelte. »Aber ich würde gern helfen«, sagte er. Er wußte genau, was sie meinte, obwohl er nicht sicher war, ob er ihre Meinung teilte.

»Vielleicht solltest du das«, sagte Ayla.

Jondalar hörte auf zu lächeln. Wer auch immer recht hatte – es gab keinen triftigen Grund, anzunehmen, daß er kein Kind zeugen konnte.

S'Armuna sah erst Ayla, dann Jondalar an. Da ihre beiden Besucher auf etwas angespielt hatten, in das sie nicht eingeweiht war, hatte sie geschwiegen; jetzt fuhr sie fort: »Ich half ihr und ermutigte sie; aber ich wußte nicht, daß es uns mit Attaroa als Anführerin schlechter ergehen sollte als mit Brugar. Unmittelbar nachdem er gestorben war, wurde es freilich besser – wenigstens für die Frauen. Doch nicht für die Männer, nicht für Omel. Und nicht für Cavoas Liebhaber; er war ein enger Freund Omels. Das Mädchen war die einzige Person, die um ihn trauerte.«

»Das ist verständlich unter den gegebenen Umständen«, sagte Jondalar.

»Attaroa sah es nicht so«, sagte S'Armuna. »Omel war überzeugt, daß Attaroa an Brugars Tod schuld war. Er widersetzte sich ihr und wurde deshalb geschlagen. Attaroa hat mir einmal gesagt, daß sie Omel nur klarmachen wollte, was Brugar ihr und den anderen Frauen angetan hatte. Sie hat es zwar nicht gesagt, aber ich glaube, daß sie dachte – oder hoffte –, Omel würde sich nach Brugars Tod ihr zuwenden, sie lieben.«

»Schläge sind nicht das geeignete Mittel, Liebe zu erwecken«, sagte Ayla.

»Das ist richtig«, sagte die ältere Frau. »Omel war noch nie geschlagen worden und haßte Attaroa danach nur noch mehr. Sie waren Mutter und Sohn, aber sie konnten einander nicht ertragen, wie es scheint. Deshalb habe ich angeboten, Omel als Gehilfen zu mir zu nehmen.«

S'Armuna schwieg, nahm ihren Becher auf, um zu trinken, und setzte ihn wieder nieder, als sie sah, daß er leer war. »Attaroa schien froh zu sein, Omel nicht mehr in ihrer Hütte zu haben. Aber wenn ich daran zurückdenke, wird mir klar, daß sie sich dafür an den Männern rächte. Seit Omel ihre Hütte verlassen hatte, wurde es immer schlimmer mit ihr. Sie wurde grausamer, als Brugar jemals gewesen war. Ich hätte es vorhersehen müssen. Anstatt sie voneinander zu trennen, hätte ich Mittel finden sollen, sie miteinander zu versöhnen. Was wird sie jetzt machen, da Omel tot ist? Von ihrer eigenen Hand getötet?«

Die Frau starrte in die flimmernde Luft über dem Feuer, als sähe sie etwas, das für andere nicht zu sehen war. »Oh, Große Mutter! Ich bin blind gewesen!« rief sie plötzlich. »Sie ließ Ardoban das Bein ausrenken und steckte ihn in das Gehege, und ich weiß, daß sie an dem Jungen hing. Und sie tötete Omel und die anderen!«

»Ließ ihm das Bein ausrenken?« fragte Ayla. »Diesen Kindern im Gehege? Das geschah absichtlich?«

»Ja, um die Jungen willfährig zu machen«, sagte S'Armuna und schüttelte den Kopf. »Attaroa hat den Verstand verloren. Ich fürchte um uns alle.« Plötzlich sank sie in sich zusammen und legte das Gesicht in die Hände. »Wo wird das enden? All dieses Leid und Weh, an dem ich schuld bin«, schluchzte sie.

»Es war nicht allein deine Schuld, S'Armuna«, sagte Ayla. »Du hast es vielleicht zugelassen oder sogar unterstützt; aber du bist nicht dafür verantwortlich. Die Schuld liegt bei Attaroa – und vielleicht bei denen, die sie so schlecht behandelt haben.« Ayla schüttelte den Kopf. »Grausamkeit gebiert Grausamkeit; Schmerz zeugt Schmerz; Mißhandlung führt zu neuer Mißhandlung.«

»Und wie viele der jungen Männer, die sie verletzt und gedemütigt hat, werden ihre Erfahrungen an die nächste Generation weiterreichen?« rief die ältere Frau aus, die Stimme halb erstickt von Tränen. »Welchen der Jungen hinter der Palisade hat sie dazu verdammt, ihr schreckliches Vermächtnis weiterzutragen? Und welches der Mädchen, die zu ihr aufblicken, wird nicht werden wollen wie sie? Von allen Leuten hätte ich allein es nicht zulassen dürfen. Das ist es, was mich schuldig werden läßt. Oh, Mutter! Was habe ich getan?«

»Die Frage ist nicht, was du getan hast, sondern was du jetzt tun kannst«, sagte Ayla.

»Ich muß ihnen helfen. Irgendwie muß ich ihnen helfen. Aber was kann ich tun?«

»Es ist zu spät, Attaroa zu helfen. Aber ihr muß Einhalt geboten werden. Es sind die Kinder und Männer im Gehege, denen wir helfen müssen; doch zuerst müssen sie befreit werden. Dann können wir daran denken, ihnen zu helfen.«

S'Armuna sah die junge Frau an, die so zuversichtlich erschien, und fragte sich, wer sie wirklich war. Die, Die Der Mutter Dient hatte den Schaden erkannt, den sie angerichtet hatte; sie wußte, daß sie ihre Macht mißbraucht hatte. Sie war zutiefst besorgt – nicht nur um das, was im Lager geschah, sondern auch um das, was mit ihr geschah.

In der Erdhütte wurde es still. Ayla stand auf und nahm die Schüssel, in der der Tee aufgegossen worden war. »Laß mich diesmal Tee machen. Ich habe eine sehr schöne Kräutermischung bei mir«, sagte sie. Als S'Armuna wortlos nickte, griff Ayla nach ihrem Medizinbeutel.

»Ich habe über die beiden verkruppelten Jungen im Gehege nachgedacht«, sagte Jondalar. »Auch wenn sie nicht gut gehen können, könnten sie Feuersteinschläger oder etwas Ähnliches werden, wenn sie jemanden hätten, der sie unterrichtet. Es muß doch jemanden bei den S'Armunai geben, der ihnen seine Kenntnisse weitergeben kann. Vielleicht kannst du jemanden bei euren Sommertreffen finden, der bereit dazu wäre.«

»Wir gehen nicht mehr zu den Sommertreffen mit den anderen S'Armunai«, sagte S'Armuna.

»Warum nicht?« fragte er.

»Attaroa will es nicht«, sagte S'Armuna mit halberstickter Stimme. »Die anderen Leute waren nie sehr freundlich zu ihr; ihr eigenes Lager hat sie kaum geduldet. Nachdem sie Anführerin geworden war, wollte sie mit niemandem mehr etwas zu tun haben. Bald nachdem sie die Führung übernommen hatte, schickten einige der Lager Abgesandte zu uns, um uns einzuladen. Sie hatten gehört, daß wir viele Frauen ohne Gefährten hätten. Attaroa beleidigte sie und schickte sie wieder fort. Nach ein paar Jahren kam niemand mehr zu uns, keine Verwandten, keine Freunde. Sie alle gehen uns aus dem Weg.«

»Als Zielscheibe an einen Pfosten gebunden zu werden ist mehr als eine Beleidigung«, sagte Jondalar.

»Ich sagte dir schon, daß es immer schlimmer wird. Du warst nicht der erste. Was sie mit dir gemacht hat, hat sie auch schon mit anderen gemacht. Vor einigen Jahren kam ein Mann hierher, als Besucher. Als er so viele alleinstehende Frauen sah, wurde er arrogant und hochnäsig. Er nahm wohl an, daß er mehr als willkommen sei. Attaroa spielte mit ihm, wie eine Löwin mit ihrer Beute spielt. Dann tötete sie ihn. Sie fand so viel Gefallen daran, daß sie alle Besucher festnehmen ließ. Sie liebte es, ihnen das Leben zur Qual zu machen. Sie lockte sie mit Versprechungen und spannte sie auf die Folter, bevor sie sich ihrer entledigte. Das hatte sie auch mit dir vor, Jondalar.«

Ayla erschauerte, als sie einige beruhigende Ingredienzen in S'Armunas Tee gab. »Du hattest recht, als du sagtest, sie sei kein Mensch mehr. Der Mog-ur hat uns manchmal von bösen Geistern erzählt; aber ich glaubte immer, es seien Legenden, Geschichten, um Kinder einzuschüchtern, damit sie Gehorsam lernen. Aber Attaroa ist keine Legende. Sie ist böse.«

»Ja. Und als keine Besucher mehr kamen, machte sie die Männer in ihrem Gehege zu ihrem Spielzeug«, fuhr S'Armuna fort, als könnte sie nicht mehr aufhören, von dem zu berichten, was sie so lange in sich verschlossen hatte. »Sie nahm zuerst die Stärkeren, die Anführer und die Aufsässigen. Die Männer werden immer weniger; und die noch da sind, verlieren ihren Willen zu rebellieren – halbverhungert, wie sie sind, Wind und Wetter ausgesetzt. Sie steckt sie in Käfige oder läßt sie in Fesseln legen. Sie sind nicht einmal mehr imstande, sich sauberzuhalten. Viele sind bereits verhungert. Und es werden kaum noch Kinder geboren. Mit den Männern stirbt das Lager. Wir waren alle überrascht, als Cavoa schwanger wurde.«

»Sie muß in das Gehege zu einem Mann gegangen sein«, sagte Ayla. »Wahrscheinlich zu dem, in den sie sich verliebt hat. Ich bin sicher, daß du das weißt.«

S'Armuna wußte es. Aber sie fragte sich, woher Ayla es wußte. »Es gibt Frauen, die sich heimlich hineinschleichen, um die Männer zu sehen, und manchmal bringen sie ihnen etwas zu essen. Jondalar wird es dir erzählt haben«, sagte sie.

»Nein, ich habe es ihr nicht erzählt«, sagte Jondalar. »Aber ich verstehe nicht, warum die Frauen das alles zulassen.«

»Sie haben Angst vor Attaroa. Einige folgen ihr aus eigenem Willen, doch die meisten wollen ihre Männer wiederhaben. Und jetzt droht sie ihnen, ihre Söhne zu Krüppeln zu machen.«

»Sag den Frauen, daß die Männer freigelassen werden müssen. Sonst werden keine Kinder mehr geboren«, sagte Ayla in einem Ton, der sowohl Jondalar als auch S'Armuna überrascht aufschauen ließ. Jondalar kannte den Ausdruck ihres Gesichts, jenen abwesenden Blick, den sie hatte, wenn ihre Gedanken mit einem Kranken oder Verletzten beschäftigt waren. Doch jetzt sah er mehr darin als ihren Wunsch, zu helfen. Er sah kalte, zornige Entschlossenheit.

Aber die ältere Frau sah etwas anderes in Ayla; und sie deutete ihre Worte als Prophezeiung, als Urteilsspruch.

Sie saßen schweigend beisammen, jeder von ihnen tief bewegt. Ayla hatte das Bedürfnis, nach draußen zu gehen, um die saubere, kalte Luft zu atmen und nach den Tieren zu sehen; doch als sie S'Armuna ansah, kam es ihr unpassend vor, gerade jetzt zu gehen. Die Frau war verzweifelt; sie brauchte etwas, an das sie sich halten konnte.

Jondalar dachte inzwischen an die Männer, die er im Gehege zurückgelassen hatte. Zweifellos wußten sie, daß er zurückgekommen war; aber er war nicht wieder zu ihnen gebracht worden. Er wünschte, mit Ebulan und S'Amodun reden und Doban Mut zusprechen zu können; doch er brauchte selber Zuspruch. Sie befanden sich in einer gefährlichen Lage, und bisher hatte er noch nichts getan. Wenn sie etwas tun wollten, mußten sie es bald tun. Er haßte den Gedanken, müßig herumzusitzen.

Schließlich sagte er: »Ich möchte etwas für die Männer im Gehege tun. Wie kann ich ihnen helfen?«

»Jondalar, du hast ihnen bereits geholfen«, sagte S'Armuna. »Als du dich Attaroa widersetztest, hast du ihnen Mut gegeben. Aber das war noch nicht alles. Es gab schon früher Männer, die sich ihr widersetzten, jedenfalls für eine Weile; aber dies war das erste Mal, daß ein Mann von ihr fortging und – was viel wichtiger ist – zurückkam. Attaroa hat ihr Gesicht verloren; und das gibt den anderen Hoffnung.«

»Aber Hoffnung genügt nicht, um sie aus ihrem Pferch zu befreien«, erwiderte er.

»Nein. Und Attaroa wird sie nicht freiwillig herauslassen. Wenn es nach ihr geht, kommt kein Mann hier lebend heraus, obwohl es einigen gelungen ist. Doch es gibt nur wenige Frauen, die solche Reisen machen wie du, Ayla. Du bist die erste, die den Weg zu uns gefunden hat.«

»Würde sie eine Frau töten?« fragte Jondalar.

»Es dürfte ihr schwerfallen, eine Rechtfertigung dafür zu finden, obgleich viele Frauen hier gegen ihren Willen festgehalten werden. Statt sie einzupferchen, bedroht sie ihre Gefährten oder ihre Söhne und hält sie auf diese Weise fest. Deswegen ist dein Leben in Gefahr«, sagte S'Armuna und blickte Ayla an. »Sie hat keine Gewalt über dich; aber wenn es ihr gelingt, dich zu töten, wird es für sie leichter sein, auch andere Frauen zu töten. Ich sage das nicht nur, um dich zu warnen, sondern wegen der Gefahr, die dem ganzen

Lager droht. Noch könnt ihr beide entkommen, und wahrscheinlich ist es das, was ihr tun solltet.«

»Nein. Ich kann nicht gehen«, sagte Ayla. »Wie kann ich diese Kinder allein lassen? Oder diese Männer? Auch die Frauen brauchen Hilfe. Brugar hat dich eine Medizinfrau genannt, S'Armuna. Ich weiß nicht, ob du weißt, was das heißt, aber ich bin eine Medizinfrau des Clans.«

»Du bist eine Medizinfrau? Ich hätte es wissen müssen«, sagte S'Armuna. Sie wußte nicht genau, was eine Medizinfrau wirklich war, aber nachdem Brugar sie als solche anerkannt hatte, war sie von ihm so respektiert worden, daß sie diesem Status die höchste Bedeutung beimaß.

»Und deshalb kann ich nicht gehen«, sagte Ayla. »Es ist nicht so sehr eine Frage der freien Entscheidung. Es ist etwas, das eine Medizinfrau tun muß. Es ist etwas in mir. Ein Teil meines Geistes ist bereits in der nächsten Welt« – Ayla griff nach dem Amulett an ihrem Hals – »und damit den Geistern der Leute verpflichtet, die auf meine Hilfe angewiesen sind. Es ist schwer zu erklären. Aber ich kann nicht zulassen, daß Attaroa weiter ihre Macht mißbraucht. Und dieses Lager wird Hilfe nötig haben, wenn die Männer aus dem Pferch befreit sind. Ich muß bleiben, solange man mich braucht.«

S'Armuna nickte. Sie glaubte, Ayla verstanden zu haben. Sie verglich ihr Bedürfnis, zu heilen und zu helfen, mit ihrer eigenen Berufung, der Mutter zu dienen, und fühlte sich eng mit ihr verbunden.

»Wir bleiben, solange wir können«, berichtigte Jondalar. Er dachte daran, daß sie in diesem Winter noch einen Gletscher überqueren mußten. »Doch wie können wir Attaroa dazu bringen, die Männer freizulassen?«

»Sie fürchtet dich, Ayla«, sagte die Schamanin. »Und ich glaube, die meisten ihrer Wolfsfrauen auch. Diejenigen, die dich nicht fürchten, verehren dich. Die S'Armunai sind ein Volk der Pferdejäger. Wir jagen auch andere Tiere, aber wir kennen die Pferde. Im Norden gibt es eine Klippe, über die wir schon seit Generationen Pferde getrieben haben. Du kannst nicht leugnen, daß deine Gewalt über Pferde auf einem mächtigen Zauber beruht. Er ist so mächtig, daß man ihm kaum Glauben schenken mag, selbst wenn man ihn wirken sieht.«

»Das hat nichts mit einem Zauber zu tun«, entgegnete Ayla. »Ich habe die Stute schon als Fohlen aufgezogen. Ich lebte allein, und sie war mein einziger Freund. Winnie tut, was ich will, weil sie es selber will, weil wir Freunde sind.«

Sie sprach den Namen als ein sanftes Wiehern aus – mit dem Laut, den Pferde machen. Weil sie so lange mit Jondalar und den Tieren allein gereist war, hatte sie wieder die Gewohnheit angenommen, Winnies Namen in der ursprünglichen Form auszusprechen. Das Wiehern aus dem Mund der Frau erschreckte S'Armuna, und die Idee, mit einem Pferd befreundet zu sein, überstieg ihre Vorstellungskraft. Es spielte keine Rolle, daß Ayla behauptet hatte, es sei kein Zauber. Sie hatte ihr bewiesen, daß es nichts anderes war.

»Vielleicht«, sagte die Frau. Wie einfach du es auch darstellen magst, dachte sie, du kannst die Leute nicht hindern, darüber nachzudenken, wer du wirklich bist und was dich hierhergeführt hat. »Die Leute denken – und hoffen –, daß du gekommen bist, um ihnen zu helfen«, fuhr sie fort. »Sie fürchten Attaroa. Aber ich glaube, mit deiner und Jondalars Hilfe können sie sich gegen sie erheben und sie zwingen, die Männer freizulassen. Sie können dazu gelangen, sich nicht mehr von ihr einschüchtern zu lassen.«

Ayla hatte das starke Bedürfnis, die Hütte zu verlassen, deren Atmosphäre ihr unbehaglich geworden war. »Wir müssen nach den Pferden sehen«, sagte sie und stand auf. »Können wir die Körbe hier stehenlassen?« Sie hob einen Deckel hoch und prüfte den Inhalt. »Es ist schon kalt geworden. Schade, daß wir es nicht warm auftischen können. Es würde viel besser schmecken.«

»Natürlich, laß sie hier«, sagte S'Armuna. Sie hob den Becher an die Lippen und trank ihren Tee aus, während die beiden Fremden sie verließen.

Vielleicht war Ayla keine Verkörperung der Großen Mutter und Jondalar wirklich Marthonas Sohn; aber die Vorstellung, daß die Mutter eines Tages Vergeltung üben könnte, lastete schwer auf Der, Die Ihr Diente. Schließlich war sie S'Armuna. Sie hatte ihre persönliche Identität um der Macht der Geister willen aufgegeben, und dieses Lager war ihr anvertraut, mit all den Leuten, Frauen und Männern. Ihre Aufgabe war es, die Unverletzbarkeit des Zaubers zu hüten, der dieses Lager schützte; die Kinder der Mutter waren auf sie angewiesen. Nach Ansicht der Außenseiter – des Mannes, der gekommen war, um sie an ihre Berufung zu erinnern, und der Frau mit den ungewöhnlichen Kräften – hatte sie, wie S'Armuna wußte, diese Aufgabe verraten. Sie hoffte nur, daß es noch möglich war, die Schuld, die sie auf sich geladen hatte, zu begleichen und das Lager wieder zu dem zu machen, was es einmal gewesen war.

ZWEIUNDDREISSIGSTES KAPITEL

S'Armuna trat vor ihre Hütte und beobachtete die beiden Fremden, die zum Rand des Lagers gingen. Ihr fiel auf, daß sich Attaroa und Epadoa, die vor der Behausung der Anführerin standen, umgedreht hatten und ihnen ebenfalls nachschauten. Die Schamanin wollte gerade wieder hineingehen, als sie sah, wie Ayla plötzlich die Richtung änderte und auf das Gehege zusteuerte. Auch Attaroa und ihre oberste Wolfsfrau sahen sie und stürmten mit langen Schritten vorwärts, um die blonde Frau abzufangen. Sie erreichten den Pferch fast gleichzeitig. Die ältere Frau kam einen Moment später an.

Durch die Ritzen sah Ayla direkt in die Augen und Gesichter der stummen Zuschauer auf der anderen Seite der massigen Palisade. Bei näherem Hinsehen boten sie einen traurigen Anblick – schmutzig, ungekämmt und mit zerlumpten Fellen bekleidet; doch schlimmer noch war der Gestank, der von der Einfriedung ausging. Er war nicht nur übel, sondern für die feine Nase der Medizinfrau schlechthin verräterisch. Der normale Körpergeruch gesunder Menschen machte ihr nichts aus; hier jedoch roch sie Krankheit. Der Pestatem Verhungernder, der widerliche Geruch der Exkremente von Magenleiden und Fieber, der eklige Gestank aus entzündeten, eiternden Wunden, ja sogar die modrige Fäule fortgeschrittenen Wundbrandes – all das beleidigte ihre Sinne und machte sie rasend vor Wut.

Epadoa stellte sich vor Ayla und versuchte, ihr die Sicht zu versperren, doch sie hatte genug gesehen. Sie drehte sich zu Attaroa um. »Warum werden diese Leute hier hinter dem Zaun wie Tiere eingesperrt?«

Die Menschen, die umherstanden und aufmerksam zuhörten, schnappten vor Überraschung nach Luft, als sie die Übersetzung vernahmen, und warteten gespannt auf die Reaktion der Anführerin. Niemand hatte je zuvor gewagt, danach zu fragen.

Attaroa blickte Ayla mit einem flammenden Blick an, der unerschrocken und zornig erwidert wurde. Sie waren fast gleich groß, die dunkeläugige Frau vielleicht ein bißchen größer. Beide waren kräftig; Attaroa jedoch war von der natürlichen Anlage her muskulöser, während Ayla ihre drahtige Gestalt täglicher Übung verdankte. Die Anführerin war etwas älter als die Fremde, erfahrener, schlauer und völlig unberechenbar; die Besucherin war im Jagen und Spurensuchen geschickt, beobachtete schnell und genau, zog daraus ihre Schlüsse und konnte sie rasch in die Tat umsetzen.

Plötzlich lachte Attaroa, und der heiter-irre Klang ihres Lachens ließ Jondalar erschauern. »Weil sie es verdient haben!« sagte die Anführerin.

»Niemand verdient diese Art von Behandlung«, entgegnete Ayla, noch bevor S'Armuna zum Übersetzen kam; statt dessen gab sie Aylas Bemerkung an Attaroa weiter.

»Was weißt du schon? Du warst nicht hier. Du weißt nicht, wie sie uns behandelt haben«, sagte Attaroa.

»Haben sie euch gezwungen, draußen in der Kälte zu leben? Ließen sie euch hungern und frieren?« Einige Frauen, die sich eingefunden hatten, blickten ängstlich umher. »Seid ihr auch nur um einen Deut besser als sie, wenn ihr sie schlimmer behandelt, als sie euch behandelt haben?«

Attaroa machte sich nicht die Mühe einer Antwort, doch ihr Lächeln war hart und grausam.

Ayla bemerkte, daß hinter dem Zaun Bewegung entstand, und sah ein paar Männer beiseite treten, so daß zwei Jungen, die unter dem Halbzelt gewesen waren, nach vorn hinken konnten. Die anderen drängten sich um sie herum. Daß die verletzten Jungen und die anderen Kinder dem Hunger und der Kälte ausgesetzt waren, brachte Ayla noch mehr auf. Dann sah sie, daß einige Wolfsfrauen mit ihren Speeren den Pferch betreten hatten, woraufhin sie so in Wut geriet, daß sie kaum mehr an sich halten konnte und die Frauen direkt ansprach.

»Und diese Jungen, haben die euch auch schlecht behandelt? Was haben sie getan, um das hier zu verdienen?« S'Armuna sorgte dafür, daß alle es verstehen konnten.

»Wo sind die Mütter dieser Kinder?« fragte sie Epadoa.

Die Führerin der Wolfsfrauen blickte zu Attaroa, als sie die Worte in ihrer eigenen Sprache vernommen hatte, als erwarte sie eine Anweisung, doch die Anführerin lächelte nur grausam zurück, als wäre sie auf die Antwort Epadoas gespannt.

»Einige von ihnen sind tot.«

»Getötet beim Versuch, mit ihren Söhnen zu fliehen«, sagte eine der Frauen aus der Gruppe, die in der Nähe stand. »Die übrigen wagen nicht, etwas zu unternehmen. Sie fürchten, daß man ihre Kinder verletzt.«

»Ayla sah, daß es eine alte Frau war, die gesprochen hatte, und Jondalar bemerkte, daß es diejenige war, die beim Begräbnis der drei jungen Leute so laut geklagt hatte. Epadoa warf ihr einen drohenden Blick zu.

»Was kannst du mir noch antun, Epadoa?« sagte die Frau und ging mutig nach vorn. »Du hast mir schon meinen Sohn genommen, und meine Tochter wird so oder so verloren sein. Ich bin zu alt, um mich noch um mein Leben zu sorgen.«

»Sie begingen Verrat«, sagte Epadoa. »Jetzt wissen sie, was passiert, wenn sie zu fliehen versuchen.«

Attaroa ließ nicht erkennen, ob Epadoa in ihrem Sinn gesprochen hatte.

Statt dessen drehte sie sich mit gelangweiltem Blick um, ging zu ihrer Hütte und überließ Epadoa und ihren Wolfsfrauen die Überwachung des Pferchs. Doch als sie ein lautes, schrilles Pfeifen hörte, fuhr sie erschrocken herum. Ein flüchtiger Ausdruck des Entsetzens verdrängte ihr kaltes, grausames Lachen, als sie beide Pferde, die am anderen Ende des Feldes fast außer Sicht gewesen waren, auf Ayla zugaloppieren sah. Schnell verschwand sie in ihrer Erdhütte.

In der Siedlung breitete sich Verblüffung und Erstaunen aus, als Ayla und Jondalar auf den Rücken der Tiere sprangen und im Galopp davonritten. Die meisten der Zurückbleibenden wünschten, sie könnten auch so schnell und leicht verschwinden, und viele fragten sich, ob sie die beiden jemals wiedersehen würden.

»Ich wünschte, wir könnten für immer fortgehen«, sagte Jondalar, als sie langsamer ritten und er mit Renner auf der Höhe von Ayla und Winnie war.

»Ich auch«, sagte sie. »Das Lager ist unerträglich; es macht mich wütend und traurig. Ich ärgere mich sogar darüber, daß S'Armuna es so lange mitangesehen hat, obwohl ich mit ihr und ihren Gewissensbissen Mitleid verspüre. Jondalar, wie können wir diese Jungen und Männer befreien?«

»Das müssen wir mit S'Armuna besprechen«, sagte Jondalar. »Es ist deutlich zu sehen, daß die meisten Frauen etwas ändern wollen, und ich bin sicher, daß viele helfen würden, wenn sie nur wüßten, wie. S'Armuna weiß bestimmt, wer das ist.«

Sie hatten den offenen Wald hinter dem Feld erreicht und ritten durch das mancherorts nur spärliche Gebüsch zum Fluß an die Stelle zurück, wo sie Wolf zurückgelassen hatten. Als sie näher kamen, ließ Ayla einen leisen Pfiff ertönen, und Wolf sprang fast außer sich vor Freude auf sie zu. Er hatte gehorcht und an seinem Platz ausgeharrt. Aber Ayla entging es nicht, daß er gejagt und seine Beute mitgebracht hatte; er hatte also sein Versteck zumindest eine Zeitlang verlassen. Das beunruhigte sie, weil sie dem Lager und seinen Wolfsfrauen so nah waren; aber sie konnte ihm keine Vorwürfe machen. Aber es festigte ihren Entschluß, ihn von den jagenden Frauen, die Wolfsfleisch aßen, so bald wie irgend möglich wegzubringen.

Stumm gingen sie mit den Pferden zum Fluß zurück, zu dem Gehölz, in dem sie ihre Ausrüstung versteckt hatten. Ayla holte einen der letzten Riegel ihres Reiseproviants hervor, brach ihn in zwei Teile und gab Jondalar das größere Stück. Sie saßen mitten im Gestrüpp, aßen die Kleinigkeit und waren froh, der bedrückenden Umgebung des Lagers der S'Armunai entronnen zu sein.

Plötzlich ließ Wolf ein tiefes, grollendes Knurren hören, und Ayla sträubten sich die Haare im Nacken.

»Da kommt jemand«, flüsterte Jondalar, von dem Geräusch aufgeschreckt.

Mit angespannter Aufmerksamkeit suchten Ayla und Jondalar die Gegend ab, sicher, daß Wolfs schärfere Sinne eine unmittelbare Gefahr gewittert hatten. Ayla ging in die Richtung, in die Wolfs Nase deutete, blickte angestrengt durch das buschige Gewirr und sah, wie zwei Frauen näher kamen. Eine war, da war sie sich fast sicher, Epadoa. Sacht berührte sie Jondalars Arm und deutete dahin. Er nickte, als er sie sah.

»Warte und halte die Pferde ruhig«, bedeutete sie ihm in der lautlosen Sprache des Clans. »Ich schleiche mich an die Frauen heran und lenke sie von Wolf ab, damit er sich verstecken kann.«

»Ich gehe«, gab Jondalar mit einem Kopfschütteln zu verstehen.

»Frauen hören mir eher zu«, antwortete Ayla.

Jondalar nickte widerstrebend. »Ich warte hier mit der Speerschleuder«, gestikulierte er. »Du nimmst auch die Speerschleuder.«

Ayla nickte zustimmend. »Und die Steinschleuder«, signalisierte sie zurück.

Lautlos schlich sich Ayla zu den beiden Frauen und wartete. Beim Näherkommen konnte sie sie verstehen.

»Ich bin sicher, Unavoa, sie kamen von hier, als sie letzte Nacht ihr Lager verließen«, sagte die Erste der Wolfsfrauen.

»Aber sie waren doch schon seit der letzten Nacht in unserem Lager. Warum suchen wir noch hier?«

»Vielleicht kommen sie hierher zurück; und selbst wenn sie es nicht tun, könnten wir etwas über sie erfahren.«

»Manche sagen, daß sie verschwinden oder sich in Vögel oder Pferde verwandeln, wenn sie weggehen«, sagte die jüngere Wolfsfrau.

»Sei nicht albern«, sagte Epadoa. »Haben wir nicht ihr letztes Nachtlager gefunden? Warum sollten sie ein Lager aufschlagen, wenn sie sich in Tiere verwandeln können?«

Sie hat recht, dachte Ayla. Zumindest kann sie ihren Kopf gebrauchen und ist auch ganz gut im Spurensuchen. Vermutlich ist sie sogar eine passable Jägerin; schade, daß sie Attaroa so nahe steht.

Ayla kauerte sich hinter das kahle, verästelte Gehölz und in das gelblich verdorrte, kniehohe Gras und sah sie näher kommen. In dem Augenblick, als beide Frauen nach unten schauten, stand sie leise auf und hielt die Speerschleuder bereit.

Epadoa zuckte überrascht zusammen. Unavoa sprang zurück und ließ einen kleinen Schreckensschrei hören, als sie die blonde Fremde erblickte.

»Sucht ihr mich?« sagte Ayla in der Sprache der S'Armunai. »Hier bin ich.«

Unavoa schien bereit, auf der Stelle kehrtzumachen; auch Epadoa wirkte nervös und ängstlich.

»Wir – wir waren auf der Jagd«, sagte Epadoa.

»Hier kann man keine Pferde in den Abgrund treiben«, sagte Ayla.

»Wir haben keine Pferde gejagt.«

»Ich weiß. Ihr seid hinter Ayla und Jondalar her.«

Aylas plötzliches Erscheinen und die Art, wie sie sprach, erweckte in beiden Frauen den Wunsch, von dieser Gewalt, die übermenschliche Kräfte zu besitzen schien, möglichst weit weg zu sein.

»Ich glaube, die beiden sollten zu ihrem Lager zurückkehren, sonst verpassen sie noch das große Fest heute nacht.« Die Stimme kam aus dem Wald und gehörte Jondalar.

Die Frauen blickten sich um und sahen den großen, blonden Mann, der lässig am Stamm einer hohen Birke lehnte und Speer und Speerschleuder bereithielt.

»Ihr habt recht. Wir wollen das Fest nicht versäumen«, sagte Epadoa und zog ihre sprachlose Begleiterin mit sich fort.

Als sie gegangen waren, konnte sich Jondalar ein breites Grinsen nicht verkneifen.

Die Sonne neigte sich der Dämmerung des kurzen Wintertages zu, als Ayla und Jondalar zum Lager der S'Armunai zurückritten. Sie hatten für Wolf ein anderes Versteck gesucht, näher bei der Siedlung; es würde bald dunkeln, und die Leute verließen ihr Feuer bei Nacht nur selten. Ayla war dennoch besorgt, daß man ihn fangen könnte.

S'Armuna kam gerade aus ihrer Hütte heraus, sah die beiden am Rande des Feldes absteigen und lächelte erleichtert; sie hatte an ihrer Rückkehr gezweifelt. Warum sollten sich Fremde für Menschen, die sie nicht einmal kannten, in Bedrängnis bringen? Sie ging zur Begrüßung auf sie zu.

»Wir treffen gerade die letzten Vorbereitungen für das morgige Fest. Wollt ihr euch an dem Feuer wärmen, das wir immer in der Nacht davor anzünden?« fragte die Frau.

»Es ist kalt«, sagte Jondalar. Beide gingen mit ihr zum Brennofen auf der anderen Seite des Lagers.

»Ich habe herausgefunden, wie man das Essen, das ihr mitgebracht habt, heiß macht, Ayla. Es duftet herrlich.« S'Armuna lächelte.

»Wie kannst du eine solche Menge in Körben erhitzen?«

»Ich zeige es dir«, sagte die Frau und duckte sich in den Vorraum des kleinen Baues. Ayla und Jondalar folgten ihr. Obwohl in der kleinen Herdstätte kein Feuer brannte, war es im Vorraum warm. S'Armuna ging auf die zweite Kammer zu und zog den Mammutschulterknochen vor dem Eingang zurück. Drinnen war es heiß, heiß genug zum Kochen, dachte Ayla. Sie sah ein Feuer in der Kammer brennen, und ihre beiden Körbe standen in einiger Entfernung davon.

»Es duftet wirklich gut!« sagte Jondalar.

»Ihr könnt euch kaum vorstellen, wie viele Leute schon nach dem Beginn des Festes gefragt haben«, sagte S'Armuna. »Man kann es sogar in der Umfriedung riechen. Ardemun fragte mich, ob die Männer wirklich etwas abbekommen. Aber das ist es nicht allein. Zu meiner Überraschung hat Attaroa den Frauen befohlen, für alle genug Essen zuzubreiten. Ich kann mich gar nicht erinnern, wann wir das letzte Mal ein echtes Fest hatten. Es gab ja auch kaum einen Grund dafür. Ich wundere mich, was wir wohl heute nacht feiern.«

»Besuch«, sagte Ayla. »Ihr ehrt die Gäste.«

»Ja, Gäste«, sagte die Frau. »Denkt daran, daß es ihr Vorwand war, um euch zur Rückkehr zu bewegen. Ich muß euch warnen. Trinkt oder eßt nichts, was aus unberührten Schüsseln kommt. Attaroa kennt viele schädliche Dinge, die man im Essen verstecken kann. Eßt möglichst nur das, was ihr mitgebracht habt.«

»Gilt das auch hier?« fragte Jondalar.

»Niemand wagt es, hier ohne meine Erlaubnis hereinzukommen«, sagte die Eine, Die Der Mutter Dient. »Aber seid vorsichtig, wenn ihr draußen seid. Attaroa und Epadoa haben den ganzen Tag die Köpfe zusammengesteckt. Sie haben etwas vor.«

»Und sie können sich auf alle Wolfsfrauen verlassen. Auf wen können wir zählen?« fragte Jondalar.

»Alle übrigen wollen, daß sich etwas ändert«, sagte S'Armuna.

»Doch wer wird uns helfen?« fragte Ayla.

»Ich glaube, man kann mit Cavoa, meiner Gehilfin, rechnen.«

»Sie ist doch schwanger«, sagte Jondalar.

»Ein Grund mehr«, sagte die Frau. »Alles deutet darauf hin, daß sie einen Jungen bekommen wird. Sie wird um ihr Leben und das ihres Kindes kämpfen. Selbst wenn sie ein Mädchen bekommen sollte, steht zu befürchten, daß Attaroa sie nicht mehr lange am Leben läßt, wenn das Kind entwöhnt ist; und Cavoa weiß das.«

»Was ist mit der Frau, die heute so offen sprach?« fragte Ayla.

»Das war Esadoa, Cavoas Mutter. Man kann auf sie zählen, aber sie macht mich genauso wie Attaroa für den Tod ihres Sohnes verantwortlich.«

»Ich erinnere mich an das Begräbnis«, sagte Jondalar. »Sie warf etwas in das Grab, das Attaroa wütend machte.«

»Ja, Werkzeuge für die nächste Welt. Attaroa hatte verboten, ihnen etwas mitzugeben, das ihnen in der Welt der Geister nützlich sein könnte.«

»Du hast ihr Widerstand geleistet, nicht wahr?«

S'Armuna zuckte die Achseln. »Ich sagte ihr, daß die Werkzeuge nicht wieder zurückgenommen werden dürften, wenn sie einmal mitgegeben sind. Das wagt nicht einmal sie.«

Jondalar nickte. »Sicher werden alle Männer in der Umfriedung helfen«, sagte er.

»Natürlich, aber zuerst müssen wir sie dort herausholen«, sagte S'Armuna. »Sie werden besonders scharf bewacht. Ich glaube, im Augenblick könnte sich nicht einmal jemand hineinschleichen. Vielleicht in ein paar Tagen. Das gibt uns auch Zeit, in aller Ruhe mit den Frauen zu sprechen. Wenn wir wissen, wie viele mitmachen werden, können wir einen Plan machen, um Attaroa und die Wolfsfrauen zu überwältigen. Ich fürchte, wir müssen kämpfen, um die Männer aus dem Pferch herauszubekommen.«

Ayla wiegte bei dem Gedanken traurig den Kopf. Es hatte soviel Leid in diesem Lager gegeben; die Vorstellung eines Kampfes, der noch mehr Schmerz und Kummer bringen würde, schreckte sie. Sie wünschte, es gäbe einen anderen Weg.

»Hast du Attaroa nicht etwas gegeben, um die Männer einzuschläfern? Könntest du das nicht auch Attaroa und ihren Wolfsfrauen geben?« fragte Ayla.

»Attaroa ist auf der Hut. Sie wird nichts essen oder trinken, das nicht zuvor von jemandem vorgekostet wurde. Bisher hat Doban das für sie getan. Nun wird sie sich wahrscheinlich ein anderes Kind dafür aussuchen«, sagte S'Armuna und schaute nach draußen. »Es ist fast dunkel. Seid ihr fertig? Ich glaube, das Fest beginnt.«

Ayla und Jondalar nahmen ihre Körbe aus der inneren Kammer, bevor die Eine, Die Diente, sie wieder verschloß. Draußen konnten sie das große Freudenfeuer vor Attaroas Erdhütte sehen.

Als sie näherkamen, drehte sich Attaroa zu ihnen um. »Wenn ihr das Fest mit den Männern teilen wollt, sollten wir draußen essen, damit ihr sie sehen könnt«, sagte sie. S'Armuna übersetzte, obwohl Ayla und sogar Jondalar die Bedeutung der Worte verstanden hatten.

»In der Dunkelheit kann man sie aber schlecht sehen. Es wäre gut, auf ihrer Seite noch ein Feuer anzuzünden«, sagte Ayla.

Attaroa dachte einen Moment nach und lachte, ohne Anstalten zu machen, der Bitte nachzukommen.

Das Fest schien ein aufwendiges Mahl mit vielen Gängen zu sein, doch die Speisen bestanden vor allem aus fast fettlosem Fleisch, sehr wenig Gemüse, Getreide oder nahrhaften stärkehaltigen Wurzeln. Dazu wurde ein leicht gegorenes Gebräu aus Birkensaft herumgereicht, doch Ayla beschloß, nicht davon zu trinken, und freute sich über den heißen Kräutertee, den eine Frau einschenkte. In dieser Nacht wollte sie all ihre Sinne beisammen halten.

Im großen und ganzen war es ein ziemlich kärgliches Fest, dachte Ayla, obgleich das die Leute vom Lager nicht so gesehen hätten. Für die Fremden hatte man ein paar Felle vor Attaroas erhöhter, pelzbelegter Plattform in der Nähe des großen Feuers ausgebreitet.

S'Armuna führte Ayla und Jondalar vor Attaroas Plattform, und da warteten sie, bis die Anführerin ihren Platz einnahm. Sie hatte sich mit all ihren Wolfspelzen und Halsketten aus Zähnen, Knochen, Elfenbein und Muscheln geschmückt. Am meisten war Ayla von ihrem Stab gefesselt, der aus einem geradegerichteten Mammutstoßzahn gefertigt war.

Attaroa ließ das Essen auftragen und befahl, daß den Männern im Pferch ihr Teil gebracht würde, darunter auch die Schale von Ayla und Jondalar. Dann setzte sie sich auf ihren erhöhten Sitz, was für alle anderen das Zeichen war, sich auf ihren Fellen niederzulassen. So konnte die Anführerin über die Köpfe der anderen hinweg auf sie niederblicken.

Als Ayla sich umsah, fiel ihr die Haltung der Demut auf, die alle Leute Attaroa gegenüber einnahmen. Sie erinnerte sie an die Clan-Frauen, wenn sie still vor einem Mann saßen und auf die leise Berührung an der Schulter warteten, die ihnen das Recht zu sprechen gab. Doch es gab einen Unterschied, der sich nicht so leicht beschreiben ließ. Im Clan hatte sie bei den Frauen nie den Widerwillen verspürt, den sie hier fühlte, oder einen Mangel an Respekt von seiten der Männer. Dort war das einfach so Sitte, ohne Zwang erbracht; es stellte sicher, daß beide Seiten aufmerksam zuhörten.

Während sie auf das Essen warteten, betrachtete Ayla den Stab der Anführerin näher. Er glich dem Sprecherstab, den Talut und die Leute vom Löwenlager benutzten, nur die Schnitzereien waren ungewöhnlich und ganz anders als die auf Taluts Stab; dennoch schienen sie ihr irgendwie vertraut. Ayla erinnerte sich, daß Talut den Sprecherstab bei Zeremonien, aber auch bei anderen Treffen und Streitgesprächen gebrauchte.

Der Sprecherstab gab demjenigen, der ihn in der Hand hielt, das Recht, seine Ansichten vorzubringen, ohne dabei unterbrochen zu werden. Der nächste, der etwas sagen wollte, bat um den Stab und erhielt ihn. Bei hitzigen Diskussionen hielten sich die Leute nicht immer an diese Regel. Doch Talut gelang es gewöhnlich, jeden zu Wort kommen zu lassen.

»Dein Sprecherstab ist schön«, sagte Ayla. »Darf ich ihn ansehen?«

Attaroa lächelte und hielt den Stab näher ans Licht des Feuers, gab ihn aber nicht aus der Hand. Sie wollte seine Macht für sich behalten. Jeder, der etwas zu sagen hatte, mußte sie um Erlaubnis bitten, und das galt auch für alle anderen Handlungen – wann man zum Beispiel die Speisen auftragen oder anfangen durfte zu essen. Ayla spürte, daß der Stab ein Mittel war, die Menschen zu beherrschen. Und das gab ihr zu denken.

Der Stab zeigte deutliche Spuren der Abnutzung. Das Muster der Schnitzereien stellte ein stilisiertes Abbild der Großen Erdmutter dar; konzentrische Ovale deuteten die Brüste, den Bauch und die üppigen Schenkel an. Der Kreis war das umfassende Symbol für die Gesamtheit der bekannten und unbekannten Welten und das Zeichen für die Große Mutter allen Lebens.

Der Kopf war ein umgekehrtes Dreieck, die Spitze bildete das Kinn, und die Basis, nach oben gekehrt, war gewölbt wie eine flache Kuppel. In die Fläche des Gesichts war eine Reihe horizontaler Doppelstreifen eingekerbt, an der Seite Linien vom Kinn bis zu den Augen. Der Raum zwischen den obersten horizontalen Doppellinien und den gewölbten Linien, die parallel zur Kuppel liefen, war mit drei Doppellinien ausgefüllt, die aufrecht standen und sich dort trafen, wo sich normalerweise die Augen befunden hätten.

Abgesehen davon, daß sich das Dreieck an der Stelle des Kopfes befand, erinnerten die Schnitzereien nicht im entferntesten an ein Gesicht. Den furchterregenden Anblick der Großen Mutter konnte kein Sterblicher ertragen. Ihre Macht war so groß, daß ihr Blick allein vernichten konnte.

Ayla erinnerte sich von dem Unterricht her, den sie von Mamut erhalten hatte, an die tiefere Bedeutung dieser Symbole. Die drei Seiten des Dreiecks – drei war die Zahl der Großen Mutter – stellten die drei wesentlichen Jahreszeiten dar, Frühling, Sommer und Winter; daneben kannte man zwei untergeordnete Zeiten, Herbst und Mittwinter, die den kommenden Wechsel ankündigten – zusammen also fünf. Fünf, das hatte Ayla gelernt, war die verborgene Zahl ihrer Macht; das auf der Spitze stehende Dreieck jedoch wurde von jedem sofort verstanden.

Sie dachte an die Formen der Vogelfrau, die Ranec geschnitzt hatte. Ranec! Plötzlich erinnerte sich Ayla, wo sie die Gestalt auf Attaroas Sprecherstab schon einmal gesehen hatte. Ranecs Gewand! Das elfenbeinfarbene, weiche Lederhemd, das er zu ihrer Adoptionszeremonie getragen hatte!

Es war mit leuchtend gefärbten Stachelschweinborsten und feinen Sehnenfäden bestickt, die eine abstrakte Mutterfigur bildeten – fast eine Kopie der Gestalt auf Attaroas Stab. Beide zeigten die gleichen konzentrischen Kreise, den gleichen dreieckigen Kopf. Die S'Armunai mußten entfernte Verwandte der Mamutoi sein, von denen Ranecs Gewand stammte.

Beim Abschied von den Mamutoi hatte Nezzies Sohn Danug, der junge Mann, der zum Ebenbild Taluts heranwuchs, zu ihr gesagt, er würde eines Tages zu den Zelandonii reisen, um sie und Jondalar zu besuchen. Wenn Danug nun älter würde, wenn er auf eine solche Reise ginge und hier vorbeikäme! Wenn Danug oder irgendein anderer Mamutoi in Attaroas Lager gefangengehalten würde und Schaden nähme? Der Gedanke daran festigte ihren Entschluß, diesen Menschen zu helfen und Attaroas Macht ein Ende zu bereiten.

Die Anführerin zog den Stab zurück, den Ayla betrachtet hatte, und reichte ihr eine hölzerne Schale. »Da du unser verehrter Gast bist und diesem Fest soviel Glanz verliehen hast«, sagte sie mit beißendem Sarkasmus, »nimm hier von der Spezialität einer unserer Frauen.« Die Schale war voller Pilze, die man so geschnitten und gekocht hatte, daß sie nicht mehr erkennbar waren.

S'Armuna übersetzte und fügte hinzu: »Nimm dich in acht.«

Doch Ayla bedurfte weder der Übersetzung noch der Warnung. »Nein, ich möchte jetzt keine Pilze«, sagte sie.

Attaroa lachte, als hätte sie die Antwort erwartet. »Schade«, sagte sie und fischte sich eine Handvoll Pilze aus der Schüssel. »Sie sind köstlich!« Sie aß noch ein paar Happen, reichte die Schale mit vielsagendem Lächeln an Epadoa weiter und leerte ihren Becher Birkenbier.

Im Verlauf des Abends trank sie noch einige Becher und wurde laut und ausfallend. Eine Wolfsfrau kam von der Wache am Pferch zu Epadoa, die aufstand und Attaroa ein paar Worte zuflüsterte. »Es scheint, als wollte Ardemun uns im Namen der Männer für dieses Fest danken«, sagte Attaroa mit spöttischem Lachen. »Sie wollen sich sicher nicht bei mir, sondern bei unserem geehrten Besuch bedanken. Bring den alten Mann heraus«, sagte sie zu Epadoa.

Die Wolfsfrau ging, und bald humpelte Ardemun aus dem Gatter des hölzernen Zaunes auf das Feuer zu.

»Die Männer wollen sich bei mir für das Fest bedanken, höre ich«, sagte die Anführerin.

»Ja, S'Attaroa, sie baten mich, dir das zu sagen.«

»Sag mir, alter Mann, warum fällt es mir schwer, dir zu glauben?«

Ardemun sagte lieber nichts. Er stand nur da und schaute auf den Boden nieder, als würde er am liebsten darin versinken.

»Wertlos! Er ist wertlos! Keine Kraft in ihm, überhaupt nichts.« Attaroa spuckte vor Ekel aus. »Wie sie alle. Sie alle sind ohne jeden Wert.« Sie wandte sich an Ayla. »Warum bindest du dich an diesen Mann?« sagte sie und zeigte auf Jondalar. »Bist du nicht stark genug, um ohne ihn zu leben?«

Ayla wartete, bis S'Armuna übersetzte, um Zeit zum Überlegen zu gewinnen. »Ich will mit ihm zusammen sein. Ich habe lange genug allein gelebt«, antwortete Ayla.

»Und wenn er alt und hinfällig wird wie Ardemun, was dann?« sagte Attaroa und warf einen verächtlichen Blick auf den alten Mann. »Wenn sein Gerät zu schlaff ist, um dir Vernügen zu bereiten, wird er völlig nutzlos sein – wie alle.«

Wieder wartete Ayla auf die Übersetzung der älteren Frau, obwohl sie die Anführerin verstand. »Niemand bleibt ewig jung. Ein Mann ist mehr als sein Glied.«

»Doch den da solltest du loswerden; er hält sich nicht lange.« Sie ging auf den großen, blonden Mann zu. »Er sieht stark aus, hatte aber nicht einmal die Kraft, Attaroa zu nehmen. Oder er fürchtete sich davor.« Sie lachte und trank noch mehr, dann wandte sie sich an Jondalar. »Gib zu, du hast Angst vor mir. Deshalb konntest du mich nicht nehmen.«

Jondalar verstand sie und wurde wütend. »Es gibt einen Unterschied zwischen Furcht und mangelndem Verlangen, Attaroa. Begehren kann man nicht erzwingen. Ich wollte dich nicht«, sagte Jondalar.

»Das ist eine Lüge«, schrie Attaroa erzürnt, als sie S'Armunas Übersetzung hörte. Sie stand auf und trat drohend auf ihn zu. »Du hast Angst vor mir, Zelandonii. Das merkte ich. Ich habe mit vielen Männern gekämpft, und du hast dich sogar davor gefürchtet, mit mir zu kämpfen.«

Auch Jondalar und Ayla erhoben sich. Mehrere Frauen umkreisten sie. »Diese Leute sind unsere Gäste«, sagte S'Armuna und stand ebenfalls auf.

»Sie wurden zu unserem Fest eingeladen. Haben wir vergessen, wie man Besucher behandelt?«

»Ja, natürlich. Unsere Gäste«, sagte Attaroa ironisch. »Wir müssen höflich und gastfreundlich sein, sonst denkt die Frau nicht gut von uns. Ich werde euch zeigen, wie wenig es mich kümmert, was sie von uns denkt. Ihr beide seid ohne meine Erlaubnis weggegangen. Wißt ihr, was mit Leuten geschieht, die davonlaufen? Wir töten sie! So wie ich euch jetzt töten werde«, schrie die Anführerin und stürzte sich mit dem angespitzten Wadenbein eines Pferdes, einer furchtbaren Waffe, auf Ayla.

Jondalar wollte dazwischentreten, doch Attaroas Wolfsfrauen hatten ihn umzingelt und drückten ihm die Speerspitzen so hart gegen Brust und Rücken, daß er blutete. Bevor er reagieren konnte, hatten sie ihm die Hände auf den Rücken gefesselt. Attaroa schlug Ayla nieder, setzte sich rittlings auf sie und setzte ihr den Dolch an die Kehle. Sie schien jetzt ganz nüchtern zu sein.

Jondalar wußte jetzt, daß sie die ganze Zeit über geplant hatte, sie zu töten. Er hätte es wissen müssen. Er hatte sich geschworen, Ayla zu beschützen. Statt dessen sah er hilflos zu, wie die Frau, die er liebte, um ihr Leben kämpfte. Deshalb fürchtete jeder Attaroa. Sie tötete ohne Zögern und Reue.

Ayla traf es vollkommen unvorbereitet. Sie hatte keine Zeit, nach ihrem Messer oder ihrer Schleuder zu greifen, und sie war im Kampf mit Menschen unerfahren. Doch Attaroa war über ihr und versuchte, sie mit einem scharfen Dolch zu töten. Ayla griff nach dem Handgelenk der Anführerin und wollte ihren Arm wegdrücken. Ayla war kräftig, doch Attaroa war heimtückisch: die scharfe Spitze des Dolches näherte sich unaufhaltsam Aylas Kehle.

Instinktiv rollte sich Ayla im letzten Moment auf die Seite, doch der Dolch streifte ihren Nacken und ritzte eine Blutspur in die Haut, bevor die Waffe in den Boden fuhr. Und Ayla wurde immer noch von der Frau festgehalten, deren wahnsinniger Zorn ihre Kräfte verdoppelte. Attaroa riß den Dolch aus dem Boden, schlug die blonde Frau, betäubte sie, drückte sie wieder unter sich und richtete sich auf, um erneut zuzustoßen.

DREIUNDDREISSIGSTES KAPITEL

Jondalar schloß die Augen, weil er Aylas gewaltsames Ende nicht mitansehen konnte. Ohne sie hatte sein Leben keinen Sinn mehr. Doch warum stand er dann noch hier vor den drohenden Speeren, wenn er den Tod nicht mehr fürchtete? Seine Hände waren gefesselt, nicht aber seine Beine. Vielleicht konnte er Attaroa wegstoßen.

Als er sich gerade entschlossen hatte, die scharfen Speere zu vergessen und Ayla zu helfen, gab es einen Aufruhr am Gatter des Pferchs. Das Geräusch lenkte seine Bewacherinnen ab, und er schwankte unverhofft vorwärts, schob ihre Speere beiseite und rannte auf die kämpfenden Frauen zu.

Plötzlich fegte ein dunkler Schatten an den Leuten vorbei und auf Attaroa zu. Der Angriff warf die Anführerin auf den Rücken, scharfe Fangzähne umklammerten ihre Kehle und gruben sich in die Haut. Die Anführerin kämpfte verzweifelt gegen ein knurrendes Wüten aus Zähnen und Pelz. Ihr gelang noch ein Stich in den schweren Körper, bevor ihr der Dolch entglitt, woraufhin das Knurren noch tödlicher wurde und sich die Kiefer im Würgebiß zusammenpreßten, bis ihr die Luft wegblieb.

Attaroa versuchte zu schreien, als sie spürte, daß sie das Bewußtsein verlor; doch in diesem Moment durchtrennte ein scharfer Eckzahn eine Arterie, und sie gab nur noch ein schreckliches, ersticktes Röcheln von sich. Dann fiel sie schlaff in sich zusammen und rührte sich nicht mehr. Wolf knurrte immer noch und schüttelte sie, um zu sehen, ob sie sich nicht mehr bewegte.

»Wolf!« rief Ayla. »Oh, Wolf!«

Wolf war vom Blut der durchtrennten Arterie bespritzt, er kroch mit eingezogenem Schwanz zu Ayla und wimmerte schuldbewußt. Er hatte in seinem Versteck bleiben sollen und nicht gehorcht. Als er Ayla in Gefahr gesehen hatte, war er zu ihrer Verteidigung herbeigestürmt; doch nun wußte er nicht, wie sein Ungehorsam aufgenommen würde.

Ayla breitete die Arme aus. Schnell erkannte Wolf, daß er sich richtig verhalten hatte, und stürzte freudig auf sie zu. Sie umarmte ihn zärtlich, und Tränen der Erleichterung rannen ihr über die Wangen.

Die Bewohnerinnen des Lagers wichen zurück und starrten mit offenem Mund auf das unfaßliche Wunder der blonden Frau, die einen großen Wolf in ihren Armen hielt, der soeben eine andere Frau in wildem Kampf getötet hatte. Sie redete mit ihm, als könnte er sie verstehen – genau so, wie sie mit den Pferden sprach.

Kein Wunder, daß diese Fremde keine Angst vor Attaroa gezeigt hatte. Ihre Zauberkraft war so stark, daß sie nicht nur Pferden, sondern auch Wölfen befehlen konnte. Der Mann hatte die Speere der Wolfsfrauen mißachtet, die ebenfalls zurückgewichen waren und ihn anstarrten. Plötzlich sahen sie einen Mann hinter Jondalar, der ein Messer hatte! Wo kam das Messer her?

»Laß mich diese Stricke zerschneiden, Jondalar«, sagte Ebulan und zertrennte die Fesseln.

Jondalar schaute sich um, als er die Hände frei hatte. Andere Männer mischten sich unter die Menge, mehr und mehr kamen aus der Richtung des Pferchs. »Wer hat euch herausgelassen?« fragte er.

»Du«, sagte Ebulan.

»Wie meinst du das? Ich war doch gefesselt.«

»Aber du hast uns die Messer gegeben – und den Mut, es zu versuchen«, sagte Ebulan. »Ardemun schlich sich hinter die Wache am Tor und schlug sie mit seinem Stab nieder. Dann schnitten wir die Seile durch, die das Gatter verschlossen. Jeder beobachtete den Kampf, und dann kam der Wolf...«

Jondalar bemerkte die Ergriffenheit des Mannes gar nicht. Etwas anderes war ihm wichtiger. »Bist du in Ordnung, Ayla? Hat sie dich verletzt?« fragte er und umarmte die Frau und den Wolf.

»Nur ein kleiner Kratzer im Nacken. Nichts Ernstes«, sagte sie und drückte sich an den Mann und den aufgeregten Wolf. »Und Wolf hat, glaube ich, einen Dolchstich abbekommen, aber es scheint ihm nichts auszumachen.«

»Ich hätte es wissen müssen. Es war dumm von mir, nicht daran zu denken, wie gefährlich sie war«, sagte er und hielt sie ganz fest.

»Nein, du warst nicht dumm. Es wäre mir gar nicht in den Sinn gekommen, daß sie mich angreifen könnte, und ich wußte nicht, wie man sich verteidigt. Wenn Wolf nicht gewesen wäre...« Beide sahen voll Dankbarkeit auf das Tier.

»Ich gebe zu, Ayla, es hat Augenblicke gegeben, in denen ich daran gedacht habe, Wolf zurückzulassen. Er kam mir vor wie eine Last, die uns am Fortkommen hindert. Als ich sah, daß du nach unserem Übergang über die Schwester fortgegangen warst, um ihn zu suchen, war ich wütend. Ich konnte den Gedanken nicht ertragen, daß du dich um seinetwillen in Gefahr begabst.«

Jondalar nahm Wolfs Kopf zwischen beide Hände und schaute ihm in die Augen. »Ich verspreche dir, Wolf, ich werde dich nie zurücklassen. Ich werde mein Leben riskieren, wenn es um deines geht, du großartiges, tapferes Biest!«

Wolf leckte Jondalars Gesicht und faßte mit seinem Fang die schutzlose Kehle des Mannes; er hielt sie sanft, ein Zeichen der Zuneigung. Wolf liebte Jondalar nicht weniger als Ayla. Die Zustimmung, die er von beiden erfuhr, entlockte ihm ein zufriedenes Knurren.

Doch von den Umstehenden kamen Laute ehrfürchtigen Staunens, als sie sahen, wie der Mann dem Tier die schutzlose Kehle bot. Sie waren dabeigewesen, wie derselbe Wolf mit seinem mächtigen Fang Attaroas Kehle gepackt und sie getötet hatte. Für sie war, was Jondalar tat, Zauberei – eine unvorstellbare Macht über die Geister von Tieren.

Ayla und Jondalar standen auf, den Wolf zwischen sich. Zitternd warteten die Leute – was würde jetzt geschehen? Einige von ihnen schauten auf S'Armuna. Sie trat zu den Besuchern und blickte scheu auf den Wolf.

»Nun sind wir von ihr befreit«, sagte sie.

Ayla lächelte; sie konnte die Furcht der Frau sehen. »Wolf wird dir nichts tun. Er griff nur an, um mich zu beschützen.«

S'Armuna begriff, daß Wolf der Eigenname des Tieres war; Ayla hatte das Wort nicht ins Zelandonii übersetzt. »Es mußte so sein, daß sie ihr Ende durch einen Wolf fand. Ich wußte, daß ihr nicht zufällig hierhergekommen seid. Jetzt stehen wir nicht mehr unter der Drohung ihres Wahnsinns«, sagte die Frau. »Doch was machen wir nun?« Sie stellte diese Frage mehr an sich selbst als an die anderen Zuhörer.

Ayla sah auf den reglosen Körper der Frau nieder, die noch vor wenigen Augenblicken so bösartig lebendig gewesen war – ihr wurde bewußt, was für ein zerbrechliches Ding das Leben war. Wenn Wolf nicht gewesen wäre, läge sie jetzt tot am Boden. Der Gedanke ließ sie erschauern. »Ich glaube, man sollte sie wegschaffen und für das Begräbnis vorbereiten.« Sie sprach Mamutoi, damit mehr Leute sie ohne Übersetzung verstehen konnten.

»Hat sie ein Begräbnis verdient? Warum überlassen wir ihren Körper nicht den Aasfressern?« fragte eine männliche Stimme.

»Wer spricht da?« fragte Ayla.

Jondalar kannte den Mann, der nun ein wenig zögernd hervortrat. »Ich heiße Olamun.«

Ayla erkannte ihn. »Du bist zu Recht zornig, Olamun, doch Attaroa wurde gewalttätig durch die Gewalt, die man ihr zugefügt hatte. Ihr böser Geist strebt danach, sich in euch fortzusetzen. Laßt das nicht zu! Auch wenn euer Zorn berechtigt ist – geht nicht in die Falle, die ihr Geist für euch aufgestellt hat. Es ist Zeit, umzukehren. Attaroa war ein Mensch. Begrabt sie mit der Würde, die sie im Leben nicht finden konnte, und laßt ihren Geist Frieden finden.«

Olamun nickte zustimmend. »Doch wer wird sie begraben? Wer wird sie vorbereiten? Sie hat keine Verwandten«, sagte er.

»Das ist die Pflicht der Einen, Die Der Mutter Dient«, meinte S'Armuna.

»Vielleicht helfen ihr diejenigen, die ihr in diesem Leben gefolgt sind«, schlug Ayla vor.

Alle wandten sich nach Epadoa und den Wolfsfrauen um. Sie drängten sich zusammen, als wollten sie sich gegenseitig schützen.

»Und dann können sie ihr in die nächste Welt nachfolgen«, sagte eine andere männliche Stimme. Aus der Menge kamen zustimmende Rufe. Epadoa schwang ihren Speer.

Plötzlich trat eine junge Wolfsfrau aus der Gruppe heraus. »Ich habe nie darum gebeten, eine Wolfsfrau zu werden. Ich wollte nur jagen lernen, um nicht zu hungern.«

Epadoa starrte sie drohend an, doch die junge Frau blickte trotzig zurück.

»Laßt Epadoa spüren, was es heißt, hungrig zu sein«, sagte wieder eine männliche Stimme. »Laßt sie hungern, bis sie die nächste Welt erreicht. Dann wird auch ihr Geist hungrig bleiben.«

Ein warnendes Knurren von Wolf trieb die Leute, die sich Ayla und den Jägerinnen näherten, zurück. Angstvoll blickten sie auf die Frau und das Tier.

Ayla fragte nicht, wer diesmal gesprochen hatte. »Attaroas Geist ist immer noch unter uns«, sagte sie. »Er zeugt Gewalt und Rachegelüste.«

»Epadoa muß für das Böse, das sie getan hat, büßen.« Ayla sah Cavoas Mutter hervortreten. Ihre junge, schwangere Tochter stand dicht hinter ihr.

Jondalar erhob sich und trat neben Ayla. Irgendwie spürte er, daß die Frau ein Recht auf Vergeltung für den Tod ihres Sohnes hatte. Er sah zu S'Armuna hinüber, die aber auch auf Aylas Antwort wartete.

»Die Frau, die deinen Sohn tötete, ist schon in die nächste Welt gegangen«, sagte Ayla. »Doch Epadoa soll vergelten, was sie dir angetan hat.«

»Und was ist mit diesen Jungen?« fragte Ebulan und trat zur Seite, damit Ayla zwei Jungen sehen konnte, die sich auf einen leichenblassen, alten Mann stützten.

Ayla schrak zusammen, als sie den Mann sah; einen Augenblick lang glaubte sie, es wäre Creb. Er war groß und hager, während der heilige Mann des Clans klein und untersetzt gewesen war, doch sein zerfurchtes Gesicht und seine dunklen Augen drückten die gleiche Art von Würde aus, und er genoß offenkundig das gleiche Ansehen.

Aylas erster Gedanke war, ihm die Respektbezeugung des Clans zu erweisen, sich zu seinen Füßen zu setzen und zu warten, daß er ihre Schulter berühre; doch sie wußte, daß man das mißverstehen konnte. Statt dessen beschloß sie, ihm mit formeller Höflichkeit zu begegnen.

»Jondalar, ich kann diesen Mann nicht ansprechen, ohne ihm vorgestellt zu werden«, sagte sie.

Jondalar begriff ihre Gefühle sofort. Auch ihn hatte der Mann beeindruckt. Er trat vor und führte Ayla zu ihm. »S'Amodun, Höchstgeachteter der S'Armunai, dies ist Ayla vom Löwen-Lager der Mamutoi, Tochter des Herdfeuers des Mammut, Erwählte vom Geist des Höhlenlöwen und vom Höhlenbären Beschützte.«

Die letzten Worte überraschten Ayla. Niemand hatte jemals den Höhlenbären als ihren Beschützer benannt. Und doch konnte es wahr sein, zumindest mittelbar durch Creb. Ihn hatte der Höhlenbär erwählt – er war das

Totem des Mog-ur –, und Creb erschien so oft in ihren Träumen, daß er sie sicherlich leitete und beschützte; vielleicht mit Hilfe des Großen Höhlenbären.

»S'Amodun von den S'Armunai heißt die Tochter des Mammutherdfeuers willkommen«, sagte der alte Mann. Nicht nur er sah im Herdfeuer des Mammut die wesentlichste ihrer Beziehungen. Die meisten Leute hier verstanden die Bedeutung des Mammutherdes für die Mamutoi; es ehrte sie ebenso wie der Name Derer, Die Der Mutter Diente, S'Armuna.

Natürlich, das Herdfeuer des Mammut, dachte S'Armuna. Nun schien ihr vieles klarer. Doch wo war ihre Tätowierung? Trugen nicht alle, die zum Mammutherd zugelassen waren, ein Zeichen?

»Ich freue mich, dich zu kennen, Höchstgeachteter S'Amodun«, sagte Ayla in der Sprache der S'Armunai.

Der Mann lächelte. »Du hast unsere Sprache gut gelernt, doch eben hast du etwas doppelt ausgedrückt. Ich heiße Amodun. S'Amodun bedeutet ›Höchstgeachteter Amodun‹. Das Lager gab mir diesen Titel. Ich weiß nicht, warum.«

Sie wußte es. »Darf ich dir eine Frage stellen?« sagte sie.

»Ich werde dir antworten, wenn ich es kann«, entgegnete er.

Sie sah auf die beiden Jungen, die rechts und links von ihm standen. »Die Menschen dieses Lagers verlangen, daß Epadoa für das Böse büßen muß, das sie getan hat. Diesen Kindern hat sie besonderes Leid zugefügt. Was für eine Strafe sollte sie dafür treffen, daß sie den Wünschen ihrer Führerin gefolgt ist?« Unwillkürlich starrten die meisten Menschen auf die Leiche Attaroas, die immer noch da lag, wo Wolf sie niedergerissen hatte; dann sahen sie Epadoa an. Die Frau stand aufrecht und ungebeugt, bereit, ihre Strafe anzunehmen. Sie hatte immer gewußt, daß dieser Tag kommen würde.

Jondalar sah mit einem Anflug von Ehrfurcht auf Ayla. Sie hatte genau das Richtige getan. Die Worte einer Fremden, und sei sie noch so geachtet, konnten bei diesen Menschen nie dasselbe bewirken wie die S'Amoduns.

»Epadoa soll büßen«, sagte der Mann. Viele Leute nickten befriedigt, besonders Cavoa und ihre Mutter. »Und zwar in dieser Welt, nicht erst in der nächsten. Du hast zu Recht von Umkehr gesprochen. Zu lange hat in diesem Lager Gewalt und Bosheit geherrscht. Die Männer haben in den letzten Jahren sehr gelitten, doch zuerst haben sie den Frauen Leid zugefügt. Es ist Zeit, damit Schluß zu machen.«

»Was für eine Vergeltung wird Epadoa nun treffen? Was für eine Strafe?« fragte die trauernde Mutter.

»Nicht Strafe, sondern Vergeltung. Sie soll das zurückgeben, was sie genommen hat, und mehr. Das fängt bei Doban an. Doban wird sich, was auch immer die Tochter des Herdfeuers des Mammut für ihn tun kann, wohl nie mehr ganz erholen. Er wird den Rest seines Lebens an den Folgen leiden. Odevan auch, doch er hat eine Mutter und Verwandte. Doban hat niemanden, der für ihn und seine Erziehung sorgt. Epadoa soll die Verantwortung für ihn tragen, als wäre sie seine Mutter. Vielleicht wird sie ihn niemals lieben, und er wird sie hassen, und doch soll sie ihre Pflicht erfüllen.«

Einige nickten zustimmend. Andere waren nicht einverstanden; doch irgendwer mußte sich schließlich um Doban kümmern. Obwohl alle mit ihm in seinem Schmerz gefühlt hatten, war er nicht sehr beliebt, als er bei Attaroa lebte. Niemand wollte ihn gern zu sich nehmen, und so akzeptierten sie S'Amoduns Vorschlag.

Ayla lächelte. Wiedergutmachung schien besser als Strafe, und es brachte sie auf eine Idee.

»Ich habe noch einen Vorschlag«, sagte sie. »Dieses Lager ist für den Winter schlecht gerüstet. Womöglich müßten alle Hunger leiden, wenn der Frühling kommt. Die Männer sind schwach und könnten in den vielen Jahren verlernt haben, zu jagen. Epadoa und die Wolfsfrauen, die sie ausgebildet hat, sind die besten Jäger des Lagers. Ich meine, sie sollten weiter jagen, aber das Fleisch mit allen teilen.«

Die Menschen nickten. Der Gedanke an Hunger behagte ihnen nicht.

»Sobald einige der Männer wieder in der Lage sind zu jagen, sollte Epadoa verpflichtet sein, ihnen zu helfen und mit ihnen gemeinsam auf die Jagd zu gehen. Männer und Frauen müssen zusammen jagen, wenn sie im nächsten Frühjahr nicht hungern wollen. Ein Lager gedeiht nur, wenn beide ihren Beitrag leisten. Der Rest der Frauen und die älteren oder schwächeren Männer sollten Nahrung sammeln.«

»Es ist Winter! Da gibt es nichts zu sammeln«, sagte eine der jungen Wolfsfrauen.

»Richtig! Was man im Winter finden kann, ist nicht viel und mühsam zu ernten, doch auch das wenige kann helfen«, sagte Ayla.

»Sie hat recht«, sagte Jondalar. »Ich habe gesehen, wie Ayla selbst im Winter Eßbares gefunden hat. Ihr habt heute nacht davon gekostet. Sie hat die Nüsse der Zirbelkiefer am Fluß gesammelt.«

»Auch die Flechten, die Rentiere mögen, kann man essen«, sagte eine der älteren Frauen, »wenn man sie richtig kocht.«

»Und viele eßbare Beeren und Früchte bleiben bis weit in den Winter hinein am Busch – ich habe sogar einen Baum gesehen, an dem noch ein paar Äpfel hingen. Auch die innere Rinde der meisten Bäume ist eßbar«, riet Ayla.

»Aber um sie zu sammeln, brauchen wir Messer«, sagte Esadoa. »Unsere sind nicht gut.«

»Ich mache euch welche«, meldete sich Jondalar.

»Wirst du mir beibringen, wie man Messer macht, Zelandonii?« fragte Doban plötzlich.

»Ich möchte auch etwas darüber wissen«, sagte Ebulan. »Wir werden auch Waffen für die Jagd brauchen.«

»Ich bringe jedem, der lernen will, zumindest die Anfangsgründe bei. Es dauert mehrere Jahre, um wirklich gut zu werden. Vielleicht findet ihr im nächsten Sommer, wenn ihr zu einem Treffen der S'Armunai geht, jemanden, der euch weiter belehrt«, sagte Jondalar.

Das Lächeln des Jungen erstarb; nun wußte er, daß der hochgewachsene Mann nicht bleiben würde.

»Aber ich helfe euch, so gut ich kann. Auf dieser Reise mußten wir viele Jagdwaffen anfertigen.«

»Was ist mit dem Stock, der Speere wirft, mit dem sie dich befreit hat?« fragte Epadoa, und jeder starrte sie an. Die Worte der obersten Wolfsfrau erinnerten sie an den zielsicheren Wurf, mit dem Ayla Jondalar von dem Pfahl befreit hatte. Die meisten Leute glaubten nicht, daß man solch ein Wunder erlernen könnte.

»Die Speerschleuder? Ja, ich zeige jedem, der es wissen will, wie man sie benutzt.«

»Auch den Frauen?« fragte Epadoa.

»Auch den Frauen«, sagte Jondalar. »Wenn ihr über gute Jagdwaffen verfügt, braucht ihr keine Pferde mehr über das Kliff zu jagen. Ihr habt hier unten am Fluß einen der besten Jagdgründe, die ich je gesehen habe.«

»Ja, wirklich«, sagte Ebulan. »Ich weiß noch, wie sie Mammuts jagten. Als ich ein Junge war.«

»Dachte ich es mir doch«, erwiderte Jondalar.

Ayla lächelte. »Ich glaube, es ist geschafft. Ich höre Attaroas Geist nicht mehr«, sagte sie und streichelte Wolf über das Fell. Dann wandte sie sich an die oberste Wolfsfrau. »Epadoa, auch ich habe einmal Wölfe gejagt. Wolfsfelle sind warm, und ein gefährlicher Wolf sollte getötet werden. Doch ihr könntet mehr lernen, wenn ihr lebende Wölfe beobachtet, als wenn ihr sie in Fallen lockt und danach verzehrt.«

Die Wolfsfrauen sahen sich schuldbewußt an. Woher wußte sie das? Bei den S'Armunai war das Fleisch des Wolfes verboten, man glaubte, es sei besonders schädlich für Frauen.

Die oberste Jägerin sah die blonde Frau aufmerksam an. Nun, da Attaroa tot und sie mit dem Leben davongekommen war, fühlte sich Epadoa erleichtert. Sie war froh, daß alles vorbei war. Die Anführerin hatte einen solchen Einfluß auf sie gehabt, daß sie Dinge tat, an die sie sich am liebsten nicht mehr erinnert hätte. Sie hatte Doban nicht verletzen wollen, fürchtete aber, daß Attaroa ihn, wenn sie ihren Befehl nicht befolgte, wie ihr eigenes Kind umbringen würde. Warum hatte diese Tochter vom Herdfeuer des Mammut S'Amodun gewählt, um über Epadoa das Urteil zu sprechen? Eine Wahl, die ihr das Leben rettete. Leicht würde es nicht sein, in diesem Lager weiterzuleben. Viele haßten sie, doch sie war dankbar für die Chance der Wiedergutmachung. Sie würde sich um den Jungen kümmern, selbst wenn er sie haßte. Das war sie ihm schuldig.

Ayla ging zu der toten Anführerin zurück und erblickte S'Armuna. Sie, Die Der Mutter Diente, hatte alles beobachtet und wenig gesagt, und Ayla dachte nun an ihre Qual und Reue. Leise, damit niemand sie belauschte, sprache sie mit ihr.

»S'Armuna, selbst wenn der Geist Attaroas nun endlich aus diesem Lager weicht, wird es nicht leicht sein, die alten Wege zu verlassen. Die Männer sind nicht mehr im Pferch – ich bin froh, daß sie sich selbst befreit haben, sie werden mit Stolz daran denken. Aber sie werden Attaroa und die Jahre der Gefangenschaft lange nicht vergessen können. Du kannst ihnen helfen, aber es wird eine schwere Bürde sein.«

Die Frau nickte ergeben. Sie fühlte die Möglichkeiten, den Mißbrauch der Macht der Mutter gutzumachen; das war mehr, als sie erhofft hatte. Sie wandte sich der Menge zu.

»Laßt uns das Fest beenden. Es ist Zeit, den Graben zwischen Männern und Frauen in diesem Lager zu überwinden. Zeit, das Essen, das Feuer und die Geborgenheit der Gemeinschaft miteinander zu teilen. Zeit für uns, ein Ganzes zu werden, in dem keiner mehr als der andere gilt. Dann wird dieses Lager blühen und gedeihen.«

Die Frauen und Männer waren einverstanden. Viele hatten ihre Gefährten wiedergefunden, von denen sie lange getrennt waren; die anderen kamen herbei, um Essen, Wärme und menschliche Gemeinschaft zu genießen.

»Epadoa«, sagte S'Armuna. »Ich glaube, wir sollten jetzt Attaroas Leiche wegschaffen und sie für das Begräbnis vorbereiten.«

»Sollen wir sie in ihre Hütte bringen?« fragte die Jägerin.

S'Armuna überlegte. »Nein«, sagte sie. »Bring sie zur Einfriedung und lege sie unter das Halbzelt. Heute nacht sollten die Männer die warme Erdhütte Attaroas haben. Viele sind schwach und krank. Vielleicht brauchen wir sie für längere Zeit. Hast du noch einen anderen Platz, wo du schlafen kannst?«

»Ja. Wenn Attaroa mich wegließ, fand ich einen Platz in Unavoas Unterkunft.«

Stolz und ein wenig erstaunt sah Jondalar, wie Ayla Epadoa und die Jägerinnen mit dem Leichnam begleitete. Bisher hatte er sie nur als Herrin einer Situation erlebt, wenn jemand verletzt oder krank war und ihrer besonderen Künste bedurfte. Dann fiel ihm ein, daß diese Menschen krank und verwundet waren. Vielleicht war es doch nicht so seltsam, daß Ayla wußte, was zu tun war.

Am Morgen nahm Jondalar die Pferde und holte die Ausrüstung, die sie mitgenommen hatten, als sie den Großen Mutter Fluß verließen. Alles schien so lange her; ihm wurde bewußt, daß sich ihre Reise beträchtlich verzögert hatte. Sie hatten einen solchen Vorsprung auf ihrer Wanderung zum Gletscher gehabt, daß er glaubte, die Reise in aller Ruhe meistern zu können. Nun war der Winter fortgeschritten, und sie waren weiter von ihrem Ziel entfernt als zuvor.

Dieses Lager brauchte Hilfe, und er wußte, daß Ayla nicht weggehen würde, bis sie alles getan hatte, was in ihren Kräften stand. Auch er hatte ihnen Hilfe versprochen und freute sich darauf, Doban und den anderen die Bearbeitung des Feuersteins und den Gebrauch der Speerschleuder beizubringen. Und doch begann er, sich zu sorgen. Sie mußten diesen Gletscher vor der tückischen Frühlingsschmelze überqueren, und deshalb mußten sie sich bald auf den Weg machen.

S'Armuna und Ayla untersuchten und behandelten die Jungen und Männer des Lagers. Für einen Mann kam ihre Hilfe zu spät. Er starb in der ersten Nacht seiner Freiheit in Attaroas Hütte – der Wundbrand, an dem er litt, war so weit fortgeschritten, daß beide Beine schon abgestorben waren. Fast alle übrigen waren verletzt oder krank, ausnahmslos alle unterernährt. Sie rochen nach Krankheit und waren unglaublich schmutzig.

In der inneren Feuerkammer erhitzten die beiden Frauen Wasser zum Baden und zur Behandlung der Wunden, doch das meiste bewirkten Essen und Wärme. Nachdem alles getan war, was getan werden konnte, gingen diejenigen, die nicht schwer krank waren und Mütter, Gefährtinnen oder andere Verwandte hatten, in ihre Hütten zurück.

Vor allem sorgte sich Ayla um die Jungen, deren Lage besonders bitter war. Beim gemeinsamen Abendessen besprachen Ayla und S'Armuna einige Probleme, auf die sie gestoßen waren, wiesen auf das Nötigste hin, das zu tun war, und beantworteten Fragen. Doch der Tag war lang gewesen, und Ayla wollte gerade aufstehen und schlafen gehen, als sich jemand nach einem der Jungen erkundigte, woraufhin Ayla antwortete und eine andere Frau über die böse Anführerin herzog, die an allem schuld sei. Die selbstgerechte Entlastung, die sich die Frau erteilte, brachte Ayla in Rage, und die große Wut, die sich den ganzen Tag über angestaut hatte, brach aus ihr heraus.

»Attaroa war eine starke Frau mit starkem Willen; doch wie stark ein Mensch auch immer sein mag, zwei oder fünf oder zehn Leute sind stärker. Hättet ihr alle Widerstand geleistet, wäre ihr Ende früher gekommen. Daher seid ihr alle, die Frauen und Männer dieses Lagers, am Leid der Kinder mitschuldig. Und ich sage euch, jeder dieser Jungen und jeder Mann, der lange unter diesen Greueln gelitten hat« – Ayla bemühte sich, ihre Fassung zu bewahren – »hat ein Recht auf die Fürsorge des ganzen Lagers. Ihr alle seid für sie verantwortlich, für den Rest eures Lebens. Sie haben gelitten und sind damit Erwählte der Muna geworden. Wer sich weigert, ihnen zu helfen, bekommt es mit ihr zu tun.«

Ayla wandte sich um und ging mit Jondalar fort. Doch ihre Worte wogen schwerer, als sie wissen konnte. Die meisten Leute sahen in ihr nicht mehr eine gewöhnliche Frau, sondern die Verkörperung der Großen Mutter – eine

Munai in Menschengestalt, die gekommen war, um Attaroa zu holen und die Männer freizulassen. Wie sonst war zu erklären, daß die Pferde auf ihren Pfiff hörten? Was war von einem Wolf zu halten, der ihr überallhin folgte und ihren Befehlen gehorchte? War es nicht die Große Erdmutter, die die Geister aller Tiere geschaffen hatte?

Wie es hieß, hatte die Mutter Frauen und Männer zu einem Zweck geschaffen und ihnen das Geschenk der Wonnen gegeben, um sie zu ehren. Beide Geister, die der Männer und die der Frauen, waren nötig, um neues Leben zu zeugen. Und nun war Muna gekommen, um zu zeigen, daß jeder, der ihrer Absicht zuwiderhandelte, sie beleidigte. Hatte sie nicht den Zelandonii geschickt, um ihren Willen kundzutun? Einen Mann, der größer war als die meisten Männer, hell wie der Mond. Jondalar bemerkte, daß man ihm im Lager anders begegnete; es behagte ihm nicht besonders.

An diesem ersten Tag gab es für die beiden Heilkundigen und die zahlreichen Helfer aus dem Lager so viel zu tun, daß Ayla die besondere Behandlung, die sie an den Jungen mit den Verrenkungen ausprobieren wollte, aufschob. S'Armuna hatte sogar das Begräbnis Attaroas verlegt. Am nächsten Morgen hob man das Grab aus, und eine schlichte Zeremonie, geleitet von Ihr, Die Der Mutter Diente, gab die Anführerin der Großen Erdmutter zurück.

Epadoa war überrascht, daß sie so etwas wie Trauer verspürte, und versuchte es vor dem Lager zu verbergen. Auch Doban kämpfte mit seinen Gefühlen. Attaroa war die einzige Mutter gewesen, die er in seinem Leben gekannt hatte, auch wenn er sich auf ihre Liebe nie verlassen konnte und von ihr verraten wurde.

Kummer braucht Ablenkung. Das wußte Ayla aus eigener Erfahrung. Und so beschloß sie, mit der geplanten Behandlung nicht länger zu warten, auch wenn der Zeitpunkt vielleicht nicht der passendste war. Vielleicht würden sie beide dadurch auf andere Gedanken kommen. Auf dem Rückweg zum Lager ging sie auf Epadoa zu.

»Ich will versuchen, Dobans Bein einzurenken. Wirst du mir helfen?«

»Tut das nicht sehr weh?« fragte Epadoa. Sie erinnerte sich immer noch an seine Schmerzensschreie und begann, sich als seine Beschützerin zu fühlen. Er war, wenn auch nicht ihr Sohn, so doch ihr Schützling, ihr anvertraut, und das nahm sie ernst. Ihr Leben hing davon ab.

»Ich werde ihn einschläfern. Er wird nichts spüren, nur etwas Schmerzen, wenn er aufwacht, und eine Zeitlang wird er nicht gehen können.«

»Ich werde ihn tragen«, sagte Epadoa.

Als sie zu der großen Erdhütte zurückkehrten, erklärte Ayla dem Jungen, daß sie sein Bein wieder gerade machen wollte. Nervös wich er vor ihr zurück, und als er Epadoa in die Hütte kommen sah, stand Angst in seinen Augen. »Nein! Sie wird mir wehtun!« schrie Doban beim Anblick der Wolfsfrau.

Epadoa stand an seinem Lager. »Ich werde dir nicht wehtun. Nie mehr«, sagte sie. »Und kein anderer wird dir je wieder Schmerz zufügen, auch diese Frau nicht.«

Er sah sie zweifelnd an und wünschte sich nichts mehr, als ihr zu glauben.

»Bitte, S'Armuna, sorge dafür, daß er versteht, was ich ihm sage«, sagte Ayla. Dann beugte sie sich nieder und sah ihm in die angstvollen Augen.

»Doban, ich gebe dir hier etwas zu trinken. Es schmeckt nicht gut, aber es wird dich sehr müde machen. Während du schläfst, werde ich versuchen, dein Bein so gerade zu machen, wie es früher war. Du wirst nichts spüren, weil du schläfst. Wenn du aufwachst, wirst du leichte Schmerzen haben, dich aber vielleicht auch schon besser fühlen. Wenn es zu sehr schmerzt, sag es mir, S'Armuna oder Epadoa – eine von uns wird immer bei dir sein –, und wir geben dir etwas, das die Schmerzen lindert. Verstehst du mich?«

Doban sah Epadoa an. »Und du sorgst dafür, daß sie mir nicht wehtut?«

»Ich verspreche es.«

Er sah zu S'Armuna, dann wieder zu Ayla. »Gebt mir, was mich schlafen läßt«, sagte er.

Der Saft entspannte seine Muskeln und schläferte ihn ein. Es erforderte schiere physische Kraft, das Bein einzurenken, doch dann glitt es wieder ins Gelenk. Jeder konnte es sehen. Etwas war gebrochen, bemerkte Ayla, ganz in Ordnung würde es nie mehr werden, aber sein Körper sah fast wieder normal aus.

Epadoa ging in die große Erdhütte zurück, die nun die meisten Männer und Jungen mit ihren Verwandten beherbergte, und rührte sich fast nicht mehr von Dobans Seite. Ayla sah, wie zwischen ihnen langsam und zögernd Vertrauen entstand. Sicherlich hatte S'Amodun das vorausgesehen.

Sie ließen auch Odevan die gleiche Behandlung zuteil werden, obwohl Ayla voraussah, daß der Heilungsprozeß bei ihm schwieriger sein würde; sein Bein würde leichter aus dem Gelenk springen und öfter wieder eingerenkt werden müssen.

Beeindruckt und ein wenig ehrfürchtig fragte sich S'Armuna im stillen, ob an den Gerüchten nicht etwas Wahres wäre. Ayla wirkte nicht anders als eine gewöhnliche Frau, sie sprach, schlief und teilte die Wonnen mit dem großen, schönen Mann, wie jede andere auch, doch ihre Kenntnis der Pflanzen, die auf der Erde wuchsen, und ihre Kraft zu heilen waren verblüffend. Jeder sprach darüber; S'Armunas Ansehen wuchs durch den Umgang mit ihr. Die ältere Frau fürchtete zwar den Wolf nicht mehr, doch wenn man das Tier mit Ayla zusammen erlebte, mußte man glauben, daß sie Macht über seinen Geist besaß. Wenn er ihr nicht folgte, dann taten es seine Augen. Das gleiche galt für den Mann, auch wenn er es nicht im gleichen Maß zu bemerken schien.

Obwohl S'Armuna nicht all diesen Gerüchten Glauben schenkte, trat sie ihnen auch nicht entgegen. Die Menschen des Lagers wollten glauben, daß alles, was Ayla und Jondalar sagten, von der Mutter kam, und sie machte von diesem Glauben Gebrauch, um einige notwendige Veränderungen herbeizuführen. Als Ayla vom Rat der Schwestern und dem Rat der Brüder bei den Mamutoi sprach, richtete S'Armuna ähnliche Gremien im Lager ein. Als Jondalar erwähnte, man könnte jemand aus einem anderen Lager finden, der sie im Werkzeugmachen unterrichtete, regte sie an, eine Abordnung zu verschiedenen anderen S'Armunai-Lagern zu senden, um Bluts- und Freundschaftsbande zu erneuern.

In einer Nacht, die so kalt und klar war, daß die Sterne am Himmel funkelten, drängte sich eine Gruppe von Menschen vor dem Eingang der großen Erdhütte der früheren Anführerin, in der jetzt, da sie kaum noch als Krankenstube gebraucht wurde, zunehmend Versammlungen der Gemeinschaft stattfanden. Sie sprachen über die geheimnisvollen Lichter am Himmel, und S'Armuna beantwortete Fragen und bot Erklärungen an. Sie hatte so viel Zeit an diesem Ort verbracht – um Kranke zu heilen, Zeremonien abzuhalten und mit Menschen zu sprechen –, daß sie einen Teil ihrer Sachen hergebracht hatte und Ayla und Jondalar oft in ihrer kleinen Hütte allein ließ. Damit begann auch hier, wie in anderen Lagern oder Höhlen, die Ayla und Jondalar kannten, die Unterkunft Derer, Die Der Mutter Diente, der Mittelpunkt zu werden, an dem sich die Menschen versammelten.

Als die beiden Besucher mit Wolf die Sternenbetrachter verließen, fragte jemand S'Armuna nach dem Wolf, der Ayla überallhin folgte. Da wies Sie, Die Der Mutter Diente, auf ein helles Licht am Himmel. »Das ist der Wolfsstern«, sagte sie.

Die Tage vergingen schnell. Als sich die Männer und Jungen erholten und sie nicht mehr brauchten, begleitete Ayla jene, die die spärliche Winternahrung sammelten. Jondalar war vollauf damit beschäftigt, seine Künste vorzuführen und ihnen zu zeigen, wie man Werkzeuge und Speerschleudern macht und damit jagt. Das Lager häufte Vorräte an, die man bei dem frostigen Wetter leicht haltbar machen konnte – besonders Fleisch. Zuerst hatte es Schwierigkeiten gegeben, als die Männer in die Unterkünfte der Frauen zogen, die diese als die ihrigen betrachteten; doch sie standen es gemeinsam durch.

S'Armuna fühlte, daß die Zeit gekommen war, die Tonfiguren zu brennen, und sie besprach mit Ayla und Jondalar eine erneute Feuerzeremonie. Sie standen bei der Hütte des Brennofens und trugen das Brennmaterial zusammen, das sie während des Sommers und Herbstes gesammelt hatten. Sie brauchten noch mehr, und das bedeutete eine Menge Arbeit.

»Kannst du Werkzeuge machen, um Bäume zu fällen, Jondalar?« fragte sie.

»Was immer ihr wollt, Äxte, Schlegel oder Keile; aber frische Bäume brennen nicht gut«, sagte er.

»Ich werde auch Mammutknochen verbrennen, doch das Feuer muß erst einmal richtig heiß werden und dann sehr lange brennen; man braucht viel Brennstoff für eine Feuerzeremonie.«

Als sie aus der Hütte traten, blickte Ayla zum Pferch hinüber. Die Leute hatten Teile davon benutzt, aber das Ganze war noch nicht abgerissen. Bei einer Beratung hatte sie angeregt, die Pfähle der Einfriedung für einen Korral zu benutzen, in den man Tiere hineinjagen könnte. Doch die Bewohner des Lagers scheuten davor zurück, die Palisade einzureißen, und da sie sich inzwischen an ihren Anblick gewöhnt hatten, sahen sie sie fast nicht mehr.

»Wir brauchen keine Bäume zu fällen«, sagte Ayla, »wir können das Holz der Umfriedung nehmen.«

Sie sahen den Zaun mit einem neuen Blick an, doch S'Armuna sah noch mehr. Vor ihren Augen entstanden die Umrisse eines neuen Festes. »Das ist die Idee!« sagte sie. »Wir zerstören diesen Ort für eine neue und heilende Zeremonie! Jeder wird froh sein, wenn er nicht mehr existiert. Das wird ein Zeichen setzen für einen neuen Anfang, und ihr werdet auch dabei sein.«

»Da bin ich nicht sicher«, sagte Jondalar. »Wie lange wird es dauern?«

»Eile ist nicht geboten. Dazu ist es zu wichtig.«

»Das habe ich mir gedacht. Wir müssen aber bald fortgehen«, sagte er.

»Aber bald kommt der kälteste Teil des Winters«, wandte S'Armuna ein.

»Und kurz danach die Frühjahrsschmelze. Du hast den Gletscher überquert, S'Armuna, und weißt, daß es nur im Winter möglich ist. Und ich habe Freunden von den Losadunai versprochen, sie auf dem Rückweg zu besuchen. Auch wenn wir nicht lange bleiben können, ist es eine gute Gelegenheit, uns auf die Überquerung des Gletschers vorzubereiten.«

S'Armuna nickte. »Dann wird die Aussicht auf die Feuerzeremonie den Abschied von euch leichter machen. Viele von uns haben gehofft, daß ihr bleiben würdet, und alle werden euch vermissen.«

»Ich hatte mich auf die Feuerzeremonie gefreut«, sagte Ayla, »und auf Cavoas Kind. Aber Jondalar hat recht. Es ist Zeit für uns, zu gehen.«

Jondalar beschloß, die Werkzeuge für S'Armuna sofort herzustellen. Ganz in der Nähe hatte er einen Vorrat an gutem Feuerstein angelegt, der sich für Äxte und andere Holzfällerwerkzeuge eignete. Ayla ging in ihre kleine Hütte, um zu packen und nachzusehen, was sie sonst noch brauchen könnten. Sie hatte alles zurechtgelegt, als sie am Eingang ein Geräusch hörte. Sie blickte auf und sah Cavoa.

»Störe ich dich, Ayla?« fragte sie.

»Nein. Komm herein.«

Die junge, hochschwangere Frau trat ein und machte es sich auf der Kante einer Schlafstatt Ayla gegenüber bequem. »S'Armuna hat mir von eurer Abreise erzählt.«

»Ja, morgen oder übermorgen.«

»Ich dachte, ihr würdet bis zur Feuerzeremonie bleiben.«

»Ich wollte es. Aber Jondalar ist unruhig, weil wir vor dem Frühling einen Gletscher überqueren müssen.«

»Das wollte ich dir nach der Feuerzeremonie geben.« Cavoa zog ein kleines Lederpäckchen aus ihrem Kittel. »Es darf nur nicht naß werden.«

Das Päckchen enthielt den kleinen Kopf einer Löwin, kunstvoll aus Lehm geformt. »Cavoa! Das ist schön. Mehr als schön. Das ist der Geist einer Höhlenlöwin. Ich wußte nicht, daß du so geschickt bist.«

Die junge Frau lächelte. »Gefällt es dir?«

»Bei den Mamutoi kannte ich einen Elfenbeinschnitzer, der ein großer Künstler war. Er lehrte mich, gemalte und geschnitzte Dinge zu betrachten, und dies hier hätte ihm sehr gefallen«, sagte Ayla.

»Ich habe auch geschnitzte Figuren aus Holz, Elfenbein und Geweih. So lange ich zurückdenken kann, habe ich so etwas gemacht. Daher bot mir S'Armuna an, mich zu unterrichten. Sie war gut zu mir. Sie hat versucht, uns zu helfen. Sie war auch gut zu Omel. Sie ließ ihm sein Geheimnis und stellte nie Forderungen, wie andere es getan hätten. Viele Leute waren so neugierig.« Cavoa senkte den Kopf und kämpfte mit den Tränen.

»Du vermißt deine Freunde, nicht wahr?« fragte Ayla sanft. »Es muß schwer für Omel gewesen sein, ein Geheimnis dieser Art zu bewahren.«

»Omel mußte es tun.«

»Wegen Brugar? S'Armuna meinte, er hätte Omel bedroht.«

»Nein, nicht wegen Brugar oder Attaroa. Ich mochte Brugar nicht. Aber er fürchtete Omel, glaube ich, mehr als Omel ihn, und Attaroa kannte den Grund.«

Ayla glaubte zu spüren, was Cavoa bedrückte. »Und du kanntest ihn auch, nicht wahr?«

Die junge Frau runzelte die Stirn. »Ja«, flüsterte sie und sah Ayla in die Augen. »Ich hatte gehofft, du würdest hier sein, wenn die Zeit gekommen ist. Ich möchte, daß alles gut geht mit meinem Baby, nicht wie bei...«

Sie brauchte nichts mehr zu sagen oder näher zu erklären. Cavoa fürchtete, daß ihr Kind mißgebildet geboren werden könnte, und wenn sie das Übel beim Namen nannte, verstärkte sie nur seine Macht.

»Nun, noch gehe ich ja nicht, und wer weiß? Es scheint mir, daß dein Kind jederzeit kommen kann«, sagte Ayla. »Vielleicht sind wir dann noch hier.«

»Hoffentlich. Ihr habt soviel für uns getan. Ich wünschte nur, ihr wäret gekommen, bevor Omel und die anderen...«

Ayla sah Tränen in ihren Augen. »Ich weiß, du vermißt deine Freunde. Aber bald wirst du ein Kind haben, ganz für dich allein. Hast du schon einen Namen ausgesucht?«

»Bisher noch nicht. Es hätte kaum einen Sinn gehabt, über einen Jungennamen nachzudenken, und ich wußte nicht, ob ich einen Namen für ein Mädchen aussuchen durfte. Wenn es ein Junge wird, könnte ich ihn vielleicht nach meinem Bruder nennen, oder nach einem anderen Mann, den ich gekannt habe. Wenn es aber ein Mächen wird, werde ich es nach S'Armuna nennen. Sie half mir – ihn zu sehen...« Ein qualvolles Schluchzen unterbrach ihre Worte.

Ayla nahm die junge Frau in die Arme. Über Kummer mußte man sich aussprechen. Dieses Lager war voll schmerzlicher Erinnerungen, von Leid, das ausgesprochen werden mußte. Als ihre Tränen schließlich versiegt waren, löste sie sich von Ayla und wischte sich mit den Händen über die Augen. Ayla sah sich nach etwas um, um ihre Tränen zu trocknen, und öffnete ein Päckchen, das sie seit Jahren mit sich trug, um der jungen Frau das weiche Leder zu geben. Doch als Caova den Inhalt sah, riß sie ungläubig die Augen auf. Es war eine Munai, eine kleine Frauengestalt aus Elfenbein; doch diese Munai hatte ein Gesicht – das Gesicht Aylas!

Sie wandte sich ab, als hätte sie etwas Verbotenes gesehen, trocknete ihre Tränen und ging schnell fort. Beunruhigt wickelte Ayla die geschnitzte Figur, die Jondalar gemacht hatte, wieder in das weiche Leder. Cavoa hatte Angst davor gehabt, das spürte sie.

Ayla versuchte den Vorfall zu vergessen und packte ihre wenigen Habseligkeiten zusammen. Sie leerte den Beutel, der ihre Feuersteine enthielt, um zu sehen, wie viele von den graugelben, metallisch schimmernden Pyritbrocken noch übrig waren. Sie wollt S'Armuna einen solchen Stein schenken, wußte aber nicht, ob sie auf dem Weg in Jondalars Heimat Ersatz dafür finden würde. Auch seinen Verwandten wollte sie ein paar von diesen Pyritsteinen als Geschenk mitbringen. Sie beschloß, sich nur von einem zu trennen, wählte einen großen Brocken aus und packte den Rest wieder ein.

Als sie die große Erdhütte betrat, traf sie auf Cavoa, die ihr Lächeln nervös erwiderte. Auch S'Armuna schien sie seltsam anzusehen. Offensichtlich hatte Jondalars Skulptur sie beunruhigt. Ayla wartete, bis S'Armuna allein war.

»Ich möchte dir etwas geben, bevor ich gehe. Ich habe es entdeckt, als ich allein in meinem Tal lebte«, sagte sie, öffnete die Hand und zeigte ihr den Stein. »Vielleicht kann er dir bei eurer Feuerzeremonie nützlich sein.«

S'Armuna sah den Pyrit und Ayla fragend an.

»Ich weiß, es sieht nicht so aus, und dennoch ist Feuer in diesem Stein. Ich zeige es dir.«

Ayla ging zur Feuerstelle und schichtete Zunder und Holzspäne locker um den getrockneten Flaum der Rohrkolben. Daneben legte sie Zündholz, beugte sich nieder und schlug Pyrit und Feuerstein zusammen. Ein großer, heißer Funke sprühte auf und fiel auf den Zunder, und als sie hineinblies, erschien wie durch ein Wunder eine kleine Flamme. Sie fügte weiteren Brennstoff hinzu und sah beim Aufblicken die Verblüffung der Frau, die sie ungläubig anstarrte.

»Cavoa hat mir erzählt, daß sie eine Munai mit deinem Gesicht gesehen hat. Und nun machst du Feuer. Bist du – die, für die man dich hält?«

Ayla lächelte. »Jondalar hat diese Figur geschnitzt, weil er mich liebte. Er wollte meinen Geist einfangen, sagte er, und gab sie mir dann. Es ist keine Donii oder Munai. Nur ein Zeichen seines Gefühls für mich. Und wie man Feuer macht, werde ich dir gern beibringen. Nicht ich bewirke das, sondern etwas in dem Stein.«

»Darf ich auch dabei sein?« Die Stimme kam vom Eingang her, und beide Frauen erblickten Cavoa. »Ich habe meine Handlinge vergessen.«

S'Armuna und Ayla sahen sich an. »Warum nicht?« sagte Ayla.

»Cavoa ist meine Gehilfin«, bemerkte S'Armuna.

»Dann zeige ich euch beiden, wie man Feuer macht«, sagte Ayla.

Nachdem die beiden Frauen den Vorgang noch einmal beobachtet und es dann selbst ausprobiert hatten, fühlten sie sich entspannter; aber sie staunten noch immer über die Fähigkeiten des fremden Steins. Cavoa nahm sogar all ihren Mut zusammen und fragte Ayla nach der Munai.

»Die Figur, die ich gesehen habe...«

»Jondalar hat sie für mich gemacht, kurz nachdem wir uns kennengelernt hatten. Er wollte mir damit seine Gefühle zeigen«, erklärte Ayla.

»Willst du damit sagen, daß ich ein Abbild eines Menschen schnitzen könnte, wenn ich ihm zeigen wollte, wie wichtig er für mich ist?« fragte Cavoa.

»Ich wüßte nicht, was dagegen spräche«, sagte Ayla. »Wenn du eine Munai machst, hast du doch ein besonderes Gefühl in dir, nicht wahr?«

»Ja, und ich muß gewisse Riten einhalten«, sagte die junge Frau.

»Ich glaube, es kommt auf das Gefühl an, das du in die Figur hineinlegst.«

»Dann könnte ich das Gesicht einer Person nachbilden, wenn ich ihm ein gutes Gefühl verliehe?«

»Das wäre sicherlich in Ordnung. Du bist eine sehr gute Künstlerin, Cavoa.«

»Aber vielleicht wäre es besser«, riet S'Armuna vorsichtig, »wenn du nicht die ganze Figur schnitzen würdest. Wenn du nur den Kopf machst, kann niemand es falsch deuten.«

Cavoa nickte zustimmend; dann sahen sie beide Ayla an, als warteten sie auf ihre Billigung. Tief im Inneren fragten sich die Frauen immer noch, wer sie wirklich war.

Am nächsten Morgen erwachten Ayla und Jondalar mit dem festen Entschluß, aufzubrechen; doch draußen vor der Hütte herrschte ein solches Schneetreiben, daß man die Siedlung kaum noch erkennen konnte.

»Ich glaube, wir werden heute nicht fortgehen – nicht, wenn sich ein Schneesturm ankündigt«, sagte Jondalar, obwohl ihm der Gedanke an Verzögerung unangenehm war. »Hoffentlich zieht er bald vorüber.«

Ayla ging auf das Feld zu den Pferden und holte sie näher ans Lager heran, auf ein Feld, das vor dem Wind geschützt war. Sie dachte an ihre bevorstehende Rückreise zum Großen Mutter Fluß – sie war es, die den Weg kannte. Daher hörte sie zuerst nicht, wie jemand ihren Namen flüsterte.

»Ayla!« Das Flüstern wurde lauter. Sie drehte sich um und sah Cavoa, die sich hinter der kleinen Hütte verbarg und sie zu sich winkte.

»Was gibt es, Cavoa?«

»Ich will dir etwas zeigen und sehen, ob es dir gefällt«, sagte Cavoa und zog ihre Handlinge aus. In der Hand hielt sie einen kleinen, rundlichen Gegenstand aus Mammutelfenbein. Sie gab ihn Ayla und sagte: »Das habe ich gerade gemacht.«

Ayla lächelte überrascht. »Cavoa! Ich wußte, daß du gut bist. Aber ich wußte nicht, wie gut«, sagte sie und betrachtete die kleine Schnitzerei genauer.

Cavoa hatte nur den Kopf der Frau gemacht, ohne Andeutung des Körpers oder Halses, doch man konnte zweifellos erkennen, wen diese Figur darstellen sollte. Das Haar war oben am Kopf zu einem Knoten gebunden, das schmale Gesicht leicht schief, auf der einen Seite etwas kürzer als auf der anderen, doch die Schönheit und Anmut der Frau war nicht zu übersehen. Sie schien aus dem Innern des kleinen Kunstwerks zu strahlen.

»Glaubst du, es ist in Ordnung? Glaubst du, sie wird es mögen?« fragte Cavoa. »Ich wollte ihr etwas Besonderes geben.«

»Ich würde es mögen«, sagte Ayla. »Du hast eine seltene und wundervolle Gabe, Cavoa, gebrauche sie zum Guten! Es liegt eine große Macht in ihr. Es war klug von S'Armuna, dich zu ihrer Gehilfin zu erwählen.«

Gegen Abend wütete ein heulender Schneesturm; es war gefährlich, sich mehr als ein paar Schritte vom Eingang einer Hütte zu entfernen. S'Armuna war dabei, einen starken Trank für die Feuerzeremonie zu brauen. In der Herdstätte brannte ein niedriges Feuer; Ayla und Jondalar waren gerade zu Bett gegangen. Die Frau wollte sich auch zurückziehen, sobald sie fertig war.

Plötzlich öffnete sich der Vorhang zum Vorraum; ein kalter Luftzug und Schneeflockengestöber drangen herein. In sichtlicher Erregung eilte Esadoa durch den zweiten Vorhang.

»S'Armuna! Schnell! Es ist Cavoa! Ihre Zeit ist gekommen.«

Noch bevor die Frau antworten konnte, hatte Ayla die Schlafstatt verlassen und sich angezogen.

»Da hat sie sich aber die richtige Nacht ausgesucht«, sagte S'Armuna und blieb ruhig, wohl auch, um die aufgeregte werdende Großmutter zu besänftigen. »Alles wird gutgehen, Esadoa. Sie wird das Kind nicht bekommen, bevor wir deine Hütte erreichen.«

»Sie ist nicht in meiner Hütte. Sie bestand darauf, bei diesem Sturm zur großen Erdhütte zu gehen. Ich weiß nicht, warum, aber sie will das Baby dort bekommen. Und sie möchte auch, daß Ayla kommt. Sie glaubt, sie kann nur dann sicher sein, daß sie ein gesundes Kind bekommt.«

»Wäre es unpassend, wenn ich mitgehe?« fragte Jondalar vor allem aus Sorge, daß Ayla ohne ihn in den Sturm hinausgehen könnte. S'Armuna sah Esadoa an.

»Ich habe nichts dagegen, aber sollte ein Mann bei einer Geburt dabei sein?«

»Warum eigentlich nicht?« meinte S'Armuna. »Besonders wenn die werdende Mutter keinen Gefährten hat.«

Zusammen trotzten sie dem Ansturm des heulenden Windes, die drei Frauen und der Mann, und gingen hinaus. Im Schneegestöber fand auch Wolf zu ihnen. Als sie die große Hütte erreichten, kauerte die junge Frau an einer kalten, leeren Feuerstelle – verkrümmt vor Schmerzen und Angst. Sie strahlte vor Erleichterung, als sie ihre Mutter mit den anderen kommen sah. In wenigen Minuten hatte Ayla ein Feuer angezündet – zur großen Überraschung Esadoas –, und Jondalar holte von draußen Schnee, um ihn zu schmelzen. Esadoa breitete Felle auf eine Lagerstatt, und S'Armuna wählte einige Kräuter aus, die sie brauchen konnten.

Ayla bettete die junge Frau so, daß sie bequem sitzen oder liegen konnte; dann wartete sie auf S'Armuna, um Cavoa zu untersuchen. Sie beruhigte die Schwangere und ließ sie mit ihrer Mutter allein; die beiden Heilkundigen gingen zum Feuer zurück und sprachen leise miteinander.

»Hast du es bemerkt?« fragte S'Armuna.

»Ja. Weißt du, was das heißt?« sagte Ayla.

»Ich glaube, ich weiß es, aber wir müssen es abwarten.«

Jondalar, der sich bemüht hatte, nicht im Wege zu stehen, näherte sich langsam den beiden Frauen. Etwas in ihren Mienen verriet Besorgnis, was auch ihn beunruhigte.

Während sie warteten, ging Jondalar unruhig hin und her; Wolf beobachtete ihn. Wenn doch die Zeit schneller verginge oder der Sturm nachließe oder er irgendwas tun könnte! Er sagte der jungen Frau einige aufmunternde Worte und lächelte ihr oft zu, fühlte sich aber völlig nutzlos. Es gab nichts, was er tun konnte. Als der Abend fortschritt, döste er ein wenig auf einem der Lager und schlief endlich ein.

Das Geräusch aufgeregter Stimmen und unruhiger Betriebsamkeit weckte ihn. Durch den Rauchabzug an der Decke strömte Licht herein. Er stand auf, reckte sich und rieb sich die schläfrigen Augen. Unbeachtet von den drei Frauen ging er nach draußen und sah erleichtert, daß der Sturm nachgelassen hatte, wenn auch noch ein paar trockene Schneeflocken im Wind umhertrieben.

Als er in die Hütte zurückkehren wollte, hörte er den unmißverständlichen Schrei eines Neugeborenen. Er lächelte, blieb aber vor der Tür stehen, weil er nicht wußte, ob es der rechte Augenblick war, hineinzugehen. Plötzlich hörte er zu seiner Überraschung noch einen Schrei. Es waren zwei! Er konnte nicht länger widerstehen. Er mußte hinein!

Ayla hielt ein gewickeltes Kind in den Armen und lächelte, als er eintrat. »Ein Junge, Jondalar!«

S'Armuna hielt ein zweites Kind hoch und war gerade dabei, die Nabelschnur abzubinden. »Und ein Mädchen«, sagte sie. »Zwillinge! Das ist ein gutes Zeichen. Unter Attaroas Herrschaft wurden nur wenige Kinder geboren, doch ich glaube, das wird sich ändern. Ich glaube, die Mutter will uns damit zu verstehen geben, daß das Lager der Drei Schwestern bald wieder voll blühenden Lebens sein wird.«

»Wirst du eines Tages zurückkommen?« fragte Doban den großen Mann. Ihm ging es schon viel besser, auch wenn er noch die Krücke benutzte, die Jondalar für ihn gemacht hatte.

»Ich glaube nicht, Doban. Eine lange Reise ist genug. Es wird Zeit, daß ich heimkehre, mich niederlasse und mein Herdfeuer gründe.«

»Ich wünschte, du wohntest näher bei uns, Zelandon.«

»Ich auch. Du wirst ein guter Feuersteinschläger werden, und ich würde dich gern weiter ausbilden. Übrigens, Doban, du solltest mich Jondalar nennen.«

»Nein. Du bist Zelandon.«

»Du meinst, ein Zelandonii?«

»Nein, Zelandon.«

S'Amodun lächelte. »Er meint nicht den Namen deines Volkes. Er hat dich Elandon genannt und ehrt dich mit S'Elandon.«

Jondalar errötete vor Verwirrung und Freude. »Danke, Doban. Vielleicht sollte ich dich S'Ardoban nennen.«

»Noch nicht. Wenn ich den Feuerstein so gut wie du bearbeiten kann, dann mögen sie mich S'Ardoban nennen.«

Jondalar umarmte den jungen Mann, klopfte ein paar anderen auf die Schulter und plauderte mit ihnen. Die Pferde waren bepackt und fertig zur Abreise, und Wolf hatte sich niedergelegt und beobachtete den Mann. Er erhob sich, als er Ayla und S'Armuna aus der Hütte kommen sah.

». . . es ist schön«, sagte die ältere Frau, »und ich bin von ihren Gefühlen überwältigt, aber meinst du nicht, daß es gefährlich ist?«

»Solange du dieses geschnitzte Abbild deines Gesichts behältst, kann es kaum gefährlich sein. Es könnte dich der Großen Mutter näherbringen, dir tiefere Weisheit verleihen«, sagte Ayla.

Sie umarmten sich, dann nahm S'Armuna Jondalar fest in die Arme. Sie wich erst zurück, als sie die Pferde riefen und aufsaßen.

Sie drehten sich um und winkten, doch Jondalar war erleichtert, endlich aufbrechen zu können. Er würde immer mit gemischten Gefühlen an dieses Lager zurückdenken.

VIERUNDDREISSIGSTES KAPITEL

Auf dem Rückweg zum Großen Mutter Fluß folgten Ayla und Jondalar demselben Weg, den sie eingeschlagen hatten, um das Lager der S'Armunai zu finden; doch als sie die Furt erreichten, beschlossen sie, den kleineren Nebenfluß zu durchwaten und dann in südwestlicher Richtung weiterzuziehen. Sie ritten über die windigen Ebenen der uralten Senke, die die beiden großen Gebirge trennte.

Trotz des spärlichen Schneefalls mußten sie sich vor einer Wetterlage in acht nehmen, die dem Schneesturm ähnelte, ohne es zu sein. In der beißenden Kälte wurden die trockenen Schneeflocken hochgewirbelt und vom Wind von Ort zu Ort getrieben, bis sie – zuweilen vermischt mit dem staubfein zermahlenen Felsgestein, dem Löß von den Rändern der vorrückenden Gletscher – als Grit am Boden festfroren. Wenn der Wind besonders heftig blies, rieb er ihre Haut wund. Das verdorrte Gras lag an ungeschützten Stellen seit langem platt auf dem Boden, doch die Winde, die nur in Nischen Schneeanhäufungen zuließen, brachten das vergilbte Futter zum Vorschein, so daß die Pferde weiden konnten.

Für Ayla ging der Rückweg viel schneller, weil sie nicht versuchte, einem Pfad durch schwieriges Terrain zu folgen; Jondalar jedoch überraschte die Entfernung, die sie bis zum Fluß zurücklegen mußten. Er hatte nicht gewußt, wie weit nördlich sie gewesen waren. Vermutlich lag das Lager der S'Armunai ganz nah am Großen Eis.

Jetzt ließen sie die letzten Ausläufer des Gebirges, das ihre Reise beherrscht hatte, hinter sich, zogen, als sie den Großen Mutter Fluß erreicht hatten, westwärts und näherten sich dem nördlichen Vorgebirge der noch größeren und steileren Gebirgskette im Westen. Sie verlangsamten ihr Tempo und hielten nach dem Platz Ausschau, an dem sie Ausrüstung und Vorräte zurückgelassen hatten; sie folgten dem Weg, den sie zu Beginn der Jahreszeit gegangen waren, als Jondalar noch meinte, sie hätten viel Zeit – bis zu der Nacht, als die wilde Herde Winnie holte.

»Die Landmarken kommen mir bekannt vor – hier irgendwo sollte es sein«, sagte er.

»Du hast recht. Ich erinnere mich an die Klippe dort, aber sonst sieht alles so anders aus«, sagte Ayla und blickte erschreckt über die veränderte Landschaft.

Schneeverwehungen hatten sich in der Umgebung angehäuft. Der Fluß war am Rand gefroren, und da die Schneewehen jede Bodensenke ausglichen, sah man kaum, wo das Ufer endete und der Fluß begann. Heftige Winde und das Eis, das sich im Wechsel von Schmelzen und Gefrieren auf den Zweigen gebildet hatte, hatten mehrere Bäume umstürzen lassen. Buschwerk und Dornengestrüpp senkten sich unter dem Gewicht des gefrorenen Wassers, das an ihnen hing; in ihrem Schneemantel hielt sie der Reisende oft für Hügel oder Felskuppen, bis er beim Versuch, sie zu besteigen, einbrach.

Ayla und Jondalar hielten bei einem kleinen Wäldchen an und suchten die Gegend ab, in der Hoffnung, einen Hinweis auf den Platz, an dem sie Zelt und Vorräte versteckt hatten, zu entdecken.

»Es muß ganz in der Nähe sein. Das ist die richtige Gegend, nur sieht alles so verändert aus«, sagte Ayla. Doch plötzlich straffte sie sich und zeigte auf einen schneebedeckten Hügel, der ungewöhnlich symmetrisch aussah. »Jondalar! Sieh! Da!«

Der Mann schaute in die Richtung, in die sie zeigte, und bemerkte zuerst nicht, was ihr sofort aufgefallen war; dann jedoch erkannte auch er die eigenartige Form.

Der Hügel befand sich inmitten eines Gewirrs aus Dornensträuchern. Sie saßen ab. Jondalar fand einen kräftigen Ast und hieb einen Pfad durch das Dickicht der Zweige. Als er in der Mitte war und auf die symmetrische Erhebung einschlug, rutschte der Schnee zur Seite und enthüllte ihr umgedrehtes Rundboot.

»Da ist es!« rief Ayla. Sie trampelten die langen, dornigen Triebe nieder, bis sie ihr Boot und die sorgfältig verpackten Körbe darunter erreichen konnten.

Ihr Depot war nicht unangreifbar gewesen, auch wenn sie es erst durch Wolfs Verhalten merkten. Er war offensichtlich erregt durch einen Geruch, der dem Ort immer noch anhaftete, und als sie Wolfslosung fanden, wußten sie auch, warum. Wölfe hatten ihr Versteck heimgesucht, und es war ihnen gelungen, ein paar fest verschnürte Bündel aufzureißen. Auch das Zelt war zerrissen; doch sie hatten Schlimmeres erwartet. Leder zog Wölfe an, und in der Regel zerkauten sie es ganz und gar.

»Das Abwehrmittel! Das muß sie davon abgehalten haben, noch mehr Schaden anzurichten«, sagte Jondalar und war froh, daß Aylas Mixtur nicht nur ihren Reisegefährten von ihren Sachen ferngehalten hatte, sondern auch die anderen Wölfe. »Und ich habe immer geglaubt, daß Wolf unsere Reise behindern würde. Wenn er nicht gewesen wäre, hätten wir jetzt vermutlich kein Zelt mehr«, sagte Jondalar und ließ das Tier an sich hochspringen und ihm die Pfoten auf die Brust legen. »Du hast es wieder geschafft, unser Leben zu retten, zumindest unser Zelt.«

Obwohl sie ohne das Wolfsmittel viel mehr Schaden erlitten hätten, waren die Wölfe jedoch auch an ihren Notvorrat an Lebensmitteln gegangen.

Der Verlust war verheerend. Das meiste Dörrfleisch war weg, und viele Päckchen mit getrockneten Früchten, Gemüsen und Getreidekörnern waren aufgerissen oder verschwunden – vielleicht von anderen Tieren geholt, nachdem die Wölfe abgezogen waren.

»Wir hätten doch mehr Nahrung von den S'Armunai mitnehmen sollen«, sagte Ayla, »aber sie hatten selbst kaum genug zu essen. Ich glaube, wir sollten zurückgehen.«

»Das möchte ich nicht so gern«, meinte Jondalar. »Mal sehen, was wir noch haben. Mit dem, was wir auf der Jagd erbeuten, kommen wir vielleicht bis zu den Losadunai. Thonolan und ich sind bei ihnen über Nacht geblieben. Sie baten uns, wiederzukommen und einige Zeit zu bleiben.«

»Werden sie uns Lebensmittel geben, um unsere Reise fortzusetzen?« fragte Ayla.

»Das glaube ich schon«, sagte Jondalar. Dann lächelte er. »Das heißt, ich weiß es sogar sicher. Ich habe einen ›künftigen Anspruch‹ bei ihnen gut!«

»Einen künftigen Anspruch?« Ayla runzelte fragend die Stirn. »Sind sie deine Verwandten? Wie die Sharamudoi?«

»Nein, aber Freunde. Sie haben mit den Zelandonii Handel getrieben. Einige von ihnen sprechen sogar unsere Sprache.«

»Du hast es schon einmal erwähnt, doch ich habe nie so recht verstanden, was ein ›künftiger Anspruch‹ bedeutet, Jondalar.«

»Ein künftiger Anspruch ist das Versprechen, irgendwann in der Zukunft eine Bitte zu erfüllen, weil man etwas bekommen oder, häufiger noch, verloren hat. Meist bezahlt man auf diese Art Spielschulden, wenn man mehr verloren hat, als man bezahlen kann; aber auch andere Dinge werden so geregelt«, erklärte der Mann.

»Was für Dinge?« fragte Ayla. Sie glaubte, daß sich noch mehr hinter dieser Sitte verbarg, und wollte es genauer wissen.

»Nun, manchmal bedankt man sich so auch für etwas, was jemand getan hat, üblicherweise etwas Besonderes, dessen Wert schwer abzuschätzen ist«, sagte Jondalar. »Da ihm keine Grenzen gesetzt sind, kann ein künftiger Anspruch eine schwere Verpflichtung sein, doch die meisten werden nicht mehr verlangen, als angemessen ist. Oft wird ein künftiger Anspruch nur angenommen, um Vertrauen und guten Glauben zu beweisen. Eine Art Freundschaftsangebot.«

Ayla nickte. So war das also.

»Laduni schuldet mir einen künftigen Anspruch«, fuhr der Mann fort, »Und ich könnte alles, was ich wollte, fordern. Er wird, denke ich, froh sein, nur mit ein paar Lebensmitteln davonzukommen, die er uns vermutlich ohnehin gegeben hätte.«

»Ist es weit zu den Losadunai?« fragte Ayla.

»Ein ganz schönes Stück. Sie leben am westlichen Rand dieser Berge, und wir sind am östlichen Ende. Aber wenn wir dem Fluß folgen, ist die Reise nicht schwierig. Wir werden ihn aber überqueren müssen, sie leben auf der anderen Seite; doch das ist weiter flußaufwärts möglich«, sagte Jondalar.

Sie beschlossen, hier ein Lager für die Nacht aufzuschlagen, und inspizierten ihre Habseligkeiten. Vor allem Lebensmittel waren verlorengegangen. Was sie retten konnten, machte nur noch ein mageres Häufchen aus; doch ihre Lage hätte schlimmer sein können. Sie würden auf ihrem Weg jagen und viel sammeln müssen, aber fast all ihre Geräte konnten geflickt und ausgebessert werden, außer dem Fleischbehälter, der zu Fetzen zerkaut war. Das Rundboot hatte ihren Proviant vor der Witterung geschützt, wenn schon nicht vor den Wölfen. Am Morgen mußten sie sich entscheiden, ob sie das runde, mit Häuten bezogene Boot weiter mitschleppen wollten.

»Wir kommen in ein gebirgiges Land und haben vielleicht mehr Probleme, wenn wir es mitnehmen, als wenn wir es hierlassen«, sagte Jondalar.

Ayla betrachtete ihre Stangen. Einer von den drei Pfählen, die sie benutzte, um die Lebensmittel vor den Tieren zu schützen, war zerbrochen, aber sie brauchten nur zwei für die Reise. »Warum nehmen wir es nicht erst einmal mit und lassen es dann zurück, wenn es sich als echtes Problem erweist?« sagte sie.

Ayla und Jondalar wanderten, als sie ihre Reise fortsetzten, fast direkt in westlicher Richtung, am nördlichen Ufer des Großen Mutter Flusses entlang, durch die offenen Ebenen des Flußtals. Nach einer halben Tagesreise erreichten sie einen weiteren großen Nebenfluß, der furchterregend von den Bergen herabstürzte, wild sprudelnd einmündete und an seinen Ufern von Eiszapfenvorhängen und Eisschollenhügeln gesäumt war. Die Flüsse kamen nicht mehr aus dem vertrauten Gebirge, das sie hinter sich ließen. Dieses Wasser entsprang in dem unbekannten Gebiet im Westen. Statt diesen gefährlichen Strom zu durchqueren oder ihm aufwärts zu folgen, beschloß Jondalar, zurückzuwandern und die verschiedenen Wasserarme der Mutter selbst zu überqueren.

Das war vernünftig. Obgleich manche Kanäle breit und am Rand zugefroren waren, reichte das eisige Wasser meist kaum bis zu den Flanken der Pferde. Erst am späten Abend dieses Tages wurde ihnen bewußt, daß sie endlich den Großen Mutter Fluß durchwatet hatten. Nach ihren gefährlichen Abenteuern mit anderen Flüssen war dies hier geradezu ein Kinderspiel gewesen. Sie waren darüber keineswegs traurig.

In der bitteren Winterkälte war schon das Reisen gefährlich genug. Die meisten Menschen saßen jetzt in warmen Hütten, Freunde und Verwandte kümmerten sich darum, daß niemand zu lange draußen blieb. Ayla und Jondalar waren ganz auf sich allein gestellt. Wenn irgendetwas passierte, konnten sie sich nur aufeinander und auf ihre Tiergefährten verlassen.

Das Land begann langsam hügeliger zu werden, und sie bemerkten eine leichte Veränderung der Vegetation. Zwischen den Tannen und Kiefern in der Nähe des Flusses tauchten Föhren und Lärchen auf. Auf den Ebenen des Flußtals war es extrem kalt, oft kälter als in den umgebenden Bergen. Obwohl das Hochland, das sich zu ihrer Seite hinzog, von Schnee und Eis bedeckt war, schneite es im Flußtal selten. So mußten sie mit ihren Steinäxten Eis aus dem gefrorenen Fluß hacken und es schmelzen, um für sich und die Tiere Trinkwasser zu bereiten.

Das gab Ayla Gelegenheit, auf die Tiere zu achten, die die Ebenen im Tal der Mutter bevölkerten. Es waren dieselben Arten, die sie schon von den Steppen her kannte, die sie durchwandert hatten; doch die Geschöpfe, die die Kälte liebten, beherrschten das Feld. Sie wußte, daß diese Tiere von der trockenen Vegetation leben konnten, die überall auf den tiefgefrorenen, schneefreien Ebenen zu finden war; sie fragte sich jedoch, wie sie an Wasser kamen.

Vermutlich würden Wölfe und andere Fleischfresser ihren Flüssigkeitsbedarf zum Teil mit dem Blut der Tiere stillen, die sie jagten; außerdem zogen sie durch ein großes Gebiet und konnten Schnee- oder lose Eisklumpen ausfindig machen, die sie zerkauen konnten. Doch was war mit den Pferden und den anderen Weidetieren? Wie kamen sie an Wasser in einem Land, das im Winter zur gefrorenen Wüste erstarrte?

Ayla sah mehr Wollhaarnashörner, als sie jemals an einem Ort gesehen hatte, und meist waren dann auch die Moschusochsen nicht weit, selbst wenn sie keine Herden bildeten. Beide Arten bevorzugten das offene, windige, trockene Land, die Nashörner jedoch Gras und Riedgras, während die Moschusochsen sich, ihrer Ziegennatur gemäß, an Sträucher und Buschwerk hielten. Große Rentiere und Riesenhirsche teilten sich das gefrorene Land, dazu gesellten sich Pferde mit dickem Winterfell; doch wenn es ein Tier gab, das aus der Bevölkerung des Tales am Oberlauf des Großen Mutter Flusses herausragte, dann war es das Mammut.

Ayla wurde nie müde, diese riesigen Tiere zu beobachten. Obwohl man sie gelegentlich jagte, waren sie so zutraulich, als wären sie gezähmt. Sie erlaubten der Frau und dem Mann oft, ganz nah heranzukommen, und sahen darin keine Gefahr. Gefahr bestand höchstens für den Menschen. Obgleich nicht die gewaltigsten Vertreter ihrer Art, waren die Wollhaarmammuts doch die riesigsten Tiere, die Menschen vermutlich jemals sehen würden; mit ihrem zotteligen Fell und ihren gewaltigen gebogenen Stoßzähnen sahen sie aus der Nähe größer aus, als Ayla sie in Erinnerung hatte.

Die Stoßzähne der Mammuts hatten nicht nur soziale Bedeutung, sie hatten auch einen praktischen Sinn. Sie dienten dazu, das Eis aufzubrechen; als Eisbrecher waren die Mammuts unschlagbar.

Das erste Mal hatte Ayla diesen Vorgang beobachtet, als eine Herde weiblicher Mammuts an den gefrorenen Fluß ging. Einige benutzten ihre Stoßzähne, die etwas kleiner und gerader waren als die Elfenbeinschäfte der männlichen Tiere, um Eis herauszubrechen, das sich im Schutz der Felsspalten verklemmt hatte. Zuerst wunderte sie sich, bis sie sah, wie ein kleines Mammut ein Stück mit dem Rüssel aufnahm und sich ins Maul steckte.

»Wasser!« sagte Ayla. »So kommen sie an Wasser, Jondalar. Das hat mich beschäftigt.«

»Du hast recht. Ich habe darüber nie viel nachgedacht. Aber jetzt, da du es erwähnst, glaube ich, daß Dalanar so etwas sagte. Es gibt viele Sprichwörter über die Mammuts. Eins, das mir gerade einfällt, ist: ›Geh nicht hinaus, wenn die Mammuts nach Norden ziehen.‹ Dasselbe könnte man auch von den Nashörnern sagen.«

»Das verstehe ich nicht«, sagte Ayla.

»Es bedeutet, daß ein Schneesturm heraufzieht«, sagte Jondalar. »Sie spüren das. Diese großen Zotteltiere mögen den Schnee nicht besonders. Er verdeckt ihre Nahrung. Und wenn er richtig hoch liegt, können sie ihn nicht mehr mit ihren Stoßzähnen und Rüsseln wegfegen und bleiben stecken. Besonders schlimm ist es, wenn es taut und friert. Gegen Abend, wenn alles noch von der Nachmittagssonne aufgeweicht ist, legen sie sich nieder, und am Morgen ist ihr Fell am Boden festgefroren. Sie können sich nicht mehr bewegen. Dann sind sie leicht zu jagen, oder sie verhungern langsam, wenn es nicht taut.«

»Wieso ziehen sie dann nach Norden?«

»Je näher man dem Eis kommt, desto weniger Schnee gibt es. Weißt du noch, als wir mit den Mamutoi auf Mammutjagd gingen? Das einzige Wasser weit und breit war der Strom, der vom Gletscher kam, und das war im Sommer. Im Winter ist alles gefroren.«

»Gibt es deshalb auch hier so wenig Schnee?«

»Ja, diese Gegend ist immer kalt und trocken, besonders im Winter, weil die Gletscher so nahe sind. Sie bedecken die Berge im Süden, und das Große Eis im Norden ist nicht sehr weit. Das meiste Land dazwischen ist Flachschädelgebiet – ich meine Clan-Land. Es beginnt etwas westlich von uns.« Jondalar fühlte sich unbehaglich, als sich Aylas Miene bei seinem Versprecher verzog. »Es gibt noch ein Sprichwort über die Mammuts und das Wasser, aber ich kann mich nicht mehr genau daran erinnern. Es heißt ungefähr: ›Wenn du kein Wasser finden kannst, halte nach einem Mammut Ausschau.‹«

»Das verstehe ich«, sagte Ayla und blickte über ihn hinweg. Auch Jondalar drehte sich um.

Die weiblichen Mammuts waren flußaufwärts gezogen und hatten sich mit einigen männlichen Tieren zusammengetan. Die Kühe mühten sich an einem steilen Eiswall ab, der sich am Flußufer aufgetürmt hatte. Die männlichen Tiere, darunter ein würdiger Alter mit grauen Strähnen im Fell, dessen Stoßzähne so lang gewachsen waren, daß sie sich vor seinem Haupt kreuzten, stemmten und brachen große Eisstücke aus dem Wall. Unter lautem Brüllen, Schnauben, Trampeln und Trompeten hoben sie das Eis auf ihren

Stoßzähnen hoch in die Luft und warfen es mit lautem Krachen herunter, damit es in brauchbare Stücke zersprang. Den riesigen, wolligen Geschöpfen schien das Spaß zu machen.

Ayla bemerkte, daß noch andere Tiere herbeigekommen waren. Die Herde der wolligen Mammuts brach genug Eis auf – für sich, ihre Jungen und die Alten und für die Gesellschaft, die ihnen folgte. Viele Tiere profitierten davon, wenn sie den wandernden Mammuts nachzogen.

Ayla und Jondalar ritten ziemlich nahe am Ufer des Großen Mutter Flusses entlang. Der geringe Schneefall hatte keine weiche, weiße Decke über das Land gebreitet, die ruhende Vegetation zeigte ihr graubraunes Wintergesicht. Die hohen Stengel des Schilfrohrs vom letzten Sommer und die Schäfte der Rohrkolben ragten trotzig aus ihrem gefrorenen Sumpfbett, während an den Eishügeln am Ufer abgestorbene Farne und Riedgräser darniederlagen. Flechten überzogen das Gestein wie Schorf eine Wunde, und Moospolster waren zu spröden, harten Matten verdorrt.

Meist erlegten sie kleines Wild; Großwild erforderte mehr Zeit zum Heranpirschen und Jagen, als sie sich gönnen durften. Dennoch setzten sie einem Hirsch nach, wenn sie seiner ansichtig wurden. Das Fleisch gefror schnell, und sogar Wolf brauchte eine Zeitlang nicht auf die Jagd zu gehen. Kaninchen, Hasen und gelegentlich ein Biber, die die bergigen Gegenden in großer Zahl bevölkerten, waren ihre gewöhnliche Kost; doch auch Steppentiere aus trockeneren Zonen wie Murmeltiere und Riesenhamster gab es reichlich, und sie freuten sich immer, auf Schneehühner zu stoßen, die fetten, weißen Vögel mit den gefiederten Füßen.

Aylas Schleuder tat ihnen häufig gute Dienste; mit der Speerschleuder jagten sie nur größeres Wild. Steine zu finden war leichter, als neue Speere zu machen und Spitzen zu ersetzen, wenn sie verloren oder zerbrochen waren. Doch an manchen Tagen brauchten sie mehr Zeit zum Jagen, als ihnen lieb war; und alles, was Zeit kostete, machte Jondalar unruhig.

Sie ergänzten ihre schmale Kost, die hauptsächlich aus magerem Fleisch bestand, mit der inneren Rinde der Koniferen und anderer Bäume, die sie mit Fleisch zu einer Brühe kochten; und sie waren heilfroh, wenn sie gefrorene, aber immer noch am Busch hängende Beeren fanden. Wacholderbeeren, die besonders gut zum Fleisch paßten, wenn man nicht zu viele nahm, gab es reichlich; Hagebutten fand man seltener, aber dann in Massen und stets süßer nach einem Frost; die schwarze Krähenbeere mit ihrem mandelähnlichen, immergrünen Blattwerk hatte kleine, glänzende, schwarze Früchte, die den Winter oft überdauerten, ebenso wie die blauen Bärentrauben.

Obwohl Winnie und Renner im Sommer fast ausschließlich Gras fraßen, bemerkte Ayla, daß sie jetzt auch an Zweigspitzen ästen und die innere Rinde von Bäumen fraßen, mitsamt einer besonderen Art Flechte, die Rentiere bevorzugen.

Eine andere Quelle der Winternahrung waren kleine Nagetiere wie Wühlmäuse, Mäuse und Lemminge – nicht so sehr die Tiere selbst, die Ayla gewöhnlich Wolf dafür überließ, daß er sie aufgespürt hatte, aber ihre Nester. Sie schaute nach den feinen Spuren eines Ganges aus, dann grub sie mit einem Stock durch die gefrorene Erde, um schließlich auf das kleine Tier inmitten von Samen, Nüssen und Knollen zu stoßen.

Dann hatte Ayla auch noch ihren Medizinbeutel, der zur Gesundheit der beiden Reisenden mehr beigetragen hatte, als ihnen bewußt war. Zum Beispiel kannte Ayla verschiedene Kräuter, Wurzeln und Rinden, die Krankheiten nicht nur heilten, sondern auch verhüteten.

Während sie westwärts zogen, sammelten sie Nahrung, so oft es ihre Zeit ermöglichte. Auch wenn die Mahlzeiten manchmal kärglich waren, ließen sie kaum eine aus; doch bei einer so mageren Kost und dem anstrengenden Tagesmarsch nahmen sie ab. Sie sprachen kaum darüber, aber sie wurden der Reise langsam überdrüssig und sehnten sich danach, ihr Ziel zu erreichen. Tagsüber sprachen sie überhaupt nicht viel miteinander und hingen ihren eigenen Gedanken nach, die sie sich manchmal am Abend, wenn sie aßen oder Seite an Seite zusammen in ihren Schlaffellen lagen, mitteilten.

»Ich verstehe nicht, wie Attaroa so etwas tun konnte, Jondalar«, bemerkte Ayla nach einer Abendmahlzeit. »Es ist mir ein Rätsel.«

»Worüber wunderst du dich?«

»Über meine Leute, die Anderen. Als ich dir zuerst begegnete, war ich so dankbar, jemanden wie dich zu treffen. Es war tröstlich zu wissen, daß ich nicht die einzige dieser Art auf der Welt war. Dann, als ich merkte, wie wunderbar du warst, so gut und treu und liebevoll, da glaubte ich, daß alle Menschen meiner Art so wären wie du; und das machte mich glücklich.« Sie wollte noch hinzufügen: bis du mit solchem Abscheu reagiertest, als ich dir von meinem Leben bei den Clan-Leuten erzählte – besann sich jedoch anders, als sie Jondalar vor Freude und Verwirrung erröten und lächeln sah.

»Als wir dann die Mamutoi trafen, Talut und das Löwenlager«, fuhr Ayla fort, »war ich sicher, daß alle Anderen gute Menschen seien. Sie halfen einander und trafen ihre Entscheidungen gemeinsam. Sie waren liebenswürdig und lachten viel und lehnten nicht einfach etwas ab, weil sie noch nie davon gehört hatten. Gut, da war Frebec, aber im Grunde war auch er nicht allzu schlecht. Selbst diejenigen, die beim Sommertreffen wegen des Clans eine Zeitlang gegen mich waren, handelten aus grundloser Furcht, nicht aus böser Absicht. Attaroa dagegen war bösartig wie eine Hyäne.«

»Attaroa war nur eine«, mahnte Jondalar.

»Ja, aber denke daran, wie viele sie beeinflußt hat. S'Armuna half ihr mit ihrem heiligen Wissen, Menschen zu töten und zu verletzen, auch wenn es ihr später leid tat, und Epadoa folgte der Anführerin in allem«, sagte Ayla.

»Sie hatten ihre Gründe. Die Frauen waren schlimm behandelt worden«, sagte Jondalar.

»Ich kenne die Gründe. S'Armuna glaubte das Richtige zu tun, und Epadoa liebte die Jagd und Attaroa, die sie jagen ließ. Ich kenne das Gefühl, weil ich auch gern jage.«

»Und nun kann Epadoa für das ganze Lager jagen«, sagte Jondalar. »Ich glaube nicht, daß sie so schlecht war. Sie schien mütterliche Gefühle zu entwickeln. Vielleicht liebt sie Doban sogar mehr, weil sie ihn so verletzt und nun die Gelegenheit hat, alles wieder gut zu machen.«

»Epadoa wollte den Jungen nicht wehtun. Sie hatte Angst, daß Attaroa die Kinder töten würde, wenn sie nicht gehorchte. Das waren ihre Beweggründe. Selbst Attaroa hatte gute Gründe; doch keiner davon ist gut genug, um ihr Handeln zu entschuldigen. Wie konnte sie so etwas tun? Selbst Broud hat Kindern nie absichtlich wehgetan. Ich hielt meine Leute für gut und weiß jetzt nicht mehr, ob das stimmt«, sagte sie und sah traurig und bekümmert aus.

»Es gibt gute und schlechte Menschen, Ayla, und jeder von uns hat gute und schlechte Seiten«, sagte Jondalar und runzelte die Stirn. »Aber die meisten Menschen sind anständig und helfen einander. Sie wissen, daß jeder einmal Hilfe brauchen kann, und wollen gut und freundlich sein.«

»Aber es gibt welche, die so wahnsinnig sind wie Attaroa«, meinte Ayla.

»Das stimmt.« Jondalar mußte es zugeben. »Und manche geben nur, was sie müssen. Aber das macht sie noch nicht schlecht.«

»Und doch kann ein schlechter Mensch bei guten Menschen das Schlimmste an die Oberfläche bringen, wie Attaroa bei S'Armuna und Epadoa.«

»Ich denke, wir können nur versuchen, die Bösen und Grausamen davon abzuhalten, zuviel Schaden anzurichten. Vielleicht sollten wir uns glücklich schätzen, daß es nicht mehr von ihrer Sorte gibt.«

»Attaroa kann meine Meinung über die Menschen, die ich kenne, nicht ändern, und ich glaube, du hast, was die Mehrheit angeht, recht, Jondalar, und doch hat sie mich mißtrauischer und vorsichtiger gemacht.«

»Vorsicht kann nicht schaden, aber du mußt den Leuten eine Chance geben, ihre guten Seiten zu zeigen, bevor du schlecht von ihnen denkst.«

Das nördliche Hochland hielt mit ihnen Schritt, als sie nach Westen weiterzogen. Die Silhouetten windgeformter Immergrüne auf den runden Kuppen und flachen Plateaus des Massivs zeichneten sich vor dem Himmel ab. Der Fluß zerteilte sich wieder in mehrere Kanäle, die eine flache Talmulde durchzogen, und floß dann in nordwestlicher Richtung weiter.

Sie schlugen in der Talmulde ihr Lager auf. In diesem flußnahen Tal fielen unter den Fichten, Tannen, Kiefern und Lärchen die weiche, graue Rinde und die nackten Äste der Buchen auf; die Gegend lag geschützt genug, um ein paar großblättrige Laubbäume gedeihen zu lassen. In der Nähe der Bäume fanden sie eine kleine Mammutherde in sichtlicher Aufregung und Verwirrung. Ayla näherte sich den Tieren, um zu sehen, was los war.

Ein Mammut lag am Boden, ein alter Riese mit enormen Stoßzähnen, die sich vorne kreuzten. War das dieselbe Gruppe, die das Eis aufgebrochen hatte? Konnte es in der gleichen Region zwei so alte Mammuts geben? Jondalar kam hinzu.

»Ich fürchte, er stirbt. Wenn ich bloß etwas für ihn tun könnte«, sagte Ayla.

»Er hat vermutlich keine Zähne mehr. Wenn das einmal eintritt, kann man nur noch eines tun – bei ihm bleiben und ihm Gesellschaft leisten«, sagte Jondalar.

»Vielleicht kann niemand von uns mehr erwarten«, sagte Ayla.

Entsprechend seiner Größe fraß jedes ausgewachsene Mammut täglich große Mengen Nahrung, vor allem dickstengliges Hochgras und gelegentlich kleine Bäume. Bei solch grober Kost waren die Zähne entscheidend. Sie waren so wichtig, daß die Lebenszeit eines Mammuts von seinen Zähnen abhing.

Die Herde spürte das Ende herannahen und war gewohnt, die letzten Tage der Alten mit ihnen zu teilen. Die Mammuts sorgten für ihre Alten genauso liebevoll wie für ihre Neugeborenen; sie drängten herbei und versuchten, den Gefallenen zum Aufstehen zu bewegen. Wenn alles vorüber war, dann begruben sie den toten Ahnen unter Erde, Gras, Laub oder Schnee. Von den Mammuts hieß es, daß sie auch andere tote Tiere, ja selbst Menschen, bestatteten.

Ayla und Jondalar und ihre vierbeinigen Reisegefährten merkten, daß der Weg steiler und mühsamer wurde, als sie die Tiefebene und die Mammuts hinter sich ließen. Sie näherten sich einer Schlucht. Ein Ausläufer des uralten, nördlichen Grundgebirges hatte sich zu weit nach Süden gewagt und war durch die Wasserarme des Flusses gespalten worden. Der Strom rauschte durch den Engpaß, der aufgrund der starken Strömung nicht zugefroren war, aber Eisschollen mit sich führte. Der Anblick fließenden Wassers mutete nach so viel Eis seltsam an. Vor den hochgipfligen Felswänden im Süden lagen Tafelberge, deren weite, obere Plateaus dichte Koniferenwälder trugen. Die dünnen Äste der Laubbäume und Büsche hatten sich einen weißen Überzug aus gefrorenem Regen zugelegt, der jeden Zweig und Ast deutlich modellierte – eine Winterschönheit, die Ayla in ihren Bann schlug.

Der Weg führte immer höher hinauf, die Luft war kalt, schneidend und klar; selbst vom bewölkten Himmel schneite es nicht. Mit zunehmendem Winter nahm der Niederschlag ab. Die einzige Feuchtigkeit in der Luft war der warme Atem von Menschen und Tieren.

Jedesmal wenn sie ein zugefrorenes Nebenflußtal passiert hatten, wurde der Eisfluß schmaler. Am westlichen Ende der Ebene tauchte wieder eine Schlucht auf. Sie kletterten auf den felsigen Kamm und spähten in die Richtung, in die sie weiterziehen mußten. Der Ausblick erschreckte sie. Vor ihnen hatte sich der Fluß wieder einmal geteilt. Sie wußten nicht, daß er sich zum letzten Mal in diese Arme und Kanäle verzweigte, die seinen langen Lauf durch die Tiefebenen hindurch gekennzeichnet hatten. Die Schlucht am Rand der Ebene machte an der Stelle, an der sich die einzelnen Wasserläufe vereinten, eine scharfe Biegung und erzeugte einen rasenden Strudel, der Eis und Geröll in die Tiefe zog und dann, weiter flußabwärts, ausspie, wo alles schnell wieder zufror.

Sie standen auf dem Gipfel, sahen hinunter und beobachteten, wie ein kleiner Baumstamm sich immer wieder um den Wirbel drehte und in Spiralen tiefer und tiefer sank.

»Da möchte ich nicht hineinfallen«, sagte Ayla und schauderte bei dem Gedanken.

»Ich auch nicht«, erwiderte Jondalar.

Aylas Blick wanderte zu einer anderen Stelle in der Ferne. »Wo kommen die Dampfwolken dort drüben her, Jondalar?« fragte sie. »Es friert, und die Berge sind mit Schnee bedeckt.«

»Dort gibt es Teiche mit heißem Wasser – Wasser, das Donis heißer Atem erwärmt. Manche Leute haben Angst, in die Nähe solcher Orte zu gehen; doch die Menschen, die ich besuchen will, leben an einem tiefen, heißen Brunnen; das sagten sie mir jedenfalls. Die heißen Brunnen sind heilige Stätten, auch wenn manche gar nicht gut riechen. Man sagt, sie heilen Krankheiten.«

»Wie weit ist es noch bis zu den Leuten, die du kennst? Zu denen, die Wasser für die Heilung von Krankheiten benutzen?« fragte sie. Alles, was ihre medizinischen Kenntnisse bereichern konnte, erregte ihr Interesse. Außerdem wurden die Lebensmittel knapper, sie hatten sich nicht mehr genügend Zeit zum Sammeln genommen – seit ein paar Tagen waren sie hungrig schlafen gegangen.

Nach der letzten flachen Mulde begann das Land spürbar anzusteigen. Von beiden Seiten drangen Hochland und Berge auf sie ein. Der Eismantel im Süden wurde höher, als sie westwärts weiterzogen. Weit im Süden ragten zwei Gipfel über all die anderen zerklüfteten Bergspitzen empor, einer höher als der andere, wie ein verheiratetes Paar, das über seine Kinderschar wacht.

Wo das Hochland an einer seichteren Flußstelle flacher wurde, verließ Jondalar den Wasserlauf, bog nach Süden ab und ritt auf eine in der Ferne aufsteigende Dampfwolke zu. Sie kletterten einen niedrigen Grat hinan und sahen von oben über schneebedecktes Grasland auf einen dampfenden Wasserteich, an dessen Ufer sich eine Höhle befand.

Mehrere Leute hatten sie näherkommen sehen und starrten sie an, wie gelähmt vor Schreck. Ein Mann jedoch zielte mit einem Speer auf sie.

FÜNFUNDDREISSIGSTES KAPITEL

»Wir sollten lieber absitzen und zu Fuß weitergehen«, sagte Jondalar; er hatte bemerkt, daß immer mehr speertragende Männer und Frauen argwöhnisch herbeikamen. »Schließlich wissen wir, daß man Menschen Angst und Mißtrauen einflößt, wenn man auf Pferden reitet. Wir hätten zuerst zu Fuß gehen und ihnen das mit den Tieren erklären sollen.«

Sie saßen beide ab, und Jondalar dachte plötzlich an seinen ›kleinen Bruder‹ Thonolan, wie er mit seinem breiten, freundlichen Grinsen zuversichtlich auf fremde Höhlen oder Lager zugegangen war. Er nahm diese Erinnerung als ein Zeichen, grinste breit, winkte freundlich, zog die Kapuze seines Umhanges zurück, damit man ihn besser sehen konnte, und ging mit nach oben gekehrten Handflächen und ausgestreckten Armen auf sie zu, was heißen sollte, daß er ohne Arg gekommen war und nichts zu verbergen hatte.

»Ich suche Laduni von den Losadunai. Ich bin Jondalar von den Zelandonii«, sagte er. »Mein Bruder und ich wanderten vor ein paar Jahren nach Osten, und Laduni lud uns ein, auf dem Rückweg wieder vorbeizukommen.«

»Ich bin Laduni«, sagte ein Mann in der Sprache der Zelandonii mit leichtem Akzent. Er ging auf sie zu, hielt seinen Speer in Bereitschaft und betrachtete sie eingehend, um sich zu vergewissern, daß der fremde Mann auch wirklich der war, für den er sich ausgab. »Jondalar? Von den Zelandonii? Ja, du gleichst dem Mann, den ich getroffen habe.«

Jondalar spürte den vorsichtigen Ton. »Weil ich es bin! Schön, dich zu sehen, Laduni«, sagte er herzlich. »Ich wußte nicht, ob ich an der richtigen Stelle abgebogen bin. Ich bin den ganzen Weg bis zum Ende des Großen Mutter Flusses gewandert, und darüber hinaus, doch auf dem Rückweg hatte ich Mühe, eure Höhle zu finden; aber der Dampf eurer heißen Brunnen wies mir den Weg. Ich möchte dir jemanden vorstellen.«

Der ältere Mann suchte Jondalar nach dem kleinsten Hinweis ab, ob er nicht vielleicht doch etwas anderes war als das, was er zu sein schien: ein Mann, den er kannte, der zufällig auf die seltsamste Art zu Besuch gekommen war. Er ging auf Jondalar zu, hielt seinen Speer aber immer noch wurfbereit. Dann sah er auf die beiden ungewöhnlich fügsamen Pferde und bemerkte zum ersten Mal, daß eine Frau bei ihnen stand.

»Eure Pferde sind ganz anders als die hiesigen. Sind östliche Pferde sanftmütiger? Dann müssen sie leicht zu jagen sein«, sagte Laduni.

Plötzlich straffte sich der Mann, brachte seinen Speer in Anschlag und zielte in Aylas Richtung. »Bleib ganz ruhig, Jondalar! Ein Wolf hat euch verfolgt. Ein ganz kühner, der sich ohne Deckung sehen läßt.«

»Nein!« schrie Ayla und warf sich zwischen den Wolf und den Mann mit seinem Speer.

»Dieser Wolf reist mit uns, töte ihn nicht!« sagte Jondalar.

Ayla ging in die Knie und nahm Wolf fest in ihre Arme, um ihn und auch den Mann mit dem Speer zu schützen. Wolf stand da mit gesträubtem Fell, er entblößte seine Fangzähne und ließ ein wildes Knurren aus tiefer Kehle hören.

Laduni schrak zurück. Fragend sah er Jondalar an.

»Leg deinen Speer nieder, Laduni. Bitte! Der Wolf ist unser Gefährte, genau wie die Pferde. Er hat uns das Leben gerettet. Er wird nichts tun, wenn niemand ihn oder die Frau bedroht, das verspreche ich. Ich weiß, es sieht seltsam aus, aber ich erkläre es dir.«

Laduni senkte seinen Speer und beäugte den Wolf mißtrauisch. Nachdem die Bedrohung vorbei war, konnte Ayla das Tier beruhigen; sie befahl ihm, bei Fuß zu bleiben. Sie ging auf Jondalar und Laduni zu.

»Entschuldigt bitte, daß Wolf sich so aufgeführt hat. Im Grunde mag er Menschen gern, wenn er sie kennt, aber wir hatten weiter östlich von hier ein Erlebnis, das ihn Fremden gegenüber mißtrauisch gemacht hat.«

Laduni bemerkte, daß sie die Sprache der Zelandonii recht gut beherrschte, doch ihr seltsamer Akzent wies sie sofort als eine Fremde aus. Er hatte viele blonde, blauäugige Frauen gesehen, doch die Form ihrer Wangenknochen, ihre Gesichtszüge – auch da war etwas fremd an ihr.

Er sah Jondalar an und lächelte. Daß der große, ansehnliche Zelandonii von solch einer langen Reise mit einer exotischen Schönheit zurückkehrte, überraschte ihn nicht. Beide mußten aufregende Abenteuer hinter sich haben. Er war gespannt auf die Geschichten, die sie zu erzählen hatten.

»Laduni, Jäger der Losadunai«, sagte Jondalar, »dies ist Ayla vom Löwenlager der Mamutoi, erwählt vom Höhlenlöwen, beschützt vom Höhlenbären, Tochter vom Herdfeuer des Mammut.«

Ayla hatte beide Hände mit umgedrehten Handflächen erhoben, um ihre aufrichtige Freundschaft anzubieten, als Jondalar seine formelle Einführung sprach. »Ich grüße dich, Laduni, Meisterjäger der Losadunai«, sagte Ayla.

Laduni wunderte sich, woher sie wußte, daß er der oberste Jäger seines Stammes war. Doch mit so vielen Ehrenbezeichnungen und Zugehörigkeiten mußte die Frau unter ihren Leuten einen hohen Rang einnehmen, dachte er.

Laduni ergriff ihre Hände. »Im Namen von Duna, der Großen Erdmutter, heiße ich dich, Ayla vom Löwenlager der Mamutoi, Erwählte des Löwen, vom Großen Bären Beschützte, Tochter des Herdfeuers des Mammut, willkommen«, sagte er.

»Ich danke für deinen Gruß«, sagte Ayla immer noch formell. »Ich möchte dich gern mit Wolf bekannt machen, damit er dich als Freund kennenlernt.«

Laduni war es etwas unbehaglich, einen Wolf kennenzulernen, aber unter den gegebenen Umständen hatte er wohl keine andere Wahl.

»Wolf, das ist Laduni von den Losadunai«, sagte sie und führte die Hand des fremden Mannes an die Nase des Wolfs. »Er ist ein Freund.« Wolf roch die Hand des fremden Mannes zusammen mit dem Geruch von Aylas Hand und verstand.

»Genug, Wolf«, sagte Ayla, und zu Laduni gewandt: »Nun hat er begriffen, daß du ein Freund bist. Wenn du ihn begrüßen möchtest – er mag es, wenn man ihn streichelt und hinter den Ohren krault.«

Immer noch wachsam und zögernd, tätschelte der Mann den Kopf des Tieres und kratzte ihn ein wenig hinter den Ohren. Das Ganze machte ihm Spaß. Nicht, daß er niemals einen Wolfspelz berührt hätte, bloß an einem lebendigen Tier noch nicht.

»Ich werde dir die Pferde später vorstellen. Sie sind Fremden gegenüber scheu und brauchen etwas Zeit, um sich an neue Leute zu gewöhnen.«

»Sind alle östlichen Tiere so zahm?« Die Antwort hätte jeden Jäger brennend interessiert.

Jondalar lächelte. »Nein, Tiere sind überall gleich. Es liegt an Ayla, daß diese hier anders sind.«

Laduni unterdrückte weitere Fragen, weil er wußte, daß die ganze Höhle ihre Geschichten hören wollte. »Ich habe euch willkommen geheißen und lade euch ein, mit uns Wärme, Essen und einen Ruheplatz zu teilen. Aber zuerst sollte ich den Angehörigen der Höhle wohl einiges erklären.«

Laduni ging zu der Gruppe, die vor einer großen Öffnung an der Seite einer Felsenwand stand, und erzählte ihnen, wie er Jondalar vor ein paar Jahren getroffen hatte. Er erwähnte, daß Jondalar mit Dalanar verwandt war, und betonte, daß sie Menschen waren, keine bedrohlichen Geister, die ihnen alles über die Pferde und den Wolf erzählen würden. Das hatte einen großen Reiz für Menschen, die seit dem Beginn des Winters überwiegend an ihre Höhle gebunden waren und anfingen, sich zu langweilen.

Ayla bemerkte nach einer Weile, daß seine Sprache Ähnlichkeiten mit der der Zelandonii hatte. Trotz unterschiedlicher Aussprache und Betonung hörte sie, daß die Losadunai mit den Zelandonii ebenso verwandt waren wie die S'Armunai und Sharamudoi mit den Mamutoi. Die Sprache hatte sogar etwas mit der der S'Armunai gemeinsam. Sie hatte einige seiner Worte verstanden. In wenigen Tagen würde sie sich mit diesen Leuten verständigen können.

»Losaduna heißt euch am Herdfeuer der Besucher willkommen«, sagte Laduni, als er zurückkehrte.

»Wir müssen erst die Pferde abladen und sie irgendwo unterbringen«, sagte Jondalar. »Die Koppel hier vor eurer Höhle scheint eine gute Winterweide zu sein. Hat jemand etwas dagegen, wenn wir sie hier lassen?«

»Ihr dürft sie gern benutzen«, meinte Laduni. »Ich glaube, es macht alle irgendwie neugierig, Pferde so nah bei sich zu sehen.« Er warf einen verwunderten Blick auf Ayla. Was hatte sie bloß mit den Tieren gemacht? Offensichtlich konnte sie sehr mächtigen Geistern befehlen.

»Ich muß um noch etwas bitten«, sagte Ayla. »Wolf ist es gewohnt, bei uns zu schlafen. Woanders wäre er sehr unglücklich. Wenn sich Losaduna und deine Leute mit dem Wolf unwohl fühlen, schlagen wir unser Zelt auf und bleiben draußen.«

Laduni sprach wieder mit den Leuten. »Sie wollen, daß ihr hereinkommt, aber einige Mütter fürchten für ihre Kinder«, sagte er.

»Das verstehe ich. Aber ich verspreche dir, daß Wolf niemandem etwas tut; wenn das aber nicht genügt, werden wir draußen bleiben.«

Laduni sprach noch einmal mit den Leuten und sagte dann: »Ihr sollt hereinkommen.«

Laduni, der Ayla und Jondalar begleitete, um die Pferde abzuladen, war genauso aufgeregt, Winnie und Renner zu begegnen, wie dem Wolf. Er hatte Pferde gejagt, sie aber höchstens einmal zufällig berührt, wenn er während der Hatz nah genug an sie herankam. Ayla bemerkte sein Entzücken und dachte daran, ihm später einen Ritt auf Winnie anzubieten.

Als sie zur Höhle zurückgingen und ihre Habseligkeiten in dem Rundboot mitschleppten, fragte Laduni Jondalar nach seinem Bruder und sah, wie sich das Antlitz des großgewachsenen Mannes schmerzhaft verzog.

»Thonolan lebt nicht mehr. Ein Höhlenlöwe hat ihn getötet.«

»Das tut mir leid. Ich mochte ihn«, sagte Laduni.

»Jeder mochte ihn.«

»Er war so begierig, dem Großen Mutter Fluß ganz bis zum Ende zu folgen. Hat er das geschafft?«

»Ja, er erreichte das Ende des Flusses, bevor er starb; aber er hatte keinen Sinn mehr dafür. Er hatte sich in eine Frau verliebt und sie zu seiner Gefährtin gemacht, doch sie starb im Kindbett«, sagte Jondalar. »Das hat ihm das Herz gebrochen. Danach wollte er nicht mehr leben.«

Laduni schüttelte den Kopf. »Wie schrecklich! Er war so voller Leben. Filonia dachte noch lange an ihn, nachdem ihr uns verlassen hattet. Sie hat immer gehofft, er würde einmal zurückkehren.«

»Wie geht es Filonia?« fragte Jondalar und erinnerte sich an die hübsche, junge Tochter von Ladunis Herdfeuer.

Der ältere Mann grinste. »Sie hat nun einen Gefährten, und Duna ist ihr wohlgesonnen. Sie hat zwei Kinder. Kurz nach deiner und Thonolans Abreise entdeckte sie, daß sie schwanger war. Und als sich das herumsprach, suchte jeder akzeptable Losadunai-Mann einen Grund, unsere Höhle zu besuchen.«

»Das kann ich mir denken. Soweit ich mich erinnere, war sie eine reizende junge Frau. Sie ist auch auf eine Reise gegangen, nicht wahr?«

»Ja, mit einem älteren Vetter.«

»Und sie hat zwei Kinder?« fragte Jondalar.

Laduni strahlte vor Freude. »Eine Tochter von der ersten Segnung, Thonolia – Filonia hält sie für ein Kind vom Geist deines Bruders; und erst kürzlich bekam sie einen Sohn. Sie lebt in der Höhle ihres Gefährten. Sie hatten dort mehr Platz, wohnen aber nicht weit weg, so daß wir sie und die Kinder regelmäßig sehen können.« Ladunis Stimme klang froh und zufrieden.

»Ich hoffe, daß Thonolia ein Kind von Thonolans Geist ist. Es wäre schön, wenn ein Teil seines Geistes immer noch auf dieser Welt lebte«, sagte Jondalar.

Konnte das so schnell gehen? Jondalar wunderte sich. Thonolan hatte nur eine Nacht mit ihr verbracht. War seines Bruders Geist so mächtig? Oder hatte Ayla recht? Hatte Thonolan in jener Nacht, als sie bei ihnen blieben, mit seiner Männlichkeit ein Kind in Filonia wachsen lassen? Er dachte an die Frau, mit der er selbst zusammengewesen war.

»Wie geht es Lanalia?« fragte er.

»Gut. Sie besucht Verwandte in einer anderen Höhle. Sie wollen sie einem Mann zur Gefährtin geben, der seine Frau verloren hat und allein mit drei kleinen Kindern an seinem Herdfeuer lebt. Lanalia hatte nie eigene Kinder, obwohl sie immer welche gewollt hat. Wenn er ihr gefällt, wird sie ihn zum Gefährten nehmen und die Kinder adoptieren. Das kann sehr gut gehen, und sie ist schon sehr aufgeregt.«

»Ich freue mich für sie und wünsche ihr viel Glück«, sagte Jondalar und verbarg seine Enttäuschung. Er hatte gehofft, daß sie schwanger geworden wäre, nachdem sie die Wonnen mit ihm geteilt hatte. Was es auch immer war, der Geist des Mannes oder seine Männlichkeit, Thonolan hatte seine Kraft bewiesen. Doch was war mit ihm selbst? War seine Männlichkeit oder sein Geist nicht stark genug, um in einer Frau ein Kind wachsen zu lassen?

Als sie die Höhle betraten, sah sich Ayla interessiert um. Sie hatte schon viele Behausungen der Anderen gesehen: leichtgewichtige Sommerunterkünfte und feste, dauerhafte Bauten, die den Härten des Winters trotzen konnten. Manche waren aus Mammutknochen errichtet und mit Grasnarbe und Lehm bedeckt, manche aus Holz und unter einem Vorsprung oder auf einer schwimmenden Plattform festgemacht; doch eine Höhle wie diese hatte sie nicht mehr gesehen, seit sie den Clan verlassen hatte. Sie war behaglich und geräumig. Brun hätte diese Höhle gemocht, dachte sie.

Als sich ihre Augen an das Zwielicht gewöhnt hatten und sie das Innere wahrnahm, war sie überrascht. Sie hatte mehrere Feuerstellen an verschiedenen Plätzen erwartet, die Herdfeuer jeder Familie. Die Familienfeuerstätten dieser Höhle befanden sich jedoch in einzelnen Zellen aus Häuten, die an

Stangen befestigt waren. Sie sahen wie Zelte aus, waren aber nicht kegelförmig und oben offen – in der Höhle brauchten sie keinen Schutz vor der Witterung. Sie schützten den Innenraum vor fremden Blicken. Ayla erinnerte sich an das Verbot des Clans, direkt in den Raum um das Herdfeuer eines anderen Mannes zu blicken, der durch Grenzsteine markiert war.

Laduni führte sie zu einem der abgeschirmten Wohnplätze. »Ihr seid doch nicht etwa einer Bande von Strauchdieben begegnet?« fragte er.

»Nein, gibt es das?« fragte Jondalar. »Als wir uns damals trafen, sprachst du von ein paar jungen Männern und ihren Spielereien mit den Cl... den Flachschädeln.« Er sah Ayla an, doch Laduni hätte das Wort Clan nicht verstanden. »Sie quälten die Männer und erzwangen Wonnen von den Frauen. Aus Übermut, denke ich, der aber alle in Schwierigkeiten brachte.«

Bei dem Wort »Flachschädel« wurde Ayla neugierig. Gab es viele Clan-Leute in der Nähe?

»Ja, das sind sie. Charoli und seine Bande«, sagte Laduni. »Zu Anfang mag es Übermut gewesen sein, dann aber ging es weit darüber hinaus.«

»Ich hätte gedacht, daß die jungen Männer längst zur Vernunft gekommen wären«, sagte Jondalar.

»Das liegt an Charoli. Einzeln sind die jungen Männer nicht schlecht, glaube ich, aber er treibt sie an. Losaduna meint, er wolle seine Tapferkeit beweisen, seine Männlichkeit, weil er ohne einen Vater an seinem Herdfeuer aufgewachsen ist.«

»Viele Frauen haben Kinder allein großgezogen, die zu anständigen Männern wurden«, meinte Jondalar. In das Gespräch vertieft, waren sie in der Mitte der Höhle stehengeblieben. Die anderen Leute drängten sich um sie herum.

»Ja, natürlich. Aber der Gefährte seiner Mutter verschwand, als er noch ein Kind war, und sie nahm sich nie einen anderen. Sie verwöhnte ihn bis in das Alter hinein, in dem er ein Handwerk hätte lernen sollen und die Pflichten eines Erwachsenen. Nun ist er für alle zu einer Last geworden.«

»Was ist passiert?« fragte Jondalar.

»Ein Mädchen aus unserer Höhle stellte am Fluß Fallen auf. Sie war erst vor ein paar Mondzeiten eine junge Frau geworden und hatte die Ersten Riten noch nicht erlebt. Sie freute sich auf die Zeremonie bei der nächsten Versammlung. Charoli und seine Bande sahen sie zufällig allein und nahmen sie alle...«

»Alle? Nahmen sie? Mit Gewalt?« sagte Jondalar entsetzt. »Ein Mädchen, das noch keine Frau war? Das kann ich kaum glauben!«

»Alle«, sagte Laduni mit kalter Wut. »Aber das werden wir nicht hinnehmen! Ich weiß nicht, ob sie der Flachschädelfrauen überdrüssig wurden oder was auch immer, in jedem Fall war das zuviel. Sie verletzten sie so, daß sie blutete. Sie will nichts mehr mit Männern zu tun haben, nie wieder. Sie hat sich geweigert, die Riten, die sie zur Frau machen, zu vollziehen.«

»Das ist schrecklich, aber man kann es ihr kaum übelnehmen. So sollte keine junge Frau Donis Geschenk erfahren«, sagte Jondalar.

»Ihre Mutter fürchtet nun, daß Doni ihr niemals Kinder schenken wird, wenn sie die Zeremonie zu Ehren der Mutter verweigert.«

»Da mag sie recht haben, doch was kann man tun?« fragte Jondalar.

»Ihre Mutter fordert Charolis Tod«, sagte Laduni.

»Sie hat ein Recht auf Vergeltung; aber eine Fehde kann alle vernichten. Außerdem hat nicht Charolis Höhle das Verbrechen begangen, sondern seine Bande, von der nicht einmal alle aus Charolis Geburtshöhle stammen. Ich habe Tomasi, dem Anführer der dortigen Jäger, eine Botschaft geschickt und ihm einen Vorschlag gemacht.«

»Was hast du vor?«

»Ich denke, es ist Sache aller Losadunai, dem Treiben der Bande ein Ende zu setzen. Ich hoffe, daß Tomasi mir hilft und alle überzeugt, daß diese jungen Männer wieder unter die Aufsicht der Höhlen kommen müssen. Ich habe sogar vorgeschlagen, daß Madenias Mutter ihre Rache bekommen soll, damit das Blutvergießen einer Fehde vermieden wird. Aber Tomasi ist mit Charolis Mutter verwandt.«

»Dann ist das für ihn eine schwere Entscheidung«, sagte Jondalar. »Weiß jemand, wo sich Charolis Bande verstecken könnte? Gewiß nicht bei eurem Stamm. Keine Höhle der Losadunai würde solche Schurken aufnehmen, denke ich.«

»Etwas weiter südlich gibt es ein unbewohntes Gebiet mit vielen Höhlen und unterirdischen Flüssen. Dort sollen sie sich irgendwo versteckt halten.«

»Wenn es dort in der Gegend viele Höhlen gibt, werden sie schwer zu finden sein.«

»Aber sie müssen ihr Versteck verlassen, um Nahrung zu suchen. Ein guter Fährtensucher könnte sie leicht aufspüren, doch dazu brauchen wir die Leute aus allen Höhlen. Dann würden wir sie bald haben.«

»Was werdet ihr mit ihnen tun, wenn ihr sie gefunden habt?« fragte Ayla.

»Wenn diese Schurken erst einmal getrennt sind, wird es vermutlich nicht lange dauern, bis der Zusammenhalt der Bande zerfällt. Jede Höhle kann einen oder zwei von ihnen aufnehmen und nach Gutdünken mit ihnen verfahren. Im übrigen glaube ich auch nicht, daß ihnen das Leben in der Wildnis auf die Dauer zusagt. Eines Tages werden sie sich nach Gefährtinnen sehnen, und nicht viele Frauen werden ein solches Leben teilen wollen.«

»Da hast du recht«, bemerkte Jondalar.

»Es tut mir sehr leid um diese Frau«, meinte Ayla. »Wie hieß sie doch noch? Madenia?«

»Mir auch«, fügte Jondalar hinzu. »Ich wünschte, wir könnten hierbleiben und helfen. Aber wenn wir den Gletscher nicht bald überqueren, müssen wir bis zum nächsten Winter warten.«

»Dafür kann es jetzt schon zu spät sein«, sagte Laduni.

»Zu spät? Aber es ist Winter. Alles ist fest gefroren. Alle Spalten müßten zugeschneit sein.«

»Ja. Jetzt ist Winter, doch so spät in der Jahreszeit weiß man es nie. Ihr könntet Glück haben. Aber wenn der Föhnwind frühzeitig kommt – was nicht ausgeschlossen ist –, dann wird der Schnee rasch schmelzen. Der Gletscher kann während der ersten Frühlingsschmelze tückisch sein, und unter den gegebenen Umständen ist es wahrscheinlich nicht ratsam, durch das Land der Flachschädel im Norden zu ziehen. Charolis Bande hat sie feindselig gemacht. Selbst Tiere beschützen ihre Frauen und verteidigen ihre Art.«

»Sie sind keine Tiere«, nahm Ayla sie in Schutz. »Es sind Menschen, nur eine andere Art.«

Laduni verstummte; er wollte einen Gast nicht verletzen. Mit einem Wolf, der sie beschützte und den sie wie einen Menschen behandelte – war es da ein Wunder, daß sie die Flachschädel auch für Menschen hielt? Sie mochten klug sein, waren aber eben doch keine Menschen, dachte er.

Einige Leute hatten sich um sie versammelt, während sie sprachen. Ein kleiner, dünner Mann, über das mittlere Alter hinaus, sagte mit einem schüchternen Lächeln: »Sollten sich unsere Gäste nicht erst einmal niederlassen, Laduni?«

»Ich frage mich, ob du sie den ganzen Tag über aufhalten willst?« fügte die Frau an seiner Seite hinzu. Sie war rundlich, nur wenig größer als der Mann und hatte ein freundliches Gesicht.

»Ihr habt recht, es tut mir leid. Darf ich euch vorstellen?« sagte Laduni. Erst sah er Ayla an, dann wandte er sich zu dem kleinen Mann. »Losaduna, Der Du an der Heißquellenhöhle der Losadunai Der Mutter Dienst, dies ist Ayla vom Löwenlager der Mamutoi, vom Löwen Erwählte, vom Großen Bären Beschützte, Tochter vom Herdfeuer des Mammut.«

»Das Herdfeuer des Mammut! Dann bist du auch Eine, Die Der Mutter Dient«, sagte der Mann überrascht, noch bevor er sie begrüßt hatte.

»Nein. Ich bin eine Tochter vom Herdfeuer des Mammut. Mamut hat mich die Geheimnisse gelehrt, aber ich bin nie eingeführt worden«, erklärte Ayla.

»Aber dort geboren! Du mußt eine Auserwählte der Mutter sein, zusammen mit all den anderen«, sagte der Mann sichtlich entzückt.

»Losaduna, du hast sie noch nicht begrüßt«, wies ihn die dicke Frau zurecht.

Der Mann stand einen Augenblick lang verlegen da. »Ach, immer diese Formalitäten! Im Namen von Duna, der Großen Erdmutter, begrüße ich dich, Ayla von den Mamutoi, Erwählte des Löwenlagers und Beschützte vom Herdfeuer des Mammut.«

Die Frau neben ihm seufzte und schüttelte den Kopf. »Er hat es durcheinandergebracht! Dabei behält er selbst die unbekannteste Zeremonie oder Legende der Mutter im Gedächtnis«, sagte sie.

Ayla mußte lachen. Noch nie hatte sie Einen, Der Der Mutter Dient, getroffen, der weniger zu dieser Rolle paßte als dieser zerstreute, schüchterne Mann. »Das ist schon in Ordnung«, sagte sie zu der Frau. »Es ist nicht ganz verkehrt.« Schließlich war auch sie vom Löwenlager adoptiert worden, wenn auch nicht bei ihnen geboren, dachte Ayla. Dann wandte sie sich an den Mann, der ihre beiden Hände hielt. »Ich grüße Den, Der Der Großen Mutter allen Lebens Dient, und danke dir für dein Willkommen, Losaduna.«

Er lächelte über die andere Bezeichnung der Großen Mutter, die Ayla benutzte. Dann sagte Laduni: »Solandia von den Losadunai, geboren in der Bergfluß-Höhle, Gefährtin von Losaduna, dies ist Ayla vom Löwenlager der Mamutoi, vom Löwen Erwählte, vom Großen Bären Beschützte und Tochter des Herdfeuers des Mammut.«

»Ich grüße dich, Ayla von den Mamutoi, und lade dich in unsere Behausung ein«, sagte Solandia.

»Ich danke dir, Solandia.«

Laduni blickte Jondalar an. »Losaduna, Der Du an der Heißquellenhöhle der Losadunai Der Mutter Dienst, dies ist Jondalar, Meisterfeuersteinschläger der Neunten Höhle der Zelandonii, Sohn von Marthona, der einstigen Anführerin der Neunten Höhle, Bruder von Joharran, dem Anführer der Neunten Höhle, geboren am Herdfeuer von Dalanar, dem Anführer und Begründer der Lanzadonii.«

Ayla hatte Jondalars Titel und Verwandtschaften wohl nie vollständig aufzählen gehört und war überrascht. Auch wenn sie die Bedeutung nicht ganz verstand, klang es beeindruckend. Nachdem Jondalar die Litanei wiederholt hatte und formell eingeführt war, wurden sie endlich in den großen Wohn- und Zeremonienraum geführt, der Losadunas Bereich war.

Wolf, der die ganze Zeit über ruhig zu Aylas Füßen gesessen hatte, jaulte fröhlich, als sie den Eingang zum Wohnplatz erreichten. Er hatte drinnen ein Kind gesehen; doch seine Reaktion erschreckte Solandia. Sie rannte hinein und hob das Kind vom Boden weg. »Ich habe vier Kinder und weiß nicht, ob dieser Wolf hier sein sollte«, sagte sie mit angsterfüllter Stimme. »Micheri kann noch nicht einmal laufen.«

»Wolf wird den Kleinen nichts tun«, sagte Ayla. »Er ist mit Kindern aufgewachsen und liebt sie. Er geht mit ihnen zärtlicher um als mit Erwachsenen und hat sich einfach nur gefreut, als er das Kind sah.«

Solandia beäugte den Fleischfresser mißtrauisch. »Nun, schließlich habe ich zugestimmt, daß er bleiben kann«, sagte sie.

Ayla ging mit Wolf hinein und führte ihn in eine abgelegene Ecke. Sie blieb eine Weile bei ihm, wohl wissend, wie schwer es ihm fallen würde, den Kindern nur zuzusehen und nicht mit ihnen spielen zu dürfen.

Sein Verhalten beruhigte Solandia, die nun ihren Gästen einen heißen Tee vorsetzte, ihre Kinder vorstellte und dann zurückging, um ihr Essen weiter zu kochen. Sie vergaß dabei die Anwesenheit des Tieres, doch ihre

Kinder waren von ihm gefesselt. Ayla beobachtete sie unauffällig. Der älteste der vier, Larogi, war ein Junge von etwa zehn Jahren, schätzte sie. Dann war da noch ein Mädchen von vielleicht sieben Jahren, Dosalia, und noch ein etwa vierjähriges, Nelandia. Und wenn der Säugling noch nicht laufen konnte, so tat das seiner Beweglichkeit keinen Abbruch. Es war im Krabbelalter und auf allen vieren kaum zu bremsen.

Die älteren Kinder hatten Angst vor Wolf; das älteste Mädchen nahm das Kleinkind auf den Arm und beobachtete das Tier; doch nach einer Weile setzte sie es wieder ab. Während Jondalar mit Losaduna sprach, breitete Ayla ihre Sachen aus. Es gab Schlafzeug für Gäste, und sie hoffte, ihre Schlaffelle während ihres Aufenthaltes hier reinigen zu können.

Plötzlich ertönte Kinderlachen. Ayla hielt den Atem an und sah in die Ecke, in der sie Wolf zurückgelassen hatte. In der Wohnhöhle herrschte absolute Stille; alle blickten angstvoll auf den Säugling, der in die Ecke gekrabbelt war und am Pelz des großen Wolfes zupfte. Ayla sah, wie Solandia erstarrte, als ihr Kind den Wolf anstieß und rupfte. Wolf wedelte nur geduldig und erfreut mit dem Schwanz.

Schließlich ging Ayla hinüber, nahm das Kind auf den Arm und brachte es zu seiner Mutter.

»Du hast recht«, sagte Solandia, »dieser Wolf liebt Kinder! Wenn ich es nicht mit eigenen Augen gesehen hätte, hätte ich es nie geglaubt.«

Nach und nach fingen alle Kinder an, mit Wolf zu spielen. Nur als der älteste Junge ihn ärgerte, nahm Wolf seine Hand zwischen die Zähne und knurrte, biß aber nicht zu. Ayla erklärte den Kindern, daß sie das Tier mit Respekt behandeln müßten.

Vor Einbruch der Dunkelheit sah Ayla noch nach den Pferden. Winnie wieherte zur Begrüßung, als sie aus der Höhle trat. Als sie zurückwieherte, drehten sich viele überrascht zu ihr um, und Renner antwortete mit noch lauterem Gewieher.

Für die Pferde war es neu, wieder mit so vielen Menschen zusammenzusein, aber Ayla beruhigte sie. Renner streckte den Hals und spitzte die Ohren, als Jondalar am Eingang der Höhle erschien, und lief dem Mann auf halbem Weg über das Feld entgegen.

Mit Schaufeln aus großen Geweihen räumten Jondalar und Ayla den hohen Schnee von der Weide an der Höhle weg, damit die Pferde leichter grasen konnten. Diese Tätigkeit erinnerte Jondalar an ein Problem, das ihn schon seit einiger Zeit beschäftigte. Wie sollten sie auf ihrem Weg über die gefrorene Weite des Gletschers genügend Nahrung, Futter und, wichtiger noch, Wasser für sich, einen Wolf und zwei Pferde finden?

Später am Abend versammelten sich alle an dem großen Zeremonienplatz, um Jondalars und Aylas Reiseabenteuern zu lauschen. Die Losadunai waren besonders an den Tieren interessiert. Aber es lag jenseits ihrer Vorstellungskraft, daß praktisch jeder ein wildes Pferd oder einen Wolf zähmen konnte. Die meisten nahmen an, daß ihre einsame Zeit im Tal der Pferde eine Periode der Prüfung und Enthaltsamkeit war, der sich viele, die sich zum Dienst der Mutter aufgerufen fühlen, unterzogen. Ihre Art, mit Tieren umzugehen, schien ihre Berufung zu bestätigen.

Doch die Losadunai waren erschüttert, als sie von den Erlebnissen ihrer Besucher bei den S'Armunai hörten.

»Kein Wunder, daß wir während der vergangenen Jahre so wenig Besucher aus dem Osten hatten. Und du sagst, daß einer der Männer, die da gefangengehalten wurden, ein Losadunai war?« fragte Laduni.

»Ja. Ich weiß nicht, wie man ihn hier nannte, aber dort hieß er Ardemun«, sagte Jondalar. »Er war verkrüppelt, konnte nicht gut gehen und sicher nicht weglaufen; daher ließ ihn Attaroa im Lager umhergehen. Er hat die Männer freigelassen.«

»Ich erinnere mich an einen jungen Mann, der eine Reise unternahm«, sagte eine ältere Frau. »Ich habe seinen Namen gewußt, kann mich aber nicht mehr erinnern ... er hatte einen Spitznamen ... Ardemun ... Ardi ... nein, Mardi. Er nannte sich Mardi!«

»Du meinst Menardi?« sagte ein Mann. »Ich kenne ihn von den Sommertreffen her. Er wurde Mardi genannt. Das also geschah mit ihm. Er hat einen Bruder, der froh wäre, zu erfahren, daß er noch am Leben ist.«

»Gut zu wissen, daß man wieder sicher dorthin reisen kann. Du hast Glück gehabt, daß ihr auf eurer Reise nach Osten nicht auf sie gestoßen seid«, sagte Laduni.

»Thonolan hatte es eilig, er wollte möglichst weit am Großen Mutter Fluß entlangwandern«, erklärte Jondalar, »und wir blieben auf dieser Seite des Flusses. Das war gut so.« Die Versammlung näherte sich ihrem Ende, und Ayla war froh, an einem warmen, trockenen Ort übernachten zu können; sie schlief schnell ein.

Am nächsten Morgen wachte sie früh auf und beschloß, für sich und Jondalar den Morgentee zuzubereiten. Sie sah sich nach Holz, getrocknetem Dung oder irgendeinem anderen Brennstoff um, der gewöhnlich in der Nähe aufbewahrt wurde; doch alles, was sie sah, war ein Haufen brauner Steine.

»Ich möchte Tee kochen«, sagte sie. »Womit macht ihr Feuer? Wenn du es mir sagst, hole ich es.«

»Nicht nötig. Alles ist hier«, sagte Solandia und reichte ihr einen der braunen Steine. »Das nehmen wir – Brennstein«, sagte sie.

Ayla nahm den Stein in die Hand und untersuchte ihn genau. Sie entdeckte deutliche Holzmaserungen, doch es war zweifellos ein Stein, kein Holz. Es war Braunkohle, eine Mischung aus Torf und Steinkohle. Jondalar war aufgewacht und folgte ihr. Sie lächelte ihn an und reichte ihm den Stein.

»Solandia sagt, sie verbrennen das im Herdfeuer«, sagte sie.

Nun war es an Jondalar, genauer hinzusehen und überrascht zu sein. »Es sieht wirklich wie Holz aus, und doch ist es Stein. Aber nicht so hart wie Feuerstein. Es bricht sicher leicht.«

»Ja«, sagte Solandia. »Brennstein bricht leicht.«

»Woher stammt er?« fragte Jondalar.

»Im Süden, bei den Bergen, liegen ganze Felder davon. Holz brauchen wir nur noch, um das Feuer anzufachen; dies hier aber brennt heißer und länger als Holz«, sagte die Frau.

Ayla und Jondalar tauschten einen Blick. »Ich hole einen«, sagte Jondalar. Als er zurückkam, waren auch Losaduna und der älteste Junge, Larogi, wach. »Ihr habt Brennsteine, wir einen Stein, der Feuer anzünden kann.«

»Den hat Ayla entdeckt, nicht wahr?« sagte Losaduna, mehr feststellend als fragend.

»Woher weißt du das?« fragte Jondalar.

»Vermutlich, weil es so ihre Art ist«, sagte Solandia.

Jondalar nickte. »Ayla, zeig es ihnen«, sagte er und reichte ihr den Eisenpyrit, den Feuerstein und etwas Zunder.

Ayla schichtete den Zunder auf und drehte den metallisch schimmernden Stein in der Hand, bis die Kerbe, die der häufige Gebrauch in den Eisenkies gegraben hatte, zur richtigen Seite zeigte. Ihre Bewegung war so eingespielt, daß sie fast nie mehr als einen Schlag brauchte, bis ein Funken sprühte. Er fing sich in dem Zunder, und mit ein wenig Blasen flackerte eine kleine Flamme empor.

»Das ist erstaunlich«, sagte Losaduna.

»Nicht erstaunlicher als eure brennenden Steine«, erwiderte Ayla. »Ich habe einige übrig und möchte eurer Höhle einen schenken. Vielleicht können wir das Ganze während der Zeremonie vorführen.«

»Ja! Das wäre der rechte Zeitpunkt«, sagte Losaduna. »Wir nehmen euer Geschenk mit Freuden an, müssen euch aber auch etwas dafür geben.«

»Laduni hat uns schon alles zugesagt, was wir brauchen, um unsere Reise über den Gletscher fortzusetzen. Er schuldete mir einen künftigen Anspruch, hätte uns aber auch so geholfen. Wölfe haben unser Versteck und unseren Reiseproviant verwüstet«, sagte Jondalar.

»Habt ihr vor, den Gletscher mit den Pferden zu überqueren?« fragte Losaduna.

»Ja, natürlich«, sagte Ayla.

»Aber wie wollt ihr das mit dem Futter machen? Und mit dem Wasser, wenn alles fest gefroren ist? Zwei Pferde trinken mehr als zwei Menschen.«

Ayla sah Jondalar an. »Ich habe daran gedacht, in dem Boot trockenes Gras mitzunehmen.«

»Und vielleicht Brennsteine? Dann könnt ihr auf dem Eis Feuer machen. Ihr habt weniger zu schleppen und keine Schwierigkeiten, wenn sie naß werden«, sagte Losaduna.

Jondalar sah nachdenklich vor sich hin, dann erhellte ein Lächeln seine Züge. »Das ginge! Wir können sie in das Boot legen – schwerbeladen gleitet es besser über das Eis – und mit ein paar Steinen einen Feuerplatz bauen. Darüber habe ich so lange gegrübelt! Ich kann dir gar nicht genug danken, Losaduna.«

Während der folgenden Tage lernte Ayla die Losadunai-Gruppe, die in der Nähe des heißen Brunnens lebte, näher kennen – die Gruppen der Losadunai nannten sich ›Höhlen‹, einerlei, ob sie in einer Höhle lebten oder nicht. Besonders mochte Ayla die Menschen, deren Wohnplatz sie teilte – Solandia, Losaduna und die Kinder; ihr wurde bewußt, wie sehr sie die Gesellschaft freundlicher Leute vermißt hatte. Die Frau beherrschte Jondalars Sprache gut, auch mit Ayla hatte sie keine Verständigungsschwierigkeiten.

Noch stärker fühlten sich Ayla und die Gefährtin Dessen, Der Der Mutter Diente, zueinander hingezogen, als sie gemeinsame Interessen entdeckten. Obwohl sich eigentlich Losaduna mit Pflanzen und Heilkräutern auskennen sollte, hatte sich Solandia das meiste Wissen angeeignet. Es erinnerte Ayla an Iza und Creb, wenn Solandia die Krankheiten der Höhle mit Kräutern kurierte und das Austreiben von Geistern und anderen unbekannten, unheilvollen Kräften ihrem Gefährten überließ. Ayla war auch von Losadunas Interesse an Geschichte, Legenden, Mythen und der Welt der Geister gefesselt – Geheimnisse, die sie nicht kennen durfte, als sie noch beim Clan lebte; sie lernte den Reichtum des Wissens, über das er verfügte, immer mehr schätzen.

Sobald er ihr echtes Interesse an der Großen Erdmutter und der Welt der Geister, ihre schnelle Auffassungsgabe und ihr erstaunliches Gedächtnis entdeckt hatte, gab er sein Wissen mit Freuden weiter. Er sprach fließend Zelandonii, wenn auch mit starkem Losadunai-Einschlag in Wortwahl und Satzbau; die kleinen Unterschiede und vielen Übereinstimmungen zwischen seinen Erläuterungen und der überlieferten Weisheit der Mamutoi entzückten beide.

Jondalar verbrachte viel Zeit mit Laduni und anderen Jägern, zeigte aber auch ein erstaunliches Interesse an den Kindern Solandias oder vielmehr daran, wie sie mit ihnen umging. Wenn sie das Kind stillte, sehnte er sich nach einem Kind von Ayla – einem Kind seines Geistes, so hoffte er, doch zumindest einem Sohn oder einer Tochter seines Herdfeuers. Es machte ihm langsam Sorgen, daß die Große Erdmutter Ayla nicht mit Schwangerschaft segnete, und er empfand es in gewisser Weise als sein eigenes Versagen. Eines Tages teilte er Losaduna seine Befürchtungen mit.

»Die Mutter wird den rechten Zeitpunkt bestimmen«, sagte der Mann. »Vielleicht wußte sie, wie beschwerlich eure Reise sein würde. Dennoch – jetzt wäre die rechte Zeit, sie mit einer Zeremonie zu ehren. Dann könntet ihr sie bitten, Ayla ein Kind zu schenken.«

»Vielleicht hast du recht«, sagte Jondalar. »Es könnte sicher nicht schaden.« Er lachte geringschätzig. »Jemand hat mir mal gesagt, ich wäre ein Liebling der Mutter, und sie würde mir keine Bitte abschlagen.« Dann verdüsterte sich sein Blick. »Thonolan ist dennoch gestorben.«

»Hast du sie ausdrücklich gebeten, ihn nicht sterben zu lassen?« fragte Losaduna.

»Nein. Es ging zu schnell«, gab Jondalar zu. »Der Löwe hatte auch mich verwundet.«

»Denke in Ruhe darüber nach, ob du sie jemals ausdrücklich um etwas gebeten hast und sie es dir nicht gewährte. Jedenfalls werde ich mit Laduni und dem Rat über eine Zeremonie zu Ehren der Mutter sprechen«, sagte Losaduna. »Ich möchte irgend etwas tun, um Madenia zu helfen. Sie verläßt ihr Bett nicht mehr. Sie ist nicht einmal aufgestanden, um eure Geschichten zu hören; dabei liebt sie Reiseerzählungen.«

»Was muß sie durchgemacht haben!« Jondalar schauderte es bei dem Gedanken.

»Ja. Dabei hoffte ich, daß sie sich jetzt langsam davon erholt hätte. Vielleicht würde ein Reinigungsritual am heißen Brunnen helfen«, sagte er, ganz in Gedanken versunken. Plötzlich sah er auf. »Weißt du, wo Ayla ist? Ich werde sie bitten, dabei zu sein. Sie könnte uns helfen.«

»Losaduna hat es mir erklärt, und ich bin an diesem Ritual, das wir planen, sehr interessiert«, sagte Ayla. »Aber was die Zeremonie zu Ehren der Mutter betrifft, bin ich nicht so sicher.«

»Sie ist wichtig«, sagte Jondalar stirnrunzelnd. »Die meisten Leute freuen sich darauf.« Er fragte sich, ob es überhaupt etwas nützen würde, wenn sie damit nicht einverstanden war.

»Vielleicht, wenn ich mehr darüber wüßte... Ich muß noch soviel lernen, und Losaduna ist bereit, mich zu unterweisen. Ich würde so gern noch eine Weile bleiben.«

»Wir müssen bald weg. Wenn wir noch lange warten, wird es Frühling sein. Wir bleiben noch bis zur Zeremonie zu Ehren der Mutter, dann brechen wir auf«, sagte Jondalar.

»Ich wünschte fast, wir könnten hier bis zum nächsten Winter bleiben. Ich habe das Wandern so satt«, sagte Ayla. Den nächsten Gedanken behielt sie für sich, obwohl er sie sehr quälte. Diese Leute mögen mich; wer weiß, ob die Deinen dasselbe tun werden.

»Ich habe auch keine Lust mehr, zu reisen, aber wenn wir erst einmal den Gletscher hinter uns haben, ist es nicht mehr weit. Wir schauen kurz bei Dalanar vorbei, damit er weiß, daß ich zurück bin – und dann wird der Rest des Weges eine Leichtigkeit sein.«

Ayla nickte zustimmend, dachte aber, daß sie immer noch ein ganz schönes Stück Weges vor sich hätten und daß alles leichter gesagt als getan war.

SECHSUNDDREISSIGSTES KAPITEL

»Soll ich dabei irgend etwas tun?« fragte Ayla.
»Ich weiß es noch nicht«, sagte Losaduna. »Wie die Dinge liegen, sollte eine Frau dabei sein, glaube ich. Madenia weiß, daß ich es bin, Der Der Mutter Dient. Aber ich bin ein Mann, und sie fürchtet sich vor Männern. Es wäre gut für sie, darüber zu reden, und manchmal spricht es sich leichter mit einem mitfühlenden Fremden.«
»Gibt es etwas, das ich nicht sagen oder tun sollte?«
»Du bist von Natur aus einfühlsam und wirst das selbst entscheiden können. Du hast auch eine seltene, natürliche Gabe für neue Sprachen. Ich bin erstaunt, wie schnell du die Sprache der Losadunai gelernt hast. Und ich bin dir dankbar, um Madenias willen«, sagte Losaduna.
Ayla senkte unter seinem Lob beschämt den Blick. »Die Sprache der Losadunai ist der der Zelandonii recht ähnlich«, sagte sie.
Er bemerkte ihr Unbehagen und drang nicht weiter in sie. Als Solandia hereinkam, blickten sie beide auf.
»Es ist alles bereit«, sagte sie. »Ich nehme die Kinder und kümmere mich um alles weitere. Da fällt mir ein, Ayla, hast du etwas dagegen, wenn ich Wolf hole? Das Kind hat sich so an ihn gewöhnt, und er beschäftigt sie alle.« Die Frau kicherte. »Wer hätte gedacht, daß ich jemals einen Wolf haben würde, der meine Kinder hütet!«
»Er ist bei dir besser aufgehoben«, sagte Ayla. »Madenia kennt Wolf noch nicht.«
»Sollen wir sie nun holen?« fragte Losaduna.
Als sie zusammen zum Wohnbereich Madenias und ihrer Mutter gingen, fiel Ayla abermals auf, daß der Mann kleiner als die Frau war, und sie erinnerte sich an ihren ersten Eindruck von ihm. Doch trotz seines kleinen Wuchses und seines zurückhaltenden, fast schüchternen Auftretens strahlte er Würde und Klugheit aus.
Losaduna kratzte an den steifen Lederhäuten, die um ein Rechteck dünner Stangen gespannt waren. Eine ältere Frau ließ sie ein. Als sie Ayla erblickte, war sie offensichtlich wenig erfreut und schenkte ihr nur ein mürrisches Stirnrunzeln.
Die Frau kam gleich zur Sache, voller Wut und Bitterkeit. »Ist der Mann endlich gefunden? Der mir meine Enkel genommen hat, noch bevor sie geboren wurden?«

»Daß wir Charoli finden, hilft deinen Enkeln wenig, Verdegia; meine Sorge gilt im Moment nicht ihm, sondern Madenia. Wie geht es ihr?« fragte Losaduna.

»Sie bleibt im Bett und ißt kaum etwas. Sie spricht nicht einmal mit mir. Dabei war sie so ein hübsches Kind und versprach, eine schöne Frau zu werden. Viele hätten sie zur Gefährtin gewollt, bis Charoli und seine Männer sie verdorben haben.«

»Warum hältst du sie für verdorben?« fragte Ayla.

Die ältere Frau sah Ayla an, als wäre sie blöde. »Hat denn diese Frau keine Ahnung?« sagte sie zu Losaduna und wandte sich dann Ayla zu. »Madenia hatte noch keine Ersten Riten. Sie ist beschmutzt, zerstört. Die Mutter wird sie nie mehr segnen.«

»Da wäre ich nicht so sicher. Die Mutter ist barmherzig und vergibt«, sagte der Mann. »Sie kennt die Wege ihrer Kinder und weiß ihnen zu helfen. Madenia kann gereinigt werden, so daß sie immer noch die Riten der Ersten Wonnen erleben kann.«

»Das wird nichts nützen. Sie will nichts mehr mit Männern zu tun haben, nicht einmal für die Ersten Riten«, sagte Verdegia. »Alle meine Söhne sind mit ihren Gefährtinnen weggezogen; alle meinten, wir hätten nicht genügend Platz in unserer Höhle für so viele neue Familien. Madenia ist mein letztes Kind, meine einzige Tochter. Seit mein Gefährte starb, habe ich mich darauf gefreut, für die Kinder zu sorgen, die sie hier bekommen würde, meine Enkel. Nun werde ich an diesem Herd keine Enkel mehr erleben. Und das alles wegen dieses – dieses gemeinen Kerls.« Ihre Stimme zitterte. »Und niemand tut etwas dagegen.«

»Du weißt doch, daß Laduni auf eine Nachricht von Tomasi wartet«, sagte Losaduna.

»Tomasi!« Verdegia spie den Namen aus. »Ausgerechnet der! Seine Höhle war es, aus der dieser – dieser Mann stammt.«

»Du solltest ihnen eine Chance geben. Doch wenn wir Madenia helfen wollen, brauchen wir darauf nicht zu warten. Wenn sie gereinigt ist, ändert sie vielleicht ihren Sinn. Wir sollten es zumindest versuchen.«

»Gut, probiert es, aber sie wird nicht aufstehen«, sagte die Frau.

»Vielleicht können wir sie dazu bringen«, meinte Losaduna. »Wo ist sie?«

»Da drüben, hinter dem Vorhang«, sagte Verdegia und zeigte auf einen abgeteilten Raum an der Steinwand.

Losaduna zog den Vorhang beiseite und ließ das Licht in den verdunkelten Alkoven. Das Mädchen hob die Hand, um die Helligkeit abzuwehren.

»Madenia, steh auf«, sagte er mit fester und doch sanfter Stimme. Sie drehte sich um. »Hilf mir, Ayla.«

Die beiden zogen sie in eine sitzende Stellung und halfen ihr dann auf die Füße. Madenia ließ es geschehen. Sie führten sie aus dem abgeteilten Raum und aus der Höhle hinaus. Das Mädchen schien den gefrorenen, schneebedeckten Boden selbst mit bloßen Füßen nicht zu spüren. Sie führten sie zu einem großen, kegelförmigen Zelt, das Ayla bisher noch nicht gesehen hatte. Es stand abseits vom Eingang der Höhle und war von Felsen und Gebüsch verdeckt; aus dem Rauchabzug an der Decke dampfte es. Ein starker Schwefelgeruch lag in der Luft.

Sie betraten einen kleinen Vorraum, der durch schwere Ledervorhänge vom übrigen Teil abgetrennt war. Trotz der bitteren Kälte war es drinnen warm. Das doppelwandige Zelt stand über einer heißen Quelle, die für die Wärme sorgte; obwohl das Wasser dampfte, waren die Wände nahezu trocken. Die aufsteigende Feuchtigkeit sammelte sich auf der Innenseite der äußeren Zeltwand, an der die Kälte von draußen auf die dampfende Innenwärme traf. Die isolierende Luft im Zwischenraum war wärmer und hielt die innere Zelthaut fast trocken.

Losaduna bat sie, sich zu entkleiden. Madenia klammerte sich an ihre Sachen, als Ayla sie ausziehen wollte, und starrte mit aufgerissenen Augen auf den Einen, Der Der Mutter Diente.

»Versuche sie auszuziehen, doch wenn sie dich nicht läßt, bring sie mit den Kleidern herein«, sagte Losaduna und verschwand hinter dem schweren Vorhang, der eine Dampfwolke entweichen ließ. Als der Mann fort war, ließ sich das Mädchen ausziehen; dann entkleidete Ayla sich selbst und führte Madenia in den Raum hinter dem Vorhang.

Dampfschwaden vernebelten Umrisse und Einzelheiten in dem warmen Innenraum; doch Ayla konnte ein mit Steinen umhegtes Becken erkennen, das sich neben einer natürlichen heißen Quelle befand. Ein Loch, das Quelle und Becken verband, war mit einem Holzpflock verschlossen. An der gegenüberliegenden Seite des Beckens hatte man einen ausgehöhlten Baumstamm, der kaltes Wasser aus einem nahegelegenen Fluß hereinbrachte, so schräg aufgestellt, daß das Wasser nicht ins Becken fließen konnte. Als sich die Dampfwolken für einen Moment lichteten, sah sie, daß das Innere des Zeltes mit Tieren – viele davon trächtig und von den Wasserdämpfen verblichen – und mit rätselhaften Dreiecken, Kreisen, Trapezen und anderen geometrischen Formen bemalt war.

Um Becken und Quelle herum war der Boden fast bis zur Zeltwand mit dicken Matten aus zu Filz gepreßter Mufflonwolle ausgelegt, die sich unter den Füßen wundervoll weich und warm anfühlten. Die Matten waren mit Linien und Zeichen versehen, die zur seichteren Seite des Beckens führten. An der Wand der tieferen Seite waren unter Wasser Steinbänke angebracht. An der Rückseite befand sich ein erhöhtes Podium, auf dem drei Steinlampen flackerten – flache, mit geschmolzenem Fett gefüllte Schalen mit einem in der Mitte schwimmenden Docht –, die eine kleine, reichverzierte Frauenstatuette erleuchteten. Es war ein Bild der Großen Erdmutter.

Vor dem Steinaltar befand sich in einem Kreis runder Steine eine sorgfältig vorbereitete Feuerstelle. Losaduna tauchte aus dem dampfenden Nebel auf, nahm einen kleinen Stock, der neben einer der Lampen lag und an einem Ende mit einer dunklen Masse überzogen war, und hielt ihn an die Flamme. Er fing schnell Feuer, und Ayla erkannte am Geruch, daß man ihn in Pech getaucht hatte. Losaduna trug die kleine Fackel, die Hand schützend über die Flamme haltend, zum vorbereiteten Feuerplatz und setzte den Zunder in Brand. Ein angenehmer Duft stieg auf und überdeckte den Schwefelgeruch.

»Folgt mir«, sagte er. Dann setzte er den Fuß auf eine der Wollmatten zwischen zwei parallele Linien und begann, das Becken auf einem genau vorgezeichneten Pfad zu umschreiten. Madenia schlurfte hinter ihm her und achtete nicht darauf, wohin sie trat; Ayla jedoch folgte aufmerksam seinen Fußstapfen. Sie umkreisten das Becken und die heiße Quelle, stiegen über die kalte Wasserrinne und einen tiefen Abflußgraben. Beim zweiten Rundgang begann Losaduna mit eintöniger Stimme zu singen und die Mutter mit Namen und Titeln anzurufen.

»O Duna, Große Erdmutter, Große und Gütige Ernährerin, Große Mutter allen Lebens, Erste Mutter, Segnerin aller Frauen, Mitfühlende Mutter, erhöre unser Flehen.« Der Mann wiederholte die Anrufung immer wieder, während sie das Wasser zum zweiten Mal umkreisten.

Als er sich mit dem linken Fuß zwischen die parallelen Linien der Ausgangsmatte stellte, um die dritte Runde zu beginnen, fuhr er nach dem Satz »erhöre unser Flehen« so fort: »O Duna, Große Erdmutter, eins deiner Geschöpfe hat Schaden genommen. Eine, die dir gehört, ist verletzt worden. Eines deiner Geschöpfe muß gereinigt werden, um deinen Segen zu empfangen. Große und Gütige Ernährerin, eins deiner Geschöpfe braucht deine Hilfe. Sie muß genesen. Erneuere sie, Große Mutter allen Lebens, und laß sie die Freuden deiner Gaben kennenlernen. Hilf ihr, Ursprüngliche, die Riten der Ersten Wonnen zu empfangen. Hilf ihr, Erste Mutter, deinen Segen anzunehmen. Mitfühlende Mutter, hilf Madenia, Tochter von Verdegia, Kind der Losadunai, der Erdenkinder, die bei den hohen Bergen leben.«

Ayla war von den Worten und von der Zeremonie tief bewegt; sie glaubte, auch, bei Madenia Anzeichen von Teilnahme zu entdecken, die sie froh stimmten. Nach dem dritten Rundgang führte Losaduna sie mit ganz bestimmten Schritten und unter weiteren Bittgesängen vor den Steinaltar, wo die drei Lampen die kleine Mutterfigur erleuchteten. Neben einer der Lampen lag ein messerartiger, aus Knochen geschnitzter Gegenstand. Er war ziemlich breit, zweischneidig und hatte eine leicht abgerundete Spitze. Losaduna nahm ihn in die Hand und führte sie an das Feuer.

Sie setzten sich mit Blick auf das Becken um das Feuer und nahmen Madenia in ihre Mitte. Losaduna tat ein paar braune Brennsteine in die Flammen. Dann nahm er aus einer Nische an der Seite der erhöhten Plattform eine Schale, füllte sie mit Wasser aus einem kleinen Beutel, der sich auch in der Nische befand, fügte aus einem kleinen Korb getrocknete Blätter hinzu und stellte die tönerne Schale auf die heiße Glut.

Dann malte er etwas auf einen von Filzmatten umrahmten Fleck feiner, trockener Erde. Plötzlich verstand Ayla, wozu das knöcherne Gerät diente. Die Mamutoi hatten einen ähnlichen Gegenstand benutzt, mit dem sie Zeichen in die Erde ritzten, um sich zum Beispiel Punkte beim Spiel zu merken, Jagdzüge zu planen oder Geschichten mit Bildern zu illustrieren. Auch Losaduna benutzte das Messer, um eine Geschichte zu beschreiben, doch keineswegs zur bloßen Unterhaltung. Er erzählte sie in dem eintönigen Singsang, in dem er auch seine Bitten vorgebracht hatte, und zeichnete dabei Vögel, um die wichtigsten Punkte zu unterstreichen und zu bekräftigen. Bald verstand Ayla, daß die Geschichte eine allegorische Nacherzählung des Angriffs auf Madenia war, in der die Vögel die Beteiligten darstellten.

Die junge Frau nahm nun wirklichen Anteil und identifizierte sich mit dem jungen, weiblichen Vogel, von dem er sprach; dann brach sie plötzlich in lautes Schluchzen und Weinen aus. Daraufhin wischte der Eine, Der Der Mutter Diente, mit der stumpferen Seite des Zeichenmessers die ganze Szene aus.

»Es ist vorbei! Es ist nie geschehen«, sagte er und malte nur ein Bild des jungen Vogels. »Sie ist wieder so, wie sie am Anfang war. Mit Hilfe der Mutter, Madenia, wird es verschwunden sein, als wäre es nie geschehen.«

Ein stechender Minzegeruch, den Ayla nicht recht erkennen konnte, zog durch das dampfende Zelt. Losaduna prüfte das Wasser auf den Kohlen und reichte Madenia einen Becher davon. »Trink!« sagte er.

Noch ehe Madenia widersprechen konnte, hatte sie das Wasser schon heruntergeschluckt. Er schöpfte noch einen Becher für Ayla und einen für sich selbst. Dann stand er auf und führte sie zum Becken.

Losaduna ging langsam, aber ohne zu zögern, in das dampfende Wasser hinein. Madenia folgte ihm blindlings – und Ayla auch. Doch als sie einen Fuß in das Wasser tauchte, zog sie ihn erschrocken wieder zurück. Es war heiß! Fast kochend heiß. Nur mit großer Willensanstrengung zwang sie sich, den Fuß wieder in das Wasser zu senken, und stand dann eine Weile still, bevor sie einen weiteren Schritt wagte. Ayla hatte oft in den kalten Gewässern von Flüssen, Strömen und Teichen gebadet, selbst wenn sie eine dünne Eisschicht aufbrechen mußte; sie hatte sich auch mit erwärmtem Wasser gewaschen, doch nie zuvor war sie in heißes Wasser gestiegen.

Obwohl Losaduna sie langsam in das Becken führte, damit sie sich an die Hitze gewöhnen konnten, brauchte Ayla viel Zeit, bis sie die Steinbänke erreichte. Doch als sie immer tiefer eintauchte, fühlte sie sich von einer beruhigenden Wärme durchdrungen. Als sie sich setzte und das Wasser ihr bis zum Kinn ging, entspannte sie sich. Es war nicht so schlimm, wenn man sich einmal an die Hitze gewöhnt hatte. Es tat sogar gut.

Als sie nun dasaßen, forderte Losaduna Ayla auf, die Luft anzuhalten und unterzutauchen. Als sie wieder hochkam, gebot er Madenia, dasselbe zu tun. Dann tauchte er selbst unter und führte sie aus dem Becken hinaus.

Aus dem abgeteilten Vorraum holte er eine hölzerne Schale, in der sich etwas befand, das wie ein dichter, blaßgelber Schaum aussah. Losaduna stellte die Schale auf einem glattgepflasterten Platz nieder und rieb seinen Körper mit dem Schaum ein. Dann forderte er Ayla auf, mit Madenia und sich selbst das gleiche zu tun und die Haare nicht zu vergessen, während er einen Singsang ohne Worte anstimmte.

Als der schaumige Stoff aufgebraucht war, füllte er die Schale mit Wasser aus dem Becken und spülte sich, Madenia und Ayla damit ab. Das Wasser versickerte zwischen den Ritzen der Pflastersteine. Dann führte der Eine, Der Der Mutter Diente, sie zu dem heißen Teich zurück und sang wieder eine monotone Melodie ohne Worte.

Als sie wieder in dem mineralreichen Wasser saßen, fühlte sich Ayla ganz entspannt und gelöst. Das heiße Becken erinnerte sie an die Schwitzbäder der Mamutoi, war aber vielleicht noch etwas besser. Endlich meinte Losaduna, es sei nun genug; er langte in die Tiefe des Beckens hinunter und zog den hölzernen Stöpsel heraus. Als das Wasser durch den Abflußgraben gurgelte, begann er so laut zu rufen, daß sie einen Moment lang erschraken.

»Weicht, böse Geister! Reinigende Fluten der Mutter, spült hinweg alle Spuren der Berührung Charolis und seiner Männer! Unreinheit, fließe mit dem Wasser ab! Wenn dieses Wasser ausgelaufen ist, wird Madenia gereinigt sein. Die Macht der Mutter hat sie wieder so gemacht, wie sie früher war!« Sie verließen das Becken, als es leer war.

Nackt, wie sie waren, führte Losaduna sie nach draußen. Sie waren vom heißen Wasser so erhitzt, daß der kalte Wind und der gefrorene Boden unter ihren Füßen erfrischend wirkte. Die wenigen Leute, die draußen waren, beachteten sie nicht oder wandten sich ab, als sie vorübergingen. Plötzlich stieg in Ayla die Erinnerung an eine Zeit auf, als Menschen schon einmal durch sie hindurchgeblickt hatten. Doch dies war etwas anderes, als vom Clan verflucht zu sein. Diese Menschen taten nur so, als sähen sie sie nicht, und zwar aus Höflichkeit, nicht wegen eines Fluchs. Auf ihrem Weg kühlten sie rasch ab und waren heilfroh, sich in der Geborgenheit des Zeremonienraumes in weiche, trockene Tücher hüllen zu können und Pfefferminztee zu trinken.

Ayla betrachtete ihre Hände, die den Becher umschlossen. Sie waren makellos sauber. Als sie ihre Haare mit einem Knochenkamm entwirrte, knisterten sie, wenn sie sie durch die Finger gleiten ließ.

»Was war das für ein weicher Schaum?« fragte sie. »Er reinigt wie Seifenwurzel, aber noch viel gründlicher.«

»Solandia stellt ihn her«, sagte Losaduna. »Irgendwie aus Holz, Asche und Fett, aber da mußt du sie selbst fragen.«

Als sie fertig war, kämmte Ayla auch Madenia die Haare. »Was tut ihr, damit das Wasser so heiß wird?«

Der Mann lächelte. »Das ist ein Geschenk der Mutter an die Losadunai. In dieser Gegend gibt es mehrere heiße Quellen, mehr oder weniger heilige.

Diese hier ist wahrscheinlich diejenige, aus der alle anderen kommen, und daher die heiligste. Deshalb genießt auch diese Höhle besonderes Ansehen. Jedem fällt es schwer, hier wegzuziehen; doch unsere Höhle wird allmählich so überfüllt, daß eine Gruppe junger Leute plant, eine neue zu gründen. Flußabwärts, auf der gegenüberliegenden Seite, gibt es einen Platz, der ihnen gefallen würde; doch da ist Flachschädelland, und deshalb wissen sie noch nicht, was sie tun werden.«

Ayla nickte. Sie fühlte sich so warm und entspannt, daß sie sich gar nicht bewegen wollte. Sie bemerkte auch, daß Madenia gelöster war, nicht mehr so verhärtet und abweisend. »Was für ein wundervolles Geschenk dieses heiße Wasser doch ist!« sagte sie.

»Wir müssen der Mutter für all ihre Gaben dankbar sein, besonders aber für das Geschenk der Wonnen.«

Madenia erstarrte. »Das ist eine Lüge! Es ist kein Vergnügen, sondern eine Qual!« Zum ersten Mal hatte sie wieder gesprochen. »Ich habe sie gebeten, ich habe sie angefleht, aber sie hörten nicht auf. Sie lachten bloß, und wenn einer fertig war, fing der nächste an! Ich wäre am liebsten gestorben«, sagte sie unter Schluchzen.

Ayla stand auf und nahm das Mädchen in die Arme. »Es war das erste Mal für mich, und sie hörten nicht auf! Sie hörten nicht auf«, schrie Madenia wieder und wieder. »Kein Mann wird mich jemals wieder anfassen!«

»Du hast das Recht, wütend zu sein. Du hast das Recht, zu weinen. Es war schrecklich. Ich kann deine Gefühle nachempfinden«, sagte Ayla.

Die junge Frau blickte sie erstaunt an, doch Losaduna nickte, als hätte er plötzlich verstanden.

»Madenia«, sagte Ayla liebevoll. »Als ich ungefähr in deinem Alter war, vielleicht ein bißchen jünger, doch kurz nach meiner ersten Mondzeit, wurde auch ich mit Gewalt genommen. Es war das erste Mal. Ich wußte gar nicht, daß es zum Vergnügen geschaffen war. Für mich war es nur Schmerz.«

»Aber nur ein Mann?« fragte Madenia.

»Nur ein Mann, aber er forderte es noch viele Male von mir, und ich haßte es!« sagte Ayla und war erstaunt, daß sie immer noch Zorn empfand.

»Viele Male? Selbst nachdem er dich das erste Mal gezwungen hat? Warum hat es niemand verhindert?« fragte Madenia.

»Sie glaubten, daß es sein Recht war. Und nach einer Weile fühlte ich auch keine Schmerzen mehr, aber auch keine Lust. Es erniedrigte mich, und ich hörte nie auf, es zu hassen. Aber ich machte mir nichts mehr daraus. Ich dachte dabei an etwas anderes, etwas Schönes, und beachtete ihn nicht mehr. Als er merkte, daß ich gar nichts mehr empfand, nicht einmal Haß, fühlte er sich wahrscheinlich gedemütigt und hörte schließlich damit auf. Aber ich wollte auch nie mehr von einem Mann angefaßt werden.«

»Mich wird kein Mann wieder berühren!«

»Nicht alle Männer sind wie Charoli und seine Bande, Madenia. Jondalar ist anders. Er lehrte mich die Freuden des Geschenks der Mutter kennen, und ich versichere dir, es ist eine wundervolle Gabe. Bewahre dir die Hoffnung, einen Mann wie Jondalar zu treffen, und du wirst glücklich werden.«

Madenia schüttelte den Kopf. »Nein! Nein! Es ist schrecklich!«

»Ja, ich weiß, es war furchtbar. Selbst die schönsten Dinge können mißbraucht werden, und das Gute verwandelt sich in Schlechtes. Doch eines Tages wirst du Mutter werden wollen, und das geht nicht, wenn du das Geschenk der Mutter nicht mit einem Manne teilst«, sagte Ayla.

Madenia strömten die Tränen übers Gesicht. »Sag das nicht. Ich will das nicht hören.«

»Das weiß ich, aber es ist die Wahrheit. Laß es nicht zu, daß Charoli dir alles verdirbt. Geh zu den Ersten Riten, damit du erfahren kannst, daß es nicht schrecklich sein muß. Ich habe es ohne Fest und Zeremonie erlebt. Die Mutter schickte mir Jondalar. Das Geschenk ist mehr als bloßes Vergnügen, Madenia, viel mehr, wenn es mit Zuneigung und Liebe verbunden ist. Wenn die Schmerzen, die ich das erste Mal hatte, der Preis für die Liebe waren, die ich später kennenlernte, würde ich ihn gern immer wieder bezahlen. Du hast soviel gelitten, vielleicht schickt dir die Mutter auch jemand Besonderes, wenn du ihr eine Chance gibst. Denk darüber nach. Sag nicht nein, bevor du nachgedacht hast.«

Ayla erwachte erholter und erfrischter als jemals zuvor in ihrem Leben. Sie tastete nach Jondalar, aber er war schon aufgestanden und weggegangen. Einen Augenblick lang war sie enttäuscht. Dann fiel ihr ein, daß er sie geweckt hatte, um sie noch einmal zu fragen, ob sie mit ihm und Laduni auf die Jagd gehen wollte. Sie hatte sein Angebot schon gestern abend abgelehnt, weil sie heute etwas anderes tun wollte, und hatte sich den seltenen Luxus erlaubt, sich wieder in die warmen Felle zu kuscheln.

Nun wollte sie aufstehen. Sie räkelte sich und fuhr durch ihr Haar, dessen seidige Weichheit sie entzückte. Solandia hatte versprochen, ihr die Zubereitung des Schaums zu zeigen, der sie so sauber und das Haar so weich gemacht hatte.

Zum Frühstück aß sie seit ihrer Ankunft immer dasselbe, eine Brühe mit getrocknetem Süßwasserfisch, der früher im Jahr aus dem Großen Mutter Fluß gefischt worden war.

Jondalar hatte ihr gesagt, daß die Vorräte der Höhle knapp würden und daß sie deshalb auf die Jagd gingen, obwohl sich die Menschen weder nach Fleisch noch nach Fisch sehnten. Sie litten keinen Hunger oder Mangel – sie hatten genug zu essen –, doch so kurz vor Ende des Winters wurde der Speisezettel eintönig. Jeder hatte das getrocknete Fleisch oder den Fisch satt. Selbst frisches Fleisch war da eine willkommene Abwechslung. Im Grunde aber hatten sie Appetit auf die Blätter und Triebe der Gemüse und die neuen

Früchte, die ersten Frühlingsboten. Ayla hatte die Gegend um die Höhle herum abgesucht, doch die Losadunai waren den ganzen Winter über draußen gewesen und hatten alles kahlgesammelt.

Das morgige Fest, das Teil der Zeremonie für die Mutter sein sollte, mußte mit den beschränkten Vorräten auskommen. Ayla hatte sich schon entschlossen, ihr letztes Salz und ein paar andere Kräuter beizusteuern, die sowohl Würze als auch wertvolle Nährstoffe lieferten: die Vitamine und Mineralien, nach denen ihre Körper verlangten. Solandia hatte ihr den kleinen Vorrat an gegorenen Getränken, vor allem Birkenbier, gezeigt, der, soweit es ging, Feststimmung aufkommen lassen sollte.

Die Frau wollte auch etwas von ihren Fettreserven opfern, um ein neues Gefäß voll Seife herzustellen. Als Ayla sich über den Verbrauch notwendiger Nahrungsmittel besorgt äußerte, wandte Solandia ein, Losaduna verwende diese Seife gern bei Zeremonien, und ihr Vorrat sei nahezu erschöpft. Während die ältere Frau nach ihren Kindern sah und alles vorbereitete, ging Ayla mit Wolf nach draußen, um sich um Winnie und Renner zu kümmern.

Dann sah Ayla Solandia vor der Höhle stehen und eilte von ihrem Ritt über das Feld zu ihr zurück. »Ich hatte gehofft, daß Wolf auf das kleine Kind aufpaßt«, sagte Solandia. »Verdegia und Madenia wollen mir helfen, aber es ist viel zu tun.«

»Ach, Mutter!« rief das älteste Mädchen Dosalia. »Das Kind spielt doch ständig mit dem Wolf.«

»Ja, wenn du statt dessen auf das Kind aufpassen willst...«

Das Mädchen runzelte die Stirn und lächelte dann. »Können wir nach draußen gehen? Es ist nicht windig, wir ziehen uns warm an!«

Solandia erlaubte es ihnen.

Ayla sah Wolf an, der sie erwartungsvoll anblickte. »Paß auf das Kleinste auf, Wolf«, sagte sie. Er jaulte begeistert.

»Ich habe noch etwas gutes Mammutfett, das ich im letzten Herbst ausgelassen habe«, sagte Solandia, als sie sich ihrem abgeschlossenen Wohnbereich näherten. »Im vorigen Jahr hatten wir Glück bei der Mammutjagd – daher haben wir immer noch soviel Fett, ohne das der Winter hart geworden wäre. Es schmilzt schon.« Sie erreichten den Eingang, gerade als die Kinder mit dem Jüngsten auf dem Arm hinausstürmten. »Gebt auf Micheris Fäustlinge acht«, rief Solandia ihnen nach.

Verdegia und Madenia waren schon drinnen. »Ich habe etwas Asche mitgebracht«, sagte Verdegia. Madenia lächelte nur ein wenig zurückhaltend.

Solandia freute sich, daß sie wieder unter Menschen ging. Was sie auch immer an der heißen Quelle gemacht hatten, es schien geholfen zu haben. »Ich lege ein paar Brennsteine ins Feuer. Madenia, würdest du uns einen Tee machen?« fragte sie. »Dann benutze ich den Rest, um das Fett weiter zu schmelzen.«

»Wo soll ich die Asche hintun?« fragte Verdegia.

»Du kannst sie mit meiner mischen. Ich habe sie schon ausgewaschen, aber erst vor kurzem.«

»Losaduna sagte, daß du Fett und Asche nimmst«, bemerkte Ayla.

»Und Wasser.«

»Seltsame Mischung.«

»Ja, das stimmt.«

»Was hat dich darauf gebracht, diese Dinge zusammenzutun? Ich meine, wie bist du das erste Mal darauf gekommen?«

Solandia lächelte. »Das war purer Zufall. Wir waren auf der Jagd gewesen. Draußen brannte ein Feuer in einer tiefen Grube, darüber röstete ein fettes Stück Mammutfleisch. Es begann zu regnen, es goß. Ich packte Fleisch, Bratspieß und alles andere zusammen und suchte Schutz. Als es sich aufhellte, rannten wir zur Höhle zurück; ich aber hatte eine gute hölzerne Kochschale vergessen und ging am nächsten Tag zurück, um sie zu holen. Die Feuerstätte war voll Wasser, und darauf schwamm etwas, das wie fester Schaum aussah. Ich hätte mich nicht weiter darum gekümmert, wenn mir nicht ein Schöpflöffel hineingefallen wäre und ich ihn herausfischen mußte. Ich ging zum Fluß, um ihn abzuspülen. Der Schaum fühlte sich weich und schlüpfrig an, noch besser als eine gute Seifenwurzel, und meine Hände wurden erstaunlich sauber. Der Schöpflöffel ebenfalls. Das ganze Fett ging ab. Ich nahm etwas von dem Schaum in der Schale mit nach Hause.«

»Geht das so leicht, wie es klingt?« fragte Ayla.

»Nein. Es ist nicht schwer, aber es erfordert Übung«, sagte Solandia. »Das erste Mal hatte ich Glück. Ich habe einfach alles richtig gemacht. Seitdem habe ich ständig herumprobiert, und manchmal mißlingt es.«

»Wie machst du es? Inzwischen mußt du doch herausgefunden haben, wie es am besten geht.«

»Das ist schnell gesagt. Ich zerlasse sauberes, zerkleinertes Fett – jede Art geht, aber am liebsten nehme ich Mammutfett. Dazu nehme ich Holzasche, mische sie mit warmem Wasser und lasse sie ein wenig einweichen. Dann drücke ich das Ganze durch ein Sieb oder einen Korb mit Löchern im Boden. Was dabei herauskommt, kann stechen oder brennen, merkte ich. Man muß es gleich abspülen, wenn es an die Haut kommt. Und diese starke Mischung rührt man dann in das Fett. Wenn man Glück hat, entsteht ein weicher Schaum, der alles reinigt, sogar Leder.«

»Aber es gelingt nicht immer«, sagte Verdegia.

»Nein. Manchmal rührt und rührt man, und es mischt sich nicht. Oft hilft es dann, wenn man es eine Weile erhitzt. Manchmal klumpt es. Manchmal wird es zu hart; das ist weiter nicht schlimm, weil es mit der Zeit sowieso härter wird. Eins ist wichtig: Fett und Aschenbrei müssen ungefähr handwarm sein. Wenn es zu sehr kocht, muß man sich vorsehen, nichts in die Augen zu bekommen. Es kann beißen, wenn man den Dämpfen zu nah kommt.«

»Und es stinkt!« sagte Madenia.

»Das stimmt«, sagte Solandia. »Es stinkt manchmal. Daher gehe ich meistens in die Mitte der Höhle, wenn ich es zusammenrühre, auch wenn ich hier alles vorbereite.«

»Mutter! Mutter! Komm schnell!« Solandias älteste Tochter stürmte herein und rannte wieder hinaus.

»Was ist los? Ist etwas mit Micheri?« fragte die Frau und stürzte ihr nach. Alle rannten zum Eingang der Höhle.

»Sieh doch!« sagte Dosalia. »Micheri kann gehen!«

Da stand Micheri neben dem Wolf, hielt sich mit einem breiten, selbstzufriedenen Lächeln an seinem Pelz fest und machte unsichere Schritte, als Wolf behutsam und langsam vorwärts ging.

»Es sieht ganz so aus, als ob der Wolf lacht«, sagte Solandia.

»Ja, ich denke, das tut er«, meinte Ayla. »Ich habe schon oft geglaubt, daß er lachen kann.«

»Die heißen Quellen sind nicht nur für Zeremonien da, Ayla«, sagte Losaduna. »Wenn Jondalar sich entspannen möchte, haben wir nichts dagegen. Die heiligen Wasser der Mutter sind wie ihre anderen Geschenke an ihre Kinder. Sie sind dazu da, daß man sie genießt. Wie diesen Tee, den du gemacht hast«, fügte er hinzu und hielt den Becher hoch.

Fast alle, die nicht auf die Jagd gegangen waren, saßen um eine Feuerstelle in der offenen Mitte der Höhle. Nur zu besonderen Gelegenheiten liefen die Mahlzeiten nach einem Plan ab. Sonst aß man allein, in Familiengruppen oder mit anderen zusammen – wie es sich ergab. Diesmal hatten sich die Zurückgebliebenen zu einem gemeinsamen Mittagsmahl versammelt. Es gab eine herzhafte Fleischsuppe aus magerem, getrocknetem Wild, angereichert mit etwas Mammutfett, das sie nahrhafter machte. Zum Abschluß tranken sie den Tee, den Ayla bereitet hatte, und waren rundum zufrieden.

»Wenn sie zurückkommen, könnten wir vielleicht ins warme Wasser tauchen. Ich glaube, wir würden uns beide über ein heißes Bad freuen«, sagte Ayla.

»Du solltest sie warnen, Losaduna«, sagte eine Frau mit wissendem Lächeln. Sie war ihnen als Ladunis Gefährtin vorgestellt worden.

»Warnen, weshalb?« fragte Ayla.

»Manchmal muß man sich zwischen den Gaben der Mutter entscheiden.«

»Was willst du damit sagen?«

»Sie meint, daß die heiligen Wasser auch *zu* entspannend sein können«, sagte Solandia.

»Ich verstehe immer noch nicht«, sagte Ayla und runzelte die Stirn. Sie merkte, daß jeder um die Sache herumredete und sich amüsierte.

»Wenn du Jondalar in das heiße Wasser führst, wird auch seine Manneskraft erschlaffen«, sagte Verdegia, »und es kann ein paar Stunden dauern, bis er sich wieder erholt hat. Erwarte deshalb nicht zuviel von ihm nach einem Bad. Nicht gleich danach. Manche Männer tauchen deshalb nicht in die heiligen Wasser der Mutter. Sie fürchten, daß ihre Männlichkeit darin zerfließt und nicht mehr zurückkehrt.«

»Kann das denn passieren?« fragte Ayla und sah Losaduna an.

»Nicht, daß ich wüßte«, sagte der Mann. »Eher das Gegenteil. Ein Mann wird nach einer Weile begieriger – vermutlich, weil er entspannt ist und sich wohl fühlt.«

»Ich fühlte mich herrlich nach dem heißen Bad und schlief sehr gut; doch das hat wahrscheinlich nicht nur das Wasser bewirkt, nicht wahr?« fragte Ayla. »Vielleicht war es der Tee?«

Der Mann lächelte. »Das war ein wichtiges Ritual. Es gehört immer Mehreres zu einer Zeremonie.«

»Nun, ich würde gern noch einmal in die heißen Quellen steigen; aber ich möchte auf Jondalar warten. Glaubt ihr, daß die Jäger bald zurückkommen?«

»Sicherlich«, sagte Laronia. »Laduni weiß, daß vor dem morgigen Mutterfest noch viel zu tun ist. Sie wären heute gar nicht losgezogen, wenn es sie nicht gereizt hätte, Jondalars Jagdwaffe in Aktion zu sehen. Wie heißt sie doch noch?«

»Speerschleuder«, sagte Ayla. »Sie ist bei der Jagd eine große Hilfe. Aber man braucht dazu etwas Übung. Dazu hatten wir auf dieser Reise viel Gelegenheit.«

»Benutzt du seine Speerschleuder?« fragte Madenia.

»Nein, meine eigene«, sagte Ayla. »Ich habe immer gern gejagt.«

»Warum bist du dann heute nicht mitgegangen?« fragte das Mädchen.

»Weil ich wissen wollte, wie man diesen Reiniger herstellt. Und dann wollte ich ein paar Sachen säubern und ausbessern.« Ayla stand auf. »Ich möchte euch allen etwas zeigen«, sagte sie. »Habt ihr schon einmal einen Fadenzieher gesehen?« Sie sah verdutzte Gesichter und Kopfschütteln. »Wartet einen Moment, dann hole ich meinen und zeige ihn euch.«

Mit ihrem Nähzeug und den auszubessernden Kleidern kehrte Ayla aus dem Wohnraum zurück. Als alle versammelt waren, nahm sie einen kleinen Zylinder aus ihrem Beutel, der aus dem leichten, hohlen Bein eines Vogels gemacht war, und schüttete zwei Elfenbeinnadeln heraus. Eine gab sie Solandia.

Die Frau untersuchte den glänzend polierten Elfenbeinsplitter eingehend. An einem Ende war er zugespitzt, am anderen ein wenig dicker und mit einem kleinen Loch versehen. Sie überlegte, und plötzlich hatte sie eine Ahnung, wofür er gedacht war. »Sagtest du nicht, dies sei ein Fadenzieher?«

»Ja. Ich zeige dir, wie es geht«, sagte Ayla und teilte eine dünne Sehne von einem dickeren Strang ab. Sie feuchtete das Ende an, machte es spitz und glatt und ließ es dann trocknen. Der Sehnenfaden härtete sich etwas und behielt seine Form. Sie fädelte ihn durch das Loch am Ende des winzigen Elfenbeinschafts. Dann nahm sie ein kleines Stück Feuerstein mit scharfer Spitze und stach damit Löcher in den Rand eines Kleidungsstückes, an dem eine Seitennaht aufgegangen war. Die neuen Löcher versetzte sie etwas zurück, weil das Leder um die alten Stiche herum stellenweise eingerissen war.

Dann steckte sie die Spitze der Elfenbeinnadel durch die Löcher im Leder und zog den Schaft mit dem Faden schwungvoll hindurch.

»Oh!« Die Frauen, die dicht um sie herumsaßen, brachen in einen gemeinsamen Ausruf des Erstaunens aus. »Seht euch das an!«

»Sie mußte den Faden nicht herauszupfen, sie hat ihn einfach durchgezogen.«

»Kann ich das auch mal probieren?«

Ayla reichte das Kleidungsstück herum und erzählte ihnen, wie sie auf diese Idee gekommen war.

»Diese Ahle ist gut gemacht«, bemerkte Solandia.

»Wymez vom Löwenlager hat sie gemacht. Er hat auch den Bohrer hergestellt, mit dem man das Loch macht, durch das der Faden geht«, sagte Ayla.

»Solch ein Gerät erfordert viel Geschick«, sagte Losaduna.

»Jondalar hält Wymez für den einzigen Feuersteinschläger, der sich mit Dalanar messen kann und vielleicht sogar noch ein wenig besser ist.«

»Das ist ein großes Lob. Jeder hält Dalanar für den Meister des Steinschlagens«, meinte Losaduna. »Seine Kunst ist sogar hier, auf dieser Seite des Gletschers, unter den Losadunai bekannt.«

»Aber Wymez ist auch ein Meister seines Handwerks.«

Alle wandten sich überrascht nach dem Sprecher um und sahen Jondalar, Laduni und einige andere mit einem Steinbock, den sie erlegt hatten, in die Höhle treten.

»Ihr habt Glück gehabt!« sagte Verdegia. »Und wenn keiner was dagegen hat, möchte ich das Fell haben. Ich wollte schon lange etwas Steinbockwolle haben, um Bettzeug für Madenias Fest zu machen.«

»Mutter!« sagte Madenia verschämt. »Wie kannst du von dieser Feier reden?«

»Erst muß Madenia die Ersten Riten erfahren«, sagte Losaduna.

»Was mich betrifft, kann sie die Haut haben«, meinte Laronia, »ganz gleich wofür.« Sie wußte, daß Verdegias Bitte auch ein wenig mit Habgier zu tun hatte. Die schwer zu fassende Wildziege wurde nicht oft erbeutet, ihre Wolle war selten und daher wertvoll, besonders im späten Winter, wenn sie dicht gewachsen war.

Niemand widersprach, und Verdegia versuchte, nicht allzu selbstgefällig dreinzuschauen. Sie hatte ihren Anspruch vor allen anderen angemeldet und sich damit das wertvolle Fell gesichert.

»Frischer Steinbock paßt gut zu den getrockneten Zwiebeln, die ich mitgebracht habe, und Blaubeeren habe ich auch noch.«

Wieder blickten alle zum Eingang der Höhle. Ayla sah eine ihr unbekannte junge Frau, die ein Baby auf dem Arm trug und ein kleines Mädchen an der Hand hielt; ein junger Mann folgte ihr.

»Filonia!«

Laronia und Laduni liefen – gefolgt vom Rest der Höhle – auf sie zu. Die junge Frau war offenkundig keine Fremde. Nach herzlichen Umarmungen nahm Laronia das Baby, und Laduni setzte sich das kleine Mädchen, das auf ihn zugelaufen war, auf die Schulter, von wo es mit fröhlichem Grinsen auf alle herabschaute.

Jondalar stand neben Ayla und freute sich über die glückliche Szene. »Das Mädchen könnte meine Schwester sein!« sagte er.

»Filonia, schau, wer hier ist«, sagte Laduni und führte die junge Frau zu ihnen.

»Jondalar? Bist du es?« fragte sie erstaunt. »Ich hätte nie gedacht, daß du jemals zurückkommen würdest. Wo ist Thonolan? Ich möchte ihm jemanden vorstellen!«

»Thonolan wandert jetzt in der nächsten Welt«, sagte Jondalar.

»Oh. Das tut mir leid. Ich wollte, daß er Thonolia kennenlernt. Sie ist das Kind seines Geistes.«

»Das glaube ich auch. Sie sieht genauso aus wie meine Schwester, und beide sind am selben Herdfeuer geboren. Ich wünschte, meine Mutter könnte sie sehen. Sie wird sich aber, meine ich, auch freuen, wenn sie erfährt, daß etwas von ihm in dieser Welt geblieben ist«, sagte Jondalar.

Die junge Frau bemerkte Ayla. »Du bist nicht allein zurückgekommen.«

»Nein, wahrhaftig nicht«, sagte Laduni, »warte nur, bis du seine anderen Reisegefährten kennenlernst. Du wirst es kaum glauben.«

»Und du bist genau zur rechten Zeit gekommen. Morgen feiern wir ein Fest der Mutter«, fügte Laronia hinzu.

SIEBENUNDDREISSIGSTES KAPITEL

Die Leute von der Höhle der heiligen heißen Quellen sahen dem Fest zu Ehren der Mutter mit großer Vorfreude entgegen. Im tiefsten Winter, wenn das Leben gewöhnlich eintönig und fade wird, waren Ayla und Jondalar gekommen und hatten für Abwechslung gesorgt und für Geschichten, die man sich noch jahrelang zur Unterhaltung erzählen würde. Von dem Augenblick an, als sie auf dem Rücken der Pferde erschienen waren, gefolgt von dem Wolf, der Kinder liebte, waren die Gerüchte und Vermutungen nicht mehr verstummt.

Jetzt sprachen alle von einem Zauber, den die Frau während der Zeremonie vorführen wollte, etwas, das wie ihre eigenen Brennsteine mit Feuer zu tun hatte. Losaduna sprach davon beim Abendbrot. Außerdem waren die Gäste bereit, auf dem Feld vor der Höhle den Gebrauch der Speerschleuder zu demonstrieren; und Ayla wollte ihnen zeigen, was man mit einer Steinschleuder ausrichten konnte. Doch nichts erregte die allgemeine Neugier so sehr wie das Geheimnis des Feuers.

Ayla stellte fest, daß es ebenso anstrengend wie Reisen sein konnte, ständig im Mittelpunkt der Aufmerksamkeit zu stehen. Nach Einbruch der Dunkelheit verließ sie die Versammlung am Feuer, um zu Bett zu gehen. Wolf begleitete sie, und Jondalar kam bald nach und überließ die Höhlenbewohner ihren Plaudereien.

An ihrem Schlafplatz, der ihnen innerhalb des Zeremonienraumes zugewiesen war, werkelten sie noch an den Vorbereitungen für den nächsten Tag und krochen dann in ihre Felle. Jondalar umarmte sie und wollte gerade mit dem Vorspiel beginnen, das Ayla als sein Zeichen betrachtete, miteinander zu schlafen; doch sie schien zerstreut, und er wollte seine Kräfte schonen.

Er hatte mit dem Einen, Der Der Mutter Dient, über seine Sorgen gesprochen und den gefragt, ob er bewirken konnte, daß an seinem Herdfeuer Kinder geboren würden, ob die Große Mutter seinen Geist für würdig genug hielt, neues Leben hervorzubringen. Sie hatten sich auf ein besonderes Ritual vor dem Fest geeinigt, um die Mutter um Hilfe zu bitten.

Noch lange, nachdem sie den schweren Atem des schlafenden Mannes gehört hatte, lag Ayla wach und konnte nicht einschlafen. Sie döste ein, aber der Tiefschlaf ließ auf sich warten, und ihre Gedanken wanderten in seltsame Gefilde zwischen halbwachen Phantasien und unruhigen Träumen.

Der Frühling hatte die Wiese in sattes Grün getaucht und mit farbenprächtigen Blumen geschmückt. In weiter Ferne leuchtete im strahlenden Licht des azurblauen Himmels das Antlitz einer steilen Felswand, mit Höhlen übersät und mit dunklen Streifen gemasert. Glitzerndes Sonnenlicht spiegelte sich in dem Fluß, der am Fuße des Felsens entlangströmte und den Umrissen des Kliffs folgte.

Ungefähr in der Mitte des grünen Feldes, das sich vor dem Fluß ausbreitete, stand ein Mann und beobachtete sie, ein Mann vom Clan. Dann drehte er sich um und strebte zügig, obwohl er am Stock ging und einen Fuß nachzog, auf das Kliff zu. Auch wenn er kein Wort sagte und kein Zeichen gab, wußte sie, daß sie ihm folgen mußte. Sie eilte auf ihn zu, und er schaute sie mit seinem gesunden Auge an. Es war braun und feucht vor Mitgefühl und Stärke. Sie wußte, daß sein Bärenfellumhang den Stumpf eines Armes verbarg, den man ihm abgenommen hatte, als er noch ein Junge war. Seine Großmutter, eine Medizinfrau von weithin bekanntem Ruf, hatte das gelähmte Glied abgeschnitten, als es brandig wurde, nachdem er von einem Höhlenbären angefallen worden war. Bei dieser Begegnung hatte Creb auch sein Auge verloren.

Als sie sich der Felswand näherten, bemerkte sie ein seltsames Gebilde auf einem Felsüberhang. Ein säulenförmiger Felsblock, dunkler als die beigefarbene Kalksteinumgebung, lehnte über dem Rand, als wäre er festgefroren, bevor er herabstürzen konnte. Der Stein vermittelte nicht nur das beunruhigende Gefühl, er könne jeden Augenblick herabstürzen; sie wußte auch, daß er sie an etwas erinnern sollte, an etwas, was sie getan hatte oder tun sollte — oder nicht tun sollte.

Sie schloß die Augen, um sich zu erinnern. Sie sah Dunkelheit, dicke, samtige, greifbare Dunkelheit, so lichtlos, wie es nur eine tiefe Berghöhle sein konnte. In der Ferne erschien ein winziger Lichtstrahl, auf den sie sich durch einen engen Gang hindurch zutastete. Als sie näherkam, sah sie Creb zusammen mit anderen Mog-urs und verspürte plötzlich große Furcht. Sie wehrte sich gegen diese Erinnerung und schlug rasch die Augen auf...

Und fand sich am Ufer des kleinen Flusses wieder, der sich um das Kliff herumwand. Sie blickte über das Wasser und sah, wie Creb einen Pfad hochstapfte, zu dem Steingebilde hinauf, das jeden Augenblick herabzustürzen drohte. Sie war hinter ihm zurückgeblieben und wußte nicht, wie sie über den Fluß kommen sollte, um ihn zu erreichen. Sie rief ihm nach: »Creb, es tut mir leid. Ich wollte dir nicht in die Höhle folgen.«

Er drehte sich um und winkte ihr in großer Eile zu. »Schnell«, bedeutete er ihr vom anderen Ufer des Flusses aus, der breiter und tiefer geworden war und voller Eis. »Warte nicht länger! Beeile dich!«

Das Eis wurde immer dicker und machte ihn unerreichbar. »Warte auf mich! Creb, laß mich nicht allein!« schrie sie.

»Ayla! Ayla, wach auf! Du träumst schon wieder«, sagte Jondalar und rüttelte sie sanft.

Sie schlug die Augen auf und fühlte große Verlorenheit und eine seltsam eindringliche Furcht. Sie erblickte die fellbedeckten Wände des Wohnraums und den rötlichen Schien der Feuerstelle. Sie sah den schattenhaften Umriß des Mannes neben ihr und klammerte sich an ihn. »Wir müssen uns beeilen, Jondalar! Wir müssen sofort von hier weg«, sagte sie.

»Ganz bestimmt«, sagte er. »Sobald wir können. Aber morgen ist das Fest der Mutter, und dann müssen wir noch alles zusammenpacken, was wir brauchen, um das Eis zu überqueren.«

»Eis!« sagte sie. »Wir müssen über einen vereisten Fluß!«

»Ja, ich weiß«, sagte er und versuchte, sie zu beruhigen. »Aber zuerst müssen wir überlegen, wie wir das mit den Pferden und dem Wolf machen. Wir brauchen Proviant und müssen unterwegs Wasser für uns alle beschaffen. Dort ist alles fest gefroren.«

»Creb riet zur Eile. Wir müssen gehen!«

»Sobald wir können, Ayla. Ich verspreche es, sobald wir können«, sagte Jondalar mit nagender Sorge. Sie mußten den Gletscher überqueren, sobald es irgend ging – doch vor dem Fest der Mutter aufzubrechen, war schlechthin unmöglich.

Ohne die frostige Luft zu erwärmen, flutete das gleißende Licht der späten Nachmittagssonne durch die Zweige der Bäume. Der Tag neigte sich seinem Ende zu, doch Jondalar und Ayla waren immer noch auf dem Feld vor der Höhle.

Ayla hielt den Atem an, um sich durch den dampfenden Nebel aus ihrem Mund nicht die Sicht zu nehmen, und zielte sorgfältig. Sie jonglierte mit zwei Steinen in der Hand, legte einen in die Schlinge der Schleuder, wirbelte sie herum und ließ das eine Ende los. Dann faßte sie das lose Ende schnell wieder, warf den zweiten Stein in den Beutel, wirbelte und schleuderte auch ihn davon.

»Schaut euch das an!«

Die Leute, die vor der großen Eingangsöffnung der Höhle standen, hatten gleichfalls den Atem angehalten und brachen nun in überraschte und anerkennende Rufe aus. »Sie kann ja mit dieser Steinschleuder noch besser umgehen als mit der Speerschleuder.«

»Sie sagte, daß man viel üben müßte, um die Speerschleuder mit solcher Zielgenauigkeit zu beherrschen, doch wieviel Übung braucht man erst, um Steine so zu werfen?« bemerkte Larogi. »Ich glaube, es ist sogar leichter zu lernen, wie man die Speerschleuder gebraucht.«

Die Vorführung war zu Ende, und da die Nacht anbrach, trat Laduni vor die Versammlung und kündigte das Fest an. »Es wird am Herdfeuer in der Mitte stattfinden, doch zuerst wird Losaduna am zeremoniellen Feuer das

Fest der Mutter widmen, und Ayla wird uns noch etwas sehr Bemerkenswertes zeigen.«

Als die Leute in die Höhle zurückströmten, sah Ayla, wie Madenia mit ein paar Leuten redete und lachte. Sie nahm wieder an den gemeinsamen Unternehmungen teil, wenn auch noch schüchtern und zurückhaltend. Ayla mußte daran denken, wieviel es doch ausmachte, wenn Menschen sich um andere sorgten. Im Gegensatz zu ihrer Erfahrung beim Clan, der Broud das Recht zusprach, sie jederzeit mit Gewalt zu nehmen, und der ihren Widerstand und Haß als abartig empfand, genoß Madenia die Unterstützung ihrer Leute. Sie stellten sich auf ihre Seite, waren wütend auf ihre Peiniger und wollten das Unrecht, das ihr widerfahren war, wieder gutmachen.

Als sich alle im umschlossenen Raum des Zeremonienherdfeuers niedergelassen hatten, trat der Eine, Der Der Mutter Diente, aus dem Schatten heraus und stellte sich hinter das brennende Feuer, das von einem Kreis runder Steine umgeben war. Er entzündete einen kleinen Stock mit der in Pech getauchten Spitze am Feuer, wandte sich dann um und trat zur Steinwand der Höhle.

Da er mit dem Rücken die Sicht versperrte, konnte Ayla nicht erkennen, was er dort tat; doch als um ihn herum ein Licht aufleuchtete, wußte sie, daß er irgend etwas angezündet hatte. Dann stimmte er die vertraute Litanei an, die er bei Madenias Reinigungsritual gesungen hatte. Er rief den Geist der Mutter an.

Als er zurücktrat und sich der Versammlung zuwandte, sah Ayla, daß der Lichtschein von einer Steinlampe kam, die er in einer Nische in der Höhlenwand angezündet hatte. Das Feuer warf tanzende Schatten einer kleinen Dunai überlebensgroß an die Wand und erleuchtete die wunderbar geschnitzte Figur einer Frau mit auffallend mütterlichen Attributen – großen Brüsten und rundem Bauch, nicht schwanger, aber wohlbeleibt.

»Große Erdmutter, Schöpferin allen Lebens, Deine Kinder sind gekommen, groß und klein, Dir für all Deine Gaben zu danken und Dich zu ehren«, intonierte Losaduna, und die Menschen in der Höhle fielen in den Singsang ein. »Im Namen der Felsen und Steine, der Knochen des Landes, die von ihrem Geist geben, um die Erde zu nähren, sind wir gekommen, Dich zu ehren. Im Namen der Erde, die von ihrem Geist gibt, um die Pflanzen zu nähren, sind wir gekommen, Dich zu ehren. Im Namen der Pflanzen, die wachsen und von ihrem Geist geben, um die Tiere zu nähren, sind wir gekommen, Dich zu ehren. Im Namen der Tiere, die von ihrem Geist geben, um die Fleischesser zu nähren, sind wir gekommen, Dich zu ehren. Und im Namen aller, die von ihrem Geist geben, um Deine Kinder zu nähren, zu kleiden und zu beschützen, sind wir gekommen, Dich zu ehren.«

Alle kannten diese Worte. Sogar Jondalar sang, wie Ayla bemerkte, auf Zelandonii mit. Auch sie fiel bald in den Refrain ›sind wir gekommen, Dich zu ehren‹ mit ein, und sie wußte, daß auch die anderen, ihr unbekannten

Teile wesentlich waren; sie würde sie nie vergessen, nachdem sie sie nun einmal gehört hatte.

»Um Deines leuchtenden Sohnes willen, der den Tag erhellt, und Deines glänzenden Gefährten, der die Nacht bewacht, sind wir gekommen, Dich zu ehren. Um Deiner lebensspendenden Geburtswasser willen, die die Flüsse und Seen füllen und vom Himmel regnen, sind wir gekommen, Dich zu ehren. Um Deines Geschenks des Lebens und Deiner Segnung der Frauen willen, Leben zu erzeugen, wie Du es tust, sind wir gekommen, Dich zu ehren. Um der Männer willen, die gemacht wurden, um den Frauen zu helfen, für das neue Leben zu sorgen, und deren Geist an seiner Erschaffung teilhat, sind wir gekommen, Dich zu ehren. Um Deines Geschenkes der Wonnen willen, die Männer und Frauen miteinander genießen und die eine Frau öffnen, so daß sie gebären kann, sind wir gekommen, Dich zu ehren. Große Erdmutter, Deine Kinder versammeln sich in dieser Nacht, Dich zu ehren.«

Tiefe Stille erfüllte die Höhle nach der gemeinsamen Anrufung. Dann schrie ein Kind, für viele im passenden Augenblick.

Losaduna trat zurück und schien sich in den Schatten aufzulösen. Dann stand Solandia auf, nahm einen Korb, der am Zeremonienherd stand, und streute Asche und Erde in die Flammen der runden Feuerstelle. Sie löschte das zeremonielle Feuer und hüllte sie alle in tiefe Dunkelheit. Das einzige Licht kam von der kleinen Öllampe, die in der Nische brannte und die tanzenden Schatten der Mutterfigur wachsen ließ, bis sie den ganzen Raum erfüllten. Auf diese Weise war das Feuer noch nie ausgelöscht worden, und Losaduna war sehr beeindruckt.

Die beiden Gäste und die Menschen, die hier am Zeremonienherd lebten, wußten, was nun zu tun war. Als wieder Ruhe eingekehrt war, ging Ayla in der Dunkelheit auf eine andere Feuerstelle zu. Sie waren übereingekommen, daß man die Eigenschaften des Pyrits am besten und auf dramatische Weise demonstrieren konnte, wenn Ayla in einer kalten Herdstatt ein neues Feuer in Gang brachte, gleich nach dem Erlöschen der zeremoniellen Glut. Leicht entflammbares, getrocknetes Moos lag bereit, daneben weiterer Zunder und einige größere Holzstücke. Um das Feuer am Leben zu erhalten, würde man dann noch Brennsteine hinzufügen.

Schon vorher hatten sie entdeckt, daß der Wind die Funken hochblies, besonders der Zug, der hereinfegte, wenn das Türfell des Zeremonienraums geöffnet wurde; Jondalar stand dafür bereit. Ayla kniete nieder, schlug den Eisenpyrit und ein Stück Flintstein aneinander und erzeugte einen großen, langlebigen Funken, den man in dem dunklen Raum deutlich sehen konnte. In leicht verändertem Winkel schlug sie die beiden Steine noch einmal aneinander, wobei der Funken, den sie erzeugte, auf den Zunder fiel.

Das war das Signal für Jondalar, den Türvorhang zu öffnen. Als der kalte Luftzug hereinfegte, beugte sich Ayla nieder und blies sanft auf den Funken, der in dem getrockneten Moos glimmte. Plötzlich flammte das Moos auf und dann auch der Zunder, ein Schauspiel, das einen Chor überraschter und erregter Rufe auslöste. Weiterer Brennstoff wurde dazugetan. In der dunklen Behausung warf die Flamme einen rötlichen Schein auf die Gesichter; sie schien größer, als sie in Wirklichkeit war.

Voller Staunen fingen die Menschen an, schnell und aufgeregt durcheinanderzureden. Innerhalb weniger Augenblicke – der Höhle schien es wie ein plötzliches Wunder – war Feuer entstanden. Ayla hörte Ausrufe wie: »Was hat sie da gemacht?« und »Wie kann man so schnell Feuer machen?« Dann zündete man in der zeremoniellen Feuerstelle ein zweites Feuer an, und Losaduna trat zwischen die beiden Flammenherde und sprach zu seinen Leuten.

»Die meisten Menschen glauben erst dann, daß Steine brennen können, wenn wir es ihnen gezeigt haben; denn die Brennsteine sind ein Geschenk der Großen Erdmutter an die Losadunai. Unsere Gäste haben auch ein Geschenk erhalten: einen Stein, der einen Funken erzeugt, wenn er mit einem Stück Feuerstein geschlagen wird. Ayla und Jondalar sind bereit, uns einen solchen Stein dazulassen, nicht nur zum Gebrauch, sondern auch, damit wir andere Steine dieser Art finden können. Als Gegengabe möchten sie von uns genug Vorräte haben, um sicher über den Gletscher zu kommen«, sagte Losaduna.

»Ich habe es ihnen schon versprochen«, meinte Laduni. »Jondalar hatte einen künftigen Anspruch bei mir gut und hat sich diese Dinge auserbeten – es ist nicht gerade viel. Wir hätten sie ohnehin mit allem Nötigen versorgt.« Zustimmendes Gemurmel kam aus der Versammlung.

Jondalar wußte, daß die Losadunai ihnen Proviant mitgegeben hätten, genauso wie er und Ayla der Höhle einen Pyritstein; aber er wollte nicht, daß der Tausch ihnen später leid täte, wenn der Frühling spät kam und ihr Vorrat knapp wurde. Sie sollten sich so fühlen, als hätten sie einen ausgezeichneten Handel gemacht – und er wollte noch etwas von ihnen. Deshalb stand er auf und sprach zu ihnen.

»Wir haben Losaduna zum allgemeinen Gebrauch einen feuerspendenden Stein gegeben; doch unser Anspruch ist nicht so gering, wie es zuerst scheinen mag. Wir brauchen nicht nur Nahrungsmittel für uns selbst. Wir reisen nicht allein, sondern mit zwei Pferden und einem Wolf, die wir wohlbehalten über das Eis bringen müssen.

Wir brauchen Vorräte für uns und für sie und, wichtiger noch, Wasser. Ginge es nur um Ayla und mich, so könnten wir Schnee oder Eis in einen Beutel füllen und unter unseren Überwürfen an der Haut schmelzen lassen. Für uns, und vielleicht auch noch für Wolf, würde das genügen. Aber Pferde trinken viel. Mit dem Beutel allein geht das nicht. Wir müssen einen Weg finden, wie wir genug Wasser schmelzen können, um uns alle über den Gletscher zu bringen.«

Ein Stimmengewirr erhob sich mit Vorschlägen und Ideen, doch Laduni gebot ihnen Ruhe. »Laßt uns morgen darüber nachdenken. Heute wollen wir feiern.«

Zur Vorführung des Feuermachens war Madenia an den Zeremonienherd getreten, und Jondalar konnte kaum übersehen, daß sie ihn nicht aus den Augen ließ. Er hatte sie öfter angelächelt, woraufhin sie errötet war und weggeschaut hatte. Als sich die Versammlung auflöste, ging er zu ihr hinüber.

»Nun, Madenia«, sagte er. »Was sagst du zu dem Feuerstein?«

Aus Erfahrung kannte er die Anziehungskraft, die er auf schüchterne junge Frauen, die sich vor dem Unbekannten noch ein wenig fürchteten, vor ihren Ersten Riten ausübte. Er hatte es immer genossen, das Geschenk der Mutter während der Ersten Riten weiterzugeben; deshalb hatte man ihn oft ausgewählt und dazu aufgefordert. Madenias Angst war begründeter als die vage Scheu der meisten jungen Frauen, und er hätte es als eine besondere Herausforderung betrachtet, ihr Freude statt Schmerz zu bereiten.

Er sah sie mit seinen blauen Augen an und wünschte, sie könnten lange genug bleiben, um an den Sommerriten der Losadunai teilzunehmen. Er wollte ihr wirklich gern helfen, ihre Ängste zu überwinden, und fand sie sehr attraktiv, was wiederum seine männliche Anziehungskraft voll zur Geltung brachte. Der gutaussehende und sensible Mann lächelte sie an, bis ihr der Atem wegblieb.

Madenia hatte solch ein Gefühl nie zuvor verspürt. Ihr wurde warm, und sie empfand einen überwältigenden Drang, ihn zu berühren und seine Berührung zu spüren. Aber sie wußte mit solchen Gefühlen noch nichts anzufangen. Sie versuchte ein Lächeln und riß, verwirrt und erschrocken über die eigene Kühnheit, die Augen auf und öffnete den Mund. Dann schrak sie zurück und rannte fast in ihre Wohnhöhle. Ihre Mutter folgte ihr. Jondalar kannte diese Reaktion junger Frauen und fand sie nur noch bezaubernder.

»Was hast du mit dem armen Kind gemacht, Jondalar?« fragte Filonia.

Er sah sie an und schenkte auch ihr ein Lächeln.

»Oder muß ich gar nicht erst fragen? Ich erinnere mich an eine Zeit, als ich vor diesem Blick dahinschmolz. Doch auch dein Bruder hatte seine Reize.«

»Und er hat dich gesegnet zurückgelassen«, sagte Jondalar. »Du siehst gut aus, Filonia. Glücklich.«

»Ja, Thonolan hinterließ mir ein Stück seines Geistes, und ich bin glücklich. Du aber auch, oder? Wo hast du Ayla getroffen?«

»Das ist eine lange Geschichte; sie hat mir das Leben gerettet. Für Thonolan war es allerdings zu spät.«

»Ein Höhlenlöwe soll ihn gerissen haben. Es tut mir sehr leid.«

Jondalar nickte und schloß die Augen.

»Mutter?« fragte ein Mädchen. Es war Thonolia, Hand in Hand mit Solandias ältester Tochter. »Darf ich an Salias Herdfeuer essen und mit dem Wolf spielen? Er mag Kinder, weißt du.«

Filonia sah Jondalar besorgt an.

»Wolf wird ihr nichts tun. Er mag Kinder wirklich. Frag Solandia. Sie läßt ihn ihr Kind hüten. Wolf ist mit Kindern aufgewachsen, Ayla hat ihn erzogen, und sie ist wirklich eine bemerkenswerte Frau, besonders im Umgang mit Tieren.«

»Also gut, Thonolia. Dieser Mann würde nie zulassen, daß dir etwas zustößt. Er ist der Bruder des Mannes, nach dem man dich genannt hat.«

Verdegia beklagte sich bei Laduni.

»Wann tut endlich jemand etwas gegen diesen Charoli? Wie lange muß eine Mutter noch warten? Vielleicht müssen wir den Rat der Mutter zusammenrufen, wenn ihr Männer dazu nicht Manns genug seid. Sie würden die Gefühle einer Mutter sicher verstehen und schnell zu einer Entscheidung kommen.«

Losaduna war zu Laduni getreten, um ihm Beistand zu leisten. Die Einberufung eines Mütterrats war normalerweise der letzte Ausweg. Sie konnte ernsthafte Konsequenzen haben und wurde nur getätigt, wenn es gar keine andere Lösung zu geben schien. »Laß uns nichts überstürzen, Verdegia. Der Bote, den wir zu Tomasi geschickt haben, muß jeden Augenblick zurückkommen. Du kannst dich doch noch etwas gedulden, nicht wahr? Und Madenia geht es schon viel besser, oder?«

»Ich weiß es nicht. Sie rannte an unser Herdfeuer und wollte mir nicht sagen, was geschehen war. Ich sollte mir keine Sorgen machen, meinte sie; aber wie kann ich anders?«

»Ich könnte ihr sagen, was los ist«, flüsterte Filonia Laduni ins Ohr, »weiß aber nicht, ob Verdegia das verstehen würde. Dennoch hat sie recht. Etwas muß mit Charoli geschehen. Überall spricht man über ihn.«

»Was können wir tun?« fragte Ayla, die hinzugekommen war.

»Ich weiß es nicht«, sagte Filonia. »Ladunis Plan ist gut, meine ich. Alle Höhlen sollten sich zusammentun und die jungen Männer zurückholen. Man muß die Mitglieder der Bande voneinander trennen und Charolis Einfluß entziehen.«

»Das hört sich vernünftig an«, sagte Jondalar.

»Das Problem ist Charolis Höhle, und ob Tomasi, der mit Charolis Mutter verwandt ist, mitmachen wird«, sagte Filonia. »Wir werden mehr wissen, wenn der Bote zurück ist. Aber ich kann Verdegias Gefühle verstehen. Wenn Thonolia so etwas zustoßen würde...« Sie schüttelte den Kopf und konnte nicht weitersprechen.

»Ich glaube, daß die meisten Menschen Madenia und ihre Mutter verstehen«, sagte Jondalar. »In der Regel sind die Leute anständig. Aber eine schlechte Person kann alle in Schwierigkeiten bringen.«

Ayla dachte an Attaroa und stimmte ihm innerlich zu.

»Da kommt jemand! Da kommt jemand!« Larogi und einige Freunde stürmten in die Höhle und verbreiteten die Neuigkeit. Wenige Augenblicke später folgte ihnen ein Mann mittleren Alters.

»Rendoli! Du kommst im rechten Moment«, sagte Laduni erleichtert. »Leg deine Sachen ab und trink erst einmal etwas Heißes. Du bist rechtzeitig zum Fest der Mutter zurückgekehrt.«

»Das ist der Bote, den Laduni zu Tomasi geschickt hat«, sagte Filonia.

»Nun, was hat er gesagt?« fragte Verdegia barsch.

»Laß doch den Mann erst einmal zur Ruhe kommen!« mahnte Losaduna.

»Ist schon im Ordnung«, meinte Rendoli und nahm eine Tasse heißen Tee von Solandia. »Charolis Bande hat eine Höhle überfallen, die in der Nähe der Einöde lebt, in der sich die Männer versteckt halten. Sie haben Vorräte und Waffen gestohlen und eine Frau, die sie aufhalten wollte, beinahe umgebracht. Sie ist schwer verletzt und wird vielleicht nie wieder ganz gesund. Alle Höhlen sind wütend. Die Nachricht von dem, was mit Madenia geschehen ist, brachte das Faß zum Überlaufen. Trotz seiner Verwandtschaft mit Charolis Mutter ist Tomasi bereit, gemeinsam mit den anderen Höhlen gegen die Bande vorzugehen. Tomasi hat ein Treffen aller erreichbaren Höhlen einberufen – deshalb komme ich so spät zurück. Die meisten Höhlen schickten mehrere Abgesandte zu dem Treffen. Ich habe für uns einige Entscheidungen fällen müssen.«

»Sicher die richtigen«, sagte Laduni. »Ich bin froh, daß du dabei warst. Was hielten sie von meinem Vorschlag?«

»Sie haben ihn angenommen, Laduni. Jede Höhle sendet Kundschafter aus, um sie aufzuspüren – einige sind schon losgezogen. Ist Charolis Bande erst einmal gefunden, werden die Jäger jeder Höhle sie verfolgen und gefangennehmen. Niemand will das weiter mitmachen. Noch vor dem Sommertreffen möchte Tomasi sie haben.« Dann wandte sich der Mann an Verdegia. »Und sie wollen, daß du Anklage erhebst und Forderungen stellst«, sagte er.

Verdegia war fast besänftigt, aber sie dachte an Madenias Weigerung, an der Zeremonie teilzunehmen, die sie offiziell zur Frau machen und ihr dann, mit etwas Glück, Kinder schenken würde – ihre Enkel.

»Ich werde Anklage erheben und Forderungen stellen«, sagte Verdegia, »und wenn Madenia nicht in die Ersten Riten einwilligt, vergesse ich ihnen das nie.«

»Ich hoffe, daß sie es sich bis zum nächsten Sommer überlegen wird. Es gab Fortschritte nach dem Reinigungsritual. Sie geht wieder unter Menschen«, sagte Losaduna. »Ayla hat ihr dabei geholfen.«

Als Rendoli in seinen Wohnraum gegangen war, suchte Losaduna Jondalars Blick und nickte ihm zu. Jondalar entschuldigte sich und folgte ihm an das zeremonielle Herdfeuer. Ayla wäre ihnen gern nachgegangen, spürte aber, daß sie allein sein wollten.

»Was haben sie wohl vor?« sagte Ayla.

»Ich glaube, so etwas wie ein besonderes Ritual«, meinte Filonia und machte Ayla damit noch neugieriger.

»Hast du etwas mitgebracht, was du gemacht hast?« fragte Losaduna.

»Eine Klinge. Ich hatte noch keine Zeit, sie mit einem Griff zu versehen, aber sonst ist es so ein gutes Stück, wie ich es nur machen konnte«, sagte Jondalar und zog ein Lederpäckchen aus seinem Kittel. Er öffnete es, um eine kleine Steinspitze hervorzuholen, die scharf genug zum Rasieren war. Das eine Ende war zu einer Spitze geformt, das andere hatte einen Zapfen, den man in einen Messergriff einpassen konnte.

Losaduna betrachtete das Werkzeug genau. »Vorzügliche Arbeit«, bemerkte er. »Das wird ganz sicher gehen.«

Jondalar seufzte erleichtert. Er hatte nicht gedacht, daß ihm die Sache so naheging.

»Und etwas von ihr?«

»Das war nicht so leicht. Die meiste Zeit sind wir nur mit dem Allernötigsten gereist, und sie weiß, wo sie ihre wenigen Sachen aufbewahrt. Ein paar Dinge, zumeist Geschenke, hat sie weggepackt, und die wollte ich nicht durcheinanderbringen. Aber dann fiel mir ein, daß du gesagt hast, es könnte auch ein ganz kleiner Gegenstand aus ihrem Besitz sein«, sagte Jondalar und nahm etwas aus dem Lederpäckchen. »Sie trägt ein Amulett, einen kleinen, verzierten Beutel, in dem sie Dinge aus ihrer Kindheit aufbewahrt. Es bedeutet ihr sehr viel, und sie legt es nur ab, wenn sie zum Schwimmen oder Baden geht. Sie ließ es zurück, als sie in die heiligen heißen Quellen tauchte, und ich habe eine der Schmuckperlen abgeschnitten.«

Losaduna lächelte. »Gut! Das ist genau das Richtige! Ich habe das Amulett gesehen, es scheint für sie sehr wichtig zu sein. Wickle beides zusammen wieder ein und gib mir das Päckchen.«

Jondalar gehorchte, doch Losaduna bemerkte ein fragendes Stirnrunzeln, als er ihm die Sachen übergab.

»Ich kann dir nicht sagen, wohin ich das bringe, aber die Mutter wird es wissen. Nun muß ich dir einige Dinge erklären und ein paar Fragen stellen«, sagte Losaduna.

Jondalar nickte. »Ich werde versuchen, sie zu beantworten.«

»Du willst, daß ein Kind von Ayla an deinem Herdfeuer geboren wird, richtig?«

»Ja.«

»Aber du weißt, daß solch ein Kind auch von einem anderen Geist sein kann?«

»Ja.«

»Wie denkst du darüber? Ist es für dich wichtig, von wessen Geist das Kind sein wird?«

»Ich hätte gern ein Kind meines Geistes – wenn es geht. Aber vielleicht ist mein Geist nicht stark genug, oder die Mutter kann oder will ihn nicht gebrauchen. Niemand kann ganz sicher sein, wessen Geist im Spiele war; doch wenn Ayla ein Kind meines Herdfeuers zur Welt bringt, wäre ich zufrieden. Ich glaube, ich würde fast selbst wie eine Mutter fühlen«, sagte Jondalar mit fester Überzeugung.

Losaduna nickte. »Gut. Heute nacht ehren wir die Mutter; der Augenblick ist günstig. Du weißt, daß die Frauen, die die Mutter am meisten ehren, auch am häufigsten gesegnet werden. Ayla ist eine schöne Frau und wird leicht einen Mann finden, der die Wonnen mit ihr teilen will.«

Doch nun sah der Eine, Der Der Mutter Diente, Jondalar die Stirn runzeln, und ihm wurde klar, daß Jondalar zu denen gehörte, die die Frau, die sie erwählt hatten, keinem anderen Mann – auch nicht für eine Zeremonie – überlassen würden. »Du mußt sie ermutigen, Jondalar. Es ehrt die Mutter, und es ist wichtig, wenn du von Ayla ein Kind deines Herdfeuers haben willst. Ich habe es oft beobachtet. Viele Frauen werden unmittelbar danach schwanger. Vielleicht freut sich die Mutter auch so sehr über dich, daß sie deinen Geist wählt, besonders wenn du sie geziemend ehrst.«

Jondalar schloß die Augen und nickte; doch Losaduna sah, daß er die Zähne zusammenbiß. Es würde nicht leicht für ihn werden.

»Sie hat noch nie an einem Fest zu Ehren der Mutter teilgenommen. Wenn sie nun keinen anderen will?« fragte Jondalar. »Soll ich sie zurückweisen?«

»Du mußt ihr Mut machen, sich mit anderen zusammenzutun; aber das ist natürlich ihre Sache. Wenn irgend möglich, darfst du beim Fest der Mutter keine Frau zurückweisen, vor allem nicht die von dir erwählte Gefährtin. Ich würde mir da keine Sorgen machen, Jondalar. Die meisten Frauen kommen in Stimmung und genießen das Fest der Mutter«, sagte Losaduna. »Seltsam allerdings, daß Ayla nicht dazu erzogen wurde, die Mutter zu erkennen. Ich wußte gar nicht, daß es Menschen gibt, die sie nicht verehren.«

»Die Leute, bei denen sie aufwuchs, waren in mancher Hinsicht anders.«

»Davon bin ich überzeugt«, sagte Losaduna. »Nun laß uns die Mutter fragen.«

Frag die Mutter. Frag die Mutter. Der Satz ließ Jondalar nicht mehr los, als sie zur hinteren Wand des Zeremonienraumes gingen. Er mußte daran denken, daß er ein Günstling der Mutter war; ihm konnte keine Frau widerstehen, auch Doni nicht; jede Bitte, die er an die Mutter richtete, würde ihm gewährt werden. Man hatte ihn sogar gewarnt, mit einer solchen Gunst vorsichtig umzugehen; schließlich könnte er bekommen, was er sich wünschte. Jetzt hoffte er sehnsüchtig, daß das alles wahr wäre.

Sie traten vor die Nische mit der brennenden Lampe. »Nimm die Dunai und halte sie in deinen Händen!« befahl ihm der Eine, Der Der Mutter Diente.

Jondalar griff nach der Muttergestalt. Sie war eine der schönsten Skulpturen, die er je gesehen hatte. Ihr Körper war vollkommen. Die Figur sah aus, als hätte der Bildhauer sie nach einem lebenden Modell geschnitzt. Die Arme, die auf den großen Brüsten ruhten, waren nur angedeutet, aber die Finger und die Armreifen an den Handgelenken konnte man deutlich erkennen. Ihre Beine liefen in einer Art Zapfen zusammen, der im Boden steckte.

Am erstaunlichsten war der Kopf. Die meisten Donii, die er gesehen hatte, trugen als Kopf nur einen kleinen Knoten und hatten keine Gesichtszüge. Diese Gestalt dagegen hatte eine aufwendige Haartracht, die in dichten Locken über den Kopf und das Gesicht fiel.

Als er genauer hinsah, überraschte ihn, daß sie aus Kalkstein geformt war. Elfenbein, Knochen oder Holz waren viel leichter zu bearbeiten, und die Figur war so schön und in allen Einzelheiten so sorgfältig gestaltet, daß man kaum glauben konnte, daß sie aus Stein war. Viele Feuersteinwerkzeuge müssen an ihr stumpf geworden sein, um sie ins Leben zu rufen, dachte er.

Der Eine, Der Der Mutter Diente, hatte zu singen begonnen. Jondalar war in den Anblick der Donii so versunken, daß er es zuerst gar nicht bemerkte; doch dann hörte er einige Namen der Mutter heraus. Losaduna hatte mit dem Ritual begonnen. Jondalar wartete und hoffte, daß ihn die Bewunderung der ästhetischen Qualitäten der Skulptur nicht von dem eigentlichen Kern der Zeremonie ablenken würde. Obgleich die Donii ein Symbol der Mutter war und als Gefäß einer ihrer vielen Geistformen angesehen wurde, wußte er, daß die geschnitzte Figur nicht die Große Erdmutter war.

»Nun denke nach und bitte die Mutter in deinen eigenen Worten und von ganzem Herzen um das, was du begehrst«, sagte Losaduna. »Die Figur in deiner Hand wird dir helfen, all deine Gedanken und Gefühle in deiner Bitte zu versammeln. Sag alles frei heraus, was dir in den Sinn kommt. Denke daran, daß deine Bitte die Mutter allen Lebens erfreuen wird.«

Jondalar schloß die Augen, um besser nachdenken zu können. »Oh Doni, Große Erdmutter«, begann er. »Es hat in meinem Leben Zeiten gegeben, in denen ich Dinge tat, die Dich vielleicht erzürnt haben. Ich wollte Dein Mißfallen nicht erregen, doch es ist so geschehen. Es gab eine Zeit, in der ich glaubte, daß ich niemals eine Frau richtig lieben könnte, und ich fragte mich, ob das um jener Dinge willen so war, die Deinen Zorn erregt haben.«

Im Leben dieses Mannes muß etwas sehr Schlimmes geschehen sein. Er ist ein guter Mensch und so zuversichtlich; kaum zu glauben, daß er sich so sehr grämt und schämt, dachte Losaduna.

»Doch als ich das Ende Deines Flusses hinter mir und meinen Bruder verloren hatte, den ich mehr als alle anderen liebte, brachtest Du Ayla in mein Leben, und endlich lernte ich die Liebe kennen. Ich bin Dir für Ayla dankbar. Wenn es niemanden in meinem Leben gäbe, keine Familie, keine Freunde, wäre ich zufrieden, solange nur Ayla bei mir bliebe. Aber wenn es Dir nichts ausmacht, Große Mutter, hätte ich gern noch etwas. Ich wünsche mir ein Kind. Ein Kind von Ayla und, wenn möglich, von meinem Geist – oder meinem männlichen Wesen, wie Ayla glaubt. Wenn das nicht möglich sein sollte, wenn mein Geist nicht stark genug ist, dann gib Ayla das Kind, das sie sich wünscht, und laß es an meinem Herdfeuer geboren werden, damit es im Herzen mir gehört.«

Jondalar wollte die Donii gerade zurückstellen, hielt sie dann aber noch einen Moment in den Händen. »Ich habe noch einen Wunsch. Wenn Ayla jemals von einem Kind meines Geistes schwanger werden sollte, möchte ich gern erfahren, ob es von meinem Geist ist.«

Eine interessante Bitte, dachte Losaduna. Die meisten Männer wüßten das wohl gern, aber es spielt für sie keine große Rolle. Warum ist es für ihn so wichtig? Und was meinte er mit einem Kind von seinem Wesen, wie Ayla glaubt? Ich würde sie gern fragen, doch dies ist ein besonderes Ritual, und ich darf ihr nicht verraten, was er hier gesagt hat.

Ayla sah, wie die beiden Männer das Herdfeuer der Zeremonien verließen. Sie spürte, daß sie ihre Absicht ausgeführt hatten; dennoch machte Losaduna einen grüblerischen Eindruck, und Jondalar wirkte entschlossen, aber angespannt und ein wenig unglücklich.

»Ich hoffe nur, daß Madenia noch anderen Sinnes wird«, sagte Losaduna, als sie näherkamen. »Am ehesten wird sie ihr schreckliches Erlebnis überwinden, meine ich, wenn sie die Ersten Riten mitmacht. Wir müssen sehr vorsichtig sein in der Wahl ihres Partners. Ich wünschte, du wärst noch da, Jondalar. Sie scheint sich für dich zu interessieren. Es wäre sicher gut, wenn sie sich für einen Mann erwärmt.«

»Ich würde gern helfen, aber wir können nicht bleiben. Wir müssen sehr bald aufbrechen, möglichst schon morgen oder übermorgen.«

»Da hast du sicher recht, die Jahreszeiten können sich jeden Moment ändern. Achtet darauf, ob einer von euch reizbar wird«, sagte Losaduna.

»Das Unwohlsein«, meinte Jondalar.

»Was ist das?« fragte Ayla.

»Es kommt mit dem Föhn, dem Schneeschmelzer, dem Frühlingswind«, sagte Losaduna. »Ein warmer und trockener Wind aus südwestlicher Richtung. Er bläst stark genug, um Bäume zu entwurzeln. Er läßt den Schnee so schnell tauen, daß hohe Verwehungen an einem Tag verschwunden sein können, und es ist sehr gefährlich, wenn er euch auf dem Gletscher überrascht. Das Eis kann unter euren Füßen wegschmelzen oder einen Fluß über euren Pfad stürzen lassen. Der Föhn kommt so plötzlich, daß die bösen Geister, die die Kälte lieben, ihm nicht entweichen können. Er fegt sie aus ihren Verstecken und treibt sie vor sich her. Die bösen Geister sind seine Vorboten; sie bringen das Unwohlsein. Wenn man das weiß, können sie eine Warnung sein; aber sie sind tückisch und lassen sich nicht leicht zum eigenen Vorteil benutzen.«

»Woran erkennt man, daß die bösen Geister gekommen sind?« fragte Ayla.

»Ich sagte es schon – achtet auf die ersten Anzeichen von Unwohlsein. Sie können euch krank machen oder eine vorhandene Krankheit verschlimmern, meist aber rufen sie Streitlust hervor. Manche Menschen bekommen sogar Wutanfälle; aber weil jeder weiß, daß die Ursache der Föhn ist und die Leute keine Schuld trifft, sieht man ihnen vieles nach – selbst wenn sie ernsthaften Schaden anrichten. Wenn alles vorbei ist, sind die Menschen dem Föhn dankbar, weil er neues Wachstum, neues Leben hervorbringt; nur das Unwohlsein fürchten alle.«

»Kommt essen!« Solandia hatte sie zurückkommen sehen. »Die Leute holen sich schon die zweite Portion. Wenn ihr euch nicht beeilt, ist nichts mehr übrig.«

Sie gingen zum Herd in der Mitte, wo der Windzug von der Höhlenöffnung ein großes Feuer auflodern ließ. Über dem Feuer röstete die Keule vom Steinbock, in der Mitte noch nicht ganz durchgebraten; frisches Fleisch war immer eine willkommene Abwechslung. Dazu gab es eine Suppe aus Dörrfleisch, Mammutfett und getrockneten Wurzeln und Beeren – fast ihr letzter Vorrat an Gemüsen und Früchten. Die Leute konnten das frische Grünzeug des Frühlings kaum erwarten.

Doch der harte, kalte Winter lastete immer noch auf ihnen, und so sehr sich Jondalar auch nach dem Frühling sehnte, hoffte er noch inständiger, daß der Winter bleiben möge, bis sie den vor ihnen liegenden Gletscher überquert hätten.

ACHTUNDDREISSIGSTES KAPITEL

Nach dem Essen kündigte Losaduna an, daß es am Zeremonienherdfeuer ein warmes Getränk gäbe. Es schmeckte angenehm und irgendwie vertraut. Ayla hielt es für einen leicht gegorenen, mit Kräutern gewürzten Fruchtsaft. Doch der Geschmack täuschte. Das Getränk war stärker, als Ayla vermutet hatte, und Solandia verriet ihr, daß es die Kräuter waren, die diese starke Wirkung hervorriefen. Erst jetzt fand Ayla heraus, daß der vertraute Geschmack vom Wermut herrührte, einem sehr wirksamen Kraut, das in hoher Dosis oder zu häufig genossen gefährlich sein konnte. Wegen des stark duftenden Waldmeisters und der anderen aromatischen Zutaten konnte man das Wermutkraut nicht so leicht herausschmecken.

Sie erkundigte sich bei Solandia nach dem starken Kraut und erwähnte seine möglichen Gefahren. Die Frau erklärte ihr, daß die Pflanze nur für diesen Trank verwandt würde, der ausschließlich dem Fest der Mutter vorbehalten war. Weil er eine heilige Funktion hatte, enthüllte Solandia nur ungern, aus was er bestand, doch Aylas Fragen verrieten eine solche Kenntnis, daß sie gar nicht anders konnte, als sie zu beantworten. Das, was Ayla zuerst für ein einfaches, wohlschmeckendes, leichtes Getränk gehalten hatte, entpuppte sich als eine hochwirksame Mixtur, die die beim Fest der Mutter erwünschte Entspannung und zärtliche Annäherung befördern sollte.

Als die Angehörigen der Höhle an das Herdfeuer traten, spürte Ayla, die davon gekostet hatte, zunächst ein wacheres Bewußtsein, das jedoch bald einem angenehmen, sehnsüchtigen und begehrlichen Gefühl wich. Sie bemerkte, wie Jondalar und ein paar andere mit Madenia sprachen, ließ Solandia abrupt stehen und eilte auf sie zu. Jedem Mann, der sie kommen sah, gefiel ihr Anblick. Sie lächelte, als sie auf die Gruppe zuging, und Jondalar verspürte eine Regung, die ihr Lächeln immer in ihm hervorrief. Es würde ihm nicht leichtfallen, Losadunas Anweisungen zu befolgen und Ayla zur Teilnahme am Mutterfest zu ermutigen, trotz des entspannenden Getränks, das Losaduna ihm aufgenötigt hatte. Er holte tief Luft und nahm einen kräftigen Schluck aus dem Becher.

Filonia und ihr Gefährte Daraldi, den sie schon früher getroffen hatten, waren unter denen, die Ayla herzlich begrüßten.

»Dein Becher ist leer«, sagte er und füllte ihn wieder.

»Du kannst mir auch noch etwas geben«, sagte Jondalar mit gespielter

Fröhlichkeit. Losaduna bemerkte die gezwungene Lockerheit des Mannes, vermutete aber, daß sonst niemand davon Notiz nehmen würde. Er irrte sich. Ayla sah Jondalars Kiefer arbeiten und wußte, daß ihn etwas bedrückte; auch entging ihr nicht, daß Losaduna es bemerkt hatte. Doch das Getränk verfehlte seine Wirkung nicht und verdrängte diese Gedanken.

Plötzlich erfüllte Getrommel den Raum.

»Der Tanz fängt an!« sagte Filonia. »Komm, Jondalar. Ich zeige dir die Schritte.« Sie nahm ihn bei der Hand und führte ihn in die Mitte des Platzes.

»Madenia, geh auch mit«, drängte Losaduna.

»Ja«, sagte Jondalar. »Komm mit. Kannst du den Tanz?« Er lächelte ihr zu.

Jondalar hatte Madenia den ganzen Tag über seine Aufmerksamkeit geschenkt, und obwohl sie schüchtern blieb und kaum etwas sagen konnte, war sie sich seiner Gegenwart stets bewußt gewesen. So oft er sie anblickte, schlug ihr das Herz bis zum Hals. Als er ihre Hand nahm, um sie auf den Tanzplatz zu führen, wurde ihr abwechselnd heiß und kalt; sie hätte ihm nicht widerstehen können, selbst wenn sie es versucht hätte.

Filonia runzelte einen Augenblick lang die Stirn, lächelte aber dann das Mädchen an. »Wir können ihm beide die Schritte zeigen«, sagte sie und nahm sie bei der Hand.

»Soll ich dir zeigen...« sagte Daraldi zu Ayla, und Laduni sagte gleichzeitig: »Ich würde mich freuen...« Dann lachten sie und hielten inne, um dem anderen beim Sprechen den Vortritt zu lassen.

Aylas Lächeln bezauberte sie. »Vielleicht könnt ihr beide mir den Tanz beibringen«, meinte sie.

Daraldi und Laduni grinsten selig und führten sie gemeinsam an den Ort, wo sich die Tänzer versammelten. Während sie sich in einem Kreis aufstellten, zeigte man den Besuchern die Grundschritte, dann nahmen sich alle bei den Händen, und eine Flöte erklang. Zu Anfang konnte man dem Rhythmus leicht folgen, doch allmählich wurde er schneller und komplizierter. Ayla stand fraglos im Mittelpunkt der Aufmerksamkeit. Jeder Mann fand sie unwiderstehlich. Sie drängten sich um sie, buhlten um ihre Gunst, machten Anspielungen und ließen unverhüllte Angebote vom Stapel. Jondalar flirtete verhalten mit Madenia und direkter mit Filonia, verlor aber Ayla und die Männer, die sie umschwärmten, nie aus den Augen.

Mit kniffligen Schritten und Stellungswechseln wurde der Tanz immer schwieriger, und Ayla tanzte mit allen. Sie lachte über ihre Scherze, während sich die anderen Tänzer nach und nach zerstreuten, um ihre Becher nachzufüllen oder sich paarweise in abgelegene Winkel zu begeben.

Ayla wurde durstig und wollte ihren Becher füllen. Daraldi wich ihr nicht von der Seite.

»Ich hätte auch gern etwas zu trinken«, sagte Madenia.

»Tut mir leid«, meinte Losaduna und legte die Hand über den Becher. »Du

hast deine Ersten Riten noch nicht gehabt. Da wirst du Tee trinken müssen.«
Madenia fügte sich widerwillig.

Vor der Zeremonie, die sie zur Frau machen sollte, durfte sie auch nicht an den Vorrechten der Frauen teilhaben, und er tat alles, um sie zu ermutigen, sich diesem wichtigen Ritual zu unterziehen. Gleichzeitig betonte er immer wieder, daß sie trotz ihres schrecklichen Erlebnisses gereinigt war und auf die gleiche Rücksichtnahme und Aufmerksamkeit Anspruch hatte wie jedes andere Mädchen an der Schwelle des Frauentums.

Ayla und Daraldi tanzten noch miteinander, als der Raum sich allmählich leerte. Er wandte sich ihr zu.

»Ayla, du bist eine unglaublich schöne Frau«, sagte er.

Diese Bemerkung überraschte sie sehr. In ihrer Jugend war sie stets das große, häßliche Mädchen gewesen. Sie hielt sich nicht für schön.

»Nein«, sagte sie lachend. »Ich bin nicht schön!«

Das hatte er nicht erwartet.

»Aber . . . doch, das bist du«, sagte er.

Daraldi hatte den ganzen Abend versucht, ihre Aufmerksamkeit zu erregen, aber trotz der an Anspielungen reichen Unterhaltung war es ihm nicht gelungen, den Funken zu entzünden, der weitere Vorstöße ermöglichen würde. Er war ein attraktiver Mann, und sie feierten das Fest der Mutter; doch sie schien sein Verlangen nicht zu bemerken.

»Ayla«, flüsterte er ihr ins Ohr, »du bist wirklich eine schöne Frau.«

Sie sah ihm voll ins Gesicht, hielt sich aber zurück, anstatt sich bereitwillig an ihn zu schmiegen. Er zog sie näher an sich, aber sie bog sich zurück, legte ihre Hände auf seine Schultern und blickte ihn arglos an.

Ayla hatte die Bedeutung des Mutterfestes nicht ganz verstanden. Anfangs war sie der Meinung gewesen, es handle sich nur um ein geselliges Zusammensein, auch wenn man immer davon gesprochen hatte, die Mutter zu »ehren« – und was das gewöhnlich hieß, wußte sie. Als sie die Paare bemerkte, die sich in die dunkleren Ecken zurückzogen, schwante ihr etwas, aber erst jetzt, als sie Daraldis Verlangen spürte, ging ihr auf, was er von ihr erwartete.

Er zog sie an sich und wollte sie küssen, was Ayla nicht kalt ließ. Seine Hand fand ihre Brust und verlor sich unter ihrem Kittel. Er war ein gutaussehender Mann, und das Gefühl war nicht unangenehm; sie war entspannt und in bereitwilliger Stimmung, aber sie brauchte noch ein wenig Zeit.

»Laß uns zu den Tänzern zurückgehen«, sagte sie.

»Warum? Es sind sowieso nicht mehr viele übrig. Die meisten sind schon weg.«

»Ich möchte einen Tanz der Mamutoi vorführen«, sagte sie, und er willigte ein. Sie war ihm entgegengekommen, und er konnte noch warten.

Als sie die Mitte des Tanzplatzes erreicht hatten, sah Ayla, daß Jondalar mit Madenia tanzte und ihr einen Schritt zeigte, den er bei den Sharamudoi gelernt hatte. Filonia, Losaduna, Solandia und ein paar andere standen um sie herum und klatschten im Rhythmus der Flöte und der Trommel.

Ayla und Daraldi fielen in das rhythmische Klatschen ein. Sie fing Jondalars Blick auf und klatschte auf die Oberschenkel statt in die Hände, wie es die Mamutoi zu tun pflegten. Madenia zog sich zurück, und Jondalar tanzte mit Ayla. Sie bewegten sich aufeinander zu, lösten sich voneinander, wirbelten herum und blickten einander über die Schulter an. Von dem Moment an, in dem sie seinem Blick begegnet war, sah Ayla nur noch Jondalar.

Die Spannung zwischen ihnen war offenkundig. Losaduna beobachtete sie eine Weile und nickte unmerklich. Die Mutter hatte ihre Wünsche klar und deutlich kundgetan. Daraldi zuckte die Achseln und lächelte Filonia an. Madenias Augen öffneten sich weit.

Als Ayla und Jondalar aufhörten zu tanzen, lagen sie einander in den Armen und hatten ihr Umgebung völlig vergessen. Solandia klatschte, und alle fielen in den Beifall ein. Schließlich drang das Geräusch zu ihnen durch. Ein wenig beschämt lösten sie sich voneinander.

»Laßt uns austrinken, was noch übrig ist«, schlug Solandia vor.

»Gute Idee!« sagte Jondalar und hielt Ayla im Arm. Er wollte sie jetzt nicht mehr loslassen. Er trank seinen Becher in einem Zug aus, hob Ayla plötzlich hoch und trug sie zu ihrer Lagerstatt. Sie fühlte sich seltsam heiter, freudig erregt, fast so, als wäre sie einem unangenehmen Schicksal entronnen; doch nichts kam Jondalars Glück gleich. Er hatte sie und die Männer, die sich um sie bemühten, den ganzen Abend beobachtet, hatte sich bemüht, Losadunas Rat zu folgen und ihr jede Gelegenheit zu geben, und war sicher, daß sie am Ende einen anderen wählen würde.

Er hätte mit vielen Frauen gehen können, konnte sich aber nicht dazu durchringen, bevor sie ihre Wahl getroffen hatte. So blieb er bei Madenia, die noch keinem Mann gehören durfte. Er genoß es, sich um sie zu kümmern und zu sehen, wie sie in seiner Gesellschaft auflebte. Und was Filonia betraf, so hätte er es ihr zwar nicht übelgenommen, wenn sie mit jemandem weggegangen wäre; dennoch war er froh, daß sie in seiner Nähe blieb. Er wäre nicht gern allein gewesen, wenn Ayla einen anderen Mann gewählt hätte. Sie sprachen über viele Dinge. Über Thonolan und ihre gemeinsamen Reisen, ihre Kinder, vor allem Thonolia, und über Daraldi, den sie so sehr mochte; doch Jondalar fiel es schwer, über Ayla zu sprechen.

Als sie dann schließlich zu ihm kam, konnte er es kaum glauben. Er legte sie sanft auf ihr Lager, sah sie und die Liebe in ihren Augen und fühlte es in seiner Kehle brennen. Er hatte alles getan, was Losaduna gesagt hatte; er hatte ihr jede Möglichkeit gegeben; er hatte sogar versucht, sie zu ermuntern. Aber sie war zu ihm gekommen! Ob das ein Zeichen der Mutter war, daß sie Ayla mit einem Kind seines Geistes segnen wollte?

Er zog die Fellvorhänge zu, und als sie aufstehen und sich anziehen wollte, drückte er sie sanft zurück. »Diese Nacht gehört mir«, sagte er.

Sie legte sich wieder hin, lächelte sanft und fühlte die Schauer der Vorfreude. Von draußen holte er einen brennenden Span, zündete eine kleine Lampe an und stellte sie in eine Nische. In dem schummrigen Licht begann er, sie auszuziehen, hörte aber ganz plötzlich damit auf.

»Glaubst du, daß wir damit den Weg zu den heißen Quellen finden?« fragte er und deutete auf die Lampe.

»Man sagt, daß sie einen Mann müde und schlaff machen«, sagte Ayla.

»Glaub mir, das wird heute nacht nicht passieren«, erwiderte er.

Sie legten ihre Überwürfe an, nahmen die Lampe und gingen leise nach draußen. Losaduna fragte sich, was sie wohl vorhätten; dann überlegte er und lächelte. Die heißen Quellen hatten ihn nie sehr lange gemäßigt. Aber Losaduna war nicht der einzige, der sie weggehen sah.

Madenia hatte Mutterfeste erlebt, solange sie sich erinnern konnte; dieses jedoch war für sie von tieferer Bedeutung. Sie hatte einige Paare beobachtet – niemandem schien es wehzutun, auch dann nicht, wenn eine Frau mehrere Männer wählte. Doch vor allem interessierte sie sich für Ayla und Jondalar. Sobald sie die Höhle verließen, nahm sie ihren Überwurf und folgte ihnen.

Sie fanden den Weg zu dem doppelwandigen Zelt und betraten den zweiten Raum, wo die dampfende Wärme sie willkommen hieß. Sie legten ihre Überwürfe ab und setzten sich auf die Filzkissen, die den Boden bedeckten.

Jondalar küßte Ayla lange und zärtlich, während er ihren Kittel aufnestelte und ihr über den Kopf streifte; dann beugte er sich nieder und küßte ihre Brustwarzen. Er löste ihre Beinlinge und den Lendenschurz und hielt dann einen Moment inne, um ihren mit weichem Haar bedeckten Hügel zu küssen. Dann zog er sich selbst aus, umarmte sie und fühlte voller Entzükken ihre Haut an seiner.

Sie tauchten in den dampfenden Teich und gingen dann zum Waschplatz hinüber. Jondalar nahm eine Handvoll weichen Schaums aus der Schale und rieb Aylas Rücken damit ein. Ayla schloß die Augen und gab sich der prikkelnden Liebkosung hin. Er rieb ihre Beine ein und streichelte ihre Fußsohlen. Dann drehte er sie um, küßte sie und erforschte sanft und langsam ihre Lippen und ihre Zunge und fühlte, wie sie erbebte. Seine schwellende Männlichkeit antwortete darauf; sie schien sich aus eigener Kraft zu bewegen und strebte zu ihr.

Mit einer weiteren Handvoll Seifenschaum liebkoste er ihre Arme bis zu den vollen, festen Brüsten und spürte, wie sich ihre Brustwarzen unter seinen Händen aufrichteten. Als er ihren Bauch und ihre Schenkel streichelte, stöhnte sie vor Verlangen. Dann spülte er sie mit vielen Schalen Wasser ab und führte sie in das heiße Becken zurück.

Eng umschlungen setzten sie sich auf die Steinbänke und fühlten unter Wasser ihre nackten Körper. Dann stiegen sie wieder aus dem Becken. Jondalar legte sie auf die weichen Matten und sah sie eine Weile nur an, wie sie naß und glühend und voller Begierde nach ihm dalag.

Zu ihrer Überraschung spreizte er zuerst ihre Schenkel und ließ seine Zunge über die volle Länge ihrer Falten gleiten. Es schmeckte nicht salzig, ihr besonderer Geschmack war verschwunden, und es war eine neue Erfahrung, sie zu schmecken, ohne sie zu schmecken; doch als er sich diesem unbekannten Gefühl überließ, hörte er sie stöhnen. Sie spürte, wie ihre Erregung wuchs und einem Höhepunkt zustrebte; dann durchfluteten die Wellen der Lust sie wieder und wieder, und plötzlich schmeckte er sie.

Sie griff nach ihm und umfaßte sein Glied, als er in sie eindrang. Sie stemmte sich ihm entgegen und beide seufzten in unbewußter Befriedigung. Er zog sich zurück, und sie zitterte danach, ihn wieder in sich zu spüren. Er fühlte sein Glied von ihrer warmen Leidenschaft ganz und gar umhüllt; sie wölbte sich zu ihm hoch, und er ergoß sich mit einem letzten, wilden Stoß in ihren tiefen Brunnen und verlor sich in ihrer warmen Nässe; und er schrie die Fülle ihrer Freude lauthals hinaus, ihre ganze Glückseligkeit.

Eine Zeitlang blieb er noch auf ihr liegen, weil er wußte, daß sie das liebte. Als er sich schließlich erhob, sah er ihr ermattetes Lächeln und mußte sie einfach küssen. Ihre Zungen vereinten sich in sanfter Hingabe, und sie fühlten erneut einen Hauch von Erregung. Ohne Drängen küßte er ihre Lippen, ihre Augen, ihre Ohren und die zarten, empfindlichen Stellen an ihrem Hals. Er wanderte tiefer und fand ihre Warzen. Ohne Eile saugte er an der einen, dann an der anderen, bis sie sich an ihn preßte und mehr und mehr wollte. Ihre Erregung wuchs.

Und seine ebenso. Seine erschöpfte Männlichkeit straffte sich wieder, und als sie es fühlte, setzte sie sich plötzlich auf, beugte sich über ihn und nahm sein Glied in den Mund. Er legte sich zurück und überließ sich den Gefühlen, die ihn durchrieselten. Sie fand den harten Kamm an der Unterseite und ließ ihre Zunge darübergleiten; dann schob sie die Vorhaut ein wenig zurück und umkreiste mit der Zunge den weichen Kopf. Er stöhnte, heiße Wellen durchpulsten ihn, bis sie sich rittlings über ihn spreizte und er hinaufreichte, um die warmen Blätter ihrer Blüte zu kosten.

Fast gleichzeitig fühlten sie ihre Erregung wachsen und wachsen, und dann richtete er sich auf und drehte sie um, bis sie vor ihm kniete, und drang tief in sie ein. Bei jedem Stoß federte sie zurück, er ritt sie, tauchte ein, zog sich zurück, sie spürte ihn bei jedem Stoß, und dann kam es ihr wieder, und beim nächsten Eindringen fühlte auch er das große Geschenk der Mutter.

Erschöpft brachen sie beide zusammen – wunderbar, herrlich ermattet, aufgelöst. Für einen Moment spürten sie einen Windzug, doch sie bewegten sich nicht und dösten eine Zeitlang vor sich hin. Als sie erwachten, erhoben sie sich, wuschen sich und tauchten noch einmal in die heißen Gewässer. Zu ihrer Überraschung fanden sie neben dem Eingang saubere, trockene, samtweiche Lederhandtücher, als sie aus dem Becken stiegen.

Mit nie gekannten Gefühlen ging Madenia zur Höhle zurück. Jondalars starke, aber beherrschte Leidenschaft und seine einfühlsame Zärtlichkeit hatten sie ebenso tief berührt wie Aylas uneingeschränkte Bereitschaft, sich ihm hinzugeben und ihm ganz und gar zu vertrauen. Ihr Zusammensein war so anders gewesen als das, was ihr widerfahren war. Ihre Wonnen waren wild, aber nicht brutal, keine einseitige Lustbefriedigung, sondern ein wechselseitiges Geben und Nehmen, um sich gegenseitig Vergnügen und Freude zu bereiten.

Am nächsten Morgen fühlte sich niemand besonders frisch. Ayla prüfte ihren Vorrat an Verhütungstee, den sie jeden Morgen trank, und stellte fest, daß er bis zum kommenden Frühjahr, wenn sie wieder sammeln konnte, reichen würde. Man brauchte nicht viel davon zu trinken.

Madenia begrüßte die Besucher kurz vor Mittag. Sie lächelte Jondalar schüchtern an und sagte dann, daß sie nun für ihre Ersten Riten bereit sei.

»Das ist gut, Madenia«, sagte Jondalar. »Es wird dir nicht leid tun.«

Sie sah ihn mit so hingebungsvollen Blicken an, daß er sich zu ihr niederbeugte, ihre Wange küßte und seinen Atem in ihr Ohr blies. Das Herz schlug ihr bis zum Hals. Sie wünschte sich so sehr, daß dieser große, bezaubernd sanfte Mann der Gefährte ihrer Ersten Riten wäre. Doch dann schämte sie sich, als hätte er ihre Gedanken erraten können. Schnell rannte sie aus dem Bereich des Herdfeuers weg.

»Wie schade, daß meine Leute nicht näher bei den Losadunai leben«, sagte er und sah ihr nach. »Ich würde dieser jungen Frau gern helfen. Aber sie werden sicher auch einen anderen finden.«

»Ja, bestimmt. Aber hoffentlich erwartet sie sich nicht zuviel. Ich habe ihr gesagt, sie würde eines Tages jemanden wie dich finden, weil sie genug gelitten hätte und es verdiente. Ich hoffe es, um ihretwillen«, sagte Ayla. »Aber es gibt nicht viele wie dich.«

»Alle jungen Frauen haben große Hoffnungen und Erwartungen«, sagte Jondalar, »doch vor dem ersten Mal ist alles nur Phantasie.«

»Aber ihre Phantasien gründen sich auf etwas.«

»Natürlich wissen alle mehr oder weniger, was auf sie zukommt. Schließlich haben sie mit Männern und Frauen zusammengelebt«, meinte er.

»Das ist es nicht allein, Jondalar. Wer hat uns wohl letzte Nacht die trockenen Handtücher bereitgelegt?«

»Ich dachte, Losaduna oder vielleicht Solandia.«

»Sie gingen vor uns zu Bett und waren mit sich selbst beschäftigt. Ich habe sie gefragt. Sie wußten nicht einmal, daß wir zu den heiligen Wassern gegangen waren – auch wenn es Losaduna zu gefallen schien.«

»Wenn sie es nicht waren, wer dann? – Madenia?«

»Da bin ich fast sicher.«

»Ich glaube, Laduni, so geht es«, sagte Jondalar. »So geht es wirklich! Laß mich noch einmal wiederholen. Wir beladen das Rundboot mit Heu und genügend Brennsteinen, um Eis zu schmelzen; dazu kommen ein paar Steine für die Feuerstelle und die schwere Mammuthaut als Unterlage, damit die Steine nicht im Eis versinken, wenn sie heiß werden. Vorräte für uns und vermutlich auch für Wolf können wir in unseren Packkörben und Satteltaschen mitführen.«

»Ihr werdet eine Menge zu tragen haben«, sagte Laduni, »aber ihr braucht das Wasser nicht zu kochen – das spart Brennsteine. Es muß nur schmelzen, so daß die Pferde, Wolf und ihr es trinken könnt. Es braucht nicht heiß zu werden, darf aber auch nicht mehr eisig sein. Und spart nicht am Trinken. Wenn ihr euch warm anzieht, genug ausruht und ausreichend trinkt, könnt ihr die Kälte aushalten.«

»Sie sollten es, glaube ich, vorher ausprobieren, um festzustellen, wieviel sie brauchen werden«, sagte Laronia, Ladunis Gefährtin.

»Ein guter Gedanke«, meinte Ayla.

»Aber Laduni hat recht, es wird sehr schwer sein«, fügte Laronia hinzu.

»Dann müssen wir unsere Sachen noch einmal durchgehen und alles hierlassen, was wir entbehren können«, sagte Jondalar. »Wir brauchen nicht viel. Wenn wir den Gletscher hinter uns haben, sind wir nicht mehr weit von Dalanars Lager entfernt.«

Sie hatten schon soviel aussortiert! Was konnten sie noch entbehren? Ayla grübelte darüber nach, als sich die Versammlung auflöste. Sie ging zu ihrem Schlafplatz zurück, und Madenia wich ihr nicht von der Seite. Die Kindfrau schwärmte nicht nur für Jondalar, sondern sah auch bewundernd zu Ayla auf, was ihr gar nicht so angenehm war. Aber sie mochte Madenia und fragte sie, ob sie bei ihr bleiben wollte, während sie ihre Sachen durchsah.

Als Ayla ihre Besitztümer ausbreitete, dachte sie daran, wie oft sie das schon auf dieser Reise gemacht hatte. Es war schwierig, sich zu entscheiden. Alles hatte eine Bedeutung für sie, doch wenn sie mit Winnie, Renner und Wolf über diesen furchtbaren Gletscher kommen wollten, der Jondalar von Anfang an beunruhigt hatte, durften sie nur das Allernötigste mitnehmen.

Das erste Päckchen, das sie öffnete, enthielt das schöne Kleid aus weichem Gamsleder, das Rosario ihr geschenkt hatte. Sie hielt es hoch und breitete es vor sich aus.

»Oh! Wie schön! Die Stickerei und der Schnitt! So etwas habe ich noch nie gesehen«, sagte Madenia und faßte es an. »Und so weich! Ich habe noch nie etwas so Weiches gefühlt.«

»Das gab mir eine Frau von den Sharamudoi, die sehr weit von hier leben, fast am Ende des Großen Mutter Flusses, dort, wo er wirklich ein breiter Strom ist. Die Sharamudoi sind eigentlich zwei Stämme. Die Shamudoi leben auf dem Land und jagen Gemsen. Kennst du diese Tiere?« fragte Ayla.

Madenia schüttelte den Kopf. »Es sind Bergtiere, wie die Steinböcke, nur kleiner.«

»Ja, die kenne ich, wir nennen sie nur anders«, sagte Madenia.

»Die Ramudoi sind Flußleute und jagen den Stör – einen riesigen Fisch. Beide Stämme haben eine besondere Kunst, die Häute der Gemsen zu bearbeiten, damit sie so weich und geschmeidig werden.«

Ayla nahm den verzierten Kittel hoch und dachte an die Sharamudoi, die sie kennengelernt hatte. Es schien so lange her zu sein. Sie hätte mit ihnen leben können, das dachte sie immer noch, und sie wußte, daß sie sie nie wiedersehen würde. Der Gedanke, Rosharios Geschenk zurückzulassen, behagte ihr nicht. Dann sah sie Madenias leuchtende Augen und kam zu einem Entschluß.

»Möchtest du es haben, Madenia?«

Madenia zog die Hände zurück, als hätte sie sich verbrannt. »Das geht nicht! Es war ein Geschenk an dich«, sagte sie.

»Wir müssen unser Gepäck erleichtern. Ich glaube, Roshario wäre froh, wenn du es nimmst, weil du es so sehr magst. Es war für das Fest der Zusammengabe gedacht; aber ich habe noch eines!«

»Wirklich?« fragte Madenia.

Ayla sah ihr ungläubiges Staunen darüber, daß sie ein so schönes Kleidungsstück haben sollte. »Ja, sicher. Du könntest es zur Feier deiner Zusammengabe anziehen, wenn es dir paßt. Nimm es als Geschenk, das dich an mich erinnern soll.«

»Ich brauche kein Geschenk, um dich nicht zu vergessen«, sagte Madenia. »Ich werde immer an dich denken. Vielleicht verdanke ich es dir, wenn ich eines Tages einen Gefährten habe, und dann werde ich es ganz bestimmt tragen.« Sie konnte es kaum abwarten, es ihrer Mutter und all ihren Freunden beim Sommertreffen vorzuführen.

Ayla freute sich, daß sie es ihr gegeben hatte. »Würdest du gern mein Kleid für das Fest der Zusammengabe sehen?«

»Oh, ja.«

Ayla packte das Gewand aus, das Nezzie für sie gemacht hatte, als sie Ranecs Gefährtin werden wollte. Es war ockergelb – die Farbe ihres Haares. Sie hatte ein geschnitztes Pferd und zwei Stücke honigfarbenen Bernstein darin eingewickelt. Madenia konnte kaum glauben, daß Ayla zwei Ausstattungen von so fremdartiger Schönheit besaß; sie traute sich jedoch nicht mehr, etwas zu sagen, aus Angst, daß sich Ayla genötigt fühlen könnte, ihr das zweite auch noch zu geben.

Ayla sah den Kittel prüfend an und versuchte sich zu entscheiden, was sie damit tun sollte. Dann schüttelte sie den Kopf. Nein, sie konnte sich nicht davon trennen, es war ihr Brautkleid. Sie würde es tragen, wenn sie mit Jondalar zusammengegeben würde. In gewissem Sinn steckte auch ein Teil von Ranec darin. Sie nahm das kleine Pferd aus Mammutelfenbein in die

Hand und liebkoste es. Das würde sie auch behalten. Sie dachte an Ranec. Wie mochte es ihm wohl gehen? Sie würde ihn nie vergessen. Sie hätte sich mit ihm zusammentun und glücklich werden können, wenn sie Jondalar nicht so sehr geliebt hätte.

Schließlich konnte Madenia ihre Neugier nicht länger bezähmen und fragte: »Was sind das für Steine?«

»Man nennt sie Bernstein. Ich habe sie von der Anführerin des Löwenlagers bekommen.«

»Ist das ein Bild deines Pferdes?«

Ayla lächelte. »Ja, das ist Winnie. Ein Mann mit blitzenden Augen und einer Hautfarbe wie Renners Fell hat das für mich gemacht. Sogar Jondalar sagte, er habe nie einen besseren Bildschnitzer kennengelernt.«

»Ein Mann mit brauner Haut?« fragte Madenia ungläubig.

Ayla lächelte schmerzlich. Sie konnte ihre Zweifel verstehen. »Ja. Er war ein Mamutoi und hieß Ranec. Als ich ihn zum ersten Mal sah, habe ich ihn wie besessen angestarrt. Ich fürchte, ich war sehr unhöflich. Man erzählte mir, daß seine Mutter so dunkel wie – wie ein Brennstein war. Sie lebte weit im Süden, jenseits eines großen Meeres. Ein Mamutoi-Mann namens Wymez hatte einst eine lange Wanderung gemacht. Er nahm sie zur Gefährtin, und ihr Sohn wurde an seinem Herdfeuer geboren. Auf dem Rückweg starb sie, und er kehrte nur mit dem Jungen zurück. Seine Schwester hat ihn aufgezogen.«

Madenia zitterte vor Aufregung. Ayla war so weit gereist und wußte so viel. Vielleicht konnte sie eines Tages auch so eine Reise machen und einen braunen Mann treffen, der ihr ein Pferd schnitzte, und Leute, die ihr schöne Kleider schenkten – und Pferde, auf denen sie reiten konnte. Madenia verlor sich in Tagträumen von großen Abenteuern.

Sie hatte noch nie eine Frau wie Ayla kennengelernt – eine Frau, die solch ein aufregendes Leben führte. Ayla sprach mit einem fremdartigen Akzent, was aber ihre geheimnisvolle Ausstrahlung nur verstärkte; und war ihr in ihrer Jugend nicht auch von einem Mann Gewalt angetan worden? Ayla war darüber hinweggekommen, und sie verstand die Gefühle eines anderen Menschen. Ihre Wärme, ihre Liebe und ihr Verständnis halfen Madenia, das entsetzliche Erlebnis zu überwinden. Sie stellte sich vor, wie sie selbst – reif und weise – einem jungen Mädchen, das vergewaltigt worden war, von ihren Erfahrungen erzählte und ihr half, damit fertigzuwerden.

Während Madenia noch ihren Tagträumen nachhing, sah sie, wie Ayla ein fest verschnürtes Päckchen aufhob, das sie aber nicht öffnete, weil sie genau wußte, was es enthielt, und daß sie es auf keinen Fall zurücklassen würde.

»Was ist das?« fragte das Mädchen, als Ayla das Päckchen weglegte.

Ayla nahm es wieder zur Hand; sie hatte es lange nicht mehr angeschaut. Sie vergewisserte sich, daß Jondalar nicht in der Nähe war, und schnürte die

Knoten auf. Ein reinweißer Überwurf steckte darin, der mit Hermelinschwänzen geschmückt war. Madenia bekam große, runde Augen.

»Das ist ja so weiß wie Schnee! Ich habe noch nie so weißes Leder gesehen«, sagte sie.

»Das weiße Leder ist ein Geheimnis vom Herdfeuer des Kranichs. Eine alte Frau zeigte mir diese Kunst, die sie von ihrer Mutter gelernt hatte«, erklärte Ayla. »Sie hatte niemand, dem sie ihr Wissen weitergeben konnte, und so willigte sie ein, als ich sie bat, es mir zu zeigen.«

»Das hast du gemacht?« staunte Madenia.

»Ja. Für Jondalar, er weiß es nur noch nicht. Ich gebe es ihm, wenn wir seine Heimat erreicht haben, für unser Fest der Zusammengabe«, sagte Ayla.

Madenia sah nun, daß es ein Männerkleid war. Außer den Hermelinschwänzen hatte es keinen Schmuck, keine Verzierung oder Muster, keine Muscheln oder Perlen – das alles war aber auch nicht nötig, gerade in seiner Schlichtheit war es atemberaubend schön. Als Ayla es hochhielt, fiel ein kleines Päckchen heraus.

Ayla öffnete es. Es enthielt die Figur einer Frau mit einem geschnitzten Gesicht. Wenn sie nicht gerade Wunder über Wunder bestaunt hätte, hätte Madenia sich gefürchtet: Dunai hatte niemals ein Gesicht.

»Das hat Jondalar für mich gemacht«, sagte Ayla. »Um mein Wesen einzufangen, meinte er, und für meine Frauenriten, als er mir zum ersten Mal das Geschenk der Mutter zeigte. Niemand sonst war dabei, aber das brauchten wir auch nicht. Später gab er es mir, weil es, wie er sagte, große Macht in sich hat.«

»Das glaube ich«, sagte Madenia. Sie wollte die Figur nicht anfassen, zweifelte aber nicht daran, daß Ayla über jede Macht gebieten konnte, die in ihr verborgen sein mochte.

Ein anderes Paket enthielt ein paar Geschenke, die sie zu ihrer Adoptionszeremonie erhalten hatte, mit der sie eine Mamutoi wurde. Die würde sie auch mitnehmen. Dazu kamen natürlich ihr Medizinbeutel, Feuersteine, ihr Nähzeug, Unterkleidung zum Wechseln, Filzeinlagen für die Füßlinge, Schlafrollen und Jagdwaffen. Sie durchforstete all ihre Schüsseln und Kochgeräte und sortierte aus, was nicht notwendig war. Das Zelt, die Schnüre und anderen Vorrichtungen waren Jondalars Sache.

Gerade als sie und Madenia den Raum verlassen wollten, trat Jondalar herein. Er hatte mit ein paar anderen einen Korb voll Brennsteine geholt und war gekommen, um seine Habseligkeiten durchzusehen. Mehrere Leute kamen dazu, darunter Solandia und ihre Kinder mit Wolf.

»Ich habe mich inzwischen an dieses Tier gewöhnt und werde es vermissen. Wollt ihr es nicht hierlassen?« sagte sie.

Ayla gab Wolf ein Zeichen. Trotz all seiner Kinderliebe kam er sofort zu ihr und blickte sie erwartungsvoll an. »Nein, Solandia, das könnte ich wahrhaftig nicht.«

»Das habe ich auch nicht geglaubt. Aber dich werde ich vermissen, das weißt du«, fügte sie noch hinzu.

»Und ich dich ebenso. Das schwerste auf dieser Reise war, Freunde zu gewinnen und sie dann verlassen zu müssen, wohl wissend, daß man sich wahrscheinlich nie wiedersehen wird«, meinte Ayla.

»Laduni«, sagte Jondalar und zeigte ihm ein Stück Mammutelfenbein mit eigentümlichen Einkerbungen. »Talut, der Anführer des Löwenlagers, zeichnete diese Karte, die den ersten Teil unserer Reise zeigt. Ich wollte sie eigentlich als Erinnerung an ihn behalten. Es ist nichts von Bedeutung, aber ich würde sie nur ungern wegwerfen. Würdest du sie für mich aufbewahren? Eines Tages, wer weiß, komme ich vielleicht zurück und hole sie.«

»Ja, ich hebe sie für dich auf«, sagte Laduni und nahm die Elfenbeinlandkarte in Augenschein. »Sie sieht interessant aus. Vielleicht kannst du sie mir erklären, bevor du fortziehst. Ich hoffe, du kommst zurück; wenn nicht, kann ich sie vielleicht jemandem mitgeben, der denselben Weg nimmt.«

»Ich lasse auch ein paar Werkzeuge zurück. Ihr könnt sie behalten oder wegwerfen, ganz wie ihr wollt. Ich hasse es, einen Hammerstein wegzugeben, an den ich gewöhnt bin, doch ich werde ihn sicher ersetzen können, wenn wir erst bei den Lanzadonii sind. Dalanar ist immer mit allem ausgerüstet. Ich lasse auch meinen Knochenhammer und einige Klingen hier. Nur ein Beil und eine Axt, um Eis zu hacken, nehme ich mit.«

Als sie an ihrem Schlafplatz standen, fragte Jondalar: »Was nimmst du mit, Ayla?«

»Alles, was hier liegt, auf der Lagerstatt.«

Jondalar erblickte das geheimnisvolle Päckchen unter ihren anderen Sachen. »Was immer da drin sein mag, muß sehr kostbar sein«, sagte er.

»Ich trage es«, erwiderte sie.

»Und was ist damit?« fragte er und zeigte auf ein anderes Paket.

»Das sind Geschenke vom Löwenlager«, sagte sie und machte es auf. Er sah die schöne Speerspitze, die Wymez ihr gegeben hatte, und zeigte sie Laduni. Die Klinge war länger und breiter als seine Hand, flacher als die Spitze seines kleinen Fingers und am Rand ganz scharf und glatt ausgedünnt.

»Sie ist zweiseitig gearbeitet«, sagte Laduni und drehte sie um. »Aber wie hat er sie nur so flach hinbekommen? Ich dachte immer, wenn man einen Stein von beiden Seiten bearbeitet, so wäre das eine simple Technik für einfache Äxte und ähnliches. Aber dieses Stück ist gar nicht simpel. Ich habe selten eine so feine Arbeit gesehen.«

»Wymez hat sie gemacht«, bemerkte Jondalar. »Ich sagte ja, daß er gut ist. Er erhitzt den Feuerstein, bevor er ihn bearbeitet. Das verändert die Beschaffenheit des Steins, läßt Splitter und Risse stärker hervortreten, und dann kann er ihn so dünn machen. Ich kann es kaum erwarten, sie Dalanar zu zeigen.«

»Er wird das sicher zu schätzen wissen«, sagte Laduni.
Jondalar gab Ayla die Spitze zurück. »Ich glaube, wir nehmen nur ein einziges Zelt mit, mehr als Windschutz«, meinte er.
»Und was ist mit der Bodendecke?«
»Wir haben schon an den Steinen so schwer zu tragen, daß ich nur das Allernotwendigste mitnehmen möchte.«
»Ein Gletscher, das bedeutet Eis. Wir werden über einen Bodenschutz vielleicht noch froh sein.«
»Vermutlich hast du recht«, sagte er.
»Was ist mit diesen Seilen?«
»Glaubst du wirklich, daß wir sie brauchen?«
»Nehmt sie lieber mit«, riet Laduni. »Seile können auf einem Gletscher nützlich sein.«
»Wenn du meinst, dann folgen wir deinem Rat«, sagte Jondalar.

Sie hatten schon in der vergangenen Nacht so viel wie möglich gepackt und verbrachten den Abend damit, sich von den Leuten zu verabschieden, die sie in der kurzen Zeit ihres Aufenthaltes so liebgewonnen hatten. Verdegia wollte noch mit Ayla sprechen.
»Ich möchte dir danken, Ayla.«
»Das brauchst du nicht. Wir haben euch allen zu danken.«
»Ich meine, für das, was du für Madenia getan hast. Um ehrlich zu sein, ich weiß nicht, was du gemacht oder zu ihr gesagt hast, aber es hat sie völlig verändert. Vor eurer Ankunft verkroch sie sich in einer dunklen Ecke und wäre am liebsten gestorben. Sie wollte nicht einmal mit mir sprechen und von den Riten der Frauen nichts mehr wissen. Alles schien verloren! Nun ist sie fast wieder wie früher und freut sich auf ihre Ersten Riten. Ich hoffe nur, daß nichts mehr geschieht, was sie bis dahin noch umstimmen könnte.«
»Ich glaube, alles wird gutgehen, wenn ihr sie wie bisher unterstützt«, sagte Ayla. »Das war die größte Hilfe.«
»Ich möchte immer noch, daß Charoli bestraft wird«, meinte Verdegia.
»Das will wohl jeder. Und es wird auch geschehen, jetzt, da sich alle einig sind, ihn aufzuspüren. Madenia wird Genugtuung erhalten und ihre Ersten Riten erleben. Du wirst noch Enkel bekommen, Verdegia.«
Am Morgen standen sie früh auf, packten die letzten Sachen ein und gingen noch einmal in die Höhle zurück, um zum letzten Mal mit den Losadunai zu frühstücken. Alle waren da, um sich von ihnen zu verabschieden. Losaduna gab Ayla noch ein paar Verse alter Weisheit auf den Weg und wurde fast gefühlig, als sie ihn zum Abschied umarmte. Dann ging er schnell weg, um mit Jondalar zu sprechen. Solandia sagte ihnen, wie leid es ihr täte, sie ziehen zu lassen. Selbst Wolf schien zu wissen, daß er die Kinder nicht wiedersehen würde. Er leckte über Micheris Gesicht, und Micheri weinte zum ersten Mal.

Doch als sie die Höhle verließen, war es Madenia, die sie überraschte. Sie hatte das prächtige Gewand angelegt, das Ayla ihr gegeben hatte. Jondalar sagte ihr, wie schön sie sei, und er meinte es auch so.

Als sie sich auf die Pferde schwangen, blickten sie noch einmal zu der Gruppe von Menschen zurück, die an der Öffnung der Höhle standen. Madenia stand ganz vorn, und als sie winkten, liefen ihr Tränen übers Gesicht.

»Ich werde euch nie vergessen, keinen von euch«, rief sie laut und rannte in die Höhle.

Als sie davonritten, zurück zum Großen Mutter Fluß, der hier kaum breiter war als eine gewöhnliche Wasserstraße, wußte auch Ayla, daß sie Madenia und ihre Leute niemals vergessen würde. Auch Jondalar war traurig über den Abschied, aber seine Gedanken beschäftigten sich mit den Schwierigkeiten, denen sie begegnen würden. Er wußte, daß der härteste Teil ihrer Reise noch vor ihnen lag.

NEUNUNDDREISSIGSTES KAPITEL

Jondalar und Ayla zogen nach Norden, zurück zum Großen Mutter Fluß, der sie nun schon so lange auf ihrer Reise begleitet hatte. Als sie ihn erreichten, wandten sie sich wieder nach Westen, um dem Strom bis zu seiner Quelle zu folgen. Der große Wasserweg hatte sich gewandelt. Er war nicht mehr ein gewaltiges, mäanderndes Wogen, das mit massiger Würde über die flachen Ebenen dahinrollte, zahllose Nebenflüsse und Schlickmassen aufnahm, sich in Kanäle verzweigte und in Flußschlingen Seen bildete. In der Nähe der Quelle war er jünger, lebhafter – ein schmalerer, seichterer Fluß, der sprudelnd über sein felsiges Bett sprang. Doch der nach Westen gerichtete Weg der Reisenden am schnell dahinfließenden Strom entlang stieg unaufhörlich an und brachte sie der unvermeidlichen Begegnung mit der dicken Eiskappe auf dem Plateau des zerklüfteten Hochlands vor ihnen immer näher.

Die Formen der Gletscher malten die Konturen des Landes nach. Auf den Berggipfeln ragten schroffe Eistürme in den Himmel, auf ebenerem Grund breiteten sich vereiste Flächen von nahezu gleichförmiger Dicke aus, die sich in der Mitte leicht wölbten und an den Rändern Geröllwälle und ausgehöhlte Senken zurückließen, die zu Seen und Teichen wurden.

Anders als die Berggletscher, die wie gefrorene Flüsse langsam die Abhänge herunterkrochen, war das feste Eis auf dem fast ebenen Hochland – der Gletscher, um den sich Jondalar so sorgte und der immer noch vor ihnen lag – ein Plateaugletscher, eine Miniaturausgabe der großen, dicken Eisschicht, die sich im Norden über die Ebenen des Kontinents breitete.

Mit jedem Schritt, den Ayla und Jondalar am Fluß entlang machten, ging es höher hinauf. Beim Aufstieg achteten sie darauf, die schwerbeladenen Pferde zu schonen; sie gingen oft zu Fuß, anstatt zu reiten. Ayla war vor allem um Winnie besorgt, die den größeren Teil der Brennsteine schleppte; sie sollten das Überleben ihrer Reisegefährten sichern, wenn sie das Eis überqueren – ein Gebiet, auf das sich Pferde aus eigenem Antrieb niemals wagen würden.

Zusätzlich zu Winnies Zuggestell trugen beide Pferde schwere Ballen auf dem Rücken; die Last der Stute war leichter, um das Gewicht der Stangen, die sie hinter sich herschleppte, auszugleichen. Renners Gepäck war so hochgetürmt, daß es ihn fast behinderte; doch auch Jondalar und Ayla trugen beträchtliche Lasten.

»All diese Mühe mit den Steinen«, sagte Ayla eines Morgens, als sie ihre Rückenlast aufnahm. »Die Leute könnten meinen, wir spinnen, wenn wir diese schweren Steine auf die Berge schleppen.«

»Noch merkwürdiger dürfte ihnen vorkommen, daß wir mit zwei Pferden und einem Wolf reisen«, erwiderte Jondalar. »Aber wenn wir sie über das Eis bringen wollen, können wir auf diese Steine nicht verzichten. Und auf eines kann man sich freuen.«

»Auf was?«

»Auf den Abstieg, wenn wir die andere Seite erreicht haben.«

Der Oberlauf des Flusses durchschnitt das nördliche Vorgebirge der Bergkette im Süden, die so gewaltig aufragte, daß die Reisenden von ihrer riesigen Ausdehnung keinen rechten Begriff bekamen. Die Losadunai lebten in einem Gebiet abgerundeter Kalksteinmassive unmittelbar südlich der Wasserstraße. Seit Ewigkeiten von Wind und Wasser abgetragen, waren die Erhebungen immer noch hoch genug, um das ganze Jahr über glitzernde Eiskronen zu tragen. Zwischen dem Fluß und den Bergen bedeckte die Vegetation in ihrem Winterschlaf einen Sandsteingürtel. Darüber lag ein dünner Schneemantel, der die untere Grenze des festen Eises verwischte, das sich jedoch durch seinen Blauschimmer verriet.

Im Norden, jenseits des Stroms, erhob sich steil das uralte Massiv, dessen wellige Oberfläche Felder und Wiesen bedeckten, aus denen dann und wann ein felsiger Gipfel emporragte. Schaute man nach vorn, nach Westen, so sah man, wie höhere, runde Hügel, manchmal mit kleinen Eiskronen auf ihren Häuptern, den Eiskappen der jüngeren, gefalteten Bergkette im Süden über den Fluß hinweg die Hand reichten.

Trockener Pulverschnee fiel immer spärlicher, als die Reisenden sich der kältesten Zone des Kontinents näherten, dem Gebiet zwischen den nördlichsten Ausläufern der Bergletscher und den südlichsten Zungen der riesigen, fast den gesamten Erdteil bedeckten Eismasse. Nicht einmal die windigen Lößsteppen der östlichen Tiefebenen erreichten diese strenge Kälte. Nur der mäßigende Einfluß des westlichen Ozeans bewahrte das Land vor der erstarrten Ödnis der gewaltigen Eisdecke.

Der Hochlandgletscher, den sie überqueren mußten, wäre ohne die vom offenen Meer erwärmte Luft, die das vordringende Eis in Schach hielt, vermutlich unpassierbar geworden. Die Wärme des Meeres, die den Weg zu den Steppen und Tundren des Westens freihielt, bewahrte auch das Land der Zelandonii vor der schweren Eisschicht, die auf anderen Gebieten desselben Breitengrades lastete.

Ayla und Jondalar gewöhnten sich schnell wieder an ihre Reiseroutine, obwohl es Ayla vorkam, als seien sie schon eine Ewigkeit unterwegs. Sie sehnte sich nach dem Ende ihrer Wanderung.

Auch wenn sie ihr Trinkwasser schmelzen mußten, häufiger aus Flußeis als aus Schnee – das Land war öde und kahl, und es gab nur geringe Schneeverwehungen –, entdeckte Ayla, daß die Kälte auch ihr Gutes hatte. Die Nebenarme des Großen Mutter Flusses waren fest gefroren und dadurch leichter zu überqueren. Doch wegen der starken Winde, die durch die Flußtäler pfiffen, eilten sie immer schneller über die offenen Stellen des rechten Ufers. Diese Böen brachten eisige Luft aus den Hochdruckgebieten der südlichen Berge und verstärkten die Kälte der Luft noch durch die des Windes.

Selbst in ihren schweren Pelzen froren sie, und Ayla war erleichtert, als sie schließlich ein breites Tal hinter sich hatten und sich der schützenden Barriere des höhergelegenen Landes näherten. »Mir ist so kalt!« sagte sie mit klappernden Zähnen. »Ich wünschte, es würde etwas wärmer.«

Jondalar erschrak. »Wünsch dir das nicht, Ayla!«

»Warum nicht?«

»Wir müssen den Gletscher hinter uns haben, bevor das Wetter umschlägt. Wärme bedeutet Föhn, der den Schnee schmelzen läßt und den Wechsel der Jahreszeiten ankündigt. Dann müßten wir nach Norden ziehen, durch Clan-Gebiet. Das kostet nicht nur viel mehr Zeit, sondern ist auch gefährlich nach all dem Leid, das Charoli den Leuten angetan hat«, sagte Jondalar.

Sie nickte und sah zum nördlichen Ufer des Flusses hinüber. In die Ferne blickend, sagte sie schließlich: »Sie haben die bessere Seite.«

»Wieso das?«

»Selbst von hier kann man sehen, daß es dort gute Grasebenen und daher mehr Tiere zum Jagen gibt. Auf dieser Seite wachsen vor allem Krüppelkiefern – und das bedeutet sandigen Boden und mageres Gras. Hier muß das Eis näher sein und deshalb ist es hier kälter und weniger fruchtbar«, erklärte sie ihm.

»Da magst du recht haben«, sagte Jondalar. »Ich weiß nicht, wie das im Sommer ist; ich war hier nur im Winter.«

Ayla hatte sich nicht geirrt. Die Böden der nördlichen Ebenen des großen Flußtales bestanden hauptsächlich aus Löß über einem Kalksteinfundament und waren fruchtbarer als die südliche Ebene. Überdies drängten sich die Berggletscher im Süden dichter aneinander, die Winter waren härter und die Sommer kaum warm genug, um die Schneemassen und den Bodenfrost des Winters auf die Schneegrenze des letzten Sommers zurückzuschmelzen. Die meisten Gletscher dehnten sich schon wieder aus, langsam, aber schnell genug, um das Ende des gegenwärtigen, etwas wärmeren Intervalls und die Wiederkehr kälterer Zeiten anzukündigen – das letzte Vordringen der Gletscher vor der langen Schmelze, die das Eis nur noch in den polaren Regionen zurücklassen würde.

In ihrem Winterschlaf waren die Bäume für Ayla oft nicht erkennbar, bis sie eine Zweigspitze oder Knospe oder ein wenig von der inneren Rinde kostete. Wo nah am Fluß vorwiegend Erlen standen, würde es im Sommer

Torf- und Marschwälder geben; in den feuchtesten Gebieten mischten sie sich mit Weiden und Pappeln; gelegentliche Eschen, Ulmen oder Hainbuchen, kaum mehr als baumartiges Gebüsch, deutete auf trockeneren Grund hin. Die seltene Zwergeiche, die an geschützteren Stellen zu überleben suchte, ließ kaum an die gewaltigen Eichenwälder denken, die eines Tages ein Land mit gemäßigterem Klima überziehen sollten. Auf den sandigen Böden des höhergelegenen Heidelandes wuchsen keine Bäume, nur Heidekraut, Stechginster, spärliche Gräser, Moose und Flechten.

Selbst in diesem frostigen Klima konnten einige Vögel und andere Tiere überleben; die kältegewohnten Bewohner der Steppen und Berge waren leicht zu erjagen. Nur selten griffen sie auf die Vorräte zurück, die sie von den Losadunai mitbekommen hatten und die sie in jedem Fall für die Überquerung aufheben wollten. Erst wenn sie die gefrorene Einöde erreicht hatten, waren sie ganz und gar auf das angewiesen, was sie mitgebracht hatten.

Ayla erspähte eine ungewöhnliche Zwergschnee-Eule und machte Jondalar auf sie aufmerksam. Geschickt spürte er Moorschneehühner auf, die wie die weißgefiederten Schneehühner schmeckten, die er so gern mochte, besonders wenn Ayla sie zubereitete. Ihre gesprenkelte Färbung sorgte in einer Landschaft, die nicht ganz vom Schnee bedeckt war, für bessere Tarnung. Jondalar glaubte sich zu erinnern, daß es, als er zum letzten Mal hier vorbeikam, mehr Schnee gegeben hatte.

Diese Gegend wurde sowohl vom kontinentalen Osten als auch vom ozeanischen Westen her beeinflußt, was sich in der ungewöhnlichen Mischung von Pflanzen und Tieren zeigte, die man sonst selten beieinander fand. Ayla fielen die kleinen, pelzigen Geschöpfe auf, obgleich sie die Mäuse, Haselmäuse, Wühlmäuse, Ziesel und Hamster eigentlich nur sah, wenn sie ein Nest aufbrach, um an die gesammelten Wintervorräte zu kommen. Manchmal nahm sie auch die Tiere für Wolf oder, wenn sie einen Riesenhamster fand, für sich und Jondalar mit; doch vorwiegend waren diese Kleintiere eine Beute für Marder, Füchse und kleine Wildkatzen.

Oft erblickte sie auf den Hochebenen und am Rand der Flußtäler die wolligen Mammuts, meist Herden verwandter weiblicher Tiere; doch auch Gruppen männlicher Mammuts fanden sich in der kalten Jahreszeit zusammen. In der wärmeren Jahreszeit gab es hier auch viele Wisente, Auerochsen und alle Arten Rotwild, vom Riesenhirsch bis zu kleinen, scheuen Rehen; nur die Rentiere blieben auch den Winter über in dieser Gegend. Statt dessen waren Gemsen, Mufflons und Steinböcke von ihren nördlichen, hochgelegenen Sommerrevieren heruntergekommen, und Jondalar hatte noch nie so viele Moschusochsen gesehen.

Dies schien ein Jahr zu sein, in dem die Moschusochsen ihre Hochzeit hatten – im nächsten Jahr würde sich ihre Zahl vermutlich schlagartig verringern. Doch inzwischen zeigten Aylas und Jondalars Speerschleudern, was sie wert waren.

Ohne einen plötzlichen Angriff fürchten zu müssen, konnten sich Ayla und Jondalar aus sicherer Entfernung ein Tier aussuchen und in Ruhe zielen. Inmitten einer solch reichen Tierwelt litten sie keinen Nahrungsmangel und ließen nicht selten die weniger guten Fleischstücke für die anderen Fleisch- und Aasfresser übrig – nicht weil sie verschwenderisch waren, sondern weil die Notwendigkeit sie dazu zwang. Die proteinreiche Kost aus magerem Fleisch genügte bei weitem nicht, selbst wenn sie sich satt gegessen hatten. Die innere Rinde und Tees aus Nadeln und Zweigspitzen der Bäume halfen nur begrenzt.

Der Mensch als Allesesser konnte von vielerlei Nahrung leben, und Eiweiß war unerläßlich; aber allein reichte es nicht aus. Am Ende des Winters, wenn die pflanzliche Nahrung knapp geworden war, brauchte man Fett zum Überleben; doch so spät im Jahr hatten die meisten Tiere, die sie erlegten, ihre Fettreserven aufgezehrt. Daher suchten sich die Reisenden die Fleischstücke und inneren Organe aus, die das meiste Fett enthielten, und ließen die mageren liegen oder gaben sie Wolf, der in den Wäldern und Ebenen auf ihrem Weg reichlich Nahrung fand.

Noch ein Tier bewohnte diese Gegend; doch weder Ayla noch Jondalar brachten es übers Herz, Pferde zu jagen, auch wenn sie sie ständig vor Augen hatten. Ihre Reisegefährten lebten unterdes nicht schlecht von dem groben, trockenen Gras, den Moosen, Flechten und sogar kleinen Zweigen und dünnen Rinden.

Dem Lauf des Flusses folgend, zogen Ayla und Jondalar westwärts. Als sich der Fluß nach Südwesten krümmte, wußte Jondalar, daß sie es nun nicht mehr weit hatten. Die Senke zwischen dem uralten nördlichen Hochland und den südlichen Gebirgen stieg an, die Landschaft wurde wilder und schroffer. Sie passierten die Stelle, an der sich drei Flüsse vereinten, um den Anfang des Großen Mutter Flusses zu bilden, und folgten dann dem linken Ufer des mittleren Wasserarms.

Die Begegnung mit dem Ursprung des großen Flusses war nicht das tiefe Erlebnis, das Ayla erwartet hatte. Der Große Mutter Fluß entsprang an keiner bestimmten Stelle; auch die Grenze zum nördlichen Territorium, das man als Flachschädelland betrachtete, war nicht klar auszumachen; doch Jondalar kam die Gegend, in der sie sich befanden, irgendwie bekannt vor. Er hatte den Eindruck, daß sie dem Gletscher sehr nahe waren, konnte es aber nicht mit Bestimmtheit sagen; sie waren schon lange über Eis und Schnee gewandert.

Obgleich es erst Nachmittag war, beschlossen sie, sich nach einem Lagerplatz umzusehen. Am Rand eines Tales am rechten Ufer des oberen Zubringers, der von Norden herunterkam, machten sie halt.

Sie luden die Pferde ab und schlugen ihr Lager auf. Da es noch früh am Tage war, beschlossen sie, frisches Fleisch zu jagen. In einem leicht bewaldeten Gebiet stießen sie auf Rotwildspuren, die sie beide überraschten und

Jondalar beunruhigten. Hoffentlich kündigte die Rückkehr des Wildes nicht das Herannahen des Frühlings an. Ayla gab Wolf ein Zeichen, und sie zogen, einer hinter dem anderen, weiter durch den Wald. Jondalar führte, Ayla blieb dicht hinter ihm, und Wolf folgte ihr auf dem Fuß. Sie wollte nicht, daß er fortsprang und ihre Beute verscheuchte.

Die Wildspur führte durch den lichten Wald auf einen hohen Felsvorsprung zu, der die Sicht nach vorn versperrte. Ayla bemerkte, daß Jondalar aufgehört hatte, sich vorsichtig voranzupirschen, und begriff auch, warum, als die Spuren des Rotwilds zeigten, daß es weggesprungen war. Offenbar gab es etwas, das die Tiere verscheucht hatte.

Als Wolf ein tiefes Knurren von sich gab, erstarrten sie. Er hatte etwas bemerkt, und sie nahmen seine Warnungen inzwischen sehr ernst. Ayla war sicher, daß sie von der anderen Seite des großen Felsens, der aus der Erde ragte und ihren Weg versperrte, scharrende Geräusche gehört hatte. Sie fing Jondalars Blick auf: er hatte es auch gehört. Langsam krochen sie um den Vorsprung herum. Sie hörten, wie etwas schwer zu Boden krachte, und fast gleichzeitig einen Schmerzensschrei.

Das Schreien ließ Ayla erschauern und rief Erinnerungen in ihr wach. »Jondalar! Jemand ist in Gefahr«, sagte sie und stürzte um den Felsen.

»Warte, Ayla! Sei vorsichtig!« schrie er, doch es war schon zu spät. Er packte seinen Speer und rannte ihr nach.

Auf der anderen Seite des Felsblocks rangen ein paar junge Männer mit jemandem, der auf dem Boden lag und sich ohne viel Erfolg zu verteidigen suchte. Andere verspotteten einen Mann, der über einer Person kniete, die von zweien der jungen Männer niedergehalten wurde.

»Mach zu, Danasi! Wieviel Hilfe brauchst du noch? Die hier wehrt sich.«
»Vielleicht findet er nicht allein rein.«
»Er weiß einfach nicht, was er tun soll.«
»Dann laß es jemand anders tun.«

Ayla sah einen Schimmer blonden Haares und bemerkte voller Zorn und Widerwillen, daß die Person, die am Boden lag, eine Frau war; sie begriff, was vor sich ging. Als sie näher kam, fiel ihr noch etwas auf. Vielleicht war es die Form eines Beines oder Armes oder der Klang einer Stimme, plötzlich wußte sie: es war eine Clan-Frau – eine blonde Clan-Frau! Einen Moment lang war sie verblüfft.

Wolf knurrte und befand sich auf dem Sprung; nur Aylas Blicke hielten ihn zurück.

»Das muß Charolis Bande sein!« sagte Jondalar hinter ihr. Mit ein paar langen Sprüngen war er bei den drei Männern, die die Frau quälten. Er packte den einen im Genick und riß ihn von der Liegenden weg. Dann streckte er den Mann mit einem harten Schlag nieder. Die beiden anderen erstarrten vor Schreck, ließen von der Frau ab und griffen den Fremden an. Einer sprang ihm auf den Rücken, der andere versetzte ihm Fausthiebe ins

Gesicht und auf die Brust. Doch Jondalar schüttelte den auf seinem Rücken ab und hieb den Mann vor ihm kräftig in den Magen.

Die Frau rollte sich auf die Seite, sprang auf die Beine und rannte auf die andere Gruppe kämpfender Männer zu. Während der eine sich vor Schmerzen krümmte, nahm sich Jondalar den anderen vor. Ayla sah, wie sich der erste wieder aufrichtete.

»Wolf! Hilf Jondalar! Faß diese Männer!« sagte sie.

Wolf stürzte sich begierig auf die Raufenden; Ayla löste die Schleuder von ihrem Hals und holte Steine aus dem Beutel. Einer der Männer lag wieder auf dem Boden, ein anderer versuchte, blind vor Entsetzen, den riesigen Wolf abzuwehren, der auf ihn losging. Das Tier sprang an ihm hoch und riß mit seinen Zähnen den Ärmel seines schweren Winterumhangs los, während Jondalar einen kräftigen Faustschlag auf dem Kinn des dritten landete.

Ayla konzentrierte sich auf die andere Gruppe kämpfender Männer. Einer schwang mit beiden Händen eine schwere Knochenkeule und wollte mit ihr zuschlagen. Schnell schoß sie den Stein ab und sah den Mann mit der Keule fallen. Ein anderer, der einen auf dem Boden liegenden Mann mit dem Speer bedrohte, sah ungläubig, wie sein Freund zusammenbrach. Er schüttelte den Kopf und sah den Stein nicht kommen, schrie aber vor Schmerzen auf, als er getroffen wurde. Der Speer fiel zu Boden, als er nach seinem verletzten Arm griff.

Sechs Männer hatten den Mann, der am Boden lag, angegriffen; aber sie hatten kein leichtes Spiel mit ihm gehabt. Zwei von ihnen hatte die Schleuder erledigt, und die Frau, die wieder auf den Beinen war, hieb wütend auf einen dritten ein. Der Mann riß schützend die Arme hoch. Ein anderer, der dem Mann, den sie festgehalten hatten, zu nahe gekommen war, wurde von einem mächtigen Hieb getroffen und taumelte zurück. Ayla hielt noch zwei Steine bereit, zielte auf einen Oberschenkelmuskel und verschaffte so dem niedergestreckten Mann – einem Mann vom Clan, wie sie vermutete – etwas Luft. Obwohl er am Boden saß, packte er den Mann, der ihm am nächsten war, hob ihn hoch und schleuderte ihn gegen einen anderen Mann.

Die Clan-Frau erneuerte ihren wütenden Angriff und schlug den Mann, mit dem sie gekämpft hatte, schließlich in die Flucht. Die Frauen vom Clan waren es nicht gewohnt, zu kämpfen, aber sie waren ebenso kräftig wie ihre Männer. Und obwohl sich die Frau eher ergeben hätte, als sich gegen einen Mann zu wehren, der ihr Gewalt antun wollte, hatte sie gekämpft, um ihren Gefährten zu verteidigen.

Die jungen Männer hatten jeglichen Kampfgeist verloren. Einer lag bewußtlos neben dem Clan-Mann und blutete aus einer Kopfwunde. Ein anderer rieb sich den Arm und blickte finster auf Ayla, die ihre Schleuder bereithielt. Die anderen waren verletzt und zerschlagen; dem einen schwoll das Auge zu. Die drei, die hinter der Frau hergewesen waren, hockten voller Angst auf dem Boden, zerschunden und mit zerfetzten Kleidern, und zitterten vor dem Wolf, der sie mit entblößten Fängen und bösartigem Knurren bewachte.

Jondalar, der auch etwas abbekommen hatte, was er aber nicht zu bemerken schien, vergewisserte sich, daß Ayla unverletzt war, und musterte den Mann auf dem Boden. Erst jetzt wurde ihm bewußt, daß es ein Mann vom Clan war. Eigentlich hatte er es gleich gespürt, als sie den Kampfplatz betraten; doch bis zu diesem Augenblick hatte er keinen Eindruck auf ihn gemacht. Er wunderte sich, warum der Mann nicht aufstand. Er zog den Bewußtlosen von ihm weg und drehte ihn um; er atmete. Und dann sah er, warum der Mann nicht aufstehen konnte.

Sein rechtes Bein war gebrochen. Voller Achtung blickte Jondalar auf den Mann. Damit hatte er sechs Männer abgewehrt! Er wußte, daß die Flachschädel stark waren – aber so stark und entschlossen! Der Mann mußte große Schmerzen haben, ließ sich aber nichts anmerken.

Plötzlich tauchte noch ein Mann auf, der sich an der Rauferei nicht beteiligt hatte. Mit gerunzelter Stirn musterte er seine angeschlagene Bande. Voller Unbehagen krümmten sich die jungen Männer unter seinem verächtlichen Blick. Sie wußten nicht, wie sie das, was geschehen war, erklären sollten. Eben waren sie noch dabei gewesen, die beiden Flachköpfe aufzumischen, die unglücklicherweise ihren Weg gekreuzt hatten, und im nächsten Moment befanden sie sich in der Gewalt einer Frau, die Steine schleudern konnte, eines großen Mannes mit felsenharten Fäusten und des größten Wolfs, den sie je gesehen hatten! Von den beiden Flachschädeln ganz zu schweigen!

»Was ist passiert?« fragte er.

»Deine Männer haben endlich auch mal eine Abreibung bekommen«, sagte Ayla. »Und du bist als nächster dran.«

Die Frau war ihm fremd. Woher wußte sie, daß dies hier seine Bande war? Woher wußte sie überhaupt etwas von ihnen? Sie sprach seine Sprache mit einem seltsamen Akzent; wer mochte sie sein? Die Clan-Frau drehte sich um, als sie Aylas Stimme hörte, und betrachtete sie gründlich – was niemand sonst zu bemerken schien. Der Mann mit der Kopfwunde wachte auf, und Ayla sah nach seiner Verletzung.

»Geh weg von ihm«, sagte der Anführer der Bande; doch sein Mut war nur vorgetäuscht.

Ayla warf einen prüfenden Blick auf den Mann und sah, daß er nicht dem Verwundeten helfen, sondern sich nur vor seiner Bande aufspielen wollte.

Sie fuhr mit ihrer Untersuchung fort. »Er wird ein paar Tage lang Kopfschmerzen haben, sonst aber wieder in Ordnung kommen. Hätte ich ihn ernsthaft treffen wollen, wäre er jetzt tot, Charoli.«

»Woher weißt du meinen Namen?« sprudelte der Mann heraus und versuchte, seine Furcht zu verbergen. Woher kannte die Fremde ihn?

Ayla zuckte die Achseln. »Wir wissen mehr als nur deinen Namen.«

Sie sah zu dem Mann und der Frau vom Clan hinüber. Sie wirkten unbeteiligt, doch an ihrer Haltung und ihren Mienen konnte Ayla Schock und Verunsicherung ablesen. Argwöhnisch betrachteten sie die beiden Anderen und versuchten die Wende, die das Geschehen genommen hatte, zu begreifen.

Im Augenblick, dachte der Mann, waren sie außer Gefahr; doch warum hatte dieser Großgewachsene ihnen geholfen?... Warum bekämpfte ein Mann der Anderen seine Artgenossen, um ihnen beizustehen? Und was war mit der Frau? War sie überhaupt eine Frau? Sie konnte mit der Waffe besser umgehen als die meisten Männer, die er kannte. Welche Frau benutzte überhaupt eine Waffe? Gegen Männer ihrer Art? Noch beunruhigender war der Wolf, der auf die Männer losgegangen war, die seine Gefährtin verletzt hatten. Vielleicht hatte der große Mann ein Wolfstotem; doch Totems waren Geister, und dieser Wolf schien sehr lebendig zu sein. Alles, was er tun konnte, war, abzuwarten. Und den Schmerz auszuhalten.

Ayla erriet, was in ihm vorging. Sie ließ einen Pfiff ertönen, der wie der Ruf eines unbekannten Vogels klang. Alle starrten sie verblüfft an; doch als nichts weiter geschah, beruhigten sie sich wieder. Zu früh. Denn bald ertönte Hufschlag, und dann erschienen zwei zahme Pferde, eine Stute und ein Hengst, und galoppierten geradewegs auf die Frau zu.

Was war das? War er gestorben und schon in der Geisterwelt? fragte sich der Mann vom Clan.

Die Pferde schienen die jungen Männer noch mehr als die Clan-Leute zu verängstigen. Auch wenn sie das unter Sarkasmus und Angeberei versteckten und sich gegenseitig zu immer kühneren und entwürdigenderen Albereien antrieben, saß jedem von ihnen ein dicker Kloß im Halse. Eines Tages, das war allen klar, würde man sie entdecken und zur Verantwortung ziehen. Einige wünschten sich ein baldiges Ende sogar herbei, bevor alles noch schlimmer wurde – wenn es nicht schon zu spät war.

Danasi, den sie verspottet hatten, als er mit der Frau nicht zurechtkam, hatte darüber schon mit ein paar anderen, denen er vertraute, gesprochen. Flachschädelfrauen waren eine Sache; aber was war mit dem Mädchen, das noch keine Frau war, das geschrien und sich gewehrt hatte? Zugegeben, in dem Moment war es aufregend gewesen – Frauen in diesem Alter waren immer erregend –, doch hinterher hatte er sich geschämt und sich vor Dunas Rache gefürchtet. Was würde sie ihnen antun?

Und hier war nun plötzlich eine Frau, eine Fremde, mit einem großen, hellhaarigen Mann – glaubte man nicht, daß der Gefährte der Mutter größer und blonder war als andere Männer? – und mit einem Wolf! Und Pferden, die auf ihren Ruf hörten! Keiner hatte sie je gesehen, und doch wußte sie, wer sie waren. Sie sprach auf eine seltsame Art, sie mußte von weither gekommen sein, kannte aber ihre Sprache. War sie eine Dunai? Ein Geist der Mutter in Menschengestalt? Danasi erschauerte.

»Was wollt ihr von uns?« fragte Charoli. »Wir haben euch nichts getan. Wir haben nur unseren Spaß mit ein paar Flachschädeln gehabt. Was ist schon daran, wenn man sich mit Tieren vergnügt?«

Jondalar sah, wie Ayla sich zusammennahm. »Und Madenia?« sagte er. »War sie auch ein Tier?«

Sie wußten es! Die jungen Männer sahen sich an und blickten dann hilfesuchend zu Charoli. Die Sprache des Mannes war anders als ihre. Er war von den Zelandonii. Wer wußte noch davon? Wo konnten sie noch hingehen?

»Diese Leute sind keine Tiere«, sagte Ayla mit einer kalten Wut, die Jondalar verblüffte. Niemals hatte er sie so zornig gesehen – und doch so beherrscht, daß es die jungen Männer vielleicht gar nicht bemerkten. »Wenn sie Tiere wären, würdet ihr sie dann überhaupt mit Gewalt nehmen? Zwingt ihr Wölfe? Zwingt ihr Pferde? Nein, ihr wollt eine Frau, und keine Frau will euch. Dies sind die einzigen Frauen, die ihr bekommen könnt«, sagte sie. »Aber diese Leute sind keine Tiere.« Sie deutete auf das Paar vom Clan. »Ihr seid Tiere! Ihr seid Hyänen! Schnüffelt im Abfall herum und stinkt nach Dreck! Leute verletzen, Frauen vergewaltigen, stehlen, was euch nicht gehört! Das eine sage ich euch: wenn ihr nicht sofort umkehrt, werdet ihr alles verlieren. Familie, Höhle, Freunde, eine Frau an eurem Herdfeuer. Ihr werdet euer Leben als Hyänen verbringen, die von den Abfällen der anderen leben, und eure eigenen Leute bestehlen.«

»Das wissen sie auch«, sagte einer der Männer.

»Halt den Mund«, herrschte ihn Charoli an. »Sie wissen nichts. Das sind alles nur Vermutungen.«

»Wir wissen es«, sagte Jondalar. »Jeder Stamm weiß es.« Er beherrschte ihre Sprache nicht perfekt, konnte sich aber verständlich machen.

»Das sagst du, wir aber kennen dich nicht einmal«, sagte Charoli. »Du bist ein Fremder, gehörst nicht einmal zu den Losadunai. Wir gehen nicht zurück. Wir brauchen niemanden. Wir haben unsere eigene Höhle.«

»Und darum müßt ihr Essen stehlen und Frauen Gewalt antun?« sagte Ayla. »Eine Höhle ohne Frauen an den Herdfeuern ist keine Höhle.«

Charoli bemühte sich um einen lässigen Ton. »Wir müssen uns das nicht weiter anhören. Wir nehmen uns, was wir wollen und wann wir es wollen – Essen und Frauen. Niemand hat uns bisher aufhalten können, und niemand wird es in Zukunft tun. Kommt, laßt uns von hier verschwinden«, sagte er und wandte sich zum Gehen.

»Charoli!« Jondalar hatte ihn mit ein paar Schritten eingeholt.

»Was ist?«

»Ich habe noch etwas für dich«, sagte Jondalar. Und dann ballte er ohne Vorwarnung die Faust und streckte Charoli mit einem gewaltigen Schlag nieder.

»Das ist für Madenia!« sagte Jondalar und sah auf den Mann am Boden. Dann drehte er sich um und ging weg.

Ayla sah den benommenen Mann an, dem das Blut aus dem Mundwinkel rann, doch sie bot ihm keine Hilfe an. Zwei seiner Freunde halfen ihm auf die Beine. Dann sah sie sich jeden einzelnen genauer an. Sie waren ein trauriger Haufen, ungekämmt und schmutzig, in zerrissene Felle und speckige Lumpen gehüllt. Aus ihren hageren Gesichtern sprach der Hunger. Kein Wunder, daß sie Lebensmittel gestohlen hatten! Sie brauchten die Hilfe von Freunden und die Unterstützung einer Höhle. Vielleicht hatte das zügellose Herumstreifen mit Charolis Bande schon seinen Reiz verloren.

»Sie suchen nach euch«, sagte sie. »Alle sind sich einig, daß ihr zu weit gegangen seid, sogar Tomasi, der mit Charoli verwandt ist. Kehrt in eure Höhlen zurück, ertragt, was da auf euch zukommt, und eure Familien nehmen euch vielleicht wieder auf. Wenn ihr wartet, bis sie euch finden, wird es euch schlimm gehen.«

War sie deswegen hier? War sie gekommen, um sie zu warnen, bevor es zu spät war? fragte sich Danasi. Wenn sie freiwillig zurückkehrten und Besserung versprachen, würden ihre Höhlen sie dann wieder aufnehmen?

Als Charolis Bande abgezogen war, ging Ayla zu dem Clan-Paar. Die beiden hatten mit Erstaunen Aylas offene Auseinandersetzung mit der Bande und Jondalars abschließenden Faustschlag, der den anderen Mann niedergeworfen hatte, beobachtet. Clan-Männer schlugen ihresgleichen nie, aber die Männer der Anderen hatten eben ihre eigene Art. Sie sahen zwar irgendwie wie Menschen aus, benahmen sich aber nicht so – besonders der Mann, der geschlagen worden war. Jeder vom Clan wußte über ihn Bescheid, und der Mann auf dem Boden fühlte eine gewisse Befriedigung, ihn überwältigt zu sehen. Noch froher war er, als alle verschwanden.

Auch die beiden anderen sollten jetzt gehen. Was sie getan hatten, war so unerwartet gewesen, daß sie ihm Unbehagen verursachten. Er wollte zu seinem Clan zurück; nur war ihm nicht klar, wie er das mit einem gebrochenen Bein machen sollte. Doch dann versetzte ihn Ayla durch ihr Benehmen in eine Verwirrung, die sogar Jondalar auffiel. Sie setzte sich mit gekreuzten Beinen vor dem Mann nieder und sah demütig zu Boden.

Auch Jondalar war überrascht. Ab und zu hatte sie das auch bei ihm gemacht, wenn sie ihm etwas Wichtiges sagen wollte und die Worte nicht finden konnte; doch jetzt sah er diese Geste zum ersten Mal in ihrem richtigen Zusammenhang. Es war eine Respektsbezeugung. Sie bat um Erlaubnis, ihn anzusprechen; doch Jondalar konnte sich nur darüber wundern, daß Ayla, die so fähig und selbständig war, sich diesem Flachschädel, diesem Mann des Clans, so unterwürfig näherte. Einmal hatte sie ihm zu erklären versucht, daß sie aus Höflichkeit und Tradition so miteinander umgingen, und nicht, um sich zu demütigen; doch er wußte, daß sich keine Frau von den Zelandonii oder irgendeine andere Frau, die er kannte, einem anderen Menschen, ob Mann oder Frau, auf diese Art nähern würde.

Während Ayla geduldig auf dem Boden saß und auf die leise Berührung ihrer Schulter wartete, wußte sie nicht einmal, ob die Zeichensprache dieses Clans derjenigen ähnelte, die sie als Kind gelernt hatte. Ihr Clan lebte weit weg, und diese Leute sahen auch anders aus. Und je weiter die Leute voneinander entfernt lebten, desto weniger glichen sich ihre Sprachen; das jedenfalls hatte sie bei den gesprochenen Sprachen bemerkt. Sie konnte nur hoffen, daß die Zeichensprache dieser Leute der ihren ähnlich war.

Während sie gespannt wartete, fragte sie sich, ob der Mann vor ihr überhaupt begriff, um was es ihr zu tun war. Dann fühlte sie die Berührung an der Schulter und atmete erleichtert auf. Es war lange her, daß sie mit Clan-Leuten gesprochen hatte. Seit sie verflucht worden war . . . nein, sie mußte das vergessen! Diese Leute durften nicht wissen, daß sie für ihren Clan tot war! Sonst würden sie durch sie hindurchsehen, als wäre sie nicht da. Der Mann und Ayla musterten sich gegenseitig.

Er konnte keine Spuren einer Clan-Herkunft an ihr entdecken. Sie war eindeutig eine Frau der Anderen. Sie glich auch nicht denjenigen, die durch eine Mischung der Geister seltsam verunstaltet waren, was in letzter Zeit immer häufiger geschah. Doch wo hatte diese Frau die richtige Art, einen Mann anzusprechen, gelernt?

Ayla hatte schon viele Jahre kein Gesicht von Clan-Leuten mehr gesehen. Dies war unverkennbar eines, aber es unterschied sich von dem der Menschen, die sie gekannt hatte. Sein Bart und seine Haare waren hellbraun und sahen weich aus, nicht ganz so struppig. Auch seine Augen waren heller, braun, aber nicht von der tiefen, feuchten, fast schwarzen Farbe der Leute, bei denen sie aufgewachsen war. Seine Gesichtszüge waren markanter, die Augenwülste dicker, die Nase spitzer, das Gesicht hervorspringender, die Stirn schien noch fliehender zu sein, und sein Kopf war länger.

Ayla begann, mit der Zeichensprache von Bruns Clan zu sprechen, die sie als Kind gelernt hatte. Sofort wurde deutlich, daß er sie nicht verstand. Dann gab der Mann einige gutturale Laute mit fast verschluckten Vokalen von sich, die sie an ihren Clan erinnerten; sie strengte sich an, ihn zu verstehen.

Der Mann hatte ein gebrochenes Bein, und sie wollte ihm helfen und gleichzeitig etwas über seinen Clan erfahren. Doch um ihm zu helfen, mußte sie sich mit ihm verständigen können. Wieder sprach er mit Gesten und Gebärden, die sie aber ebensowenig entziffern konnte wie seine Laute. War die Sprache ihres Clans so anders, daß sie sich mit den hiesigen Stämmen nicht verständigen konnte?

VIERZIGSTES KAPITEL

Ayla überlegte noch, wie sie sich dem Mann vom Clan verständlich machen sollte, und sah zu der jungen Frau hinüber, die einen unsicheren und aufgeregten Eindruck machte. Dann erinnerte sie sich an die Versammlungen des Clans und versuchte es mit der uralten, formellen und im wesentlichen stummen Sprache, auf die man zurückgriff, wenn man die Geister ansprechen und mit anderen Clans in Verbindung treten wollte, deren Umgangssprache sich von der eigenen unterschied.

Der Mann nickte und machte ein Zeichen. Ayla war sehr erleichtert, als sie ihn verstand, und auch sehr aufgeregt. Diese Leute hatten dieselben Erinnerungen wie ihr Clan! Dieser Mann hatte, in unendlich ferner Vergangenheit, dieselben Ahnen wie Creb und Iza.

Jondalar sah fasziniert zu, wie sie sich mit Zeichen und Gesten unterhielten. Es war nicht leicht, den raschen, fließenden Bewegungen zu folgen, die ihm die Augen öffneten für den Ausdrucksreichtum ihrer Sprache, den er nie vermutet hätte. Den Leuten vom Löwenlager hatte Ayla nur die wichtigsten Grundlagen der Clan-Sprache vermittelt, so daß Rydag sich mit ihnen zum ersten Mal in seinem Leben verständigen konnte – in der formellen Sprache, die für Jugendliche leichter zu erlernen war. Weil Rydag sich immer am liebsten mit Ayla unterhielt, hatte Jondalar vermutet, daß er sich mit ihr am besten verstand; jetzt aber begriff er langsam die Spannweite und Bedeutungstiefe dieser Sprache.

Ayla war überrascht, als der Mann einige Formalitäten der Einführung überging. Er verzichtete auf Namen, Orte und Verwandtschaftsgrade. »Frau der Anderen, dieser Mann möchte wissen, wo du sprechen gelernt hast.«

»Als diese Frau noch ein Kind war, verlor sie durch ein Erdbeben ihre Eltern und Verwandten. Diese Frau wurde von einem Clan aufgezogen«, erklärte sie.

»Dieser Mann kennt keinen Clan, der ein Kind der Anderen aufgenommen hat«, bedeutete ihr der Mann.

»Der Clan dieser Frau lebt weit weg von hier. Kennt der Mann den Fluß, den die Anderen Große Mutter nennen?«

»Ja, die Grenze«, gestikulierte er ungeduldig.

»Dieser Fluß fließt weiter nach Osten, als viele denken, in ein großes Meer. Der Clan dieser Frau lebt jenseits der Mündung der Großen Mutter«, signalisierte Ayla zurück.

Er blickte ungläubig auf und betrachtete sie genauer. Er wußte, daß die Leute der Anderen, die mit Lauten sprachen, etwas anderes meinen konnten, als sie sagten. In der Sprache des Clans dagegen, die auch unbewußte Gestik und Mimik einschloß, war Doppelbödigkeit und Zweideutigkeit unmöglich. Er konnte ihr nicht ganz glauben, auch wenn er keine Anzeichen von Verstellung sah; ihre Geschichte schien so weit hergeholt.

»Diese Frau war seit dem Beginn der letzten warmen Jahreszeit unterwegs«, fügte sie hinzu.

Wieder wurde er ungeduldig, und Ayla begriff, daß er große Schmerzen hatte. »Was will die Frau noch? Die Anderen sind weg, warum geht die Frau nicht?« Er wußte, daß sie ihm wahrscheinlich das Leben gerettet und seiner Gefährtin geholfen hatte; deshalb war er ihr verpflichtet wie einem Blutsverwandten. Der Gedanke daran störte ihn.

»Diese Frau ist eine Medizinfrau. Sie kann das Bein des Mannes versorgen«, erklärte Ayla.

Er schnaufte verächtlich. »Die Frau kann keine Medizinfrau sein. Die Frau ist nicht vom Clan.«

Ayla wollte sich nicht streiten. Sie überlegte und probierte es dann von einer anderen Seite. »Diese Frau könnte mit dem Mann der Anderen sprechen«, schlug sie vor. Er nickte zustimmend. Sie stand auf und machte einen Schritt rückwärts, bevor sie sich umdrehte und zu Jondalar ging.

»Kannst du dich mit ihm verständigen?« fragte er sie. »Du gibst dir gewiß große Mühe, aber der Clan, bei dem du gelebt hast, ist so weit weg; ich muß mich einfach wundern, wie gut du das machst.«

»Zuerst habe ich es mit der Alltagssprache meines Clans versucht, und wir konnten uns nicht verstehen. Ich hätte es wissen müssen, daß ihre normalen Zeichen und Laute nicht dieselben sein konnten; doch als ich die alte, formelle Sprache benutzte, verstanden wir uns sofort«, erklärte Ayla.

»Habe ich jetzt richtig gehört? Soll das heißen, daß der Clan über eine Sprache verfügt, die von allen verstanden wird? Einerlei, wo sie leben? Das ist kaum zu glauben.«

»Aber es ist so«, sagte sie. »Sie haben diese Ursprache im Gedächtnis.«

»Du meinst, sie werden mit diesem Wissen geboren? Jedes Kind?«

»Nicht ganz so. Sie werden mit ihren Erinnerungen geboren, müssen aber lernen, sie wachzurufen. Ich weiß nicht, wie das vor sich geht, ich habe ein solches Gedächtnis nicht. Irgendwie muß man sie an das erinnern, was sie wissen, und normalerweise auch nur einmal, dann wissen sie es. Deshalb hielt man mich auch für ein wenig dumm. Ich lernte langsam, bis ich mein Gedächtnis trainierte, und selbst dann war es nicht leicht. Rydag hatte die Erinnerungen, aber niemanden, der sie in ihm wachrief. Und deshalb kannte er die Zeichensprache nicht, bis ich kam.«

»Du und langsam! Ich habe nie jemanden getroffen, der so schnell Sprachen lernt wie du«, sagte Jondalar.

Sie wehrte ab. »Das ist etwas anderes. Um eine Sprache zu lernen, muß man nur andere Wörter und Sätze behalten«, sagte sie. »Selbst wenn man nicht perfekt wird, kann man sich verstehen. Seine Sprache ist für uns schwieriger, doch im Augenblick ist nicht die Verständigung das Problem, das ich mit ihm habe, sondern die Verpflichtung.«

»Verpflichtung? Das verstehe ich nicht«, sagte Jondalar.

»Er hat große Schmerzen, auch wenn er das nie zugeben würde. Ich will ihm helfen und sein Bein richten. Wie sie dann zu ihrem Clan zurückkommen, weiß ich auch noch nicht, aber darüber können wir uns später den Kopf zerbrechen. Erst muß ich sein Bein richten. Aber er steht bereits in unserer Schuld und weiß, daß ich das Problem der Verpflichtung kenne, weil ich seine Sprache verstehe. Wenn er glaubt, daß wir ihm das Leben gerettet haben, steht er in unserer Schuld. Aber er möchte uns nicht noch stärker verpflichtet sein.«

»Wieso steht er in unserer Schuld?«

»Es ist eine Art Verpflichtung...« Ayla bemühte sich, eine sehr komplizierte Beziehung einfach zu erklären. »Gewöhnlich entsteht eine solche Bindung zwischen den Jägern eines Clans. Wenn ein Mann einem anderen das Leben rettet, gehört ihm ein Stück von dessen Geist. Der Mann, der sonst gestorben wäre, gibt ein Stück weg, um wieder ins Leben zurückzukehren. Weil aber kein Mensch will, daß auch nur der kleinste Teil seines Geistes stirbt und die nächste Welt vor ihm erreicht, wird er alles tun, um das Leben des Mannes, der ein Stück seines Geistes besitzt, zu schützen. Das verbindet sie enger, als wenn sie Brüder wären.«

»Das klingt einleuchtend«, sagte Jondalar und nickte zustimmend.

»Bei der gemeinsamen Jagd«, fuhr Ayla fort, »müssen die Männer einander helfen und oft das Leben eines anderen retten, so daß am Ende jeder ein Stück Geist von jedem anderen besitzt. Das verbindet die Jäger eines Clans tiefer als alle Familienbande. Alle sind voneinander abhängig.«

»Da steckt Weisheit drin«, sagte Jondalar nachdenklich.

»Dieser Mann kennt unsere Sitten und Gebräuche nicht, und von dem, was er kennt, hält er nicht viel.«

»Was man ihm angesichts des Treibens von Charolis Bande kaum übelnehmen kann, oder?«

»Das ist es nicht allein, Jondalar. Jedenfalls ist er nicht begeistert, in unserer Schuld zu stehen.«

»Hat er dir das alles erzählt?«

»Natürlich nicht. Aber die Sprache des Clans besteht nicht nur aus den Gesten der Hand. Die Art, wie ein Mensch sitzt oder steht, sein Gesichtsausdruck – all das sind Dinge, die voller Bedeutung sind. Ich bin in einem Clan aufgewachsen und weiß, was ihn bekümmert. Wenn er mich als Medizinfrau des Clans akzeptieren könnte, würde es ihm helfen.«

»Worin läge denn dann der Unterschied?« fragte Jondalar.

»Dann würde mir ein Stück seines Geistes gehören.«

»Aber du kennst ihn ja nicht einmal! Wie kannst du dann etwas von seinem Geist besitzen?«

»Eine Medizinfrau rettet Leben; sie könnte also schon nach wenigen Jahren ein Teil von allen besitzen. Deshalb übergibt sie, wenn sie Medizinfrau wird, ein Stück ihres Geistes dem Clan und erhält dafür ein Stück des Geistes eines jeden Clansangehörigen. Auf diese Art ist die Schuld immer schon beglichen, einerlei, wen sie rettet.« Ayla grübelte und sagte dann: »Jetzt bin ich zum ersten Mal froh, daß die Clan-Geister nicht zurückgenommen wurden...« Sie sprach nicht weiter.

Jondalar wollte etwas sagen und bemerkte, daß sie ins Leere blickte – daß sie nach innen schaute.

»...als ich mit dem Todesfluch belegt wurde«, fuhr sie fort. »Ich habe darüber schon lange nachgedacht. Als Iza starb, hat Creb die Geister wieder zurückgenommen, damit sie sie nicht in die nächste Welt mitnehmen konnte. Doch als Broud mich verfluchen ließ, hat niemand sie mir abgenommen, obgleich ich für den Clan gestorben war.«

»Was wäre, wenn die das wüßten?« fragte Jondalar und deutete mit einer unauffälligen Kopfbewegung auf die beiden Clan-Leute, die sie beobachteten.

»Dann würde ich für sie nicht mehr existieren. Sie würden mich nicht mehr sehen, nicht mehr sehen wollen. Ich könnte vor ihnen stehen und schreien, und sie würden mich nicht hören. Sie würden mich für einen bösen Geist halten, der sie in die nächste Welt locken will«, sagte Ayla und schloß die Augen; die Erinnerung schmerzte.

»Doch warum bist du dann froh, daß du die Stücke der Geister immer noch besitzt?« fragte Jondalar.

»Weil ich nicht das eine sagen und etwas anderes meinen kann. Ich kann ihn nicht belügen, das würde er merken. Aber ich kann eine Sache unerwähnt lassen. Das ist erlaubt, aus Höflichkeit und aus Respekt vor der Privatsphäre. Ich muß nicht von dem Fluch sprechen, selbst wenn er vermutet, daß ich etwas verschweige; und ich kann mich als Medizinfrau des Clans vorstellen, weil es stimmt. Ich bin es immer noch.« Dann legte sie besorgt die Stirn in Falten. »Aber eines Tages werde ich wirklich sterben, Jondalar. Wenn ich mit den Stücken des Geistes aller Clansangehörigen in die nächste Welt gehe, was geschieht dann mit ihnen?«

»Das weiß ich nicht, Ayla«, sagte er.

Sie zuckte die Achseln. »Wie dem auch sei, jetzt muß ich mich um diese Welt kümmern. Wenn er mich als Medizinfrau des Clans anerkennt, braucht er nicht zu befürchten, in meiner Schuld zu stehen. Es ist schlimm genug, wenn ihn eine solche Schuld mit einem der Anderen verbindet, aber es ist noch schlimmer, wenn es eine Frau ist, die eine Waffe benutzt hat.«

»Als du beim Clan warst, hast du aber auch gejagt«, erinnerte sie Jondalar.

»Das war eine Ausnahme. Brun erlaubte es, weil mich das Totem des Höhlenlöwen beschützte. Er betrachtete es als eine Probe und wahrscheinlich als Grund, eine Frau mit einem so starken Totem zu akzeptieren. Er hat mir auch meinen Jagd-Talisman gegeben und mich die ›Frau, Die Jagt‹ genannt.«

Ayla berührte den Lederbeutel, den sie immer am Hals trug, und dachte dabei an ihren ersten, an den einfachen Riemchensack, den Iza ihr gemacht hatte. Iza hatte auch den roten Ockerbrocken hineingetan, als Ayla in den Clan aufgenommen wurde. Jetzt trug sie das reichverzierte Amulett, das ihr die Mamutoi bei der Adoptionszeremonie gegeben hatten. Es enthielt alle ihre besonderen Zeichen, darunter auch jenes Stück roten Ockers. Die Zeichen, die ihr Totem ihr geschickt hatte, waren ebenso darin wie die rotgefärbte Spitze eines Mammutstoßzahns, ihr Jagd-Talisman, und der schwarze Stein, ein dunkler Manganbrocken, der Stücke vom Geist eines jeden Clansangehörigen enthielt; sie hatte ihn erhalten, als sie Medizinfrau in Bruns Clan wurde.

»Jondalar, vielleicht wäre es gut, wenn du mit ihm sprichst. Er ist unsicher. So viele ungewöhnliche Dinge sind passiert, und er denkt sehr traditionell. Es würde ihm leichter fallen, mit einem Mann, selbst einem von den Anderen, zu reden, statt mit einer Frau. Kennst du noch die Geste, die ein Mann macht, wenn er einen anderen begrüßt?«

Jondalar machte eine Bewegung, und Ayla nickte zufrieden. »Versuche aber noch nicht, die Frau zu begrüßen. Das könnte als schlechtes Benehmen gewertet werden oder sogar als Beleidigung. Es schickt sich für Männer nicht, mit Frauen zu sprechen, und das gilt besonders für Fremde; selbst dann solltest du ihn um Erlaubnis fragen. Unter Verwandten sind die Formalitäten weniger strikt, und ein guter Freund könnte sogar die ›Wonnen‹ mit ihr teilen, auch wenn man den Mann aus Höflichkeit erst um Erlaubnis bitten sollte.«

»Ihn fragen und nicht sie? Warum lassen sich die Frauen so behandeln, als wären sie weniger wert als die Männer?« fragte Jondalar.

»Sie sehen das nicht so. Natürlich wissen sie, daß Männer und Frauen gleich wichtig sind, aber im Clan sind Männer und Frauen sehr verschieden«, versuchte Ayla zu erklären.

»Natürlich sind sie das. Alle Männer und Frauen sind unterschiedlich. Glücklicherweise, möchte ich sagen.«

»Ich meine nicht nur die Verschiedenheit, an die du denkst. Du kannst alles tun, was eine Frau tut, außer ein Kind bekommen, und ich kann fast alles machen, was du kannst, auch wenn du stärker bist. Die Männer vom Clan jedoch können viele Dinge nicht tun, die Frauen machen, und umgekehrt. Als ich mir das Jagen beibrachte, waren viele Leute über meine Fähigkeit zu lernen erstaunter als über die Verletzung der Norm. Es verblüffte sie mindestens ebenso, als wenn du schwanger geworden wärst. Die Frauen waren noch überraschter als die Männer. Eine Clan-Frau würde nie auf eine solche Idee kommen.«

»Hast du nicht gesagt, daß die Menschen des Clans und die der Anderen sich in vielem ähnlich wären?« fragte Jondalar.

»Ja, sicher. Doch in manchen Dingen sind sie unterschiedlicher, als du es dir vorstellen kannst. Selbst ich verstehe es nicht ganz und war doch eine Zeitlang eine von ihnen«, sagte Ayla. »Willst du jetzt mit ihm sprechen?«

»Meinetwegen«, sagte er und ging zu dem kräftigen, untersetzten Mann, der immer noch mit seinem unnatürlich abgewinkelten Bein auf dem Boden saß. Ayla folgte ihm. Jondalar setzte sich vor den Mann nieder und sah Ayla an, die ihm zunickte.

Nie zuvor war er einem erwachsenen Flachschädel so nahe gewesen. Das Gesicht des Mannes war groß, lang und breit, beherrscht von einer vorspringenden Nase von beträchtlicher Größe. Sein weicher Bart, der wohl erst kürzlich auf einheitliche Länge zurückgeschnitten war, konnte einen auffallend fliehenden, fast kinnlosen Kiefer nicht verbergen. Er ging in eine dichte Masse welliger, hellbrauner Haare über, die einen gewaltigen, länglichen Kopf und einen ausgeprägten Hinterkopf bedeckten. Die dicken Augenwülste nahmen fast die ganze Stirn ein, die zu einem niedrigen Haaransatz zurückfiel. Sie wurden durch buschige Brauen betont, und seine goldgefleckten, haselnußbraunen Augen verrieten Neugier, Intelligenz und unterdrückten Schmerz. Jondalar konnte verstehen, warum ihm Ayla helfen wollte.

Unbeholfen machte Jondalar das Zeichen zur Begrüßung und freute sich über den überraschten Ausdruck des Clan-Mannes, der die Geste wiederholte. Jondalar wußte nicht, was er als nächstes tun sollte. Er stellte sich vor, was er machen würde, wenn er jemanden von einer fremden Höhle oder einem anderen Lager träfe, und versuchte, sich an die Zeichen zu erinnern, die er im Umgang mit Rydag gelernt hatte.

»Dieser Mann heißt...« gestikulierte er und sprach dann seinen Namen und seine wichtigste Zugehörigkeit aus: »Jondalar von den Zelandonii.«

Das war allzu melodisch, zu silbenreich, zuviel für den Mann vom Clan. Er neigte den Kopf, als könnte er dann besser verstehen, und berührte Jondalars Brust.

Das war doch nicht so schwer zu verstehen, dachte Jondalar. Er machte wieder die Zeichen für »Dieser Mann heißt...« und sprach seinen Namen aus, aber langsamer und nur den Vornamen: »Jondalar.«

Der Mann schloß die Augen, konzentrierte sich, öffnete sie wieder, atmete tief ein und sprach laut: »Dyondar.«

Jondalar lächelte zustimmend. Die kehlige Stimme neigte dazu, die Vokale zu verschlucken. Und es klang seltsam vertraut. Dann dämmerte es ihm. Natürlich! Ayla! Ihre Sprechweise hatte immer noch diese Eigenart, nur nicht mehr so stark. Das war ihr ungewöhnlicher Akzent. Kein Wunder, daß ihn niemand identifizieren konnte. Sie hatte einen Clan-Akzent, und keiner ahnte, daß diese Leute sprechen konnten!

Es überraschte Ayla, wie gut der Mann Jondalars Namen ausgesprochen hatte. Sie fragte sich, ob dieser Mann schon früher Berührung mit den Anderen gehabt hatte. Wenn er für seinen Stamm mit denen, die man als die Anderen kannte, vermittelte, so ließ das auf einen hohen Rang schließen. Verständlich, daß er um so vorsichtiger sein mußte, Verpflichtungen gegenüber Anderen einzugehen, besonders wenn er ihren Rang nicht kannte. Natürlich wollte er sich nicht unter seinen Stand begeben, aber Verpflichtung war Verpflichtung, und ob er oder seine Gefährtin es nun wahrhaben wollten oder nicht, sie brauchten Hilfe.

Der Mann, der Jondalar gegenübersaß, schlug einmal an seine Brust und beugte sich leicht vornüber. »Guban«, sagte er.

Jondalar hatte mit dem Namen ebensolche Mühe wie Guban zuvor mit dem seinigen, und Guban nahm seine falsche Aussprache ebenso großzügig an.

Ayla war erleichtert. Ein Anfang war gemacht! Sie schaute die Frau an und wunderte sich immer noch, daß das Haar der Clan-Frau heller als ihr eigenes war. Ihr Kopf war mit einem Flaum weicher, fast weißblonder Locken bedeckt, sie war jung und sehr attraktiv. Vermutlich war sie die zweite Frau an seinem Herdfeuer. Guban war ein Mann in der Blüte seiner Jahre und hatte diese Frau vielleicht von einem anderen Clan zu einem stattlichen Preis bekommen.

Die Frau sah Ayla an und dann schnell wieder weg. Ayla wunderte sich. Sie hatte Angst und Sorgen in den Augen der Frau gesehen und betrachtete sie unauffällig genauer. Wurde sie um die Taille herum nicht dicker? Spannte ihr Fellkleid nicht etwas um die Brust? Sie war schwanger! Kein Wunder, daß sie sich Sorgen machte. Ein Mann mit einem schlecht verheilten, gebrochenen Bein wäre nicht länger in seiner Blüte. Und wenn dieser Mann einen hohen Rang besaß, hatte er zweifellos auch große Verantwortlichkeiten. Sie mußte Guban irgendwie dazu bringen, daß er sich von ihr helfen ließ, dachte Ayla.

Die beiden Männer saßen immer noch auf dem Boden und musterten einander. Jondalar wußte nicht, was er nun tun sollte, und Guban wartete einfach ab, was als nächstes geschehen würde. Schließlich wandte sich Jondalar in seiner Verzweiflung an Ayla.

»Diese Frau ist Ayla«, sagte er mit einfachen Zeichen und sprach dann ihren Namen aus.

Zuerst fürchtete Ayla, daß er vielleicht einen gesellschaftlichen Fehler begangen hätte. Gubans Reaktion allerdings schien das nicht zu bestätigen. Daß er sie so rasch vorgestellt hatte, sprach für das hohe Ansehen, das sie genoß; es war einer Medizinfrau durchaus angemessen. Jondalar fuhr fort, als hätte er Aylas Gedanken gelesen.

»Ayla ist heilkundig. Gute Medizinfrau. Will Guban helfen.«

Für den Mann vom Clan waren Jondalars Gesten kaum mehr als Kindersprache. Sie hatten keine Bedeutungsnuancen, keine feinen Schattierungen, keine Schwierigkeitsgrade, aber an seiner Aufrichtigkeit konnte kein Zweifel bestehen. Es war schon erstaunlich genug, einem Mann der Anderen zu begegnen, der überhaupt ordentlich sprechen konnte. Die meisten plapperten oder nuschelten oder knurrten wie Tiere. Sie waren wie Kinder mit ihrem übermäßigen Lautschwall, aber schließlich galten die Anderen nicht als sehr aufgeweckt.

Die Frau dagegen konnte Bedeutungen und Nuancen überraschend gut verstehen und sich klar und ausdrucksreich mitteilen. Mit unauffälligem Geschick hatte sie auch Dyondars Aussagen übersetzt und die Verständigung erleichtert. So unwahrscheinlich es auch schien, daß sie von einem Clan aufgezogen und so weit gereist war, zeigte sie solche Sprachgewandtheit, daß man fast an ihre Herkunft glauben mochte.

Guban hatte noch nie von diesem Clan gehört, und er kannte viele. Darüber hinaus war ihm die Alltagssprache, die sie gebraucht hatte, ganz fremd. Und doch beherrschte diese Frau der Anderen die alten Zeichen perfekt. Selten bei einer Frau! Es schien fast so, als verschwiege sie etwas, obwohl er sich da nicht sicher war. Schließlich war sie eine Frau der Anderen, die er ohnehin nicht fragen würde. Frauen, und besonders Medizinfrauen, liebten es, ihre kleinen Geheimnisse zu bewahren.

Der Schmerz in seinem gebrochenen Bein pochte, und er fürchtete, sich nicht mehr lange beherrschen zu können. Er mußte es aber noch eine Weile aushalten!

Wie konnte sie eine Medizinfrau sein? Sie war keine Angehörige des Clans. Ihr fehlte dafür das besondere Gedächtnis, die Erinnerungen. Dyondar hatte behauptet, sie wäre eine Heilkundige, und er hatte sehr überzeugt von ihrer Kunst gesprochen, und sein Bein war gebrochen... Guban knirschte mit den Zähnen. Vielleicht stimmte es, die Anderen mußten auch Heiler haben; doch das machte sie noch nicht zur Medizinfrau des Clans. Er war ihr schon so sehr verpflichtet. Mit diesem Mann durch eine Blutschuld verbunden zu sein, wäre schlimm genug, aber mit einer Frau, dazu noch einer, die eine Waffe benutzte?

Doch wo wären er und seine Hellhaarige ohne ihre Hilfe? Seine Blonde – und zu allem noch schwanger. Der Gedanke an sie ließ ihn ganz weich werden. Nie gekannte Wut hatte ihn ergriffen, als er sah, wie die Männer sie jagten und ihr Gewalt antun wollten. Deshalb war er von der Spitze des Felsens gesprungen. Es hatte lange gedauert, auf den Gipfel zu klettern, und für den Abstieg blieb keine Zeit mehr.

Er hatte Rotwildspuren gesehen und war hinaufgestiegen, um nach der Jagdbeute Ausschau zu halten, wärend sie Rinde sammelte und für den Saft, der bald aufsteigen sollte, Zapfstellen anbrachte. Es würde in Kürze wärmer werden, hatte sie gesagt, doch manche glaubten ihr nicht. Sie war immer noch eine Fremde, die behauptete, das Gedächtnis dafür zu haben und es voraussagen zu können. Er wollte, daß sie es den anderen beweisen konnte und hatte sie deshalb mitgenommen, obgleich er von der Gefahr wußte, die von jenen Männern drohte.

Aber es war kalt, und er glaubte, sie wären sicher, wenn sie sich nicht weit von der Eiskuppe entfernten. Der Felsgipfel schien ein geeigneter Platz, um die Gegend auszuspähen. Der rasende Schmerz, als sein Bein beim Aufprall brach, betäubte ihn, doch er gab nicht auf. Die Männer waren über ihm, und er mußte kämpfen – mit oder ohne Schmerz. Ihm wurde warm ums Herz, als er daran dachte, wie sie auf ihn zugestürzt war. Zu seiner Überraschung schlug sie auf jene Männer ein. Das hatte er noch nie bei einer Frau erlebt, und er würde es auch nicht weitererzählen. Aber er freute sich darüber, daß sie ihm helfen wollte.

Er verlagerte sein Gewicht, um den stechenden Schmerz auszuhalten. Doch das war nicht die Hauptsache. Er hatte schon früh gelernt, Schmerzen zu ertragen. Ihn quälten ganz andere Sorgen. Was, wenn er nie mehr gehen konnte? Gebrochene Beine oder Arme heilten nur langsam, und wenn die Knochen nun falsch zusammenwuchsen, sich verdrehten oder verformten oder kürzer wurden? Was war, wenn er nun nicht mehr jagen konnte?

Wenn er nicht mehr jagen konnte, würde er seinen Rang verlieren. Er würde nicht länger Anführer sein. Er hatte dem Anführer ihres Clans versprochen, sich um sie zu kümmern. Sie war der Liebling ihres Stammes; doch sein Rang war hoch, und sie wollte mit ihm gehen. Als sie allein in ihren Schlaffellen lagen, hatte sie ihm sogar gesagt, sie habe ihn gewollt.

Seine erste Frau war nicht allzu glücklich gewesen, als er mit einer jungen und schönen zweiten Frau zurückkam, aber sie war eine brave Clan-Frau. Sie hatte sich immer gut um sein Herdfeuer gekümmert und würde den Rang der ersten Frau behalten. Er versprach, für sie und ihre zwei Töchter zu sorgen. Das tat er gern. Auch wenn er sich immer einen Sohn gewünscht hatte, erfreuten ihn die Töchter seiner Gefährtin an seinem Herdfeuer. Nur waren sie schon fast erwachsen und würden bald wegziehen.

Doch wenn er nicht mehr jagen konnte, konnte er für niemanden mehr sorgen. Wie ein alter Mann war er dann vom Clan abhängig. Und seine schöne Hellhaarige, die vielleicht einem Sohn das Leben schenkte, wer kümmerte sich um sie? Ein anderer Mann, sicher, aber dann würde er sie verlieren.

Mit seinem gebrochenen Bein konnte er noch nicht einmal zum Clan zurückkehren. Er mußte sie um Hilfe schicken und sich abholen lassen. Das war in den Augen seines Stammes entwürdigend. Aber noch schlimmer war es, wenn er mit dem gebrochenen Bein seine Schnelligkeit oder Geschicklichkeit verlor oder überhaupt nicht mehr jagen konnte.

Vielleicht sollte ich doch mit dieser Heilkundigen der Anderen sprechen, dachte er, trotz allem. Sie war vermutlich von hohem Rang, Dyondar respektierte sie sehr, und seine Stellung war sicher auch nicht niedrig, sonst wäre er nicht der Gefährte einer Medizinfrau. Sie hatte jene Männer ebenso in die Flucht geschlagen wie er – sie und der Wolf. Warum hatte ihnen ein Wolf geholfen, mit dem sie überdies noch gesprochen hatte? Ihr Zeichen war einfach, sie hatte ihm bedeutet, bei den Bäumen in der Nähe der Pferde zu bleiben, doch der Wolf hatte sie verstanden und gehorcht. Er wartete immer noch dort.

Guban senkte den Blick. Die Tiere flößten ihm einfach eine tiefe, unterschwellige Angst vor Geistern ein. Wer sonst sollte den Wolf oder die Pferde beherrschen? Was sonst konnte bewirken, daß sich Tiere so – untierisch verhielten?

Er sah, daß seine Hellhaarige besorgt war – was er ihr nicht übelnehmen konnte. Wenn Dyondar es für richtig gehalten hatte, sich zu seiner Frau zu bekennen, sollte er das vielleicht auch tun. Sonst könnten sie ihren Rang für geringer als den Dyondars halten. Guban gab der Frau ein Zeichen. Sie hatte alles beobachtet und gesehen, sich aber ganz unauffällig im Hintergrund gehalten, wie es sich für eine gute Clan-Frau gehörte. Sie kam und ließ sich bei ihm nieder.

»Diese Frau heißt ...« signalisierte er, berührte ihre Schulter und sprach: »Yorga.«

Jondalar hörte nicht viel mehr als ein gerolltes R. Er konnte es nicht nachmachen. Ayla sah, wie er sich abmühte, und versuchte, die Situation zu retten. Sie wiederholte den Namen so, daß Jondalar ihn aussprechen konnte, und wandte sich dann an die Frau.

»Yorga«, sagte sie und gestikulierte, »diese Frau grüßt dich. Sie heißt Ayla«, sagte sie sehr langsam und sorgfältig. Dann fuhr sie mit Zeichen und Worten fort, so daß Jondalar es verstehen konnte: »Der Mann, der Dyondar heißt, möchte die Frau von Guban begrüßen.«

Das war nicht so, wie man es im Clan gemacht hätte, dachte Guban, aber die Leute gehörten zu den Anderen, und daher beleidigte es ihn nicht. Neugierig wartete er darauf, was Yorga jetzt tun würde.

Sie schenkte Jondalar einen sehr kurzen Blick und sah wieder zu Boden. Guban bewegte sich ein wenig, um sie wissen zu lassen, daß er mit ihr zufrieden war. Sie hatte Dyondars Anwesenheit bestätigt, und sonst nichts.

Jondalar war weniger geschickt. So nah war er Clan-Leuten noch nie gekommen, und das faszinierte ihn. Er sah sie viel länger an. Ihre Züge waren denen Gubans ähnlich, nur fraulicher, und er hatte schon vorher bemerkt, daß sie klein und stämmig war, so groß wie ein Mädchen. Bis auf ihre hellblonden, flaumweichen Locken war sie durchaus nicht schön, zumindest in seinen Augen nicht, doch er konnte sich in Guban hineinversetzen. Plötzlich ging ihm auf, daß Guban ihn beobachtete, und er nickte flüchtig und schaute weg. Der Mann vom Clan blickte finster; er mußte vorsichtig sein.

Guban war die Aufmerksamkeit, die Jondalar seiner Frau geschenkt hatte, nicht recht. Aber er merkte, daß es nicht beleidigend gemeint war – und sein Schmerz quälte ihn wieder. Er mußte mehr über diese Heilkundige erfahren.

»Ich möchte mit deiner Heilkundigen sprechen, Dyondar«, bedeutete er Jondalar.

Jondalar verstand ihn und nickte. Ayla hatte die ganze Zeit zugesehen, kam schnell herbei und setzte sich respektvoll vor den Mann.

»Dyondar hat gesagt, daß die Frau eine Heilkundige ist. Die Frau sagt, daß sie eine Medizinfrau ist. Guban möchte wissen, wie eine Frau der Anderen eine Medizinfrau des Clans sein kann.«

Ayla sprach, während sie gestikulierte, damit Jondalar verstehen konnte, was sie Guban mitteilte. »Die Frau, die mich annahm und aufzog, war eine Medizinfrau höchsten Ranges. Iza entstammte dem ältesten Geschlecht der Medizinfrauen. Iza war wie eine Mutter zu dieser Frau und erzog sie gemeinsam mit ihrer eigenen Tochter«, erklärte Ayla. Sie sah, daß Guban skeptisch und neugierig zugleich war. »Iza wußte, daß diese Frau nicht dieselben Erinnerungen hatte wie ihre richtige Tochter.«

Guban schüttelte entschieden den Kopf: Natürlich nicht!

»Iza brachte dieser Frau die Erinnerungen bei, ließ sie immer wieder Sachen aufsagen und vormachen, bis sich die Medizinfrau sicher war, daß diese Frau die Erinnerungen nicht mehr verlieren würde. Diese Frau übte und wiederholte immer wieder, um das Wissen einer Medizinfrau zu erwerben.«

Auch wenn ihre Gesten stilisiert und formell blieben, lockerte sich ihre Sprache, als sie mit den Erklärungen fortfuhr.

»Iza glaubte, diese Frau wäre auch aus einem alten Geschlecht von Medizinfrauen der Anderen. Sie zeigte dieser Frau, wie eine Medizinfrau vom Clan über Heilkunde denkt. Diese Frau wurde ohne die Erinnerungen einer Medizinfrau geboren, aber Iza gab ihr ihre Erinnerungen.«

Alle lauschten gespannt. »Iza erkrankte an einem Husten, den nicht einmal sie heilen konnte, und so bekam diese Frau mehr Arbeit. Iza diente dem Ansehen des Clans. Als sie zu krank war, um die Reise zum Stammestreffen zu machen, und ihre richtige Tochter noch zu jung, beschlossen der Anführer und der Mog-ur, diese Frau zur Medizinfrau zu machen. Weil diese Frau Izas Erinnerungen hatte, war sie ihrer Meinung nach eine Medizinfrau des Clans. Den anderen Mog-urs und Anführern bei der Clan-Versammlung gefiel das zuerst nicht, zuletzt aber nahmen sie diese Frau auf.«

Ayla spürte, daß Gubans Interesse erwacht war. Er wollte ihr gern glauben, hatte aber immer noch Zweifel. Sie band den verzierten Beutel von ihrem Hals los, schnürte ihn auf, schüttete einen Teil des Inhalts auf die Handfläche und gab ihm einen kleinen, dunklen Stein.

Guban kannte den geheimnisvollen schwarzen Stein, der abfärbte. Selbst der kleinste Brocken konnte ein winziges Stück vom Geist eines jeden Clansangehörigen enthalten und wurde einer Medizinfrau gegeben, wenn sie ein Stück von ihrem Geist abgab. Das Amulett, das sie trug, war seltsam, dachte er, typisch für Gegenstände der Anderen; dabei wußte er überhaupt nicht, daß sie Amuletts trugen. Vielleicht waren die Anderen doch nicht so primitiv und ungebildet! Guban zeigte auf einen anderen Gegenstand aus ihrem Amulett. »Was ist das?«

Ayla tat die übrigen Sachen wieder in den Beutel zurück und legte ihn nieder, um mit den Händen antworten zu können. »Das ist ein Jagd-Talisman«, sagte sie.

Das konnte doch nicht wahr sein, dachte Guban. Das würde sie überführen. »Frauen vom Clan jagen nicht.«

»Diese Frau weiß das, aber sie ist nicht an einem Herdfeuer des Clans geboren. Sie wurde von einem Totem auserwählt, das sie schützte und zum Clan führte; und ihr Totem wollte, daß sie jagt. Der Mog-ur rief die alten Geister an, die es ihm sagten. In einer besonderen Zeremonie wurde sie die ›Frau, Die Jagt‹ genannt.«

»Welches Totem hat dich erwählt?«

Zu Gubans Überraschung hob Ayla ihren Kittel, schnürte ihre Beinlinge auf und schob sie weit genug zurück, daß man ihren linken Oberschenkel sehen konnte. Vier parallele Linien, die Narben der Krallen, die sie als Mädchen gezeichnet hatten, bewiesen es: »Ihr Totem ist der Höhlenlöwe.«

Die Clan-Frau hielt den Atem an. Das Totem war zu stark für eine Frau. Sie würde Schwierigkeiten haben, Kinder zu bekommen.

Guban brummte bestätigend. Der Höhlenlöwe war das stärkste Totem der Jäger, ein Männer-Totem. Er war nie einer Frau begegnet, die es besaß, doch da waren die Zeichen, die man in den rechten Oberschenkel eines Jungen ritzte, dessen Totem der Höhlenlöwe war, nachdem er zum ersten Mal ein großes Tier erlegt hatte und zum Mann geworden war. »Es ist das linke Bein. Das Mal wird auf dem rechten Bein eines Mannes gemacht.«

»Diese Frau ist kein Mann. Die Seite der Frau ist die linke.«

»Dein Mog-ur hat dich dort gezeichnet?«

»Der Höhlenlöwe selbst tat es, kurz bevor der Clan diese Frau fand.«

»Das erklärt die Waffen«, signalisierte Guban, »doch was ist mit den Kindern? Besitzt dieser Mann mit den Haaren, die so hell wie Yorgas sind, ein Totem, das deinem gewachsen ist?«

Jondalar schaute unbehaglich drein. Das hatte er sich auch schon oft genug gefragt.

»Der Höhlenlöwe hat auch ihn erwählt und ihm sein Zeichen gegeben. Diese Frau weiß es. Der Mog-ur hat ihr gesagt, daß der Höhlenlöwe sie auserwählt und zum Zeichen dafür seine Krallen in ihr Bein geschlagen hat, genau so wie ihn der Höhlenbär erwählte und sein Auge nahm...«

Guban setzte sich auf, sichtlich bewegt. Er glitt aus der formellen Sprache, doch Ayla verstand ihn.

»Der einäugige Mogor! Du kennst den Einäugigen?«

»Diese Frau hat an seinem Herdfeuer gelebt. Er hat sie aufgezogen. Er und Iza waren Geschwister, und als Izas Gefährte gestorben war, nahm er sie und ihre Kinder auf. Bei der Clan-Versammlung wurde er der Mog-ur genannt; für die, die an seinem Herdfeuer lebten, hieß er Creb.«

»Auch bei unseren Clan-Versammlungen spricht man vom einäugigen Mogor und seiner machtvollen...« Er wollte noch mehr sagen, besann sich aber eines Besseren. Vor Frauen sollten Männer nicht über die geheimen Männerzeremonien sprechen. Nun begriff er ihre Beherrschung der alten Zeichensprache: der einäugige Mogor hatte sie darin unterwiesen. Und Guban erinnerte sich, daß der große, einäugige Mogor eine Schwester hatte, die eine berühmte Medizinfrau aus einem alten Geschlecht war. Plötzlich entspannte sich Guban, und ein flüchtiger Ausdruck von Schmerz verzog sein Gesicht. Er atmete tief und sah Ayla an, die mit gekreuzten Beinen vor ihm saß und zu Boden blickte, wie es jede anständige Clan-Frau tat. Er berührte sie an der Schulter.

»Hochgeehrte Medizinfrau, dieser Mann hat eine... kleine Sorge«, bedeutete ihr Guban in der alten, stummen Sprache des Bären-Clans. »Dieser Mann bittet die Medizinfrau, sich das Bein anzusehen. Es könnte gebrochen sein.«

Ayla schloß die Augen und atmete befreit aus. Sie hatte ihn endlich überzeugt. Er würde zulassen, daß sie sein Bein behandelte. Sie gab Yorga ein Zeichen, einen Ruheplatz für ihn vorzubereiten. Der gebrochene Knochen war nicht durch die Haut gedrungen, und die Chancen einer Heilung standen nicht schlecht. Aber sie mußte das Bein geraderichten und mit Birkenrinde schienen, damit er es nicht bewegen konnte.

»Es wird wehtun, das Bein zu strecken, doch ich habe etwas, das entspannt und betäubt.« Sie wandte sich an Jondalar. »Kannst du unser Lager hierherholen? Ich weiß, es ist eine Plackerei mit all den Brennsteinen, aber ich will das Zelt für ihn aufschlagen. Er muß aus der Kälte heraus, besonders wenn ich ihn einschläfere. Wir brauchen auch etwas Feuerholz. Ich will die Brennsteine möglichst nicht verbrauchen, und wir müssen Holz für die Schienen zuschneiden. Wenn er eingeschlafen ist, hole ich Birkenrinde; vielleicht kann ich auch ein paar Krücken für ihn machen. Er wird sich bewegen wollen – später.«

Jondalar sah, wie sie die Sache in die Hand nahm, und lächelte in sich hinein. Die Verzögerung störte ihn gewaltig, selbst ein Tag war zuviel, aber auch er wollte helfen. Außerdem wäre Ayla jetzt sowieso nicht zum Gehen zu bewegen. Er hoffte nur, daß es nicht allzulange dauern würde.

Jondalar nahm die Pferde mit zu ihrem ersten Lager, packte alles wieder ein und führte Winnie und Renner dann zu einer Lichtung, wo sie sich verdorrtes Gras suchen konnten. Hier und da gab es noch etwas stehendes Heu, das meiste jedoch lag unter dem kalten Schnee. Der Platz war nicht weit von ihrem neuen Lager entfernt, aber nicht in Sichtweite; die Tiere sollten die Clan-Leute möglichst nicht beunruhigen. Sie schienen die zahmen Tiere zwar als ein weiteres Beispiel des seltsamen Gebarens der Anderen zu betrachten, doch Ayla fiel auf, daß sowohl Guban als auch Yorga erleichtert wirkten, wenn die unnatürlich fügsamen Pferde außer Sicht waren, und sie freute sich, daß Jondalar darauf Rücksicht nahm.

Als er zurückgekehrt war, nahm Ayla ihren Medizinbeutel aus einem Packkorb. Guban hatte sich nur schwer dazu durchgerungen, ihre Hilfe anzunehmen, aber es beruhigte ihn, ihren alten Medizinbeutel aus Otternfell, der nach Clan-Art einfach, praktisch und schmucklos war, zu erblicken. Sie schaffte auch Wolf aus dem Weg, und eigenartigerweise zeigte das Tier, das gewöhnlich neugierig und zutraulich war, wenn Ayla und Jondalar sich mit jemandem befreundet hatten, keine Neigung, sich mit den Menschen vom Clan abzugeben. Er schien es zufrieden, sich im Hintergrund zu halten, wachsam, aber in keiner Weise bedrohlich; Ayla fragte sich, ob er gespürt hatte, daß sie seinetwegen besorgt waren.

Jondalar half Yorga und Ayla, Guban in das Zelt zu tragen. Er war verblüfft, wie schwer der Mann war. Allein die Muskeln eines Körpers, der sechs Männer beschäftigen konnte, mußten ein schönes Gewicht abgeben. Jondalar spürte auch, daß die Bewegung schmerzhaft war, obwohl Guban sich nichts anmerken ließ. In ihm stiegen langsam Zweifel auf, ob der Mann den Schmerz überhaupt voll spürte, bis Ayla ihm erklärte, daß diese Art von Selbstbeherrschung den Clan-Männern von frühester Jugend an anerzogen wurde. Jondalars Achtung vor dem Mann wuchs. Das war keine Rasse von Schwächlingen. Auch die Frau war erstaunlich kräftig und nicht viel kleiner als der Mann. Sie konnte ebensoviel tragen wie Jondalar, und wenn sie wollte, war der Griff ihrer Hand unglaublich fest. Dennoch hatte er beobachtet, wie geschickt ihre Hände waren. Fasziniert entdeckte er Gemeinsamkeiten und Unterschiede zwischen den Menschen vom Clan und den Leuten seiner Art. Wann es geschah, wußte er nicht genau, aber mit einem Male ging ihm auf, daß er nicht mehr im geringsten daran zweifelte, daß sie Menschen waren. Sie waren anders, natürlich, aber sie waren Menschen und keine Tiere.

Schließlich nahm Ayla doch ein paar von den Brennsteinen, um den Stechapfel-Absud zuzubereiten, und tat noch heiße Kochsteine ins Wasser. Guban lehnte es ab, soviel zu trinken, wie sie für richtig hielt, und behauptete, er würde nicht allzulange auf die Wirkung warten, doch sie glaubte eher, daß er der Zubereitung des Stechapfels mißtraute. Mit Yorgas und Jondalars Hilfe richtete Ayla das Bein und machte dann einen soliden Schienenverband. Als alles vorbei war, schlief Guban endlich ein.

Yorga bestand darauf, das Essen zu kochen; doch Jondalars Interesse an der Zubereitung irritierte sie. Abends beim Feuer schnitt Jondalar ein Paar

Krücken für Guban zurecht, während Ayla sich mit Yorga beschäftigte und ihr erklärte, wie man Medizin gegen Schmerzen herstellte. Ayla beschrieb den Gebrauch der Krücken, und wie man sie unter die Arme steckt. Aylas Vertrautheit mit dem Leben und Denken des Clans überraschte Yorga immer noch; doch war ihr schon früher ihr Akzent aufgefallen. Schließlich sprach sie auch über sich, und Ayla übersetzte es für Jondalar.

Yorga wollte Rinde sammeln und bestimmte Bäume anzapfen. Guban war zu ihrem Schutz mitgekommen, weil Frauen nach den vielen Überfällen durch Charolis Bande nicht mehr allein weggehen durften. Für den Clan war es eine Belastung: die Männer hatten dadurch weniger Zeit zum Jagen. Deshalb war Guban auf den großen Felsen geklettert, um nach Jagdwild Ausschau zu halten. Charolis Männer hätten sie vielleicht nicht angegriffen, wenn sie Guban gesehen hätten; doch als er sie in Gefahr sah, sprang er zu ihrer Verteidigung von der Felswand herunter.

»Merkwürdig, daß er sich nur ein Bein gebrochen hat«, sagte Jondalar mit Blick auf die Höhe des Berges.

»Die Knochen der Clan-Menschen sind schwer«, sagte Ayla. »Sie brechen nicht leicht.«

»Die Männer hätten nicht so grob zu mir sein müssen«, signalisierte Yorga. »Ich hätte ihnen gehorcht, wenn sie mir das Zeichen gegeben hätten, aber da hörte ich seinen Schrei und wußte, daß etwas Schlimmes passiert war.«

Sie erzählte weiter. Mehrere Männer griffen Guban an, während drei von ihnen Yorga überwältigen wollten. Sie hätten nicht so brutal sein müssen; sie hätte sich ergeben, aber Charolis Leute wußten das richtige Zeichen nicht. Sie wollte ihnen trotzdem zu Willen sein, da gingen sie auf Guban los. Sein Schmerzensschrei verhieß, daß es ihm sehr schlecht ging, und sie versuchte, den Männern zu entkommen. Das war, als die beiden anderen sie gepackt hatten. Dann tauchte plötzlich Jondalar auf und prügelte auf die Männer ein, und der Wolf biß sie.

Verstohlen sah sie Ayla an. »Dein Mann ist sehr groß und seine Nase sehr klein, doch als ich ihn im Kampf mit den Anderen sah, war er für diese Frau wie ein Kind.«

Ayla lächelte.

»Ich habe nicht ganz mitbekommen, was sie gesagt oder gemeint hat«, bemerkte Jondalar.

»Sie hat einen Spaß gemacht.«

»Einen Spaß?« fragte er. Er glaubte nicht, daß sie dazu fähig wäre.

»Sie wollte eigentlich sagen, daß sie dich trotz deiner Häßlichkeit am liebsten geküßt hätte, als du zu ihrer Rettung herbeigeeilt bist«, sagte Ayla und erklärte es Yorga.

Die Frau schämte sich; sie sah Jondalar an und dann wieder Ayla. »Ich bin deinem großen Mann dankbar. Wenn ich einen Jungen bekomme und

Guban mir erlaubt, einen Namen für ihn vorzuschlagen, werde ich ihm sagen, daß Dyondar kein schlechter Name ist.«

»Das war kein Scherz, Ayla, oder?« fragte Jondalar, erstaunt über den plötzlichen Gefühlsausbruch.

»Nein, ich glaube nicht. Aber sie kann nur einen Vorschlag machen, und für einen Jungen vom Clan könnte es eine Belastung sein, mit einem so ungewöhnlichen Namen aufzuwachsen, selbst wenn Guban zustimmen würde. Für einen Mann vom Clan ist er außergewöhnlich aufgeschlossen für neue Ideen. Yorga erzählte mir von ihrer Zusammengabe, und ich glaube, sie haben sich verliebt, was ziemlich selten ist. Die meisten Zusammengaben werden geplant und arrangiert.«

»Wie kommst du darauf, daß sie sich verliebt haben?« fragte Jondalar.

»Yorga ist Gubans zweite Frau. Ihr Clan lebt ziemlich weit von hier, doch er ging zu ihnen, um von einer großen Clan-Versammlung zu berichten und um über uns, die Anderen, zu diskutieren. Einmal belästigte Charoli ihre Frauen – ich habe ihr erzählt, daß die Losadunai der Sache ein Ende machen wollen –, doch wenn ich sie richtig verstanden habe, ist eine Gruppe der Anderen an einige Clans herangetreten, um Handel zu treiben.«

»Das überrascht mich.«

»Ja. Natürlich ist die Verständigung schwierig, und die Männer des Clans, auch Guban, vertrauen den Anderen nicht. Als Guban diesen entfernten Clan besuchte, sah er Yorga und sie ihn. Er brachte sie mit nach Hause. Das tun Clan-Männer eigentlich nicht. Die meisten hätten es erst den Anführer wissen lassen, dann wären sie zurückgekehrt und hätten es mit ihrem eigenen Clan besprochen und ihrer ersten Frau eine Möglichkeit gegeben, sich an den Gedanken zu gewöhnen, daß sie ihr Herdfeuer mit einer anderen Frau teilen soll«, sagte Ayla.

»Die erste Frau an seinem Feuer wußte davon nichts? Ich muß sagen, der Mann hat Mut.«

»Seine erste Frau hatte zwei Töchter; er will eine Frau, die ihm einen Sohn schenken kann. Die Männer vom Clan legen großen Wert auf Söhne von ihren Gefährtinnen, und natürlich hofft Yorga, daß sie einen Jungen bekommen wird. Sie hat sich nicht leicht an den neuen Stamm gewöhnt, und wenn Gubans Bein nicht richtig verheilt und er an Rang verliert, fürchtet sie, daß sie ihr dafür die Schuld geben.«

»Kein Wunder, daß sie so aufgeregt schien.«

Ayla verschwieg, was sie Yorga erzählt hatte: daß auch sie ihre Leute verlassen hatte und auf dem Weg in die Heimat ihres Gefährten war. Es gab keinen Grund, ihm noch mehr Sorgen zu machen, doch sie fragte sich immer noch, wie seine Leute sie aufnehmen würden.

Ayla und Yorga wünschten beide, einander besuchen und Erfahrungen austauschen zu können. Sie fühlten sich fast als Blutsverwandte, weil es zwischen Guban und Jondalar eine Verpflichtung gab, und Yorga war Ayla in der kurzen Zeit näher gekommen als irgendeiner anderen Frau, der sie begegnet war. Doch die Leute vom Clan und die Anderen besuchten einander nicht.

Guban erwachte mitten in der Nacht und schlief benommen wieder ein. Am Morgen war er wieder klar im Kopf, doch immer noch erschöpft von den Anstrengungen des vergangenen Tages. Als Jondalar am Nachmittag seinen Kopf in das Zelt steckte, war Guban zu seiner eigenen Überraschung froh darüber, ihn zu sehen, aber er wußte nicht, was er mit den Krücken anfangen sollte, die Jondalar in der Hand hielt.

»Ich auch nehme Dinger, als Löwe mich angriff«, erklärte Jondalar.

»Hilf mir auf.« Guban war plötzlich interessiert und wollte sie ausprobieren, doch Ayla erlaubte es nicht. Es war zu früh. Guban gab schließlich nach, aber nur, nachdem er verkündet hatte, daß er sie am nächsten Tag erproben würde. Am Abend teilte Yorga Ayla mit, daß Guban mit Jondalar über wichtige Angelegenheiten sprechen wollte, und bat sie um ihre Hilfe bei der Übersetzung. Sie erriet, um was es ging, und sprach mit Jondalar, um ihm mögliche Probleme vorher zu erklären.

Guban war immer noch bekümmert, daß ihn mit Ayla über den Geisteraustausch einer angesehenen Medizinfrau hinaus eine Blutschuld verband, weil sie mitgeholfen hatte, sein Leben zu retten.

»Wir müssen ihn davon überzeugen, daß er in deiner Schuld steht, Jondalar. Wenn du ihm sagst, daß du mein Gefährte bist, könntest du ihm gleichzeitig andeuten, daß alles, was man mir schuldet, auf dich übergeht, weil du für mich verantwortlich bist.«

Jondalar war einverstanden, und das ernste Gespräch begann. »Ayla ist meine Gefährtin, sie gehört zu mir«, sagte er, und Ayla übersetzte. »Ich bin für sie verantwortlich; alles, was man ihr schuldet, schuldet man mir.« Und dann fügte Jondalar zu ihrer Überraschung noch hinzu: »Ich habe auch eine Verpflichtung, die meine Seele belastet. Ich bin dem Clan verpflichtet.«

Guban wurde neugierig.

»Die Schuld bedrückt mich sehr, weil ich nicht weiß, wie ich sie abtragen soll.«

»Erzähl mir davon«, gestikulierte Guban. »Vielleicht kann ich dir helfen.«

»Wie Ayla schon sagte, wurde ich von einem Höhlenlöwen angefallen. Gezeichnet, erwählt vom Höhlenlöwen, der nun mein Totem ist. Es war Ayla, die mich fand. Ich war dem Tod nah, und mein Bruder, der bei mir war, wanderte schon in der Geisterwelt.«

»Das tut mir leid. Es ist schwer, einen Bruder zu verlieren.«

Jondalar nickte nur. »Wenn Ayla mich nicht gefunden hätte, wäre ich jetzt auch tot. Doch als Ayla ein Kind war und ihre Eltern verloren hatte, nahm der Clan sie an und zog sie auf. Wenn der Clan Ayla nicht aufgenommen hätte, als sie noch ein Kind war, wäre sie gestorben. Hätte Ayla nicht überlebt, und wäre sie nicht zur Medizinfrau des Clans geworden, dann lebte ich jetzt nicht mehr, sondern wäre schon in der nächsten Welt. Ich verdanke mein Leben dem Clan. Aber ich weiß nicht, wie ich diese Schuld begleichen soll oder bei wem.«

Guban nickte mit großem Verständnis. Das war eine ernste Frage und eine große Verpflichtung.

»Ich möchte Guban um etwas bitten«, fuhr Jondalar fort. »Weil Guban mir verpflichtet ist, bitte ich ihn, im Tausch dafür meine Blutschuld an den Clan anzunehmen.«

Der Mann vom Clan dachte angestrengt nach. Er war dankbar, von dieser Sache zu hören. Eine Blutschuld auszutauschen war viel angenehmer, als sein Leben einfach einem Manne der Anderen zu verdanken und ihm ein Stück des eigenen Geistes zu geben. Zu guter Letzt nickte er. »Guban nimmt den Tausch an«, sagte er sichtlich erleichtert.

Guban nahm sein Amulett vom Hals und öffnete es. Er schüttete den Inhalt auf die Hand und wählte einen Gegenstand aus, einen Zahn, einen seiner ersten Backenzähne. Seine Zähne waren zwar gesund, aber in eigentümlicher Weise abgenutzt, vor allem, weil er sie als Werkzeug benutzte. Der Zahn in seiner Hand war auch abgeschliffen, aber bei weitem nicht so stark wie seine bleibenden Zähne.

»Nimm dies als Zeichen der Verwandtschaft«, sagte Guban.

Jondalar war verwirrt. Er hatte nicht gewußt, daß dem Austausch der Verpflichtungen auch ein Austausch persönlicher Zeichen folgen würde, und fragte sich, was er dem Clan-Mann wohl ähnlich Bedeutsames geben könnte. Sie reisten nur mit dem Notwendigsten und hatten wenig wegzugeben. Doch dann fiel ihm etwas ein.

Aus einer Gürtelschlaufe nahm er einen Beutel und öffnete ihn. Guban blickte erstaunt. Er sah mehrere Krallen und die beiden Eckzähne eines Höhlenbären – des Bären, den Jondalar im vorigen Sommer kurz nach dem Beginn ihrer langen Reise erlegt hatte. Er hielt ihm einen der Zähne hin. »Bitte nimm dies als Zeichen der Verwandtschaft.«

Guban bezähmte seine Erregung. Ein Zahn vom Höhlenbären war ein mächtiges Zeichen; er verlieh hohen Rang, und es war eine Ehre, ihn geschenkt zu bekommen. Zu seiner Freude hatte dieser Mann der Anderen die Verpflichtung, die er dem Clan schuldete, angemessen beantwortet. Es würde Eindruck machen, wenn er seinen Leuten von diesem Austausch erzählte. Er nahm das Zeichen der Verwandtschaft an und umschloß es fest mit seiner Faust.

»Gut!« sagte Guban schließlich, als hätte er einen Handel abgeschlossen. Dann hatte er noch einen Wunsch. »Da wir nun Verwandte sind, sollten wir vielleicht voneinander wissen, wo wir wohnen und in welchem Bereich unsere Jagdgründe liegen.«

Jondalar beschrieb die Lage seines Heimatlandes. Die Gegend jenseits des

Gletschers gehörte überwiegend den Zelandonii oder verwandten Stämmen. Und dann schilderte er eingehend die Neunte Höhle der Zelandonii. Guban beschrieb seine Heimat, und Ayla hatte den Eindruck, daß sie nicht so weit voneinander entfernt lebten, wie sie angenommen hatte.

Auch Charolis Name tauchte noch einmal auf. Jondalar sprach von den Schwierigkeiten, die der junge Mann allen bereitet hatte, und erklärte ausführlich, was sie vorhatten, um seinem Treiben ein Ende zu setzen.

Guban würde seinem Clan viel zu erzählen haben. Nicht nur, daß die Anderen sich selbst mit dem Mann auseinandersetzen und etwas unternehmen wollten, sondern daß es auch Andere gab, die mit ihren eigenen Leuten kämpften, um Menschen vom Clan zu helfen. Manche konnten sogar richtig sprechen! Eine Frau, die sich sehr gut verständigen konnte, und ein Mann mit begrenzten, aber brauchbaren Fähigkeiten, der in mancher Hinsicht noch mehr bedeutete und der nun sein Verwandter war! Eine solche Verbindung zu den Anderen und das hierdurch erworbene Wissen ließen ihn im Rang noch höher steigen, vor allem, wenn er sein Bein wieder voll gebrauchen konnte.

Am Abend legte Ayla den Birkenrindenverband an. Guban ging zu Bett und fühlte sich sehr gut. Sein Bein schmerzte kaum noch.

Ayla erwachte am Morgen mit äußerst unruhigen Gefühlen. Sie hatte wieder einen seltsamen, sehr lebhaften Traum gehabt, in dem es um Höhlen ging und um Creb. Sie erzählte Jondalar davon. Dann sprachen sie darüber, wie sie Guban zu seinen Leuten zurückschaffen konnten. Jondalar schlug die Pferde vor, aber der Gedanke an einen weiteren Aufschub machte ihm große Sorgen. Und Ayla spürte, daß Guban nie damit einverstanden sein würde. Die zahmen Pferde ängstigten ihn.

Als sie aufgestanden waren, halfen sie Guban aus dem Zelt, und während Ayla und Yorga das Frühstück machten, führte Jondalar ihm die Krücken vor. Trotz Aylas Einwänden bestand Guban darauf, sie auszuprobieren. Zu seiner Überraschung konnte er gehen, ohne das Bein mit seinem Gewicht zu belasten.

»Yorga«, befahl Guban seiner Frau, nachdem er die Krücken niedergelegt hatte, »mach dich zum Aufbruch fertig. Nach dem Frühstück gehen wir. Es wird Zeit, zum Clan zurückzukehren.«

»Es ist noch zu früh«, sagte Ayla und gestikulierte gleichzeitig, »dein Bein braucht noch Ruhe, sonst heilt es nicht richtig aus.«

»Mein Bein kann sich ausruhen, wenn ich mit denen da gehe.« Er deutete auf die Krücken.

»Wenn ihr jetzt schon fort müßt, könnt ihr eines der Pferde reiten«, sagte Jondalar.

Guban blickte entsetzt. »Nein! Guban geht mit eigenen Beinen. Mit diesen Gehstöcken. Wir teilen noch eine Mahlzeit mit neuer Verwandtschaft, dann gehen wir.«

EINUNDVIERZIGSTES KAPITEL

Nach dem Frühstück bereiteten sich beide Paare vor, ihrer Wege zu ziehen. Als Guban und Yorga fertig waren, blickten sie nur kurz zu Jondalar und Ayla hinüber und übersahen geflissentlich den großen Wolf und die beiden hochbepackten Pferde. Dann hinkte Guban auf seinen Krücken davon, und Yorga stapfte brav hinterher.

Es gab kein Lebewohl, keinen Dank; solche Vorstellungen waren den Menschen vom Clan fremd. Es war nicht Sitte, den Abschied zu kommentieren, er war offensichtlich, und man erwartete, besonders von Verwandten, Hilfe und Freundlichkeit. Für selbstverständliche Pflichten mußte man sich nicht bedanken; man müßte nur das gleiche tun, wenn es einmal nötig sein sollte.

Ayla wußte, wie schwierig es werden konnte, wenn sich Guban jemals erkenntlich zeigen müßte. Seiner Meinung nach schuldete er ihnen mehr, als er je einlösen konnte. Sie hatten ihm mehr als sein Leben geschenkt; sie hatten ihm eine Möglichkeit verschafft, seinen Rang zu bewahren. Und das war wertvoller, als bloß zu leben – zumal als Krüppel.

»Hoffentlich haben sie es nicht zu weit. Mit den Krücken ist jede Entfernung schwierig«, sagte Jondalar. »Ich hoffe, er schafft es!«

»Das wird er«, sagte Ayla, »einerlei, wie weit es ist. Selbst ohne die Krücken würde er ankommen, und wenn er den ganzen Weg kriechen müßte. Mach dir keine Sorgen, Jondalar. Guban ist ein Mann vom Clan. Er schafft es – oder er stirbt bei dem Versuch.«

Jondalar runzelte nachdenklich die Stirn. Er sah, wie Ayla Winnies Führleine nahm, schüttelte den Kopf und griff nach Renners Leine. Trotz der Schwierigkeiten, die der Marsch für Guban bedeutete, war Jondalar froh, daß sie sein Angebot, auf den Pferden zurückzureiten, abgelehnt hatten. Es hatte ohnehin schon zu viele Verzögerungen gegeben.

Von ihrem Lagerplatz ritten sie durch lichte Wälder, bis sie eine hochgelegene Stelle erreicht hatten; hier hielten sie an und überblickten die Strecke, die hinter ihnen lag. So weit man zurücksehen konnte, hielten hohe Kiefern Wacht an den Ufern des Mutterflusses, eine gewundene Baumkolonne, die die Unzahl von Koniferen ablöste, die sich an den Bergflanken ausbreiteten.

Vor ihnen ebnete sich ihr steiler Weg zeitweilig, und der Kiefernwald, der am Fluß begann, breitete sich über ein kleines Tal aus. Sie saßen ab, um die

Pferde durch den dichten Wald zu führen, und betraten ein dämmerndes Reich tiefer und unheimlicher Stille. Gerade, dunkle Baumstämme trugen ein tiefhängendes Dach aus weitgestreckten, langnadeligen Zweigen, die das Sonnenlicht aussperrten und das Wachstum des Unterholzes hemmten. Eine Schicht brauner Nadeln, seit Jahrhunderten aufgehäuft, dämpfte ihre Schritte und den Hufschlag der Pferde.

Ayla bemerkte eine Ansammlung von Pilzen am Fuß eines Baumes und kniete nieder, um sie zu untersuchen. Sie waren hartgefroren, seit dem plötzlichen Frost im vergangenen Herbst, der bis jetzt angehalten hatte. Kein Schnee war hier eingedrungen, der die Jahreszeit verraten konnte. Es war, als hätte man den Herbst eingefangen und im stillen, kalten Wald aufgebahrt. Wolf tauchte an ihrer Seite auf und steckte seine Schnauze in ihre bloße Hand. Sie strich ihm über den Kopf, nahm seinen dampfenden Atem und ihren eigenen wahr, und ihr war in diesem Augenblick zumute, als wäre ihre kleine Reisegesellschaft das einzig Lebendige auf der Welt.

Am Ende des Tales ging es wieder steil bergauf. Schimmernde Edeltannen erschienen in der Gesellschaft stattlicher, dunkelgrüner Fichten. Mit zunehmender Höhe wurden die Kiefern kümmerlicher, sie überließen es schließlich ganz den Fichten und Tannen, die Mittlere Mutter zu begleiten.

Unterwegs wanderten Jondalars Gedanken immer wieder zu den Clan-Leuten zurück, die sie getroffen hatten – er würde sie nie mehr als Tiere betrachten können. Ich muß meinen Bruder davon überzeugen. Vielleicht kann er eine Verbindung zu ihnen knüpfen – das heißt, wenn er noch Anführer ist. Als sie eine Pause machten, um heißen Tee zu trinken, sprach Jondalar seine Gedanken aus.

»Wenn wir nach Hause kommen, werde ich mit Joharran über die Leute vom Clan sprechen, Ayla. Wenn andere Leute mit ihnen Handel treiben, können wir das auch. Außerdem sollte er erfahren, daß sie sich mit entfernten Clans treffen, um über die Schwierigkeiten zu reden, die sie mit uns haben«, sagte Jondalar. »Es könnte Unruhen geben, und ich würde nicht gern gegen Leute vom Schlage eines Guban kämpfen.«

»Das eilt nicht, glaube ich. Sie werden lange brauchen, bis sie zu irgendwelchen Entschlüssen kommen. Sie tun sich schwer mit allem Neuen und Unerwarteten«, sagte Ayla.

»Und was ist mit dem Handel – glaubst du, sie wären dazu bereit?«

»Guban vermutlich eher als die anderen. Er wollte mehr über uns erfahren. Und er war bereit, die Krücken auszuprobieren, auch wenn er noch nicht auf den Pferden reiten wollte. Daß er eine so ungewöhnliche Frau von einem weit entfernten Clan mit nach Hause gebracht hat, sagt auch viel über ihn. Bei all ihrer Schönheit hat er es dennoch gewagt.«

»Findest du sie schön?«

»Du nicht?«

»Ich kann mir vorstellen, warum Guban das so sieht«, sagte Jondalar.

»Was ein Mann schön findet, hängt vermutlich davon ab, wie er selbst ist«, meinte sie.

»Ja, und ich finde dich schön.«

Ayla lächelte. »Es freut mich, daß du so denkst.«

»Es ist wahr. Denkst du noch an all die Aufmerksamkeit, die du bei dem Fest der Mutter erregt hast? Habe ich dir schon gesagt, wie froh ich darüber war, daß du mich gewählt hast?« Jondalar lächelte, als er daran dachte.

Ihr fiel ein, was er zu Guban gesagt hatte. »Ich gehöre dir, nicht wahr?« sagte sie. »Gut, daß du die Sprache des Clans nicht allzu perfekt sprichst. Guban hätte sonst bemerkt, daß du gelogen hast, als du mich deine Gefährtin nanntest.«

»Nein, das hätte er nicht. Wir hatten noch keine Feier der Zusammengabe, doch in meinem Herzen sind wir längst vereint. Es war keine Lüge«, sagte Jondalar.

Ayla war gerührt. »Ich empfinde es ebenso«, sagte sie zärtlich. »Seit der Zeit im Tal ist das so.«

Jondalar griff nach ihr, umarmte sie, und ihm war, als erlebte er in diesem Augenblick eine Zeremonie der Vereinigung. Es spielte keine Rolle mehr, ob er jemals eine solche Feier haben würde, die bei seinen Leuten anerkannt war. Er würde sie mitmachen, um Ayla einen Gefallen zu tun, aber er brauchte die Zeremonie nicht mehr.

Ein plötzlicher Windstoß ließ Jondalar vor Kälte erschauern und vertrieb den Anflug von Wärme, die er gespürt hatte. Er stand auf, verließ die Wärme des kleinen Feuers und atmete tief durch. Er keuchte, als sich die schneidende, trockene Luft in seine Lungen brannte. Er duckte sich in seine Kapuze und zog sie weit über die Augen, damit die Hitze des Körpers die Luft, die er atmete, erwärmen konnte. Das letzte, was er sich wünschte, war ein warmer Wind. Doch auch bittere Kälte war gefährlich, das wußte er.

Nördlich von ihnen hatte sich der große kontinentale Gletscher südwärts vorgeschoben, wie um die schönen Berge mit ihren Schneegipfeln mit seiner frostigen Umarmung zu beglücken. Sie befanden sich in der kältesten Gegend des ganzen Erdteils, zwischen den glitzernden Felstürmen im Süden und dem gewaltigen Nordeis, und es war tiefer Winter. Die Gletscher raubten der Luft die Feuchtigkeit und saugten gierig jeden Tropfen ein, um ihre angeschwollene, auf das Muttergestein drückende Masse zu vermehren; sie sammelten Reserven, um dem Angriff der Sommerhitze standzuhalten.

Der Kampf zwischen Kälte und Tauwetter um die Herrschaft über die Große Mutter Erde war fast zum Stillstand gekommen. Doch das Blatt wandte sich wieder: der Gletscher gewann die Oberhand. Er würde noch einen weiteren Vorstoß machen und seinen südlichsten Punkt erreichen, bevor er sich endgültig in die Polarregionen zurückziehen mußte. Selbst dort würde er nur abwarten, bis seine Zeit wiedergekommen war.

Als sie weiter bergauf stiegen, schien es jeden Augenblick kälter zu werden. Die zunehmende Höhe brachte sie der Begegnung mit dem Eis unerbittlich näher. Die Pferde fanden immer weniger Futter. Das verdorrte Gras am Rand der gefrorenen Eisströme klebte platt am harten Boden. Der Schnee bestand aus harten, trockenen, beißenden Körnern, die vom Wind gepeitscht wurden.

Stumm ritten sie dahin; nur wenn sie ein Lager gemacht hatten und ihr Zelt die Wärme zusammenhielt, sprachen sie miteinander.

»Yorgas Haare sind wunderschön«, sagte Ayla.

»Ja, wirklich«, sagte Jondalar mit ehrlicher Überzeugung.

»Wenn Iza es doch hätte sehen können, oder irgendwer aus Bruns Clan. Sie fanden mein Haar immer so seltsam, auch wenn Iza sagte, daß es noch das Schönste an mir sei. Ich hatte auch einmal so helle Haare, sie sind nur nachgedunkelt.«

»Ich liebe die Farbe deines Haars, Ayla, wenn du es offen trägst«, bemerkte Jondalar und berührte eine Strähne über ihrer Stirn.

»Ich wußte nicht, daß so weit weg von der Halbinsel Clan-Leute leben.«

Jondalar merkte, daß ihre Gedanken weder bei ihren Haaren noch bei sonst etwas Persönlichem waren. Sie dachte an die Menschen vom Clan, wie er es getan hatte.

»Aber Guban sieht anders aus. Er scheint... ich weiß nicht, es ist schwer zu erklären. Seine Brauen sind schwerer, seine Nase ist größer, sein Gesicht springt weiter vor. Alles an ihm scheint ausgeprägter zu sein... irgendwie clanhafter. Ich glaube, er ist sogar noch muskulöser als Brun. Er schien auch die Kälte nicht so zu spüren. Seine Haut fühlte sich warm an, auch noch, als er auf dem gefrorenen Boden lag. Und sein Herz schlug schneller.«

»Vielleicht haben sie sich an die Kälte gewöhnt. Laduni meinte, daß viele von ihnen noch weiter im Norden leben, und da wird es kaum warm, selbst im Sommer nicht.«

»Vielleicht hast du recht. Und doch denken sie ähnlich. Was hat dich dazu gebracht, Guban zu erzählen, daß du eine Blutschuld an den Clan zurückzahlen müßtest? Das war das beste Argument, das man sich vorstellen kann.«

»Ich weiß nicht. Irgendwie ist es ja auch wahr. Ich verdanke dem Clan mein Leben. Wenn sie dich nicht angenommen hätten, lebtest du jetzt nicht mehr, und ich auch nicht.«

»Und du hättest ihm kein besseres Zeichen geben können als den Zahn des Höhlenbären. Du hast ihre Welt schnell begriffen, Jondalar.«

»So fremd ist sie mir nun auch nicht. Auch die Zelandonii achten sehr auf Verpflichtungen. Wer diese Welt mit einer uneingelösten Schuld verläßt, unterwirft seinen Geist demjenigen, dem er verpflichtet ist. Einige von Denen, Die Der Mutter Dienen, so hörte ich, versuchen, Menschen in ihrer Schuld zu halten, um damit ihre Geister beherrschen zu können; doch das sind vielleicht nur Gerüchte. Es muß nicht immer wahr sein, was die Menschen so reden«, sagte Jondalar.

»Guban glaubt, daß eure beiden Geister jetzt miteinander verbunden sind, in diesem Leben und im nächsten. Ein Stück deines Geistes wird immer bei ihm sein, und umgekehrt. Deshalb machte er sich auch solche Sorgen. Er verlor ein Stück, als du ihm das Leben gerettet hast, doch du gabst ihm eins zurück, und so hat er jetzt kein Loch, keine Leere.«

»Ich war nicht der einzige, der ihm das Leben rettete. Du hast ebensoviel dazu beigetragen, wenn nicht noch mehr.«

»Aber ich bin eine Frau, und eine Frau vom Clan gilt nicht soviel wie ein Mann. Der Tausch ist nicht gleichwertig, weil einer nicht das tun kann, was der andere kann. Sie haben nicht die gleichen Erinnerungen.«

»Aber du hast doch sein Bein gerichtet, so daß er zurückgehen konnte.«

»Das hätte er auch so geschafft, darüber machte er sich keine Sorgen. Ich fürchtete nur, daß sein Bein nicht richtig verheilen würde. Dann hätte er nicht mehr jagen können.«

»Ist es so schlimm, wenn man nicht mehr jagen kann? Hätte er nicht etwas anderes tun können? Wie diese Jungen bei den S'Armunai?«

»Der Rang eines Clan-Mannes hängt von seinem Können als Jäger ab, und das bedeutet ihm mehr als sein Leben. Guban hat Verantwortung zu tragen. Er hat zwei Frauen an seinem Herdfeuer. Seine erste Frau hat zwei Töchter, und Yorga ist schwanger. Er hat versprochen, für sie alle zu sorgen.«

»Und wenn er das nicht mehr kann?« fragte Jondalar. »Was geschieht dann mit ihnen?«

»Der Clan würde sie nicht verhungern lassen. Aber ihre Lebensweise – Essen und Kleidung und die Achtung, die man ihnen entgegenbringt – hängt von seinem Rang ab. Und er würde Yorga verlieren. Sie ist jung und schön, ein anderer Mann würde sie gern nehmen, und wenn sie den Sohn bekommt, den Guban sich immer gewünscht hat, so nähme sie ihn mit.«

»Was geschieht mit ihm, wenn er zu alt wird zum Jagen?«

»Ein alter Mann kann die Jagd langsam aufgeben, mit Würde. Er lebt dann bei den Söhnen oder Töchtern seiner Gefährtin, solange sie noch im selben Clan wohnen, und fällt deshalb nicht der Allgemeinheit zur Last. Zoug war mit der Schleuder dermaßen geschickt, daß er immer noch nützlich war, und selbst Dorvs Rat war stets gefragt, obwohl er kaum noch sehen konnte. Aber Guban ist ein Mann in der Blüte seiner Jahre und ein Anführer. Alles auf einmal zu verlieren, hätte ihm das Herz gebrochen.«

Jondalar nickte. »Ich glaube, ich verstehe. Nicht mehr jagen zu können – das würde mich nicht weiter stören. Aber wenn ich den Feuerstein nicht mehr bearbeiten könnte, das wäre schlimm für mich.« Nach einer Gedankenpause sagte er: »Du hast viel für ihn getan, Ayla. Sollte das nicht zählen, selbst wenn die Stellung der Frauen im Clan anders ist? Könnte er es nicht wenigstens anerkennen?«

»Guban hat sich bei mir bedankt, aber sehr zurückhaltend, wie es sich gehört.«

»Das kann man wohl sagen. Ich habe es nicht bemerkt«, sagte Jondalar.

»Er hat sich direkt mit mir verständigt, nicht durch dich, und er hat sich meine Ansichten angehört. Er hat seiner Frau erlaubt, mit dir zu sprechen, was mich ihr ebenbürtig macht; weil er einen sehr hohen Rang hat, gilt das auch für sie. Er hält sehr viel von dir, weißt du. Er hat dir ein Kompliment gemacht.«

»Wirklich?«

»Er fand deine Werkzeuge gut und bewunderte deine Handwerkskunst. Sonst hätte er die Krücken oder dein Zeichen nicht angenommen.«

»Was hätte er sonst tun sollen? Ich habe seinen Zahn akzeptiert. Ich fand das Geschenk zwar seltsam, verstand aber seine Bedeutung. Ich hätte jedes Zeichen von ihm angenommen.«

»Wenn er es nicht passend gefunden hätte, hätte er es zurückgewiesen. Aber das Zeichen war mehr als ein Geschenk. Er hat damit eine schwere Verpflichtung anerkannt. Hätte er dich nicht geachtet, hätte er dein Stück Geist nicht im Tausch für seines angenommen; dafür ist ihm sein Geist zu kostbar. Er hätte eher eine Leere hingenommen als ein Stück unwürdigen Geistes.«

»Du hast recht. Bei diesen Clan-Leuten gibt es Hintersinnigkeiten, von denen ich nicht weiß, ob ich sie jemals ganz begreifen würde«, sagte Jondalar.

»Glaubst du, das ist bei deinen Leuten so anders? Mir fällt es immer noch schwer, all eure Hintergedanken zu verstehen«, sagte Ayla. »Aber deine Leute sind toleranter. Sie machen mehr Besuche; sie reisen häufiger als die Clan-Menschen und haben sich dadurch an Fremde gewöhnt. Ich habe bestimmt Fehler gemacht, doch dein Volk hat sie übersehen, weil ich ein Gast war und sie mit fremden Sitten und Gebräuchen Nachsicht üben.«

»Ayla, meine Leute sind auch deine Leute«, sagte Jondalar leise.

Sie blickte ihn an, als hätte sie ihn nicht ganz verstanden. Dann sagte sie: »Ich hoffe es, Jondalar. Ich hoffe es.«

Während die Reisenden weiter durch das Hochland zogen, wurden die Fichten und Tannen spärlicher und kümmerlicher, und der Weg am Fluß entlang führte sie dann und wann an Höhen vorbei und durch tiefe Täler, die ihnen die Sicht auf die Berge ringsum versperrten. An einer Flußbiegung stürzte ein Hochlandstrom in die Mutter; die bitterkalte Luft hatte das Wasser im Herabfallen gefangen und eingefroren, und die heftigen Winde hatten es zu eigenartigen, grotesken Gebilden geformt. Karikaturen lebendiger Geschöpfe, zu Eis erstarrt, als sie Hals über Kopf den Flußlauf hinunterfliehen wollten, schienen ungeduldig auf den Wechsel der Jahreszeiten und auf ihre bevorstehende Befreiung zu warten.

Ayla und Jondalar führten die Pferde vorsichtig über das Durcheinander der Eisbrocken und um die Biegung herum zum höhergelegenen, gefrorenen Wasserfall hin. Als der massige Plateaugletscher drohend in ihr Blickfeld geriet, blieben sie wie verzaubert stehen. Schon vorher hatten sie manchmal ein Teilstück von ihm gesehen; jetzt schien er zum Greifen nahe, doch das war trügerisch. Der majestätische Eisriese mit seinem flachen Gipfel war weiter weg, als es den Anschein hatte.

Der hohe Zwillingsgipfel im Süden, der sie auf dem letzten Stück ihrer Reise eine Weile begleitet hatte, war schon seit langem nicht mehr zu sehen. Ein neuer hoher Felsturm, der weiter im Westen aufgetaucht war, wich nach Osten aus, und die Gipfel der südlichen Gebirge zeigten immer noch ihre Glitzerkronen.

Im Norden befand sich ein Zwillingskamm, doch das Massiv, das das nördliche Ende des Flußtals gesäumt hatte, war an der Biegung zurückgeblieben, wo der Fluß seinen nördlichsten Punkt erreicht hatte, kurz vor der Stelle, an der sie die Clan-Leute getroffen hatten. Der Fluß näherte sich dem jüngeren Kalksteinhochland, das nun an das nördliche Ufer grenzte, als sie weiter hinaufstiegen, der Quelle des Stroms entgegen.

Mit zunehmender Höhe änderte sich die Vegetation. Auf den sauren Böden, die als dünne Schicht über dem Muttergestein lagen, machten Fichten und Edeltannen den Lärchen und Kiefern Platz, die hier jedoch anders aussahen als die stattlichen Wächter des flacheren Landes. Sie hatten eine gebirgige Taigalandschaft erreicht, in der verkümmerte Immergrüne wuchsen; ihre Kronen waren mit Harsch und Eis bepackt, die fast das ganze Jahr über an den Zweigen festklebten. Obwohl sie stellenweise recht dicht standen, wurde jeder mutige Schößling, der sich über die anderen Gipfel hinausgewagt hatte, rasch von dem frostigen Wind gekappt, der für die einheitliche Höhe aller Bäume sorgte.

Kleintiere wieselten zwischen den Bäumen hindurch, das Großwild dagegen mußte sich seine Pfade mühsam bahnen. Jondalar beschloß, den namenlosen kleinen Fluß, an dem sie sich entlangbewegten, zu verlassen und einem Wildpfad zu folgen, der durch den dichten Saum zwergwüchsiger Immergrüne führte.

Als sie sich der Baumgrenze näherten, sahen sie, daß die Gegend dahinter keine aufrechten, verholzten Gewächse mehr hervorbrachte. Doch das Leben ist zäh. Niedriges Strauchwerk, krautige Pflanzen und ausgedehnte Fluren mit teilweise vom Schnee bedecktem Gras gab es hier immer noch.

Oberhalb der Baumgrenze hatten sich viele robuste Gewächse der rauhen Umwelt angepaßt. Ayla, die ihre Stute führte, beobachtete sie mit Interesse. Die Berge jener Gegend, in der sie aufgewachsen war, lagen viel weiter südlich, und ihre Vegetation entsprach im wesentlichen der eines gemäßigten Kaltklimas. Was dagegen in den größeren Höhen dieser bitterkalten, trockenen Gebiete wuchs, begeisterte sie.

Stattliche Weiden, die dort fast jeden Fluß, Strom oder Bach säumten, zeigten sich hier als niedrige Büsche; und aus großen, kräftigen Birken und Kiefern waren verholzte Niedergewächse geworden, die am Boden entlangkrochen.

Da sie im tiefsten Winter reisten, konnten sich Ayla und Jondalar die Frühjahrs- und Sommerschönheit des Hochlands kaum vorstellen. Noch schmückten keine wilden Rosen oder Rhododendren die Landschaft mit ihren rosa Blüten; Krokusse oder Anemonen, wunderschöne, blaue Enziane oder gelbe Narzissen setzten sich nicht dem schneidenden Wind aus; Primeln oder Veilchen warteten noch auf die ersten Sonnenstrahlen des Frühlings, um ihre Farbenpracht zu entfalten. Keine Glockenblume, Rapunzelglockenblume, Lilie, Nelke, kein Gänseblümchen, Kreuzkraut, Steinbrech und nicht einmal das Edelweiß unterbrach die bitterkalte Monotonie der gefrorenen Winterfelder.

Statt dessen sahen sie etwas, das eher zum Fürchten war. Quer über ihrem Weg lag ein glänzendes Bollwerk aus Eis. Es glitzerte in der Sonne wie ein riesiger Diamant. Sein kristallenes Weiß erglühte vor leuchtendblauen Schatten, die seine Fehler übertünchten: die Spalten, Gänge, Stollen, Höhlen und Einschlüsse, die den gigantischen Edelstein durchlöcherten.

Sie hatten den Gletscher erreicht.

Als sie auf den Gipfel des abgetragenen vorzeitlichen Berges zustapften, der die flache Eiskrone trug, waren sie nicht einmal mehr sicher, ob der schmale Bergfluß neben ihnen immer noch derselbe Strom war, der sie so lange begleitet hatte. Das schmale Eisband war von den vielen anderen gefrorenen Wasserwegen nicht zu unterscheiden, die auf den Frühling warteten, um ihre Kaskaden von den Felsen des Hochplateaus hinabhüpfen zu lassen.

Der Große Mutter Fluß, dem sie von seinem breiten Mündungsdelta an gefolgt waren, die große Wasserstraße, die ihre Schritte auf der ganzen langen, mühevollen Reise gelenkt hatte, war verschwunden. Selbst die vereiste Andeutung des wilden, kleinen Flüßchens würden sie bald hinter sich gelassen haben. Dann würden sie ohne die tröstliche Sicherheit des Stroms weiterziehen müssen, der ihnen den Weg gewiesen hatte. Sie mußten ihre Wanderung nach Westen aufs Geratewohl fortsetzen, nur noch von Sonne, Sternen und Landmarken, an die sich Jondalar zu erinnern hoffte, geleitet.

Oberhalb der Bergwiese konnten nur noch Algen, Flechten und Moose, die sich an Felsen und Geröll anklammerten, den harten Lebenskampf bestehen; dazu gesellten sich andere, seltene Arten von Polsterpflanzen. Ayla hatte schon begonnen, die Pferde mit dem mitgebrachten Gras zu füttern. Ohne ihr dickes, zottiges Fell hätten weder die Pferde noch der Wolf überleben können, doch die Natur hatte sie der Kälte angepaßt. Die Menschen hatten ihre eigenen Formen der Anpassung entwickelt. Sie nahmen die Felle der Tiere, die sie jagten; sonst hätten auch sie nicht überlebt.

Steinböcke, Gemsen und Mufflons waren auf Bergwiesen zu Hause, selbst in abschüssigen, zerklüfteten Gegenden, und kletterten sogar noch höher hinauf; Pferde waren in dieser Höhe eine Seltenheit. Winnie und Renner stapften mit gesenkten Köpfen den Eishang hinauf und schleppten die Vorräte und die braunschwarzen Brennsteine, die für sie alle den Unterschied zwischen Leben und Tod bedeuteten. Die Menschen, die sie führten, hielten nach einer ebenen Stelle Ausschau, um ein Lager aufzuschlagen.

Sie waren der extremen Kälte und des scharfen Windes überdrüssig, sie hatten das Bergaufsteigen satt. Es war erschöpfend. Selbst Wolf blieb in ihrer Nähe und rannte nicht mehr neugierig im Gelände herum.

»Ich bin so müde«, sagte Ayla, als sie versuchten, in dem stürmischen Wind das Zelt aufzuschlagen. »Müde vom Wind, müde von der Kälte. Ich glaube, es wird nie wieder warm. Daß es überhaupt so kalt sein kann!«

Jondalar nickte zustimmend, aber er wußte, daß ihnen noch Schlimmeres bevorstand. Er sah, wie sie auf die große Eismasse vor ihnen starrte und wegschaute, als könne sie den Anblick nicht ertragen, und dämmerte ihm, daß sie mehr als nur die Kälte beunruhigte.

»Werden wir wirklich über all das Eis gehen müssen?« gestand sie schließlich ihre Ängste ein. »Geht das überhaupt? Ich weiß nicht einmal, wie wir den Gipfel erreichen wollen.«

»Leicht ist es nicht, aber möglich«, sagte Jondalar. »Thonolan und ich haben es geschafft. Solange es noch hell ist, möchte ich den besten Weg für die Pferde ausfindig machen.«

»Mir ist, als wären wir schon ewig unterwegs. Wie weit ist es noch?«

»Bis zur Neunten Höhle noch ein ganz schönes Stück, aber längst nicht so weit wie das, was wir schon hinter uns haben. Und wenn wir erst einmal über den Gletscher sind, ist es nur noch ein Katzensprung bis zu Dalanars Höhle. Da bleiben wir eine Weile, und du wirst Gelegenheit haben, ihn und Jerika und all die anderen kennenzulernen. Ich kann es kaum erwarten, Dalanar und Joplaya die Techniken der Steinbearbeitung zu zeigen, die mir Wymez beigebracht hat. Und selbst wenn wir eine Zeitlang dort bleiben, können wir wahrscheinlich noch vor dem Sommer zu Hause sein.«

Ayla fühlte sich elend. Sommer! Und jetzt war Winter! Wenn sie eine Ahnung von der Entfernung gehabt hätte, wäre sie vermutlich gar nicht so bereitwillig mit Jondalar gegangen. Dann hätte sie sich vielleicht noch mehr bemüht, ihn zu bewegen, bei den Mamutoi zu bleiben.

»Komm, wir wollen uns den Gletscher näher anschauen«, sagte Jondalar, »und die beste Möglichkeit des Aufstiegs erkunden. Dann sollten wir uns vergewissern, daß wir alles für die Überquerung des Eises beisammen haben.«

»Wir müssen heute abend ein paar Brennsteine nehmen, um ein Feuer zu machen«, sagte Ayla. »Hier gibt es sonst nichts Brennbares. Und wir müssen etwas Eis schmelzen. Davon gibt es wahrhaftig genug.«

Bis in wenigen schattigen Vertiefungen gab es in der Umgebung ihres Lagers keinen Schnee, und auch während ihres Aufstiegs hatte es kaum geschneit. Jondalar war diesen Weg nur einmal zuvor gegangen, das ganze Gebiet schien jedoch viel trockener zu sein, als er es in Erinnerung hatte. Und er irrte sich nicht. Sie befanden sich im Regenschatten des Hochlands; der geringe Schneefall, den es hier gab, kam normalerweise erst gegen Ende des Winters. Er und Thonolan waren beim Abstieg in einen Schneesturm geraten.

Als Jondalar und Ayla den Fuß des Eisbergs umwanderten, um den günstigsten Aufstieg zu finden, bemerkten sie Gebiete, in denen vordringende Eiszacken Erde und Gestein aufgeworfen hatten. Der Gletscher dehnte sich aus.

Vielerorts lag der uralte Felsen des Hochlands am Fuß des Gletschers offen zutage. Das Massiv, das der gewaltige Druck, der die Gebirge im Süden geschaffen hatte, gefaltet und aufgeworfen hatte, war einst ein fester, kristalliner Granitblock gewesen, der mit einem ähnlichen Hochland im Westen verbunden war. Die Kräfte, die gegen den unverrückbaren alten Berg stießen, hinterließen ihre Spuren in Form eines großen Risses, der den Block gespalten hatte. In der Mitte der breiten Talsohle dieser Unglücksfurche, beschützt von den hohen Seiten des gespaltenen Massivs, bahnte sich ein Fluß seinen Weg. Jondalar hatte vor, in südwestlicher Richtung weiterzuziehen und den Gletscher schräg zu überqueren, um beim Abstieg ein sanfteres Gefälle vorzufinden. Er wollte den Fluß näher an seiner Quelle hoch in den südlichen Bergen überschreiten, bevor er sich um das vereiste Massiv und durch die Talrinne schlängelte.

»Was ist das?« fragte Ayla und hielt den fraglichen Gegenstand hoch. Es waren zwei ovale Holzplättchen, eng zusammenstehend in einen festen Rahmen montiert, an dessen äußeren Rändern Lederriemen befestigt waren. In der Mitte der hölzernen Ovale war ein schmaler horizontaler Schlitz eingeschnitten, der die Plättchen nahezu halbierte.

»Das habe ich kurz vor unserem Aufbruch gemacht. Ich habe auch eines für dich. Es ist für die Augen. Manchmal ist das Licht auf dem Eis so grell, daß man nur noch weiß sehen kann – Schneeblindheit nennt man das. Die Blindheit gibt sich gewöhnlich nach einer Weile, aber die Augen können sich schrecklich röten und entzünden. Das hier schützt sie. Komm, setz es auf«, sagte Jondalar. Und als er sie damit hantieren sah, fügte er hinzu: »Hier, mache es so wie ich.« Er setzte den ungewohnten Sonnenschutz auf und band die Riemen hinter dem Kopf zusammen.

»Kannst du damit etwas sehen?« fragte Ayla. Sie konnte seine Augen hinter den langen, horizontalen Schlitzen kaum wahrnehmen, setzte aber die Brille, die er ihr gab, gleichfalls auf. »Man kann fast alles sehen! Nur wenn man zur Seite schauen will, muß man den Kopf drehen.« Sie mußte lachen. »Du siehst so komisch aus mit deinen großen, blinden Augen, wie ein Geist – oder ein Käfer. Vielleicht wie der Geist eines Käfers.«

»Du auch«, sagte er lächelnd. »Aber diese Käfer können uns das Leben retten. Du mußt etwas sehen, wenn du auf das Eis hinaufsteigst.«

»Gut, daß wir diese Fußlingseinlagen aus Mufflonwolle von Madenias Mutter haben«, sagte Ayla und legte sie griffbereit zurecht. »Selbst wenn sie naß werden, halten sie die Füße warm.«

»Wir werden noch dankbar sein für das zweite Paar, wenn wir auf dem Eis sind«, sagte Jondalar.

»Beim Clan habe ich meine Fußlinge mit Riedgras ausgestopft.«

»Riedgras?«

»Ja. Das hält warm und trocknet schnell.«

»Gut zu wissen«, meinte Jondalar und nahm einen Fußling hoch. »Aber diese Fußlinge mit den Sohlen aus Mammuthaut sind fast wasserdicht und halten etwas aus. Eis kann scharfkantig sein, und sie sind derb genug, damit man, besonders beim Aufstieg, nicht abrutscht. Aber nun weiter. Wir brauchen das Breitbeil, um Eis aufzuhacken.« Er legte das Werkzeug beiseite. »Und Seile. Und gute, feste Schnüre. Wir werden das Zelt brauchen. Schlaffelle und Essen natürlich. Wollen wir ein paar Kochgeräte hierlassen? Wir brauchen nicht viel auf dem Eis und können uns später bei den Lanzadonii Ersatz holen.«

»Wir werden vom Reiseproviant leben müssen. Ich werde nicht kochen können. Dann brauchen wir nur den großen Topf mit dem Gestell, den wir von Solandia bekommen haben, um Eis zu schmelzen. Wir können ihn direkt über das Feuer stellen. Das geht schneller, und wir müssen das Wasser ja nicht kochen, nur erwärmen«, sagte Ayla.

»Nimm auch einen Speer mit.«

»Warum? Auf dem Eis gibt es doch keine Tiere, oder?«

»Nein, aber du kannst ihn als Stock nehmen, um zu prüfen, ob das Eis vor deinen Füßen fest ist. Und was ist mit dieser Mammuthaut?« fragte Jondalar. »Wir haben sie die ganze Zeit mit uns herumgeschleppt. Brauchen wir sie wirklich? Sie ist schwer.«

»Aber gut und geschmeidig, und ein wasserdichter Schutz für das Rundboot. Du hast gesagt, daß es auf dem Eis Schnee gibt.« Sie wollte sie ungern wegwerfen.

»Aber wir können das Zelt als Schutz nehmen.«

»Ja, schon . . .« sagte Ayla und schürzte nachdenklich die Lippen. Dann fiel ihr noch etwas anderes auf. »Wo hast du diese Fackeln her?«

»Von Laduni. Wir werden vor Sonnenaufgang aufstehen und zum Packen Licht brauchen. Wir müssen den Gipfel des Tafelbergs erreichen, noch bevor die Sonne sehr hoch steht, das heißt, wenn alles noch fest gefroren ist«, sagte Jondalar. »Selbst bei dieser Kälte kann die Sonne das Eis leicht auftauen und den Aufstieg zum Gipfel schwerer machen, als er ohnehin schon ist.«

Sie legten sich früh nieder, doch Ayla fand keinen Schlaf. Sie war unsicher und aufgeregt. Das also war der Gletscher, von dem Jondalar die ganze Zeit gesprochen hatte!

»Was... was ist los?« Ayla fuhr erschreckt aus dem Schlaf hoch.

»Nichts ist los. Es ist Zeit, aufzustehen«, meinte Jondalar und hielt die Fackel hoch. Dann steckte er den Schaft in den Boden und reichte ihr einen Becher mit heißem Tee. »Ich habe Feuer gemacht. Hier hast du etwas Tee.«

Wolf beobachtete seine Gefährten, in seinen Augen spiegelte sich das Licht. Er spürte das Ungewohnte und tänzelte und hüpfte herum. Auch die Pferde waren lebhaft; sie schnaubten, wieherten und stießen Dampfwolken aus den Nüstern. Mit Hilfe der Brennsteine schmolz Ayla Wasser für sie und gab ihnen Getreide zu fressen. Im Licht der Fackel packten sie das Zelt, die Schlaffelle und einige Gerätschaften ein. Andere Habseligkeiten – einen leeren Getreidebehälter und einige Steinwerkzeuge – ließen sie zurück. Die Mammuthaut jedoch warf Ayla im letzten Moment über die braune Kohle im Rundboot.

Jondalar nahm die Fackel und leuchtete ihnen damit auf dem Weg. Er ergriff Renners Führleine und ging los, doch das Licht der Fackel half nur wenig. Es erleuchtete einen kleinen Kreis in unmittelbarer Nähe, aber nicht viel mehr, selbst wenn er die Fackel hochhielt. Doch es war fast Vollmond, und sie konnten ihren Pfad auch ohne die Fackel finden; Jondalar warf sie weg und ging voran. Ayla folgte ihm, und nach wenigen Augenblicken hatten sich ihre Augen an die Dunkelheit gewöhnt.

Der fast volle Mond tauchte das gewaltige Eisbollwerk in ein geisterhaftes Licht. Der schwarze Himmel war voller Sterne, die Luft klirrend kalt.

Obwohl es kaum mehr möglich schien, nahm die Kälte zu, als sie sich der großen Eiswand näherten, doch Ayla zitterte eher vor Angst und Erwartung.

Jondalar nahm ein langes Seil aus seinem Gepäck. »Wir müssen uns anseilen«, sagte er.

»Mit den Pferden?«

»Nein. Wir können uns vielleicht gegenseitig halten, aber wenn die Pferde abrutschen, nehmen sie uns mit.«

Ayla runzelte die Stirn, doch dann stimmte sie zu.

Jondalar band das eine Ende des Seils um seine Taille, das andere um Ayla, wickelte den Rest auf und hängte es sich über die Schulter. Beide führten ihre Pferde. Wolf mußte sich allein durchschlagen.

Einen Augenblick lang fühlte Jondalar Panik in sich aufsteigen. Was konnte er vergessen haben? Wie hatte er jemals glauben können, Ayla und die Pferde sicher über den Gletscher zu bringen? Sie hätten den Umweg in Kauf nehmen sollen. Selbst wenn es länger dauerte, war es sicherer. Zumindest hätte man es schaffen können. Dann betrat er das Eis.

Am Fuß des Gletschers gab es oft einen Eisüberhang, der einen höhlenartigen Raum unter dem Eis entstehen ließ. Doch an der Stelle, die Jondalar zum Aufstieg gewählt hatte, war der Überhang zusammengebrochen. Das Eis hatte sich mit Geröll gemischt und gab dadurch besseren Halt. Wie ein gut sichtbarer Pfad führte eine dicke Geröllschicht an der Kante des Eises entlang und schien, außer in der Nähe des Gipfels, weder für sie noch für die Pferde zu steil zu sein.

Mit Jondalar an der Spitze begann die kleine Gruppe den Aufstieg. Renner scheute einen Moment lang. Obwohl sie seine Last verringert hatten, war sie immer noch schwer und hinderlich, und jede steile Stelle brachte ihn aus der Fassung. Der junge Hengst rutschte mit einem Huf aus, fing sich dann wieder und ging nach einigem Zögern bergauf. Ayla und Winnie mit ihrem Zugschlitten folgten ihm. Doch die Stute hatte den Lastschlitten nun so lange schon und über so unterschiedliches Gelände gezogen, daß sie sich daran gewöhnt hatte; und anders als die schwere Rückenlast, die Renner trug, gaben die Stangen der Stute mehr Halt.

Wolf bildete die Nachhut. Für ihn war es leichter. Doch er spürte die Gefahr für seine Gefährten und folgte ihnen, als müßte er die Rückfront decken und auf unsichtbare Gefahren achtgeben.

Im hellen Mondlicht spiegelten sich zerklüftete Eisgebilde und glatte Flächen, die wie stille, schwarze Teiche wirkten. Man konnte die Moräne, die wie ein Fluß aus Sand und Steinen aussah, recht gut erkennen, aber das Nachtlicht täuschte über die Größe und Perspektive der Gegenstände und verschluckte Einzelheiten.

Jondalar schlug eine langsame und vorsichtige Gangart ein und führte sein Pferd sorgfältig um Hindernisse herum. Ayla kümmerte sich mehr um den besten Pfad für ihre Stute als um ihre eigene Sicherheit. Als der Aufstieg steiler wurde, gerieten die schwerbeladenen Pferde aus dem Gleichgewicht und strauchelten. Auf einem abschüssigen Pfad rutschte Renner mit einem Huf aus, wieherte und wollte sich aufbäumen.

»Ruhig, Renner«, mahnte Jondalar und zog die Leine an, als könne er ihn aus eigener Kraft hochziehen. »Wir sind bald da, du schaffst es.«

Der Hengst bemühte sich, doch seine Hufe glitten auf dem tückischen Eis unter einer dünnen Schneeschicht aus, und Jondalar spürte, wie sich die Führleine straffte. Er lockerte das Seil und ließ es schließlich ganz los. Es würde ihn schmerzen, das Gepäck zu verlieren und, schlimmer noch, das Tier, aber er hatte Angst, daß der Hengst sich nicht fangen könnte.

Doch als seine Hufe auf Geröll stießen, bekam Renner wieder festen Halt; er hob seinen Kopf und mühte sich vorwärts. Plötzlich war er über dem Rand und trottete geschickt über einen schmalen Riß am Ende einer Gletscherspalte, als sich der Weg wieder ebnete. Als er das Pferd streichelte und lobte, bemerkte Jondalar, daß der Himmel nicht länger tiefschwarz, sondern indigoblau war, am östlichen Horizont leuchtete ein hellerer Streifen.

Dann fühlte er einen Ruck am Seil über seiner Schulter. Ayla muß zurückgerutscht sein, dachte er und lockerte das Seil.

Sie hatten den Aufstieg begonnen. Doch plötzlich glitt das Seil durch seine Hand, bis er einen starken Ruck an der Taille verspürte. Sie hält Winnies Leine fest, sie muß loslassen, dachte er.

Er packte das Seil mit beiden Händen und rief: »Laß los, Ayla! Sie reißt dich mit hinunter!«

Doch Ayla hörte oder verstand ihn nicht. Winnie fand auf dem Gefälle keinen Halt und rutschte weiter zurück. Ayla hielt die Führleine fest, als könnte sie den Absturz der Stute verhindern, und rutschte selbst mit zurück. Jondalar zog es gefährlich nahe an den Rand. Haltsuchend griff er nach Renners Leine. Der Hengst wieherte.

Doch das Zuggestell bremste Winnies Talfahrt. Eine der Stangen verfing sich in einer Spalte, und die Stute fand ihr Gleichgewicht wieder. Eine Schneewehe und Geröll gaben ihr weitere Sicherheit. Als Jondalar merkte, wie der Zug nachließ, ließ er Renners Führleine fahren. Gegen den Eisriß gestützt, zog Jondalar das Seil wieder fest um seine Taille.

»Laß locker«, rief Ayla, während sich Winnie an der gespannten Leine vorwärtsmühte.

Wie durch ein Wunder erschien Ayla über dem Rand, und er zog sie das restliche Stück zu sich herauf. Dann tauchte Winnie auf. Mit einem Sprung nach vorn kletterte sie neben der Spalte hoch, und als ihre Hufe das ebene Eis erreicht hatten, ragten die Stangen des Zugschlittens hoch in die Luft, und das Rundboot ruhte auf dem Grat, den sie überwunden hatten. Jondalar stieß einen tiefen Seufzer aus.

Wolf sprang mit einem Satz über die Kante und rannte auf Ayla zu. Er begann, an ihr hochzuspringen, doch sie fühlte sich nicht allzu standfest und wehrte ihn ab. Er sprang zurück, sah Jondalar und die Pferde, reckte die Schnauze hoch in die Luft und heulte nach ein paar vorbereitenden Jaulern laut und ausdauernd das Lied der Wölfe.

Obwohl sie einen steilen Aufstieg hinter sich hatten und das Eis etwas flacher geworden war, hatten sie den Gipfel des Gletschers noch nicht ganz erreicht. Nahe am Rand gab es Risse und Haufen brüchigen Eises, das sich ausgedehnt und aufgeworfen hatte. Jondalar schritt über einen schneebedeckten, schroffgezackten Hügel und geriet schließlich auf eine ebene Fläche. Renner folgte ihm; hinter ihm polterten Eis- und Steinbrocken krachend über die Kante. Jondalar hielt das Seil straff gespannt, während Ayla das letzte Stück aufholte.

Der Himmel hatte sich in das flüchtige Blau der Morgendämmerung gehüllt, und das Licht hinter dem Rand der Erde warf seine Strahlen über den Horizont. Ayla blickte auf den steilen Hang zurück und wunderte sich, wie sie diesen Aufstieg geschafft hatten. Von oben aus gesehen, schien es ein Ding der Unmöglichkeit zu sein. Überwältigt hielt sie den Atem an.

Die Sonne war im Osten über den Horizont geklettert und erleuchtete mit ihrem blendenden Licht eine unglaubliche Szenerie. Vor ihnen erstreckte sich eine flache, strahlend weiße Ebene. Der Himmel über ihr zeigte eine Blautönung, die sie noch nie in ihrem Leben gesehen hatten. Irgendwie hatte sich dieses Blau mit dem Rot der Morgendämmerung und dem Blau-Grün-Schimmer des Eises vermischt. Die Farbe war so intensiv, daß sie aus sich heraus zu glühen schien. Am fernen Horizont im Südwesten ging sie in ein verschwommenes Blauschwarz über.

Als die Sonne im Osten aufging, schwebte das verblichene Bild des fast vollen Mondes, der den schwarzen Himmel ihres nächtlichen Aufbruchs mit solch strahlender Kraft erleuchtet hatte, über dem westlichen Horizont. Doch nichts unterbrach den überirdischen Glanz der riesigen Eiswüste: kein Baum, kein Fels, keine Bewegung minderte die Erhabenheit der scheinbar ungebrochenen weiten Fläche.

Ayla hielt den Atem an. »Jondalar! Es ist herrlich! Warum hast du mir das nicht gesagt? Ich wäre noch zweimal so weit gereist, nur um dies hier zu sehen«, sagte sie mit bebender Stimme.

»Es ist schon ein Schauspiel«, bemerkte er amüsiert, aber ebenso überwältigt. »Aber ich konnte es dir nicht sagen. Ich habe es auch noch nie gesehen. Es ist hier oben nicht oft so still. Schneestürme können auch beeindruckend sein. Laß uns weiterziehen, solange es noch hell ist. Das Eis ist nicht so fest, wie es aussieht, und bei diesem klaren Himmel und der strahlenden Sonne könnte plötzlich eine Spalte aufreißen oder eine überhängende Wächte nachgeben.«

Sie betraten die Eisebene und warfen ihre Schatten weit voraus. Noch bevor die Sonne sehr hoch stand, schwitzten sie in ihrer schweren Bekleidung. Ayla begann, den Pelzumhang mit Kapuze auszuziehen.

»Leg ihn ruhig ab«, sagte Jondalar, »aber halte dich bedeckt. Du kannst dir hier einen schlimmen Sonnenbrand holen, und nicht nur von oben her. Auch das Eis kann dich verbrennen, wenn die Sonne darauf scheint.«

Als der Morgen fortschritt, bildeten sich kleine Häufchenwolken. Um Mittag hatten sie sich zu großen Haufen zusammengeballt. Am Nachmittag frischte der Wind auf. Als Ayla und Jondalar eine Pause einlegten, um Eis zu schmelzen, waren sie froh, den warmen Außenpelz wieder anziehen zu können. Die Sonne verschwand hinter mächtigen Wolkentürmen, die einen leichten Pulverschnee auf die Reisenden stäubten.

Der Gletscher, den sie überquerten, hatte sich zwischen den Gipfeln des schroffen südlichen Gebirges gebildet. Die feuchte Luft, die an den Steilwänden aufstieg, verdichtete sich zu Tröpfchennebel, und die Temperatur entschied darüber, ob er als kalter Regen oder leichter Schneefall niederging. Nicht der Dauerfrost schuf die Gletscher, sondern die Ansammlung des Schnees über Jahre hinweg. Trotz einiger weniger heißer Tage waren es bitterkalte Winter im Zusammenspiel mit kühlen, bewölkten Sommern, in denen die Schnee- und Eisreste des Winters nicht völlig auftauen konnten, die das Blatt wendeten und eine Eiszeit eröffneten.

Unterhalb der hochragenden Felstürme des südlichen Gebirges, die zu steil waren, als daß sich Schnee auf ihnen ablagern konnte, bildeten sich kleine Becken, Karmulden an den Seiten der hohen Zinnen – und diese Kare waren die Wiege der Gletscher. In den Mulden hoch oben in den Bergen, die ihre Entstehung winzigen Mengen in Spalten gefrorenen Wassers verdankten, das sich ausdehnte und Tonnen von Felsbrocken lockerte, häufte sich der leichte, lockere Schnee. Doch dann zermalmte das Gewicht des gefrorenen Wassers die zarten Flocken und verschmolz sie zu kleinen, runden Eisbällen: Firnschnee.

Firn bildete sich nicht an der Oberfläche, sondern tief in den Karen, und wenn es weiter schneite, wurden die schweren, festen Schichten hoch- und über den Rand des Nestes gedrängt. Die fast kreisrunden Eisbälle wurden durch das Gewicht von oben so hart zusammengepreßt, daß sich ein Teil der Energie in Wärme verwandelte. Für einen kurzen Augenblick tauten sie an den vielen Berührungspunkten, froren gleich wieder und schweißten sich zusammen. Während sich die Eisschichten verdickten, verwandelte der Druck die Struktur der Moleküle zu festem, kristallischem Eis, nur mit einem feinen Unterschied: das Eis floß.

Gletschereis, das unter starkem Druck entstand, war besonders kompakt; und doch floß die große Masse in niederen Höhen wie eine Flüssigkeit dahin. Sie teilte sich vor Hindernissen wie den aufragenden Bergspitzen und vereinte sich auf der anderen Seite wieder; dabei nahm das Eis häufig einen Teil des Felsens mit und ließ spitzgipflige Inseln zurück. Der Gletscher folgte den Konturen des Landes, zermalmte es und formte es neu, während er sich seinen Weg bahnte.

Der Eisfluß hatte seine Strömungen und Wirbel, seine stehenden Gewässer und tosenden Zentren, doch sein Zeitmaß entsprach seiner schwerfälligen Masse. Für Zentimeter brauchte er Jahre. Aber Zeit spielte keine Rolle, er hatte unendlich viel davon. Der Gletscher wuchs und gedieh, solange die Kälte unter der kritischen Marke blieb.

Gletscher waren nie ganz trocken. Durch den Druck sickerte irgendwo immer etwas Schmelzwasser herunter. Es sammelte sich in kleinen Spalten und Ritzen, und wenn es wieder gefror, dehnte es sich in alle Richtungen aus. Die Bewegung eines Gletschers strebte von seinen Ursprüngen weg. Und die Geschwindigkeit dieser Bewegung hing von der Neigung seiner Oberfläche ab, nicht von dem Gefälle des unterliegenden Grundes. War seine Oberfläche abschüssig, floß das Wasser im Gletscher durch die Risse schneller bergab und dehnte das Eis aus, wenn es wieder gefror. Gletscher wuchsen schneller, wenn sie noch jung waren, aber auch in der Nähe großer Ozeane oder Seen oder in Gebirgen, wo die hohen Gipfel für heftigen

Schneefall sorgten. Ihr Wachstum verlangsamte sich, wenn ihre Oberfläche das Sonnenlicht zurückwarf und die Luft über ihrem Zentrum kälter, trockener und schneeärmer wurde.

Unmittelbar auf dem Eis konnten Ayla und Jondalar kein Feuer anzünden. Sie hatten deshalb beschlossen, als Unterlage für die Steine, die sie zum Bau der Feuerstelle mitgebracht hatten, das Rundboot zu benutzen. Dazu mußten sie die Brennsteine aus dem Boot nehmen. Doch als Ayla die schwere Mammuthaut abnahm, fiel es ihr ein, daß diese ebensogut als Unterlage für ein Feuer geeignet war. Es machte auch nichts, wenn sie etwas angesengt wurde. Ayla war froh, daß sie die Haut mitgenommen hatte.

Noch während sie rasteten, verschwand die Sonne hinter dichten Wolken, und bevor sie sich wieder auf den Weg machten, begann es unerbittlich zu schneien. Der Nordwind heulte über die Ebene, und nichts auf der riesigen Eisdecke, die über dem Massiv lag, gebot ihm Einhalt. Ein Schneesturm war im Anzug.

ZWEIUNDVIERZIGSTES KAPITEL

Mit dem Schnee nahm auch die Stärke des Windes zu. Heftige Böen trieben sie vorwärts, als wären sie nur ein Nichts in der blicklosen Weiße, die sie umgab.

»Das sollten wir besser abwarten«, schrie Jondalar gegen das Heulen des Windes an.

Sie versuchten ihr Zelt aufzustellen, aber die Windböen zerrten an der Plane und rissen die Stangen aus dem Eis. Der Schneesturm drohte den beiden armseligen Lebewesen ihre Lederhaut wegzureißen, den tapferen Seelen, die sich über das Eis kämpften und es wagten, dem Wüten, das über die Ebene raste, die Stirn zu bieten.

»Wie können wir das Zelt am Boden halten?« fragte Ayla. »Ist es hier oben immer so schlimm?«

»An einen so heftigen Sturm kann ich mich nicht erinnern. Aber er überrascht mich auch nicht.«

Die Pferde standen mit gesenkten Köpfen still und ertrugen den Sturm mit stoischer Gelassenheit. Wolf scharrte sich in ihrer Nähe ein Loch. »Vielleicht könnte sich eines der Pferde auf das lose Ende stellen und es festhalten, bis wir die Pflöcke im Boden haben«, schlug Ayla vor.

Dann fiel ihnen eine Notlösung ein. Sie benutzten die Pferde als Stangen und Stützen zugleich. Sie drapierten das Lederzelt über die Pferderücken, und Ayla brachte Winnie dazu, sich auf eine Ecke zu stellen; dann krochen sie unter das Fell und hofften, daß sich die Stute nicht allzu sehr bewegen würde. Sie nahmen den Wolf unter die angezogenen Knie, setzten sich, fast unter den Bäuchen der Pferde, auf das andere, umgeschlagene Ende des Zeltes und drängten sich eng aneinander.

Es dunkelte schon, als sich die Sturmböen legten, und sie mußten über Nacht bleiben. Zuerst stellten sie das Zelt richtig auf. Am Morgen wunderte sich Ayla über einige dunkle Flecken auf dem Rand der Haut – dort, wo Winnie gestanden hatte. Sie dachte nicht weiter darüber nach, als sie sich sputeten, das Lager abzubrechen.

Am zweiten Tag kamen sie besser voran, obwohl sie über Wälle brüchigen Eises klettern mußten und durch ein Gebiet mit mehreren gähnenden Spalten zogen, die alle in dieselbe Richtung wiesen. Am Nachmittag frischte der Wind wieder auf, aber nicht ganz so stark wie am Vortag; doch er flaute schnell wieder ab, so daß sie weiterwandern konnten.

Gegen Abend bemerkte Ayla, daß Winnie lahmte. Ihr Herz schlug schneller, und als sie rote Flecke auf dem Eis entdeckte, geriet sie nahezu in Panik. Sie nahm Winnies Fuß hoch und untersuchte den Huf. Er war bis ins Fleisch zerschnitten und blutete.

»Jondalar, sieh dir das an. Ihre Füße sind wund. Wie konnte das geschehen?«

Er schaute nach und untersuchte dann Renners Hufe, während Ayla sich weiter um Winnie kümmerte. Er fand die gleichen Verletzungen und runzelte die Stirn. »Das muß das Eis sein«, sagte er. »Du siehst besser auch mal nach Wolf.«

Auch Wolfs Pfoten waren mitgenommen, aber nicht so sehr wie die Hufe der Pferde. »Was machen wir nun?« fragte Ayla. »Sie sind lahm, oder werden es bald sein.«

»Ich hätte nie geglaubt, daß das Eis ihre Hufe zerschneiden könnte«, sagte Jondalar bestürzt. »Dabei habe ich mich so bemüht, an alles zu denken.« Bittere Reue überwältigte ihn.

»Hufe sind hart, aber nicht so hart wie Stein. Sie können verletzt werden. Jondalar, sie dürfen so nicht weitergehen. Noch ein Tag, und sie werden derart lahmen, daß sie überhaupt nicht mehr weiterkönnen«, sagte Ayla. »Wir müssen ihnen helfen.«

»Aber was können wir tun?«

»Ich habe immer noch meinen Medizinbeutel. Ich kann ihre Wunden behandeln.«

»Aber wir können hier nicht warten, bis sie verheilt sind. Und sobald sie wieder gehen, wird es genau so schlimm werden.« Jondalar verstummte und schloß die Augen. Er wollte es am liebsten gar nicht wahrhaben, was er jetzt dachte, und noch weniger aussprechen, sah aber nur einen Ausweg aus ihrem Dilemma. »Ayla, wir müssen sie hierlassen«, sagte er so zartfühlend, wie er nur konnte.

»Hierlassen? Was meinst du mit ›hierlassen‹? Winnie und Renner können hier nicht alleinbleiben. Woher sollen sie Wasser bekommen? Oder Futter? Auf dem Eis gibt es nichts, nicht einmal Zweigspitzen. Sie würden verhungern oder erfrieren. Das können wir nicht tun!« sagte Ayla todunglücklich. »Sie können hier nicht zurückbleiben! Das geht nicht, Jondalar!«

»Du hast recht, wir können sie nicht einfach hierlassen. Das wäre nicht fair. Sie würden zu sehr leiden müssen. Aber wir haben schließlich Speere und die Speerschleudern...«

»Nein! Nein!« schrie Ayla. »Das lasse ich nicht zu!«

»Besser, als daß sie hier eines langsamen Todes sterben. Pferde werden schließlich nicht zum ersten Mal gejagt. Das tun die meisten Menschen.«

»Aber sie sind nicht wie andere Pferde. Winnie und Renner sind Freunde. Wir haben so viel zusammen durchgemacht. Sie haben uns geholfen. Winnie hat mir das Leben gerettet. Ich kann sie nicht zurücklassen.«

»Das will ich genausowenig wie du«, sagte Jondalar. »Aber was bleibt uns anderes übrig?« Die Vorstellung, den Hengst nach dieser langen, gemeinsamen Reise zu töten, war fast mehr, als er ertragen konnte, und er wußte, was Ayla für Winnie empfand.

»Wir gehen zurück. Wir kehren einfach um. Du hast gesagt, es gibt einen Weg um den Gletscher herum!«

»Wir sind schon zwei Tage über das Eis gewandert, und die Pferde sind fast lahm. Wir können es versuchen, Ayla, aber ich glaube nicht, daß sie es schaffen«, sagte Jondalar. Er war nicht einmal sicher, ob Wolf das durchstehen würde. Schuld- und Reuegefühle quälten ihn. »Es tut mir leid, Ayla. Es ist meine Schuld. Es war dumm von mir, zu glauben, daß wir diesen Gletscher mit den Pferden bezwingen könnten. Wir hätten den längeren Weg nehmen müssen, doch nun, fürchte ich, ist es zu spät.«

Ayla sah Tränen in seinen Augen. Sie hatte ihn nicht oft weinen gesehen, obwohl das bei Männern der Anderen ab und zu vorkam. Doch entsprach es seinem Wesen, solche Gefühle zu verbergen. In gewissem Sinn zeigte er damit seine Liebe zu ihr, und dafür liebte sie ihn; aber Winnie konnte sie nicht aufgeben. Das Pferd war ihr Freund, der einzige Freund, den sie in ihrem Tal gehabt hatte, bis Jondalar kam.

»Wir müssen irgend etwas tun, Jondalar!« schluchzte sie.

»Aber was?« Er hatte sich noch nie so völlig hilflos gefühlt wie jetzt, da ihm keine Lösung einfiel.

»Nun, fürs erste«, sagte Ayla und wischte sich die Augen, während ihr die Tränen auf dem Gesicht festfroren, »werde ich ihre Wunden behandeln. Das kann ich in jedem Fall tun.« Sie holte ihren Medizinbeutel aus Otternhaut hervor. »Wir müssen ein tüchtiges Feuer machen, heiß genug, um Wasser zum Kochen zu bringen.«

Sie nahm die Mammuthaut von den Brennsteinen und breitete sie auf dem Eis aus. An einigen Stellen war die geschmeidige Haut angesengt, was das zähe Leder jedoch nicht ruiniert hatte. Sie legte die Flußsteine darauf, um auf ihnen Feuer zu machen. Am Brennstoff brauchten sie nun nicht mehr zu sparen. Das meiste würden sie ohnehin zurücklassen müssen.

Sie konnte nicht mehr sprechen; auch Jondalar blieb stumm. Es schien keinen Ausweg zu geben. All die Vorbereitungen, die sorgfältige Planung, die sie für diesen Treck über den Gletscher gemacht hatten, waren umsonst gewesen. Ayla starrte in das kleine Feuer. Wolf kroch zu ihr und winselte, nicht vor Schmerz, sondern weil er spürte, daß etwas nicht in Ordnung war. Ayla sah noch einmal nach seinen Pfoten. Es war nicht so schlimm. Er leckte Schnee und Eis immer sorgfältig ab, wenn sie Rast machten. Auch ihn wollte sie nicht verlieren. Sie hatte ihn ebenso liebgewonnen wie die Pferde.

Schon lange hatte sie nicht mehr an Durc gedacht, obwohl er immer in ihr war, eine Erinnerung, ein stiller Schmerz, der sie nie verlassen würde. Ging er schon mit dem Clan auf die Jagd? Konnte er schon mit einer Schleuder umgehen? Uba war bestimmt eine gute Mutter, sorgte für ihn, machte ihm Essen und warme Winterkleidung.

Ayla zitterte vor Kälte und dachte dabei an die ersten Winterkleider, die Iza für sie gemacht hatte. Sie hatte die Kaninchenmütze mit dem Fell nach innen sehr gemocht. Auch der Winterschutz für die Füße war pelzgefüttert. Sie erinnerte sich, wie sie in einem neuen Paar herumgestapft war und wie diese einfache Fußbekleidung gemacht wurde. Man wickelte einfach ein Stück Tierfell um die Füße und band es um die Fesseln zu. Nach einer Weile paßte es sich dem Fuß an, obwohl es zu Anfang ziemlich unförmig aussah.

Ayla starrte immer noch ins Feuer und sah, wie das Wasser zu sieden anfing. Etwas bewegte sich in ihr. Etwas Wichtiges, da war sie sicher. Etwas wegen...

Plötzlich holte sie tief Luft. »Jondalar! Oh, Jondalar!«

Sie schien aufgeregt. »Was ist passiert, Ayla?«

»Nichts Schlimmes, sondern Gutes«, schrie sie. »Mir ist etwas eingefallen!«

Er fand ihr Verhalten eigenartig. »Ich verstehe dich nicht«, sagte er. Ob der Gedanke, die beiden Tiere zu verlieren, zuviel für sie war? Sie zerrte an der schweren Mammuthaut unter dem Feuer, so daß eine heiße Kohle auf das Leder fiel.

»Gib mir ein Messer, Jondalar. Dein schärfstes.«

»Mein Messer?«

»Ja, dein Messer. Ich werde Fußlinge für die Pferde machen!«

»Was wirst du?«

»Ich mache den Pferden und Wolf Fußlinge. Aus dieser Mammuthaut!«

»Wie willst du das machen?«

»Ich schneide Kreise aus dem Mammutleder, dann mache ich Löcher in den Rand, ziehe eine Schnur hindurch und binde sie um die Fesseln der Pferde. Wenn die Mammuthaut unsere Füße vor dem Eis schützen kann, wird sie es auch bei ihnen tun«, erklärte Ayla.

Jondalar dachte einen Augenblick nach und stellte sich vor, was sie beschrieben hatte; dann lächelte er. »Es wird gehen, Ayla. Im Namen der Großen Mutter, so wird es gehen! Was für eine wunderbare Idee! Wie bist du darauf gekommen?«

»Iza hat es mir beigebracht. Beim Clan macht man so Fußlinge und Handlinge für den Winter.«

»Wird die Haut reichen?«

»Das denke ich doch. Halte das Feuer in Gang; ich werde das Heilmittel zubereiten und vielleicht etwas heißen Tee für uns. Wir haben seit ein paar Tagen keinen mehr gehabt und werden wohl kaum mehr Tee trinken können, bis wir dieses Eis hinter uns gelassen haben. Er würde uns bestimmt guttun.«

»Da hast du recht!« stimmte Jondalar zu und lächelte wieder.

Ayla untersuchte die Hufe der Pferde, schabte die wunden Stellen ab, legte ihre Medizin auf und wickelte sie in die Mammuthaut ein. Die Tiere versuchten zuerst, die ungewohnten Fußkleider abzustreifen; aber sie waren fest zugeschnürt. Dann gewöhnten sie sich daran. Danach kam Wolf an die Reihe. Er kaute an den seltsamen Umhüllungen herum und versuchte, sich von ihnen zu befreien, doch nach einer Weile gab auch er es auf.

Am nächsten Morgen war die Last der Pferde leichter, ein paar braune Steine waren verbrannt, und die schwere Mammuthaut tat nun andere Dienste. Die Hufe der Tiere schienen sich über Nacht sehr gebessert zu haben. Wolf war fast wieder der alte, was Ayla und Jondalar froh stimmte.

Die folgenden Tage verliefen gleichförmig. Die beste Zeit war der Vormittag; die Nachmittage brachten Schnee und Winde unterschiedlicher Stärke. Manchmal konnten sie nach dem Sturm noch ein wenig weiterziehen, manchmal mußten sie da übernachten, wo sie am Nachmittag haltgemacht hatten. Nur an zwei Tagen war der Schneesturm so stark wie am ersten Tag ihrer Reise.

Die Oberfläche des Gletschers war nicht ganz so eben und glatt, wie es an dem ersten, glitzernden Sonnentag den Anschein gehabt hatte. Sie kämpften sich durch tiefe Verwehungen aus Pulverschnee, die der Sturm aufgetürmt hatte. Und wo der Wind die Oberfläche leergefegt hatte, schleppten sie sich über scharfe Vorsprünge und glitten in flache Gräben hinein, oder sie verrenkten sich fast die Füße in Spalten der unebenen Fläche. Ohne Vorwarnung erfaßten sie plötzliche Böen; und sie fürchteten die Risse, die nur dünn überbrückt oder von überhängenden Schneewächten bedeckt waren.

Sie umgingen offenliegende Abgründe, besonders in der Mitte des Gletschers, wo die trockene Luft nicht genug Schnee brachte, um die Spalten auszufüllen. Die bis ins Mark dringende Kälte war ihr ständiger Begleiter. Ihr Atem gefror ihnen um den Mund und am Pelz ihrer Kapuzen, ein Tropfen Wasser wurde zu Eis, noch bevor er zu Boden fallen konnte. Ihre Gesichtshaut, die den rauhen Winden und der hellen Sonne ausgesetzt war, schälte sich und wurde dunkler. Frostschäden bedrohten sie.

Die Belastung zeigte ihre Folgen. Ihre Reaktionen und ihr Urteilsvermögen ließen nach. Ein wilder Nachmittagssturm hatte bis in die Nacht hinein angehalten. Am Morgen wollte Jondalar rasch aufbrechen. Sie hatten viel mehr Zeit verloren, als vorgesehen war. In der beißenden Kälte brauchten sie länger, um Wasser zu erhitzen, und ihr Vorrat an Brennsteinen nahm ab.

Ayla durchwühlte ihre Rucksäcke; dann kramte sie in den Schlaffellen herum. Sie wußte nicht mehr, wie viele Tage sie schon auf dem Eis zugebracht hatten; in jedem Fall zu viele, was sie betraf, dachte sie.

»Beeil dich, Ayla! Was machst du so lange?« herrschte Jondalar sie an.

»Ich kann meinen Augenschutz nicht finden«, sagte sie.

»Ich habe dir doch gesagt, du sollst darauf aufpassen. Willst du blind werden?« fauchte er.

»Nein, das will ich nicht. Warum, glaubst du, suche ich danach?« gab Ayla zurück. Jondalar ergriff ihren Pelz und schüttelte ihn. Die hölzernen Glotzaugen fielen auf den Boden.

»Paß nächstes Mal besser auf sie auf«, sagte er. »Los, gehen wir.«

Rasch packten sie ihr Lager ein, doch Ayla grollte und weigerte sich, mit Jondalar zu sprechen. Wie gewöhnlich ging er zu Winnie und wollte die Verschnürungen ihrer Last überprüfen. Ayla griff nach der Führleine und führte das Pferd weg.

»Glaubst du, ich weiß nicht, wie man ein Pferd bepackt? Du wolltest doch aufbrechen. Warum vergeudest du deine Zeit?« fuhr sie ihn an.

Er hatte nur umsichtig sein wollen. Sie kannte ja nicht einmal den Weg. Wenn sie eine Zeitlang im Kreis herumgeirrt war, würde sie ihn schon bitten, sie zu führen, dachte Jondalar und folgte ihr.

Ayla fror und war erschöpft von dem zermürbenden Marsch. Sie stapfte vorwärts, ohne auf ihre Umgebung zu achten.

Wolf rannte unruhig zwischen Ayla und Jondalar hin und her. Ihm behagte der plötzliche Wechsel nicht. Der große Mann war immer an der Spitze gegangen. Wolf überholte Ayla, die sich blindlings weiterschleppte und nur noch die elende Kälte und ihre verletzten Gefühle spürte. Plötzlich blieb er direkt vor ihr stehen und versperrte ihr den Weg.

Ayla, die die Stute führte, ging um ihn herum. Er sprang zurück und hielt wieder vor ihr an. Sie ignorierte ihn. Er stupste sie an den Beinen, sie schob ihn beiseite. Er rannte ein gutes Stück voraus, setzte sich nieder und heulte, um ihre Aufmerksamkeit zu erregen. Sie schlurfte an ihm vorbei. Er stürmte zu Jondalar zurück, tänzelte und winselte, sprang jaulend zu Ayla und wieder zu dem Mann.

»Etwas nicht in Ordnung, Wolf?« fragte Jondalar schließlich.

Plötzlich hörten sie ein schreckliches Geräusch, ein gedämpftes Donnern. Jondalar erschrak, als Fontänen leichten Schnees in die Luft aufstiegen.

»Nein! Oh nein!« schrie Jondalar entsetzt und rannte vorwärts. Als sich der Schnee gelegt hatte, stand ein einsames Tier am Rande eines gähnenden Abgrunds. Wolf streckte seine Schnauze hoch und ließ ein langes, verzweifeltes Heulen ertönen.

Jondalar warf sich flach auf den Rand der Gletscherspalte und sah hinunter. »Ayla!« schrie er verzweifelt. »Ayla!« Sein Magen krampfte sich zusammen. Er wußte, daß es keinen Zweck hatte. Sie konnte ihn nicht mehr hören. Sie lag tot auf dem Grund der tiefen Eiskluft.

»Jondalar?«

Von weit her vernahm er eine dünne, ängstliche Stimme.

»Ayla?« Voller Hoffnung sah er hinab. Sie stand weit unten auf einem schmalen Eissims, das aus der Wand des tiefen Grabens hervorragte. »Ayla, beweg dich nicht!« befahl er ihr. »Rühr dich nicht. Das Schneebrett kann nachgeben.«

Sie lebt, dachte er. Ein Wunder! Ich kann es kaum glauben. Doch wie bekomme ich sie heraus?

Vor Angst erstarrt, lehnte sich Ayla in dem eisigen Abgrund an die Wand und klammerte sich verzweifelt an eine Kante. Ganz in Gedanken versunken, war sie durch den Schnee gestapft, der ihr fast bis an die Knie ging. Sie war todmüde und hatte es satt: die Kälte, den mühsamen Marsch durch den hohen Schnee, den ganzen Gletscher. Der Treck über das Eis hatte ihre Energie aufgesogen, und sie war bis in die Knochen erschöpft. Während sie sich weiterschleppte, war ihr einziger Gedanke, das Ende des Gletschers zu erreichen.

Dann schreckte sie ein lautes Krachen aus ihrem Brüten auf. Ihr wurde übel, als das feste Eis unter ihren Füßen nachgab, und plötzlich erinnerte sie sich an ein Erdbeben vor vielen Jahren. Instinktiv griff sie nach einem Halt, doch sie fand keinen in den stürzenden Eis- und Schneemassen. Sie fühlte, wie sie fiel und inmitten der Eislawine fast erstickte, und spürte kaum, wie sie auf dem schmalen Sims Halt gewann.

Vorsichtig sah sie nach oben, denn sie fürchtete, daß selbst die leiseste Gewichtsverlagerung ihre unsichere Basis lockern könnte. Über ihr sah der Himmel fast schwarz aus, und sie glaubte, das schwache Funkeln der Sterne zu erblicken. Verspätete Eissplitter oder Schneewölkchen lösten sich von dem oberen Rand und überschütteten sie.

Ihr Sims war ein schmaler Vorsprung einer älteren Fläche, die schon lange unter jüngerem Schnee begraben war. Sie ruhte auf einem großen Gesteinsbrocken, der sich von dem festen Felsen gelöst hatte, als das Eis langsam ein Tal füllte und über die Seiten einer angrenzenden Mulde floß. Der langsam dahinkriechende Eisfluß hatte große Massen Staub, Sand und Geröll aufgehäuft und Brocken aus dem harten Gestein herausgemeißelt, die langsam zur Mitte wanderten, wo die Strömung schneller war.

Während Ayla stillstand und wartete, hörte sie in der tiefen Eishöhle ein schwaches Rumpeln. Zuerst hielt sie es für Einbildung. Doch die Eismasse war nicht so unbeweglich fest, wie es auf der harten Oberfläche scheinen mochte. Sie ordnete sich ständig neu, dehnte sich aus, verlagerte sich. Die explosive Erschütterung einer neuen Spalte, die sich an der Oberfläche oder tief im Innern des Gletschers öffnete oder schloß, versetzte den seltsam zähflüssigen Festkörper in Schwingungen. Der große Eisberg war von Katakomben durchlöchert: Gänge, die plötzlich zu Ende waren, lange Galerien mit vielen Windungen, die abwärts oder aufwärts verliefen, Einschlüsse und Höhlen, die sich einladend öffneten, um sich dann wieder gänzlich zu schließen.

Ayla begann sich umzusehen. Die nackten Eiswände erstrahlten in einem flüchtigen, unglaublich tiefblauen Licht. Es durchzuckte sie plötzlich, daß sie diese Farbe schon einmal gesehen hatte, nur an anderer Stelle. Jondalars Augen hatten dasselbe tiefe, leuchtende Blau! Sie sehnte sich danach, sie wiederzusehen. Die gezackten Flächen des Eises vermittelten ihr das Gefühl geheimnisvoller, vorüberhuschender Bewegungen außerhalb ihres Blickfeldes. Wenn sie den Kopf schnell genug drehte, würde sie flüchtige Gestalten in den Spiegelwänden verschwinden sehen, glaubte sie.

Doch all das war Illusion, ein Zaubertrick des Lichts. Das Eis filterte die meisten Rottöne aus dem Lichtspektrum der Sonne und bewirkte damit das tiefe Blaugrün, das sich an den Kanten und Flächen brach und spiegelte.

Als ein weiterer Schneeschauer auf sie niederging, blickte Ayla nach oben. Sie sah, daß Jondalar sich über den Rand des Spaltes beugte, und dann schlängelte sich ein Seil auf sie zu.

»Binde den Strick um deine Taille, Ayla«, rief er, »und gib acht, daß du ihn gut festmachst. Sag mir, wenn du fertig bist.«

Er hatte es schon wieder getan, sagte sich Jondalar. Warum kontrollierte er immer, was sie tat, obwohl er genau wußte, daß sie es sehr gut allein schaffen konnte? Warum sagte er ihr immer, was sie tun sollte, auch wenn es sich von selbst verstand? Sie wußte, daß man ein Seil gut festbinden mußte.

»Ich bin soweit, Jondalar«, schrie sie, nachdem sie das Seil um sich gewickelt und mit mehrfachen Knoten festgebunden hatte.

»In Ordnung. Nun häng dich an das Seil. Wir ziehen dich hoch«, sagte er.

Ayla fühlte, wie sich das Seil straffte und sie von dem Sims hob. Ihre Füße hingen in der Luft, als sie langsam hochgezogen wurde. Sie sah Jondalars Gesicht und seine besorgten Augen, und sie ergriff die Hand, die er ihr reichte, um sie über den Rand zu ziehen. Dann stand sie wieder auf der Oberfläche, und Jondalar erdrückte sie fast mit seiner Umarmung. Sie klammerte sich an ihn.

»Ich glaubte schon, ich hätte dich für immer verloren«, sagte er und küßte sie und hielt sie fest. »Verzeih mir, daß ich dich angeschrien habe, Ayla. Ich weiß, daß du dein Pferd selbst beladen kannst. Ich mache mir nur immer so viele Sorgen.«

»Nein, es ist meine Schuld. Ich hätte auf meine Augenschützer achtgeben und nicht einfach so losziehen sollen. Ich habe mich immer noch nicht an das Eis gewöhnt.«

»Aber ich habe es zugelassen und hätte es besser wissen müssen.«

»Ich hätte es besser wissen müssen«, sagte Ayla zur gleichen Zeit. Sie lächelten sich an.

Ayla fühlte einen Ruck und sah, daß das andere Ende des Seiles an dem braunen Hengst festgebunden war. Renner hatte sie aus dem Abgrund gezogen. Sie versuchte die Knoten zu lösen, während Jondalar das Pferd festhielt. Schließlich nahm sie ein Messer, um den Strick durchzuschneiden. Sie hatte die Knoten sehr fest gemacht, und beim Hochziehen hatten sie sich so festgezogen, daß man sie nicht mehr lösen konnte.

Sie umgingen den Abgrund, der fast zu einer Katastrophe geführt hätte, und setzten ihren Marsch über das Eis fort. Allmählich machten sie sich ernsthafte Sorgen: ihr Vorrat an Brennsteinen ging zur Neige.

»Wie lange dauert es noch, bis wir die andere Seite erreicht haben, Jondalar?« fragte Ayla am Morgen, als sie Eis schmolz. »Wir haben nicht mehr viele Brennsteine.«

»Ich weiß. Wir hätten jetzt eigentlich schon da sein sollen. Die Stürme haben mehr Zeit gekostet, als vorherzusehen war, und ich mache mir langsam Sorgen, daß das Wetter umschlägt, solange wir noch auf dem Eis sind. Das kann schnell gehen«, sagte Jondalar und suchte angestrengt den Himmel ab. »Ich fürchte, es ist bald so weit.«

»Weshalb?«

»Ich denke gerade an den albernen Streit, den wir hatten, bevor du in die Spalte gestürzt bist. Weißt du noch, wie uns alle vor den bösen Geistern gewarnt haben, die der Schneeschmelzer vor sich hertreibt?«

»Ja! Solandia und Verdegia haben gesagt, sie brächten üble Stimmungen, und ich war sehr gereizt. Das bin ich immer noch. Ich bin so krank und habe das Eis so satt, ich muß mich geradezu zwingen, weiterzugehen. Könnte das damit zu tun haben?«

»Das frage ich mich schon die ganze Zeit, Ayla, und wenn es so ist, müssen wir uns beeilen. Wenn der Föhn uns auf dem Eis erwischt, können wir alle in die Risse stürzen«, sagte Jondalar.

Sie versuchten, die Brennsteine sorgfältiger einzuteilen, und tranken ihr Wasser, so kalt es eben ging. Beide trugen jetzt schneegefüllte Beutel unter ihren Pelzumhängen, um mit ihrer Körperwärme genügend Wasser für sich selbst und Wolf zu schmelzen. Nur für die Pferde reichte das nicht, und als der letzte Brennstein verbraucht war, hatten sie für die großen Tiere kein Wasser mehr. Mit Sorge beobachtete Ayla, wie sie Eis kauten. Das konnte ein Absinken der Körpertemperatur bewirken, das auf dem bitterkalten Gletscher lebensgefährlich war.

Die Pferde waren zu ihr gekommen, nachdem sie das Zelt aufgeschlagen hatten; doch Ayla konnte ihnen nur ein paar Schlucke von ihrem eigenen Wasser abgeben und ein wenig Eis aufhacken. An diesem Tag hatte es keinen Nachmittagssturm gegeben, und sie waren weitergezogen, bis es fast dunkel war. Darüber hätten sie froh sein können, aber Ayla fühlte sich seltsam unwohl. Sie schlief nicht gut in dieser Nacht und versuchte sich zu beruhigen, indem sie sich sagte, daß sie sich nur um die Pferde ängstigte.

Auch Jondalar lag lange wach. Heute hatte er den Eindruck gehabt, der Horizont sei nähergerückt; es konnte aber auch Einbildung sein – und so sprach er nicht davon. Schließlich fiel er in einen leichten Schlummer. Mitten in der Nacht wachte er auf und fand Ayla ebenfalls schlaflos vor. Beim ersten leichten Blauschimmer, der das Schwarz der Nacht ablöste, brachen sie auf; die Sterne blinzelten noch am Himmel.

Um die Mitte des Vormittags hatte sich der Wind gedreht, und Jondalar sah seine schlimmsten Befürchtungen wahr werden. Der Wind war nicht eigentlich warm, nur weniger kalt; und er kam von Süden.

»Vorwärts, Ayla! Wir müssen uns beeilen«, sagte er und fing fast an zu rennen. Sie nickte und hielt mit ihm Schritt.

Um die Mittagszeit war der Himmel klar, und die frische Brise, die ihnen ins Gesicht wehte, war fast wohltuend warm. Der Wind nahm zu und verlangsamte ihre Schritte. Und seine Wärme, die über die kalte Eisfläche fegte, war eine tödliche Liebkosung. Die trockenen Schneewehen wurden naß und klebrig. In kleinen Mulden auf der Oberfläche bildeten sich Wasserpfützen. Sie vertieften sich und nahmen eine satte, blaue Farbe an, die aus dem Zentrum des Eises zu leuchten schien, aber Ayla und Jondalar hatten weder Zeit noch Sinn für ihre Schönheit. Daß die Pferde nun reichlich Wasser fanden, war kein Trost mehr.

Leichte Nebelschwaden stiegen auf und blieben dicht am Boden, der frische, warme, südliche Wind fegte sie weg, noch bevor sie höher aufsteigen konnten. Jondalar nahm einen langen Speer, um sich den Weg zu ertasten, und Ayla hielt mühsam mit seinem Eiltempo schritt. Sie wünschte, sich auf Winnies Rücken schwingen und davonreiten zu können, doch im Eis taten sich mehr und mehr Risse auf. Inzwischen war Jondalar fast sicher, daß der Horizont nähergerückt war, doch der Bodennebel konnte über Entfernungen täuschen.

Rinnsale flossen über die Eisoberfläche, verbanden die Pfützen und machten den Untergrund tückisch. Sie platschten durch das Wasser und fühlten, wie seine eisige Kälte ihre Stiefel aufweichte. Plötzlich rutschte wenige Schritte vor ihnen ein großes Stück scheinbar festen Eises weg und gab einen gähnenden Abgrund frei. Wolf winselte und heulte, die Pferde scheuten und wieherten angsterfüllt. Jondalar ging am Rand der Spalte entlang, um einen Weg um sie herum zu finden.

»Jondalar, ich kann nicht weiter. Ich bin am Ende. Ich muß eine Pause machen«, sagte Ayla schluchzend, dann fing sie an zu weinen. »Wir schaffen das nie.«

Er hielt an, kam zurück und tröstete sie. »Willst du hier bleiben?« fragte er.

Ayla holte tief Luft. »Nein, natürlich nicht. Ich weiß nicht, warum ich so heule. Wenn wir hierbleiben, werden wir sicher sterben.«

Jondalar bahnte sich seinen Weg um den großen Riß herum, doch als sie wieder nach Süden zogen, waren die Winde so stark wie sonst nur die aus dem Norden und fühlbar wärmer. Kreuz und quer über das Eis wurden Rinnsale zu Bächen, schwollen Bäche zu Flüssen an. Sie arbeiteten sich um zwei weitere große Spalten herum, dann konnten sie weit über das Eis blicken. Die letzten Meter rannten sie und sahen hinunter.

Sie hatten die andere Seite des Gletschers erreicht.

Etwas weiter unten brach ein milchig-trüber Wasserfall, Gletschermilch, aus dem Grund des Eises hervor. In der Ferne, unterhalb der Schneegrenze, lag eine dünne Decke spärlichen Grüns.

»Möchtest du hier haltmachen und eine Weile ausruhen?« fragte Jondalar.

»Ich will nur von diesem Eis herunter. Wir können ausruhen, wenn wir die Wiese dort unten erreicht haben«, sagte Ayla.

»Es ist weiter, als es scheint. Und gerade hier sollte man den Abstieg nicht überhasten. Wir müssen uns anseilen, und du solltest, denke ich, als erste gehen. Wenn du ins Rutschen gerätst, kann ich dein Gewicht halten. Such dir den Abstieg mit Bedacht aus. Die Pferde können wir führen.«

»Nein, ich meine, wir sollten sie lieber von den Halftern, dem Gepäck und dem Zuggestell befreien und sie den Weg nach unten allein finden lassen«, sagte Ayla.

»Vielleicht hast du recht, aber dann müssen wir die Sachen hierlassen – außer wenn...«

Ayla sah, wohin er blickte. »Wir packen einfach alles in das Rundboot und lassen es hinuntergleiten!«

»Und behalten nur das Allernötigste bei uns«, sagte er lächelnd.

»Wenn wir alles gut verpacken und uns den Weg merken, sollten wir das Boot wiederfinden können.«

»Wenn es aber bricht?«

»Was könnte brechen?«

»Der Rahmen«, sagte Jondalar, »aber selbst dann würde vermutlich die Haut zusammenhalten.«

»Und der Inhalt wäre immer noch in Ordnung, nicht wahr?«

»Wahrscheinlich«, lächelte Jondalar. »Ich glaube, das ist eine gute Idee.«

Nachdem sie alles umgepackt hatten, nahm Jondalar ihr kleines Reisegepäck mit dem Notwendigsten, während Ayla Winnie führte. Vorsichtig gingen sie an der Gletscherkante entlang und hielten nach einem günstigen Abstieg Ausschau. Als sollten sie für die Beschwerlichkeiten ihrer Reise entschädigt werden, fanden sie bald eine sanft abfallende Geröllmoräne und daneben ein etwas steileres Glatteisgefälle. Sie zogen das Boot an den gefrorenen Steilhang, und Ayla koppelte den Zugschlitten ab. Sie befreiten die Tiere von allen Halftern und Seilen, ließen ihnen aber die Fußlinge aus Mammuthaut, die sich jetzt eng an die Form der Hufe angepaßt hatten. Ayla prüfte, ob sie fest genug saßen. Dann führten sie die Pferde ans obere Ende der Moräne.

Winnie wieherte. Ayla erwiderte mit einem Wiehern und sprach mit Zeichen, Lauten und Koseworten auf das Pferd ein. »Winnie, du mußt allein hinuntergehen. Niemand kann deine Schritte auf diesem Eis besser lenken als du selbst.«

Jondalar beruhigte den jungen Hengst. Der Abstieg war gefährlich, alles mögliche konnte noch passieren. Doch immerhin hatten sie die Pferde bis hierher gebracht. Nun mußten sie selbst ihren Weg nach unten finden. Wolf rannte unruhig an der Kante des Eises hin und her, wie er es immer machte, wenn er sich nicht traute, in einen Fluß zu springen.

Auf Aylas Drängen setzte Winnie als erste vorsichtig den Fuß über den Rand. Renner blieb ihr dicht auf den Fersen und hatte sie bald überholt. Sie kamen an eine glatte Stelle, schlitterten und rutschten, fanden wieder Halt und gingen zügig weiter. Bei diesem Tempo würden sie zusammen mit Ayla und Jondalar am Fuße des Berges ankommen – oder überhaupt nicht.

Wolf jaulte und zog vor Angst den Schwanz ein, als er den Abstieg der Pferde beobachtete.

»Laß uns das Boot über die Kante heben und aufbrechen. Der Weg nach unten ist noch lang und keineswegs einfach«, sagte Jondalar.

Als sie das Boot an den vereisten Steilhang schoben, sprang Wolf plötzlich hinein. »Er denkt wohl, daß wir das Boot zu Wasser lassen wollen«, sagte Ayla. »Ach, wäre das schön, wenn wir diesen Gletscher hinabgleiten könnten.«

Sie blickten sich an und begannen zu lächeln.

»Was denkst du?« fragte Jondalar.

»Warum nicht? Du hast gesagt, das Boot würde es aushalten.«

»Aber wir vielleicht nicht.«

»Wir sollten es probieren.«

Sie schoben ein paar Sachen zur Seite, um Platz zu schaffen, und kletterten zusammen mit Wolf in das Boot. Jondalar sandte ein Stoßgebet an die Mutter, dann stießen sie sich mit einer Stange des Zugschlittens ab.

»Langsam!« sagte Jondalar, als es über die Kante ging.

Sie wurden schneller, steuerten aber zuerst geradeaus. Dann stießen sie auf ein Hindernis, und das Boot schnellte hoch und drehte sich. Sie schwenkten zur Seite, gerieten dann auf eine leichte Erhebung und fanden sich freischwebend mitten in der Luft. Die Landung war so hart, daß es Ayla und den Wolf hochschleuderte, dann wirbelten sie wieder herum und klammerten sich an den Rand. Wolf versuchte, sich gleichzeitig niederzukauern und seine Schnauze hinauszustrecken.

Zäh und verbissen hielten Ayla und Jondalar durch. Mehr konnten sie nicht tun. Sie hatten keinerlei Kontrolle mehr über das Rundboot, das den Gletscher hinunterraste. Es bewegte sich im Zickzack, sprang und drehte sich, doch die schwere Ladung verhinderte, daß es umschlug. Ayla und Jondalar schrien und kreischten und mußten gleichzeitig lachen. Das war der schnellste und aufregendste Ritt, den sie je erlebt hatten – doch noch war er nicht vorbei.

Sie wußten nicht, was für ein Ende diese wilde Jagd nehmen würde, aber Jondalar erinnerte sich an die Kluft am Fuße des Gletschers, die sich gewöhnlich zwischen dem Eis und dem darunterliegenden Land auftat. Eine harte

Landung auf dem Schotter konnte das Boot umkippen und sie verletzen. Doch dann hörte er ein Geräusch, das er zunächst gar nicht richtig zur Kenntnis nahm. Erst als sie mit einem tüchtigen Stoß und gewaltigem Aufklatschen mitten in einem tosenden, trüb-milchigen Wasserfall landeten, wurde ihm klar, daß ihre Talfahrt über das nasse Eis sie zu dem Schmelzwasserfluß zurückgeführt hatte, der aus dem Fuß des Gletschers hervorbrach.

Mit einem weiteren Aufklatschen landeten sie am Boden der Fälle und schwammen bald ruhig in der Mitte eines kleinen Sees aus trüb-grüner Gletschermilch. Wolf war so glücklich, daß er sie ableckte. Schließlich setzte er sich wieder und reckte den Kopf zum Begrüßungsgeheul.

Jondalar sah Ayla an: »Ayla, wir haben es geschafft! Wir haben es geschafft! Wir sind über den Gletscher!«

»Ja, nicht wahr?«

»Alles in allem war es ein riskantes Unternehmen«, sagte er. »Wir hätten verletzt werden oder sogar sterben können.«

»Auch wenn es gefährlich war, es hat doch Spaß gemacht«, sagte Ayla, und ihre Augen glänzten vor Aufregung.

Ihre Begeisterung war ansteckend, und er mußte trotz aller Sorge, sie sicher nach Haus zu bringen, lächeln. »Du hast recht. Es hat Spaß gemacht, und es war richtig. Ich glaube, ich werde nie mehr versuchen, einen Gletscher zu überqueren. Zweimal in einem Leben – das ist genug; aber ich bin froh, es gewagt zu haben. Ich werde diese Reise niemals vergessen.«

»Nun müssen wir nur noch das Ufer dort erreichen«, sagte Ayla, »und Winnie und Renner finden.«

Die Sonne ging unter, und zwischen der blendenden Helligkeit am Horizont und den trügerischen Schatten der Dämmerung schwand die Sicht. Der Abend hatte wieder Frost gebracht. Tröstlich winkte ihnen um den See herum die Sicherheit des festen, schwarzen Lehmbodens, von ein paar Schneeflecken aufgehellt, aber sie wußten nicht, wie sie ans Ufer gelangen sollten. Sie hatten kein Paddel, und die Schlittenstange hatten sie oben auf dem Gletscher zurückgelassen.

Obwohl der See ruhig schien, verursachte der Fluß des Gletscherwassers eine Unterströmung, die sie langsam ans Ufer trieb. Als sie nah genug waren, sprangen sie aus dem Boot und zogen es an Land. Wolf schüttelte sich und spritzte sie naß, doch weder Ayla noch Jondalar achteten darauf. Sie lagen sich in den Armen und waren erleichtert, daß sie endlich festen Boden unter den Füßen hatten.

»Wir haben es tatsächlich geschafft. Wir sind fast zu Hause, Ayla. Wir sind fast zu Hause«, sagte Jondalar.

Am Ufer des Sees begann der weiche Schnee wieder zu frieren und verwandelte sich in Harsch und Eis. In der herannahenden Dunkelheit gingen sie über das Geröll und hielten sich an den Händen, bis sie ein Feld erreicht hatten. Feuerholz gab es dort nicht, was sie nicht weiter bekümmerte. Sie aßen von dem getrockneten Proviant, der sie auf dem Eis am Leben gehalten hatte, und tranken aus den Wasserbeuteln, die sie noch auf dem Gletscher gefüllt hatten. Dann stellten sie das Zelt auf und breiteten ihre Schlaffelle aus; doch bevor sie hineinkrochen, spähte Ayla über die dunkle Landschaft und fragte sich, wo die Pferde wohl waren.

Sie pfiff und wartete auf das Geräusch der Hufe, doch niemand kam. Sie sah zu den treibenden Wolken hinauf und pfiff ein zweites Mal. Es war zu dunkel, um jetzt nach ihnen zu suchen; das mußte bis zum Morgen warten. Ayla kroch in ihre Felle an Jondalars Seite und tastete nach dem Wolf, der sich neben ihm zusammengerollt hatte. Während sie erschöpft in den Schlaf sank, dachte sie an die Pferde.

Jondalar blickte auf die zerzausten, blonden Haare der Frau, die sich in seine Achselhöhle gekuschelt hatte, und beschloß, noch nicht aufzustehen. Nichts trieb sie mehr zur Eile; er fühlte sich fast ausgeleert ohne die üblichen Sorgen. Immer wieder mußte er sich sagen, daß sie den Gletscher hinter sich hatten. Wenn sie wollten, konnten sie den ganzen Tag in ihren Schlaffellen liegenbleiben.

Der Gletscher lag hinter ihnen, und Ayla war in Sicherheit. Der Gedanke an ihr knappes Entrinnen ließ ihn schaudern, und er hielt sie ganz fest. Ayla erwachte, stützte sich auf den Ellenbogen und sah ihn an. Das dämmrige Licht im Zelt dämpfte das Blau seiner Augen, und seine Stirn, die sich so oft vor Sorge oder Konzentration zusammengezogen hatte, war nun entspannt. Sie strich mit dem Finger über seine Sorgenfalten und berührte sein Gesicht.

»Weißt du, wie oft ich versucht habe, mir vorzustellen, wie ein Mann aussieht, bevor ich dich traf? Nicht ein Mann vom Clan, sondern einer wie ich. Es gelang mir nie. Du bist schön, Jondalar.«

Jondalar lachte. »Ayla, Frauen sind schön, Männer nicht.«

»Was sagt man denn bei einem Mann?«

»Vielleicht, daß er stark oder tapfer ist.«

»Du bist stark und tapfer, aber das ist nicht dasselbe wie schön. Wie würdest du einen schönen Mann bezeichnen?«

»Gutaussehend, vermutlich.« Es irritierte ihn ein wenig. Er hatte es zu oft gehört.

»Gutaussehend«, wiederholte sie. »Ich finde schön besser. Schön, das verstehe ich.«

Wieder ließ Jondalar sein fröhliches Lachen hören. Es verblüffte Ayla. Er war so ernst gewesen auf dieser Reise. Manchmal war ihm ein Lächeln entwischt, aber selten ein Lachen.

»Wenn du mich schön nennen willst, wird es wohl richtig sein«, sagte er und zog sie enger an sich. »Wie kann ich einer schönen Frau widersprechen, die mich schön nennt?«

Er hielt sie immer noch im Arm, als sie aufhörten zu lachen. Er fühlte ihre Wärme und zog sie an sich, um sie zu küssen. Sie ließ ihre Zunge in seinen Mund gleiten und spürte plötzlich, wie sehr sie ihn begehrte.

Er fühlte ihre Bereitschaft und sein eigenes Bedürfnis. Er schob die Felle weg und küßte ihre Kehle, ihren Hals, ihre Brüste. Er saugte an ihren aufgerichteten Brustwarzen. Seine Hände glitten zwischen ihre Schenkel und rieben den harten Knoten. Stöhnend erreichte sie einen schnellen Höhepunkt und wollte ihn, jetzt.

Plötzlich spürte er ihre feuchte Wärme und begriff. Auch er war bereit. Sie stieß die Felle aus dem Weg und öffnete sich für ihn. Seine Männlichkeit reckte sich und drang in sie ein.

Sie zog ihn an sich, als er zustieß. Sie hatte sich so sehr nach ihm gesehnt, es war mehr als bloße Lust, mehr als Vergnügen.

Er war genauso bereit wie sie. Er zog sein Glied zurück, stieß wieder zu und noch einmal; und dann gab es kein Halten mehr. Er fühlte die Wallung, die Brandung, das Überfließen. Mit den letzten Bewegungen ergoß er sich und entspannte sich in ihr.

Sie lag mit geschlossenen Augen da und fühlte sein Gewicht und ihre Glückseligkeit. Sie wollte sich nicht bewegen. Als er sich schließlich hochstemmte und auf sie niederblickte, mußte er sie einfach küssen. Sie schlug die Augen auf und sah ihn an.

»Das war wunderbar, Jondalar«, sagte sie ermattet und befriedigt.

»Es ging schnell. Du wolltest mich, wir beide wollten es. Und gerade eben war ein ganz seltsames Lächeln auf deinem Gesicht.«

»Weil ich so glücklich bin.«

»Das bin ich auch«, sagte er und küßte sie wieder.

Friedlich lagen sie beisammen und schliefen ein. Jondalar erwachte vor Ayla und betrachtete sie. Wieder lächelte sie so seltsam. Er küßte sie sanft. Sie schlug die Augen auf. Sie waren weit, dunkel und feucht.

Er küßte sie auf die Lider, saugte spielerisch an einem Ohrläppchen und dann an ihren Brustwarzen. Sie lächelte, als er ihren Hügel berührte, und erwiderte seine Liebkosung sacht, noch nicht ganz bereit, und er wünschte sich, sie hätten gerade erst begonnen. Plötzlich packte er sie, küßte sie hart, strich über ihren Körper, ihre Brüste, Hüften und Schenkel. Er konnte kaum von ihr lassen, als wäre sein Bedürfnis nach ihr so tief geworden wie der Abgrund, der sie fast verschlungen hätte.

»Ich habe nicht geglaubt, jemals lieben zu können«, sagte er. »Warum mußte ich erst über das Ende des Großen Mutter Flusses hinausreisen, um eine Frau zu finden, die ich lieben kann?«

»Weil mein Totem dich für mich auserwählt hat. Der Höhlenlöwe hat dich zu mir geführt.«

»Und warum hat es die Mutter dann zugelassen, daß wir so weit entfernt voneinander geboren wurden?«

Ayla hob den Kopf und sah ihn an. »Ich habe zwar viel gelernt, aber immer noch zu wenig über die Wege der Großen Erdmutter oder die Totems der Clans. Eines allerdings weiß ich: du hast mich gefunden.«

»Und fast verloren.« Angst schnürte ihm die Kehle zu. »Ayla, was täte ich ohne dich?« Er vergrub seinen Kopf an ihrem Hals und umklammerte sie so fest, daß sie kaum mehr atmen konnte. »Was täte ich ohne dich?«

Sie schmiegte sich an ihn und öffnete sich dankbar, als sie sein wiedererstarktes Verlangen spürte.

Es war noch schneller vorbei, und mit der Befreiung zerschmolz ihre Leidenschaft. Als er sich bewegte, hielt sie ihn fest, in dem Wunsch, die Intensität des Augenblicks zu bewahren.

»Ohne dich will ich nicht leben, Jondalar. Ein Stück von mir würde mit dir in die Geisterwelt gehen, ich wäre nie wieder ganz. Aber wir haben Glück. Denk an all die Menschen, die jemanden lieben, der ihr Gefühl nicht erwidern kann.«

»Wie Ranec?«

»Ja, wie Ranec. Es tut immer noch weh, an ihn zu denken.«

Jondalar setzte sich auf. »Es tut mir leid. Ich mochte Ranec – oder vielmehr hätte ihn mögen können.« Plötzlich hatte er es eilig. »So kommen wir nie zu Dalanar«, sagte er und begann, die Schlaffelle aufzurollen. »Ich kann es kaum erwarten, ihn wiederzusehen.«

»Zuerst müssen wir die Pferde finden«, sagte Ayla.

DREIUNDVIERZIGSTES KAPITEL

Ayla stand auf und verließ das Zelt. Leichte Nebelschwaden hingen dicht über dem Boden, und die Luft fühlte sich auf ihrer Haut kalt und feucht an. In der Ferne konnte man das Rauschen des Wasserfalls hören, doch am gegenüberliegenden Ufer des Sees, einem langen, schmalen, grünlichen Gewässer, war der Nebel so dicht und wolkig, daß man fast nichts mehr sehen konnte.

Kein Fisch lebte an solch einem Ort, keine Pflanzen wuchsen an seinen Ufern. Hier war es noch zu neu und zu wüst für das Leben. Es gab nur Wasser und Stein und einen Hauch von Uranfänglichkeit, von Zeit vor der Zeit, in der das Leben entstand. Ayla schauderte bei dem Gedanken, wie einsam die Große Mutter gewesen sein mußte, bevor die Erde all die Lebewesen hervorgebracht hatte.

Sie eilte über das scharfkantige Schotterufer, watete ins Wasser und tauchte unter. Es war eiskalt und schlammig. Sie wollte baden, aber nicht in diesem Wasser. Die Kälte machte ihr nicht viel aus, aber sie brauchte klares, frisches Wasser.

Sie ging zurück zum Zelt, um sich anzuziehen und Jondalar beim Packen zu helfen. Unterwegs spähte sie durch den Nebel hindurch und suchte die leblose Landschaft nach Bäumen ab. Plötzlich lächelte sie.

»Da seid ihr!« sagte sie und ließ einen Pfiff ertönen.

Blitzschnell hatte Jondalar das Zelt verlassen. Er strahlte über das ganze Gesicht, ebenso froh wie Ayla, als er die beiden Pferde herangaloppieren sah. Wolf folgte ihnen. Den ganzen Morgen war er verschwunden gewesen, und sie fragte sich, ob er an der Rückkehr der Pferde beteiligt war. Dann schüttelte sie den Kopf. Sie würde es kaum jemals erfahren.

Sie begrüßten die Pferde mit liebevollen Umarmungen. Dann untersuchte Ayla sie gründlich, um sicherzugehen, daß sie sich nicht verletzt hatten. Winnie fehlte ein Fußling am rechten Hinterfuß, und sie zuckte zurück, als Ayla den Huf hochhob und ihn betrachtete. War sie vielleicht am Rand des Gletschers durchs Eis gebrochen und hatte sich bei dem Versuch, freizukommen, das Leder abgerissen und das Bein verletzt?

Ayla hob jeden Huf hoch, um die übrigen Fußlinge loszubinden, während Jondalar das Tier ruhighielt. Renner hatte keinen der schützenden Schuhe verloren, nur an den Hufkanten waren sie reichlich durchgewetzt; selbst Mammuthaut hielt nicht lange, wenn man sie über Hufen trug.

Als sie ihre Sachen beisammen hatten und das Rundboot an Land zogen, entdeckten sie, daß der Boden des Bootes naß war. Es hatte ein Leck.

»Ich glaube nicht, daß ich in diesem Boot noch einmal einen Fluß überqueren möchte«, sagte Jondalar. »Sollen wir es hierlassen?«

»Das müssen wir wohl, wenn wir es nicht selber ziehen wollen. Wir haben die Stangen für den Zugschlitten zurückgelassen, und hier gibt es keine Bäume, um neue zu machen«, sagte Ayla.

»Das erledigt die Frage«, meinte Jondalar. »Außerdem brauchen wir keine Steine mehr zu schleppen und haben nur noch so wenig Gepäck, daß wir es auch ohne die Pferde tragen könnten.«

»Das hätten wir ohnehin tun müssen, wenn sie nicht von allein zurückgekommen wären«, sagte Ayla, »aber ich bin sehr froh, daß sie uns gefunden haben.«

»Ich habe mich auch um sie gesorgt«, sagte Jondalar.

Als sie die steile Südwestwand des uralten Massivs, das auf seinem Buckel das schreckliche Eisfeld trug, hinabstiegen, fiel leichter Regen; er wusch schmutzige Schneenester aus, die sich in dem lichten Fichtenwald, den sie durchquerten, in schattigen Mulden verborgen hatten. Die braune Erde einer abschüssigen Wiese und die Zweigspitzen der Sträucher in der Nähe sahen aus, als wären sie mit zarter, grüner Aquarellfarbe übertuscht. Wenn sich der Nebel hier und da lichtete, konnten sie einen flüchtigen Blick auf einen Fluß werfen, der sich, in eine Senke eingezwängt, von Westen nach Norden schlängelte. Südwärts verschwamm das zerklüftete Vorgebirge in einem purpurnen Dunst, aus dem nur eine hohe Bergkette herausragte, deren Abhänge zur Hälfte mit Eis bedeckt waren.

»Du wirst Dalanar mögen«, sagte Jondalar, als sie gemächlich nebeneinander herritten. »Du wirst alle Lanzadonii mögen. Die meisten gehörten früher zu den Zelandonii, wie ich.«

»Warum hat er eine neue Höhle gegründet?«

»Ich weiß es nicht genau. Ich war noch jung, als er und meine Mutter auseinandergingen. Ich habe ihn eigentlich erst kennengelernt, als ich bei ihm lebte und er Joplaya und mir zeigte, wie man Steine bearbeitet. Ich glaube, er hat sich erst entschlossen, eine neue Höhle zu gründen, nachdem er Jerika getroffen hatte, und er wählte diesen Ort, weil er hier auf eine Feuersteinmine gestoßen war. Über die Steine der Lanzadonii redete man schon, als ich noch ein Junge war«, erklärte Jondalar.

»Jerika ist seine Gefährtin, und Joplaya deine Cousine, nicht wahr?«

»Ja, sie ist Jerikas Tochter, die an Dalanars Herdfeuer geboren wurde. Sie ist auch eine gute Feuersteinschlägerin; aber verrate ihr niemals, daß ich das gesagt habe. Sie ist eine richtige Plage, immer zu Späßen aufgelegt. Ob sie wohl einen Gefährten gefunden hat? Große Mutter! Es ist so lange her! Sie werden staunen, uns zu sehen!«

»Jondalar!« flüsterte Ayla eindringlich. Er hielt das Pferd an. »Dort, bei den Bäumen! Ein Hirsch!«

Jondalar lächelte. »Ihm nach!« wisperte er, griff nach einem Speer und holte seine Speerschleuder heraus. Dann trieb er Renner mit einem Schenkeldruck an. Obwohl er mit seinem Reittier anders umging als Ayla, war er nach einem Jahr des Herumziehens ein ebenso guter Reiter wie sie.

Winnie vollführte Kaskaden – sie genoß es, zur Abwechslung frei und unbehindert von dem Lastschlitten zu sein –, und Ayla legte den Speer in die Speerschleuder. Von der raschen Bewegung aufgeschreckt, sprang der Hirsch in hohen Fluchten davon, aber sie holten seitwärts auf und erlegten den jungen, unerfahrenen Bock mit Leichtigkeit. Sie schnitten ihre Lieblingsstücke heraus und andere gute Teile, die sie Dalanars Leuten mitbringen wollten; der Rest war für Wolf.

Gegen Abend stießen sie auf einen schäumenden Fluß mit starker Strömung und folgten ihm bis zu einem großen, freiliegenden Feld mit einigen Bäumen und Sträuchern am Ufer. Sie beschlossen, frühzeitig haltzumachen und ein Stück Hirschfleisch zu braten. Der Regen hatte nachgelassen, und sie waren nicht mehr in Eile – ein Umstand, den sie sich immer wieder klarmachen mußten.

Als Ayla am nächsten Morgen aus dem Zelt trat, verschlug ihr die Aussicht den Atem. Die Landschaft schien unwirklich, wie aus einem besonders lebhaften Traum. Es konnte doch nicht wahr sein: noch vor wenigen Tagen hatten sie die bittere Härte extremer Winterkälte erduldet, und nun war es plötzlich Frühling!

»Jondalar! Oh, Jondalar! Sieh doch!«

Der Mann steckte sein schläfriges Gesicht aus der Zeltöffnung, und sie sah, wie sein Lächeln breiter wurde.

Sie befanden sich auf einer flachen Anhöhe, und Nieselregen und Nebel des vergangenen Tages waren einer leuchtenden, jungen Sonne gewichen. Der Himmel erstrahlte in vollem Blau. Bäume und Sträucher waren vom hellen Grün frischer Blätter überstäubt, und das Gras auf dem Feld lud zum Weiden ein. Im Überfluß blühten Narzissen, Lilien, Akelei, Iris und viele andere Blumen. Vögel aller Arten und Farben schwangen sich durch die Luft, zwitscherten und sangen.

Jondalar stand auf und verließ das Zelt gerade rechtzeitig, um mitansehen zu können, wie Ayla einen grauen Würger auf ihre Hand lockte.

»Ich weiß nicht, wie du das machst«, sagte er, als der Vogel fortflog.

Ayla lächelte. »Ich hole uns etwas Frisches zum Frühstück.«

Wolf war schon wieder unterwegs, sicher erforschte er die Gegend oder jagte; auch für ihn brachte der Frühling neue Abenteuer. Ayla eilte auf die Pferde zu, die inmitten der Frühlingswiese die zarten, kurzen Halme des wohlschmeckenden Grases abweideten. Es war die Jahreszeit der Fülle, die Zeit, in der überall neues Wachstum begann.

Ayla war seltsam still, als sie an einem gurgelnden Bergbach rasteten, um das Wildbret und Grünzeug, das sie am Morgen zubereitet hatte, zu verzehren.

»Nun ist es nicht mehr weit. Hier in der Nähe hatten Thonolan und ich unser erstes Lager«, sagte Jondalar.

»Schön ist es hier«, erwiderte sie, doch ihre Gedanken waren nicht bei der atemberaubenden Aussicht.

»Warum bist du so still, Ayla?«

»Ich habe an deine Verwandten gedacht. Mir ist wieder einmal bewußt geworden, daß ich keine Angehörigen habe.«

»Und was ist mit den Mamutoi? Bist du nicht Ayla von den Mamutoi?«

»Das ist nicht dasselbe. Ich vermisse sie und werde sie immer gernhaben, aber es fiel mir nicht allzu schwer, sie zu verlassen. Es war schon schlimmer, als ich Durc zurücklassen mußte.« Trauer verdunkelte ihren Blick.

»Ayla, ich weiß, daß es schwer ist, einen Sohn zu verlieren.«

Sie blickte ihn an. »Bevor du kamst, hatte ich niemanden, Jondalar. Nun habe ich dich und vielleicht irgendwann ein Kind von dir. Das würde mich glücklich machen«, sagte sie lächelnd.

Ihr Lächeln stimmte ihn froh. Er sah zum Stand der Sonne hinauf. »Wenn wir uns nicht beeilen, werden wir Dalanars Höhle heute nicht mehr erreichen. Komm, Ayla, die Pferde brauchen einen guten Ritt. Wir sind so nahe dran, da kann ich keine Nacht im Zelt mehr ertragen.«

Voller Lebenslust und Verspieltheit sprang Wolf aus dem kleinen Gehölz hervor. Er legte ihr die Pfoten auf die Brust und leckte ihr Kinn. Das war ihre Familie, dachte sie und packte ihn im Nacken. Dieser Wolf, die treue Stute, der feurige Hengst – und der fürsorgliche, liebende Mann. Bald würde sie seine Familie kennenlernen.

Ayla kramte in ihren Sachen und holte ein Päckchen hervor. »Jondalar, ich möchte in diesem Bach baden und einen sauberen Kittel und frische Beinlinge anziehen«, sagte sie und zog den Lederkittel aus.

»Warum wartest du nicht, bis wir da sind? Du wirst frieren, Ayla. Das Wasser kommt vom Gletscher her.«

»Das ist mir einerlei. Ich will deinen Verwandten nicht mit all dem Schmutz und Dreck von der Reise gegenübertreten.«

Sie kamen an einen Fluß, trüb-grün vom Gletscher, der schon zu dieser Jahreszeit viel Wasser führte. Sie folgten ihm flußaufwärts, bis sie eine seichte Furt fanden, dann kletterten sie in südöstlicher Richtung weiter. Am späten Nachmittag erreichten sie einen sanften Abhang, der in der Nähe einer Felswand auslief. Die dunkle Öffnung einer Höhle verbarg sich unter einem überhängenden Gesims.

Eine junge Frau saß, mit dem Rücken zu ihnen, auf dem Boden, umgeben von Feuersteinsplittern und -brocken. Mit der einen Hand hielt sie einen angespitzten Holzstab an die Mitte des dunkelgrauen Steins, mit der anderen hob sie einen schweren Knochenhammer. Sie war so in ihr Tun versunken, daß sie Jondalar nicht bemerkte, der sich leise hinter sie schlich.

»Übe nur fleißig, Joplaya. Vielleicht bist du eines Tages ebenso gut wie ich«, sagte er grinsend.

Der Knochenhammer verfehlte sein Ziel und zerschmetterte die Klinge, die sie gerade abspalten wollte. Mit einem Ausdruck ungläubigen Erstaunens fuhr sie herum.

»Jondalar! Oh, Jondalar! Bist du es wirklich?« schrie sie und warf sich in seine Arme. Er hob sie hoch und wirbelte sie herum. Sie klammerte sich an ihn, als wollte sie ihn nie mehr loslassen. »Mutter! Dalanar! Jondalar ist wieder da!« rief sie.

Aus der Höhle strömten die Leute, und ein älterer Mann, so groß wie Jondalar, eilte auf ihn zu. Sie umarmten sich, traten zurück, sahen sich an und umarmten sich erneut. Ayla bedeutete Wolf, bei Fuß zu bleiben, und hielt die Führleinen der Pferde fest.

»Da bist du also wieder! Du warst so lange weg. Ich habe kaum noch glauben können, daß du zurückkommst«, sagte der Mann.

Als er Jondalar über die Schulter blickte, bot sich dem älteren Mann ein höchst sonderbarer Anblick. Zwei Pferde, mit Körben und Bündeln bepackt, und ein großer Wolf drängten sich um eine hochgewachsene Frau, die mit einem Pelzumhang und ungewöhnlich verzierten Beinlingen bekleidet war. Sie hatte ihre Kapuze zurückgezogen, und ihr Haar floß in Wellen um ihr Gesicht. Ihre Züge wie auch der Schnitt ihrer Kleider hatten etwas Fremdes.

»Ich sehe deinen Bruder nicht. Aber du bist nicht allein zurückgekommen«, sagte der Mann.

»Thonolan ist tot«, sagte Jondalar. »Und wenn Ayla nicht gewesen wäre, lebte ich auch nicht mehr.«

»Das tut mir leid. Ich mochte ihn. Willomar und deine Mutter werden betrübt sein. Aber dein Geschmack bei Frauen hat sich nicht geändert.«

Jondalar lächelte. Dann schlenderte er zum Rand der Lichtung, ergriff Renners Leine und kam mit Ayla, Winnie und Wolf zurück.

»Dalanar von den Lanzadonii, dies ist Ayla von den Mamutoi«, sagte er.

Dalanar streckte seine Hände aus, als Zeichen der Offenheit und Freundschaft. Ayla ergriff sie.

»Im Namen von Doni, der großen Erdmutter, heiße ich dich willkommen, Ayla von den Mamutoi, sagte Dalanar.

»Ich grüße dich, Dalanar von den Lanzadonii«, erwiderte Ayla in angemessener Form.

»Für jemand, der von so weither kommt, sprichst du unsere Sprache gut. Ich freue mich, dich kennenzulernen.« Sein Lächeln verwandelte die Förmlichkeit der Begrüßung in Herzlichkeit. Ihre Art zu sprechen bezauberte ihn.

»Jondalar lehrte mich sprechen«, sagte sie und konnte ihren Blick kaum von dem Mann abwenden. Es war fast unheimlich, wie sehr er Jondalar ähnelte.

Dalanars langes, blondes Haar hatte sich schon leicht gelichtet, und um die Taille herum war er etwas dicker, aber er hatte die gleichen leuchtendblauen Augen – von ein paar Fältchen umrahmt – und die gleiche hohe Stirn. Auch seine Stimme hatte den gleichen Tonfall. Sein Händedruck verursachte ihr ein leises Prickeln. Einen Augenblick lang verwirrte sie das.

Dalanar spürte ihre Reaktion und lächelte; er verstand und mochte sie. Mit ihrem seltsamen Akzent, dachte er, mußte sie von weither gekommen sein. Als er ihre Hände losließ, trabte Wolf auf ihn zu – ganz ohne Scheu, was Dalanar ein wenig verunsicherte. Wolf steckte seine Schnauze in Dalanars Hand, gerade als wäre er ihm seit langem vertraut. Zu seiner eigenen Überraschung streichelte Dalanar das Tier, als wäre es ganz normal, einen lebendigen Wolf zu berühren.

Jondalar grinste. »Wolf hält dich für mich. Es war schon immer davon die Rede, daß wir uns ähnlich sehen. Demnächst sitzt du auch auf Renners Rücken.« Er hielt dem Mann die Leine hin.

»Hast du Renners Rücken gesagt?« fragte Dalanar.

»Wir haben einen großen Teil unserer Reise auf dem Rücken dieser Pferde zurückgelegt. Renner ist der Name des Hengstes«, erklärte Jondalar. »Aylas Pferd heißt Winnie, und dieses Tier, das dich so ins Herz geschlossen hat, hört auf den Namen Wolf.«

»Wie um alles in der Welt seid ihr an einen Wolf und Pferde gekommen?« fragte Dalanar.

»Dalanar, wo sind deine guten Manieren geblieben? Es gibt noch mehr Leute, die Ayla kennenlernen und ihre Geschichte hören wollen.«

Ayla, die noch immer über die Ähnlichkeit von Dalanar und Jondalar staunte, starrte auf die Frau, die eben gesprochen hatte. Ihr Anblick war einmalig. Ihr Haar, das sie zu einem Knoten geschlungen hatte, war tiefschwarz und zeigte an den Schläfen graue Strähnen. Doch am meisten war Ayla von ihrem Gesicht beeindruckt. Es war rund und flach, mit hohen Wangenknochen, einer winzigen Nase und dunklen Schlitzaugen. Das Lächeln der Frau stand im Widerspruch zu ihrer strengen Stimme, und Dalanar strahlte, als er zu ihr hinabblickte.

»Jerika!« sagte Jondalar und lächelte entzückt.

»Jondalar! Schön, daß du wieder da bist!« Sie umarmten sich liebevoll. »Wenn dieser große Bär da, mein Mann, schon keine Manieren hat, stell du mich doch deiner Begleiterin vor! Und dann kannst du mir erklären, warum die Tiere dort stehenbleiben und nicht weglaufen«, sagte die Frau.

Sie bewegte sich zwischen den beiden Männern, und beide überragten sie. Sie reichte ihnen kaum bis an die Brust. Mit ihren raschen und energischen Bewegungen erinnerte sie Ayla an einen Vogel.

»Jerika von den Lanzadonii, dies ist Ayla von den Mamutoi«, sagte Jondalar und strahlte die kleine Frau mit Dalanars Augen an. »Sie kann dir besser als ich erklären, warum sie nicht weglaufen.«

»Du bist willkommen, Ayla von den Mamutoi«, sagte Jerika mit ausgestreckten Händen. »Und die Tiere, wenn du dafür einstehst, daß sie sich auch weiterhin so ungewöhnlich benehmen.« Sie musterte Wolf, während sie sprach.

»Ich grüße dich, Jerika von den Lanzadonii.« Ayla erwiderte das Lächeln. Der Händedruck der kleinen Frau war überraschend fest. »Wolf wird niemandem etwas tun, wenn man uns nicht bedroht. Er ist sanftmütig, aber er beschützt uns. Die Pferde sind Fremden gegenüber etwas scheu und könnten ausschlagen, wenn man sie bedrängt. Es ist besser, sich von ihnen fernzuhalten, bis sie Vertrauen gefaßt haben.«

»Gut, daß du uns das gesagt hast«, erwiderte die Frau und sah Ayla entwaffnend an. »Du hast eine lange Reise hinter dir. Die Mamutoi leben hinter dem Ende des Großen Mutter Flusses.«

»Kennst du das Land der Mammutjäger?« fragte Ayla überrascht.

»Ja. Ich kenne auch Länder, die noch weiter im Osten liegen, obwohl ich mich daran nicht so gut erinnere. Hochaman wird dir gern davon erzählen. Nichts macht ihm mehr Vergnügen als neue Zuhörer für seine Geschichten. Er und meine Mutter kamen aus einer Gegend an der endlosen See, dort, wo das Land im Osten aufhört. Ich wurde unterwegs geboren. Wir lebten bei vielen Stämmen, manchmal über Jahre. Ich erinnere mich noch an die Mamutoi. Gute Leute. Ausgezeichnete Jäger. Sie wollten, daß wir bei ihnen bleiben«, sagte Jerika.

»Weshalb seid ihr nicht geblieben?«

»Hochaman wollte sich noch nicht niederlassen. Er hat immer davon geträumt, ans Ende der Welt zu reisen, um zu sehen, wie weit das Land reicht. Kurz nachdem meine Mutter gestorben war, trafen wir Dalanar und beschlossen, zu bleiben und ihm zu helfen, die Feuersteinmine zu schürfen. Aber Hochaman hat sich seinen Traum erfüllt«, sagte Jerika und blickte zu Dalanar auf. »Er ist von der endlosen See im Osten bis zu den großen Meeren im Westen gereist. Dalanar begleitete ihn vor einigen Jahren auf dem letzten Teil seiner Reise und trug ihn ein gutes Stück des Weges auf dem Rücken. Hochaman weinte, als er das große westliche Meer sah, und badete sein Gesicht in dem salzigen Wasser. Heute kann er nicht mehr so gut gehen, aber kein Mensch ist so weit gereist wie Hochaman.«

»Außer dir, Jerika«, fügte Dalanar stolz hinzu. »Du bist fast genau so weit herumgekommen.«

»Nun ja.« Sie zuckte die Achseln. »Mir blieb gar nichts anderes übrig. – Aber da schimpfe ich erst mit Dalanar, und dann stehe ich hier und schwatze.«

Jondalar hielt immer noch die Taille der Frau, die er so überrascht hatte, umfaßt. »Ich würde deine Reisegefährtin auch gern kennenlernen«, sagte sie.

»Oh, entschuldige bitte«, sagte Jondalar. »Ayla von den Mamutoi, das ist meine Cousine, Joplaya von den Lanzadonii.«

»Ich heiße dich willkommen, Ayla von den Mamutoi«, sagte Joplaya und streckte die Hände aus.

»Ich begrüße dich, Joplaya von den Lanzadonii«, erwiderte Ayla, die sich plötzlich ihres Akzents bewußt wurde und froh war, daß sie unter ihrem Überwurf einen sauberen Kittel trug. Joplaya war ebenso groß wie sie, vielleicht sogar noch etwas größer. Sie hatte die hohen Wangenknochen ihrer Mutter, doch ihr Gesicht war nicht so flach, und die Nase glich der Jondalars, war aber feiner geformt. Ihre schmalen, dunklen Augenbrauen paßten zu dem langen, schwarzen Haar, und dichte, schwarze Wimpern umrahmten Augen, die nur noch andeutungsweise an die Schlitzaugen ihrer Mutter erinnerten und leuchtend grün waren.

Joplaya war eine atemberaubend schöne Frau.

»Ich freue mich, dich kennenzulernen«, sagte Ayla. »Jondalar hat oft von dir gesprochen.«

»Wie schön, daß er mich nicht ganz vergessen hat«, erwiderte Joplaya, trat einen Schritt zurück, und Jondalar legte wieder seinen Arm um sie.

Andere Leute waren dazugekommen, und Ayla tauschte mit jedem Mitglied der Höhle die formelle Begrüßung. Alle waren gespannt auf die Frau, die Jondalar mitgebracht hatte. Doch ihre Blicke und Fragen verursachten Ayla Unbehagen, und sie war froh, als Jerika dazwischentrat.

»Ich glaube, wir sollten uns ein paar Fragen für später aufheben. Beide haben sicher viel zu erzählen. Aber sie müssen recht müde sein. Komm, Ayla, ich zeige dir deinen Platz. Brauchen die Tiere irgend etwas Besonderes?«

»Ich muß nur ihr Gepäck abladen und einen Weideplatz für sie finden. Wolf bleibt bei uns in der Höhle, wenn ihr nichts dagegen habt«, sagte Ayla.

Jondalar war tief im Gespräch mit Joplaya, aber als er sah, wie Ayla die beiden Pferde ablud, half er ihr, die Sachen in die Höhle zu tragen.

»Ich weiß einen Platz für die Pferde«, sagte er. »Ich bringe sie hin. Willst du Winnie an der Leine lassen? Ich werde Renner mit einem langen Seil anpflocken.«

»Nein, das wird nicht nötig sein. Sie bleibt bei Renner.« Ayla fiel auf, wie heimisch er sich fühlte – er brauchte nicht einmal zu fragen, wo er die Pferde hinbringen sollte. Doch das war kein Wunder. Diese Leute waren seine Verwandten. »Aber ich komme trotzdem mit. Dann gewöhnen sie sich leichter an die fremde Umgebung.«

Sie gingen zu einem kleinen, grasbewachsenen Tal, durch das sich ein Bach schlängelte. Wolf begleitete sie. Nachdem er Renner angepflockt hatte, machte Jondalar sich auf den Rückweg. »Kommst du mit?« fragte er.

»Ich bleibe noch ein wenig bei Winnie.«

»Dann kann ich deine Sachen in die Höhle tragen.«

»Ja, geh nur.« Er schien es eilig zu haben, zurückzukommen, was sie ihm nicht übelnahm. Sie bedeutete Wolf, bei ihr zu bleiben. Auch für ihn war alles neu. Sie alle brauchten eine gewisse Zeit zum Eingewöhnen. Nur Jondalar nicht. Bei ihrer Rückkehr fand sie ihn wieder im Gespräch mit Joplaya. Sie wollte nicht stören.

»Ayla«, sagte er, als er sie bemerkte, »ich habe Joplaya gerade von Wymez erzählt. Zeigst du ihr später die Speerspitze, die er dir gegeben hat?«

Sie nickte. Jondalar wandte sich wieder an Joplaya. »Du wirst staunen, wenn du sie gesehen hast. Die Mamutoi sind ausgezeichnete Mammutjäger. Sie machen ihre Speerspitzen aus Feuerstein statt aus Knochen. Damit kann man ein dickes Fell leichter durchbohren, besonders wenn die Klingen dünn sind. Wymez hat eine neue Technik erfunden. Die Spitze wird auf beiden Seiten bearbeitet, aber nicht wie eine primitive Axt. Er erhitzt den Stein – und das macht den Unterschied aus. Man kann feinere, dünnere Schichten abschälen. Er schafft es, eine Spitze zu formen, die länger als meine Hand ist und an den Kanten so dünn und scharf, daß man es kaum für möglich hält.«

Sie standen so eng beisammen, daß sich ihre Körper berührten, und ihre beiläufige Intimität irritierte Ayla. Sie waren zusammen aufgewachsen. Was für Geheimnisse hatte er ihr erzählt? Welche Freuden und welches Leid hatten sie miteinander geteilt? Was für Erfolge und Niederlagen hatten sie erlebt, als sie zusammen die schwierige Kunst des Feuersteinschlagens lernten? Wußte Joplaya etwas von ihm, das sie nicht wußte?

Früher waren sie beide Fremde gewesen, wenn sie auf ihrer Reise Menschen trafen. Nun war nur sie die Fremde.

Er wandte sich wieder an Ayla. »Warum holst du die Spitze nicht? In welchem Korb war sie noch?« fragte er und war schon auf dem Weg.

Sie sagte es ihm und lächelte, nachdem er gegangen war, nervös die dunkelhaarige Frau an, aber sie sprachen kein Wort miteinander. Jondalar kam schnell zurück.

»Joplaya, ich habe Dalanar Bescheid gesagt – ich wollte ihm diese Spitze zeigen. Du wirst überrascht sein, wenn du sie siehst.«

Vorsichtig öffnete er das Päckchen und enthüllte eine schön gearbeitete Feuersteinspitze, gerade als Dalanar dazukam. Dalanar nahm sie in die Hand und betrachtete sie eingehend.

»Das ist ein Meisterwerk! Ich habe noch nie eine so gute handwerkliche Arbeit gesehen«, rief Dalanar aus. »Sieh dir das an, Joplaya. Sie ist zweiseitig gearbeitet, aber sehr dünn, man hat nach und nach sehr feine Schichten abgeschlagen. Was für eine Konzentration, was für eine Beherrschung muß dafür aufgebracht werden! Der Stein faßt sich ganz anders an, und der Glanz! Fast wie – geölt. Wo hast du das her? Gibt es im Osten eine andere Sorte Feuerstein?«

»Nein. Es gibt ein anderes Verfahren, das ein Mamutoi-Mann namens Wymez erfunden hat. Er ist der einzige Feuersteinschläger, der es mit dir aufnehmen kann, Dalanar. Er erhitzt den Stein. Das bringt den Glanz und das Gefühl beim Anfassen, aber noch wichtiger ist, daß man nach dem Erhitzen ganz feine Schichten abschälen kann«, erklärte Jondalar mit Begeisterung.

Ayla beobachtete ihn.

»Die Späne springen fast von selbst ab – das ermöglicht diese Perfektion. Ich zeige dir, wie es geht. Ich bin zwar nicht so gut wie er, aber du wirst das Prinzip erkennen. Wenn wir schon hier sind, möchte ich mir ein paar Brokken guten Feuerstein besorgen. Mit den Pferden können wir mehr tragen, und ich möchte gern etwas von eurem Lanzadonii-Stein mit nach Hause nehmen.«

»Dies hier ist auch dein Zuhause«, sagte Dalanar leise. »Aber wir können morgen zur Mine gehen und etwas Stein schürfen. Ich möchte gern lernen, wie man das macht. Ist das wirklich eine Speerspitze? Sie sieht so dünn und zierlich aus, fast zu zerbrechlich zum Jagen.«

»Doch, sie jagen das Mammut mit diesen Speerspitzen. Sie brechen leicht, aber der scharfe Stein durchbohrt die dicken Häute besser als eine Knochenspitze und dringt zwischen die Rippen«, sagte Jondalar. »Ich muß dir noch etwas anderes zeigen. Ich kam darauf, als ich mich von den Krallen des Höhlenlöwen erholte. Es ist eine Schleuder. Damit fliegt ein Speer zweimal so weit. Warte, bis du das gesehen hast!«

»Ich glaube, wir sollten zum Essen gehen, Jondalar«, sagte Dalanar, der an der Höhlenöffnung Leute bemerkt hatte, die ihnen zuwinkten. »Alle wollen eure Geschichte hören. Kommt, laßt uns hineingehen. Da habt ihr es bequem, und alle können euch hören. Ihr habt auf eurer Reise doch gewiß noch andere Abenteuer erlebt und merkwürdige Dinge gesehen, von denen ihr berichten könnt.«

Jondalar lachte. »Das will ich meinen. Würdest du mir glauben, daß es Steine gibt, die Feuer machen, und Steine, die brennen? Wir haben Häuser aus Mammutknochen gesehen, Elfenbeinstifte, die Fäden durchziehen, und riesige Flußkähne, mit denen man Fische jagt, die vom Kopf bis zum Schwanz fünfmal so lang sind wie du.«

Ayla hatte Jondalar noch nie so gelöst und entspannt gesehen, so locker und ungehemmt, und sie begriff, wie froh er war, bei Leuten zu sein, die er kannte.

Als sie zur Höhle zurückgingen, legte er den einen Arm um Ayla, den anderen um Joplaya. »Hast du dir schon einen Gefährten ausgesucht, Joplaya?« fragte er. »Ich habe bisher noch keinen gesehen, der so aussah, als hätte er einen Anspruch auf dich.«

Joplaya lachte. »Nein, ich habe auf dich gewartet, Jondalar.«

»Machst du schon wieder Witze«, sagte Jondalar kichernd. Erklärend wandte er sich an Ayla. »Vettern ersten Grades dürfen sich nämlich nicht zusammentun.«

»Das weiß ich natürlich«, fuhr Joplaya fort. »Ich habe mir deshalb überlegt, daß wir zusammen fortlaufen und unsere eigene Höhle gründen könnten. Selbstverständlich würden wir nur Feuersteinschläger aufnehmen.« Ihr Lachen wirkte gezwungen, und sie sah nur Jondalar an.

»Siehst du, Ayla, was ich dir gesagt habe?« sagte Jondalar und drückte Joplaya liebevoll an sich. »Joplaya ist wirklich eine Landplage.« Aber Ayla war der Witz nicht ganz geheuer.

»Im Ernst, Joplaya, du mußt doch jemandem versprochen sein.«

»Echozar hat mich gefragt. Ich habe mich aber noch nicht entschieden.«

»Echozar? Ich glaube, ich kenne ihn nicht. Ist er ein Zelandonii?«

»Nein, ein Lanzadonii. Er kam vor ein paar Jahren zu uns. Dalanar hat ihn vor dem Ertrinken gerettet. Ich nehme an, er ist noch in der Höhle. Er ist schüchtern; ihr werdet verstehen, warum, wenn ihr ihn seht. Er sieht ein wenig anders aus. Fremden gegenüber ist er scheu. Er will auch nicht mit uns zum Sommertreffen der Zelandonii gehen. Aber wenn man ihn näher kennt, spürt man, wie nett er ist, und für Dalanar würde er alles tun.«

»Geht ihr in diesem Jahr zum Sommertreffen? Ich habe es vor, zumindest zur Feier der Zusammengabe. Ayla und ich wollen uns zusammentun.«

»Ich weiß nicht«, sagte Joplaya und blickte zu Boden. Dann sah sie ihn an. »Ich habe schon geahnt, daß du Marona, die das ganze Jahr, in dem du fortgezogen bist, auf dich gewartet hat, nicht zur Gefährtin nehmen würdest; aber ich konnte natürlich nicht wissen, daß du eine Frau mitbringst.«

Jondalar wurde rot, als sie die Frau erwähnte, der er die Zusammengabe versprochen und die er zurückgelassen hatte. Deshalb bemerkte er auch nicht, wie Ayla erstarrte, als Joplaya auf einen Mann zueilte, der gerade aus der Höhle trat.

»Jondalar! Der Mann da!« Er bemerkte ihre erschrockene Stimme und sah sie an. Sie war aschfahl.

»Was ist los, Ayla?«

»Er sieht aus wie Durc! Oder vielmehr, wie mein Sohn aussehen wird, wenn er erwachsen ist. Jondalar, er ist ein halber Clan-Mann!«

Jondalar sah genauer hin. Wirklich! Der Mann, der mit Joplaya auf sie zukam, sah aus, als stamme er vom Clan ab. Doch als sie näherkamen, bemerkte Ayla einen auffallenden Unterschied zwischen diesem Mann und denen vom Clan. Er war fast so groß wie sie.

Als er ihr gegenüberstand, machte sie mit der Hand ein Zeichen – so unauffällig, daß es kaum ein anderer bemerken konnte; doch der Mann riß überrascht seine großen, braunen Augen auf.

»Wo hast du das gelernt?« fragte er und vollführte die gleiche Geste. Er hatte eine tiefe, aber klare und deutliche Stimme und konnte ohne Probleme sprechen: ein sicheres Zeichen dafür, daß er ein Mischling war.

»Ich bin bei einem Clan aufgezogen worden, der mich als kleines Mädchen gefunden hat. An meine eigene Familie kann ich mich nicht mehr erinnern.«

»Ein Clan hat dich aufgenommen? Sie haben meine Mutter verflucht, als sie mich zur Welt brachte«, sagte er bitter. »Welcher Clan würde dich wohl aufziehen?«

Jondalar holte tief Luft. Von Anfang an hatte er gewußt, daß Aylas Herkunft früher oder später herauskommen würde. »Als ich sie traf, konnte sie nicht einmal sprechen, Jerika, zumindest nicht mit Worten. Aber sie hat mir das Leben gerettet, als ich von einem Höhlenlöwen angefallen wurde. Die Mamutoi haben sie adoptiert und an das Herdfeuer des Mammuts genommen, weil sie eine so geschickte Heilkundige ist.«

»Sie ist eine Mamut? Eine, Die Der Mutter Dient? Wo ist ihr Zeichen? Sie hat keine Tätowierung auf der Wange«, sagte Jerika.

»Ayla lernte die Heilkunst bei der Frau, die sie aufzog, einer Medizinfrau des Stammes, den sie Clan nennt – der Flachschädel –, aber sie ist genau so gut wie irgendeine Zelandoni. Der Mamut hatte gerade erst begonnen, sie für den Dienst der Mutter zu unterweisen, kurz bevor wir weggingen – und so wurde sie niemals initiiert. Deshalb trägt sie auch kein Zeichen«, erklärte Jondalar.

»Ich wußte, daß sie eine Zelandoni ist. Das beweist ihr Umgang mit den Tieren. Aber wie konnte sie die Heilkunst von einer Frau der Flachschädel lernen?« rief Dalanar aus. »Bevor ich Echozar kannte, hielt ich sie für Tiere. Von ihm habe ich erfahren, daß sie in gewisser Weise sprechen können. Und nun sagst du, daß sie Heilkundige haben. Das hättest du mir sagen sollen, Echozar.«

»Wie denn? Ich bin kein Flachschädel!« Echozar spie das Wort verächtlich aus. »Ich kannte nur meine Mutter und Andovan.«

Ayla war über den giftigen Ton seiner Stimme überrascht. »Deine Mutter wurde verflucht? Und doch hat sie überlebt und dich aufgezogen? Sie muß eine bemerkenswerte Frau gewesen sein.«

Echozar blickte in die graublauen Augen der großen, blonden Frau. Sie wich seinem offenen Blick nicht aus. Er fühlte sich seltsam hingezogen zu dieser Unbekannten; ihm war wohl in ihrer Gesellschaft.

»Sie hat nicht viel darüber gesprochen«, sagte Echozar. »Sie wurde von einigen Männern angegriffen, die ihren Gefährten töteten, als er sie beschützen wollte. Er war der Bruder des Anführers ihres Clans, und sie machten sie für seinen Tod verantwortlich. Der Anführer sagte, sie brächte Unglück. Doch später, als sie ein Kind erwartete, nahm er sie als zweite Frau an sein Herdfeuer. Aber als ich geboren wurde, sah er seine Befürchtungen bestätigt. Sie war ein Unglücksbringer. Sie hatte nicht nur ihren Gefährten getötet, sondern auch noch ein mißgebildetes Kind zur Welt gebracht. Deshalb belegte er sie mit dem Todesfluch.« Echozar sprach mit dieser Frau offener als sonst; er wunderte sich über sich selbst.

»Ich weiß nicht genau, was das ist – ein Todesfluch«, fuhr er fort. »Einmal hat sie mir davon erzählt, aber sie konnte nicht zu Ende sprechen. Alle hätten sich von ihr abgewandt, als wäre sie unsichtbar. Sie war für sie tot; selbst als sie versuchte, ihre Aufmerksamkeit zu erregen, war es, als gäbe es sie nicht. Es muß entsetzlich gewesen sein.«

»Das war es«, sagte Ayla mit weicher Stimme. »Es ist schwer, weiterzuleben, wenn man für die, die man liebt, tot ist.«

»Meine Mutter nahm mich und ging fort, um zu sterben, wie man es von ihr erwartete. Doch Andovan fand sie. Er war alt, selbst damals schon, und lebte allein. Er hat mir nie erzählt, weshalb er seine Höhle verlassen hatte; es hatte etwas mit einem grausamen Anführer zu tun...«

»Andovan?« unterbrach ihn Ayla. »War er ein S'Armunai?«

»Ja, ich glaube schon«, sagte Echozar. »Er hat nicht viel über seine Leute gesprochen.«

»Wir haben von dem grausamen Anführer gehört«, sagte Jondalar mit grimmiger Miene.

»Andovan sorgte für uns«, fuhr Echozar fort. »Er brachte mir das Jagen bei. Von meiner Mutter lernte er die Zeichensprache des Clans; sie konnte nie mehr als ein paar Worte sprechen. Ich habe beides gelernt, obwohl sie nicht begriff, wie ich seine Lautworte nachmachen konnte. Andovan ist vor ein paar Jahren gestorben, und mit ihm auch der Lebenswille meiner Mutter. Der Todesfluch hat sie eingeholt.«

»Was hast du dann gemacht?« fragte Jondalar.

»Allein gelebt.«

»Das ist nicht leicht«, sagte Ayla.

»Nein, das ist es nicht. Ich habe versucht, eine neue Gemeinschaft zu finden. Kein Clan ließ mich auch nur in seine Nähe kommen. Sie warfen Steine nach mir und sagten, ich sei mißgestaltet und brächte Unglück. Auch die Anderen wollten nichts mit mir zu tun haben. Sie hielten mich für ein Scheusal von gemischten Geistern, halb Mann, halb Tier. Als ich es aufgegeben hatte, wurde ich nach einer Weile des Alleinseins überdrüssig. Ich sprang von einem Kliff in den Fluß. Das nächste, an das ich mich erinnern kann, ist Dalanar, der mich ansah. Er nahm mich mit zu seiner Höhle. Und jetzt bin ich Echozar von den Lanzadonii«, beendete er seine Geschichte mit einem Blick auf Dalanar, den er verehrte.

Ayla dachte an ihren Sohn und war dankbar, daß er schon als Kind akzeptiert worden war und daß es Menschen gab, die ihn aufnahmen, als sie ihn verlassen mußte.

»Echozar«, sagte sie. »Denk nicht mit Haß an die Leute deiner Mutter. Sie sind nicht wirklich schlecht, nur so rückständig, daß es ihnen schwerfällt, sich zu ändern. Ihre Traditionen reichen weit zurück, und sie verstehen die Welt nicht, so wie sie heute ist.«

»Und sie sind Menschen«, sagte Jondalar. »Das habe ich auf dieser Reise

gelernt. Kurz bevor wir den Gletscher überquerten, trafen wir ein Paar von ihnen – aber das ist eine andere Geschichte; jedenfalls wollen sie Versammlungen abhalten und über die Schwierigkeiten beraten, die sie mit uns haben, besonders mit einigen Losadunai-Männern. Von unserer Seite ist man sogar an sie herangetreten, um mit ihnen Handel zu treiben.«
»Flachschädel haben Versammlungen? Handel? Die Welt ändert sich so schnell, daß ich kaum mehr mitkomme«, sagte Dalanar. »Bevor ich Echozar getroffen habe, hätte ich das nicht geglaubt.«
»Die Leute mögen sie Flachschädel oder Tiere nennen, Echozar, aber deine Mutter war eine tapfere Frau«, sagte Ayla und streckte ihre Hände nach ihm aus. »Ich weiß, was es heißt, keine Angehörigen zu haben. Heute bin ich Ayla von den Mamutoi. Wirst du mich willkommen heißen, Echozar von den Lanzadonii?«
Er nahm ihre Hände, und sie fühlte, wie er zitterte. »Du bist willkommen, Ayla von den Mamutoi«, sagte er.
Jondalar trat mit ausgebreiteten Armen auf ihn zu. »Ich grüße dich, Echozar von den Lanzadonii«, sagte er.
»Ich heiße dich willkommen, Jondalar von den Zelandonii«, sagte Echozar, »aber das ist wohl kaum nötig. Ich habe von dem Sohn von Dalanars Herdfeuer gehört. Zweifellos bist du von seinem Geist. Du siehst ihm sehr ähnlich.«
Jondalar grinste. »Das sagt jeder, aber seine Nase ist doch etwas größer als meine, nicht wahr?«
»Keineswegs. Deine ist größer als meine«, behauptete Dalanar und schlug dem jüngeren Mann auf die Schulter. »Kommt herein. Das Essen wird sonst kalt.«
Ayla blieb noch einen Moment draußen, um mit Echozar zu reden, und als sie gerade hineingehen wollte, hielt Joplaya sie auf.
»Ich möchte mit Ayla sprechen, und später auch noch mit dir, Echozar« sagte sie. Schnell ließ er die beiden Frauen allein, und Ayla sah noch die Bewunderung in seinen Augen, als er Joplaya anblickte.
»Ayla, ich...« begann Joplaya. »Ich meine, ich weiß, warum Jondalar dich liebt. Ich möchte euch beiden viel Glück wünschen.«
Ayla betrachtete die dunkelhaarige Frau. Sie spürte eine Veränderung an ihr, einen Rückzug, ein Gefühl bitterster Endgültigkeit. Plötzlich ging ihr auf, warum diese Frau sie so unruhig gemacht hatte.
»Danke, Joplaya. Ich liebe ihn sehr, und es wäre schwer für mich, ohne ihn zu leben. Ich würde eine Leere in mir spüren, die kaum zu ertragen wäre.«
»Ja, kaum zu ertragen« sagte Joplaya und schloß einen Moment lang die Augen.
»Wollt ihr nicht zum Essen kommen?« fragte Jondalar, der gerade aus der Höhle trat.
»Geh schon voraus, Ayla. Ich muß erst noch etwas erledigen.«

VIERUNDVIERZIGSTES KAPITEL

Echozar warf einen Blick in den großen Obsidian und sah schnell wieder weg. Die Raffelung in dem glänzenden schwarzen Glas verzerrte sein Bild, ohne es verändern zu können, und er konnte seinen Anblick heute nicht ertragen. Er trug ein Hemd aus Hirschleder, das mit Pelz besetzt und mit hohlen Vogelknochen, gefärbten Federn und scharfen Tierzähnen geschmückt war. Noch nie hatte er etwas so Schönes besessen. Joplaya hatte es für ihn gearbeitet, für die offizielle Adoptionszeremonie, die ihn zum Mitglied der Ersten Höhle der Lanzadonii machte.

Als er in die Mitte der Höhle trat, strich er über das weiche Leder und dachte dabei an die Hände, die es berührt hatten. Es tat fast weh, an Joplaya zu denken. Er hatte sie vom ersten Augenblick an geliebt. Sie hatte mit ihm gesprochen, ihm zugehört, ihm geholfen, seine Schüchternheit zu überwinden. Er hätte sich nie zu dem Sommertreffen der Zelandonii getraut, wenn sie nicht gewesen wäre; und als er sah, wie die Männer sie umschwärmten, wäre er am liebsten gestorben. Es hatte Monate gedauert, bis er den Mut fand, sie zu fragen; doch wie konnte jemand mit seinem Aussehen es wagen, von einer solchen Frau auch nur zu träumen? Als sie ihn nicht abwies, machte er sich Hoffnungen. Aber sie hatte sich mit der Antwort nun schon so lange Zeit gelassen, daß er es fast als ein Nein empfand.

Dann, an dem Tag, als Ayla und Jondalar ankamen, fragte sie ihn, ob er sie immer noch wollte, und er konnte es kaum fassen. Ob er sie wollte! In seinem ganzen Leben hatte er nichts so sehr gewollt. Er wartete auf eine Gelegenheit, mit Dalanar unter vier Augen zu sprechen. Doch die Gäste waren immer um ihn. Er wollte sie nicht stören. Und er hatte Angst davor, ihn zu fragen. Nur der Gedanke an ein Glück, das größer war, als er es in seinen kühnsten Träumen für möglich gehalten hatte, gab ihm den Mut.

Dann sagte Dalanar, daß sie Jerikas Tochter sei und er mit ihr darüber sprechen müsse, und fragte nur, ob Joplaya einverstanden wäre und ob er sie liebte. Ob er sie liebte? Ob er sie liebte! Oh, Mutter, ob er sie liebte!

Echozar nahm unter den erwartungsvollen Menschen seinen Platz ein und spürte sein Herz schneller schlagen, als er Dalanar aufstehen und an ein Herdfeuer in der Mitte der Höhle treten sah. Vor dem Feuer steckte eine kleine Holzfigur einer rundlichen Frau im Boden. Die üppigen Brüste, der volle Bauch und die schwellenden Gesäßbacken der Donii waren naturgetreu nachgebildet, doch der Kopf zeigte kein Gesicht, und die Arme und Beine waren nur angedeutet. Dalanar stand neben dem Herdfeuer, der versammelten Gemeinschaft zugekehrt.

»Zuerst möchte ich ankündigen, daß wir in diesem Jahr wieder zum Sommertreffen der Zelandonii gehen«, begann er, »und wir laden alle ein, mit uns zu kommen. Es ist eine weite Reise; ich hoffe aber, eine jüngere Zelandoni zu bewegen, mit uns zurückzukehren und bei uns zu leben. Wir haben keine Lanzadoni und brauchen Eine, Die Der Mutter Dient. Wir vermehren uns, bald wird es eine zweite Höhle geben, und eines Tages werden die Lanzadonii ihre eigenen Sommertreffen haben.

Und es gibt noch einen Grund für die Reise. Wir werden in diesem Jahr außer der Zusammengabe von Jondalar und Ayla noch etwas zu feiern haben.«

Dalanar nahm die Holzfigur der Großen Erdmutter auf und nickte. Echozar war unsicher, auch wenn dies nur eine Ankündigungszeremonie war, viel weniger formell als die komplizierte Feier der Zusammengabe mit ihren Reinigungsritualen und Tabus. Als beide vor ihm standen, begann Dalanar.

»Echozar, Sohn der von Doni Gesegneten, von der Ersten Höhle der Lanzadonii, du hast Joplaya, Tochter von Jerika, der Gefährtin Dalanars, gefragt, ob sie deine Gefährtin werden will. Ist das so?«

»Das ist so«, sagte Echozar mit kaum vernehmlicher Stimme.

»Joplaya, Tochter von Jerika, der Gefährtin Dalanars...«

Die Worte lauteten etwas anders, aber der Sinn war der gleiche, und Ayla stiegen die Tränen in die Augen, als sie an eine ähnliche Zeremonie dachte, bei der sie neben einem dunklen Mann stand, der sie genau so ansah, wie Echozar Joplaya anblickte.

»Weine nicht, Ayla, dies ist ein freudiges Ereignis«, sagte Jondalar und hielt sie zärtlich im Arm.

Sie konnte kaum sprechen. Sie wußte, was es hieß, neben dem falschen Mann zu stehen. Doch für Joplaya gab es keine Hoffnung, daß der Mann, den sie liebte, eines Tages ihretwegen gegen die Regeln verstoßen würde. Er wußte nicht einmal, daß sie ihn liebte, und sie durfte davon nicht sprechen. Er war ein Vetter, mehr Bruder als Vetter, ein Mann, den man nicht zum Gefährten nehmen konnte. Und er liebte eine andere. Ayla fühlte Joplayas Schmerz wie ihren eigenen, als sie an der Seite des Mannes, den sie beide liebten, vor sich hinschluchzte.

»Ich habe an den Augenblick gedacht, als ich so neben Ranec stand«, sagte sie schließlich.

Jondalar erinnerte sich nur zu gut daran. Er fühlte, wie seine Brust eng wurde, seine Kehle brannte, und hielt sie eng an sich gepreßt.

Er sah zu Jerika hinüber, die steif und würdevoll dasaß, während ihr die Tränen übers Gesicht liefen. »Warum müssen Frauen bei solchen Gelegenheiten immer weinen?« sagte er.

Jerika sah Jondalar unergründlich an, dann blickte sie zu Ayla, die leise vor sich hinweinte. Es wurde Zeit, daß Joplaya sich mit jemandem zusammentat; es wurde Zeit, unerfüllbare Träume aufzugeben.

»Ist die Erste Höhle der Lanzadonii mit dieser Zusammengabe einverstanden?« fragte Dalanar und blickte die Leute an.

»Wir sind einverstanden«, antworteten alle auf einmal.

»Echozar, Joplaya, ihr habt euch das Versprechen der Zusammengabe gegeben. Möge Doni, die Große Erdmutter, eure Vereinigung segnen«, schloß der Anführer und berührte mit der hölzernen Skulptur Echozars Kopf und Joplayas Bauch. Dann stellte er die Donii an das Herdfeuer zurück.

Das Paar wandte sich nun den versammelten Höhlenmitgliedern zu und umschritt langsam das Herdfeuer.

Der Mann an Joplayas Seite war ein bißchen kleiner als sie. Seine große Nase überragte einen schweren, kinnlosen Kiefer. Über seinen dicken Augenwülsten wuchsen unregelmäßige, buschige Augenbrauen. Seine Arme waren mit Muskeln bepackt, und sein mächtiger Körper wurde von kurzen behaarten, krummen Beinen getragen. All das deutete auf seine Clan-Herkunft. Und doch konnte man ihn nicht als Flachschädel bezeichnen. Anders als sie hatte er keine niedrige, fliehende Stirn, die in einen großen, länglichen Kopf zurückstrebte. Echozars Stirn erhob sich genau so hoch über seinen knochigen Augenwülsten wie die aller anderen Höhlenmitglieder.

Aber Echozar war unglaublich häßlich. Ein absolutes Gegenstück zu der Frau neben ihm. Nur seine Augen hielten dem Vergleich statt, sie drückten eine so zärtliche Bewunderung für die Frau aus, die er liebte, daß sie sogar die Atmosphäre unsäglicher Traurigkeit, in der sich Joplaya bewegte, verklärten.

Aber nicht einmal dieser Liebesbeweis konnte das Mitgefühl dämpfen, das Ayla für Joplaya empfand. Sie vergrub ihr Gesicht an Jondalars Brust, weil sie der Anblick zu sehr quälte, und versuchte gleichzeitig, ihrer Traurigkeit Herr zu werden.

Als das Paar den dritten Rundgang um das Feuer beendet hatte, erhob sich ein Stimmengewirr. Die Anwesenden wünschten den beiden Glück. Ayla hielt sich im Hintergrund und bemühte sich, ihre Fassung wiederzuerlangen. Auf Jondalars Drängen hin schlossen auch sie sich der Reihe der Glückwünschenden an.

»Joplaya, ich freue mich, daß du deine Zusammengabe mit uns feiern willst«, sagte Jondalar und umarmte sie. Sie klammerte sich an ihn. Er war über die Heftigkeit ihrer Umarmung erstaunt und hatte das beunruhigende Gefühl, daß sie von ihm Abschied nahm, als würden sie sich nie wiedersehen.

»Ich brauche dir kein Glück zu wünschen, Echozar«, sagte Ayla. »Ich wünsche dir vielmehr, daß du immer so glücklich bist wie jetzt.«

»Mit Joplaya kann ich gar nicht anders«, sagte er. Spontan umarmte sie ihn. Sie empfand ihn nicht als häßlich, er hatte ein beruhigend vertrautes

Aussehen. Es dauerte ein wenig, bis er reagierte; denn schöne Frauen umarmten ihn nicht oft, und er verspürte eine herzliche Zuneigung für die goldblonde Frau.

Dann wandte sie sich Joplaya zu. Als sie ihr in die grünen Augen sah, blieben ihr die Worte im Halse stecken.

»Es ist schon in Ordnung, Ayla«, sagte Joplaya. Ihre Augen waren trocken. »Was hätte ich sonst tun sollen? Einen Mann, der mich so liebt wie Echozar, werde ich nie mehr finden. Ich weiß schon lange, daß er mein Gefährte sein würde. Nun gab es keinen Grund mehr, noch länger zu warten.«

Ayla löste sich aus der Umarmung und versuchte vergeblich, ihre Tränen zurückzuhalten. Echozar kam näher und legte zögernd den Arm um Joplaya. Er konnte es immer noch nicht fassen. Er fürchtete, jeden Moment aufzuwachen und festzustellen, daß alles nur ein schöner Traum war.

»Mit eigenen Augen habe ich es nicht gesehen«, sagte Hochaman, »und ich habe es auch nicht recht geglaubt. Aber wenn ihr auf Pferden reiten und einem Wolf beibringen könnt, euch überallhin zu folgen – warum sollte man dann nicht auf dem Rücken eines Mammuts reiten können?«

»Wo soll das geschehen sein?« fragte Dalanar.

»Weit im Osten. Es muß ein vierzehiges Mammut gewesen sein«, sagte Hochaman.

»Ein Mammut mit vier Zehen? Davon habe ich noch nie gehört«, meinte Jondalar. »Nicht einmal bei den Mamutoi.«

»Sie sind nicht die einzigen Mammutjäger«, erwiderte Hochaman, »und sie leben auch nicht weit genug im Osten. Glaube mir, im Vergleich dazu sind sie Nachbarn. Wenn du wirklich nach Osten gelist, fast bis an die endlose See, wirst du Mammuts mit vier Zehen an den Hinterfüßen sehen. Sie sind auch etwas dunkler. Manche sind fast schwarz.«

»Nun, wenn Ayla auf dem Rücken eines Höhlenlöwen geritten ist, wird man auch ein Mammut dazu bringen können. Was meinst du?« fragte Jondalar und sah Ayla an.

»Wenn es jung genug ist«, sagte sie. »Ich glaube, daß man jedem Tier, das von klein auf unter Menschen aufwächst, etwas beibringen kann. Und sei es auch nur, sich nicht vor Menschen zu fürchten. Mammuts sind klug, sie können viel lernen. Wir haben beobachtet, wie sie das Eis aufbrechen, um an Wasser zu kommen. Viele andere Tiere profitieren davon.«

»Sie riechen es von weitem«, sagte Hochaman. »Im Osten gibt es viele trockene Gegenden, und die Menschen dort sagen: ›Wenn du kein Wasser mehr hast, halte nach einem Mammut Ausschau.‹ Sie können eine ganze Zeit aushalten, ohne zu trinken; aber wenn man Geduld hat, führen sie einen zum Wasser.«

»Gut zu wissen«, sagte Echozar.

»Besonders wenn man viel reist«, meinte Joplaya.

»Ich habe nicht vor, viel zu reisen«, erwiderte er.

»Aber ihr werdet doch zum Sommertreffen der Zelandonii kommen?« sagte Jondalar.

»Natürlich«, antwortete Echozar. »Und um euch wiederzusehen.« Er lächelte zaghaft. »Es wäre schön, wenn ihr bei uns leben würdet.«

»Ja. Denkt über unser Angebot nach«, sagte Dalanar. »Dies ist auch dein Zuhause, Jondalar, und wir haben keine Heilkundige, außer Jerika, die nicht gründlich genug unterrichtet ist. Wir brauchen eine Lanzadoni, und Ayla wäre genau die Richtige dafür. Du könntest deine Mutter besuchen, Jondalar, und nach dem Sommertreffen mit uns zurückkehren.«

»Glaube mir, wir schätzen dein Angebot«, sagte Jondalar, »und werden darüber nachdenken.«

Ayla sah Joplaya an, die sich ganz in sich zurückgezogen hatte. Sie mochte die Frau, aber sie sprachen fast nur über oberflächliche Dinge. Ayla konnte ihren Kummer über Joplayas Not nicht überwinden – zu nah war sie einst einem ähnlichen Mißgeschick gewesen –, und ihr eigenes Glück mahnte sie ständig an Joplayas Leid. So sehr sie inzwischen all die Leute hier mochte, sie war froh, daß sie am nächsten Morgen abreisen würden.

Besonders Jerika und Dalanar würden ihr fehlen – und ihre heißen Auseinandersetzungen. Die Frau war winzig – wenn Dalanar seinen Arm ausstreckte, konnte sie bequem darunter durchgehen –, aber sie hatte einen unbeugsamen Willen. Sie leitete die Höhle ebenso wie er und gab ihrer Meinung lautstark Ausdruck. Dalanar hörte ihr ernsthaft zu, gab sich aber keineswegs immer geschlagen.

Mit der Zeit lernte Ayla ihre Auseinandersetzungen lieben; sie bemühte sich kaum noch, ihr Lächeln zu verbergen, wenn sie die winzige Frau mit dem riesigen Mann hitzig debattieren sah. Was sie am meisten verblüffte, war die Art, wie sie eine stürmische Diskussion mit einem zärtlichen Wort unterbrachen oder von etwas anderem sprachen, als wären sie sich nicht eben erst an die Kehle gegangen. Sie liebten einander nicht nur, sie respektierten sich auch.

Es war wärmer geworden, als sich Ayla und Jondalar wieder auf den Weg machten, und der Frühling stand in voller Blüte. Dalanar gab ihnen Grüße an die Neunte Höhle der Zelandonii mit und wiederholte sein Angebot. Sie hatten sich beide recht heimisch gefühlt, doch Ayla konnte sich um Joplayas willen ein Leben bei den Lanzadonii nicht vorstellen. Es wäre für beide zu schwer; aber das konnte sie Jondalar kaum begreiflich machen.

Er hatte die besondere Spannung zwischen den beiden Frauen gespürt. Joplaya benahm sich auch ihm gegenüber anders. Sie war zurückhaltender und nicht mehr so sehr zu Scherzen aufgelegt wie früher. Doch noch mehr hatte ihn die Heftigkeit ihrer letzten Umarmung überrascht. Tränen hatten in ihren Augen gestanden. Dabei war er ja nicht im Begriff, auf eine weite

Reise zu gehen. Vielmehr war er soeben zurückgekehrt, und sie würden sich bald wiedersehen, beim Sommertreffen.

Die herzliche Aufnahme hatte ihn erleichtert, und er würde Dalanars Angebot ernsthaft in Betracht ziehen, besonders wenn die Zelandonii Ayla nicht akzeptieren würden. Es war gut zu wissen, wo man hingehen konnte. Doch so sehr er Dalanar und die Lanzadonii auch mochte, sein Herz gehörte den Zelandonii. Bei ihnen wollte er mit Ayla leben.

Ayla fiel eine Last vom Herzen, als sie endlich aufbrachen. Selbst wenn es regnete, freute sie sich über das frühlingshafte Wetter, und an sonnigen Tagen war es ohnehin zu schön, um noch länger traurig zu sein. Sie war eine verliebte Frau, die mit ihrem Gefährten zu seinen Angehörigen reiste, zu ihrem neuen Zuhause. Dennoch war sie immer noch von gemischten Gefühlen bewegt, von Hoffnung und Sorge zugleich.

Jondalar kannte die Gegend und begrüßte jede vertraute Landmarke mit Begeisterung. Sie ritten durch einen Paß zwischen zwei Bergketten und folgten dann einem Fluß, der ungefähr in der Richtung ihres Weges floß. An seiner Quelle verließen sie ihn und überquerten mehrere große Ströme; dann erstiegen sie ein großes Massiv mit vulkanischen Gipfeln, von denen einer noch rauchte; die anderen waren erloschen. Als sie eine Hochebene durchquerten, kamen sie in der Nähe einer Quelle an ein paar heißen Brunnen vorbei.

»Das ist sicher der Anfang des Stroms, der an der Neunten Höhle vorbeifließt«, sagte Jondalar. »Wir sind fast da, Ayla! Noch vor Anbruch der Nacht können wir zu Hause sein.«

»Sind das die heißen, heilenden Gewässer, von denen du mir erzählt hast?« fragte Ayla.

»Ja. Wir nennen sie Donis Heilquellen.«

»Laß uns hier über Nacht bleiben.«

»Aber wir sind doch fast am Ende unserer Reise, und ich bin so lange weggewesen.«

»Deshalb möchte ich hier die Nacht verbringen. Wir sind am Ende unserer Wanderung angelangt. Ich möchte im heißen Wasser baden und mit dir noch eine Nacht allein verbringen, bevor wir deine Verwandten treffen.«

Jondalar sah sie an und lächelte. »Da hast du recht. Es wird für lange Zeit das letzte Mal sein, daß wir allein sind. Abgesehen davon – ich liebe es, mit dir in der Nähe heißer Quellen zu sein«, sagte er.

Sie errichteten ihr Zelt an einem Platz, der offensichtlich schon früher benutzt worden war. Ayla erschienen die Pferde aufgeregt, als sie auf dem frischen Gras der Hochebene weiden durften. Doch dann sah sie jungen Huflattich und Sauerampfer. Als sie sie pflücken wollte, entdeckte sie noch Frühlingspilze, Holzapfelblüten und Holunderschößlinge. Sie kehrte mit einer Fülle frischen Grünzeugs in ihrem hochgeschürzten Kittel zurück.

»Du planst wohl ein Fest«, sagte Jondalar.

»Keine schlechte Idee. Ich habe ein Nest gesehen, in dem vielleicht Eier sind«, sagte Ayla.
»Und was hältst du davon?« fragte er und hielt eine Forelle hoch.
Ayla lächelte.
»Ich sah sie im Fluß herumhuschen, spitzte einen Zweig an, grub einen Wurm aus der Erde und wickelte ihn darum. Der Fisch biß an, als hätte er auf mich gewartet.«
»Das sind wirklich Zutaten für ein Fest!«
»Das kann aber warten, nicht wahr? Im Augenblick bin ich mehr für ein heißes Bad!« Jondalars blaue Augen strahlten sie an.
»Eine wunderbare Idee«, sagte sie, zog ihren Kittel aus und eilte in seine Arme.

Ein wenig entfernt vom Feuer saßen sie Seite an Seite und fühlten sich reich, befriedigt und gänzlich entspannt. Sie sahen dem nächtlichen Funkentanz zu. Wolf schlief in der Nähe. Plötzlich hob er den Kopf und spitzte die Ohren zu der dunklen Hochebene hin. Von fern hörten sie ein lautes, vollkehliges Wiehern, das sie aber nicht kannten. Dann schrie die Stute, und Renner wieherte.
»Da ist ein fremdes Pferd auf der Weide«, sagte Ayla und sprang auf. In der mondlosen Nacht konnte man kaum etwas sehen.
»Im Dunkeln wirst du den Weg nicht finden. Ich sehe mich mal um, ob ich etwas finde, um dir eine Fackel zu machen.«
Wieder schrie Winnie, das fremde Pferd wieherte, und dann vernahmen sie Hufschlag, der immer schwächer wurde.
»Das war's«, sagte Jondalar. »Heute ist es zu spät. Ich denke, sie ist weg. Es wird ein Hengst sein, der sie weggelockt hat.«
»Diesmal, meine ich, ist sie aus freien Stücken gegangen. Ich hätte mehr auf sie achtgeben sollen«, sagte Ayla. »Sie ist rossig, Jondalar. Das war sicher ein Hengst, und Renner ist mit ihnen gegangen. Er ist noch zu jung, aber die anderen Stuten locken ihn auch.«
»Jetzt ist es zu dunkel, um nach ihnen zu sehen. Aber ich kenne die Gegend. Morgen können wir ihre Spuren verfolgen.«
»Das letzte Mal, als der braune Hengst ihr nachlief, kam sie von allein zurück, und dann bekam sie Renner. Sie wird wieder ein Fohlen haben«, sagte Ayla und setzte sich ans Feuer. Sie sah Jondalar an und lächelte. »Irgendwie ist das in Ordnung – wir beide schwanger zur gleichen Zeit.«
Es dauerte etwas, bis er ihre Worte begriff. »Ihr beide ... schwanger ... zur gleichen Zeit? Ayla! Soll das heißen, daß du schwanger bist? Bekommst du ein Kind?«
»Ja«, nickte sie. »Ich bekomme dein Kind, Jondalar.«
»Mein Kind? Du bekommst mein Kind? Ayla! Ayla!« Er hob sie hoch, wirbelte sie herum und küßte sie. »Bist du sicher? Ich meine, bist du sicher,

daß du von mir ein Kind bekommst? Der Geist könnte von einem Mann aus Dalanars Höhle oder von den Losadunai gekommen sein... Das wäre in Ordnung, wenn es die Mutter so gewollt hat.«

»Meine letzte Mondzeit ist ausgeblieben, und ich fühle mich schwanger. Mir ist sogar morgens ein wenig schlecht. Aber nicht schlimm. Ich glaube, wir haben es gemacht, als wir den Gletscher hinter uns hatten«, sagte Ayla. »Und es ist dein Kind, Jondalar, da bin ich ganz sicher. Es kann nicht von einem anderen sein. Du hast es mit dem Samen deiner Männlichkeit gemacht.«

»Mein Kind?« sagte er, und in seinen Augen lag ein leises Verwundern. Er legte die Hand auf ihren Bauch. »Da drinnen hast du mein Kind! Das habe ich mir so sehr gewünscht! Weißt du, daß ich sogar die Mutter darum gebeten habe?«

»Hast du mir nicht gesagt, daß die Mutter dir jeden Wunsch erfüllt, Jondalar?« Sie strahlte vor Glück. »Sag mir, hast du um einen Jungen oder um ein Mädchen gebeten?«

»Nur um ein Kind, Ayla. Es ist mir einerlei, was es wird.«

»Dann hast du nichts dagegen, wenn ich mir ein Mädchen wünsche?«

Er schüttelte den Kopf. »Nur dein Kind, und vielleicht auch – meines.«

»Das Schwierigste, wenn man Pferde zu Fuß verfolgt, ist, daß sie soviel schneller sind als wir«, meinte Ayla.

»Ich glaube, ich weiß, wo sie sind«, sagte Jondalar, »und ich kenne eine Abkürzung, dort über den Kamm hinüber.«

»Und wenn sie dort nicht sind?«

»Dann müssen wir zurückkommen und ihre Spur von neuem aufnehmen«, sagte er. »Aber mach dir keine Sorgen, Ayla. Wir werden sie finden.«

»Wir müssen, Jondalar. Wir haben zuviel gemeinsam erlebt, als daß ich sie jetzt zu einer Herde zurückgehen lassen könnte.«

Jondalar führte sie zu einem geschützt liegenden Feld, auf dem er früher oft Pferde gesehen hatte. Tatsächlich graste die Herde dort, und Ayla hatte Winnie bald herausgefunden. Sie kletterte in die Grasebene hinab, und Jondalar hatte ein wachsames Auge auf Ayla; er machte sich Sorgen, daß sie sich zuviel zumuten könnte. Sie ließ das bekannte Pfeifen ertönen.

Winnie hob den Kopf und galoppierte auf sie zu. Ihr folgte ein großer, falber Hengst und ein junger Brauner. Der Falbe machte kehrt und forderte den Jungen kampflustig heraus, doch der wich schnell zurück. Obwohl die rossigen Stuten ihn erregten, konnte er dem erfahrenen Leithengst nicht die Stirn bieten, selbst wenn es um seine eigene Mutter ging. Jondalar rannte mit der Speerschleuder in der Hand auf Renner zu, um ihn vor dem überlegenen Tier zu schützen, doch das Verhalten des jungen Hengstes ließ sein Eingreifen überflüssig werden. Der Falbe drehte ab und näherte sich wieder der empfänglichen Stute.

Ayla hatte ihre Arme um Winnies Hals gelegt, als der Hengst ankam, sich aufbäumte und seine mächtige Kraft zur Schau stellte. Winnie entzog sich Ayla und antwortete ihm. Jondalar kam näher und führte Renner an einem kräftigen Seil. Er sah besorgt aus.
»Du kannst versuchen, ihr das Halfter umzulegen«, sagte Jondalar.
»Nein. Wir müssen heute nacht hier zelten. Sie ist noch nicht bereit, mit uns zu kommen. Sie möchte ein Fohlen haben, und ich will ihr dabei helfen«, sagte Ayla.
Jondalar zuckte nachgiebig die Achseln. »Warum nicht? Wir haben es nicht eilig und können noch eine Weile hierbleiben.« Er sah, wie Renner zur Herde zurückstrebte. »Er will auch zu den anderen. Glaubst du, daß ich ihn ohne Gefahr gehen lassen kann?«
»Ja, sie werden kaum fortziehen, das Feld ist groß. Und wenn sie es tun, können wir sie wiederfinden. Es könnte ihm gut tun eine Zeitlang unter anderen Pferden zu sein und von ihnen zu lernen«, sagte Ayla.
»Vielleicht hast du recht«, meinte er und nahm Renner das Halfter ab. Der junge Hengst galoppierte zur Herde hinab. Ob er wohl jemals ein Leithengst werden wird? Und die Wonnen mit allen Stuten teilt? Und vielleicht junge Pferde in ihnen wachsen läßt? fragte sich Jondalar.
»Laß uns hier lagern und es uns bequem machen«, sagte Ayla.
»Und ein wenig jagen. Bei jenen Bäumen am Fluß könnte es Moorschneehühner geben.«
»Zu schade, daß es hier keine heißen Quellen gibt«, meinte Jondalar. »Es ist erstaunlich, wie entspannend ein heißes Bad sein kann.«

Aus großer Höhe sah Ayla auf eine endlose Wasserfläche hinab. Wenn sie sich umdrehte, überschaute sie Grassteppen, so weit sie sehen konnte. In der Nähe lag eine Bergwiese, die ihr bekannt vorkam, mit einer kleinen Höhle in einer Felswand. Haselnußsträucher wuchsen an der Wand und verbargen den Eingang.
Sie hatte Angst. Draußen vor der Höhle lag Schnee, die Öffnung war zugeschneit, aber als sie das Buschwerk zur Seite schob und hinaustrat, war es Frühling. Blumen blühten und Vögel sangen. Überall keimte neues Leben. Aus der Höhle drang der fröhliche Schrei eines Neugeborenen.
Sie folgte jemandem den Berg hinunter und trug an ihrer Hüfte ein Kind in einer Tragschlinge. Der Mann, dem sie folgte, hinkte und ging am Stock; er schleppte etwas in einem ausgebeulten Rucksack. Es war Creb, und er beschützte ihr Neugeborenes. Sie wanderten immer weiter, bis sie in ein abgelegenes, grasbewachsenes Tal gelangten, in dem es Pferde gab.
Creb hielt an, nahm den Sack ab und legte ihn auf die Erde. Sie glaubte, weiße Knochen darin zu sehen. Doch dann entstieg ein junges, braunes Pferd dem Sack und rannte auf eine hellfarbene Stute zu. Sie pfiff, aber die Stute galoppierte mit einem falben Hengst davon.

Creb wandte sich um und winkte ihr zu, aber sie begriff nicht, was er wollte. Es war ein Zeichen aus einer Alltagssprache, die sie nicht verstand. Wieder gestikulierte er. »*Komm, wir können noch da sein, bevor es dunkel wird.*«

Sie befand sich in einem tiefen Höhlengang. Am Ende flackerte ein Licht. Es war die Öffnung nach draußen. Sie stieg einen steilen Pfad an der Wand eines elfenbeinfarbenen Felsens hinauf und folgte einem Mann, der mit großen Schritten vorwärtsdrängte. Sie kannte den Ort und beeilte sich, ihn einzuholen.

»*Warte! Warte auf mich. Ich komme*«, *rief sie ihm nach.*

»Ayla! Ayla!« Jondalar rüttelte sie. »Hast du schlecht geträumt?«

»Seltsam, nicht schlecht«, sagte sie. Sie stand auf, fühlte Übelkeit in sich aufsteigen und legte sich wieder hin, in der Hoffnung, daß es bald vorüberginge.

Jondalar schlug mit der ledernen Decke nach dem falben Hengst, und Wolf jaulte und jagte ihn, während Ayla Winnie das Halfter überstreifte. Die Stute trug nur wenig Gepäck. Renner schleppte den Großteil ihrer Lasten und war fest an einen Baum gebunden.

Ayla sprang auf den Rücken der Stute, trieb sie zum Galopp an und lenkte sie am Rand des großen Feldes entlang. Der Hengst jagte ihnen nach, wurde aber langsamer, als er sich immer weiter von den anderen Stuten entfernte. Schließlich hielt er an, bäumte sich auf und rief Winnie mit seinem Wiehern. Dann machte er kehrt und sprengte zur Herde zurück. Mehrere Hengste hatten schon versucht, seine Abwesenheit zu nutzen. Er trieb sie zusammen, bäumte sich erneut auf und wieherte herausfordernd.

Ayla ritt mit Winnie davon, verlangsamte jedoch den scharfen Galopp. Als sie hinter sich Hufschlag hörte, wartete sie auf Jondalar und Renner; Wolf folgte ihnen.

»Wenn wir uns beeilen, können wir zu Hause sein, bevor es dunkel wird«, sagte Jondalar.

Ayla und Jondalar ritten nebeneinander. Sie hatte das eigenartige Gefühl, daß das schon einmal so gewesen war.

Sie ritten in bequemem Schritt. »Nun sind wir wahrscheinlich beide schwanger«, sagte Ayla. »Zum zweiten Mal; und vorher hatten wir beide Söhne. Das ist gut, denke ich. Dann können wir die Zeit gemeinsam erleben.«

»Es wird viele Leute geben, mit denen du deine Schwangerschaft erleben wirst«, sagte Jondalar.

»Da hast du sicher recht, aber ich finde es schön, sie mit Winnie zu erleben.« Eine Weile ritten sie stumm nebeneinander her. »Aber sie ist viel jünger als ich. Ich bin alt – für ein Kind.«

»Du nicht, Ayla. Ich bin der alte Mann.«

»In diesem Frühjahr werde ich neunzehn. Das ist alt für ein Baby.«

»Ich bin viel älter. Ich bin jetzt schon über dreiundzwanzig Jahre alt. Das ist alt für einen Mann, der zum ersten Mal ein Herdfeuer gründet. Weißt du eigentlich, daß ich schon fünf Jahre unterwegs bin? Ob sich überhaupt noch jemand an mich erinnern kann?«

»Natürlich werden sie sich an dich erinnern. Dalanar hatte damit keine Schwierigkeiten, und Joplaya auch nicht«, sagte Ayla. Alle werden ihn kennen, dachte sie, nur mich kennt keiner.

»Siehst du den Felsen da drüben? Gleich hinter der Flußbiegung? Da habe ich mein erstes Wild erlegt«, sagt Jondalar und trieb Renner an. »Es war ein großer Hirsch. Ich weiß nicht, wovor ich mich am meisten gefürchtet habe – vor dem großen Geweih oder davor, mit leeren Händen nach Hause zu kommen.«

Ayla lächelte über seine Erinnerungen, doch sie hatte nichts, an das sie sich erinnern konnte. Wieder würde sie eine Fremde sein. Alle würden sie anstarren. Alle würden sie nach ihrem seltsamen Akzent und nach ihrer Herkunft fragen.

»Hier hatten wir einmal ein Sommertreffen«, sagte Jondalar. »Überall waren Feuerstellen errichtet. Es war meine erste Versammlung, nachdem ich ein Mann geworden war. Ach, wie ich mich aufspielte, um möglichst erwachsen zu wirken! Dabei hatte ich im Grunde nur Angst, daß mich keine junge Frau zu ihren Ersten Riten auffordern würde. Das war allerdings überflüssig. Ich wurde von dreien eingeladen, und das verängstigte mich noch mehr.«

»Da drüben stehen Leute und beobachten uns, Jondalar«, sagte Ayla.

»Das ist die Vierzehnte Höhle«, sagte er und winkte. Niemand winkte zurück. Statt dessen verschwanden sie unter einem großen Felsüberhang.

»Die Pferde!« sagte Ayla.

Er schüttelte den Kopf. »Sie werden sich daran gewöhnen.«

Das hoffe ich, dachte Ayla, und auch an mich; für mich wird Jondalar hier das einzig vertraute Wesen sein.

»Ayla! Da ist es!« rief Jondalar. »Die Neunte Höhle der Zelandonii.« Sie sah in die Richtung, in die er deutete, und wurde blaß.

»Man kann sie leicht erkennen – an dem Felsbrocken da oben, der so aussieht, als würde er gerade herunterstürzen. Das wird er aber nicht, oder das Ganze bricht zusammen.« Jondalar sah sie an. »Ayla, was ist mit dir? Du siehst so bleich aus.«

Sie hielt an. »Ich habe diesen Ort schon einmal gesehen, Jondalar!«

»Das kann nicht sein. Du bist nie hier gewesen.«

Plötzlich fiel es ihr wie Schuppen von den Augen. Es war die Höhle meiner Träume, dachte sie, die Höhle aus Crebs Erinnerungen. Nun weiß ich, was er mir mit meinen Träumen hat sagen wollen.

»Ich sagte dir einmal, daß mein Totem dich auserwählt und ausgesandt hat, um mich zu holen. Es wollte, daß du mich nach Hause führst, zu dem Ort, wo mein Höhlenlöwengeist glücklich sein wird. Hier ist es. Auch ich bin heimgekommen, Jondalar. Dein Zuhause ist auch mein Zuhause«, sagte Ayla.

Er lächelte, doch bevor er antworten konnte, hörten sie eine Stimme, die seinen Namen rief. »Jondalar! Jondalar!«

Auf einem Pfad, der zu einem Überhang des Kliffs führte, stand eine junge Frau.

»Mutter! Komm schnell«, rief sie. »Jondalar ist wieder da. Jondalar ist heimgekehrt!«

Und ich bin es auch, dachte Ayla.

DANKSAGUNGEN

Jedes Buch im Rahmen der »Erdenkinder«-Romane war für mich eine Herausforderung eigener Art; doch von Anfang an erwies sich das »Reisebuch« bei der Vorbereitung und bei der Niederschrift als das schwierigste und zugleich interessanteste. »Ayla und das Tal der Großen Mutter« ließ zusätzliche Reisen erforderlich werden: eine abermalige Reise in die Tschechoslowakei, aber auch Fahrten nach Ungarn, Österreich und Deutschland, deren Zweck es war, dem Lauf der Donau (des Großen Mutter Flusses) zu folgen. Und um den Gang der Handlung in der Eiszeit anzusiedeln, bedurfte es besonderer, ausführlicher Recherchen in Bibliotheken.

Abermaligen Dank schulde ich Dr. Jan Jelinek, dem Direktor Emeritus des Anthropos-Instituts in Brünn, Tschechoslowakei, für seine unermüdliche Freundlichkeit und Unterstützung sowie für exakte Beobachtungen und Ausdeutungen der zahlreichen Artefakte dieser Region aus dem Oberen Paläolithikum.

Gleichfalls danke ich Dr. Bohuslav Klima, Archeologicky Ustav CSAV – nicht nur für den wundervollen Wein aus seinen Weinbergen bei Dolni Vestonice, den wir in seinem Keller probierten, sondern auch für die großzügige Mitteilung der lebenslangen Erfahrungen und Kenntnisse, die er an dieser wichtigen Fundstätte gesammelt hatte.

Dank gebührt ferner Dr. Jiři Svoboda, Archeologicky Ustav CSAV, für Informationen über seine erregenden Entdeckungen, die unser Wissen über unsere eiszeitlichen Voreltern vor zweihundertfünfzig Jahrhunderten, als unsere Erde zu einem Viertel von Eis bedeckt war, so wesentlich erweitert haben.

Dr. Olga Soffer, der führenden amerikanischen Expertin über die Menschen der Oberen Altsteinzeit, gilt mein besonderer Dank: sie vermittelte mir den jeweils letzten Stand der Wissenschaft und versorgte mich mit den neuesten Forschungsberichten, darunter einer neuen Studie über das früheste Erscheinen keramischer Kunst in der Geschichte der Menschheit.

Auch Dr. Milford Wolpoff, University of Michigan, habe ich für Erkenntnisse zu danken, die sich aus unserer Diskussion über Siedlungsgebiete auf dem nördlichen Festland während der letzten Eiszeit ergaben – einer Epoche, in der sich unsere Vorfahren in bestimmten Gegenden bevorzugt ansiedelten und die meisten anderen Landstriche, obwohl sie zahlreichen Tierarten Lebensraum boten, unbevölkert ließen.

Die Teile des Puzzles, aus denen die fiktive Welt der Prähistorie entstehen sollte, aufzufinden, war bereits eine Herausforderung; sie zusammenzufügen, war eine andere. Selbst nachdem ich das gesamte mir zugängliche Material über Gletscher und ihre Umgebung studiert hatte, ergab sich noch kein hinreichend deutliches Bild einer Landschaft, in der ich meine Akteure hätte ansiedeln können. Fragen tauchten auf, Theorien widersprachen einander (einige erwiesen sich auch als nicht hinreichend durchdacht), und es blieben Teile übrig, die sich nicht einfügen ließen.

Doch schließlich stieß ich zu meiner großen Erleichterung auf eine klar begründete und besonnen aufgebaute Studie, die mir die Welt der Eiszeit deutlich vor Augen führte; sie beantwortete meine Fragen und versetzte mich in die Lage, Einzelheiten aus anderen Quellen und eigene Vermutungen zu einem logischen Handlungsort zusammenzufügen. Ich bin R. Dale Guthrie für seine Arbeit »Mammals of the Mammoth Steppe as Paleoenvironmental Indicators« (in: *Paleoecology of Beringia,* hrsg. von David M. Hopkins, John V. Matthews, Jr., Chales E. Schweger und Steven B. Young, Academic Press 1982, S. 307–326) für immer dankbar; mehr als alle anderen Quellen trug dieser Aufsatz dazu bei, aus dem Buch ein zusammenhängendes, überzeugendes und verständliches Ganzes zu machen.

Das Wollmammut ist gewissermaßen das Symbol der Eiszeit; deshalb galten beträchtliche Bemühungen der Aufgabe, diese prähistorischen Dickhäuter zum Leben zu erwecken. Also versuchte ich, alles, was sich über das Mammut und – der nahen Verwandtschaft wegen – den heutigen Elefanten auftreiben ließ, zusammenzutragen. Unter diesen Quellen war *Elephant Memories: Thirteen Years in the Life of an Elephant Family* von Dr. Cynthia Moss (William Morrow & Co., Inc., 1988) für mich besonders wichtig. Ich bin Dr. Moss für viele Jahre eingehender Forschungen und für ihr intelligentes und außerordentlich lesbares Buch zutiefst verpflichtet.

Über seine Recherchen hinaus hat sich ein Autor um die stilistische Qualität seines Werkes zu kümmern. Ich danke Laurie Stark, Executive Managing Editor der Crown Publishing Group, für ihre Mühe, aus dem fertigen Manuskript ein gut gedrucktes Buch zu machen. Sie war für alle vier bisher erschienenen Romane verantwortlich – und in einer Welt, die sich täglich wandelt, verdient ihre Sorge um gleichbleibende Qualität höchste Anerkennung.

Auch Betty A. Prashker, Editor-in-Chief, Vice President und, wichtiger noch, meiner hervorragenden Lektorin danke ich für die lenkende und oft mütterliche Mitarbeit, die dem Manuskript zu seiner endgültigen Form verhalf.

In vollem Maß bin ich Jean V. Naggar dankbar, der Weltklasse-Agentin, goldmedaillenwürdig in der Olympiade der Literatur.

Und schließlich Ray Auel: Liebe und Anerkennung ohne Worte.

STILISIERTE FRAUENFIGUR
Schnitzerei auf einem Mammutstoßzahn, Höhe 15,5 cm. Gefunden bei Predmost, Mähren, Tschechoslowakei

DURCHBOHRTER STAB
mit abstrakter Verzierung. Gefunden bei Laugerie Haute. Museum Les Eyzies, Dordogne, Frankreich.